Das Buch

Dies ist die Geschichte der Zukunft. Die Geschichte der »Alten Kriege«; die Geschichte, wie die »Instrumentalität der Menschheit« entstand; die Geschichte der Scanner und Habermänner und ihrer legendären Reisen ins All; die Geschichte, wie hinter dem Weltraum neue Räume entdeckt wurden; die Geschichte von der Fast-Unsterblichkeit; die Geschichte jener Kreaturen, die die Menschen einst erschaffen hatten und die die Menschlichkeit weitertrugen; die Geschichte unseres Tanzes durch Raum und Zeit … Dies ist die Geschichte, was aus den Menschen wurde.

Ein literarisches Ereignis: »Was aus den Menschen wurde« versammelt erstmals vollständig und in korrekter Reihenfolge Cordwainer Smiths Erzählungen um die »Instrumentalität der Menschheit« – ein einzigartiges Zukunftsepos, das sich über fünfzehntausend Jahre erstreckt.

Der Autor

Cordwainer Smith war das Pseudonym von Paul Linebarger. 1913 in Milwaukee, Wisconsin geboren, verbrachte Linebarger seine Kindheit in den unterschiedlichsten Ländern, studierte Politikwissenschaft und war später Professor für Internationale Politik sowie militärischer und politischer Berater. Daneben schrieb er unter diversen Pseudonymen Kurzgeschichten und Romane. Seine Erzählungen um die »Instrumentalität der Menschheit«, die er unter dem Namen Cordwainer Smith veröffentlichte, machten ihn in den fünfziger und sechziger Jahren zu einem der intelligentesten und ungewöhnlichsten Science-Fiction-Autoren. Heute gelten diese Erzählungen als Meisterwerke der Zukunftsliteratur. Linebarger starb im August 1966.

MEISTERWERKE DER
SCIENCE FICTION

Cordwainer Smith

Was aus den Menschen wurde

Erzählungen

**Mit einem Vorwort
von John J. Pierce**

WILHELM HEYNE VERLAG
MÜNCHEN

Einzelnachweise der Übersetzungen sowie weiterführende
bibliographische Angaben finden Sie am Ende des Bandes.

MIX
Papier aus verantwor-
tungsvollen Quellen
FSC
www.fsc.org
FSC® C014496

Verlagsgruppe Random House FSC-DEU-0100
Das für dieses Buch verwendete
FSC®-zertifizierte Papier *München Super* liefert
Arctic Paper Mochenwangen GmbH.

Deutsche Erstausgabe 03/2011
Redaktion: Angela Herrmann
Copyright © 1993 by The Estate of Paul Linebarger
Copyright © 1993 des Vorworts by John J. Pierce
Copyright © 2010 der deutschen Ausgabe und Übersetzung
by Wilhelm Heyne Verlag, München,
in der Verlagsgruppe Random House GmbH
Printed in Germany 2011
Umschlaggestaltung: Hauptmann & Kompanie Werbeagentur, Zürich
Satz: C. Schaber Datentechnik, Wels
Druck und Bindung: GGP Media GmbH, Pößneck

ISBN 978-3-453-52806-2

www.heyne-magische-bestseller.de

Inhalt

von John J. Pierce

Im Jahr 1950 erschien in einem obskuren und äußerst kurz-
lebigen Magazin namens *Fantasy Book* eine Kurzgeschichte
mit dem Titel »Scanner leben vergebens«. Niemand hatte
zuvor jemals von dem Verfasser dieser Geschichte gehört:
Cordwainer Smith. Und es schien damals, dass man auch
niemals wieder in der Welt der Science Fiction von ihm hören
würde.

»Scanner leben vergebens« jedoch war eine Story, die sich
dagegen wehrte, in Vergessenheit zu geraten, und ihre Wie-
derveröffentlichung in zwei Kurzgeschichtenanthologien er-
mutigte den Autor ganz offensichtlich, sich nicht nur anderen Publikationsmärkten zuzuwenden, sondern um diese
Story herum eine gigantische Geschichte der Zukunft zu errichten.

Heute gilt Cordwainer Smith als einer der kreativsten
Science-Fiction-Autoren der modernen Zeit. Aber auch als
einer der am wenigsten bekannten oder verstandenen. Nicht
dass sich Dr. Paul Myron Anthony Linebarger (1913–1966) –
das Pseudonym wurde ein Jahrzehnt nach dem Erstabdruck
von »Scanner leben vergebens« gelüftet und war doch bis zu
seinem Tod ein streng gehütetes Geheimnis – der Science
Fiction geschämt hätte. Ganz im Gegenteil: Er war stolz auf
das Genre und hat in einem Interview sogar einmal ge-
schwärmt, dass die Science Fiction mehr Wissenschaftler
angezogen hat als jedes andere Gebiet der Literatur.

Aber Linebarger war ein äußerst empfindsamer, ja »emo-
tionaler« Schriftsteller, und es widerstrebte ihm, in eine enge
Beziehung zu seinen Lesern zu treten; aus Furcht, sich in
einer Form »erklären« zu müssen, die womöglich die Spontaneität seines Werkes zerstören konnte. Außerdem bereitete
es ihm offenbar ein Vergnügen, als geheimnisvoller Mann zu

gelten, so schwer zu fassen wie manche seiner Geschichten. Cordwainer Smith war ein Mythenschöpfer der Science Fiction – und vielleicht war eine mythische Gestalt erforderlich, um solche Mythen zu schaffen.

Dabei war Paul Linebargers Leben ohnehin schon aufregender als das der meisten anderen Menschen. In Milwaukee geboren – sein Vater, ein pensionierter Richter, der die meiste Zeit in politischer Mission rund um die Welt unterwegs war, wollte sichergehen, dass der Sohn als ein in den USA geborener Bürger zumindest theoretisch einmal würde Präsident werden können – verbrachte er die prägenden Jahre in Japan, China, Frankreich und Deutschland. Er war Patensohn von Sun Yat-sen, des Gründers der chinesischen Republik, den sein Vater juristisch beriet, lernte sechs Sprachen und machte sich mit den unterschiedlichsten Kulturen vertraut. Mit dreiundzwanzig Jahren erhielt er den Doktor in Politikwissenschaft an der Johns-Hopkins-Universität in Baltimore – wo er später auch viele Jahre lang Professor für Internationale Politik war – und veröffentlichte, neben der Herausgabe der Bücher seines Vaters, einige vielbeachtete Arbeiten über fernöstliche Politik.

Daneben arbeitete er für den Geheimdienst der U.S. Army – trotz partieller Blindheit und einem allgemein schlechten Gesundheitszustand –, und als der Zweite Weltkrieg ausbrach, nutzte er seine Stellung im »Operation Planning and Intelligence Board«, um für die Teilnehmer an einer Geheimdienstoperation in China Qualifikationen zu verlangen, die nur er allein erfüllen konnte. So kam er als Army Lieutenant nach Chungking und setzte seine theoretischen Kenntnisse in psychologischer Kriegsführung in die Praxis um; nach Kriegsende schrieb er ein Buch über das Thema, das noch immer als eine der wichtigsten Arbeiten auf diesem Gebiet gilt. Später arbeitete er für die CIA und war Berater der britischen Streitkräfte in Malaya und der US-Armee in Korea, führendes Mitglied der »Foreign Policy Association« und einer der Asienexperten im Beraterstab Präsident Kennedys.

Erst mit dem Vietnamkrieg änderte sich Linebargers Einstellung zur Außenpolitik seines Landes – er hielt das dortige amerikanische Engagement für einen großen Fehler.

Dies war das eine Leben von Paul Linebarger. Das andere war das eines Schriftstellers. Schon in seiner Kindheit hatte er sich der Literatur, insbesondere der Science Fiction, zugewandt – da er lange Jahre in Deutschland lebte, standen auf seiner Favoritenliste neben den Klassikern von Jules Verne und H. G. Wells Werke wie Alfred Döblins »Berge, Meere und Giganten« – und mit fünfzehn in einem Schulmagazin seine erste Story »Krieg Nr. 81-Q« veröffentlicht (die er später vollständig überarbeitete). In den dreißiger Jahren dann schrieb er Geschichten, die im alten oder modernen China spielten. Keine davon wurde jemals publiziert, aber ihre Qualität ist bemerkenswert – in einigen verwandte er die gleichen chinesischen Erzähltechniken, die später in Science-Fiction-Arbeiten wie »Die tote Lady von Clowntown« zum Einsatz kamen.

Und schon früh begann auch das Spiel mit den Pseudonymen: »Krieg Nr. 81-Q« erschien unter dem Namen Anthony Bearden, einem Pseudonym, das Linebarger später vor allem für Gedichte benutzte; als Felix C. Forrest – ein Spiel mit seinem chinesischen Namen Lin Bai-Lo (»Wald des strahlenden Glücks«), der ihm von Sun Yat-sen verliehen worden war – schrieb er in den späten dreißiger Jahren zwei Novellen, die nach dem Krieg veröffentlicht wurden; und Carmichael Smith war der offizielle Verfasser des Spionagethrillers »Atomsk«, der in der Sowjetunion spielte.

Die Karriere in der Science Fiction allerdings – die Karriere von Cordwainer Smith – begann eher unvermittelt. Linebarger mag während des Krieges amerikanischen Science-Fiction-Magazinen einige Stories angeboten haben, erschienen ist nie etwas davon. Auch die Geschichte »Scanner leben vergebens«, die er nach seiner Rückkehr in die USA 1945 in den Arbeitspausen im Pentagon schrieb, wurde von allen großen Genre-Magazinen abgelehnt. *Fantasy Book*, wo er sie fünf Jahre später als letzte Möglichkeit anbot, zahlte nicht einmal für die Veröffentlichung, und so begann Linebarger schwer daran zu zweifeln, dass man ihn in der Science Fiction je willkommen heißen würde.

Doch es gab Leser, die aufmerksam wurden. Unabhängig davon, dass *Fantasy Book* zuvor kaum je eine wirklich anspruchsvolle Geschichte veröffentlicht hatte, unabhängig davon, dass der Autor völlig unbekannt war – »Scanner leben vergebens« gefiel ihnen.

»Martel war zornig. Er war so aufgebracht, dass er noch nicht einmal auf die Idee kam, seinen Blutdruck nachzujustieren …« Es war mehr als die bizarre Ausgangssituation in »Scanner leben vergebens«, die die Aufmerksamkeit auf sich zog, es war die Art, wie sie behandelt wurde. Von den ersten Zeilen an wurden die Leser Teil von Martels Universum – eines Universums, das trotz all seiner Fremdartigkeit so wirklich wie unser eigenes erschien. Sie waren gefesselt und ganz bestimmt auch verzaubert. Wer war diese »Instrumentalität der Menschheit«, die selbst den Scannern Furcht einflößte? Wer waren die »Bestien« und die »Manshonyagger« und die »Heillosen«? Man konnte ihre Bedeutung für den Helden spüren, aber davon abgesehen … konnte man sich nur wundern.

Linebarger wusste weitaus mehr über sein Universum, als er verriet – ja, mehr, als er jemals verraten würde. Dieses Universum hatte sich in seinem Kopf zu bilden begonnen seit der Zeit, als er »Krieg Nr. 81-Q« schrieb, und es gewann seine entscheidende Form in den Jahren zwischen 1930 und 1940, in denen er in einem geheimen Notizbuch seine Geschichte der Zukunft skizzierte – Notizen, auf die er später immer wieder zurückgreifen würde. Tatsächlich hatte er bereits in »Krieg Nr. 81-Q« Anspielungen auf die »Instrumentalität« eingeflochten – jene allmächtige elitäre Hierarchie, die zum Zentrum der Cordwainer-Smith-Stories werden sollte.

Diese Bezeichnung hatte, typisch für Linebarger, mehr Bedeutung, als es zunächst schien. Er war in einer Familie streng gläubiger Anglikaner aufgewachsen, und das Wort »Instrumentalität« besitzt einen ganz besonderen religiösen Unterton: In der römisch-katholischen und der episkopalischen Theologie vollführt der Priester das Sakrament in der »Instrumentalität« Gottes. So hat in Cordwainer Smith' Zukunftsepos die Instrumentalität der Menschheit Merkmale einer politischen Elite wie auch einer Priesterkaste. Ihre Hegemonie ist nicht die eines galaktischen Imperiums – wie es in der Science Fiction jener Zeit eigentlich üblich war –, sondern sie ist weitaus kunstvoller und umfassender, gleichzeitig politisch wie spirituell. Die Lords der Instrumentalität sehen sich nicht nur als einfache Herrscher oder Politiker oder Bürokraten, sondern als Instrument des menschlichen Schicksals.

Linebargers Sinn für Religion erfüllte sein Werk auf mannigfaltige Weise und erschöpfte sich nicht nur in Anspielungen auf die »Alte Starke Religion«. So gibt es eine Betonung quasi-religiöser Rituale (man vergleiche nur den Kodex der Scanner mit dem Spruch des Gesetzes in H. G. Wells' »Die Insel des Dr. Moreau«); so gibt es das ausgeprägte Modell der Berufung in Gestalt der Scanner, Segler, Lichtstecher, Go-Kapitäne und der Lords der Instrumentalität selbst – etwas sehr Spirituelles, auch wenn es nicht in religiösen Begriffen ausgedrückt wird.

Doch Linebarger war kein christlicher Apologet, der die Science Fiction als Medium für orthodoxe religiöse Botschaften benutzte wie etwa C. S. Lewis. Er war vor allem ein sozialer und psychologischer Denker, dessen Erfahrungen mit den unterschiedlichsten Kulturen der Welt ihm einzigartige und scheinbar widersprüchliche Ideen über die menschliche Natur und Moral vermittelt hatten. So bewunderte er beispielsweise Samurai-Werte wie Schöpferkraft, Mut und Ehre und zeigte in seinen Texten generell seine Verbundenheit mit orientalischer Kunst und Literatur. Dennoch war er so schockiert von dem traditionsgebundenen Fatalismus und der Gleichgültigkeit dem menschlichen Leben gegenüber, wie er es in Asien vorfand, dass er geradezu eine Besessenheit gegenüber der »Heiligkeit des Lebens« entwickelte – er empfand das Leben als etwas zu Wertvolles, um es *irgendeinem* Konzept von Ehre oder Moral zu opfern, ob nun im Sinne des Orients oder des Okzidents. (Als er sich in Korea aufhielt, erreichte Linebarger eine Botschaft chinesischer Soldaten, die eigentlich kapitulieren wollten, es aber als beschämend erachteten, die Waffen zu strecken. Er verfasste eine Schrift, die erklärte, wie sich die Soldaten trotzdem ergeben konnten – indem sie die chinesischen Worte für »Liebe«, »Pflicht«, »Menschlichkeit« und »Tugend« riefen, Worte, die, wenn sie in dieser Reihenfolge genannt wurden, wie das englische »Ich ergebe mich« klangen. Er hielt dies für die wertvollste Tat, die er in seinem Leben vollbracht hatte.) Diese Einstellung spiegelt sich vor allem in der scheinbar beiläufigen Art, mit der in den Geschichten Themen wie Gehirnwäsche behandelt werden; für den Jäger und Elaine am Ende von »Die tote Lady von Clowntown« etwa ist es ein menschlicheres, wenn auch weniger »ehrenvolles« Schicksal als der Tod. In Linebargers Sicht ist das Leben eben immer an oberster Stelle angesiedelt, wie stark auch sonst der orientalische Kodex von Ehre und Wahrung der Form die hybride Kultur seiner Zukunft durchdringen mag.

Und er war der festen Überzeugung, dass das Leben mehr als bloßes Leben war. »Der Gott, an den er glaubte, hatte mit der Seele des Menschen und der Entfaltung der Geschichte und dem Schicksal aller lebenden Kreaturen zu tun«, sagte einmal einer seiner Freunde, und so ist es die Erforschung des menschlichen – ja, mehr als menschlichen – Schicksals, die Linebargers Geschichten Harmonie verleiht. Hinter all den erfundenen Kulturen, hinter den komplizierten Verwicklungen der Handlung und dem Glück oder dem Leid der Charaktere steht der Autor als Philosoph, der ähnlich wie Teilhard de Chardin (obwohl es keinen Hinweis auf einen direkten Einfluss gibt) versuchte, Wissenschaft und Religion miteinander zu versöhnen, eine Synthese zwischen Christentum und Evolution zu schaffen, die Licht auf die Natur des Menschen und die Bedeutung der Geschichte werfen sollte.

Die Erzählungen in dieser Sammlung, zum ersten Mal vollständig und in ihrer korrekten Reihenfolge geordnet, sind der veröffentlichte Teil einer riesigen »Future History«, die sich über etwa fünfzehntausend Jahre erstreckt. Zu Beginn wird die Menschheit noch gepeinigt von den »Alten Kriegen« und dem »Dunklen Zeitalter«, das folgte. Es gibt Hinweise auf Jahrtausende des Stillstandes, in denen die »Wahren Menschen« Perfektion hinter den Mauern ihrer Städte suchten, während die »Wilden« als Überlebende der Alten Welt zurückblieben – eben die Bestien, die Manshonyagger, die Heillosen. In dieser Zukunft erscheinen die Vom-Acht-Schwestern – Töchter eines deutschen Wissenschaftlers, der sie gegen Ende des Zweiten Weltkrieges in Satelliten einschloss und ihre Lebensfunktionen verlangsamte – und bringen der Menschheit das »Geschenk der Vitalität«, ein Konzept, das für Linebarger offenbar das bedeutete, was für Bergson und Shaw »Lebenskraft« war. Als Gründer der Vomact-Familie repräsentieren sie eine Kraft in der menschlichen Natur, die gut oder böse sein kann, doch womöglich am Ende nichts von beidem ist, sondern lediglich ein notwendiges Element in der menschlichen Evolution. (Die duale Natur der Vomacts und die Macht, die sie repräsentieren, wird im Ursprung ihres Namens symbolisiert; im deutschen Wort »Acht« liegt eine doppelte Bedeutung: »vogelfrei« oder »verboten« sowie »aufpassen« oder »Vorsicht«. Die Vomacts wirken in den Geschichten abwechselnd als Ausgestoßene oder Wohltäter.)

Dieses Geschenk der Vitalität setzt einen neuen Zyklus der Geschichte in Gang – das heroische Zeitalter der Scanner, Lichtstecher und Go-Kapitäne beginnt. Was an den frühen Erzählungen so beeindruckt, ist die Fülle der emotionalen Zustände – all die seltsamen neuen Erfahrungen und Beziehungen wie die telepathische Symbiose der Menschen und Katzen in »Das Spiel Ratte und Drache« oder die Frau, die zu einem Teil ihres Raumschiffes wird, in »Die Lady, die mit der Seele segelte«.

Etliche von Linebargers eigenen Erfahrungen flossen in seine literarischen Arbeiten ein. Kapitän Wow war der Name einer seiner Katzen in seiner Washingtoner Wohnung, als er »Das Spiel Ratte und Drache« an einem einzigen Tag des Jahres 1954 schrieb; die Katze Melanie inspirierte ihn später zu K'mell, Heldin der »Untermenschen«, die von den Menschen aus Tieren erschaffen werden; und Linebargers wiederholte Aufenthalte in Krankenhäusern, die Abhängigkeit von der medizinischen Technik, vermittelten ihm ein Gefühl für die Verbindung von Mensch und Maschine.

In »Das brennende Gehirn« beginnen wir dann Zeichen der »Genussrevolution« zu erkennen, eine Entwicklung, die Linebarger in seiner eigenen Zeit verabscheute und in der er das Ende des heroischen Zeitalters in seiner erdachten Zukunft erkannte. Fast-Unsterblichkeit – dank der Santaclara-Droge (oder »Stroon« genannt), die auf Norstrilia gewonnen wird – macht das Leben weniger hoffnungslos, aber ebenso weniger bedeutungsvoll. Reale Erfahrung bereitet den Weg für synthetische Erfahrung; in »Golden war das Schiff – oh, so golden!« sucht der Held Genuss direkt durch die Wirkung elektrischen Stroms, und nur eine epochale Krise bietet ihm die Chance, zu erkennen, dass es einen anderen, besseren Weg gibt. Unter der unbarmherzigen Güte der Instrumentalität nimmt ein Utopia Gestalt an: Die Menschen sind frei von der Furcht vor dem Tod, der Bürde der Arbeit, den Risiken des Unbekannten – sie sind aber auch der Hoffnung und der inneren Freiheit beraubt. Das Geschenk der Vitalität ist offenbar verloren; die Geschichte kommt zum Stillstand.

In diesem Abschnitt der Zukunft sind es die Untermenschen, die die Rettung in ihren Händen halten, die sich als menschlicher als die Menschen erweisen. In »Die tote Lady von Clowntown« müssen die verachteten, von Tieren abstammenden Arbeiter den Menschen die Bedeutung der Menschlichkeit lehren, um die Zivilisation aus ihrer scheinbaren Glückseligkeit zu befreien. Und so wird für Paul und Virginia in »Alpha Ralpha Boulevard« die einst verlorene Vergangenheit mit technischen Mitteln wiedererweckt – und wieder beginnt ein neuer historischer Abschnitt, eine neue Form von »Menschsein«.

Parallel zu diesen Ereignissen gibt es flüchtige Blicke auf andere Teile des Universums der Instrumentalität. In »Die klainen Katsen von Mutter Hudson« etwa wird deutlich, warum Altnordaustralien der bestgeschützte Planet der Galaxis ist. Und wo gibt es in der Science Fiction eine ähnliche Welt wie in »Ein Planet namens Shayol«, wo ein kühnes biotechnisches Konzept mit der klassischen Vision der Hölle vereinigt ist?

Orientalische Erzählformen, vor allem in »Die tote Lady von Clowntown« und »Die Ballade von der verlorenen K'mell«, dominieren in den späteren Geschichten. Ihre Mythen sind mutmaßlich Auslegungen von bekannten Legenden – aber wie viel von dem, was in »Unter der alten Erde« geschildert wird, hat *wirklich* jemals stattgefunden? Linebarger hat seine Zukunft nicht auf dem Reißbrett entworfen – er erzählt sie, als wäre sie selbst schon wieder Teil von Sagen und Legenden, von nie endenden Spekulationen derer, die *danach* kommen. Sein Universum bleibt unendlich größer als unsere Kenntnis von ihm – wir werden niemals erfahren, welches Imperium einst die Erde eroberte und über den Alpha Ralpha Boulevard Tribut empfing; oder was aus den Katzenmenschen wurde, die in »Verbrechen und Ruhm des Kommandanten Suzdal« auftauchen.

Und wir werden niemals erfahren, wohin Linebarger uns wirklich führen wollte. Was kommt nach der Wiederentdeckung des Menschen und der Befreiung der Untermenschen durch K'mell? Es gibt Hinweise auf ein gemeinsames Schicksal von Menschen und Untermenschen – einem religiösen Höhepunkt der Geschichte vielleicht. Aber nur Hinweise.

So wird das Werk Paul Linebargers – das in der Science Fiction, ja der gesamten Literatur einzigartige Werk Cordwainer Smiths – immer seine Rätsel bewahren. Doch genau das ist ein Teil seines Reizes. Beim Lesen dieser Geschichten wird man durch Geschehnisse verzaubert, die so real sind wie das Leben selbst. Und ebenso geheimnisvoll.

Der Amerikaner John J. Pierce ist Lektor und Herausgeber und einer der bedeutendsten Experten für die Geschichte der Science Fiction.

NEIN, NEIN, NICHT ROGOW!

Die goldene Gestalt auf den goldenen Stufen zitterte und flatterte wie ein wahnsinnig gewordener Vogel – wie ein Vogel, der trotz seines Intellekts und seiner Seele durch eine Ekstase und ein Entsetzen, die jenseits aller menschlichen Vorstellungskraft lagen, seinen Verstand verloren hatte. Und die Ekstase war eins geworden mit der Gegenwart, in der Vermählung mit der allerhöchsten Kunst. Tausend Welten nahmen daran teil.

Hätte man die alte Zeitrechnung fortgeschrieben, wäre das jetzt das Jahr 13.582 A.D. Nach Niederlagen, nach Enttäuschungen, nach Zerstörung und Wiederaufbau hatte die Menschheit die Sterne erreicht.

Aus der Begegnung mit unmenschlicher Kunst, aus der Konfrontation mit nichtmenschlichen Tänzen hatte die Menschheit etwas unsagbar Prächtiges geschaffen und auf die Bühne der Welten gehoben.

Die goldenen Stufen wirbelten vor den Augen. Einige Augen waren mit einer Netzhaut versehen. Andere Augen bestanden aus kristallenen Kegeln. Dennoch waren alle Blicke auf die goldene Gestalt gerichtet, die »Ruhm und Erfolg des Menschen« auf dem Interwelten-Tanzfestival darstellte, in einer Zeit, die das Jahr 13.582 A.D. hätte sein können.

Erneut gewann die Menschheit den Wettbewerb. Musik und Tanz wirkten hypnotisierend über alle Grenzen der Systeme hinaus und bannten die Blicke, schockierten die Augen menschlicher und nichtmenschlicher Wesen. Der Tanz war ein Triumph des Schocks – des Schocks, den dynamische Schönheit erzeugt.

Die goldene Gestalt auf den goldenen Stufen verlieh verworrenen Bedeutungen hell schimmernd Ausdruck. Der Körper war golden und dennoch menschlich. Der Körper war weiblich und mehr noch als weiblich. Auf den goldenen Stu-

fen, in dem goldenen Licht, zitterte und flatterte sie wie ein Vogel, der von Sinnen war.

Der Staatssicherheitsminister war zutiefst schockiert, als sich herausstellte, dass ein eher heldenhafter als kluger Agent der Nazis fast bis zu N. Rogow vorgedrungen war.

Rogow war für die Streitkräfte der Sowjets wertvoller als zwei Flugzeuggeschwader oder drei motorisierte Divisionen. Sein Gehirn war eine Waffe, eine Waffe im Dienst der Sowjetmacht.

Und da sein Gehirn eine Waffe war, war Rogow ein Gefangener. Doch das machte ihm nichts aus.

Rogow war ein typischer Russe, breitgesichtig, mit sandfarbenem Haar, blauen Augen, einem listigen Lächeln und humorvollen Wangengrübchen.

»Natürlich bin ich ein Gefangener«, pflegte Rogow zu sagen. »Ich bin ein Gefangener des Staates, der dem sowjetischen Volk dient. Aber die Arbeiter und Bauern sind gut zu mir. Ich bin Mitglied der Akademie der Wissenschaften, Generalmajor der Luftstreitkräfte der Roten Armee, Professor an der Universität von Charkow und Stellvertretender Arbeitsdirektor des Kampfflugzeug-Produktionsbetriebes Rote Fahne. Von allen beziehe ich ein Gehalt.«

Manchmal musterte er seine russischen Gelehrtenkollegen mit verengten Augen und fragte sie in vollem Ernst: »Würde ich denn Kapitalisten dienen?«

Die entsetzten Kollegen überwanden dann stotternd ihre Verwirrung und beteuerten ihre ewige Loyalität zu Stalin oder Berija oder Schukow oder Molotow oder Bulganin, je nachdem, was gerade erforderlich war.

Rogow wirkte stets sehr russisch: gelassen, spöttisch, amüsiert. Er ließ sie stottern.

Und dann lachte er.

Sein Ernst wich Vergnügtheit und explodierte in einem blubbernden, überschäumenden, humorvollen Gelächter. »Natürlich könnte ich niemals Kapitalisten dienen. Meine kleine Anastasia würde mir das nicht erlauben.«

Die Kollegen lächelten dann unbehaglich und wünschten, dass Rogow nicht so wilde oder so komödiantenhafte oder so freie Reden führen würde.

Selbst Rogow konnte der Tod ereilen.

Rogow glaubte das zwar nicht.

Aber sie.

Rogow fürchtete sich vor gar nichts.

Die meisten seiner Kollegen fürchteten sich voreinander, vor dem Sowjetsystem, vor der Welt, dem Leben, dem Tod.

Vielleicht war Rogow einst gewöhnlich und sterblich wie die anderen Menschen und voller Angst gewesen.

Doch jetzt war er der Liebhaber, der Kollege, der Ehemann von Anastasia Fjodorowa Cherpas.

Genossin Cherpas war seine Rivalin, seine Gegenspielerin und Konkurrentin gewesen im Wettkampf um wissenschaftliche Anerkennung unter all den tollkühnen slawischen Pionieren der russischen Wissenschaft. Russische Wissenschaft konnte niemals die unmenschliche Perfektion deutscher Methoden, die rigide intellektuelle und moralische Disziplin deutscher Zusammenarbeit erreichen, aber die Russen konnten die Deutschen überflügeln und taten dies auch, indem sie ihrer kühnen, fantastischen Vorstellungskraft freien Lauf ließen.

Rogow hatte 1939 die ersten Raketenwerfer entwickelt; Cherpas hatte die Arbeit vollendet, indem sie die besten dieser Raketen mit einer Funkfernsteuerung versah. 1942 war von Rogow ein völlig neues System zur fotografischen Luftaufklärung erarbeitet worden; Genossin Cherpas hatte dieses Verfahren auf Farbfilme übertragen. Rogow, blondhaarig, blauäugig, hatte lächelnd seine Kritik an Genossin Cherpas' Naivität und Unzuverlässigkeit bei den streng geheimen Treffen der russischen Wissenschaftler während der dunklen Winternächte des Jahres 1943 vorgetragen; Genossin Cherpas, deren dottergelbes Haar ihr wie fließendes Wasser über die Schultern fiel, das ungeschminkte Gesicht vor Begeisterung, Intelligenz und Hingabe leuchtend, hatte die Herausforderung angenommen, seine Kommunismustheorien verlacht, seinen Stolz gekränkt und seine intellektuellen Hypothesen dort angegriffen, wo sie am verletzlichsten waren.

1944 wären die Auseinandersetzungen zwischen Rogow und Cherpas eine Reise wert gewesen.

1945 heirateten sie.

Ihr Flirten fand im Verborgenen statt, ihre Hochzeit war eine Überraschung, ihr Zusammenleben galt als Wunder unter den hochrangigen russischen Wissenschaftlern.

Die Emigrantenpresse berichtete über den Ausspruch eines großen Wissenschaftlers, Peter Kapitza: »Rogow und Cherpas – das ist ein Team. Sie sind Kommunisten, gute Kommunisten, aber sie sind mehr als das! Sie sind *Russen*. Sie sind russisch genug, um die Welt zu besiegen. Schaut sie euch an. Sie sind die Zukunft, unsere russische Zukunft!« Vielleicht war diese Bemerkung übertrieben, aber sie verriet den ungeheuren Respekt, der Rogow und Cherpas von ihren Kollegen unter den sowjetischen Wissenschaftlern entgegengebracht wurde.

Kurz nach ihrer Hochzeit widerfuhren ihnen seltsame Dinge.

Rogow blieb glücklich. Cherpas strahlte.

Dennoch begannen beide, vorsichtig mit ihren Worten umzugehen, als ob sie Dinge gesehen hätten, die nicht durch Sprache ausgedrückt werden konnten, als wären sie über Geheimnisse gestolpert, die zu bedeutend waren, um sie selbst den zuverlässigsten Agenten der sowjetischen Staatspolizei zuzuraunen.

1947 hatte Rogow ein Gespräch mit Stalin. Als sie Stalins Büro im Kreml verließen, begleitete ihn der große Führer persönlich zur Tür, die Stirn nachdenklich gerunzelt, und nickte: »*Da, da, da.*«

Selbst sein persönlicher Stab wusste nicht, warum Stalin »Ja, ja, ja« sagte, aber sie sahen Anweisungen herausgehen mit den Vermerken Nur für Geheimnisträger und Zur Kenntnis und Rückgabe, nicht zum Verbleib, die außerdem mit dem Stempel Nur für autorisiertes Personal und unter keinen Umständen vervielfältigen versehen waren.

In den öffentlichen und geheimen Sowjethaushalt dieses Jahres wurde durch direkte, persönliche Anweisung eines verschwiegenen Stalin ein Finanzposten für ein »Projekt Teleskop« hinzugefügt. Stalin ging auf keine Nachfrage ein, gab keinen Kommentar ab.

Eine Stadt, die einen Namen besessen hatte, verlor ihn.

Ein Wald, der frei zugänglich für Arbeiter und Bauern gewesen war, wurde zum militärischen Sperrgebiet.

Im Zentralpostamt von Charkow wurde ein neues Postfach für die *Stadt von Ya.Ch.* eingerichtet.

Rogow und Cherpas, Genossen und Liebende, beide Wissenschaftler und Russen, verschwanden aus dem Alltagsleben ihrer Kollegen. Auf keiner wissenschaftlichen Versammlung tauchten ihre Gesichter mehr auf. Nur selten wurden sie noch gesehen.

Bei einem dieser seltenen Anlässe – gewöhnlich bei ihrer Hin- und Rückfahrt nach Moskau, wenn der jährliche Sowjet-Haushalt aufgestellt wurde – wirkten sie glücklich und heiter. Aber sie waren nie zu Scherzen aufgelegt.

Was die Außenwelt nicht wusste, war, dass Stalin ihnen ein eigenes Projekt und ein Paradies verschafft hatte, das nur ihnen zur Verfügung stand, und gleichzeitig hatte er dafür gesorgt, dass eine Schlange mit ihnen Einzug in dieses Paradies hielt. Diesmal war die Schlange jedoch kein Einzel-, sondern ein Doppelwesen – sie bestand aus Gausgofer und Gauck.

II

Stalin starb.

Auch Berija starb – wenn auch unfreiwillig.

Der Lauf der Welt nahm seinen Fortgang.

Alles verschwand in der in Vergessenheit geratenen Stadt Ya.Ch., und nichts kam heraus.

Doch es gab Gerüchte, wonach Bulganin Rogow und Cherpas besucht haben sollte. Ja, es wurde sogar gemunkelt, dass Bulganin bei seiner Fahrt zum Flughafen von Charkow, von wo aus er nach Moskau zurückfliegen wollte, gesagt hatte: »Es ist groß, groß, groß. Wenn sie es schaffen, wird es keinen Kalten Krieg mehr geben. Dann wird es überhaupt keinen Krieg mehr geben. Wir werden den Kapitalismus besiegt haben, noch bevor die Kapitalisten zu kämpfen beginnen. Wenn sie es schaffen. Wenn sie es schaffen.« Es gab Berichte darüber, dass Bulganin langsam und verblüfft den Kopf geschüttelt und nichts weiter gesagt haben sollte, sondern das unveränderte Budget des Projektes Teleskop mit seiner Unterschrift versah, als ihm ein zuverlässiger Bote das nächste Mal einen Brief von Rogow brachte.

Anastasia Cherpas wurde Mutter. Ihr erster Junge sah aus wie sein Vater. Ein kleines Mädchen folgte. Dann noch ein kleiner Junge. Durch die Kinder wurde Cherpas' Arbeit jedoch nicht unterbrochen. Sie verfügten über eine große Datscha und ausgebildete Kinderschwestern, die den Haushalt übernahmen.

Jeden Abend speisten die vier gemeinsam.

Rogow russisch, humorvoll, mutig, amüsiert.

Cherpas älter, weiblicher, schöner denn je, aber genauso verletzend, genauso glücklich, genauso scharfzüngig wie immer.

Aber dann die beiden anderen, die beiden, die ihnen im Lauf der Jahre Tag für Tag gegenübersaßen, die beiden Kollegen, mit denen sie durch das allmächtige Wort Stalins gestraft waren.

Gausgofer war eine Frau: bleich, schmalgesichtig, mit einer Stimme, die an das Wiehern eines Pferdes erinnerte. Sie war Wissenschaftlerin und Polizistin und in beiden Berufen sehr tüchtig. 1917 hatte sie den Aufenthaltsort ihrer eigenen Mutter an das Terrorkommando der Bolschewiki verraten. 1924 hatte sie die Hinrichtung ihres Vaters befohlen. Er war ein Deutschrusse von altem, baltischem Adel gewesen, der versucht hatte, sich dem neuen System anzupassen, aber es war ihm nicht gelungen. 1930 hatte sie dafür gesorgt, dass ihr damaliger Geliebter ihr ein wenig zu sehr vertraute. Er war ein rumänischer Kommunist gewesen und hatte einen hohen Rang in der Partei eingenommen, aber in der Abgeschiedenheit ihres Schlafzimmers hatte er ihr flüsternd Geständnisse gemacht, während ihm die Tränen über die Wangen liefen; aufmerksam und stumm hatte sie zugehört und am nächsten Morgen seine Worte an die Polizei weitergeleitet.

Dadurch war Stalin auf sie aufmerksam geworden.

Stalin hatte barsch mit ihr gesprochen. Brutal hatte er sie gefragt: »Genossin, du hast Verstand. Ich kann erkennen, dass du weißt, um was es sich beim Kommunismus handelt. Du begreifst, was mit Loyalität gemeint ist. Du wirst weitermachen und der Partei und der Arbeiterklasse dienen – aber ist das alles, was du willst?« Er hatte ihr die Frage fast ins Gesicht gespuckt.

Sie war so verblüfft gewesen, dass sie ihn mit offenem Mund angestarrt hatte.

Der alte Mann hatte sein Verhalten geändert und sie mit lüsterner Großmütigkeit ausgezeichnet. Er hatte ihr mit dem Zeigefinger an die Brust getippt. »Studiere die Wissenschaften, Genossin. Studiere die Wissenschaften. Kommunismus plus Wissenschaft bedeutet den Sieg. Du bist zu klug, um im Polizeidienst zu bleiben.«

Gausgofer war gegen ihren Willen stolz auf das teuflische Programm ihres deutschen Namensvetters, jenes verhutzelten alten Geografen, der die Geografie selbst in eine schreckliche Waffe für den Kampf der Nazis gegen die Sowjets verwandelt hatte.

Gausgofer hätte sich nichts Schöneres vorstellen können, als sich in die Ehe von Cherpas und Rogow einzumischen.

Gausgofer hatte sich in Rogow in dem Augenblick verliebt, als sie ihn zum ersten Mal sah.

Gausgofer hasste Cherpas – Hass kann ebenso spontan entstehen und rätselhaft sein wie Liebe – von dem Moment an, als sie *ihr* begegnete.

Aber Stalin hatte auch das vorausgeahnt.

Der bleichen, fanatischen Gausgofer hatte er einen Mann namens B. Gauck an die Seite gestellt.

Gauck war massig, geduldig, ausdruckslos. Körperlich war er ebenso groß wie Rogow. Wo Rogow Muskeln besaß, war er schlaff. Wo Rogows Haut gesund war und die rosige, frische Farbe aufwies, die auf viel Bewegung zurückzuführen ist, war Gaucks Haut wie ranziges Schmalz, schmierig, graugrün, kränklich selbst dann, wenn es ihm gutging.

Gaucks Augen waren leer und klein. Sein Blick war so kalt und hart wie der Tod. Gauck besaß keine Freunde, keine Feinde, keine Überzeugungen, keine Begeisterung. Selbst Gausgofer fürchtete sich vor ihm.

Gauck trank niemals, ging niemals nach draußen, erhielt nie Post, schickte nie Briefe ab, sprach nie ein unüberlegtes Wort. Er war niemals grob, niemals sanft, niemals freundlich, niemals wirklich zurückhaltend; er konnte nicht mehr zurückhalten als die ständige Zurückhaltung seines ganzen Lebens.

Rogow hatte sich in der Abgeschiedenheit des Schlafzimmers an seine Frau gewandt, sobald Gausgofer und Gauck eingetroffen waren, und hatte sie gefragt: »Meinst du, dieser Mann ist krank, Anastasia?«

Cherpas verschränkte die Finger ihrer schönen, ausdrucksvollen Hände. Sie, die bei tausend wissenschaftlichen Versammlungen die Schlagfertigkeit in Person gewesen war, fand nun keine Worte. Mit einem besorgten Gesichtsausdruck sah sie zu ihrem Mann auf. »Ich weiß es nicht, Genosse … Ich weiß es einfach nicht …«

Rogow lächelte sein amüsiertes, slawisches Lächeln. »Nun, dann glaube ich auch nicht, dass Gausgofer es weiß.«

Cherpas lachte prustend und griff nach ihrer Haarbürste. »Da hast du sicher Recht. Sie wird es ganz bestimmt nicht wissen. Ich vermute, sie weiß noch nicht einmal, bei wem er Bericht erstattet.«

Diese Unterhaltung war längst Vergangenheit. Gauck, Gausgofer, die leblosen Augen und die toten Augen – sie waren geblieben.

Jedes Abendessen nahmen die vier gemeinsam ein.

Jeden Morgen trafen sich die vier im Labor.

Rogows großer Mut, seine eiserne Gesundheit und sein erfrischender Humor ließen die Arbeit vorankommen.

Cherpas' brillanter Geist gab ihm neue Tatkraft, wann immer die Routine seinen hervorragenden Verstand zu lähmen drohte.

Gausgofer spionierte und beobachtete und lächelte ihr blutleeres Lächeln; manchmal, wenn Neugierde sie überkam, machte sie einzigartige, konstruktive Vorschläge. Sie verstand nie den eigentlichen Sinn ihrer Arbeit im Gesamtzusammenhang, aber sie kannte sich gut genug mit den mechanischen und ingenieurwissenschaftlichen Details aus, um gelegentlich sehr nützlich zu sein.

Gauck kam herein, nahm stumm Platz, sagte nichts, tat nichts. Er rauchte nicht einmal. Er war niemals nervös. Er ging niemals schlafen. Er beobachtete nur.

Das Labor wuchs, und mit ihm wuchs das gewaltige Gebilde der Spionagemaschine.

In der Theorie war das, was Rogow vorgeschlagen und Cherpas fortgeführt hatte, denkbar. Es war der Versuch, ein integriertes Instrumentarium für all die elektrischen und Strahlungs-Phänomene zu erarbeiten, die das Bewusstsein bestimmten, um die elektrischen Funktionen des Geistes nachzuahmen, ohne auf tierisches Material zurückzugreifen.

Die Palette der möglichen Produkte war ungeheuer groß.

Das erste Produkt, um das Stalin gebeten hatte, sollte ein Empfänger sein, der sich in die Gedanken eines menschlichen Geistes einschalten und diese Gedanken entweder über eine Lochstreifenmaschine, eine Fortentwicklung des deutschen *Hellschreibers*, aufzeichnen oder in phonetischer Sprache wiedergeben konnte. Falls der Prozess umkehrbar war und die Maschine, die die Gehirnprozesse simulierte, nicht als Empfänger, sondern als Sender arbeitete, war es vielleicht möglich, lähmende oder störende Wellen abzugeben, die Gedankenprozesse unterbrechen oder ganz beenden konnten.

Im besten Fall konnte Rogows Maschine dazu dienen, über große Entfernungen menschliche Gedanken zu verwirren, menschliche Ziele zu verunsichern und ein elektronisches Störsendersystem zu errichten, das das menschliche Bewusstsein ausschaltete, ohne dass dafür Röhren oder Empfänger notwendig waren.

Er hatte Erfolg – teilweise.

Im ersten Jahr seiner Arbeit hatte er es geschafft, sich selbst schreckliche Kopfschmerzen zuzufügen. Im dritten Jahr hatte er eine Maus über eine Entfernung von zehn Kilometern getötet. Im siebten Jahr hatte er Massenhalluzinationen und eine Selbstmordwelle in der Nachbarstadt ausgelöst. Das war es, was Bulganin so beeindruckt hatte.

Rogow arbeitete nun an dem Empfängerteil. Niemandem war es bisher gelungen, die unbeschreiblich schmalen, unbeschreiblich subtilen Strahlungsfrequenzen zu ermitteln, die einen Menschen von dem anderen unterschieden, aber Rogow bemühte sich darum, um sich in die Gedanken von weit entfernt lebenden Personen einzuschalten.

Er hatte Versuche mit einer Art telepathischem Helm angestellt, aber es hatte nicht funktioniert. Dann war er davon abgekommen, reine Gedanken empfangen zu wollen, und hatte sich auf die Anzapfung visueller und akustischer Impulse konzentriert. Dort, wo die Nervenenden in das Gehirn mündeten, war es ihm im Lauf der Jahre geglückt, zahllose Mikrophänomene voneinander zu unterscheiden, und einige davon hatte er genau bestimmen können.

Durch unbeschreiblich komplexe Messungen war es ihm dann eines Tages gelungen, zu dem Blickfeld ihres zweiten Chauffeurs Verbindung aufzunehmen, und mit Hilfe einer Nadel, die knapp unter seinem rechten Lid angebracht war, »sah« er mit den Augen des anderen, wie dieser völlig ahnungslos in eintausendsechshundert Metern Entfernung ihre Zis-Limousine wusch.

Cherpas war später in diesem Winter in seine Fußstapfen getreten und hatte die Verbindung zu den Augen einer ganzen Familie herstellen können, die in einer nahe gelegenen Ortschaft ihr Mittagessen einnahm. Sie hatte B. Gauck angeboten, sich eine Nadel in den Wangenknochen einsetzen zu lassen, damit auch er mit den Augen eines arglosen, ausspionierten Fremden sehen konnte. Gauck hatte jegliche Art von Nadeln abgelehnt, doch Gausgofer war dazu bereit gewesen.

Die Spionagemaschine begann Formen anzunehmen.

Zwei Aufgaben waren jedoch immer noch nicht gelöst. Die erste war die Frage, wie der Kontakt zu einem weit entfernten Ziel wie dem Weißen Haus in Washington oder dem NATO-Hauptquartier in Paris hergestellt werden konnte. Die Maschine würde perfekte Geheimdienstarbeit leisten können, wenn sie in die Köpfe auch derart weit entfernter Menschen eindringen konnte.

Die zweite Aufgabe bestand darin, eine Methode zu finden, mit der das Bewusstsein dieser Menschen über große Entfernungen gestört und so verwirrt werden konnte, dass die genannten Personen in Tränen ausbrachen, die Beherrschung oder gar den Verstand verloren.

Rogow hatte es versucht, aber es war ihm nie gelungen, weiter als dreißig Kilometer über die Grenzen der namenlosen Stadt Ya.Ch. hinauszudringen.

Eines Tages im November gab es in der Stadt Charkow siebzig Fälle von Hysterie, die fast alle mit Selbstmord endeten. Charkow lag mehrere Hundert Kilometer entfernt, und Rogow war nicht sicher, ob seine Maschine tatsächlich dafür verantwortlich war.

Genossin Gausgofer wagte es, über seinen Ärmel zu streicheln. Ihre blassen Lippen lächelten, und ihre wässrigen Augen strahlten glücklich, als sie mit ihrer hohen, grausamen Stimme sagte: »*Du* wirst es schaffen, Genosse. Du wirst es schaffen.«

Cherpas sah verächtlich auf. Gauck sagte nichts.

Die Agentin Gausgofer sah Cherpas' Blicke auf sich ruhen, und einen Moment lang spannte sich ein Bogen aus purem Hass zwischen den beiden Frauen.

Die drei kehrten wieder an ihre Arbeit an der Maschine zurück.

Gauck hatte auf seinem Stuhl gesessen und sie beobachtet.

Die Männer und Frauen im Laboratorium sprachen nie sehr viel, und Stille erfüllte wieder den Raum.

IV

In dem Jahr, als Eristratow starb, gelang ihnen bei der Maschine ein Durchbruch. Eristratow starb, nachdem die Sowjets und die Volksdemokratien versucht hatten, den Kalten Krieg mit den Amerikanern zu beenden.

Es war Mai. Vor dem Labor huschten die Eichhörnchen durch die Bäume. Die letzten Reste des nächtlichen Regens tropften auf den Boden und sorgten dafür, dass die Erde feucht blieb. Es war angenehm, durch die offenen Fenster den Duft des Waldes in das Arbeitszimmer hereinzulassen.

Der Geruch ihrer Ölöfen und der ranzige Geruch der Isoliermaterialien, des Ozons und der heißen elektronischen Einrichtungen war ihnen nur allzu vertraut.

Rogow stellte fest, dass seine Sehkraft allmählich nachließ, da er die Empfängernadel ganz nah an seinem optischen Nerv hatte anbringen müssen, um visuelle Eindrücke von der Maschine zu erhalten. Nach Monaten des Experimentierens mit tierischen und menschlichen Versuchsobjekten hatte er sich entschlossen, eines ihrer letzten Experimente zu wiederholen, das sie erfolgreich mit einem fünfzehnjährigen Gefangenen durchgeführt hatten, indem er die Nadel direkt hinter dem Auge angebracht hatte. Rogow mochte es nicht, Häftlinge einzusetzen, da Gauck aus Sicherheitsgründen immer verlangte, dass ein für Experimente verwendeter Häftling spätestens fünf Tage nach dem Beginn des Versuchs eliminiert wurde. Rogow hatte sich selbst eingeredet, dass die Nadeltechnik risikolos war, und er war es leid, mit furchtsamen Nichtwissenschaftlern zu arbeiten und allein die Last der intensiven, wissenschaftlichen Konzentration zu tragen, die die Maschine erforderte.

Rogow besprach die Lage mit seiner Frau und ihren beiden seltsamen Mitarbeitern.

Mit einem Anflug schlechter Laune rief er Gauck zu: »Hast du dich eigentlich je gefragt, um was es hier geht? Du bist doch schon jahrelang hier. Weißt du überhaupt, was wir hier entwickeln? Hast du nie an den Experimenten teilnehmen wollen? Ist dir klar, wie viele Jahre mathematischer Berechnungen erforderlich waren, um diese Geräte zu entwickeln und diese Wellenmuster zu ermitteln? Bist du überhaupt zu irgendetwas nützlich?«

Tonlos und ohne Zorn erwiderte Gauck: »Genosse Professor, ich gehorche meinen Befehlen. Und auch du gehorchst deinen Befehlen. Ich habe dich zumindest nie behindert.«

Rogow steigerte sich beinahe in Raserei hinein. »Ich weiß, dass du dich mir nie in den Weg gestellt hast. Wir alle sind treue Diener des Sowjetstaates. Aber hier geht es nicht um Loyalität. Es geht um Begeisterung. Willst du denn nicht einmal einen Blick auf unsere Forschungen werfen? Wir sind den kapitalistischen Amerikanern um hundert oder tausend Jahre voraus. Freut dich das denn nicht? Bist du eigentlich ein menschliches Wesen? Warum nimmst du nicht Anteil an unserer Arbeit? Wirst du mich überhaupt verstehen, wenn ich sie dir erkläre?«

Gauck sagte nichts; er sah Rogow mit seinen Knopfaugen an. Sein schmutzig graues Gesicht blieb unbewegt. Gausgofer stieß laut und auf übertrieben weibliche Art einen erleichterten Seufzer aus, aber sie schwieg ebenfalls. Cherpas, gewinnend lächelnd und ihre freundlichen Augen auf ihren Mann und die beiden Mitarbeiter gerichtet, sagte: »Fahre fort, Nikolai. Der Genosse wird dich verstehen, wenn er es will.«

Gausgofer sah Cherpas eifersüchtig an. Sie schien entschlossen, auch weiterhin zu schweigen, sagte dann aber bittend: »Ja, fahre fort, Genosse Professor.«

»*Kharosho*«, brummte Rogow, »ich werde tun, was ich kann. Die Maschine ist inzwischen in der Lage, über eine große Distanz hinweg in das Bewusstsein anderer Menschen zu dringen.« Amüsiert und ein wenig höhnisch kräuselte er die Lippen. »Wir können uns selbst in die Gedanken Eisenhowers einnisten und herausfinden, was der Oberlump heute gegen das sowjetische Volk im Schilde führt. Wäre es nicht wundervoll, wenn unsere Maschine ihn lähmen würde, so dass er verwirrt vor seinem Schreibtisch säße?«

»Versuche es nicht«, bemerkte Gauck. »Nicht ohne Befehle.«

Rogow ignorierte die Unterbrechung und fuhr fort: »Zunächst empfange ich. Ich weiß nicht, was oder wer es ist und wo oder sie sich befinden. Ich weiß nur, dass diese Maschine jetzt hinausgreifen kann in die Gedanken aller Menschen und Tiere, die in diesem Moment leben, und dass ich Kontakt bekomme mit den Augen und Ohren eines einzelnen Bewusstseins. Mit der neuen Nadel, die direkt mit meinem Gehirn verbunden ist, wird es mir möglich sein, ganz exakt seinen Aufenthaltsort zu bestimmen. Das Ärgerliche an diesem Jungen vorige Woche war, dass wir zwar wussten, dass er etwas sah, das sich außerhalb des Raums befand, und dass er Worte in einer fremden Sprache zu empfangen schien, aber er verstand nicht genug Englisch oder Deutsch, um uns sagen zu können, wohin ihn die Maschine geführt hat.«

Cherpas lachte. »Ich mache mir keine Sorgen. Ich habe gesehen, dass es nicht mit Gefahr verbunden ist. Versuch du es zuerst, mein Gemahl. Falls unsere Genossen nichts dagegen haben ...«

Gauck nickte.

Gausgofer hob atemlos die knochige Hand an ihren mageren Hals und erklärte: »Natürlich, Genosse Rogow, natürlich. Du hast die *ganze* Arbeit getan. Du *musst* der Erste sein.«

Rogow setzte sich.

Ein Techniker in einem weißen Kittel schob die Maschine zu ihm hinüber. Sie lief auf drei gummibereiften Rädern und erinnerte an die kleinen Röntgengeräte, die von Zahnärzten benutzt wurden. Statt einer Linse, wie bei Röntgengeräten üblich, verfügte die Maschine über eine lange, unglaublich feine Nadel. Die besten Prager Hersteller chirurgischer Instrumente hatten sie gefertigt.

Ein anderer Techniker näherte sich mit einer Rasierschüssel, einem Pinsel und einem scharfen Rasiermesser. Unter den Blicken von Gaucks erloschenen Augen rasierte er auf Rogows Schädel eine Fläche von vier Quadratzentimetern.

Dann übernahm Cherpas. Sie schob den Kopf ihres Mannes zwischen Klammern und benutzte eine Mikrometerschraube, um die Vorrichtung so genau zu befestigen, dass die Nadel an der richtigen Stelle durch die Schädeldecke dringen würde.

Die Arbeit führte sie geschickt und mit sanften, kräftigen Fingern durch. Sie ging zärtlich, aber auch energisch vor. Sie war seine Frau, aber sie war auch seine wissenschaftliche Mitarbeiterin und seine Kollegin im Sowjetstaat.

Sie trat zurück und betrachtete ihre Arbeit. Dann schenkte sie ihm ein besonderes Lächeln, eines jener intimen vergnügten Lächeln, die sie gewöhnlich nur tauschten, wenn sie allein waren. »Ich glaube nicht, dass dir das jeden Tag behagen würde. Wir werden eine Methode finden, ins Gehirn vorzustoßen, ohne diese Nadel benutzen zu müssen. Aber sie wird dir auch jetzt keine Schmerzen zufügen.«

»Spielt es eine Rolle, ob es schmerzt?«, gab Rogow zurück. »Dies ist die Stunde der Erfüllung für unsere ganze Arbeit. *Hinein damit.*«

Gausgofer sah aus, als hätte sie gerne an dem Experiment teilgenommen, aber sie wagte es nicht, Cherpas zu unterbrechen. Cherpas, mit aufmerksam funkelnden Augen, streckte den Arm aus und zog an dem Hebel, der die spitze Nadel mit einer Abweichung von einem Zehntelmillimeter in die richtige Stelle stieß.

Rogow sprach sehr konzentriert. »Ich habe nur einen kleinen Stich gefühlt. Du kannst nun den Strom einschalten.«

Gausgofer konnte sich nicht mehr beherrschen. Schüchtern wandte sie sich an Cherpas. »Darf *ich* den Strom einschalten?«

Cherpas nickte. Gauck beobachtete. Rogow wartete. Gausgofer legte den Kippschalter um.

Der Strom war eingeschaltet.

Mit einer ungeduldigen Handbewegung scheuchte Anastasia Cherpas die Laborgehilfen auf die andere Seite des Raumes. Ein paar von ihnen hatten ihre Arbeit unterbrochen und Rogow angestarrt, angestarrt wie dumme Schafe. Sie wirkten verlegen und drängten sich jetzt zu einer weißbekittelten Herde an der gegenüberliegenden Wand des Labors zusammen. Der feuchte Maiwind strich durch den Raum. Über allem lag der Geruch von Wald und Laub.

Die drei beobachteten Rogow.

Rogows Antlitz veränderte sich. Es wurde rot. Sein Atem ging so laut und schwer, dass er noch aus einer Entfernung von mehreren Metern zu hören war. Cherpas fiel vor ihm auf die Knie, die Augenbrauen in wortloser Neugier hochgezogen.

Rogow wagte nicht zu nicken, nicht mit der Nadel in seinem Gehirn. Mit roten Lippen, mit heiserer und schwerfälliger Stimme sagte er: »Hört – noch – nicht – auf.«

Rogow selbst begriff nicht, wie ihm geschah. Er meinte, ein amerikanisches Zimmer, ein russisches Zimmer oder einen Raum in den Tropen vor sich zu sehen. Er glaubte, Palmbäume zu erkennen – oder Wälder oder Tische. Er meinte, Gewehre oder Gebäude zu erblicken, Waschsäle oder Betten, Krankenhäuser, Bungalows, Kirchen. Er glaubte, mit den Augen eines Kindes zu sehen, einer Frau, eines Mannes, eines Soldaten, eines Philosophen, eines Sklaven, eines Arbeiters, eines Wilden, eines Gläubigen, eines Kommunisten, eines Reaktionärs, eines Regierenden, eines Polizisten. Er vermeinte, Stimmen zu hören; vielleicht Englisch oder Französisch oder Russisch, Swahili, Hindu, Malaysisch, Chinesisch, Ukrainisch, Armenisch, Türkisch, Griechisch. Doch er wusste es nicht.

Etwas Seltsames geschah.

Ihm *schien*, er hätte die Welt hinter sich gelassen, sogar die Zeit überwunden. Die Stunden und Jahrhunderte schrumpften wie die Entfernungen, und die Maschine, unerprobt, wie sie war, griff weit aus nach dem mächtigsten Signal, das je ein Menschengeschlecht gegeben hatte. Rogow wusste es nicht, aber die Maschine hatte die Zeit besiegt.

Die Maschine erreichte den Tanz, die menschliche Herausforderung, und das Tanzfestival des Jahres, das nicht als das Jahr 13.582 bezeichnet wurde, es aber hätte sein können.

Vor Rogows Augen zitterten und flatterten die goldene Gestalt und die goldenen Stufen in einem Ritual, das tausendfach überwältigender war als Hypnose. Der Rhythmus bedeutete ihm nichts und gleichzeitig alles. Er war russisch, er war kommunistisch. Er war das Leben – und es war seine Seele, die sich da vor seinen Augen zeigte.

Eine Sekunde lang, die letzte Sekunde seines gewohnten Lebens, blickte er durch Augen aus Fleisch und Blut und beobachtete die verhärmte Frau, die er einst für schön gehalten hatte. Er sah Anastasia Cherpas an, und sie ließ ihn kalt.

Sein Blick konzentrierte sich wieder auf das Bild des Tanzes, auf diese Frau, diese Gesten, diesen Tanz!

Dann begann er zu hören – Musik, die einen Tschaikowsky zum Weinen gebracht hätte, Orchester, bei deren Klang Schostakowitsch oder Khatchaturian für immer verstummt wären, so sehr war sie der Musik des zwanzigsten Jahrhunderts überlegen.

Die Menschen-die-keine-Menschen-waren und zwischen den Sternen lebten, hatten die Menschheit viele Künste gelehrt. Rogows Verstand war der beste seiner Zeit, aber diese Zeit lag weit, weit vor der Zeit der großen Tänze. Beim Anblick dieser einen Vision wurde Rogow vollkommen und unwiderruflich verrückt. Er konnte Cherpas, Gausgofer und Gauck nicht mehr sehen. Er vergaß die Stadt Ya.Ch. Er vergaß sich selbst. Er war wie ein Fisch, der in stehendem frischem Wasser geschlüpft war und zum ersten Mal in einen dahinfließenden Strom geworfen wurde. Er war wie ein Insekt, das ausschlüpfte. Sein vom zwanzigsten Jahrhundert geprägtes Bewusstsein konnte dem Anblick und der Wirkung der Musik und des Tanzes nicht standhalten.

Aber die Nadel war noch da, und die Nadel übertrug mehr in seinen Geist, als sein Geist ertragen konnte.

Die Synapsen seines Gehirns klickten wie Schalter. Die Zukunft überflutete ihn.

Er wurde bleich. Cherpas sprang nach vorn und entfernte die Nadel. Rogow fiel aus dem Sessel.

V

Es war Gauck, der die Ärzte holte. Bei Einbruch der Nacht hatten sie Rogow ein bequemes Lager bereitet und ihn unter hohe Dosen Sedativa gesetzt. Es waren zwei Ärzte, und beide stammten aus dem militärischen Hauptquartier. Gauck hatte sich ihrer Unterstützung durch ein direktes Telefongespräch mit Moskau versichert.

Beide Ärzte waren verärgert. Der Ältere hörte nicht auf, Cherpas Vorwürfe zu machen. »Du hättest das niemals tun dürfen, Genossin Cherpas. Und Genosse Rogow hätte das nicht wagen sollen. Man kann nicht hergehen und irgendwelche Geräte in ein Gehirn bohren. Das ist eine Aufgabe für Mediziner. Niemand von euch ist medizinisch ausgebildet. Es ist in Ordnung, wenn ihr eure Entwicklungen an Häftlingen testet, aber ihr könnt derartige Dinge nicht mit sowjetischen Wissenschaftlern anstellen. Man wird mir die Schuld geben, weil ich Rogow nicht zurückbringen kann. Du hast gehört, was er sagt. Nur ein Gebrummel über: die goldene Gestalt auf den goldenen Stufen, diese Musik, dieses Ich ist ein wahres Ich, diese goldene Gestalt, diese goldene Gestalt, ich will bei dieser goldenen Gestalt sein – und noch mehr von diesem Zeug. Vielleicht habt ihr für immer ein begnadetes Gehirn zerstört …« Er verstummte, als habe er bereits zu viel gesagt. Schließlich handelte es sich bei dieser Angelegenheit um ein Sicherheitsproblem, und offensichtlich repräsentierten Gauck und Gausgofer die Sicherheitsbehörden.

Gausgofer wandte dem Arzt ihre wässrigen Augen zu und sagte mit leiser, flacher, unbeschreiblich hinterhältiger Stimme: »Könnte *sie* dafür verantwortlich sein, Genosse Doktor?«

Der Arzt sah Cherpas an und fragte Gausgofer: »Wie denn? Du bist doch dabei gewesen. Ich nicht. *Wie* hätte sie das tun können? *Warum* hätte sie das tun sollen? Du bist doch dabei gewesen.«

Cherpas sagte nichts. Ihre Lippen waren vor Kummer fest zusammengepresst. Ihr blondes Haar leuchtete, aber in diesem Moment war ihr Haar alles, was von ihrer Schönheit übrig war. Sie fürchtete sich, und sie begann Trauer zu empfinden. Sie hatte keine Zeit, närrische Frauen zu hassen oder sich um den Sicherheitsdienst Sorgen zu machen; sie grämte sich um ihren Kollegen, ihren Geliebten, ihren Gemahl Rogow.

Sie konnten nichts anderes tun als warten. Sie begaben sich in einen großen Raum und versuchten zu essen.

Die Bediensteten hatten riesige Platten mit kaltem, geschnittenem Fleisch, Schüsseln voller Kaviar und eine Auswahl von geschnittenem Brot, frische Butter, echten Kaffee und Liköre vorbereitet.

Keiner von ihnen aß viel.

Sie warteten alle.

Um Viertel nach neun Uhr dröhnte der Lärm von Rotoren über dem Haus.

Der große Helikopter aus Moskau war eingetroffen.

Höhere Stellen hatten übernommen.

VI

Zu diesen höheren Stellen gehörte ein Stellvertretender Minister, ein Mann mit dem Namen V. Karper.

Karper wurde von zwei uniformierten Obersten, einem Ingenieur in Zivil, einem Mann aus der Zentrale der Kommunistischen Partei der Sowjetunion und zwei Ärzten begleitet.

Sie hielten sich nicht mit Höflichkeitsfloskeln auf. Karper sagte lediglich: »Du bist Cherpas. Ich habe dich schon einmal getroffen. Du bist Gausgofer. Ich habe deine Berichte gelesen. Du bist Gauck.«

Die Delegation betrat Rogows Schlafzimmer. Karper schnauzte: »Weckt ihn auf.«

Der Militärarzt, der Rogow die Sedativa verabreicht hatte, wandte ein: »Genosse, du kannst nicht …«

Karper schnitt ihm das Wort ab. »Ruhe.« Er drehte sich zu seinem eigenen Arzt herum und deutete auf Rogow. »Weck ihn auf.«

Der Arzt aus Moskau sprach kurz mit dem älteren Militärarzt. Da schüttelte auch er den Kopf. Er warf Karper einen verstörten Blick zu. Karper wusste, was er hören wollte. »Mach weiter«, sagte Karper. »Ich weiß, dass es gefährlich für ihn ist, aber ich brauche einen Bericht für Moskau.«

Die beiden Ärzte machten sich nun gemeinsam an Rogow zu schaffen. Einer von ihnen verlangte nach seiner Tasche und gab Rogow eine Injektion. Dann traten sie vom Bett zurück.

Rogow krümmte sich in seinem Bett. Er verkrampfte sich. Seine Augen waren geöffnet, aber er sah sie nicht. Mit kindlich klaren und einfachen Worten begann Rogow zu sprechen: »… diese goldene Gestalt, die goldenen Stufen, die Musik, bringt mich zurück zur Musik, ich will bei der Musik sein, ich bin die Musik …« Und weiter und immer weiter, in endloser Monotonie.

Cherpas beugte sich so über ihn, dass ihr Gesicht direkt in seinem Blickfeld war. »Mein Liebling! Mein Liebling, wach auf. Es ist sehr ernst.«

Es war offensichtlich, dass Rogow sie nicht hörte, denn er fuhr fort, undeutlich von goldenen Gestalten zu erzählen.

Zum ersten Mal in all den Jahren ergriff Gauck die Initiative. Er wandte sich direkt an den Mann aus Moskau, an Karper. »Genosse, darf ich einen Vorschlag machen?«

Karper starrte ihn an. Gauck nickte Gausgofer zu. »Wir beide sind auf Befehl des Genossen Stalin hier. Sie ist meine Vorgesetzte. Sie trägt die Verantwortung. Mir obliegt nur die Überwachung.«

Der Stellvertretende Minister wandte sich an Gausgofer. Gausgofer hatte Rogow betrachtet, der auf dem Bett lag; ihre blauen, wässrigen Augen waren tränenlos, ihr Gesicht war zu einem Ausdruck extremer Anspannung verzogen.

Karper ignorierte es und fragte mit fester, klarer, befehlender Stimme: »Was schlägst du vor?«

Gausgofer blickte ihn offen an und erwiderte beherrscht: »Ich glaube nicht, dass es sich in diesem Fall um einen Gehirnschaden handelt. Ich nehme an, er hat Verbindung zu einem anderen menschlichen Wesen bekommen, und wenn ihm keiner von uns folgt, werden wir auch keine Antwort von ihm erhalten.«

»Sehr gut«, bellte Karper. »Aber was sollen wir tun?«

»Laß *mich* ihm folgen – mittels der Maschine.«

Anastasia Cherpas begann hysterisch und wie eine Wahnsinnige zu lachen. Sie drückte Karpers Arm und zeigte mit dem Finger auf Gausgofer. Karper sah sie an. Cherpas' Gelächter brach ab, und sie schrie außer sich: »Die Frau ist verrückt. Seit vielen Jahren ist sie in meinen Mann verliebt. Sie hasst mich, und nun meint sie, ihn retten zu können. Sie glaubt, dass sie ihm folgen kann. Sie glaubt, dass er sich mit ihr verständigen will. Das ist lächerlich. Ich werde das selbst übernehmen!«

Karper blickte sich um. Er wählte zwei Männer aus seiner Begleitung und begab sich in eine Ecke des Raumes. Sie konnten ihn flüstern hören, aber die Worte nicht verstehen. Nach einer siebenminütigen Besprechung kehrte er zurück.

»Ihr habt gegeneinander ernste Sicherheitsvorwürfe erhoben. Ich muss feststellen, dass eine unserer besten Waffen, Rogows Gehirn, zerstört ist. Rogow ist nicht nur ein Mensch. Er ist ein sowjetisches Projekt.« Verachtung hatte sich in Karpers Stimme eingeschlichen. »Ich habe festgestellt, dass ein führender Sicherheitsoffizier, eine Polizistin mit einem beachtenswerten Ruf, von einer sowjetischen Wissenschaftlerin törichter Leidenschaften bezichtigt wird. Ich missbillige derartige Beschuldigungen. Die Entwicklung des sowjetischen Staates und die Arbeit der sowjetischen Wissenschaft darf nicht durch persönliche Auseinandersetzungen behindert werden. Genossin Gausgofer wird ihm folgen. Und zwar heute Nacht, da mein Stabsarzt befürchtet, dass Rogow nicht mehr lange leben wird – und es ist überaus wichtig für uns, herauszufinden, was ihm zugestoßen ist und warum.« Er richtete seinen unheilvollen Blick auf Cherpas. »Du wirst nicht dagegen protestieren, Genossin. Dein Verstand ist das Eigentum des russischen Staates. Die Arbeiter haben dir dein Leben und deine Ausbildung bezahlt. Du kannst das alles nicht aus persönlichen Gründen verschleudern. Wenn es etwas herauszufinden gibt, dann wird die Genossin Gausgofer es für uns beide herausfinden.«

Die ganze Gruppe begab sich wieder in das Labor. Die ängstlichen Techniker wurden aus den Baracken herbeigeholt. Die Lampen wurden eingeschaltet und die Fenster geschlossen. Der Maiwind war kalt.

Man sterilisierte die Nadel.

Das elektronische Netzwerk wurde vorgewärmt.

Gausgofers Gesicht verriet nur Ungeduld und Triumph, als sie sich in den Empfängersessel setzte. Sie lächelte Gauck zu, als eine Hilfskraft den Schaum und das Rasiermesser brachte, um einen Teil ihres Schädels kahlzurasieren.

Gauck lächelte nicht zurück. Seine schwarzen Augen starrten sie an. Er sagte nichts. Er tat nichts. Er beobachtete.

Karper ging auf und ab und verfolgte mit gelegentlichen Blicken die hastig, aber ordnungsgemäß durchgeführten Vorbereitungen für das Experiment.

Anastasia Cherpas setzte sich ein paar Meter von der Gruppe entfernt auf einen Labortisch. Sie betrachtete Gausgofers Hinterkopf, während sich die Nadel senkte. Sie verbarg ihr Gesicht in den Händen. Einige von den anderen glaubten, sie weinen zu hören, aber niemand schenkte ihr sonderlich viel Aufmerksamkeit. Sie waren zu sehr damit beschäftigt, Gausgofer zu beobachten.

Gausgofer errötete. Schweiß rann ihr über die welken Wangen. Ihre Finger klammerten sich fest um die Sessellehnen.

Plötzlich schrie sie ihnen zu: »*Diese goldene Gestalt auf den goldenen Stufen.*«

Sie sprang auf und zog den Apparat hinter sich her.

Niemand hatte etwas Derartiges erwartet. Der Sessel stürzte um. Der Nadelhalter hob sich vom Boden und schwang zur Seite. Die Nadel drehte sich, verbog sich wie eine Sense in Gausgofers Gehirn. Weder Rogow noch Cherpas hatten den Sessel für derartige Belastungen eingerichtet. *Sie wussten nicht, dass sie dabei waren, sich in das Jahr 13.581 einzuschalten.*

Gausgofer lag umringt von den aufgeregten Männern auf dem Boden.

Karper war geistesgegenwärtig genug, sich nach Cherpas umzusehen.

Diese erhob sich von dem Labortisch und ging auf ihn zu. Ein dünner Blutfaden rann von ihrem Wangenknochen. Ein weiterer Blutfaden floss aus einer Wunde, die anderthalb Zentimeter unter ihrem linken Ohr lag.

Mit schrecklicher Gelassenheit, das Gesicht so weiß wie frisch gefallener Schnee, lächelte sie ihn an. »Ich habe gelauscht.«

»Was?«, fragte Karper.

»Ich habe gelauscht, gelauscht«, wiederholte Anastasia Cherpas. »Ich habe herausgefunden, wohin mein Mann gegangen ist. Zu keinem Ort in dieser Welt. Jenseits der Grenzen unserer Wissenschaft steckt etwas Hypnotisierendes. Wir haben ein großes Gewehr entwickelt, aber das Gewehr hat auf uns geschossen, bevor wir gelernt haben, es richtig zu benutzen. Vielleicht glaubst du, dass du meine Ansicht ändern kannst, Genosse Stellvertretender Minister, aber das wird dir nicht gelingen. Ich weiß, was geschehen ist. Mein Mann wird nie zurückkommen. Und ohne ihn werde ich nicht weitermachen. Das Projekt Teleskop ist beendet. Du könntest versuchen, jemand anderen mit der Fertigstellung zu beauftragen, aber das wirst du nicht tun.«

Karper starrte sie an und wandte sich dann ab.

Gauck stellte sich ihm in den Weg.

»Was willst du?«, schnappte Karper.

»Ich will dir sagen«, erklärte Gauck sehr sanft, »ich will dir sagen, Genosse Stellvertretender Minister, dass Rogow fort ist, wenn sie sagt, dass er fort ist, und dass sie aufhört, wenn sie sagt, dass sie aufhört, und dass alles genau so sein wird. Ich weiß es.«

Karper musterte ihn. »Woher willst du das wissen?«

Gauck blieb vollkommen ruhig. Mit übermenschlicher Sicherheit und absoluter Ruhe erläuterte er Karper: »Genosse, ich diskutierte nicht darüber. Ich kenne diese Menschen, auch wenn ich ihre Wissenschaft nicht verstehe. Rogow ist verloren.«

Schließlich schenkte Karper ihm Glauben. Der Stellvertretende Minister nahm auf einem Stuhl am Tisch Platz und sah seine Begleiter an. »Ist das möglich?«

Niemand antwortete.

»Ich habe gefragt: Ist das möglich?«

Alle blickten Anastasia Cherpas an, ihr wunderschönes Haar, ihre entschlossenen, blauen Augen und die beiden dünnen Blutfäden, die aus den Wunden rannen, in denen sich die Abhörnadeln befunden hatten.

Karper drehte sich zu ihr herum. »Was sollen wir nun tun?«

Statt einer Antwort fiel sie auf die Knie und begann zu schluchzen. »Nein, nein, nicht Rogow! Nein, nein, nicht Rogow!«

Und das war alles, was sie aus ihr herausbekommen konnten.

Gauck beobachtete weiter.

Auf den goldenen Stufen in dem goldenen Licht tanzte eine goldene Gestalt einen Traum, der jenseits der Grenzen allen Vorstellungsvermögens lag, tanzte und zog die Musik an sich, bis ein Seufzer der Sehnsucht – Sehnsucht, aus der Hoffnung und dann Pein wurde – die Herzen der lebenden Wesen auf Tausenden von Welten verließ.

Die Ränder des goldenen Bildes versanken langsam und zögernd in Schwärze. Das Gold verblasste zu einem bleichen Goldsilberschein und dann zu Silber, schließlich zu Weiß. Die Tänzerin, die golden gewesen war, stand nun als verlorene weißrosa Gestalt still und müde auf den riesigen weißen Stufen. Der Applaus von tausend Welten schlug über ihr zusammen.

Blind starrte sie ihnen entgegen. Der Tanz hatte auch sie überwältigt. Ihr Applaus hatte nicht viel zu bedeuten. Der Tanz gewann seinen Sinn ganz aus sich selbst. Sie würde leben, irgendwie, bis sie wieder tanzte.

KRIEG NR. 81-Q

Ein paar kurze glückliche Jahrhunderte lang war Krieg zu einem gigantischen Spiel geworden, bis die Weltbevölkerung die Dreißig-Milliarden-Marke überschritten hatte, der damalige Premierminister Chatterji mit seiner Formel der »Rechtmäßigen Proportionen« vor die Weltregierung trat, und aus dem Spiel wieder Ernst wurde. Als alles vorbei war, überwucherten widerliche Kletterpflanzen die zerstörten Städte, Heilige und Wahnsinnige schlugen ihr Lager in den Unterführungen nutzlos gewordener Highways auf, und nur noch ein paar Menschenjäger-Maschinen durchstreiften den Planeten auf der Suche nach Waffen.

»Sicherer Krieg« hatte die Formel gelautet, mit der die Nationen gespielt hatten, bis der echte Krieg zurückgekehrt war und die Menschheit um Jahrtausende zurückwarf. Kriege wurden bedenkenlos erklärt, Kämpfe gefahrlos ausgefochten und mit Anstand und Würde gewonnen oder verloren, und am Schluss wurde ihr Ausgang widerspruchslos hingenommen. Kriege waren so selten, dass sie alles andere von den Fernsehschirmen verdrängten, so prächtig, dass sie die idyllischsten Kulissen für sich beanspruchen konnten, und so hart, dass nur Helden mit den schärfsten Augen und stärksten Nerven eingesetzt wurden. Als Waffen dienten lenkbare Luftschiffe, die mit Raketen, Abfangraketen und Nebelwerfern ausgestattet waren, altertümliche Gefährte, die man eigens reaktiviert hatte, da ihre gemächlichen Manöver von den Fernsehzuschauern gut nachvollzogen, aber nur von den geübtesten Kämpfern ausgeführt werden konnten. So entwickelte sich eine ganz neue Kriegerkaste, braungebrannte, durchtrainierte Männer, die weltweit auf den Skipisten und Unterwasserstränden der Ferienorte trainierten, um sich schließlich in die Kommandozentrale ihrer Heimatbasis zurückzuziehen und von dort aus ihre Luftschiffe zu steuern. Während des Gefechts schalteten die Kineskopen ständig hin und her, so dass sich die Bilder der eigentlichen Schlacht mit denen der Kämpfer abwechselten, die mit sorgenvoll zerfurchter Stirn, triumphierend lächelnd oder verzweifelt seufzend an ihrem Schaltpult saßen. Im Schauspiel des lizenzierten Krieges entfaltete sich das ganze Panorama der menschlichen Gefühlswelt.

Zwischen Tibet und Amerika braute sich ein Krieg zusammen.

Erst vor kurzem war Tibet mit großzügiger amerikanischer Hilfe von der Goonhogo befreit worden, der chinesischen Zentralregierung – unter anderem mittels der Drohung, die in den Raketenstationen rund um Lake Erie lauerte: War es nur ein Bluff? Oder tödliche Gefahr? Die Chinesen ließen es nicht darauf ankommen, weshalb es immer ein Rätsel bleiben wird, ob die Amerikaner einen echten Krieg gewagt hätten oder nicht. Nach der Befreiung Tibets ging es um die Begleichung der politischen Schulden bei den Mächten der Weltversammlung, die Amerika unterstützt hatten: dem Wiedervereinten Indien und der Kongo-Föderation. Der Kongo bestand darauf, dass seine Ansprüche auf die Sahara anerkannt wurden, ein Wunsch, dem Amerika gerne nachkam, da dafür lediglich eine entsprechende Abstimmung in der Weltversammlung notwendig war. Das Wiedervereinte Indien wollte den größten Solarkollektor der Welt errichten, der bis zu achtzig Meilen über den Südkamm des Himalaya reichen sollte. Hier zögerten die Amerikaner, bis sie die Anlage schließlich selbst errichteten. Das Land pachteten sie von Tibet, die Eigentumsrechte an dem Kollektor behielten sie selbst. Doch gerade als sich die ersten Energiewellen ins bengalische Tiefland ergießen sollten, fielen tibetische Soldaten in das Kontrollzentrum ein und präsentierten einen Beschluss des tibetischen Innenministers über die sofortige Beschlagnahme der Anlage. Daraufhin schlossen tibetische Techniker neue Kabel an, die von der Goonhogo-Basis in Teli in Yunnan eingeflogen worden waren, und erklärten, der ehemalige Feind Tibets, die chinesische Zentralregierung, habe den gesamten Stromausstoß des Kraftwerks gemietet.

In der Politik darf keine übertriebene Dankbarkeit erwartet werden, aber so viel grober Undank war doch schwer zu verkraften. Kaum hatten die Amerikaner Tibet von der chinesischen Besatzung befreit, rissen die Tibeter den Solarkollektor an sich, den ihre Retter auf ihrem Territorium errichtet hatten, um das Wiedervereinte Indien für seine Unterstützung zu belohnen! Doch rechtlich war dagegen nicht anzukommen, denn der Kollektor befand sich tatsächlich auf tibetischem Boden, und nach dem damals gültigen Prinzip der »Souveränität« konnte jede Nation auf ihrem eigenen Staatsgebiet tun und lassen, was sie wollte.

Manche Amerikaner waren so erbost, dass sie sofort einen echten Krieg gegen die Goonhogo forderten, während der Präsident lediglich in aller Gelassenheit feststellte, dass man doch nicht gegen einen Feind zu Felde ziehen könne, nur weil er sich als schlauer erwiesen hatte als man selbst. Das sei doch nicht richtig.

Der Kongress stimmte für einen lizenzierten Krieg.

Nun hatte der Präsident keine Wahl mehr – er musste Tibet den Krieg erklären. Nachdem er einen entsprechenden Bewilligungsantrag beim Weltsekretariat eingereicht hatte, erhielt er eine Lizenz für den »Krieg Nr. 81-Q«. Offensichtlich war irgendein Mitarbeiter des Weltsekretariats der Meinung, Tibet könne sich allenfalls die kleinste Kriegsgröße leisten. Die amerikanische Seite hatte einen Klasse-A-Krieg über viermal vierundzwanzig Stunden gefordert, aber die Beamten weigerten sich, den Fall erneut zu überprüfen.

Die Weichen waren gestellt.

Amerika führte Krieg.

Und der Präsident ließ Jack Reardon kommen.

‖

Jack Reardon, den besten Krieger Amerikas.

»Guten Morgen, Jack«, sagte der Präsident. »Ihr letzter Kampf liegt ja nun zwei Jahre zurück – unsere Niederlage gegen Island. Was meinen Sie, sind Sie noch fit?«

»Absolut, Sir. Ich fühle mich besser denn je.« Jack zögerte. »Aber bitte, Sir, reden wir nicht über Island. Gegen Sigurd Sigurdssen hatte niemand eine Chance. Ein Glück, dass er sich zur Ruhe gesetzt hat.«

»Keine Angst, ich habe Sie nicht kommen lassen, um Ihnen Vorwürfe zu machen! Ich weiß, dass Sie alles getan haben, was nur irgend möglich war, um den großen Sigurd zu schlagen. Und deswegen sind Sie jetzt hier. Was meinen Sie, wie sollen wir die Sache angehen?«

»Nun ja, in Sachen Luftschiffe bleibt uns bei einem Klasse-Q-Krieg sowieso kaum eine Wahl. Fünf Schiffe, und dann am besten fünf von den neuen Mark Zeros. Ich schätze, die Tibeter werden sich den allerbilligsten Krieg aussuchen. Als herausgeforderte Nation haben sie die freie Wahl, und sicher haben sie keine Lust auf eine dicke Rechnung. Bestimmt würde die Goonhogo nur zu gerne einspringen, aber dann würden die Chinesen zwei Tage später vor der Tür stehen und die Rechnung präsentieren.«

»Ich wusste gar nicht, dass Sie auch noch Experte für internationale Angelegenheiten sind.« Der Präsident lächelte milde.

Reardon zuckte zusammen. »Entschuldigen Sie, Sir.«

»Ist schon in Ordnung. Im Übrigen haben Sie völlig Recht. Die Tibeter werden sich also für das Kerguelen-Archipel entscheiden?«

»Ja, wahrscheinlich. Da werden unsere Fernsehleute nicht gerade begeistert sein, aber was soll man machen, wenn die Franzosen ihre Inseln so billig anbieten. Sonst wären die Kerguelen sowieso schon längst vom Markt verschwunden.«

In diesem Moment wandelte sich das Verhalten des Präsidenten grundlegend. Der nette ältere Herr, der gerade sein Frühstück genossen hatte, war verschwunden. An seine Stelle trat ein gerissener, egoistischer Politiker, der allen Mitbewerbern um das Präsidentenamt den Rang abgelaufen hatte, um schließlich festzustellen, dass sein Land viel verzweifelter nach einem Präsidenten verlangte, als er jemals nach dem Amt gestrebt hatte. Er sah Reardon scharf an, blickte ihm fest in die Augen und sagte in offiziellem, feierlichem Ton: »Jack, ich werde Ihnen jetzt eine Frage stellen. Vielleicht die wichtigste Frage, die Ihnen jemals gestellt worden ist. Wie wollen Sie diesen Krieg austragen?«

Reardon drückte den Rücken durch. »Sir, ich hielt es nicht für angebracht, selbst eine Mannschaft zusammenzustellen. Ich dachte, Sie hätten vielleicht schon an eine Aufstellung …«

»Sie haben mich falsch verstanden. Würden Sie den Krieg lieber allein austragen?«

»Allein, Sir?«

»Jetzt tun Sie mal nicht so bescheiden, Reardon. Sie sind unser bester Mann. Ehrlich gesagt, sind Sie sogar unser einziger erstklassiger Krieger. Natürlich steht der Nachwuchs bereits in den Startlöchern, aber ein Mann Ihrer Klasse …«

Über der fachlichen Diskussion vergaß Reardon völlig, mit wem er es zu tun hatte, und unterbrach den Präsidenten. »Boggs ist ein guter Mann, Sir. Er hat sechs von diesen kleinen afrikanischen Kriegen als Söldner mitgemacht.«

»Sie haben mich unterbrochen, Reardon.«

»Bitte … bitte verzeihen Sie, Sir«, stammelte Reardon.

»Und lassen Sie Boggs aus dem Spiel. Ich habe ihn durchaus beobachtet, so ist es nicht. Aber selbst mit Boggs hätten wir nur zwei erstklassige Piloten am Start.«

Reardon blickte dem Präsidenten in die Augen. Offensichtlich hatte er etwas auf dem Herzen, wagte aber nicht, es auszusprechen.

Wieder lächelte der Präsident milde. »Na, heraus mit der Sprache.«

»Könnten wir die Mannschaft nicht mit Söldnern aufstocken, Sir?«

»Söldner!«, rief der Präsident. »Um Himmels willen, nein! Alles, nur das nicht! Da würden wir uns ja vor der ganzen Welt lächerlich machen! Ich habe Tibet befreit, indem ich mit einem echten Krieg gedroht habe, und die Chinesen haben nur nachgegeben, weil manche Leute in der Goonhogo immer noch glauben, dass mit uns Amerikanern noch zu rechnen ist. Wenn wir auch nur einen einzigen Söldner anheuern, ist es um unseren Ruf geschehen. Hier geht es um das Image unserer Nation! Also, tun Sie's oder tun Sie's nicht?«

Reardon war aufrichtig verwirrt. »Was ›tun‹, Sir?«

»Sie Idiot! Können Sie den Krieg allein austragen oder nicht? Die Regeln muss ich Ihnen ja wohl nicht erklären!«

Ja, Reardon kannte die Regeln. Eine Nation, die sich auf einen einzigen Piloten beschränkte, wurde mit enormen Vorteilen belohnt. Sobald zwei feindliche Schiffe vernichtet waren, hatte sie gewonnen, ganz egal, wie viele Einheiten sie selbst eingebüßt hatte. Seit zweiunddreißig Jahren, seit der große Sigurd Sigurdssen über das Vereinte Europa, Marokko, Japan und schließlich Brasilien triumphiert hatte, hatte es keinen Ein-Piloten-Krieg mehr gegeben. Niemand hatte mehr gewagt, Island zu einem Klasse-Q-Krieg herauszufordern, während Island selbst schon bei kleinsten Provokationen lizenzierte Kriege erklärt hatte, weil die Credits in der Kriegskasse des Inselstaats mittlerweile für hundert Schlachten reichten. In der Hoffnung, Sigurd durch ein Netz aus unüberschaubarem Teamwork zu erdrücken, hatten sich die herausgeforderten Staaten auf die größten und kompliziertesten Kämpfe verlegt, die sie finanzieren konnten.

Jetzt starrte Reardon aus dem Fenster. Der Präsident ließ ihm Zeit zum Nachdenken.

»Ich kann es versuchen, Sir«, sagte Reardon schließlich mit einer Stimme, der die Schwere ihrer Überzeugung anzuhören war. »Tibet verlangt einen Klasse-Q-Krieg, also müssen sie unsere Forderung akzeptieren. Aber ich bin kein Sigurd, und das wissen Sie auch, Sir.«

Der Präsident war sehr ernst geworden. »Ich weiß, Reardon, ich weiß. Aber vielleicht weiß niemand, nicht einmal Sie selbst, was wirklich in Ihnen steckt. Also, nehmen Sie die Herausforderung an? Für Ihr Land, für mich? Damit Sie auch morgen noch in den Spiegel schauen können?«

Reardon nickte, obwohl er sich in diesem Augenblick kaum etwas Trostloseres vorstellen konnte als Ruhm und Ehre.

III

Die Formalitäten bereiteten keine weiteren Schwierigkeiten.

Streitpunkt war der Solarkollektor auf dem Südkamm des Himalaya, der sowohl von Tibet als auch von Amerika beansprucht wurde. Die Parteien hatten sich darauf geeinigt, die Eigentumsrechte durch einen Krieg zu klären.

Daraufhin stellte der W.K.A., der Weltkriegsausschuss, eine Kriegsgenehmigung aus, die an ebenso strenge wie unmissverständliche Bedingungen geknüpft war:

1. Der Krieg wurde nur zur vereinbarten Zeit und am vereinbarten Ort ausgetragen.
2. Durch den Einsatz von Kriegsgerät durften weder direkt noch indirekt menschliche Wesen getötet oder verletzt werden (verletzte Gefühle ausgenommen).
3. Ein angemessenes Kriegsgebiet wurde gemietet und entsprechend hergerichtet. Insbesondere mussten Tiere möglichst umfassend evakuiert werden, vor allem Vögel, die

in besonderem Maße der Gefahr ausgesetzt waren, im Zuge der Kampfhandlungen verletzt zu werden.

4. Als Waffen dienten geflügelte, nicht-nuklear betriebene Luftschiffe mit einem Maximalgewicht von 22.000 Tonnen.

5. Der gesamte Funkverkehr wurde sowohl vom W.K.A. als auch von beiden Parteien strikt überwacht. Bei Klagen über Störsender oder Interferenzen musste der Krieg unverzüglich unterbrochen werden.

6. Jedes Luftschiff verfügte über sechs nicht-explosive Raketen und dreißig nicht-explosive Abfangraketen.

7. Verirrte Raketen oder echte Waffen wurden vom W.K.A. abgefangen und zerstört, ehe sie das Kriegsgebiet verließen. Unabhängig vom Ausgang des Konflikts mussten beide Parteien entsprechende Zahlungen an den W.K.A. leisten, um für das Abfangen und die Zerstörung ihrer verirrten Raketen aufzukommen.

8. Auf den Luftschiffen, im abgegrenzten Kriegsgebiet und bei den Aufnahmegeräten, die den Konflikt auf die Fernsehschirme in aller Welt übertrugen, durften sich keine lebenden menschlichen Wesen aufhalten. (Das letzte Opfer eines »sicheren Krieges«, dessen man sich entsinnen konnte, war eine TV-Crew, die mit ihrem Multicopter direkt ins Schussfeld eines aus allen Rohren feuernden Kampfzeppelins geflogen war, ehe der Pilot in der Tausende Kilometer entfernten Kommandozentrale reagieren konnte.)

9. Als »vertraglich festgelegter Schauplatz des Krieges« diente das Kerguelen-Kriegsgebiet, das beide Parteien von der Vierzehnten Französischen Republik als Vertreterin des Vereinten Europa mieteten. Die Miete betrug vier Millionen Goldlivre pro Stunde.

10. Die Rechte zur Vermietung der Zuschauerränge verblieben allein bei der Vermieterin des Kerguelen-Kriegsgebiets, während die Krieg führenden Parteien die Übertragungsrechte an den Kampfhandlungen hatten.

Sobald diese Vereinbarungen getroffen waren, sammelten die Franzosen ihre Schafe von den Wiesen des Kerguelen-Archipels ein – leidgeprüfte Tiere, die sich schon daran gewöhnt hatten, hin und wieder von ihrem angestammten Weideland mit einem Antarktis-Leichter ausgeflogen zu werden, um den nächsten Krieg zu ermöglichen. Der Boden war bereitet.

Reardon hatte sich entschieden, von Omaha aus zu operieren; seine tibetischen Pendants waren vermutlich in Lhasa stationiert. Fragte sich nur, welche Söldner die Gegenseite rekrutieren würde, da Tibet über Generationen unter fremder Herrschaft gestanden hatte. Vielleicht konnten sie Sung aus Peking für sich gewinnen, überlegte er, einen verlässlichen Kämpfer, der sogar sechs Schlachten mehr geschlagen hatte als er selbst.

IV

Die Franzosen hatten keine Probleme damit, die Sitzplätze und Aussichtspunkte rund um die Kerguelen loszuwerden. Unterdessen verkauften die üblichen Schwarzhändler Teleskope, die angeblich einen erstklassigen, von keinem Copyright getrübten Blick auf den Krieg bieten sollten, die aber, ebenfalls wie üblich, zumeist nicht richtig funktionierten. Deshalb blieben die Spritztouren, zu denen die hoffnungsfrohen Käufer von Durban, Madras oder Perth aus aufgebrochen waren, in der Regel vergeblich.

Die Kriegsschiffe standen bereit. Die fünf amerikanischen waren golden mit kleinen Stummelflügeln an der zigarrenförmigen Hülle, an den Seiten prangte der uralte amerikanische Adler in seinem rot-weiß-blauen Kreis. Wie sich herausstellte, hatten die Tibeter fünf alte Goonhogo-Modelle gemietet. Allerdings war das chinesische Wappen mit dem tibetischen Gebetsrad übermalt worden, dessen frische Farbe noch glänzte. Da das Geschick der chinesischen Mechaniker bekanntlich an Verschlagenheit grenzte, bestand der amerikanische Vertreter im Schiedsrichterteam darauf, dass alle zehn Schiffe genauestens überprüft wurden, ehe er sie für den Eintritt in das Kerguelen-Kriegsgebiet freigab.

Der Krieg sollte exakt zu Mittag, Ortszeit, eröffnet werden. Reardon konnte gleich zu Beginn einen beachtlichen Vorteil für sich verbuchen: Nachdem die Schiedsrichter nach dem Zufallsprinzip über die Startpositionen entschieden hatten, blies ihm ein kräftiger Westwind entgegen, während die feindlichen Schiffe kaum Schub geben konnten, wenn sie nicht kurzerhand aus dem Kriegsgebiet geweht werden wollten.

Da irgendein idiotischer Schreibtischtäter auf die Idee gekommen war, die amerikanischen Luftschiffe nach Figuren aus Shakespeare-Stücken zu benennen, durfte Reardon nun die *Prospero*, die *Ariel*, die *Oberon*, die *Caliban* und die *Titania* steuern. Auf der Gegenseite waren die Tibeter nicht mehr dazu gekommen, ihre Schiffe umzutaufen, so dass er sich den Namen von fünf Dynastien aus der chinesischen Frühzeit gegenübersah: der *Han*, der *Yuan*, der *Qing*, der *Jin* und der *Ming*.

Zu Beginn hielt Reardon seine Schiffe in enger Formation vor den Zuschauerrängen, so dass ihn die Tibeter nicht unter Beschuss nehmen konnten, ohne Ausreißer aus dem Kriegsgebiet und die damit verbundenen Strafgelder zu riskieren. Im Kontrollzentrum in Omaha warf er einen kurzen Blick auf den Schirm, auf dem mittlerweile seine Kontrahenten erschienen waren – er hatte es tatsächlich mit Sung zu tun und auch mit Baartek, einem berühmten Söldner unter Liechtensteiner Flagge, der bei keiner zünftigen Schlacht fehlen wollte. Die anderen drei kannte er nicht; sogar ein Mädchen in traditioneller tibetischer Tracht war dabei. Einen netten Propagandatrick haben sich die Chinesen da ausgedacht, überlegte Reardon. Auf die Goonhogo ist eben Verlass!

In diesem Moment zogen die Chinesen den Groll des Publikums auf sich, indem sie einen Nebelschleier auswarfen. Aber da ihre Luftschiffe immer noch ungeschickt pumpend im Rückwärtsgang gegen den Wind ankämpften, war ihnen praktisch nichts anderes übrig geblieben. Reardon wartete, bis die Nebelwand kurz vor seiner Flotte angekommen war, und sprang nach vorne – er schaltete die *Prospero* auf Handsteuerung, peilte dreimal über den Daumen und sprang nach vorne.

Als die *Prospero* dann auf der anderen Seite aus dem Nebel auftauchte, war sie ziemlich am Ende, durchbohrt von zwei Raketen. Reardon bezweifelte, dass die Bergungsmannschaft später noch viel würde retten können.

Aber den Krieg hatte er praktisch gewonnen, denn er hatte die *Han* und die *Ming* gerammt. Durch die Augen der *Ariel* beobachtete er seine beiden Opfer: Die *Ming* versuchte verzweifelt, ihre Position über dem eiskalten, tiefen Wasser des Südindischen Ozeans zu halten. Wahrscheinlich hatte Baartek das Kommando übernommen, da sie plötzlich das Feuer eröffnete. Als Reardon die *Ariel* zur Seite riss, ging schon ein Funkenregen hinter ihrem Heck nieder – offenbar hatte der W.K.A. beschlossen, die Raketen zum Schutz der Zuschauermassen mit scharfer Munition abzufangen. Die Lichtblitze wollten kein Ende nehmen, bis auf den Bildschirmen nur noch ein zitterndes, milchiges Weiß zu sehen war. Reardon musste an die vielen Schaulustigen denken, die zu lange auf die Abfangblitze starrten und sich später über Kopfschmerzen beklagen würden, während Baartek offenbar völlig egal war, wie viele Geldbußen seine tibetischen Auftraggeber hinterher zu entrichten hatten. Und trotzdem war die *Ariel* so leicht davongekommen!

Gleichzeitig hatte die *Han* noch im Fallen die *Caliban* angegriffen, die dadurch ihren linken Flügel eingebüßt hatte und nun in die Tiefe trudelte. Reardon strafte den Roboter, der das Schiff für ihn gesteuert hatte, mit einem vorwurfsvollen Blick, entschied sich aber dagegen, auch noch dessen

Programmierer zu verfluchen, die mit ihrer Einschätzung des gegnerischen Verhaltens meilenweit danebengelegen hatten. Dafür hatte er jetzt keine Zeit.

Auf sämtlichen Bildschirmen erschien das Gesicht des Schiedsrichters des W.K.A. Seine Stimme war auf allen Kanälen zu hören: »Die *Caliban*, Amerika. Die *Han*, Tibet. Beide Schiffe vom Schlachtfeld abziehen. Feuer einstellen und Schiffe abziehen.«

Laut Reglement war Reardon damit um den Sieg gebracht worden. Um zu gewinnen, musste er zwei feindliche Schiffe zerstören und ein eigenes über die gesamte Dauer der Schlacht in der Luft halten. Die *Ming*, die gerade auf den Schaumkronen aufschlug und zerschellte, war sein erstes Opfer gewesen, die *Han* hätte das zweite sein sollen. Jetzt musste er wieder von vorne anfangen.

Also stellte er die *Ariel* auf Robotersteuerung und übernahm die *Titania*.

Ein feindliches Schiff kroch nahe vor den Zuschauerrängen auf ihn zu, konnte aber nicht feuern, weil sich die *Titania* praktisch in der Ecke des rechteckigen Kriegsgebiets befand. Und wenn er feuern wollte, musste er ganz hinunter, fast mit dem Rumpf ins Wasser, so dass seine Querschläger im All verpuffen würden.

Reardon und sein Gegner setzten im selben Moment zum Sturzflug an.

Plötzlich wurde sein Bildschirm schwarz, und kurz darauf erschien das Gesicht des Präsidenten. Nur der Präsident besaß dieses Vorrecht.

»Wie läuft's denn so, mein Junge? Sieht nicht so toll für uns aus, was?«

Fast hätte Reardon gebrüllt: »Hau ab, du Idiot!«

Aber Präsidenten brüllt man nicht an.

Also zwang er sich, höflich zu antworten, obwohl er wusste, dass sein kreideweißes Gesicht seine Wut verriet. »Bitte, Sir, geben Sie den Bildschirm frei. Es läuft nicht schlecht, Sir. Danke der Nachfrage, Sir.«

Der Präsident verschwand, und Reardon war gerade in dem Moment wieder auf der *Titania*, als sie von feindlichen Raketen in Stücke gerissen wurde.

Er bezähmte seine rasende Wut und übernahm die *Ariel*, während die zerstörte *Titania* auf den Wellen zerbrach.

Jetzt spie er selbst einen Nebelschleier aus. Als die Nebelwand auf ihn zukam, zog er die *Ariel* hoch bis über den Rand des Nebels, gerade rechtzeitig, um zu sehen, dass sich zwei chinesische Schiffe auf die Suche nach ihm machten. Sofort, denn der Nebel begann sich bereits wieder aufzulösen, setzte er zum Sturzflug an und streckte die Hand nach dem Hebel aus, der eine Simultanladung abfeuern würde – alle Raketen würden gleichzeitig im Ziel einschlagen. Aber in seiner Wut auf den idiotischen Präsidenten erwischte er den falschen Hebel: SELBSTZERSTÖRUNG.

Die *Ariel* explodierte, ein hübsches Feuerwerk, und ganz in ihrer Nähe schwebten zwei weitere Feuerbälle. Durch das Videoauge auf dem Vorderdeck der *Ariel* sah Reardon, dass er den Krieg gewonnen hatte. Zumindest technisch gesehen, denn er riss zwei chinesische Schiffe mit sich in den Abgrund.

Er übernahm die *Oberon*, das letzte Schiff, das ihm geblieben war. Er hatte noch zwei chinesische Luftschiffe gegen sich, die *Qing* und die *Yuan*.

Auf dem Bildschirm erschien das Gesicht des Schiedsrichters. »Sie haben den Selbstzerstörungsmechanismus ausgelöst. Laut Reglement des lizenzierten Krieges darf der Selbstzerstörungsmechanismus nicht als Waffe eingesetzt werden.«

»Das war ein Versehen«, wütete Reardon. »Schauen Sie sich doch die Videoaufzeichnung aus dem Kontrollzentrum an. Da sehen Sie, dass ich eigentlich die Simultanladung aktivieren wollte.«

Für ein paar Sekunden wurde es still in der Leitung, nur das Summen der leeren Monitore war zu hören. Dann tauchte wieder der Schiedsrichter auf, der sich diesmal an Baartek und Sung wandte, aber Reardon mithören ließ. »Tja, für einen solchen Fall gibt es keine genauen Regeln. Reardon hat einen Fehler gemacht, aber Sie hatten sich zu weit vorgewagt. Das war ein Risiko, und er kam eben von oben. Ich lasse es gelten.«

Damit musste Reardon nur noch siebenundsechzig Minuten lang am Leben bleiben, um den Krieg zu gewinnen. Und solange er ein Schiff in der Luft hatte, war er am Leben.

Also schlich er sich ganz nah an das Publikum heran, so nah, dass einige Zuschauer unwillkürlich zurückwichen. Rufe nach dem Schiedsrichter wurden laut, aber Reardon achtete penibel darauf, nicht den vorgeschriebenen Mindestabstand von hundert Metern zu verletzen.

Die *Qing* und die *Yuan* gingen in Position – und attackierten. Reardon musste die Notdüsen betätigen, um unter ihren Raketen hinwegzutauchen. Wenn er richtig mitgezählt hatte, verfügte die *Qing* noch über vier, die *Yuan* noch über drei Raketen, aber nach der hektischen Schlacht war er sich nicht mehr ganz sicher. Oft war vor lauter Nebel überhaupt nichts zu sehen gewesen. Er musste an diese alten Kartenspiele denken – auch da hatten selbst erfahrene Spieler ab und zu den Überblick über die Karten verloren, die noch im Spiel waren.

Als er wieder zum Sturzflug ansetzte, hängten sich die Chinesen an ihn dran.

Eine Rakete touchierte das Höhenruder am linken Flügel der *Oberon*.

Und genau das machte sich Reardon zunutze. Er riss das Schiff zur Seite, als sei es schwer getroffen, und ließ es kopfüber in die Tiefe trudeln.

Als die *Yuan* näher heranflog, um seinen Absturz zu beobachten, griff er an. Er durchbohrte sie mit Raketen, bis die Sonne durch ihren Bauch schien. Sie brach aus, direkt auf die Zuschauerränge zu, und einen Lichtblitz später hatten die Schutzvorrichtungen des W.K.A. die Gefahr beseitigt.

Kaum hatte die *Oberon* auf der Wasseroberfläche aufgesetzt, prügelte Reardon den Antrieb in den Rückwärtsgang und feuerte zwei seiner kostbaren Raketen ins Wasser. Sofort schoss eine riesige Dampfwolke hoch, auf der die *Oberon* schneller in die Höhe ritt, als jemals ein Luftschiff aufgestiegen war. Ohne zu wissen, wohin die Reise ging – auf dem Bildschirm sah er nichts als Wellen, weil er rückwärts nach oben raste –, behielt er die Schadensanzeige im Auge und stellte die Außenmikrofone auf MAXIMUM.

Sekundenbruchteile später erfolgte der Einschlag.

Die *Oberon* krachte in irgendetwas hinein, und bei diesem Etwas konnte es sich nur um die *Qing* handeln.

Immer noch im Rückwärtsgang, holte Reardon das letzte bisschen Schub aus dem Antrieb heraus, flog eine scharfe Kurve, verpasste seinem Opfer noch zwei Raketen aus den Heckkanonen und drückte es unerbittlich nach unten, auf die Wasseroberfläche zu. Eigentlich erstaunlich, dass die verkeilten Schiffe nicht längst in Flammen aufgegangen waren.

Plötzlich erstrahlte die Schadensanzeige wie ein Weihnachtsbaum. Das Heck des Schiffs existierte nicht mehr.

Mit den Fingerspitzen, so sanft er konnte, strich er über das Kontrollfeld und gab den Befehl zum AUFSTEIGEN. Jetzt hatte er nichts als freien Himmel über sich; nur auf der linken Seite des Sichtrasters entdeckte er ein paar Zuschauerschiffe, die seitlich in der Luft hingen. Was für ein merkwürdiger Anblick, dachte er noch, als er spürte, wie sich etwas von der *Oberon* löste.

Er hatte die *Qing* versenkt, ohne sie ein einziges Mal gesehen zu haben.

Auf dem Bildschirm tauchte der Schiedsrichter auf. »Ihr Schiff befindet sich in der Luft, das gegnerische Schiff wurde ausgeschaltet. Damit ist der Krieg einundsechzig Minuten vor Ablauf der Zeit beendet. Amerika wird zum Sieger erklärt, Tibet zum Verlierer.« Er legte seinen offiziellen Tonfall ab. »Gut gemacht, Kumpel. Die feindlichen Piloten wollen dir gratulieren. Soll ich sie durchstellen?«

V

Bevor er antworten konnte, wurde der Bildschirm schwarz. Der Präsident hatte wieder einmal von seinem Vorrecht Gebrauch gemacht.

Amüsiert stellte Reardon fest, dass dem alten Herrn Tränen in den Augen standen. »Sie haben es geschafft, mein Junge, Sie haben es geschafft. Ich habe gewusst, dass Sie es schaffen würden.«

Reardon zwang sich zu einem freundlichen Lächeln, während er darauf wartete, dass ihm der Bildschirm endlich die Gesichter seiner befreundeten Feinde zeigte. Bestimmt würde Baartek wieder auf einem gemeinsamen Abendessen bestehen. Wie immer.

MODELL ELF

Die Jahre vergingen; die Erde lebte weiter, auch wenn eine besiegte und gejagte Menschheit durch die ruhmreichen Ruinen einer großen Vergangenheit kroch.

Die Landung einer Dame

Sterne drehten sich immer noch stumm am Frühsommerhimmel, obwohl die Menschen schon vor langer Zeit vergessen hatten, jene Nächte mit dem Namen Juni zu bezeichnen.

Laird versuchte, die Sterne mit geschlossenen Augen zu beobachten. Es war ein heikles und nicht ungefährliches Spiel für einen Telepathen – denn jeden Moment konnten sich die Himmel öffnen und, während sein Geist das Bild der nahen Sterne berührte, ihn in einen Alptraum hineinziehen, der aus einem ewigem Fall bestand. Wann immer ihn dieses krank machende, schockierende, grausige, peinigende Gefühl eines endlosen Sturzes überwältigte, musste er sein Bewusstsein so lange vor seinen telepathischen Fähigkeiten verschließen, bis sich seine Kräfte regeneriert hatten.

Er tastete mit seinen Gedanken nach den Dingen hoch über der Erde, nach ausgebrannten Weltraumsatelliten, die ihre höchst unterschiedlichen Bahnen zogen und ewig kreisten, Überreste alter nuklearer Kriege.

Da entdeckte er einen Satelliten.

Einen, der so alt war, dass er keine funktionierende kryotronischen Kontrollinstrumente besaß. Seine Konstruktion war altmodisch und jenseits aller Vorstellungskraft; offenbar

war er einst von chemischen Triebwerken aus der Erdatmo-
sphäre hinauf in die Umlaufbahn gebracht worden.

Laird öffnete die Augen und hatte ihn schon verloren.

So schloss er die Lider wieder und griff erneut mit seinem
suchenden Geist hinauf, bis er das uralte herrenlose Wrack
wiederfand. Als seine Gedanken danach tasteten, spannten
sich seine Kiefermuskeln. Er spürte Leben im Innern, Leben,
das so alt war wie das archaische Objekt selbst.

Binnen eines Augenblicks stand er in Kontakt mit seinem
Freund, dem Computer Tong.

Er fütterte seine Beobachtungen in Tongs Bewusstsein. Äu-
ßerst interessiert, übermittelte Tong ihm eine Umlaufbahn,
die den leicht parabolischen Verlauf des alten Satelliten ver-
ändern und ihn hinunter in die Erdatmosphäre stürzen las-
sen würde.

Laird nahm seine ganze Kraft zusammen.

Er bat seinen unsichtbaren Freund, ihn zu führen, und durch-
forschte erneut die Ansammlung der metallenen Gebilde, die
glitzernd am Himmel dahinschossen. Er entdeckte das uralte
Wrack und versetzte ihm einen Stoß.

Auf diese Weise, über sechzehntausend Jahre, nachdem
sie Hitlers »Reich« verlassen hatte, trat Carlotta vom Acht ihre
Rückkehr zur Erde der Menschen an.

In all diesen Jahren hatte sich Carlotta vom Acht nicht ver-
ändert.

Die Erde schon.

Die uralte Rakete erbebte. Vier Stunden später streifte sie die
Stratosphäre, und ihre alten Kontrollvorrichtungen, die die
Kälte und die Zeit vor allen Veränderungen bewahrt hatten,
nahmen ihre Arbeit wieder auf. Während sie sich erwärm-
ten, schalteten sie sich nach und nach ein.

Die Rakete verließ endgültig ihre Umlaufbahn.

Fünfzehn Stunden später suchte sie nach einem Ziel.

Elektronische Instrumente, die in der keinem Wandel un-
terworfenen Zeit des Weltraums seit Tausenden von Jahren

brachgelegen hatten, begannen Ausschau zu halten nach deutschen Ländern, suchten diese Länder mittels eines Rückkoppelungsmechanismus, der auf die charakteristischen Nazimuster von elektronischen Kommunikationskodes ansprach.

Es gab keine.

Wie hätte die Maschine das auch wissen können? Sie hatte die Stadt Pardubice am 2. April 1945 verlassen, als die letzten Schlupfwinkel der Deutschen von der Roten Armee durchkämmt wurden. Wie konnte die Maschine wissen, dass es keinen Hitler, kein Reich, kein Europa, kein Amerika, keine Nationen mehr gab?

Sie war auf deutsche Kodes programmiert. Ausschließlich auf deutsche Kodes.

Doch das hatte keinen Einfluss auf den Rückkoppelungsmechanismus.

Er hielt weiter Ausschau nach deutschen Kodes, die es nicht mehr gab. Der elektronische Computer in der Rakete begann ein wenig neurotisch zu werden. Er schnatterte wie ein wütender Affe, ruhte sich wieder aus, schnatterte erneut und steuerte dann die Rakete in Richtung eines Objektes, das vage einen elektrischen Eindruck machte. Die Rakete hielt darauf zu, und das Mädchen erwachte.

Sie wusste, dass sie sich in der Kapsel befand, in die ihr Vater sie gelegt hatte. Sie wusste, dass sie kein feiges Ding war wie die Nazis, die ihr Vater verachtet hatte. Sie war ein richtiges preußisches Mädchen aus einer adeligen Offiziersfamilie. Ihr Vater hatte ihr befohlen, in diesem Behälter zu bleiben. Und was er ihr auftrug, befolgte sie stets. Das war das oberste Gesetz für ein Mädchen ihrer Art, für ein sechzehnjähriges Mädchen aus einer Junkerfamilie.

Der Lärm nahm zu. Das elektronische Geschnatter eskalierte zu einem wilden Durcheinander aus Klicklauten.

Sie roch etwas unsagbar Scheußliches, etwas Verbranntes, etwas, das so grausig und faulig roch wie verdorbenes Fleisch.

Sie hatte Angst, dass sie selbst es war, aber sie verspürte keine Schmerzen.

»Vati, was geschieht mit mir?«, rief sie ihrem Vater zu.

(Ihr Vater war seit über sechzehntausend Jahren tot; lange genug, um nicht mehr antworten zu können.)

Die Rakete begann sich zu drehen. Der uralte Ledergurt, der sie festhielt, riss. Auch wenn sie nicht mehr Platz in der Rakete hatte als in einem Sarg, wurde sie heftig hin und her gerüttelt.

Sie begann zu weinen.

Sie erbrach sich, doch nur wenig verließ ihren Magen. Dann beschmutzte sie sich mit ihrem eigenen Erbrochenen und ekelte und schämte sich für etwas, das doch nur eine ganz simple menschliche Reaktion war.

Der Lärm steigerte sich zu einem kreischenden, tobenden Finale. Das Letzte, woran sie sich erinnerte, war das Feuern der vorderen Bremstriebwerke. Das Metall war so angegriffen, dass die Triebwerke nicht nur nach vorn feuerten, sondern gleichzeitig in tausend Stücke zerfetzt wurden und in alle Richtungen davonflogen.

Sie war bewusstlos, als die Rakete aufschlug. Vielleicht rettete ihr das das Leben, denn die geringste Muskelanspannung hätte zu Muskelrissen und Knochenbrüchen geführt.

Entdeckung durch einen Schwachsinnigen

Sein Metall und sein Gefieder funkelten im Mondlicht, als er in seiner prachtvollen Uniform aus dem dunklen Wald stürmte. Die Herrschaft über die Welt war schon seit langem von den Wahren Menschen den Schwachsinnigen übergeben worden; die Wahren Menschen hatten kein Interesse an Dingen wie Politik oder Regierungsgeschäften.

Carlottas Gewicht – nicht Absicht – hatte den Notgriff umgelegt.

Ihr Körper lag nun halb in der Rakete, halb draußen.

Eine böse Brandwunde zog sich über ihren linken Arm, wo ihre Haut die heiße Außenhülle der Rakete berührt hatte.

Der Schwachsinnige brach durch das Gebüsch und war gleich darauf bei ihr.

»Ich bin der Lordgroßadministrator des Gebietes Dreiundsiebzig«, sagte er und wies sich gemäß den herrschenden Gesetzen aus.

Das bewusstlose Mädchen antwortete nicht.

Dicht neben der Rakete richtete er sich auf, nachdem er sich die ganze Zeit nur in geduckter Haltung vorwärtsbewegt hatte, um nicht von den Gefahren der Nacht verschlungen zu werden, und lauschte aufmerksam dem Strahlungsmesser, der ihm unter die Haut seines Schädels, hinter seinem rechten Ohr, implantiert worden war.

Geschickt hob er dann das Mädchen auf, legte es sich sanft über die Schulter, drehte sich um, rannte in die Büsche zurück, machte eine Wendung nach rechts, lief ein paar Schritte, sah sich unentschlossen um und rannte (noch immer unsicher, noch immer Haken schlagend und ängstlich) zum nahen Bach hinunter.

Er griff sich in die Tasche und holte eine Brandsalbe hervor. Bestrich die Brandwunde an ihrem Arm dick mit der Paste. Sie würde haften bleiben, den Schmerz vertreiben und die Haut schützen, bis die Wunde verheilt war.

Er spritzte ihr kaltes Wasser ins Gesicht. Da erwachte sie.

»Wo bin ich?«, fragte sie auf Deutsch.

Auf der anderen Seite der Welt hatte Laird, der Telepath, für einen kurzen Moment die Rakete vergessen. Er hätte das Mädchen vielleicht verstehen können, doch er war nicht bei ihr. Der Wald umgab sie, und der Wald war voller Leben, Furcht, Hass und erbarmungsloser Zerstörungskraft.

Der Schwachsinnige plapperte in seiner eigenen Sprache.

Carlotta sah ihn an und hielt ihn für einen Russen.

»Sind Sie ein Russe?«, fragte sie auf Deutsch. »Sind Sie ein Deutscher? Gehören Sie zu General Wlassows Armee? Wie weit ist es bis Prag? Sie müssen mich höflich behandeln. Ich bin ein einflussreiches Mädchen ...«

Der Schwachsinnige starrte sie nur an. Sein Gesicht leuchtete vor unschuldiger und purer Lust. (Die Wahren Menschen hatten es nie für notwendig gehalten, die Fortpflanzungsgewohnheiten zwischen den Schwachsinnigen, den Bestien, den Heillosen und den Menschenjägern zu verbieten. Für jede Art menschlichen Lebens war es schwer, am Leben zu bleiben. Die Wahren Menschen verlangten von den Schwachsinnigen, dass sie sich vermehrten, Berichte verfassten, einige Pflichten übernahmen und die anderen Bewohner der Welt so beschäftigten, dass die Wahren Menschen in der Ruhe und Besinnlichkeit leben konnten, die ihr stolzer, aber müder Geist benötigte.)

Dieser Schwachsinnige war ein typischer Vertreter seiner Art. Für ihn bedeutete Nahrung essen, Wasser bedeutete trinken, Frauen bedeuteten Lust.

Er machte da keinen Unterschied.

Obwohl sie erschöpft, verwirrt und durchgerüttelt war, erkannte Carlotta die Bedeutung seines Gesichtsausdrucks.

Vor sechzehntausend Jahren hatte sie damit gerechnet, von den Russen vergewaltigt oder ermordet zu werden. Der Soldat vor ihr war ein absonderlicher kleiner Mann, stand dick und grinsend da und trug genug Orden, um ein sowjetischer Generaloberst sein zu können. Nach allem, was sie im Mondlicht erkennen konnte, war er glatt rasiert und liebenswürdig, aber er wirkte zu unschuldig und zu dumm, um ein derart hochrangiger Offizier sein zu können. Vielleicht sahen alle Russen so aus, dachte sie.

Er griff nach ihr.

Trotz ihrer Müdigkeit schlug sie nach ihm.

Der Schwachsinnige war verwirrt. Er wusste, dass er das Recht hatte, jede Frau seiner Art zu besitzen, die er fand. Gleichzeitig wusste er aber auch, dass ihm Schlimmeres als der Tod drohte, wenn er eine Frau der Wahren Menschen berührte. Von welcher Art war dieses ... dieses Ding ... diese Macht ... dieses Wesen, das von den Sternen herabgestiegen war?

Mitleid ist so alt und von Gefühlen abhängig wie Lust. Als seine Lust wich, wich sie elementarem menschlichem Mitleid. Er griff in die Tasche seines Lederwamses und suchte nach Essensresten. Er bot ihr ein paar davon an.

Sie aß sie, betrachtete ihn vertrauensvoll und erinnerte sehr an das Kind, das sie noch war.

Sie fragte sich, was geschehen war.

Ganz zu Anfang war sein Antlitz voller Besorgnis gewesen. Dann hatte er gelächelt und gesprochen. Später war er lüstern geworden. Schließlich hatte er sich nobel verhalten. Nun war seine Miene völlig ausdruckslos; Gehirn und Knochen und Haut – alles war auf die Tätigkeit des Hörens konzentriert – er schien auf etwas horchend zu warten, das ihr verborgen blieb. Er wandte sich ihr wieder zu.

»Du musst laufen. Du musst laufen. Steh auf und laufe. Ich sage dir, laufe!«

Sie hörte sein Gestammel, ohne es zu verstehen.

Und wieder krümmte er sich lauschend zusammen.

Mit blankem Entsetzen in den Augen sah er sie an. Carlotta versuchte den Grund dafür zu begreifen, aber es gelang ihr nicht.

Drei fremde kleine Männer, die genauso anzusehen waren wie er, stürmten jetzt lärmend aus dem Wald.

Sie rannten wie Elche oder Hirsche, die vor einem Waldbrand flohen. Ihre Gesichter waren leer von der Anstrengung des Laufens. Ihre Augen blickten starr geradeaus, so dass sie fast blind wirkten. Es war ein Wunder, dass sie nicht mit den Bäumen zusammenprallten. Sie stürmten den Hang hinunter und wirbelten im Laufen Blätter auf. Das Wasser des Ba-

ches spritzte hoch auf, als sie völlig unbekümmert hinein-
sprangen, um ihn zu durchqueren. Mit einem fast tierischen
Schrei schloss sich Carlottas Schwachsinniger ihnen an.

Das Letzte, was sie von ihm sah, war, dass er in die Wälder hineinlief und sein Gefieder lächerlich flatterte, während
er den Kopf beim Rennen auf und ab bewegte.

Aus der Richtung, aus der die Schwachsinnigen gekommen waren, war ein unirdisches, schauriges Pfeifen durch
die Bäume zu hören. Ein geheimnisvolles und schwaches
Pfeifen, das begleitet wurde von den sehr leisen Geräuschen
von Maschinen.

Der Laut klang, als ob alle Panzer der Welt in dem lebendigen Geist eines Panzers komprimiert wären, in das Herz
einer Maschine, die ihre eigene Zerstörung überlebt hatte
und gespenstisch den Verlauf alter Schlachten nachahmte.

Als das Geräusch sich Carlotta näherte, wandte sie sich zu
ihm um. Sie versuchte aufzustehen, doch es gelang ihr nicht.
Sie sah der Gefahr ins Auge. (Allen preußischen Mädchen
war als zukünftigen Müttern von Offizieren beigebracht worden, sich der Gefahr zu stellen und ihr nie den Rücken zu-
zukehren.) Aus dem näher kommenden Lärm hörte sie die
hohe, verrückte Stimme eines leise fragenden elektronischen
Geschnatters heraus. Es erinnerte sie an das Sonargerät, das
sie einst im Laboratorium ihres Vaters, in den geheimen
Reichsforschungsanlagen, gehört hatte, die sich mit dem Projekt *Nordnacht* beschäftigt hatten.

Eine Maschine kam aus dem Wald heraus.

Sie sah aus wie ein Gespenst.

Der Tod aller Menschen

Carlotta starrte die Maschine an. Sie hatte Beine wie eine Heuschrecke, einen Leib wie eine drei Meter lange Schildkröte und drei Köpfe, die sich unaufhörlich im Mondlicht bewegten.

Aus der Vorderfront des Rückenpanzers schnellte ein verborgener Arm heraus, schien sie schlagen zu wollen, tödlicher als eine Kobra, schneller als ein Jaguar, lautloser als eine Fledermaus, die vor dem Mond vorbeihuscht.

»Nicht!«, schrie Carlotta auf Deutsch. Plötzlich erstarrte der Arm im Mondlicht.

Er hielt so unvermittelt inne, dass das Metall wie eine Bogensehne sirrte.

Alle Köpfe der Maschine wandten sich ihr zu.

Etwas wie Überraschung schien die Maschine zu erfassen. Das Pfeifen wurde zu einem trägen Schnurren. Das elektronische Geschnatter schwoll zu einem Crescendo an und brach dann ab. Die Maschine fiel auf die Knie.

Carlotta kroch zu ihr hinüber.

»Was bist du?«, fragte sie auf Deutsch.

»Ich bin der Tod aller Menschen, die gegen das Sechste Deutsche Reich sind«, erwiderte die Maschine in einem flötenartigen deutschen Singsang. »Falls die Reichsangehörige mich zu identifizieren wünscht – meine Modellbezeichnung und meine Nummer sind auf meinem Rückenschild eingeprägt.«

Die Maschine hatte sich so tief niedergekniet, dass Carlotta einen der Köpfe umklammern und im Mondlicht die Vorderseite des Rückenschildes erkennen konnte. Kopf und Hals, obgleich aus Metall, fühlten sich brüchiger und abgenutzter an, als sie erwartet hatte. Von der Maschine ging eine Aura ungeheuren Alters aus.

»Ich kann nichts erkennen«, klagte Carlotta. »Ich brauche Licht.«

Das Knirschen und Ächzen lange ungenutzter Maschinenteile ertönte. Ein weiterer mechanischer Arm erschien, und bei seinen Bewegungen fielen Flocken aus halbkristallisiertem Schmutz zu Boden. Von der Spitze des Arms ging ein blaues, durchdringendes und merkwürdiges Licht aus.

Bach, Wald, das kleine Tal, die Maschine, sogar Carlotta selbst – alles wurde erhellt von einem milden, durchdringenden, blauen Licht, das ihre Augen schonte; ja, das Licht rief sogar ein wohliges Gefühl in ihr wach. Mit Hilfe des Lichtes konnte sie lesen. Knapp hinter den drei Köpfen war folgende Inschrift auf dem Rückenschild zu lesen:

WAFFENAMT DES SECHSTEN DEUTSCHEN REICHES
BURG EISENHOWER, 2495 A.D.

Und darunter, aber in viel größeren lateinischen Buchstaben:

MENSCHENJÄGER MODELL ELF

»Was bedeutet ›Menschenjäger Modell Elf?‹«

»Das bin ich«, pfiff die Maschine. »Wie kommt es, dass du mich nicht kennst, obwohl du doch angeblich eine Deutsche bist?«

»Natürlich bin ich eine Deutsche, du Narr!«, sagte Carlotta. »Sehe ich vielleicht wie eine Russin aus?«

»Was ist eine Russin?«, fragte die Maschine.

Carlotta stand verwundert, träumend, furchtsam in dem blauen Licht – fürchtete sich vor dem Unbekannten, das sich um sie herum befand.

Als ihr Vater, Dr. Heinz Horst Ritter vom Acht, Professor für mathematische Physik am Projekt *Nordnacht*, sie in den Himmel geschossen hatte, bevor er selbst sich bereitmachte für den grausigen Tod durch die Hand der sowjetischen Soldateska, hatte er ihr nichts von dem Sechsten Reich erzählt, nichts von dem, was sie vielleicht erwartete, nichts über die

Zukunft. Und so kam ihr der Gedanke, dass die Welt vielleicht tot war, dass diese fremden kleinen Männer nicht aus Prag stammten, dass sie sich im Himmel oder in der Hölle befand, selbst tot, oder dass sie – falls sie doch lebte – sich in einer anderen Welt befand oder in ihrer eigenen, zukünftigen Welt, oder vielleicht überstiegen die Dinge das menschliche Begriffsvermögen, oder die Probleme waren so kompliziert, dass kein Verstand sie lösen konnte ...

Und wieder wurde sie ohnmächtig.

Der Menschenjäger konnte nicht wissen, dass sie bewusstlos war, und wandte sich erneut in seinem ernsten, hohen Singsangdeutsch an sie. »Deutsche Bürgerin, du kannst meinen Worten vertrauen, dass ich dich beschützen werde. Ich wurde erschaffen, um deutsche Gedanken zu identifizieren und alle Menschen zu töten, die keine wahren deutschen Gedanken besitzen.«

Die Maschine zögerte. Ein lautes elektronisches Klappern und Klicken hallte durch die Stille der Wälder, während die Maschine versuchte, ihren Verstand zu ordnen. Es war nicht einfach, die richtigen Worte in dem lange ungenutzten Speicher und in dieser alten und auch neuen Situation zu finden. Die Maschine stand da in ihrem eigenen blauen Licht. Das einzige Geräusch, das noch zu hören war, war das Plätschern des Baches, der unermüdlich seiner friedlichen und gleichbleibenden Beschäftigung nachging. Selbst die Vögel in den Bäumen und die Insekten in der Nähe waren verstummt angesichts der Nähe dieser furchterregenden pfeifenden Maschine.

In den Lautrezeptoren des Menschenjägers klangen die Schritte der Schwachsinnigen, die inzwischen eine Strecke von zwei Meilen zurückgelegt hatten, wie fernes, schwaches Getrappel.

Die Maschine war zwischen zwei Pflichten hin- und hergerissen, der lang geübten und vertrauten Pflicht, alle Menschen zu töten, die keine Deutschen waren, und der uralten und dem Vergessen anheimgefallenen Pflicht, alle Deutschen zu unterstützen, wer immer sie auch sein mochten. Nach einem weiteren elektronischen Geschnatter begann die Maschine wiederum zu sprechen. Durch die Melodie ihres Singsang-deutsches klang eine seltsame Warnung hindurch, ähnlich dem Pfeifen, das sie von sich gab, wenn sie sich bewegte, ein Geräusch, das von ungeheurer elektronischer und mechanischer Anstrengung kündete.

»Du bist eine Deutsche«, erklärte die Maschine. »Es ist lange her, seit ich zuletzt jemand Deutschen getroffen habe. Ich habe die Welt zweitausenddreihundertachtundzwanzig-mal umrundet. Ich habe siebzehntausendvierhundertneun-undsechzig Feinde des Sechsten Deutschen Reiches mit Sicherheit und weitere zweiundvierzigtausendundsieben Feinde aller Wahrscheinlichkeit nach getötet. Ich habe mich elf-mal in das automatische Restaurationszentrum begeben. Die Feinde, die sich selbst die Wahren Menschen nennen, wei-chen mir stets aus. Seit mehr als dreitausend Jahren habe ich keinen von ihnen mehr getötet. Die gewöhnlichen Menschen, die einige als die Heillosen bezeichnen, sind diejeni-gen, die ich am meisten töte, aber hin und wieder fange ich auch Schwachsinnige und töte sie. Ich kämpfte für Deutsch-land, aber ich kann Deutschland nirgendwo mehr finden. Es gibt keine Deutschen in Deutschland. Nirgendwo gibt es Deutsche. Befehle akzeptiere ich nur von Deutschen. Auch wenn es nirgendwo Deutsche gibt, nirgendwo Deutsche gibt, nirgendwo Deutsche gibt ...«

Im Innern des elektronischen Gehirns war wohl eine Fehl-schaltung entstanden, denn die Maschine fuhr fort, die drei Wörter *nirgendwo Deutsche gibt* drei- bis vierhundertmal zu wiederholen.

Carlotta kam zu sich, während die Maschine träumerisch zu sich selbst sprach und mit trauriger und verrückter Inten-sität immer wieder *nirgendwo Deutsche gibt* wiederholte.

»Ich bin eine Deutsche«, sagte sie.

»... nirgendwo Deutsche gibt, nirgendwo Deutsche gibt, außer dir, außer dir, außer dir.«

Die mechanische Stimme erstarb mit einem dünnen Knirschen.

Carlotta versuchte aufzustehen.

Schließlich fand die Maschine ihre Sprache wieder. »Was – soll – ich – jetzt – tun?«

»Hilf mir«, sagte Carlotta mit fester Stimme.

Dieser Befehl schien eine Rückkoppelung in dem uralten kybernetischen System auszulösen. »Ich kann dir nicht helfen, Bürgerin des Sechsten Deutschen Reiches. Dafür ist eine Rettungsmaschine erforderlich. Ich bin keine Rettungsmaschine. Ich bin ein Menschenjäger, zum Töten aller Feinde des Deutschen Reiches erschaffen.«

»Dann ruf eine Rettungsmaschine herbei«, bat Carlotta.

Das blaue Licht erlosch und ließ Carlotta blind in der Dunkelheit zurück. Ihre Beine zitterten. Sie hörte wieder die Stimme des Menschenjägers.

»Ich bin keine Rettungsmaschine. Es gibt keine Rettungsmaschinen. Nirgendwo gibt es Rettungsmaschinen. Nirgendwo gibt es Deutschland. Nirgendwo gibt es Deutsche, nirgendwo gibt es Deutsche, nirgendwo gibt es Deutsche, außer dir. Du musst eine Rettungsmaschine rufen. Ich gehe jetzt. Ich muss Menschen töten. Menschen, die Feinde des Sechsten Deutschen Reiches sind. Das ist alles, was ich kann. Ich kann ewig kämpfen. Ich werde einen Menschen suchen und ihn töten. Dann werde ich einen anderen Menschen suchen und ihn töten. Ich marschiere im Auftrag des Sechsten Deutschen Reiches.«

Erneut hob das Pfeifen und Klicken an. Lautlos und mit der beispiellosen Geschmeidigkeit einer Katze überquerte die Maschine den Bach. Carlotta horchte angespannt in die Dunkelheit. Selbst die trockenen Blätter vom letzten Jahr raschelten nicht, als sich der Menschenjäger durch die Schatten der frisch belaubten Bäume bewegte.

Dann trat plötzlich Stille ein.

Carlotta konnte das ersterbende Klickklack des Computers in dem Menschenjäger hören. Der Wald wurde zu einer

unheimlichen Silhouette, als das blaue Licht wieder aufflammte.

Die Maschine kehrte zurück.

Am anderen Ufer des Baches stehend, sprach sie mit ihrem
trockenen, hohen, flötenartigen Singsangdeutsch.

»Jetzt, da ich eine Deutsche gefunden habe, werde ich dir
einmal in hundert Jahren Bericht erstatten. Das ist korrekt.
Vielleicht ist es korrekt. Ich weiß es nicht. Ich bin konstruiert worden, Offizieren Bericht zu erstatten. Du bist kein Offizier. Dennoch bist du eine Deutsche. Also werde ich mich
alle hundert Jahre bei dir melden. Halte in der Zwischenzeit
Ausschau nach dem Kaskasia-Effekt.«

Carlotta hatte sich wieder hingesetzt und kaute einen der
Trockennahrungswürfel, die der Schwachsinnige zurückgelassen hatte. Er schmeckte wie die Karikatur von Schoko-
lade. Mit vollem Mund rief sie dem Menschenjäger zu: »Was
ist das?«

Offenbar verstand die Maschine sie, denn sie antwortete:
»Der Kaskasia-Effekt ist eine amerikanische Waffe. Die Amerikaner sind alle verschwunden. Es gibt nirgendwo Amerikaner, nirgendwo Amerikaner, nirgendwo Amerikaner, nirgendwo ...«

»Hör auf, dich immer zu wiederholen«, befahl Carlotta.
»Was ist das für ein Effekt, von dem du redest?«

»Der Kaskasia-Effekt stoppt die Menschenjäger, stoppt die
Wahren Menschen, stoppt die Bestien. Man kann ihn spüren, aber man kann ihn nicht sehen oder fassen. Er bewegt
sich wie eine Wolke. Nur einfache Menschen mit sauberen
und glücklichen Gedanken können in ihm leben. Auch Vögel
und gewöhnliche Tiere können in ihm leben. Der Kaskasia-
Effekt treibt wie eine Wolke dahin. Es gibt mehr als einundzwanzig und weniger als vierunddreißig Kaskasia-Effekte,
die langsam den Planeten Erde umkreisen. Ich habe schon
Menschenjäger zur Wiederherstellung und Reparatur ins Restaurationszentrum zurückgebracht, aber es konnte keine
Fehlerquelle festgestellt werden. Der Kaskasia-Effekt zerstört

uns. Deshalb laufen wir fort, auch wenn uns die Offiziere befohlen haben, vor nichts fortzulaufen. Wenn wir nicht fliehen würden, würden wir aufhören zu existieren. Du bist eine Deutsche. Ich glaube, der Kaskasia-Effekt könnte dich töten. Jetzt werde ich einen Menschen jagen. Wenn ich ihn finde, werde ich ihn töten.«

Das blaue Licht erlosch.

Die Maschine pfiff und klickte, als sie in der dunklen Stille der Waldnacht verschwand.

IV

Gespräch mit dem Mittelgroßen Bären

Carlotta war nun erwachsen.

Sie hatte den wilden Aufschrei Hitler-Deutschlands hinter sich gelassen, als es in seinen böhmischen Grenzgebieten in Trümmer sank. Sie hatte ihrem Vater gehorcht, dem Ritter vom Acht, als er sie und ihre Schwestern in die Raketen brachte, die als Personen- und Frachtfähren für die Erste Deutsche Nationalsozialistische Mondbasis dienen sollten.

Er und sein Bruder, der Arzt Professor Doktor Joachim vom Acht, hatten die Mädchen sicher in ihren Raketen untergebracht und festgeschnallt.

Ihr Onkel, der Arzt, hatte ihnen Spritzen gegeben.

Karla war zuerst gestartet, dann Juli und dann Carlotta.

Dann ging die stacheldrahtgeschützte Festung Pardubice unter und das monotone Dröhnen der Wehrmachtlaster, die versuchten, den Angriffen der Roten Armee und der amerikanischen Kampfbomber zu entkommen, erstarb in dieser einen Nacht – und in der nächsten befand sie sich in diesem »Wald-in-der-Mitte-des-Nirgendwo«.

Carlotta war vollkommen verwirrt.

Am Ufer des Baches entdeckte sie einen weich gepolsterten Platz. Hier war das alte Laub hoch aufgeschichtet. Ohne sich Sorgen um irgendwelche Gefahren zu machen, schlief sie ein.

Sie schlief gerade ein paar Minuten lang, als sich erneut die Büsche teilten.

Dieses Mal war es ein Bär. Der Bär stand am Rand der Dunkelheit und betrachtete das mondbeschienene Tal, durch das der Bach plätscherte. Kein Laut kündete von den Schwachsinnigen, kein Pfeifen verriet die Gegenwart eines Manshonyaggers, wie er und die Leute seines Volkes die Jagdmaschinen nannten. Als er überzeugt war, dass ihm kein Unheil drohte, krümmte er seine Klauen und griff vorsichtig in die Ledertasche, die an einem Riemen um seinen Hals hing. Bedächtig holte er eine Brille heraus und setzte sie sich langsam und sorgfältig vor seine müden, alten Augen.

Er ließ sich neben dem Mädchen nieder und wartete auf ihr Erwachen.

Erst bei Einbruch des Morgens öffnete sie die Augen. Sonnenlicht und Vogelgezwitscher weckten sie.

(Konnte es etwas mit Lairds tastendem Geist zu tun haben? Seine weit reichenden Sinne hatten ihm verraten, dass eine Frau auf magische und geheimnisvolle Weise aus der uralten Rakete gestiegen war und dass sich am Bachufer eines Ortes, der früher Maryland genannt worden war, ein menschliches Wesen aufhielt, vollkommen anders als alle anderen Völker der Menschheit ... Konnte es sein, dass er ihren Schlaf gestört hatte?)

Carlotta erwachte, aber sie war krank. Sie hatte Fieber. Ihr Rücken schmerzte. Ihre Lider waren ganz verquollen. Die Welt hatte genug Zeit gehabt, um neue allergische Substanzen zu entwickeln, seit sie das letzte Mal über die Erde gewandelt war. Vier Zivilisationen waren gekommen und wieder gegangen. Sie und ihre Waffen hatten Rückstände hinterlassen, die die empfindlichen Augenmembranen entzündeten.

Ihre Haut brannte.

Ihr war übel.

Ihr Arm war taub und von einer feuchten, schwarzen Kruste überzogen. Sie wusste nicht, dass es sich um die Brandwunde handelte, auf die der Schwachsinnige in der vergangenen Nacht die Salbe gegeben hatte.

Ihre Kleider waren nass und zerlumpt.

Ihr ging es so schlecht, dass sie nicht einmal die Kraft hatte, zu fliehen, als sie den Bären bemerkte.

Sie schloss resigniert die Augen.

Während sie mit geschlossenen Augen dalag, fragte sie sich immer wieder, wo sie sich wohl befinden mochte.

»Du befindest dich am Rand der Abhängigen Zone«, sagte der Bär in einwandfreiem Deutsch. »Du bist von einem Schwachsinnigen gerettet worden. Du hast auf geheimnisvolle Weise einen Menschenjäger überlebt. Zum ersten Mal in meinem Leben kann ich in einen deutschen Geist sehen und erkennen, dass das Wort Manshonyagger in Wirklichkeit Menschenjäger bedeutet. Erlaube mir, mich vorzustellen. Ich bin der Mittelgroße Bär, der in den Wäldern lebt.«

Die Stimme sprach nicht nur Deutsch, sondern sie sprach Deutsch auch auf genau die richtige Art. Die Stimme klang so deutsch, wie es Carlotta in ihrem bisherigen Leben nur von ihrem Vater gewohnt gewesen war. Es war eine männliche Stimme, vertrauensvoll, ernst, beruhigend. Mit geschlossenen Augen erkannte sie, dass es ein Bär war, der zu ihr sprach. Erstaunt rief sie sich in Erinnerung, dass der Bär eine Brille getragen hatte.

»Was willst *du* denn?«, fragte sie und setzte sich auf.

»Nichts«, erwiderte der Bär mild.

»Wer bist du? Wo hast du Deutsch gelernt? Was wird mit mir geschehen?«

»Möchte das Fräulein«, erkundigte sich der Bär, »dass ich die Fragen der Reihe nach beantworte?«

»Sei nicht albern«, schalt ihn Carlotta. »Die Reihenfolge ist mir gleich. Außerdem bin ich hungrig. Hast du irgendetwas zum Essen dabei?«

Freundlich entgegnete der Bär: »Insektenlarven, wie ich sie mag, würden dir wenig gefallen. Ich habe Deutsch gelernt, indem ich deine Gedanken gelesen habe. Bären wie ich sind Freunde der Wahren Menschen, und wir sind gute Telepathen. Die Schwachsinnigen fürchten sich vor uns, und wir fürchten uns vor den Manshonyaggers ... Wie dem auch sei, du brauchst dir keine Sorgen zu machen, denn dein Gemahl wird bald eintreffen.«

Carlotta war hinunter zum Bach gegangen, um etwas zu trinken. Seine letzten Worte ließen sie plötzlich stehen bleiben.

»Mein Gemahl?«, fragte sie überrascht.

»Aller Voraussicht nach. Es gibt da einen Wahren Menschen namens Laird, der dich hierhergeholt hat. Er kennt bereits deine Gedanken, und ich kann seine Freude darüber erkennen, ein menschliches Wesen gefunden zu haben, das wild und fremd und doch nicht wirklich wild und fremd ist. Im Augenblick denkt er, dass du vielleicht die Jahrhunderte überwunden hast, um der Menschheit das Geschenk der Vitalität zurückzugeben. Er glaubt, dass ihr beide wundervolle Kinder haben könntet. Jetzt befiehlt er mir, dir nicht zu sagen, was er weiter denkt, aus Furcht, du könntest davonlaufen.« Der Bär kicherte.

Carlotta stand mit offenem Mund da.

»Du kannst mit zu mir kommen«, schlug der Mittelgroße Bär vor, »oder hier warten, bis Laird kommt, um dich zu holen. Auf jeden Fall wird für dich gesorgt werden. Deine Krankheit wird heilen, deine Übelkeit verschwinden. Du wirst wieder glücklich sein. Ich weiß das, weil ich einer der weisesten aller berühmten Bären bin.«

Carlotta war zornig, verwirrt, ängstlich und sofort wieder krank. Sie wollte davonlaufen.

Etwas, das so derb wie ein Hieb war, traf sie.

Sie wusste, auch ohne dass es ihr jemand gesagt hätte, dass es der Bär gewesen war, dessen Geist den ihren gefangen hielt.

Er traf sie – bumm! –, und das war alles.

Sie hatte nie zuvor darüber nachgedacht, wie behaglich der Geist eines Bären sein konnte. Er war wie ein großes, breites Bett, in dem man lag, während die Mutter sich um einen kümmerte, so dass man sich wie ein gehätscheltes kleines Kind fühlte und sicher sein konnte, bald wieder gesund zu sein.

Der Zorn verließ sie. Die Furcht verschwand. Die Krankheit begann zu verblassen. Der Morgen war wunderschön.

Sie selbst fühlte sich wunderschön, als sie sich herumdrehte …

Aus dem blauen Himmel, schnell, doch anmutig in seinem Fall, näherte sich die Gestalt eines bronzehäutigen jungen Mannes. Ein glücklicher Einfall klopfte bei ihr an: *Das ist Laird, mein Geliebter. Er kommt. Er kommt. Ich werde nun für immer glücklich sein.*

Es *war* Laird.

Und genauso geschah es.

DIE KÖNIGIN
DES NACHMITTAGS

Mehr als nach allem anderen sehnte sie sich nach ihrer Familie, als sie langsam wach wurde. Sie rief nach ihr. »Mutti. Vati, Carlotta, Karla! Wo seid ihr?« Aber natürlich rief sie auf Deutsch, da sie ein richtiges preußisches Mädchen war. Dann kehrte die Erinnerung zurück.

Wie viel Zeit mochte vergangen sein, seit ihr Vater sie und ihre beiden Schwestern in den Raumkapseln untergebracht hatte? Sie wusste es nicht. Selbst ihr Vater, der Ritter vom Acht, und ihr Onkel, Professor Doktor Joachim vom Acht – der ihnen am 2. April 1945 in Parbudice die Spritzen gegeben hatte –, hatten sich nicht vorstellen können, dass die Mädchen Tausende von Jahren in einem Zustand von vorübergehender Leblosigkeit zubringen würden. Aber so war es gekommen.

Nachmittägliches Sonnenlicht ergoss sich orangefarben und golden über die dunklen, purpurfarbenen Schatten der Kampfbäume. Charls musterte die Bäume. Er wusste, dass sie in einem stillen Feuer erglühen würden, wenn sich das Orange des Sonnenunterganges in Rot verwandelte und die Dunkelheit über den östlichen Horizont kroch.

Wie lange war es her, seit man die Bäume gepflanzt hatte – Kampfbäume, wie sie von den Wahren Menschen genannt wurden –, damit ihre gewaltigen Wurzeln sich in die Erde bohrten, auf der Suche nach Radioaktivität im Erdreich und im Grundwasser, nach den giftigen Rückständen, die sie in ihren harten Schoten speicherten und dann die Schoten abwarfen, bis irgendwann in ferner Zukunft das Wasser vom Himmel und das Wasser in der Erde wieder sauber sein würde? Charls wusste es nicht.

Nur eines wusste er. Die Bäume zu berühren, sie mit bloßer Hand zu berühren, bedeutete den sicheren Tod.

Ihn verlangte danach, einen Zweig abzubrechen, aber er wagte es nicht. Und das nicht nur wegen des *Tabus*, sondern aus Furcht vor der Krankheit. Sein Volk hatte in den letzten Generationen große Fortschritte gemacht, genug, um eine Begegnung mit den Wahren Menschen und eine Auseinandersetzung mit ihnen nicht zu fürchten. Aber diese Krankheit gehörte nicht zu den Dingen, mit denen man sich auseinandersetzen konnte.

Der Gedanke an die Wahren Menschen schnürte ihm die Kehle zu. Er fühlte Sentimentalität, Liebesbedürftigkeit, Furcht; die Sehnsucht, die ihn erfüllte, gründete in der Liebe, obwohl er wusste, dass es nicht Liebe sein konnte, hatte er bisher doch noch nie einen Wahren Menschen aus der Nähe gesehen.

Warum, fragte sich Charls, grübelte er so oft über die Wahren Menschen nach? Befand sich vielleicht gar einer von ihnen in seiner unmittelbaren Umgebung?

Er betrachtete die untergehende Sonne, die inzwischen so rot war, dass man mit ungeschütztem Auge in sie hineinblicken konnte. Irgendetwas weckte Unbehagen in ihm. Er rief nach seiner Schwester. »Oda, Oda!«

Sie antwortete nicht.

Er rief noch einmal. »Oda, Oda!«

Diesmal hörte er sie, wie sie unbekümmert durch das Unterholz stapfte. Er hoffte, sie würde daran denken, den Kampfbäumen auszuweichen. Manchmal war Oda einfach zu ungeduldig.

Plötzlich tauchte sie vor ihm auf.

»Du hast mich gerufen, Charls? Du hast mich gerufen? Hast du etwas entdeckt? Sollen wir fortgehen? Was ist los? Wo sind Mutter und Vater?«

Charls konnte nicht verhindern, dass er lachte. Oda war immer so.

»Eine Frage nach der anderen, Schwesterlein. Hast du keine Angst, den brennenden Tod zu sterben, wenn du so zwischen den Bäumen herumspazierst? Ich weiß, dass du nicht an das *Tabu* glaubst, aber die Krankheit ist keine Erfindung.«

»Ist sie doch«, widersprach sie und schüttelte den Kopf. »Vielleicht gab es sie früher einmal ... Ja, ich glaube schon, dass es sie früher gab, aber hast du jemals gehört, dass im Lauf der letzten tausend Jahre jemand durch die Bäume ums Leben gekommen ist?«

»Natürlich nicht, Dummchen. Ich lebe auch noch nicht seit tausend Jahren.«

Odas Ungeduld machte sich wieder bemerkbar. »Du weißt, was ich meine! Nun, jedenfalls bin ich zu der Überzeugung gelangt, dass die ganze Angelegenheit albern ist. Wir alle haben schon zufällig die Bäume berührt. Also habe ich dann eines Tages eine Schote *gegessen*. Und nichts ist geschehen.«

Er war entsetzt. »Du hast eine Schote gegessen?«

»So ist es. Und nichts ist geschehen.«

»Eines Tages wirst du zu weit gehen, Oda.«

Sie lächelte ihn an. »Und nun, nehme ich an, wirst du behaupten, dass die Meeresbecken nicht schon immer vom Gras überwuchert waren.«

Er war beleidigt. »Nein, natürlich nicht. Ich weiß, dass das Gras aus dem gleichen Grund in den Ozeanen gesät wurde, aus dem man die Kampfbäume pflanzte – um all das Gift zu beseitigen, das uns die Alten aus der Zeit der Urkriege hinterlassen haben.«

Wie lange sie sich noch gezankt hätten, wusste er nicht, aber mit einem Mal vernahm er einen fremdartigen Laut. Er kannte die Geräusche, die die Wahren Menschen machten, wenn sie ihren geheimnisvollen Beschäftigungen folgend durch die oberen Luftschichten flogen. Ihm war das drohende Summen vertraut, das einem von den Städten entgegenschlug, wenn man sich ihnen zu weit näherte. Er kannte auch das Klicken der wenigen verbliebenen Manshonyagger, die durch die Wildnis krochen, bereit, jeden Nicht-Deutschen zu töten. Arme blinde Maschinen, die man so leicht übertölpeln konnte.

Aber dieser Laut, dieser Laut war anders. Er erinnerte an nichts, was er je zuvor gehört hatte.

Das lärmende Pfeifen nahm zu und wurde so schrill, dass es fast schmerzhaft für die Ohren war. Es schwoll an und ab, als ob die Lärmquelle sie spiralförmig umkreisen und dabei immer näher kommen würde. Tiefer Schrecken erfasste Charls angesichts einer Bedrohung, die er nicht begreifen konnte.

Nun hörte es auch Oda. Sie vergaß ihren Streit und umklammerte seinen Arm. »Was ist das, Charls? Was kann das sein?«

Seine Antwort erfolgte zögernd, und seine Stimme klang unsicher. »Ich weiß es nicht.«

»Sind die Wahren Menschen dafür verantwortlich? Planen sie etwas Neues? Wollen sie uns bestrafen oder uns versklaven? Wollen sie uns fangen? Wird man uns einsperren? Charls, sag mir, wird man uns einsperren? Kann es wirklich sein, dass die Wahren Menschen kommen? Mir scheint, ich rieche Wahre Menschen. Sie *sind* schon einmal gekommen und haben einige von uns gefangen und fortgeschafft und ihnen seltsame Dinge angetan, so dass sie selbst wie Wahre Menschen aussahen, stimmt das nicht, Charls? Könnten das wieder die Wahren Menschen sein?«

Trotz seiner Furcht wurde Charls von einer gewissen Unduldsamkeit Oda gegenüber gepackt. Sie redete zu viel.

Der Lärm verstärkte sich. Charls spürte, dass er sich direkt über seinem Kopf befand, aber er konnte nichts erkennen.

»Charls«, sagte Oda, »ich glaube, ich sehe es. Siehst du es auch, Charls?«

Plötzlich entdeckte auch er den Kreis – etwas Trübweißes, ein dampfendes Objekt, das an Umfang und Größe gewann. Gleichzeitig wuchs der Lärm, bis er befürchtete, sein Trommelfell würde platzen. Noch nie in seinem Leben hatte er etwas Ähnliches auf dieser Welt gehört …

Ein Gedanke überkam ihn und erschütterte ihn so heftig wie ein körperlicher Schlag. Der Gedanke raubte ihm jeglichen Mut, und er fühlte sich nicht mehr jung und stark. Kaum brachte er die Worte heraus.

»Oda, könnte es sein ...«

»Was sein?«

»Könnte das eine der alten, alten Waffen aus der Urzeit sein? Könnte es sein, dass sie zurückkehrt, um uns alle zu zerstören, wie es in alten Legenden heißt? Es wurde immer gesagt, dass sie eines Tages zurückkehren ...« Seine Stimme erstarb.

Von welcher Art die Gefahr auch sein mochte, er wusste, dass er vollkommen hilflos war, unfähig, sich davor zu schützen, unfähig, Oda in Sicherheit zu bringen.

Vor diesen alten Waffen konnte man nirgendwohin fliehen. Dieser Ort war so unsicher wie ein anderer, dieser nicht besser als jener. Die Menschen mussten noch immer mit der Drohung der Waffen aus längst vergangenen Zeiten leben, und zum ersten Mal wurde er nun selbst mit dieser Drohung konfrontiert, er hatte lediglich davon reden hören. Er griff nach Odas Hand.

Oda, die nun, da die Gefahr Gestalt angenommen hatte, sonderbarerweise Mut zeigte, zog ihn hinüber zur Böschung, fort von der *Cenote*. Benommen fragte er sich, warum sie sich von dem Gewässer entfernen wollte. Sie zerrte an seinem Arm, und er ließ sich neben ihr nieder.

Er wusste, dass es bereits zu spät war, um nach ihren Eltern oder den anderen Mitgliedern ihrer Gruppe Ausschau zu halten. Manchmal dauerte es einen ganzen Tag, um die Familie zusammenzubekommen – das *Ding* kam unaufhaltsam näher, und Charls fühlte sich so kraftlos, dass er nicht einmal mehr sprechen konnte. *Lass uns hier alles Weitere abwarten,* übermittelte er ihr gedanklich, und sie drückte seinen Arm, als sie lautlos erwiderte: *Ja, mein Bruder.*

Das große Objekt, das von einem Kreis aus Licht umgeben war, setzte unerbittlich seinen Fall fort.

Es war seltsam. Charls spürte die Gegenwart eines Menschen, aber dessen Bewusstsein blieb ihm auf merkwürdige

Weise versperrt. Es war eine völlig fremde Persönlichkeit. Er hatte die Gedanken der Wahren Menschen bei ihren Flügen hoch durch die Luft gelesen; er kannte die Denkweise seines Volkes; er konnte die Gedanken der meisten Vögel und Tiere voneinander unterscheiden; es war für ihn kein Problem, den nackten elektronischen Hunger eines mechanischen Manshonyagger-Bewusstseins aufzuspüren ...

Aber dieses ... dieses Wesen besaß einen Geist, der roh, elementar, leidenschaftlich war. Und ihm versperrt blieb.

Nun war das Objekt ganz nahe. Würde es in diesem Tal oder im angrenzenden aufschlagen? Die Schreie, die aus seinem Innern drangen, waren außergewöhnlich schrill. Charls' Ohren schmerzten, und seine Augen waren geblendet von der Intensität der Hitze und des Lärms. Oda hielt seine Hand fest umklammert.

Das Objekt bohrte sich in den Boden. Es wühlte den Hang am Rand der *Cenote* auf. Hätte sich Oda nicht instinktiv von der *Cenote* entfernt, dann hätte das Objekt *sie* zermalmt, erkannte Charls. Vorsichtig richteten sie sich auf.

Irgendetwas musste das Objekt abgebremst haben. Es war heiß, aber nicht heiß genug, um die entwurzelten Bäume in der Nähe in Brand zu setzen. Dampf stieg von dem zerfetzten Laub auf.

Der Lärm war verstummt.

Charls und Oda näherten sich dem Objekt bis auf zehn Längen eines menschlichen Körpers. Charls konzentrierte sich und schleuderte dem Objekt seine Gedanken entgegen: *Wer bist du?*

Das Wesen im Innern des Objektes erkannte ihn offenbar nicht als das, was er war. Ein wilder Gedanke antwortete ihm, gerichtet an alle lebenden Wesen im Allgemeinen.

Ihr Dummköpfe, Dummköpfe, helft mir! Holt mich hier heraus!

Sowohl Charls als auch Oda fingen den Gedanken auf. Auf mentalem Weg ging sie darauf ein, und Charls war verblüfft über die Klarheit und Kraft ihrer Frage. Sie war ein-

fach, aber bemerkenswert fest und sicher. Sie dachte nur:
Wie?

Aus dem Objekt drang erneut das irrwitzige, fordernde Geplapper: *Die Handgriffe, ihr Dummköpfe. Die Handgriffe an der Außenhülle. Zieht an den Griffen und lasst mich hier raus!*

Charls und Oda sahen sich zweifelnd an. Charls war sich nicht sicher, ob er diese Kreatur wirklich hinauslassen wollte. Dann dachte er nach. Vielleicht war die Unfreundlichkeit, die aus dem Objekt drang, lediglich eine Folge der Gefangenschaft. Er wusste, dass er selbst es unerträglich finden würde, so eingeschlossen zu sein.

Gemeinsam schritten Charls und Oda steifbeinig über das zerfetzte Laub und näherten sich dem Objekt. Es war schwarz und alt. Es sah aus wie die Dinge, die die Älteren als »Eisen« bezeichneten – und nie berührten.

Sie entdeckten die narbigen, zerschrammten Handgriffe. Mit dem Versuch eines Lächelns nickte Charls seiner Schwester zu. Jeder von ihnen umklammerte einen Griff und zog daran.

Es knackte. Das Eisen war heiß, aber nicht unerträglich heiß. Mit einem rostigen Knirschen öffnete sich die uralte Luke.

Sie blickten hinein.

Dort lag eine junge Frau.

Sie trug keinen Pelz, nur ihr Kopf war mit langen Haaren bedeckt.

Statt von Fell wurde ihr Körper von fremdartigem, weichem Tuch verhüllt, das sich aufzulösen begann, als sie sich aufsetzte.

Zunächst wirkte das Mädchen furchtsam; als sie Oda und Charls jedoch sah, brach sie in Gelächter aus. Klar und heftig empfingen sie ihre Gedanken: *Ich glaube, ich brauche mir wegen ein paar kleiner Hündchen keine Sorgen um sittsames Aussehen zu machen.*

Oda schien nicht sonderlich betroffen zu sein, aber Charls' Gefühle waren verletzt. Das Mädchen sprach mit ihrem Mund, aber sie konnten ihre Worte nicht verstehen. Sie stützten sie und halfen ihr beim Aussteigen.

Am Rand der *Cenote* angekommen, bedeutete Oda dem fremden Mädchen, sich hinzusetzen. Sie gehorchte und redete weiter.

Oda war so verwirrt wie Charls, aber dann begann sie zu lächeln. *Sprekken* hatte schon zuvor funktioniert, als sich das Mädchen noch im Innern des Objektes befunden hatte. Warum also nicht auch jetzt? Das einzige Problem war, dass dieses sonderbare Mädchen nicht wusste, wie sie ihre Gedanken zusammenhalten konnte. Ihre Gedanken waren an die ganze Welt gerichtet – an das Tal, an die untergehende Sonne, an die *Cenote*. Sie schien nicht zu bemerken, dass sie all ihre Gedanken unbeherrscht aussprach.

Oda übermittelte der jungen Frau ihre Frage: *Wer bist du?*

Der leidenschaftliche fremde Geist erwiderte umgehend: *Natürlich Juli.*

An dieser Stelle mischte sich Charls ein. *So »natürlich« ist das keinesfalls,* sprakk er.

Was mache ich eigentlich hier?, sprudelten die Gedanken des Mädchens. *Ich habe telepathischen Kontakt mit Hündchen-Leuten.*

Verdutzt starrten Charls und Oda sie an, während ihnen ihre Gedanken entgegenschlugen.

»Weiß sie nicht, wie man seine Gedanken beherrscht?«, fragte sich Charls. Und warum war ihm ihr Bewusstsein versperrt gewesen, als sie sich noch in dem Objekt aufgehalten hatte?

Hündchen-Menschen. Wo befinde ich mich nur, wenn ich es mit Hündchen-Menschen zu tun habe? Kann das die Erde sein? Wo bin ich gewesen? Wie lange war ich fort? Wo ist Deutschland? Wo sind Carlotta und Karla? Wo sind Vati und Mutti und Onkel Joachim? Hündchen-Menschen!

Charls und Oda waren überwältigt von der Schärfe dieses Bewusstseins, das so unerbittlich all diese Gedanken verströmte. Immer, wenn sie *Hündchen-Menschen* dachte, blitzte die Andeutung eines grausamen Gelächters in ihr auf. Sie spürten, dass dieser Verstand so klar war wie der der schärfsten Denker der Wahren Menschen – aber gleichzeitig war dieser Verstand anders. Er besaß nicht die aufrichtige Frömmigkeit oder die müde Weisheit, die den Geist der Wahren Menschen durchdrungen hatten.

Dann erinnerte sich Charls. Einst hatten ihm seine Eltern von einem Verstand erzählt, der diesem hier sehr ähnlich war.

Juli fuhr fort, ihre Gedanken wie die Funken eines Feuers, wie die Regentropfen eines Unwetters, in alle Richtungen zu schleudern. Charls war verängstigt und wusste nicht, was er tun sollte, und Oda begann, sich von dem fremden Mädchen zurückzuziehen.

Dann begriff Charls. Juli fürchtete sich. Sie nannte sie *Hündchen-Menschen*, um ihre Furcht zu bemänteln. Sie wusste wirklich nicht, wo sie sich befand.

Er grübelte und schirmte seine Gedanken vor Juli ab: *Nur weil sie sich ängstigt, hat sie noch lange nicht das Recht, uns mit ihren scharfen, durchdringenden Worten zu verletzen.*

Vielleicht drückte etwas in seiner Haltung Feindseligkeit aus. Juli jedenfalls schien seine Gedanken begriffen zu haben.

Unvermittelt begann sie wieder zu reden, in einer Sprache, die sie nicht verstehen konnten. Es klang, als ob sie bettelte, fragte, flehte, Vorwürfe machte. Sie schien nach bestimmten Personen oder Dingen zu rufen. Sie plapperte weiter, und einige der Namen, die sie benutzte, erinnerten an die, die die Wahren Menschen trugen. Meinte sie ihre Eltern? Oder ihren Geliebten? Ihre Geschwister? Es musste sich um jemand handeln, den sie vor dem Betreten des lärmenden Objektes gekannt hatte, in dem sie hoch oben im Blau des Himmels gefangen gewesen war seit … Wie lange wohl?

Plötzlich verstummte sie. Ihre Aufmerksamkeit hatte sich anderen Dingen zugewandt.

Sie deutete auf die Kampfbäume.

Die Abenddämmerung war inzwischen so weit fortgeschritten, dass die Bäume zu leuchten begonnen hatten. Das milde Feuer flackerte auf wie in all den Jahren, die Charls und seine Ahnen auf der Erde verbracht hatten.

Während sie auf die Bäume wies, redete Juli weiter. Sie wiederholte die Worte. Sie klangen wie: *V-a-s-i-s-d-a-s.*

Charls war ein wenig irritiert. *Warum denkt sie nicht einfach?* Es war seltsam, dass sie ihre Gedanken nicht lesen konnten, so lange sie sprach.

Obwohl Charls ihr die Frage nicht auf telepathischem Wege übermittelt hatte, schien Juli auch diese verstanden zu haben. Ein feuriger Impuls in Form eines einzelnen Satzes entsprang ihrem ermatteten weiblichen Verstand wie einer Flammenquelle.

Was ist das für eine Welt?

Dann veränderten sich ihre telepathischen Impulse. *Vati, Vati, wo bin ich? Wo bist du? Was ist mit mir geschehen?* Ein Gefühl der Verlorenheit und Verzweiflung ging von ihr aus.

Oda tastete mit ihrer weichen Hand nach dem Mädchen. Juli sah sie an, und da waren wieder diese abfälligen, verängstigten Gedanken. Dann schien sie das zärtliche Mitleid zu bemerken, das Odas Geste ausdrückte, und der Entspannung folgte der völlige Zusammenbruch. Die intensiven, entsetzten Gedanken verblassten. Juli brach in Tränen aus. Sie legte ihre langen Arme um Oda. Oda klopfte ihr sanft auf den Rücken, und Juli schluchzte noch lauter.

Aus dem Schluchzen löste sich ein absonderlicher, freundlicher Gedanke, voller Liebe und ohne Misstrauen: *Liebe kleine Hündchen, liebe kleine Hündchen, bitte, helft mir. Man sagt, ihr seid unsere besten Freunde ... dann helft mir doch jetzt ...*

Charls stellte seine Ohren auf. Etwas – oder jemand – näherte sich ihnen über den Hügelkamm.

Gewiss konnte ein Bewusstsein, das so gewaltig und durchdringend war wie das Julis, sämtliche Lebewesen in einem Umkreis von mehreren Kilometern erreichen. Es konnte sogar die Aufmerksamkeit der fernen, unheilvollen Wahren Menschen erregen.

Einen Moment später hatte sich Charls' Unruhe wieder gelegt. Er hatte den Gang seiner Eltern erkannt. Er wandte sich an Oda.

»Hörst du es auch?«

Sie lächelte. »Es sind Vater und Mutter. Sie müssen die lauten Gedanken des Mädchens gehört haben.«

Stolz sah Charls seinen Eltern entgegen. Es war ein wohlbegründeter Stolz. Bil und Kae sahen genauso aus, wie sie waren: einfühlsam und intelligent. Zudem war ihr Fell gepflegt. Bils wunderschöner karamellfarbener Pelz besaß entlang seiner Wangenknochen, um seine Nase herum und an der Schwanzspitze weiße und schwarze Flecken. Kae war von einem makellosen Braunbeige, zu dem ihre hübschen grünen Augen einen auffälligen Kontrast bildeten.

»Ist mit euch beiden alles in Ordnung?«, fragte Bil, als sie bei ihnen angekommen waren. »Wer ist das? Sie sieht aus wie ein Wahrer Mensch. Ist sie freundlich? Hat sie euch verletzt? War sie diejenige, von der diese gewalttätigen Gedanken ausgingen? Sogar auf der anderen Seite des Hügels konnten wir sie empfangen.«

Oda brach in Gekicher aus. »Du stellst ebenso viele Fragen wie ich, Vater.«

»Wir wissen nur«, erklärte Charls, »dass dieses Ding vom Himmel fiel und sie sich in seinem Innern befand. Hast du diesen kreischenden Lärm gehört, mit dem es herunterkam?«

Kae lachte. »Wer hätte ihn wohl nicht gehört!«

»Das Ding ist genau dort drüben aufgeprallt. Man kann gut erkennen, wo es die Böschung getroffen hat.«

Das Absturzgebiet war schwarz und von dem Objekt durchpflügt worden. In seiner Nähe glühten die entwurzel-

ten Kampfbäume, die auf dem Boden einen undurchdringli-
chen Wirrwarr bildeten.

Bil sah Juli an und schüttelte den Kopf. »Ich verstehe
nicht, warum sie durch den harten Aufprall nicht getötet
wurde.«

Wieder begann Juli laut zu sprechen, aber schließlich
schien sie zu begreifen. Ihre für die anderen fremdartigen
Worte würden ihr nicht weiterhelfen. Stattdessen dachte sie:
*Bitte, ihr lieben kleinen Hundewesen. Bitte helft mir. Bitte
versteht mich.*

Bil behielt zwar seine Würde, aber missbilligend registrierte er, dass sein Schwanz ganz von selbst zu wedeln begonnen hatte. Ihm wurde klar, dass diese Reaktion nicht seinem Willen unterstand. Er empfand gleichzeitig Widerwillen
und Freude, als er telepathierte: *Natürlich verstehen wir dich,
und wir werden dir helfen. Aber, bitte, denke nicht mehr so
laut und rücksichtslos. Es schmerzt uns, wenn wir deine Gedanken so klar und scharf empfangen.*

Juli versuchte die Intensität ihrer telepathischen Impulse
zu verringern. Sie bat: *Bringt mich nach Deutschland.*

Die vier Unbefugten Menschen – Mutter, Vater, Tochter
und Sohn – blickten einander an. Sie hatten nicht die geringste Vorstellung, um was es sich bei Deutschland handeln
mochte.

Es war Oda, die sich von Mädchen zu Mädchen an Juli
wandte und sprakk: *Denke für uns etwas Deutsches, damit
wir verstehen können, was das ist.*

Und aus dem fremden Mädchen drangen Bilder von un-
glaublicher Schönheit. Vision auf Vision folgte, bis die kleine
Familie fast geblendet war von der Pracht der Übertragung.
Sie sahen, wie die ganze alte Welt zum Leben erwachte.
Prächtige Städte erhoben sich über einer grünen Erde. Es
gab keine gleichgültigen, kraftlosen Wahren Menschen –
stattdessen erinnerten alle Wesen, die sie in Julis Bewusstsein erblickten, an Juli selbst. Sie waren vital, oft wild und
mächtig. Sie waren groß, hochgewachsen, langgliedrig. Und

natürlich besaßen sie nicht Schwänze wie die Unbefugten Menschen. Ihre Kinder aber waren so hübsch, dass es kaum zu glauben war.

Das Erstaunlichste an dieser Welt jedoch war die ungeheure Vielzahl an Menschen. Die Menschen drängten sich enger zusammen als ein Schwarm Zugvögel, traten in größeren Mengen auf als Lachse zur Laichzeit.

Charls hatte sich bislang für einen weitgereisten jungen Mann gehalten. Außer seiner Familie war er mindestens vier Dutzend anderen Personen begegnet, und bei Hunderten von Gelegenheiten hatte er über sich am Himmel die Wahren Menschen gesehen. Oft hatte er die unerträgliche Helligkeit der Städte aufgesucht und sie mehr als einmal umrundet, bis er schließlich einsehen musste, dass es wirklich keinen Zutritt für ihn gab. Ihm gefiel sein Tal. In ein paar Jahren würde er alt genug sein, um die Nachbartäler aufzusuchen und Ausschau nach einer Frau zu halten.

Aber diese Visionen, die Julis Bewusstsein entsprangen … er konnte sich nicht vorstellen, wie es möglich war, dass so viele Menschen zusammenlebten. Wie konnten sie einander alle am Morgen begrüßen? Wie konnten sie sich einig werden? Wie war es ihnen möglich, so ruhig zu werden, dass sie die Gegenwart der anderen wahrnehmen und die Bedürfnisse aller verstehen konnten?

Ein besonders durchdringendes, klares Bild formte sich heraus. Kästen auf kleinen Rädern beförderten Menschen mit unvernünftiger Geschwindigkeit über glatte, breite Straßen.

»Dafür haben also die *Straßen* gedient«, erkannte er erstaunt.

Außer den Menschen sah er auch viele Hunde. Sie unterschieden sich erheblich von den Wesen, die in der Welt von Charls existierten. Sie waren nicht die großen, ottergleichen Tiere, die die Unbefugten Menschen als minderwertig schmähten; auch waren sie nicht wie die Unbefugten Menschen selbst; und ganz gewiss bestand nicht die geringste

Ähnlichkeit zwischen ihnen und den modifizierten Tieren, die rein äußerlich kaum von den Wahren Menschen unterschieden werden konnten. Nein, diese Hunde aus Julis Welt waren glückliche Geschöpfe mit nur wenigen Pflichten. Zwischen ihnen und den Menschen schien ein liebevolles Verhältnis zu bestehen. Sie teilten mit ihnen Freude und Leid.

Juli hatte die Augen geschlossen, während sie versuchte, ihnen Deutschland nahezubringen. Durch eiserne Konzentration gelang es ihr jetzt, die Bilder voller Schönheit und Glück durch andere Dinge zu ersetzen – schreckliche fliegende Dinge, die Feuer abwarfen, Donner und Lärm, ein furchterregendes Gesicht, ein verzerrtes Antlitz mit einem schwarzen, haarigen Fleck über dem Mund, Flammen in der Nacht, das Donnern todbringender Maschinen. Über diesem Donnern erstrahlte ein Bild, das Juli und zwei weitere, ihr sehr ähnliche Mädchen zeigte. Begleitet wurden sie von einem Mann, offenbar von ihrem Vater, der sie zu drei Eisenobjekten führte, die aussahen wie jenes, mit dem Juli gelandet war. Dann wurde es dunkel.

Das war Deutschland.

Juli sank zu Boden.

Sanft tasteten die vier nach ihrem Bewusstsein. Für sie war es wie ein Diamant, so klar und durchsichtig wie ein sonnenbeschienener See im Wald, aber das Licht, das ihnen entgegenschlug, war keine Reflexion. Es war hell und klar und blendend. Jetzt, da das Bewusstsein ruhte, konnten sie tief in es hineinblicken. Sie sahen Hunger, Schmerz und Einsamkeit. Sie sahen eine Einsamkeit von einer solchen Intensität, dass jeder von ihnen darüber nachzudenken begann, wie sie sie lindern konnten. *Liebe,* dachten sie, *was sie braucht, ist Liebe, und zwar von ihrer eigenen Art.* Aber wo konnten sie einen der Uralten finden? Würde ein Wahrer Mensch antworten?

»Es bleibt uns nur eins übrig«, erklärte Bil. »Wir müssen sie zum Haus des Weisen Alten Bären bringen. Er steht in Verbindung mit den Wahren Menschen.«

»Aber sie hat doch gar nichts Schlimmes getan!«, rief Oda.

Ihr Vater sah sie an. »Wir wissen nicht, was sie eigentlich für ein Wesen ist, Liebling. Sie ist eine von den Uralten und nach einem langen Schlaf im Weltraum zu dieser Erde zurückgekehrt. Tausende von Jahren sind seitdem vergangen. Ich glaube, sie beginnt es jetzt zu begreifen – darum auch der Schock. Wir brauchen Hilfe. Unser Volk mag sich aus den Hunden entwickelt haben, und für Hunde hält sie uns auch jetzt noch. Wir dürfen uns dadurch nicht irritieren lassen. Aber sie benötigt ein Haus, und das einzige Haus eines Unbefugten, das ich kenne, gehört dem Weisen Alten Bären.«

Charls musterte seine Eltern. Seine Augen verrieten Sorge. »Was hat diese Sache mit den Hunden zu bedeuten? Sind wir deshalb so verwirrt, wenn wir über die Wahren Menschen nachdenken? Und sie hat mich auch verwirrt. Meint ihr, dass ich ihr wirklich gehören will?«

»Aber nein«, beruhigte ihn sein Vater. »Das ist nur ein Gefühl aus längst vergangenen Zeiten. Heute führen wir unser eigenes Leben. Aber dieses Mädchen ist ein zu großes Problem für uns. Wir werden sie zum Bären bringen. Zumindest besitzt er ein Haus.«

Juli war noch immer ohnmächtig, und sie war so groß im Vergleich zu ihnen. Sie packten sie an Händen und Füßen, und unter Mühen gelang es ihnen, sie zu tragen. Der zehnte Teil der Nacht war vergangen, als sie am Haus des Weisen Alten Bären ankamen. Glücklicherweise waren sie von den Manshonyaggern und den anderen Gefahren des Waldes verschont geblieben.

An der Tür zum Haus des Weisen Alten Bären legten sie das Mädchen sanft auf den Boden.

»Bär, Bär«, rief Bil, »komm heraus, komm heraus!«

»Wer ist da?«, antwortete eine Stimme von drinnen.

»Bil und seine Familie. Wir haben eine der Uralten bei uns. Komm heraus. Wir brauchen deine Hilfe.«

Das Licht, das leuchtend gelb durch die Türöffnung fiel, wurde plötzlich von der mächtigen Gestalt des Bären verdrängt, der sich vor ihnen auf der Schwelle aufbaute.

Er holte seine Brille aus der Gürteltasche, setzte sie sich auf die Nase und blinzelte Juli an.

»Du lieber Himmel«, brummte er. »Noch eine. Wo in aller Welt habt ihr ein Mädchen aus der Vorzeit gefunden?«

Prahlerisch, doch im Innersten zufrieden mit sich, erklärte Charls: »Sie fiel in einem lärmenden Kasten vom Himmel.«

Der Bär nickte weise.

Dann meldete sich Bil wieder zu Wort. »Du sagtest ›noch eine‹. Was hast du damit gemeint?«

Der Bär zwinkerte. »Vergiss es. Ich hatte einen kurzen Moment nicht daran gedacht, dass ihr keine Wahren Menschen seid. Bitte, vergesst es.«

»Also dürfen Unbefugte Menschen nichts davon wissen!«, bohrte Bil nach.

Der Bär nickte unglücklich.

Bil verstand. »Nun, wenn du es irgendwann erzählen *darfst*, wirst du es uns dann verraten?«

»Natürlich«, versprach der Bär. »Ich glaube, ich sollte jetzt lieber meine Haushälterin bitten, sich um sie zu kümmern. Herkie, Herkie, komm her.«

Eine blonde Frau erschien und sah sich ängstlich um. Offenbar stimmte etwas mit ihren blauen Augen nicht, aber sie schien damit zurechtzukommen.

Bil trat von der Tür zurück. »Das ist eine Experimentelle Person«, stellte er fest. »Das ist eine Katze!«

Der Bär wirkte völlig unbeeindruckt. »So ist es, aber wie du erkennen kannst, sind ihre Augen nicht in Ordnung. Deshalb ist es ihr gestattet, als meine Haushälterin zu arbeiten, und aus diesem Grund steht auch kein ›K‹ vor ihrem Namen.«

Bil begriff. Die Fehler, die den Wahren Menschen bei ihren Versuchen unterliefen, Untermenschen heranzuzüchten, wurden zumeist bereinigt, aber hin und wieder war es einem der Mängelexemplare gestattet, weiterzuleben und Arbeiten für sie zu verrichten. Der Bär stand in Verbindung mit den Wahren Menschen. Wenn er also eine Haushälterin benötigte, war ein fehlerhaft modifiziertes Tier eine ideale Lösung für alle.

Herkie beugte sich über Julis reglose Gestalt. Voller Verwunderung betrachtete sie ihr Antlitz. Dann blickte sie zu dem Bären auf. »Ich verstehe nicht«, sagte sie. »Ich begreife nicht, wie das möglich ist.«

»Später«, mahnte der Bär. »Wenn wir allein sind.«

Herkie äugte angestrengt in die Dunkelheit und entdeckte die Hundefamilie. »Oh, natürlich«, murmelte sie.

Bil und Charls reagierten verlegen. Oda und Kae schienen die Geringschätzigkeit der Behandlung nicht bemerkt zu haben.

Bil winkte. »Nun, auf Wiedersehen. Ich hoffe, dass du etwas für sie tun kannst.«

»Jedenfalls danke ich dir, dass du sie zu mir gebracht hast«, erwiderte der Bär. »Die Wahren Menschen werden sich sicherlich erkenntlich zeigen.«

Bil spürte, wie sein Schwanz wieder von allein zu wedeln begann.

»Werden wir sie jemals wiedersehen?«, fragte Oda. »Glaubst du, dass wir sie jemals wiedersehen werden? Ich mag sie, ich mag sie …«

»Vielleicht«, sagte ihr Vater. »Sie wird wissen, wer sie gerettet hat, und ich kann mir vorstellen, dass sie uns später einmal suchen wird.«

Juli erwachte langsam. *Wo bin ich? Was ist das für ein Ort?* Teilweise kehrte ihre Erinnerung zurück. *Die Hündchen-Menschen. Wo sind sie?* Sie wurde sich bewusst, dass jemand neben ihrem Bett stand. Sie blickte auf und sah in trübe blaue Augen, die sie ängstlich musterten.

»Ich bin Herkie«, sagte die Frau. »Ich bin die Haushälterin des Bären.«

Juli hatte das Gefühl, in einer psychiatrischen Klinik erwacht zu sein. Alles war so absurd. Hündchen-Menschen und jetzt ein *Bär*? Und war etwa auch die blonde Frau mit den schlechten Augen kein Mensch?

Herkie streichelte ihre Hand. »Natürlich bist du durcheinander«, sagte sie.

Juli fuhr zusammen. »Du *sprichst*! Du sprichst, und ich verstehe dich. Du sprichst Deutsch. Wir unterhalten uns nicht telepathisch.«

»Natürlich nicht«, nickte Herkie. »Ich spreche gut Doych. Es gehört zu den Lieblingssprachen des Bären.«

»Zu den …« Juli verstummte. »Alles ist so verwirrend.«

Wieder streichelte Herkie ihre Hand. »Selbstverständlich ist es das.«

Juli legte sich hin und starrte die Decke an. *Ich muss mich in irgendeiner völlig fremden Welt befinden.*

Nein, übermittelte ihr Herkie gedanklich, *aber dich trennen viele lange Jahre von deiner alten Welt.*

Der Bär betrat das Zimmer. »Fühlst du dich besser?«, fragte er.

Juli nickte nur.

»Morgen früh werden wir entscheiden, was zu tun ist«, fuhr er fort. »Ich habe einige Verbindungen zu den Wahren Menschen, und ich glaube, es ist das Beste, wenn wir dich zur Vomact bringen.«

Juli fuhr wie vom Blitz getroffen hoch. »Was meinst du mit ›Vomact‹? Das ist mein Name, vom Acht!«

»Das dachte ich mir schon«, brummte der Bär.

Herkie, die neben dem Bett stand und Juli ansah, nickte weise. »Ich war davon überzeugt«, sagte sie. »Ich glaube, du brauchst jetzt eine gute heiße Suppe und viel Schlaf. Morgen wird sich alles klären.«

Die Müdigkeit von Jahren schien sich in Julis Glieder zu schleichen. *Ich brauche Schlaf,* dachte sie. *Ich muss meinen klaren Verstand zurückgewinnen.* So plötzlich, dass sie nicht einmal eine Chance hatte, darüber erstaunt zu sein, war sie eingeschlafen.

Herkie und der Bär betrachteten ihr Gesicht. »Eine bemerkenswerte Ähnlichkeit«, stellte der Bär fest. Herkie nickte zustimmend. »Ich mache mir Sorgen wegen der Zeitdifferenz. Glaubst du, sie wird eine Rolle spielen?«

»Ich weiß es nicht«, gestand Herkie. »Da ich kein Mensch bin, kann ich nicht sagen, was die Menschen stört oder nicht stört.« Sie reckte sich und richtete sich zu ihrer vollen Größe auf. »Ich weiß!«, rief sie. »Ich *weiß* es jetzt! Sie ist hierhergeschickt worden, um uns bei der Rebellion zu unterstützen!«

»Nein«, widersprach der Bär. »Sie war zu lange fort, als dass ihre Ankunft etwas damit zu tun haben könnte. Es mag sein, dass sie uns vielleicht helfen wird, sehr helfen wird, aber ich vermute, dass ihre Ankunft zu dieser Zeit und an diesem Ort eher zufälliger Natur als Absicht ist.«

»Manchmal glaube ich, einen menschlichen Verstand zu verstehen«, sagte Herkie, »aber gewiss hast du Recht. Ich kann kaum ihr Zusammentreffen erwarten!«

»Ja«, nickte er, »obwohl ich fürchte, dass es bei ihnen eine eher traumatische Wirkung hervorrufen wird. In mehr als einer Hinsicht.«

Als Juli aus ihrem tiefen Schlummer erwachte, fand sie neben sich eine nachdenkliche Herkie vor.

Juli streckte sich und fragte auf mentalem Weg: *Bist du wirklich eine Katze?*

Ja, antwortete Herkie auf dieselbe Weise. *Aber du musst lernen, dein Bewusstsein zu beherrschen. Jeder kann deine Gedanken lesen.*

Tut mir leid, sprakk Juli, *aber ich bin an diese Telepathie nicht gewöhnt.*

»Ich weiß.« Herkie hatte wieder ins Deutsche umgeschaltet.

»Ich verstehe nicht, wieso du Deutsch kannst!«

»Das ist eine lange Geschichte. Ich habe es von dem Bären gelernt. Vielleicht solltest du lieber ihn fragen, wie er dazu gekommen ist.«

»Einen Moment. Ich erinnere mich jetzt an die Geschehnisse vor meinem Einschlafen. Der Bär hat meinen Namen erwähnt, meinen Familiennamen, vom Acht.«

Herkie wechselte das Thema. »Wir haben dir neue Kleidung besorgt. Wir haben versucht, die nachzuschneidern, die du getragen hast, aber sie war schon so sehr in Auflösung begriffen, dass wir uns nicht sicher sind, es richtig gemacht zu haben.«

Herkie schaute so ängstlich und bittend drein, dass Juli sie sofort beruhigte. *Wenn sie passt, wird sie mir bestimmt gefallen.*

Oh, sie passt, sprakk Herkie. *Wir haben Maß an dir genommen. Wenn du gebadet und gegessen hast, wirst du dich anziehen, und der Bär und ich bringen dich dann in die Stadt. Gewöhnlich ist es Untermenschen wie mir nicht gestattet, die Stadt zu betreten, aber ich glaube, dass diesmal eine Ausnahme gemacht werden wird.*

Es ging etwas Süßes und Weises von dem Gesicht mit den trüben blauen Augen aus. Juli fühlte, dass Herkie ihre Freundin war. *Das bin ich,* sprakk Herkie, und Juli wurde bei dieser Gelegenheit wieder daran erinnert, dass sie lernen musste, ihre Gedanken bei sich zu behalten. *Du wirst es schon noch lernen,* sprakk Herkie. *Es erfordert nur ein wenig Übung.*

Zu Fuß erreichten sie die Stadt, vorn der Bär, hinter ihm Juli und dann Herkie, die den Schluss bildete. Auf der Straße begegneten ihnen zwei Manshonyagger, aber der Bär sprach sie von fern auf Doych an, und sie wandten sich widerspruchslos ab und trollten sich.

Juli war fasziniert. »Was ist denn *das*?«, fragte sie.

»Ihr richtiger Name lautet ›Menschenjäger‹, und sie sind entwickelt worden, um Menschen zu töten, deren Vorstellungen nicht mit denen des Sechsten Deutschen Reiches übereinstimmen. Aber jetzt funktionieren nur noch wenige von ihnen, und viele von uns haben Doych gelernt seit … seit …«

»Ja?«

»Seit einem Ereignis, über das du in der Stadt etwas erfahren wirst. Lass uns weitergehen.«

Sie näherten sich der Stadtmauer, und Juli nahm ein Summen wahr. Eine mächtige Kraft schien sich ihnen in den Weg zu stellen. Ihr standen die Haare zu Berge, und sie spürte das Prickeln einer elektrischen Ladung. Offensichtlich war die Stadt von einem Kraftfeld umgeben.

»Was ist das denn?«, rief sie.

»Nur ein Statikschirm, um das Wilde fernzuhalten«, antwortete der Bär beruhigend. »Mach dir keine Sorgen, ich habe einen Dämpfer dabei.«

Er hob seine rechte Pranke, in der er ein kleines Gerät hielt, drückte einen Knopf, und augenblicklich öffnete sich ein Durchgang für sie. Als sie dann vor der Stadtmauer standen, tastete der Bär bedächtig über ihre obere Kante. An einem bestimmten Punkt verharrte er und griff dann nach einem seltsam aussehenden Schlüssel, der an einem Band um seinen Hals hing.

Juli bemerkte keinen Unterschied zwischen diesem Teil der Mauer und allen anderen, aber der Bär schob den Schlüssel in eine Scharte, und ein Teil der Mauer glitt in die Höhe. Die drei schritten durch die Öffnung, und lautlos schloss sie sich wieder hinter ihnen.

Der Bär trieb sie durch staubige Straßen zur Eile an. Juli sah zahlreiche Menschen, aber die meisten machten auf sie einen uninteressierten, abweisenden, gleichgültigen Eindruck; sie erinnerten nur wenig an die lebhaften Preußen ihrer Zeit.

Schließlich gelangten sie an die Tür eines großen Gebäudes, das alt und eindrucksvoll aussah. Neben der Tür befand sich eine Inschrift. Der Bär wollte sie durch den Eingang scheuchen.

Oh, bitte, Herr Bär, darf ich stehen bleiben und die Worte lesen?

Sag einfach Bär zu mir. Und – natürlich darfst du. Vielleicht hilft es dir sogar, einige von den Dingen besser zu verstehen, die du heute erfahren wirst.

Die Inschrift war in Deutsch und in Form eines Gedichtes gehalten. Sie schien schon vor Jahrhunderten dort angebracht worden zu sein (und das war tatsächlich auch so, wenngleich Juli das zu dieser Zeit noch gar nicht wissen konnte).

Herkie sah auf. »Oh, die erste ...«

»Still«, unterbrach der Bär.

Leise begann Juli das Gedicht zu lesen.

Jugend
Verblasst, verblasst, vergeht,
Fließt dahin
Wie Lebensblut aus deinen Adern ...
Wenig bleibt.
Das herrliche Gesicht
Verfällt,
Wird ersetzt
Durch eines, das Spiegel zu Tränen rührt.
Die Jahre
Vergehen.
Oh, Jugend,
Verweilt nur kurz!
Lächelt
Über uns
Unglückliche,
Die dich
Verehren ...

»Ich verstehe es nicht«, sagte Juli.

»Du wirst es verstehen«, versicherte der Bär. »So traurig es auch ist, du wirst es verstehen.«

Ein Würdenträger in einer hellgrünen, goldbesetzten Robe erschien.

»Wir hatten lange Zeit nicht die Ehre Ihres Besuches«, wandte er sich respektvoll an den Bären.

»Ich war sehr beschäftigt«, erklärte der Bär. »Aber wie geht es ihr?«

Verblüfft erkannte Juli, dass die Unterhaltung nicht auf telepathischem Wege, sondern auf Deutsch geführt wurde. *Wieso können all diese Leute Deutsch sprechen?* Unbeabsichtigt strahlte sie ihre Gedanken in alle Richtungen.

Pst!, ertönte gleichzeitig die Mahnung Herkies und des Bären.

Juli schämte sich sehr. »Es tut mir leid«, flüsterte sie. »Ich weiß nicht, ob ich jemals diesen Trick beherrschen werde.«

Herkie zeigte Mitgefühl. »Es *ist* ein Trick«, bestätigte sie, »aber du beherrschst ihn jetzt schon besser als kurz nach deiner Ankunft. Du musst nur sehr vorsichtig sein. Es geht nicht, dass du deine Gedanken nach allen Seiten hin versendest.«

»Das spielt jetzt keine Rolle«, brummte der Bär und wandte sich an den grün uniformierten Würdenträger. »Ist es wohl möglich, eine Audienz zu bekommen? Ich glaube, es ist wichtig.«

»Sie werden vielleicht ein wenig warten müssen«, erklärte der Würdenträger, »aber ich bin sicher, dass sie *Ihnen* immer eine Audienz gewähren wird.«

Den Bären schien dies ein wenig zu schmeicheln, wie Juli bemerkte.

Sie nahmen Platz und warteten, und hin und wieder tätschelte Herkie Juli tröstend den Arm.

Es dauerte tatsächlich nicht lange, bis der Würdenträger wieder erschien. »Sie erwartet euch«, sagte er.

Er führte sie durch einen langen Korridor in einen großen Saal, in dem sich ein Podium mit einem Sessel befand.

Nicht direkt ein Thron, dachte Juli für sich. Hinter dem Sessel stand ein junger, stattlicher Mann, ein Wahrer Mensch. In dem Sessel saß eine Frau, und sie war alt, so alt, dass es alle Vorstellungskraft überstieg; ihre runzligen Hände glichen Klauen, aber in dem knochigen, faltigen Gesicht konnte man noch immer einen Hauch einstiger Schönheit erkennen.

Julis Verwirrung wuchs. Sie *kannte* diese Person und kannte sie wiederum auch nicht. Ihr Orientierungssinn, durch die Ereignisse des vergangenen »Tages« in Mitleidenschaft gezogen, löste sich immer mehr auf. Sie griff nach Herkies Hand, als sei sie das einzig Sichere in einer Welt, die sie nicht verstehen konnte.

Die Frau sprach. Ihre Stimme war alt und matt, aber sie sprach Deutsch.

»Nun, Juli, jetzt bist du endlich hier. Laird hat mir gesagt, dass er dich aus der Umlaufbahn herunterholt. Ich bin so glücklich, dich zu sehen und zu wissen, dass du gesund bist.«

Juli zitterte. Sie *wusste* es, sie *wusste* es, aber sie konnte es doch nicht glauben. Zu viel hatte sich verändert, zu viel war geschehen in der kurzen Zeit seit ihrer Rückkehr ins Leben.

Keuchend, bebend flüsterte sie: »Carlotta?«

Ihre Schwester nickte. »Ja, Juli, ich bin es. Und dies ist mein Gemahl, Laird.« Sie nickte dem stattlichen jungen Mann hinter ihrem Sessel zu. »Er hat mich vor über zweihundert Jahren heruntergeholt, aber unglücklicherweise ist es nicht möglich, einen Uralten einem Verjüngungsprozess zu unterziehen, der nach unserem Aufbruch von der Erde entwickelt wurde.«

Juli begann zu schluchzen. »O Carlotta, es ist alles so schwer zu glauben. Du bist so alt! Du warst doch nur zwei Jahre älter als ich.«

»Ich habe zweihundert Jahre Glückseligkeit hinter mir, Liebes. Man konnte mich nicht verjüngen, aber man konnte zumindest mein Leben verlängern … Nun, ich habe nicht aus rein altruistischen Gründen Laird gebeten, dich zu uns zu bringen. Karla ist noch immer dort draußen, aber da sie erst sechzehn Jahre alt war, als sie in Tiefschlaf versetzt wurde, glauben wir, dass du der Aufgabe besser gewachsen sein wirst. Offen gesagt, haben wir dir eigentlich keinen Gefallen damit getan, dich zu uns zu holen, da du von nun an altern wirst. Aber sich auf ewig in einem Zustand vorübergehender Leblosigkeit zu befinden, ist auch kein richtiges Leben.«

»Natürlich nicht«, stimmte Juli zu. »Und außerdem – hätte ich ein normales Leben geführt, wäre ich auch gealtert.«

Carlotta beugte sich vor, um ihr einen Kuss zu geben.

»Zumindest sind wir endlich wieder zusammen«, seufzte Juli.

»Ach mein Liebes«, sagte Carlotta, »es ist wunderschön, diese kurze Zeit mit dir zu verbringen. Du siehst, dass ich sterbe. Ab einer gewissen Grenze können die Wissenschaftler trotz ihrer hoch entwickelten Technologien einen Menschen nicht mehr am Leben erhalten. Und wir brauchen Unterstützung, Unterstützung bei unserer Rebellion.«

»Rebellion?«

»Ja. Gegen die Jwindz. Sie waren Chinesen, Philosophen. Jetzt sind sie die wahren Herrscher der Erde, und wir – so glauben sie – sind lediglich ihre Instrumentalität, ihre Polizeikräfte. Mit ihrer Macht beherrschen sie nicht den Körper des Menschen, sondern seine *Seele*. Hier ist dieser Begriff fast in Vergessenheit geraten. Stattdessen sagt man ›Geist‹ dazu. Sie nennen sich selbst die Vollkommenen, und sie trachten danach, die Menschen nach ihrem eigenen Bild zu formen. Aber sie sind schwach, unbeweglich, blutleer. Sie haben Geschöpfe aus allen Völkern rekrutiert, aber die Menschen reagierten kaum darauf. Nur einige wenige sehnen sich nach jener ästhetischen Vollkommenheit, die sich die Jwindz zum Ziel gesetzt haben. Deshalb haben die Jwindz auf ihre Kenntnisse über Drogen und Opiate zurückgegriffen, um die Wahren Menschen in betäubte, gleichgültige Wesen zu verwandeln, um sie leicht regieren und kontrollieren zu können. Unglücklicherweise haben sich einige unserer Nachkommen« – Carlotta nickte Laird zu – »ihnen angeschlossen. Wir brauchen dich, Juli. Seit meiner Ankunft haben Laird und ich alles in unserer Macht Stehende getan, um die Wahren Menschen von dieser Form der Sklaverei zu befreien, denn es *ist* eine Sklaverei. Es ist ein Mangel an Vitalität, fehlender Lebenssinn. In den alten Zeiten gab es ein Wort dafür. Erinnerst du dich? ›Zombie‹!«

Während der ganzen Unterhaltung zwischen den Schwestern hatten Herkie, der Bär und Laird geschwiegen. Nun schaltete sich Laird ein. »Bis Carlotta zu uns kam, waren wir hilflos der Macht der Jwindz ausgeliefert. Wir wussten nicht einmal, was es bedeutete, ein menschliches Wesen zu sein. Wir waren überzeugt, unser einziger Lebenszweck sei es, den Jwindz zu dienen. Wenn sie vollkommen waren – welche andere Aufgabe blieb uns dann noch? Es war unsere Pflicht, ihre Wünsche zu erfüllen – die Städte zu erhalten und zu schützen, die Wilden zu vertreiben, die Drogen zu nehmen. Einige von der Instrumentalität machten sogar Jagd auf Unbefugte Menschen, Heillose und, als letztes Mittel, Wahre Menschen, um den Nachschub für ihre Laboratorien zu sichern. Aber inzwischen glauben viele von uns nicht mehr an die Vollkommenheit der Jwindz – vielleicht haben wir auch etwas gefunden, an das zu glauben sich mehr lohnt als an die menschliche Vollkommenheit. Wir haben Menschen gedient. Wir hätten der *Menschheit* dienen sollen. Jetzt fühlen wir, dass die Zeit gekommen ist, diese Tyrannei zu beenden. Carlotta und ich besitzen Verbündete unter unseren Nachkommen und unter den Heillosen und sogar, wie du bemerkt hast, unter den Unbefugten Menschen und anderen Tierabkömmlingen. Ich glaube, es existiert noch immer ein Band zwischen ihnen und uns, das aus der alten Zeit stammt, als die Menschen sich Schoßtiere hielten.«

Juli sah sich um und entdeckte, dass Herkie leise schnurrte. »Ja«, nickte sie, »ich weiß, was du meinst.«

Laird fuhr fort: »Unsere Absicht ist es, eine *richtige* Instrumentalität zu errichten – nicht eine Macht im Dienst der Jwindz, sondern eine, die für die Menschen da ist. Wir sind entschlossen, niemals wieder zuzulassen, dass der Mensch sich selbst verrät. Wir werden eine Instrumentalität der Menschheit schaffen, eine wohltätige Macht, keine Macht, die andere unterdrückt.«

Carlotta nickte langsam. Ihr altes faltiges Gesicht verriet Sorge. »Ich werde in einigen Tagen sterben, und du wirst Laird heiraten. Du wirst die neue Vomact sein. Mit ein wenig Glück werden deine Nachkommen und auch meine die Erde von der Knechtschaft der Jwindz befreit haben, wenn du mein jetziges Alter erreicht hast.«

Juli war vollkommen verwirrt. »Ich soll deinen Mann heiraten?«

Erneut meldete sich Laird zu Wort. »Ich habe deine Schwester länger als zweihundert Jahre geliebt. Und ich werde auch dich lieben, denn du bist ihr sehr ähnlich. Halte mich nicht für untreu. Ich habe das mit ihr oft besprochen, bevor ich deine Rakete hierherleitete. Wenn sie nicht sterben würde, gäbe es für mich keinen Grund, sie zu verlassen. Aber jetzt brauchen wir dich.«

Carlotta pflichtete ihm bei. »Es ist wahr. Er hat mich sehr glücklich gemacht, und er wird auch dich glücklich machen, dein ganzes Leben lang. Ich hätte dich nicht herunterholen lassen können, Juli, hätte ich nicht einen Plan für deine Zukunft gehabt. Du würdest mit einem dieser berauschten, betäubten Wahren Menschen niemals glücklich werden. Vertrau mir, bitte. Es ist die einzige Möglichkeit, die uns bleibt.«

Tränen traten in Julis Augen. »Dich endlich gefunden zu haben und dich gleich wieder zu verlieren …«

Herkie tätschelte ihr sacht die Hand, und als Juli auf-blickte, entdeckte sie Tränen des Mitleids in ihren trüben blauen Augen.

Drei Tage später starb Carlotta. Sie starb mit einem Lä-cheln auf den Lippen, und Laird und Juli hielten ihr die Hand. Ihre letzten Worte waren, während sie ihre Hände drückte: »Wir werden uns wiedersehen. Dort oben bei den Sternen.«

Juli weinte fassungslos.

Sie verschoben die Hochzeit, und eine siebentägige Trauer-zeit begann. Und da, mit einem Mal, öffneten sich die Tore der Stadt, und das statische Elektrizitätsfeld verschwand. Denn noch nicht einmal den Jwindz war es möglich, die Kontrolle über die Gefühle von Tierabkömmlingen, Unbe-fugten Menschen und sogar einigen Wahren Menschen auf-rechtzuerhalten, die um eine Frau trauerten, die aus der Alten Welt zu ihnen gekommen war.

Der Bär war besonders traurig. »Ich bin es gewesen, der sie gefunden hat, weißt du, nachdem sie von dir herunter-geholt wurde«, sagte er zu Laird.

»Ich weiß.«

Das also hat der Bär gemeint, als er von »noch einer« sprach, dachte Bil.

Charls und Oda, Bil und Kae befanden sich unter den Trauergästen, und als Juli sie sah, dachte sie: *Meine lieben kleinen Hündchen-Menschen,* aber diesmal war der Gedanke liebevoll und nicht abschätzig.

Odas Schwanz wedelte. *Ich habe nachgedacht,* sprakk sie zu Juli. *Kannst du mich in zwei Tagen unten an der* Cenote *treffen?*

Ja, antwortete Juli, stolz darauf, dass zum ersten Mal ihre Gedanken nur die Person erreicht hatten, für die sie auch bestimmt gewesen waren. Sie wusste, dass sie es geschafft hatte, als sie Lairds Gesicht musterte und feststellte, dass ihm ihre telepathische Botschaft entgangen war.

Als Juli Oda dann an der *Cenote* traf, hatte sie keine Ahnung, was diese von ihr wollte – noch was sie von Oda erwartete.

Du musst sehr vorsichtig sein, wenn du deine Gedanken sendest, sprakk Oda. *Wir wissen nie, ob nicht einige Jwindz oben am Himmel sind.*

Ich glaube, ich habe viel gelernt, sprakk Juli.

Oda nickte. *Ich wollte die Kampfbäume einsetzen. Die Wahren Menschen fürchten sich noch immer vor der Krankheit, die sie verursachen. Aber ich bin sicher, dass die Krankheit verschwunden ist. Ich war es so leid, mich durch die Büsche zu zwängen, immer darauf bedacht, nur ja die Kampfbäume nicht zu berühren, dass ich mich entschlossen habe, es auszuprobieren, und dann habe ich eine Schote von einem der Bäume gegessen – ohne dass etwas passierte. Seitdem habe ich keine Angst mehr vor ihnen. Wenn wir uns also in einem Kampfbaumwald treffen würden, wir Rebellen, dann würden uns die Jwindz niemals finden. Sie hätten Furcht, uns dahin zu folgen.*

Julis Augen leuchteten auf. *Das ist eine sehr gute Idee. Soll ich mit Laird darüber reden?*

Natürlich. Er war immer auf unserer Seite. Genau wie deine Schwester.

Juli empfand wieder Trauer. *Ich fühle mich so einsam.*

Das musst du nicht. Du hast Laird, und du hast uns und den Bären und seine Haushälterin. Und bald wird es noch andere geben. Doch jetzt müssen wir uns trennen.

Als Juli von ihrem Treffen an der *Cenote* zurückkehrte, fand sie Laird in ein Gespräch mit dem Bären und einem jungen Mann vertieft, der Laird sehr ähnlich sah – wie auch der jugendlichen Carlotta, wie sich Juli ihrer von früher her erinnerte.

Laird lächelte ihr zu. »Das ist dein Großneffe«, sagte er. »Mein Enkel.«

Julis Sinn für Zeit und Alter wurde erneut erschüttert. Laird schien nicht älter als sein Enkel zu sein. *Wie soll ich*

mich nur daran gewöhnen?, fragte sie sich und strahlte unabsichtlich den Gedanken aus.

»Ich weiß, dass das alles hier für dich sehr schwer zu verstehen ist«, erklärte Laird und ergriff tröstend ihre Hand.
»Auch Carlotta hatte anfangs große Schwierigkeiten. Aber
versuche es doch, bitte. Versuche damit fertigzuwerden,
meine Liebe, denn wir brauchen dich so dringend, und besonders ich bin auf dich angewiesen. Ohne dich könnte ich
Carlottas Verlust nicht ertragen.«

Juli wurde ein wenig verlegen. »Wie heißt mein ...« Sie
konnte es nicht aussprechen. »Wie heißt er?«

»Ich bitte um Entschuldigung. Er wurde nach deinem
Onkel Joachim genannt.«

Joachim lächelte und umarmte sie kurz. »Weißt du«, sagte
er dann, »wir brauchen deine Unterstützung bei unserer Rebellion wegen des Kults, der sich um deine Schwester, meine
Großmutter, gebildet hat. Als sie, eine Uralte, auf unsere
Erde zurückkehrte, ist dieser Kult entstanden. Deshalb wurde
sie ›Die Vomact‹ genannt, und deshalb musst du ihre Nach-
folgerin sein. Der Kult verbindet alle von uns, die wir gegen
die Herrschaft der Jwindz kämpfen. Großmutter Carlotta
regierte hier ein kleines Königreich, und selbst die Jwindz
konnten die Menschen nicht daran hindern, hierherzukommen und ihr die letzte Ehre zu erweisen. Das hast du bei den
Trauerfeierlichkeiten gewiss bemerkt.«

»Ja, ich konnte sehen, dass ihr von vielen verschiedenen
Menschenvölkern große Verehrung entgegengebracht wurde.
Wenn sie die Rebellion unterstützte, dann bin ich überzeugt,
es war richtig. Carlotta war schon immer ein sehr aufrechter
Mensch. Und jetzt muss ich dir von dem Plan erzählen, den
sich Oda ausgedacht hat.« Das tat sie dann auch.

»Es könnte funktionieren«, brummte der Bär danach. »Die
Wahren Menschen beachten streng das *Tabu*, das die Kampfbäume umgibt. Aber vielleicht lässt sich Odas Plan noch ver-
bessern. Ich habe da eine Idee.« In seiner Aufregung ließ er
die Brille fallen.

Joachim hob sie für ihn auf. »Bär«, sagte er, »das passiert dir immer, wenn du aufgeregt bist.«

»Das beweist nur, wie gut meine Idee ist«, entgegnete der Bär. »Hört mal, warum benutzen wir nicht die Manshonyagger?«

Die anderen sahen ihn verdutzt an, und Laird sagte bedächtig: »Ich denke, ich weiß, worauf du hinauswillst. Die Manshonyagger, von denen es nicht mehr viele gibt, reagieren nur auf die deutsche Sprache und …«

»Und die Führer der Jwindz sind Chinesen, die zu stolz sind, andere Sprachen zu lernen«, fuhr der Bär mit einem Lächeln fort.

»Ja. Wenn wir also unser Hauptquartier zwischen den Kampfbäumen aufschlagen und verbreiten, dass sich dort die neue Vomact aufhält …«

»Und den Wald mit Manshonyaggern umgeben …«

Allmählich nahm der Plan Formen an. Die Aufregung wuchs.

»Ich glaube, es könnte gelingen«, stellte Laird fest.

»Das glaube ich auch«, nickte Joachim. »Ich werde die Vettern zusammenrufen, und sobald ihr euch unter den Kampfbäumen eingerichtet habt, unternehmen wir einen Angriff auf das Drogenzentrum und schaffen die Tranquilizer in den Wald, wo wir sie vernichten können.«

»Welche Vettern?«, fragte Juli.

»Carlottas und meine Nachkommen, die sich nicht der Instrumentalität der Jwindz angeschlossen haben«, erklärte ihr Laird.

»Warum haben sich *überhaupt* einige von ihnen den Jwindz angeschlossen?«

Laird zuckte mit den Achseln. »Gier, Machtstreben – aus vielerlei menschlichen Gründen. Auch die Illusion körperlicher Unsterblichkeit gehört dazu. Wir haben versucht, unseren Kindern Ideale zu vermitteln, aber die Versuchungen der Macht sind sehr vielfältig. Das wirst du selbst wissen.«

Juli erinnerte sich an ein verzerrtes, hasserfülltes Gesicht mit einem schwarzen Bärtchen über dem Mund, an ein Gesicht aus ihrer Zeit und ihrer Welt, und sie nickte.

Herkie und der Bär, Charls und Oda, Bil und Kae begleiteten Juli in den Wald der Kampfbäume. Zunächst zögerten Bil und Kae noch ein wenig. Erst als Oda gestand, schon einmal eine der Schoten gegessen zu haben, waren sie mit dem Weitermarsch einverstanden.

Nur Bil reagierte wie ein typischer Vater. »Wie *konntest* du nur solch ein Risiko eingehen?«

Odas Augen funkelten, und ihr Schwanz wedelte wütend. »Ich musste es einfach tun«, erwiderte sie.

Bil nickte kurz zu Herkie hinüber. »Nun, wenn *sie* das getan hätte …«

Herkie richtete sich zur vollen Größe auf. »Ich glaube, dass Katze und Neugierde doch nicht so eng miteinander verknüpft sind«, erklärte sie. »In Wirklichkeit sind wir eher vorsichtig.«

»Ich wollte dich nicht verletzen«, sagte Bil hastig, und Herkie sah, dass er den Schwanz einzog.

Als sie die Waldesmitte erreicht hatten, ließen sie sich zu einem Picknick nieder. Juli war hungrig. In der Stadt hatte man ihr synthetische Nahrung angeboten, die zweifellos gesund und voller Vitamine war, aber nicht den Appetit eines preußischen Mädchens aus der Vorzeit stillen konnte. Die Tierabkömmlinge hatten *echte* Nahrungsmittel mitgebracht, und Juli verspeiste sie mit großem Vergnügen.

Insbesondere der Bär bemerkte ihre Freude. »Jetzt weißt du«, sagte er, »wie sie es geschafft haben.«

»Was geschafft haben?«, fragte Juli, den Mund voller Brot.

»Wie sie die Mehrheit der Wahren Menschen unter Drogen gesetzt haben. Die Wahren Menschen waren so daran gewöhnt, sich von synthetischen Lebensmitteln zu ernähren, dass sie nie den Unterschied bemerkten, als die Jwindz Tranquilizer hinzufügten. Ich hoffe, dass die Entzugssymptome bei den Wahren Menschen nicht zu ernst sein werden, wenn es den Vettern gelingt, die Drogenversorgung zu unterbrechen.«

Bil sah auf. »Das sollten wir im Auge behalten«, riet er. »Falls die Entzugssymptome tatsächlich stark sind, werden vermutlich viele Wahre Menschen bereit sein, mit den Jwindz zusammenzuarbeiten, um weiter Drogen zu bekommen.«

Der Bär nickte. »Das glaube ich auch.«

Es dauerte einige Tage, bis Laird, Joachim und die Vettern zu ihnen stießen. Zu diesem Zeitpunkt hatte sich Juli schon fast an das Zwielicht gewöhnt, das unter den dicken Blättern und Ästen der Kampfbäume herrschte, und auch an das sanfte Glühen während der Nacht.

Laird begrüßte sie zärtlich. »Ich habe dich vermisst«, sagte er einfach. »So sehr habe ich mich schon an dich gewöhnt.«

Juli errötete und wechselte das Thema. »Hast du … oder besser die Vettern … habt ihr Erfolg gehabt?«

»O ja. Es gab kaum Schwierigkeiten. Die Führer der Jwindz sind sehr sorglos, seit sie glauben, den Willen der Wahren Menschen unter Kontrolle zu haben. Joachim brauchte nur vorzugeben, Drogen zu wollen, und schon erhielt er freien Zugang zum Drogenlager. Im Lauf einiger Tage gelang es ihm, die ganzen Bestände den Vettern in die Hände zu spielen und sie durch Placebos zu ersetzen. Ich frage mich, wann man das entdecken wird.«

»Sobald sich die ersten Entzugserscheinungen zeigen, nehme ich an«, warf Joachim ein.

Juli kam ein Gedanke, der sie schon die ganze Zeit unbewusst beschäftigt hatte. »Dein *Enkel* ist hier, ebenso die Vettern. Aber wo sind deine und Carlottas Kinder? Ihr müsst doch welche gehabt haben.«

Lairds Gesicht nahm einen traurigen Ausdruck an. »Natürlich. Aber da es sich bei ihnen um Halb-Uralte handelte, konnten sie nicht nur nicht verjüngt werden, sondern ihre Körperchemie verhinderte auch eine Lebensverlängerung. Sie sind alle mit siebzig, achtzig Jahren gestorben. Es hat mich und Carlotta sehr bekümmert. Auch du, meine Liebe, musst damit rechnen, wenn wir Kinder bekommen sollten. Ab der darauffolgenden Generation jedenfalls ist die uralte Erbmasse nicht mehr allein bestimmend, so dass von da an eine Verjüngung möglich ist. Joachim ist einhundertfünfzig Jahre alt.«

»Und du? Was ist mit dir?«, fragte Juli.

Laird sah sie an. »Es wird dich vielleicht schockieren. Ich bin über dreihundert Jahre alt.«

Juli musste ihm Glauben schenken, obwohl sie es nicht verstand. Laird war so stattlich und jung – und Carlotta war so alt gewesen.

Sie versuchte, ihre Benommenheit abzuschütteln. »Was machen wir jetzt mit den Tranquilizern, die sich in unserem Besitz befinden?«

Oda war hinzugekommen und hatte die letzten Sätze gehört. Ihre Augen funkelten und ihr Schwanz bewegte sich aufgeregt. »Ich habe eine Idee«, verkündete sie.

»Ich hoffe, sie ist so gut wie deine letzte«, sagte Laird.

»Das hoffe ich auch. Warum geben wir die Tranquilizer nicht einfach heimlich den Führern ein? Die Jwindz werden es wahrscheinlich nicht einmal merken. Dann brauchen wir auch nicht gegen sie zu kämpfen. Sie könnten einfach aussterben. Oder vielleicht … glaubt ihr … dass wir sie in den Weltraum schicken könnten? Zu einem anderen Planeten?«

Laird nickte langsam. »Deine Ideen sind sehr gut. Ja, wir könnten ihnen die Tranquilizer verabreichen … Aber wie?«

»Wir arbeiten gut zusammen«, mischte sich der Bär ein und deutete auf Oda. »Sie hat eine Idee, und dadurch wird bei mir eine weitere ausgelöst.« Bedächtig setzte er seine Brille auf. »Ich habe hier eine Karte unserer Umgebung. Bis auf die *Cenote* gibt es in vielen Kilometern Umkreis keine Wasserstelle. Wenn wir die Tranquilizer, und zwar alle, in die *Cenote* kippen und wenn es einem der Vettern gelingt, die synthetische Nahrung der Jwindz-Führer sehr scharf zu würzen – dann ließe sich vielleicht das Problem lösen.«

»Einer unserer Vettern«, erklärte Laird, »lebt unerkannt unter den Jwindz. Aber was würde sie dazu bringen, von dem Wasser zu trinken?«

Charls gesellte sich hinzu. »Ich habe von einem alten Gewürz gehört, das Durst hervorruft«, warf er ein. »Es wurde gewöhnlich aus den Meeren gewonnen, bevor sie das Gras überwuchert hat. Aber einiges davon muss noch an den Küsten zu finden sein. Ich glaube, man hat es ›Salz‹ genannt.«

»Jetzt, da du es erwähnst – ich habe ebenfalls davon gehört.« Der Bär nickte weise. »Salz. Wir fügen es ihrer Nahrung hinzu, und dann locken wir sie in den Wald, indem wir sie wissen lassen, dass sich hier die neue Vomact und die Köpfe der Rebellion befinden. Es ist riskant, aber möglich.«

Laird war einverstanden. »Wie du schon sagtest, es ist riskant, aber es könnte funktionieren, und sie werden uns nicht hinrichten, wenn der Plan keinen Erfolg hat. Sie werden uns nur unter Drogen setzen. Ich schätze, unsere Chance auf Erfolg ist ziemlich groß. Denn wenn die Wahren Menschen nicht revitalisiert, nicht aus dieser Knechtschaft aus Rausch und Apathie befreit werden, dann wird unser ganzes Volk im Lauf der nächsten hundert Jahre aussterben. Es ist an einem Punkt angelangt, an dem es nichts mehr kümmert.«

Alle Welten wissen, wie der Plan durchgeführt wurde. Alles verlief genau so, wie es der Bär vorhergesagt hatte. Die durstigen Führer der Jwindz tranken nach dem Verzehr ihrer versalzenen Nahrung gierig von dem Wasser der *Cenote* und waren sofort berauscht. Sie machten keine Anstalten, sich den Rebellen entgegenzustellen, als diese den Schutz der Kampfbäume verließen.

Joachim war bekümmert. »Einer meiner Brüder hatte sich ihnen angeschlossen«, erklärte er.

Laird legte ihm tröstend den Arm um die Schulter. »Aber er ist nur berauscht. Vielleicht können wir ihm helfen, wenn die Wirkung nachgelassen hat.«

»Wahrscheinlich, aber es ist gegen all meine Prinzipien.«

»Sei nicht zu anspruchsvoll, Joachim. Gegen Prinzipien ist nichts einzuwenden, aber es gibt auch noch so etwas wie Wiedergutmachung.«

Und auf diese Weise entstand die Instrumentalität der Menschheit. Bald würde sie über viele Welten herrschen. Juli, die Vomact, wurde eine der ersten Ladys der Instrumentalität. Laird, ihr Gemahl, war einer der ersten Lords.

Juli lebte lange genug, um zu erleben, wie einige ihrer Nachkommen zu den ersten großen Scannern im Weltraum wurden. Sie war sehr stolz auf sie, und sie war sehr alt. Natürlich war Laird so jung wie eh und je. All ihre Freunde unter den Tierabkömmlingen waren schon vor langer Zeit gestorben. Sie vermisste sie, obwohl Laird ihr immer treu zur Seite stand.

Schließlich, als sie so alt war, dass sie sich nur noch mit Mühe bewegen konnte, rief sie Laird zu sich. Sie blickte auf zu seinem hübschen Gesicht. »Ach mein Liebling, du hast mich sehr glücklich gemacht, genau wie Carlotta. Aber nun bin ich alt, und ich glaube, ich muss bald sterben. Du bist noch immer so jung und voller Leben. Ich wünschte, es wäre mir möglich, mich der Verjüngung zu unterziehen, aber da dies unmöglich ist, sollten wir Karla zu uns holen.«

Er stimmte so rasch zu, dass es ein wenig ihre Gefühle verletzte. »Ja, ich glaube auch, dass wir Karla holen sollten.« Er wandte sein Gesicht von ihr ab.

Mit schwankender Stimme sagte sie: »Ich weiß, dass du sie glücklich machen und sehr lieben wirst.«

Einen Moment lang verharrte er noch in Schweigen, bevor er sich wieder zu ihr herumdrehte.

Plötzlich bemerkte sie Falten in seinem Gesicht, Falten, die sie nie zuvor gesehen hatte.

»Was geschieht mit dir?«, fragte sie.

»Mein Liebes, meine letzte Liebe«, sagte er, »ich werde dich doppelt verlieren. Ich kann es nicht ertragen. Ich habe die Ärzte um ein Medikament gebeten, das die Verjüngung aufhebt. In einer Stunde werde ich so alt sein wie du. Wir werden zusammen gehen. Und irgendwo dort draußen werden wir Carlotta begegnen, und wir werden uns an den Händen halten, wir drei, inmitten der Sterne. Karla wird ihren eigenen Mann und ihr eigenes Schicksal finden.«

Gemeinsam saßen sie da und beobachteten die Landung von Karlas Raumschiff.

SCANNER
LEBEN VERGEBENS

Martel war zornig. Er war so aufgebracht, dass er noch nicht einmal auf die Idee kam, seinen Blutdruck nachzujustieren. Er stampfte quer durch den Raum, ohne etwas zu erkennen, nur nach Gefühl. Erst als er bemerkte, dass der Tisch umstürzte, und er an Lucîs Gesichtsausdruck erkannte, dass er dabei ein lautes Getöse verursacht hatte, blickte er an sich hinunter, um nachzusehen, ob er sich das Bein gebrochen hatte. Es war unversehrt. Scanner bis ins Innerste, musste er sich auch selbst immer scannen. Es geschah ganz automatisch, war wie ein Reflex. Die Überprüfung umfasste seine Beine, den Unterleib, den Brustkasten mit den Instrumenten, Hände, Arme, Gesicht und, mit Hilfe des Spiegels, den Rücken. Erst dann konnte Martel wieder zu seinem Zorn zurückkehren. Er benutzte seine Stimme, obwohl er wusste, dass seine Frau sein Brüllen hasste und es vorzog, wenn er schrieb.

»Ich sage dir, ich muss cranchen. Ich muss einfach cranchen. Es ist doch ganz allein meine Sache, findest du nicht?«

Als Lucî antwortete, konnte er ihr nur einen Teil ihrer Worte von den Lippen ablesen. »Liebling … du bist mein Mann … Recht, dich zu lieben … gefährlich … es zu tun … gefährlich … warte …«

Er blickte sie an, erhob seine Stimme und fügte ihr damit noch mehr Schmerzen zu. »Ich sage dir, ich werde jetzt cranchen.« Als er ihren Gesichtsausdruck bemerkte, packte ihn die Reue, und ein wenig sanfter fuhr er fort: »Kannst du nicht verstehen, was es für mich bedeutet? Dem schrecklichen Gefängnis meines Kopfes zu entkommen. Wieder ein Mann zu sein – deine Stimme zu hören, Rauch zu riechen. Wieder zu *fühlen* – meine Füße auf dem Boden zu fühlen, zu spüren, wie die Luft über mein Gesicht streicht? Weißt du denn nicht, was es für mich bedeutet?«

Ihre großäugige, verärgerte Besorgnis stieß ihn in seinen Zorn zurück. Er las nur einige Worte, als sich ihre Lippen bewegten: »... liebe dich ... zu deinem Besten ... glaubst du nicht, dass auch ich dich wieder menschlich sehen will ... zu deinem Besten ... zu viel ... er sagte ... sie sagten ...«

Als er sie anschrie, erkannte er, dass seine Stimme besonders schrecklich geklungen haben musste. Er wusste, dass der Klang sie nicht weniger verletzte als die Worte. »Glaubst du, ich wollte, dass du einen Scanner heiratest? Habe ich dir nicht gesagt, dass wir fast so armselig sind wie die Habermänner? Ich sage dir, wir sind tot. Wir müssen tot sein, um unsere Arbeit zu erledigen. Wie kann sich jemand sonst ins Auf-und-Hinaus trauen? Kannst du dir überhaupt vorstellen, wie der endlose Weltraum ist? Ich habe dich gewarnt. Aber du hast mich geheiratet. In Ordnung, du hast einen Menschen geheiratet. Bitte, Liebling, lass mich ein Mensch sein. Lass mich deine Stimme hören, lass mich die Wärme fühlen, die es bedeutet, zu leben, menschlich zu sein. Bitte!«

Er sah ihren Blick, der bedrückte Zustimmung verriet, und wusste, dass seine Argumente gesiegt hatten. Er benutzte nicht noch einmal seine Stimme. Stattdessen nahm er die Tafel, die an seiner Brust hing, in die Hand. Er bekritzelte sie, benutzte den spitzen Nagel seines rechten Zeigefingers – den Sprechfinger eines Scanners – und malte schnelle gerade Buchstaben.

Bte, Lblng, wo st dr Crnchdraht?

Sie zog den langen vergoldeten Draht aus ihrer Schürzentasche und ließ die daran befestigte Feldkugel auf den teppichbedeckten Boden fallen. Rasch, beflissen, mit der resoluten Geschicklichkeit der Frau eines Scanners, wickelte sie den Cranchdraht um seinen Kopf, dann spiralförmig um Hals und Brust. Sie umging geschickt die Instrumente, die in seine Brust eingelassen waren. Sie umging sogar die Strahlungsnarben rund um diese Instrumente, die Wundmale der Männer, die hinaufgegangen und hinausgefahren waren. Mechanisch hob er den Fuß, als sie den Draht zwischen seinen Beinen hindurchzog. Sie straffte den Draht. Sie schloss den kleinen Stecker an den Hochspannungsschalter neben seinem Herzleser an. Sie half ihm, sich zu setzen, legte seine Hände zurecht, drückte seinen Kopf sanft an die Rückenlehne des Sessels. Sie drehte ihn so, dass sein Gesicht ihr ganz zugewandt war und er leicht von ihren Lippen ablesen konnte. Ihr Gesicht blieb unbewegt.

Sie kniete nieder, hob die Kugel am anderen Ende des Drahtes hoch, richtete sich gelassen auf, wandte ihm den Rücken zu. Er scannte sie und erkannte den Kummer, der aus ihrer Haltung sprach, der jedem anderen entgangen wäre, nicht aber den Augen eines Scanners. Sie sprach; er konnte erkennen, wie sich ihre Oberkörpermuskulatur bewegte. Sie bemerkte, dass sie ihn nicht ansah, und drehte sich so, dass ihre Lippen in seinem Blickfeld lagen.

»Bist du bereit?«

Er lächelte ein *Ja*.

Sie drehte ihm wieder den Rücken zu (Luĉi hatte es nie ertragen können, ihm zuzusehen, wenn er unter den Draht ging). Sie warf die Drahtkugel in die Luft. Sie verfing sich in dem Kraftfeld und blieb dort hängen. Plötzlich begann sie zu glühen. Das war alles. Alles – bis auf das plötzliche rote, stinkende Gebrüll, mit dem sich die Rückkehr seiner Sinne ankündigte. Die Rückkehr über die wilde Grenze aus Schmerz.

Als er unter dem Draht erwachte, hatte er nicht die Empfindung, als ob er soeben gecrancht hätte. Obwohl es das
zweite Cranchen in einer Woche war, fühlte er sich kräftig.
Er lag in dem Sessel. Seine Ohren tranken das Geräusch der
Luft, die über die Gegenstände im Zimmer strich. Er hörte,
wie Luĉi im angrenzenden Raum atmete, wo sie den Draht
zum Kühlen aufhängte. Er roch die tausenderlei Düfte, die
sich in jedem Haus befanden: die knusprige Frische des
Bakterienbrenners, den süßsauren Geruch des Luftbefeuch-
ters, den Duft des Essens, das sie gerade verzehrt hatten, die
Gerüche der Kleidung, der Möbel, der Menschen selbst. All
dies war reine Köstlichkeit. Er sang eine Strophe seines Lieb-
lingsliedes:

> *So ist's für den Habermann, Auf-und-Hinaus!*
> *Auf – oh – und hinaus – oh! Auf-und-Hinaus ...*

Er hörte Luĉi im Nebenzimmer kichern. Er weidete sich an
dem Rascheln ihres Kleides, als sie über die Türschwelle
huschte.

Sie schenkte ihm ihr aufgesetztes kleines Lächeln. »Es
scheint, dir geht es gut. Ist mit dir auch wirklich alles in Ordnung?«

Trotz des Luxus seiner Sinne benutzte er wieder seine
Scannerfähigkeiten. Er griff auf die blitzschnelle Überprüfung zurück, die zu seinen beruflichen Aufgaben gehörte.
Seine Augen glitten über die Anzeigen der Instrumente.
Nichts wirkte bedrohlich, nur der Nervendruck stand an
der Grenze zu dem Bereich, der *Gefahr* bedeutete. Aber er
brauchte sich um die Nervenbox keine Sorgen zu machen.
Dies brachte das Cranchen immer mit sich. Man konnte
nicht unter den Draht gehen, ohne dass sich Auswirkungen
an der Nervenbox zeigten. Irgendwann würde die Box auf

Überlastung ansteigen und dann zurückfallen bis zur Marke *Tod*. Auf diese Weise endete ein Habermann. Aber man konnte nicht alles haben. Menschen, die ins Auf-und-Hinaus fuhren, mussten den Preis für das All zahlen.

Wie dem auch sei – warum sich Sorgen machen! Er war ein Scanner. Ein guter Scanner, und er wusste es auch. Wenn er nicht scannen konnte, wer dann? Dieses Cranchen war nicht zu gefährlich. Gefährlich schon, aber nicht zu gefährlich.

Luĉi streckte ihre schöne Hand aus und wühlte zärtlich in seinem Haar, als ob sie seine Gedanken gelesen hätte, statt sie nur zu verfolgen. »Aber du weißt, du hättest es nicht tun dürfen! Du weißt es!«

»Aber ich habe es getan!« Er lächelte sie an.

Mit erzwungener Heiterkeit sagte sie: »Komm, Liebling, machen wir uns eine schöne Zeit. Ich habe fast alles im Kühlschrank – all deine Lieblingsspeisen. Und ich habe zwei neue Duftplatten voller Gerüche. Ich habe sie selbst ausprobiert, und sogar mir gefielen sie. Und du kennst mich ja …«

»Welche?«

»Welche was, mein Lieber?«

Er legte seinen Arm um ihre Schulter, während er aus dem Zimmer hinkte. (Er konnte sich nie daran gewöhnen, den Boden unter seinen Füßen, die Luft auf seinem Gesicht zu fühlen, ohne verwirrt und unbeholfen zu sein. Es kam ihm vor, als ob das Cranchen Wirklichkeit und sein Zustand als Habermann nur ein böser Traum war. Aber er *war* ein Habermann und ein Scanner.) »Du weißt, was ich meine, Luĉi … Die Gerüche, die du erworben hast. Welche der beiden Platten gefällt dir mehr?«

»Nun-n-n«, sagte sie gedehnt, »es waren diese Lammkoteletts, die fand ich schon sehr seltsam …«

Er unterbrach sie: »Was sind Lamkoplets?«

»Warte, bis du sie riechst. Dann rate. Ich verrate dir nur so viel: Es ist ein Geruch, der viele Jahrhunderte alt ist. Man hat ihn in den alten Büchern wiederentdeckt.«

»Ist ein Lamkoplet ein Tier?«

»Ich werde es dir nicht verraten. Du musst schon abwarten«, lachte sie, als sie ihm half, sich zu setzen, und Probierschälchen vor ihn stellte. Er wollte sich noch einmal über das Mittagessen hermachen, wollte all die herrlichen Dinge genießen, die er gegessen hatte, und sie diesmal mit seinen neubelebten Lippen und mit seiner Zunge kosten.

Als Luĉi den Musikdraht gefunden und seine Kugel in das Kraftfeld geworfen hatte, erinnerte er sie an die neuen Düfte. Sie holte die langen Glasplatten hervor und schob die erste in ein Übertragungsgerät.

»Schnupper jetzt!«

Ein seltsamer, entsetzlicher, erregender Duft erfüllte das Zimmer. Er ähnelte nichts aus seiner Welt, noch wirkte er wie etwas aus dem Auf-und-Hinaus. Trotzdem war er vertraut. Er vermeinte ihn zu kennen. Das Wasser lief ihm im Mund zusammen. Sein Pulsschlag beschleunigte sich ein wenig; er scannte seine Herzbox. (Schneller, natürlich schneller.)

Aber dieser Duft, was war das? Mit vorgetäuschter Verwirrung griff er nach ihren Händen, blickte in ihre Augen und grollte: »Verrate es mir, Liebling! Sag es mir, oder ich fresse dich!«

»Genau das ist es!«

»Was?«

»Du hast es erkannt. Es ist völlig normal, dass du mich jetzt fressen möchtest. Es ist Fleisch.«

»Fleisch? Was für eine Sorte Fleisch?«

»Nicht von Menschen«, wehrte sie überlegen ab. »Von einem Tier. Ein Tier, das die Menschen gegessen haben. Ein Lamm. Ein kleines Schaf – du hast Schafe draußen in der Wildnis gesehen, nicht wahr? –, und ein Kotelett ist ein Stück aus seiner Mitte, hier!« Sie deutete auf ihre Brust.

Martel hörte nicht mehr zu. All seine Boxen hatten die *Alarm*-Stufe erreicht und einige standen sogar auf *Gefahr*. Er kämpfte gegen das Gebrüll seiner Gedanken, trieb seinen

Körper in ungeheure Erregung. Wie einfach war es, ein Scanner zu sein, wenn man tatsächlich neben seinem Körper stand, auf Habermann-Art, und allein mit seinen Augen in ihn hinein sah. Dann konnte man seinen Körper beherrschen, ihn dazu zwingen, gelassen zu bleiben in der endlosen Qual des Weltraums. Aber zu akzeptieren, dass man ein Körper *war*, dass dieses Ding einen beherrschte, dass die Gedanken den Körper lenkten und ihn in brausende Panik versetzten! Das war schrecklich.

Er versuchte sich an die Zeit zu erinnern, bevor er in die Habermann-Maschine gegangen war, bevor man ihn auseinandergenommen, zerschnitten hatte für das Auf-und-Hinaus. War er damals auch schon Opfer der Gewalt seiner Gefühle gewesen, die von seinem Bewusstsein auf den Körper, von seinem Körper auf seine Gedanken übersprangen und ihn so durcheinanderbrachten, dass er nicht sehen konnte? Aber damals war er noch kein Scanner gewesen.

Er wusste, was ihn so betroffen machte. Inmitten des Gebrülls seines eigenen Pulsschlages wusste er es. Im Alptraum des Auf-und-Hinaus hatte sich dieser Duft seinen Weg zu ihm gebahnt, während ihr Schiff über der Venus brannte und die Habermänner das schmelzende Metall mit ihren bloßen Händen entfernten. Er hatte sie gescannt: Alle befanden sich in der Zone *Gefahr*. Überall um ihn kletterten die Brustboxen auf *Überlastung* und fielen hinunter auf die Marke *Tod*, während er sich von Mann zu Mann bewegte, die treibenden Leichname aus dem Weg schob, während er kämpfte, um jeden Mann zu scannen, Klammern an unbemerkt gebrochenen Beinen anzubringen, den Schlafschalter bei den Männern umzulegen, deren Instrumente anzeigten, dass sie sich hoffnungslos *Überlastung* näherten. Während die Männer versuchten, ihre Arbeit zu erledigen und ihn, den Scanner, verfluchten, der in seiner Berufsehre gekränkt war und darum kämpfte, seine Aufgabe erfüllen zu können, und sie in der Großen Qual des Weltraums am Leben zu erhalten, da hatte er diesen Duft wahrgenommen. Er hatte sich Bahn gebrochen durch seine neuverlegten Nervenenden, die Habermann-Schnitte überwunden, an allen physiologischen und psychischen Sicherungen vorbei. In der furchtbarsten Stunde seiner Tragödie hatte er ihn intensiv gerochen. Er erinnerte sich, dass es auf ihn wie schlechtes Cranchen gewirkt hatte und mit dem Wüten und den Alpträumen in seiner Umgebung verbunden gewesen war. Er hatte sogar seine Arbeit unterbrochen, um sich selbst zu scannen, aus Furcht, dass der Erste Effekt eingetreten war, an allen Habermann-Schnitten vorbei, um ihn zu verderben mit der Qual des Weltraums. Aber er hatte es geschafft. Seine eigenen Instrumente standen und blieben auf der Marke *Gefahr*, ohne sich der Zone *Überlastung* zu nähern. Er hatte seine Aufgabe erfüllt und dafür eine Auszeichnung erhalten. Und er hatte das brennende Schiff fast schon vergessen.

Alles – mit Ausnahme dieses Duftes.

Und hier war dieser Duft zurückgekehrt – der Geruch von Fleisch-im-Feuer …

Luĉi betrachtete ihn mit weiblicher Besorgnis. Offensichtlich dachte sie, dass er zu sehr gecrancht hatte und in seinen Habermann-Zustand zurückfiel. Sie versuchte, unbeschwert zu erscheinen. »Du solltest dich lieber ausruhen, Schatz.«

»Schalt … diesen … Geruch … ab«, flüsterte er ihr zu.

Sie stellte keinerlei Fragen. Sie schaltete das Übertragungsgerät ab. Sie durchquerte sogar das Zimmer und veränderte die Belüftung, bis eine milde Brise über den Boden trieb und die Düfte hinauf zur Decke blies.

Er erhob sich, müde und steif. (Seine Instrumente waren normal, nur das Herz schlug schneller und seine Nerven standen noch immer am Rande der Zone *Gefahr*.)

Traurig sagte er: »Vergib mir, Luĉi. Ich glaube, ich hätte nicht cranchen sollen. Nicht schon wieder. Aber, Liebes, ich musste dem Habermann-Zustand entkommen. Denn wie sonst könnte ich dir nahe sein? Wie kann ich ein Mensch sein – ohne meine eigene Stimme zu hören, ohne mein eigenes Leben zu fühlen, wie es durch meine Adern pulsiert? Ich liebe dich, Luĉi. Kann ich dir jemals nahe sein?«

Ihr Stolz ließ sie diszipliniert und ohne nachzudenken antworten: »Aber du bist doch ein Scanner!«

»Ich weiß, dass ich ein Scanner bin. Aber was bedeutet das schon?«

Sie wiederholte die Worte, und es klang wie eine Geschichte, die sie schon tausendmal erzählt hatte, um sich selbst zu beruhigen: »Du bist der Mutigste der Mutigen und der Tüchtigste der Tüchtigen. Die ganze Menschheit schuldet dem Scanner Dank, denn er vereinigt die Erden der Menschheit. Scanner sind die Beschützer der Habermänner. Sie sind die Richter im Auf-und-Hinaus. Sie lassen Menschen leben an einem Ort, wo sich die Menschen verzweifelt nach dem Tod sehnen. Sie sind die Ehrenwertesten der Menschheit, und selbst die Herren der Instrumentalität schätzen sich glücklich, ihnen Achtung zu erweisen!«

Mit eigensinniger Trauer widersprach er: »Luĉi, wir haben all das schon oft genug gehört. Aber entschädigt es uns dafür …«

»Scanner arbeiten nicht nur für ihren Lohn. Sie sind die starken Wächter der Menschheit. Hast du das vergessen?«

»Aber unser Leben, Luĉi. Was hast du schon davon, die Frau eines Scanners zu sein? Warum hast du mich geheiratet? Ich bin nur dann ein Mensch, wenn ich cranche. Die übrige Zeit – du weißt, was ich dann bin. Eine Maschine. Ein Mensch, den man in eine Maschine verwandelt hat. Ein Mensch, der getötet und dann wieder zum Leben gebracht wurde, um seine Pflicht zu erfüllen. Kannst du dir nicht vorstellen, was ich vermisse?«

»Natürlich, Liebling, natürlich …«

»Glaubst du nicht, dass ich mich an meine Kindheit erinnere? Glaubst du nicht, dass ich mich erinnere, wie es ist, ein Mensch zu sein und nicht nur ein Habermann? Wie es ist, beim Gehen den Boden unter den Füßen zu spüren?

Einen gewöhnlichen, klaren Schmerz zu spüren, statt jede Minute den Körper zu beobachten, um zu prüfen, ob er noch lebt? Wie kann ich wissen, ob ich tot bin? Hast du jemals darüber nachgedacht, Luôi? Wie kann ich wissen, ob ich tot bin?«

Sie ignorierte die Unvernunft seines Ausbruchs. Beschwichtigend sagte sie: »Setz dich, Lieber. Ich werde dir etwas zu trinken bringen. Du bist überanstrengt.«

Automatisch scannte er. »Nein, das bin ich nicht! Hör mir zu. Was glaubst du, was das für ein Gefühl ist, im Auf-und-Hinaus zu sein, mit der Mannschaft in der Nähe, den Dem-Raum-Gewidmeten? Was glaubst du, was das für ein Gefühl ist, ihren Schlaf zu beobachten? Was glaubst du, was das für ein Gefühl für mich ist, Monat für Monat zu scannen, scannen, scannen, während ich die Große Qual des Weltraums spüren kann, die gegen jeden Teil meines Körpers anbrandet und versucht, meine Habermann-Blockierungen zu durchbrechen? Glaubst du, dass es mir gefällt, die Männer zu wecken, wenn es Zeit dafür ist, während ich weiß, dass sie mich dafür hassen? Hast du jemals Habermänner kämpfen sehen – starke Männer, die kämpfen und keinen Schmerz empfinden, die kämpfen, bis einer von ihnen von der *Überlastung* niedergerungen wird? Hast du jemals darüber nachgedacht, Luôi?« Triumphierend fügte er hinzu: »Kannst du mir denn wirklich einen Vorwurf machen, wenn ich cranche und zu einem Menschen werden will, nur für zwei Tage oder einen Monat?«

»Ich mache dir keinen Vorwurf, mein Lieber. Komm, lass uns deinen Cranch genießen. Setz dich jetzt und trinke etwas.«

Er setzte sich und barg sein Gesicht in seinen Händen, während sie einen Cocktail mixte und für die Zubereitung neben natürlichen Fruchtsäften aus Flaschen einige harmlose Alkaloide verwandte. Ruhelos beobachtete er sie, und sie tat ihm leid, dass sie einen Scanner geheiratet hatte; und dann, obwohl es ungerecht war, bereute er sein Mitleid.

In dem Moment, als sie sich umdrehte, um ihm das Glas zu reichen, fuhren beide ein wenig zusammen, denn das Videophon läutete. Es hätte nicht läuten dürfen. Sie hatten es abgestellt. Es läutete noch einmal, lief offensichtlich über die Notfallleitung. Martel kam Luĉi zuvor – er eilte zum Video und blickte hinein. Vomact starrte ihn an.

Das Gesetz der Scanner erlaubte es ihm, unfreundlich zu sein, selbst einem Vorgesetzten gegenüber, wenn er einen wichtigen Grund dafür hatte. Und den hatte er.

Bevor Vomact etwas sagen konnte, sprach Martel zwei Worte in die Scheibe, ohne sich Gedanken zu machen, ob der alte Mann sie von seinen Lippen ablesen konnte oder nicht.

»Cranche. Beschäftigt.«

Er legte den Schalter um und kehrte zu Luĉi zurück.

Das Videophon läutete erneut.

Sanft sagte Luĉi: »Ich werde herausfinden, um was es geht, Lieber. Hier, nimm dein Glas und setz dich.«

»Lass es einfach läuten«, sagte ihr Mann. »Niemand hat das Recht, mich anzurufen, wenn ich cranche. Er weiß das. Er müßte es eigentlich wirklich wissen.«

Das Video läutete wieder. Von Wut übermannt, sprang Martel auf und lief zu der Sichtscheibe. Er schaltete sie wieder ein. Vomact erschien auf dem Bildschirm. Bevor Martel etwas sagen konnte, hob Vomact seinen Sprechfinger vor seine Herzbox. Martel zwang sich zur Ruhe.

»Scanner Martel zur Stelle und bereit, Sir.«

Die Lippen bewegten sich feierlich: »Äußerster Notfall.«

»Sir, ich bin unter dem Draht.«

»Äußerster Notfall.«

»Sir, verstehen Sie mich nicht?« Martel formte die Worte mit den Lippen, so dass er sicher sein konnte, dass Vomact ihm folgen konnte. »Ich … bin … unter … dem … Draht. Für … den … Raum … nicht … einsatzbereit.«

Vomact wiederholte: »Äußerster Notfall. Melden Sie sich in der zentralen Sammelstelle.«

»Aber, Sir, noch nie gab es einen Notfall …«

»Richtig, Martel. Noch nie gab es einen wie diesen. Melden Sie sich in der Sammelstelle.« Mit einem leichten Anflug von Freundlichkeit fügte Vomact hinzu: »Es ist nicht nötig, dass Sie jetzt einsatzbereit sein müssen. Melden Sie sich, wie Sie sind.«

Diesmal war es Vomact, der die Verbindung unterbrach. Der Bildschirm wurde grau.

Martel wandte sich an Luĉi. Der Ärger war aus seiner Stimme gewichen. Sie trat auf ihn zu. Sie küsste ihn und strich ihm über das Haar. Alles, was sie sagen konnte, war: »Es tut mir leid.«

Sie küsste ihn wieder, wusste, wie enttäuscht er war. »Pass gut auf dich auf, Lieber. Ich werde warten.«

Er scannte und schlüpfte anschließend in seinen durchsichtigen Luftmantel. Am Fenster hielt er inne und winkte. »Viel Glück!«, rief sie. Er stürzte sich hinaus. Während die Luft an ihm vorbeiströmte, sagte er sich: »Dies ist das erste Mal, dass ich den Wind spüre – zum ersten Mal seit elf Jahren. Gott, es ist so leicht zu fliegen, wenn man fühlt, dass man lebt.«

Die zentrale Sammelstelle lag weiß leuchtend und abweisend streng sehr weit vor ihm. Martel blickte sich um. Er sah weder den Lichtschein eines aus dem Auf-und-Hinaus zurückkehrenden Schiffes noch das Flackern eines außer Kontrolle geratenen Weltraumfeuers. Alles war ruhig, so wie es sein sollte in einer dienstfreien Nacht.

Und trotzdem hatte Vomact nach ihm verlangt. Er hatte einen Notfall ausgerufen, der höher war als der Raum. Martel konnte die Ursache dafür nicht erkennen. Aber Vomact hatte ihn gemeldet.

II

Als Martel eintraf, fand er über die Hälfte der Scanner versammelt, insgesamt ungefähr zwei Dutzend. Er hob den Sprechfinger. Die meisten Scanner standen zu zweit beisammen, die Gesichter einander zugewandt, um die Worte von den Lippen des anderen ablesen zu können. Einige der alten, ungeduldigen Scanner kritzelten etwas auf ihre Tafel und hielten sie dann den anderen vor die Augen. Alle Gesichter wiesen den dumpfen, toten, gleichgültigen Ausdruck der Habermänner auf. Als Martel den Raum betrat, wusste er, dass die meisten anderen in der tiefen isolierten Abgeschiedenheit ihrer eigenen Gedanken lachten, dass jeder Dinge dachte, die es nicht wert waren, dass man sie in förmliche Worte kleidete. Es war sehr viel Zeit vergangen, seit zum letzten Mal ein Scanner gecrancht auf einer Versammlung erschienen war.

Vomact war nicht anwesend; vielleicht, dachte Martel, saß er noch immer vor dem Videophon, um die anderen zusammenzurufen. Die Lampe des Videophons ging an und aus; die Glocke läutete. Martel kam sich seltsam vor, als er erkannte, dass von allen Anwesenden er der Einzige war, der die laute Glocke hören konnte. Er verstand nun, warum es normale Menschen ablehnten, in der Gesellschaft von Habermännern oder Scannern zu sein. Martel blickte sich um, suchte nach bekannten Gesichtern.

Sein Freund Chang war anwesend. Dieser war eifrig damit beschäftigt, einigen alten, mürrischen Scannern zu erklären, dass er nicht wusste, warum Vomact sie gerufen hatte. Martel schaute sich weiter um und entdeckte Parizianski. Er ging zu ihm hinüber, schob sich durch die Menge, und an der Geschmeidigkeit, mit der er sich bewegte, war zu erkennen, dass er seine Füße fühlte und sie nicht beobachten musste. Verschiedene der Anwesenden starrten ihn mit ihren ausdruckslosen Gesichtern an und versuchten zu lächeln. Aber sie besaßen keine Kontrolle mehr über ihre Muskulatur, und ihre Gesichter verwandelten sich in schreckliche Masken. (Scanner wussten es gewöhnlich besser und verzichteten darauf, ihren Gesichtern, die sie nicht mehr beherrschen konnten, irgendeinen Ausdruck zu verleihen. *Ich schwöre,* dachte Martel, *ich werde nur noch lächeln, wenn ich gecrancht habe.*)

Parizianski machte ihm mit seinem Sprechfinger ein Zeichen. Als sie einander die Gesichter zugedreht hatten, sagte er: »Du kommst gecrancht hierher?«

Parizianski konnte seine eigene Stimme nicht hören, so dass er die Worte brüllte wie ein abgenutztes und beschädigtes Videophon. Martel war entsetzt, aber er wusste, dass die Frage nicht böse gemeint war; es gab keinen gutmütigeren Menschen als diesen stämmigen Polen.

»Vomact hat mich angerufen. Äußerster Notfall.«

»Hast du ihm gesagt, dass du gecrancht bist?«

»Ja.«

»Und trotzdem hat er verlangt, dass du kommst?«

»Ja.«

»Dann handelt es sich … Es geht gar nicht um den Weltraum? Du kannst nicht ins Auf-und-Hinaus fahren? Du bist jetzt wie ein gewöhnlicher Mensch?«

»Ja, so ist es.«

»Aber warum hat er uns dann gerufen?« Eine Gewohnheit aus der Zeit, als er noch kein Habermann gewesen war, veranlasste Parizianski, verständnislos seine Arme auszubreiten. Seine Hand streifte den Rücken des alten Mannes, der hinter ihm stand. Den Schlag konnte man im ganzen Raum vernehmen, aber nur Martel hörte ihn. Instinktiv scannte er Parizianski und den alten Scanner; sie scannten ihn daraufhin ebenfalls. Nur der alte Mann fragte, warum Martel ihn gescannt hatte. Als Martel erklärte, dass er unter dem Draht sei, bewegte sich der alte Mann eilends davon, um die Neuigkeit zu verbreiten, dass sich ein gecranchter Scanner in der Sammelstelle befand.

Doch selbst diese kleine Sensation vermochte die Aufmerksamkeit der meisten Scanner nicht von der Sorge über den Notfall abzulenken. Ein junger Mann, der vor einem knappen Jahr, bei seinem ersten Transit, begonnen hatte, als Scanner zu arbeiten, schob sich mit einer dramatischen Geste zwischen Parizianski und Martel. Theatralisch hielt er ihnen seine Tafel vor das Gesicht.

st Vmct vrrckt?

Die Älteren schüttelten ihre Köpfe. Martel, der sich daran erinnerte, dass der junge Bursche erst seit Kurzem ein Habermann war, milderte den leblosen Ernst der Verneigung durch ein freundliches Lächeln. Er benutzte seine normale Stimme und erklärte: »Vomact ist der Oberste Scanner. Ich bin überzeugt, dass er nicht verrückt werden kann. Würde er es nicht sofort an seinen Boxen ablesen?«

Martel musste die Frage wiederholen, langsamer sprechen und die Worte deutlich mit seinen Lippen formen, bevor der junge Scanner seine Bemerkung verstehen konnte. Der junge Mann versuchte ein Lächeln, doch es wurde nur eine komische Grimasse daraus. Aber er nahm seine Tafel und bekritzelte sie.

D hst Rcht.

Chang trennte sich von seinem Gesprächspartner und gesellte sich zu ihnen, sein halb chinesisches Gesicht leuchtete im warmen Abendlicht. (Es ist seltsam, dachte Martel, dass nicht mehr Chinesen Scanner geworden sind. Oder vielleicht ist es doch nicht so seltsam, wenn man bedenkt, dass sie nicht einmal ihr Quantum an Habermännern erfüllt haben. Chinesen lieben das gute Leben zu sehr. Doch diejenigen, die scannen, sind alle gute Scanner.) Chang bemerkte, dass Martel gecrancht hatte, und er sagte mit seiner Stimme: »Du schaffst einen Präzedenzfall. Luĉi war bestimmt ärgerlich, als du fortgehen musstest.«

»Sie hat es mit Fassung getragen. Chang, es ist seltsam.«

»Was?«

»Ich bin gecrancht, und ich kann hören. Deine Stimme klingt normal. Wie hast du gelernt, wie ein Mensch zu sprechen?«

»Ich habe mit Tonbändern geübt. Freut mich, dass du es bemerkt hast. Ich glaube, ich bin der einzige Scanner auf oder zwischen den Erden, der als normaler Mensch durchgehen kann. Spiegel und Tonbänder. Ich habe schauspielern gelernt.«

»Aber du kannst doch nicht …«

»Nein. Ich kann nicht fühlen oder schmecken oder hören oder riechen, ebenso wenig wie du. Das Sprechen nutzt mir nicht viel. Aber ich habe bemerkt, dass es die Menschen in meiner Nähe erfreut.«

»Es würde für Luĉis Leben einen großen Unterschied bedeuten.«

Chang nickte weise. »Mein Vater drängte mich dazu. Er sagte: ›Du magst stolz darauf sein, dass du ein Scanner bist. Mir aber tut es leid, keinen Menschen mehr vor mir zu haben. Deshalb unternimm etwas gegen deine Fehler.‹ Da habe ich es versucht. Ich wollte dem alten Knaben von dem Auf-und-Hinaus erzählen und welche Aufgaben wir dort erledigen, aber es interessierte ihn nicht. Er sagte: ›Flugzeuge waren gut genug für Konfuzius und deshalb sind sie auch gut genug für mich.‹ Der übliche Unsinn! Er versucht mit allen Mitteln ein guter Chinese zu sein, dabei kann er nicht einmal Altchinesisch lesen. Aber er ist ein guter Mensch und für jemanden, der auf die zweihundert zugeht, kommt er noch ganz schön rum.«

Martel lächelte bei dem Gedanken. »Mit seinem Flugzeug?«

Chang lächelte zurück. Es war erstaunlich, wie sehr er seine Gesichtsmuskulatur beherrschte; ein zufälliger Beobachter wäre nie auf den Gedanken gekommen, dass Chang ein Habermann war, der seine Augen, Wangen und Lippen durch kalte intellektuelle Beherrschung steuerte. Der Ausdruck seines Lächelns besaß die Spontaneität des Lebens. Martel fühlte einen Stich des Bedauerns, als er Chang ansah und dann die toten kalten Gesichter von Parizianski und den anderen betrachtete. Er wusste, dass er selbst gut aussah, aber warum sollte er auch nicht? Er hatte ja gecrancht. Er wandte sich an Parizianski und sagte: »Hast du mitbekommen, was Chang über seinen Vater sagte? Der alte Knabe besitzt ein Flugzeug.«

Parizianski bewegte seinen Mund, aber die Laute ergaben keinen Sinn. Er griff nach seiner Tafel und zeigte sie Martel und Chang.

Brm, brm. Ha, ha. Tllr Krl.

In diesem Moment hörte Martel draußen im Korridor Schritte. Er konnte dem Drang nicht widerstehen, einen Blick zur Tür zu werfen. Andere Augen folgten seiner Blickrichtung.

Vomact trat ein.

Die Gruppe stellte sich geräuschvoll in vier parallele Reihen auf. Sie scannten sich gegenseitig. Zahlreiche Arme streckten sich aus, um die elektronischen Kontrollvorrichtungen der Brustboxen zu justieren, die begonnen hatten, sich aufzuladen. Ein Scanner hielt einen gebrochenen Finger hoch, den ein Kollege entdeckt hatte, und ließ ihn schienen und verbinden.

Vomact hatte seinen Kommandostab mitgebracht. Der Würfel an der Spitze schleuderte rote Lichtblitze durch den Raum, die Reihen bildeten sich neu, und alle Scanner gaben das Zeichen: *Zur Stelle und bereit!*

Vomact antwortete mit einer Haltung, die besagte: *Ich bin der Rangälteste und übernehme das Kommando.*

Sprechfinger glitten in die Höhe, erklärten: *Wir stimmen zu und verpflichten uns.*

Vomact hob seinen rechten Arm, ließ die Hand baumeln, als ob sie gebrochen sei, in einer sonderbaren fragenden Geste, die bedeutete: *Sind Menschen in der Nähe? Ungesicherte Habermänner? Alles klar für die Scanner?*

Als Einziger unter den Anwesenden hörte der gecranchte Martel das Scharren der Füße, als sich alle um die eigene

Achse drehten, ohne ihre Position zu verlassen, und einander durchdringend musterten und mit ihren Gürtellampen die dunklen Ecken des großen Raumes erhellten. Als sie Vomact wieder ansahen, machte er ein weiteres Zeichen.

Alles in Ordnung. Folgt meinen Worten.

Martel bemerkte, dass er allein sich entspannte. Die anderen konnten nicht die Bedeutung der Entspannung kennen, denn der Verstand in ihren Schädeln war blockiert, nur mit den Augen verbunden, und der Rest des Körpers war nur über nichtsensorische Steuernerven und über die Instrumentenboxen an ihrer Brust mit dem Gehirn gekoppelt. Martel erkannte, gecrancht wie er war, dass er erwartet hatte, Vomacts Stimme zu hören: Der Älteste sprach schon seit einer Weile. Doch kein Laut drang über seine Lippen. (Vomact machte sich nie die Mühe, Laute zu erzeugen.)

»… und als die ersten Menschen ins Auf-und-Hinaus fuhren und den Mond erreichten, was fanden sie dort?«

»Nichts«, erwiderte der stille Chor der Lippen.

»Deshalb fuhren sie weiter, zum Mars und zur Venus. Die Schiffe fuhren Jahr für Jahr hinaus, aber sie kehrten erst im Jahr Eins des Weltraums zurück. Im Jahr Eins des Weltraums kam ein Schiff mit dem Ersten Effekt heim. Scanner, ich frage euch, was ist der Erste Effekt?«

»Niemand weiß es. Niemand weiß es.«

»Niemand wird es jemals wissen. Zu zahlreich sind die Variablen. Woran erkennen wir den Ersten Effekt?«

»An der Großen Qual des Weltraums«, ertönte der Chor.

»Und an welchem anderen Zeichen?«

»An dem Wunsch, oh, dem Wunsch nach dem Tod.«

Und wieder Vomact: »Und wer gebot Einhalt dem Wunsch nach dem Tod?«

»Henry Habermann besiegte den Ersten Effekt, im Jahr Drei des Weltraums.«

»Und, Scanner, ich frage euch, wie hat er das vollbracht?«

»Er schuf die Habermänner.«

»Wie, o Scanner, werden Habermänner gemacht?«

»Sie werden gemacht durch Schnitte. Das Gehirn wird getrennt von den Ohren, der Nase. Das Gehirn wird getrennt vom Mund, vom Bauch. Das Gehirn wird getrennt von Sehnsucht und Schmerz. Das Gehirn wird getrennt von der Welt. Nur nicht von den Augen. Nur nicht von der Kontrolle des lebendigen Leibes.«

»Und wie, o Scanner, wird der Leib beherrscht?«

»Durch die Boxen, getrieben in den Leib, durch die Kontrollelemente, getrieben in die Brust, durch die Zeichen, die geschaffen sind, um den lebendigen Körper zu beherrschen, die Zeichen, durch die der Körper lebt.«

»Wie kann ein Habermann leben und weiterleben?«

»Der Habermann lebt durch die Kontrolle der Boxen.«

»Woher kommen die Habermänner?«

Martel bemerkte in der heranrollenden Antwort das laute Gebrüll gebrochener Stimmen, die im Raum widerhallten, als die Scanner, selbst Habermänner, die Bewegungen ihrer Lippen durch Laute verstärkten.

»Habermänner sind der Abschaum der Menschheit. Habermänner sind die Schwachen, die Grausamen, die Leichtgläubigen und die Lebensuntüchtigen. Habermänner sind die Mit-mehr-als-dem-Tod-Bestraften. Habermänner leben allein im Geiste. Sie wurden für den Weltraum getötet, aber sie leben für den Weltraum. Sie steuern die Schiffe, die die Erden verbinden. Sie leben in der Großen Qual, während gewöhnliche Menschen den kalten, kalten Schlaf des Transits schlafen.«

»Brüder und Scanner, ich frage euch jetzt: Sind wir Habermänner oder nicht?«

»Wir sind Habermänner im Fleische. Wir sind entzweigeschnitten, in Gehirn und Leib. Wir sind bereit, ins Auf-und-Hinaus zu fahren. Wir sind alle durch die Habermann-Maschine gegangen.«

»Dann sind wir Habermänner?« Vomacts Augen blitzten und funkelten, als er die rituelle Frage stellte.

Wieder wurde die gemeinsame Antwort von dem Gebrüll der Stimmen begleitet, das nur Martel hören konnte. »Habermänner sind wir, und mehr und mehr. Wir sind die Erwählten, die Habermänner aus freiem Willen wurden. Wir sind die Werkzeuge der Instrumentalität der Menschheit.«

»Was müssen die anderen uns zurufen?«

»Sie müssen uns zurufen: ›Ihr seid die Mutigsten der Mutigen, die Tüchtigsten der Tüchtigen. Die gesamte Menschheit schuldet dem Scanner höchste Achtung, denn er vereinigt die Erden der Menschheit. Scanner sind die Beschützer der Habermänner. Sie sind die Richter im Auf-und-Hinaus. Sie lassen die Menschen leben an einem Ort, wo die Menschen sich verzweifelt nach dem Tode sehnen. Sie sind die Ehrenwertesten der Menschheit, und selbst die Herren der Instrumentalität schätzen sich glücklich, ihnen Achtung zu erweisen.‹«

Vomact stand aufrecht da. »Was ist die geheime Pflicht der Scanner?«

»Unser Gesetz geheimzuhalten und jene zu vernichten, die davon erfahren.«

»Und wie müssen wir sie vernichten?«

»Zweimal auf *Überlastung*, dann zurück auf *Tod*.«

»Wenn Habermänner sterben, wie lautet dann die Pflicht?« Die Scanner pressten die Lippen zusammen. (Schweigen war der Kode.) Martel, der – seit langem vertraut mit dem Kode – ein wenig gelangweilt war von der Prozedur, bemerkte, dass Chang zu heftig atmete; er griff hinüber und justierte Changs Lungenkontrolle und nahm den Dank von Changs Augen entgegen. Vomact verfolgte die Unterbrechung und funkelte sie beide an. Martel entspannte sich, versuchte, die tote kalte Stille der anderen nachzuahmen. Es war schwer, wenn man gecrancht war.

»Wenn andere sterben, was ist dann die Pflicht?«

»Gemeinsam unterrichten Scanner die Instrumentalität. Gemeinsam nehmen Scanner die Strafe entgegen. Gemeinsam erledigen Scanner die Angelegenheit.«

»Und wenn die Strafe hart ist?«

»Dann fahren keine Schiffe.«

»Und wenn die Scanner nicht geehrt werden?«

»Dann fahren keine Schiffe.«

»Und wenn die Scanner nicht bezahlt werden?«

»Dann fahren keine Schiffe.«

»Und wenn die anderen und die Instrumentalität nicht immer und überall an ihre Schuld den Scannern gegenüber denken?«

»Dann fahren keine Schiffe.«

»Und was geschieht, o Scanner, wenn keine Schiffe fahren?«

»Die Erden brechen auseinander. Die Wildnis erwacht. Die Alten Maschinen und die Bestien kehren zurück.«

»Was ist die erste Pflicht der Scanner?«

»Nicht im Auf-und-Hinaus zu schlafen.«

»Was ist die zweite Pflicht der Scanner?«

»Den Namen der Furcht für immer zu vergessen.«

»Was ist die dritte Pflicht der Scanner?«

»Den Draht von Eustace Cranch nur mit Vorsicht zu benutzen, stets mit Maß.« Verschiedene Augenpaare wandten sich kurz Martel zu, bevor der Lippenchor fortfuhr. »Nur zu Hause cranchen, nur unter Freunden, nur zum Zweck der Erinnerung, der Entspannung oder der Zeugung.«

»Wie lautet das Prinzip der Scanner?«

»Treu, obwohl vom Tod umgeben.«

»Wie lautet das Motto der Scanner?«

»Wach, obwohl von Stille umgeben.«

»Was ist die Aufgabe der Scanner?«

»Arbeiten selbst in den Höhen des Auf-und-Hinaus, Loyalität selbst in den Tiefen der Erden.«

»Woran erkennt man einen Scanner?«

»Wir erkennen uns selbst. Wir sind tot, obwohl wir leben. Und wir sprechen mit der Tafel und dem Nagel.«

»Was bedeutet dieser Kode?«

»Der Kode ist die alte Weisheit der Scanner, erschaffen, damit wir achtsam sind und uns an der Loyalität untereinander erfreuen.«

An dieser Stelle hätte die Formel folgen müssen: »Wir erfüllen den Kode. Gibt es Arbeit oder Befehl für die Scanner?« Aber Vomact sagte, und er wiederholte es: »Äußerster Notfall. Äußerster Notfall.«

Sie gaben ihm das Zeichen: *Zur Stelle und bereit.*

Er fuhr fort, und aller Augen hingen an seinen Lippen: »Einige von euch kennen das Werk von Adam Stone?«

Martel sah Lippen sich bewegen und Worte formen: »Der rote Asteroid. Die Anderen, die am Rande des Raums leben.«

»Adam Stone hat bei der Instrumentalität vorgesprochen und behauptet, seine Arbeit sei erfolgreich gewesen. Er sagte, er habe herausgefunden, wie man die Qual des Weltraums ausschalten kann. Er sagte, dass es möglich sei, das Aufund-Hinaus so sicher zu machen, dass selbst gewöhnliche Menschen in ihm arbeiten und wach bleiben können. Er sagte, dass die Scanner nicht mehr gebraucht würden.«

Gürtellampen blitzten durch den Raum, als die Scanner um das Recht zu sprechen baten. Vomact nickte einem der älteren Männer zu. »Scanner Smith wird sprechen.«

Smith schritt langsam in das Licht, beobachtete seine Füße. Er drehte sich so, dass jeder sein Gesicht sehen konnte. Er sagte: »Ich behaupte, dies ist eine Lüge. Ich behaupte, dass Stone ein Lügner ist. Ich behaupte, dass die Instrumentalität getäuscht wurde.« Er verstummte. Dann, als Antwort auf einige Fragen aus dem Publikum, die die meisten anderen nicht sehen konnten, erklärte er: »Ich erinnere an die geheime Pflicht der Scanner.« Er hob seine rechte Hand und bat um äußerste Aufmerksamkeit. »Und ich sage, Stone muss sterben.«

III

Martel, noch immer gecrancht, schauderte, als er das Muhen, Stöhnen, Brüllen, Quietschen, Grunzen und Gurgeln vernahm, das die Scanner von sich gaben, als sie in ihrer Aufregung vergaßen, dass sie keine Laute hören konnten und doch ihre toten Körper zwangen, zu den tauben Ohren der anderen zu sprechen. Gürtellampen blitzten wild durch den Raum. Ein Ansturm auf das Podium entbrannte und einige Scanner prügelten sich auf der Plattform, wetteiferten um Aufmerksamkeit, bis Parizianski – durch seine bloße Leibesfülle – die anderen zur Seite schob und der Versammlung seine Lippen zuwandte.

»Brüder Scanner, ich bitte um eure Augen.«

Die anderen auf dem Boden drängelten noch immer, stießen einander mit ihren gefühllosen Körpern. Schließlich trat Vomact zu Parizianski, blickte die anderen an und sagte: »Scanner, seid Scanner! Gebt ihm eure Augen.«

Parizianski war kein guter Redner. Seine Lippen bewegten sich zu schnell. Er gestikulierte mit den Händen, die die Augen der anderen von seinem Mund ablenkten. Trotzdem war Martel in der Lage, dem größten Teil seiner Rede zu folgen.

»… können dies nicht tun. Stone hat vielleicht doch Erfolg gehabt. Wenn er Erfolg gehabt hat, bedeutet dies das Ende der Scanner. Es bedeutet auch das Ende der Habermänner. Niemand von uns wird mehr im Auf-und-Hinaus kämpfen müssen. Niemand wird mehr unter den Draht zu gehen brauchen, um für einige Stunden oder Tage menschlich zu sein. Alle werden wir den Anderen gleichen. Niemand wird mehr cranchen müssen, niemals wieder. Menschen können Menschen sein. Die Habermänner können auf anständige Weise getötet werden, auf die Art, wie Menschen in den alten Tagen getötet wurden, keiner von ihnen braucht am Leben zu bleiben. Sie brauchen nicht mehr im Auf-und-

Hinaus zu arbeiten. Es wird niemals wieder die Große Qual geben – überlegt doch mal! Niemals ... wieder ... die ... Große ... Qual! Woher wissen wir denn, ob Stone ein Lügner ist ...«

Lichter blitzten direkt in seine Augen. (Dies war die gröbste Beleidigung, die ein Scanner einem anderen Scanner zufügen konnte.)

Vomact machte wieder von seiner Autorität Gebrauch. Er trat vor Parizianski und sagte etwas, das die anderen nicht sehen konnten. Parizianski verließ das Podium. Vomact sprach erneut.

»Ich glaube, dass einige von uns Scannern mit unserem Bruder Parizianski nicht übereinstimmen. Ich ordne an, dass keiner mehr das Podium benutzen darf, bis wir Gelegenheit zu privaten Diskussionen gehabt haben. In fünfzehn Minuten werde ich die Versammlung wieder einberufen.«

Martel blickte sich nach Vomact um. Als er ihn gefunden hatte, schrieb er rasch Buchstaben auf seine Tafel.

Er hatte geschrieben: *Bn crnchrt. Btt rspktvll m Erlbns, ghn z drfn, erwrt wtr Bfhl.*

Gecrancht zu sein, bewirkte seltsame Dinge bei Martel. Die meisten Versammlungen, denen er beigewohnt hatte, schienen förmliche und herzliche Zeremonien gewesen zu sein, durch die die dunkle innere Ewigkeit des Habermanndaseins erhellt worden war. Wenn er nicht gecrancht war, nahm er seinen Körper ebenso wenig wahr wie eine Marmorbüste ihren Marmorsockel. Er hatte schon oft unter den Scannern gestanden, mühelos Stunde um Stunde, während das langwierige Ritual die schreckliche Einsamkeit hinter seinen Augen durchbrach und ihn fühlen ließ, dass die Scanner, obwohl eine Bruderschaft von Verdammten, dennoch auf ewig durch die beruflichen Erfordernisse ihrer Verstümmelungen geehrt wurden.

Diesmal war es anders. Er war gecrancht gekommen und im vollen Besitz des Riechens-Hörens-Schmeckens-Fühlens, und er reagierte mehr oder weniger wie ein normaler Mensch. Er sah seine Freunde und Kollegen als einen Haufen von Grausamkeit getriebener Geister, die das sinnlose Ritual ihrer unwiderruflichen Verdammnis zelebrierten. Was spielte es noch für eine Rolle, wenn man ein Habermann war? Wozu dieses Gerede über Habermänner und Scanner? Habermänner waren Kriminelle oder Häretiker, und Scanner waren geachtete Freiwillige, aber sie saßen alle in der gleichen Falle – nur dass die Scanner für wert befunden wurden, kurze Zeit über den Cranchdraht zurückzukehren, während man die Habermänner einfach abschaltete, wenn die Schiffe im Hafen lagen, und sie in ihrem Ruhezustand beließ, bis sie wieder aufwachen mussten, in einer Notfallsituation oder bei Schwierigkeiten, um einen weiteren Schritt auf dem Weg in die Verdammnis zu machen. Es kam selten vor, dass man einen Habermann auf den Straßen sah – jemanden, der sich besondere Verdienste erworben hatte oder durch Tapferkeit aufgefallen war, so dass man ihm erlaubte, aus dem schrecklichen Gefängnis seines mechanisierten Körpers einen Blick auf die Menschheit zu werfen. Und trotzdem, welcher Scanner hatte jemals einen Habermann bedauert? Welcher Scanner hatte jemals einem Habermann Achtung entgegengebracht, mit Ausnahme der vorgeschriebenen Höflichkeit im Dienst? Was hatten die Scanner als Gilde und Klasse jemals für die Habermänner getan, außer sie mit der Drehung eines Handgelenks zu töten, wenn ein Habermann, der zu lange mit einem Scanner zusammen gewesen war und die Kniffe des Scanner-Handwerks abgeschaut und gelernt hatte, nach seinem eigenen Willen zu leben trachtete und nicht nach dem aufgezwungenen Willen der Scanner? Was konnten die Anderen, die gewöhnlichen Menschen, darüber wissen, was sich im Innern der Schiffe abspielte? Die Anderen schliefen in ihren Zylindern, in gnädiger Bewusstlosigkeit, bis sie auf der einen Erde erwachten, zu der sie sich hatten verschiffen lassen. Was wussten die Anderen von den Menschen, die im Innern der Schiffe am Leben bleiben mussten? Was konnte einer der Anderen schon von dem Auf-und-Hinaus wissen? Welcher Andere konnte die gleißende, ätzende Schönheit der Sterne im offenen All sehen? Was konnten sie über die Große Qual erzählen, die leise im innersten Mark entstand, wie ein Schmerz, und sich steigerte bis hin zur Müdigkeit und Übelkeit jeder einzelnen Nervenzelle, Gehirnfaser, jedes körperlichen Berührungspunktes, bis das Leben selbst zu einem schrecklichen Schmerz geworden war und nach Stille und dem Tod hungerte?

Er war ein Scanner. Ja, er *war* ein Scanner. Er war ein Scanner gewesen von dem Augenblick an, in dem er, völlig normal, im Sonnenlicht vor dem Stellvertretenden Lord der Instrumentalität gestanden und seinen Eid abgelegt hatte.

»Ich weihe meine Ehre und mein Leben der Menschheit. Ich opfere mich willentlich für das Wohlergehen der Menschheit. Ich akzeptiere die gefährliche, strenge Ehre und übergebe ausnahmslos all meine Rechte an die Ehrenwerten Lords der Instrumentalität und die Ehrenwerte Bruderschaft der Scanner.«

Er hatte einen Schwur geleistet.

Er war in die Habermann-Maschine gegangen.

Er erinnerte sich an seine Hölle. Er hatte nicht eine der schlechtesten gehabt, obwohl sie hundert Millionen Jahre lang gewesen zu sein schien, ohne dass er Schlaf gefunden hatte. Er hatte gelernt, mit seinen Augen zu fühlen. Er hatte zu sehen gelernt, trotz der schweren Augenplatten, die hinter seinen Augäpfeln eingesetzt worden waren, um die Augen vom übrigen Körper zu trennen. Er hatte gelernt, seine Haut zu beobachten. Er erinnerte sich noch immer an die Zeit, den Moment, als er Feuchtigkeit auf seinem Hemd bemerkt und seinen Scannerspiegel hervorgeholt hatte, nur um zu entdecken, dass eine Wunde in seiner Seite entstanden war, weil er an einer Vibrationsmaschine lehnte. (Etwas Ähnliches würde ihm jetzt nicht mehr passieren; er war zu geübt im Ablesen der Instrumente.) Er erinnerte sich, wie es gewe-

sen war, als zum ersten Mal die Große Qual auf ihn einhäm-
merte, trotz der Tatsache, dass er sein Gefühl, seinen Ge-
ruchs-, Tast- und Gehörsinn verloren hatte. Er erinnerte sich,
wie von ihm Habermänner getötet und andere am Leben erhalten worden waren, und wie er Monate neben dem ehrenwerten Scanner-Piloten gestanden hatte, Monate, in denen
keiner von ihnen schlafen durfte. Er erinnerte sich, dass es
ihm kein Vergnügen bereitet hatte, auf Erde Vier an Land zu
gehen, und von diesem Tag an hatte er gewusst, dass es sich
nicht lohnte.

Martel stand bei den anderen Scannern. Er hasste ihre Un-
beholfenheit, wenn sie sich bewegten, ihre Steifheit, wenn
sie still dastanden. Er hasste die absonderliche Geruchs-
mischung, die ihre Körper von sich gaben, ohne dass sie es
bemerkten. Er hasste ihr Grunzen und Quaken und Gurgeln,
das sie in ihrer Taubheit erzeugten. Er hasste sie und auch
sich selbst.

Wie konnte Luĉi ihn nur ertragen? Er hatte seine Brustbox
wochenlang auf die Marke *Gefahr* getrieben, als er um sie
warb, während er gegen jede Vorschrift den Cranchdraht bei
sich getragen hatte und von einem Cranch in den anderen überging, ohne sich um die Tatsache zu kümmern, dass
seine sämtlichen Anzeigen am Rande der Marke *Überlastung* standen. Er hatte um sie geworben, ohne darüber nachzudenken, wie es sein würde, wenn sie »Ja« sagte. Und sie
hatte »Ja« gesagt.

»Und sie lebten glücklich bis ans Ende ihrer Tage.« In den
alten Büchern war es so, aber wie konnten sie heutzutage
Lebende sein? Er hatte im ganzen letzten Jahr achtzehn Tage
unter dem Draht verbracht, obwohl sie ihn liebte. Und sie
liebte ihn noch immer. Er wusste es. Sie sorgte sich um ihn
während der langen Monate, in denen er sich im Auf-und-
Hinaus befand. Sie versuchte, ihm ein schönes Zuhause zu
schaffen, obwohl er ein Habermann war, bereitete hübsch
angerichtet das Essen zu, das er nicht schmecken konnte,
machte sich schön für ihn, auch wenn er sie nicht richtig

küssen konnte – und selbst wenn, hätte es keinen Sinn gehabt, denn der Körper eines Habermannes war nicht mehr als ein Möbelstück. Luĉi war geduldig.

Und jetzt – Adam Stone! (Er ließ seine Tafel verschwinden; wie hätte er jetzt gehen können?)

Gott segne Adam Stone!

Martel konnte trotzdem nicht verhindern, dass er ein wenig Trauer fühlte. Niemals wieder würde der hohe grelle Ruf der Pflicht ihn durch zweihundert Jahre der Zeitrechnung der Anderen tragen, durch zwei Millionen private Ewigkeiten seiner selbst. Er konnte sich nur zur Ruhe begeben, sich entspannen. Er konnte den hohen Raum vergessen und das Auf-und-Hinaus den Anderen überlassen. Er konnte so oft cranchen, wie er wollte. Er konnte normal sein – fast –, ein Jahr oder fünf Jahre oder kein Jahr lang. Aber zumindest konnte er bei Luĉi bleiben. Er konnte mit ihr in die Wildnis gehen, wo es die Bestien und die Alten Maschinen gab, die noch immer ihre dunklen Gebiete durchstreiften. Vielleicht würde er durch die Aufregung der Jagd sterben, wenn er Speere nach einem Uralten, einem Manshonyagger, warf, der aus seiner Höhle hervorstürzte, oder heiße Kugeln auf ein Stammesmitglied der Heillosen schleuderte, die die Wildnis bewohnten. Es gab noch immer ein Leben, das er leben, noch immer einen guten Tod, den er sterben konnte, und nicht nur die Nadelstiche draußen in der Stille und Agonie des Weltraums!

Ruhelos ging er auf und ab. Seine Ohren waren auf den Klang normaler Stimmen eingestellt, so dass er kein Bedürfnis verspürte, die Lippenbewegungen seiner Brüder zu beobachten. Mittlerweile schienen sie sich zu einem Entschluss durchgerungen zu haben. Vomact näherte sich dem Podium. Martel sah sich nach Chang um und trat auf ihn zu, stellte sich neben ihn.

»Du bist so ruhelos wie Wasser in der Luft«, flüsterte Chang. »Was ist mit dir los? Ist dein Cranch bald zu Ende?«

Sie scannten beide Martels Instrumente, aber sie liefen normal und gaben keinen Hinweis darauf, dass der Cranch bald beendet wäre.

Das große Licht flackerte auf und bat um Aufmerksamkeit. Wieder bildeten sie Reihen. Vomact hob sein hageres altes Gesicht in das Licht und begann zu sprechen.

»Scanner und Brüder, ich beantrage eine Abstimmung.« Er hatte eine Haltung angenommen, die bedeutete: *Ich bin der Älteste und übernehme das Kommando.*

Eine Gürtellampe blitzte Protest.

Es war der alte Henderson. Er näherte sich dem Podium, redete auf Vomact ein, und mit Vomacts zustimmendem Nicken drehte er den anderen sein Gesicht zu, um seine Frage zu wiederholen.

»Wer spricht für die Scanner draußen im All?«

Keine Gürtellampe, kein Handzeichen antwortete ihm.

Henderson und Vomact, das Gesicht einander zugewandt, berieten sich kurz. Dann drehte sich Henderson wieder den Versammelten zu.

»Ich unterwerfe mich den Befehlen des Ältesten. Aber ich unterwerfe mich nicht einer Versammlung der Bruderschaft. Es gibt achtundsechzig Scanner und nur siebenundvierzig sind anwesend, von denen einer gecrancht und außer Dienst ist. Ich habe deshalb beantragt, dass der kommandierende Älteste nur den Vorsitz über einen Notausschuss der Bruderschaft übernimmt und nicht über eine Versammlung. Haben dies die Ehrenwerten Scanner verstanden und stimmen sie zu?«

Zustimmend wurden Hände gehoben.

Chang murmelte in Martels Ohr: »Als ob das etwas zu sagen hätte! Wo liegt denn schon der Unterschied zwischen einer Versammlung und einem Ausschuss.« Martel war ebenfalls dieser Meinung, aber noch mehr beeindruckte ihn im Moment die Art, mit der Chang, obwohl im Habermann-Zustand, seine Stimme kontrollieren konnte.

Vomact übernahm also den Vorsitz. »Wir stimmen nun über den Fall Adam Stone ab. Erstens, wir können davon ausgehen, dass er nicht erfolgreich war und dass es sich bei seinen Behauptungen um Lügen handelt. Wir wissen dies aus unserer praktischen Erfahrung als Scanner. Die Qual des Weltraums ist nur ein Teil des Scannens.«

Aber der grundlegende Teil, die Basis von allem, dachte Martel.

»Und wir können ebenfalls davon ausgehen, dass Stone das Problem der Weltraumdisziplin nicht lösen kann.«

»Schon wieder dieser Quatsch«, flüsterte Chang, doch nur Martel hörte es.

»Die Weltraumdisziplin unserer Bruderschaft hat den Hohen Weltraum vor Krieg und Streitigkeiten bewahrt. Achtundsechzig disziplinierte Männer kontrollieren den gesamten Hohen Weltraum. Wir stehen dank unseres Schwurs und unseres Habermann-Status über allen irdischen Leidenschaften. Deshalb sage ich, falls Adam Stone die Qual des Weltraums besiegt hat, so dass die Anderen unsere Bruderschaft zerbrechen und Hader und Zwist in den Weltraum tragen können, der die Erden zerstört, deshalb sage ich, dass Adam Stone Unrecht tut. Wenn Adam Stone Erfolg hat, dann leben Scanner vergeblich! Zweitens, wenn Adam Stone nicht die Qual des Weltraums besiegt hat, wird er auf allen Erden großen Aufruhr verursachen. Die Instrumentalität und ihre Beamten werden uns vielleicht nicht mehr so viele Habermänner zur Verfügung stellen, wie wir benötigen, um die Schiffe der Menschheit zu steuern. Es wird wilde Gerüchte geben und weniger Anwärter und, das Schlimmste von allem, die Disziplin der Bruderschaft wird womöglich nachlassen, wenn sich diese Art unsinniger Häresie verbreitet. Deshalb, falls Adam Stone Erfolg hatte, betreibt er den Untergang der Bruderschaft und sollte sterben. Ich beantrage den Tod von Adam Stone.«

Und Vomact machte das Zeichen: *Die Ehrenwerten Scanner werden um Abstimmung gebeten.*

Martel griff aufgeregt nach seiner Gürtellampe. Chang, der etwas Ähnliches erwartet hatte, hielt seine Gürtellampe schon bereit; ihr heller Strahl, der *Nein* bedeutete, war steil nach oben zur Decke gerichtet. Martel schaltete seine Lampe ein und richtete sie ebenfalls ablehnend gegen die Decke. Dann blickte er sich um. Von den siebenundvierzig Anwesenden waren nur fünf oder sechs dagegen.

Zwei weitere Lampen schienen auf. Vomact stand aufgerichtet da, wie ein gefrorener Leichnam. Seine Augen blitzten, während er hin und her blickte und die Lampen betrachtete. Weitere Lampen leuchteten auf. Schließlich nahm Vomact die Abschlusshaltung ein.

Die Scanner werden gebeten, die Stimmen zu zählen.

Drei der älteren Männer gesellten sich zu Vomact. Sie blickten in den Raum. (Martel dachte: *Diese verfluchten Gespenster stimmen über das Leben eines Wahren Menschen ab, eines lebendigen Menschen! Sie haben kein Recht dazu. Ich werde es der Instrumentalität mitteilen!* Aber er wusste, dass er es nicht tun würde. Er dachte an Luĉi und was sie durch den Erfolg von Adam Stone gewinnen konnte; der Irrsinn der Abstimmung war für Martel fast unerträglich.)

Alle drei Stimmenzähler hielten ihre Hände in einer einmütigen Geste des Einverständnisses über die Anzahl der Stimmen hoch: *Fünfzehn dagegen.*

Vomact entließ sie mit einer höflichen Verbeugung. Er drehte sich um und nahm wieder die Haltung ein, die besagte: *Ich bin der Älteste und übernehme das Kommando.*

Verblüfft über die eigene Dreistigkeit ließ Martel seine Gürtellampe aufblitzen. Er wusste, dass jeder seiner Nachbarn nach ihm greifen und für ein solches Vergehen seine Herzbox auf *Überlastung* schalten durfte. Er spürte Changs Hand, als dieser versuchte, ihn an seinem Luftmantel festzuhalten, aber er entwand sich Changs Griff und lief, schneller, als ein Scanner es tun sollte, auf das Podium zu. Während er lief, fragte er sich, welchen Appell er an die anderen richten sollte. Es war sinnlos, auf ihren gesunden Menschenverstand zu setzen. Nicht jetzt. Er musste sich auf das Gesetz berufen.

Er sprang zu Vomact hinauf auf das Podium und nahm die Haltung an, die bedeutete: *Scanner, ein Vergehen!*

Er verstieß gegen die guten Sitten, als er sprach und noch immer die Haltung beibehielt: »Ein Ausschuss hat nicht das Recht, mit einfacher Mehrheit ein Todesurteil zu beantragen. Dafür ist die Zweidrittelmehrheit einer Vollversammlung erforderlich.«

Er spürte, wie Vomacts Körper gegen ihn prallte, wie er vom Podium stürzte, zu Boden fiel, sich die Knie und die schmerzempfindlichen Hände aufschlug. Man half ihm auf die Beine. Man scannte ihn. Ein Scanner, den er nur flüchtig kannte, griff nach seinen Instrumenten und schaltete sie auf eine niedrigere Stufe.

Unvermittelt fühlte Martel größere Ruhe, mehr Distanz, und er hasste sich dafür, dass er so empfand.

Er blickte zum Podium hoch. Vomact hatte die Haltung eingenommen, die *Ordnung!* befahl.

Die Scanner formierten sich wieder zu Reihen. Die beiden Scanner, die Martel am nächsten standen, hielten ihn an den Armen fest. Er brüllte sie an, aber sie sahen an ihm vorbei und brachen gemeinsam ihre Verbindung zu ihm ab.

Als es wieder still im Raum geworden war, fuhr Vomact fort: »Ein Scanner kam gecrancht hierher. Ehrenwerte Scanner, ich bitte dafür um Vergebung. Es ist nicht der Fehler unseres großen und tüchtigen Scanners und Freundes Martel. Er folgte nur meinem Befehl. Ich hatte ihn angewiesen, in diesem Zustand zu bleiben, und gehofft, ihm so einen unnötigen Habermann-Zustand zu ersparen. Wir wissen alle, wie glücklich Martel verheiratet ist, und wir wünschen seinem mutigen Versuch viel Erfolg. Ich mag Martel. Ich respektiere sein Urteil. Ich wollte ihn hier bei uns haben. Ich wusste, dass auch ihr ihn hier haben wolltet. Aber er ist gecrancht. Deshalb schlage ich ein Verfahren vor – denn er ist nicht in der Lage, seine edle Pflicht als Scanner wahrzunehmen –, das allen Ansprüchen der Fairness gerecht wird. Ich schlage vor, dass wir Scanner Martel nicht für ein Vergehen gegen die Regeln bestrafen, das unverzeihlich gewesen wäre, wenn Martel nicht gecrancht gewesen wäre. Und außerdem, um Martel gegenüber Gerechtigkeit walten zu lassen, schlage ich vor, dass wir die Einwürfe behandeln, die auf so ungewöhnliche Weise von unserem edlen, aber disqualifizierten Bruder vorgebracht wurden.«

Vomact gab das Zeichen *Die Ehrenwerten Scanner werden um Abstimmung gebeten.* Martel versuchte, nach seiner Gürtellampe zu greifen, aber sehr starke leblose Hände hielten ihn fest, und er kämpfte vergeblich gegen sie an. Ein langer Lichtstrahl wies steil nach oben; kein Zweifel, er kam von Chang.

Vomact wandte sein Gesicht wieder dem Licht zu. »Da nun die Zustimmung unserer edlen Scanner und anwesenden Brüder für den allgemeinen Vorschlag vorliegt, beantrage ich, dass dieser Ausschuss sich die volle Autorität einer Versammlung zugesteht und dass dieser Ausschuss weiterhin mich verantwortlich macht für alle Irrtümer, die dieser Ausschuss vielleicht begehen wird. Ich werde mich dafür vor der nächsten Vollversammlung verantwortlich erklären, nicht jedoch vor irgendeiner anderen Autorität als den geschlossenen und geheimen Reihen der Scanner.« Diesmal seines Sieges gewiss, Triumph erwartend, nahm Vomact wieder die Haltung *Abstimmung* ein.

Nur einige wenige Lampen leuchteten auf: zweifellos weit weniger als die Minorität eines Viertels der Stimmberechtigten.

Vomact sprach wieder. Das Licht beschien seine hohe ruhige Stirn, seine toten entspannten Wangenknochen. Die hageren Wangen und das Kinn lagen halb im Schatten, und nur dort, wo ihn der untere Scheinwerfer traf, war der selbst während des Schweigens grausame Mund in helles Licht getaucht. (Man sagte von Vomact, dass er ein Nachfahre einer alten Lady war, die auf eine ungesetzliche und unerklärliche Weise einige Hundert Jahre in einer einzigen Nacht durcheilt hatte. Ihr Name, Lady Vomact, war in die Legenden eingegangen; aber ihr Blut und ihre archaische Lust an der Macht lebten weiter in dem stummen herrschsüchtigen Körper ihres Nachfahren. Martel begann den alten Legenden Glauben zu schenken, als er zum Podium hochsah und sich fragte, welche verborgene Mutation das Geschlecht der Vomacts in Raubtiere unter den Menschen verwandelt hatte.) Laut mit den Bewegungen seiner Lippen sprechend, aber immer noch tonlos, rief Vomact: »Dieser ehrenwerte Ausschuss wird nun gebeten, das Todesurteil gegen den Häretiker und Feind Adam Stone erneut zu bestätigen.« Wieder die Haltung *Abstimmung*.

Und wiederum blitzte Changs Lampe allein in einsamem Protest auf.

Dann stellte Vomact seinen letzten Antrag. »Ich bitte darum, den hier anwesenden Ältesten Scanner zum Verwalter des Urteils zu ernennen. Ich bitte ferner um die Ermächtigung, einen oder mehrere Vollstrecker bestimmen zu dürfen, die den Willen und die Erhabenheit der Scanner Wirklichkeit werden lassen. Ich bitte darum, mich für die Tat, nicht aber für die Art der Ausführung verantwortlich zu machen. Die Tat ist eine ehrenvolle Tat, dient dem Schutz der Menschheit und der Ehre der Scanner, aber zur Art der Ausführung muss gesagt werden, dass sie auf die bestmögliche Weise erfolgen wird, die in dem entsprechenden Augenblick machbar ist, und nicht mehr. Wer kennt schon die richtige Art, auf die man einen Anderen töten kann, hier auf der überfüllten und wachsamen Erde? Es dreht sich nicht einfach um die Frage, wie man einen Schläfer in seinem Zylinder beseitigt, nicht um die Frage, wie man die Nadel eines Habermanns in die Höhe treibt. Wenn hier die Menschen sterben, ist es nicht so wie im Auf-und-Hinaus. Sie sterben widerwillig. Auf der Erde zu töten gehört nicht zu unseren üblichen Aufgaben, o Brüder und Scanner, wie ihr sehr wohl wisst. Ihr müsst mich erwählen, damit ich jeden Helfer erwähle, den ich für geeignet erachte. Andernfalls entstünde aus dem allgemeinen Wissen allgemeiner Verrat, aber wenn ich allein die Verantwortung trage, kann nur ich allein uns verraten, und ihr braucht euch nicht lange umzusehen, wenn die Instrumentalität erscheint und nach ihm sucht.« (*Was ist mit dem Mörder, den du erwählst?, dachte Martel. Er wird es ebenfalls wissen, wenn nicht – wenn du ihn nicht für immer zum Schweigen bringst.*)

Vomact nahm eine andere Haltung ein: *Die Ehrenwerten Scanner werden um Abstimmung gebeten.*

Eine Lampe leuchtete protestierend auf; wieder die von Chang.

Martel meinte, ein grausames Lächeln auf Vomacts leblosem Gesicht zu erkennen – das Lächeln eines Mannes, der sich im Recht fühlte und seine Selbstgerechtigkeit durch kriegerische Autorität durchgesetzt hatte.

Martel versuchte sich ein letztes Mal loszureißen.

Die toten Hände gaben nicht nach. Sie waren wie Schraubstöcke, und sie würden sich erst lockern, wenn es die Augen ihrer Besitzer gestatteten; wie anders hätten sie im Auf-und-Hinaus das Steuer Monat für Monat umklammern können?

»Ehrenwerte Scanner«, rief Martel deshalb, »das ist ein Justizmord.«

Kein Ohr hörte ihn. Er war gecrancht und allein.

Und trotzdem rief er weiter: »Ihr gefährdet die Bruderschaft.«

Nichts geschah.

Das Echo seiner Stimme hallte von der einen Seite des Raumes zur anderen. Kein Kopf drehte sich. Keine Augen trafen die seinen.

Martel bemerkte, während sie sich wieder zu Zweiergruppen zusammenschlossen, um miteinander zu reden, dass die

161

Augen der Scanner ihm auswichen. Er sah, dass es niemanden danach verlangte, seine Worte von seinen Lippen abzulesen. Er wusste, dass sich hinter den kalten Gesichtern seiner Freunde Mitgefühl oder Belustigung verbarg. Und er wusste ebenfalls, dass sie wussten, dass er gecrancht war – dass er absurd, normal, menschlich und vorübergehend kein Scanner war. Aber er wusste auch, dass in diesem Fall die Weisheit der Scanner keinen Wert besaß. Und er wusste, dass nur ein gecranchter Scanner mit seinem Innersten empfinden konnte, wie viel Entrüstung und Zorn ein Mord unter den Anderen hervorrufen würde. Außerdem wusste er, dass sich die Bruderschaft selbst gefährdete und dass das älteste Rechtsprivileg das Monopol zum Töten war. Selbst die alten Nationen, in den Zeiten der Kriege, vor den Bestien, bevor die Menschen in das Auf-und-Hinaus fuhren – selbst die Alten hatten dies gewusst. Wie hatten sie es formuliert? *Nur der Staat darf töten.* Die Staaten waren verschwunden, die Instrumentalität war geblieben. Und die Instrumentalität konnte natürlich ihrerseits auch keine Dinge durchgehen lassen, die sich auf den Erden, aber außerhalb ihrer Autorität zutrugen. Der Tod im Weltraum war die Angelegenheit, das Recht der Scanner: Wie konnte die Instrumentalität ihre Rechte durchsetzen an einem Ort, wo alle Menschen, die erwachten, nur erwachten, um in der Großen Qual zu sterben? In weiser Absicht hatte die Instrumentalität den Weltraum den Scannern überlassen, ebenso weise hatte sich die Bruderschaft nicht auf den Erden eingemischt. Und nun war die Bruderschaft selbst dabei, sich wie eine Bande Gesetzloser zu benehmen, wie eine Horde von Lumpen, so dumm und ruchlos wie die Stämme der Heillosen!

Martel wusste dies alles, weil er gecrancht war. Wäre er ein Habermann gewesen, er hätte nur mit seinem Verstand gedacht, nicht mit seinem Herzen und seinem ganzen Innersten und seinem Blut. Wie hätten dies die anderen Scanner auch wissen können?

Vomact kehrte zum letzten Mal auf das Podium zurück: *Der Ausschuss hat getagt und sein Wille soll geschehen.* Verbal fügte er hinzu: »Als euer Ältester bitte ich um Loyalität und Schweigen.«

In diesem Moment ließen die beiden Scanner Martels Arme los. Er rieb seine gefühllosen Hände, bewegte seine Finger, um die Blutzirkulation in die kalten Fingerspitzen zurückzurufen. Wieder frei, begann er darüber nachzudenken, was er tun sollte. Er scannte sich: Der Cranch hielt noch an. Vielleicht hatte er noch einen Tag vor sich. Nun, er konnte als Habermann weitermachen, aber es würde mühsam sein, mit dem Finger und der Tafel zu sprechen. Er suchte Chang. Er sah, dass sein Freund schweigend und reglos in einer stillen Ecke stand. Martel bewegte sich langsam, um nicht mehr Aufmerksamkeit auf sich zu lenken, als sich nicht vermeiden ließ. Er wandte Chang sein Gesicht zu, bewegte sich, bis sein Antlitz von Licht beschienen wurde, und formte dann die Worte mit seinen Lippen.

»Was sollen wir tun? Du wirst nicht zulassen, dass sie Adam Stone töten, nicht wahr? Erkennst du nicht, was Stones Werk für uns bedeutet, wenn er Erfolg gehabt hat? Es wird keine Scanner mehr geben. Keine Habermänner mehr. Nie mehr die Qual im Auf-und-Hinaus. Ich sage dir, wenn die anderen gecrancht wären wie ich, dann würden sie das alles auf menschliche Art betrachten und nicht mit dieser borniertem verrückten Logik, die sie während der Versammlung benutzt haben. Wir müssen sie aufhalten. Aber wie bringen wir das zustande? Was sollen wir unternehmen? Wie denkt Parizianski darüber? Wer wurde auserwählt?«

»Welche Frage soll ich zuerst beantworten?«

Martel lachte. (Es tat gut, zu lachen, selbst jetzt; es ließ ihn sich als Mensch fühlen.) »Wirst du mir helfen?«

Changs Blicke huschten über Martels Gesicht, als er antwortete. »Nein. Nein. Nein.«

»Du wirst mir nicht helfen?«

»Nein.«

»Warum nicht, Chang? Warum nicht?«

»Ich bin ein Scanner. Die Abstimmung ist erfolgt. Du würdest ebenso reagieren, wenn du dich nicht in diesem ungewöhnlichen Zustand befinden würdest.«

»Ich befinde mich nicht in einem ungewöhnlichen Zustand. Ich bin gecrancht. Das bedeutet lediglich, dass ich die Dinge auf die Art der Anderen sehe. Ich sehe die Borniertheit. Die Skrupellosigkeit. Den Egoismus. Es ist Mord.«

»Was ist Mord? Hast du niemals getötet? Du bist nicht einer von den Anderen. Du bist ein Scanner. Es wird dir leidtun, wenn du das tust, was du vorhast.«

»Aber warum hast du dann gegen Vomact gestimmt? Hast du nicht erkannt, was Adam Stone für uns alle bedeutet? Die Scanner werden vergeblich leben. Wir sollten Gott dafür danken! Siehst du das nicht ein?«

»Nein.«

»Aber du sprichst mit mir, Chang. Bist du mein Freund?«

»Ich spreche mit dir. Ich bin dein Freund. Warum auch nicht?«

»Aber was wirst du tun?«

»Nichts, Martel. Nichts.«

»Wirst du mir helfen?«

»Nein.«

»Nicht einmal, um Stone zu retten?«

»Nein.«

»Dann werde ich Parizianski um Hilfe bitten.«

»Das wäre nicht klug.«

»Warum nicht? Er ist menschlicher, als du es im Augenblick bist.«

»Er wird dir nicht helfen, weil er den Auftrag erhalten hat. Vomact wählte ihn aus, Adam Stone zu töten.«

Martel verstummte mitten in der Bewegung. Dann nahm er die Haltung ein: *Ich danke dir, Bruder, und ich ziehe mich zurück.* Am Fenster drehte er sich um und warf einen Blick durch den Raum. Er bemerkte, dass Vomacts Augen auf ihm ruhten. Er glitt wieder in die Pose *Ich danke dir, Bruder, und ich ziehe mich zurück* und fügte eine höfliche Geste hinzu, die erforderlich war bei der Anwesenheit eines Vorgesetzten. Vomact bemerkte das Zeichen und Martel sah, wie sich die grausamen Lippen bewegten. Er meinte, einige Worte zu erkennen. »... achte gut auf dich ...« Aber er verzichtete darauf, nachzufragen. Er machte noch einen Schritt rückwärts und stürzte sich aus dem Fenster.

Sobald er unterhalb des Fensters und außer Sichtweite war, schaltete er seinen Luftmantel auf Höchstgeschwindigkeit. Entspannt schwamm er auf der Luft, scannte sich eingehend und verringerte seine Adrenalinausschüttung. Dann schaltete er seine Kontrollinstrumente frei und fühlte die kalte Luft wie fließendes Wasser über sein Gesicht strömen.

Adam Stone musste sich im zentralen Erdhafen aufhalten.

Adam Stone musste einfach dort sein.

Würde Adam Stone heute Nacht nicht ziemlich überrascht sein? Überrascht, dem seltsamsten Wesen zu begegnen, das denkbar war, dem ersten Renegaten unter den Scannern. (Martel erkannte mit einem Mal, dass er sich selbst meinte. Martel, der Verräter an den Scannern! Das klang seltsam und übel. Aber was war mit Martel, dem loyalen Diener der Menschheit? War das nicht Ausgleich genug? Und wenn er gewann, dann gewann er Luĉi. Wenn er verlor, dann verlor er nichts – nur einen unbeachteten und überflüssigen Habermann würde es weniger geben. Allerdings würde er dieser Habermann sein. Aber im Vergleich zu dem ungeheuren Gewinn für die Menschheit, für die Bruderschaft, für Luĉi, was spielte das schon für eine Rolle?)

Martel sagte sich in seinem Innersten: »Adam Stone wird diese Nacht zwei Besucher bekommen. Zwei Scanner, die miteinander befreundet sind.« Er hoffte, dass Parizianski noch immer sein Freund war. »Und das Schicksal der Welt«, fügte er hinzu, »hängt davon ab, wer von uns beiden zuerst dort eintrifft.«

Tausendfach gebrochen in ihrer Helligkeit, begannen die Scheinwerfer des zentralen Erdhafens den Nebel über ihm zu durchdringen. Martel konnte die äußeren Türme der Stadt erkennen und blickte zu der phosphoreszierenden Peripherie, die die Wildnis zurückhielt, die Bestien, Maschinen und Heillosen.

Erneut rief Martel die Herren über sein Schicksal an: »Helft mir, dass niemand erkennt, dass ich kein Anderer bin!«

V

Einmal in der Stadt, sah sich Martel weniger Schwierigkeiten gegenüber, als er erwartet hatte. Er warf den Luftmantel halb über die Schulter, so dass er die Instrumente verbarg. Er zog seinen Scannerspiegel hervor und veränderte sein Gesicht von innen her, fügte Hautfarbe und Leben hinzu, indem er seinen Blutkreislauf und seine Nerven anregte, bis die Muskulatur seines Gesichts glühte und die Haut gesunden Schweiß absonderte. Auf diese Weise wirkte er wie ein normaler Mensch, der gerade einen langen Nachtflug hinter sich hatte.

Nachdem er seine Kleider geordnet und die Tafel unter der Jacke hatte verschwinden lassen, stand er dem Problem gegenüber, was er mit dem Sprechfinger anfangen sollte. Wenn er den Nagel so lang ließ, würde er ihn als Scanner entlarven. Man würde ihm mit Respekt begegnen, aber man würde ihn erkennen. Vielleicht hielten ihn die Wächter auf, die Adam Stone zweifellos von der Instrumentalität zur Verfügung gestellt worden waren. Wenn er den Nagel abbrach … Aber er konnte es nicht! Kein Scanner in der Geschichte der Bruderschaft hatte jemals willentlich seinen Nagel abgebrochen. Das würde Verzicht bedeuten, und dazu gab es keinen Anlass. Die einzige Möglichkeit, alles aufzugeben, war die Fahrt ins Auf-und-Hinaus! Martel führte den Finger zum Mund und biss den Nagel ab. Er betrachtete den verunstalteten Finger und seufzte.

Er schritt auf das Stadttor zu, wobei er seine Hand unter die Jacke schob und seine Muskelkraft auf das vierfache ihrer normalen Stärke erhöhte. Er begann zu scannen, und dann erst erkannte er, dass seine Instrumente ja bedeckt waren. *Ich kann genauso gut alle Risiken auf einmal auf mich nehmen,* dachte er.

Der Wächter hielt ihn mit einem Untersuchungsdraht auf. Die Kugel prallte gegen Martels Brust.

»Sind Sie ein Mensch?«, fragte die Stimme aus dem Nichts. (Martel wusste, dass seine Feldladung, hätte er sich als Scanner im Habermann-Zustand befunden, die Kugel zum Aufleuchten gebracht hätte.)

»Ich bin ein Mensch.« Martel war sich sicher, dass das Timbre seiner Stimme einwandfrei klang; er hoffte nur, dass sie nicht für die eines Manshonyaggers oder einer Bestie oder eines Heillosen gehalten würde, die immer wieder versuchten, in unterschiedlichen Verkleidungen die Städte und Häfen der Menschheit zu betreten.

»Name, Nummer, Rang, Anliegen, Funktion, Zeit der Abreise.«

»Martel.« Er musste seine alte Nummer erwähnen, nicht seine jetzige, die des Scanners 34. »Sonnenwärts 4234, 182. Jahr des Weltraums. Rang aufsteigender Unterführer.« Dies war keine Lüge, sondern sein tatsächlicher Rang. »Anliegen persönlicher und legaler Natur in den Grenzen dieser Stadt. Keine Funktion bei der Instrumentalität. Abreise im zentralen Außenhafen vor 2019 Stunden.« Alles hing jetzt davon ab, ob man ihm Glauben schenken oder im zentralen Außenhafen nachfragen würde.

Die Stimme war glatt und routiniert. »Erwünschte Aufenthaltsdauer in der Stadt.«

Martel benutzte die Standardformel: »Ich bitte um wohlwollende Duldung.«

Er stand in der Nachtluft. Hoch über ihm, durch ein Loch im Nebel, konnte er das giftige Glitzern im Himmel der Scanner erkennen. *Die Sterne sind meine Feinde,* dachte er. *Ich habe die Sterne bezwungen, aber sie hassen mich. Oho, das klingt ja uralt. Wie ein Buch. Zu viel Cranch.*

Die Stimme fuhr fort: »Sonnenwärts 4234 Strich 182 aufsteigender Unterführer Martel, treten Sie ein durch das gesetzliche Tor der Stadt. Willkommen! Benötigen Sie Nahrung, Kleidung, Geld oder Gesellschaft?« Die Stimme verriet nicht Gastfreundschaft, sondern klang rein geschäftsmäßig. Dies war tatsächlich ein Unterschied zu dem Empfang, den er genoss, wenn er als Scanner die Stadt betrat. Dann kamen die niedrigen Offiziere heraus und richteten ihre Gürtellampen auf ihre verhärmten Gesichter und stießen ihre Worte mit unnatürlicher Ehrerbietung hervor, brüllten gegen die steinerne Taubheit der Scannerohren an. Und hier wurde er nun als Unterführer behandelt: ohne viel Aufhebens, aber nicht schlecht. Gar nicht schlecht.

Martel entgegnete: »Ich habe alles, was ich brauche, aber ich bitte die Stadt um einen Gefallen. Mein Freund Adam Stone lebt hier. Ich möchte ihn gern sprechen, in einer dringenden persönlichen und legalen Angelegenheit.«

»Haben Sie eine Verabredung mit Adam Stone?«, erkundigte sich die Stimme.

»Nein.«

»Die Stadt wird ihn finden. Wie lautet seine Nummer?«

»Ich habe sie vergessen.«

»Sie haben sie vergessen? Ist Adam Stone nicht ein Magnat der Instrumentalität? Sind Sie wirklich sein Freund?«

»Ja, natürlich.« Martel ließ ein wenig Verärgerung in seine Stimme einfließen. »Wächter, wenn Sie an meinen Worten zweifeln, dann rufen Sie Ihren Unterführer herbei …«

»Zweifel waren nicht beabsichtigt. Warum kennen Sie die Nummer nicht? Darüber muss ein Vermerk gemacht werden.«

»Wir waren Jugendfreunde. Er durchquerte das ...« Martel wollte sagen »das Auf-und-Hinaus« und erinnerte sich rechtzeitig, dass diese Formel nur von den Scannern benutzt wurde. »Er sprang von Erde zu Erde und ist erst jetzt zurückgekehrt. Ich kenne ihn gut und möchte ihn wiedersehen. Ich habe von seinen Verwandten erfahren, dass er hier ist. Möge die Instrumentalität uns beschützen!«

»Gehört und für glaubwürdig befunden. Man wird Adam Stone suchen.«

Es war ein Risiko, wenn auch nur ein kleines, und vielleicht würde die Kugel *Nichtmensch*-Alarm geben, doch Martel schaltete das Scanner-Sprechgerät unter seiner Jacke ein. Er sah die zitternde Lichtnadel seine Worte erwarten und begann, mit seinem stumpfen Finger zu schreiben. *Es wird nicht gelingen,* dachte er, und für einen Moment überfiel ihn Panik, bis er an seinen Kamm dachte, dessen Zinken scharf genug waren, um zu schreiben. Er kritzelte: »Ein Notfall. Scanner Martel ruft Scanner Parizianski.«

Die Nadel zitterte und die Antwort glühte auf und verblasste. »Parizianski! Scanner im Dienst. Direktwahl-Anrufer werden im Scanner-Relais gespeichert.«

Martel schaltete sein Sprechgerät aus.

Parizianski war irgendwo in der Nähe. Hatte er vielleicht den direkten Weg genommen, über die Mauern der Stadt, den Alarm auslösend und den gesamten behördlichen Apparat der Stadt in Aufregung versetzend, weil ihn die subalternen Offiziere in der Luft abgefangen hatten? Unwahrscheinlich. Das setzte voraus, dass eine Reihe anderer Scanner ihn begleitet haben mussten, um vorzugeben, man befände sich auf dem Weg zu einigen der bescheidenen Vergnügen, an denen sich ein Habermann noch erfreuen konnte, wie etwa an Nachrichtenbildern oder an der Betrachtung schöner Frauen in der Vergnügungsgalerie. Parizianski war in der Nähe, aber er konnte nicht privat unterwegs sein, weil die Scanner-Zentrale ihn inzwischen als im Dienst befindlich registriert hatte und seine Bewegungen von Stadt zu Stadt verfolgen konnte.

Die Stimme meldete sich noch einmal, Verwirrung klang in ihr mit. »Adam Stone wurde gefunden und geweckt. Er bittet den Ehrenwerten um Vergebung und sagt, er kennt keinen Martel. Möchten Sie Adam Stone trotzdem heute Morgen sprechen? Die Stadt wird Sie willkommen heißen.«

Martel geriet in Bedrängnis. Es fiel ihm schwer genug, einen Menschen darzustellen, auch ohne dazu noch Lügen zu erzählen. Martel konnte nur wiederholen: »Sagen Sie ihm, dass ich Martel bin. Luĉis Ehemann.«

»Es wird geschehen.«

Martel umgaben wieder die Stille und die feindlichen Sterne und das Gefühl, dass Parizianski irgendwo in der Nähe war und immer näher kam; er spürte, wie sein Herz schneller schlug. Er warf einen verstohlenen Blick auf seine Brustbox und schaltete sein Herz um eine Stufe zurück. Nun fühlte er sich ruhiger, auch wenn er nicht in der Lage gewesen war, wirklich sorgfältig zu scannen.

Diesmal klang die Stimme erfreut, als ob ein Ärgernis beseitigt worden war. »Adam Stone erklärt sich bereit, Sie zu empfangen. Betreten Sie den zentralen Erdhafen und seien Sie willkommen.«

Die kleine Kugel fiel geräuschlos zu Boden und der Draht verschwand flüsternd in der Dunkelheit. Ein heller, schmaler Lichtbogen erhob sich vor Martel aus dem Boden und spannte sich über die Stadt bis zu einem der höheren Türme – offensichtlich einem Hotel. Martel war noch nie dort gewesen. Er zog seinen Luftmantel vor der Brust zusammen, betrat mutig den Strahl und spürte, wie er durch die Luft pfiff, einem Eingangsfenster entgegen, das vor ihm so plötzlich aufsprang wie ein gieriges Maul.

Ein Turmwächter stand auf der Türschwelle. »Sie werden erwartet, Sir. Sind Sie bewaffnet?«

»Nein«, erklärte Martel, dankbar, dass er sich auf seine eigene Körperkraft verlassen konnte.

Der Wächter führte ihn an einem Prüfschirm vorbei. Martel sah den kurzen Blitz der Warnung über den Schirm huschen, als die Instrumente registrierten, dass er ein Scanner war. Aber der Wächter hatte es nicht bemerkt.

Vor einer der Türen blieb der Wächter stehen. »Adam Stone ist bewaffnet. Er ist legal bewaffnet kraft der Autorität der Instrumentalität und durch die Freiheit dieser Stadt. Jeder, der bei ihm eintritt, erhält diese Warnung.«

Martel nickte, um zu zeigen, dass er den Mann verstanden hatte, und trat ein.

Adam Stone war ein kleiner Mann, untersetzt, mit gütigen Augen. Sein graues Haar erhob sich borstig über seiner niedrigen Stirn. Sein ganzes Gesicht war gerötet und wirkte jovial. Er sah aus wie ein umgänglicher Führer aus der Vergnügungsgalerie und nicht wie ein Mann, der am Rande des Auf-und-Hinaus, ohne wie ein Habermann geschützt zu sein, gegen die Große Qual angekämpft hatte.

Stone musterte Martel. Sein Blick war verwirrt, vielleicht ein wenig verärgert, aber nicht feindselig.

Martel kam sofort zur Sache. »Sie kennen mich nicht. Ich habe gelogen. Mein Name ist Martel, und ich habe nichts Böses im Sinn. Aber ich habe gelogen. Ich bitte um das ehrenvolle Geschenk Ihrer Gastfreundschaft. Bleiben Sie bewaffnet. Richten Sie Ihre Waffe auf mich …«

Stone lächelte. »Das tue ich bereits«, sagte er, und Martel bemerkte den Strahler in Stones kleiner, fester Hand.

»Gut. Lassen Sie mich nicht aus den Augen. Es wird es Ihnen erleichtern, meinen Worten zu glauben. Aber ich bitte Sie, sorgen Sie dafür, dass wir abgeschirmt werden. Ich wünsche keine zufälligen Mithörer. Es geht um Leben oder Tod.«

»Wessen Leben oder Tod?« Stones Gesichtsausdruck blieb sanft, selbst seine Stimme veränderte sich nicht.

»Um Ihres und meines und das aller Welten.«

»Das klingt geheimnisvoll, aber ich bin einverstanden.« Stone rief durch die Tür: »Bitte abschirmen.« Ein plötzliches

Summen ertönte und all die leisen Geräusche der Nacht verschwanden aus dem Zimmer. »Sir«, sagte Stone dann, »wer sind Sie? Was führt Sie zu mir?«

»Ich bin Scanner 34.«

»Sie sind ein Scanner? Das glaube ich nicht.«

Als Antwort öffnete Martel seine Jacke und zeigte ihm die Brustbox. Verblüfft starrte Stone ihn an.

»Ich bin gecrancht«, erklärte Martel. »Haben Sie so etwas noch nie gesehen?«

»Nicht bei Menschen. Bei Tieren schon. Erstaunlich! Also – was wollen Sie?«

»Die Wahrheit. Fürchten Sie sich vor mir?«

»Nicht mit dem hier in meiner Hand«, sagte Stone und deutete auf den Strahler. »Aber ich werde Ihnen die Wahrheit sagen.«

»Ist es wahr, dass Sie die Große Qual besiegt haben?«

Stone zögerte, suchte nach einer Antwort.

»Schnell, können Sie mir sagen, wie Sie es geschafft haben, so dass ich Ihnen glauben kann?«

»Ich habe die Schiffe mit Leben beladen.«

»Mit Leben?«

»Mit Leben. Ich weiß nicht, was die Große Qual ist, aber ich habe bei meinen Experimenten, bei denen ich große Mengen Tiere und Pflanzen ins All schickte, herausgefunden, dass das Leben im Zentrum der Masse am längsten widersteht. Ich habe Schiffe gebaut – kleine natürlich – und hinausgeschickt, beladen mit Kaninchen, Affen …«

»Das sind Bestien?«

»Ja, kleine Bestien. Und die Bestien kehrten alle unversehrt zurück. Sie kehrten zurück, weil die Wände des Schiffes mit Leben gefüllt waren. Ich probierte viele Arten aus, und schließlich fand ich eine Lebensform, die im Wasser existiert. Austern. Austernbänke. Die Austern am Rande starben in der Großen Qual. Die im Inneren überlebten. Die Passagiere blieben unversehrt.«

»Aber es waren Bestien?«

»Nicht nur Bestien. Auch ich.«

»Sie!«

»Ich habe allein den Weltraum durchquert. Das, was Sie das Auf-und-Hinaus nennen, habe ich allein bezwungen. Ich habe gewacht, und ich habe geschlafen. Ich bin unversehrt hier angekommen. Wenn Sie mir nicht glauben, dann fragen Sie Ihre Brüder, die Scanner. Ich werde es vor den Lords der Instrumentalität beweisen.«

»Sie sind wirklich allein hierhergekommen?«

Adam Stone wurde ungeduldig. »Ja, allein. Kehren Sie zurück und überprüfen Sie Ihr Scanner-Register, wenn Sie mir nicht glauben. Keiner von Ihnen hat mich in eine Flasche gesperrt und durch den Weltraum befördert.«

Martels Gesicht strahlte. »Ich glaube Ihnen. Es ist wahr. Keine Scanner mehr. Keine Habermänner mehr. Nie mehr cranchen.«

Stone blickte bedeutungsvoll zur Tür.

Martel ignorierte den Wink. »Ich muss Ihnen sagen, dass ...«

»Sir, sagen Sie es mir morgen früh. Erfreuen Sie sich an ihrem Cranch. Gilt es nicht als ein Vergnügen? Medizinisch bin ich sehr wohl damit vertraut. Aber nicht in der Praxis.«

»Es ist ein Vergnügen. Man fühlt sich normal – für einige Zeit. Doch hören Sie mir bitte jetzt zu. Die Scanner haben geschworen, Sie und Ihre Arbeit zu vernichten.«

»Was?«

»Sie haben sich versammelt und abgestimmt und einen Schwur darauf getan. Sie würden Scanner überflüssig machen, hieß es. Sie würden die alten Kriege zurück zur Erde bringen, wenn das Scannen verlorengeht, und die Scanner würden vergebens leben.«

Adam Stone wirkte nervös, aber er bewahrte seine Fassung. »Sie sind ein Scanner. Werden Sie mich töten – oder es versuchen?«

»Nein, Sie Narr. Ich habe die Bruderschaft verraten. Rufen Sie die Wächter, wenn ich fort bin. Umgeben Sie sich

173

mit Wachen. Ich werde versuchen, den Mörder abzufangen.«

Martel sah einen Schatten am Fenster. Bevor Stone sich umdrehen konnte, wurde ihm der Strahler aus der Hand geschlagen. Der Schatten verdichtete sich und wurde zu Parizianski.

Martel erkannte, was Parizianski vorhatte: *Höchstleistung.*

Ohne an seinen Cranch zu denken, legte er eine Hand an seine Brust und schaltete sich ebenfalls auf *Höchstleistung.* Feurige Wellen, wie die Große Qual, aber heißer, durchflossen ihn. Er kämpfte darum, sein Gesicht lesbar zu halten, als er vor Parizianski trat und das Zeichen gab.

Äußerster Notfall.

Parizianski sprach, während sich der normal bewegende Körper von Stone so langsam wie eine treibende Wolke von ihnen entfernte. »Geh mir aus dem Weg. Ich habe einen Auftrag zu erfüllen.«

»Ich weiß. Ich gebiete dir hier und jetzt Einhalt. Halt, keinen Meter weiter, halt! Stone hat Recht.«

Parizianskis Lippen waren für Martel durch den Schleier der Schmerzen, die ihn überfluteten, kaum abzulesen. (Er dachte: *Gott, Gott, Gott der Alten! Lass mich durchhalten! Lass mich unter der* Überlastung *lange genug am Leben bleiben!*) Parizianski sagte: »Geh mir aus dem Weg. Auf Befehl der Bruderschaft, geh mir aus dem Weg!« Und er machte das Zeichen für *Im Namen meiner Pflicht verlange ich Hilfe!*

Martel schnappte nach Atem in der sirupartigen Luft. Er versuchte es ein letztes Mal: »Parizianski, Freund, mein Freund. Halte ein. So halte doch ein.« (Kein Scanner hatte jemals einen anderen Scanner getötet.)

Parizianski machte das Zeichen für *Du bist nicht tauglich für den Dienst, und ich werde übernehmen.*

Martel dachte: *Zum ersten Mal seit Anbeginn der Welt!,* als er nach Parizianskis Gehirnbox griff und sie auf *Überlastung* schaltete. Parizianskis Augen glitzerten vor Angst, und er verstand. Sein Körper begann zu Boden zu sinken.

Martel hatte gerade noch genug Kraft, um nach seiner eigenen Brustbox zu greifen. Als er in den Habermann-Zustand oder in den Tod glitt – er wusste nicht, was von beidem zutraf –, fühlte er, wie seine Finger den Schalter für die *Höchstleistung* berührten und ihn umlegten. Er versuchte zu sprechen, wollte sagen: »Holen Sie einen Scanner, ich brauche Hilfe, holen Sie einen Scanner …«

Aber die Dunkelheit wuchs vor ihm hoch, und die taube Stille erdrückte ihn.

Martel erwachte und sah Luĉis Gesicht dicht vor seinen halbgeschlossenen Augen.

Er öffnete die Augen ganz und bemerkte, dass er hören konnte – er hörte die Laute ihres glücklichen Schluchzens.

Schwach fragte er: »Noch immer gecrancht? Und lebendig?«

Ein anderes Gesicht schwamm in den Schatten neben Luĉi. Es war Adam Stone. Seine tiefe Stimme überbrückte endlose Räume, ehe sie an Martels Ohren gelangte. Martel versuchte, von Stones Lippen zu lesen, aber es gelang ihm nicht. Er konzentrierte sich wieder auf den Klang der Stimme.

»… nicht gecrancht. Verstehen Sie mich? Sie sind nicht gecrancht!«

»Aber ich kann hören!«, wollte Martel sagen. »Ich kann fühlen!« Die anderen verstanden ihn, auch wenn sie seine Worte nicht vernehmen konnten.

Adam Stone sprach weiter: »Sie sind wieder durch die Habermann-Maschine gegangen. Ich habe Sie als Ersten hineingeschickt. Ich wusste nicht, wie es in der Praxis funktionieren würde, aber ich hatte den theoretischen Teil bereits ausgearbeitet. Sie haben doch nicht geglaubt, dass die Instrumentalität die Scanner im Stich lassen würde, oder? Sie sind wieder normal. Wir werden die Habermänner sterben lassen, sowie die Schiffe eintreffen. Sie brauchen nicht mehr zu leben. Aber wir rehabilitieren die Scanner. Sie sind der

Erste. Verstehen Sie mich? Sie sind der Erste. Erholen Sie sich jetzt.«

Adam Stone lächelte. Verschwommen glaubte Martel hinter Stone das Gesicht eines der Lords der Instrumentalität sehen zu können. Auch dieses Gesicht lächelte ihn an und dann verschwanden beide Gesichter nach oben und waren fort.

Martel versuchte den Kopf zu heben, um sich zu scannen, aber er konnte es nicht. Luĉi blickte ihn an, zwang sich, ruhig zu bleiben, doch in ihrem Gesicht stand ein Ausdruck liebevoller Verwirrung.

»Mein Vielgeliebter! Du bist wieder zurück, und du wirst bleiben!«

Noch immer versuchte Martel einen Blick auf seine Box zu werfen. Dann strich er mit einer schwerfälligen Bewegung über seine Brust. Dort war nichts. Die Instrumente waren fort. Er war wieder normal und trotzdem am Leben.

In dem tiefen matten Frieden seiner Gedanken nahm ein anderer störender Gedanke Gestalt an. Er versuchte, mit seinem Finger zu schreiben, so wie Luĉi es immer von ihm verlangt hatte, aber er besaß weder einen spitzen Fingernagel noch die Tafel eines Scanners. Er musste seine Stimme benutzen. Er sammelte seine Kräfte und flüsterte: »Die Scanner?«

»Ja, Liebling? Was ist?«

»Die Scanner?«

»Die Scanner. O ja, Liebling, ihnen geht es gut. Man musste einige von ihnen einfangen, weil sie auf *Höchstleistung* umgeschaltet hatten und fortliefen. Aber die Instrumentalität erwischte alle – alle, die sich auf der Erde befanden – und sie sind nun glücklich. Weißt du, Liebling«, lachte Luĉi, »einige von ihnen wollten nicht wieder normal werden. Aber Stone und die Lords haben sie schließlich überredet.«

»Und Vomact?«

»Ihm geht es ebenfalls gut. Er crancht, bis er rehabilitiert werden kann. Weißt du, er hat dafür gesorgt, dass die Scanner eine neue Aufgabe bekommen. Ihr seid jetzt alle stellvertretende Lords für den Weltraum. Ist das nicht schön? Und er ist euer Oberster Lord. Ihr werdet alle als Piloten ausgebildet, so dass eure Bruderschaft und Gilde fortbestehen kann. Und Chang wird gerade rehabilitiert. Du wirst ihn bald wiedersehen.« Ihr Gesicht wurde traurig. Sie blickte ihn ernst an und sagte: »Ich kann es dir ebenso gut jetzt gleich verraten. Sonst machst du dir noch Sorgen. Es gab einen Unglücksfall. Nur einen. Als du und dein Freund … als ihr beide mit Adam Stone gesprochen hattet, war dein Freund so glücklich, dass er vergaß, sich zu scannen. Er starb an *Überlastung*.«

»Als wir mit Stone gesprochen haben?«

»Ja. Erinnerst du dich nicht? Dein Freund.«

Er wirkte noch immer überrascht, so dass sie sagte: »Parizianski.«

DIE LADY, DIE MIT DER SEELE SEGELTE

Die Geschichte begann – ja, wann begann sie eigentlich? Jeder hatte schon von Helen Amerika und Mr. Nicht-mehr-grau gehört, aber niemand wusste genau, wie alles gekommen war. Ihre Namen waren eng verknüpft mit den glitzernden, unvergänglich schönen Juwelen der Romantik. Manchmal wurden sie mit Héloise und Abélard verglichen, deren Geschichte eines Tages in den Büchern einer verschütteten Bibliothek wiedergefunden wurde. Andere Zeitalter verglichen ihr Leben mit der schicksalhaften, hässlich-schönen Geschichte von Go-Kapitän Taliano und Lady Dolores Oh.

Alles in allem lebten zwei Dinge weiter – ihre Liebe und das Bild der großen Segel, Schwingen aus hauchdünnem Metall, mit denen die Menschen sich hinaus zu den Sternen schwangen.

Fiel sein Name, erinnerte man sich an sie; fiel der ihre, erinnerte man sich an ihn. Er war der Erste der zurückkehrenden Segler gewesen, und sie war die Lady, die mit der *Seele* segelte.

Es war ein Glück, dass die Menschen keine Bilder von ihnen hatten. Der romantische Held war ein sehr jugendlich wirkender Mann, der vorzeitig gealtert und noch immer sehr krank war, als die Romanze begann. Und Helen Amerika war ein wenig verrückt, aber nicht unangenehm verrückt: eine starrsinnige, ernsthafte, traurige kleine Brünette, die unter dem Gelächter der Menschheit geboren war. Sie ähnelte keineswegs der hochgewachsenen, selbstbewussten Heldin, als die sie später von Schauspielerinnen immer dargestellt wurde.

Wie dem auch sei, sie war eine wundervolle Seglerin. So weit stimmt alles. Und mit ihrem Körper und ihrem Verstand liebte sie Mr. Nicht-mehr-grau mit einer Ausschließlichkeit, die von den kommenden Zeitaltern weder übertroffen noch vergessen wurde. Die Geschichte mag die Patina ihrer Namen und ihrer Erscheinung entfernen, aber selbst die Geschichte kann nicht mehr tun, als die Liebe von Helen Amerika und Mr. Nicht-mehr-grau zu verklären.

Und beide, daran sollte erinnert werden, waren Segler.

Das kleine Mädchen spielte mit einem lebenden Spieltier. Sie war es leid, dass es ein Hühnchen war, und so veränderte sie es wieder und gab ihm die Gestalt eines pelzigen Bären. Als sie ihm, so weit es ging, die Ohren langgezogen hatte, wirkte das kleine Tier tatsächlich äußerst komisch. Ein leichter Windstoß warf das Tierspielzeug um, aber gutmütig richtete es sich wieder auf und knabberte selbstzufrieden am Teppich.

Das Mädchen klatschte plötzlich in die Hände und platzte mit einer Frage heraus. »Mama, was ist ein Segler?«

»Früher einmal gab es Segler, Liebling, vor sehr langer Zeit. Es waren mutige Männer, die die Schiffe hinaus zu den Sternen führten, die ersten Schiffe, die die Menschen fort von unserer Sonne brachten. Und sie besaßen große Segel. Ich weiß nicht genau, wie sie funktionierten, aber irgendwie muss das Licht sie angetrieben haben, und es kostete sie ein Viertel ihres Lebens, um eine einzige Fahrt in einer Richtung zu beenden. Zu dieser Zeit lebten die Menschen nur hundertsechzig Jahre, Liebling, und jede Fahrt, ob nun hin oder zurück, dauerte vier Jahrzehnte. Aber heute brauchen wir keine Segler mehr.«

»Natürlich nicht«, sagte das Mädchen, »wir können heute einfach so reisen. Du hast mich mit zum Mars genommen und auch zur Neuen Erde, nicht wahr, Mama? Und wir können bald auch sonst überall hinfahren, und das dauert nur einen einzigen Nachmittag.«

»Dank der Planoforme, Schätzchen. Aber es verging viel Zeit, bis die Menschen wussten, wie man planoformt. Und sie konnten damals nicht auf die gleiche Art wie wir reisen, deshalb brauchten sie große breite Segel. Sie bauten so große Segel, dass man sie nicht auf der Erde montieren konnte. Man musste sie im Weltraum aufhängen, auf halbem Weg zwischen Erde und Mars. Und weißt du, da geschah etwas sehr Lustiges … Hast du jemals von der Zeit gehört, als die Welt gefror?«

»Nein, Mama, was meinst du damit?«

»Nun, vor langer Zeit trieb eines dieser Segel ab und die Menschen versuchten es zu retten, denn es hatte eine Menge Arbeit gekostet, es herzustellen. Aber das Segel war so groß, dass es sich zwischen Erde und Sonne legte. Und dann gab es keinen Sonnenschein mehr, nur Nacht, die ganze Zeit über. Und es wurde sehr kalt auf Erden. Alle Atomkraftwerke liefen auf Hochtouren und die ganze Atmosphäre begann komisch zu riechen. Und die Menschen waren besorgt, und nach ein paar Tagen hatten sie das Segel aus dem Weg gezogen. Und dann schien die Sonne wieder.«

»Mama, gab es unter den Seglern denn auch Mädchen?«

Ein seltsamer Ausdruck glitt über das Gesicht der Mutter. »Es gab eine Frau. Später, wenn du älter bist, wirst du sicher einmal ihre Geschichte erfahren. Ihr Name war Helen Amerika, und sie segelte die Seele hinaus zu den Sternen. Sie war die einzige Frau, die es jemals gewagt hat. Es ist eine wundervolle Geschichte.« Die Mutter betupfte ihre Augen mit einem Taschentuch.

Das Kind bat: »Mama, erzähl sie mir jetzt. Worum geht es in dieser Geschichte?«

An diesem Punkt wurde die Mutter sehr streng und erklärte: »Schätzchen, es gibt einige Dinge, für die du noch zu *klein bist, um sie zu verstehen. Aber wenn du ein großes Mädchen bist, werde ich dir alles darüber erzählen.« Die Mutter war eine freundliche Frau. Sie dachte einen Augenblick nach und fügte dann tröstend hinzu: »Wenn du es nicht zuvor selbst liest.«*

▌▌▌

Helen Amerika war dabei, sich einen Platz in der Geschichte der Menschheit zu erobern, aber sie hatte einen schlechten Start. Schon ihr Name war ein Unglück.

Niemals hat jemand erfahren, wer ihr Vater war. Die Behörden hatten vereinbart, es geheim zu halten.

Über die Identität ihrer Mutter gab es keine Zweifel. Ihre Mutter war der berühmte Hermaphrodit Mona Muggeridge, eine Frau, die Hunderte von Kampagnen für die hoffnungslose Sache der völligen Gleichberechtigung beider Geschlechter durchgeführt hatte. Sie war eine ausgesprochene Frauenrechtlerin gewesen, und als Mona Muggeridge, die eine und einzige *Miss* Muggeridge, der Presse gegenüber erklärte, dass sie ein Baby erwarte, war dies eine Schlagzeile für die Titelseite wert.

Mona Muggeridge ging noch weiter. Sie teilte ihre feste Überzeugung mit, dass Väter nicht genannt zu werden brauchten. Sie verkündete, dass keine Frau hintereinander von dem gleichen Mann Kinder bekommen dürfe, dass Frauen angewiesen werden sollten, sich verschiedene Väter für ihre Kinder auszusuchen, um das Erbgut zu verfeinern und abwechslungsreicher zu gestalten. Sie ließ durch eine Anzeige bekannt werden, dass sie, Mona Muggeridge, den perfekten Vater gefunden habe und dass sie deshalb mit Sicherheit das perfekteste aller Kinder zur Welt brächte.

Miss Muggeridge, eine knochige, hochtrabende Blondine, verkündete, dass sie nicht daran dächte, den Unsinn von

Ehe und Familiennamen mitzumachen, und dass deshalb ihr Kind, wenn es ein Junge würde, den Namen John Amerika bekäme, und ein Mädchen den Namen Helen Amerika.

So geschah es, dass die kleine Helen Amerika geboren wurde, während die Korrespondenten der Presseagenturen vor der Tür des Entbindungsraumes warteten. Nachrichtenmonitore übertrugen das Bild eines hübschen, drei Kilogramm schweren Babys. »Es ist ein Mädchen.« – »Das perfekte Kind.« – »Wer ist der Vater?«

Dies war nur der Anfang. Mona Muggeridge legte eine gewisse Hartnäckigkeit an den Tag. Sie bestand darauf, sogar als man das Baby schon zum tausendsten Mal fotografiert hatte, dass dies das schönste Kind sei, das jemals geboren wurde. Sie verwies auf die Vorzüge des Kindes. Sie zeigte die ganze Vernarrtheit einer zärtlichen Mutter und glaubte, dass sie, die große Kämpferin, diese Zärtlichkeit als Erste entdeckt hätte.

Zu behaupten, dass dieser Hintergrund ein Problem für das Kind gewesen sei, wäre eine Untertreibung.

Helen Amerika war ein wundervolles Beispiel für den Triumph eines ungeformten Menschenkindes über seine Peiniger. Als sie vier Jahre alt war, sprach sie sechs Sprachen und begann, einige der alten marsianischen Schriften zu entschlüsseln. Im Alter von fünf Jahren wurde sie zur Schule geschickt. Ihre Klassenkameraden dichteten unverzüglich einen Vers auf sie:

Helen, Helen
Fett und doof
Weiß nicht mal
Wo ihr Vater wohnt.

Helen kam darüber hinweg, aber vielleicht war es auch nur ein genetischer Zufall, dass sie zu einer kompakten kleinen Person heranwuchs – einer schrecklich entschlossenen kleinen Brünetten. Durch Erfahrungen klug geworden, verfolgt von der Öffentlichkeit, wurde sie vorsichtig und zurückhaltend bei der Wahl ihrer Freundschaften und war verzweifelt einsam in ihrer inneren Welt.

Als Helen Amerika sechzehn war, nahm ihre Mutter ein böses Ende. Mona Muggeridge brannte mit einem Mann durch, den sie als perfekten Ehegatten für die perfekteste Ehe bezeichnete, die die Menschheit jemals gesehen hatte. Der perfekte Ehemann war ein gelernter Maschinenpolierer. Er besaß bereits eine Frau und vier Kinder. Er trank Bier und sein Interesse an Miss Muggeridge schien eine Mischung aus gutmütiger Kameradschaft und empfindsamer Anteilnahme an ihrem Bankkonto zu sein. Die Planetenjacht, mit der sie durchbrannten, verstieß bei ihrem unangemeldeten Flug gegen die Vorschriften. Die Frau und die Kinder des Bräutigams hatten die Polizei alarmiert. Das Ergebnis war ein Zusammenstoß mit einem Roboterfrachter, der ihre Körper bis zur Unkenntlichkeit verstümmelte.

Mit sechzehn war Helen berühmt und mit siebzehn bereits vergessen und sehr, sehr allein.

IV

Das alles geschah im Zeitalter der Segler. Die vielen tausend photonenbetriebenen Aufklärungs- und Vermessungsraketen begannen mit ihrer Ausbeute von den Sternen zurückzukehren. Neue Welten wurden bekannt, als die interstellaren Suchsonden Fotografien zurückbrachten, Atmosphäreproben, Messergebnisse von Gravitationen, Wolkendecken, chemischen Zusammensetzungen und so weiter. Von den zahllosen Raketen, die von ihren zwei- oder dreihundert Jahre währenden Reisen zurückkehrten, führten drei Berichte von einer neuen Erde mit sich, einer Erde, die Terra so ähnlich war, dass sie besiedelt werden konnte.

Die ersten Segler waren bereits vor mehr als hundert Jahren gestartet. Sie waren mit kleinen Segeln von nicht mehr als zweitausend Quadratmeilen ausgerüstet gewesen. Allmählich vergrößerten sich jedoch die Ausmaße der Segel. Die Technik der adiabatischen Verpackung und des Transports von Passagieren in einzelnen Kapseln reduzierte das Risiko auf die menschliche Fracht. Es war eine unglaubliche Sensation, als der erste Segler zur Erde zurückkehrte, ein Mann, der unter dem Licht eines anderen Sterns geboren und aufgewachsen war. Er war ein Mann, der einen Monat in Schmerz und Qual zugebracht hatte und eine Anzahl im Kälteschlaf liegender Siedler mit sich führte, und der das riesige lichtdruckbetriebene Segelschiff steuerte, das ihm die Reise durch die gewaltigen interstellaren Tiefen in einer objektiven Zeitspanne von vierzig Jahren ermöglicht hatte.

Die Menschheit wusste nun, wie ein Segler aussah. Er setzte den Fuß mit der ganzen Sohle auf, wenn er ging. Das Drehen seines Kopfes erfolgte mit einer scharfen, starren, mechanischen Bewegung. Der Mann war weder jung noch alt. Er war vierzig Jahre lang wach und bei Bewusstsein gewesen, dank einer Droge, die ihn in einen Zustand begrenzter Wahrnehmungsfähigkeit versetzt hatte. Als ihn die Psychologen befragten, zunächst im Auftrag der Behörden der Instrumentalität und später im Auftrag der Nachrichtenagenturen, stellte sich heraus, dass ihm die vierzig Jahre wie ein Monat erschienen waren. Niemals verlangte es ihn danach, zurückzusegeln, denn er war wirklich um vierzig Jahre gealtert. Er war ein junger Mann, jung in seinen Hoffnungen und Wünschen, aber ein Mann, der ein Viertel seiner menschlichen Lebenszeit in einem einzigen schmerzlichen Erlebnis verbrannt hatte.

Zu dieser Zeit ging Helen Amerika gerade nach Cambridge. Das Lady Joan's College war das beste Mädchen-College in der atlantischen Welt. Cambridge hatte seine protohistorischen Traditionen rekonstruiert und die Neo-Briten hatten die Feinheiten der Baukunst wiedererlernt, die ihre Tradition Anschluss an die früheste Antike finden ließ.

Natürlich war die Umgangssprache kosmopolitisches Irdisch und nicht das archaische Englisch, aber die Studenten waren stolz darauf, an einer Universität zu studieren, die man fast genauso wiederaufgebaut hatte, wie sie den archäologischen Funden zufolge gewesen war, bevor sich die Zeitalter der Dunkelheit und des Elends über die Erde gelegt hatten.

Helen wirkte in dieser Renaissance ein wenig auffällig. Die Nachrichtenagenturen beobachteten sie auf die grausamste Weise, die man sich nur vorstellen konnte. Sie ließen ihren Namen und die Geschichte ihrer Mutter wieder aufleben. Dann vergaßen sie sie erneut. Sie hatte sich für sechs Studiengänge eingeschrieben und ihre letzte Wahl fiel auf »Segler«. So kam es, dass sie die erste Frau wurde, die sich um eine derartige Ausbildung bewarb – die Erste, weil sie die einzige Frau war, die die wissenschaftlichen Reputationen zu einer Qualifikation erworben hatte und gleichzeitig jung genug war.

Ihr Bild erschien neben dem seinen auf den Nachrichtenmonitoren, bevor sie sich überhaupt begegnet waren.

In Wirklichkeit warf das ein völlig falsches Licht auf sie. Sie hatte in ihrer Kindheit so sehr unter *Helen, Helen, fett und doof* gelitten, dass sie sich nur auf einer kühlen professionellen Basis bewarb. Sie hasste und liebte und vermisste ihre legendäre Mutter, die sie verloren hatte, und sie bemühte sich so grimmig, nicht wie ihre Mutter zu werden, dass sie das vollkommene Gegenteil von Mona wurde.

Ihre Mutter war starkknochig, blond, groß gewesen – die Art Frau, die zur Feministin wird, weil sie nicht sehr viel Feminines an sich hat. Helen dachte niemals über ihre eigene Weiblichkeit nach. Sie sorgte sich nur um sich selbst. Ihr Gesicht wäre rundlich gewesen, wenn es etwas Plumpes an sich gehabt hätte, aber sie war nicht plump. Sie war schwarzhaarig, dunkeläugig, breithüftig, aber dennoch schlank, und sie war das genetische Abbild ihres unbekannten Vaters. Oft fürchteten sich ihre Lehrer vor ihr. Sie war ein blasses, stilles Mädchen, und sie kannte sich immer in ihren Fächern aus.

Ihre Kommilitonen machten einige Wochen lang Witze über sie, doch dann verbanden sich die meisten miteinander gegen die Schamlosigkeit der Presse. Wenn ein Nachrichten-monitor irgendetwas Abwertendes über die lang verstorbene Mona brachte, ging ein Raunen durch das Lady Joan's.

»Lenkt Helen ab … es sind wieder diese Kerle.«

»Sorgt dafür, dass Helen den Monitoren fernbleibt. Sie ist die Beste von uns allen in den non-kollateralen Wissenschaf-ten, und sie darf sich nicht ausgerechnet jetzt vor den Zwi-schenprüfungen aufregen …«

Sie umsorgten sie, und es war nur einem Zufall zu verdan-ken, dass sie sich selbst auf einem Bildschirm sah. Neben ihrem Bild befand sich das eines Mannes. Er wirkte wie ein kleiner alter Affe, dachte sie. Und dann las sie: VOLLKOM-MENES MÄDCHEN MÖCHTE SEGLERIN WERDEN. WIRD SICH DER SEGLER MIT DEM VOLLKOMMENEN MÄDCHEN TREFFEN? Ihre Wangen röteten sich vor hilfloser Verlegen-heit und vor Zorn, aber sie war viel zu sehr sie selbst gewor-den, um so zu reagieren, wie sie es als Teenager getan hätte – den Mann zu hassen. Sie wusste, dass es nicht seine Schuld war. Es war nicht einmal die Schuld der törichten, aufdring-lichen Männer und Frauen von den Nachrichtenagenturen. Es lag an der Zeit, an den Gewohnheiten, den Menschen selbst. Aber sie musste nur sie selbst sein, das heißt, wenn sie jemals herausfand, was dies wirklich bedeutete.

Als sie dann doch zusammentrafen, trugen ihre Zusammen-
künfte die Merkmale von Alpträumen.

Eine Nachrichtenagentur schickte Helen eine Frau, um ihr
auszurichten, dass sie einen einwöchigen Urlaub in Neu-
Madrid geschenkt bekommen habe.

Mit dem Segler von den Sternen.

Helen weigerte sich.

Dann weigerte er sich ebenfalls, und für ihren Geschmack
tat er dies ein wenig zu rasch. Sie wurde neugierig auf
ihn.

Zwei Wochen vergingen, und in das Büro der Nachrichtenagentur brachte ein Buchhalter dem Direktor zwei Papier-
streifen. Es waren die Gutscheine für Helen Amerika und
Mr. Nicht-mehr-grau, die es ihnen ermöglichen sollten, Neu-
Madrid unter den luxuriösesten Bedingungen zu erleben.
Der Buchhalter erklärte: »Sie sind bereits ausgestellt und bei
der Instrumentalität als Geschenke registriert, Sir. Sollen sie
entwertet werden?«

Der Direktor hatte an diesem Tag schon genug Geschichten
gehört und gab sich menschlich. Impulsiv wies er den Buchhalter an: »Ich werde Ihnen etwas sagen. Geben Sie den jungen Leuten diese Tickets. Ohne Aufsehen. Wir werden uns
nicht weiter darum kümmern. Wenn sie uns nicht wollen,
dann werden wir sie auch nicht belästigen. Also sorgen Sie
dafür. Das ist alles. Gehen Sie jetzt.«

Und so wurden die Tickets Helen noch einmal angeboten.
Sie hatte die Prüfungen mit dem besten Ergebnis bestanden,
das jemals auf der Universität erzielt worden war, und sie
benötigte eine Erholungspause. Als ihr die Frau von der
Nachrichtenagentur die Tickets überreichte, fragte sie: »Ist
ein Haken dabei?« Als ihr versichert worden war, dass es keinen Haken gab, fragte sie: »Wird dieser Mann auch dort
sein?«

Sie konnte nicht sagen »*der* Segler« – es klang zu sehr danach, wie die Leute immer über sie selbst redeten –, und sie konnte sich in diesem Moment tatsächlich nicht an seinen Namen erinnern.

Die Frau wusste es nicht.

»Muss ich ihn treffen?«, fragte Helen.

»Natürlich nicht«, versicherte die Frau. Das Geschenk war an keine Bedingung geknüpft.

Helen lachte, und es klang etwas gezwungen. »In Ordnung. Ich nehme an und ich danke Ihnen dafür. Aber nur ein Fotograf, ich warne Sie, nur ein einziger, und ich reise ab. Oder vielleicht reise ich auch ohne jeden Grund ab. Sind Sie damit einverstanden?«

Sie war es.

Vier Tage später befand sich Helen im Vergnügungsviertel von Neu-Madrid.

Dort stellte ihr ein Tanzmeister einen seltsamen, großen alten Mann mit schwarzen Haaren vor.

»Junior-Wissenschaftlerin Helen Amerika – Segler der Sterne Mr. Nicht-mehr-grau.«

Der Tanzmeister blickte sie beide prüfend an und lächelte dann sein freundliches, erfahrenes Lächeln. Dann fügte er die Schlussformel seines Berufes hinzu.

»Ich hatte die Ehre und ziehe mich zurück.«

Sie waren allein am Rande des Speisesaales. Der Segler betrachtete Helen scharf und fragte dann: »Wer sind Sie? Sind Sie jemand, den ich schon einmal getroffen habe? Müsste ich mich an Sie erinnern? Hier auf der Erde gibt es zu viele Menschen. Was sollen wir jetzt unternehmen? Was erwartet man von uns? Möchten Sie Platz nehmen?«

Helen beantwortete alle Fragen mit einem einzigen »Ja« und hätte es sich wohl niemals träumen lassen, dass dieses eine »Ja« von Hunderten großer Schauspielerinnen wiederholt werden würde, jede auf ihre eigene unverwechselbare Art, durch alle kommenden Jahrhunderte hindurch.

Sie setzte sich.

Wie es dann weiterging, das wusste keiner von ihnen später mehr genau.

Sie musste ihn beruhigen, als wäre er ein verletzter Mensch im Haus der Genesung. Sie erklärte ihm die Gerichte, und als er sich dann immer noch nicht entscheiden konnte, ließ sie durch die Roboter etwas für ihn auswählen. Sie machte ihn, sehr freundlich, auf die Tischsitten aufmerksam, als er die einfachsten Manieren vergaß, die jeder beherrschte – beispielsweise aufzustehen, wenn man eine Serviette entfaltete, oder die Essensreste in die Auflösungsschale zu legen und das Silberbesteck in den Übermittler.

Schließlich entspannte er sich und wirkte nicht mehr so alt.

Für einen Augenblick vergaß sie, dass ihr schon tausendmal dumme Fragen gestellt worden waren, und erkundigte sich: »Warum sind denn *Sie* Segler geworden?«

Er starrte sie mit weit aufgerissenen Augen und einem Ausdruck an, als ob sie in einer fremden Sprache auf ihn eingeredet hätte und nun eine Antwort erwartete. Schließlich flüsterte er: »Wollen Sie … auch Sie … damit sagen, dass … dass ich es nicht hätte tun sollen?«

In instinktivem Erschrecken schlug sie sich die Hand vor den Mund. »Nein, nein, nein. Sehen Sie, ich selbst habe eine Ausbildung als Seglerin beantragt.«

Er blickte sie nur an, seine jungen, alten Augen aus Wachsamkeit geweitet. Er starrte sie nicht richtig an, schien lediglich zu versuchen, den Sinn ihrer Worte zu verstehen, die er einzeln begriff, deren Summe allerdings wie heller Wahnsinn wirkte.

Sie wich seinem Blick nicht aus. Wiederum hatte sie Gelegenheit, die unbeschreibliche Einzigartigkeit dieses Mannes zu erkennen, dem es gelungen war, die gewaltigen Segel hinaus in die blinde, leere Schwärze zwischen den Sternen zu steuern. Er war wie ein Junge. Sein Haar, das ihm seinen Namen verliehen hatte, war von glänzendem Schwarz. Sein Bart musste für immer entfernt worden sein, denn seine Haut war die einer Frau mittleren Alters – gut erhalten, gepflegt, aber bereits unübersehbar von Altersfältchen durchzogen und ohne eine Andeutung normaler Bartstoppeln, die die Männer ihrer Welt auf ihren Gesichtern stehen ließen. Die Haut war gealtert, ohne ihre Erfahrungen zu verraten. Die Muskeln waren älter geworden, aber sie gaben keinen Aufschluss darüber, *wie* sich seine Persönlichkeit entwickelt hatte.

Helen hatte gelernt, die Menschen genau zu beobachten, seit ihre Mutter sich mit einem Fanatiker nach dem anderen eingelassen hatte; sie wusste sehr genau, dass die Menschen ihre geheim gehaltenen Lebenserfahrungen in den Gesichtsmuskeln entblößten und dass auch ein Fremder, dem man auf der Straße begegnete, ob es ihm nun gefiel oder nicht, auf diese Weise all seine intimsten Gedanken verriet. Wenn man scharf genug hinschaute, unter den richtigen Lichtverhältnissen, erfuhr man, ob nun Furcht oder Hoffnung oder Vergnügen die Tage seines Lebens erfüllt hatten, erahnte man die Quellen und die Ergebnisse seiner geheimsten sinnlichen Lüste, empfing man den matten, aber unauslöschlichen Nachhall der anderen Menschen, die die Eindrücke ihrer Persönlichkeiten im Tausch gegen die seinen hinterlassen hatten.

All dies fehlte Mr. Nicht-mehr-grau; er war alt, trug aber nicht die Zeichen des Alters; er war erwachsen geworden ohne die normalen Merkmale des Erwachsenwerdens; er hatte gelebt, ohne zu leben, in einer Zeit und einer Welt, in der die meisten Menschen jung blieben, während sie zu viel lebten.

Er war das vollkommenste Gegenstück zu ihrer Mutter, das Helen jemals gesehen hatte, und in einer Explosion unbestimmter Besorgnis erkannte Helen, dass dieser Mann in ihrem zukünftigen Leben eine große Rolle spielen würde, ob sie wollte oder nicht. Sie sah in ihm einen jungen, vorzeitig gealterten Junggesellen, einen Mann, der seine Liebe der Leere und dem Schrecken verschrieben hatte und nicht den greifbaren Erfolgen und Niederlagen eines menschlichen Lebens. Er hatte den ganzen Weltraum als Geliebte besessen, und der Weltraum hatte ihn auf das Grausamste verbraucht. Noch immer jung, war er alt; obgleich alt, war er jung.

Es war eine Mischung, von der sie wusste, dass sie ihr nie zuvor begegnet war, und von der sie vermutete, dass es anderen genauso ging. Er besaß bereits am Anfang seines Lebens die Traurigkeit, das Mitleid und die Weisheit, die die meisten Menschen erst im Alter fanden.

Er war es, der das Schweigen brach: »Ich glaube, Sie erwähnten, dass Sie sich als Seglerin beworben haben?«

Selbst in ihren Ohren klang ihre Antwort töricht kindlich. »Ich bin die erste Frau, die sich in den notwendigen wissenschaftlichen Disziplinen qualifizieren konnte und dennoch jung genug ist, um die physischen ...«

»Dann müssen Sie ein ungewöhnliches Mädchen sein«, unterbrach er sie sanft.

Helen erkannte mit einem plötzlichen Schrecken, dass süße und bittere Hoffnung sie überkam, dass dieser junge, alte Mann von den Sternen vermutlich nie etwas über das »vollkommene Kind« gehört hatte, über das man von ihrer Geburt an gelacht hatte, das Mädchen, das ganz Amerika als Vater besaß, das berühmt und ungewöhnlich und so schrecklich einsam war, dass sie sich nicht einmal vorstellen konnte, gewöhnlich, glücklich, achtbar oder einfach zu sein.

Sie dachte bei sich: *Es ist wohl ein wunderlicher Weiser erforderlich, der von den Sternen hereingesegelt kam, um nicht zu wissen, wer ich bin,* doch zu ihm sagte sie lediglich: »Es besteht kein Grund, sich darüber zu unterhalten, wie ›ungewöhnlich‹ ich bin. Ich bin dieser Erde überdrüssig und da ich nicht zu sterben brauche, um sie zu verlassen, denke ich, dass es schön wäre, zu den Sternen zu segeln. Ich habe weniger zu verlieren, als Sie vielleicht glauben ...« Sie wollte ihm von Mona erzählen, hielt aber inne.

Seine mitfühlenden grauen Augen ruhten auf ihr, und in diesem Moment war er es und nicht sie, der die Situation in der Hand hatte. Sie blickte in seine Augen. Sie waren vierzig

Jahre lang geöffnet gewesen, in der Finsternis seiner engen Schaltzentrale, die nahezu pechschwarz gewesen war. Die trüben Skalen hatten sich wie glühende Sonnen in seine Augen gebrannt, bevor er in der Lage gewesen war, sie abzuwenden. Von Zeit zu Zeit hatte er hinaus in das schwarze Nichts geblickt und die Silhouetten der Segel gesehen, die sich fast schwarz von der vollkommenen Schwärze abhoben, während die ins Unendliche reichende Ausdehnung ihrer Schwingen den Schub des Lichts aufsaugten und ihn und seine gefrorene Fracht mit fast unvorstellbarer Geschwindigkeit durch das Meer der unergründlichen Stille trugen.

Und trotzdem wollte sie das auf sich nehmen, was er auf sich genommen hatte.

Der Blick seiner grauen Augen wich einem Lächeln seiner Lippen. In dem jungen, alten Gesicht, männlich in der Form und weiblich in der Beschaffenheit, besaß das Lächeln die Bedeutung ungeheuerlicher Freundlichkeit. Wie niemals zuvor war sie den Tränen nahe, als sie ihn auf diese besondere Weise lächeln sah. War es das, was die Menschen in den Sternen lernten? Anteil zu nehmen an dem Schicksal anderer Menschen und nur von ihnen Besitz zu ergreifen, um Liebe zu geben, statt sie wie Opfer zu verschlingen?

Mit beherrschter Stimme sagte er: »Ich glaube Ihnen. Sie sind der erste Mensch, dem ich glaube. All die anderen Leute haben behauptet, dass sie ebenfalls Segler werden wollten, sogar wenn sie mich ansahen. Sie konnten überhaupt nicht ahnen, was das bedeutet, aber sie haben es trotzdem gesagt, und ich habe sie dafür gehasst. Sie aber – Sie sind anders. Vielleicht werden Sie zu den Sternen segeln, aber ich hoffe es nicht.«

Als ob er aus einem Traum erwachte, blickte er sich in dem luxuriösen Saal um, an dessen Wänden gold- und emailleverzierte Roboterkellner mit lässiger Eleganz standen. Sie waren so konstruiert, dass sie stets gegenwärtig und niemals aufdringlich wirkten; ein schwieriger ästhetischer

Effekt, der nicht einfach zu erzielen gewesen war, doch dem Konstrukteur war es geglückt.

Der Rest des Abends verlief wie die Unvermeidlichkeit guter Musik. Er spazierte mit ihr zu dem ewig einsamen Strand, den die Architekten von Neu-Madrid neben dem Hotel angelegt hatten. Sie unterhielten sich ein wenig, sahen einander an und liebten sich mit einer Selbstverständlichkeit, die nicht aus ihrem Innern zu kommen schien. Er war sehr zärtlich und erkannte doch nicht, dass in einer genetisch aufgeklärten Gesellschaft wie dieser er der erste Liebhaber war, den sie jemals gewollt oder gehabt hatte. (Wie konnte sich die Tochter von Mona Muggeridge einen Geliebten oder einen Ehemann oder ein Kind wünschen?)

Am nächsten Nachmittag nahm sie sich die für diese Zeitepoche selbstverständliche Freiheit und fragte ihn, ob er sie heiraten wollte. Sie waren zu ihrem Privatstrand zurückgekehrt, an dem durch die Wunder ultrafeiner mikrometeorologischer Justierungen das raue Klima der Hochebene von Zentralspanien einem polynesischen Nachmittag gewichen war.

Sie fragte ihn, ja *sie*, ob er sie heiraten wollte, und er wies sie ab, so zärtlich und freundlich wie ein Mann von fünfundsechzig Jahren ein achtzehnjähriges Mädchen nur abweisen konnte. Sie drängte ihn nicht; sie setzten ihre bittersüße Romanze fort.

Sie saßen auf dem künstlichen Sand des künstlichen Strandes und tauchten ihre Zehen in das künstlich erwärmte Wasser des Ozeans. Dann lehnten sie sich an eine künstliche Sanddüne, die die Sicht auf Neu-Madrid versperrte.

»Darf ich«, begann Helen, »darf ich dich noch einmal fragen, warum du ein Segler geworden bist?«

»Das ist nicht so leicht zu beantworten«, erwiderte er. »Vielleicht aus Abenteuerlust. Das war zumindest ein Grund. Und ich wollte die Erde sehen. Ich konnte es mir nicht leisten, in einer Kapsel zu reisen. Nun, ich besitze jetzt

196

genug Geld, um für den Rest meines Lebens auszukommen. Ich könnte zur Neuen Erde zurückkehren – in einem Monat statt in vierzig Jahren –, könnte mich binnen eines Augenblicks einfrieren lassen, würde in eine adiabatische Kapsel gelegt, an das nächste Segelschiff angekoppelt und erwachte wieder zu Haus, während das Schiff von irgendeinem anderen gesegelt würde.«

Helen nickte. Sie machte sich nicht die Mühe, ihm zu sagen, dass sie all dies bereits wusste. Sie hatte sich über Segelschiffe informiert, bevor sie den Segler getroffen hatte.

»Als du draußen zwischen den Sternen gewesen bist«, sagte sie, »kannst du mir beschreiben – kannst du mir beschreiben, wie es dort draußen ist?«

Sein Gesicht sah nach innen, in seine Seele, und schließlich klang seine Stimme so, als käme sie aus ungeheurer Entfernung.

»Es gibt dort Augenblicke – oder vielleicht Wochen, in einem Segelschiff ist das nicht genau zu bestimmen –, in denen es scheint, dass es sich lohnt. Man fühlt … deine Nervenenden greifen hinaus, bis sie die Sterne berühren. Irgendwie fühlt man sich ungeheuer groß.« Allmählich kehrte er zu ihr zurück. »Natürlich hört es sich abgedroschen an, aber hinterher ist man niemals mehr derselbe. Ich spreche nicht nur von den offensichtlichen physischen Dingen, sondern … man findet zu sich selbst … oder vielleicht verliert man sich auch. Deshalb …« Er deutete in Richtung Neu-Madrid, das außer Sichtweite hinter der Düne lag. »… kann ich das dort nicht ertragen. Die Neue Erde, nun, sie ist, wie die Erde in den alten Zeiten gewesen sein muss, glaube ich. Dort ist alles irgendwie unverbraucht. Hier aber …«

»Ich weiß«, sagte Helen Amerika, und sie wusste es wirklich. Die leicht dekadente, leicht korrupte, allzu komfortable Atomsphäre der Erde musste auf den Mann von den Sternen erstickend wirken.

»Dort«, sagte er, »und du wirst es nicht für möglich halten, aber dort sind die Meere manchmal zu kalt, um in ihnen zu schwimmen. Wir haben Musik, die nicht aus Maschinen dringt, und Freuden, die aus unseren eigenen Körpern kommen, ohne dass man zuvor etwas in sie hineingetan hat. Ich werde zur neuen Erde zurückkehren.«

Für eine Weile schwieg Helen und konzentrierte sich darauf, den Schmerz in ihrem Herzen zu ersticken. »Ich … ich …«, begann sie dann.

»Ich weiß«, sagte er grimmig und wandte sich ihr fast wütend zu. »Aber ich kann dich nicht mitnehmen. Ich kann es nicht! Du bist zu jung, du hast noch dein ganzes Leben vor dir, und ich habe ein Viertel von meinem fortgeworfen. Nein, das ist nicht richtig – ich habe es nicht fortgeworfen. Ich würde es nicht zurückhaben wollen, denn es hat mir in meinem Innern etwas gebracht, das ich zuvor nicht besessen habe. Und es hat mir dich gegeben.«

»Aber wenn …«

»Nein. Verdirb es nicht. Ich werde mich nächste Woche in einer Kapsel einfrieren lassen und auf das nächste Segelschiff warten. Ich kann nicht mehr viel hiervon ertragen, und ich könnte schwach werden. Das wäre ein schrecklicher Fehler. Aber wir haben jetzt die Zeit, die wir zusammen verbringen können, und jeder von uns hat sein zukünftiges Leben, um sich daran zu erinnern. Denken wir nicht an andere Dinge. Es gibt nichts, nichts, das wir sonst tun könnten.«

Helen sagte ihm kein Wort – weder jetzt noch später – über das Kind, auf das sie zu hoffen begonnen hatte, das Kind, das sie nun niemals haben würden. Nun ja, sie hätte das Kind benutzen können. Sie hätte ihn an sich binden können, denn er war ein anständiger Mann und hätte sie geheiratet, wenn sie ihm etwas davon gesagt hätte. Aber Helens Liebe, trotz ihrer Jugend, war von einer Art, dass sie diese Dinge nicht benutzen konnte. Sie wollte, dass er freiwillig zu ihr kommen, dass er sie heiraten würde, weil er nicht ohne sie leben konnte. In einer solchen Ehe wäre ihr Kind ein zusätzliches Glück gewesen.

Natürlich gab es noch die andere Alternative. Sie hätte das Kind zur Welt bringen können, ohne den Vater anzugeben. Aber *sie* war nicht Mona Muggeridge. Sie kannte die Schrecken und die Unsicherheit zu gut und die Einsamkeit, die es bedeutet hatte, Helen Amerika zu sein, und die Verantwortung für die Existenz einer weiteren Helen würde sie niemals übernehmen. Und in den Plänen, die sie hegte, gab es keinen Platz für ein Kind. Deshalb tat sie das Einzige, was sie tun konnte. Am Ende ihres Urlaubs in Neu-Madrid nahm sie sein endgültiges Lebewohl entgegen. Wortlos und ohne Tränen zu vergießen verließ sie ihn. Dann fuhr sie in eine arktische Stadt, einen Vergnügungsort, wo solche Dinge wohlbekannt waren, und voller Scham, Kummer und schmerzlichem Gram wandte sie sich an einen vertraulichen medizinischen Dienst, wo das ungeborene Kind abgetrieben wurde.

Dann kehrte sie nach Cambridge zurück und erneuerte ihren Anspruch, als erste Frau ein Schiff zu den Sternen zu segeln.

VI

Der präsidierende Lord der Instrumentalität war zu dieser Zeit ein Mann namens Wait. Wait war nicht grausam, aber noch nie hatte jemand an ihm Nachsicht oder sehr viel Verständnis für die Abenteuerlust der Jugend bemerkt. Sein Adjutant meldete ihm: »Dieses Mädchen möchte ein Schiff zur Neuen Erde segeln. Werden Sie ihr das gestatten?«

»Warum nicht?«, erwiderte Wait. »Ein Mensch ist ein Mensch. Sie ist wohlerzogen, gut ausgebildet. Wenn sie versagt, werden wir es in achtzig Jahren erfahren, wenn das Schiff zurückkehrt. Wenn sie Erfolg hat, dann wird es endlich die Frauen zufriedenstellen, die sich immer beschwert haben.« Der Lord beugte sich über seinen Schreibtisch. »Falls sie sich qualifiziert und falls sie aufbricht, dann geben Sie ihr keine Verurteilten mit. Verurteilte sind zu gut und zu wertvoll als Siedler, als dass wir sie einem ungewissen Schicksal wie diesem aussetzen können. Wir spielen lieber mit einem geringen Einsatz. Geben Sie ihr alle religiösen Fanatiker mit. Wir haben davon mehr als genug. Gibt es nicht zwanzig- oder dreißigtausend von ihnen auf der Warteliste?«

»Ja, Sir«, bestätigte der Adjutant, »26.200. Die letzten Neuzugänge nicht mitgerechnet.«

»Sehr gut«, nickte der Lord der Instrumentalität. »Geben Sie ihr den ganzen Haufen mit und überlassen Sie ihr dieses neue Schiff. Ist es schon getauft worden?«

»Nein, Sir.«

»Dann taufen Sie es.«

Der Adjutant wirkte ratlos.

Ein geringschätziges cleveres Lächeln erschien auf dem Gesicht des Chefbürokraten. »Nehmen Sie das Schiff jetzt in Dienst und taufen Sie es«, befahl er. »Taufen Sie es auf den Namen *Seele* und lassen Sie die *Seele* zu den Sternen fliegen. Und lassen Sie Helen Amerika ein Engel sein, wenn sie es möchte. Das arme Ding. Sie hat auf dieser Erde nicht viel von ihrem Leben gehabt, was nicht verwunderlich ist, wenn man bedenkt, unter welchen Umständen sie geboren und erzogen wurde. Und es hat keinen Sinn zu versuchen, sie zu verändern, ihre Persönlichkeit umzuwandeln, vor allem da es solch eine lebendige, starke Persönlichkeit ist. Es würde ihr nicht viel Gutes bringen. Warum sollten wir sie dafür bestrafen, dass sie sie ist? Lassen Sie sie ziehen. Lassen Sie ihr ihren Willen.« Wait erhob sich, blickte seinen Adjutanten an und wiederholte mit fester Stimme: »Lassen Sie ihr ihren Willen, *aber nur, wenn sie sich qualifiziert.*«

VII

Helen Amerika qualifizierte sich.

Die Ärzte und Experten versuchten ihr von der Fahrt abzuraten.

Einer der Techniker sagte: »Wissen Sie denn überhaupt, was das bedeutet? Vierzig Jahre Ihres Lebens werden in einem einzigen Monat aus Ihnen strömen. Sie gehen hier als Mädchen fort – Sie werden dort als sechzigjährige Frau eintreffen. Nun, Sie werden vermutlich danach noch immer hundert Jahre Leben vor sich haben. Und es ist schmerzhaft. Sie werden für all diese Menschen verantwortlich sein, für Tausende und Abertausende. Man wird Ihnen Fracht von der Erde mitgeben. Sie werden über dreißigtausend Kapseln in sechzehn Reihen hinter sich herziehen. Und Sie müssen in der Schaltzentrale leben. Wir werden Ihnen so viele Roboter mitgeben, wie Sie benötigen, vielleicht ein Dutzend. Sie werden ein Großsegel und ein Focksegel haben, und Sie müssen beide in Ordnung halten.«

»Das weiß ich. Ich habe das Buch gelesen«, sagte Helen Amerika. »Und ich werde das Schiff mit Licht segeln, und wenn die Infrarotstrahlung das Segel trifft – dann fahre ich los. Falls eine Störstrahlung aufkommt, hole ich die Segel ein. Und wenn die Segel beschädigt werden, werde ich dort warten, solange ich lebe.«

Der Techniker wirkte ein wenig verärgert. »Es gibt keinen Grund für Sie, eine Tragödie daraus zu machen. Tragödien sind billiger zu bekommen. Und wenn Sie das Bedürfnis nach einer Tragödie haben, dann lässt sich das einrichten, auch ohne dass Sie dreißigtausend andere Menschenleben zerstören oder einen gewaltigen Vermögenswert der Erde verschleudern. Sie können sich hier im Wasser ertränken oder in einen Vulkan springen, wie die Japaner in den alten Büchern. Eine Tragödie ist nicht das Schlimmste. Das Schlimmste ist, wenn man den Erfolg nur knapp verfehlt und weiterkämpfen muss. Wenn man weiter und weiter und weiter machen muss, nur mit der Hoffnungslosigkeit vor Augen, nur mit der Versuchung der Verzweiflung. Nun, das Focksegel funktioniert folgendermaßen: Dieses Segel misst an der Breitseite zwanzigtausend Meilen. Es verjüngt sich nach unten und die Gesamtlänge beträgt knapp achtzigtausend Meilen. Es wird von kleinen Servorobotern eingeholt und ausgerollt. Die Servoroboter werden über Funk ferngesteuert. Ich empfehle Ihnen, Ihr Funkgerät sparsam einzusetzen, denn die Batterien müssen vierzig Jahre halten. Und sie dienen dazu, Ihr Leben zu bewahren.«

»Ja, Sir«, sagte Helen Amerika beschämt.

»Sie müssen immer daran denken, was Ihre Aufgabe ist. Sie segeln, weil Sie billig sind. Sie segeln, weil ein Segler sehr viel weniger wiegt als eine Maschine. Es gibt Allzweckcomputer, die weniger als hundertfünfzig Pfund wiegen. Wie Sie. Sie segeln einfach deshalb, weil Sie entbehrlich sind. Jeder, der hinaus zu den Sternen fliegt, hat eine Chance von eins zu drei, niemals dort anzukommen. Aber Sie segeln nicht hinaus, weil Sie die Tüchtigste, sondern weil Sie jung sind. Sie haben ein Leben, das Sie geben können, und ein Leben, das Sie behalten. Weil Ihre Nerven gut sind. Sie verstehen, was ich damit sagen will?«

»Ja, Sir, ich weiß Bescheid.«

»Außerdem segeln Sie, weil Sie die Reise in vierzig Jahren hinter sich bringen. Wenn wir automatische Geräte hinausschicken und sie die Segel bedienen ließen, könnten sie auch das Ziel erreichen – vielleicht. Aber es würde dann hundert bis hundertzwanzig Jahre dauern, und nach dieser Zeit wären die adiabatischen Kapseln defekt, der Großteil der menschlichen Fracht für eine Wiederbelebung untauglich und der Wärmeverlust, gleichgültig, was wir dagegen unternehmen würden, wäre groß genug, um das gesamte Unternehmen fehlschlagen zu lassen. Also denken Sie daran, die Tragik und die Schwierigkeiten, die auf Sie warten, bestehen hauptsächlich aus Arbeit. Arbeit und sonst gar nichts. Das ist Ihre Aufgabe.«

Helen lächelte. Sie war ein kleines Mädchen mit vollem dunklem Haar, braunen Augen und sehr ausgeprägten Augenbrauen, aber wenn Helen lächelte, dann war sie fast wieder ein Kind, und ein sehr reizendes dazu. Sie sagte: »Meine Aufgabe besteht aus Arbeit. Ich habe verstanden, Sir.«

VIII

Die Vorbereitungen für den Start gingen rasch, doch ohne Hast voran. Zweimal drängten die Techniker Helen, Urlaub zu machen, bevor sie sich zum Schlusstraining meldete. Sie lehnte den Vorschlag ab. Sie wollte alles schnell hinter sich bringen; sie wusste, dass die Techniker über ihren Wunsch informiert waren, die Erde für immer zu verlassen, und auch, dass sie nicht einfach die Mutter ihrer Tochter war. Sie versuchte auf irgendeine Weise, sie selbst zu sein. Sie hatte erkannt, dass die Welt ihr nicht glaubte, aber die Welt spielte keine Rolle mehr für sie.

Als man ihr zum dritten Mal zu Urlaub riet, war der Rat ein Befehl. Sie durchlebte zwei trostlose Monate, und erst zum Schluss, als sie auf den wundervollen Hesperiden-Inseln eintraf, besserte sich ihre Stimmung. Die Inseln waren aus dem Meer aufgetaucht, als das Gewicht von Erdhäfen eine neue Gruppe von kleinen Archipelen unterhalb der Bermudas emporsteigen ließ.

Sie meldete sich zurück, war erholt, gesund und bereit zum Abflug.

Der leitende Arzt war überaus grob.

»Wissen Sie wirklich, was wir mit Ihnen anstellen werden? Wir werden dafür sorgen, dass Sie vierzig Jahre Ihres Lebens in einem einzigen Monat verleben.«

Sie nickte mit blassem Gesicht, und er fuhr fort: »Um Ihnen diese vierzig Jahre zu nehmen, werden wir Ihre Körperfunktionen verlangsamen. Schließlich bedeutet allein die biologische Aufgabe, in einem Monat die Luft von vierzig Jahren ein- und auszuatmen, einen Beschleunigungsfaktor von fünfhundert zu eins. Keine Lunge könnte dem standhalten. Ihr Körper muss Wasser in einem immerwährenden Kreislauf wiederverwenden. Er muss Nahrung aufnehmen. Der Großteil dieser Nahrung wird aus reinem Protein bestehen. Es wird eine Art Hydrat sein. Sie werden Vitamine benötigen. Nun, wir werden Ihre Gehirnfunktionen verlangsamen, und zwar ganz erheblich, so dass das Gehirn in einem Verhältnis von fünfhundert zu eins arbeiten wird. Wir wollen nicht, dass Sie arbeitsunfähig werden. Jemand muss schließlich die Segel bedienen können. Deshalb, wenn Sie zögern oder nachdenken, werden ein oder zwei Gedanken mehrere Wochen Zeit beanspruchen. Währenddessen ist Ihr Körper natürlich auch verlangsamt. Aber die verschiedenen Teile können nicht im gleichen Verhältnis verlangsamt werden. Beispielsweise wird der Wasserbedarf auf ein Verhältnis von achtzig zu eins heruntergeschraubt. Nahrung auf ein Verhältnis von ungefähr hundert zu eins. Sie werden nicht die Zeit haben, den Wasserbedarf von vierzig Jahren zu trinken. Wir schaffen einen Kreislauf, reinigen es und pumpen es zurück in Ihren Körper, solange Sie die Verbindungen nicht unterbrechen. Das, was Sie erwartet, ist ein Monat, in dem Sie absolut wach sind, während Sie auf einem Operationstisch liegen und *ohne jegliche Narkose operiert werden*, während Sie eine der härtesten Arbeiten erledigen, die die Menschheit je erdacht hat. Sie werden Beobachtungen anstellen, Sie werden die Reihen der Menschen- und Frachtkapseln hinter Ihnen überwachen, Sie werden die Segel bedienen müssen. Falls am Zielpunkt noch irgendjemand am Leben sein sollte, werden diejenigen herauskommen und Sie begrüßen. Zumindest geschieht es in den meisten Fällen so. Ich werde von Ihnen nicht verlangen, dass Sie Ihr Schiff landen sollen. Wenn man Sie nicht erwartet, schlagen Sie einen Orbit um den äußersten Planeten ein und dann können Sie entweder sterben oder versuchen, sich selbst zu retten. Sie können ganz allein dreißigtausend Menschen auf einem Planeten landen. Zuvor aber erwartet Sie eine harte Behandlung. Wir müssen jetzt die Kontrollmechanismen in Ihren Körper einbauen. Wir werden damit beginnen, in Ihre Brustarterien Ventile einzusetzen. Dann werden wir Ihr Wasser katheterisieren. Wir werden eine künstliche Kolostomie anbringen, die genau hier vorn an Ihrem Hüftgelenk austreten wird. Ihre Wasseraufnahme besitzt einen bestimmten psychologischen Wert, so dass wir Sie ungefähr ein Fünfhundertstel Ihres Wasserbedarfs aus einer Tasse trinken lassen werden. Der Rest wird direkt in Ihren Blutkreislauf eingeführt. Außerdem gilt dasselbe für ein Zehntel Ihrer Nahrung. Haben Sie das verstanden?«

»Sie meinen«, fragte Helen, »dass ich ein Zehntel essen werde, und das Übrige erhalte ich auf intravenösem Wege?«

»Das ist richtig«, bestätigte der medizinische Techniker. »Wir werden es in Sie hineinpumpen. Die Konzentrate sind dort, der Rekonstitutor hier. Diese Leitungen verfügen über doppelte Anschlüsse. Ein Paar davon wird an den Wiederaufbereitungsapparat angeschlossen, der das Nachschublager für Ihren Körper darstellt. Und das andere Paar bezeichnen wir als die Nabelschnüre für ein menschliches Wesen, das sich allein zwischen den Sternen befindet. Diese Leitungen sind Ihr Leben. Wenn sie zerreißen oder wenn Sie fallen, werden Sie vielleicht ein oder zwei Jahre ohnmächtig sein. Wenn dies geschieht, dann übernimmt Ihr lokales System die Kontrolle – das ist der Rucksack auf Ihrem Rücken. Auf der Erde wiegt er so viel wie Sie. Sie haben bereits mit dem Testrucksack trainiert, Sie wissen, wie leicht er sich im Weltraum tragen lässt. Er wird Sie für eine subjektive Zeitspanne von zwei Stunden überleben lassen. Noch niemals hat jemand eine Uhr erfunden, die auf den menschlichen Verstand abgestimmt werden konnte, deshalb erhalten Sie statt einer Uhr ein Hodometer, der mit Ihrem eigenen Pulsschlag verbunden ist und über eine Gradeinteilung verfügt. Wenn Sie in Abständen von zehntausend Pulsschlägen einen Blick darauf werfen, werden Sie dadurch vielleicht einige Informationen gewinnen. Ich weiß nicht, welche Art Informationen, aber vielleicht kann es Ihnen auf irgendeine Weise hilfreich sein.« Der Techniker blickte sie scharf an und wandte sich dann wieder seinen Instrumenten zu. Er nahm eine glänzende Nadel in die Hand, an deren Spitze sich eine Scheibe befand. »Nun, wenden wir uns jetzt wieder Ihnen selbst zu. Wir werden Ihnen dies direkt in Ihr Gehirn einführen. Es arbeitet ebenfalls auf chemikalischer Grundlage.«

»Aber Sie sagten, dass Sie an meinem Kopf keine Operationen vornehmen wollten.«

»Nur die Nadel. Dies ist der einzige Weg, auf dem wir Ihr Gehirn erreichen können. Es so weit verlangsamen, dass Sie diese vierzig Jahre in einer subjektiven Zeitspanne von einem Monat durchleben werden.« Er lächelte grimmig, aber sein Grimm machte einem kurzen Gefühl von Zärtlichkeit Platz, als er ihre mutige, entschlossene Haltung bemerkte, ihre mädchenhafte, bewundernswürdige und gleichzeitig mitleiderregende Entschlossenheit.

»Ich werde mich nicht dagegen wehren«, sagte sie. »Es kommt mir genauso schlimm wie eine Hochzeit vor, und die Sterne sind mein Bräutigam.« Das Bild des Seglers erschien in ihren Gedanken, aber sie erwähnte ihn nicht.

Der Techniker fuhr fort: »Nun, wir haben bereits psychotische Elemente eingebaut. Sie können nicht einmal erwarten, dass Sie bei Verstand bleiben. Also machen Sie sich lieber erst gar keine Gedanken darüber. Sie müssen verrückt sein, um die Segel bedienen und die absolute Einsamkeit dort draußen auch nur einen Monat überleben zu können. Und das Problem ist, dass Sie in diesem Monat wissen, dass es in Wirklichkeit vierzig Jahre sind. In Ihrer Zentrale befindet sich kein Spiegel, aber vielleicht entdecken Sie reflektierende Oberflächen, in denen Sie sich selbst sehen können.

Sie werden nicht sehr gut aussehen. Sie werden zusehen können, wie Sie altern. Ich weiß nicht, wie sich das Problem in Ihrem Falle auswirken wird. Es ist schon für Männer schwer genug. Ihr Haarproblem ist leichter zu lösen als bei den Männern. Den Seglern, die wir hinausschicken, töten wir einfach die Haarwurzeln ab, andernfalls würden die Männer in ihren eigenen Bärten versinken. Und eine schreckliche Menge Nahrung würde verschwendet werden, um Barthaare wachsen zu lassen, die kein Gerät der Welt schnell genug abschneiden könnte, um den Mann arbeitsfähig zu erhalten. Ich schlage vor, dass wir Ihr Haupthaar einer Wachstumsverzögerung unterziehen. Ob es danach die gleiche Farbe wieder erhalten wird oder nicht, das ist etwas, was Sie später selbst herausfinden müssen. Sind Sie jemals dem Segler begegnet, der neulich eingetroffen ist?«

Der Arzt wusste, dass sie ihm begegnet war. Aber er wusste nicht, dass es der Segler der Sterne war, der sie rief. Helen gelang es, ihre Beherrschung zu wahren, als sie den Mann anlächelte und erklärte: »Ja, Sie haben ihm zu neuen Haaren verholfen. Ihre Techniker pflanzten neue Haarwurzeln auf seinen Kopf, soweit ich weiß. Es war jemand aus Ihrem Stab. Das nachwachsende Haar war schwarz, und so erhielt er den Spitznamen Mr. Nicht-mehr-grau.«

»Falls Sie nächsten Dienstag bereit sind, werden wir es auch sein. Glauben Sie, dass Sie es bis dahin schaffen werden, Mylady?«

Helen war seltsam berührt, dass dieser ernste, alte Mann sie mit »Lady« ansprach, aber sie wusste, dass er dem Beruf und nicht dem Menschen Respekt zollte. »Mit Dienstag bin ich einverstanden.« Sie freute sich, dass er altmodisch genug war, die alten Namen der Wochentage zu kennen und sie auch zu verwenden. Das war ein Zeichen dafür, dass er nicht nur das Notwendigste auf der Universität gelernt, sondern sich auch extravagante Nebensächlichkeiten angeeignet hatte.

IX

Zwei Wochen später waren nach den Chronometern des Schaltraums einundzwanzig Jahre vergangen. Helen drehte sich zum zehntausendsten Mal um und beobachtete die Segel.

Ihr Rücken schmerzte von einem brutalen Hämmern.

Sie konnte das hetzende Gebrüll ihres Herzens fühlen, das in dem gerafften Zeitempfinden ihres Bewusstseins wie ein überdrehter Vibrator erschien. Sie blickte auf das Hodometer an ihrem Handgelenk und sah, wie die Zeiger auf der zifferblattähnlichen Skala bei jedem langsamen Vorrücken zehntausend Pulsschläge anzeigten.

Sie hörte das rasende Pfeifen der Luft in ihrer Kehle, während ihre Lungen allein durch die reine Schnelligkeit der Atemzüge zu zittern schienen.

Und sie fühlte den pulsierenden Schmerz einer großen Röhre, die ungeheure Mengen von breiigem Wasser direkt in ihre Halsschlagader presste.

In ihrem Unterleib herrschte das Gefühl, als ob dort jemand ein Feuer entfacht hätte. Die Entleerungsröhre arbeitete automatisch, aber sie brannte, als ob glühende Kohlen an ihre Haut gehalten würden, und ein Katheder, der ihre Blase mit einer anderen Röhre verband, stach so grausam wie die Spitze einer siedend heißen Nadel. Ihr Kopf zersprang beinahe, und vor ihren Augen verschwamm alles.

Aber sie konnte noch immer die Instrumente erkennen und die Segel beobachten. Dann und wann blickte sie sich um, sah blass wie eine Spur aus Staub den unendlichen Schwarm der Menschenkapseln und der Fracht.

Sie konnte sich nicht setzen; es schmerzte zu sehr.

Die einzige Haltung, die bequem genug war, um sich auszuruhen, war, sich gegen das Instrumentenpult zu lehnen, die unteren Rippen gegen die Konsole gepresst, die müde Stirn gegen die Skalen.

Sie hatte sich einmal schon auf diese seltsame Weise ausgeruht und als sie sich wieder gerade aufrichtete, festgestellt, dass zweieinhalb Monate vergangen waren. Sie wusste, dass die Ruhepausen keinerlei Auswirkungen besaßen und sie sah ihr Gesicht, wie es sich veränderte, sah ein verdrehtes Abbild ihres eigenen alternden Gesichts in der spiegelnden Glasscheibe über dem Messgerät, das das »relative Gewicht« anzeigte. Sie konnte undeutlich ihre Arme erkennen, wie die Haut sich straffte, erschlaffte und sich wieder straffte, den Einflüssen der Temperaturschwankungen folgend.

Sie blickte erneut hinaus zu den Segeln und entschied, das Focksegel einzuholen. Müde schleppte sie sich zu dem Schaltpult, durch das einer der Servoroboter bedient werden konnte. Sie fand den richtigen Hebel und legte ihn für ungefähr eine Woche um. Sie wartete, mit summendem Herzen, während die Luft durch ihre Kehle pfiff, ihre Fingernägel leise abbrachen und wieder wuchsen. Schließlich überprüfte sie, ob sie wirklich den richtigen Hebel betätigt hatte, legte ihn erneut um, aber nichts geschah.

Sie betätigte ihn ein drittes Mal. Ohne Erfolg.

Nun ging sie zurück zum Hauptpult, kontrollierte die Instrumente, überprüfte die Lichtrichtung, entdeckte ein bestimmtes Quantum Infrarotdruck, das sie schon längst hätte bemerken müssen. Die Segel waren nach und nach auf annähernd Lichtgeschwindigkeit beschleunigt worden, denn das Licht selbst trieb die auf einer Seite mattierten Schwingen an; die Kapseln hinter ihr, versiegelt gegen die Zeit und in alle Ewigkeit, trieben in der fast vollkommenen Schwerelosigkeit.

Sie überprüfte erneut alles; sie hatte die Instrumente korrekt abgelesen.

Das Segel *war* beschädigt.

Sie ging zurück zum Notkontrollpult und legte den Hebel um. Nichts geschah.

Sie aktivierte einen Wartungsroboter und bereitete ihn darauf vor, draußen die Reparatur vorzunehmen, markierte die Lochstreifen so rasch sie konnte, um ihm die notwendigen Instruktionen zu erteilen. Der Roboter ging hinaus und einen Moment (drei Tage) später meldete er sich. Die Instrumente an der Kontrolltafel des Wartungsroboters signalisierten: NICHT VORSCHRIFTSMÄSSIG.

Sie schickte einen zweiten Wartungsroboter hinaus. Er hatte ebenfalls keinen Erfolg.

Dann schickte sie den dritten – und letzten – nach draußen. Drei klare Signale leuchteten auf. NICHT VORSCHRIFTSMÄSSIG. Sie schickte die Wartungsroboter auf die andere Seite der Segel und zog.

Das Segel befand sich noch immer nicht im richtigen Winkel.

Und da war sie nun, müde und verloren im Weltraum, und sie betete: »Nicht für mich, Gott, bitte ich, denn ich fliehe vor einem Leben, das ich nicht wollte. Aber für die Seelen dieses Schiffes und für die armen närrischen Menschen, die ich transportiere und die mutig genug sind, auf ihre eigene Weise fromm zu sein, und die das Licht eines anderen Sternes brauchen, für sie bitte ich. Gott, hilf mir jetzt.« Sie glaubte, sehr inbrünstig gebetet zu haben, und sie hoffte, dass sie eine Antwort auf ihr Gebet erhalten würde.

Aber sie hatte auch auf diese Weise keinen Erfolg. Sie war verzweifelt und allein.

Es gab keine Sonne. Es gab nichts, nur die enge Schaltzentrale und sie selbst – einsamer als je eine Frau gewesen war. Sie spürte das Summen und Kribbeln ihrer Muskeln, die Tage der Anpassung durchlebten, während ihr Bewusstsein nur den Verlauf der Minuten bemerkte. Sie beugte sich vor, zwang sich dazu, sich nicht auszuruhen, und erinnerte sich auf einmal daran, dass einer der übereifrigen Offiziere ihr eine Waffe mitgegeben hatte.

Was sie mit einer Waffe anfangen sollte, das wusste sie nicht.

Sie fand sie. Sie besaß eine Reichweite von zweihunderttausend Meilen. Das Ziel wurde automatisch angepeilt.

Sie ließ sich auf ihre Knie nieder und zog die Unterleibsröhre und die Nahrungsröhre und die Kathederröhren und die Helmkabel hinter sich her, die alle mit dem Instrumentenpult verbunden waren. Sie kroch unter das Pult, mit dem sie die Servoroboter einsetzen konnte, und zog ein Handbuch hervor. Schließlich hatte sie die richtige Frequenz für die Bedienung der Waffe gefunden. Sie baute die Waffe auf und trat ans Fenster.

Im letzten Augenblick dachte sie: »Hoffentlich haben diese Narren dafür gesorgt, dass ich das Fenster nicht zerschieße. Die Waffe müsste eigentlich so konstruiert sein, dass man durch das Fenster feuern kann, ohne es zu zerstören. Daran müssten sie eigentlich gedacht haben.«

Sie dachte ein oder zwei Wochen darüber nach.

In dem Moment, als sie feuern wollte, drehte sie sich noch einmal um und dort, ihr genau gegenüber, stand der Segler, der Segler der Sterne, Mr. Nicht-mehr-grau.

Er sagte: »Auf diese Art wird es nicht funktionieren.«

Er stand klar und deutlich vor ihr, so wie sie ihn in Neu-Madrid gesehen hatte. Er war nicht mit Röhren verbunden, er zitterte nicht, sie konnte erkennen, dass sich seine Brust völlig normal hob und senkte, als er pro Stunde einen Atemzug machte. Ein Teil ihres Bewusstseins glaubte, dass er wirklich dort war. Sie war verrückt, und sie war sehr glücklich, in diesem Augenblick verrückt zu sein, und sie ließ es zu, dass ihr die Halluzination Anweisungen gab. Sie richtete die Waffe so aus, dass sie durch die Wand ihrer Schaltzentrale feuern würde, und sie feuerte eine niedrige Ladung auf den Reparaturmechanismus draußen zwischen dem verdrehten, unbeweglichen Segel.

Die niedrige Ladung hatte Erfolg. Die Störung hatte von den Technikern auf keinen Fall vorausgesehen werden können. Durch die Waffe war der nun auf ewig unbekannt bleibende Fehler beseitigt worden, und die Roboter stürzten sich wie eine Horde verrückt gewordener Ameisen auf ihre Arbeit. Sie funktionierten wieder. Sie verfügten über eingebaute Abschirmanlagen gegen die geringeren Störungen im Weltraum. Hastig wirbelten und hüpften sie umher.

Mit einem Gefühl der Verwirrung, das religiösem Empfinden sehr nahe kam, sah Helen zu, wie der Wind des Sternenlichtes in die gewaltigen Segel blies. Die Segel glitten in den richtigen Winkel. Sie erhielt eine flüchtige Ahnung von Gravitation, als sie wieder ein wenig Gewicht verspürte.

Die *Seele* war wieder auf ihrem Kurs.

X

»Es ist ein Mädchen«, sagten sie ihm auf der neuen Erde. »Es ist ein Mädchen. Sie muss achtzehn Jahre alt gewesen sein.«

Mr. Nicht-mehr-grau glaubte ihnen nicht.

Aber er ging ins Krankenzimmer, und dort im Krankenhaus erblickte er Helen Amerika.

»Hier bin ich, Segler«, sagte sie. »Ich bin ebenfalls gesegelt.« Ihr Gesicht war kreideweiß, ihr Gesichtsausdruck war der eines Mädchens um die zwanzig; ihr Körper war der einer gut erhaltenen Frau von sechzig.

Er dagegen hatte sich nicht weiter verändert, da er in einer Kapsel in seine Heimat zurückgekehrt war.

Er sah sie an. Seine Augen wurden zu schmalen Schlitzen, und dann, in einem plötzlichen Rollentausch, war er es, der sich traurig neben ihr Bett kniete und ihre Hände mit seinen Tränen benetzte.

Etwas zusammenhanglos stieß er hervor: »Ich bin fortgelaufen, weil ich dich so liebte. Ich bin an diesen Ort zurückgekehrt, zu dem du mir nie gefolgt wärst, oder wenn doch, dann wärst du noch immer eine junge Frau und ich noch immer zu alt gewesen. Aber du hast die *Seele* hierhergesegelt, und du wolltest mich.«

Die Krankenschwester von der neuen Erde besaß keine Vorschriften für die Behandlung von Seglern aus den Sternen. Sehr leise verließ sie das Zimmer, lächelte voll Zärtlichkeit und menschlicher Anteilnahme über die Liebe, deren Zeugin sie geworden war. Aber sie war auch eine praktisch denkende Frau und bestrebt, weiterzukommen. Sie rief einen Freund an, der für eine Nachrichtenagentur arbeitete, und sagte:»Ich glaube, ich habe hier für dich die größte Romanze der Geschichte. Wenn du schnell genug hier bist, wirst du als Erster die Geschichte von Helen Amerika und Mr. Nichtmehr-grau zu hören bekommen. Sie sind sich eines Tages begegnet. Sie sind sich einfach so begegnet und haben sich ineinander verliebt.«

Die Krankenschwester wusste nicht, dass die beiden ihrer Liebe auf der Erde abgeschworen hatten. Die Krankenschwester wusste auch nicht, dass Helen Amerika eine einsame Reise mit einem unumstößlichen Vorsatz unternommen hatte. Und die Krankenschwester wusste erst recht nicht, dass das Abbild von Mr. Nicht-mehr-grau, dem Segler, vor zwanzig Jahren draußen im völligen Nichts vor Helen Amerika gestanden hatte, in den Tiefen und der Finsternis des Weltraums zwischen den Sternen.

XI

Das kleine Mädchen war erwachsen geworden, hatte geheiratet und besaß nun selbst ein kleines Mädchen. Ihre Mutter hatte sich nicht verändert, aber das Spieltier war sehr, sehr alt geworden. Es hatte all seine wundersamen Verwandlungskünste überlebt, und seit einigen Jahren war es erstarrt in der Rolle einer blondhaarigen, blauäugigen Mädchenpuppe. Aus einem sentimentalen Sinn für Ordnung heraus hatte die junge Mutter das Spieltier mit einem hellblauen Pullover und dazu passenden Hosen bekleidet. Das kleine Tier kroch langsam auf seinen kleinen menschlichen Händen über den Boden und benutzte seine Knie als Hinterbeine. Das nachge-

machte menschliche Gesicht sah mit blinden Augen auf und quiekte nach Milch.

Die junge Mutter sagte: »Mama, du solltest dieses Ding endlich fortschaffen. Es hat ausgedient und sieht scheußlich neben deinen schönen Stilmöbeln aus.«

»Ich dachte, du mochtest es«, bemerkte ihre Mutter.

»Natürlich«, sagte die Tochter. »Es war herrlich, als ich ein Kind war. Aber ich bin kein Kind mehr, und es funktioniert auch nicht mehr richtig.«

Das Spieltier hatte sich auf die Beine hochgekämpft und umklammerte die Fessel seiner Herrin. Diese trug es sanft fort und stellte ihm eine Untertasse mit Milch und eine Tasse in der Form eines Fingerhutes hin. Das Spieltier versuchte, einen Knicks zu machen, wie man es ihm vor langer Zeit beigebracht hatte, rutschte aus, fiel und wimmerte. Die Mutter richtete es auf, und das kleine alte Tierspielzeug schöpfte die Milch in den Fingerhut und schlürfte sie dann mit seinem kleinen zahnlosen alten Mund.

»Erinnerst du dich, Mama …«, begann die jüngere Frau und verstummte.

»An was soll ich mich erinnern, Liebling?«

»Du hast mir von Helen Amerika und Mr. Nicht-mehr-grau erzählt, als dieses Ding noch funkelnagelneu war.«

»Ja, mein Schatz, das kann sein.«

»Du hast mir nicht alles erzählt«, sagte die jüngere Frau vorwurfsvoll.

»Natürlich nicht. Du warst ja noch ein Kind.«

»Aber die Geschichte war doch furchtbar. Diese grässlichen Leute und die schreckliche Art, auf die die Segler lebten. Ich weiß wirklich nicht, warum du es so idealisiert und eine Romanze genannt hast …«

»Aber es war eine. Es ist eine!«

»Romanze, von wegen!«, klagte die Tochter. »Sie ist ebenso schrecklich wie du und das abgetakelte Spieltier.« Sie deutete auf die kleine alte Puppe, die neben der Milch eingeschlafen war. »Ich finde dieses Ding einfach entsetzlich. Du solltest

es wirklich loswerden. Und die Welt sollte die Segler loswer-
den.«

»Sei nicht so roh, Liebling«, bat die Mutter.

»Und du sei nicht so eine sentimentale Gans«, sagte die
Tochter.

»Vielleicht sind wir aber so«, sagte die Mutter mit einem
liebevollem Lachen. Ohne viel Aufhebens legte sie das schla-
fende Spieltier auf einen gepolsterten Sessel, wo es nicht im
Wege war und nicht verletzt werden konnte.

Außenseiter haben das wahre Ende dieser Geschichte nie erfahren.

Mehr als hundert Jahre nach ihrer Hochzeit lag Helen im
Sterben; sie starb glücklich, weil ihr geliebter Segler an ihrer
Seite war. Sie glaubte, wenn sie den Raum überwunden hat-
ten, dann würden sie den Tod ebenso überwinden können.

Ihr von Liebe erfülltes, glückliches, sterbendes Bewusstsein begann dahinzudämmern, und sie griff eine Auseinandersetzung auf, die sie seit Jahrzehnten ruhen gelassen hatten.

»Du bist *doch* auf der *Seele* erschienen«, sagte sie. »Du
hast doch an meiner Seite gestanden, als ich verloren war
und nicht wusste, wie ich die Waffe benutzen sollte.«

»Wenn ich damals zu dir gekommen bin, Liebling, dann
werde ich auch diesmal dahin kommen, wo immer du sein
magst. Du bist mein Liebling, mein Herz, meine einzig wahre
Liebe. Du bist meine tapfere Frau, die mutigste von allen
Menschen. Du bist mein. Du bist für mich gesegelt. Du bist
meine Lady, die die *Seele* gesegelt hat.«

Seine Stimme versagte, aber der Ausdruck seines Gesichtes war gefasst. Noch nie zuvor hatte er jemanden so zuversichtlich und glücklich sterben sehen.

ALS DIE MENSCHEN FIELEN

»Können Sie sich vorstellen, wie Menschen durch sauren Nebel regnen? Können Sie sich vorstellen, wie Tausende und aber Tausende unbewaffneter Menschen die unbesiegbaren Ungeheuer überwältigen? Können Sie …«

»Verzeihen Sie, Sir«, unterbrach der Reporter.

»Unterbrechen Sie mich nicht! Sie stellen dumme Fragen. Ich sage Ihnen, ich habe die leibhaftige Goonhogo gesehen. Ich sah, wie sie die Venus überfiel. Fragen Sie mich lieber danach!«

Der Reporter hatte Dobyns Bennett um seine Erinnerungen an die Vergangenheit gebeten, aber nicht damit gerechnet, von dem alten Mann angefahren zu werden.

Dobyns Bennett baute den psychologischen Vorteil weiter aus, den er sich dadurch verschafft hatte, indem er die Initiative an sich riss. »Können Sie sich Showhices an Fallschirmen vorstellen, viele von ihnen tot, wie sie von einem grünen Himmel stürzten? Können Sie sich vorstellen, wie die Mütter weinten, als sie fielen? Können Sie sich vorstellen, wie sich die Menschen auf die armen, hilflosen Ungeheuer warfen?«

Sanft fragte der Reporter, was Showhices seien.

»Das ist ein alter chinesischer Ausdruck für Menschen«, erklärte Dobyns Bennett. »Ich habe die letzten Nationen zerfallen und untergehen sehen – und Sie wollen mir Fragen über modische Kleidung und Tand stellen. Die wahre Geschichte steht nie in den Büchern. Sie ist zu schockierend. Ich nehme an, gleich wollen Sie wissen, was ich von den neuen gestreiften Hosen für Frauen halte!«

»Nein«, wehrte der Reporter ab, doch er errötete. Die Frage stand in seinem Notizbuch, und er hasste es, rot zu werden.

»Wissen Sie, was die Goonhogo gemacht hat?«

»Was denn?«, fragte der Reporter und versuchte sich zu erinnern, was eine Goonhogo wohl sein mochte.

»Sie schnappte sich die Venus«, sagte der alte Mann, und nun wirkte er ein wenig ruhiger.

Leise murmelte der Reporter: »Tatsächlich?«

»Darauf können Sie wetten!«, bekräftigte Dobyns Bennett kämpferisch.

»Waren Sie dabei?«, fragte der Reporter.

»Darauf können Sie Gift nehmen, dass ich dabei war, als sich die Goonhogo die Venus schnappte«, antwortete der alte Mann und nickte. »Ich war dabei, und es war der verdammteste Tanz, den man sich vorstellen kann. Sie wissen, wer ich bin. Ich habe mehr Welten gesehen, als Sie zählen können, Jungchen, und dennoch, als die Nondies und Needies und die Showhices vom Himmel fielen, war das das Schlimmste, was ein Mann erleben kann. Unten am Boden, da waren die Loudies, so wie immer ...«

Freundlich unterbrach der Reporter. Bennett hätte ebenso gut in einer fremden Sprache sprechen können. All das war vor dreihundert Jahren geschehen. Die Aufgabe des Reporters war es, eine Stellungnahme von ihm zu erhalten und sie in eine Sprache zu übertragen, die die Menschen der Gegenwart verstehen konnten. Respektvoll bat er: »Könnten Sie vielleicht Ihre Geschichte von Anfang an erzählen?«

»Aber sicher. Es begann damit, dass ich Terza heiratete. Terza war das schönste Mädchen, das Sie sich vorstellen können. Sie war eine der Vomacts, eine berühmte Scannerfamilie, und ihr Vater war ein sehr wichtiger Mann. Sehen Sie, ich war zweiunddreißig, und wenn ein Mann zweiunddreißig ist, dann hält er sich für verdammt alt. Aber ich war eigentlich gar nicht richtig alt, ich glaubte das nur, und er wollte, dass Terza mich heiraten sollte, weil sie ein so kompliziertes Mädchen war, dass sie die Hilfe eines Mannes benötigte. Das Gericht zu Hause hatte sie als instabil eingestuft, und die Instrumentalität hatte sie der Obhut ihres Vaters unterstellt, bis sie einen Mann heiratete, der dann die gesetzliche Vormundschaft übernehmen konnte. Ich schätze, diese Sitten erscheinen Ihnen reichlich altmodisch, junger Mann ...«

Erneut unterbrach der Reporter. »Entschuldigung, ich weiß, dass Sie über vierhundert Jahre alt und der einzige Mensch sind, der sich an die Zeit erinnert, als die Goonhogo die Venus übernahm. Diese Goonhogo war eine Regierung, nicht wahr?«

»Das weiß doch jeder«, schnappte der alte Mann. »Die Goonhogo war eine Art selbstständige, chinesische Regierung. Siebzehn Milliarden Chinesen drängten sich auf einem winzigen Flecken der Erde zusammen. Die meisten sprachen Englisch wie Sie und ich, aber sie benutzten auch ihre eigene Sprache mit all diesen lustigen Wörtern, die wir übernommen haben. Damals hatten sie sich noch nirgendwo eingemischt. Und dann, wissen Sie, gab Ihnen der Waywonjong persönlich den Befehl, und damit begannen die Menschen zu regnen. Sie fielen einfach vom Himmel. So etwas haben Sie noch nie gesehen ...«

Der Reporter musste ihn immer wieder unterbrechen, um nach und nach die ganze Geschichte aus ihm herauszubekommen. Der alte Mann schien nicht einzusehen, dass er Begriffe benutzte, die mit der Vergangenheit verschwunden waren und erklärt werden mussten, um von den Menschen dieser Epoche verstanden zu werden. Aber sein Erinnerungsvermögen war ausgezeichnet und seine Erzählkraft so eindringlich und aufwühlend wie immer.

Der junge Dobyns Bennett befand sich noch nicht lange im Experimentiergebiet A, als er feststellte, dass Terza Vomact die schönste Frau war, die er je gesehen hatte. Im Alter von vierzehn Jahren war sie vollkommen ausgereift; einige der Vomacts entwickelten sich auf diese Weise. Es mochte etwas damit zu tun haben, dass es sich bei ihnen um Nachkommen nicht registrierter, illegaler Menschen aus der fernsten Vergangenheit handelte. Es wurde sogar gemunkelt, dass zwischen ihnen und der vergangenen Welt des Zeitalters der Nationen, in dem die Menschen den Jahren noch Zahlen gaben, eine geheimnisvolle Verbindung bestand.

Er verliebte sich in sie und kam sich deswegen wie ein Narr vor.

Sie war so schön, und er musste sich immer wieder sagen, dass sie die Tochter des Scanners Vomact war. Der Scanner war ein mächtiger Mann.

Manchmal entwickeln sich Romanzen zu schnell, so auch bei Dobyns Bennett, denn der Scanner Vomact rief den jungen Mann zu sich und sagte: »Ich möchte gern, dass du meine Tochter Terza heiratest, aber ich bin mir nicht sicher, ob sie damit einverstanden ist. Wenn du sie erringen kannst, Junge, dann hast du meinen Segen.«

Dobyns war misstrauisch. Er wollte wissen, warum ein einflussreicher großer Scanner bereit war, einen unbedeutenden Techniker als Mann für seine Tochter zu akzeptieren.

Der Scanner lächelte nur. »Ich bin erheblich älter als du«, erwiderte er, »und angesichts dieser neuen Santaclara-Droge, die den Menschen ein Leben von vielen Hundert Jahren schenken kann, glaubst du vielleicht, dass ich in der Blüte meines Lebens abtrete, wenn ich mit meinen einhundertzwanzig Jahren jetzt schon sterbe. Du wirst womöglich vierhundert oder fünfhundert Jahre leben. Aber ich weiß, dass meine Zeit gekommen ist. Meine Frau ist schon lange tot, und wir haben keine anderen Kinder, und ich weiß, dass Terza auf eine ganz besondere Weise einen Vater braucht. Die Psychologen haben festgestellt, dass sie instabil ist. Warum nimmst du sie nicht mit hinaus aus dem Gebiet? Du kannst jederzeit die Kuppel verlassen. Du kannst hinausgehen und mit den Loudies spielen.«

Dobyns Bennett war fast so beleidigt, als hätte ihm jemand ein Eimerchen in die Hand gedrückt und ihn aufgefordert, im Sandkasten zu spielen. Und dennoch war ihm klar, dass spielerische Elemente das Umwerben einer Frau bestimmten und dass es der alte Mann gut mit ihm meinte.

An dem Tag, an dem all dies geschah, befand er sich mit Terza vor der Kuppel. Sie hatten Loudies herumgeschubst.

Loudies waren nicht gefährlich, solange man sie nicht tötete. Man konnte sie niederschlagen, zur Seite stoßen oder sie fesseln. Nach einer Weile entwischten sie und gingen wieder ihren Beschäftigungen nach. Es war ein sehr begabter Ökologe erforderlich gewesen, um festzustellen, um was es sich bei ihren Beschäftigungen handelte. Zwei Meter hoch und neunzig Zentimeter im Durchmesser, flossen sie gelassen über den Venusboden und fraßen Mikroben. Lange Zeit glaubten die Menschen, dass sie sich von Strahlung ernährten. Zur Fortpflanzung teilten sie sich einfach und zwar in eine unglaublich große Menge. Auf eine törichte Art war es lustig, sie herumzuschubsen, aber das war auch alles, was man mit ihnen tun konnte.

Niemals reagierten sie wie intelligente Wesen.

Einmal, vor langer Zeit, hatte ein Loudie, der sich zu Experimentierzwecken in einem Laboratorium befand, fehlerfrei eine Botschaft auf der Schreibmaschine getippt. Die Botschaft lautete: »Warum kehrt ihr Erdenmenschen nicht zur Erde zurück und lasst uns in Ruhe? Wir kommen auch allein zurecht …«

Und das war alles, was man in dreihundert Jahren aus ihnen herausbekommen hatte. Das beste Ergebnis eines Labortests besagte, dass sie eine sehr hohe Intelligenz besaßen, falls sie sich jemals entschließen würden, sie zu benutzen, aber ihre Bewusstseinsprozesse unterschieden sich so grundlegend von denen menschlicher Wesen, dass es für einen Loudie unmöglich war, wie die Erdenmenschen auf Stress zu reagieren.

Der Name Loudie entstammte der alten chinesischen Sprache. Er bedeutete die »Uralten«. Da die Chinesen die ersten Stützpunkte auf der Venus errichtet hatten – auf Befehl ihres obersten Führers, des Waywonjong –, behielt man die Bezeichnung bei.

Dobyns und Terza ärgerten Loudies, kletterten auf die Berge und blickten hinunter in die Täler. Es war unmöglich, von so weit oben Flüsse und Sümpfe voneinander zu unterscheiden. Sie waren vollkommen durchnässt, ihre Atemmasken waren verdreckt, und Schweiß rann über ihre Wangen. Da während ihres Aufenthaltes im Freien weder Essen noch Trinken möglich war – zumindest nicht, ohne sich einer Gefahr auszusetzen –, konnte man den Ausflug nicht gut als Picknick bezeichnen. Es hatte etwas Erfrischendes an sich, wie ein Kind mit einer sehr schönen Kindfrau zu spielen – aber Dobyns wurde des Ganzen allmählich überdrüssig.

Terza spürte seine Stimmungsänderung. Schnell und unbeherrscht wie ein empfindsames Tier wurde sie wütend. »Niemand hat dich gezwungen, mit mir nach draußen zu gehen!«

»Ich wollte es ja«, erwiderte er, »aber jetzt bin ich müde und möchte nach Hause.«

»Behandele mich wie ein Kind. Einverstanden, dann spiel mit mir. Oder behandle mich wie eine Frau. Auch einverstanden, aber dann benimm dich auch wie ein Mann. Ich beginne gerade, ein wenig Freude zu empfinden, und du stehst da, ein Mann mittleren Alters, und behandelst mich von oben herab. So etwas kann ich nicht ertragen.«

»Dein Vater …«, begann er, und kaum hatte er begonnen, erkannte er, dass es ein Fehler gewesen war.

»Mein Vater hier, mein Vater dort. Wenn du vorhast, mich zu heiraten, dann musst du dich schon selbst darum kümmern.« Sie funkelte ihn an, streckte ihm die Zunge heraus, rannte eine Düne hinauf und verschwand.

Dobyns Bennett war verblüfft. Er wusste nicht, was er tun sollte. Ihr drohte keine Gefahr. Die Loudies taten niemandem etwas. Also entschied er, ihr eine Lehre zu erteilen und allein zurückzugehen, es ihr zu überlassen, nach Hause zu gehen, wann es ihr gefiel. Die Gebietsrettungsgruppe würde sie leicht finden, wenn sie sich verirrte.

Er wanderte zurück zum Tor.

Als er die Tore verschlossen fand und die Alarmlampen leuchten sah, wurde ihm klar, dass er den größten Fehler seines Lebens begangen hatte.

Mit Furcht im Herzen rannte er die letzten Meter und hämmerte mit bloßen Fäusten an das Keramiktor, bis es sich einen Spalt weit öffnete, einen Spalt, der gerade groß genug war, um ihn hindurchschlüpfen zu lassen.

»Was ist los?«, fragte er den Torwächter.

Der Torwächter murmelte etwas, das Dobyns nicht verstand.

»Rede, Mann!«, brüllte Dobyns. »Was ist geschehen?«

»Die Goonhogo kehrt zurück und übernimmt die Macht.«

»Das ist unmöglich«, sagte Dobyns. »Sie kann doch nicht …«

Er dachte nach. *Konnte* sie?

»Die Goonhogo übernimmt die Macht«, beharrte der Torwächter. »Man hat ihr alles zugesprochen. Die Behörden der Erde waren damit einverstanden. Der Waywonjong hat beschlossen, sofort die ersten Siedler loszuschicken. Sie sind bereits unterwegs.«

»Was haben die Chinesen mit der Venus vor? Man kann keinen Loudie töten, ohne gleichzeitig tausend Hektar Boden zu verseuchen. Man kann sie nicht fortstoßen, ohne dass sie zurückkehren. Man kann sie nicht fortkarren. Niemand kann hier leben, solange wir nicht dieses Problem gelöst haben. Und von einer Lösung sind wir noch weit entfernt.«

Der Torwächter schüttelte den Kopf. »Fragen Sie nicht mich. Das ist alles, was ich im Radio gehört habe. Alle sind aufgeregt.«

Binnen einer Stunde setzte der Menschenregen ein.

Dobyns betrat den Radarraum und beobachtete den Himmel. Der Radarbeauftragte trommelte mit den Fingern auf den Tisch. Er sagte: »Seit mehr als tausend Jahren hat man so etwas nicht mehr gesehen. Wissen Sie, was das da oben sind? Das sind Kriegsschiffe, die Kriegsschiffe, die von dem letzten der alten schmutzigen Kriege übrig geblieben sind. Ich wusste, dass sich Chinesen in ihnen befanden. Jeder wusste das. Sie bildeten eine Art Museum. Jetzt besitzen sie keine Waffen mehr. Aber – dort oben über der Venus kreisen jetzt jedenfalls Millionen Menschen, und ich weiß nicht, was sie vorhaben.« Er verstummte und deutete auf einen der Bildschirme. »Da, sehen Sie, sie bilden regelrecht Trauben, so dicht sind sie beieinander. Nie zuvor hat einer der Monitore etwas Ähnliches gezeigt.«

Dobyns betrachtete den Bildschirm. Er war, wie der Operator gesagt hatte, voller leuchtender Punkte, Echos.

Während sie zusahen, erklärte einer der Männer: »Was ist das für ein milchiges Zeug in der linken unteren Ecke? Seht, es … es fließt heraus«, rief er. »Irgendwie fließt es aus diesen Echos heraus. Wie ist das möglich?«

Der Radarbeauftragte betrachtete den Bildschirm mit scharfem Blick. »Keine Ahnung. Ich weiß es auch nicht. Warten wir's ab. Warten wir ab, was weiter geschieht.«

Scanner Vomact betrat den Raum. Nach einem kurzen, wissenden Blick auf die Monitore sagte er: »Dies ist vielleicht das Seltsamste, was wir jemals sehen werden, aber ich habe tatsächlich das Gefühl, als würden sie Menschen abwerfen. Zahllose Menschen. Zu Tausenden oder zu Hunderttausenden oder sogar zu Millionen werfen sie sie ab. Und die Menschen landen da draußen … Ihr beide begleitet mich. Wir gehen raus und sehen nach. Vielleicht können wir einigen von ihnen helfen.«

Zu diesem Zeitpunkt wurde Dobyns schon sehr von seinem schlechten Gewissen geplagt. Er wollte Vomact sagen, dass er Terza draußen gelassen hatte, aber er zögerte – nicht nur, weil er sich schämte, sie allein gelassen zu haben, sondern auch, weil er nicht mit ihrem Vater hinter ihrem Rücken über sie reden mochte. Dann sagte er es doch.

»Deine Tochter ist noch immer draußen.«

Vomact drehte sich ernst zu ihm um. Die großen Augen blickten ihn sehr ruhig und sehr drohend an, aber die sanfte

Stimme klang beherrscht. »Du könntest sie suchen.« Der Scanner fügte in einem Tonfall hinzu, der Dobyns einen Schauer über den Rücken laufen ließ: »Und alles wird wieder gut sein, wenn du sie zurückbringst.«

Dobyns nickte knapp, als habe er einen Befehl erhalten.

»Ich werde«, fuhr Vomact fort, »selbst hinausgehen und nachsehen, was ich tun kann, aber die Suche nach meiner Tochter überlasse ich dir.«

Sie verließen den Raum, setzten die Atemmasken auf, griffen nach der miniaturisierten Überlebensausrüstung, mit der sie den Rückweg durch den Nebel finden konnten, und gingen nach draußen. Als sie vor dem Tor standen, sagte der Torwächter: »Warten Sie einen Moment, Sir und Exzellenz. Ich habe hier ein Gespräch für Sie. Aus dem Kontrollraum.«

Scanner Vomact wurde nicht wegen irgendwelcher Belanglosigkeiten angerufen, und das wusste er auch. Er stellte die Verbindung her und meldete sich mit barscher Stimme.

Der Mann am Radar erschien auf dem Videomonitor in der Wand des Torwächters. »Sie sind jetzt über uns, Sir.«

»Wer ist über uns?«

»Die Chinesen. Sie kommen herunter. Ich weiß nicht, wie viele es sind. Direkt über uns befinden sich mindestens zweitausend Kriegsschiffe, und weitere Tausend kreisen über den anderen Gebieten der Venus. Sie kommen jetzt herunter. Wenn Sie ihren Aufschlag beobachten wollen, sollten Sie schnell nach draußen gehen.«

Vomact und Dobyns gingen nach draußen.

Und die Chinesen fielen. Menschliche Körper regneten aus dem milchig bewölkten Himmel. Tausende und Abertausende hingen an Plastikfallschirmen, die wie Seifenblasen aussahen. Und sie fielen.

Dobyns und Vomact sahen einen kopflosen Mann herunterschweben. Die Halteseile des Fallschirmes hatten ihn enthauptet.

Eine Frau prallte in der Nähe auf. Während des Sturzes hatte sich ihr Atemschlauch aus ihrer grob bandagierten Kehle gelöst, und sie erstickte an ihrem eigenen Blut. Sie taumelte ihnen entgegen, versuchte etwas zu sagen, aber sie brachte nur Blutblasen hervor, und nach einem letzten gurgelnden Laut fiel sie mit dem Gesicht in den Schlamm.

Zwei Babys kamen herab. Die Erwachsene, die sie begleitet hatte, war abgetrieben worden. Vomact lief los, hob sie auf und übergab sie einem Chinesen, der soeben gelandet war. Der Mann starrte die Babys in seinen Armen an, warf Vomact einen fragenden, verständnislosen Blick zu, legte die beiden weinenden Babys auf den kalten Morast der Venus, sah sie ein letztes Mal gleichgültig an und rannte davon, einem unsichtbaren Ziel entgegen.

Vomact hielt Bennett davon ab, die Kinder aufzunehmen. »Komm, schauen wir uns um. Wir können uns nicht um alle kümmern.«

Der Welt war bekannt, dass die Chinesen immer für Überraschungen gut waren, aber niemand hätte auch nur ahnen können, dass die Nondies und die Needies und die Showhices aus einem giftigen Himmel fallen würden. Nur die Goonhogo selbst konnte so rücksichtslos mit Menschenleben umgehen. Nondies waren Männer, und Needies waren Frauen, und Showhices waren die kleinen Kinder. Und Goonhogo war ein Begriff, der noch aus dem alten Zeitalter der Nationen stammte. Er bedeutete so viel wie Republik oder Staat oder Regierung. Was auch immer die richtige Bezeichnung sein mochte, es war die Organisation, die die Chinesen auf chinesische Art unter der Aufsicht der irdischen Behörden regierte.

Und der Führer der Goonhogo war der Waywonjong.

Der Waywonjong kam nicht selbst. Er schickte lediglich sein Volk. Er ließ es hinunter auf die Venus fallen, um die venusische Ökologie mit der einzigen Waffe anzugreifen, die eine Besiedlung des Planeten ermöglichen konnte – mit den

Menschen selbst. Menschliche Arme konnten die Loudies besiegen, die Loudies, die von den ersten chinesischen Venus-forschern die »Alten« genannt worden waren.

Die Loudies mussten so vorsichtig zusammengetrieben werden, dass sie dabei nicht starben, denn im Tod verseuchte jeder von ihnen tausend Hektar Land. Sie mussten durch menschliche Leiber und Arme in einem riesigen lebenden Korral gefangen gehalten werden.

Scanner Vomact eilte weiter.

Ein verletzter Chinese schlug auf dem Boden auf, und sein Fallschirm zerriss dabei. Er trug Shorts, in seinem Gürtel steckte ein Messer, an seiner Hüfte hing eine Feld-flasche. Hinter seinem Ohr war ein Luftverdichter befes-tigt, und ein Schlauch führte von diesem in seine Kehle. Er rief ihnen etwas Unverständliches zu und stolperte hastig davon.

Und immer mehr Menschen stürzten um Vomact und Dobyns herum auf den Boden.

Die Fallschirme zerplatzten wie Seifenblasen in der nebe-ligen Luft, kurz nachdem sie den Boden berührt hatten. Je-mand hatte eine raffinierte, effiziente Möglichkeit gefunden, sich der statischen Elektrizität zu bedienen und sie auf che-mische Prozesse zu übertragen.

Und während die beiden dem Geschehen zusahen, war die Luft schwarz von Menschen. Einmal wurde Vomact von jemandem umgestoßen. Er erkannte, dass es sich um zwei chinesische Kinder handelte, die zusammengebunden wor-den waren.

Dobyns fragte: »Was macht ihr da? Wohin wollt ihr? Habt ihr keine Anführer?«

Schreie und Rufe in einer unverständlichen Sprache ant-worteten ihm. Hin und wieder brüllte jemand auf Eng-lisch »Hier entlang!« oder »Lasst uns in Ruhe!« oder »Geht weiter!«, aber das war alles. Das Experiment funktionierte.

An diesem einen Tag wurden zweiundachtzig Millionen Menschen abgeworfen.

Nach vier Stunden, die ihm wie eine Ewigkeit erschienen, entdeckte Dobyns Terza in einem Winkel der kalten Hölle. Obwohl es auf der Venus warm war, hatten die Qualen der fast nackten Chinesen sein Blut in Eis verwandelt.

Terza rannte ihm entgegen.

Sie konnte nicht sprechen.

Sie legte ihm den Kopf an die Brust und schluchzte. Schließlich stieß sie hervor: »Ich habe ... ich habe ... ich habe versucht, ihnen zu helfen, aber es sind zu viele, viel zu viele, viel zu viele!« Und der Satz endete in einem schrillen Schrei.

Dobyns führte sie zurück zum Experimentiergebiet.

Sie brauchten nicht miteinander zu reden. Ihr ganzer Körper verriet ihm, dass sie sich nach seiner Liebe und seiner Gegenwart sehnte und sie den Weg für sich gewählt hatte, der sie zusammenführen würde.

Als sie den Bereich verließen, in dem die Chinesen niedergingen und der, soweit sie das beurteilen konnten, die gesamte Venus zu betreffen schien, begann sich ein Muster herauszubilden. Die Chinesen umzingelten die Loudies.

Terza küsste ihn stumm, nachdem der Torwächter sie hereingelassen hatte. Sie brauchte gar nicht erst etwas zu erklären. Dann floh sie in ihr Zimmer.

Am nächsten Tag versuchten die Bewohner des Experimentiergebietes A vor die Tore zu gehen und den Ankömmlingen behilflich zu sein. Es war unmöglich: Es gab einfach zu viele von ihnen. Zu Millionen hatten sich die Menschen auf den Bergen und in den Tälern der Venus verteilt, stapften mit ihren menschlichen Füßen durch Morast und Wasser, ließen den fremden Schlamm aufspritzen und zertraten die fremden Pflanzen. Sie wussten nicht, was sie essen sollten. Sie wussten nicht, wohin sie sich wenden sollten. Sie besaßen keine Führer.

Sie hatten nur den Befehl, die Loudies zu großen Herden zusammenzutreiben und sie dann mit ihren menschlichen Armen festzuhalten. Die Loudies wehrten sich nicht.

Nach einer Zeitspanne von mehreren Erdtagen schickte die Goonhogo kleine Scoutschiffe. Mit ihnen tauchten Chinesen auf, die ganz anders waren – diese hier waren uniformierte, ausgebildete, grausame, blasierte Männer. Sie wussten, was sie zu tun hatten. Und sie waren gewillt, ihrem Volk jedes Opfer abzuverlangen, um ihre Aufgabe zu erfüllen.

Sie brachten Instruktionen mit. Sie schlossen die Menschen in Gruppen zusammen. Es spielte keine Rolle, von welchem Ort der Erde die Nondies und die Needies gekommen waren. Es war gleichgültig, ob sie ihre eigenen Showhices oder die eines anderen gefunden hatten. Man wies ihnen ihre Arbeit zu, und sie begannen zu arbeiten. Menschliche Körper erreichten, was Maschinen unmöglich gewesen wäre – sie hielten die Loudies entschlossen, aber sanft gefangen, bis auch das letzte dieser Geschöpfe verhungert war und sich in nichts aufgelöst hatte.

Wie durch ein Wunder breiteten sich die ersten Reisfelder aus.

Vomact vermochte es nicht zu glauben. Die Biochemiker der Goonhogo hatten es geschafft, Reis an die Bodenbeschaffenheit der Venus anzupassen. Und obwohl die Setzlinge aus den Kisten der Scoutschiffe stammten und weinende Menschen über die Körper ihrer eigenen Toten stiegen, um zu pflanzen, reifte die Saat der Ernte entgegen.

Venusische Bakterien konnten kein menschliches Leben töten und auch nicht menschliche Leichname auflösen. Ein Problem war entstanden und musste gelöst werden. Gewaltige Schlitten transportierten die toten Männer, Frauen und Kinder – die, die abgestürzt oder während des Falls erstickt oder von anderen niedergetrampelt worden waren – zu einem unbekannten Bestimmungsort. Dobyns vermutete, dass sie dazu dienten, dem Boden der Venus organische Stoffe vom Erdtyp zuzuführen, aber er sagte Terza nichts davon.

Die Arbeit nahm ihren Fortgang.

Die Nondies und Needies arbeiteten in Schichten. Wenn sie in der Dunkelheit nichts mehr sehen konnten, machten sie trotzdem weiter – blieben beieinander, indem sie sich anfassten oder durch Rufe verständigten. Vorarbeiter, frisch ausgebildet, brüllten Kommandos. Die Arbeiter nahmen Aufstellung und berührten sich mit den Fingerspitzen. Immer mehr Felder wurden bestellt.

»Das ist wirklich eine unglaubliche Geschichte«, sagte der alte Mann. »Zweiundachtzig Millionen Menschen fielen an einem einzigen Tag vom Himmel herab. Und später hörte ich den Waywonjong sagen, es wäre nicht schlimm gewesen, wenn siebzig Millionen von ihnen dabei den Tod gefunden hätten. Schon zwölf Millionen Überlebende wären genug gewesen, einen Brückenkopf für die Goonhogo einzurichten. Die Chinesen bekamen die Venus – und zwar ganz. Aber ich werde nie vergessen, wie die Nondies und die Needies und die Showhices vom Himmel fielen, Männer und Frauen und Kinder mit ihren armen, verhärmten chinesischen Gesichtern, die in dieser seltsamen venusischen Luft grün statt gelbbraun wirkten. Überall landeten sie ... Wissen Sie was, junger Mann?«, fragte Dobyns Bennett, der sich seinem fünften Lebensjahrhundert näherte.

»Was denn?«, entgegnete der Reporter.

»Derartige Dinge werden niemals wieder auf irgendeiner Welt geschehen. Denn heute gibt es keine einzelne Goonhogo mehr. Es gibt nur noch die Instrumentalität, und die kümmert es nicht, was die alten Zeiten den Menschen bedeutet haben. Diese rauen alten Tage, die ich einst erlebt habe. Die Tage, in denen *Menschen* noch versuchten, etwas zu erreichen.« Dobyns schien fast einzuschlafen, aber er rief sich zur Ordnung und fuhr fort: »Ich sage Ihnen, der Himmel war voller Menschen. Sie fielen wie Wasser. Sie fielen wie Regen. Ich habe die schrecklichen Ameisen in Afrika gesehen, und es gibt nichts in den Sternen, was ähnlich entsetzlich ist wie sie. Sie sind schlimmer als alles, was die Planeten bereithalten. Ich habe die verrückten Welten von Alpha Centauri gesehen – aber nie habe ich etwas erlebt, was sich mit diesem einen Tag vergleichen lässt, an dem die Menschen auf die Venus fielen. Mehr als zweiundachtzig Millionen an einem Tag, und mitten unter ihnen, ganz verloren, meine kleine Terza. Aber der Reis wuchs. Und die Loudies starben, während die Menschenwände sie mit ihren menschlichen Armen festhielten. Wände aus Menschen, sage ich Ihnen, und Freiwillige, die hinzusprangen und die Plätze der Gefallenen einnahmen. Sie waren noch immer Menschen, auch wenn sie in der Dunkelheit schrien. Sie versuchten, einander zu helfen, auch wenn sie einen Kampf führten, der ohne Gewalt geführt werden musste. Sie waren noch immer Menschen. Und so siegten sie. Es war verrückt und eigentlich unmöglich, aber sie gewannen. Etwas, wofür Maschinen und die Wissenschaft tausend Jahre benötigt hätten, wurde durch den alleinigen Einsatz von Menschen erreicht … Das Merkwürdigste von allem aber war das erste Haus, das von einem Nondie erbaut wurde, dort im Regen der Venus. Ich war mit Vomact und einer blassen, traurigen Terza unterwegs. Es hatte nicht viel von einem richtigen Haus an sich – es bestand nur aus roh zurechtgehauenem venusischem Holz. Aber es war ein Haus. Und *er* hatte es gebaut, der lächelnde, halbnackte chinesische Nondie. Wir traten an die Tür und fragten ihn auf Englisch: ›Was baust du hier, einen Unterstand oder ein Krankenhaus?‹ Der Chinese lächelte uns an. ›Nichts davon‹, erwiderte er, ›ich spiele.‹ Vomact wollte es nicht glauben. ›Spielen?‹ – ›Sicher‹, sagte der Nondie und nickte. ›Zuerst muss ein Mann spielen, wenn er sich an einem fremden Ort befindet. Das kann den Kummer aus seiner Seele vertreiben.‹«

»Ist das alles?«, fragte der Reporter.

Dobyns Bennett murmelte, dass die persönlichen Dinge keine Rolle spielten. Er fügte hinzu: »Vielleicht kommen einige meiner Urururururenkel vorbei. Ihre Gesichter werden Ihnen sofort verraten, dass ich in die Vomact-Familie eingeheiratet habe. Terza sah genau vor sich, wie es weitergehen würde. Sie sah, wie Menschen eine Welt aufbauten. Diesmal gingen sie den schweren Weg. Aber sie vergaß nie die Nacht, in der die toten chinesischen Babys im matt beleuchteten Schlamm lagen, oder die Fallschirmseile, die sich langsam von den Fallenden lösten. Sie hörte die Needies weinen und die hilflosen Nondies sie beruhigen und sie ins Nirgendwo führen. Sie erinnerte sich an die grausamen, adretten Offiziere, die den Scoutschiffen entstiegen. Sie ging nach Hause und sah den Reis sprießen, und sie sah, wie die Goonhogo die Venus in eine chinesische Welt verwandelte.«

»Was haben Sie dann gemacht?«, fragte der Reporter.

»Nicht viel. Es gab für uns nichts mehr zu tun, also schlossen wir das Experimentiergebiet A. Ich habe Terza geheiratet. Später dann, als ich zu ihr sagte: ›Du bist gar kein so schlimmes Mädchen!‹, da war sie in der Lage, die Wahrheit zu erkennen. Diese Nacht des Menschenregens hätte die Seele eines jeden Menschen geprüft und so war es auch bei ihr gewesen. Sie hatte eine wichtige Prüfung über sich ergehen lassen müssen, und sie hatte sie bestanden. Gewöhnlich sagte sie: ›Ich habe es einmal gesehen. Ich habe die Menschen fallen sehen, und ich möchte niemals wieder erleben, dass ein Mensch leidet. Nimm mich mit, Dobyns, lass mich für immer bei dir bleiben.‹ Nun, es war nicht für immer, aber es waren glückliche und süße dreihundert Jahre. Sie starb nach unserer vierten diamantenen Hochzeit. War das nicht alles ganz wundervoll, junger Mann?«

Der Reporter stimmte Dobyns Bennett zu. Und dennoch, als er die Geschichte seinem Herausgeber zeigte, wies dieser ihn an, sie in den Archiven zu begraben. Es sei nicht die richtige Geschichte, um die Leser zu unterhalten, und die Öffentlichkeit würde sie nicht zu schätzen wissen.

DENK BLAU, ZÄHL BIS ZWEI

Bevor die großen Schiffe mittels des Planoformens durch die Sternenwelt flüsterten, mussten die Menschen mit gewaltigen Segeln von Stern zu Stern fliegen – ungeheure Membranen, die im Weltraum an großen, starren, kälteerprobten Takelagen befestigt wurden. Ein kleines Raumschiff bot Platz für den Segler, der die Segel bediente, den Kurs überwachte und für die Passagiere verantwortlich war, die wie Knoten an langen Fäden in ihren kleinen adiabatischen Kapseln hinter dem Schiff hergezogen wurden. Die Passagiere erlebten nichts auf dieser Reise; sie legten sich auf der Erde schlafen und wachten vierzig, fünfzig oder zweihundert Jahre später in einer fremden, neuen Welt wieder auf.

Die Methode war ganz einfach. Doch sie funktionierte.

Auf ein solches Schiff war Helen Amerika Mr. Nicht-mehr-grau gefolgt. Auf solchen Schiffen bewahrten die Scanner ihre uralte Autorität über den Weltraum. Über zweihundert Planeten waren auf diese Weise besiedelt worden, darunter auch Altnordaustralien, das die Schatzkammer all dieser Welten werden sollte.

Der Emigrationshafen bestand aus einer Reihe niedriger, quadratischer Gebäude – ganz anders als der Erdhafen, der wie ein eingefrorener Atompilz die Wolken überragte.

Der Emigrationshafen ist düster, trübe, öde und betriebsam. Seine Mauern sind schwarzrot wie altes Blut, denn so sind sie leichter zu heizen. Die Raketen sind hässlich und einfach, die Raketenhangars so freudlos wie Maschinenhallen. Die Erde besitzt einige Sehenswürdigkeiten, die Besucher anziehen – der Emigrationshafen zählt nicht dazu. Die Menschen, die dort tätig sind, genießen das Privileg wahrer Arbeit und tiefer beruflicher Befriedigung. Die Menschen, die dort *hingehen*, verlieren sehr bald ihr Bewusstsein. Woran sie sich später noch erinnern, das ist ein kleiner Raum, der an ein Krankenhauszimmer gemahnt, ein schmales Bett, ein wenig Musik, ein paar Gespräche, der Schlaf und (vielleicht) die Kälte.

Vom Emigrationshafen aus gelangen sie in ihre Kapseln und werden in ihnen eingeschlossen. Die Kapseln werden von den Raketen zu den Segelschiffen gebracht. Das ist die herkömmliche Methode.

Die neue Methode ist besser. Man entspannt sich in einem gemütlichen Salon oder spielt Karten oder verzehrt eine Mahlzeit. Man benötigt dazu nur das halbe Vermögen eines Planeten oder den Nachweis, dass man mehrere Jahrhunderte lang fehlerlos und mit der Bewertung »Exzellent« seine Pflichten erfüllt hat.

Bei den Photonenseglern war das anders. Sie boten jedem eine Chance.

Ein junger Mann mit heller Haut und hellem Haar zog aus, um unbeschwerten Mutes eine neue Welt zu erforschen. Ein älterer Mann, mit bereits angegrautem Haar, begleitete ihn. So wie dreißigtausend andere. Und auch das schönste Mädchen der Erde.

Die Erde hätte sie festhalten können, aber die neuen Welten brauchten sie.

Sie musste fortziehen.

Mit einem Lichtsegler. Und sie musste den Weltraum durchqueren – den Weltraum, der immer voller Gefahren ist.

Manchmal setzt er seltsame Werkzeuge für seine Zwecke ein – die Schreie eines wundervollen Kindes, das lamellierte Gehirn einer längst verstorbenen Maus, das herzzerreißende Schluchzen eines Computers. Meist gönnt der Weltraum keinen Aufschub, keinen Ersatz, keine Rettung, keine Reparatur. Alle Gefahren müssen vorausgesehen werden, sonst enden sie tödlich. Und das größte aller Risiken ist der Mensch selbst.

»Sie ist wunderschön«, sagte der erste Techniker.

»Sie ist noch ein Kind«, bemerkte der zweite.

»Sie wird nicht mehr wie ein Kind aussehen, wenn sie zweihundert Jahre draußen gewesen ist«, fuhr der erste fort.

»Aber sie *ist* ein Kind«, beharrte der zweite und lächelte. »Eine wunderschöne Puppe mit blauen Augen, die leise den Weg des Erwachsenenlebens betritt.« Er seufzte.

»Sie wird eingefroren«, erinnerte der erste.

»Nicht für die ganze Zeit«, widersprach der zweite. »Hin und wieder wird man sie wecken. Man muss sie wecken. Die Maschinen tauen sie auf. Du erinnerst dich doch noch an die Verbrechen auf der *Alten Zweiundzwanzig*. Nette Leute, aber die falsche Zusammenstellung. Und alles ging schief, ging auf schmutzige, brutale Weise schief.«

Beide erinnerten sich an die *Alte Zweiundzwanzig*. Das Höllenschiff war lange Zeit zwischen den Sternen getrieben, bevor sein Leuchtfeuer die ersehnte Rettung brachte. Aber für eine Rettung war es bereits viel zu spät.

Das Schiff selbst befand sich in einem untadeligen Zustand. Die Segel waren im richtigen Winkel gesetzt. Die Abertausende von Kälteschläfern, die hinter dem Schiff in ihren adiabatischen Ein-Mann-Kapseln hergezogen wurden, hätten ebenfalls in einem untadeligen Zustand sein können, doch sie waren zu lange dem offenen Weltraum ausgesetzt gewesen und größtenteils verdorben. Aber im Innern des Schiffes – da lag der Fehler. Der Segler hatte versagt oder war gestorben. Die Reservecrew war geweckt worden. Doch sie kamen nicht gut miteinander aus. Oder sie kamen schrecklich gut miteinander aus, nur auf die falsche Art. Draußen, zwischen den Sternen, allein in einer zerbrechlichen, räumlich beengten Kabine, hatten sie neue Verbrechen erfunden und sie aneinander begangen – Verbrechen, wie sie nicht einmal eine Million Jahre alter, irdischer Schlechtigkeit in den Menschen hatte hervorbringen können.

Die Rettungsmannschaften, die die *Alte Zweiundzwanzig* betreten hatten, waren fast verrückt geworden, als sie die

Geschehnisse rekonstruierten, die dem Erwachen der Reservecrew gefolgt waren. Zwei von ihnen hatten um eine Gedächtnislöschung gebeten und den Dienst quittiert.

Die beiden Techniker wussten Bescheid über die *Alte Zweiundzwanzig*, als sie das fünfzehnjährige Mädchen betrachteten, das auf dem Tisch schlief. War sie eine Frau? War sie ein Mädchen? Was erwartete sie, wenn sie während des Fluges aufwachte?

Sie atmete sanft.

Die beiden Techniker sahen einander über ihren Körper hinweg an, und dann sagte der erste: »Wir sollten lieber den psychologischen Wächter rufen. Das ist eine Aufgabe für ihn.«

»Er kann es versuchen«, stimmte der zweite zu.

Der psychologische Wächter, ein Mann, dessen Namensnummer mit Tiga-belas endete, betrat eine halbe Stunde später gutgelaunt den Raum. Er war ein verträumt wirkender alter Mann mit einem scharfen, wachen Verstand, der sich vermutlich in seiner vierten Verjüngungsphase befand. Er erblickte das wunderschöne Mädchen auf dem Tisch und holte tief Luft.

»Was ist mit ihr – soll sie auf das Schiff?«

»Nein«, sagte der erste Techniker, »zu einem Schönheitswettbewerb.«

»Halten Sie mich nicht zum Narren«, erwiderte der psychologische Wächter. »Sie meinen, man hat tatsächlich vor, dieses wunderschöne Kind ins Auf-und-Hinaus zu schicken?«

»Zu Zuchtzwecken«, erklärte der zweite Techniker. »Die Menschen draußen auf Wereld Schemering sind furchterregend hässlich, und sie haben dem Großen Leuchtfeuer signalisiert, dass sie besser aussehende Neusiedler brauchen. Die Instrumentalität kommt jetzt ihrer Forderung nach. Alle Passagiere dieses Schiffes sind hübsch oder schön.«

»Wenn sie so wertvoll ist, warum friert man sie nicht ein und legt sie in eine Kapsel? Auf diese Weise wird sie entweder dort ankommen oder nicht. Ein Gesicht, das so schön ist wie dieses«, sagte Tiga-belas, »kann überall für Ärger sorgen. Auch allein auf einem Schiff. Wie lautet ihre Namensnummer?«

»Sie steht dort auf der Tafel«, antwortete der erste Techniker. »Alles steht auf der Tafel. Sie werden sich auch um die anderen kümmern müssen. Sie sind bereits eingetragen und warten nur noch darauf, an Bord gebracht zu werden.«

»Veesey-koosey«, las der psychologische Wächter laut vor, »oder Fünf-sechs. Das ist ein alberner Name, aber gleichzeitig auch recht hübsch.« Er warf noch einen Blick auf das schlafende Mädchen und studierte dann die Krankengeschichten der anderen Menschen, die zur Ersatzmannschaft gehörten. Nach weniger als zehn Zeilen war ihm klar, warum das Mädchen für Notfälle bereitgehalten wurde, anstatt die ganze Reise durchzuschlafen. Sie besaß ein Tochterpotenzial von 999,999 und das bedeutete, dass jeder normale Erwachsene beiderlei Geschlechts sie nach ein paar Minuten Bekanntschaft als Tochter akzeptieren konnte *und würde*. Sie besaß keine Fähigkeiten, keine Gaben, keine ausgebildeten Talente. Aber sie konnte fast in jedem, der älter war als sie, die innere Bereitschaft wecken, mit aller Kraft um sein Überleben zu kämpfen. Um ihretwillen. Und erst in zweiter Linie für sich selbst.

Das war alles, aber es war außergewöhnlich genug, um ihr einen Platz in der Kabine zu verschaffen. Sie war die fleischgewordene Umsetzung des alten poetischen Verses: »Die schönste aller Töchter der guten alten Erde …«

Als Tiga-belas die Aufzeichnungen durchgesehen hatte, war seine Arbeit fast beendet. Die Techniker hatten ihn nicht dabei gestört. Er drehte sich noch einmal um, um noch ein letztes Mal das liebliche Mädchen anzusehen. Sie war fort. Der zweite Techniker hatte den Raum verlassen, und der erste säuberte gerade seine Hände. »Sie haben sie nicht eingefroren?«, rief Tiga-belas. »Ich muss sie noch fixieren, wenn die Sicherung wirksam bleiben soll.«

»Natürlich müssen Sie das«, sagte der erste Techniker und nickte. »Wir haben dafür zwei Minuten reserviert.«

»Sie haben mir zwei Minuten reserviert«, entfuhr es Tiga-belas, »für Schutzvorkehrungen für einen Flug von vierhundertfünfzig Jahren!«

»Sie brauchen mehr?«, sagte der Techniker, und es klang nicht einmal wie eine Frage.

»Ja!«, brummte Tiga-belas. Er lächelte. »Nein. Das Mädchen wird noch lange, nachdem ich bereits gestorben bin, sicher aufgehoben sein.«

»Wann werden Sie denn sterben?«, fragte der Techniker höflich.

»In dreiundsiebzig Jahren, zwei Monaten und vier Tagen«, erwiderte Tiga-belas bereitwillig. »Ich bin in meiner vierten und letzten Phase.«

»Das dachte ich mir«, erklärte der Techniker. »Denn Sie sind geschickt. Niemand, der jung ist, kann das so gut wie Sie. Ich bin überzeugt, dass Sie gut für dieses Mädchen sorgen werden.«

Sie verließen das Laboratorium und fuhren hinauf zur Oberfläche, zur kühlen, angenehmen Nacht der Erde.

Spät am nächsten Tag kam Tiga-belas wieder vorbei und war ausgesprochen heiter. In seiner Linken hielt er eine Dramaspule von handelsüblicher Größe; in seiner Rechten befand sich ein schwarzer Plastikwürfel, auf dessen Seiten glänzende silberne Kontakte schimmerten. Die beiden Techniker begrüßten ihn höflich.

Der psychologische Wächter konnte seine Erregung und sein Vergnügen nicht verbergen.

»Ich habe mich um dieses wunderschöne Kind gekümmert. Die Methode, mit der sie präpariert wird, erhält ihr Tochterpotenzial, aber so wird sie dem Wert von tausend Komma null null weitaus näher kommen als mit all diesen Neunen. Ich habe ein Mäusegehirn dazu benutzt.«

»Wenn es gefroren ist«, gab der erste Techniker zu bedenken, »werden wir es nicht an den Computer anschließen können. Sollen wir es zu den Notvorräten legen?«

»Dieses Gehirn ist nicht eingefroren«, entgegnete Tiga-belas indigniert. »Es ist lamelliert. Wir haben es mit Zelluprim gehärtet und in siebentausend Schichten zerschnitten. Jede Schicht besitzt erneuerungsfähiges Gewebe von mindestens doppelter Molekülstärke. Diese Maus kann nicht verderben. Um die Wahrheit zu sagen, diese Maus wird bis in alle Ewigkeit denken. Sie wird nicht viel denken, solange wir ihr keine Energie zuführen, aber sie wird denken. Und deshalb kann sie nicht verderben. Die Gehirnschichten sind in keramisches Plastik eingeschlossen, und man muss schon sehr schweres Geschütz auffahren, um es zu zerstören.«

»Die Kontakte?«, fragte der zweite Techniker.

»Sie spielen keine große Rolle«, erklärte Tiga-belas. »Diese Maus ist auf die Persönlichkeit des Mädchens programmiert, und sie kann sie sogar erreichen, wenn sie tausend Meter voneinander getrennt sind. Sie können sie überall im Schiff unterbringen. Der Würfel ist gehärtet. Die Kontakte sind nur an der Außenseite angebracht. Sie sind mit den Nickel-Stahl-Kontakten im Innern verbunden. Ich sagte schon, diese Maus wird noch denken, wenn das letzte menschliche Wesen auf dem letzten bekannten Planeten lange tot ist. Und sie wird an das Mädchen denken. Ewig.«

»Ewig ist eine schrecklich lange Zeit«, bemerkte der erste Techniker mit einem Frösteln. »Wir benötigen lediglich eine Sicherheitsfrist von zweitausend Jahren. Das Mädchen wird in weniger als tausend Jahren verderben, wenn irgendetwas schiefgeht.«

»Das ist gleichgültig«, sagte Tiga-belas. »Dieses Mädchen wird beschützt werden, ob es nun verdirbt oder nicht.« Er wandte sich an den Würfel. »Du wirst mit Veesey hinausfliegen, mein Freund, und wenn sich so etwas wie auf der *Alten Zweiundzwanzig* ereignet, dann wirst du das ganze Drama in ein fröhliches Sommerpicknick verwandeln, inklusive Eiscreme und Ringelpiez mit Anfassen.« Er blickte die beiden Männer an und fügte überflüssigerweise hinzu: »Sie kann mich nicht hören.«

»Natürlich nicht«, erwiderte der erste Techniker trocken.

Alle betrachteten den Würfel. Er war eine hübsche Konstruktion. Der psychologische Wächter hatte allen Grund, stolz darauf zu sein.

»Brauchen Sie die Maus noch?«, fragte der erste Techniker.

»Ja«, sagte Tiga-belas. »Ein Drittel einer Millisekunde bei vierzig Megadyn. Ich möchte das gesamte Leben des Mädchens dem linken Gehirnlappen der Maus aufprägen. Insbesondere ihre Schreie. Als sie zehn Monate alt war, hat sie fürchterlich geschrien. Damals ist ihr etwas in den Mund gedrungen. Mit zehn Jahren schrie sie, weil sie glaubte, es sei ihr etwas in der Luftröhre steckengeblieben. Das stimmte natürlich nicht, sonst wäre sie nicht hier. Ist alles in ihren Unterlagen verzeichnet. Ich möchte der Maus diese Schreie einprägen. Und zu ihrem vierten Geburtstag bekam sie ein Paar rote Schuhe geschenkt. Ich brauche die ganzen zwei Minuten. Als Schlüssel benutze ich die komplette *Marcia-und-die-Mondmenschen*-Serie. Das war das beste Videodrama für Mädchen, das im letzten Jahr gelaufen ist. Veesey hat es gesehen. Diesmal wird sie es wieder sehen, aber dann wird die Maus daran beteiligt sein. Sie wird weniger Chancen als ein Schneeball in der Hölle haben, es zu vergessen.«

»Was war das?«, fragte der erste Techniker. »Was haben Sie da zum Schluss gesagt?«

»Sind Sie taub?«

»Nein«, entgegnete der Techniker pikiert. »Ich habe nur nicht verstanden, was Sie meinten.«

»Ich sagte, sie wird weniger Chancen als ein Schneeball in der Hölle haben, es zu vergessen.«

»Also habe ich doch richtig gehört«, sagte der Techniker. »Was ist ein Schneeball? Was ist Hölle? Was hat das mit ihren Chancen zu tun?«

Eifrig mischte sich der zweite Techniker ein. »Ich weiß es«, erklärte er. »Schneebälle sind Eisgebilde auf dem Neptun. Hölle ist ein Planet in der Nähe von Khufu VII. Ich kann mir einfach nicht vorstellen, wie jemand zwischen diesen beiden Dingen eine Verbindung herstellen kann.«

Tiga-belas sah sie beide mit dem müden Erstaunen des Alters an. Da er nicht das Verlangen hatte, nähere Erläuterungen abzugeben, sagte er freundlich: »Verschieben wir das Thema auf später. Ich wollte damit nur sagen, dass Veesey geschützt sein wird, wenn sie mit dieser Maus verbunden ist. Die Maus wird sie und jeden anderen überleben, und kein Mädchen kann *Marcia und die Mondmenschen* vergessen. Nicht wenn es jede einzelne Folge zweimal gesehen hat. Und das ist bei diesem Mädchen der Fall.«

»Sie wird die anderen Passagiere nicht überflüssig machen? Das wäre nicht gut«, bemerkte der erste Techniker.

»Nicht im Geringsten«, beruhigte ihn Tiga-belas.

»Nennen Sie mir noch einmal die Werte«, bat der erste Techniker.

»Maus – eine Drittel Millisekunde bei vierzig Megadyn.«

»Auf diese Weise wird man sie noch jenseits des Mondes hören«, stellte der erste Techniker fest. »Sie können derartige Dinge nicht ohne Erlaubnis in die Köpfe der Menschen einpflanzen. Sollen wir eine Sondererlaubnis von der Instrumentalität einholen?«

»Für ein Drittel einer Millisekunde?«

Die beiden Männer sahen sich einen Moment lang an; dann runzelte der erste Techniker die Stirn, verzog den Mund zu einem Lächeln, und die beiden lachten. Der zweite Techniker verstand den Grund nicht.

Tiga-belas erklärte es ihm: »Ich fasse das gesamte Leben des Mädchens mit höchster Energie in einem Drittel einer Millisekunde zusammen. Dann wird es dem Mäusegehirn im Innern dieses Würfels einprogrammiert. Wie ist die normale menschliche Reaktion innerhalb einer Drittel Millisekunde?«

»Fünfzehn Millisekunden …«, begann der zweite Techniker und verstummte dann.

»So ist es«, nickte Tiga-belas. »Alles, was kürzer ist als fünfzehn Millisekunden, wird von den Menschen nicht erfasst. Diese Maus ist nicht nur zerschnitten und lamelliert – *sie ist schnell*. Die Lamellierung erlaubt schnellere Prozesse, als es ihre eigenen Synapsen jemals zugelassen hätten. Bringen Sie das Mädchen her.«

Der erste Techniker war bereits unterwegs, um sie zu holen.

Der zweite Techniker hatte noch eine weitere Frage auf dem Herzen. »Ist die Maus tot?«

»Nein. Ja. Natürlich nicht. Was meinen Sie? Wer kann das wissen?«, erwiderte Tiga-belas in einem Atemzug.

Der junge Mann starrte ihn noch an, als die Liege mit dem wunderschönen Mädchen bereits in den Raum geschoben wurde. Ihre Haut hatte die rosa Tönung verloren und die Farbe von Elfenbein angenommen, und ihre Atmung war für das bloße Auge nicht mehr feststellbar – aber sie war noch immer schön. Die Tiefenfrostung war noch nicht eingeleitet worden.

Der erste Techniker begann zu pfeifen. »Maus – vierzig Megadyn, ein Drittel einer Millisekunde. Mädchen, maximale Sendung, die gleiche Zeitspanne. Mädchen, Empfang, zwei Minuten, welche Stärke?«

»Gleichgültig«, sagte Tiga-belas. »Gleichgültig. Was Sie gewöhnlich zur tiefenwirksamen Persönlichkeitsprogrammierung benutzen.«

»Erledigt«, nickte der Techniker.

»Nehmen Sie den Würfel«, ordnete Tiga-belas an.

Der Techniker nahm ihn und schloss ihn neben dem Kopf des Mädchens an die sargähnliche Kapsel an.

»Leb wohl, unsterbliche Maus«, sagte Tiga-belas. »Denk an das wunderschöne Mädchen, wenn ich tot bin, und werde *Marcia und die Mondmenschen* nicht allzu sehr überdrüssig, auch wenn du sie eine Million Jahre lang gesehen hast …«

»Die Aufzeichnung«, bat der zweite Techniker. Er nahm sie von Tiga-belas entgegen und schob sie in einen gebräuchlichen Dramaprojektor, dessen Überspielkabel allerdings weitaus schwerer waren als diejenigen, die man für gewöhnlich benutzte.

»Haben Sie ein Kodewort?«, fragte der erste Techniker.

»Ein kurzes Gedicht«, antwortete Tiga-belas. Er griff in seine Tasche. »Lesen Sie es nicht laut vor. Falls einer von uns ein Wort falsch ausspricht und sie es zufällig hören sollte, könnte es die Verbindung zwischen ihr und der lamellierten Maus überlagern.«

Die beiden betrachteten das Blatt Papier. In klarer, archaischer Schrift stand dort:

Mädchen, wenn ein Mann
erscheint und macht dich an,
dann denke blau,
zähl bis zwei
und suche einen roten Schuh.

Die Techniker lachten freundlich. »Das ist gut«, sagte der erste Techniker.

Tiga-belas schenkte ihnen ein verlegenes, dankbares Lächeln.

»Schalten Sie beide ein«, sagte er. »Leb wohl, Mädchen«, murmelte er dann leise. »Leb wohl, Maus. Vielleicht sehen wir uns in vierundsiebzig Jahren wieder.«

Der Raum wurde von einer Art unsichtbarem Licht erhellt, das in ihren Köpfen aufblitzte.

Im Mondorbit dachte ein Navigator an die roten Schuhe seiner Mutter.

Zwei Millionen Menschen auf der Erde begannen »eins-zwei« zu zählen und fragten sich dann, warum sie das getan hatten.

Ein kluger junger Sittich in einem Orbitalschiff rezitierte den ganzen Vers und verwirrte die Mannschaft, die verdutzt über den Sinn nachzudenken begann.

Davon abgesehen gab es keine Nebenwirkungen.

Das Mädchen in dem Sarg krümmte unter der schrecklichen Belastung den Körper. Die Elektroden hatten die Haut an ihren Schläfen versengt; die Brandmale hoben sich hellrot von der gefrorenen, jungen Haut des Mädchens ab.

Der Würfel verriet keine Reaktion der totlebendigen, lebend-toten Maus.

Während der zweite Techniker Veeseys Brandmale mit einer Salbe behandelte, setzte Tiga-belas einen Helm auf und berührte sacht die Kontaktstellen des Würfels, ohne seine Verbindung zu der sargförmigen Kapsel zu unterbrechen. Zufrieden nickte er. Und trat zurück. »Sie sind sicher, dass alles funktioniert hat?«

»Wir werden es noch einmal überprüfen, bevor sie tief-gefrostet wird«, sagte der erste Techniker.

»*Marcia und die Mondmenschen,* wie?«

»Ich lasse Sie es wissen, falls irgendetwas fehlt. Aber das wird nicht der Fall sein.«

Tiga-belas warf einen letzten Blick auf das unbeschreib-lich wunderschöne Mädchen. Dreiundsiebzig Jahre, zwei Monate, drei Tage, dachte er. Und auf sie warten, außerhalb des Geltungsbereiches der irdischen Gesetze, tausend Jahre. Und dem Mäusegehirn stehen eine Million Jahre zur Verfü-gung.

Veesey würde niemals einen von ihnen kennenlernen – weder den ersten Techniker noch den zweiten Techniker noch Tiga-belas, den psychologischen Wächter.

In der Stunde ihres Todes würde sie wissen, dass *Marcia und die Mondmenschen* ihr die schönsten blauen Lichter, den hypnotischen Zählreim »eins-zwei, eins-zwei« und die hübschesten roten Schuhe gezeigt hatten, die jemals auf oder über der Erde von einem Mädchen getragen worden waren.

Dreihundertsechsundzwanzig Jahre später musste sie erwachen.

Ihre Kapsel hatte sich geöffnet.

Jeder Muskel und jeder Nerv ihres Körpers schmerzten.

Das Schiff kreischte in höchster Not, und sie musste aufstehen.

Sie wollte schlafen, schlafen oder sterben.

Das Schiff kreischte weiter. Sie musste aufstehen.

Sie hob den Arm und legte ihn auf den Rand ihres Sargbettes. Sie hatte in der Ausbildungszeit, bevor man sie unter die Erde schickte, um dort hypnotisiert und eingefroren zu werden, geübt, wie man sich in das Bett legte und es wieder verließ. Sie wusste, wonach sie greifen, worauf sie achten musste. Sie rollte sich auf die Seite. Sie öffnete ihre Augen.

Die Lampen waren gelb und grell. Sie schloss die Augen wieder.

Diesmal erklang irgendwo in ihrer Nähe eine Stimme. Sie schien zu sagen: »Nimm den Trinkhalm in den Mund.«

Veesey gähnte.

Die Stimme sprach weiter.

Irgendetwas Kratziges drückte gegen ihren Mund.

Sie öffnete ihre Augen.

Die Umrisse eines menschlichen Kopfes hatten sich zwischen sie und die Lampen geschoben.

Sie blinzelte und versuchte zu erkennen, ob es sich vielleicht um einen der Ärzte handelte. Nein, sie befand sich auf dem Schiff.

Das Gesicht kam näher.

Es war das Gesicht eines sehr gutaussehenden und sehr jungen Mannes. Seine Augen fesselten ihre Blicke. Noch nie zuvor hatte sie jemanden gesehen, der so hübsch und sympathisch zugleich war wie er. Sie musterte ihn genauer und stellte fest, dass sie zu lächeln begonnen hatte.

Der Trinkhalm schob sich zwischen ihre Lippen und Zähne. Automatisch begann sie zu saugen. Die Flüssigkeit erinnerte an Suppe, aber sie besaß auch einen medizinischen Geschmack.

Das Gesicht verfügte über eine Stimme. »Wach auf«, sagte es, »wach auf. Es hat keinen Zweck, sich jetzt noch dagegen zu sträuben. Du brauchst so schnell wie möglich Bewegung.«

Sie spuckte den Trinkhalm aus und keuchte: »Wer bist du?«

»Trece«, erklärte er, »und das dahinten ist Talatashar. Wir sind seit zwei Monaten wach und leiten den Einsatz der Roboter. Wir brauchen deine Hilfe.«

»Hilfe«, murmelte sie, »meine Hilfe?«

Treces Gesicht legte sich in Falten und Fältchen, während er auf reizende Weise lächelte. »Nun, wir haben entschieden, dass wir dich benötigen. Wir brauchen einen dritten Verstand, um die Roboter einzusetzen. Und nebenbei bemerkt sind wir einsam. Talatashar und ich sind füreinander keine sehr unterhaltsame Gesellschaft. Wir haben die Liste der Reservemannschaft durchgesehen und uns entschlossen, dich zu wecken.« Freundlich reichte er ihr die Hand.

Als sie sich hinsetzte, erblickte sie den anderen Mann, Talatashar. Sofort fuhr sie zurück; noch nie zuvor hatte sie jemanden gesehen, der so hässlich gewesen wäre. Sein Haar war grau und borstig. Kleine Schweinsaugen stachen aus Höhlen hervor, die von Fettpolstern umrahmt waren. Seine Wangen hingen in monströsen Kinnbacken zu beiden Seiten hinunter. Und zu allem Überfluss war sein Gesicht schief.

Eine Hälfte wirkte glatt, aber die andere war verzerrt von endlosen Krämpfen, als leide er unter Schmerzen. Sie konnte nicht verhindern, dass sie die Hand vor den Mund schlug. Und den Handrücken gegen die Lippen gepresst, sagte sie: »Ich dachte ... ich dachte, dass jeder hier auf dem Schiff hübsch sein sollte.«

Die eine Hälfte von Talatashars Gesicht lächelte, während die andere Hälfte den Ausdruck gefrorenen Schmerzes beibehielt. »Das waren wir«, grollte seine Stimme, und es war keine unangenehme Stimme, »das waren wir alle. Einige von uns verderben immer durch das Frosten. Es wird eine Weile dauern, bis du dich an mich gewöhnt hast.« Er lachte grimmig. »Auch *ich* habe eine Weile gebraucht, um mich an mich zu gewöhnen. Nach zwei Monaten ist es mir gelungen. Ich freue mich, dich kennenzulernen. Vielleicht wirst du dich nach einiger Zeit ebenfalls freuen, mich kennengelernt zu haben ... Was meinst du dazu, na, Trece?«

»Was?«, fragte Trece, der sie beide mit freundlicher Besorgnis beobachtet hatte.

»Das Mädchen. Sie ist so taktvoll. Die direkte Diplomatie der sehr Jungen. Ob ich mal hübsch war, fragte sie. Nein, sagte ich. Wie dem auch sei, was ist sie?«

Trece drehte sich zu ihr um. »Lass mich dir beim Aufsetzen helfen«, bat er.

Sie setzte sich auf den Rand der Transportkapsel.

Wortlos reichte Trece ihr den Behälter mit der Flüssigkeit und den Trinkhalm, und sie saugte weiter die Brühe in sich hinein. Ihre Augen blickten zu den beiden Männern auf wie die Augen eines kleinen Kindes. Sie waren so unschuldig und so besorgt wie die Augen eines Kätzchens, das sich zum ersten Mal Schwierigkeiten ausgesetzt sieht.

»Was bist du?«, fragte Trece nach einer Weile.

Für einen Moment löste sie ihre Lippen von dem Trinkhalm. »Ein Mädchen«, antwortete sie.

Talatashars eine Gesichtshälfte lächelte ein verführerisches Lächeln. Die andere wurde von einem Muskelzucken erschüttert, ohne etwas auszudrücken. »Das sehen wir«, nickte er grimmig.

»Er meint«, fügte Trece erklärend hinzu, »wofür bist du ausgebildet worden?«

Erneut senkte sie den Trinkhalm. »Für nichts«, gestand sie.

Die Männer lachten – beide lachten. Zuerst lachte Trece mit der ganzen Bosheit der Welt. Dann lachte Talatashar, doch er war zu jung, um auf eigene Art lachen zu können. Auch sein Gelächter war deshalb grausam. Etwas Männliches, Mysteriöses, Drohendes und Geheimes war darin verborgen, als ob er alles über die Dinge wüsste, die ein Mädchen nur auf Kosten von Schmerzen und Erniedrigung erfahren konnte. In diesem Moment war er ihr so fremd, wie die Männer immer den Frauen fremd gewesen sind: erfüllt von geheimen Gründen und versteckten Wünschen, gesteuert von klaren, scharfen Gedanken, die keine Frau besaß und auch nicht besitzen wollte. Vielleicht war mehr als nur sein Körper verdorben.

Veesey hatte in ihrem Leben noch keine Erfahrungen gesammelt, die sie dieses Lachen fürchten lassen konnten, aber die instinktive Reaktion von einer Million Jahren Weiblichkeit brachte sie dazu, das Böse zu ignorieren, sich auf weitere Schwierigkeiten vorzubereiten und für den Moment das Beste zu hoffen. Aus Büchern und Aufzeichnungen wusste sie alles über Sex. Dieses Gelächter hatte nichts mit Babys oder Liebe zu tun, es drückte Verachtung und Macht und Grausamkeit aus – die Grausamkeit von Männern, die sich grausam gaben, weil sie Männer waren. Für einen Augenblick hasste sie beide, aber sie war nicht beunruhigt genug, um den Schutzmechanismus auszulösen, den der psychologische Wächter in ihrem Bewusstsein installiert hatte. Stattdessen sah sie sich in der Kabine um, die zehn Meter lang und vier Meter breit war.

Dies war jetzt ihr Heim, vielleicht für ewig. Irgendwo gab es Schläfer, aber sie sah ihre Kapseln nicht. Alles, was sie sah, waren dieser kleine Raum und die beiden Männer – Trece mit seinem warmen Lächeln, seiner angenehmen Stimme, seinen interessanten graublauen Augen und Talatashar mit seinem zerstörten Gesicht. Und ihr Gelächter. Dieses verdrehte, geheimnisvolle männliche Gelächter, dessen Untertöne feindlich und höhnisch waren.

So ist das Leben, dachte sie, und da muss ich durch.

Talatashar, der aufgehört hatte zu lachen, sprach nun mit einer völlig anders klingenden Stimme. »Später werden wir Zeit für Vergnügen und Spiele haben. Zuerst müssen wir die Arbeit erledigen. Die Photonensegel fangen nicht genug Sternenlicht ein, um uns anzutreiben. Das Hauptsegel ist von einem Meteor beschädigt worden. Wir können es nicht reparieren, nicht mit einem Riss, der zwanzig Meilen lang ist. Also müssen wir das Schiff wenden.«

»Wie soll das denn funktionieren?«, fragte Veesey traurig, ohne an der Beantwortung ihrer Frage besonders interessiert zu sein. Die Qualen und Schmerzen des langen Kälteschlafes hatten sie benommen gemacht.

Talatashar erklärte es ihr: »Es ist einfach. Die Segel sind beschichtet. Der Lichtdruck ist auf einer Seite stärker als auf der anderen. Durch den Druck auf der einen Seite und dem fehlenden Druck auf der anderen bewegt sich das Schiff. Die interstellare Materie ist sehr dünn und setzt nicht genug Widerstand entgegen, um uns langsamer werden zu lassen. Die Segel blähen sich unter dem Druck der hellsten Lichtquelle. In den ersten achtzig Jahren war dies die Sonne. Da haben wir die Sonne und die hellsten Sterne in ihrer Umgebung benutzt. Jetzt treibt uns mehr Licht an, als wir benötigen, und wir werden von unserem Ziel fortgetrieben, wenn wir nicht die stumpfe Seite der Segel auf unser Ziel richten und die beschichtete Seite der nächstbesten Lichtquelle zudrehen. Aus Gründen, die wir nie erfahren werden, ist der Segler gestorben. Der automatische Mechanismus des Schiffes hat uns geweckt, und das Navigationspult hat uns die Lage erklärt. So sieht es also aus. Wir müssen die Roboter einsetzen.«

»Aber was ist mit ihnen geschehen? Warum handeln sie nicht aus eigenem Antrieb? Warum müssen dafür Menschen geweckt werden? Es heißt doch immer, sie seien so tüchtig.« Und insbesondere fragte sie sich: Warum haben sie *mich* geweckt? Aber sie glaubte, die Antwort zu kennen – dass die Männer und nicht die Roboter dafür verantwortlich gewesen waren –, und sie wollte sie lieber nicht hören. Die Erinnerung daran, wie ihr männliches Gelächter sich in etwas Hässliches verwandelt hatte, war noch zu frisch.

»Die Roboter waren nicht programmiert, die Segel zu setzen – sie können sie nur reparieren. Wir müssen sie dazu bringen, dass sie den Schaden begreifen, der nicht mehr zu beheben ist, und wir müssen sie für die neue Aufgabe rüsten.«

»Kann ich etwas zu essen haben?«, fragte Veesey.

»Warum nicht?« Talatashar zuckte mit den Achseln.

»Ich werde mich darum kümmern!«, sagte Trece.

Während Veesey aß, gingen die drei die bevorstehenden Arbeiten im Detail durch und besprachen die Probleme in aller Ruhe. Sie fühlte sich ein wenig entspannter. Sie hatte das Gefühl, dass sie als gleichwertige Partnerin akzeptiert wurde.

Als sie die Arbeitspläne fertiggestellt hatten, waren sie überzeugt, dass es zwischen fünfunddreißig und zweiundvierzig Normaltage dauern würde, die Segel zu setzen und neu zu justieren. Die Roboter würden die Arbeit im All übernehmen, aber die Segel maßen siebzigtausend Meilen in der Länge und zwanzigtausend Meilen in der Breite.

Zweiundvierzig Tage!

Die Arbeit war keineswegs in zweiundvierzig Tagen getan.

Es vergingen ein Jahr und drei Tage, bevor sie ihre Arbeit beendet hatten.

Die Stimmung in der Kabine hatte sich nicht sehr verändert. Talatashar ignorierte Veesey, sah man von den Gelegenheiten ab, in denen er hässliche Bemerkungen machte. Nichts, was er im Medizinschrank gefunden hatte, konnte etwas an seiner Verstümmelung ändern, aber einige der Medikamente betäubten ihn so, dass er lange und tief schlief.

Trece war schon seit langem ihr Geliebter, doch es war eine solch unschuldige Romanze, dass sie sich ebenso gut im weichen Gras, unter Ulmen, am Ufer eines glitzernden irdischen Flusses hätte abspielen können.

Einmal hatte sie die beiden Männer miteinander kämpfend angetroffen und war in laute Schreie ausgebrochen. »Hört auf! Hört damit auf! Das könnt ihr doch gar nicht!« Als sie aufhörten, aufeinander einzuschlagen, sagte sie verwundert: »Ich dachte, ihr *könntet* das gar nicht. Diese Boxen. Diese Schutzvorrichtungen. Diese Dinge, die sie uns eingepflanzt haben.«

Doch Talatashar erwiderte mit einer Stimme, die von Bösartigkeit und Triumph nur so troff: »Das haben *sie* gedacht. Ich habe diese Dinger schon vor Monaten aus dem Schiff geworfen. Wollte sie nicht in meiner Nähe haben.«

Die Wirkung auf Trece war dramatisch und so schrecklich, als habe er unabsichtlich eines der Uralten Unheimlichen Gebiete betreten. Er stand vollkommen verstört da, die Augen weit aufgerissen, und aus ihm klang Furcht, als er schließlich sprach.

»Also – haben – wir – deshalb – gekämpft!«

»Du spielst auf die Boxen an? Sie sind fort, so viel ist sicher«, sagte Talatashar.

»Aber«, keuchte Trece, »jeder wurde von seiner persönlichen Box beschützt. Wir alle wurden beschützt – vor uns selbst. Gott steh uns bei!«

»Was ist Gott?«, fragte Talatashar.

»Keine Ahnung. Es ist ein altes Wort. Ich habe es von einem Roboter gehört. Aber was sollen wir jetzt tun? Was wirst *du* tun?«, fragte Trece Talatashar anklagend.

»Ich?«, sagte Talatashar. »Ich tue nichts. Denn es ist ja nichts passiert.« Die unversehrte Hälfte seines Gesichtes verzog sich zu einem unterdrückten Lächeln.

Veesey sah beide an.

Sie verstand die Gefahr nicht, aber sie fürchtete sie in ihrer Ungewissheit.

Talatashar schleuderte ihnen sein hässlich klingendes, männliches Gelächter entgegen, doch dieses Mal fiel Trece nicht ein. Mit offenem Mund starrte er den anderen an.

Talatashar gab sich mutig und unbekümmert. »Die Schicht ist um«, sagte er, »ich ziehe mich jetzt zurück.«

Veesey nickte und versuchte, ihm gute Nacht zu sagen, aber sie brachte kein Wort heraus. Sie war verängstigt und neugierig – doch die Neugierde überwog. Über dreißigtausend Menschen befanden sich in ihrer Nähe, aber nur diese beiden waren lebendig und gegenwärtig. Und sie wussten über etwas Bescheid, das ihr unbekannt war.

Talatashar unterstrich seine Unbekümmertheit noch, indem er ihr auftrug: »Für die Hauptmahlzeit morgen stell etwas Besonderes zusammen. Vergiss das nicht, Mädchen.«

Er erklomm die Wand und verschwand.

Als sich Veesey zu Trece herumdrehte, war er es, der in ihre Arme flüchtete.

»Ich habe Angst«, sagte er. »Wir können mit allem fertig werden, dem wir im Weltraum begegnen, nur nicht mit uns selbst. Ich beginne zu glauben, dass der Segler sich selbst getötet hat. *Sein* psychologischer Wächter hat ebenfalls versagt. Und nun sind wir ganz allein auf uns gestellt.«

Veesey sah sich unwillkürlich in der Kabine um. »Es ist alles so wie vorher. Nur wir drei und dieser kleine Raum und draußen das Auf-und-Hinaus.«

»Verstehst du denn nicht, Liebes?« Er packte sie bei den Schultern. »Die Boxen haben uns vor uns selbst beschützt. Und nun sind sie fort. Wir sind hilflos. Hier gibt es nichts mehr, was uns vor uns selbst beschützen kann. Was verletzt Menschen mehr als der Mensch selbst? Was tötet Menschen

so wie der Mensch? Welche Gefahr kann für uns schrecklicher sein als wir selbst?«

Sie versuchte sich von ihm zu befreien. »So schlimm ist es
ja sicher nicht.«

Ohne zu antworten, zog er sie an sich. Begann an ihrer
Kleidung zu zerren. Die Jacke und die Shorts waren, genau
wie seine eigenen, aus Omnitextil und sehr stabil. Sie stieß
ihn zurück, aber sie fürchtete sich nicht im Geringsten. Er
tat ihr leid, und in diesem Moment war ihre einzige Sorge,
dass Talatashar aufwachen und versuchen würde, ihr zu helfen. Und das wollte sie nicht. Trece zu bezwingen war nicht
schwer.

Sie brachte ihn dazu, von ihr abzulassen, und gemeinsam
trieben sie in den großen Sessel.

Sein Gesicht war so tränenüberströmt wie ihr eigenes.

In dieser Nacht liebten sie sich nicht.

Im Flüsterton, unter Seufzern, erzählte er ihr die Geschichte der *Alten Zweiundzwanzig*. Er erzählte ihr, dass
Menschen von überallher aus den Sternen hervorgeströmt
und uralte Dinge in ihren Köpfen erwacht seien. Die Gedanken in ihrem tiefsten Inneren waren furchterregender
als die schwärzesten Tiefen des Weltraums. Der Weltraum
beging niemals Verbrechen. Er tötete nur. Die Natur konnte den Tod bringen, aber nur der Mensch konnte Verbrechen von Welt zu Welt tragen. Ohne die Boxen blickten
sie in die bodenlosen Tiefen ihres eigenen unbewussten
Selbst.

Sie verstand ihn nicht ganz, aber sie versuchte ihn so gut
es eben ging zu begreifen.

Er wandte sich zum Schlafen – lange nachdem seine
Schicht zu Ende gewesen war – und murmelte immer und
immer wieder: »Veesey, Veesey, beschütze mich vor mir
selbst! Was kann ich jetzt tun, jetzt, in diesem Moment,
damit ich nicht später etwas Entsetzliches tue? Was *kann*
ich tun? *Jetzt* fürchte ich mich vor mir, Veesey, und ich
fürchte mich vor der *Alten Zweiundzwanzig*. Veesey, Veesey,

du musst mich vor mir selbst retten. Was kann ich jetzt tun, jetzt, jetzt …«

Sie kannte die Antwort nicht, und als er eingeschlafen war, schlief auch sie. Die gelben Lampen beschienen beide mit ihrem hellen Licht. Als die Roboterkontrolle festgestellt hatte, dass keines der menschlichen Wesen im Aktivzustand war, übernahm sie die Überwachung des Schiffes und der Segel.

Talatashar weckte sie am Morgen.

Weder an diesem Tag noch an einem der folgenden Tage wurde über die Boxen gesprochen. Es gab nichts zu sagen.

Aber die beiden Männer beobachteten einander wie feindliche Bestien, und Veesey begann ihrerseits sie aufmerksam zu beobachten. Etwas Böses und Lebendiges war in den Raum eingezogen, ein Überfluss an Leben, von dem sie niemals gewusst hatte, dass es existierte. Es roch nicht, sie konnte es nicht sehen, sie konnte es nicht mit den Händen greifen. Es war dennoch etwas Wirkliches. Vielleicht war es das, was die Menschen einst *Gefahr* genannt hatten.

Sie versuchte, besonders freundlich zu beiden zu sein. Dadurch ließ sich das Gefühl in ihrem Inneren verdrängen. Aber Trece wurde mürrisch und eifersüchtig, und Talatashar lächelte sein unaufrichtiges, schiefes Lächeln.

IV

Die Gefahr traf sie alle völlig überraschend.

Talatashars Hände umklammerten sie und zerrten sie aus ihrer Schlafkapsel.

Sie versuchte, sich zu wehren, aber er war so erbarmungslos wie eine Maschine.

Er zog sie heraus, drehte sie und ließ sie durch die Luft treiben. Vor Ablauf einer Minute würde sie nicht den Boden berühren, und er rechnete offensichtlich damit, sie wieder in seine Gewalt bringen zu können. Während sie sich in der Luft drehte, sich fragte, was geschehen war, sah sie Treces Augen ihren Bewegungen folgen. Nur den Bruchteil einer Sekunde später wurde ihr bewusst, dass sie wirklich Trece vor sich sah. Er war mit einem Sicherheitsgurt gefesselt, und der Gurt war an einer Wandverstrebung befestigt. Er war noch hilfloser als sie.

Eisige Furcht erfüllte das Mädchen.

»Ist das ein Verbrechen?«, flüsterte sie in die leere Luft. »Ist das, was du mit mir machst, ein Verbrechen?«

Talatashar antwortete nicht, aber seine Hände umklammerten ihre Schultern mit einem festen, schrecklichen Griff. Er drehte sie um. Sie schlug nach ihm. Er schlug zurück und traf sie so fest, dass ihr Kinn sich in eine einzige Wunde zu verwandeln schien.

Unabsichtlich hatte sie sich selbst schon einige Male Schmerzen zugefügt; die Arztroboter waren ihr dann immer zu Hilfe gekommen. Aber noch niemals hatte ein anderes menschliches Wesen sie verletzt. Menschen zu verletzten – wozu, so etwas tat man nicht, und wenn, dann nur zur Unterhaltung der Menschen! So etwas konnte nicht geschehen.

Doch es war geschehen.

Mit einem Mal erinnerte sie sich an das, was Trece ihr über die *Alte Zweiundzwanzig* erzählt hatte und über das, was den Menschen zugestoßen war, als sie ihr Selbst draußen im All verloren hatten und aus ihrem Innern das Böse emporstieg, das ihnen, auch nach über einer Million Jahren der Menschwerdung, noch immer folgte – auch hinaus in den Weltraum selbst.

Das also war das Verbrechen, das zu den Menschen zurückgekehrt war.

Mühsam versuchte sie mit Talatashar darüber zu sprechen. »Wirst du ein Verbrechen begehen? Auf diesem Schiff? An mir?«

Sein Gesichtsausdruck war schwer zu deuten, denn die Hälfte seines Antlitzes war erstarrt zu einer Fratze ewigen

Gelächters. Sie sahen einander an. Ihr Gesicht brannte von dem schmerzhaften Schlag, aber die unversehrte Hälfte seines Gesichtes verriet nicht, ob ihr Schlag ihm ebenfalls Schmerzen zugefügt hatte. Sie verriet lediglich Stärke, Wachsamkeit und eine Erwartung, die gänzlich unangebracht war.

Schließlich antwortete er ihr, und es war, als ob er die Wunder seiner eigenen Seele durchforschte.

»Ich werde tun, wonach es mich verlangt. Wonach es *mich* verlangt! Hast du mich verstanden?«

»Warum bittest du uns nicht einfach darum?«, stieß sie hervor. »Trece und ich werden alles tun, was du willst. Wir sind ganz allein auf diesem kleinen Schiff, Millionen von Meilen draußen im Nichts. Warum sollten wir nicht deine Bitten erfüllen? Binde ihn los. Lass uns über alles reden. Wir werden tun, was du willst. Alles. Auch du hast Rechte.«

Sein Gelächter war eher das Kreischen eines Verrückten.

Er schob sein Gesicht ganz nahe an ihres heran und sprach so heftig, dass sein Speichel ihr Wange und Ohr benetzte.

»Ich will keine Rechte!«, rief er ihr zu. »Ich will nicht das, was mir zusteht. Ich will nicht das Richtige tun. Glaubst du, ich habe euch beide nicht gehört, Nacht für Nacht, eure leisen Liebeslaute, sobald es dunkel in der Kabine wurde? Warum, meinst du, habe ich die Würfel aus dem Schiff geworfen? Warum, meinst du, verlangt es mich nach Macht?«

»Ich weiß es nicht«, gestand sie traurig und sanft. Sie hatte die Hoffnung noch nicht aufgegeben. Solange er redete, war es möglich, dass sich seine Gedanken klärten und er wieder vernünftig wurde. Sie hatte von Robotern gehört, deren Schaltkreise durchgebrannt waren, so dass sie von anderen Robotern zur Strecke gebracht werden mussten. Aber nie hatte sie geglaubt, dass Derartiges auch Menschen zustoßen konnte.

Talatashar stöhnte. Die ganze Geschichte der Menschheit lag in seinem Stöhnen – der Zorn über das Leben, das so viel versprach und so wenig hielt, und die Verzweiflung über die Zeit, die den Menschen überlistete, während sie ihn formte. Er lehnte sich in der Luft zurück und sank hinunter auf den Kabinenboden, dessen magnetischer Belag die feinen Eisenfäden in ihrer Kleidung anzog.

»Du glaubst, er wird darüber hinwegkommen, nicht wahr?«, fragte er und meinte damit sich selbst.

Sie nickte.

»Du glaubst, er wird vernünftig werden und uns beide in Ruhe lassen, nicht wahr?«

Sie nickte erneut.

»Du denkst dir – dieser Talatashar, er wird wieder in Ordnung kommen, wenn wir Wereld Schemering erreichen, und die Ärzte werden sein Gesicht richten, und wir werden dann wieder glücklich sein. Das denkst du doch, nicht wahr?«

Sie nickte. Hinter ihr stieß Trece trotz seines Knebels ein lautes Ächzen aus, aber sie wagte nicht, ihren Blick von Talatashar und seinem entstellten, Angst einflößenden Gesicht zu wenden.

»Nun, so wird es aber nicht sein, Veesey«, fuhr er fort. Die Endgültigkeit im Klang seiner Stimme war fast sanft. »Denn du wirst nicht dorthin gelangen. Ich werde tun, was ich tun muss. Ich werde dir Dinge antun, die nie zuvor im All geschehen sind, und dann werde ich deinen Leichnam durch die Abfallklappe werfen. Und ich werde Trece bei alldem zuschauen lassen, bevor ich auch ihn töte. Und dann – weißt du, was ich dann tun werde?«

Ein merkwürdiges Gefühl – wahrscheinlich war es Furcht – begann ihr die Kehle zuzuschnüren. Ihr Mund war trocken geworden. »Nein, ich weiß nicht, was du dann tun wirst …«

Talatashar sah aus, als ob er in sich hineinlauschte. »Ich weiß es auch nicht«, sagte er, »ich weiß nur, dass ich es in

Wirklichkeit gar nicht möchte. Ich möchte es tatsächlich nicht. Es ist grausam und schmutzig, und wenn ich damit fertig bin, wird keiner von euch beiden mehr da sein, und ich werde nicht mehr mit euch sprechen können. Aber ich muss es tun. Auf eine sonderbare Art ist es gerecht. Du musst sterben, weil du schlecht bist. Und ich bin ebenfalls schlecht. Aber wenn du stirbst, werde ich nicht mehr so schlecht sein.« Er sah sie offen an und schien in diesem Moment fast normal zu sein. »Weißt du überhaupt, wovon ich spreche? Begreifst du auch nur ein bisschen davon?«

»Nein. Nein. Nein«, stammelte Veesey.

Talatashar sah nicht mehr ihr, sondern seinem unsichtbaren Verbrechen ins Gesicht, das er bald begehen würde, und fast glücklich erklärte er: »Du musst es aber verstehen. Du bist es, die deswegen sterben wird, und dann er. Vor langer Zeit hast du mir ein Leid zugefügt, ein gemeines, unverzeihliches Leid. Es war nicht dein Selbst, das jetzt vor mir sitzt. Du bist nicht groß genug oder klug genug, um mir etwas anzutun, das so furchtbar ist wie die Dinge, die mir angetan worden sind. Es war nicht dein Selbst, das dies getan hat, es war das wahre, tatsächliche Selbst. Und nun werde ich dich zerschneiden und verbrennen und erwürgen und dich mit medizinischen Mitteln zurück ins Leben holen und dann wieder zerschneiden und erwürgen und verletzen, solange dein Leib es ertragen kann. Und wenn dein Leib schließlich sein Leben aushaucht, werde ich deinen Leichnam zusammen mit ihm hinaus in den Weltraum stoßen. Von mir aus kann er lebend nach draußen gehen – ohne Raumanzug wird es innerhalb weniger Augenblicke mit ihm vorbei sein. Und dann wird mir zum Teil Gerechtigkeit widerfahren sein. Das ist es, was die Menschen Verbrechen genannt haben. Es ist nur Gerechtigkeit, Selbstjustiz, die dem tiefsten Innern des Menschen innewohnt. Verstehst du das, Veesey?«

Sie nickte. Sie schüttelte den Kopf. Sie nickte erneut. Sie wusste nicht, was sie antworten sollte.

»Und dann gibt es noch weitere Dinge, die ich tun muss«, fuhr er fort. »Weißt du, was sich außerhalb dieses Schiffes befindet? Meiner Verbrechen harrt?«

Sie schüttelte den Kopf, und so gab er selbst die Antwort.

»Dort sind dreißigtausend Menschen, die in ihren Kapseln hinter dem Schiff hergezogen werden. Ich werde sie paarweise hereinholen und die jungen Mädchen hierbehalten. Die anderen werde ich dem Weltraum übergeben. Und mit den Mädchen werde ich herausfinden, was es ist – das, was ich immer tun musste und niemals begriffen habe. Das, was ich niemals begriffen habe, Veesey, bis ich mit dir hier draußen im All war.«

Seine Stimme klang nun verträumt, als ob er sich in seinen eigenen Gedanken verloren hätte. Die verzerrte Hälfte seines Gesichtes zeigte das endlose Lächeln, aber die gesunde Hälfte wirkte nachdenklich und melancholisch, so dass Veesey spürte, dass es etwas in seinem Innern gab, das sie verstehen konnte, besäße sie nur die Fähigkeit und die Vorstellungskraft, die dazu notwendig gewesen wären.

Mit trockenem Mund flüsterte sie: »Hasst du mich? Warum willst du mir Schmerzen zufügen? Hasst du Mädchen?«

»Ich hasse nicht Mädchen«, stieß er hervor. »Ich hasse *mich*. Hier draußen im Weltraum habe ich es herausgefunden. Du bist keine Person. Mädchen sind keine Menschen. Sie sind weich und hübsch und reizend und kuschelig und warm, aber sie besitzen keine Gefühle. Ich war ein stattlicher Mann, bevor mein Gesicht zerstört wurde, aber das spielt keine Rolle. Ich wusste immer, dass Mädchen keine Menschen sind. Sie sind Robotern ähnlich. Sie besitzen alle Macht der Welt und bleiben immer von Sorgen verschont. Männer müssen gehorchen, Männer müssen bitten, Männer müssen leiden, weil sie erschaffen wurden, um zu leiden und sich zu sorgen und zu gehorchen. Ein Mädchen muss nur ein hübsches Lächeln aufsetzen und seine hübschen

Beine übereinanderschlagen, und der Mann gibt alles auf, wonach er sich jemals gesehnt und wofür er gekämpft hat, nur um ihr Sklave zu werden. Und das Mädchen …« An dieser Stelle begann er wieder zu kreischen, in hohen, spitzen Tönen. »… und das Mädchen wird dann eine Frau, und sie bekommt Kinder, noch mehr Mädchen, um die Männer zu quälen, noch mehr Männer, um Opfer der Mädchen zu werden, noch mehr Grausamkeit und noch mehr Sklaven. Du bist so grausam zu mir, Veesey! Du bist so grausam, dass du nicht einmal weißt, dass du grausam bist. Wenn du wüsstest, wie sehr ich mich nach dir sehne, dann würdest du wie ein Mensch leiden. Aber du leidest nicht. Du bist ein Mädchen. Doch jetzt wirst du es erfahren. Du wirst leiden, und dann wirst du sterben. Aber du wirst erst sterben, wenn du weißt, was die Männer fühlen, wenn sie an Frauen denken.«

»Tala«, begann sie und benutzte den Kosenamen, den sie bisher so selten benutzt hatte, »Tala, das ist nicht wahr. Ich wollte dich niemals quälen.«

»Natürlich wolltest du das nicht! Mädchen wissen nicht, was sie anrichten. Das macht sie zu Mädchen. Sie sind schlimmer als Schlangen, schlimmer als Maschinen.« Er war verrückt, hoffnungslos wahnsinnig hier draußen in den tiefsten Tiefen des Alls. Er erhob sich so plötzlich, dass er nach oben schoss und sich an der Decke festhalten musste.

Ein Geräusch aus dem Kabinenhintergrund ließ beide sich herumdrehen. Trece versuchte, sich von seinen Fesseln zu befreien. Er schaffte es nicht. Veesey glitt auf Trece zu, aber Talatashar packte sie an der Schulter. Drehte sie zu sich herum. Aus seinem armen, verunglückten Gesicht blitzten sie seine Augen an.

Manchmal hatte Veesey sich gefragt, wie der Tod wohl sein mochte. Und dachte jetzt: *Das ist er.*

Ihr Körper kämpfte noch immer gegen Talatashar, dort in der Kabine des Raumschiffes, während Trece unter seinen

Fesseln und dem Knebel stöhnte. Sie versuchte, Talatashar die Augen auszukratzen, aber der Gedanke an den Tod schien sie immer weiter von allem zu entfernen. Sie glitt davon, tief in sich hinein.

In sich hinein, wo kein anderer Mensch sie jemals erreichen konnte – gleichgültig, was geschah.

Und aus der fernen, nahen Abgeschiedenheit drangen Worte in ihr Bewusstsein:

> *Mädchen, wenn ein Mann*
> *erscheint und macht dich an,*
> *dann denke blau,*
> *zähl bis zwei*
> *und suche einen roten Schuh …*

An Blau zu denken war nicht schwer. Sie stellte sich einfach vor, dass die gelben Lampen der Kabine blau wurden. »Eins-zwei« zu zählen war das Einfachste auf der Welt. Und obwohl Talatashar mit ihr kämpfte und ihre Hand zu packen versuchte, gelang es ihr, sich an die wunderwunderschönen roten Schuhe zu erinnern, die sie in *Marcia und die Mondmenschen* gesehen hatte.

Die Lampen wurden für einen Moment trüb, und eine durchdringende Stimme dröhnte aus dem Schaltpult.

»Notfall, äußerster Notfall! Menschen! Menschen betriebsunfähig!«

Talatashar war so verblüfft, dass er sie losließ.

Das Pult wimmerte wie eine Sirene. Es hörte sich an, als sei der Computer in Tränen ausgebrochen.

Mit einer Stimme, die sich vollkommen von seinem gereizten, zornigen Geschrei unterschied, fragte Talatashar sie ruhig: »Dein Würfel. Habe ich denn nicht deinen Würfel entfernt?« Er sah sie prüfend an.

Es klopfte an der Wand. Ein Klopfen, das von draußen drang, aus der Millionen von Meilen tiefen Leere. Ein Klopfen aus dem Nirgendwo.

Eine Gestalt, die sie nie zuvor gesehen hatten, hatte das Schiff betreten und durchschritt nun die Doppelwand, als sei sie nichts weiter als Nebel.

Es war ein Mann. Ein Mann mittleren Alters, mit scharf geschnittenen Gesichtszügen, von kräftiger Statur und auf altmodische Art gekleidet. An seinem Gürtel befanden sich etliche Waffen, und in der Hand hielt er eine Peitsche.

»Du«, wandte sich der Fremde an Talatashar, »binde diesen Mann los.«

Er deutete mit dem Peitschenstiel auf Trece, der noch immer gefesselt und geknebelt war.

Talatashar überwand seine Überraschung. »Du bist ein Würfelgeist. Es gibt dich in Wirklichkeit gar nicht!«

Die Peitsche pfiff durch die Luft, und ein langer roter Striemen zog sich über Talatashars Handgelenk. Blutstropfen perlten hervor und trieben neben ihm durch die Luft, bevor er wieder sprechen konnte.

Veesey brachte kein Wort heraus; ihr Kopf war leer, und sie fühlte ihren Körper nicht mehr.

Als sie zu Boden sank, sah sie, wie Talatashar sich schüttelte, zu Trece hinüberging und die Fesseln zu lösen begann.

Sobald Talatashar den Knebel aus Treces Mund entfernt hatte, fragte Trece den Fremden: »Wer bist du?«

»Ich existiere nicht«, erwiderte der Fremde, »aber ich kann euch alle töten, wenn ich will. Es ist besser, wenn ihr macht, was ich euch sage. Hört mir genau zu. Auch du«, fügte er hinzu, drehte sich halb herum und sah Veesey an. »Auch du hörst zu, denn du hast mich gerufen.«

Alle drei gehorchten. Der Kampf war vorüber. Trece rieb sich die Handgelenke und schüttelte die Hände, um die Blutzirkulation wieder in Gang zu bringen.

Auf würdevoll elegante Art wandte sich der Fremde nun ihnen allen dreien zu, doch es schien, als richtete er seine Worte fast ausschließlich an Talatashar.

»Ich entstamme dem Würfel der jungen Dame. Habt ihr bemerkt, wie die Lampen trüber wurden? Tiga-belas hat einen falschen Würfel in ihre Kältekapsel gelegt und mich im Schiff versteckt. Als sie die Schlüsselworte dachte, entstand eine Spannung von einem Bruchteil eines Mikrovolts und orderte mehr Strom für mein Terminal. Ich bestehe aus dem Gehirn eines kleinen Tieres, aber ich besitze die Persönlichkeit und die Kraft von Tiga-belas. Ich werde eine Milliarde Jahre lang leben. Als die Spannung hoch genug war, entstand ich als Störung in euren Gehirnen. Ich existiere tatsächlich nicht.« Die Augen des Fremden fixierten Talatashar. »Aber wenn ich meine imaginäre Pistole in die Hand nehme und dir damit in den Kopf schieße, dann werden deine Knochen meinen Befehlen gehorchen, so gewaltig ist mein Verstärker. Ein Loch wird in deinem Kopf entstehen, und dein Blut und dein Gehirn werden heraustropfen, genau wie das Blut jetzt aus deiner Hand tropft. Schau dir deine Hand an, wenn du mir nicht glaubst.«

Talatashar verzichtete darauf.

Wohlüberlegt fuhr der Fremde fort: »Dabei wird keine Kugel aus meiner Pistole dringen, kein Strahl, kein Feuer, nichts. Absolut nichts. Aber dein Körper wird mir glauben, selbst wenn sich deine Gedanken weigern. Deine Knochenstruktur wird mir glauben, ob du es nun willst oder nicht. Ich stehe mit jeder einzelnen Zelle deines Körpers in Verbindung, mit allem, von dem ich fühle, dass es lebt. Wenn ich *Kugel* denke, dann werden sich deine Knochen für die imaginäre Wunde öffnen. Deine Haut wird sich teilen, dein Blut wird herausströmen, dein Gehirn wird spritzen. Nicht durch physische Einwirkung, sondern durch meinen Willen. Durch meinen direkten Willen, du Narr! Es mag sich dabei vielleicht nicht um wirkliche Gewalt handeln, aber es dient meinen Zwecken ebenso gut. Verstehst du mich nun? Schau dir dein Handgelenk an.«

Talatashar wandte seine Augen nicht von dem Fremden. Mit einer Stimme, die merkwürdig kalt klang, sagte er: »Ich glaube dir. Ich nehme an, ich bin verrückt. Wirst du mich töten?«

»Ich weiß es nicht«, erwiderte der Fremde.

Trece fragte: »Bitte, bist du ein Mensch oder eine Maschine?«

»Ich weiß es nicht«, antwortete der Fremde auch ihm.

»Wie heißt du?«, wollte Veesey wissen. »Hat man dir einen Namen gegeben, als man dich schuf und dich mit uns hinausschickte?«

»Mein Name«, erklärte der Fremde und verbeugte sich vor ihr, »lautet Sh'san.«

»Ich freue mich, dich kennenzulernen, Sh'san«, sagte Trece und streckte ihm die Hand entgegen.

Sie schüttelten sich die Hände.

»Ich habe deine Hand gefühlt«, entfuhr es Trece. Verblüfft starrte er sein Gegenüber an. »Ich habe seine Hand gefühlt, ich habe sie wirklich gefühlt … Was hast du die ganze Zeit dort draußen im Weltraum gemacht?«

Der Fremde lächelte. »Auf mich wartet viel Arbeit. Ich habe keine Zeit für Geplauder.«

»Wie lauten deine Befehle«, warf Talatashar ein, »jetzt, da du alles in die Hand genommen hast?«

»Das habe ich nicht getan«, entgegnete Sh'san, »ihr werdet vielmehr tun, was ihr tun müsst. Ist das nicht die Art der Menschen?«

»Aber, bitte …«, begann Veesey.

Doch da war der Fremde schon verschwunden, und die drei waren wieder allein in der Kabine des Raumschiffes. Treces Knebel und Fesseln waren inzwischen zu Boden gesunken, aber Talatashars Blut schwebte noch immer reglos neben ihm in der Luft.

Bedrückt murmelte Talatashar: »Nun, das haben wir hinter uns. Glaubt ihr, dass ich verrückt war?«

»Verrückt?«, wiederholte Veesey. »Ich kenne dieses Wort nicht.«

»Im Denken gestört«, erklärte ihr Trece. Er wandte sich an Talatashar und begann ernst auf ihn einzureden. »Ich glaube, dass ...« Er wurde von dem Schaltpult unterbrochen, von dem leises Klingeln zu hören war. Sie sahen ein Zeichen blinken. *Besucher kommen,* verriet die leuchtende Schrift.

Die Tür zum Lagerraum öffnete sich, und eine wunderschöne Frau trat zu ihnen in die Kabine. Sie sah sie an, als würde sie sie alle kennen. Veesey und Trece waren neugierig und verwirrt, aber Talatashar wurde blass, leichenblass.

V

Veesey bemerkte, dass die Frau nach einer Mode gekleidet war, wie sie vor einer Generation geherrscht hatte – eine Mode, die man jetzt nur noch aus den Dramawürfeln kannte. Das Kleid besaß kein Rückenteil. Eine gewagte Tätowierung breitete sich fächerförmig über ihren ganzen Rücken aus. Vorn war das Kleid wie gewöhnlich an den Magnetösen befestigt, die in das Fettgewebe der Brust eingelassen waren, aber bei ihr befanden sich die Ösen über dem Schlüsselbein, so dass das Kleid bis zum Kinn hoch reichte und einen Hauch altmodischer Prüderie verbreitete. Magnetösen waren ebenfalls an der üblichen Stelle knapp unterhalb des Brustkastens angebracht und hielten das reich gefältelte Oberteil. Die Frau trug eine Halskette und ein dazu passendes Armband; beides war aus Korallen von den Außenwelten gefertigt. Die Frau warf Veesey nicht einmal einen Blick zu. Sie wandte sich ohne Zögern an Talatashar und sagte gebieterisch, aber auch voll Zuneigung: »Tal, sei ein guter Junge. Du bist böse gewesen.«

»Mama«, keuchte Talatashar. »Mama, du bist tot!«

»Streite nicht mit mir«, wies sie ihn zurecht. »Sei ein guter Junge. Kümmere dich um das kleine Mädchen. Wo ist das kleine Mädchen?« Sie sah sich um und entdeckte Veesey. »Dieses kleine Mädchen da«, fuhr sie fort. »Sei ein guter Junge zu *diesem* kleinen Mädchen. Wenn du nicht gehorchst, dann wirst du deiner Mutter das Herz brechen, dann wirst du das Leben deiner Mutter ruinieren und ihr das Herz brechen, genau wie es dein Vater getan hat. Ich will es nicht ein zweites Mal sagen.«

Sie bückte sich und küsste Talatashar auf die Stirn, und für einen Moment hatte Veesey den Eindruck, beide Gesichtshälften des Mannes seien verzerrt.

Sie richtete sich wieder auf, blickte sich um, nickte Trece und Veesey höflich zu und kehrte zurück in den Lagerraum, schloss die Tür hinter sich.

Talatashar stürzte ihr nach, riss die Tür heftig auf und ließ sie mit einem Knall hinter sich zufallen.

Trece rief ihm nach: »Bleib nicht zu lange dort drinnen. Sonst wirst du erfrieren.« An Veesey gewandt setzte er hinzu: »Dein Würfel ist dafür verantwortlich. Dieser Sh'san ist der mächtigste Beschützer, von dem ich je gehört habe. Dein psychologischer Wächter muss ein Genie gewesen sein. Und weißt du, was mit *ihm* los ist?« Er nickte in Richtung Tür. »Er hat es mir einst erzählt, wenn auch nur in groben Umrissen. Seine eigene Mutter hat ihn großgezogen. Er wurde im Asteroidengürtel geboren, und sie hat ihn nicht abgegeben.«

»Du meinst, seine eigene, richtige Mutter?«, fragte Veesey.

»Ja, seine genealogische Mutter.«

»Wie *scheußlich*!«, entfuhr es Veesey. »So etwas habe ich ja noch nie gehört.«

Talatashar kam in die Kabine zurück und sagte zu keinem von ihnen ein Wort. Die Mutter blieb verschwunden.

Aber Sh'san, der eidetische Mann, der dem Würfel einprogrammiert war, wachte weiter über die drei.

Drei Tage später erschien Marcia selbst, sprach mit Veesey eine halbe Stunde über ihre Abenteuer mit den Mondmenschen und verschwand dann wieder. Marcia gab niemals vor, wirklich zu sein. Sie war zu schön, um sich als real aus-

geben zu können. Dichtes blondes Haar krönte einen wohlgeformten Kopf, dunkle Brauen wölbten sich über funkelnden braunen Augen, und ihr bezauberndes, keckes Lächeln
erfreute Veesey, Trece und Talatashar gleichermaßen. Marcia
gab zu, dass sie die imaginäre Heldin einer spannenden
Serie war, wie sie von den Dramawürfeln übertragen wurden. Talatashar hatte sich völlig beruhigt, seit nach Sh'sans
Erscheinen das seiner Mutter erfolgt war. Er schien Furcht
davor zu empfinden, diesem Phänomen auf den Grund zu
gehen. Aber er versuchte es, indem er Marcia fragte.

Sie antwortete ihm bereitwillig.

»Was bist du?«, wollte er wissen. Das freundliche Lächeln
der gesunden Hälfte seines Gesichtes war furchterregender,
als es ein finsterer Blick hätte sein können.

»Ich bin ein kleines Mädchen, du Dummer«, erwiderte
Marcia.

»Aber du bist nicht wirklich.«

»Nein, aber wie ist es denn mit dir?« Sie lachte ein
glückliches, mädchenhaftes Lachen – ein Kind, das einen
verwirrten Erwachsenen mit seinem eigenen Paradoxon
schlug.

»Hör mal zu«, fuhr er fort, »du weißt genau, was ich meine.
Du bist nur etwas, das Veesey in den Dramawürfeln gesehen
hat, und du bist gekommen, um ihr imaginäre rote Schuhe
zu schenken.«

»Du kannst die Schuhe auch noch anfassen, wenn ich
wieder fort bin.«

»Das bedeutet, dass der Würfel sie aus etwas gemacht
hat, was sich auf diesem Schiff befindet«, erklärte Talatashar
triumphierend.

»Warum nicht?«, nickte Marcia. »Ich kenne mich mit
Schiffen nicht aus. Er schon, nehme ich an.«

»Aber selbst wenn die Schuhe real sind – du bist es nicht.
Wohin gehst du, wenn du uns ›verlässt‹?«

»Ich weiß es nicht«, gab Marcia zu. »Ich bin hierhergekommen, um Veesey zu besuchen. Wenn ich fortgehe, werde

ich, glaube ich, wieder dort sein, wo ich vorher war, bevor ich kam.«

»Und wo war das?«

»Nirgendwo«, sagte Marcia, und sie wirkte fest und real.

»Nirgendwo? Also gibst du zu, dass du ein Nichts bist?«

»Von mir aus«, entgegnete Marcia, »aber dieses Gespräch kommt mir recht sinnlos vor. Wo bist du gewesen, bevor du hier warst?«

»Hier? Du meinst auf diesem Schiff? Ich war auf der Erde.«

»Und bevor du in diesem Universum gewesen bist, wo warst du da?«

»Ich war noch nicht geboren, also habe ich noch nicht existiert.«

»Nun«, sagte Marcia, »genauso ist es bei mir, nur ein klein wenig anders. Bevor ich existierte, habe ich nicht existiert. Wenn ich existiere, bin ich hier. Ich bin ein Echo von Veeseys Persönlichkeit, und ich helfe ihr, daran zu denken, dass sie ein hübsches junges Mädchen ist. Ich fühle mich so wirklich, wie du dich wirklich fühlst. Und damit Schluss!«

Marcia wandte sich ab und erzählte weiter von ihren Abenteuern mit den Mondmenschen, und Veesey war fasziniert, all die Dinge zu hören, die man in der Version für die Dramawürfel nicht gebracht hatte. Als Marcia fertig war, schüttelte sie den beiden Männern die Hand, hauchte Veesey einen Kuss auf die linke Wange und schritt durch die Wand hinaus in die gähnende Leere des Weltraums, in der es allein die sternenlosen Rhomboiden der Segel gab, die den Blick auf einen Teil des Weltraums versperrten.

Talatashar hieb die Faust in seine offene Hand. »Die Wissenschaft hat sich zu weit entwickelt. Sie werden uns mit ihren Vorsichtsmaßnahmen noch umbringen.«

Mit eisiger Miene entgegnete Trece: »Und was hattest du vor?«

Talatashar fiel in düsteres Schweigen.

Zehn Tage nach Beginn der Erscheinungen endeten sie. Die Macht des Würfels hatte wie eine Bombe eingeschlagen. Offenbar war es dem Würfel und dem Schiffscomputer irgendwie gelungen, ihre jeweiligen Daten zu koordinieren.

Die Person, die zum Schluss auftauchte, war ein Weltraumkapitän; grau, runzlig, aufrecht gehend, gebräunt von den Strahlungen tausender Welten.

»Ihr wisst, wer ich bin«, sagte er.

»Ja, Sir, ein Kapitän«, nickte Veesey.

»Ich weiß es nicht«, erklärte Talatashar, »und ich bin mir nicht sicher, ob ich an dich glauben soll.«

»Sind die Wunden deiner Hand schon verheilt?«, fragte der Kapitän grimmig.

Talatashar verstummte.

Der Kapitän bat um ihre Aufmerksamkeit. »Hört zu. Ihr werdet nicht lange genug leben, um auf dem ursprünglichen Kurs die Sterne zu erreichen. Ich möchte, dass Trece den Makrochronografen auf ein Intervall von fünfundneunzig Jahren einstellt, und dann werde ich die Beobachtung übernehmen, während er zwei von euch zur gleichen Zeit zu einer Wache von fünf Jahren einteilt. Das wird genügen, um die Segel zu setzen, die Verwicklungen der Kapseltaue zu lösen und die Leuchtfeuer mit den Berichten auszuschicken. Dieses Schiff bräuchte eigentlich einen Segler, aber es steht nicht genug Ausrüstung zur Verfügung, um einen von euch in einen Segler zu verwandeln, und deshalb werden wir uns auf die Roboter verlassen müssen, während ihr drei in euren Kältebetten schlaft. Euer Segler starb an einem Blutgerinnsel, und die Roboter haben ihn aus der Kabine entfernt, bevor ihr von ihnen geweckt wurdet ...«

Trece blinzelte. »Ich dachte, er hätte Selbstmord begangen.«

»Keineswegs«, entgegnete der Kapitän. »Hört zu. Wenn ihr meinen Anweisungen nachkommt, werdet ihr es in drei Schlafperioden schaffen. Wenn nicht, werdet ihr niemals ankommen.«

»Es ist gleichgültig, was aus mir wird«, sagte Talatashar, »aber dieses kleine Mädchen muss rechtzeitig Wereld Schemering erreichen, so dass sie dort noch ihr Leben vor sich hat. Eine von euren verdammten Erscheinungen hat mir befohlen, auf sie zu achten … Aber auf jeden Fall hört sich der Plan gut an.«

»Der Meinung bin ich auch«, stimmte Trece zu. »Ich habe erst erkannt, dass sie noch ein Kind ist, als sie mit diesem anderen Kind, Marcia, gesprochen hat. Vielleicht werde ich eines Tages eine Tochter wie sie haben.«

Der Kapitän ging nicht auf diese Bemerkungen ein, aber er schenkte ihnen das gelöste, glückliche Lächeln eines alten, weisen Mannes.

Eine Stunde später hatten sie die Überprüfung des Schiffes beendet. Die drei waren bereit, ihre Kältebetten aufzusuchen, und der Kapitän machte Anstalten, sich von ihnen zu verabschieden.

Da richtete Talatashar das Wort an ihn. »Ich muss dich einfach fragen – wer bist du?«

»Ein Kapitän«, entgegnete der Kapitän sofort.

»Du weißt, was ich meine«, sagte Talatashar verärgert.

Der Kapitän schien in sein Innerstes zu blicken. »Ich bin eine temporäre, artifizielle Persönlichkeit, die von der Persönlichkeit Sh'sans in euren Gedanken erzeugt worden ist. Sh'san befindet sich auf diesem Schiff, aber er ist vor euch versteckt, damit ihr ihm keinen Schaden zufügen könnt. Sh'san wurde die Persönlichkeit eines Menschen einprogrammiert, eines Wahren Menschen namens Tiga-belas. Sh'san wurden ebenfalls die Persönlichkeiten von fünf oder sechs ausgezeichneten Weltraumoffizieren einprogrammiert, nur für den Fall, dass deren Fähigkeiten gebraucht werden sollten. Eine geringe elektrische Spannung hält Sh'san in Bereitschaft, und sobald es erforderlich wird, kann er über eine Schaltung die Stromspeicher des Schiffes anzapfen.«

»Aber was *ist* er? Was *bist du*?«, fragte Talatashar fast flehentlich. »Ich war dabei, ein furchtbares Verbrechen zu begehen, als ihr Gespenster hereinkamt und mich davor bewahrt habt. Seid ihr imaginär? Seid ihr wirklich?«

»Das ist eine philosophische Frage. Ich bin ein Produkt der Wissenschaft. Ich weiß es nicht«, gestand der Kapitän.

»Bitte«, sagte Veesey, »könntest du uns verraten, wie es auf dich wirkt? Nicht wie es ist. Wie es wirkt.«

Der Kapitän schien in sich zusammenzufallen, als sei alle Selbstbeherrschung aus ihm gewichen – als würde er sich plötzlich schrecklich alt fühlen. »Wenn ich spreche und handle, dann fühle ich mich vermutlich wie jeder andere Raumkapitän. Wenn ich nicht mehr daran denke, dann bin ich mit einem Mal sehr verwirrt. Ich weiß, dass ich nur ein Echo in euren Gedanken bin, entstanden aus der Erfahrung und der Weisheit, die dem Würfel verliehen wurde. Deshalb nehme ich an, dass ich genau das mache, was richtige Menschen machen. Ich denke nicht sehr viel darüber nach. Ich kümmere mich um meine Arbeit.« Er reckte und streckte sich und war wieder ganz er selbst. »Um meine Arbeit«, wiederholte er.

»Und Sh'san«, fragte Trece, »was fühlst du, wenn du an ihn denkst?«

Etwas wie Ehrfurcht – fast schien es Entsetzen zu sein – glitt über das Gesicht des Kapitäns. »Er? Oh, er.« Der bewundernde Tonfall ließ seine Stimme voller klingen und in der kleinen Kabine des Raumschiffes widerhallen. »Sh'san. Er ist der Denker alles Denkenden, das Sein allen Seins, der Handelnde aller Handlungen. Er ist so mächtig, dass es eure Vorstellungskraft weit übersteigt. Er erweckt mich in euren Gedanken zum Leben. An sich ist er ein totes Mäusegehirn, das auf Plastik lamelliert wurde, und ich habe nicht die geringste Vorstellung davon, wer *ich* bin. Nun, ich wünsche euch allen eine gute Nacht!«

Der Kapitän setzte seine Mütze auf und verschwand geradewegs durch die Wand. Veesey hastete zum Sichtfenster, aber draußen vor dem Schiff war nichts zu erkennen. Nichts. Und ganz gewiss nicht ein Kapitän.

»Was bleibt uns anderes übrig«, fragte Talatashar, »als zu gehorchen?«

Sie gehorchten. Sie kletterten in ihre Kältebetten. Talatashar schloss die Elektroden an Veesey und Trece an, bevor er sein eigenes Bett aufsuchte und sich ebenfalls präparierte. Freundlich verabschiedeten sie sich voneinander, während sich die Deckel senkten.

Sie schliefen.

VI

Am Ziel angelangt, wurden die Kapseln, die Segel und das Schiff selbst von den Bewohnern von Wereld Schemering übernommen. Sie weckten die Schläfer erst, als sich alle sicher auf dem Boden befanden.

Die drei Kabineninsassen wurden zusammen geweckt. Veesey, Trece und Talatashar waren so sehr damit beschäftigt, Fragen über den toten Segler, die reparierten Segel und ihre Schwierigkeiten auf der Reise zu beantworten, dass sie gar keine Zeit fanden, miteinander zu sprechen. Veesey bemerkte, dass Talatashar offenbar sehr gut aussah; die Hafenärzte hatten sich um sein Gesicht gekümmert, und jetzt erinnerte er an einen seltsam würdevollen, jungen alten Mann. Schließlich fand Trece Gelegenheit, einige Worte mit ihr zu wechseln.

»Leb wohl, Kindchen«, sagte er. »Geh hier eine Weile zur Schule und such dir dann einen guten Mann. Es tut mir leid.«

»Was tut dir leid?«, fragte sie und fühlte Furcht in sich aufsteigen.

»Dass ich mit dir herumpoussiert habe, bevor der ganze Ärger begann. Du bist noch ein Kind. Aber du bist ein gutes Kind.« Er fuhr ihr mit den Fingern durchs Haar, machte auf dem Absatz kehrt und war fort.

Und da stand sie nun, vollkommen verloren, inmitten eines fremden Zimmers. Sie wünschte, sie hätte weinen können. Wozu war sie auf der Reise überhaupt nutze gewesen?

Unbemerkt war Talatashar an sie herangetreten.

Er reichte ihr die Hand. Sie ergriff sie.

»Bis demnächst, Kind«, sagte er.

Schon wieder *Kind?*, dachte sie. Zu ihm sagte sie höflich: »Vielleicht sehen wir uns wieder. Das ist eine ziemlich kleine Welt.«

Sein Gesicht erhellte sich zu einem seltsamerweise angenehmen Lächeln. Es war solch ein wundervoller Unterschied zu der Lähmung, die bis vor kurzem noch die eine Hälfte verunstaltet hatte. Er sah gar nicht mehr alt aus, ganz und gar nicht alt.

Seine Stimme klang drängend. »Veesey, denk an das, woran auch ich denke. Denk an das, was beinahe geschehen wäre. Ich erinnere mich an die Dinge, die wir glaubten gesehen zu haben. Vielleicht haben wir all diese Dinge gesehen. Hier auf dieser Welt hätten wir sie nicht gesehen. Aber ich möchte, dass du dich daran erinnerst. Du hast uns alle gerettet. Auch mich. Und Trece. Und die dreißigtausend, die draußen waren.«

»Ich?«, fragte sie. »Was habe ich denn getan?«

»Du hast Hilfe herbeigerufen. Du hast Sh'san aktiviert. Alles geschah durch dich. Wenn du nicht ehrlich und freundlich und lieb und nicht so schrecklich intelligent gewesen wärst, dann hätte dein Würfel nicht funktioniert. Es war nicht eine tote Maus, die das Wunder vollbracht hat. Es waren dein Verstand und deine Güte, die uns gerettet haben. Der Würfel hat nur die notwendigen Effekte beigesteuert. Ich sage dir, wenn wir dich nicht dabeigehabt hätten, dann wären zwei tote Männer und dreißigtausend verdorbene Körper hinaus in das Große Nichts gesegelt. Du hast uns alle gerettet. Vielleicht weißt du nicht wie, aber du hast es vollbracht.« Ein Beamter tippte Talatashar an. Höflich, aber bestimmt sagte er: »Noch einen Moment.« Und zu Veesey sagte er: »Das war es dann wohl.«

Ein quälender Gedanke hatte von ihr Besitz ergriffen, dem sie nachgehen musste, auch wenn es vielleicht bedeutete, dass sie unglücklich würde. »Und was du über Mädchen gesagt hast … damals … in jenen Momenten?«

»Ich erinnere mich.« Sein Gesicht verzerrte sich und nahm für einen Augenblick fast die alte Hässlichkeit an. »Ich erinnere mich. Aber ich habe mich geirrt. Vollständig geirrt.«

Sie sah ihm nach, und sie dachte insgeheim an den *blauen* Himmel, an die *zwei* Türen hinter ihnen und an die *roten Schuhe* in ihrem Gepäck. Doch es geschah kein Wunder. Kein Sh'san, keine Stimmen, keine magischen Würfel.

Nur dass sich Talatashar umwandte, zu ihr zurückging und sagte: »Ich finde, wir sollten uns darum kümmern, dass wir uns nächste Woche wiedersehen. Die Leute dort am Schalter können uns sagen, wo wir hingeschickt werden. Dann können wir uns leichter wiederfinden. Komm, fragen wir sie.«

Und dann gingen sie gemeinsam zum Einwanderungsschalter.

DER COLONEL KEHRTE AUS DEM NIMMERNICHTS ZURÜCK

Der Nackte und Einsame

Wir blickten durch den Spion der Krankenzimmertür.

Colonel Harkening hatte sich wieder einmal den Schlafanzug vom Leib gerissen und lag nackt mit dem Gesicht auf dem Boden.

Sein Körper war steif.

Den Kopf hatte er so weit nach links gedreht, dass seine Nackenmuskeln hervortraten. Sein rechter Arm stand starr vom Körper ab. Der Ellbogen bildete einen rechten Winkel, und der Unterarm und die Hand deuteten nach oben. Der linke Arm war ebenfalls ausgestreckt, aber in diesem Fall lagen Unterarm und Hand parallel zum Körper.

Die Beine waren zur grotesken Parodie eines Läufers verkrümmt.

Allerdings lief Colonel Harkening nicht.

Er lag flach auf dem Boden.

Flach, als ob er versuchte, sich aus der dritten Dimension zu quetschen und nur noch zweidimensional dazuliegen.

Grosbeck trat zurück und machte Timofeyev seinen Platz an dem Guckloch frei.

»Ich behaupte noch immer, dass er eine nackte Frau braucht«, erklärte Grosbeck. Grosbeck hatte stets die elementaren Dinge im Auge.

Wir hatten bereits Atropin, Surgital, die ganze Familie der Digitaline, verschiedene Narkotika, Elektrotherapie, Hydrotherapie, Subsoniktherapie, Temperaturschocks, audiovisuelle Schocks, mechanische Hypnose und Gashypnose eingesetzt. Alles war ohne die geringste Wirkung auf Colonel Harkening geblieben.

Wenn wir den Colonel aufhoben, versuchte er, sich wieder hinzulegen.

Wenn wir ihn anzogen, riss er sich die Kleidung wieder vom Leib.

Wir hatten bereits seine Frau herbeigeschafft. Sie hatte geweint, denn ihr Mann war von der Welt als Held gefeiert worden – gestorben in der ungeheuren, furchtbaren Leere des Weltraums. Seine geheimnisvolle Rückkehr hatte die sieben Kontinente der Erde und die Kolonien auf der Venus und dem Mars in Staunen versetzt.

Harkening war Testpilot für ein neues Raumfahrzeug gewesen, das von einem Team des Forschungsbüros der Instrumentalität entwickelt worden war.

Man nannte es Chronoplast, obwohl eine Minderheit für die Bezeichnung Planoform plädierte.

Die Theorie überstieg mein Begriffsvermögen, aber der Zweck war klar. Grob umrissen lautete die Theorie, lebende Körper und totes Material in eine zweidimensionale Form zu pressen und den lebenden Körper samt seinem materiellen Zubehör durch zwei Dimensionen bis zu einem unendlich fernen Punkt im Weltraum springen zu lassen. Bei dem derzeitigen Stand unserer Technologie hätte es mindestens ein Jahrhundert gedauert, um Alpha Centauri zu erreichen, den nächstgelegenen Stern.

Desmond Harkening, der als einer der Herren der Instrumentalität den Titel eines Colonels führte, war einer unserer besten Raumnavigatoren. Seine Augen waren perfekt, sein Verstand war scharf, sein Körper in einem ausgezeichneten Zustand, seine Erfahrung vorzüglich. Was wollte man mehr verlangen?

Die Menschheit hatte ihn mit einem winzigen Raumschiff hinausgeschickt, das nicht größer als eine Liftkabine in einem normalen Haus war. Noch während Millionen von Televideo-Zuschauern seinen Kurs verfolgten, war er plötzlich irgendwo zwischen Erde und Mond verschwunden.

Sehr wahrscheinlich hatte er den Chronoplast eingeschaltet und war so der erste Mensch geworden, der planoformte.

Sein Raumschiff sahen wir nie wieder.

Aber wir fanden den Colonel.

Er lag nackt mitten im Central Park von New York, einer Stadt, die sich ungefähr hundert Meilen westlich von den Alten Ruinen befand.

Er lag da in jener grotesken Stellung, in der wir ihn soeben in seinem Krankenzimmer beobachtet hatten und in der er an eine Art menschlichen Seestern erinnerte.

Vier Monate waren seither vergangen, und wir hatten mit dem Colonel nur sehr geringe Fortschritte gemacht.

Es war nicht schwierig, ihn am Leben zu erhalten, seit wir ihn ununterbrochen auf rektale und intravenöse Weise ernährten. Er wehrte sich nicht dagegen. Er wehrte sich nur, wenn wir ihn ankleideten oder versuchten, ihn zu lange von seiner horizontalen Stellung abzuhalten.

Wenn er zu lange aufrecht stand, erwachte er zu einer verrückten, wortlosen, hinterhältigen Raserei und ging auf die Pfleger, die Zwangsjacke und alles los, was sich ihm in den Weg stellte.

Wir machten eine höllische Zeit durch, als der arme Mann, fest in Segeltuch eingewickelt, eine volle Woche ununterbrochen darum kämpfte, wieder freizukommen und seine beklemmende Position wieder einzunehmen.

Der Besuch seiner Frau in der letzten Woche hatte ebenso wenig etwas genützt, wie Grosbecks Vorschlag in dieser Woche wohl etwas nützen würde. Der Colonel hatte sie genauso ignoriert, wie er uns Ärzte ignorierte.

Wenn er von den Sternen zurückgekehrt war, aus der Kälte jenseits des Mondes, von all den Schrecken des Aufund-Hinaus, aus Gründen, die jedem normal lebenden Menschen unbekannt waren, in einer Form, die nicht mehr er selbst war und dennoch seine Gestalt besaß – wie konnten wir dann erwarten, dass ihn die groben Stimulanzen des derzeitigen menschlichen Wissens wieder aufwecken würden?

Als Timofeyev und Grosbeck sich zu mir umdrehten, nachdem sie ihn zum zigtausendsten Mal betrachtet hatten, sagte ich ihnen, dass wir mit normalen Mitteln vermutlich keinen Erfolg haben würden.

»Fangen wir ganz von vorn an. Dieser Mann ist hier. Doch er kann eigentlich gar nicht hier sein, denn niemand kann splitterfasernackt von den Sternen zurückkehren und nach einer Reise durch den äußeren Weltraum so sanft im Central Park landen, dass er bei der Landung nicht einmal die winzigste Abschürfung davonträgt. Deshalb befindet er sich nicht in diesem Zimmer, und Sie und ich reden über irgendetwas anderes, und es gibt nicht das geringste Problem. Ist das richtig?«

»Nein«, antworteten sie im Chor.

Ich wandte mich Grosbeck zu, der von beiden am halsstarrigsten war. »Dann also auf Ihre Weise. Er ist dort – erste Prämisse. Er kann nicht dort sein – zweite Prämisse. Wir existieren nicht. Q.e.d. Gefällt Ihnen das besser?«

»Nein, Sir und Doktor, Herr und Führer«, entgegnete Grosbeck und behielt die höflichen Umgangsformen bei, obwohl er wütend war. »Sie versuchen, den gesamten Kontext dieses Falls zu zerstören, und indem Sie das tun, führen Sie uns noch weiter hinein in unorthodoxe Behandlungsmethoden. Gott im Himmel, Sir! So können wir nicht weitermachen. Dieser Mann ist verrückt. Es spielt keine Rolle, wie er in den Central Park gelangt ist. Das ist das Problem der Ingenieure. Aber kein medizinisches Problem. Sein *Irresein* ist ein medizinisches Problem. Wir können versuchen, ihn zu behandeln, oder wir können darauf verzichten. Aber es führt zu nichts, wenn wir die medizinischen Belange mit den ingenieurwissenschaftlichen …«

»So schlimm ist es nun auch nicht«, unterbrach Timofeyev sanft.

Als der ältere meiner Assistenten hatte er das Recht, mich mit meinem Kurztitel anzureden. Er sah mich an. »Ich stimme Ihnen zu, Sir und Doktor Anderson, wenn Sie sagen, dass die Technik im Zusammenhang mit dem seelischen und körperlichen Zustand dieses Mannes steht. Schließlich ist er der erste Mensch, der ein Chronoplast benutzt hat, und weder wir noch die Ingenieure oder sonst jemand hat auch nur die leiseste Ahnung von dem, was ihm zugestoßen ist. Die Ingenieure können die Maschine nicht finden und wir nicht seinen Verstand. Überlassen wir die Maschine den Ingenieuren und kümmern uns um die medizinischen Aspekte des Falls.«

Ich sagte nichts und ließ ihnen Zeit, Dampf abzulassen, damit sie wieder vernünftig argumentieren konnten, anstatt in ihrer Verzweiflung mich anzugreifen.

Sie blickten mich an, schwiegen widerwillig und versuchten, mich dazu zu bringen, in dieser unangenehmen Angelegenheit die Initiative zu ergreifen.

»Öffnen Sie die Tür«, befahl ich. »Er wird schon nicht fortlaufen. Er möchte nur flach daliegen.«

»Flacher als ein schottischer Pfannkuchen in einer chinesischen Hölle«, brummte Grosbeck. »Und es führt zu nichts, wenn wir ihn in dieser Stellung belassen. Einst war er ein menschliches Wesen, und die einzige Möglichkeit, ein menschliches Wesen dazu zu bringen, ein menschliches Wesen zu sein, ist, an sein menschliches Selbst zu appellieren und nicht an diese imaginäre flache Hälfte, die über ihn gekommen ist, während er draußen war – wo immer das auch gewesen sein mag.« Grosbeck verzog die Lippen zu einem halben Lächeln; hin und wieder war er in der Lage, das humoristische Element zu erkennen, das in seinem Ungestüm verborgen war. »Sollten wir vielleicht sagen, dass er *unter dem Raum* war, Sir und Doktor, Herr und Führer?«

»Das ist eine gute Formulierung«, stimmte ich zu. »Später können Sie Ihre Idee mit der nackten Frau ausprobieren, aber offen gesagt glaube ich nicht, dass Sie irgendeinen Erfolg damit haben werden. Wenn er sich nicht gerade in dieser grotesken Position befindet, dann entsprechen seine Denkprozesse denen primitiver, wirbelloser Organismen. Und wenn er nicht denkt, dann sieht er auch nicht. Und wenn er nicht sieht, dann sieht er weder eine Frau noch sonst etwas anderes. Mit seinem Körper ist alles in Ordnung. Das Problem liegt im Gehirn. Ich bin noch immer davon überzeugt, dass wir uns auf das Gehirn konzentrieren müssen.«

»Oder auf die Seele«, stieß Timofeyev hervor, dessen voller Name Herbert Hoover Timofeyev lautete und der aus dem religiösesten Teil Russlands stammte. »Manchmal darf man die Seele nicht vergessen, Doktor …«

Wir hatten nun das Zimmer betreten und starrten den nackten Mann an.

Der Patient atmete sehr langsam. Seine Augen waren geöffnet. Es war uns nicht gelungen, ihn zum Zwinkern zu bringen – trotz des Einsatzes von Photoblitzen. Wenn man ihn zwang, seine flache Haltung aufzugeben, schien er auf irgendeine groteske und grundlegende Weise zwar ein Mensch zu sein. Sein Verstand besaß dann jedoch, intellektuell gesprochen, die Qualität eines gejagten, panikerfüllten, verwirrten Eichhörnchens. Wenn er angekleidet oder aufgehoben wurde, dann wehrte er sich wie ein Wahnsinniger und schlug wahllos auf alle Dinge und Personen ein.

Der arme Colonel Harkening! Wir drei galten als die besten Ärzte der Erde und konnten doch nichts für ihn tun.

Wir hatten sogar versucht, die Art zu analysieren, mit der er kämpfte, um festzustellen, ob seine Muskel- und Augenbewegungen Rückschlüsse auf jenen Ort zuließen, an dem er sich aufgehalten, oder auf die Erlebnisse, die er gehabt hatte. Selbst das war vergeblich gewesen. Er kämpfte in gewisser Weise wie ein neun Monate altes Baby und mit der Kraft eines Erwachsenen, ohne diese Kraft jedoch zielgerichtet einzusetzen.

Nie gab er einen Laut von sich.

Er atmete schwer, wenn er kämpfte. Speichel tropfte ihm aus dem Mund, Schaum trat ihm vor die Lippen. Mit ungeschickten Handbewegungen riss er sich die Hemden, Jacken und Hosen vom Leib, die wir ihm anlegten. Manchmal ritzte er sich sogar mit den Finger- und Zehennägeln die Haut auf, um sich von Handschuhen oder Pantoffeln zu befreien.

Und immer kehrte er in dieselbe Position zurück.

Auf dem Boden.

Das Gesicht nach unten.

Arme und Beine wie zu einem Hakenkreuz verkrümmt.

Er war aus dem interstellaren Raum zurückgekehrt. Er war der erste Mensch, dem die Rückkehr geglückt war – und dennoch war er nicht hier.

Während wir hilflos dastanden, machte Timofeyev den ersten ernsthaften Vorschlag des Tages.

»Würden Sie das Risiko eingehen und einen sekundären Telepathen einsetzen?«

Grosbeck sah schockiert drein.

Ich ließ mir den Gedanken durch den Kopf gehen. Sekundäre Telepathen besaßen einen schlechten Leumund, und man erwartete von ihnen, dass sie sich in den Krankenhäusern ihre telepathischen Kräfte nehmen ließen, wenn sich herausstellte, dass sie keine richtigen Telepathen waren und nicht über die Fähigkeit zum vollkommenen Gedankenaustausch verfügten.

Nach dem Alten Gesetz konnten sie dem entgehen, und viele zogen das auch vor. Mit ihren gefährlichen halbtelepathischen Kräften verschrieben sie sich oft der Scharlatanerie und Betrügerei schlimmster Sorte, gaben vor, mit den Toten zu sprechen, trieben Neurotiker in Psychosen, heilten einige wenige kranke Menschen und verpfuschten für jeden Fall, den sie kurierten, zehn andere Fälle, deren Zustand sich verschlechterte, und vor allem störten sie die Ordnung der Gesellschaft.

Doch da alles andere versagt hatte …

Der sekundäre Telepath

Einen Tag später befanden wir uns wieder in Harkenings Krankenzimmer und hatten fast genau dieselben Plätze wie das letzte Mal eingenommen.

Wir drei umringten die nackte Gestalt auf dem Boden.

Doch es befand sich noch eine vierte Person bei uns, ein Mädchen.

Timofeyev hatte sie aufgetrieben. Sie war Mitglied seiner Religionsgruppe, den Postsowjetischen Orthodoxen Östlichen Quäkern. Man erkannte sie daran, dass sie die Alte Englische Sprache benutzten.

Timofeyev sah mich an.

Ich nickte knapp.

Er wandte sich an das Mädchen. »Kannst du ihm helfen, Schwester?«

Das Kind war kaum älter als zwölf Jahre. Es war ein kleines Mädchen mit einem langen, schmalen Gesicht, einem weichen, lebhaften Mund, wachen, graugrünen Augen und einem lohfarbenen Haarschopf, der ihr bis zu den Schultern reichte. Sie besaß ausdrucksvolle Hände mit spitz zulaufenden Fingern. Sie zeigte keinerlei Reaktion beim Anblick des nackten Mannes, der in den Tiefen des Wahnsinns versunken war.

Sie kniete sich neben Colonel Harkening und sprach mit sanfter Stimme direkt in sein Ohr hinein.

»Kannst du mich hören, Bruder? Ich bin gekommen, um dir zu helfen. Ich bin deine Schwester Liana. Ich bin deine Schwester im Angesicht der Liebe Gottes. Ich bin deine Schwester aus dem Fleisch des Mannes. Ich bin deine Schwester unter dem Himmel. Ich bin deine Schwester, die gekommen ist, um dir zu helfen. Ich bin deine Schwester, Bruder. Ich bin deine Schwester. Wach ein wenig auf, damit ich dir helfen kann. Wach ein wenig auf, damit du die Worte deiner Schwester hörst. Wach ein wenig auf für die Liebe und die Hoffnung. Wach auf für die Liebe. Wach auf, damit die Liebe dich weiter wecken kann. Wach auf für die Menschheit. Wach auf, um zurückzukehren, um ins Reich der Menschen zurückzukehren. Das Reich der Menschen ist ein freundliches Reich. Die Freundschaft der Menschen ist ein freundliches Ding. Deine Freundin ist deine Schwester mit Namen Liana. Deine Freundin ist hier. Wach ein wenig auf, damit du die Worte deiner Freundin hören kannst ...«

Als sie weitersprach, bemerkte ich, dass sie eine sachte Bewegung mit ihrer linken Hand machte und uns bedeutete, das Zimmer zu verlassen.

Ich nickte meinen beiden Kollegen zu und winkte ihnen, auf den Gang hinaus zu treten. Neben der Tür blieben wir stehen, so dass wir noch immer in das Zimmer sehen konnten.

Liana fuhr mit ihrem endlosen Singsang fort.

Grosbeck stand steif da und starrte sie an, als sei sie ein Eindringling in das ehrwürdige Gebiet der Medizin. Timofeyev versuchte sanft, gutmütig und vergeistigt dreinzuschauen; er vergaß es jedoch und wirkte stattdessen aufgeregt. Ich wurde sehr müde und begann mich zu fragen, wann ich wohl das Mädchen unterbrechen konnte. Ich hatte nicht den Eindruck, dass sie sehr viel erreichte.

Sie selbst löste das Problem.

Sie brach in Tränen aus.

Sie redete weiter, während sie weinte, mit gebrochener, seufzender Stimme, und die Tränen rannen aus ihren Augen über ihre Wangen und tropften auf das Gesicht des Colonels, das sich genau unter ihrem Gesicht befand.

Der Colonel hätte ebenso gut aus zu Porzellan gebranntem Beton bestehen können.

Ich konnte seine Atemzüge verfolgen, aber die Pupillen seiner Augen bewegten sich nicht. Er war nicht lebendiger als in den vergangenen Wochen. Nicht mehr und auch nicht weniger. Keine Veränderung.

Schließlich hörte das Mädchen zu weinen und zu reden auf und folgte uns hinaus auf den Gang.

Sie sprach mich direkt an. »Sind Sie ein mutiger Mann, Anderson, Sir und Doktor, Herr und Führer?«

Das war eine törichte Frage. Was konnte jemand schon auf eine derartige Frage antworten? Alles, was ich sagen konnte, war: »Ich glaube schon. Was hast du vor?«

»Ich brauche Sie alle drei«, erklärte sie so zeremoniell wie eine Zauberin. »Ich möchte, dass Sie alle den Helm der Lichtstecher aufsetzen und mit mir hinausreiten in die Hölle selbst. Diese Seele ist verloren. Sie ist eingefroren worden von einer Macht, die ich nicht kenne, eingefroren draußen zwischen den Sternen, wo die Sterne sie gefangen und in Besitz genommen haben, so dass der arme Mann und Bruder hier wahrhaft unter uns ist, während seine Seele in unheiliger Lust zwischen den Sternen weint, wo sie angewiesen ist auf die Gnade Gottes und die Freundschaft der Menschheit. Wollen Sie, o mutiger Mann, Sir und Doktor, Herr und Führer, mit mir hinausreiten in die Hölle selbst?«

Was hätte ich anderes sagen können als Ja?

Die Rückkehr

Spät in der Nacht bereiteten wir die Rückkehr aus dem Nimmernichts vor. Wir besaßen fünf Lichtstecher-Helme, ungefüge Dinger, mechanischer Ersatz für natürliche Telepathie, Geräte, die die Synapsen des einen Gehirns mit denen des anderen verbanden, so dass wir alle fünf die gleichen Gedanken denken konnten.

Es war das erste Mal, dass ich Kontakt hatte mit dem Bewusstsein von Grosbeck und Timofeyev.

Sie überraschten mich.

Timofeyev war tatsächlich durch und durch rein, so rein und einfach wie frisch gebleichtes Leinen. Er war wirklich ein einfacher Mann; der Verdruss und die Zwänge seines tagtäglichen Lebens drangen nicht bis in sein Inneres vor.

Grosbeck war ganz anders. Er war so lebendig wie Geschnatter und so gewalttätig wie ein ganzer Hühnerhof voller Federvieh. Stellenweise war sein Geist schmutzig, stellenweise sauber. Er war hell, duftig, lebendig, spritzig, beweglich.

Und ich erhielt von ihnen ein Echo meines eigenen Geistes. Timofeyev erschien ich kalt, eisig, geheimnisvoll. In Grosbecks Augen wirkte ich wie ein fester Klumpen Kohle; er konnte nicht sehr tief in mich hineinschauen, und er wollte es wohl auch nicht.

Wir alle tasteten nach Liana, und indem wir ihre Gedanken aufspürten, wurden wir auch mit dem Bewusstsein des Colonels konfrontiert …

Niemals habe ich etwas derart Entsetzliches erlebt.

Es war rohe Sinnenlust.

Als Arzt ist mir Lust vertraut – die Lust des Morphiums, das zerstört, die Lust von Fennin, das tötet und vernichtet, sogar die Lust der Elektroden, die sich in das lebende Gehirn brennen.

Als Arzt war ich verpflichtet dabei zu sein, wenn sich die verruchtesten Menschen auf Befehl des Gesetzes töteten. Es war ein einfacher Vorgang. Wir schlossen einen dünnen Draht direkt an das Lustzentrum des Gehirns an. Der schlechte Mensch hielt dann seinen Kopf in die Höhe eines elektrischen Feldes mit der richtigen Spannung. Es war ganz einfach. Er starb binnen Stunden an seiner Lust.

Dies war schlimmer.

Diese Lust war nicht von menschlicher Art.

Liana war irgendwo in der Nähe, und ich fing ihre Gedanken auf, mit denen sie sagte: »Wir müssen dorthin, Sirs und Doktoren, Herren und Führer. Wir müssen zusammen dorthin, wir alle vier, dorthin, wo der Mann gewesen ist, hinein in das Nimmernichts, zur Hoffnung und zum Herz des Schmerzes, hinein in den Schmerz, der vielleicht diesen Mann zurücktreibt, hinein in die Macht, die größer ist als der Raum, hinein in die Macht, die ihn heimgeschickt hat, hin zu jenem Ort, und es ist kein Ort, hin zu jener Kraft, und sie ist keine Kraft, hin zu jenem Zwang, und es ist kein Zwang, und zwingen den Zwang zur Herausgabe des Herzens und zur Rückgabe an uns. Kommt mit mir, wenn ihr überhaupt kommt. Kommt mit mir bis zum Ende aller Dinge. Kommt mit mir …«

Plötzlich flackerte ein Blitz in unseren Gedanken auf.

Es war ein heller Blitz, hell, köstlich, vielfarbig, freundlich. Er überflutete alles und war eine Kaskade aus reiner Farbe, mild im Ton, aber intensiv in der Helligkeit. Das Licht kam.

Das Licht kam, sage ich.

Fremd.

Und es war fort.

Das war alles.

Das Ganze war so schnell vorbei, dass man es nur schwerlich kurz nennen konnte. Es dauerte kürzer als einen Augenblick, falls das nachvollziehbar ist. Wir alle fünf spürten, dass wir freundlich untersucht worden waren. Wir spürten, dass wir einer gigantischen Lebensform, deren Größe alles menschliche Vorstellungsvermögen überstieg, als Spielzeug oder Schoßtier dienten und dass diese Lebensform, indem wir, die drei Ärzte und Liana, von ihr durchschaut worden waren, uns und den Colonel gesehen und erkannt hatte, dass der Colonel zu seinem eigenen Volk zurückkehren musste.

Denn es waren fünf und nicht vier, die sich erhoben.

Der Colonel zitterte, aber er war gesund. Er lebte. Er war wieder menschlich. Mit schwacher Stimme fragte er: »Wo bin ich? Ist das hier ein irdisches Krankenhaus?« Und dann fiel er in Timofeyevs Arme.

Liana war schon fast durch die Tür.

Ich folgte ihr hinaus.

Sie blickte mich an. »Sir und Doktor, Herr und Führer, ich bitte nicht um Dank, nicht um Geld, ich bitte nur darum, dass über das, was geschehen ist, Stillschweigen bewahrt wird. Meine Kräfte entstammen der Güte und Gnade des Herrn und der Freundlichkeit der Menschheit. Ich sollte mich eigentlich nicht in die Medizin einmischen. Ich wäre nicht gekommen, hätte mich Ihr Freund Timofeyev nicht im Namen der Barmherzigkeit darum gebeten. Sie können den Erfolg für Ihr Krankenhaus ganz allein beanspruchen, Sir und Doktor, Herr und Führer, aber Sie und Ihre Freunde sollten mich vergessen.«

»Aber die Berichte …«, stotterte ich.

»Fassen Sie die Berichte ganz nach Ihrem Gutdünken ab, nur erwähnen Sie mich nicht.«

»Aber unser Patient. Er ist auch unser gemeinsamer Patient, Liana.«

Sie lächelte ein Lächeln voll tiefer Süße, voll mädchenhafter und kindlicher Freundlichkeit. »Wenn er mich braucht, werde ich zu ihm kommen …«

Die Welt war besser, aber nicht sehr viel weiser.

Das Chronoplast-Raumschiff wurde niemals gefunden. Die Rückkehr des Colonels wurde niemals geklärt. Der Colonel verließ nicht noch einmal die Erde. Alles, was er wusste, war, dass er irgendwo in der Nähe des Mondes einen Knopf gedrückt hatte und nach viermonatiger, unerklärlicher Abwesenheit in einem Krankenhaus erwacht war.

Und alles, was die Welt wusste, war, dass er und seine Frau zur Überraschung aller ein seltsames, aber schönes kleines Mädchen adoptierten, das keine Familie besaß, aber reich gesegnet war mit der milden Großzügigkeit ihres Geistes.

DAS SPIEL
RATTE UND DRACHE

Der Spieltisch

Lichtstechen war eine elende Art, seinen Lebensunterhalt zu verdienen. Underhill war fuchsteufelswild, als er hinter sich die Tür schloss. Es hatte nicht viel Sinn, eine Uniform zu tragen und wie ein Soldat auszusehen, wenn die Menschen nicht einmal daran dachten, die geleistete Arbeit anzuerkennen.

Er setzte sich in seinen Sessel, legte den Kopf in die Kopfstütze zurück und zog den Helm über die Stirn.

Während er darauf wartete, dass das Stechgerät warmlief, dachte er an das Mädchen in dem äußeren Korridor. Sie hatte zuerst das Gerät und dann ihn verächtlich angesehen.

»Miau.« Das war alles, was sie gesagt hatte. Aber es hatte ihn tief ins Mark getroffen.

Was glaubte sie eigentlich, was er war – ein Narr, ein Faulenzer, eine uniformierte Null? Wusste sie denn nicht, dass er für jede halbe Stunde Lichtstechen mindestens einen zweimonatigen Erholungsaufenthalt im Krankenhaus benötigte?

Inzwischen war das Gerät warm geworden. Er fühlte die Raumquadrate rings um sich herum, war das Zentrum eines gewaltigen Gitters, eines kubischen Gitters, in dem es nichts als Leere gab. Dort in diesem Nichts spürte er den hohlen schmerzenden Schrecken des Weltraums, und er empfand wieder die entsetzliche Angst, die ihn jedes Mal überkam, sobald sein Bewusstsein auch nur die geringste Spur inerten Staubes registrierte.

Als er sich entspannte, sickerte die tröstende Stabilität der Sonne in ihn hinein, das Uhrwerk der vertrauten Planeten und des Mondes. Unser eigenes Sonnensystem war so reizvoll und so einfach wie eine altertümliche Kuckucksuhr mit ihrem freundlichen Ticken und ihren beruhigenden Geräuschen. Die kauzigen kleinen Monde des Mars wirbelten um ihren Planeten wie toll gewordene Mäuschen, doch gerade in ihrer Regelmäßigkeit lag die Versicherung, dass alles in Ordnung war. Hoch über der Ebene der Ekliptik spürte er eine halbe Tonne Staub, der mehr oder weniger außerhalb der Bahnen menschlicher Raumfahrt dahintrieb.

Hier gab es nichts, gegen das er kämpfen musste, nichts, das den Geist herausforderte, die lebende Seele aus dem Körper riss, während ihre Wurzeln eine Aura verströmten, die so greifbar war wie Blut.

Nichts drang jemals in das Sonnensystem ein. Er konnte ewig das Stechgerät tragen und war doch nicht mehr als eine Art telepathischer Astronom, ein Mann, der den heißen, warmen Schutz der Sonne fühlte, wie er in seinem lebendigen Geist pulsierte und brannte.

Woodley kam herein.

»Immer dieselbe alte tickende Welt«, sagte Underhill. »Keine besonderen Vorkommnisse. Kein Wunder, dass man das Stechgerät erst entwickelt hat, als man zu planoformen begonnen hatte. Hier unter der heißen Sonne ist alles so schön und so ruhig. Man fühlt, wie alles sich dreht und bewegt. Es ist hübsch und klar und in sich stimmig. Ebenso gut könnte man zu Hause herumsitzen.«

Woodley grunzte. Er hielt nicht viel von Höhenflügen der Fantasie.

Unverdrossen fuhr Underhill fort: »Es muss damals, in den Zeiten der alten Menschen, sehr schön gewesen sein, zu leben. Ich frage mich wirklich, warum sie ihre Welt mit Kriegen verwüstet haben. Sie mussten nicht planoformen. Sie mussten nicht hinausfahren, um sich ihren Lebensunterhalt zwischen den Sternen zu verdienen. Sie mussten nicht den Ratten ein Schnippchen schlagen oder das Spiel spielen. Sie hätten das Lichtstechen nicht erfinden können, weil sie dafür keine Verwendung besaßen, meinst du nicht auch, Woodley?«

Woodley machte »Mhm«. Woodley war sechsundzwanzig Jahre alt und würde in einem Jahr pensioniert werden. Er hatte sich bereits eine Farm ausgesucht. Er hatte zehn Jahre harter Arbeit als Lichtstecher hinter sich und mit den Besten von ihnen zusammengearbeitet. Er war bei Verstand geblieben, weil er nicht zu viel über seine Arbeit nachgedacht hatte, seine Aufgaben erfüllte, wenn es Zeit dafür wurde, und sich erst wieder an seine Pflichten erinnerte, wenn der nächste Notfall eintrat.

Woodley hatte nie den Versuch gemacht, Freundschaft mit seinen Partnern zu schließen. Keiner der Partner mochte ihn besonders. Einige von ihnen lehnten ihn sogar ab. Man verdächtigte ihn, dass er gelegentlich hässliche Gedanken über die Partner hegte, aber da sich noch niemand von den Partnern besonders über ihn beschwert hatte, ließen ihn die anderen Lichtstecher und die Lords der Instrumentalität unbehelligt.

Im Gegensatz dazu war Underhill noch immer gefesselt von den Wundern ihrer Arbeit. Aufgekratzt redete er weiter: »Was geschieht mit uns, wenn wir planoformen? Glaubst du, dass es eine Art Sterben ist? Bist du jemals einem Menschen begegnet, dem die Seele herausgerissen wurde?«

»Die Seele herausreißen, das ist nur eine Redensart«, erklärte Woodley. »Nach all den Jahren weiß immer noch niemand genau, ob wir nun eine Seele haben oder nicht.«

»Aber ich habe einmal eine gesehen. Ich habe Dogwood gesehen, als er entzwei ging. Da war etwas Merkwürdiges. Es wirkte feucht und irgendwie klebrig, als ob es bluten würde, und es floss aus ihm heraus – und weißt du, was sie mit Dogwood gemacht haben? Sie schafften ihn fort, hinauf in den Teil des Krankenhauses, den du und ich niemals betreten dürfen – hinauf in die oberen Stockwerke, wo die anderen sind, wo die anderen immer hingebracht werden, wenn sie noch leben, nachdem die Ratten im Auf-und-Hinaus sie erwischt haben.«

Woodley setzte sich und entzündete eine antike Pfeife. Darin verbrannte er etwas, das man als Tabak bezeichnete. Es war eine schmutzige Angelegenheit, aber die Pfeife ließ ihn sehr schneidig und verwegen aussehen. »Hör mir einmal gut zu, Kleiner. Du solltest dir keine unnützen Gedanken darüber machen. Das Lichtstechen wird laufend verbessert. Die Partner werden immer tüchtiger. Ich habe miterlebt, wie sie einmal binnen anderthalb Millisekunden zwei Ratten erledigt haben, die vierundsechzig Millionen Meilen voneinander entfernt gewesen waren. Solange die Menschen gezwungen waren, die Stechgeräte allein zu bedienen, bestand immer das Risiko, dass wegen des Minimums von vierhundert Millisekunden, die der menschliche Geist zur Bündelung eines Stechlichtes benötigte, die Ratten nicht schnell genug gestochen werden konnten, um unsere Planoformschiffe zu retten. Die Partner haben das geändert. Wenn sie es einmal können, dann sind sie schneller als die Ratten. Und sie werden es immer sein. Ich weiß, dass es nicht leicht ist, sein Bewusstsein mit einem Partner zu teilen …«

»Für sie ist es ebenfalls nicht leicht«, warf Underhill ein.

»Mach dir ihretwegen keine Gedanken. Es sind keine Menschen. Sie können selbst auf sich achtgeben. Ich habe mehr Lichtstecher gesehen, die verrückt wurden, weil sie sich zu viel um ihre Partner gekümmert hatten, als solche, die von den Ratten erwischt wurden. Von wie vielen weißt du eigentlich genau, dass sie in die Fänge von Ratten gefallen sind?«

Underhill blickte auf seine Finger, die in dem durchdringenden Licht des eingeschalteten Stechgerätes grün und purpurn schimmerten, und zählte die verlorengegangenen Schiffe daran ab. Der Daumen für die *Andromeda,* verschollen samt Besatzung und Passagiere, Zeige- und Mittelfinger für die *Bergungsschiffe 43* und *56,* die man mit ausgebrannten Stechgeräten gefunden hatte – jeder Mann, jede Frau und jedes Kind an Bord war tot oder verrückt gewesen. Der Ringfinger, der kleine Finger und der Daumen der anderen Hand standen für die ersten drei Schlachtschiffe, die man an die Ratten verloren hatte – bevor die Menschen erkannt hatten, dass es dort draußen etwas gab, *unter dem eigentlichen Raum,* etwas Lebendiges, Unberechenbares und Bösartiges.

Planoformen war irgendwie vergnüglich. Es war wie …

Eigentlich wie nichts.

Wie das Prickeln eines milden elektrischen Schlages.

Wie der Schmerz in einem hohlen Zahn, wenn man zum ersten Mal darauf beißt.

Wie ein zart quälender Lichtblitz, der das Auge trifft.

Trotzdem verschwand in diesem Moment ein vierzigtausend Tonnen schweres Schiff nach dem Start von der Erde auf irgendeine Weise in zwei Dimensionen und tauchte in einer Entfernung von einem halben Lichtjahr oder von fünfzig Lichtjahren wieder auf.

Eines Tages würde er im Kampfraum sitzen, während das Stechgerät einsatzbereit war und das vertraute Sonnensystem in seinem Kopf tickte. Für eine Sekunde oder ein Jahr (niemals wusste er, wie lange es – subjektiv – wirklich war) durchzuckte ihn der sonderbare kleine Blitz, und dann war er allein im Auf-und-Hinaus, in den schrecklichen leeren Räumen zwischen den Sternen, wo die Sterne sich für sein telepathisches Empfinden wie Pickel anfühlten und die Planeten zu weit entfernt waren, um gefühlt oder gelesen zu werden.

Irgendwo in diesem äußeren Raum erwarteten ihn ein grausiger Tod und ein Schrecken von einer Art, die dem Mensch noch unbekannt gewesen war, bevor er seine Hand ausstreckte nach dem interstellaren Weltraum. Offensichtlich hielt das Licht der Sonnen die Drachen fern.

Drachen. Diesen Namen hatten ihnen die Menschen gegeben. Für normale Menschen gab es dort nichts, nichts bis auf das Zittern des Planoformens und den Hammerschlag des plötzlichen Todes oder die düsteren Krämpfe, mit denen der Wahnsinn in die Gedanken Einzug hielt.

Aber für die Telepathen waren es Drachen.

In dem Sekundenbruchteil zwischen der Erkenntnis der Telepathen, dass es dort draußen in der schwarzen, hohlen Leere des Weltraums ein feindseliges Etwas gab, und der Wucht eines blindwütigen, vernichtenden psychischen Schlages gegen alles Lebende im Innern des Schiffes, hatten die Telepathen Wesen gespürt, die den Drachen der uralten Menschheitslegenden entsprachen – Bestien, die raffinierter waren als Bestien, Dämonen, die greifbarer waren als Dämonen, hungrige Strudel aus Lebenskraft und Hass, aus unbekannten Gründen aus dem dünnen, kaum vorhandenen Staub zwischen den Sternen entstanden.

Es musste erst ein Schiff zurückkehren, um diese Neuigkeit zu verbreiten – ein Schiff, in dem durch puren Zufall ein Telepath einen Lichtstrahl gebündelt und hinaus in den harmlosen Staub gerichtet hatte, so dass im Panorama seines Bewusstseins der Drache sich in ein Nichts auflöste, und die anderen Passagiere, die nicht telepathisch begabt waren, ihre Reise fortsetzten, ohne überhaupt erkannt zu haben, dass sie einem plötzlichen Tod entgangen waren.

Von da an war es einfach – beinahe einfach.

Planoformschiffe führten jetzt immer Telepathen mit sich. Die Telepathen hatten durch die Stechgeräte ihre Sensitivität auf einen ungeheuer großen Bereich ausgedehnt; diese Geräte waren telepathische Verstärker, die auf das Bewusstsein von Säugetieren abgestimmt waren, und sie waren gleichzeitig elektronisch mit kleinen lenkbaren Lichtbomben gekoppelt. Licht war die Lösung.

Licht ließ Drachen bersten, Licht ermöglichte es den Schiffen, in ihren dreidimensionalen Zustand zurückzukehren, während sie sprangen, sprangen, sprangen, von einem Stern zum nächsten.

Damit verringerte sich die Risikoquote von hundert zu eins gegen die Menschheit auf sechzig zu vierzig für die Menschheit.

Noch reichte das nicht aus. Die Telepathen wurden auf ultrahohe Sensitivität und auf die Wahrnehmung eines Drachens in weniger als einer Millisekunde trainiert.

Aber man fand heraus, dass die Drachen eine Million Meilen in weniger als zwei Millisekunden zurücklegen konnten, und diese Spanne war zu kurz für den menschlichen Verstand, um rechtzeitig die Lichtstrahlen zu aktivieren.

Es wurden Versuche unternommen, die Schiffe den ganzen Flug über in einen Lichtmantel zu hüllen.

Aber diese Verteidigungseinrichtung wurde schnell wieder verworfen. So wie die Menschheit die Drachen kennenlernte, so lernten offensichtlich die Drachen auch die Menschheit kennen. Jedenfalls gelang es ihnen irgendwie, ihre Gestalt flacher zu machen und sich auf extrem flachen Flugbahnen mit großer Geschwindigkeit zu nähern.

Intensives Licht war nötig, Licht von sonnengleicher Stärke. Und das konnte nur durch Lichtbomben erzeugt werden. So war das Lichtstechen entstanden.

Lichtstechen bezeichnete eine Detonation ultraheller miniaturisierter photonuklearer Bomben, die einige Unzen eines Magnesiumisotops in reine, sichtbare Strahlung umwandelten.

Die Risikoquoten sanken weiter zugunsten der Menschheit, obwohl noch immer Schiffe verlorengingen.

Doch schlimm war vor allem, dass niemand mehr die Schiffe suchen mochte, weil die Rettungsmannschaften wussten, was sie erwartete. Es war traurig, dreihundert Leichname zurück zur Erde zu bringen, nur um sie dort zu begraben, und weitere zwei- oder dreihundert Verrückte, die man nicht mehr heilen, sondern nur noch wecken und füttern und säubern und zu Bett bringen und wieder wecken und füttern konnte, bis an ihr Lebensende.

Telepathen versuchten in das Bewusstsein der Psychotiker einzudringen, die von den Drachen geschädigt worden waren, aber sie stießen nur auf hochschießende Säulen grimmigen Entsetzens, das aus dem Ur-Ich hervorbrach, der vulkanischen Quelle des Lebens.

Dann erschienen eines Tages die Partner.

Zusammen gelang Menschen und Partnern das, was den Menschen allein unmöglich gewesen war. Die Menschen besaßen den Verstand; die Partner die Schnelligkeit.

Die Partner reisten in ihren winzigen Fahrzeugen, die nicht größer als ein Fußball waren, neben den Raumschiffen her. Sie planoformten mit den Schiffen. Sie umkreisten sie mit ihren sechs Pfund schweren Kapseln und waren dann zum Angriff bereit.

Die winzigen Schiffe der Partner waren flink. Jedes trug ein Dutzend Stechlichter, Bomben von der Größe eines Fingerhutes.

Die Lichtstecher warfen die Partner – warfen sie im wörtlichen Sinne – mit Hilfe telepathischer Abschuss-Relais den Drachen entgegen.

Was dem menschlichen Verstand als Drachen erschien, zeigte sich im Bewusstsein der Partner als ungeheure Ratte.

Draußen, in der gnadenlosen Leere des Weltraums, folgte das Bewusstsein der Partner einem Instinkt, der so alt wie das Leben war. Die Partner griffen an, mit einer Geschwindigkeit, die weit größer war als die der Menschen, ließen Angriff auf Angriff folgen, bis die Ratten oder sie selbst vernichtet waren. Fast immer blieben die Partner Sieger in der Auseinandersetzung.

Mit der zunehmenden Sicherheit, mit der die Schiffe durch den interstellaren Raum sprangen, sprangen, sprangen, von einem Stern zum anderen, verstärkte sich der Handel in unglaublichem Ausmaß, wuchsen die Bevölkerungszahlen in allen Kolonien, und die Nachfrage nach ausgebildeten Partnern stieg.

Underhill und Woodley gehörten der dritten Generation Lichtstecher an, und trotzdem erschien es ihnen, als hätte es ihr Handwerk schon immer gegeben.

Die Verzahnung des Geistes und des Weltraums durch die Stechgeräte, dann zusätzlich noch die Verbindung mit dem Bewusstsein der Partner, die Anpassung des Geistes an die Spannung eines Kampfes, von dem alles abhing – das war mehr, als die menschlichen Synapsen auf die Dauer aushalten konnten. Underhill benötigte seine zweimonatige Erholungspause nach einer halben Stunde Kampf. Woodley benötigte seine Pensionierung nach zehn Jahren Dienst. Sie waren jung. Sie waren tüchtig. Aber sie kannten ihre Grenzen.

So viel hing von der Wahl der Partner ab, so viel von dem Zufall, der bestimmte, wer wessen Namen zog.

Das Mischen

Father Moontree und ein kleines Mädchen namens West betraten den Raum. Sie waren die anderen beiden Lichtstecher. Die menschliche Besatzung des Kampfraumes war nun komplett.

Father Moontree war ein rotgesichtiger Mann von fünfundvierzig Jahren, der das friedliche Leben eines Farmers gelebt hatte, bis er schließlich das vierzigste Lebensjahr erreicht hatte. Erst dann, sehr spät also, fanden die Behörden heraus, dass er Telepath war, und erteilten ihm trotz seines hohen Alters die Genehmigung, die Laufbahn eines Lichtstechers einzuschlagen. Er verstand sein Geschäft, aber er war wirklich unglaublich alt für diese Art Arbeit.

Father Moontree musterte den mürrischen Woodley und den in Gedanken versunkenen Underhill. »Na, wie geht's unserem hoffnungsvollen Nachwuchs heute? Seid ihr bereit für einen hübschen Kampf?«

»Father Moontree denkt nur ans Kämpfen«, kicherte das kleine Mädchen West. Sie war wirklich ein winzig kleines Mädchen. Ihr Kichern klang hoch und kindlich. Niemand, der sie sah, wäre auf den Gedanken gekommen, dass ausgerechnet sie an einem rauen, scharfen Lichtstech-Duell teilnehmen würde.

Underhill hatte eines Tages vergnügt festgestellt, dass es einen der trägen Partner sehr glücklich gemacht hatte, mit dem Bewusstsein des Mädchens West verbunden gewesen zu sein.

Gewöhnlich war es den Partnern gleich, mit welchem menschlichen Verstand sie für die Reise gekoppelt wurden; die Partner schienen zu glauben, dass jeder menschliche Geist so komplex und verworren war, dass es überhaupt keine Rolle spielte. Niemals hatte ein Partner die Überlegenheit des menschlichen Geistes in Frage gestellt, obwohl nur sehr wenige Partner sich von dieser Überlegenheit beeindrucken ließen.

Die Partner mochten die Menschen. Sie waren bereit, mit ihnen zu kämpfen. Sie waren sogar bereit, für sie zu sterben. Aber wenn ein Partner einen bestimmten Menschen mochte, auf eine Art, wie zum Beispiel Kapitän Wow oder Lady May Underhill mochten, dann hatte diese Zuneigung nichts mit dem Intellekt zu tun – es war eine reine Sache des Temperaments, des Gefühls.

Underhill wusste sehr gut, dass Kapitän Wow sein, Underhills, Gehirn für beschränkt hielt. Was Kapitän Wow gefiel, das war Underhills freundliche emotionale Struktur, die Fröhlichkeit und das Glitzern schalkhaften Vergnügens, das durch Underhills unterbewusste Gedankenmuster schoss, und die Unbekümmertheit, mit der Underhill der Gefahr ins Auge sah. Worte dagegen, Geschichtsbücher, Ideen, Wissenschaft – Underhill fühlte in seinem Geist, der sich im Geist von Kapitän Wow spiegelte, dass all diese Dinge völliger Unsinn waren.

West sah Underhill an. »Ich wette, du hast die Würfel mit Leim bestrichen.«

»Das habe ich nicht!«

Underhill spürte, wie er vor Verlegenheit rote Ohren bekam. Während seiner Lehrzeit hatte er einmal versucht, bei der Auslosung zu schwindeln, weil er sich zu einem Partner besonders hingezogen gefühlt hatte, einer lieblichen jungen Mutter namens Murr. Es war so viel einfacher, mit Murr zusammenzuarbeiten, und sie war so zärtlich zu ihm, dass er vergaß, was für eine harte Arbeit Lichtstechen war und dass es nicht seine Aufgabe war, mit dem Partner eine schöne Zeit zu verbringen. Sie beide waren ausgewählt und darauf vorbereitet, gemeinsam in eine gefährliche Schlacht zu ziehen.

Einmal schwindeln war genug gewesen. Man hatte ihn dabei erwischt und noch nach Jahren über ihn gelacht.

Father Moontree griff nach dem Kunstlederbecher und schüttelte die steinernen Würfel durcheinander, die ihnen ihre Partner für die Reise zuweisen würden. Das Recht des Ältesten gestattete ihm den ersten Wurf.

Er schnitt eine Grimasse. Er hatte einen gierigen alten Kerl gewürfelt, einen streitsüchtigen verbiesterten Partner, dessen Verstand voll sabbernder Gedanken an Essen erfüllt war, vorzugsweise ganze Ozeane halbverdorbener Fische. Father Moontree hatte einmal erzählt, dass er noch wochenlang nach der Zusammenarbeit mit diesem einzigartigen Vielfraß den Geschmack von Lebertran in seinem Mund spürte, so stark hatte sich ihm das telepathische Bild der Fische eingeprägt. Doch dieser Vielfraß gierte nach Gefahren ebenso sehr wie nach Fisch. Er hatte dreiundsechzig Drachen getötet, mehr als jeder andere Partner in ihren Diensten, und er war buchstäblich sein Gewicht in Gold wert.

Das kleine Mädchen West war die Nächste. Sie warf Kapitän Wow. Als sie sah, wen sie bekommen hatte, begann sie selig zu lächeln. »Ich *mag* ihn«, erklärte sie. »Es macht so viel Spaß, mit ihm zu kämpfen. Er fühlt sich in meinem Geist so hübsch und kuschelig an.«

»Kuschelig? Dass ich nicht lache!«, sagte Woodley. »Ich war ebenfalls in seinem Geist. Er ist der mit Abstand lüsternste Kerl auf diesem Schiff.«

»Du Ekel«, wies ihn das kleine Mädchen zurecht. Es klang nur wie eine Feststellung, nicht wie ein Vorwurf.

Underhill sah sie an und fröstelte. Er verstand nicht, wie sie Kapitän Wow so gelassen hinnehmen konnte. Kapitän Wows Geist *war* lüstern. Wenn Kapitän Wow mitten im Kampfgetümmel von Vergnügen überwältigt wurde, dann wirbelten in seinem Bewusstsein Bilder von Drachen, tödlichen Ratten und zerwühlten Betten und auch der Geruch von Fisch wild durcheinander, so dass sein eigener Geist und der von Kapitän Wow, verbunden durch das Stechgerät, sich in eine fantastische Mischung aus den Gedanken eines Menschen und einer Angorakatze verwandelten.

Dies war das Problem, wenn man mit Katzen zusammenarbeitete, dachte Underhill. Es war eine Schande, dass niemand sonst als Partner geeignet war. Mit Katzen kam man gut zurecht, sobald man telepathisch Kontakt mit ihnen aufgenommen hatte. Sie waren geschickt genug, um den Anforderungen des Fluges gerecht zu werden, aber ihre Antriebe und Wünsche unterschieden sich doch sehr von denen der Menschen.

Sie waren umgänglich, solange man ihnen greifbare Bilder zudachte, doch ihr Bewusstsein kapselte sich sofort ab und begann vor sich hinzudämmern, wenn man Shakespeare oder Colegrove rezitierte oder wenn man ihnen zu erklären versuchte, was der Weltraum war.

Die Vorstellung war einfach verrückt, dass die Partner hier draußen im All grimmig und umsichtig kämpften und dass sie dieselben niedlichen kleinen Tiere sein sollten, die auf der Erde seit Tausenden von Jahren als Haustiere gehalten wurden. Underhill hatte sich schon mehr als einmal blamiert, als er auf der Erde ganz gewöhnliche, nichttelepathische Katzen gegrüßt hatte, weil ihm in dem Moment entfallen war, dass sie nicht zu den Partnern gehörten.

Er griff nach dem Becher und würfelte.

Er hatte Glück – hatte Lady May geworfen.

Lady May war die klügste Partnerin, der er jemals begegnet war. In ihr hatte der Geist einer reinrassigen Angorakatze die höchste Entwicklungsstufe erreicht. Sie war komplizierter als jede menschliche Frau, aber ihre Kompliziertheit beruhte allein auf Gefühl, Erinnerung, Hoffnung und zahllosen Erfahrungen – Erfahrungen, die ohne die Hilfe von Worten verarbeitet worden waren.

Als er zum ersten Mal mit ihrem Bewusstsein Kontakt aufgenommen hatte, war er bestürzt über dessen Klarheit gewesen. Mit ihr zusammen erinnerte er sich an ihre Kätzchenzeit. Er erinnerte sich an jedes Paarungserlebnis, das sie gehabt hatte. Er sah in einer halb verschwommen erkennbaren Galerie all die anderen Lichtstecher, mit denen sie schon im Kampf zusammengekoppelt gewesen war. Und er sah sich selbst als strahlenden, fröhlichen und begehrenswerten Menschen.

Ja, er glaubte sogar, einen Hauch erotischen Verlangens bemerkt zu haben …

Und einen sehr schmeichelhaften und sehnsuchtsvollen Gedanken: *Was für eine Schande, dass er kein Kater ist.*

Woodley würfelte als Letzter. Er bekam, was er verdiente – einen mürrischen, narbenübersäten alten Kater, der nichts von dem Feuer des Kapitän Wow an sich hatte. Woodleys Partner hatte von allen Katzen an Bord des Schiffes den tierischsten Charakter. Er war ein stumpfsinniger, viehischer Typ mit einem trägen Geist. Nicht einmal die Telepathie hatte seinen Charakter verfeinern können. Seine Ohren waren halb zerfetzt von den ersten Kämpfen, die er zu bestehen hatte. Er war ein passabler Kämpfer, mehr aber nicht.

Woodley grunzte.

Underhill musterte ihn mit einem eigentümlichen Blick. Gab Woodley eigentlich nie etwas anderes als dieses Gegrunze von sich?

Father Moontree sah die anderen drei an. »Ihr könnt euch ebenso gut jetzt schon zu euren Partnern begeben. Ich sage dem Go-Kapitän Bescheid, dass wir fertig sind zum Start ins Auf-und-Hinaus.«

Der Deal

Underhill öffnete das Kombinationsschloss von Lady Mays Käfig. Behutsam weckte er sie, nahm sie auf den Arm und setzte sie auf den Boden. Sie machte einen Buckel, streckte sich genüsslich, fuhr ihre Krallen aus, begann zu schnurren, besann sich dann eines Besseren und fuhr ihm stattdessen mit der Zunge über das Handgelenk. Er hatte das Stechgerät noch nicht eingeschaltet, so dass ihre Gedanken einander noch nicht berührten, aber an der Stellung ihrer Schnurrhaare und den Bewegungen ihrer Ohren erkannte er, wie zufrieden sie war, ihn als Partner zu bekommen.

Er redete mit ihr, obwohl seine Worte der Katze nichts bedeuten konnten, solange das Stechgerät noch nicht eingeschaltet war. »Es ist eine verdammte Schande, ein so süßes kleines Ding wie dich hinaus in die Kälte des Nichts zu schleudern und auf Ratten zu hetzen, die größer und mörderischer sind als wir alle zusammen. Du hast nicht um diese Art Kampf gebeten, nicht wahr?«

Als Antwort leckte sie ihm die Hand, maunzte und kitzelte seine Wange mit ihrem langen flauschigen Schwanz.

Für einen Moment trafen sich ihre Blicke, der Mann in der Hocke, die Katze auf den Hinterbeinen aufgerichtet, während sich die Krallen ihrer Vorderpfoten in sein Knie gruben. Menschenaugen und Katzenaugen sahen sich über eine Unendlichkeit hinweg an, die nicht durch Worte, aber durch einen liebevollen Blick überwunden werden konnte.

»Es wird Zeit, dass wir hineingehen«, sagte er.

Folgsam lief sie zu ihrer sphäroiden Kapsel und kletterte hinein. Er sorgte dafür, dass ihr Miniatur-Stechgerät fest und bequem an der Unterseite ihres Gehirns saß und dass ihre Krallen gepolstert waren, damit sie sich in der Aufregung der Schlacht nicht selbst verletzen konnte.

»Fertig?«, fragte er sie leise.

Als Antwort krümmte sie ihren Rücken, so gut es ihr Harnisch erlaubte, und schnurrte weich im Innern des Rahmens, der sie hielt.

Er ließ die Luke zuschnappen und beobachtete, wie das Dichtungsmittel austrat und die Fugen verschloss. Für einige Stunden war sie jetzt in ihrem Projektil eingeschweißt, bis ein Arbeiter mit einem Lichtschneidbogen sie befreien würde, nachdem sie ihre Pflicht getan hatte.

Er hob das ganze Projektil hoch und schob es in die Katapultröhre. Er schloss das Röhrenschott und drehte an dem Kombinationsschloss, glitt dann in seinen Sitz und legte sein eigenes Stechgerät an.

Wieder einmal betätigte er den Schalter.

Er saß in einem kleinen Raum, der war *klein*, so *klein* und *warm*, so *warm*, die Körper dreier anderer Menschen bewegten sich ganz in seiner Nähe, das spürbare Licht der Deckenlampe lastete grell und schwer auf seinen geschlossenen Augenlidern.

Als sich das Stechgerät erwärmt hatte, löste sich der Raum auf. Die anderen Menschen hörten auf, Menschen zu sein, und wurden zu kleinen glühenden Feuerhäufchen, zu glosenden Kohlen, dunkelrotem Feuer, und das Bewusstsein, noch immer zu leben, glomm nur noch wie verglühende alte Holzkohle in einem ländlichen Kamin.

Als sich das Stechgerät weiter erwärmte, fühlte er die Erde dicht unter sich, fühlte, wie das Schiff davonglitt, fühlte den rotierenden Mond, wie er über die andere Seite der Welt kreiste, fühlte die Planeten und die heiße, klare Güte der Sonne, die die Drachen so weit von der Heimat der Menschen fernhielt.

Schließlich erreichte er die volle Höhe des Bewusstseins.

Seine telepathischen Fähigkeiten besaßen eine Reichweite von mehreren Millionen Meilen. Er spürte den Staub, den er schon zuvor hoch über der Ekliptik bemerkt hatte. Wie ein Schauer aus Wärme und Zärtlichkeit durchdrang ihn das Bewusstsein Lady Mays. Es war so sanft und klar und trotzdem anregend scharf für den Geschmack seines Geistes, wie duftendes Öl. Es schenkte ihm Ruhe und Sicherheit. Er spürte, wie sie ihn willkommen hieß. Es war weniger ein Gedanke als vielmehr ein einfaches Gefühl des Begrüßtwerdens.

Dann waren sie wieder eins.

In einem winzigen fernen Winkel seines Bewusstseins, so winzig wie das kleinste Spielzeug, das er in seiner Kindheit besessen hatte, registrierte er noch immer den Raum und das Schiff, und er spürte, wie Father Moontree den Hörer abnahm und mit dem Go-Kapitän sprach, der für die Sicherheit des Schiffes verantwortlich war.

Underhills telepathisches Bewusstsein hatte den Inhalt verstanden, lange bevor seine Ohren die Worte auffingen. Der Klang folgte dem Inhalt wie der Donner an einem Meeresstrand dem Blitz weit draußen auf hoher See.

»Im Kampfraum ist alles bereit. Alles klar zum Planoformen, Sir.«

IV

Das Spiel

Underhill war jedes Mal ein wenig verblüfft, wenn Lady May ein Ereignis vor ihm wahrnahm.

Er hatte sich gegen den kurzen beißenden Stich des Planoformens gewappnet, als ihre Reaktion darauf schon bei ihm angekommen war, noch bevor sein eigenes Nervensystem es registriert hatte.

Die Erde war so weit zurückgefallen, dass er mehrere Millisekunden herumtasten musste, bevor er die Sonne in der oberen hinteren rechten Ecke seines telepathischen Bewusstseins wiedergefunden hatte.

Das war ein guter Sprung, dachte er. *Auf diese Weise schaffen wir es in vier oder fünf weiteren Etappen.*

Einige Hundert Meilen vom Schiff entfernt übermittelte ihm Lady May telepathisch: »O warmherziger, o großzügiger, o riesiger Mensch! O mutiger, o freundlicher, o sanfter, zärtlicher Partner! Wie wundervoll ist es mit dir, so schön, schön, schön, warm, warm, jetzt kämpfen, jetzt fahren, so schön mit dir ...«

Er wusste, dass sie ihm keine Worte telepathierte, sondern dass sein Geist das liebenswerte Geplapper ihres Katzenverstandes aufnahm und es in Bilder übersetzte, die sein eigenes Denken aufnehmen und verstehen konnte.

Keiner von ihnen war aber nur mit dem Spiel der gegenseitigen Begrüßung beschäftigt. Underhill griff weit über ihren Wahrnehmungsbereich hinaus und kontrollierte, ob sich irgendetwas in der Nähe des Schiffes befand. Es war vergnüglich, zwei verschiedene Dinge zur selben Zeit tun zu können. Er konnte den Weltraum mit seinem Lichtstecherbewusstsein beobachten und trotzdem gleichzeitig einen ihrer vagabundierenden Gedanken auffangen, einen lieblichen, freundlichen Gedanken über einen ihrer Söhne, der ein goldenes Gesicht und auf der Brust einen weichen, unvorstellbar flauschigen weißen Pelz gehabt hatte.

Während er noch immer seine Umgebung prüfte, fing er ihre Warnung auf.

Wir springen wieder!

Und so geschah es. Das Schiff hatte zu einem zweiten Planoformen angesetzt. Andere Sterne umgaben sie. Die Sonne lag unermesslich weit hinter ihnen. Selbst die nächstliegenden Sterne trennte eine riesige Entfernung voneinander. Diese offene, üble, hohle Leere des Raums war ein gutes

Drachengebiet. Er tastete weiter hinaus, hastiger, spürte und fühlte nach Gefahr, war bereit, Lady May beim ersten Anzeichen einer Bedrohung loszuschicken.

Entsetzen loderte in seinem Bewusstsein auf, so scharf, so klar, dass er es als physischen Schmerz registrieren konnte.

Das kleine Mädchen West war auf etwas gestoßen – auf etwas Großes, Langes, Schwarzes, Beißendes, Gieriges, Schreckliches. Sie warf Kapitän Wow diesem Etwas entgegen.

Underhill versuchte, seine Gedanken zu beruhigen. »Seid vorsichtig!«, rief er telepathisch den anderen zu, während er versuchte, Lady May herumzudrehen.

In einem Winkel des Schlachtfeldes fühlte er den lustvollen Zorn von Kapitän Wow, als der große Angorakater Lichtbomben detonieren ließ und sich dem Staubstreifen näherte, der das Schiff und die Menschen darin bedrohte.

Die Lichtbomben verfehlten ihr Ziel um Haaresbreite.

Der Staubstreifen verflachte sich, veränderte seine Gestalt von der eines Stechrochens in die eines Speeres.

Noch waren keine drei Millisekunden verstrichen.

Father Moontree sprach menschliche Worte und sagte mit einer Stimme, die zäh dahinfloss wie kaltes Gelee aus einem schweren Krug: »K-a-p-i-t-ä-n.«

Underhill wusste, dass der ganze Satz »Kapitän, machen Sie schneller!« lauten sollte, doch die Schlacht würde geschlagen und zu Ende sein, bevor Father Moontree seinen Satz beendet hätte.

Jetzt, Bruchteile einer Millisekunde später, war Lady May genau in Position.

In solchen Augenblicken bewährte sich die Geschicklichkeit und Flinkheit der Partner. Lady May konnte schneller als er reagieren. Sie nahm die Bedrohung als riesige Ratte wahr, die direkt auf sie zukam.

Sie konnte die Lichtbomben mit einer Zielsicherheit abfeuern, die er vermutlich niemals erreichen würde. Er war mit ihrem Bewusstsein gekoppelt, ohne ihr jedoch folgen zu können.

Der fremdartige Gegner riss eine klaffende Wunde in seine Gedanken. Es war keine Wunde der Art, die man von der Erde her kannte – es war ein roher, verrückter Schmerz, der als Brennen in seinem Nabel begann.

Doch er hatte noch nicht einmal Zeit gehabt, einen Muskel zu bewegen, als Lady May bereits ihren Feind angriff.

Fünf gleichzeitig abgeschossene photonukleare Bomben verglühten in einer Entfernung von hunderttausend Meilen.

Der Schmerz in seinem Bewusstsein und in seinem Körper verschwand.

Er empfand einen Augenblick lang die wilde, schreckliche, ungezähmte Begeisterung in den Gedanken Lady Mays, als sie den Feind getötet hatte. Es war für die Katzen jedes Mal eine Enttäuschung, wenn sie erlebten, wie ihre Feinde in der Sekunde ihrer Vernichtung verschwanden.

Dann fühlte er ihren Schmerz, ihre Qual und ihre Furcht, die auch ihn übermannte, während die Schlacht, die nicht länger gedauert hatte als ein Zwinkern, schon vorbei war. Im selben Moment bohrte sich der scharfe und ätzende Stich des Planoformens in sie.

Und wieder hatte das Schiff zum Sprung angesetzt.

Er hörte Woodleys telepathische Mitteilung. »Ihr braucht euch nicht mehr darum zu kümmern. Der alte Haudegen und ich werden jetzt für eine Weile übernehmen.«

Zweimal noch der Stich, der Sprung.

Underhill wusste nicht, wo er sich befand, bis unter ihm die Lichter des Raumhafens von Caledonia zu sehen waren.

Mit einer Müdigkeit, die außerhalb jeder Vorstellungskraft lag, verband er seinen Geist wieder mit dem Stechgerät und dirigierte das Projektil mit Lady May vorsichtig und präzise in die Katapultröhre zurück.

Sie war halb tot vor Erschöpfung, aber er konnte ihren Herzschlag spüren, ihr Keuchen hören, und er empfing den Hauch eines frohen »Dankeschöns«, das von ihrem Bewusstsein in seine Gedanken wehte.

V
Das Zählen

Sie brachten ihn in das Krankenhaus von Caledonia.

Der Arzt war freundlich, aber bestimmt. »Dieser Drache hat Sie tatsächlich gestreift. So knapp wie Sie ist noch niemand mit dem Leben davongekommen. Es ist alles so schnell gegangen, dass es noch lange dauern wird, bis wir den Vorfall wissenschaftlich geklärt haben, aber ich glaube, dass Sie reif für die Psychiatrie wären, wenn der Kontakt auch nur einige Zehntel einer Millisekunde länger gedauert hätte. Was für eine Art Katze hatten Sie denn dabei?«

Underhill spürte, wie die Worte langsam aus ihm herauskamen. Worte waren so lästig im Vergleich zu der Geschwindigkeit und dem Vergnügen der Gedanken, die flink und scharf und klar von einem Bewusstsein zum anderen sprangen! Aber Worte waren alles, mit dem man normale Menschen wie diesen Arzt erreichen konnte.

Sein Mund bewegte sich schwerfällig, als er seine Sätze formte. »Sagen Sie nicht Katzen zu unseren Partnern. Der richtige Ausdruck für sie ist Partner. Sie kämpfen gemeinsam mit uns. Sie sollten wissen, dass wir sie Partner und nicht Katzen nennen. Wie geht es meiner Partnerin?«

»Ich weiß es nicht«, erwiderte der Arzt verlegen. »Wir können uns für Sie erkundigen. In der Zwischenzeit, mein Freund, tragen Sie es mit Fassung. Nur Ruhe kann Ihnen jetzt helfen. Können Sie von allein einschlafen, oder sollen wir Ihnen ein Sedativum geben?«

»Ich kann einschlafen«, erklärte Underhill. »Ich will nur wissen, wie es Lady May geht.«

Eine Schwester mischte sich ein. Etwas wie Feindseligkeit ging von ihr aus. »Möchten Sie nicht wissen, wie es den anderen Menschen geht?«

»Mit ihnen ist alles in Ordnung«, wies Underhill sie zurecht. »Das wusste ich bereits, bevor man mich hierhin brachte.« Er streckte die Arme aus und seufzte und lächelte sie an. Er erkannte, dass sie erleichtert waren und in ihm allmählich nicht nur einen Patienten, sondern einen Menschen sahen. »Ich bin in Ordnung«, sagte er. »Ich möchte jetzt aber endlich erfahren, wann ich meine Partnerin sehen kann.« Ein Verdacht keimte in ihm auf. Ängstlich starrte er den Arzt an. »Man hat sie doch nicht mit dem Schiff weiterfahren lassen, oder?«

»Ich werde der Angelegenheit gleich nachgehen«, beruhigte ihn der Arzt. Er drückte aufmunternd Underhills Schulter und verließ den Raum.

Die Schwester entfernte eine Serviette von einem Krug mit eisgekühltem Fruchtsaft.

Underhill versuchte ihr zuzulächeln. Irgendetwas schien mit dem Mädchen nicht zu stimmen. Er wünschte, sie würde ihn endlich allein lassen. Zu Beginn hatte sie sich bemüht, freundlich zu ihm zu sein, doch jetzt gab sie sich wieder ganz zurückhaltend. *Es ist ein Kreuz, ein Telepath zu sein,* dachte er. *Man versucht immer, jemanden zu erreichen, auch wenn man keinen Kontakt bekommt.*

Plötzlich drehte sich die Schwester zu ihm um.

»Ihr Lichtstecher! Ihr und eure verdammten Katzen!«

In dem Moment, als sie hinausrauschte, brach er in ihr Bewusstsein ein. Er sah sich selbst als einen strahlenden Helden, bekleidet mit seiner eleganten Wildlederuniform, die Krone des Stechgerätes gleißte wie ein antikes Diadem auf seinem Kopf. Er sah sein eigenes Gesicht, stattlich und männlich, wie es in ihren Gedanken leuchtete. Er sah sich in weiter Ferne und sah sich zu, während sie ihn hasste.

Sie hasste ihn insgeheim mit all ihrer Kraft. Sie hasste ihn, weil er – wie sie glaubte – stolz und fremd und reich war, besser und schöner als Menschen ihrer eigenen Art.

Er kappte die Verbindung zu ihrem Bewusstsein, und als er seinen Kopf im Kissen vergrub, stieg in ihm ein Bild von Lady May auf.

Sie ist eine Katze, dachte er. *Das ist alles, was sie ist – eine Katze!*

Aber in seinem Geist, da sah er sie anders – so flink, dass daneben alle Vorstellungen von Schnelligkeit verblassten, elegant, gewitzt, anmutig, wunderschön, wortlos und anspruchslos.

Wo würde er jemals eine Frau finden, die sich mit ihr messen konnte?

DAS BRENNENDE GEHIRN

Dolores Oh

Ich sage euch, es ist traurig, es ist mehr als traurig, es ist furchterregend – denn es ist ein schreckliches Wagnis, ins Auf-und-Hinaus zu fahren, zu fliegen, ohne zu fliegen, zwischen den Sternen zu flattern wie eine Motte in den Blättern der Bäume in einer Sommernacht.

Von all den Männern, die die großen Schiffe zum Planoformen brachten, war niemand mutiger, niemand stärker als Kapitän Magno Taliano.

Die Scanner waren seit Jahrhunderten verschwunden und der jonasoidale Effekt war so einfach, so beherrschbar geworden, dass für die meisten Passagiere an Bord der großen Schiffe die Überwindung von Lichtjahren nicht schwerer war als der Gang von einem Zimmer ins andere.

Die Passagiere reisten bequem.

Aber nicht die Mannschaft.

Am wenigsten der Kapitän.

Der Kapitän eines jonasoidalen Schiffes, das zu einer interstellaren Reise aufgebrochen war, sah sich außergewöhnlichen, fast unerträglichen Belastungen ausgesetzt. Die Kunst, allen Komplikationen des Weltraums zu entgehen, glich weit mehr der Fahrt auf stürmischen Gewässern in den alten Tagen als dem Segeln auf ruhiger See, wie es die legendären Alten einst getan hatten.

Go-Kapitän der *Wu-Feinstein*, dem besten Schiff seiner Klasse, war Magno Taliano.

Von ihm wurde gesagt, »er könne die Hölle allein mit den Muskeln seines linken Auges durchsegeln. Er könne sich mit seinem lebenden Gehirn durch das All tasten, wenn seine Instrumente versagten ...«

Die Frau des Go-Kapitäns war Dolores Oh. Der Name stammte aus dem Japonesischen, war ein Begriff aus den alten Tagen. Dolores Oh war einst schön gewesen, so schön, dass es den Männern den Atem verschlug, Weise in Narren verwandelte, junge Männer in Alpträume aus Lust und Verlangen stürzte. Wo immer sie auftauchte, hatten Männer ihretwegen gestritten und um sie gekämpft.

Aber Dolores Oh war stolz über jedes gewöhnliche Maß des Stolzes hinaus. Sie weigerte sich, an der normalen Wiederverjüngung teilzunehmen. Ein schreckliches Verlangen nach einer Zeit, die hundert oder mehr Jahre zurücklag, musste über sie gekommen sein. Vielleicht sagte sie zu sich selbst angesichts der Hoffnung und des Entsetzens, den ein Spiegel in einem stillen Zimmer für jeden bereithält: Ich bin ich, das steht außer Frage. Es muss ein *Ich* geben, das mehr bedeutet als nur die Schönheit meines Gesichtes, es muss noch etwas anderes da sein als die Glätte meiner Haut und die zufälligen Konturen meines Kinns und meiner Wangenknochen. Was haben die Männer geliebt, wenn nicht ich es war? Kann ich jemals herausfinden, wer ich bin oder was ich bin, wenn ich mich nicht dazu durchringe, meine Schönheit verwelken zu lassen und in der Gestalt weiterzuleben, die das Alter mir schenkt?

Sie war dem Go-Kapitän begegnet und hatte ihn nach einer Romanze geheiratet, die auf vierzig Planeten Tagesgespräch gewesen war und die Hälfte aller Schiffsbesatzungen aus der Fassung gebracht hatte.

Magno Taliano befand sich damals am Anfang seines Ruhmes. Der Weltraum, das lasst euch gesagt sein, ist rau – rau wie die wildesten aller sturmgepeitschten Gewässer, voller Gefahren, denen nur die empfindsamsten, die schnellsten, die tollkühnsten Männer entgegentreten können.

Der Beste unter ihnen, Klasse für Klasse, Alter für Alter, eine Klasse für sich, besser als die besten seiner Vorgesetzten, das war Magno Taliano.

Für ihn war die Hochzeit mit der schönsten Schönheit von vierzig Welten wie die Heirat von Héloise und Abélard oder wie die unvergessliche Romanze zwischen Helen Amerika und Mr. Nicht-mehr-grau.

Von Jahr zu Jahr, Jahrhundert zu Jahrhundert wurden die Schiffe Go-Kaptäns Magno Taliano immer schöner.

Wenn die Schiffe verbessert wurden, bekam er stets das neueste Modell. Er hielt seinen Vorsprung vor den anderen Go-Kapitänen so unanfechtbar aufrecht, dass es für das stolzeste Schiff der Menschheit undenkbar war, hinaus in die Wildheit und Ungewissheit des zweidimensionalen Raumes zu segeln, ohne sich unter seinen Helm zu begeben.

Stop-Kapitäne waren stolz, neben ihm das All zu durchsegeln. (Obwohl die Stop-Kapitäne keine andere Aufgabe besaßen, als die Ausrüstung des Schiffes durchzuchecken und die Ent- und Beladung zu überwachen, solange es sich im normalen Raum befand, waren sie in ihrer Welt mehr als nur gewöhnliche Menschen, einer Welt, die allerdings weit entfernt war von dem majestätischen und abenteuerlichen Universum der Go-Kapitäne.)

Magna Taliano besaß eine Nichte, die nach modernem Brauch statt eines Familiennamens einen Ortsnamen führte: Sie nannte sich »Dita von dem Großen Südhaus«.

Als Dita an Bord der *Wu-Feinstein* kam, hatte sie schon viel gehört von Dolores Oh, ihrer angeheirateten Tante, die einst die Männer auf vielen Welten verzaubert hatte. Dita war auf das, was sie erwartete, nicht im Geringsten vorbereitet.

Dolores begrüßte sie durchaus freundlich, doch ihre Freundlichkeit war eine Saugpumpe grauenhafter Angst, ihre Warmherzigkeit der pure Hohn, die Begrüßung selbst ein Überfall.

Was ist nur mit dieser Frau los?, dachte Dita.

Wie als Antwort auf ihre Frage, sagte Dolores laut und vernehmlich: »Es ist nett, eine Frau zu treffen, die nicht versucht, mir Taliano fortzunehmen. Ich liebe ihn. Kannst du dir das vorstellen? Kannst du das?«

»Natürlich«, erklärte Dita. Sie betrachtete das zerfallene Gesicht von Dolores Oh, sah das versteckte Grauen in ihren Augen und erkannte, dass Dolores bereits alle Alpträume hinter sich hatte und nur noch besessen war von Reue und Bedauern, eine besitzergreifende Spukgestalt, die ihrem Ehemann das Leben aussaugte, Geselligkeit verabscheute, Freundschaft hasste, selbst die flüchtigsten Bekanntschaften ablehnte, weil sie von der ewigen, maßlosen Furcht getrieben war, dass sie in Wahrheit nichts zu bieten hatte, weil sie fürchtete, ohne Magno Taliano verlorener zu sein als in dem schwärzesten aller Strudel in der Leere zwischen den Sternen.

Magno Taliano trat ein.

Er sah seine Frau und seine Nichte beisammenstehen.

Er musste sich an Dolores Oh gewöhnt haben. In Ditas Augen war Dolores schrecklicher als ein schlammbedecktes Reptil, das seinen wunden und giftigen Kopf in blindem Hunger und blinder Raserei hebt. Für Magno Taliano war die gespenstische Frau, die wie eine Hexe vor ihm stand, auf eine Weise noch immer das wunderschöne Mädchen, das er vor hundertsechzig Jahren geheiratet hatte.

Er küsste die runzlige Wange, er streichelte über das spröde und strähnige Haar, er sah ihr in die gierigen, von Angst erfüllten Augen, als ob sie die Augen eines Kindes wären, das er liebte.

Leichthin und freundlich sagte er: »Sei nett zu Dita, mein Schatz.«

Dann ging er durch die Empfangshalle des Schiffes in das innere Heiligtum des Planoformraumes.

Der Stop-Kapitän erwartete ihn. Von draußen wehten die wohlriechenden Brisen des freundlichen Planeten Sherman durch die offenen Fenster ins Schiff herein.

Wu-Feinstein, das feinste Schiff seiner Klasse, besaß keine Verwendung für Metallwände. Es war einem antiken, prähistorischen Gebäude, dem Palast von Mount Vernon, nachempfunden, und wenn es zwischen den Sternen segelte, war es umhüllt von seinem eigenen, sich immer wieder selbst erneuernden Kraftfeld.

Die Passagiere verbrachten einige angenehme Stunden damit, über den Rasen zu schlendern, sich an den weiten Räumen zu erfreuen oder unter der beeindruckenden Nachbildung eines atomsphäregefüllten Himmels zu plaudern.

Nur im Planoformraum wusste der Go-Kapitän, was wirklich geschah. Der Go-Kapitän, mit seinen Lichtstechern neben sich, lenkte das Schiff von einer Kompression in die andere, ließ es feurig und hitzig durch den Weltraum springen, manchmal ein Lichtjahr, manchmal hundert Lichtjahre weit, ließ es springen, springen, springen, bis das Schiff unter dem sanften Druck der Gedanken des Kapitäns den Gefahren von Millionen und aber Millionen Welten entgangen war und schließlich seinen Bestimmungsort erreichte und sich so sanft wie eine Feder auf eine wie bestickt und dekoriert anmutende Landschaft niedersenkte, wo die Passagiere ihre Reise so rasch vergaßen, als hätten sie nur einen Nachmittag in einem gemütlichen alten Haus an einem Flußufer verbracht.

Die Deckplatte

Magno Taliano nickte seinen Lichtstechern zu. Der Stop-Kapitän verbeugte sich ehrerbietig im Türrahmen des Planoformraumes. Taliano betrachtete ihn mit strengem Wohlwollen.

Mit förmlicher und ernster Höflichkeit fragte er: »Sir und Kollege, ist alles bereit für den jonasoidalen Effekt?«

Der Stop-Kapitän machte eine weitere formelle Verbeugung. »Wahrlich bereit, Sir und Gebieter.«

»Sind die Deckplatten befestigt?«

»Wahrlich befestigt, Sir und Gebieter.«

»Sind die Passagiere in Sicherheit?«

»Die Passagiere sind in Sicherheit, gezählt, zufrieden und bereit, Sir und Gebieter.«

Dann stellte der Go-Kapitän die letzte und wichtigste Frage: »Haben meine Lichtstecher ihre Stechgeräte erwärmt und sind sie bereit zum Kampf?«

»Sie sind bereit zum Kampf, Sir und Gebieter.« Nach diesen Worten entfernte sich der Stop-Kapitän.

Magno Taliano lächelte seinen Lichtstechern zu. Jedem von ihnen ging derselbe Gedanke durch den Kopf:

Wie ist es nur möglich, dass ein Mann von seinem Zuschnitt seit all den vielen Jahren mit solch einer Vogelscheuche wie Dolores Oh verheiratet ist? War diese Hexe, diese schreckliche Alte wirklich jemals eine Schönheit? Kann es denn sein, dass diese Vettel tatsächlich jemals eine Frau war, noch dazu die göttliche und strahlende Dolores Oh, deren Bild wir hin und wieder in Vier-D zu sehen bekommen?

Denn er war immer noch ein stattlicher Mann, mochte er auch noch so lange mit Dolores Oh verheiratet sein. Ihre Einsamkeit und ihre Gier saugten an ihm wie ein Alptraum, aber seine Kraft war groß genug für zwei.

Während die Lichtstecher ihm noch sein Begrüßungslächeln zurückgaben, drückte seine Rechte bereits den goldenen Zeremonialhebel des Schiffes nach unten. Dies war das einzige mechanische Instrument; alle anderen Geräte des Schiffes wurden schon seit langem auf elektronischem oder telepathischem Weg bedient.

Im Planoformraum wurden die schwarzen Himmel sichtbar, und das Gewebe des Weltraums wölbte sich ringsum wie kochend schäumendes Wasser am Fuß eines Wasserfalls. Außerhalb dieses Raumes bummelten die Passagiere noch immer gelassen über duftenden Rasen.

Als er aufrecht in dem Sitz des Go-Kapitäns saß, registrierte Magno Taliano, wie sich von der gegenüberliegenden Wand aus ein telepathisches Muster bildete, das ihm in drei- oder vierhundert Millisekunden sagen würde, wo sie sich befanden und welchen Kurs sie als Nächstes einschlagen mussten.

Er bewegte das Schiff mit den Impulsen seines Gehirns, zu dem die Wand die optimale Ergänzung darstellte.

Die Wand war ein lebendes Mosaik aus Deckplatten, laminaren Karten, hunderttausend Stück pro Quadratzentimeter, und sie war vorgefertigt und vor dem Einbau getestet worden, um allen erdenklichen Notfällen der Fahrten gewachsen zu sein, die das Schiff jedes Mal aufs Neue durch halb unbekannte Unendlichkeiten von Raum und Zeit führten.

Das Schiff sprang, wie es zuvor gesprungen war.

Der neue Stern gewann an Schärfe.

Magno Taliano wartete, dass ihm die Wand ihren Aufenthaltsort zeigen würde, um dann (in Zusammenarbeit mit der Wand) das Schiff wieder in die Muster des stellaren Raumes einzufügen und es durch gewaltige Sprünge vom Startort bis zum Bestimmungsort zu bringen.

Diesmal geschah nichts.

Nichts?

Zum ersten Mal seit hundert Jahren wusste er wieder, was Panik war.

Es war unmöglich, dass nichts geschah. Einfach *nichts*. Irgendetwas musste doch fokussiert werden. Die Deckplatten holten immer etwas in den Brennpunkt.

Sein Bewusstsein griff nach den Deckplatten und er erkannte mit einer Verzweiflung, die alle Grenzen menschlichen Kummers sprengte, dass sie verloren waren wie niemals ein Schiff zuvor. Aufgrund eines Fehlers, der sich in der Geschichte der Menschheit noch nie ereignet hatte, bestand die gesamte Wand aus Duplikaten von ein und derselben Deckplatte.

Und das Schlimmste war, dass sie auch nicht über eine Deckplatte zu einer Notrückkehr verfügten. Sie befanden sich inmitten von Sternen, die ihnen völlig unbekannt waren, vielleicht nur fünfhundert Millionen Meilen, vielleicht aber auch vierzig Parsek von ihrem Ziel entfernt.

Und die Deckplatte war verschwunden.

Und sie würden sterben.

Sobald die Energieversorgung des Schiffes ausfiel, würden Kälte und Schwärze und der Tod sie binnen weniger Stunden überwältigen. Es würde dann das Ende sein, das Ende der *Wu-Feinstein*, das Ende von Dolores Oh.

▌▌▌

Das Geheimnis des alten dunklen Gehirns

Außerhalb des Planoformraums der *Wu-Feinstein* gab es für die Passagiere keinen Hinweis darauf, dass sie im Nichts-als-das-Nichts gestrandet waren.

Dolores Oh schaukelte in einem antiken Schaukelstuhl vor und zurück. Ihr runzliges Gesicht betrachtete ohne den mindesten Anschein von Vergnügen den imaginären Strom, der am Rande der Rasens dahinfloss. Dita von dem Großen Südhaus saß auf einem Kissen zu Füßen ihrer Tante.

Dolores erzählte von einer Reise, die sie unternommen hatte, als sie noch jung und sprühend vor Schönheit gewesen war, einer Schönheit, die Zwietracht und Hass gesät hatte, wo immer sie erschienen war.

»… und dann tötete der Wächter den Kapitän und kam in meine Kabine und sagte: ›Du wirst mich jetzt heiraten. Ich habe deinetwegen alles aufgegeben.‹ Und ich erwiderte: ›Ich habe nie gesagt, dass ich dich liebe. Es war reizend von dir, dass du um mich gekämpft hast, und auf eine Art glaube ich, dass dies ein Kompliment für meine Schönheit ist, aber es bedeutet keinesfalls, dass ich dir nun für den Rest meines Lebens gehöre. Für wen hältst du mich eigentlich?‹«

Dolores Oh seufzte einen trockenen, hässlichen Seufzer, wie das Knarren eines frostigen Windes in gefrorenen Zweigen. »Daran siehst du, Dita, schön zu sein auf die Art, wie du es bist, hat überhaupt keinen Sinn. Eine Frau muss erst sie selbst sein, bevor sie herausfinden kann, was sie ist. Ich weiß jetzt, dass mein Herr und Ehemann, der Go-Kapitän, mich wirklich liebt, weil meine Schönheit längst verblasst ist. Und gerade weil meine Schönheit verblasst ist, kann er nur noch *mich* lieben, meinst du nicht auch?«

Eine seltsame Gestalt betrat die Veranda. Es war ein Lichtstecher in voller Kampfmontur. Von Lichtstechern erwartete man eigentlich nicht, dass sie den Planoformraum verließen, und es war äußerst ungewöhnlich, dass einer von ihnen bei den Passagieren auftauchte.

Er verneigte sich vor den beiden Damen und sagte mit sorgfältig gewählten Worten: »Meine Ladies, würden Sie mir bitte in den Planoformraum folgen? Es ist unumgänglich, dass Sie unverzüglich den Go-Kapitän aufsuchen.«

Dolores presste die Hand auf den Mund. Ihre entsetzte Geste erfolgte so automatisch wie der Biss einer Schlange. Und Dita spürte, dass ihre Tante seit mehr als hundert Jahren auf die Katastrophe gewartet, dass ihre Tante den Ruin ihres Mannes herbeigesehnt hatte, wie sich manche Menschen nach Liebe, andere nach dem Tod sehnen.

Dita sagte nichts. Und auch Dolores blieb nach kurzem Überlegen stumm.

Schweigend folgten sie dem Lichtstecher in den Planoformraum.

Die schwere Tür schloss sich hinter ihnen.

Magno Taliano saß noch immer aufrecht in dem Sessel des Kapitäns. Er sprach sehr langsam, und seine Stimme klang wie eine Bandaufnahme, die ein antikes Parlophon zu langsam abspielte.

»*Wir sind im Weltraum gestrandet, meine Liebe*«, sagte die frostige, gespenstische Stimme des Kapitäns, der sich noch immer in der Trance des Go-Kapitäns befand. »*Wir*

sind im Weltraum gestrandet, und ich hoffe, dass wir viel-
leicht eine Möglichkeit zur Rückkehr haben, wenn du dein
Bewusstsein mit dem meinen verbindest.«

Dita wollte etwas sagen.

»Machen Sie nur, meine Teure«, ermunterte sie einer
der Lichtstecher, »sprechen Sie. Haben Sie irgendeinen Vorschlag?«

»Warum kehren wir nicht einfach um? Aber das wäre
wohl eine Demütigung, nicht wahr? Trotzdem wäre es besser, als zu sterben. Benutzen wir die Deckplatte für den Notfall und kehren wir einfach um. Die Welt wird Magno Taliano einen einzigen Fehler schon vergeben, nachdem er
Tausende Reisen mit Brillanz und Erfolg gemeistert hat.«

Der Lichtstecher, ein freundlicher junger Mann, war so
ruhig und sanft wie ein Arzt, der einen Patienten über seinen bevorstehenden Tod oder eine schwere Krankheit auf-
klären muss. »Das Unmögliche ist geschehen, Dita von dem
Großen Südhaus. Alle Deckplatten sind unbrauchbar. Sie
sind alle identisch. Und nicht eine davon kann zu einer Notrückkehr benutzt werden.«

Als die beiden Frauen das hörten, da wussten sie, wie
es um sie stand. Wussten, dass der Weltraum sie auflösen
würde wie ein Stoffgewebe, aus dem ein Faden nach dem
anderen gezogen wird. Sie würden im Lauf der nächsten
Stunden Stück für Stück dahinsterben, während die Materie
ihrer Körper verschwand, hier ein paar Moleküle weniger,
dort ein paar weniger ... Oder, die andere Alternative, sie
konnten alle zusammen in einem einzigen Blitz verlöschen,
wenn sich der Go-Kapitän dafür entschied, das Schiff zu
vernichten, als auf einen langsamen Tod zu warten ... Oder,
wenn sie religiös waren, hatten sie auch noch Zeit, Gebete
zu sprechen.

Der Lichtstecher sagte zu dem erstarrten Go-Kapitän: »Wir
glauben, ein vertrautes Muster am Rand Ihres Gehirns entdeckt zu haben. Dürfen wir es uns genauer ansehen?«

Taliano nickte sehr langsam, sehr düster.

Der Lichtstecher stellte sich dicht neben ihn.

Die beiden Frauen sahen zu. Nichts Sichtbares geschah, aber sie wussten, dass sich jenseits der optischen Wahrnehmung und doch vor ihren Augen etwas Dramatisches abspielte. Die Gedanken der Lichtstecher stießen tief hinein in das Bewusstsein des wie erfroren wirkenden Go-Kapitäns, suchten in den Synapsen nach einem verborgenen, noch so kleinen Hinweis auf eine mögliche Rettung.

Minuten vergingen. Minuten, die ihnen wie Stunden erschienen.

Schließlich sagte der Lichtstecher: »Wir können in Ihr Zwischenhirn sehen, Kapitän. Am Rande Ihres Paläokortex befindet sich ein Sternenmuster, das dem unseres derzeitigen Standortes ähnelt.« Der Lichtstecher lachte nervös. »Alles, was wir wissen müssen, ist: Können Sie das Schiff mit Ihrem Gehirn nach Hause steuern?«

Magno Taliano betrachtete den Fragenden mit tief tragischen Augen. Seine Stimme klang immer noch langsam in ihren Ohren, denn er wagte es nicht, sich aus der Halbtrance zu lösen, die dem gesamten Schiff seine Festigkeit verlieh: »*Sie meinen, ob ich das Schiff allein mit meinem Gehirn segeln kann? Es würde mein Gehirn ausbrennen lassen, und das Schiff wäre trotzdem verloren ...*«

»Wir sind alle verloren, verloren, verloren«, kreischte Dolores Oh. Auf ihrem Gesicht flackerte eine furchtbare Hoffnung, ein Hunger nach dem Untergang, eine gierige Sehnsucht nach der Katastrophe. Sie kreischte ihrem Mann zu: »Wach auf, Liebling, und lass uns gemeinsam sterben. Zumindest können wir so einander auf ewig gehören, für lange, endlose Äonen!«

»Warum sterben?«, fragte der Lichtstecher sanft. »Sagen Sie es ihm, Dita.«

»Warum sollten wir es nicht versuchen, Sir und Onkel?«

Langsam wandte Magno Taliano den Kopf und blickte seine Nichte an. Wieder ertönte seine hohle Stimme: »*Wenn ich das wage, bin ich ein Narr oder ein Kind oder ein toter Mann, aber um deinetwillen will ich es tun.*«

Dita hatte sich eingehend mit der Arbeit der Go-Kapitäne befasst und wusste sehr genau, dass beim Verlust des Paläokortex die Persönlichkeit intellektuell unversehrt blieb, aber emotional verändert wurde. Mit dem Verlust des ursprünglichsten Teil des Gehirns verschwanden auch die fundamentalen Steuermechanismen für Feindseligkeit, Hunger und Sexualität. Die wildesten Tiere und die genialsten Menschen waren dann auf eine Stufe gestellt – eine Stufe infantiler Freundlichkeit, auf der Lust und Verspieltheit und sanfter, doch unstillbarer Hunger bis in alle Ewigkeit der einzige Lebensinhalt blieben.

Magno Taliano zögerte nicht. Langsam streckte er den Arm aus und drückte die Hand von Dolores Oh. »*Wenn ich sterbe, dann wirst du am Ende die Gewissheit haben, dass ich dich liebe.*«

Wieder konnten die Frauen nichts sehen. Sie erkannten, dass man sie nur gerufen hatte, um Magno Taliano einen letzten Blick auf sein eigenes Leben werfen zu lassen.

Ein schweigsam gewordener Lichtstecher hielt eine Strahl-Elektrode so, dass sie schräg in Kapitän Magno Talianos Paläokortex hineinstieß.

Leben kam in den Planoformraum. Fremde Himmel umkreisten sie wie Milch, die in einer Schüssel geschlagen wurde.

Dita bemerkte, dass ihre halbausgeprägte telepathische Fähigkeit auch ohne die Unterstützung einer Maschine funktionierte. Mit ihren Gedanken konnte sie die tote Wand der Deckplatten fühlen. Sie registrierte das Schlingern der *Wu-Feinstein*, während sie von Raum zu Raum sprang, so unsicher wie ein Mensch, der einen Fluss überquert, indem er von einem mit Eis überzogenen Stein zum anderen hüpft.

Auf eine seltsame Art wusste Dita, dass der paläokortische Teil des Gehirns ihres Onkels endgültig ausbrannte, dass die Sternenmuster, die in den Deckplatten eingeätzt waren, in den unendlichen komplexen Mustern seiner eigenen Erinnerungen weiterlebten und dass er mit Hilfe seiner telepathischen Lichtstecher sein Gehirn Zelle für Zelle ausbrannte, um für sie einen Weg zu dem Bestimmungsort des Schiffes zu finden. Das war unwiderruflich seine letzte Reise.

Dolores Oh betrachtete ihren Mann mit einer hungrigen Gier, die keiner Beschreibung gerecht werden konnte.

Nach und nach nahm sein Gesicht einen entspannten und stumpfsinnigen Ausdruck an.

Dita sah, dass das Zwischenhirn allmählich ausbrannte, während die Schiffsinstrumente mit Hilfe der Lichtstecher den fähigsten Intellekt ihrer Zeit nach einem letzten Weg in den sicheren Hafen absuchten.

Plötzlich sank Dolores Oh auf die Knie, hielt schluchzend die Hand ihres Mannes.

Ein Lichtstecher ergriff Ditas Arm. »Wir haben unser Ziel erreicht«, sagte er.

»Und mein Onkel?«

Der Lichtstecher blickte sie seltsam an.

Sie erkannte, dass er zu ihr sprach, ohne seine Lippen zu bewegen – sprach mit ihr von Bewusstsein zu Bewusstsein.

»Haben Sie es denn nicht bemerkt?«

Benommen schüttelte sie den Kopf.

Der Lichtstecher wiederholte seine telepathische Mitteilung. »Während das Gehirn Ihres Onkels ausbrannte, haben Sie seine Fähigkeiten übernommen. Spüren Sie es denn nicht? Sie sind nun selbst Go-Kapitän, sogar einer der größten.«

»Und er?«

Der Lichtstecher übermittelte ihr eine mitleidsvolle Bemerkung.

Magno Taliano hatte sich von seinem Sitz erhoben und wurde von seiner Frau und Gefährtin, Dolores Oh, aus dem Raum geführt. Er besaß das liebenswürdige Lächeln eines Idioten, und zum ersten Mal seit mehr als hundert Jahren zitterte sein Gesicht in scheuer und törichter Liebe.

GUSTIBLES PLANET

Kurz nach der Feier zum 4000. Jahrestag der Öffnung des Weltraums entdeckte Angary J. Gustible Gustibles Planeten. Diese Entdeckung sollte sich als tragischer Missgriff erweisen.

Gustibles Planet wurde von hochintelligenten Lebewesen bewohnt. Sie besaßen mittelmäßige telepathische Kräfte. Sofort bei seiner Ankunft durchforschten sie Angary J. Gustibles Bewusstsein und Lebensgeschichte und verwirrten ihn außerordentlich mit der Aufführung einer Oper, deren Thema seine jüngste Scheidung war.

Auf dem Höhepunkt der Oper warf seine Ehefrau eine Teetasse nach ihm. Dies vermittelte einen unvorteilhaften Eindruck von der irdischen Kultur, und Angary J. Gustible, der das Amt eines Reserve-Subleiters der Instrumentalität innehatte, war tief erschüttert, als er herausfand, dass er diesem Volk nicht die erhabenen Wirklichkeiten der Erde, sondern die unangenehmen intimen Tatsachen vermittelt hatte.

Mit dem Fortschreiten der Verhandlungen folgten weitere peinliche Situationen.

Äußerlich ähnelten die Bewohner von Gustibles Planeten, die sich selbst Apicaner nannten, erstaunlicherweise übergroßen Enten – Enten mit einer Größe von ein Meter zwanzig bis ein Meter vierzig. An ihren Flügelspitzen hatten sich nebeneinandergestellte Daumen entwickelt. Sie waren ruderförmig und geschickt genug, um die Apicaner zu ernähren.

Gustibles Planet entsprach der Erde in vielerlei Hinsicht: in der Unehrlichkeit der Einwohner, in ihrer Begeisterung für gutes Essen, in ihrer Fähigkeit, den menschlichen Geist sofort zu verstehen. Bevor Gustible begann, sich für die Rückreise zur Erde zu rüsten, entdeckte er, dass die Apicaner sein Schiff nachgebaut hatten. Es war unsinnig, diesen Tatbestand zu verheimlichen. Sie hatten es in allen Details nachgebaut, so dass die Entdeckung von Gustibles Planeten die gleichzeitige Entdeckung der Erde bedeutete …

… durch die Apicaner.

Die Tragweite dieser tragischen Entwicklung zeigte sich erst, als die Apicaner ihm in seine Heimat folgten. Sie verfügten über ein Planoform-Schiff, das in der Lage war, durch den Nullraum zu reisen, genau wie sein Schiff.

Hauptmerkmal von Gustibles Planeten war, dass seine Biochemie auf einzigartig umfassende Weise der der Erde entsprach, und die Apicaner waren die erste intelligente Lebensform, auf die die Menschen gestoßen waren. Sie besaßen die Fähigkeit zu schmecken und zu genießen, so wie die Menschen schmecken und genießen konnten; sie waren in der Lage, sich an der Musik der Menschen mit aufrichtigem Vergnügen zu erfreuen und alles zu essen und zu trinken, was ihnen in die Hände fiel.

Die allerersten Apicaner auf der Erde wurden von Botschaftern empfangen, die hoch alarmiert entdecken mussten, dass der Appetit der fremden Besucher auf Münchner Bier, Camembert, Tortillas und Encheladas sowie auf Speisen der Haute Cuisine alle ernsten kulturellen, politischen oder strategischen Interessen bei weitem überstieg, die man von ihnen erwartet hätte.

Arthur Djohn, ein Lord der Instrumentalität, der mit dieser besonderen Angelegenheit betraut war, ernannte einen Agenten der Instrumentalität namens Calvin Dredd zum Chefdiplomaten der Erde und beauftragte ihn mit der Untersuchung der Angelegenheit.

Dredd traf sich mit Schmeckst, der anscheinend der Führer der Apicaner war. Das Gespräch verlief sehr unglücklich.

Dredd begann: »Eure Erhabene Hoheit, wir sind entzückt, Euch auf Erden begrüßen zu…«

Schmeckst fragte jedoch nur: »Sind die essbar?« Und er fuhr fort, die Plastikknöpfe von Calvin Dredds Jacke zu verzehren, bevor dieser darauf hinweisen konnte, dass sie zwar attraktiv, aber nicht essbar seien.

»Versuchen Sie ja nicht, sie zu essen«, riet Schmeckst daraufhin. »Sie sind wirklich nicht sehr schmackhaft.«

Dredd, der seine weit aufklaffende Jacke anstarrte, fragte: »Darf ich Ihnen etwas zu essen anbieten?«

»In der Tat, ja«, erwiderte Schmeckst und nickte.

Und während Schmeckst auf italienische und auf Peking-Art speiste, ein scharf gepfeffertes Szechuan-Gericht, ein japanisches Sukiyaki-Dinner, zwei britische Frühstücksgedecke, ein Smørgasbrød und vier komplette, dem diplomatischen Anlass entsprechende Gänge russischen Zakouskas verzehrte, schenkte er den Angeboten, die ihm die Instrumentalität der Erde machte, sein Ohr.

Sie beeindruckten ihn nicht. Schmeckst war trotz seiner ungeheuerlichen und anstößigen Essgewohnheiten sehr intelligent. »Unsere beiden Welten sind gleich gut bewaffnet. Wir können nicht gegeneinander kämpfen. Denken Sie daran«, sagte er zu Calvin Dredd in drohendem Ton.

Dredd spannte seine Muskeln an, so wie er es gelernt hatte. Jedoch: Schmeckst war daran nicht unbeteiligt.

Einen Augenblick lang wusste Dredd nicht, wie ihm geschah. Dann wurde ihm bewusst, dass er auf die mittelmäßigen, aber manipulativen telepathischen Kräfte des Besuchers angesprochen und eine aufrechte Haltung angenommen hatte. Starr, wie eingefroren, stand er da, bis Schmeckst lachte und ihn erlöste.

»Sie sehen, wir sind gleichwertige Partner«, sagte Schmeckst. »Ich kann Sie einfrieren. Nichts außer tiefster Verzweiflung könnte Sie daraus befreien. Falls Sie versuchen, gegen uns zu kämpfen, werden wir Sie besiegen. Wir werden uns hier niederlassen und bei Ihnen leben. Wir haben genug Platz auf unserem Planeten – Sie können auch zu uns kommen und dort leben. Wir würden gerne viele von Ihren Köchen einstellen. Alles, was Sie tun müssen, ist, mit uns den Weltraum zu teilen – und damit ist eigentlich schon alles gesagt.«

Mehr war tatsächlich nicht dazu zu sagen. Arthur Djohn berichtete den Lords der Instrumentalität, dass derzeit nichts gegen die abscheulichen Wesen von Gustibles Planeten unternommen werden konnte.

Sie hielten ihre Gier jedoch in Grenzen – relativ gesehen. Lediglich zweiundsiebzigtausend Apicaner schwärmten auf der Erde aus und stürzten sich auf jedes Weinlokal, jedes Restaurant, jede Snack- und Sodabar und auf jeden Vergnügungspark der Welt. Sie aßen Popcorn, Alfalfa, rohes Obst, lebenden Fisch, gebratene Vögel, gedünstete Mahlzeiten, gekochte und eingemachte Lebensmittel, Nahrungskonzentrate und ausgewählte Medikamente.

Außer ihrer Fähigkeit, ungeheure Mengen an Nahrung zu sich zu nehmen, weit mehr als ein normaler Mensch, zeigten sie auch sonst extreme Reaktionen. Tausende von ihnen wurden von verschiedenartigen lokalen Leiden gequält, die so würdelose Namen trugen wie Yantze-Durchfall, Delhi-Blähungen, Römisches Würgen und so weiter. Weitere Tausende erkrankten und mussten sich nach Art der alten Herrscher erlösen. Trotzdem kamen sie auch weiterhin.

Niemand mochte sie – und niemand verabscheute sie genug, um einen alles verheerenden Krieg herbeizusehnen.

Das tatsächliche Handelsvolumen war minimal. Sie kauften große Mengen Esswaren, die sie mit seltenen Metallen bezahlten. Aber die Wirtschaft ihres Heimatplaneten produzierte nur wenige Waren, die die Erde gebrauchen konnte. Die Städte der Menschheit hatten mit der Zeit einen derartigen Grad an Sorglosigkeit und Gleichgültigkeit erreicht, dass eine relativ monokulturelle Zivilisation wie die der Bürger von Gustibles Planeten keinen großen Eindruck hinterließ. Der Name »Apicaner« wurde lediglich zu einem unangenehmen Synonym für schlechte Manieren, Gier und sofortige

Bezahlung. Sofortige Bezahlung galt in einer Kreditgesellschaft als unanständig, aber immerhin war das besser, als überhaupt nicht bezahlt zu werden.

Die Tragödie der Beziehung zwischen den beiden Völkern rührte von dem unglückseligen Picknick von Lady Ch'ao her, die sich damit brüstete, uraltes chinesisches Blut in den Adern zu haben.

Sie entschied, es müsse möglich sein, Schmeckst und die anderen Apicaner so zu überfüttern, dass sie schließlich Vernunft annahmen. Sie arrangierte also ein solch üppiges Fest, wie es keines mehr gegeben hatte seit den prähistorischen Zeiten der vielen Kriege, des Zusammenbruchs und des Wiederaufbaus der Zivilisation. Sie ließ dafür die Museen der ganzen Welt nach Rezepten durchforschen.

Das Festmahl wurde von den Fernsehsendern überall auf der Welt übertragen. Es fand in einem Pavillon statt, der dem alten chinesischen Baustil nachempfunden war. Das hoch aufragende Festivalgebäude war ein Traum aus geflochtenem Bambus und Papierwänden und besaß ein mit Stroh gedecktes Dach nach original überlieferter Art. Papierlaternen mit echten Kerzen beleuchteten die Szene. Die fünfzig ausgewählten apicanischen Gäste strahlten wie alte Götter. Ihre Federn glänzten im Licht, und sie schnippten lässig mit ihren paddelartigen Daumen, während sie sich telepathisch und gewandt in irgendwelchen irdischen Sprachen unterhielten, die sie in den Köpfen ihrer Zuhörer aufgeschnappt hatten.

Die eigentliche Tragödie war das Feuer. Das Feuer erfasste den Pavillon, ließ das Festmahl scheitern. Lady Ch'ao wurde von Calvin Dredd gerettet. Die Apicaner flohen. Alle entkamen, außer einem. Schmeckst selbst. Schmeckst erstickte im Rauch.

Er stieß einen letzten telepathischen Schrei aus, der von den Stimmen aller in der Nähe befindlichen noch lebenden menschlichen Wesen, anderen Apicanern und Tieren beantwortet wurde, so dass die Fernsehzuschauer der ganzen Welt eine Kakophonie aus zwitschernden Vögeln, bellenden Hunden, miauenden Katzen, kreischenden Ottern und dem hellen Grunzen eines einsamen Pandas vernahmen. Dann starb Schmeckst. Was für ein Jammer …

Die Anführer der Erde, die dabeistanden, fragten sich, wie sie die Tragödie bewältigen konnten. Auf der anderen Seite der Welt beobachteten die Lords der Instrumentalität das Geschehen. Was sie sahen, war erstaunlich und schrecklich.

Calvin Dredd, der kalte, disziplinierte Agent, näherte sich den verkohlten Überresten des Pavillons. Sein Gesicht hatte einen verzerrten Ausdruck, der schwer einzuschätzen war. Nachdem er sich zum vierten Mal die Lippen geleckt hatte und ein Speichelfaden sein Kinn hinuntertroff, erkannten sie endlich, dass er verrückt war vor Appetit. Lady Ch'ao folgte ihm auf den Fersen und schien ebenfalls im Bann einer unbarmherzigen Macht zu stehen. Sie war außer sich. Ihre Augen glänzten. Sie pirschte sich wie eine Katze heran. In ihrer Linken hielt sie eine Schale und Essstäbchen.

Die Fernsehzuschauer, die die Szene beobachteten, konnten einfach nicht begreifen, was sie vor sich sahen.

Zwei aufgeschreckte, noch benommene Apicaner folgten den Menschen neugierig. Plötzlich streckte Calvin Dredd die Hand aus. Er zog den Körper von Schmeckst zu sich heran.

Das Feuer hatte Schmeckst den Rest gegeben. Nicht eine Feder war an seinem Körper geblieben. Und dann hatte das auflodernde Feuer, genährt durch den besonders trockenen Bambus und das Papier und die abertausend Kerzen, ihn gebraten.

Der Kameramann hatte einen Einfall. Er schaltete die Geruchssensoren ein. Überall auf dem Planeten Erde, wo Menschen sich versammelt hatten, um diese unerwartete und einzigartig interessante Tragödie zu verfolgen, breitete sich ein Geruch aus, den die Menschheit längst vergessen hatte. Es war die Essenz von gerösteter Ente.

Es war der delikateste, alle Vorstellungskraft sprengende Duft, den irgendein Mensch je gerochen hatte. Millionen und aber Millionen Menschen wurde der Mund wässrig. Überall blickten die Erdmenschen von ihren Bildschirmen auf, um nachzusehen, ob einige Apicaner in der Nähe waren. Und gerade als die Lords der Instrumentalität befahlen, die empörende Szene auszublenden, begannen Calvin Dredd und Lady Ch'ao den gerösteten Apicaner Schmeckst zu verzehren.

Innerhalb von vierundzwanzig Stunden wurden die meisten Apicaner auf der Erde zubereitet, einige mit Preiselbeersoße, andere gebacken, einige nach Art des Südens. Die besorgten Anführer der Erde fürchteten sich vor den Auswirkungen eines derart unzivilisierten Verhaltens. Als sie ihre Lippen abwischten und nach einem weiteren Entensandwich fragten, wurde ihnen klar, dass ihr Verhalten äußerst schwierig zu erklären sein würde.

Die Blockaden, die von den Apicanern errichtet werden konnten, um menschliche Handlungen zu verhindern, funktionierten nicht – nicht, wenn sie bei Menschen angewandt wurden, die einen Apicaner betrachteten, sich tief in ihr Unterbewusstsein versenkten und dabei einen wahnsinnigen Hunger entwickelten, der die dünne Tünche der Zivilisation abbröckeln ließ.

Den Lords der Instrumentalität gelang es, Schmecksts Stellvertreters und einiger anderer Apicaner habhaft zu werden und sie zurück auf ihr Schiff zu bringen.

Die Soldaten, die sie bewachten, leckten sich die Lippen, und ihr Offizier sann auf eine Möglichkeit, einen Unfall herbeizuführen, während er die Staatsbesucher begleitete. Unglücklicherweise brachen sich die Apicaner nicht das Genick, sondern schleuderten im Gegenteil allen menschlichen Wesen gewaltige geistige Blockaden entgegen, um ihr Leben zu retten.

Einer von den Apicanern war so undiplomatisch und bat um ein Hühnersalat-Sandwich. Dabei verlor er beinahe einen seiner Flügel, so roh und lebendig er auch war, an einen Soldaten, dessen Appetit durch die bloße Erwähnung einer Mahlzeit angeregt worden war.

Die wenigen Überlebenden kehrten schließlich in ihre Heimat zurück. Ihnen hatte die Erde zwar außerordentlich gut gefallen, und das irdische Essen war köstlich gewesen – aber sie war ein schrecklicher Ort. Sie mussten sich nur die kannibalistischen Menschen in Erinnerung rufen, die dort lebten und so kannibalistisch waren – dass sie Enten aßen!

Die Lords der Instrumentalität waren erleichtert, als sie feststellten, dass die Apicaner bei ihrer Abreise das Weltraumtor hinter sich geschlossen hatten. Niemand wusste recht, wie sie das zustande gebracht hatten oder über welche Verteidigungsanlagen sie verfügten.

Die Menschheit, mit wässrigem Mund und beschämt zugleich, drängte nicht auf eine sofortige Verfolgungsjagd. Stattdessen versuchten es die Menschen mit Hühnern, Enten, Gänsen, Hennen aus Cornwall, Tauben, Seemöwen und anderen Sandwich-Belägen, um den unvergleichlichen Geschmack der Einwohner von Gustibles Planeten noch einmal auf der Zunge zu spüren.

Nichts jedoch kam dem nahe. Aber die Menschen in ihrer Rechtschaffenheit waren nicht unzivilisiert genug, um eine andere Welt zu überfallen, nur um ihre Bewohner als Leckerbissen zu verzehren.

Die Lords der Instrumentalität waren glücklich, sich gegenseitig und dem Rest der Welt bei ihrer nächsten Versammlung zu versichern, dass es den Apicanern gelungen war, Gustibles Planeten abzuriegeln, und sie kein weiteres Interesse mehr am Handel mit der Erde zeigten. Sie schienen technologisch so weit überlegen zu sein, dass sie sich vor den Augen und dem Appetit der Menschen verbergen konnten.

Vor diesem Schicksal bewahrt, waren die Apicaner später fast in Vergessenheit geraten. Ein Privatsekretär des Büros für Interstellaren Handel war erstaunt, als die eisigen Intelligenzen eines Methan-Planeten vierzigtausend Kisten Münchner Bier bestellten. Er verdächtigte sie der Schiebung. Aber auf Anweisung seiner Vorgesetzten behandelte er die Angelegenheit als streng vertraulich und gab seine Zustimmung zur Verschiffung des Biers.

Zweifellos war es für die Bewohner von Gustibles Planeten bestimmt, aber sie boten nicht einen einzigen ihrer Mitbürger im Tausch dafür an.

Die Sache war erledigt. Die Servietten waren zusammengelegt. Handel und Diplomatie waren zum Erliegen gekommen.

ALLEIN IM ANACHRON

Zeit ist
Zeit war
Zeit wird sein, wie lang?
Aber was ist ein Knoten,
der Zeit bindet,
der sie festhält und nicht hergibt?
Es ist der Zeitknoten,
ein geheimer Ort,
den sie suchten, vor langen Zeiten
weit draußen im Weltraum –
und immer noch suchen.
Nur Tasco nicht, denn
ER HAT IHN GEFUNDEN

– Aus dem »Gesang der Irren Dita«

Zuerst luden sie sämtliche Gerätschaften ab, die sie entbehren konnten, ohne ihr Überleben oder die Funktionsweise des Schiffs zu gefährden. Als Nächstes war Ditas Flitterwochenausstattung an der Reihe (die ihr wichtiger gewesen war als alle technischen Instrumente – wie albern, aber auch typisch). Schließlich warfen sie sogar den kompletten Nährstoffvorrat ab, bis auf die Minimalration für zwei Personen. In diesem Moment wurde Tasco klar, dass es immer noch nicht ausreichte. Das Schiff war zu schwer.

Mit Bitterkeit erinnerte er sich an die Worte seines Vorgesetzten: »*Sie erlauben Ihnen also tatsächlich, mit Ihrer Braut auf Zeitreise zu gehen. Sie sind verrückt! War das Ihre Idee oder die Ihrer Braut, diese ›Flitterwochen in die Zeit‹? Egal, da alle Welt Ihre Hochzeit bestaunt, steht das sentimentale*

Pack gewiss hinter Ihnen. Aber wirklich, ›Flitterwochen in die Zeit‹! Was soll das? Ist Ihre Frau denn so eifersüchtig auf Ihre Zeitreisen, dass sie unbedingt mit will? Denken Sie doch mal nach, Tasco. Das Schiff ist nicht für zwei Personen ausgelegt, und das wissen Sie genau. Warum lassen Sie nicht lieber ganz die Finger davon? Bleiben Sie hier und lassen Sie Vomact den Vortritt. Der ist unverheiratet.« Tasco erinnerte sich an die heiße Eifersucht, die ihn bei der Erwähnung von Vomacts Namen durchströmt hatte. Jetzt konnte ihn erst recht nichts mehr von seinem Vorhaben abbringen. Die Ankündigung, dass er sich auf die Suche nach dem Knoten machen würde, hatte so viel Aufsehen erregt, dass es längst kein Zurück mehr gab. Offensichtlich hatte ihm sein Vorgesetzter seine Gefühle angesehen, denn er setzte ein verständnisvolles Lächeln auf und sagte: »*Nun, wenn überhaupt jemand den Knoten finden kann, dann Sie. Aber lassen Sie Ihre Braut aus dem Spiel. Wenn es unbedingt sein muss, können Sie sie später immer noch nachholen. Aber nicht jetzt.*« Doch Tasco erinnerte sich auch an das Gefühl von Ditas weichem, kätzchengleichem Körper, als sie sich an ihn geschmiegt hatte, ihm in die Augen blickte und murmelte: »*Du hast es versprochen, Liebling …*«

Ja, er war gewarnt worden, aber war ihr Schicksal deshalb weniger tragisch? Ja, er hätte sie zu Hause lassen können, aber hätte ihre Ehe nicht schon vom allerersten Tag an unter dieser Kränkung gelitten? Und hätte er sich selbst noch in die Augen sehen können, wenn er Vomact den Vortritt gelassen hätte? Und was hätte Dita von ihm gehalten? Er durfte sich nichts vormachen – sie liebte ihn, sie liebte ihn von ganzem Herzen, aber sie kannte ihn nur als Helden. Hätte sie ihn ebenso geliebt, wenn er kein strahlender Held gewesen wäre? Die Antwort auf diese Frage wollte er nicht wissen – er liebte sie so sehr.

Jetzt musste einer von ihnen gehen, für immer hinaus ins Nichts zwischen Raum und Zeit. Tasco blickte sie an. Seine Geliebte. *Ich habe dich schon immer geliebt,* dachte er. *Eine ganze Ewigkeit, aber in unserem Fall war die Ewigkeit nur drei Erdentage lang. Werde ich dich weiterhin lieben können, draußen in Raum und Zeitlosigkeit?* Um den endgültigen Abschied noch ein paar Minuten hinauszuzögern, gab er vor, ein weiteres überflüssiges Instrument durch die Luke nach draußen zu befördern, während er tatsächlich die Hälfte der noch verbliebenen Nährstoffrationen abwarf. Damit war die Entscheidung gefallen.

Dita stellte sich neben ihn. »Reicht es jetzt, Tasco? Ist das Schiff jetzt leicht genug, um dem Knoten zu entkommen?«

Tasco drückte sie schweigend an sich. *Ich habe getan, was ich tun musste. Dita, meine Dita. Dass ich dich nie wieder umarmen werde ...* Vorsichtig strich er ihr über den Kopf, um den mondblassen Bogen ihres Haars nicht zu zerstören, und ließ sie los.

»Jetzt musst du übernehmen, Dita. Ich könnte niemals deinen Tod wollen, meine Liebste, denn wir würden beide hier in dem Zeitknoten sterben, weil das Schiff nur einen von uns tragen kann. Du musst es nach Hause schaffen, du musst das Schiff und die ganzen Daten nach Hause bringen, die wir mit den Instrumenten erfasst haben. Jetzt geht es nicht mehr um dich oder mich oder uns. Wir sind Diener der Instrumentalität. Verstehst du das? Du musst ...«

Sie bog sich in seinen Armen so weit zurück, dass sie ihm in die Augen sehen konnte. Ihre Lippen zitterten, ihre Augen glänzten vor Liebe und Angst. Sie war anbetungswürdig – und, nun ja, leider absolut unfähig. Aber sie würde es schaffen, sie musste es schaffen. Zuerst sagte sie überhaupt nichts, sondern versuchte nur, die Tränen zu unterdrücken. Und als sie schließlich antwortete, gab sie von allen Antworten diejenige, die ihn am meisten erboste: »Nein, Liebling, bitte nicht. Ich halte das nicht aus ... Bitte lass mich nicht allein.«

Seine Reaktion geschah aus dem Affekt heraus. Er schlug zu. Seine Hand traf voll ihre Wange.

In ihren Augen, um ihren Mund flammte Wut auf, doch sie hatte sich gleich wieder unter Kontrolle und flehte ihn weiter an. »Bitte, Tasco, sei mir nicht böse. Es macht mir nichts aus, mit dir zu sterben. Aber lass mich nicht allein, bitte lass mich nicht allein. Ich mache dir auch keinen Vorwurf ...«

Ich mache dir keinen Vorwurf!, dachte Tasco. *Beim Großen Vergessenen, das ist nicht schlecht!* Doch er antwortete beherrscht und leise: »Ich habe es dir doch erklärt. Irgendwer muss das Schiff zurückbringen, zurück in unsere Raumzeit. Wir haben den Knoten gefunden. Wir befinden uns im Zeitknoten. Schau doch mal.« Er deutete auf das Merochron, das träge hin und her schwang, von +1.000.000 : 1 bis −500.000 : 1. »Schau genau hin: Zwanzig Jahre pro Minute plus bis zehn Jahre pro Minute minus. Wenn wir die Last noch ein bisschen verringern, kannst du es schaffen. Wir haben schon alles abgeladen, was wir abladen können, und jetzt bin ich dran. Ich weiß, wie du dich fühlst. Ich liebe dich, wie du mich liebst. Für mich ist es genauso schwer, dich zu verlassen. Ein ganzes Leben mit dir wäre mir noch zu wenig gewesen. Aber eines bist du mir schuldig: Bring das Schiff sicher nach Hause. Ich bitte dich, Dita, mach es mir nicht noch schwerer, als es sowieso schon ist.« Er zögerte. »Falls möglich, bleib immer auf der links-subformalen Wahrscheinlichkeit. Und wenn das nicht geht, musst du in der Rückzeit abbremsen.«

»Liebling ...«

Wie gerne hätte er die richtigen, tröstenden Worte gefunden, doch sie blieben ihm in der Kehle stecken. Ihre gemeinsame Zeit war abgelaufen. Ihre Flitterwochen waren ein Spiel gewesen, ihr ureigenes Spiel, und jetzt war das Spiel aus. Jetzt war ihr gemeinsames Leben vorbei. Drei Erdentage! Aber die Instrumentalität dauerte fort, die Obersten und Lords warteten. Und wenn sie eine Million Menschen opfern müssten, die Koordinaten des Zeitknotens wären es tausendmal wert. Dita konnte es schaffen. Wenn das Schiff um sein Körpergewicht erleichtert wurde, konnte es selbst Dita schaffen.

Ihr Abschiedskuss war nicht der Kuss, an den sie sich später erinnern würde. Er hatte es eilig, er wollte die Sache zu Ende bringen, und je eher er sie allein ließ, desto besser standen Ditas Chancen. Sie sah ihn an, als erwartete sie, dass er noch ein bisschen blieb, noch ein bisschen mit ihr sprach. Irgendetwas in ihrem Blick weckte seinen Argwohn – würde sie versuchen, ihn umzustimmen?

Tasco aktivierte sein Helmmikrofon. »Ich liebe dich, Dita, aber ich muss jetzt rasch los. Bitte mach alles genau so, wie ich es dir erklärt habe. Und versuche nicht, mich aufzuhalten.«

Dita fing an zu schluchzen. »Du wirst sterben, Tasco, du wirst sterben ...«

»Vielleicht.«

Sie streckte die Arme nach ihm aus. »Nein, mein Liebling, lass mich nicht allein. Nicht so schnell.«

Nun wollte sie ihn tatsächlich festhalten. Er stieß sie zurück auf den Pilotensitz. Noch nicht einmal das ließ sie ihn richtig machen, dachte er, sie ließ ihn nicht einmal in Ruhe für sie sterben. Selbst jetzt musste sie ihm eine Szene machen. Doch er unterdrückte seine Wut. »Liebling«, sagte er, »ich habe dir das doch schon alles erklärt. Außerdem überlebe ich ja vielleicht. Ich werde einen Planeten voller Nymphen ansteuern und dann hoffentlich noch gut und gerne tausend Jahre leben.«

Er wollte sie reizen, er wollte sie wütend oder eifersüchtig machen, zumindest irgendein anderes Gefühl in ihr wecken. Aber sie ging nicht auf seinen armseligen Witz ein, sondern schluchzte nur weiter vor sich hin.

Als ein Rauchfaden in der heißen Luft der Kabine aufstieg, blickten sie auf die Instrumentenkonsole: Der Wahrscheinlichkeitsselektor leuchtete. Tasco ließ sich nichts anmerken – er war froh, dass Dita offenbar nicht wusste, was das zu bedeuten hatte. *Sie werden mich nicht finden. Selbst wenn ich überlebe, werden sie mich nicht finden, nie. Aber jetzt geh endlich! Geh!*

Durch den Visor seines glänzenden Anzugs warf er ihr ein letztes Lächeln zu, mit seiner Metallklaue strich er ihr über den Arm. Dann wich er schnell zurück in die Notluke, ehe sie sich an ihm festklammern konnte, schlug die Tür zu, tastete nach dem Ausstoßhebel und drückte ihn herunter. Mit aller Kraft.

Ein Donnerschlag, eine Flutwelle. Seine Welt, seine Frau, seine Zeit, er selbst, alles ging dahin ... und er schwebte frei im Anachron. Niemand, der sich zwischen den Wahrscheinlichkeiten verirrt hatte, war je zurückgekehrt. Aber sie hatten ihr Schicksal ertragen, sagte er sich, und so würde auch er das seine ertragen. Plötzlich hielt er inne – hatten auch sie eine Frau oder eine Geliebte zurückgelassen? Hatten sie dieselbe Tragödie durchmachen müssen? Sie beide, er und Dita, hätten nicht hierherkommen müssen. Sie hatten es aus Eitelkeit getan, aus Stolz, Eifersucht, Sturheit. Es war ihre eigene Entscheidung gewesen. *Und nun war er im Anachron.*

Tasco spürte, wie er von Wahrscheinlichkeit zu Wahrscheinlichkeit sprang, wie ein Kiesel auf einem geriffelten Plastikdach. Er konnte nicht einschätzen, ob er sich dem Formalen oder dem Aufgelösten näherte; möglicherweise befand er sich noch immer in der Linken Subformalen.

Auf einmal verstummte der Lärm. Er machte sich auf weitere Beben gefasst.

Es gab noch eines, ein einziges, sehr heftiges.

Die Anspannung verließ langsam seinen Körper. Er spürte, wie die Wahrscheinlichkeiten um ihn herum Gestalt annahmen, und lauschte dem Rauschen des Selektors in seinem Helm, der ihn in eine Kombination aus Raum und Zeit kodierte, in der menschliches Leben existieren konnte. Bei seinen Übungssprüngen hatte er dieses Rauschen nie gehört, doch jetzt handelte es sich nicht mehr um Übungen: Zum ersten Mal befand er sich zwischen den Wahrscheinlichkeiten, zum ersten Mal schwebte er frei im Anachron.

Als ihn ein Gefühl der Schwere und Zielgerichtetheit überkam, begriff er, dass er sich dem regulären Raum näherte,
und hatte bald auch schon festen Boden unter den Füßen.
Bewegungslos blieb er stehen und versuchte sich zu sammeln, während seine Umgebung langsam Gestalt annahm.
Doch irgendetwas stimmte nicht. Das Grau das Weltraums
um ihn herum ähnelte dem Grau der schnellen Rückzeit.
Wie oft hatte er es durch das Kabinenfenster beobachtet,
nachdem er eine Wahrscheinlichkeit ausgewählt und durch-
gespielt hatte, bis ihm die Selektoren einen möglichen Landeplatz angewiesen hatten … Doch jetzt saß er nicht in
einem Schiff, hatte keinen Anschub mehr. Also wie war es
dann möglich, dass er durch die Rückzeit reiste?

Vielleicht …

Vielleicht weil der Zeitknoten seinen Körper so kraftvoll
von sich geschleudert hatte, dass er einen extremen Zeit-
schwung mitgenommen hatte. Doch selbst dann hätte sich
seine Geschwindigkeit langsam verringern müssen, und er hatte
nicht das Gefühl, dass das geschehen war. Nein, er befand
sich noch immer in der Schnellzeit. 10.000 : 1, mindestens.

Einen Moment lang dachte er an Dita, doch seine eigene
Lage verdrängte alles andere. Schon schob sich das nächste
Problem in den Vordergrund: Wie sah es mit seinem Zeit-
konsum aus? Außerhalb des Anzugs floss die Zeit extrem
schnell – und im Inneren? Wie lange würde der Nährstoffvorrat halten? Er konzentrierte sich auf seinen Körper, aber
es war schwer, auch nur einen kleinen Blick auf das eigene
Innenleben zu erhaschen. Hatte er Hunger oder nicht? Er
fragte sich, ob die automatische Nährstoffzufuhr mit der
rasch wechselnden Zeitgeschwindigkeit mithalten konnte,
als ihm plötzlich eine Idee kam. Er rieb das Kinn gegen die
Maske. War sein Bart gewachsen, seit er das Schiff verlassen
hatte?

Ja. Er hatte einen stattlichen Bart.

Noch während er darüber nachsann, was das zu bedeuten
hatte, hörte er ein *Schnapp!* und wurde ohnmächtig.

Als er zu sich kam, fiel ihm als Erstes auf, dass er noch immer aufrecht stand. Ein Art Gerüst schien ihn auf den Beinen zu halten – aber wer hatte es errichtet, und wozu? Draußen herrschte dasselbe trübe Licht wie zuvor, seine physiologische Zeit hatte sich also noch nicht an die Außenzeit angeglichen. Heftige Ungeduld stieg in ihm auf. Es musste doch möglich sein, langsamer zu werden! Der Helm lastete so schwer auf ihm, dass er mit der Klaue an der Atemmaske riss, ohne an die damit verbundenen Gefahren zu denken.

Endlich klappte sie herunter, und er sog süße, aber dicke, sehr dicke Luft ein. Jeder Atemzug war ein Kampf, und eigentlich lohnte sich die Anstrengung kaum.

Die Schnellzeit verminderte sich immer noch nicht. Dabei war sein Körper nicht mehr versiegelt – er hätte eigentlich längst tot sein müssen. Als er an sich hinunterblickte, sah er seinen Bart wachsen, eine zittrige Bewegung wie im Zeitraffer. Gleichzeitig spürte er, wie sich seine sprießenden Fingernägel in die Handflächen gruben; normalerweise wären sie automatisch gekürzt worden, aber die Zeit war zu schnell für den Mechanismus. Also ballte er die Hände zu Fäusten und brach die Nägel selbst ab. Die Zehennägel waren offenbar schon an den Kappen der Stiefel zersplittert, und obwohl ihm die Füße wehtaten, war es immerhin noch ein erträglicher Schmerz. Ändern konnte er daran sowieso nichts.

Aber er war müde, unglaublich müde – offensichtlich konnte die automatische Nährstoffzufuhr nicht mit seiner Körperzeit mithalten. Er musste seine ganze Kraft zusammennehmen, um die Klaue in die Halterung am Gürtel einzupassen und umzudrehen, bis die Zusatzdosis aktiviert wurde. Als er spürte, wie die Nadel seine Bauchdecke durchdrang, drehte er weiter, bis die heißen Nährstoffe durch die Adern schossen. Erst jetzt konnte er sicher sein, dass die Vene richtig getroffen worden war. Fast im selben Moment ging es ihm wieder besser.

Währenddessen sah er in rasender Abfolge unzählige Gebäude als verwischte Kleckse vor seinen Augen auftauchen und wieder vergehen – einfach aus dem Nichts auftauchen, um einen Augenblick zu verharren und dann langsam dahinzuschmelzen, bis nichts mehr von ihnen zu sehen war. Allmählich konnte er ein paar mehr Details erkennen. Er schien am Eingang einer Höhle oder unter einem hohen Portal zu stehen. Aber seine Gedanken waren noch mit den anderen Bauten beschäftigt. Bei seinen früheren Reisen durch die Zeit war es immer andersherum gelaufen – zunächst waren die Gebäude langsam in die Höhe gewachsen, dann gealtert und grau und unansehnlich geworden, und schließlich waren sie blitzartig verschwunden.

Müde schüttelte er den Kopf – es war doch offensichtlich! Er befand sich in der Rückzeit, in einer so schnell ablaufenden, unerbittlichen und lang währenden Rückzeit, wie sie vermutlich noch niemals jemand erlebt hatte.

Nun aber schien seine Geschwindigkeit rapide abzunehmen. Ein großes Gebäude erschien um ihn herum, kurz darauf war er wieder im Freien, dann wieder im Inneren. Unmittelbar vor ihm tauchte plötzlich ein strahlendes Licht auf.

Er stand in einem riesigen Saal, direkt in der Mitte und offenbar auf einer Art Sockel, denn er konnte den gesamten Raum überblicken. In seinem Umkreis bildeten sich schimmernde Formen heraus, die in einem bestimmten Rhythmus erschienen und verschwanden. Vielleicht Menschen? Aber sie bewegten sich so anders als sonst. Warum bewegten sie sich so sonderbar?

Da das Licht nicht wieder verschwand und auch das Gebäude sich nicht aufzulösen schien, bemühte er sich, etwas genauer hinzuschauen, und kniff die Augen zusammen. Nur die Augäpfel konnte er noch problemlos bewegen. Seine immerzu wachsenden, brechenden, wachsenden Finger- und Zehennägel und sein immerzu sprießender Bart riefen ihm in Erinnerung, dass er sich um die Nährstoffzufuhr kümmern musste. Jeder Quadratzentimeter seiner Haut juckte. Panisch stellte er fest, dass er seine Arme immer weniger bewegen konnte, und drückte rasch den Knopf, der die Ausschüttung von zusätzlichen Nährstoffen aktivierte. Denn trotz der normalen Versorgung, die ihn auch hier im kalten All am Leben hielt, konnte er schon jetzt weder Hände noch Finger bewegen. Obwohl er, seinem Gefühl nach, das Schiff doch erst vor ein paar Minuten verlassen hatte! *(Dita, Dita, bist du dem Knoten entkommen? Hast du es geschafft? Hoffentlich habe ich das Gewicht richtig berechnet …)*

Der Saal um ihn herum veränderte sich nicht mehr. Er rollte mit den Augen, um zu erkennen, wo er war und wann.

Ich lebe, sagte er sich. *Ich bin der Erste, der dem Anachron entkommen ist. Das ist doch was. Es ist noch niemandem vor mir gelungen, aus der Zeit hinauszutreten und zurückzukehren.*

Seine Geschwindigkeit verringerte sich immer mehr, das Licht vor seinen Augen strahlte unvermindert hell. Überrascht stellte er fest, dass er mehr erkennen konnte. Vor ihm hing eine Art Bild, ein großes, hohes Bild, oder eher mehrere kleine Bilder. Offenbar handelte es sich um eine Reihe von Bildtafeln mit Gemälden aus grauer Vorzeit. Aber was stellten sie dar?

Als er die Augen zusammenkniff, erkannte er die Gestalt auf der Tafel links oben: Das war er selbst, Tasco Magnon. Nichts fehlte – der glänzende Raumanzug, die marmornen Armstützen, der Sockel. Zusätzlich hatten sie ihm Flügel verliehen, die an die Engel der Alten Starken Religion erinnerten – große, weiße Flügel –, und einen Heiligenschein. Auf der nächsten Tafel war er so dargestellt, wie er sich im Augenblick fühlte: Der Anzug glänzte noch immer, doch sein Gesicht wirkte alt und ausgelaugt.

Die unteren Tafeln waren nicht weniger interessant. Die erste zeigte einen Flecken Gras oder Moos, über dem eine

Art Licht schwebte, die zweite ein Skelett, das von einem Gerüst gehalten wurde.

Was hatten diese Bilder zu bedeuten? Er versuchte nachzudenken, doch sein Geist war zu matt dafür.

Jetzt traten die Menschen deutlicher aus dem Wirbel um ihn herum hervor. Fast meinte er, einzelne Gesichter zu erkennen. Auch die Farben der Tafeln wurden immer leuchtender und heller, bis sie in ihrer vollen Pracht erstrahlten – und verschwanden.

Einfach verschwanden, als hätte es sie nie gegeben.

Tascos altes, müdes Hirn rang verzweifelt um eine Erklärung, während die physiologische Zeit vollends aus der Spur geriet. Jede Minute wurde zum Jahrzehnt; noch während er einen Gedanken dachte, hatte er sich in eine uralte Erinnerung verwandelt. Und trotzdem erkannte er schließlich die Wahrheit.

Er befand sich noch immer in der Rückzeit.

Hinter ihm lagen seine Ankunft und Wiederauferstehung auf dieser Welt. Eine Wiederauferstehung, die die weisen Erbauer des Palasts, die ihm Engelsflügel und Heiligenschein verliehen hatten, prophezeit hatten.

Und bald würde er sterben, irgendwann in der Urzeit dieser Zivilisation.

Später, viel später, Jahrhunderte vor seinem Tod, würden die Überreste seines Körpers in das stoffliche System dieses Zeit-Raum-Kontinuums übergehen. Ein Zerfall, der sich für die Betrachter als Zusammensetzung aus einem glühenden Nichts darstellen würde. Offenbar waren seine Partikel unzerstörbar, unberührbar. Die Erbauer des Palastes und ihre Vorfahren hatten erlebt, wie sich Staub zu einem Skelett geformt hatte, wie sich das Skelett aufgerichtet und in eine Mumie verwandelt hatte, wie die Mumie zur Leiche, die Leiche zum alten Mann und der alte Mann jung geworden war – bis er so vor ihnen stand, wie er das Raumschiff verlassen hatte.

Er war in seiner eigenen Gruft gelandet. In seinem eigenen Tempel.

Dabei lag noch alles vor ihm, was er vor den Augen dieser Menschen wirken würde, all die Wunder, die sie in den Tafeln an der Tempelwand festgehalten hatten!

Ein schwacher, kaum spürbarer Stolz drang durch seine Müdigkeit – er wusste, dass er seine Anhänger nicht enttäuschen würde. Er würde seiner Rolle gerecht werden, er würde sich in einen jungen, ruhmreichen Gott verwandeln, um im nächsten Moment wieder zu verschwinden. Er hatte es schon vollbracht, vor ein paar Minuten oder Jahrtausenden.

Immer schmerzvoller riss die Zeit an seinen Eingeweiden, die Nährstoffinjektion brachte keine Linderung mehr. Seine Organe waren ausgetrocknet.

Die Wände des Saals leuchteten, als das Ende näherkam. Die Zeitalter trieben ihn vor sich her.

Ich bin Tasco Magnon, dachte er. *Ich war ein Gott und werde wieder einer sein.*

Doch sein letzter Gedanke war weniger großmächtig. Er dachte an einen Bogen mondblassen Haars, an eine halb abgewandte Wange und verlor sich in der schmerzvollen Stille seines Geistes.

Dita! Dita!

Im Datenhafen der Instrumentalität nahm das mitgenommene Zeitschiff langsam Gestalt an. Sofort stürmten Funktionäre und Techniker darauf zu und rissen die Luke auf. Im Pilotensitz saß eine junge Frau, die stumm ins Leere blickte. Ihr Gesicht war weiß, ihre Augen tränenleer. Als sie versuchten, die Frau aus ihrer Erstarrung zu lösen, klammerte sie sich verzweifelt an die Instrumente und murmelte in einem immergleichen Singsang vor sich hin: »Er ist gesprungen. Tasco ist gesprungen. Allein, er ist allein im Anachron ...«

Mit ernster Miene und sehr behutsam lösten die Funktionäre sie aus ihrem Sitz, um die wertvollen Instrumente zu sichern.

VERBRECHEN UND RUHM DES KOMMANDANTEN SUZDAL

Lesen Sie diese Geschichte nicht; blättern Sie rasch weiter. Die Geschichte könnte Sie verstören. Aber vielleicht kennen Sie sie ja schon. Es ist eine sehr beunruhigende Geschichte, und eigentlich ist sie überall bekannt. Der Ruhm und das Verbrechen des Kommandanten Suzdal sind schon auf tausend verschiedene Weisen erzählt worden.

Glauben Sie nur nicht, dass diese Geschichte wahr ist.

Sie ist es nicht. Man findet nicht ein Körnchen Wahrheit in ihr. Es gibt keinen solchen Planeten wie Arachosia, es gibt auch kein Volk wie die Klopten, nicht einmal eine Welt wie Katzenland hat es jemals gegeben. Alles ist frei erfunden, hat sich niemals zugetragen. Lassen Sie es bleiben, machen Sie sich schleunigst aus dem Staub und lesen Sie etwas anderes.

_____ Der Anfang _____

Kommandant Suzdal wurde in einem Muschelschiff ausgesandt, die entferntesten Bereiche unserer Galaxis zu erkunden. Man bezeichnete sein Schiff zwar als Kreuzschiff, aber er war der einzige Mensch an Bord. Er war ausgerüstet mit Hypnotika und Drama-Würfeln, um sich die Illusion von Gesellschaft zu verschaffen, die Illusion einer großen Menge freundlicher Menschen, die er aus seinen Halluzinationen entstehen lassen konnte.

Die Instrumentalität erlaubte ihm sogar, sich seine imaginäre Gesellschaft bis zu einem gewissen Grade selbst auszusuchen; jeder dieser Gefährten wurde verkörpert von einem kleinen Keramikwürfel, in dem sich das Gehirn eines Kleintieres befand, dem die Persönlichkeit eines real existierenden menschlichen Wesens aufgeprägt worden war.

Suzdal, ein untersetzter, stämmiger Mann mit einem jovialen Lächeln, hatte keine Scheu, seine Wünsche zu äußern. »Gebt mir zwei gute Sicherheitsoffiziere mit. Ich kann das Schiff allein steuern, aber wenn ich mich in das Unbekannte vorwage, werde ich Hilfe benötigen, um unvorhersehbar auftretende Probleme lösen zu können.«

Der Zeugmeister lächelte ihn an. »Ich habe noch nie von einem Kreuzer-Kommandanten gehört, der um Sicherheitsoffiziere *bittet*. Die meisten Leute halten sie für eine ausgesprochene Plage.«

»Das mag schon sein«, erklärte Suzdal, »aber ich denke anders darüber.«

»Möchten Sie nicht auch einige Schachspieler mit auf die Reise nehmen?«

»Ich spiele Schach«, sagte Suzdal, »so viel ich will, und zwar mit den Reservecomputern. Ich brauche nur ihre Leistungskraft zu reduzieren, und schon beginnen sie zu verlieren. Bei voller Leistung schlagen sie mich immer.«

Der Offizier warf Suzdal einen merkwürdigen Blick zu. Er wirkte nicht direkt lüstern, aber sein Gesichtsausdruck wurde vertraulich und auch ein wenig widerwärtig. »Wie ist es mit anderer Gesellschaft?«, fragte er mit leiser Neugierde.

»Ich habe Bücher dabei«, erklärte Suzdal. »Ein paar tausend. Ich werde nur einige Jahre irdischer Zeitrechnung fort sein.«

»Lokal-subjektiv können daraus mehrere tausend Jahre werden«, bemerkte der Offizier mit demselben begierigen Unterton in der Stimme, »obwohl die Zeit zurücklaufen wird, wenn Sie sich wieder der Erde nähern. Und ich meinte auch nicht Bücher mit meiner Frage.«

In plötzlichem Ärger schüttelte Suzdal den Kopf und fuhr sich mit der Hand durch sein sandfarbenes Haar. Seine blauen Augen waren arglos, er blickte den Zeugmeister offen an. »Was meinen Sie dann, wenn Sie nicht von Büchern sprechen? Navigatoren? Die habe ich schon, ganz zu schweigen von all den Schildkrötenmännern. Sie sind sehr unterhaltsam, wenn man langsam mit ihnen spricht und ihnen genug Zeit lässt, zu antworten. Vergessen Sie nicht, ich war schon einmal dort draußen ...«

Der Offizier wurde jetzt deutlich. »Tänzerinnen. *Frauen.* Konkubinen. Möchten Sie nicht welche mitnehmen? Wir können Ihnen sogar einen Würfel mitgeben, dem die Persönlichkeit Ihrer Frau aufgeprägt ist. Auf diese Weise wird sie bei Ihnen sein.«

Suzdal machte ein Gesicht, als ob er aus schierem Ekel auf den Boden spucken wollte. »Alice? Sie meinen, Sie wollen mich mit ihrem Bewusstsein herumreisen lassen? Was würde die wirkliche Alice wohl davon halten, wenn ich wieder zu Hause bin? Sagen Sie nun bitte nicht, dass Sie meine Frau einem Mausegehirn aufprägen wollen. Sie bieten mir da ja den reinen Wahnsinn an. Ich muss meine Sinne beisammenhalten, wenn Raum und Zeit in großen Wogen über mir zusammenschlagen. Ich werde auch so schon genug überschnappen. Vergessen Sie nicht, dass ich schon einmal dort draußen war. Die Rückkehr zur wirklichen Alice wird einer meiner stärksten Realitätsfaktoren sein. Es wird mir bei meiner Heimkehr helfen.« An dieser Stelle bekam auch Suzdals Stimme einen vertraulichen Klang. »Nun sagen Sie bloß noch, dass viele Kreuzer-Kommandanten darum bitten, mit imaginären Frauen herumzufliegen. Wenn Sie mich fragen, also, das wäre ja verdammt widerlich. Machen das wirklich viele von ihnen?«

»Wir sind hier, um Ihr Schiff auszurüsten, und nicht, um darüber zu diskutieren, was andere Kommandanten tun oder lassen. Manchmal halten wir es für notwendig, dass eine Gefährtin den Kommandanten begleitet, auch wenn sie nur eine imaginäre Person ist. Falls Sie jemals zwischen den Sternen auf etwas stoßen, das weibliche Gestalt annimmt, dann werden Sie dem kaum widerstehen können.«

»Frauen? Zwischen den Sternen? Quatsch!«, rief Suzdal.

»Es sind schon seltsamere Dinge passiert«, wandte der Offizier ein.

»Aber nicht so etwas«, winkte Suzdal ab. »Schmerz, Wahnsinn, Verwirrung, endlose Panik, Heißhunger – ja, so etwas erwarte ich und kann dem widerstehen. Mit diesen Dingen rechne ich schon. Aber mit Frauen? Nein. Dort gibt es keine. Ich liebe meine Frau. Ich brauche keine, die nur in meinen Gedanken existieren. Schließlich habe ich die Schildkrötenmenschen an Bord, die ihre Kinder aufziehen. Ich werde genug Familienleben haben, an dem ich teilnehmen kann und um das ich mich kümmern muss. Ich kann sogar Weihnachtsfeiern für die Kinder veranstalten.«

»Was sind denn das für Feiern?«

»Nur ein hübsches altes Ritual, von dem mir einmal ein Außenpilot erzählt hat. Man überreicht den jungen Dingern Geschenke, einmal in jedem lokal-subjektiven Jahr.«

»Das klingt nett«, sagte der Offizier, der allmählich genug von dem Gespräch hatte. »Sie lehnen es also tatsächlich ab, eine Würfel-Frau mit an Bord zu nehmen?«

»Sie sind noch nie geflogen, stimmt's?«, fragte Suzdal.

Diesmal war der Offizier an der Reihe, verlegen zu werden. »Nein«, erwiderte er knapp.

»Ich werde genug Zeit haben, über alles nachzudenken, was sich in dem Schiff befindet. Ich bin eine fröhliche Natur und sehr umgänglich. Lassen Sie mich ruhig mit meinen Schildkrötenmenschen ziehen. Sie sind nicht sehr lebhaft, aber taktvoll und ruhig. Zweitausend oder sogar mehr Jahre lokal-subjektiver Zeit – das ist eine verdammt große Spanne. Bürden Sie mir nicht noch mehr Entscheidungen auf. Es bedeutet schon genug Arbeit, das Schiff zu steuern. Lassen Sie mir nur meine Schildkrötenmenschen. Ich bin schon früher immer gut mit ihnen ausgekommen.«

»Sie sind der Kommandant, Suzdal«, sagte der Zeugmeister. »Wir tun nur, was Sie sagen.«

»Schön«, lächelte Suzdal. »Sie haben es hier vermutlich mit den seltsamsten Gestalten zu tun, aber ich gehöre nicht zu ihnen.«

Die beiden Männer lächelten einander verstehend zu, und die Ausrüstung des Schiffes war damit abgeschlossen.

Das Schiff selbst wurde von Schildkrötenmenschen bedient, die nur sehr langsam alterten, und während das Schiff Kurs auf den äußeren Rand der Galaxis nahm und Suzdal die Jahrtausende – lokaler Zeitrechnung – in seinem Kältebett verschlief, wuchs eine Generation Schildkrötenmenschen nach der anderen heran, bildete ihren Nachwuchs für die Bedienung des Schiffes aus, erzählte die Legende von der Erde, die sie nie sehen würden, und überwachte sorgfältig die Computer, um Suzdal erst dann zu wecken, wenn der Eingriff eines Menschen erforderlich war. Von Zeit zu Zeit erwachte Suzdal, erledigte seine Arbeit und schlief dann weiter. Er hatte den Eindruck, dass er die Erde erst vor wenigen Monaten verlassen hatte.

Aber was für Monate! Er war schon mehr als zehn subjektive Jahrtausende unterwegs, als er auf die Sirenenkapsel stieß.

Sie wirkte wie eine gewöhnliche Notsignalkapsel. Solche Sonden wurden oft in den Weltraum geschossen, um von irgendwelchen Schwierigkeiten im Schicksal der Menschen zwischen den Sternen zu berichten. Diese Kapsel hatte offenbar eine ungeheure Entfernung zurückgelegt, und durch sie erfuhr Suzdal die Geschichte von Arachosia.

Die Geschichte war ein Lügenmärchen. Die Gehirne eines ganzen Planeten – das wilde Genie einer bösartigen, unglücklichen Spezies – waren allein dem Problem gewidmet worden, wie man einen normalen Piloten von der Alten Erde umgarnen und weglocken konnte. Die Geschichte und der Gesang der Kapsel vermittelten die reiche Persönlichkeit einer wundervollen Frau mit einer tiefen Altstimme. Die Geschichte stimmte – zum Teil. Die Verlockung war Wirklichkeit – zum Teil. Suzdal hörte der Geschichte zu, und sie sank wie ein wundervoll orchestrierter Teil einer großen Oper tief in die Fasern seines Gehirns. Das alles wäre anders verlaufen, hätte er die wahre Geschichte gekannt.

Heute kennt jeder die wahre Geschichte von Arachosia, die bittere Geschichte eines Planeten, der ein Paradies gewesen war und sich in eine Hölle verwandelt hatte. Die Geschichte, die davon handelt, wie Menschen sich zu etwas entwickeln konnten, das etwas völlig anderes war als sie. Die Geschichte von den Ereignissen, die sich weit draußen am schrecklichsten Ort zwischen den Sternen abgespielt hatten.

Suzdal wäre geflohen, wenn er die wahre Geschichte gekannt hätte. Er konnte nicht ahnen, was wir heute wissen: Die Menschheit konnte nicht den furchtbaren Wesen von Arachosia begegnen, ohne dass diese Wesen von Arachosia den Menschen in ihre Heimat gefolgt wären und ihnen Leid gebracht hätten, das größer gewesen wäre als Kummer, Wahnsinn, schlimmer als aller Wahnsinn, eine Seuche, die alle vorstellbaren Seuchen weit übertroffen hätte. Die Arachosianer waren *Un*menschen geworden, und trotzdem, im innersten Kern ihrer Persönlichkeit, waren sie doch Menschen geblieben. Sie sangen Lieder, in denen sie ihre Missbildung verherrlichten und in denen sie sich für das priesen, was sie auf so entsetzliche Weise geworden waren, und dennoch, in ihren Liedern, in ihren Balladen, erhob sich wie Orgelbrausen der Refrain:

Und ich traure um den Menschen!

Sie wussten, was sie waren, und sie hassten sich dafür. Und weil sie sich selbst hassten, verfolgten sie die Menschheit.

Vielleicht verfolgen sie die Menschheit noch immer.

Die Instrumentalität hat in der Zwischenzeit sorgfältige Vorkehrungen getroffen, dass uns die Arachosianer nicht mehr finden können. Sie hat am Rande der Galaxis Netze der Täuschung ausgeworfen, um dafür zu sorgen, dass diese verlorenen, zerstörten Wesen uns nicht finden können. Die

Instrumentalität weiß Bescheid und bewacht unsere Welt und alle andere Welten der Menschheit und hält den Schrecken von uns fern, zu dem Arachosia geworden ist. Wir wollen mit den Arachosianern nichts zu tun haben. Lasst sie ruhig Jagd auf uns machen. Sie werden uns doch nicht aufspüren.

Doch woher hätte Suzdal das wissen sollen?

Dies war die erste Begegnung eines Menschen mit den Arachosianern, und er traf sie nur in Gestalt einer Botschaft, in der eine Elfenstimme das Elfenlied vom Untergang angestimmt hatte und mit der perfekten, klaren Beherrschung der Alten Sprache eine Geschichte erzählte, die so traurig, so furchtbar war, dass die Menschheit sie bis heute nicht vergessen hat. Folgendes hat Suzdal gehört und anschließend die ganze Menschheit …

Die Arachosianer waren Kolonisten. Kolonisten konnten mit Segelschiffen auswandern, hinter ihnen her in den Kapseln treiben. Dies war die eine Möglichkeit.

Oder sie konnten hinausfahren mit Planoformschiffen, Schiffen, die von erfahrenen Männern gesteuert wurden und in den Weltraum[2] eintauchten und ihn wieder verließen und den Menschen neu erschufen.

Und sehr, sehr weite Entfernungen konnten sie mit der neuen Methode überwinden. Die einzelnen Kapseln wurden in ein gewaltiges Muschelschiff verfrachtet, einer gigantischen Ausgabe von Suzdals eigenem Schiff. Die Schläfer wurden eingefroren, die Maschinen überwacht, das Schiff beschleunigte bis über die Lichtgeschwindigkeit hinaus, tauchte unter den Raum weg, kam an einem unbekannten und nicht vorhersehbaren Ort wieder heraus und nahm Kurs auf das vielversprechendste Ziel. Es war ein Wagnis, aber mutige Menschen unternahmen solche Wagnisse. Wenn kein Ziel gefunden wurde, mochten die Maschinen auf ewig im Weltraum kreuzen, während die Menschen, obwohl durch Einfrieren geschützt, einer um den anderen verdarben, und ihr schwaches Lebenslicht erlosch.

Die Muschelschiffe waren die Antwort der Menschheit auf eine Überbevölkerung, der weder der alte Planet Erde noch seine Tochterplaneten gewachsen waren. Die Muschelschiffe trugen die Tollkühnen, die Verwegenen, die Romantischen, die Mutwilligen und manchmal auch die Kriminellen hinaus zu den Sternen. Immer wieder aufs Neue verlor die Menschheit die Spur dieser Schiffe. Die von der Instrumentalität ausgeschickten Kundschafter stolperten über menschliche Wesen, Städte und Zivilisationen, von hohem oder niedrigem Entwicklungsstand, Stämme oder Familien, dort, wo die Muschelschiffe niedergegangen waren, weit, weit über die fernsten Grenzen der Menschheit hinaus, wo die Suchinstrumente einen erdähnlichen Planeten entdeckt hatten und die Muschelschiffe wie große sterbende Insekten dem Planeten entgegengestürzt waren, ihre Passagiere weckten, auseinanderbrachen und sich selbst zerstörten. Aber sie ließen ihre Fracht wiedergeborener Menschen, die diese Welt besiedeln sollten, zurück.

Arachosia zeigte sich den Männern und Frauen, die auf ihm landeten, von seiner besten Seite. Wunderschöne Strände, wo wie an einer endlosen Riviera Klippen in die Höhe wuchsen, zwei helle, große Monde am Himmel, eine Sonne, die nicht zu weit entfernt war. Die Geräte hatten die Atmosphäre bereits getestet und dem Boden Wasserproben entnommen, hatten schon die Keime von Lebensformen der Alten Erde in die Atmosphäre und die Ozeane gestreut, so dass die Menschen nach ihrem Erwachen den Gesang irdischer Vögel hörten und wussten, dass die irdischen Fische bereits an die Ozeane angepasst waren und sich vermehrten. Ein gutes Leben, ein erfülltes Leben schien sie zu erwarten. Alles entwickelte sich vielversprechend.

Es lief ausgezeichnet für die Arachosianer.

Das ist die Wahrheit.

Und so wurde die Geschichte auch von der Kapsel erzählt.

Doch dann begann sie von der Wahrheit abzuweichen.

Die Kapsel verriet nicht die grausige, erbärmliche Wahrheit über die Arachosianer. Sie erfand eine Reihe plausibel klingender Lügen. Die Stimme, die auf telepathischem Wege aus der Kapsel drang, war die einer reifen, warmherzigen, glücklichen Frau – einer Frau in den besten Jahren, mit einer wohlklingenden tiefen Altstimme.

Suzdal bildete sich fast ein, dass er mit ihr sprach, so real wirkte ihre Persönlichkeit. Wie konnte er wissen, dass er getäuscht, in eine Falle gelockt werden sollte?

Alles klang vernünftig, *absolut* vernünftig.

»Und dann«, fuhr die Stimme fort, »kam die arachosianische Krankheit über uns. Landet nicht. Bleibt fort. Redet mit uns. Redet mit uns über Medizin. Unsere Kinder sterben ohne Grund. Unsere Farmen sind fruchtbar und der Weizen hier ist goldener als einst auf der Erde, die Pflaumen sind blauer, die Blüten weißer. Alles entwickelt sich gut – mit Ausnahme der Menschen. Unsere Kinder sterben …« Die Frauenstimme verstummte mit einem Seufzer.

Gibt es irgendwelche Symptome?, dachte Suzdal, und als ob die Kapsel diese gedachte Frage verstanden hätte, erwiderte sie: »Sie sterben an nichts. Nichts, das unsere Medizin untersuchen, nichts, das unsere Wissenschaft erforschen kann. Sie sterben. Unsere Bevölkerung geht zurück. Menschen, vergesst uns nicht! Menschen, wo immer ihr auch seid, kommt rasch, kommt jetzt, helft uns! Aber um euretwillen – landet nicht. Bleibt im Orbit und beobachtet uns mit euren Bildschirmen, damit ihr in der Heimat berichten könnt von den verlorenen Kindern der Menschheit zwischen den fremden und fernsten Sternen!«

Fremd waren sie tatsächlich.

Die Wahrheit aber war weit fremdartiger, und darüber hinaus sehr hässlich.

Suzdal war von der Richtigkeit der Botschaft überzeugt. Man hatte ihn für die Reise ausgewählt, weil er gutmütig, intelligent und tapfer war, und die Aufforderung stieß bei allen dreien dieser Eigenschaften auf Resonanz.

Später, viel später, als man ihn gefangengesetzt hatte, fragte man Suzdal: »Suzdal, Sie Narr, warum haben Sie die Botschaft nicht überprüft? Sie haben die Sicherheit der gesamten Menschheit für eine alberne Bitte aufs Spiel gesetzt!«

»Sie war nicht albern!«, schnappte Suzdal. »Diese Notsignalkapsel besaß eine traurige, wundervolle Frauenstimme, und ich hielt die Geschichte für wahr.«

»Wie kamen Sie darauf?«, erkundigte sich der Ermittlungsbeamte mit flacher Stimme und schien verwirrt.

Suzdals Antwort auf diese Frage klang müde und traurig. »Durch meine Bücher. Durch meine Erfahrung.« Zögernd fügte er hinzu: »Und durch meine eigene Entscheidung ...«

»War Ihre Entscheidung richtig?«, fragte der Ermittlungsbeamte.

»Nein«, gab Suzdal zu und ließ dieses eine Wort im Raum stehen, als ob es sein letztes Wort gewesen wäre. Aber Suzdal selbst brach das Schweigen, indem er fortfuhr: »Bevor ich auf Kurs ging und mich schlafen legte, aktivierte ich meine Sicherheitsoffiziere in den Würfeln und ließ sie die Geschichte überprüfen. Natürlich ermittelten sie die wahre Geschichte von Arachosia. Sie rekonstruierten sie durch Kreuzentzifferung aus den Mustern der Notsignale und berichteten mir sofort, nachdem ich aufgewacht war, die ganze wahre Geschichte.«

»Und was haben Sie getan?«

»Das, was ich getan habe. Ich tat, wofür Sie mich jetzt vermutlich bestrafen werden. Zu diesem Zeitpunkt liefen die Arachosianer schon um mein Schiff herum. Sie hatten mein Schiff aufgebracht. Woher sollte ich auch wissen, dass die wundervolle traurige Geschichte nur auf die ersten zwanzig Jahre zutraf, von denen die Frau berichtet hatte? Und sie war nicht einmal eine Frau. Nur ein Klopte.«

In den ersten zwanzig Jahren hatten sich die Dinge für die Arachosianer gut entwickelt. Dann brach das Unglück über sie herein, aber in anderer Form, als es der Bericht der Notsignalkapsel verbreitet hatte.

Sie konnten es nicht begreifen. Sie wussten nicht, wie ihnen geschah. Sie verstanden nicht, warum erst zwanzig Jahre, drei Monate und vier Tage bis zu dieser Katastrophe vergehen mussten. Doch dann war es so weit.

Wir vermuten, dass es an der Strahlung ihrer Sonne gelegen hat. Oder vielleicht an einer Kombination von Sonnenstrahlung und planetarer Chemie, die nicht einmal die intelligenten Geräte in dem Muschelschiff hinreichend analysieren konnten. Jedenfalls griff es um sich und verbreitete sich überall. Das Elend schlug zu.

Sie hatten Ärzte. Sie hatten Krankenhäuser. Aber nicht genug, um mit der Katastrophe fertigzuwerden. Sie war einfach zu benennen und dabei monströs und umfassend.

Alles Weibliche war karzinogen geworden.

Alle Frauen bekamen zur selben Zeit Krebsgeschwülste, überall auf dem Planeten; sie erkrankten an den Lippen, an den Brüsten, am Unterleib, manchmal im Kiefer, in den Mundwinkeln, an allen empfindlichen Körperteilen. Der Krebs trat in vielen verschiedenen Formen auf, doch es war immer Krebs. Es musste an irgendeiner Strahlung liegen, die den menschlichen Körper durchdrang und dazu führte, dass sich eine bestimmte Form von Desoxycorticosteron in eine – auf der Erde unbekannte – Abart von Pregnandiol verwandelte, die unweigerlich Krebs erzeugte. Die Krankheit griff ungeheuer schnell um sich.

Die neugeborenen Mädchen starben zuerst. Die Frauen klammerten sich verzweifelt an ihre Männer, ihre Väter. Die Mütter verabschiedeten sich von ihren Söhnen.

Unter den Ärzten gab es eine Frau, eine starke Frau.

Rücksichtslos schnitt sie Gewebe aus ihrem eigenen Körper, legte es unter das Mikroskop, nahm Proben von ihrem Urin, ihrem Blut, ihrem Speichel und erhielt schließlich die Antwort: *Es gab keine Antwort.* Und trotzdem gab es etwas, das zugleich besser und schlechter als eine Antwort war.

Wenn Arachosias Sonne alles tötete, was weiblich war, wenn die weiblichen Fische bäuchlings auf der Oberfläche der Meere trieben, wenn die weiblichen Vögel einen immer schrilleren, wilderen Gesang anstimmten, wenn sie über Eiern starben, die niemals ausgebrütet werden würden, wenn die weiblichen Tiere in den Höhlen grunzten und knurrten, in denen sie sich in ihrem Schmerz versteckt hatten, dann brauchten die weiblichen menschlichen Wesen den Tod noch lange nicht resigniert hinzunehmen. Die Ärztin hieß Astarte Kraus.

Die Magie der Klopten

Die menschliche Frau konnte etwas tun, was den weiblichen Tieren verwehrt war.

Sie konnte ein Mann werden.

Mit Hilfe von Schiffsmaschinen wurden ungeheure Mengen von Testosteron hergestellt, und jedes einzelne Mädchen und jede einzelne Frau, die noch am Leben waren, wurden in einen Mann verwandelt. Jede erhielt starke Injektionen. Ihre Gesichter wurden kantiger, sie wuchsen alle ein Stück, ihre Brüste verflachten sich, ihre Muskeln wurden kräftiger, und in weniger als drei Monaten waren sie Männer geworden.

Einige niedere Lebensformen hatten überlebt, weil bei ihnen keine klare Trennung zwischen männlich und weiblich vorlag und es kein Geschlecht gab, das auf diese bestimmte organische Substanz zur Fortpflanzung angewiesen war. Da die Fische ausgestorben waren, breiteten sich Wasserpflanzen in den Ozeanen aus; die Vögel waren verschwunden, doch die Insekten hatten überlebt – Libellen, Schmetterlinge, mutierte Arten von Heuschrecken, Käfern und anderen Insekten schwärmten über den Planeten. Die Männer, die ihre

Frauen verloren hatten, arbeiteten Seite an Seite mit den Männern, die aus den Körpern der Frauen entstanden waren.

Wenn sie einander gut kannten, war jede Begegnung unendlich traurig. Ehemann und Ehefrau, beide bärtig, stark, streitsüchtig, verzweifelt und geschäftig. Die kleinen Jungen, die irgendwie erkannt hatten, dass sie aufwachsen würden, ohne jemals einen Schatz, eine Frau zu haben, ohne jemals zu heiraten und Töchter zu bekommen.

Doch was bedeutete schon eine einzige Welt für den rastlosen Geist und den brillanten Intellekt von Dr. Astarte Kraus? Sie wurde zur Führerin ihres Volkes, der Männer und der Mannweiber. Sie trieb sie an, sie brachte sie dazu, zu überleben und bei klarem Verstand zu bleiben.

(Vielleicht hätte sie sie alle sterben lassen, wäre sie ein mitfühlender Mensch gewesen. Aber es lag nicht in der Natur von Dr. Kraus, mitfühlend zu sein – sie war nur genial, rücksichtslos und unbeugsam dem Universum gegenüber, das versucht hatte, sie zu vernichten.)

Bevor sie starb, hatte Dr. Kraus ein sorgfältiges genetisches Programm entwickelt. Kleine Teile männlichen Gewebes konnten nun mittels eines unkomplizierten chirurgischen Eingriffs in den Unterleib verpflanzt werden, knapp unterhalb des Bauchfells. Eine künstliche Gebärmutter und künstlich erzeugte chemische Prozesse sowie künstliche Befruchtung durch Bestrahlung und Erwärmung machten es möglich, dass Männer männliche Kinder zur Welt bringen konnten. Was hätte es auch für einen Sinn gehabt, Mädchen zu bekommen, wenn sie doch alle anschließend starben?

Die Menschen von Arachosia lebten weiter. Die erste Generation arbeitete weiter trotz der Tragödie, halb verrückt vor Gram und Enttäuschung. Sie schickten Signalkapseln aus und wussten, dass ihre Botschaften die Erde erst in sechs Millionen Jahren erreichen würden.

Als Pioniere hatten sie es gewagt, weiter hinauszufahren als jedes andere Schiff vor ihnen. Sie hatten eine gute Welt entdeckt, aber sie waren sich nicht völlig sicher, wo sie sich wirklich befanden. Waren sie noch immer in ihrer vertrauten Galaxie oder waren sie hinausgesprungen zu einer der zur lokalen Gruppe gehörenden Galaxie? Sie wussten es nicht genau. Es gehörte zur Politik der Alten Erde, die Kolonisten-gruppen nicht allzu umfangreich auszurüsten, aus Furcht, dass einige von ihnen einen umfassenden kulturellen Wan-del durchmachen oder angriffslustige Eroberer werden und zurück zur Erde kehren und sie zerstören würden. Die Erde war stets darauf bedacht, die besten Trümpfe nicht aus der Hand zu geben.

Die dritte, vierte und fünfte Generation der Arachosianer waren noch immer Menschen. Und allesamt Männer. Sie verfügten noch über die Geschichte der Menschheit, sie be-saßen menschliche Bücher, sie kannten Worte wie »Mama« und »Schwester« und »Liebling«, aber sie wussten nicht mehr genau, was diese Worte bedeuteten.

Der menschliche Körper, der auf der Erde vier Millionen Jahre zu seiner Entwicklung benötigt hatte, verfügte über ungeheure Reserven, über Reserven, die größer waren als das Gehirn oder die Persönlichkeit oder die Hoffnungen des Einzelnen. Und die Körper der Arachosianer trafen ihre Ent-scheidungen. Da die Chemie des weiblichen Geschlechtes den sofortigen Tod bedeutete, und da hin und wieder ein Mädchen tot geboren und achtlos begraben wurde, nahmen die Körper von sich aus die erforderliche Anpassung vor. Die Menschen von Arachosia wurden zugleich Männer und Frauen. Sie verliehen sich selbst den unschönen Namen »Klopten«. Da sie den wohltuenden Einfluss eines Familien-lebens nicht mehr kannten, wurden sie zu prahlerischen Streithähnen, die ihre Liebe mit Mord würzten, ihre Lieder mit Duellen anreicherten, ihre Waffen schärften und sich das Recht erwirkten, sich in einem fremdartigen Familiensystem fortzupflanzen, dem kein ehrbarer Erdenmensch Verständ-nis entgegengebracht hätte.

Aber sie überlebten.

Und die Methode ihres Überlebens war so streng, so grausam, dass es in der Tat schwerfiel, sie zu verstehen.

In weniger als vierhundert Jahren hatten sich die Arachosianer zu Gruppen untereinander verfeindeter Clans zusammengeschlossen. Sie besaßen noch immer nur einen Planeten, der um eine einzige Sonne kreiste. Sie besaßen einige Raumschiffe, die sie selbst entwickelt hatten. Ihre Wissenschaft, ihre Kunst und ihre Musik schritten voran in seltsamen, neurotisch inspirierten Entwicklungssprüngen, denn ihnen mangelte es an den fundamentalen Strukturen der menschlichen Persönlichkeit selbst, an dem Gleichgewicht zwischen Mann und Frau, an der Familie, den Wirkungen der Liebe, der Hoffnung, der Fortpflanzung. Sie überlebten, aber sie waren zu Ungeheuern geworden, ohne es zu wissen.

Aus ihrer Erinnerung an die alte Menschheit erschufen sie eine Legende von der Alten Erde, in der Frauen Missgeburten gewesen waren, die getötet werden mussten. Unglückselige Geschöpfe, die ausgerottet werden durften. Die Familie, so erinnerten sie sich, war etwas Schmutziges und Abartiges, das sie ausmerzen wollten, falls sie ihr jemals begegneten.

Sie selbst waren bärtige gleichgeschlechtliche Wesen mit geschminkten Lippen, prächtigen Ohrringen, kunstvollen Frisuren, und es gab nur sehr wenige alte Männer unter ihnen. Sie töteten ihre Leute, bevor sie alt werden konnten; die Dinge, die sie nicht aus der Liebe, durch Entspannung oder Trost gewannen, holten sie sich durch Schlachten und den Tod. Sie dichteten Lieder, in denen sie sich selbst als die Letzten der alten Menschen und die Ersten der neuen Menschen priesen, und sie besangen ihren Hass auf die Menschheit, der sie vielleicht einst begegnen würden, und sie sangen *Verloren ist die Erde, sollten wir sie jemals finden.* Und trotzdem trieb sie etwas in ihrem Innern dazu, an jedes Lied einen Refrain anzufügen, der sie selbst am meisten beunruhigte:

Und ich traure um den Menschen!

Sie trauerten um die Menschen und dennoch schworen sie sich, alles anzugreifen, was menschlich war.

Die Falle

Suzdal war von der Signalkapsel getäuscht worden. Er legte sich zum Schlafen hin und wies die Schildkrötenmenschen an, den Kreuzer nach Arachosia zu steuern, wo immer sich dieser Planet auch befinden mochte. Er handelte nicht aus Wahnwitz oder Leichtfertigkeit. Er handelte aufgrund reiflicher Überlegung. Und diese Entscheidung führte dazu, dass man ihn später verhörte, anklagte, verurteilte und ihm eine Strafe auferlegte, die schlimmer war als der Tod.

Er hatte sie verdient.

Er hatte sich auf den Weg nach Arachosia gemacht, ohne auch nur einen Gedanken an das grundlegendste Gesetz zu verschwenden: Wie konnte er die Arachosianer, diese singenden Ungeheuer, davon abhalten, ihm zu folgen, um womöglich die Erde zu verwüsten? Konnte ihr Zustand nicht eine ansteckende Krankheit sein, oder würde ihre grausame Zivilisation nicht die anderen Zivilisationen der Menschen vernichten und die Erde und alle übrigen Planeten der Menschheit ins Verderben stürzen? Er hatte nicht einmal eine solche Möglichkeit erwogen, und deshalb wurde er viel später verhört und angeklagt und verurteilt. Doch dazu kommen wir noch.

Die Ankunft

Suzdal erwachte im Orbit um Arachosia. Erwachte in dem Bewusstsein, dass er einen Fehler begangen hatte. Fremde Schiffe klebten an seinem Muschelschiff wie bösartige Wasserkletten eines unbekannten Meeres an einem vertrauten Wasserschiff. Er rief den Schildkrötenmenschen zu, die Instrumente zu bedienen, doch sie funktionierten nicht.

Die Wesen dort draußen – wer immer sie auch waren, Männer oder Frauen, Bestien oder Götter – waren technisch weit genug entwickelt, um sein Raumschiff lahmzulegen. Natürlich erwog er den Gedanken, sich und das Schiff zu zerstören, aber er fürchtete, dass er zwar sich selbst vernichten würde, nicht aber das gesamte Schiff, und dann bestand die Möglichkeit, dass sein Kreuzer, ein neues Modell mit modernsten Waffen, in die Hände derjenigen fallen würde, die dort auf der Außenhülle herumspazierten. Er durfte das Risiko eines ausschließlich individuellen Selbstmordes nicht eingehen. Er musste etwas weitaus Drastischeres tun. Jetzt war nicht der richtige Zeitpunkt, sich an irdische Vorschriften zu halten.

Sein Sicherheitsoffizier – ein Würfelgeist, der zu menschlicher Gestalt aktiviert worden war – flüsterte ihm die ganze Geschichte in flinken, klugen Atemstößen zu.

»Es sind Menschen, Sir.

Menschlicher, als ich es bin.

Ich bin ein Geist, ein Echo, das in einem toten Gehirn hallt.

Dies sind wirkliche Menschen, Kommandant Suzdal, aber es sind die schrecklichsten Menschen, die jemals zwischen den Sternen verlorengingen. Sie müssen sie vernichten, Sir!«

»Ich kann es nicht«, sagte Suzdal, der noch immer nicht ganz wach war. »Es sind *Menschen*.«

»Dann müssen Sie sie in die Flucht schlagen. Unter allen Umständen, Sir. Mit allen Mitteln. Retten Sie die Erde. Halten Sie sie auf. Warnen Sie die Erde.«

»Und ich?«, fragte Suzdal und bereute im gleichen Augenblick, diese selbstsüchtige, persönliche Frage gestellt zu haben.

»Sie werden sterben oder Sie werden bestraft werden«, erwiderte der Sicherheitsoffizier mitleidig. »Und ich weiß nicht, was von den beiden Dingen schlimmer ist.«

»Jetzt?«

»Ja, augenblicklich. Sie dürfen keine Zeit verlieren. Keine Sekunde.«

»Aber die Vorschriften?«

»Sie haben die Vorschriften bereits übertreten.«

Es gab zwar Vorschriften, aber Suzdal ignorierte sie alle. Vorschriften … Vorschriften für normale Zeiten, für normale Orte, für kalkulierbare Gefahren.

Dies war ein Alptraum, aus dem Menschen selbst entstanden und von seinem Gehirn gelenkt. Schon lieferten die Monitoranlagen Informationen darüber, wer diese Menschen waren, diese scheinbar Verrückten, diese Männer, die niemals Frauen gekannt hatten, diese Jungen, die mit Wollust und Kampf aufgewachsen waren, die über eine Familienstruktur verfügten, die das normale menschliche Gehirn nicht akzeptieren, nicht fassen, nicht tolerieren konnte. Diese Wesen dort draußen waren Menschen, und sie waren es doch nicht. Diese Wesen dort draußen besaßen das menschliche Gehirn, die menschliche Vorstellungskraft und die menschliche Fähigkeit zur Rache, und obwohl Suzdal ein mutiger Offizier war, ängstigte ihn die Natur dieser Geschöpfe derart, dass er nicht einmal auf ihre Kommunikationsversuche antwortete.

Er spürte, wie die Schildkrötenfrauen seiner Besatzung von Grauen erfasst wurden, als sie erkannten, wer da an ihr Schiff klopfte und was das für Geschöpfe waren, die ihre leistungsstarken Lautsprecher *Hinein! Hinein! Hinein!* singen ließen.

Suzdal beging ein Verbrechen.

Die Instrumentalität ist stolz darauf, dass sie es ihren Offizieren gestattet, Verbrechen oder Fehler oder Selbstmord zu begehen. Die Instrumentalität erfüllt ihre Pflicht der Menschheit gegenüber auf eine Weise, die für jeden Computer unmöglich ist. Die Instrumentalität lässt das menschliche Gehirn, den menschlichen Willen unangetastet. Die Instrumentalität teilt ihren Vertretern dunkles Wissen mit, Dinge, die auf den bewohnten Welten gewöhnlich unbekannt sind, Dinge, die normalen Männern und Frauen vorenthalten werden, weil die Offiziere der Instrumentalität ihre Arbeit tun müssen. Könnten sie das nicht, würde die gesamte Menschheit untergehen.

Suzdal griff in sein Arsenal. Er wusste, was er tat. Der größere Mond von Arachosia war bewohnbar. Er sah, dass es schon irdische Pflanzen auf ihm gab und irdische Insekten. Die Monitoranlagen zeigten ihm, dass sich die arachosianischen Mannweiber nicht die Mühe gemacht hatten, den planetenähnlichen Mond zu besiedeln. Er richtete eine dringliche Anfrage an die Computer.

Er rief: »Sagt mir, welches Alter er besitzt!«

»Mehr als dreißig Millionen Jahre«, sang die Maschine.

Suzdal verfügte über seltsame Dinge an Bord. Er hatte von beinahe jedem irdischen Tier ein oder zwei Pärchen bei sich. Die irdischen Tiere wurden in winzigen Kapseln transportiert, nicht größer als Medizinkapseln, und sie bestanden aus dem Sperma und den Eizellen höherer Lebensformen, bereits befruchtet, bereit, entwickelt zu werden; darüber hinaus besaß er kleine Lebensbomben, die jedem Tier zumindest die Chance zum Überleben bieten konnten.

Er wählte die Katzen aus seinem Vorrat aus, acht Pärchen, insgesamt sechzehn irdische Katzen von der Gattung *felis domesticus*, jene Katzenart, die Sie und ich kennen, die Katzen, die man manchmal zu telepathischen Zwecken züchtet, um sie auf Schiffen als Hilfswaffen einzusetzen, wo die Gedanken der Lichtstecher sie dirigieren, wo sie auftretende Gefahren bekämpfen.

Er kodierte diese Katzen. Er kodierte sie mit Geninformationen, die so ungeheuerlich waren wie die Geninformationen, die die Mannweiber von Arachosia in Monstren verwandelt hatten. Hier ist der Kode:

Pflanzt euch nicht normal fort.
Entwickelt eine neue Chemie.

Ihr werdet dem Menschen dienen.
Schafft eine Zivilisation.
Lernt sprechen.
Ihr werdet dem Menschen dienen.
Wenn der Mensch euch ruft, dann werdet
ihr ihm zu Diensten sein.
Geht zurück und tretet ans Licht.
Dient dem Menschen.

Diese Instruktionen waren nicht lediglich verbaler Natur. Sie waren unmittelbar der molekularen Struktur der Tiere aufgeprägt worden. Es waren Einschübe in dem genetischen und biologischen Kode, nach dem sich diese Katzen entwickelten.

Und dann beging Suzdal seine Offensive gegen die Gesetze der Menschheit. An Bord des Schiffes befand sich ein chronopathisches Gerät. Ein Zeitverzerrer, der normalerweise nur für ein oder zwei Sekunden benutzt wurde, um das Schiff vor einer völligen Zerstörung zu bewahren.

Die Mannweiber von Arachosia arbeiteten sich bereits durch die Schiffshülle. Er hörte, wie sie mit ihren hohen, heulenden Stimmen kreischten und einander vor irrwitzigem Vergnügen zujohlten, als sie ihn erblickten, das erste der Ungeheuer von der Alten Erde, das ihnen in die Hände fiel. Der wahre, böse Mensch, an dem sie, die Mannweiber von Arachosia, Rache nehmen würden.

Suzdal blieb gelassen. Er kodierte die genetischen Katzen. Er verfrachtete sie in die Lebensbomben. Er justierte die Einstellungen des chronopathischen Gerätes auf verbotene Weise, so dass sie statt auf eine Sekunde für ein Schiff von achtzigtausend Tonnen auf zwei Millionen Jahre für eine Ladung von weniger als vier Kilo eingestellt waren. Er katapultierte die Katzen auf den namenlosen Mond von Arachosia.

Und katapultierte sie rechtzeitig wieder zurück.

Und er wusste, dass er nicht zu warten brauchte.

Er brauchte wirklich nicht zu warten.

Die Katzen kamen an. Ihre Schiffe glitzerten am nackten Himmel über Arachosia. Ihre kleinen Schlachtschiffe griffen an. Die Katzen, die vor einem Augenblick noch nicht existiert hatten, denen dann aber eine Zeit von zwei Millionen Jahren vergönnt gewesen war, in denen sich ihr Schicksal erfüllen konnte, wie es die Programmierung ihrer Gehirne befahl, die Kodierung ihres Rückenmarks, die Manipulierung ihrer Körperchemie und ihrer Persönlichkeiten … Die Katzen hatten sich in eine Menschenart verwandelt, die mit Sprache, Intelligenz, Hoffnung und einer Mission versehen war. Ihre Mission lautete, Suzdal beizustehen, ihn zu retten, ihm zu gehorchen und Arachosia Schaden zuzufügen.

Die Katzenschiffe kreischten ihren Kampfeswillen hinaus. »Dies ist der Tag im Jahr des gelobten Zeitalters. Und *jetzt Katzen, greift an*!«

Die Arachosianer hatten viertausend Jahre lang auf eine Schlacht gewartet, und nun bekamen sie sie. Die Katzen griffen sie an.

Zwei der Katzenschiffe erkannten Suzdal, und die Katzen meldeten sich. »O Herr, o Gott, o Schöpfer aller Dinge, o Beherrscher der Zeit, o Beginn allen Lebens, wir haben gewartet, bis Dir alle dienten, um Deinem Namen zu gehorchen, Deinem Ruhm zu folgen! Mögen wir für Dich leben, mögen wir für Dich sterben. Wir sind Dein Volk.«

Suzdal weinte und schleuderte allen Katzen seine Botschaft entgegen. »Schlagt die Klopten, aber tötet sie nicht alle!« Er wiederholte: »Schlagt sie und haltet sie auf, bis ich entkommen bin.«

Er stürzte mit seinem Kreuzschiff in den Nichtraum und floh.

Weder die Katzen noch die Arachosianer folgten ihm.

Das ist die ganze Geschichte. Doch die Tragik ist, dass Suzdal heimkehrte – und die Arachosianer noch immer dort sind, ebenso die Katzen. Vielleicht weiß die Instrumentalität, wo sie sind, vielleicht weiß es die Instrumentalität auch nicht. Die Menschheit hat kein Verlangen danach, es herauszufinden. Es widerspricht allen Gesetzen, eine Lebensform zu erschaffen, die dem Menschen überlegen ist. Vielleicht sind die Katzen dem Menschen überlegen. Vielleicht weiß jemand, ob die Arachosianer gewonnen und die Katzen getötet und sich der Katzenwissenschaft bemächtigt haben und nun irgendwo nach uns suchen, sich wie Blinde von Stern zu Stern tasten, um uns wahre, menschliche Wesen zu finden, zu hassen, zu töten. Oder vielleicht haben die Katzen gewonnen.

Vielleicht sind die Katzen nun in einer seltsamen Mission unterwegs, erfüllt von den unheimlichen Hoffnungen, Menschen zu dienen, die sie gar nicht kennen. Vielleicht glauben sie, dass wir alle Arachosianer sind und nur um eines bestimmten Kreuzerkommandanten wegen geschont werden müssen, dem sie nie wieder begegnen werden. Nein, sie werden Suzdal ganz sicher nie mehr begegnen, denn wir wissen, was ihm widerfahren ist.

Suzdals Prozess

Suzdal wurde auf einer großen Bühne in der offenen Welt vor Gericht gestellt. Sein Prozess wurde aufgezeichnet. Er hatte etwas getan, was er nicht hätte tun dürfen. Er hatte nach den Arachosianern gesucht, ohne abzuwarten und ohne um Rat und Verstärkung zu bitten. Es hatte nicht zu seinen Aufgaben gehört, Jahrtausende altes Leid zu lindern.

Und dann die Katzen. Wir verfügten über die Aufzeichnungen des Schiffes, die uns verrieten, dass etwas diesen Mond verlassen hatte. Raumschiffe, Geschöpfe mit Stimmen, Geschöpfe, die mit dem menschlichen Gehirn kommunizieren konnten. Wir sind nicht einmal sicher, dass sie eine irdische Sprache benutzt haben, denn sie sendeten direkt in die Empfangscomputer. Vielleicht arbeiteten sie mit irgendeiner Art von direkter Telepathie. Doch das Verbrechen bestand darin, *dass Suzdal Erfolg gehabt hatte*.

Indem er die Katzen zwei Millionen Jahre in die Vergangenheit zurückgeschleudert, sie zum Überleben programmiert, zur Entwicklung einer Zivilisation kodiert, sie verpflichtet hatte, ihn zu retten, war es ihm gelungen, eine vollständig neue Welt in weniger als einer Sekunde objektiver Zeit zu erschaffen.

Seine chronopathische Maschine hatte die kleinen Lebensbomben auf den großen Mond über Arachosia katapultiert, auf fruchtbaren Boden, und in weniger Zeit, als man zu diesen Aufzeichnungen benötigt, kamen die Bomben in Gestalt einer Schlachtflotte zurück, die eine irdische Spezies gebaut hatte, auch wenn sie von Katzen abstammen mochte, eine Spezies, die zwei Millionen Jahre alt war.

Das Gericht sprach Suzdal seinen Namen ab und erklärte: »Sie werden nicht mehr Suzdal heißen.«

Das Gericht sprach Suzdal seinen Rang ab. »Sie werden nicht mehr Kommandant dieser oder irgendeiner anderen Flotte sein, sei es nun einer des Imperiums oder einer der Instrumentalität.«

Das Gericht sprach Suzdal sein Leben ab. »Sie werden nicht mehr leben, ehemaliger Kommandant und ehemaliger Suzdal.«

Und dann sprach das Gericht Suzdal den Tod ab. »Sie werden auf den Planeten Shayol gebracht, den Ort äußerster Schande, von dem niemals jemand zurückkehrt. Sie werden dorthin gebracht, begleitet von der Verachtung und dem Hass der Menschheit. Wir werden Sie nicht bestrafen. Wir wollen nichts mehr von Ihnen wissen. Sie werden weiterleben, aber für uns werden Sie aufgehört haben zu existieren.«

Das ist die Geschichte. Es ist eine wundervoll traurige Geschichte. Die Instrumentalität versucht all die vielen verschie-

denen Völker der Menschheit zu beruhigen, indem sie ihnen erklärt, dass sie nicht wahr ist, sondern nur eine Legende.

Vielleicht existieren die Aufzeichnungen. Vielleicht brüten irgendwo die verrückten Klopten von Arachosia ihre Jungenkinder aus und bringen sie zur Welt, immer per Kaiserschnitt; füttern sie mit der Flasche, Generationen von Männern, die ihre Väter kennen und nicht einmal ahnen, was das Wort Mutter bedeutet. Und vielleicht verbringen die Arachosianer ihr verrücktes Leben damit, endlose Kriege gegen intelligente Katzen zu führen, die einer Menschheit dienen, die vielleicht nie zurückkehrt.

Das ist die Geschichte.

Sie ist übrigens nicht wahr.

GOLDEN WAR DAS SCHIFF – OH, SO GOLDEN!

Der Angriff drohte aus sehr großer Entfernung.

Der Krieg mit Raumsog begann über zwanzig Jahre nach dem großen Katzenskandal, der vorübergehend den gesamten Planeten Erde von der Versorgung mit der verzweifelt benötigten Santaclara-Droge abzuschneiden drohte. Es war ein kurzer und bitterer Krieg.

Die korrupte, weise, müde alte Erde kämpfte mit verdeckten Waffen, denn nur solche Waffen hatten eine so uralte Herrschaft erhalten können – eine Herrschaft, die schon seit sehr langer Zeit zu einer Titularregierung innerhalb der Gemeinschaften der Menschheit geworden war. Die Erde hatte gewonnen, und die anderen verloren, weil für die Anführer der Erde immer nur ein Sieg in Frage kam. Aber diesmal, so glaubten sie, waren sie umfassend und wirklich bedroht.

Der Raumsog-Krieg wurde niemals in der Öffentlichkeit bekannt, und nur die wilden alten Legenden über die goldenen Schiffe tauchen immer mal wieder auf.

Auf der Erde trafen die Lords der Instrumentalität zusammen. Der präsidierende Vorsitzende blickte sich um und sagte: »Nun, meine Herren, jeder von uns ist von Raumsog bestochen worden. Jeder von uns wurde einzeln entlohnt. Ich persönlich habe sechs Unzen Stroon in reiner Form erhalten. Kann einer von Ihnen ein besseres Ergebnis aufweisen?«

Nacheinander verkündeten die Ratsmitglieder die Höhe ihrer Bestechungsgelder.

Der Vorsitzende wandte sich an den Sekretär. »Nehmen Sie die Bestechungsgelder zu Protokoll und streichen Sie dann den Vermerk aus der Niederschrift.«

Die anderen nickten würdevoll.

»Nun müssen wir kämpfen. Bestechung ist nicht alles. Raumsog hat gedroht, die Erde anzugreifen. Dass er uns gedroht hat, ist nicht weiter wichtig, doch werden wir natürlich nicht zulassen, dass er seine Drohung wahrmacht.«

»Welche Mittel wollen Sie anwenden, Lord Vorsitzender, um ihn aufzuhalten? Die goldenen Schiffe?«

»So ist es.« Der Vorsitzende wirkte finster entschlossen.

Ein Murmeln und Seufzen ging durch den Raum. Die goldenen Schiffe waren vor vielen Jahrhunderten gegen eine nichtmenschliche Lebensform eingesetzt worden. Sie waren irgendwo im Nichtraum versteckt und nur einige wenige Vertreter der Erde wussten, um was es sich bei ihnen wirklich handelte. Selbst auf der Ebene der Lords der Instrumentalität wusste niemand genau, was diese Schiffe waren.

»Ein Schiff«, sagte der Vorsitzende der Lords, »wird genügen.«

Und so war es auch.

Einige Wochen später wurde der Diktator Lord Raumsog auf seinem Planeten über die Entscheidung informiert.

»Das kann nicht sein«, sagte er. »Das darf nicht sein. Es gibt kein Schiff von dieser Größe. Die goldenen Schiffe sind nur eine Erfindung. Niemand hat jemals ein Bild von ihnen gesehen.«

»Hier ist ein Bild, Mylord«, erklärte der Adjutant.

Raumsog betrachtete es. »Es ist ein Trick. Eine Trickfotografie. Sie haben die Größe verzerrt. Die Abmessungen sind falsch. Niemand besitzt ein Schiff von dieser Größe. Man kann es nicht bauen, oder wenn man es gebaut hat, dann kann niemand es steuern. Es gibt einfach keine Möglichkeit ...« Er redete noch ein Weilchen etwas zusammenhanglos vor sich hin, bevor er erkannte, dass seine Männer das Bild und nicht ihn ansahen.

Er verstummte.

Der mutigste der Offiziere wagte das Wort zu ergreifen. »Dieses eine Schiff ist neunzig Millionen Meilen lang, Eure Hoheit. Es glänzt wie Feuer und ist so schnell, dass wir es nicht einholen können. Es erschien inmitten unserer Flotte und kollidierte fast mit unseren Einheiten und blieb dort den zwanzig- oder dreißigtausendstel Teil einer Sekunde. So sehen sie also aus, dachten wir. Wir erhielten Hinweise, dass es bemannt war: Lichtstrahlen schossen auf uns zu, untersuchten uns, und dann verschwand das Schiff wieder im Nichtraum. Neunzig Millionen Meilen, Euer Hoheit. Die Alte Erde ist immer noch für eine Überraschung gut, und wir wissen nicht, was das Schiff vorhat.«

Die Offiziere blickten ihren Herrn nach diesen Worten mit zurückhaltender Zuversicht an.

Raumsog seufzte. »Wenn wir kämpfen müssen, dann werden wir eben kämpfen. Auch dieses Schiff können wir zerstören. Schließlich, was bedeutet schon Größe in den gewaltigen Räumen zwischen den Sternen? Was macht es für einen Unterschied, ob es nun neun Millionen oder neunzig Millionen Meilen lang ist?« Er seufzte erneut. »Trotzdem muss ich sagen, dass neunzig Millionen Meilen eine schreckliche Länge für ein Schiff sind. Ich weiß nicht, welche Pläne sie mit ihm verfolgen.«

Er wusste es wirklich nicht.

III

Es ist seltsam – seltsam und sogar fürchterlich –, was die Liebe zur Erde den Menschen antun kann. Zum Beispiel im Falle Tedescos.

Tedescos Ruf war weit verbreitet. Selbst unter den Go-Kapitänen, deren Gedanken selten um diese Dinge kreisten, war Tedesco für seine Kleidung bekannt, für die geckenhafte Zusammenstellung seiner Offiziersuniform und für seine juwelenbesetzten Rangabzeichen. Tedesco war außerdem für seine egoistische Art und sein luxuriöses Schlemmerleben berüchtigt. Als er die Nachricht erhielt, befand sich Tedesco in seinem Lieblingszustand.

Er lag auf einem Luftkissen, und die Glückszentren seines Gehirns waren an das Stromnetz angeschlossen. Er war so tief in seiner Glückseligkeit versunken, dass er an Essen, Frauen, Kleidung, die Bücher seiner Wohnung keinen einzigen Gedanken mehr verschwendete. Ein anderes Vergnügen als das, das die Elektrizität in seinem Gehirn schuf, existierte für ihn nicht mehr.

So umfassend war der Genuss, dass Tedesco schon seit zwanzig Stunden ohne Unterbrechung an das Stromnetz angeschlossen war – eine deutliche Missachtung der Gesetze, die sechs Stunden als oberste Grenze veranschlagten.

Als ihn die Nachricht erreichte – in Tedescos Gehirn übermittelt durch den unendlich kleinen Kristall, der ihm eingepflanzt worden war, um jene Botschaften zu empfangen, die als so geheim galten, dass selbst Gedanken vor dem Abhören geschützt werden mussten –, als ihn die Nachricht erreichte, kämpfte sich Tedesco gerade durch die verschiedenen Ebenen der Glückseligkeit und Bewusstlosigkeit.

Die Schiffe aus Gold – die goldenen Schiffe – denn die Erde ist in Gefahr.

Tedesco kämpfte. *Die Erde ist in Gefahr.* Mit einem glückseligen Seufzer drückte er den Knopf, der die Verbindung löste. Und mit einem Seufzer über die brutale Wirklichkeit warf er einen Blick auf die Welt, die ihn umgab, und bereitete sich auf seine Aufgabe vor. Rasch traf er Vorkehrungen, um die Lords der Instrumentalität zu empfangen.

Der Vorsitzende der Lords der Instrumentalität erteilte dem Lord-Admiral Tedesco das Kommando über das goldene Schiff. Das Schiff selbst, größer noch als die meisten Sterne, war von ungeheuerlichen Ausmaßen. Vor Jahrhunderten hatte es nichtmenschliche Angreifer vertrieben, die aus der Galaxis eingedrungen waren.

Der Lord-Admiral ging auf der Brücke auf und ab. Die Kanzel maß zwanzig mal dreißig Fuß, der begehbare Teil des Schiffes hundert Fuß. Der übrige Rumpf, die goldene Seifenblase eines potemkinschen Schiffes, bestand nur aus dünnem und unglaublich hartem Rauch, der mit kleinen Stahldrähten versehen war, so dass die Illusion massiven Metalls und starker Verteidigungsanlagen hervorgerufen wurde.

Die neunzig Millionen Meilen Länge trafen zu. Alles andere nicht.

Das Schiff war eine gigantische Attrappe, die größte Vogelscheuche, die jemals von einem menschlichen Verstand erdacht worden war.

Jahrhundert um Jahrhundert hatte es im Nichtraum zwischen den Sternen auf seinen Einsatz gewartet. Nun sollte es sich hilflos und ungeschützt dem militanten und verrückten Diktator Raumsog und seinem Schwarm verbissen kämpfender und sehr realer Schiffe entgegenstellen.

Raumsog hatte die Gesetze des Weltraums gebrochen. Er hatte die Lichtstecher ermordet. Er hatte die Go-Kapitäne inhaftiert. Er hatte Renegaten und Anfänger eingesetzt, um die riesigen interstellaren Schiffe aufzubringen, und er hatte die erbeuteten Schiffe bis an die Zähne wiederbewaffnet. In einer Gesellschaft, die den Krieg nicht mehr kannte, und vor allem keinen Krieg gegen die Erde, war er klug und umsichtig vorgegangen. Er hatte bestochen, er hatte gelogen, er hatte Propaganda betrieben. Er erwartete eigentlich, dass sich die Erde schon vor dem eigentlichen Kampf unterwerfen würde. Dann griff er an.

Doch mit Angriffsbeginn war eine Veränderung mit der Erde vor sich gegangen. Korrupte Schufte wurden wieder zu dem, was sie ihren Titeln nach sein sollten: Anführer und Beschützer der Menschheit.

Tedesco selbst war ein eleganter Müßiggänger gewesen – der Krieg machte aus ihm einen kampfeslustigen Kapitän, der mit dem größten Schiff aller Zeiten wie mit einem Tennisschläger umging.

Er fuhr hart und schnell zwischen Raumsogs Flotte.

Er steuerte sein Schiff nach rechts, nach Norden, nach oben und zurück.

Er erschien vor den Feinden und wich ihnen aus – nach unten, vorwärts, nach rechts, an ihnen vorbei.

Und wieder erschien er vor den Feinden. Ein erfolgreicher Treffer der anderen würde eine Illusion zerstören, von der die Sicherheit der ganzen Menschheit abhing. Es war seine Aufgabe, ihnen diesen Treffer unmöglich zu machen.

Tedesco war kein Narr. Er führte auf seine eigene seltsame Weise Krieg, aber er konnte nicht verhindern, dass er sich fragte, wo der richtige Krieg stattfinden würde.

IV

Lord Loveduck hatte seinen ausgefallenen Namen erhalten, weil einer seiner chinesischen Vorfahren Enten geliebt hatte, Enten, auf chinesische Art zubereitet – allein der Gedanke an saftige Entenhaut ließ in ihm die Träume seiner Vorfahren von kulinarischer Ekstase wiederentstehen.

Seine Ahnin, eine englische Lady, hatte erklärt: »Lord Loveduck – das trifft es genau!«, und diese Bezeichnung war stolz als Familienname übernommen worden.

Lord Loveduck verfügte über ein kleines Schiff. Das Schiff war tatsächlich winzig und besaß einen sehr einfachen und bedrohlichen Namen: *Jedermann.*

Das Schiff war nicht im Raumregister verzeichnet, und er selbst gehörte nicht dem Ministerium für Raumverteidigung an. Das Schiff gehörte einzig und allein dem Büro für Statistik und Forschung – registriert unter der Rubrik »Transportfahrzeug« – und stand dem irdischen Finanzamt zur Verfügung. Es besaß sehr einfache Verteidigungsanlagen. Zusammen mit Loveduck war ein chronopathischer Idiot an Bord, der für sein entscheidendes und lebenswichtiges Vorhaben unerlässlich war.

Außerdem wurde er von einem Monitor begleitet. Der Monitor saß wie immer aufrecht, katatonisch, gedankenlos, unaufmerksam da – nur das Aufnahmegerät in seinem Bewusstsein arbeitete, zeichnete jede bevorstehende automatische Bewegung des Schiffes auf und war präpariert worden, Loveduck, den chronopathischen Idioten und das Schiff selbst zu zerstören, falls sie versuchen sollten, sich der Autorität der Erde zu entziehen oder sich gegen die Erde zu wenden. Das Leben eines Monitors war nicht einfach, aber es war weit besser als die einzig mögliche Alternative, die bedeutete, für ein Verbrechen getötet zu werden. Der Monitor machte keine Schwierigkeiten.

Loveduck verfügte außerdem über ein sehr kleines Waffenarsenal, Waffen, die mit besonderer Sorgfalt und unter Berücksichtigung der Atmosphäre, des Klimas und der genauen Eigenheiten von Raumsogs Planeten ausgesucht worden waren.

Darüber hinaus begleitete ihn ein psionisches Talent, ein armes verrücktes kleines Mädchen, das weinte und dem die Lords der Instrumentalität voll Grausamkeit die Heilung verweigert hatten, denn ihre Talente waren wirksamer, wenn sie weiterhin schutzlos und außerhalb der Gemeinschaft der Menschheit blieb. Sie litt an einer ätiologischen Störung dritter Klasse.

V

Loveduck steuerte sein winziges Schiff in die Nähe der Atmosphäre von Raumsogs Planeten. Er hatte gutes Geld für den Kapitänsrang auf diesem Schiff bezahlt, und er gedachte, es sich zurückzuholen. Und er würde es zurückbekommen, und zwar reichlich, wenn ihm sein riskanter Auftrag gelang.

Die Lords der Instrumentalität waren die korrupten Herrscher einer korrupten Welt, aber sie hatten gelernt, die Korruption ihren zivilen und militärischen Zielen dienlich zu machen, und dachten nicht daran, einen Misserfolg hinzunehmen. Wenn Loveduck versagte, dann würde er nicht zurückkehren können – kein Bestechungsgeld konnte ihn von dieser Bedingung erlösen, kein Monitor durfte ihn entkommen lassen. Wenn er allerdings Erfolg hatte, dann würde er fast so reich sein wie ein Altnordaustralier oder ein Stroonhändler.

Loveduck ließ sein Schiff gerade lange genug materialisieren, um den Planeten über Funk zu erreichen. Er durchmaß die Kabine und versetzte dem Mädchen einen Klaps. Das Mädchen geriet außer sich. Am Höhepunkt ihrer Aufregung stülpte er ihr einen Helm über den Kopf, koppelte ihn mit dem Kommunikationssystem des Schiffes und bestrich den gesamten Planeten mit ihren einzigartigen emotionalen Psi-Strahlen.

Sie war eine Glückswenderin. Und hatte Erfolg: Für einige Augenblicke, an jedem Ort dieses Planeten, unter und auf dem Wasser, am Himmel und in der Luft, herrschte Unglück. Streitigkeiten keimten auf, Unfälle fanden statt, Misserfolge traten auf. Alles geschah zur selben Zeit. Der Aufruhr verbreitete sich in der Sekunde, als Loveduck sein Schiff zu einer anderen Position steuerte. Dies war der kritischste Teil des Unternehmens. Er drang in die Atmosphäre ein – und wurde unverzüglich geortet. Gierige Waffen griffen nach ihm, Waffen, die so mächtig waren, dass sie die ganze Lufthülle versengen oder jedes lebende Wesen auf dem Planeten in einen Zustand schreiender Alarmbereitschaft versetzen konnten.

Keine Waffe, die die Erde besaß, konnte einen solchen Angriff abwehren.

Loveduck verteidigte sich nicht. Er berührte die Schultern seines chronopathischen Idioten. Zwickte den armen Schwachsinnigen. Dieser floh und nahm das Schiff mit sich. Das Schiff machte einen Zeitsprung von drei, vier Sekunden in die Vergangenheit, zu einem Moment, der knapp vor der ersten Ortung lag.

Alle Instrumente auf Raumsogs Planeten schalteten sich ab; es gab nichts, auf das sie ansprechen konnten.

Loveduck war bereit. Er warf die Bomben ab. Es waren keine schönen Bomben.

Die Lords der Instrumentalität gaben sich ritterlich und liebten den Reichtum, aber wenn Leben und Tod auf dem Spiel standen, dann interessierten sie nicht länger Reichtum oder Ritterlichkeit und nicht einmal ihre Ehre. Sie kämpften wie die Tiere in der Vergangenheit der Erde – sie kämpften, um zu töten. Loveduck hatte eine Kombination organischer und anorganischer Gifte abgeworfen, die über eine hohe Streuungsrate verfügten. Siebzehn Millionen neunhundertfünfzigtausend Menschen – die gesamte Bevölkerung starb in dieser Nacht.

Und wieder versetzte Loveduck dem chronopathischen Idioten einen Klaps. Der arme Verrückte wimmerte. Das Schiff glitt zwei weitere Sekunden zurück in die Vergangenheit. Als Loveduck noch mehr Gifte abwarf, spürte er, wie sich die Stationen der Abwehr einschalteten.

Er steuerte zur anderen Seite des Planeten, dann wieder zurück, warf eine letzte Ladung virulenter Karzinogene ab und trieb sein Schiff in den Nichtraum, in die äußerste Leere des Nichts. Hier war er weit außerhalb der Reichweite von Raumsog.

VI

Tedescos goldenes Schiff bewegte sich still auf den sterbenden Planeten zu, verfolgt von Raumsogs Kampfschiffen. Sie feuerten – es wich aus, überraschend behende für ein solch riesiges Raumfahrzeug, ein Schiff, das größer war als jede Sonne in den Himmeln dieses Teils des Weltraums. Aber während Raumsogs Schiffe nachsetzten, empfingen ihre Funkanlagen folgende Meldungen:

»Die Hauptstadt ist ausgelöscht.«

»Raumsog ist tot.«

»Aus dem Norden gibt es keine Antwort.«

»Die Menschen in den Stationen der Abwehr sterben.«

Die Schiffe nahmen Verbindung untereinander auf und beschlossen aufzugeben.

Das goldene Schiff erschien erneut und dann verschwand es wieder, offenbar für immer.

VII

Lord Tedesco kehrte zurück in sein Apartment und zu seinen Anschlüssen, um sie mit dem Glückszentrum seines Gehirns zu verbinden. Als er sich auf seinem Luftdüsenkissen zurechtlegte, verharrte seine Hand jedoch mitten in der Bewegung, die den Knopf betätigen und die Verbindung einschalten sollte. Plötzlich wurde ihm bewusst, dass er glücklich war. Die Erinnerung an das goldene Schiff und an das, was er vollbracht hatte – allein, die anderen irreführend, ohne die Anerkennung aller Welten für sein einsames Wagnis –, verschaffte ihm größere Freude als die elektrischen Kontakte. Und er sank zurück auf das Luftkissen und dachte an das goldene Schiff, und sein Vergnügen war größer als jedes andere, das er je zuvor genossen hatte.

VIII

Auf der Erde nahmen die Lords der Instrumentalität gnädig zur Kenntnis, dass das goldene Schiff alles Leben auf Raumsogs Planeten ausgelöscht hatte. Die vielen Welten der Menschheit huldigten ihnen. Loveduck, sein Idiot, sein kleines Mädchen und der Monitor wurden ins Krankenhaus gebracht. Ihre Gedanken wurden von allen Erinnerungen an ihre Leistung befreit.

Schließlich erschien Loveduck vor den Lords der Instrumentalität. Er glaubte, auf dem goldenen Schiff gedient zu haben und erinnerte sich nicht an das, was er getan hatte. Er hatte den chronopathischen Idioten vergessen. Und auch sein kleines »Transportfahrzeug«. Tränen liefen ihm über das Gesicht, als ihm die Lords der Instrumentalität ihre höchsten Auszeichnungen verliehen und ihn mit einer ungeheuren Geldsumme entlohnten. Sie sagten: »Sie haben gut gedient und Sie sind entlassen. Der Segen und der Dank der Menschheit werden Ihnen für immer gewiss sein ...«

Loveduck begab sich zurück auf seinen großen Landsitz und fragte sich immer wieder, ob sein Dienst wirklich so wertvoll gewesen war. Er fragte sich ebenfalls in den restlichen Jahrhunderten seines Lebens, wie ein Mensch – einer wie er – ein so gewaltiger Held sein konnte, ohne sich im Geringsten daran zu erinnern, wie er es dazu gebracht hatte.

IX

Auf einem weit entfernten Planeten wurden die Überlebenden eines von Raumsogs Kreuzern aus der Haft entlassen. Aufgrund genauer Befehle von der Erde hatte man ihre Erinnerungen verwirrt, so dass sie den Hergang der Niederlage nicht enthüllen konnten. Ein hartnäckiger Reporter allerdings ließ einen der Raumfahrer nicht in Ruhe.

Doch auch nach langen Stunden, in denen er viel getrunken hatte, war die Antwort des Überlebenden immer die gleiche:

»Golden war das Schiff – oh, so golden! Golden war das Schiff – oh, so golden!«

DIE TOTE LADY
VON CLOWNTOWN

Ihr kennt bereits das Ende – das gewaltige Drama um Lord Jestocost, dem siebten seines Geschlechts, und wie das Katzenmädchen K'mell eine ungeheure Verschwörung anzettelte. Aber ihr kennt nicht den Anfang, wisst nicht, wie der erste Lord Jestocost zu seinem Namen kam. Dass das Entsetzen und die Inspiration, die seiner Mutter, Lady Goroke, aus dem berühmten, wahrhaft lebensnahen Drama des Hundemädchens H'jeanne erstanden waren, der Grund dafür waren. Ja, es ist sogar noch weniger wahrscheinlich, dass ihr die andere Geschichte kennt – die, die sich vor der H'jeannes zugetragen hat. Sie wird manchmal als die Geschichte über die »Namenlose Hexe« bezeichnet, was absurd ist, denn sie besaß in Wirklichkeit einen Namen. Er lautete »Elaine« und ist uralt, und er gehört zu den verbotenen Namen.

Elaine war ein Irrtum. Ihre Geburt, ihr Leben – alles Irrtümer. Der Rubin hatte einen Fehler gemacht. Wie hatte das nur geschehen können?

Gehen wir zurück nach An-fang, dem Friedensplatz in An-fang, dem Platz des Beginnens in An-fang, wo alle Dinge ihren Ursprung haben. Hell war es dort. Ein roter Platz, ein toter Platz, ein freier Platz, unter einer gelben Sonne.

Dies war die Wahre Erde, die Menschenheimat selbst, wo sich der Erdhafen seinen Weg hoch hinaufbohrt, durch Hurrikanwolken, die höher sind als die Berge.

An-fang lag in der Nähe einer Stadt, der einzigen bewohnten Stadt mit einem präatomaren Namen. Ihr lieblich sinnloser Name lautete Meeya Meefla, wo die Linien der antiken Straßen, seit Jahrtausenden von keinem Rad berührt, auf ewig parallel zu den warmen, hellen, klaren Stränden des alten Südostasiens verliefen.

Das Hauptquartier des Menschenprogrammierers befand sich in An-fang, und dort ereignete sich auch der Irrtum.

Ein Rubin erbebte. Zwei Turmalinnetzen gelang es nicht, den Laserstrahl zu korrigieren. Ein Diamant registrierte den Fehler. Der Fehler und die Korrektur wurden dem Zentralcomputer eingespeist.

Durch diesen Fehler wurde auf dem allgemeinen Geburtskonto von Fomalhaut III der Beruf »Laientherapeut, weiblich, intuitive Fähigkeit zur Korrektur menschlicher Physiologie mit lokal vorhandenen Mitteln« eingespeist. Auf manchen der frühen Schiffe hatte man diese Frauen als *Hexen* bezeichnet, weil sie auf unerklärliche Weise Heilungen herbeiführten. Für Pionierkulturen waren solche Laientherapeuten unersetzlich; in gefestigten Post-Riesmann'schen Gesellschaften erwiesen sie sich als furchtbare Belastung: Mit den verbesserten Lebensbedingungen verschwanden die Krankheiten, die Unfallziffern sanken und die medizinische Arbeit wurde institutionalisiert.

Wer hat schon Verwendung für eine Hexe, selbst wenn es eine gute Hexe ist, wenn ein Krankenhaus mit tausend Betten bereitsteht, dessen Personal sich nach klinischen Erfahrungen sehnt ... und wenn nur sieben von diesen tausend Betten mit Wahren Menschen belegt sind. (Die übrigen Betten waren lebensechten Robotern überlassen worden, damit das Personal üben konnte und sich ihre Moral nicht verschlechterte. Sie hätten natürlich auch mit Untermenschen arbeiten können – Tieren in der Gestalt von menschlichen Wesen, die die schweren und eintönigen Arbeiten ausführten, die als das *caput mortuum* einer perfektionierten Wirtschaft übrig geblieben waren –, aber es war gegen das Gesetz, Tieren, selbst wenn sie Untermenschen waren, den Zugang zu einem menschlichen Krankenhaus zu gestatten. Wenn die Untermenschen erkrankten, dann nahm sich die Instrumentalität ihrer an – in Schlachthäusern. Es war einfacher, neue Untermenschen für die jeweiligen Arbeiten zu züchten, als die Kranken wiederherzustellen. Überdies hätte die sanfte, liebevolle Pflege in den Krankenhäusern irgendwelche Hirngespinste in ihnen wecken können. Beispielsweise, dass auch sie Menschen seien. Von dem damals herrschenden Standpunkt aus wäre das eine unangenehme Sache gewesen. Deshalb blieben die menschlichen Krankenhäuser fast leer, während ein Untermensch, der viermal nieste oder sich einmal übergab, abgeholt wurde, um nie wieder krank zu sein. Die leeren Betten blieben den Roboterpatienten überlassen, die endlose Wiederholungen der menschlichen Verletzungs- oder Krankheitssymptome über sich ergehen lassen mussten.) So blieb für die gezüchteten und ausgebildeten Hexen keine Arbeit mehr übrig.

Trotzdem hatte der Rubin vibriert; hatte das Programm tatsächlich einen Fehler gemacht; war die Geburtsnummer für »Laientherapeut, allgemein einsetzbar, weiblich, sofortige Verwendung« für Fomalhaut III bestellt worden.

Viel später, als die Geschichte bis in ihr letztes historisches Detail bekanntgeworden war, wurde eine Untersuchung über Elaines Herkunft durchgeführt. Als der Laser gezittert hatte, waren der ursprüngliche Befehl und die Korrektur simultan in die riesige Maschine des Zentralcomputers eingespeist worden. Diese hatte den Widerspruch erkannt und sofort beide Unterlagen an den menschlichen Aufsichtsführenden weitergeleitet, einem effizienten Menschen, der seit sieben Jahren diesen Beruf ausübte.

Er war Musikstudent, und er war gelangweilt. Er war dem Ende seiner Dienstzeit so nahe, dass er schon die Tage bis zu seiner Entlassung zählte. In der Zwischenzeit arbeitete er an einem neuen Arrangement für zwei populäre Lieder. Das eine war *Der große Bambus*, ein simples Stück, das die ursprüngliche Magie des Menschen in Erinnerung bringen wollte. Das zweite Lied handelte von einem Mädchen, *Elaine, Elaine,* das darum flehte, das Herz ihres Anbeters von seinen Schmerzen zu befreien. Keines dieser Lieder war weiter wichtig, aber beide miteinander beeinflussten sie den Lauf der Geschichte, zuerst nur ein wenig, doch dann ganz beträchtlich.

Der Musiker hatte genug Zeit. In den sieben Jahren hatte sich nie ein Notfall ereignet. Von Zeit zu Zeit erstattete ihm die Maschine Bericht, aber der Musiker hatte sie einfach angewiesen, ihre Fehler selbst zu bereinigen, und das hatte sie auch getan.

An dem Tag, an dem sich der Unfall mit Elaine ereignete, war der Musiker gerade dabei, seine Fertigkeiten auf der Gitarre zu perfektionieren, einem sehr alten Instrument, von dem vermutet wurde, dass es noch aus der Zeit vor Beginn der Raumfahrt stammte. Zum hundertsten Mal spielte er *Der große Bambus*.

Die Maschine gab ihren Fehler mit einem anfänglich musikalisch klingenden Klingeln bekannt. Der Aufsichtsführende hatte allerdings schon längst die umfangreichen Instruktionen vergessen, die er vor sieben langen Jahren mühsam gelernt hatte. Und der Alarm spielte im Grunde überhaupt keine große Rolle, denn die Anlage korrigierte in jedem Fall ihre Fehler selbst, ob nun der Aufsichtsführende Dienst hatte oder nicht.

Die Maschine, die auf ihr Klingeln keine Antwort erhalten hatte, ging zur nächsthöheren Alarmstufe über. Aus einem Lautsprecher, der in der Wand des Raums eingelassen war, schrie sie mit der hohen, klaren menschlichen Stimme irgendeines Angestellten, der vor tausend oder mehr Jahren gestorben war: »Alarm, Alarm! Notfall. Korrektur erforderlich. Korrektur erforderlich!«

Die Antwort war von einer Art, die die Maschine trotz ihres hohen Alters noch nie erhalten hatte. Die Finger des Musikers glitten wie verrückt vor lauter Glück über die Gitarrensaiten, und er sang ihr klar und wild zwei Zeilen zu, die die Grenzen des elektronischen Begriffsvermögens überstiegen.

Schlag, schlag den großen Bambus!
Schlag, schlag, schlag den großen Bambus für mich!

Hastig setzte die Maschine ihre Gedächtnisspeicher und Computer in Betrieb, suchte nach der Kodebezeichnung für »Bambus« und bemühte sich, das Wort dem gültigen Kontext anzupassen.

Die Maschine belästigte den Mann erneut. »Instruktionen unklar. Instruktionen unklar. Bitte korrigieren.«

»Ruhe!«, sagte der Mann.

»Befehl undurchführbar«, erklärte die Maschine. »Bitte korrigieren und wiederholen, bitte korrigieren und wiederholen, bitte korrigieren und wiederholen.«

»Halt doch endlich deinen Mund«, sagte der Mann, aber er wusste, dass die Maschine seinem Befehl nicht nachkommen würde. Ohne sich weiter Gedanken darüber zu machen, wandte er sich der anderen Melodie zu und sang zweimal die ersten beiden Zeilen:

> *Elaine, mein Herz,*
> *komm, heil den Schmerz!*
> *Elaine, mein Herz,*
> *komm, heil den Schmerz!*

Wiederholung war der Maschine als Sicherung eingegeben worden, aufgrund der Überlegung, dass kein Wahrer Mensch einen Fehler wiederholen würde. Der Name »Elaine« besaß keinen korrekten Nummernkode, aber die doppelte Betonung schien eine Bestätigung für die Notwendigkeit, »Laientherapeut, weiblich« heranzuzüchten. Die Maschine registrierte, dass ein Wahrer Mensch das Problem bereinigt hatte, das ihm als Notfall gemeldet worden war.

»Akzeptiert«, bestätigte die Maschine.

Zu spät riss das Wort den Aufsichtsführenden aus seiner Versunkenheit. »Was ist akzeptiert?«, fragte er.

Er erhielt keine Antwort. Bis auf das Flüstern der warmen Luft, die von Ventilatoren bewegt wurde, gab es kein Geräusch.

Der Aufsichtsführende blickte aus dem Fenster. Er konnte ein Stück von dem blutig schwarzen Rot des Friedensplatzes von An-fang erkennen; dahinter lag der Ozean, unendlich schön und unendlich langweilig.

Er seufzte hoffnungsvoll. Er war jung. »Ich schätze, es spielt wohl keine Rolle«, sagte er sich und griff wieder nach seiner Gitarre.

(Siebenunddreißig Jahre später fand er heraus, dass es doch eine Rolle gespielt hatte. Lady Goroke selbst, eine der Obersten der Instrumentalität, entsandte einen Unterführer der Instrumentalität, um festzustellen, wer H'jeanne zum Leben verholfen hatte. Als der Mann herausfand, dass Elaine die Wurzel des Übels war, beauftragte Lady Goroke ihn, herauszufinden, wie Elaine in ein wohlgeordnetes Universum gelangen konnte. Man stieß auf den Aufsichtsführenden. Er war noch immer Musiker und erinnerte sich überhaupt nicht mehr an die Geschichte. Man hypnotisierte ihn. Noch immer erinnerte er sich an nichts. Der Unterführer rief einen Notfall aus und die Polizeidroge Vier, »Vollkommene Erinnerung«, wurde dem Musiker injiziert. Im selben Augenblick entsann dieser sich der läppischen Szene, aber er behauptete immer noch, es hätte alles keine Rolle gespielt. Die Angelegenheit wurde Lady Goroke vorgetragen, und sie wies die Behörden an, dem Musiker die ganze schreckliche, wundervolle Geschichte von H'jeanne auf Fomalhaut zu erzählen – genau die Geschichte, die jetzt hier vorgetragen wird –, und er weinte. Weiter wurde er nicht bestraft, doch Lady Goroke befahl, dass die Erinnerung daran für den Rest seines Lebens in seinem Gedächtnis bleiben sollte.)

Der Mann nahm seine Gitarre – und die Maschine fuhr mit ihrer Arbeit fort. Sie wählte einen befruchteten menschlichen Embryo aus, verlieh ihm den absonderlichen Namen »Elaine«, bestrahlte den genetischen Kode mit starken Anlagen zur Hexerei und vermerkte dann auf der Personalkarte, dass das Geschöpf in Medizin ausgebildet, mit einem Segelschiff nach Fomalhaut III transportiert und für den Dienst auf diesem Planeten freigestellt werden sollte.

Elaine wurde geboren, ohne gebraucht zu werden, ungewollt und ohne eine Fähigkeit, die irgendeinem existierenden menschlichen Wesen helfen oder Schaden zufügen konnte. Bereits verdammt und ohne jeden Nutzen begann sie ihr Leben.

Es ist nicht bemerkenswert, dass sie einer erbärmlichen Zukunft entgegensah. Fehler kamen vor. Bemerkenswert war allein die Tatsache, dass es ihr gelang, zu überleben, ohne verändert, korrigiert oder durch die Sicherheitsanlagen getötet zu werden, die die Menschheit zu ihrem eigenen Schutz in die Gesellschaftsordnung eingebaut hatte.

Ungewollt nutzlos durchlebte sie die eintönigen Monate und sinnlosen Jahre ihres Lebens. Sie war wohlgenährt, reich gekleidet, in verschiedenen Wohnungen untergebracht. Sie hatte Maschinen und Roboter zu ihren Diensten, Untermenschen unter ihrem Befehl, Menschen, um sie im Notfall vor anderen Menschen oder vor sich selbst zu beschützen. Aber niemals fand sie Arbeit; ohne Arbeit hatte sie keine Zeit für die Liebe; ohne Liebe oder Arbeit besaß sie nicht die geringste Hoffnung.

Wäre sie nur an die richtigen Experten oder an die richtigen Behörden geraten, hätten diese sie verändert oder umgeschult. Das hätte aus ihr eine vernünftige Frau gemacht; aber weder fand sie die Polizei, noch wurde sie von ihr gefunden. Sie war unfähig, ihre eigene Programmierung zu ändern, vollkommen unfähig. Sie war ihr in An-fang aufgeprägt worden, vor langer Zeit in An-fang, wo alle Dinge beginnen.

Der Rubin hatte vibriert, der Turmalin versagt, der Diamant war unbeachtet geblieben. Auf diese Art war eine Frau schon von Geburt an verdammt.

II

Viele Jahre später, als die Maschinen Lieder über das seltsame Schicksal des Hundemädchens H'jeanne komponier-
ten, versuchten sich die Spielleute und Sänger vorzustellen,
wie Elaine sich gefühlt haben mochte, und sie schrieben für
sie *Das Lied von Elaine*. Es zeigt, wie Elaine ihr Leben sah,
bevor das Schicksal H'jeannes sich aus Elaines Handlungen
entwickelte:

Andere Frauen hassen mich.
Und die Männer berühren mich nicht.
Ich bin zu sehr ich.
Eine Hexe bin ich!

Mama hätschelte mich nie.
Papa tätschelte mich nie.
Kleine Kinder kratzten mich.
Eine Hexe bin ich!

Niemals sprachen mich Menschen an.
Niemals knurrten mich Hunde an.
Oh, ich bin so sehr ich!
Eine Hexe bin ich.

Die ganze Welt meidet mich.
Die ganze Welt peinigt mich.
Wann werden sie mich steinigen?
Eine Hexe bin ich.

Lasst sie doch mich jagen.
Sie können mich nur plagen.
Ich – ich kann mich begraben.
Eine Hexe bin ich.

Andere Frauen hassen mich.
Und die Männer berühren mich nicht.
Ich bin zu sehr ich.
Eine Hexe bin ich.

Das Lied ist eine Übertreibung. Die Frauen hassten Elaine nicht; sie beachteten sie nicht einmal. Die Männer berührten sie einfach deshalb nicht, weil sie sie überhaupt nicht bemerkten. Und es gab keinen Ort auf Fomalhaut III, wo sie mit menschlichen Kindern hätte zusammentreffen können, denn die Kinderhorte lagen wegen der gefährlichen Strahlung und des erbarmungslosen Klimas tief unter der Erde. Das Lied erweckt den Eindruck, Elaines erster Gedanke sei gewesen, dass sie kein Mensch, sondern ein Untermensch und als Hund geboren sei. Dies traf am Anfang der Ereignisse keinesfalls zu, sondern erst am Ende, als die Geschichte von H'jeanne bereits auf den Sternen verbreitet und mit allerlei Dichtungen und Legenden ausgeschmückt war. Und sie wurde auch nie wahnsinnig.

(»Wahnsinn« ist ein seltener Zustand und betrifft einen menschlichen Verstand, der seine Umgebung nicht richtig einzuschätzen weiß. Elaine kam diesem Zustand nahe, bevor sie H'jeanne traf. Elaine war nicht der einzige Fall, aber sie gehörte zu den seltenen und echten Fällen. Ihr Leben, in dem alle Versuche, erwachsen zu werden, fehlgeschlagen waren, wurde auf sich selbst zurückgeworfen, und ihre Gedanken zogen sich in immer enger werdenden Spiralen zusammen, auf dem Weg zu der einzigen Sicherheit, die sie wirklich erringen konnte – zur Psychose. Wahnsinn ist immer besser als das Unbekannte, und das Unbekannte ist für jeden Patienten von individueller, persönlicher, geheimer und ungeheurer Wichtigkeit. Elaine war völlig normal wahnsinnig geworden, doch ihre aufgeprägte und ihr vorbestimmte Karriere war falsch. »Laientherapeuten, weiblich« waren für entschlossenes, autonomes, auf ihrer eigenen Autorität und ihrer Schnelligkeit beruhendes Arbeiten kodiert.

Eine Arbeitsweise, die auf neuen Planeten notwendig war. Sie waren nicht kodiert, andere Leute um Rat zu fragen; an den meisten Orten würde es niemanden geben, an den sie sich wenden konnten. Elaine tat, was ihr in An-fang bis tief in die chemische Zusammensetzung ihrer Rückenmarksflüssigkeit einprogrammiert worden war. Wahnsinn war sehr viel freundlicher als die Erkenntnis, dass sie nicht sie selbst war, nicht hätte leben dürfen, und dass es sich bei ihr bestenfalls um einen Fehler handelte, der aus dem Zusammenwirken eines vibrierenden Rubins und eines jungen, pflichtvergessenen Mannes mit einer Gitarre entstanden war.)

Elaine begegnete H'jeanne, und die Welten gerieten aus den Fugen.

Ihr Zusammentreffen fand an einem Ort statt, der den Spitznamen »Am Rand der Welt« trug, dort, wo sich die Unterstadt ans Tageslicht schob. Das allein war schon ungewöhnlich, aber Fomalhaut III war ein ungewöhnlicher und unwirklicher Planet, dessen raues Klima zusammen mit den Schrullen der Menschen die Architekten zu irrwitzigem Design und grotesken Bauten getrieben hat.

Elaine spazierte durch die Stadt, insgeheim verrückt, und war auf der Suche nach kranken Menschen, denen sie helfen konnte. Sie war für diese Aufgabe abgestellt, geprägt, entworfen, geboren, gezüchtet und ausgebildet worden. Aber es gab keine Aufgabe für sie.

Sie war eine intelligente Frau. Ein scharfer Verstand dient dem Wahnsinn ebenso gut wie geistiger Gesundheit – tatsächlich ausgezeichnet. Nie kam es ihr in den Sinn, ihrem Auftrag zu entsagen.

Die Menschen von Fomalhaut III sind, wie die Menschen auf der Menschenheimat Erde auch, fast unterschiedslos schöne Gestalten; nur auf den entlegensten, nahezu unerreichbaren Welten kann es vorkommen, dass die Menschen vom reinen Existenzkampf gezeichnet und hässlich, müde oder kauzig werden. Und Elaine sah nicht viel anders aus als die anderen intelligenten, stattlichen Menschen, die die Straßen bevölkerten. Ihr Haar war schwarz, und sie war groß. Ihre Arme und Beine waren lang, ihr Rumpf kurz. Sie trug das Haar von ihrer hohen, schmalen, geraden Stirn straff nach hinten gekämmt. Ihre Augen waren von einem merkwürdigen, tiefen Blau. Ihr Mund wäre vielleicht schön zu nennen gewesen, doch er lächelte nie, so dass niemand genau sagen konnte, ob er nun hübsch war oder nicht. Ihre Haltung war stolz und aufrecht; aber so war es auch bei jedem anderen. Ihre Lippen wirkten gerade in ihrer Sprachlosigkeit faszinierend, und ihre Augen glitten hin und her und hin und her, wie ein antiker Radarschirm, und hielten Ausschau nach den Kranken, den Bedürftigen, den Getretenen, denen zu helfen ihr einziges Vergnügen war.

Wie konnte sie unglücklich sein? Sie hatte niemals Zeit, glücklich zu sein, und es fiel ihr leicht zu denken, dass Glück etwas war, das am Ende der Kindheit verschwand. Hin und wieder, hier oder da, vielleicht dann, wenn ein Bächlein im Sonnenlicht murmelte oder wenn die Knospen in dem erstaunlichen Frühling Fomalhauts explodierten, wunderte sie sich, dass andere Menschen – Menschen, die unter dem Druck des Alters, ihrer Herkunft, ihres Geschlechtes, ihrer Ausbildung und Karriere ebenso verantwortungsbewusst waren wie sie –, dass diese Menschen glücklich sein sollten, während nur sie allein keine Zeit für das Glück zu haben schien. Aber immer wieder unterdrückte sie diesen Gedanken und schritt über Plätze und Straßen, bis ihre Füße schmerzten, und hielt Ausschau nach einer Arbeit, die es nicht gab.

Der menschliche Leib, der älter ist als die Geschichte und hartnäckiger als die Kultur, besitzt seine eigene Weisheit. Die Körper der Menschen sind ausgestattet mit den überkommenen Listen des Überlebens, so dass Elaine auf Fomalhaut III auch die Fähigkeiten von Ahnen in sich trug, von denen sie nicht einmal etwas wusste – von Ahnen, die in der unvorstellbar weit zurückliegenden Vergangenheit selbst die

schreckliche Erde bezwungen hatten. Elaine war verrückt –
doch ein Teil ihres Bewusstseins argwöhnte, dass sie verrückt war.

Vielleicht trieb sie diese Weisheit, als sie von der Waterrocky Road zu den hellen Esplanaden der Shopping Bar
hinüberging. Ihr Blick fiel auf eine wohl seit langem un-
benutzte Tür. Die Roboter konnten die Straße bis dicht an
ihre Schwelle reinigen, aber wegen der alten, absonderlichen Bauweise konnten sie nicht direkt unter dem Türbogen
kehren und wischen. Eine dünne, hart gewordene Spur aus
altem Staub und eingetrockneten Putzmitteln verschloss wie
eine Dichtung den Spalt zwischen Tür und Schwelle. Es war
offensichtlich, dass sie seit langer, langer Zeit niemand geöffnet hatte.

Die Gesetze der Zivilisation sorgten dafür, dass verbotene
Gebiete durch telepathische und optische Warneinrichtun-
gen markiert waren. Die gefährlichsten von ihnen besaßen Roboter- oder Untermenschen-Wächter. Aber alles, was
nicht verboten war, war erlaubt. Dennoch hatte Elaine kein
Recht, die Tür zu öffnen, doch es bestand auch keine Verpflichtung, es nicht zu tun. Sie öffnete sie …

Aus einer Laune heraus.

Oder zumindest glaubte sie das.

Es war noch ein weiter Weg zu dem »Eine-Hexe-bin-ich«-
Motiv, das ihr später in der Ballade unterstellt wurde. Sie
war weder außer sich noch verzweifelt, und sie war noch
nicht einmal edel.

Das Öffnen dieser Tür veränderte ihre Welt und veränderte das Leben auf tausend Planeten über Generationen
hinweg, aber das Öffnen selbst war nichts Ungewöhnliches.
Es war die Laune einer völlig frustrierten und leicht unglücklichen Frau. Nichts weiter. Alle anderen Darstellungen waren
Idealisierungen, Beschönigungen, Entstellungen.

Sie bekam tatsächlich einen Schreck, als sie die Tür öffnete, aber nicht aus den Gründen, die ihr später von den
Künstlern und Historikern nachgesagt wurden.

Sie erschrak, weil hinter der Tür Stufen lagen und weil diese Stufen hinunter zu einer sonnenüberfluteten Landschaft führten – wahrhaftig ein unerwarteter Anblick in jeder Welt. Elaine blickte von der neuen Stadt auf die alte Stadt. Die neue Stadt erhob sich mit ihrer Kuppel über die alte Stadt, und als sie nach »innen« blickte, sah sie den Sonnenuntergang über der Stadt, die zu ihren Füßen lag. Sie war von der unerwarteten Schönheit gebannt.

Dort die offene Tür – *und dahinter eine andere Welt*. Hier die alte vertraute Straße, sauber, beeindruckend, still, nutzlos, über die ihr eigenes nutzloses Selbst tausendmal geschritten war. Dort – etwas anderes. Sie kannte nicht die Wörter »Märchenland« oder »Zauberwald«, doch hätte sie sie gekannt, wären sie ihr zweifellos in den Sinn gekommen.

Sie blickte nach rechts, nach links.

Die Passanten beachteten weder sie noch die Tür. In der oberen Stadt begann sich der Sonnenuntergang soeben erst vorzubereiten. In der unteren Stadt war er bereits ein Blutrot mit Streifen aus Gold, einer riesigen erfrorenen Flamme ähnlich. Elaine wusste nicht, dass sie schnuppernd die Luft einsog; sie wusste nicht, dass sie den Tränen nahe war; sie wusste nicht, dass ein zartes Lächeln, das erste Lächeln seit Jahren, ihre Lippen teilte und ihrem müden erschöpften Gesicht einen flüchtigen Ausdruck von Lieblichkeit verlieh. Sie war zu sehr damit beschäftigt, sich umzusehen.

Die Leute gingen ihren Geschäften nach. Am Ende der Straße machte ein Untermenschentyp – weiblich, vermutlich eine Katze – einen großen Bogen um einen Wahren Menschen, der mit langsameren Schritten daherkam. In der Ferne umflog ein Polizei-Ornithopter gemächlich einen der Türme; falls die Roboter Elaine nicht mit einem Teleskop beobachteten oder falls sie nicht über einen der seltenen Falken-Untermenschen verfügten, die manchmal von der Polizei eingesetzt wurden, würde man sie nicht entdecken.

Sie trat über die Türschwelle und schloss die Tür hinter sich.

Sie wusste es nicht, aber mit dieser Bewegung verloren ungeborene Zukünfte ihre Existenzen, flammten Rebellionen in den kommenden Jahrhunderten auf, starben Menschen und Untermenschen aus seltsamen Gründen, änderten Mütter die Namen ungeborener Lords und segelten Sternenschiffe aus Räumen zurück, von denen der Mensch bisher nicht einmal geträumt hatte. Der Weltraum[3], den es immer gegeben hatte, und der auf die Entdeckung durch die Menschen wartete, würde nun früher geöffnet werden – ihretwegen, der Tür wegen, ihrer nächsten Schritte wegen, ihrer nächsten Worte und des Kindes wegen, dem sie begegnen würde. (Die Dichter erzählten später zwar die ganze Geschichte, aber sie erzählten sie im Nachhinein, als sie H'jeannes Schicksal bereits kannten und wussten, was Elaine getan hatte, um die Welten in Brand zu setzen. Die simple Wahrheit ist, dass eine einsame Frau eine geheimnisvolle Tür durchschritt. Das ist alles. Alles Übrige geschah später.)

Sie stand oben auf der Treppe, die Tür hinter ihr war geschlossen, das Gold des Sonnenuntergangs über der fremden Stadt breitete sich vor ihr aus. Sie konnte erkennen, wo sich die große Kuppel der Stadt Kalma in den Himmel wölbte; sie konnte erkennen, dass die Gebäude hier älter und weniger harmonisch waren als die, die sie hinter sich gelassen hatte. Der Begriff »malerisch« war ihr fremd, sonst hätte sie den Anblick damit bezeichnet; tatsächlich kannte sie keinen Begriff, um die Szene zu beschreiben, die friedlich zu ihren Füßen lag.

Es war kein Mensch zu sehen.

Weit entfernt pulsierte ein Feuerdetektor auf der Spitze eines alten Turms. Sonst gab es nichts als die goldgelbe Stadt vor ihr und einen Vogel – war es ein Vogel oder ein großes, vom Wind mitgerissenes Blatt? – zwischen Treppe und Turm.

Voller Furcht, Hoffnung, Erwartung und einer Ahnung seltsamen Verlangens schritt sie vorwärts, einem unbekannten Ziel entgegen.

III

Am Fuß der Treppe, die über neun Absätze geführt hatte, saß wartend ein Kind – ein Mädchen von etwa fünf Jahren. Das Kind trug einen hellblauen Kittel, hatte wehendes rotbraunes Haar und die zartesten Hände, die Elaine jemals gesehen hatte.

Elaines Herz wurde weit. Das Mädchen blickte zu ihr hoch und schrak zurück. Elaine wusste, was der Blick dieser hübschen braunen Augen, diese unausgesprochene Bitte um Vertrauen, dieses Zurückschrecken vor den Menschen zu bedeuten hatte. Es war kein Menschenkind – nur ein Tier in Menschengestalt, vielleicht ein Hund, dem man später beibringen würde, zu sprechen, zu arbeiten und nützliche Dienste zu verrichten.

Das Mädchen erhob sich, stand da, als ob es gleich davonlaufen würde. Elaine hatte das Gefühl, dass sich das kleine Hundemädchen noch nicht schlüssig war, ob es ihr nun entgegen- oder von ihr fortlaufen sollte. Sie wollte nichts mit einem Untermenschen zu tun haben – welche Frau wollte das schon? –, aber ebenso wenig wollte sie das kleine Ding in Furcht versetzen. Schließlich war es wirklich sehr klein und noch so jung.

Die beiden standen sich einen Augenblick gegenüber, das kleine Ding unsicher, Elaine gespannt. Schließlich sprach das Tiermädchen.

»Frag sie!«, befahl sie, und es war ein Befehl.

Elaine war überrascht. Seit wann erteilten Tiere Befehle?

»Frag sie!«, wiederholte das kleine Ding. Sie deutete auf ein Fenster, über dem das Wort REISEAUSKUNFT stand. Dann rannte das kleine Mädchen davon. Ein blaues Aufblitzen ihres Kleides, ein weißer Schimmer ihrer Sandalen, und sie war verschwunden.

Elaine stand stumm und verwirrt in der leeren Stadt.

Das Fenster sprach sie an: »Sie können ruhig näher treten. Sie wissen, dass Sie es tun werden.«

Es war die weise, reife Stimme einer erfahrenen Frau – eine Stimme, aus der ein gluckerndes Lachen herauszuhören war, mit einem Unterton von Sympathie und Erregung. Die Aufforderung war nicht nur eine Aufforderung. Sie war, von Beginn an, ein fröhlicher privater Scherz zwischen zwei weisen Frauen.

Elaine überraschte es nicht, dass eine Maschine mit ihr sprach. Ihr ganzes Leben lang war sie von Tonaufzeichnungen ausgebildet worden. Aber irgendwie war ihr die ganze Situation nicht klar.

»Ist dort jemand?«, fragte sie.

»Ja und nein«, antwortete die Stimme. »Ich bin die REISE-AUSKUNFT, und ich helfe jedem, der hier vorbeikommt. Sie haben sich verirrt, sonst wären Sie nicht hier. Strecken Sie Ihre Hand durch mein Fenster.«

»Was ich meine«, sagte Elaine, »ist, sind Sie ein Mensch oder sind Sie eine Maschine?«

»Das kommt darauf an«, sagte die Stimme. »Ich bin eine Maschine, aber vor langer, langer Zeit war ich ein Mensch. Eine Lady, um es genau zu sagen, und zwar eine Lady der Instrumentalität. Aber meine Zeit kam und ich wurde gefragt: ›Sind Sie einverstanden, dass wir einen maschinellen Abdruck Ihrer gesamten Persönlichkeit anfertigen? Das wäre sehr nützlich für die Informationsstände.‹ Und natürlich sagte ich ja, und sie machten die Kopie, und ich starb, und sie schossen meinen Leichnam mit den üblichen Ehren in den Weltraum, aber trotzdem war ich hier. Es war ein merkwürdiges Gefühl, in diesem komischen Apparat zu sein, mich umzuschauen und mit Leuten zu sprechen und ihnen gute Ratschläge zu geben und beschäftigt zu sein, bis sie die neue Stadt bauten. Also, was meinen Sie? Bin ich ich oder bin ich es nicht?«

»Ich weiß es nicht, Ma'am.« Elaine trat zurück.

Die warme Stimme verlor ihren humorvollen Klang und wurde befehlend. »Dann geben Sie mir Ihre Hand, damit ich Sie identifizieren und Ihnen sagen kann, was Sie tun sollen.«

»Ich glaube«, sagte Elaine, »dass ich die Treppen hinaufsteigen und durch die Tür in die obere Stadt zurückkehren werde.«

»Und mich«, beklagte sich die Stimme in dem Fenster, »damit um mein erstes Gespräch mit einem Wahren Menschen seit vier Jahren bringen?« Etwas wie Entrüstung lag in der Stimme, aber die Wärme und der Humor waren nicht ganz verschwunden, und auch Einsamkeit schwang mit.

Der Ton der Einsamkeit änderte Elaines Entschluss. Sie trat an das Fenster und legte ihre Hand flach auf das Sims.

»Du bist Elaine«, rief das Fenster. »Du bist *Elaine*. Die Welten warten auf dich. Du bist von An-fang, wo alle Dinge beginnen, vom Friedensplatz in An-fang, auf der Alten Erde!«

»Ja«, bestätigte Elaine.

Die Stimme überstürzte sich beinahe vor Aufregung. »Er wartet auf dich. Er wartet schon so lange auf dich. Und dieses kleine Mädchen, das du getroffen hast – das war H'jeanne! Die Geschichte nimmt ihren Lauf. ›Das große Erdzeitalter hebt von Neuem an.‹ Und wenn es vorüber ist, kann ich sterben. Aber es tut mir so leid, meine Liebe, es tut mir so leid, wenn ich dich jetzt verwirrt habe. Ich bin Lady Panc Ashash, du bist Elaine. Deine ursprüngliche Nummer endet auf 783, eigentlich solltest du gar nicht auf diesem Planeten sein, denn hier enden alle wichtigen Leute auf 5 oder 6. Du bist eine Laientherapeutin, du bist hier ganz falsch, aber dein Liebhaber ist auf dem Weg hierher, und du warst doch noch nie verliebt, und ist das nicht alles furchtbar aufregend?«

Elaine blickte sich rasch um. Die untere Stadt wurde mit dem Fortschreiten des Sonnenuntergangs immer rötlicher und weniger golden. Die Treppen hinter ihr schienen schrecklich steil zu sein und die Tür hoch oben sehr klein. Vielleicht hatte sie sich ausgesperrt, nachdem sie sie geschlossen hatte; vielleicht würde sie nie mehr die alte untere Stadt verlassen können.

Das Fenster musste sie irgendwie beobachtet haben, denn die Stimme von Lady Panc Ashash wurde sanfter. »Setz dich, meine Liebe. Als ich noch ich war, war ich viel höflicher. Doch schon seit langer, langer Zeit bin ich nicht mehr ich. Ich bin eine Maschine und trotzdem fühle ich mich noch immer wie ich selbst. Setz dich und verzeih mir bitte.«

Elaine blickte sich um. Hinter ihr am Straßenrand stand eine Marmorbank. Folgsam nahm sie darauf Platz. Das Glücksgefühl, das sie oben auf der Treppe erfasst hatte, erfüllte sie von Neuem. Wenn diese weise alte Maschine so viel von ihr wusste, dann konnte sie ihr vielleicht auch sagen, was sie tun sollte. Was meinte die Stimme mit dem »falschen Planeten«? Mit dem »Geliebten«? Damit, dass »er nun zu ihr kommen werde« – oder wie sich die Maschine auch immer ausgedrückt hatte?

»Komm zu Atem, meine Liebe«, sagte die Stimme von Lady Panc Ashash. Sie mochte vielleicht seit Hunderten oder Tausenden von Jahren tot sein, aber sie sprach noch immer mit der Autorität und der Freundlichkeit einer großen Lady.

Elaine atmete tief durch. Sie sah eine große rote Wolke, einem fetten Wal ähnlich, hoch über ihr in Richtung Meer davontreiben. Sie fragte sich, ob auch Wolken Gefühle besaßen.

Die Stimme hatte wieder etwas gesagt. Aber was? Offenbar wurde die Frage wiederholt: »Hast du gewusst, dass du hierherkommen würdest?«, fragte die Stimme aus dem Fenster.

»Natürlich nicht.« Elaine zuckte mit den Achseln. »Da war nur diese Tür, und ich hatte nichts Besonderes vor, also öffnete ich sie. Und hier war eine ganz neue Welt im Innern eines Hauses. Es sah sonderbar und recht hübsch aus, also stieg ich die Stufen hinunter. Hättest du das nicht auch getan?«

»Ich weiß es nicht«, erwiderte die Stimme ehrlich. »Ich bin eine Maschine. Ich war seit langer, langer Zeit nicht mehr ich selbst. Vielleicht hätte ich es getan, damals, als ich noch am Leben war. Ich weiß es nicht, aber ich weiß dafür andere Dinge. Vielleicht kann ich die Zukunft sehen, oder vielleicht errechnet mein maschineller Teil so genaue Wahrscheinlichkeiten, dass es mir so scheint. Ich weiß, wer du bist und was mit dir geschehen wird … Du hättest dir lieber dein Haar kämmen sollen.«

»Wofür denn?«

»Weil er kommt.«

»*Wer* kommt?«

»Hast du einen Spiegel? Ich wünschte, du würdest dir einmal dein Haar ansehen. Nicht dass es nicht schön wäre, aber es könnte schöner sein. Du willst doch sicher so schön wie möglich sein. Natürlich ist es dein Geliebter, der kommt.«

»Ich habe keinen Geliebten«, widersprach Elaine. »Ich habe auch noch keine Erlaubnis dafür bekommen, erst muss ich einen Teil meines Lebenswerks vollbracht haben, und ich habe mein Lebenswerk bis jetzt noch nicht einmal begonnen. Ich bin nicht eins von den Mädchen, die einen Subleiter um die Träumlein bitten, vor allem dann nicht, wenn ich noch nicht die Berechtigung für das echte Erlebnis bekommen habe. Ich bin vielleicht keine wichtige Persönlichkeit, aber ich besitze so etwas wie Selbstachtung.« Elaine war so wütend geworden, dass sie sich auf der Bank umdrehte, ihr Gesicht von dem alles sehenden Fenster abwandte.

Die nächsten Worte ließen Gänsehaut über ihre Arme laufen, mit solch tiefem Ernst, solch mitreißender Eindringlichkeit wurden sie gesprochen. *»Elaine, Elaine, weißt du denn wirklich nicht, wer du bist?«*

Elaine drehte sich auf der Bank um, so dass sie wieder das Fenster im Blickfeld hatte. Von den Strahlen der untergehenden Sonne war ihr Gesicht rot getönt. Sie keuchte. »Ich weiß nicht, was du damit meinst ...«

Die Stimme fuhr unerbittlich fort: »Denk nach, Elaine, denk nach. Bedeutet denn der Name H'jeanne überhaupt nichts für dich?«

»Ich nehme an, es handelt sich dabei um einen Untermenschen, einen Hund. Dafür steht das H, nicht wahr?«

»Das war das kleine Mädchen, dem du begegnet bist«, erklärte Lady Panc Ashash, als ob diese Bemerkung von enormer Bedeutung wäre.

»Ja«, sagte Elaine pflichtschuldig. Sie war höflich und stritt sich nie mit Fremden.

»Warte einen Augenblick«, bat Lady Panc Ashash. »Ich werde meinen Körper hervorholen. Gott weiß, wann ich ihn zum letzten Mal getragen habe, aber dann wirst du dich nicht ganz so unwohl in meiner Gegenwart fühlen. Achte nicht auf die Kleidung. Sie ist ziemlich in die Jahre gekommen, aber ich glaube, dass der Körper funktionieren wird. Dies ist der Anfang der Geschichte von H'jeanne, und ich möchte, dass dein Haar gekämmt ist, und wenn ich es selbst bürsten müsste. Bleib, wo du bist, Mädchen, und warte einen Moment. Es dauert nur eine Minute.«

Die Wolke färbte sich von Dunkelrot in Leberschwarz. Was konnte Elaine schon tun? Sie blieb auf der Bank sitzen. Klapperte mit ihrem Schuh auf dem Boden. Fuhr leicht zusammen, als die altmodischen Straßenlampen der unteren Stadt mit geometrischer Plötzlichkeit aufflammten. Sie besaßen nicht den milden Glanz der neueren Lampen in der oberen Stadt, wo der Tag ohne jähen Farbwechsel sanft in die helle klare Nacht überging.

Die neben dem Fenster gelegene Tür öffnete sich quietschend. Uraltes Plastik rieselte auf den Bürgersteig.

Elaine war fassungslos.

Sie hatte unbewusst ein Ungeheuer erwartet, doch stattdessen stand eine charmante Frau vor ihr, von etwa ihrer eigenen Größe, die gespenstische, altmodische Kleider trug. Die fremde Frau hatte glänzend schwarze Haare, war weder durch bestehende noch geheilte Krankheiten gezeichnet, es gab keinerlei Hinweise auf schwere Verletzungen in der Vergangenheit, ihr Aussehen, Haltung, Tastsinn und Augen waren in keiner Weise beeinträchtigt. (Es gab keine Möglichkeit, mit der Elaine jetzt Geruchs- und Geschmackssinn hätte überprüfen können, aber das war die medizinische Prüfung, die ihr von Geburt an eingegeben worden war – die Prüfung, der sie bis jetzt jeden Erwachsenen unterzogen hatte, der ihr begegnet war. Sie war als »Laientherapeut, weiblich« entworfen worden, und sie war eine gute Therapeutin, auch wenn es niemanden gab, den sie hätte behandeln können.)

Der Körper war wirklich luxuriös. Er musste so viel gekostet haben wie die Gebühren von vierzig oder fünfzig Landungen auf den Planeten: Die menschliche Gestalt war perfekt nachgebildet. Der Mund wölbte sich über richtige Zähne; die Worte wurden von Kehle, Gaumen, Zunge, Zähnen und Lippen geformt und nicht nur durch einen im Kopf installierten Lautsprecher. Der Körper war tatsächlich ein Museumsstück, vermutlich eine genaue Kopie von Lady Panc Ashash, so wie sie zu Lebzeiten ausgesehen hatte. Wenn das Gesicht lächelte, war der Eindruck ungemein gewinnend.

Die Lady trug das Kleid eines vergangenen Zeitalters – ein prunkvolles Kleid aus schwerem blauem Material, das an Saum, Taille und Ausschnitt mit rechteckigen Goldmustern bestickt war. Außerdem trug sie einen dazu passenden Umhang aus dunklem, verblasstem Gold, blau bestickt mit den gleichen rechteckigen Mustern. Ihr Haar war hochgekämmt und mit juwelenbesetzten Kämmen aufgesteckt. Es wirkte völlig naturgetreu und war nur an einer Seite leicht angestaubt.

Der Roboter lächelte. »Ich bin aus der Mode. Es ist lange Zeit her, seit ich noch ich selbst war. Aber ich dachte, meine Liebe, dass es dir leichter fiele, dich mit diesem Körper zu unterhalten als mit dem Fenster ...«

Elaine nickte stumm.

»Du weißt, dass ich das nicht bin?«, fragte der Körper scharf.

Elaine schüttelte den Kopf. Sie wusste es nicht; sie hatte das Gefühl, überhaupt nichts mehr zu wissen.

Lady Panc Ashash sah sie ernst an. »Das bin ich nicht. Das ist nur der Körper eines Roboters. Du hast ihn angesehen wie einen richtigen Menschen. Und ich bin auch nicht ich selbst. Manchmal schmerzt es. Wusstest du, dass eine Maschine Schmerzen empfinden kann? Ich kann es. Aber ... ich bin nicht *ich*.«

»Wer bist du dann?«, fragte Elaine.

»Bevor ich starb, war ich Lady Panc Ashash. Genau wie ich es dir sagte. Nun bin ich eine Maschine und ein Teil deines Schicksals. Wir werden einander helfen, das Schicksal der Welten zu ändern, um der Menschheit vielleicht sogar die Menschlichkeit zurückzubringen.«

Verwirrt starrte Elaine sie an. Das war kein gewöhnlicher Roboter. Er schien ein Wahrer Mensch zu sein, er sprach mit beeindruckender Autorität. Und dieses Ding, dieses Ding schien so viel über sie zu wissen. Niemand hatte sich je richtig um sie gekümmert. Die Pflegemütter im Kinderhaus auf der Erde hatten gesagt: »Ein neues Hexenkind, und ein hübsches dazu, die machen nicht viel Schwierigkeiten.« Und dann hatten sie ihr Leben vorübergehen lassen.

Endlich konnte Elaine das Gesicht genau sehen, das kein wirkliches Gesicht war. Der Charme, der Humor, die Ausdrucksfähigkeit – nichts war verschwunden. »Was ... was ...«, stammelte sie, »... was soll ich jetzt tun?«

»Nichts«, eröffnete ihr die seit langem tote Lady Panc Ashash. »Du musst dich nur deinem Schicksal stellen.«

»Sie meinen, meinem Geliebten?«

»So ungeduldig!«, lachte die Kopie einer toten Frau auf sehr menschliche Art. »Solch eine Eile. Zuerst der Geliebte und dann erst das Schicksal. Ich war genauso wie du, als ich noch ein Mädchen war.«

»Aber was soll ich tun?«

Die Nacht war nun vollständig hereingebrochen. Die Straßenlampen glühten über den leeren, ungekehrten Straßen. Ein paar Türen, keine einzige von ihnen weniger als eine volle Straßenbreite entfernt, bildeten Rechtecke aus Licht oder Schatten – aus Licht, wenn sie weit genug von den Straßenlampen entfernt waren, so dass ihr eigenes Licht sie von innen erhellte; aus Schatten, wenn sie sich so dicht unter den großen Lampen befanden, dass sie von dem Schein abgeschnitten wurden.

»Geh durch diese Tür«, befahl die alte nette Frau.

Doch sie deutete auf das gleichförmige Weiß einer leeren Wand. An dieser Stelle befand sich überhaupt keine Tür.

»Aber dort ist ja gar keine Tür«, protestierte Elaine.

»Wenn da eine Tür wäre«, erwiderte Lady Panc Ashash, »würdest du mich nicht benötigen, um zu erfahren, dass du dort hineingehen sollst. Du brauchst mich aber.«

»Warum?«

»Weil ich seit Hunderten von Jahren auf dich gewartet habe – darum.«

»Das ist keine Antwort!«

»Es ist eine Antwort«, lächelte die Frau, und ihre Unerschütterlichkeit wirkte nicht im Geringsten roboterhaft. Es war die Freundlichkeit und Nachsicht eines reifen menschlichen Wesens. Sie sah auf, blickte in Elaines Augen und sprach einfühlsam und sanft weiter: »Ich weiß es, weil ich es weiß. Nicht weil ich ein toter Mensch bin – das spielt keine Rolle mehr –, sondern weil ich jetzt eine sehr alte Maschine bin. Du wirst in den braunen und gelben Tunnelgang gehen, und du wirst an deinen Geliebten denken, und du wirst deine Arbeit erledigen, und die Menschen werden dich jagen. Aber am Schluss wirst du glücklich sein. Verstehst du das?«

»Nein«, erwiderte Elaine, »nein, das verstehe ich nicht.« Aber sie streckte ihre Hand nach der reizenden alten Dame aus.

Die Lady ergriff die Hand. Die Berührung war warm und sehr menschlich. »Du brauchst es auch nicht zu verstehen. Du musst es nur tun. Und ich weiß, dass du es tun wirst. Und dass du gehen wirst, geh!«

Elaine versuchte zu lächeln, aber sie war besorgt, auf sehr bewusste Weise besorgter als je zuvor in ihrem Leben. Etwas Wirkliches geschah mit ihr, mit ihrem eigenen individuellen Selbst, und es hatte sehr lange gedauert. »Wie komme ich durch die Tür?«

»Ich werde sie öffnen«, lächelte die Lady und ließ Elaines Hand los. »Und du wirst deinen Geliebten daran erkennen, dass er diesen Vers singt.«

»Welchen Vers?« Elaine versuchte Zeit zu gewinnen; sie fürchtete sich vor der Tür, die nicht einmal existierte.

»Er beginnt mit ›Ich kenne dich, und ich liebe dich, und ich gewann dich in Kalma ...‹. Du wirst ihn erkennen. Geh nun hinein. Es wird zu Beginn unangenehm sein, aber wenn du den Jäger triffst, wird alles ganz anders aussehen.«

»Waren Sie denn schon einmal dort drinnen?«

»Natürlich nicht. Ich bin eine Maschine. Der Ort ist gedankensicher. Niemand kann in ihn hinein- oder aus ihm heraussehen, -hören, -denken oder -sprechen. Es ist ein Bunker aus der Zeit der alten Kriege, in denen das leiseste Anzeichen eines Gedankens zur Zerstörung des gesamten Ortes führte. Deshalb hat ihn Lord Englok bauen lassen, lange vor meiner Zeit. Aber du kannst hineingehen. Und du wirst es. Hier ist die Tür.«

Die alte Roboterdame wartete nicht länger. Sie schenkte Elaine ein seltsames, freundliches, gezwungenes Lächeln, halb stolz und halb entschuldigend, und mit festem Druck griff sie Elaine am Ellbogen.

Sie stiegen einige Stufen hinunter und standen vor der Wand.

»Hier hinein«, sagte die Lady und versetzte Elaine einen Stoß.

Elaine fuhr zusammen, als sie die Wand näher kommen sah ... und bevor sie wusste, was mit ihr geschah, war sie hindurch. Gerüche schlugen ihr wie der Lärm einer Schlacht entgegen. Die Luft war heiß, das Licht dämmrig. Es wirkte wie ein Bild des Schmerzplaneten, der irgendwo versteckt im All lag. Später versuchten Dichter, Elaine zu beschreiben, wie sie da vor der Tür stand, und ein Vers begann so:

> *Es gab Braune und Blaue*
> *Und Weiße und Weißere,*
> *Im verborgenen und verbotenen*
> *Downtown von Clowntown.*
> *Es gab grässliches Grauen*
> *In dem Gang, gelb und braun.*

Die Wahrheit war jedoch viel einfacher.

Sie, die ausgebildete Hexe, die geborene Hexe, erfasste die Wahrheit unverzüglich. All diese Menschen, zumindest alle, die sie sehen konnte, waren krank. Sie brauchten Hilfe. Sie brauchten sie.

Aber wieder war sie die Betrogene, denn sie konnte nicht einem einzigen von ihnen helfen. Keiner von ihnen war ein Wahrer Mensch. Sie waren nur Tiere, Dinge in der Gestalt von Menschen. Untermenschen. Dreck.

Und sie war bis ins Mark hinein konditioniert, *ihnen* niemals zu helfen.

Sie wusste nicht, warum die Muskeln ihre Beine zwangen, vorwärtszugehen, aber sie taten es.

Es gibt viele Bilder von dieser Szene.

Lady Panc Ashash, mit der sie erst vor wenigen Minuten gesprochen hatte, schien nun sehr weit entfernt. Und die Stadt Kalma, die große neue Stadt, zehn Stockwerke über ihr, schien nie existiert zu haben. Dies hier war die Realität.

Sie starrte die Untermenschen an.

Und diesmal, zum ersten Mal in ihrem Leben, erwiderten die Untermenschen ihren Blick. Noch nie zuvor war ihr etwas Derartiges widerfahren.

Sie fürchteten sich nicht vor ihr; sie überraschten sie. Die Furcht, spürte Elaine, würde später kommen. Vielleicht bald, aber nicht hier und nicht jetzt.

___**IV**_____

Etwas, das wie eine Frau mittleren Alters aussah, trat auf Elaine zu und fauchte sie an. »Bist du der Tod?«

Elaine blinzelte. »Der Tod? Was meinst du damit? Ich bin Elaine.«

»Verdammt sollst du sein!«, sagte die Tierfrau. »Bist du der Tod?«

Elaine kannte das Wort »Verdammt« nicht, aber sie war beinahe sicher, dass der »Tod« auch für diese Geschöpfe einfach »Ende des Lebens« bedeutete.

»Natürlich nicht«, erklärte sie. »Ich bin nur ein Mensch. Gewöhnliche Menschen würden mich eine Hexe nennen. Wir haben nichts mit euch Untermenschen zu tun. Rein gar nichts.« Sie konnte erkennen, dass die Tierfrau ihr weiches schmuddeliges Haar zu einer riesigen Frisur aufgetürmt hatte und ein von Schweiß gerötetes Gesicht und krumme Zähne besaß, die sie beim Lächeln entblößte.

»Das sagen alle. Sie wissen nie, dass sie der Tod sind. Wie, meinst du, sterben wir, wenn nicht durch mit Krankheiten verseuchte Roboter, die ihr zu uns schickt? Wir sterben allesamt, wenn ihr das tut, und später stoßen dann andere Untermenschen auf diesen Ort, verkriechen sich hier und leben ein paar Generationen, bis die Todesmaschinen, Dinge wie du, über die Stadt herfallen und uns wiederum auslöschen. Dies ist Clowntown, die Stadt der Untermenschen. Hast du nie davon gehört?«

Elaine versuchte an der Tierfrau vorbeizugehen, aber sie spürte, wie sie am Arm gepackt wurde. So etwas war noch nie geschehen, noch niemals in der Geschichte der Welt – ein Untermensch, der einen Wahren Menschen anfasste!

»Lass mich los!«, schrie sie.

Die Tierfrau ließ Elaines Arm los und wandte sich den anderen zu. Ihre Stimme klang jetzt anders. Sie war nicht mehr schrill und aufgeregt, sondern leise und verwirrt. »Ich weiß es nicht. Vielleicht ist es wirklich ein Mensch. Ist das nicht ein Witz? Hier drinnen, mit uns zusammen – verloren. Oder vielleicht ist sie *doch* der Tod. Ich weiß es nicht. Was meinst du dazu, Charley-mein-Liebling?«

Der Mann, den sie angesprochen hatte, trat einen Schritt nach vorn. Elaine fand, dass zu einer anderen Zeit, an einem anderen Ort, dieser Untermensch als attraktives menschliches Wesen durchgegangen wäre. Sein Gesicht war hell vor Intelligenz und Wachsamkeit. Er blickte Elaine offen an, als ob er sie nie zuvor gesehen hätte, was tatsächlich der Fall war, aber er sah sie weiter an, mit einem Blick, der so scharf, so seltsam war, dass ihr unbehaglich zumute wurde. Als er sprach, klang seine Stimme frisch, hoch, klar, freundlich; doch an diesem tragischen Ort war sie die Karikatur einer Stimme, als ob das Tier nach den Gewohnheiten eines Menschen programmiert worden war, eines berufsmäßigen Überredungskünstlers, wie man sie gewöhnlich in den Geschichtenwürfeln sehen konnte, wo sie den Menschen Dinge erzählten, die weder gut noch wichtig, sondern vor allem clever waren. Sein gutes Aussehen war eher eine Missgestaltung. Elaine fragte sich, ob er von Ziegen abstammte.

»Willkommen, junge Lady«, sagte Charley-mein-Liebling. »Nun, da Sie hier sind, sollten Sie sich Gedanken machen, wie Sie wieder hinausgelangen ... Wenn wir ihr den Kopf umdrehen würden, Mabel«, wandte er sich an die Unterfrau, die Elaine als Erste begrüßt hatte, »wenn wir ihn acht- bis zehnmal herumdrehen würden, wäre er ab. Dann könnten wir einige Wochen oder Monate weiter leben, bevor uns unsere Herren und Schöpfer finden und uns alle töten ... Was meinen Sie dazu, junge Lady? Sollen wir Sie töten?«

»Töten? Du meinst, mein Leben beenden? Das kannst du nicht. Es ist gegen das Gesetz. Selbst die Instrumentalität hat nicht das Recht, so etwas ohne einen Gerichtsbeschluss zu tun. Du darfst es nicht. Du bist nur ein Untermensch.«

»Aber wir werden sterben, wenn Sie durch diese Tür hinausgehen.« Charley-mein-Liebling ließ plötzlich ein intelligentes Lächeln aufblitzen. »Die Polizei wird in Ihren Gedanken das Bild des braunen und gelben Gangs sehen, und dann wird sie uns mit Gift auslöschen oder Krankheiten unter uns verbreiten, so dass wir und unsere Kinder sterben müssen.«

Elaine starrte ihn an. Der leidenschaftliche Zorn verzerrte weder sein Lächeln noch seinen verbindlichen Ton, aber die Muskeln seiner Augen und seiner Stirn verrieten die schreckliche Anspannung. Das Ergebnis war ein Ausdruck, den Elaine noch nie zuvor gesehen hatte, eine Art Selbstbeherrschung, die über die Grenzen des Wahnsinns hinausging.

Er erwiderte ihren Blick.

Sie fürchtete sich nicht vor ihm – Untermenschen konnten Wahren Menschen nicht den Kopf abreißen. Da kam ihr ein Gedanke: Vielleicht galten die Vorschriften nicht an einem Ort wie diesem, wo illegale Tiere ständig auf ihren plötzlichen Tod warteten. Das Wesen, das ihr gegenüberstand, war stark genug, um ihren Kopf im oder gegen den Uhrzeigersinn zehnmal herumzudrehen, und aufgrund ihrer Anatomiestunden war sie überzeugt, dass ihr Kopf irgendwann im Lauf der Prozedur tatsächlich abgedreht sein würde. Interessiert blickte sie ihn an. Gegen Furcht vom animalischen Typ war sie konditioniert worden, aber sie hatte, so stellte sie fest, eine ausgesprochene Abneigung dagegen, ihr Leben unter auffälligen Umständen zu beenden. Vielleicht würde ihr ihre »Hexen«-Ausbildung helfen. Sie versuchte so zu tun, als sei er tatsächlich ein Mensch. Die Diagnose »Hypertension: chronische Aggressivität, jetzt frustriert, was zu Überreizung und Neurose führt: schlechter Ernährungsstand: Hormonstörung wahrscheinlich« ging ihr durch den Kopf.

Sie versuchte es auf eine andere Art. »Ich bin kleiner als du«, sagte sie, »und du kannst mich ebenso gut später noch töten. Wir können uns stattdessen vielleicht bekanntmachen. Ich bin Elaine und wurde von der Menschenheimat Erde hierhin geschickt.«

Die Wirkung war außerordentlich.

Charley-mein-Liebling wich zurück. Mabels Mund stand offen. Die anderen starrten Elaine verblüfft an. Einer oder zwei, die rascher wieder zu sich gefunden hatten als der Rest, flüsterten mit ihren Nachbarn.

Schließlich ergriff Charley-mein-Liebling das Wort: »Willkommen, Mylady. Darf ich dich Mylady nennen? Ich glaube nicht. Willkommen, Elaine. Wir sind deine Diener. Wir werden alles tun, was du uns befiehlst. Natürlich kannst du hereinkommen. Lady Panc Ashash hat dich geschickt. Seit hundert Jahren sagt sie uns, dass jemand von der Erde kommen wird, ein Wahrer Mensch mit dem Namen eines Tieres, nicht mit einer Nummer, und dass wir ein Kind namens H'jeanne bereithalten sollen, um die Fäden des Schicksals aufzunehmen. Bitte, bitte setz dich. Möchtest du ein Glas Wasser? Leider haben wir kein sauberes Gefäß. Wir alle hier sind Untermenschen, und wir haben alles hier schon einmal benutzt, so dass es für Wahre Menschen verseucht ist.« Ihm kam ein Gedanke. »Baby-Baby, hast du eine neue Tasse im Brennofen?« Offensichtlich sah er ein Nicken, denn er sprach gleich weiter: »Dann hol sie heraus, für unseren Gast, und nimm dafür eine Zange. Eine neue Zange. Fass die Tasse nicht an. Füll sie am obersten Teil des kleinen Wasserfalls mit Wasser. Auf diese Weise können wir unserem Gast eine keimfreie Tasse anbieten. Ein sauberes Getränk.« Er strahlte vor Gastfreundschaft, die so lächerlich wirkte, wie sie aufrichtig gemeint war.

Elaine brachte es nicht übers Herz, ihm zu sagen, dass sie gar keine Tasse Wasser wollte.

Sie wartete. Alle warteten.

Inzwischen hatten sich Elaines Augen an die Dunkelheit gewöhnt. Sie sah, dass der Hauptgang in einem verblichenen Gelb und einem kontrastierenden, fleckigen Hellbraun gestrichen war. Sie fragte sich, welcher Mensch wohl eine derart hässliche Kombination ausgewählt haben mochte. Seitengänge schienen in den Hauptgang zu münden; in einiger Entfernung erblickte sie erleuchtete Torbögen, aus denen in rascher Folge Leute herauskamen. Wenn es mit rechten Dingen zuging, dass sie alle aus einer schmalen Nische herauskommen konnten, vermutete sie, dass hinter den Torbögen weitere Gänge lagen.

Und auch die Untermenschen konnte sie nun deutlicher sehen. Sie waren Menschen sehr ähnlich. Hier und dort sah sie ein Wesen, das sich in eine Tiergestalt zurückentwickelt hatte – einen Pferdemann, dessen Schnauze der ursprünglichen Form ähnelte, eine Rattenfrau mit normalen menschlichen Zügen, ausgenommen ihre nylonähnlichen weißen Schnurrhaare, von denen es zwölf oder vierzehn auf jeder Seite ihres Gesichtes gab und die zwanzig Zentimeter lang waren. Eine sah ganz wie ein Mensch aus – eine wunderschöne junge Frau, die auf einer Bank etwa acht oder zehn Meter weiter hinten in dem Gang saß und weder der Menge noch Mabel noch Charley-mein-Liebling oder Elaine selbst irgendwelche Aufmerksamkeit schenkte.

»Wer ist das denn?«, fragte Elaine und nickte der wunderschönen jungen Frau zu.

Mabel löste sich aus der Starre, die sie befallen hatte, als sie Elaine gefragt hatte, ob sie der »Tod« sei, und plauderte mit einer Vertraulichkeit drauflos, die in dieser Umgebung fehl am Platze wirkte. »Das ist Crawlie.«

»Was tut sie da?«, wollte Elaine wissen.

»Sie hat ihren Stolz«, erwiderte Mabel, während ihr groteskes rotes Gesicht vor Freude und Eifer glühte und sie Speichelspritzer beim Sprechen versprühte.

»Aber *tut* sie denn nicht auch etwas?«, fragte Elaine.

Charley-mein-Liebling mischte sich ein. »Hier hat niemand etwas zu tun, Lady Elaine …«

»Es ist verboten, mich ›Lady‹ zu nennen«, wies ihn Elaine zurecht.

»Tut mir leid, menschliches Wesen Elaine. Niemand hat hier irgendetwas zu tun. Wir alle leben hier vollkommen illegal. Dieser Gang ist ein Gedanken-Bunker, den Gedanken weder verlassen können, noch in den sie eindringen können. Warte einen Moment. Achte auf die Decke … Jetzt!«

Ein rotes Glühen kroch über die Decke und war dann wieder verschwunden.

»Die Decke glüht«, erklärte Charley-mein-Liebling, »wann immer jemand gegen sie *denkt*. Der gesamte Tunnel ist draußen mit ›Abwassertank, organische Abfälle‹ gekennzeichnet, so dass die schwachen Anzeichen von Leben, die vielleicht nach draußen dringen, nicht als völlig unerklärlich gelten. Vor einer Million Jahren haben ihn die Menschen für ihre Zwecke gebaut.«

»Vor einer Million Jahren waren sie noch nicht auf Fomalhaut III«, wies ihn Elaine zurecht. Warum, fragte sie sich dann, hatte sie ihn so angefaucht? Er war kein Mensch, sondern nur ein sprechendes Tier, das nur aus Zufall nicht in der nächstbesten Verbrennungsanlage gelandet war.

»Es tut mir leid, Elaine«, entschuldigte sich Charley-mein-Liebling. »Ich hätte sagen sollen, vor langer Zeit. Wir Untermenschen erhalten nicht viel Gelegenheit, wahre Geschichte zu studieren. Aber wir benutzen diesen Gang. Jemand mit einem morbiden Sinn für Humor nannte diesen Ort Clowntown. Wir leben hier zehn oder zwanzig oder hundert Jahre lang, bis wir von Menschen oder Robotern entdeckt und getötet werden. Darum war Mabel so außer sich. Sie dachte, dass diesmal der Tod in deiner Gestalt gekommen wäre. Aber du bist es nicht. Du bist *Elaine*. Das ist wundervoll, wirklich wundervoll.« Sein schlitzohriges, überschlaues Gesicht strahlte offen und aufrichtig. Es musste ziemlich schwer für ihn sein, so aufrichtig auszusehen.

»Du wolltest mir gerade sagen, was mit dem Untermädchen ist«, erinnerte ihn Elaine.

»Ja, das ist Crawlie«, sagte er. »Sie tut tatsächlich nichts. Niemand von uns hat wirklich etwas zu tun. Wir sind ohnehin alle verdammt. Sie ist ein wenig aufrichtiger als wir anderen. Sie hat ihren Stolz. Sie verachtet uns. Sie weist uns in unsere Schranken. Sie bringt es fertig, dass wir uns alle minderwertig fühlen. Wir glauben, dass sie ein wertvolles Mitglied unserer Gruppe ist. Wir haben alle unseren Stolz, der eigentlich überflüssig ist, aber Crawlie behält ihren Stolz für sich, ohne jemals etwas damit anzufangen. Sie erinnert uns daran, wer wir sind. Doch wenn wir sie in Ruhe lassen, lässt sie uns auch in Ruhe.«

Komische Wesen seid ihr, dachte Elaine. Ihr seid den Menschen so ähnlich, aber dabei so unbeholfen, als müsstet ihr alle sterben, bevor ihr wirklich gelernt habt, was es bedeutet, lebendig zu sein. Laut brachte sie nur hervor: »Ich bin noch niemals jemandem wie ihr begegnet.«

Crawlie musste gespürt haben, dass sie über sie sprachen, denn sie sah Elaine mit einem kurzen Blick unverhohlenen Hasses an. Ihr hübsches Gesicht war zu einem Ausdruck konzentrierter Feindseligkeit und Verachtung erstarrt; dann wanderten ihre Augen weiter, und Elaine fühlte, dass sie, Elaine, in den Gedanken dieses Wesens schon nicht mehr existierte, und wenn doch, dann nur noch als Verweis, der erteilt und vergessen worden war. Noch nie hatte sie eine solch unergründliche Einsamkeit gespürt wie in diesem Geschöpf. Und dennoch war dieses Wesen – aus was es auch immer erschaffen war – für menschliche Begriffe sehr, sehr lieblich.

Ein hässliches altes Weib, bedeckt mit mausgrauem Pelz, kam nun auf Elaine zugeeilt. Die Mäusefrau war Baby-Baby, die nach Wasser geschickt worden war. Mit einem Paar langer Zangen hielt sie eine Keramiktasse umklammert, in der sich Wasser befand.

Elaine ergriff die Tasse.

Ungefähr sechzig oder siebzig Untermenschen, darunter das kleine Mädchen mit dem blauen Kleid, das sie bereits draußen gesehen hatte, beobachteten sie, während sie trank. Das Wasser schmeckte gut. Sie trank die Tasse leer. Ein allgemeines Aufatmen ertönte, als ob jeder auf diesen Moment gewartet hätte. Elaine wollte die Tasse absetzen, aber die alte Mäusefrau war schneller als sie. Sie nahm Elaine die Tasse weg und benutzte dazu die Zange, so dass die Tasse durch die Berührung eines Untermenschen nicht verseucht werden würde.

»So ist es recht, Baby-Baby«, sagte Charley-mein-Liebling, »jetzt können wir uns unterhalten. Es ist Brauch bei uns, mit einem Neuankömmling erst dann zu sprechen, wenn wir ihm unsere Gastfreundschaft angeboten haben … Lass mich offen sein. Wir müssen dich vielleicht töten, wenn sich diese ganze Geschichte als Fehler herausstellt, aber ich möchte dir versichern, dass ich es in diesem Fall auf eine nette Art und ohne die geringste Spur von Bosheit tun werde. Einverstanden?«

Elaine wusste nicht, wie sie dazu ihr Einverständnis geben konnte, und sie sagte es auch. Sie stellte sich vor, wie man ihr den Kopf abdrehte. Abgesehen von dem Schmerz und der Erniedrigung erschien ihr das so schrecklich unappetitlich – sein Leben in einem Abwasserkanal zu beenden, unter Wesen, die nicht einmal ein Recht darauf hatten, zu existieren.

Charley-mein-Liebling gab ihr weiter keine Möglichkeit, dagegen zu protestieren, sondern fuhr sofort mit seinen Erklärungen fort: »Angenommen, die Dinge entwickeln sich richtig. Angenommen, du bist wirklich die Esther-Elaine-oder-Eleanor, die wir alle erwartet haben, die Person, die etwas für H'jeanne tun und allen Hilfe und Erlösung bringen wird, die uns Leben schenkt, *wahres Leben* – was sollen wir dann tun?«

»Ich weiß wirklich nicht, woher du diese ganzen Ideen hast. Warum bin ich Esther-Elaine-oder-Eleanor? Was soll ich für H'jeanne tun? Warum ich?«

Charley-mein-Liebling blickte sie an, als verstünde er ihre Frage nicht. Mabel runzelte die Stirn und schien über die richtigen Worte nachzudenken, um ihre Meinung auszudrücken. Baby-Baby, die mit flinken mäusehaften Bewegungen zu der Menge zurückgehuscht war, blickte sich um, als erwartete sie, dass einer aus der Gruppe das Wort ergreifen würde. Ihre Vermutung traf zu. Crawlie wandte Elaine ihr Gesicht zu und erklärte mit unendlicher Herablassung: »Ich wusste nicht, dass Wahre Menschen auch uninformiert oder dumm sein können. Du scheinst beides zu sein. Wir haben all unsere Informationen von Lady Panc Ashash erhalten. Da sie tot ist, hat sie keine Vorurteile gegen uns Untermenschen. Da sie nicht viel zu tun gehabt hatte, hat sie Milliarden von Wahrscheinlichkeiten durchgerechnet. Jeder von uns weiß, worauf die meisten Wahrscheinlichkeiten hinausliefen – auf plötzlichen Tod durch Krankheit oder Gas, oder vielleicht darauf, dass wir in großen Polizei-Ornithoptern in Schlachthäuser abtransportiert werden. Aber Lady Panc Ashash hat entdeckt, dass vielleicht einst ein Mensch mit einem Namen wie deinem kommen würde, ein menschliches Wesen mit einem alten Namen und nicht mit einem Nummer-Namen, und dass dieses Wesen den Jäger treffen und dass sie und der Jäger das Unterkind H'jeanne eine Botschaft lehren und dass diese Botschaft die Welten ändern würde. Alle hundert Jahre nennen wir ein Kind nach dem anderen H'jeanne. Nun bist du aufgetaucht. Vielleicht bist du die Verheißene. Auf mich machst du allerdings keinen sehr gescheiten Eindruck. Was kannst du besonders gut?«

»Ich bin eine Hexe«, erklärte Elaine.

Crawlie konnte ihre Überraschung nicht verbergen. »Eine Hexe?«

»Ja«, sagte Elaine, und es klang eher kleinlaut.

»Ich möchte keine sein. Ich habe meinen Stolz.« Crawlie wandte ihr Gesicht ab und ließ ihre Züge wieder zu einem Ausdruck ewiger Gekränktheit und Verachtung erstarren.

Charley-mein-Liebling flüsterte mit den Umstehenden, ohne darauf zu achten, ob Elaine seine Worte verstand oder nicht. »Das ist wundervoll, ganz wundervoll. Sie ist eine Hexe. Eine menschliche Hexe. Vielleicht ist der große Tag gekommen ... Elaine«, wandte er sich demütig an sie, »würdest du uns bitte anschauen?«

Elaine folgte seiner Bitte. Als sie darüber nachdachte, wo sie sich befand, schien es ihr unvorstellbar, dass die leere alte untere Stadt Kalma dort draußen, hinter der Wand sein sollte und dass die geschäftige neue Stadt lediglich fünfunddreißig Meter über ihnen lag. Der Gang war eine Welt für sich. Er *war* eine Welt aus hässlichem Gelb und Braun, mit schummrigen alten Lampen und den Gerüchen von Menschen und Tieren, die wegen der unzureichenden Lüftung nahezu unerträglich waren. Baby-Baby, Crawlie, Mabel und Charley-mein-Liebling waren ein Teil dieser Welt. Sie waren real – aber sie waren draußen, draußen, jedenfalls aus Elaines Sicht.

»Lasst mich gehen«, bat sie. »Ich werde eines Tages wiederkommen.«

Charley-mein-Liebling, der unverkennbar der Führer war, sprach wie in Trance. »Du verstehst nicht, Elaine. Der einzige Weg, den du gehen kannst, ist der Weg in den Tod. Es gibt keine andere Richtung. Wir können nicht dein altes Selbst zu dieser Tür hinausgehen lassen, nicht wenn Lady

Panc Ashash dich zu uns hineingestoßen hat. Entweder du gehst vorwärts, deinem Schicksal entgegen, das auch unser Schicksal ist, entweder du tust das und alles wird gut, damit du uns und wir dich lieben können – oder aber ich töte dich mit meinen eigenen Händen. Genau hier. Und jetzt. Ich kann dir zuvor noch eine neue saubere Tasse Wasser reichen. Aber das ist alles. Du hast keine große Wahl, menschliches Wesen Elaine. Was, glaubst du, würde geschehen, wenn du nach draußen gehen würdest?«

»Ich hoffe, nichts«, erwiderte Elaine.

»Nichts!«, schnaubte Mabel, und ihr Gesicht nahm wieder den ursprünglich entrüsteten Ausdruck an. »Die Polizei würde in ihren Ornithoptern angeflogen kommen …«

»Und sie würden in deinem Gehirn herumsuchen«, fügte ein großer bleicher Mann hinzu, der jetzt zum ersten Mal das Wort ergriff.

»Und sie würden alles über uns erfahren«, sagte Baby-Baby.

»Und wir«, sagte Crawlie von ihrem Stuhl aus, »wir würden alle binnen einer oder zwei Stunden sterben. Würde dir das etwas ausmachen, Ma'am und Elaine?«

»Und«, fügte Charley-mein-Liebling hinzu, »sie würden Lady Panc Ashash ausschalten, so dass selbst die Kopie dieser lieben toten Lady beseitigt wäre, und es gäbe dann überhaupt kein Erbarmen mehr für diese Welt.«

»Was ist ›Erbarmen‹?«, fragte Elaine.

»Mir ist klar, dass du das Wort nie zuvor gehört hast«, bemerkte Crawlie.

Baby-Baby trat dicht an Elaine heran, blickte zu ihr hoch und flüsterte durch die gelben Zähne hindurch: »Lass dir von ihnen keine Angst einjagen, Mädchen. Der Tod bedeutet nicht so viel, nicht einmal für euch Wahre Menschen mit euren vierhundert Jahren oder für uns Tiere, auf die das Schlachthaus an der Ecke wartet. Der Tod ist ein *Wann*, nicht ein *Was*. Für jeden von uns ist er gleich. Sei nicht besorgt. Geh geradeaus weiter, und vielleicht findest du dann Erbarmen und Liebe. Sie sind viel wertvoller als der Tod, du musst sie nur finden. Und wenn du sie einmal gefunden hast, dann spielt der Tod keine große Rolle mehr.«

»Ich weiß noch immer nicht, was ›Erbarmen‹ bedeutet«, sagte Elaine, »aber ich dachte, ich wüsste, was ›Liebe‹ ist, und ich erwarte eigentlich nicht, meinen Geliebten in einem schmutzigen alten Gang voller Untermenschen zu finden.«

»Ich meine nicht diese Art Liebe«, lachte Baby-Baby und hielt Mabel, die sich einmischen wollte, mit einem Winken ihrer Krallenhand zurück. Das alte Mäusegesicht leuchtete vor Begeisterung. Plötzlich konnte sich Elaine vorstellen, wie Baby-Baby auf einen Mäuse-Untermann gewirkt haben musste, als sie noch jung und glatt und ihr Fell von einem glänzenden Grau gewesen war. Verzückung erfüllte die alten Züge mit Jugendlichkeit, als Baby-Baby fortfuhr: »Ich meine nicht die Liebe, die man einem Geliebten entgegenbringt, Mädchen. Ich meine Liebe zu sich selbst. Liebe zum Leben. Liebe zu allen lebenden Wesen. Liebe sogar zu mir. Deine Liebe zu mir. Kannst du dir das vorstellen?«

Müdigkeit erfüllte Elaine, aber sie versuchte, die Frage zu beantworten. In dem gedämpften Licht musterte sie das faltige alte Mäuseweib mit ihren schmutzigen Kleidern und ihren kleinen roten Augen. Das flüchtige Bild der schönen jungen Mäusefrau war verschwunden; vor ihr stand jetzt nur dieses überflüssige alte Geschöpf mit seinen unmenschlichen Forderungen und sinnlosen Bitten. Die Menschen liebten die Untermenschen nicht. Sie benutzten sie wie Stühle oder Türklinken. Seit wann beanspruchte eine Türklinke die Charta der Alten Rechte?

»Nein«, erklärte Elaine ruhig und gelassen, »ich kann mir nicht vorstellen, dich jemals zu lieben.«

»Das wusste ich«, sagte Crawlie von ihrem Stuhl aus. Triumph klang in ihrer Stimme mit.

Charley-mein-Liebling schüttelte den Kopf, wie um besser sehen zu können. »Weißt du denn nicht einmal, wer Fomalhaut III regiert?«

»Die Instrumentalität«, antwortete Elaine. »Aber müssen wir wirklich unser Gespräch fortsetzen? Lasst mich gehen, oder tötet mich, oder unternehmt sonst etwas. Das ist doch alles völlig sinnlos. Ich war müde, als ich hier eintraf, und jetzt bin ich noch um eine Million Jahre müder.«

»Bring sie weg«, sagte Mabel.

»In Ordnung«, nickte Charley-mein-Liebling. »Ist der Jäger da?«

Das Kind H'jeanne meldete sich zu Wort; sie hatte in der hintersten Reihe gestanden. »Er hat vorhin den anderen Weg genommen, als sie hereinkam.«

»Du hast mich angelogen«, beschwerte sich Elaine bei Charley-mein-Liebling. »Du sagtest, es gebe nur einen Weg.«

»Ich habe nicht gelogen«, widersprach er. »Es gibt nur einen Weg für dich oder für mich oder für die Freunde von Lady Panc Ashash. Der Weg, den du gekommen bist. Der andere Weg ist der Tod.«

»Was meinst du damit?«

»Ich meine, dass er direkt in die Schlachthäuser der Menschen führt, die du nicht kennst. Die Schlachthäuser der Lords der Instrumentalität, die sich hier auf Fomalhaut III befinden. Da ist zum Beispiel Lord Femtiosex, der gerecht und ohne Mitleid ist. Dann gibt es Lord Limaono, der die Untermenschen für eine potenzielle Gefahr hält und der Meinung ist, man hätte sie von Anfang an gar nicht erst züchten sollen. Außerdem ist da noch Lady Goroke, die nicht weiß, wie man betet, die aber versucht, die Geheimnisse des Lebens zu ergründen, und den Untermenschen stets Freundlichkeiten erwiesen hat, solange diese Freundlichkeiten nicht gegen die Gesetze verstießen. Und als Letztes gibt es Lady Arabella Underwood, deren Gerechtigkeit kein Mensch versteht. Und auch kein Untermensch.«

»Wer ist sie? Ich meine, woher hat sie ihren seltsamen Namen? Er ist ohne Nummer. Er ist genauso ungewöhnlich wie eure Namen. Oder mein eigener.«

»Sie kommt von Altnordaustralien, der Stroon-Welt, und sie wurde an die Instrumentalität ausgeliehen und folgt den Gesetzen, unter denen sie geboren ist. Der Jäger kann durch die Räume und Schlachthäuser der Instrumentalität gehen, aber könntest du das auch? Könnte ich es?«

»Nein«, sagte Elaine.

»Dann also vorwärts«, forderte sie Charley-mein-Liebling auf, »deinem Tod oder großen Wundern entgegen. Soll ich vorausgehen, Elaine?«

Elaine nickte wortlos.

Die Mäusefrau Baby-Baby tätschelte Elaines Arm, und ihre Augen waren von einer seltsamen Hoffnung erfüllt. Als Elaine an Crawlies Stuhl vorbeikam, blickte das stolze, wunderschöne Mädchen sie an, regungslos, gefährlich und streng. Das Hundemädchen H'jeanne folgte der kleinen Prozession, als ob sie darum gebeten worden wäre.

Sie gingen tief in den Gang hinein, tiefer und immer tiefer. In Wirklichkeit war es wohl nicht einmal ein ganzer Kilometer, aber durch das endlose Braun und Gelb, die seltsamen Gestalten der gesetzlosen und unbeaufsichtigten Untermenschen, den Gestank und die stickige, drückende Luft hatte Elaine das Gefühl, dass sie alle bekannten Welten hinter sich ließe.

Tatsächlich tat sie genau das – doch es kam ihr nicht in den Sinn, dass ihre Befürchtung zutreffen könnte.

V

Am Ende des Tunnelganges befand sich ein runder Torbogen mit einer Tür aus Gold oder Messing.

Charley-mein-Liebling blieb stehen.

»Ich kann nicht weitergehen«, erklärte er. »Das ist nur dir und H'jeanne gestattet. Das hier ist das in Vergessenheit geratene Vorzimmer zwischen dem Tunnel und dem oberen Palast. Dort befindet sich der Jäger. Geh. Du bist ein Mensch. Für dich besteht keine Gefahr. Normalerweise sterben Untermenschen dort. Geh.« Er ergriff Elaine am Ellbogen und drückte die Schiebetür zur Seite.

»Aber was ist mit dem kleinen Mädchen?«, wandte Elaine ein.

»Sie ist kein Mädchen«, erwiderte Charley-mein-Liebling. »Sie ist nur ein Hund – genau wie ich kein Mensch, sondern nur eine Ziege bin, die intelligent gemacht und geschoren und zurechtgestutzt wurde, um wie ein Mensch zu wirken. Wenn du zurückkommst, Elaine, dann werde ich dich lieben wie Gott, oder ich werde dich töten. Das hängt davon ab.«

»Wovon hängt es ab? Und was ist ›Gott‹?«

Charley-mein-Liebling lächelte das schnelle, listige Lächeln, das völlig unaufrichtig und überaus freundlich war, beides zugleich. Vermutlich war es in normalen Zeiten das Kennzeichen seiner Persönlichkeit. »Wenn überhaupt, dann wirst du von anderen erfahren, wer Gott ist. Nicht von uns. Und du musst allein darauf kommen, wovon es abhängt. Du wirst nicht darauf warten müssen, dass ich es dir sage. Geh jetzt. In den nächsten fünf Minuten wird alles vorbei sein.«

»Aber H'jeanne ...«, beharrte Elaine.

»Wenn es nicht funktioniert«, sagte Charley-mein-Liebling, »können wir jederzeit eine neue H'jeanne großziehen und auf einen anderen Menschen wie dich warten. Das hat uns Lady Panc Ashash versprochen. Und nun geh hinein!«

Er versetzte ihr einen kräftigen Stoß, so dass sie hineinstolperte. Grelles Licht blendete sie, und die frische Luft war so angenehm wie das frische Wasser an ihrem ersten Tag, nachdem sie den Schlafzylinder im Raumschiff verlassen hatte.

Das kleine Hundemädchen war mit ihr zusammen hineingetrottet.

Die Gold- oder Messingtür schloss sich dröhnend hinter ihnen.

Elaine und H'jeanne blieben stehen, Seite an Seite, und blickten nach vorn und in die Höhe.

Es gibt viele berühmte Gemälde von dieser Szene. Die meisten dieser Bilder zeigen Elaine in Lumpen gehüllt und mit dem verzerrten, leidenden Gesicht einer Hexe. Das ist absolut nicht historisch. Sie trug ihre normale Alltagskleidung, Hosenrock, Bluse und eine Handtasche mit Schulterriemen, als sie das andere Ende Clowntowns betrat. Zu dieser Zeit war das auf Fomalhaut III die übliche Kleidung. Sie hatte nichts getan, wobei sie sich ihre Kleider hätte schmutzig machen oder sie zerreißen können, und deshalb muss sie noch genauso ausgesehen haben, als sie herauskam. Und H'jeanne – nun, jeder weiß, wie H'jeanne aussah.

Der Jäger kam.

Der Jäger kam, und neue Welten begannen.

Er war ein untersetzter Mann mit schwarzem, krausem Haar, schwarzen Augen, die beim Lachen tanzten, breiten Schultern und langen Beinen. Er bewegte sich mit raschen, sicheren Schritten. Seine Arme hingen lose zu beiden Seiten herab und die Hände wirkten nicht hart und schwielig, obwohl sie schon oft ein Leben beendet hatten, auch das eines Tieres.

»Kommt und setzt euch«, begrüßte er sie. »Ich habe auf euch beide gewartet.«

Elaine stolperte nach oben, ihm entgegen. »Gewartet?«. keuchte sie.

»Daran ist nichts Geheimnisvolles«, beruhigte er sie. »Ich hatte den Bildschirm eingeschaltet. Den, mit dem ich den Tunnel beobachten kann. Seine Leitungen sind abgeschirmt, so dass die Polizei ihn nicht anzapfen kann.«

Elaine blieb wie erstarrt stehen. Das kleine Hundemädchen, das sich einen Schritt hinter ihr befand, blieb ebenfalls stehen. Sie versuchte, sich zu ihrer vollen Größe aufzurichten. Sie war ungefähr genauso groß wie er. Allerdings stand er vier oder fünf Stufen über ihnen.

Es gelang Elaine, ihre Stimme ruhig klingen zu lassen, als sie fragte: »Dann weißt du es also?«

»Was?«

»Alles, was sie gesagt haben.«

»Natürlich weiß ich es«, lächelte er. »Warum denn auch nicht?«

»Aber«, stammelte Elaine, »das über dich und über mich, dass wir uns lieben? Das auch?«

»Das auch«, lächelte er wieder. »Ich habe es mein halbes Leben lang gehört. Komm herauf, setz dich und iss etwas. Wir haben heute Nacht eine Menge Dinge zu erledigen, wenn sich die Geschichte durch uns erfüllen soll ... Was möchtest du essen, kleines Mädchen?«, fragte er H'jeanne freundlich. »Rohes Fleisch oder menschliche Nahrung?«

»Ich bin ein fertiges Mädchen«, erklärte H'jeanne, »deshalb ziehe ich Schokoladenkuchen mit Vanilleeis vor.«

»Das sollst du auch bekommen«, nickte der Jäger. »Kommt beide und nehmt Platz.«

Sie hatten die Treppe erklommen. Ein reichhaltig gedeckter Tisch erwartete sie. Um ihn herum standen drei Couches. Elaine blickte sich um, ob sich noch ein dritter Mensch zum Essen zu ihnen gesellen würde. Erst als sie sich setzte, erkannte sie, dass der Jäger auch das Hundemädchen einladen wollte.

Er bemerkte ihre Überraschung, verlor aber kein Wort darüber. Stattdessen wandte er sich an H'jeanne. »Du kennst mich, Mädchen, nicht wahr?«

Das Kind lächelte und entspannte sich zum ersten Mal, seit Elaine ihr begegnet war. Sie war wirklich auffallend schön, wenn die Spannung von ihr abfiel. Die Aufmerksamkeit, die Stille, die gelegentliche Unruhe – das waren Hundeeigenschaften. Nun schien das Kind vollkommen menschlich und reifer zu sein, als ihr Alter vermuten ließ. Ihr weißes Gesicht hatte dunkle schwarzbraune Augen.

»Ich habe dich schon oft gesehen, Jäger«, sagte das Mädchen. »Und du hast mir erzählt, was geschehen würde, wenn sich herausstellte, dass ich wirklich *die* H'jeanne bin. Dass ich das Wort verbreiten und großen Prüfungen unterzogen würde. Dass ich vielleicht sterben würde oder auch nicht, dass aber Menschen und Untermenschen sich noch nach Tausenden von Jahren an meinen Namen erinnern würden. Du hast mir fast alles gesagt, was ich weiß – mit Ausnahme der Dinge, über die ich nicht mit dir sprechen kann. Du kennst sie ebenfalls, aber du wirst nicht darüber reden, nicht wahr?«

»Ich weiß, du warst auf der Erde«, erwiderte der Jäger.

»Sag es nicht! Bitte, sag es nicht!«, bettelte das Mädchen.

»Die Erde? Die Menschenheimat selbst?«, rief Elaine. »Wie, bei den Sternen, bist du dorthin gekommen?«

Der Jäger sah sie an. »Dränge sie nicht, Elaine. Es ist ein großes Geheimnis, und sie will es nicht lüften. Du wirst diese Nacht mehr erfahren als jede andere sterbliche Frau vor dir.«

»Was bedeutet ›sterblich‹?«, fragte Elaine, die altmodische Wörter nicht leiden konnte.

»Es bedeutet einfach, dass das Leben irgendwann einmal endet.«

»Das ist närrisch«, erklärte Elaine. »Alles endet einmal. Denk nur an diese armen, schmutzigen Menschen, die länger lebten als die gesetzlich erlaubten vierhundert Jahre.«

Sie blickte sich um. Kostbare, schwarz-rote Vorhänge reichten von der Decke bis zum Boden. Auf einer Seite des Raumes befand sich ein Möbelstück, wie sie es noch nie zuvor gesehen hatte. Es ähnelte einem Tisch, aber es hatte an der Vorderseite kleine, breite, niedrige Türen, die von einer zur anderen Seite reichten, und es war mit unbekannten Hölzern und Metallen reich verziert ...

Wie dem auch sei, es gab wichtigere Dinge als Möbel, über die sie reden musste. Sie sah den Jäger prüfend an (keine organische Krankheit; vor längerer Zeit am linken Arm verwundet; etwas zu häufige Sonnenbestrahlung; eventuell Korrektur der Nahsicht erforderlich) und fragte ihn: »Bin ich jetzt auch von dir gefangen worden?«

»Gefangen?«

»Du bist ein Jäger. Du jagst Lebewesen. Um sie zu töten, nehme ich an. Dieser Untermensch dort drinnen, der Ziegenbock, der sich Charley-mein-Liebling nennt ...«

»Das tut er nie!«, rief das Hundemädchen H'jeanne dazwischen.

»Was tut er nie?«, fragte Elaine, verärgert über die Unterbrechung.

»Er selbst nennt sich nie so. Andere Menschen, ich meine Untermenschen, nennen ihn so. Er heißt Balthasar, aber niemand benutzt diesen Namen.«

»Was macht das schon für einen Unterschied, kleines Mädchen?«, sagte Elaine. »Ich spreche über mein Leben. Dein Freund sagte, dass er mir das Leben nehmen würde, wenn etwas Bestimmtes nicht geschieht.«

Weder H'jeanne noch der Jäger sagten etwas darauf.

Elaine bemerkte den angstvollen Unterton in ihrer eigenen Stimme. »Du hast es gehört!« Sie wandte sich an den Jäger. »Und du hast es auf dem Bildschirm miterlebt.«

Die Stimme des Jägers war heiter und besänftigend. »Wir drei haben vor Ende dieser Nacht noch viel zu tun. Wir werden es nicht schaffen, wenn du dich fürchtest oder besorgt bist. Ich kenne die Untermenschen, aber ich kenne ebenso gut die Lords der Instrumentalität – alle vier. Die Lords Limaono und Femtiosex und Lady Goroke. Und auch die Norstrilierin. Sie werden dich beschützen. Charley-mein-Liebling will dir vielleicht das Leben nehmen, weil er befürchtet, dass der Tunnel von Englok, in dem du gerade warst, entdeckt werden könnte. Nun, ich habe Mittel, ihn wie auch dich zu beschützen. Hab ein klein wenig Vertrauen zu mir. Das ist doch nicht so schwer, oder?«

»Aber«, protestierte Elaine, »der Mann – oder der Ziegenbock – oder was immer er sein mag, dieser Charley-mein-Liebling hat gesagt, es würde alles sofort passieren, sobald ich hier mit dir zusammentreffen würde.«

»Wie kann irgendetwas passieren«, bemerkte die kleine H'jeanne, »wenn du die ganze Zeit redest?«

Der Jäger lächelte. »Das stimmt«, bestätigte er. »Wir haben genug gesprochen. Nun müssen wir uns lieben.«

Elaine sprang auf. »Nicht mit mir, das wirst du nicht. Und nicht, wenn sie in der Nähe ist. Nicht, solange ich meine Arbeit noch nicht kenne. Ich bin eine Hexe. Man erwartet von mir, dass ich etwas tue, aber ich habe bisher noch nicht herausgefunden, was das ist.«

»Sieh dir das an«, sagte der Jäger mild, trat zur Wand gegenüber und deutete mit seinem Finger auf ein verschlungenes Kreisornament.

Elaine und H'jeanne folgten beide seiner Aufforderung.

Der Jäger sprach weiter, und jetzt klang seine Stimme drängend: »Siehst du es, H'jeanne? Siehst du es wirklich? Die Zeitalter drehen sich, warten auf diesen Augenblick, kleines Mädchen. Siehst du es? Erkennst du dich selbst darin?«

Elaine betrachtete das kleine Hundemädchen. H'jeanne hatte fast zu atmen aufgehört. Sie starrte die seltsamen symmetrischen Muster an, als wären sie ein Fenster mit einer Aussicht auf verzauberte Welten.

Der Jäger schrie mit aller Kraft: »H'jeanne! Jeanne! Jeannie!«

Das Kind gab keine Antwort.

Der Jäger ging zu ihr, schlug ihr sanft auf die Wange, schrie erneut. H'jeanne fuhr fort, das verschlungene Muster anzustarren.

Der Jäger wandte sich Elaine zu. »Jetzt werden wir beide miteinander schlafen. Das Kind befindet sich in einer Welt aus glücklichen Träumen. Dieses Muster ist ein Mandala, etwas, das aus der unvorstellbar weit zurückliegenden Vergangenheit stammt. Es bannt das menschliche Bewusstsein. H'jeanne wird uns weder sehen noch hören. Wir können ihr nicht helfen, ihr Schicksal zu erfüllen, wenn wir uns nicht zuerst geliebt haben.«

Elaine, mit vor den Mund geschlagener Hand, versuchte, in Gedanken eine Liste von Symptomen durchzugehen, um ihr seelisches Gleichgewicht zu bewahren. Es funktionierte nicht. Eine Gelöstheit überkam sie plötzlich, ein Gefühl des Glücks und der Ruhe, das sie seit ihrer Kindheit nicht mehr gekannt hatte.

»Hast du geglaubt«, fragte der Jäger, »dass ich mit meinem Körper jage und mit meinen Händen töte? Hat dir nie jemand gesagt, dass das Wild mir mit Freuden entgegenläuft, dass die Tiere sterben, während sie vor Lust schreien? Ich bin Telepath, und ich arbeite mit Lizenz. Und ich habe meine jetzige Lizenz von der toten Lady Panc Ashash.«

Elaine wusste, dass damit das Ende ihres Gesprächs gekommen war. Zitternd, glücklich, furchtsam fiel sie ihm in die Arme und ließ sich von ihm zu der Couch an der Wand des schwarzgoldenen Raumes führen.

Tausend Jahre später küsste Elaine sein Ohr und murmelte verliebte Worte, Worte, von denen sie gar nicht gewusst hatte, dass sie sie kannte. Sie musste, dachte sie, mehr von den Geschichtenwürfeln aufgeschnappt haben, als sie geahnt hatte.

»Du bist meine Liebe«, sagte sie, »meine einzige, mein Liebster. Verlasse mich niemals, niemals, nie darfst du mich verstoßen. O Jäger, ich liebe dich!«

»Wir trennen uns«, erwiderte er, »noch ehe der morgige Tag zu Ende ist, aber wir werden uns wiedersehen. Hast du gemerkt, dass alles nur etwas mehr als eine Stunde gedauert hat?«

Elaine errötete. »Und ich bin hungrig.«

»Das ist völlig normal«, nickte der Jäger. »Wir werden gleich das kleine Mädchen aufwecken und zusammen essen. Und dann wird die Geschichte ihren Lauf nehmen, wenn nicht jemand dazwischentritt und uns Einhalt gebietet.«

»Aber, Liebster, kann es nicht so bleiben – zumindest für eine Weile? Ein Jahr? Einen Monat? Einen Tag? Schick doch das kleine Mädchen für kurze Zeit in den Tunnel zurück.«

»Das ist nicht möglich. Aber ich werde dir das Lied vorsingen, das mir über dich und mich eingefallen ist. Bruchstücke davon schwirren mir schon lange im Kopf herum, doch jetzt habe ich alles zusammen. Hör zu.«

Der Jäger nahm ihre beiden Hände in die seinen und blickte ihr offen und ehrlich in die Augen. Es gab kein Anzeichen auf telepathische Kräfte.

Dann sang er das Lied, das wir als *Ich liebte dich und verlor dich* kennen:

Ich kannte dich und liebte dich
und gewann dich in Kalma.
Ich liebte dich, gewann dich
und verlor dich, meine Liebste!
Die dunklen Himmel von Waterrock
stürzten auf uns nieder.
Nur erhellt von der Blitze Hatz
deiner eignen Liebe, mein Schatz.

Unsere Zeit war eine kurze Zeit,
eine schmerzende Stunde des Glücks.
Wir kosteten von der Seligkeit
und litten unter Entsagung.

Unser beider Geschichte, mein Kind,
ist ein bittres und süßes Stück.
Kurz wie ein Schuss,
doch so lang wie der Tod.

Wir trafen uns und liebten uns
und kämpften doch vergeblich.
Zur Rettung, Erhaltung der Liebe
in diesem erstickenden Kriege.
Die Zeit hatte keine Zeit für uns,
kein Mitleid die Minuten.
Wir liebten uns und verloren uns
und die Welt, die dreht sich weiter.

Wir haben verloren und haben uns geküsst
und haben uns getrennt, meine Liebste.
All unser Gewinn
bleibt im Herzen fein drin.
Die Erinnerung an die Schönheit
und die Schönheit der Erinnerung …
Ich liebte dich und gewann dich
und verlor dich in Kalma.

Seine Finger tanzten durch die Luft, und dann erfüllte leise, orgelähnliche Musik den Raum. Elaine hatte schon zuvor von Musikstrahlen gehört, aber noch nie hatte jemand sie für sie gespielt.

Als er sein Lied beendet hatte, schluchzte sie. Es war alles so wahr, so wundervoll, so herzzerreißend.

Er hatte ihre Hand in der seinen gehalten. Nun ließ er sie plötzlich los und stand auf. »Wir werden jetzt arbeiten und später erst essen. Jemand nähert sich uns.« Schnell ging er zu dem kleinen Hundemädchen hinüber, das noch immer auf dem Stuhl saß und das Mandala mit offenen, schlafenden Augen anstarrte. Er nahm ihren Kopf fest und freundlich zwischen beide Hände und wandte ihre Augen von dem Muster ab.

Einen Moment lang wehrte sie sich gegen ihn und schien dann ganz zu erwachen. Sie lächelte. »Das war schön. Ich habe geruht. Wie lange – fünf Minuten?«

»Länger«, sagte der Jäger freundlich. »Ich möchte, dass du Elaines Hand ergreifst.«

Vor einigen Stunden hätte Elaine gegen den grotesken Gedanken protestiert, mit einem Untermenschen Händchen zu halten. Jetzt aber sagte sie nichts, sondern gehorchte; verliebt sah sie den Jäger an.

»Ihr beide braucht nicht viel zu wissen«, sagte der Jäger. »Du, H'jeanne, wirst alles bekommen, was in uns und in unseren Erinnerungen ist. Du wirst wir werden, wir beide. Für immer. Dein ruhmreiches Schicksal wird sich erfüllen.«

Das kleine Mädchen zitterte. »Das ist also wirklich der Tag?«

»Er ist es«, bestätigte der Jäger. »Zukünftige Zeitalter werden sich an diese Nacht erinnern.« Dann wandte er sich an Elaine. »Und du, Elaine, du hast nichts anderes zu tun, als mich zu lieben und dich still zu verhalten. Hast du mich verstanden? Du wirst gewaltige Dinge sehen, und einige von ihnen werden furchterregend sein. Aber sie sind nicht real. Verhalte dich nur ganz ruhig.«

Elaine nickte wortlos.

»Im Namen«, intonierte der Jäger, »des ersten Vergessenen, im Namen des zweiten Vergessenen, im Namen des dritten Vergessenen. Bei der Liebe der Menschen, die ihnen das Leben geben wird. Bei der Liebe, die ihnen einen sauberen Tod geben wird und wahre …« Seine Worte waren deutlich, doch Elaine konnte sie trotzdem nicht verstehen.

Der Tag der Tage war gekommen.

Sie wusste es.

Sie wusste nicht, woher sie das wusste, aber sie wusste es.

Lady Panc Ashash kam durch den massiven Fußboden heraufgekrochen; sie trug ihren freundlichen Roboterkörper. Sie ging zu Elaine und murmelte ihr zu: »Hab keine Furcht, keine Furcht.«

Furcht?, dachte Elaine. Jetzt ist nicht die Zeit, Furcht zu empfinden. Es ist viel zu interessant.

Als wäre es eine Antwort auf Elaines Gedanken, ertönte aus dem Nirgendwo eine klare, starke, männliche Stimme:

Dies ist die Zeit für das heilende Teilen.

Als diese Worte ausgesprochen waren, schien es, als sei eine Blase aufgestochen worden. Elaine spürte, wie sich ihre und H'jeannes Persönlichkeit mischten. Bei normaler Telepathie wäre das tatsächlich furchteinflößend gewesen. Aber das hier war keine Kommunikation.

Es war Sein.

Sie war Jeanne geworden. Sie spürte den sauberen kleinen Körper in seinen ordentlichen Kleidern. Sie erkannte, dass sie wieder die Gestalt eines Mädchens besaß. Es war ein seltsam angenehmes und vertrautes Gefühl, das schrecklich lange Zeit zurücklag, und sie erinnerte sich, dass sie früher einmal diese Gestalt gehabt hatte – die glatte, unschuldig flache Brust, den unkomplizierten Unterleib, die Finger, die sich noch anfühlten, als sei jeder für sich genommen eine bewegliche und lebendige Verlängerung ihres Handtellers. Aber das Bewusstsein – das Bewusstsein *dieses* Kindes! Es war wie ein riesiges Museum, das von kostbaren Kirchenfenstern erleuchtet wurde, angefüllt mit mannigfaltigen, schönen und wertvollen Gegenständen, durchzogen vom Duft fremdartigen Weihrauchs, der langsam durch die stille Luft trieb. H'jeanne besaß nun ein Bewusstsein, das ganz bis zur Farbe und zum Ruhm der Frühzeit des Menschen zurückreichte. Sie war ein Lord der Instrumentalität gewesen, ein Affenmensch, der Raumschiffe ritt, ein Freund der lieben toten Lady Panc Ashash und Panc Ashash selbst …

Kein Wunder, dass das Kind reich und seltsam war: Sie war die Erbin aller Zeitalter geworden.

Dies ist die Zeit für den gleißenden Gipfel der Wahrheit in den weichenden Teilen, sagte die namenlose, klare, laute

Stimme in ihrem Bewusstsein. *Dies ist die Zeit für dich und für ihn.*

Elaine erkannte, dass sie auf hypnotische Eingebungen reagierte, die Lady Panc Ashash den Gedanken des Hundemädchens eingepflanzt hatte – Eingebungen, die in dem Moment ihre volle Wirkung entwickelten, als die drei telepathisch miteinander verbunden waren.

Für den Bruchteil einer Sekunde nahm sie nichts anderes wahr als ein tiefes Erstaunen über sich. Sie sah nichts als sich selbst – jede Einzelheit, jedes Geheimnis, jeden Gedanken, jedes Gefühl und jeden Umriss des Körpers. Seltsam deutlich spürte sie, dass ihre Brüste von ihrem Oberkörper abstanden, wie ihre Bauchmuskulatur sich anspannte, um ihr weibliches Rückgrat gerade und aufrecht zu halten ...

Weibliches Rückgrat?

Warum war ihr der Einfall gekommen, dass sie ein weibliches Rückgrat besaß?

Mit einem Mal wusste sie es.

Sie folgte dem Geist des Jägers, während seine Aufmerksamkeit ihren Körper durchströmte, ihn trank, sich an ihm erfreute, ihn erneut liebte, diesmal von innen nach außen.

Irgendwie wusste sie, dass das kleine Hundemädchen alles ruhig und wortlos verfolgte und durch sie die volle Bedeutung dessen aufnahm, was es hieß, ein menschliches Wesen zu sein.

Selbst in ihrem Delirium empfand Elaine Verlegenheit. Vielleicht war es nur ein Traum, aber trotzdem war es zu viel. Sie begann ihren Geist zu verschließen, und ihr kam der Gedanke, sie könne die Hand des Jägers und des Hundekindes loslassen.

Doch dann kam das Feuer ...

VI

Das Feuer drang aus dem Boden und brannte unfühlbar um sie herum. Elaine spürte nichts – aber sie fühlte die Berührung der Hand des kleinen Mädchens.

Flammen um die Damen, Dramen, sagte eine verrückte Stimme aus dem Nirgendwo.

Feuer schnaufen um den Scheiterhaufen, sagte eine andere.

Ein Brand in deiner Hand, Sergeant, meldete sich eine dritte.

Plötzlich erinnerte sich Elaine an die Erde, aber es war nicht die Erde, wie sie sie kannte. Sie selbst war H'jeanne und nicht H'jeanne. Sie war ein großer, starker Affenmensch, nicht von einem wahren menschlichen Wesen zu unterscheiden. Sie/er war schrecklich wach in ihrem/seinem Herzen, als sie/er über den Friedensplatz in An-fang ging, den alten Platz von An-fang, wo alle Dinge beginnen. Sie/er bemerkte den Unterschied. Einige der Gebäude fehlten.

Die richtige Elaine dachte: Das ist es also, was sie dem Kind angetan haben – sie haben ihr die Erinnerungen anderer Untermenschen aufgeprägt. Von anderen, die etwas wagten und andere Welten besuchten.

Das Feuer erlosch.

Elaine sah den schwarzgoldenen Raum einen Monat lang klar und ungestört, bevor der grüne, weißgekrönte Ozean hereinbrach. Das Wasser stürzte über den dreien zusammen, ohne auch nur einen von ihnen zu benetzen. Die grüne Flut umspülte sie ohne Gewalt, ohne sie zu ersticken.

Elaine war der Jäger. Gewaltige Drachen kreisten am Himmel über Fomalhaut III. Sie fühlte, wie sie über einen Hügel wanderte und vor Liebe und Sehnsucht ein Lied sang; sie besaß die Gedanken, die Erinnerungen des Jägers. Die Drachen bemerkten ihn und stürzten herab. Die gewaltigen Reptilienflügel waren schöner als ein Sonnenuntergang, zarter als Orchideen. Ihr Schlag in der Luft war so sanft wie der Atem eines Säuglings. Sie war nicht nur der Jäger, sondern auch ein Drache; sie spürte, wie sich beider Bewusstsein traf und der Drache vor Glück und Freude starb.

Dann war das Wasser verschwunden. Ebenso H'jeanne und der Jäger. Elaine befand sich nicht mehr in dem Raum. Sie war die erschöpfte, müde, sorgenvolle Elaine, die eine namenlose Straße hinabsah, die zu hoffnungslosen Zielen führte. Sie hatte eine Aufgabe, die nie erfüllt werden konnte. Das falsche Ich, die falsche Zeit, der falsche Ort, und ich bin allein, ich bin allein, ich bin allein, schrien ihre Gedanken.

Der Raum existierte wieder – ebenso die Hände des Jägers und des kleinen Mädchens.

Nebel begann aufzusteigen …

Ein weiterer Traum?, dachte Elaine. Sind wir noch nicht fertig?

Aber irgendwo erklang eine andere Stimme, eine Stimme, die schrillte wie eine Säge, die Knochen zerschnitt wie eine defekte Maschine, die mit zerstörerischer Geschwindigkeit weiterlief. Es war eine böse Stimme, eine furchtbringende Stimme.

Vielleicht war dies wirklich der »Tod«, für den die Untermenschen im Tunnel sie irrtümlich gehalten hatten.

Die Hand des Jägers löste sich von ihrer.

Sie ließ H'jeannes Hand los.

In dem Raum befand sich eine fremde Frau. Sie trug das Bandelier einer Vertreterin der Instrumentalität und die Beinkleider einer Reisenden.

Elaine starrte sie an.

»Sie werden bestraft werden«, sagte die schreckliche Stimme, die jetzt aus der Frau kam.

»W-w-was?«, stammelte Elaine.

»Sie formen einen Untermenschen ohne Erlaubnis. Ich weiß nicht, wer Sie sind, aber der Jäger weiß sicher, was zu tun ist. Natürlich wird das Tier sterben.« Die Frau blickte die kleine H'jeanne an.

Der Jäger sagte leise, halb zur Begrüßung der Fremden, halb zu Elaines Information, als ob es nichts Wichtigeres zu sagen gab: »Lady Arabella Underwood.«

Elaine konnte sich nicht vor ihr verbeugen, obwohl sie es wollte.

Das kleine Hundemädchen sorgte für die Überraschung. *Ich bin Schwester Jeanne,* sagte sie, *und für dich kein Tier.*

Lady Arabella schienen diese Worte nicht recht zu sein. (Elaine wusste übrigens nicht, ob sie gesprochene Worte gehört oder sie mit ihrem Bewusstsein erfasst hatte.)

Ich bin Jeanne. Und ich liebe dich.

Lady Arabella schüttelte sich, als sei Wasser über sie geschüttet worden. »Natürlich bist du Jeanne. Du liebst mich. Und ich liebe dich.«

Menschen und Untermenschen treffen sich unter dem Zeichen der Liebe.

»Liebe. Liebe, natürlich. Du bist ein gutes kleines Mädchen. Und du hast ja so Recht.«

Du wirst mich vergessen, sagte Jeanne, *bis wir uns wiedersehen und einander lieben werden.*

»Ja, Liebes. Bis dahin – Lebewohl.«

Schließlich benutzte H'jeanne Worte. Sie wandte sich an den Jäger und Elaine und erklärte: »Es ist getan. Ich weiß, wer ich bin und was ich tun muss. Elaine wird am besten mit mir mitgehen. Wir werden dich bald wiedersehen, Jäger – falls wir am Leben bleiben.«

Elaine sah Lady Arabella an, die stocksteif dastand und wie eine Blinde blicklos vor sich hin starrte. Der Jäger nickte Elaine mit seinem weisen, freundlichen, wehmütigen Lächeln zu.

Dann führte das kleine Mädchen Elaine nach unten, unten, unten, zu der Tür, durch die es in den Tunnel von Englok ging. Gerade als sie durch die Messingtür traten, hörte Elaine die Stimme Lady Arabellas den Jäger etwas fragen.

»Was machen Sie hier so ganz allein? Der Raum riecht merkwürdig. Haben Sie hier Tiere gehalten? Haben Sie welche getötet?«

»Ja, Ma'am«, antwortete der Jäger, als H'jeanne und Elaine über die Schwelle traten.

»Was?«, rief Lady Arabella.

Der Jäger musste seine Stimme zu einem durchdringenden Schreien gesteigert haben, weil er wollte, dass die beiden anderen ihn auch verstehen sollten. »Ich habe getötet, Ma'am«, sagte er. »So wie immer – mit Liebe. Diesmal nach einem System.«

Elaine und H'jeanne schlüpften durch die Tür, während die protestierende Stimme der Lady Arabella, erfüllt von Autorität und Argwohn, noch immer auf den Jäger eindrang.

H'jeanne ging voraus. Ihr Körper war der Körper eines hübschen Kindes, aber ihre Persönlichkeit war die Gesamtheit aller Untermenschen, die ihr aufgeprägt worden waren. Elaine konnte es nicht wissen, denn H'jeanne war noch immer das kleine Hundemädchen, aber gleichzeitig war sie nun auch Elaine und der Jäger. Es gab keinen Zweifel an ihrem Ziel; das Kind, das nicht mehr länger ein Untermädchen war, ging voraus, und Elaine, ob nun menschlich oder nicht, folgte ihr.

Hinter ihnen schloss sich die Tür. Sie befanden sich wieder in dem braun-gelben Gang. Viele der Untermenschen erwarteten sie bereits. Dutzende starrten sie an. Die drückenden menschlich-tierischen Gerüche des Tunnels überrollten Elaine wie träge, schwere Wellen. Sie spürte an ihren Schläfen beginnende Kopfschmerzen, aber sie war viel zu aufgeregt, um sich darum zu kümmern.

Für einen Moment standen H'jeanne und Elaine den Untermenschen gegenüber.

Viele von Ihnen haben bestimmt schon einmal Gemälde oder Theaterstücke gesehen, die auf dieser Szene beruhen. Das berühmteste aller Bilder ist zweifellos die fantastische »Einlinien-Zeichnung« von San Shigonanda – der Hintergrund ist fast gleichmäßig grau, mit einem Hauch Braun und

Gelb auf der linken und einem Hauch Schwarz und Rot auf der rechten Seite, und in der Mitte diese seltsame weiße Linie, fast ein Versehen, die irgendwie das verwirrte Mädchen Elaine und das zum Leiden auserkorene Kind H'jeanne andeutet.

Natürlich war Charley-mein-Liebling der Erste, der seine Sprache wiederfand. (Elaine sah in ihm nicht mehr den Ziegenmann. Er war für sie jetzt ein ernster, freundlicher Mann mittleren Alters, der tapfer gegen seinen schlechten Gesundheitszustand und ein unsicheres Leben ankämpfte. Sein Lächeln erschien ihr nun gewinnend und charmant. Warum, fragte sich Elaine, habe ich ihn nicht schon vorher auf diese Art gesehen? Habe ich mich verändert?)

Charley-mein-Liebling hatte gesprochen, bevor Elaine ihre Gedanken wieder bei sich hatte. »Er hat es getan. Bist du H'jeanne?«

»Bin ich H'jeanne?«, sagte das Mädchen – fragte sie die vielen deformierten, unheimlichen Geschöpfe in dem Tunnel. »Glaubt ihr, dass ich H'jeanne bin?«

»Nein! Nein! Du bist die Lady, die verheißen wurde – du bist die Brücke-zum-Menschen«, rief eine große, blondhaarige alte Frau, an die sich Elaine nicht erinnern konnte. Die Frau fiel vor dem Kind auf die Knie und versuchte, H'jeannes Hand zu ergreifen. Das Kind hielt die Hände hoch, ruhig, aber bestimmt, so dass die Frau ihr Gesicht im Rock des Mädchens barg und weinte.

»Ich bin Jeanne«, sagte das Mädchen, »und ich bin kein Hund mehr. Ihr seid nun Menschen, ihr seid Menschen, und wenn ihr jetzt mit mir sterbt, dann sterbt ihr als Wahre Menschen. Ist es so nicht besser als zuvor? Und du, Ruthie ...« Sie blickte auf die Frau zu ihren Füßen. »Steh auf und hör auf zu weinen. Sei glücklich. Dies sind die Tage, an denen ich bei dir sein werde. Ich weiß, dass man dir deine Kinder fortgenommen und getötet hat, Ruthie, und ich bin traurig. Ich kann sie dir nicht zurückbringen. Aber ich mache dich zur Frau. Ich habe sogar aus Elaine einen Menschen gemacht.«

»Wer bist du?«, fragte Charley-mein-Liebling. »Wer bist du?«

»Ich bin das kleine Mädchen, das ihr erwählt habt, entweder zu leben oder zu sterben. Aber nun bin ich Jeanne und nicht H'jeanne, und ich bringe euch eine Waffe. Ihr seid Frauen. Ihr seid Männer. Ihr seid Menschen. Ihr könnt die Waffe benutzen.«

»Was für eine Waffe?« Es war Crawlies Stimme; sie drang aus der dritten Reihe der Zuschauer.

»Leben und miteinander leben«, sagte das Kind Jeanne.

»Sei keine Närrin«, fauchte Crawlie. »Was ist das schon für eine Waffe! Gib uns keine Worte. Wir haben schon genug Worte und den Tod gehabt, seit die Welt der Untermenschen besteht. So etwas geben uns *Menschen* – gute Worte, hübsche Prinzipien und kalten Mord, Jahr für Jahr, Generation für Generation. Sag mir bloß nicht, dass ich ein Mensch bin – ich bin kein Mensch. Ich bin ein Bison, und ich weiß es. Ein Tier, das so umgewandelt wurde, dass es wie ein Mensch aussieht. Gib mir etwas, mit dem ich töten kann. Lass mich im Kampf sterben.«

Jeanne sah merkwürdig aus mit ihrem jungen Körper und ihrer kleinen Gestalt, und sie trug noch immer das blaue Kittelkleid, in dem Elaine sie zum ersten Mal gesehen hatte. Sie bestimmte das Geschehen. Sie hob ihre Hand, und das Summen der leisen Stimmen, die sich während Crawlies Geschrei erhoben hatten, brach ab und Stille trat wieder ein.

»Crawlie«, sagte Jeanne mit einer Stimme, die durch den ganzen Raum drang, »Friede sei mit dir in Ewigkeit.«

Crawlie runzelte die Stirn. Sie hatte den Anstand besessen, während Jeannes Worte verwirrt dreinzuschauen, aber sie sagte nichts.

»Sprecht nicht mit mir, liebe Menschen«, fuhr Jeanne fort. »Gewöhnt euch erst an mich. Ich bringe euch das Leben miteinander. Es ist mehr als nur Liebe. Liebe ist ein hartes, trauriges, schmutziges Wort, ein kaltes Wort, ein altes Wort. Es verspricht zu viel und hält so wenig. Ich bringe euch etwas, das größer ist als Liebe. Wenn ihr lebt, dann lebt ihr. Wenn ihr miteinander lebt, dann wisst ihr auch, dass es das andere Leben gibt – beide Seiten von euch, jeder von euch, ihr alle. Unternehmt nichts. Greift nicht gierig zu, umklammert nicht, besitzt nicht. *Seid* einfach. Das ist die Waffe. Es gibt kein Feuer und kein Gewehr und kein Gift, das sie aufhalten kann.«

»Ich möchte dir glauben«, sagte Mabel, »aber ich weiß nicht, wie ich das tun soll.«

»Ihr müsst mir nicht glauben«, erklärte Jeanne. »Wartet nur und lasst die Dinge ihren Lauf nehmen. Lasst mich vorbei, ihr guten Leute. Ich muss eine Weile schlafen. Elaine wird mich während des Schlafes bewachen, und wenn ich aufstehe, dann werde ich euch verraten, warum ihr keine Untermenschen mehr seid.«

Jeanne machte einen Schritt vorwärts …

Ein wildes, heulendes Kreischen gellte durch den Tunnelgang, und jeder blickte sich nach seinem Ursprung um. Es klang fast wie das Kreischen eines Kampfvogels, aber das Geräusch war aus ihrer Mitte entstanden.

Elaine entdeckte es zuerst.

Crawlie hatte ein Messer, und als der Schrei abbrach, warf sie sich auf Jeanne.

Das Kind und die Frau stürzten zu Boden, ihre Kleider waren ein einziges Knäuel. Die große Hand erhob sich zweimal, und als das Messer zum zweiten Mal zustieß, färbte sich die Klinge rot.

An dem heißen stechenden Schmerz in ihrer Seite erkannte Elaine, dass sie einen der Stiche abbekommen hatte. Sie wusste nicht, ob Jeanne noch lebte.

Die Untermänner rissen Crawlie von dem Kind fort.

Crawlie war weiß vor Wut. »Worte, Worte, Worte. Sie wird uns alle mit ihren Worten umbringen.«

Ein großer, dicker Mann mit der Schnauze eines Bären in dem sonst menschlichen Gesicht und einem menschlichen Kopf und Körper ging um den Mann herum, der Crawlie festhielt, und versetzte ihr einen schrecklichen Schlag. Bewusstlos stürzte sie zu Boden. Das Messer, ganz mit Blut verschmiert, fiel auf den alten, abgenutzten Teppich. (Automatisch dachte Elaine: Für sie später ein Stärkungsmittel; Halswirbeluntersuchung; Blutverlust kein Problem.)

Dann, zum ersten Mal in ihrem Leben, fungierte Elaine als tüchtige Hexe. Sie half den Leuten, der kleinen Jeanne die Kleider auszuziehen. Der schmale Körper mit dem dicht unter der Brust hervorsprudelnden dicken, dunkelroten Blut war verletzt und wirkte sehr zerbrechlich. Elaine griff in ihre linke Handtasche und holte eine chirurgische Radarsonde heraus, hielt sie vor ihr Auge und kontrollierte die Hautschichten um die Wunde. Das Bauchfell war perforiert, die Leber zerschnitten, die oberen Windungen des Dickdarms waren an zwei Stellen durchlöchert. Als sie das sah, wusste sie, was sie zu tun hatte. Sie scheuchte die Umstehenden fort und machte sich an die Arbeit.

Zuerst klebte sie die Schnitte zusammen, wobei sie mit der Leberverletzung begann. Jeder Anwendung des organischen Klebstoffes ging eine Sprühbehandlung mit ein wenig Rekodierungspulver voraus, das dazu diente, die Selbstheilungskräfte des verletzten Organs zu unterstützen. Das Sondieren, Pressen, Drücken dauerte elf Minuten. Noch bevor Elaine fertig war, erwachte Jeanne und flüsterte: »Sterbe ich?«

»Aber nein«, beruhigte Elaine sie. »Wenn nicht diese menschlichen Arzneien dein Hundeblut vergiften.«

»Wer war es?«

»Crawlie.«

»Warum?«, fragte das Kind. »Warum denn nur? Ist sie auch verletzt? Wo ist sie?«

»Ihr geht es im Augenblick besser, als es ihr später gehen wird«, versicherte Charley-mein-Liebling. »Wenn sie noch lebt, setzen wir einen Tag fest, verurteilen sie und töten sie dann.«

»Nein, das werdet ihr nicht«, befahl Jeanne. »Ihr werdet sie lieben. Ihr müsst es tun.«

Der Ziegenmann sah verwirrt drein. In seiner Verblüffung wandte er sich an Elaine. »Du solltest dir lieber auch Crawlie ansehen. Vielleicht hat Orson sie mit seinem Hieb getötet. Er ist ein Bär, weißt du.«

»Das habe ich bemerkt«, erwiderte Elaine trocken. Was glaubte der Kerl eigentlich, wie Orson auf sie wirkte? Wie ein Kolibri?

Sie ging zu Crawlie hinüber. Als sie die Schultern des Büffelmädchens berührte, wusste sie, dass es Schwierigkeiten geben würde. Ihr Äußeres war menschlich, aber nicht die darunterliegende Muskulatur. Elaine vermutete, dass die Laboratorien Crawlie ihre furchtbare Kraft gelassen, ihre Büffelstärke und -ausdauer erhalten hatten, um so irgendwelche Interessen der Industrie zu befriedigen. Sie nahm eine Gehirnsonde zur Hand, ein nur auf kurze Entfernung anwendbares telepathisches Gerät von schwacher Kapazität, und überprüfte, ob Crawlies Verstand noch funktionierte.

Als sie Crawlies Kopf berührte, um die Sonde anzuschließen, kam unvermittelt wieder Leben in das bewusstlos daliegende Mädchen, das aufsprang und Elaine anfuhr: »Nein, das wirst du nicht! Du wirst nicht in mir herumschnüffeln, du dreckiger Mensch!«

»Crawlie, halt still!«, rief Jeanne.

»Von dir lasse ich mir nichts befehlen, du Ungeheuer!«

»Crawlie, so etwas sagt man nicht.« Es war unheimlich, diese herrische Stimme aus dem Mund eines kleinen Mädchens zu hören. Jeanne mochte klein sein, doch sie beherrschte die Situation.

»Ich kann sagen, was ich will. Ihr hasst mich ja doch alle.«

»Das ist nicht wahr, Crawlie.«

»Du bist ein Hund gewesen, und jetzt bist du auf einmal ein Mensch. Du bist eine geborene Verräterin. Hunde haben immer mit den Menschen zusammengearbeitet. Du hast mich schon verabscheut, bevor du diesen Raum betreten und dich in etwas anderes verwandelt hast. Nun bist du dabei, uns alle umzubringen.«

»Wir werden vielleicht sterben, Crawlie, aber nicht durch meine Schuld.«

»Nun, ganz gleich, auf jeden Fall hasst du mich. Du hast mich immer gehasst.«

»Du wirst es vielleicht nicht glauben, aber ich habe dich immer geliebt. Du warst die hübscheste Frau im ganzen Tunnel.«

Crawlie lachte (Elaine bekam eine Gänsehaut davon). »Angenommen, ich würde das glauben – wie könnte ich in dem Bewusstsein weiterleben, dass Menschen mich lieben? Wenn ich dir glauben würde, müsste ich mich selbst in Stücke reißen, mir den Kopf an der Wand einrennen, mir …« Das Gelächter wurde zu einem Schluchzen, aber Crawlie gelang es, trotzdem weiterzusprechen: »Ihr Kreaturen seid so dumm, dass ihr nicht einmal wisst, dass ihr Ungeheuer seid. Ihr seid keine Menschen. Ihr werdet niemals Menschen sein. Ich bin eine von euch. Ich bin ehrlich genug zuzugeben, was ich bin. Wir sind Schmutz, wir sind ein Nichts, wir sind weniger wert als Maschinen. Wir verstecken uns wie Dreck in der Erde, und wenn die Menschen uns töten, vergießen sie keine Tränen um uns. Zumindest haben wir es geschafft, uns zu verstecken. Nun kommst du daher, du und deine zahme menschliche Frau« – Crawlie warf Elaine einen kurzen Blick zu – »und versuchst, sogar das zu ändern. Ich werde wieder versuchen, dich zu töten, wenn sich mir eine Gelegenheit bietet, du Dreckstück, du Flittchen, du Hündin! Was machst du mit diesem Körper eines Kindes? Wir wissen nicht einmal, wer du jetzt bist. Kannst du uns das sagen?«

Der Bärenmann hatte sich dicht an Crawlie herangeschoben, ohne dass sie es bemerkt hatte, und er war bereit, sie noch einmal niederzuschlagen, falls sie die kleine Jeanne wieder angreifen würde.

Jeanne blickte ihn offen an und mit einer knappen Bewegung ihrer Augen bedeutete sie ihm, Crawlie nicht zu schlagen. »Ich bin müde«, sagte sie dann. »Ich bin müde, Crawlie.

Ich bin tausend Jahre alt, auch wenn ich erst fünf bin. Und ich bin nun Elaine und ich bin auch der Jäger und ich bin Lady Panc Ashash und ich weiß nun sehr, sehr viele Dinge, von denen ich nie geglaubt hatte, sie einmal zu wissen. Ich habe eine Aufgabe vor mir, Crawlie, weil ich dich liebe, und ich befürchte, dass ich bald sterben werde. Aber ich bitte euch alle, lasst mich zuerst einmal schlafen.«

Der Bärenmann stand rechts neben Crawlie. Zu ihrer Linken hatte sich eine Schlangenfrau aufgebaut. Ihr Gesicht war hübsch und menschlich, sah man von der dünnen gespaltenen Zunge ab, die wie eine sterbende Flamme aus dem Mund hervorzüngelte. Sie besaß wohlgeformte Schultern und Hüften, doch keine Brüste; sie trug leere goldene Büstenhalterschalen, die an ihrer Brust hin und her rutschten. Ihre Hände schienen härter als Stahl zu sein. Crawlie wollte sich Jeanne nähern, und die Schlangenfrau zischte.

Es war das Schlangenzischen der Alten Erde.

Sekundenlang hielt jeder der Tiermenschen den Atem an. Jeder richtete seine Augen auf die Schlangenfrau. Sie zischte wieder und sah Crawlie dabei starr in die Augen. Das Geräusch klang in dem engen Raum abscheulich. Elaine bemerkte, dass Jeanne wie ein kleiner Hund alle Muskeln anspannte. Charley-mein-Liebling machte den Eindruck, als sei er in der Lage, zwanzig Meter in einem einzigen Sprung zu schaffen, und Elaine selbst spürte den Impuls, zu schlagen, zu töten, zu zerstören. Das Zischen war für sie alle eine Herausforderung.

Die Schlangenfrau blickte sich sanft um, war sich völlig der Aufmerksamkeit bewusst, die sie sich verschafft hatte. »Macht euch keine Sorgen. Seht her, ich benutze Jeannes Namen für uns alle. Ich werde Crawlie nicht verletzen, solange sie Jeanne nicht verletzt. Aber wenn sie Jeanne verletzt, wenn irgendeiner Jeanne verletzt, dann wird er es mit mir zu tun bekommen. Ihr wisst, wer ich bin. Wir S-Menschen besitzen große Kraft, hohe Intelligenz und nicht die geringste Angst. Ihr wisst, dass wir uns nicht fortpflanzen können – die Menschen müssen uns einzeln herstellen, aus gewöhnlichen Schlangen. Stellt euch mir nicht in den Weg. Ich möchte mehr über diese neue Liebe erfahren, von der Jeanne spricht, und niemand wird Jeanne etwas zuleide tun, solange ich hier bin. Habt ihr mich gehört? Niemand. Versucht es, und ihr werdet sterben. Ich glaube, dass ich fast jeden von euch töten kann, bevor ich sterbe, selbst wenn ihr mich alle gleichzeitig angreift. Habt ihr mich verstanden? *Lasst Jeanne in Ruhe.* Das gilt auch für dich, du sanfte, menschliche Frau. Ich fürchte mich auch nicht vor dir. Du dort!« Die Schlangenfrau wandte sich an den Bärenmann. »Heb die kleine Jeanne auf und bring sie in ein ruhig gelegenes Bett. Sie muss schlafen. Sie muss eine Weile Ruhe haben. Und ihr werdet auch alle ruhig sein, ihr alle, oder ihr werdet mich kennenlernen. Mich.« Ihre schwarzen Augen huschten von Gesicht zu Gesicht.

Dann setzte sie sich in Bewegung, und die Menge teilte sich vor ihr, als ob sie das einzige Wesen aus Fleisch und Blut in einer Schar Geister wäre. Ihre Augen ruhten einen Moment auf Elaine. Elaine erwiderte den Blick, aber ihr war dabei unbehaglich zumute. Die schwarzen Augen, die weder Brauen noch Wimpern besaßen, schienen voller Intelligenz und ohne jegliches Gefühl zu sein.

Orson, der Bärenmann, folgte der Schlangenfrau gehorsam. Er hatte die kleine Jeanne auf den Armen.

Als Jeanne an Elaine vorbeigetragen wurde, versuchte sie wach zu bleiben. »Mach mich größer«, flüsterte sie. »Bitte, mach mich größer. Sofort.«

»Ich weiß nicht, wie …«, sagte Elaine.

Das Kind schüttelte sich, um ganz wach zu werden. »Ich habe eine Aufgabe zu erfüllen. Eine Aufgabe … und vielleicht wartet der Tod auf mich. Alles wäre vergeblich, wenn ich so klein bliebe. Mach mich größer.«

»Aber …«

»Wenn du es nicht weißt, dann frage die Lady.«

»Welche Lady?«

Die S-Frau war stehen geblieben und hatte dem Gespräch zugehört. Sie mischte sich ein. »Natürlich Lady Panc Ashash. Die tote Lady. Glaubst du, dass eine lebende Lady der Instrumentalität etwas anderes mit uns tun würde, als uns zu töten?«

Während die Schlangenfrau und Orson Jeanne forttrugen, näherte sich Charley-mein-Liebling Elaine und fragte: »Willst du hingehen?«

»Wohin?«

»Zu Lady Panc Ashash.«

»Ich?«, fragte Elaine. Und eindringlicher: »Jetzt?« Und dann sagte sie (und betonte jedes Wort, als sei es unumstößlich): »Natürlich nicht. Für wen hältst du mich eigentlich? Vor einigen Stunden habe ich noch nicht einmal geahnt, dass du existierst, kannte ich noch nicht einmal das Wort ›Tod‹. Ich habe geglaubt, dass alles nach vierhundert Jahren ein Ende hat, wie es auch sein sollte. Es waren gefährliche Stunden, und die ganze Zeit über hat jeder jeden bedroht. Ich bin müde und hungrig, und ich bin schmutzig, und ich muss mich wieder in Ordnung bringen, und nebenbei …« Plötzlich verstummte sie und biss sich auf die Lippen. Sie hatte sagen wollen: ›Und nebenbei bemerkt ist mein Körper noch ganz erschöpft von der traumgleichen Liebesstunde mit dem Jäger.‹ Dies jedoch ging Charley-mein-Liebling nichts an. Er war ein Ziegenbock, er besaß einen Ziegenverstand und würde die Erhabenheit des Ganzen nicht begreifen.

Sehr freundlich sagte der Ziegenmann: »Du schreibst Geschichte, Elaine, und wenn du Geschichte schreibst, dann kannst du dich nicht auch noch um all die vielen Kleinigkeiten kümmern. Du bist doch sicher glücklicher und fühlst dich wichtiger, als das jemals zuvor der Fall gewesen ist, nicht wahr? Unterscheidest du dich denn nicht von der Person, die vor einigen Stunden Balthasar begegnet ist?«

Elaine war ergriffen von seinem nachdrücklichen Ernst. Sie nickte.

»Dann bleib hungrig und müde. Bleib schmutzig. Nur noch eine kleine Weile. Es darf keine Zeit verschwendet werden. Du kannst mit Lady Panc Ashash sprechen. Finde heraus, was wir tun müssen, um der kleinen Jeanne zu helfen. Wenn du mit neuen Instruktionen zurückkommst, werde ich mich um dich kümmern. Dieser Tunnel ist für eine Stadt gar nicht so schlecht, wie er aussieht. Wir haben alles, was du brauchst, in Engloks Raum. Englok selbst hat ihn erbaut, vor langer Zeit. Arbeite noch kurze Zeit, und dann kannst du essen und dich ausruhen. Wir haben alles hier. ›Ich bin Bürger einer ansehnlichen Stadt.‹ Aber zuerst musst du Jeanne helfen. Du liebst Jeanne doch, nicht wahr?«

»O ja, ich liebe sie«, erklärte Elaine.

»Dann hilf uns noch ein wenig mehr.«

Mit Tod?, dachte sie. Mit Mord? Mit Gesetzesbruch? Aber – aber es war ja alles für Jeanne.

Und aus diesem Grund ging Elaine zu der verborgenen Tür, trat wieder hinaus unter den freien Himmel, sah die große Kuppel von Ober-Kalma, die sich über der alten unteren Stadt wölbte, sprach mit der Stimme Lady Panc Ashashs und erhielt die erforderlichen Instruktionen und einige andere Botschaften. Später würde sie dazu in der Lage sein, sie zu wiederholen, doch in diesem Augenblick war sie zu müde, um deren wirklichen Sinn zu erfassen.

Sie taumelte zurück zu der Stelle an der Wand, wo sie die Tür vermutete, lehnte sich dagegen, aber nichts geschah.

»Weiter unten, Elaine, weiter unten. Rasch! Als ich noch ich selbst war, wurde ich auch müde«, ertönte das drängende Flüstern der Lady Panc Ashash. »Also mach schnell!«

Elaine trat von der Wand zurück und musterte sie.

Ein Lichtblitz traf sie.

Die Instrumentalität hatte sie entdeckt.

Heftig warf sie sich gegen die Wand.

Die Tür sprang auf, und die starke, hoch willkommene Hand von Charley-mein-Liebling half ihr hinein.

»Das Licht! Das Licht!«, rief Elaine. »Ich habe uns alle getötet. Man hat mich entdeckt.«

»Noch nicht«, lächelte der Ziegenmann sein flinkes, schlitzohriges, intelligentes Lächeln. »Ich mag vielleicht ungebildet sein, aber ich bin ein helles Köpfchen.« Er griff nach der Innentür, blickte Elaine forschend an und schob dann einen menschengroßen Roboter durch das Tor. »Da geht er hin. Ein Kehrroboter, der ungefähr deine Größe hat. Keinen Gedächtnisspeicher. Ein verbrauchtes Gehirn. Ganz einfache Motivationen. Wenn sie herunterkommen, um ihre Entdeckung zu überprüfen, werden sie ihn statt deiner sehen. Wir halten immer eine Reihe von ihnen an der Tür bereit. Wir gehen nicht oft hinaus, aber wenn doch, dann ist es gut, sie in der Hinterhand zu haben.« Er ergriff ihren Arm. »Während du isst, kannst du mir alles erzählen. Können wir sie größer machen?«

»Wen?«

»Jeanne natürlich. Unsere Jeanne. Deshalb bist du ja hinausgegangen, um das zu erfahren.«

Elaine musste in ihrer Erinnerung kramen, um herauszufinden, was Lady Panc Ashash ihr mit auf den Weg gegeben hatte. Dann fiel es ihr wieder ein. »Sie braucht eine Kapsel. Und ein Geleebad. Und Narkotika, denn es wird wehtun. Vier Stunden.«

»Wunderbar«, rief Charley-mein-Liebling und führte sie tiefer und tiefer in den Tunnel.

»Aber was hat das noch für einen Sinn«, wandte Elaine ein, »wenn ich uns doch alle ins Verderben gestürzt habe? Die Instrumentalität hat mich dabei beobachtet, wie ich hereinkam. Sie wird mir folgen. Sie wird euch alle, auch Jeanne, töten. Wo ist der Jäger? Müsste ich nicht zuerst schlafen?« Sie spürte, wie ihre Lippen schwer vor Müdigkeit wurden; seit sie aus einer Laune heraus die seltsame kleine Tür zwischen der Waterrocky Road und der Shopping Bar geöffnet hatte, war sie weder zum Essen noch zum Schlafen gekommen.

»Hier bist du sicher, Elaine, du bist sicher«, beruhigte sie Charley-mein-Liebling, und sein listiges Lächeln war warm, und in seiner weichen Stimme schwang aufrichtige Überzeugung mit. Aber er selbst glaubte kein Wort davon. Er befürchtete vielmehr, dass sie sich alle in Gefahr befanden, doch sah er keinen Grund, Elaine in Angst zu versetzen. Elaine war der einzige Wahre Mensch auf ihrer Seite, abgesehen von dem Jäger, der aber ein seltsamer Mann und einem Tier nicht unähnlich war, und Lady Panc Ashash, die sehr gütig, aber eben ein toter Mensch war. Er selbst fürchtete sich, doch er fürchtete sich auch vor der Furcht. Ja, vielleicht waren sie alle verdammt.

Auf eine gewisse Art hatte er Recht.

VII

Lady Arabella Underwood hatte Lady Goroke gerufen.

»Etwas hat in meinen Verstand eingegriffen.«

Lady Goroke war entsetzt. Sie gab zur Antwort: »Setzen Sie doch eine Sonde an.«

»Das habe ich getan. Ohne Ergebnis.«

»Ohne Ergebnis?« Ein weiterer Schock für Lady Goroke. »Dann geben Sie Alarm.«

»O nein. O nein, nein. Es war ein freundlicher, angenehmer Eingriff.« Lady Arabella Underwood, eine Altnordaustralierin, neigte zu Förmlichkeiten: Sie übermittelte ihren Freunden immer ganze Worte, selbst bei einem telepathischen Kontakt; sie telepathierte niemals nur einfache knappe Begriffe.

»Aber das ist doch vollkommen ungesetzlich. Sie sind ein Mitglied der Instrumentalität. Es ist ein Verbrechen!«, dachte Lady Goroke.

Als Antwort erhielt sie ein Kichern.

»Sie lachen?«

»Ich dachte nur gerade, dass vielleicht ein neuer Lord hier sein könnte. Von der Instrumentalität. Der ein Auge auf mich geworfen hat.«

Lady Goroke war sehr sittsam und leicht zu schockieren. »Wir würden so etwas niemals tun!«

Lady Arabella dachte bei sich, ohne es zu übermitteln: Bei Ihnen sicher nicht, meine Liebe. Sie sind so verteufelt prüde. Lady Goroke telepathierte sie zu: »Dann vergessen Sie es.«

Verwirrt und besorgt dachte Lady Goroke: »Einverstanden, in Ordnung. Ende?«

»Gewiss. Ende.«

Lady Goroke runzelte die Stirn. Sie pochte an die Wand. Planetenzentrale, dachte sie, an die Wand gerichtet.

Ein normaler Mann an einem Schreibtisch erschien vor ihr.

- »Ich bin Lady Goroke«, erklärte sie.

»Natürlich, Mylady«, erwiderte er.

»Polizeifieber, ein Grad. Nur ein Grad. Bis zur Entwarnung. Klar?«

»Klar, Mylady. Für den ganzen Planeten?«

»Ja«, bestätigte sie.

»Möchten Sie einen Grund angeben?« Seine Stimme klang respektvoll und routiniert.

»Ist das notwendig?«

»Natürlich nicht, Mylady.«

»Dann nicht. Ende.«

Er salutierte, und sein Bild verschwand von der Wand.

Sie konzentrierte sich auf einen hellen klaren Ruf: »Nur an die Instrumentalität – nur an die Instrumentalität. Ich habe Befehl gegeben, das Polizeifieber um ein Grad zu erhöhen. Grund: persönliche Unruhe. Sie kennen meine Stimme. Sie kennen mich. Goroke.«

An einem anderen Ende der Stadt senkte sich langsam ein Polizei-Ornithopter über einer Straße.

Der Polizeiroboter fotografierte einen Straßenkehrer mit einem solch verstörenden Verhalten, wie er es noch nie erlebt hatte. Der Straßenkehrer raste die Straße mit ungesetzlicher Geschwindigkeit hinunter, erreichte ein Tempo von dreihundert Kilometern pro Stunde, stoppte mit dem Quietschen von Kunststoff auf Stein und begann, Staubkörner von dem Pflaster aufzusammeln.

Als der Ornithopter ihn fast erreicht hatte, setzte sich der Straßenkehrer wieder in Bewegung, umrundete mit schreckeinflößender Geschwindigkeit zwei oder drei Straßenblocks und hielt dann wieder an, um seiner närrischen Beschäftigung nachzugehen. Als dies zum dritten Mal geschah, schoss ihn der Roboter aus dem Ornithopter bewegungsunfähig, flog hinunter und hob ihn mit seinen Klauen auf. Er betrachtete ihn aus der Nähe.

»Vogelgehirn. Altes Modell. Vogelgehirn. Gut, dass diese Dinger jetzt nicht mehr benutzt werden – es hätte einen Menschen verletzen können. Ich besitze wenigstens die Bewusstseinmatrix einer Maus, einer richtigen Maus mit sehr, sehr viel Gehirn.«

Dann flog er mit dem ausgedienten Straßenkehrer zum zentralen Schrottplatz, während dieser, zwar beschädigt, aber noch bei Bewusstsein, den Staub von den eisernen Klauen des Ornithopters zu bürsten versuchte, die ihn umklammert hielten.

Unter ihnen verschwand die alte Stadt mit ihren eigenartigen geometrischen Lichtern aus dem Blickfeld. Die neue Stadt, in ihren sanften, ewigen Schimmer getaucht, leuchtete gegen die Nacht von Fomalhaut III an. Weit draußen wütete der immerwährende Ozean in seinen Stürmen.

Auf der Bühne können die Schauspieler zumeist nicht viel mit der Zwischenspiel-Szene anfangen, in der Jeanne in einer einzigen Nacht von der Größe eines fünfjährigen Kindes auf die eines fünfzehn oder sechzehn Jahre alten jungen Mädchens gebracht wurde. Die biologische Maschine arbeitete ausgezeichnet, wenn auch unter Gefahr für Jeannes Leben. Sie machte aus ihr eine vitale, robuste junge Person, ohne in irgendeiner Weise ihre Persönlichkeit anzutasten. Für jede Schauspielerin ist es schwer, dies darzustellen. Die Geschichtenwürfel haben es einfacher. Sie können das Gerät mit allen möglichen Verbesserungen zeigen – mit Blitzlichtern, Lichtschauern, geheimnisvollen Strahlen. In Wirklichkeit sah es aus wie eine Badewanne voll kochenden braunen Gelees, das Jeanne vollständig bedeckte.

In der Zwischenzeit aß Elaine heißhungrig in Engloks persönlichem Palastraum. Die Nahrung war sehr, sehr alt, und als Hexe zweifelte Elaine an ihrem Nährwert, aber sie stillte ihren Hunger.

Die Einwohner Clowntowns hatten diesen Raum für sich als »verboten« deklariert, aus Gründen, die Charley-mein-Liebling nicht erklären konnte. Er stand im Türrahmen und erzählte Elaine, was sie tun musste, um das Essen zu bekommen, das Bett aus dem Boden hochzufahren, das Badezimmer zu öffnen. Alles war sehr altmodisch, nichts reagierte auf einen einfachen Gedanken oder bloßes Händeklatschen hin.

Da geschah etwas Komisches.

Elaine hatte sich die Hände gewaschen, gegessen und bereitete gerade das Bad vor. Sie hatte fast all ihre Kleider ausgezogen, weil sie angenommen hatte, dass Charley-mein-Liebling nur ein Tier und kein Mensch sei, so dass es keine Rolle spielte.

Plötzlich wurde ihr klar, dass es doch eine Rolle spielte.

Er war vielleicht ein Untermensch, aber für sie war er ein Mann. Sie errötete tief, ging ins Badezimmer und rief von dort: »Geh. Ich möchte baden und dann schlafen. Weck mich, wenn es nötig wird, nicht früher.«

»Ja, Elaine.«

»Und ... und ...«

»Ja?«

»Danke«, sagte sie. »Vielen herzlichen Dank. Weißt du eigentlich, dass ich noch nie zu einem Untermenschen ›Danke‹ gesagt habe?«

»Das ist schon in Ordnung«, erklärte Charley-mein-Liebling mit einem Lächeln. »Die meisten Wahren Menschen tun es nicht. Schlaf gut, meine liebe Elaine. Wenn du aufwachst, dann halte dich für große Dinge bereit. Wir werden einen Stern vom Himmel holen und tausend Welten in Brand setzen …«

»Was soll denn das bedeuten?«, fragte sie und streckte den Kopf um die Ecke der Badezimmertür.

»Nur eine Redensart«, lächelte er. »Es bedeutet lediglich, dass du nicht viel Zeit haben wirst. Schlaf gut. Vergiss nicht, deine Kleider in das automatische Dienstmädchen zu stecken. Die in Clowntown sind alle außer Betrieb. Aber da wir diesen Raum nie bewohnt haben, müsste deines funktionieren.«

»Welche ist es?«, fragte sie.

»Der rote Deckel mit dem goldenen Griff. Du brauchst ihn nur anzuheben.« Mit diesem praktischen Ratschlag ging er, damit sie schlafen konnte – und um selbst Pläne für das Schicksal von hundert Milliarden Menschenleben zu schmieden.

Als sie Engloks Raum schließlich wieder verließ, erfuhr sie, dass es früher Vormittag war. Woher hätte sie das wissen sollen? Der braune und gelbe Gang mit seinen düsteren, alten Lampen war so dämmrig und gestankgeschwängert wie immer.

Nur die Leute schienen sich alle verändert zu haben.

Baby-Baby war kein altes Mäuseweib mehr, sondern eine Frau von auffallender Stärke und sehr viel Zärtlichkeit. Crawlie war so gefährlich wie ein menschlicher Feind, aber als sie Elaine anblickte, sah ihr schönes Gesicht geradezu freundlich aus, denn sie hatte ihren Hass gut versteckt. Charley-mein-Liebling war fröhlich und liebenswürdig. Ja, Elaine meinte sogar, Gefühle in den Gesichtern von Orson und der S-Frau zu erkennen, so fremd ihre Züge ihr auch waren.

Nachdem sie die Anwesenden höflich begrüßt hatte, fragte sie: »Was geschieht denn jetzt?«

Eine neue Stimme ertönte – eine Stimme, die sie kannte und doch nicht kannte.

Elaine blickte hinüber zu einer Nische in der Wand.

Lady Panc Ashash! Und wer war das neben ihr?

In dem Moment, als sie sich diese Frage stellte, kannte Elaine auch schon die Antwort. Es war Jeanne, erwachsen jetzt und nur einen halben Kopf kleiner als Lady Panc Ashash oder sie selbst. Es war eine neue Jeanne, eine mächtige, glückliche und ruhige Jeanne – aber gleichzeitig war es auch noch die liebe alte H'jeanne.

»Willkommen«, sagte Lady Panc Ashash, »bei unserer Revolution.«

»Was ist eine Revolution?«, fragte Elaine. »Und ich dachte, du könntest wegen der Gedankenabschirmung nicht hier hereinkommen?«

Lady Panc Ashash hob einen Draht hoch, der von ihrem Roboterleib herabhing. »Ich habe das hier zusammengebastelt, um den Körper benutzen zu können. Vorsichtsmaßnahmen haben jetzt keinen Sinn mehr. Es ist jetzt die andere Seite, die sich damit auseinandersetzen muss. Eine Revolution ist ein Mittel zur Veränderung von Systemen und Menschen. Dies hier ist eine. Du gehst voran, Elaine. Dort entlang.«

»In den Tod? Meinst du das?«

Lady Panc Ashash lachte warm. »Du kennst mich doch. Du kennst meine Freunde. Du weißt, was dein eigenes Leben bis jetzt war – eine nutzlose Hexe in einer Welt, die dich nicht haben wollte. Wir sterben vielleicht, aber was zählt, ist, was wir vor unserem Tod getan haben. Da ist Jeanne, die dabei ist, ihr Schicksal zu erfüllen. Du gehst voran bis zur oberen Stadt. Dann wird Jeanne vorangehen. Und dann werden wir sehen, was geschieht.«

»Du meinst, dass all diese Leute mitgehen werden?« Elaine betrachtete die zahllosen Untermenschen, die begannen, sich im Gang in Zweierreihen aufzustellen. Die Reihen verstärkten sich dort, wo Mütter ihre Kinder an der Hand führten oder die Kleinsten auf dem Arm trugen. Hier und dort wurden die Reihen von einem riesigen Untermenschen überragt.

Sie sind nichts gewesen, dachte Elaine, und auch ich bin nichts gewesen. Und nun machen wir uns alle auf den Weg, um etwas zu tun, auch wenn das unser Ende bedeuten kann. »Nein, ›kann‹ ist das falsche Wort. Das Wörtchen ›wird‹ trifft die Sache schon eher. Aber es ist es wert, wenn Jeanne die Welten verändern kann, selbst wenn es nur ein wenig und nur für die anderen Menschen sein wird.«

Jeanne meldete sich zu Wort. Ihre Stimme war mit ihrem Körper gewachsen, doch es war die gleiche, liebe Stimme, die das kleine Hundemädchen sechzehn Stunden zuvor benutzt hatte (auch wenn sie mir wie sechzehn Jahre erscheinen, dachte Elaine), als Elaine ihr zum ersten Mal an der Tür zum Tunnel von Englok begegnet war.

»Liebe kennt keinen Stolz. Liebe besitzt keinen richtigen Namen. Liebe dient dem Leben selbst, und wir leben. Wir können nicht durch Kämpfen gewinnen. Die Menschen sind in der Überzahl, sie schießen, laufen, kämpfen besser als wir. Aber die Menschen haben uns nicht erschaffen. Was auch immer die Menschen erschaffen hat, hat auch uns erschaffen. Ihr alle kennt es, aber nennen wir es beim Namen?«

Gemurmel war die Antwort, die *Nein* und *Niemals* bedeutete.

»Ihr habt auf mich gewartet. Ich habe auch gewartet. Vielleicht ist es Zeit zu sterben, aber wir werden auf die gleiche Art sterben, wie es die Menschen am Anfang taten, bevor alles leicht und gefühllos für sie wurde. Sie leben in Benommenheit, und sie sterben in einem Traum. Es ist kein angenehmer Traum, und falls sie jemals erwachen, dann werden sie wissen, dass auch wir Menschen sind. Haltet ihr zu mir?«

Ein leises *Ja* war die Antwort.

»Liebt ihr mich?«

Wieder antworteten sie mit einem leisen *Ja*.

»Sollen wir hinausgehen und uns dem Tag stellen?«

Da schrien sie laut ihre Zustimmung hinaus.

Jeanne wandte sich an Lady Panc Ashash. »Ist alles so, wie du es dir gewünscht und wie du es befohlen hast?«

»Ja«, erklärte die tote Frau in dem Roboterkörper. »An der Spitze geht Jeanne, um euch zu führen. Nur Elaine geht ihr voran, um Roboter oder gewöhnliche Untermenschen zu vertreiben. Wenn ihr auf Wahre Menschen trefft, dann werdet ihr sie lieben. Das ist alles. Ihr werdet sie lieben. Wenn sie euch töten, dann werdet ihr sie lieben. Jeanne wird euch zeigen, auf welche Weise. Mich braucht ihr jetzt nicht mehr. Alles bereit?«

Jeanne hob die rechte Hand und sagte einige Worte zu sich selbst. Die Untermenschen neigten den Kopf vor ihr. Es waren Gesichter und Schnauzen und Rüssel aller Größen und Farben. Im Hintergrund begann ein Baby mit dünnem Stimmchen zu wimmern.

Bevor sie sich umdrehte, um der Prozession vorauszugehen, wandte sich Jeanne noch einmal an die Wartenden und sagte: »Crawlie, wo bist du?«

»Hier, in der Mitte«, erwiderte eine klare, sanfte Stimme von weit hinten.

»Liebst du mich nun, Crawlie?«

»Nein, H'jeanne. Ich mag dich heute noch weniger als damals, als du noch ein kleiner Hund warst. Aber dies sind auch meine Leute, so gut wie deine. Ich bin tapfer. Ich kann gehen. Ich werde keine Schwierigkeiten machen.«

»Crawlie«, fragte Jeanne weiter, »wirst du die Menschen lieben, wenn wir ihnen begegnen?«

Alle Köpfe wandten sich dem wunderschönen Bisonmädchen zu. Elaine sah sie weit hinten in dem düsteren Gang stehen und bemerkte, dass das Gesicht des Mädchens vor Erregung totenbleich geworden war. Aber sie wusste nicht, ob aus Zorn oder Furcht.

Schließlich sagte Crawlie: »Nein. Ich werde die Menschen nicht lieben. Und ich werde auch dich nicht lieben. Ich habe meinen Stolz.«

Leise, leise, wie der Tod selbst an einem stillen Sterbebett, sprach Jeanne: »Du *kannst* hierbleiben, Crawlie. Du kannst hierbleiben. Es ist keine große Chance, aber es ist eine Chance.«

Crawlie blickte sie an. »Ich wünsche dir alles Schlechte der Welten, Hundefrau, und auch dem elenden Menschenwesen an deiner Seite.«

Elaine stellte sich auf die Zehenspitzen, um zu sehen, was nun geschehen würde. Plötzlich verschwand Crawlies Gesicht; sie schien zu Boden gestürzt zu sein.

Die Schlangenfrau bahnte sich einen Weg nach vorn, trat dicht an Jeanne heran, wo die anderen sie sehen konnten. »Singt ›Arme, arme Crawlie‹, liebe Leute. Singt ›Ich liebe Crawlie‹, liebe Leute. Sie ist tot. Ich habe sie soeben getötet, damit wir alle voller Liebe sein können. Ich liebe euch auch«, sagte die S-Frau, deren reptilienhafte Gesichtszüge weder Zeichen von Liebe noch von Hass verrieten.

Jeanne sprach nun wieder, offenbar von Lady Panc Ashash dazu angehalten: »Wir lieben Crawlie, liebe Leute. Gedenkt ihrer, und lasst uns dann aufbrechen.«

Charley-mein-Liebling versetzte Elaine einen zarten Stoß. »Komm, geh voran.«

Wie in einem Traum, voller Verwirrung, ging Elaine voran. Sie fühlte sich fröhlich, glücklich, mutig, als sie dicht an der seltsamen Jeanne vorbeikam, die nun so groß und doch so vertraut war.

Jeanne schenkte ihr ein vertrauensvolles Lächeln und flüsterte: »Sag mir, dass ich es richtig mache, menschliche Frau. Ich bin ein Hund, und Hunde haben eine Million Jahre lang vom Lob des Menschen gelebt.«

»Du machst es richtig, Jeanne, du machst es ganz richtig!«, erwiderte Elaine. »Ich bin auf deiner Seite … Soll ich nun gehen?«

Jeanne nickte, und ihre Augen standen voller Tränen.

Elaine ging voraus.

Jeanne und Lady Panc Ashash folgten ihr – eine Hündin und eine tote Frau an der Spitze einer Prozession.

Dann kamen die übrigen Untermenschen in Zweierreihen.

Als sie die Geheimtür öffneten, flutete Tageslicht in den Tunnel. Elaine konnte fast spüren, wie die abgestandene, geruchsschwere Luft mit ihnen ins Freie strömte. Zum letzten Mal blickte sie zurück und sah Crawlies Körper einsam auf dem Boden des Tunnels liegen.

Dann wandte sie sich den Stufen zu und begann sie hinaufzusteigen.

Noch hatte niemand die Prozession bemerkt.

Elaine hörte, wie der Draht Lady Panc Ashashs über den Stein und das Metall der Stufen schabte, während sie nach oben stiegen.

Als sie die Tür am Treppenende erreicht hatte, wurde Elaine einen Moment von Unentschlossenheit und Panik überwältigt. Dies ist mein Leben, dachte sie. Ich habe nur dieses eine. Was habe ich getan? O Jäger, Jäger, wo bist du? Hast du mir die Treue gebrochen?

»Geh«, forderte Jeanne sie leise auf. »Geh! Dies ist der Krieg der Liebe. Geh weiter.«

Elaine öffnete die Tür zur oberen Straße. Sie war voller Menschen. Drei Polizei-Ornithopter schwebten über ihnen, eine ungewöhnlich große Anzahl. Wieder hielt Elaine inne.

»Geh weiter«, sagte Jeanne, »und schick die Roboter fort.«

Elaine schritt voran, und die Revolution begann.

Die Revolution dauerte sechs Minuten und erstreckte sich über einhundertzwölf Meter.

Die Polizei war bereits zur Stelle, als die Untermenschen aus der Tür zu strömen begannen.

Der erste Ornithopter glitt wie ein großer Vogel heran, und seine Stimme fragte: »Identifizieren Sie sich! Wer sind Sie?«

»Verschwinde«, befahl Elaine. »Das ist ein Befehl.«

»Identifizieren Sie sich«, wiederholte die vogelähnliche Maschine, neigte sich zur Seite, so dass der linsenäugige Roboter Elaine betrachten konnte.

»Verschwinde«, sagte Elaine. »Ich bin ein Wahrer Mensch, und ich befehle es dir.«

Offenbar verständigte sich der erste Polizei-Ornithopter über Funk mit seinen beiden Begleitern. Gemeinsam senkten sie sich in die Straßenschlucht zwischen den hohen Gebäuden.

Viele Menschen waren stehen geblieben. Die meisten Gesichter verrieten Langeweile und nur wenige Interesse oder Erheiterung oder Entsetzen bei dem ungewöhnlichen Anblick so vieler Untermenschen.

Jeannes Stimme erklang, und sie besaß die denkbar klarste Artikulation der Alten Sprache: »Liebe Menschen, wir sind Menschen. Wir lieben euch. Wir lieben euch.«

Die Untermenschen stimmten einen unheimlichen Choral an, hoch und voller Halbtöne, und sie sangen: *Liebe, Liebe, Liebe*. Die Wahren Menschen wichen zurück.

Jeanne selbst ging mit bestem Beispiel voran, indem sie eine junge Frau umarmte, die ungefähr ihre Größe hatte.

Charley-mein-Liebling ergriff einen menschlichen Mann an den Schultern und rief ihm zu: »Ich liebe dich, mein alter Freund! Glaube mir, ich liebe dich. Es ist herrlich, dir zu begegnen.«

Der Mensch erschrak über den körperlichen Kontakt, und noch mehr erschrak er angesichts der ehrlichen Wärme in der Stimme des Ziegenmannes. Er stand mit offenem Mund da, außer sich vor schierer, höchster und überwältigender Überraschung.

Irgendwo im Hintergrund schrie jemand.

Da näherte sich wieder ein Polizei-Ornithopter. Elaine wusste nicht, ob er einer der drei war, die sie fortgeschickt hatte, oder ein neuer. Sie wartete, bis er nah genug war, um sie zu verstehen, so dass sie ihm befehlen konnte, zu verschwinden. Zum ersten Mal wurde sie sich des physischen Charakters von Gefahr bewusst. Durfte der Ornithopter ihr eine Kugel durch den Kopf jagen? Oder sie verbrennen? Oder sie ergreifen und sie trotz ihres Protestes mit seinen eisernen Klauen forttragen, zu einem Ort, wo sie hübsch und sauber und niemals wieder sie selbst sein würde? »O Jäger, Jäger, wo bist du jetzt? Hast du mich vergessen? Hast du mich verraten?«

Die Untermenschen drängten noch immer vorwärts, mischten sich unter die Wahren Menschen, hielten sie an den Händen oder an der Kleidung fest und wiederholten das seltsame Potpourri ihrer Worte: »Ich liebe dich. O, bitte, ich liebe dich! Wir sind Menschen. Wir sind eure Schwestern und Brüder ...«

Die Schlangenfrau machte allerdings nicht viel Fortschritte. Sie hatte einen menschlichen Mann mit ihren Händen gepackt, die stärker waren als Eisen. Elaine hatte nicht bemerkt, dass sie irgendetwas gesagt hätte, aber der Mann war auf der Stelle in Ohnmacht gefallen. Die Schlangenfrau hatte ihn sich wie einen Mantel über den Arm gelegt und hielt nach jemand anderem Ausschau, den sie lieben konnte.

Hinter Elaine sagte eine gedämpfte Stimme: »Er wird bald kommen.«

»Wer?«, fragte Elaine Lady Panc Ashash, obwohl sie genau wusste, wer gemeint war, aber sie wollte es sich nicht eingestehen und war zur gleichen Zeit damit beschäftigt, den kreisenden Ornithopter im Auge zu behalten.

»Der Jäger natürlich«, sagte der Roboter mit der Stimme der toten Lady. »Er wird dich holen. Dir wird nichts zustoßen. Ich bin am Ende meines Drahtes. Sieh weg, meine Liebe. Sie werden mich erneut töten, und ich fürchte, dass der Anblick dir Kummer bereiten wird.«

Vierzehn Roboter, Fußgängermodelle, marschierten mit militärischer Entschlossenheit auf die Menge zu. Einige Wahre Menschen gewannen bei diesem Anblick ihren Mut zurück, andere flohen in Hauseingänge. Aber die meisten von ihnen waren noch immer so verblüfft, dass sie wie angewurzelt stehen blieben, als die Untermenschen sie betätschelten und sie immer und immer wieder ihrer Liebe versicherten, wobei die tierische Herkunft ihrer Stimmen unüberhörbar war.

Der Robotersergeant kümmerte sich nicht darum. Er ging auf Lady Panc Ashash zu.

Da stellte sich ihm Elaine in den Weg. »Ich befehle dir«, sagte sie mit dem ganzen Nachdruck einer Hexe im Dienst, »ich *befehle* dir, diesen Ort zu verlassen.«

Die Augenlinsen des Sergeants sahen aus wie dunkelblaue Murmeln in Milch. Sie verliehen ihm einen verschwommenen Blick, waren nicht richtig fokussiert, als er sie auf sie richtete. Er antwortete nicht, sondern ging um sie herum, schneller, als ihr eigener Körper reagieren konnte. Er trat vor die tote Lady Panc Ashash.

Verwirrt erkannte Elaine, dass der Roboterkörper der Lady menschlicher als je zuvor wirkte. Der Robotersergeant hatte sich dicht vor ihr aufgebaut.

Dies ist die Szene, an die wir uns alle erinnern, die erste authentische Bandaufzeichnung des Ereignisses:

Der goldene und schwarze Sergeant, dessen milchige Augen Lady Panc Ashash anstarren.

Die Lady selbst, in dem liebenswerten alten Roboterkörper, die gebieterisch die Hand hebt.

Elaine, die bestürzt herumwirbelt, als ob sie den Roboter an der rechten Hand ergreifen will. Ihr Kopf bewegt sich so rasch, dass ihr schwarzes Haar in der Drehung flattert.

Charley-mein-Liebling, der »Ich liebe, liebe, liebe!« einem kleinen hübschen Mann mit mausgrauen Haaren zuruft. Der Mann schluckt und sagt nichts.

Das alles ist uns bekannt.

Dann folgt das Unfassbare, das wir doch fassen mussten, das Ereignis, auf das die Sterne und Welten nicht vorbereitet waren.

Eine Meuterei.

Eine Meuterei der Roboter

Ungehorsam am helllichten Tag.

Die Worte sind auf dem Band nur schwer zu verstehen, aber man kann sie herausfiltern. Das Aufnahmeobjektiv an Bord des Polizei-Ornithopters hatte das Gesicht Lady Panc Ashashs genau im Blickfeld. Lippenleser können die Worte deutlich erkennen; wer das Lippenlesen nicht beherrscht, versteht die Worte jedoch nach dem dritten oder vierten Banddurchlauf.

»Ich übernehme«, sagte die Lady.

»Nein, du bist ein Roboter«, erklärte der Sergeant.

»Überzeuge dich selbst. Überprüfe mein Gehirn. Ich bin ein Roboter. Ich bin aber außerdem eine Frau. Du kannst Menschen nicht den Gehorsam verweigern. Ich bin ein Mensch. Ich liebe dich. Außerdem bist du auch ein Mensch. Du denkst. Wir lieben einander. Versuche es. Versuche, mich anzugreifen.«

»Ich … ich kann es nicht«, sagte der Robotersergeant, und seine milchigen Augen rollten vor Erregung wild hin und her. »Du liebst mich? Du meinst, ich *lebe*? *Ich existiere*?«

»Wenn du liebst, ja. Sieh sie dir an.« Lady Panc Ashash deutete auf Jeanne. »Sie hat dir die Liebe gebracht.«

Der Roboter sah Jeanne an und brach damit das Gesetz. Seine Truppe folgte ihm.

Dann wandte er sich wieder an die Lady und verbeugte sich vor ihr. »Dann weißt du auch, was wir tun müssen, wenn wir weder dir noch den anderen gehorchen können.«

»Tut es«, sagte sie traurig, »aber seid euch dessen bewusst, was ihr tut. Ihr entzieht euch nicht zwei menschlichen Befehlen, sondern ihr trefft eine Entscheidung. Ihr selbst entscheidet euch. Das macht euch zu Menschen.«

Der Sergeant wandte sich an seine Truppe aus menschenähnlichen Robotern. »Ihr habt es gehört? Sie sagt, wir sind *Menschen*. Ich glaube ihr. Glaubt ihr ihr auch?«

»Wir glauben ihr«, riefen sie fast einstimmig.

An dieser Stelle endet die Aufzeichnung, aber wir können uns vorstellen, wie es weiterging. Elaine war dicht hinter dem Robotersergeanten stehen geblieben. Die anderen Roboter hatten sich hinter ihr aufgebaut. Charley-mein-Liebling hatte aufgehört zu reden. Jeanne hob segnend ihre Hände, und ihre warmen braunen Hundeaugen waren vor Mitgefühl und Verständnis weit geöffnet.

Menschen haben die Dinge niedergeschrieben, die wir nicht sehen können.

Offensichtlich sagte der Robotersergeant: »Für euch unsere Liebe, gute Leute, und ein Lebewohl. Wir sind ungehorsam und sterben.« Er winkte Jeanne zu. Es ist nicht sicher, ob er dann wirklich noch erklärte: »Lebwohl, unsere Lady und Befreierin.« Vielleicht hat ein Dichter diesen zweiten Ausspruch hinzugefügt; über den ersten gibt es keine Zweifel.

Und wir sind uns auch des nächsten Wortes sicher, ebenso wie alle Historiker und Poeten sich darüber einig sind. Der Robotersergeant wandte sich an seine Männer und sagte: »Zerstören.«

Vierzehn Roboter, der schwarzgoldene Sergeant und seine dreizehn silberblauen Fußsoldaten, explodierten zu weißen Flammen auf der Straße in Kalma. Sie hatten ihre Selbstzerstörungsknöpfe betätigt und damit die Thermitkapseln in ihren Köpfen ausgelöst. Sie hatten etwas getan, was ihnen kein Mensch befohlen hatte, auf die Anordnung eines anderen Roboters hin, des Körpers von Lady Panc Ashash, und diese besaß keine menschliche Autorität, sondern nur das Wort des kleinen Hundemädchens Jeanne, die in einer einzigen Nacht erwachsen geworden war.

Vierzehn weiße Flammen zwangen Menschen und Untermenschen dazu, die Augen abzuwenden. Durch das Licht fiel ein Polizei-Spezialornithopter. Ihm entstiegen zwei Ladys, Arabella Underwood und Goroke. Sie hielten die Arme vor die Augen, um sich gegen die sterbenden Roboter zu schützen. Sie sahen nicht den Jäger, der auf geheimnisvolle Weise den Weg zu einem offenen Fenster über der Straße gefunden hatte und die Szene beobachtete.

Während die Menschen noch immer in die Flammen starrten, fühlten sie die telepathische Erschütterung, mit der der Verstand Lady Gorokes die Situation unter Kontrolle bekam. Als eine der Obersten der Instrumentalität war dies ihr Recht. Einige Menschen empfanden auch die fremdartige Reaktion von Jeannes Bewusstsein, ebenfalls eine Erschütterung, die hinausgriff, um Lady Goroke zu erreichen.

»Ich befehle«, dachte Lady Goroke und ließ ihr Bewusstsein für alle Wesen gleichermaßen offen.

»Das tust du, aber ich liebe, ich liebe dich«, dachte Jeanne.

Die Hauptkräfte trafen aufeinander.

Sie maßen sich miteinander.

Die Revolution war vorüber. In Wirklichkeit war nichts geschehen, aber Jeanne hatte die Menschen gezwungen, sich ihr zu stellen.

Es war nicht so wie in dem Gedicht über die Menschen und Untermenschen, in dem sich die beiden Gruppen miteinander vermischten. Die Vermischung kam erst viel später, sogar erst nach der Zeit von K'mell. Das Gedicht ist hübsch, doch es ist ein Ausbund an Unwahrheiten, wie jeder selbst sehen kann:

Mich solltest du fragen,
Mich, mich, mich,
Denn ich weiß es …
Ich lebte einst

An der östlichen Küste.
Männer sind keine Männer
Und Frauen keine Frauen
Und Menschen keine Menschen mehr.

Es gibt überhaupt keine Ostküste auf Fomalhaut III, und die Menschen-Untermenschen-Krise ereignete sich erst viel später. Die Revolution war fehlgeschlagen, aber die Geschichte hatte einen neuen Wendepunkt erreicht: den Streit der beiden Ladies. Aus lauter Überraschung ließen Lady Goroke und Lady Arabella Underwood ihren Geist geöffnet. Selbstmörderische Roboter und Hunde, die die ganze Welt liebten, waren etwas Unerhörtes. Es war schon schlimm genug, dass illegale Untermenschen bei ihnen herumlungerten, aber diese neuen Geschöpfe – nein!

»Wir müssen sie alle zerstören«, dachte Lady Goroke.

»Warum?«, telepathierte Lady Arabella Underwood.

»Sie sind defekt«, erwiderte Goroke.

»Aber sie sind doch keine Maschinen!«

»Dann sind es eben Tiere – Untermenschen. Zerstören! Zerstören!«

Und dann kam die Antwort, die unser Zeitalter erschaffen hat. Sie kam von Lady Arabella Underwood, und ganz Kalma konnte sie hören.

»Vielleicht sind es Menschen. Sie haben Anspruch auf einen Prozess.«

Das Hundemädchen Jeanne fiel auf die Knie. »Ich habe es geschafft. Ich habe es geschafft. Ich habe es geschafft! Ihr könnt mich töten, liebe Menschen, aber ich liebe, liebe, liebe euch!«

Leise sagte Lady Panc Ashash zu Elaine: »Ich hielt mich zu diesem Zeitpunkt bereits für tot. Diesmal endgültig tot. Aber ich lebe. Ich habe gesehen, wie sich die Welten geändert haben, Elaine, und du hast es zusammen mit mir gesehen.«

Die Untermenschen waren still geworden, während sie der lauten telepathischen Auseinandersetzung der beiden großen Ladies lauschten.

Die echten Soldaten fielen vom Himmel, ihre Ornithopter stürzten aufheulend dem Boden entgegen. Sie umringten die Untermenschen und begannen sie mit Stricken zu fesseln.

Einer der Soldaten warf einen kurzen Blick auf den Roboterkörper Lady Panc Ashashs. Er berührte ihn mit seinem Stab, und der Stab wurde rot glühend vor Hitze. Der Roboterkörper, plötzlich all seiner Wärme beraubt, blieb als ein Häufchen Eiskristalle auf dem Boden zurück.

Elaine ging zwischen dem eisigen Abfall und dem rot glühenden Stock hindurch. Sie hatte den Jäger entdeckt.

Sie sah nicht den Soldaten, der auf Jeanne zutrat, sie zu fesseln begann und dann weinend zurückwich, um zu stammeln: »Sie liebt mich!«

Lord Femtiosex, der die eingeflogenen Soldaten kommandierte, trat hinzu und fesselte Jeanne trotz ihrer Worte. Grimmig sagte er: »Natürlich liebst du mich. Du bist ein guter Hund. Du wirst bald sterben, Hündchen, aber bis dahin wirst du gehorchen.«

»Ich gehorche«, erklärte Jeanne, »aber ich bin ein Hund *und* ein Mensch. Öffne deinen Geist, Mensch, und du wirst es fühlen.«

Offenbar öffnete Lord Femtiosex seinen Geist – und fühlte, wie ein Ozean aus Liebe ihn überflutete. Sein Arm fuhr nach oben und zielte mit der Handkante nach Jeannes Nacken, um sie auf die alte Art zu töten.

»Nein, das werden Sie nicht tun«, übermittelte ihm Lady Arabella Underwood telepathisch. »Dieses Kind wird einen ordnungsgemäßen Prozess bekommen.«

Lord Femtiosex sah sie an und dachte zornig: »Ein Oberster der Instrumentalität streitet nicht mit einem anderen, Mylady. Lassen Sie meinen Arm los.«

Ohne Rücksicht auf die zahlreichen Zuhörer erwiderte ihm Lady Arabella gedanklich: »Dann einen Prozess.«

In seinem Zorn nickte er. Er würde in der Gegenwart all dieser Menschen nicht mehr mit ihr sprechen oder denken.

Ein Soldat schaffte Elaine und den Jäger zu ihm. »Sir und Gebieter, das hier sind Menschen, keine Untermenschen. Aber sie haben Hundegedanken, Katzengedanken, Ziegengedanken und Roboterideen in ihren Köpfen. Möchten Sie selbst sehen?«

»Wozu?«, gab Lord Femtiosex zurück, der so blond war wie Baldur auf den antiken Gemälden und oft auch so arrogant. »Lord Limaono trifft soeben ein. Damit sind wir vollzählig. Wir können das Gerichtsverfahren gleich hier an Ort und Stelle durchführen.«

Elaine spürte, wie ihr die Stricke die Handgelenke abschnürten. Sie hörte, wie der Jäger auf sie einsprach.

»Sie werden uns nicht töten«, flüsterte er, »obwohl wir uns vor Ende dieses Tages noch wünschen werden, sie hätten es getan. Alles geschieht genauso, wie sie es prophezeit hat, und …«

»Wer ist ›sie‹?«, unterbrach Elaine.

»Sie? Die Lady natürlich. Die liebe tote Lady Panc Ashash, die noch nach ihrem eigenen Tod Wunder gewirkt hat, obwohl sie nur noch als Persönlichkeitsabdruck in einer Maschine existierte. Wer, glaubst du, hat mir gesagt, was zu tun ist? Warum haben wir auf dich gewartet, um Jeanne zu ihrer Größe zu verhelfen? Warum haben die Leute unten in Clowntown eine H'jeanne nach der anderen großgezogen, in der Hoffnung, dass daraus Hoffnung und ein großes Wunder erwachsen würden?«

»Du wusstest es?«, fragte Elaine. »Du wusstest es … bevor es geschah?«

»Natürlich nicht genau«, sagte der Jäger, »aber mehr oder weniger. Sie hat Hunderte von Jahren nach ihrem Tod Zeit gehabt, in denen sie sich in dem Computer befand. Sie hatte Zeit für Milliarden Gedanken. Sie sah, wie es sein würde, wenn es sein musste, und ich …«

»Seid still, ihr Menschen!«, brüllte Lord Femtiosex los. »Ihr macht die Tiere mit eurem Geschwätz nervös. Seid ruhig, oder ich werde euch betäuben.«

Elaine verstummte.

Lord Femtiosex blickte sie an, beschämt, weil er sich vor einem anderen Menschen so hatte gehen lassen. Ruhiger fügte er hinzu: »Der Prozess wird gleich beginnen. Der, den die große Lady angeordnet hat.«

IX

Jeder kennt den Verlauf des Prozesses, so dass kein Grund besteht, sich allzu sehr mit ihm zu beschäftigen. Es gibt ein weiteres Bild von San Shigonanda, eines aus seiner konventionellen Schaffensperiode, das alles sehr deutlich zeigt.

Die Straße war von Wahren Menschen überlaufen, die sich zusammendrängten, um etwas zu sehen, das die Langeweile der Perfektion und der Zeit unterbrechen würde. Statt Namen besaßen sie alle Nummern oder Nummernkodes. Sie waren stattlich und gesund und auf eine stumpfsinnige Weise glücklich. Sie waren einander sogar sehr ähnlich, ähnlich in ihrer Schönheit, ihrer Gesundheit und ihrer unterschwelligen Langeweile. Jeder von ihnen hatte eine Lebenserwartung von vierhundert Jahren. Keiner von ihnen wusste wirklich, was Krieg war, obwohl der übertriebene Diensteifer der Soldaten jahrhundertelange Ausbildung verriet. Die Menschen waren hübsch, aber sie fühlten sich nutzlos und waren im Stillen verzweifelt, ohne es selbst auch nur zu ahnen. Dies geht alles aus dem Gemälde hervor und aus der wunderbaren Art, mit der San Shigonanda sie in einzelnen Gruppen anordnete und das milde blaue Tageslicht auf ihre wohlgeformten, hoffnungslosen Züge scheinen ließ.

Mit den Untermenschen allerdings vollbrachte der Künstler wahre Wunder.

Jeanne selbst ist in Licht getaucht. Ihr helles braunes Haar und ihre hundebraunen Augen drücken Sanftmut und Zärtlichkeit aus. Es gelingt San Shigonanda sogar, den Eindruck zu vermitteln, dass ihr neuer Körper besonders neu und stark ist, dass sie jungfräulich ist und bereit zu sterben, dass sie noch ein Mädchen und dennoch völlig furchtlos ist. Die Haltung der Liebe zeigt sich an der Stellung ihrer Beine; sie steht sehr anmutig da. Liebe wird in ihren Händen sichtbar; sie sind nach außen und den Richtern zugedreht. Liebe verrät ihr Lächeln; es ist zuversichtlich.

Und dann die Richter!

Auch sie sind dem Künstler gelungen. Lord Femtiosex, wieder ganz gelassen, mit dem Ausdruck immerwährenden Hasses auf seinen schmalen scharfen Lippen, eines Hasses auf ein Universum, das zu klein für ihn geworden ist. Lord Limaono, weise, zweimal wiedergeboren, scheinbar träge, doch wachsam wie eine Schlange hinter den halb geschlossenen Augen und dem langsamen Lächeln. Lady Arabella Underwood, der größte Wahre Mensch auf dem Bild, mit ihrem norstrilischen Stolz und der Arroganz großen Reichtums, die mit der kapriziösen Zärtlichkeit großen Reichtums einhergeht, deren Haltung zeigt, dass sie über ihre Richterkollegen statt über die Gefangenen zu Gericht sitzt. Lady Goroke, jetzt endlich einmal verwirrt, die Stirn runzelnd über ein Spiel des Schicksals, das sie nicht versteht.

All das hat der Künstler abgebildet.

Und wenn man in ein Museum geht, dann kann man sich auch die authentischen Bildaufzeichnungen ansehen. Die Realität ist nicht so dramatisch wie das berühmte Gemälde, aber sie hat ihren eigenen Wert. Jeannes Stimme, obwohl seit vielen Jahrhunderten tot, ist noch immer seltsam bewegend. Es ist die Stimme eines in einen Menschen verwandelten Hundes, aber es ist auch die Stimme einer großen Lady. Das Abbild Lady Panc Ashashs musste sie das gelehrt haben, neben dem, was sie von Elaine und dem Jäger in dem Vorzimmer über dem braunen und gelben Tunnelgang von Englok gelernt hat.

Die Worte, die bei dem Prozess gesprochen wurden, sind ebenfalls erhalten. Etliche von ihnen sind berühmt geworden, auf allen Welten.

Jeanne sagte während des Verhörs: »Aber es ist die Pflicht des Lebens, mehr als das Leben zu finden und sich selbst gegen dieses höhere Gut einzutauschen.«

Nach der Urteilsverkündung erklärte Jeanne: »Mein Körper ist euer Eigentum, nicht aber meine Liebe. Meine Liebe gehört mir, und ich werde euch unsagbar lieben, während ihr mich tötet.«

Die Soldaten hatten Charley-mein-Liebling getötet und plagten sich gerade damit ab, der S-Frau den Kopf abzuschlagen, als einer darauf kam, sie in Eiskristalle aufzulösen. In diesem Moment sagte Jeanne: »Sollten wir wirklich Fremde für euch sein, wir Tiere von der Erde, die ihr zu den Sternen gebracht habt? Wir teilten uns dieselbe Sonne, dieselben Meere, denselben Himmel. Wir stammen alle von der Menschenheimat. Woher wollt ihr wissen, dass wir euch nicht eingeholt hätten, wenn wir alle zu Hause geblieben wären? Meine Leute waren Hunde. Sie liebten euch, bevor ihr aus meiner Mutter ein Geschöpf mit der Gestalt einer menschlichen Frau gemacht habt. Sollte ich euch nicht immer noch lieben? Das Wunder ist nicht, dass ihr aus uns Menschen gemacht habt. Das Wunder ist, dass so viel Zeit verging, bis wir das begriffen haben. Wir sind nun Menschen wie ihr auch. Ihr werdet es bereuen, was ihr mir antun werdet, aber erinnert euch dann daran, dass ich auch eure Reue liebe, weil große und gute Dinge daraus entstehen werden.«

Listig fragte Lord Limaono: »Was ist ein ›Wunder‹?«

Und Jeannes Antwort lautete: »Es gibt ein irdisches Wissen, das ihr bis jetzt noch nicht wiederentdeckt habt. Es gibt den Namen des Namenlosen. Es gibt Geheimnisse, die vor euch in der Zeit versteckt sind. Nur die Toten und die Ungeborenen kennen sie schon jetzt. Ich bin beides.«

Die Szene ist uns vertraut, und dennoch werden wir sie niemals verstehen können.

Wir wissen, was die Lords Femtiosex und Limaono zu tun gedachten. Sie hielten die herrschende Ordnung aufrecht und zeichneten diesen Akt auf Band auf. Die Menschen können nur miteinander leben, wenn sie die gemeinsamen Grund-ideen austauschen. Niemand hat bisher ein Mittel gefunden, um Telepathie direkt mit einem Gerät aufzuzeichnen; wir haben Bruchstücke und Töne und ein wildes Durcheinander, aber nie eine zufriedenstellende Aufzeichnung von dem, was einer der Großen dem anderen mitgeteilt hat. Die beiden Lords wollten alle Einzelheiten dieser Episode aufzeichnen, um die sorglosen Menschen zu lehren, dass man mit den Leben der Untermenschen nicht spielen darf. Ja, sie wollten sogar den Untermenschen den Wert der Regeln und Muster begreiflich machen, aufgrund derer sie aus Tieren in die höchsten Diener der Menschheit verwandelt worden waren.

Aber dies wäre selbst von einem Lord der Instrumentalität angesichts der verwirrenden Ereignisse der letzten Stunden zu viel verlangt gewesen; für die breite Öffentlichkeit war es fast unmöglich. Der Ausbruch aus dem Tunnelgang war völlig unerwartet erfolgt, auch wenn Lady Goroke Jeanne über-rascht hatte. Die Meuterei der Roboterpolizisten hatte Pro-bleme aufgeworfen, die in der halben Galaxis diskutiert werden mussten. Außerdem gab das Hundemädchen immer noch Erklärungen ab, die eine gewisse verbale Macht besa-ßen. Hätte man sie in der Form bloßer Worte belassen, ohne sie in den richtigen Zusammenhang zu stellen, hätten sie achtlose oder leicht beeindruckbare Geister beeinflussen können. Eine gefährliche Idee kann sich wie ein mutierter Keim ausbreiten. Wenn sie auch nur ein wenig interessant ist, dann kann sie von einem Bewusstsein zum anderen durch das halbe Universum reisen, bevor ihr Einhalt geboten wird. Erinnern wir uns nur an die verderblichen Angewohn-heiten und die närrischen Modewellen, die selbst in den Zeitaltern höchster Ordnung die Menschheit verwirrt haben. Heute wissen wir, dass Abwechslung, Flexibilität und Ge-fahr, gewürzt mit ein wenig Hass, die Liebe und das Leben mit großer Kraft erblühen lassen können; wir wissen, dass es besser ist, mit den Komplikationen von dreizehntausend alten Sprachen zu leben, die man aus der vergangenen uralten Zeit ausgegraben hat, als die kalte, tot gelaufene Perfektion der Alten Sprache zu ertragen. Wir wissen vieles, was die Lords Femtiosex und Limaono noch nicht wussten, und bevor wir sie als dumm oder grausam bezeichnen, sollten wir uns daran erinnern, dass Jahrhunderte vergehen mussten, bevor die Menschheit schließlich das Problem der Untermenschen in den Griff bekam und entschied, was »Leben« innerhalb der Grenzen der menschlichen Gemeinschaft bedeutete.

Außerdem gibt es noch die Erklärungen der beiden Lords selbst. Beide erreichten ein sehr hohes Alter, und gegen Ende ihres Lebens erfasste sie beide Kummer und Ärger darüber, dass die Episode mit H'jeanne all die schlechten Dinge überschattete, die während ihrer langen Dienstzeit *nicht* geschehen waren – schlechte Dinge, die sie zum Schutz des Planeten Fomalhaut III zu verhüten sich die größte Mühe gegeben hatten –, und es verletzte sie, dass man sie als skrupellose, grausame Männer schilderte, da sie doch in Wirklichkeit nichts dergleichen gewesen waren. Hätten sie geahnt, dass die Geschichte von H'jeanne auf Fomalhaut III sich zu dem entwickeln würde, was sie heute ist – eine der großen Romanzen der Menschheit, in einer Reihe mit der Geschichte von K'mell oder der Lady, die die *Seele* segelte –, sie wären nicht nur enttäuscht, sondern auch mit Recht verärgert über die Wankelmütigkeit der Menschheit. Ihre Rollen sind klar, weil sie sie klarmachten: Lord Femtiosex übernimmt die Verantwortung für den Vorschlag mit dem Feuer; Lord Limaono gibt zu, dass er der Entscheidung zugestimmt hat. Viele Jahre später sahen sich beide noch einmal die Bildaufzeichnungen dieser Szene an und waren sich einig, dass etwas, das Lady Arabella Underwood gesagt oder gedacht hatte …

Etwas hatte sie zu diesen Handlungen getrieben.

Aber trotz der Aufzeichnungen, die ihre Erinnerungen auffrischten und klärten, fanden sie nie heraus, was es gewesen war.

Wir haben sogar Computer eingesetzt, um jedes Wort und jeden Unterton des ganzen Prozesses herauszufiltern, aber auch bei diesem Verfahren gelang es nicht, den kritischen Punkt herauszufinden.

Und Lady Arabella Underwood – wurde niemals befragt. Man wagte es nicht. Sie kehrte auf ihren Planeten Altnordaustralien zurück und lebte inmitten ihrer ungeheuren Schätze der Santaclara-Droge, und kein Planet wird eine Summe von zweitausend Millionen Credits pro Tag dafür ausgeben, um einen Forscher zu Gesprächen mit einem Haufen störrischer, einfältiger, reicher norstrilischer Bauern auszuschicken, die sich ohnehin mit keinem Außenweltler unterhalten. Die Norstrilier berechneten diesen Betrag für die Einreise eines jeden Gastes, den sie nicht selbst eingeladen hatten; und so werden wir niemals erfahren, was Lady Arabella Underwood sagte oder tat, nachdem sie nach Hause zurückgekehrt war. Die Norstrilier erklärten, dass sie an dieser Angelegenheit nicht interessiert seien, und falls wir in Zukunft nicht wieder nur lächerliche siebzig Jahre leben wollen, täten wir gut daran, nicht den einzigen Planeten zu verärgern, der Stroon produziert.

Und Lady Goroke – sie, das arme Ding, wurde verrückt.

War es viele Jahre lang.

Die Menschen erfuhren es erst später, aus ihr selbst war kein Wort herauszubekommen. Sie leitete die sonderbaren Maßnahmen ein, die uns heute als Erbe der Dynastie der Jestocosts bekannt sind, die durch Fleiß und Meriten zu Obersten der Instrumentalität wurden und ihr über zweihundert Jahre lang angehörten. Aber zu Jeannes Fall hatte die Lady nichts zu sagen.

Der Prozess ist also ein Ereignis, über das wir alles wissen – und nichts.

Wir glauben, die äußeren Umstände von H'jeannes Leben zu kennen, die später Jeanne wurde. Wir wissen von Lady Panc Ashash, die ohne Unterlass den Untermenschen von einer Gerechtigkeit zuflüsterte, die erst noch kommen würde. Wir kennen das ganze Leben der unglücklichen Elaine und ihre Verwicklung in diesen Fall. Wir wissen, dass es in diesen Jahrhunderten, als die Untermenschen anfingen, sich weiterzuentwickeln, viele Verstecke gab, in denen illegale Untermenschen ihren nahezu menschlichen Verstand, ihre tierische Schläue und ihre Sprachgewandtheit zum Überleben benutzten, auch wenn die Menschheit sie für überflüssig erklärt hatte; der braune und gelbe Tunnelgang war keinesfalls der einzige seiner Art. Und wir wissen sogar, was aus dem Jäger wurde.

Auskunft über die anderen Untermenschen – Charley-mein-Liebling, Baby-Baby, Mabel, die S-Frau, Orson und all die anderen – geben uns die Bildaufzeichnungen des Prozesses. Sie wurden von niemandem verhört. Sie wurden sofort von den Soldaten exekutiert, als sich herausgestellt hatte, dass ihre Aussagen nicht benötigt wurden. Als Zeugen hätten sie noch einige Minuten oder Stunden länger leben können; als Tiere standen sie außerhalb der Gesetze.

Ja, jetzt sind wir über alles unterrichtet, und trotzdem wissen wir nichts. Sterben ist einfach, obwohl wir dazu neigen, darüber zu schweigen. Das *Wie* des Sterbens ist von geringer wissenschaftlicher Wichtigkeit; das *Wann* ist für jeden von uns ein Problem, ob man nun auf einem altmodischen Planeten mit einer vierhundertjährigen Lebensspanne oder auf einem der radikal neuen lebt, wo Krankheiten und Unfälle wieder eingeführt worden sind; das *Warum* ist für uns noch immer so erschreckend wie für die prä-atomaren Menschen, die ihre Äcker dazu verwandten, die Körper der Toten in Holzkisten verpackt dort einzugraben. Diese Untermenschen starben, wie Tiere noch nie zuvor gestorben waren. Mit Freude.

Eine Mutter hielt ihr Kind dem Soldaten entgegen, damit er es töten konnte. Sie musste von Ratten abstammen, denn sie hatte Siebenlinge, die einander sehr ähnlich waren.

Die Aufnahme zeigt uns, wie sich der Soldat vorbereitet.

Die Rattenfrau begrüßt ihn mit einem Lächeln und hält ihm ihre sieben Babys hin. Es sind kleine Blondschöpfe, und alle tragen rosa oder blaue Häubchen, und alle haben rote Bäckchen und glänzende kleine Augen.

»Leg sie auf den Boden«, sagt der Soldat. »Ich werde zuerst dich und anschließend sie töten.« Auf dem Band ist der nervöse, anmaßende Unterton in seiner Stimme deutlich zu hören. Er fügt ein Wort hinzu, als ob er zu glauben beginnt, dass er sich vor diesen Untermenschen zu rechtfertigen hat. »Befehl«, erklärt er.

»Es macht mir nichts aus, wenn ich sie halte, Soldat«, erwidert die Rattenfrau. »Ich bin ihre Mutter. Es wird besser für sie sein, wenn sie bei ihrer Mutter sind, wenn sie sterben. Ich liebe dich, Soldat. Ich liebe alle Menschen. Du bist mein Bruder, auch wenn mein Blut Rattenblut und deines Menschenblut ist. Verlier keine Zeit und töte sie, Soldat. Ich kann dich nicht daran hindern. Verstehst du denn nicht? *Ich liebe dich, Soldat.* Wir teilen eine gemeinsame Sprache, gemeinsame Hoffnungen, gemeinsame Ängste und denselben Tod. Das ist es, was Jeanne uns gelehrt hat. Der Tod ist nicht schlecht, Soldat. Er kommt nur manchmal zur Unzeit, aber du wirst dich an mich erinnern, nachdem du mich und meine Babys getötet hast. Und du wirst dich an meine Liebe erinnern …«

Der Soldat, wir erkennen es auf dem Band, kann es nicht mehr länger ertragen. Er schwingt seine Waffe und schlägt die Frau nieder; die Babys fallen zu Boden. Wir sehen, wie sein Stiefelabsatz sich hebt und dann ihre Köpfe zermalmt. Wir hören das nasse platzende Geräusch, mit dem die kleinen Köpfe zerbrechen, wir hören, wie das Gewimmer der Babys abrupt aufhört. Ein letztes Mal gerät die Rattenfrau ins Bild. Als das siebte Baby stirbt, kommt sie wieder auf die Beine. Sie bietet dem Soldaten ihre Hand. Ihr Gesicht ist schmutzig und geschwollen, ein Blutfaden rinnt über ihre linke Wange. Selbst jetzt, da wir wissen, dass sie eine Ratte, ein Untermensch, ein modifiziertes Tier, ein Nichts ist, selbst jetzt, Jahrhunderte später, spüren wir, dass sie irgendwie menschlicher war, als wir es sind – dass sie

Erfüllung gefunden hat und wie ein Mensch stirbt. Wir wissen, dass sie über den Tod triumphiert hat; wir haben das nicht.

Wir sehen, wie der Soldat sie in unheimlichem Entsetzen anstarrt, als ob ihre Liebe ein undurchdringlicher Schutz ist, gespeist aus einer fremden Quelle.

Auf dem Band ertönen ihre nächsten Worte. »Soldat, ich liebe euch alle …«

Seine Waffe könnte sie im Bruchteil einer Sekunde töten, wenn er sie richtig anwenden würde. Aber er tut es nicht. Er schlägt damit auf sie ein, als ob sein Hitzesauger eine hölzerne Keule und er ein Wilder statt eines Mitglieds der Elitegarde von Kalma wäre.

Wir wissen, was weiter geschieht.

Sie stürzt unter seinen Hieben. Sie streckt die Hand aus. Sie zeigt direkt auf Jeanne, die in Feuer und Rauch gehüllt ist.

Die Rattenfrau schreit zum letzten Mal auf, schreit in die Linsen der Roboterkamera, als ob sie nicht zu dem Soldaten, sondern zur ganzen Menschheit sprechen würde.

»Ihr könnt *sie* nicht töten. Ihr könnt nicht die Liebe töten. Ich liebe dich, Soldat, ich liebe dich. Das kannst du nicht töten. Erinnere dich …«

Sein letzter Schlag trifft sie ins Gesicht. Sie fällt rücklings auf das Pflaster. Er tritt mit seinen Stiefeln, wie man auf dem Band erkennen kann, direkt auf ihren Hals. Dann hüpft er mit einem sonderbaren kleinen Satz empor und landet mit seinem ganzen Gewicht auf ihrem zierlichen Genick. Er dreht sich mitten im Sprung, und wir sehen sein Gesicht, das voll von der Kamera aufgenommen wird.

Es ist das Gesicht eines weinenden Kindes, schmerzerfüllt und entsetzt von der Erwartung noch größeren Schmerzes.

Er hatte seine Pflicht tun wollen – und seine Pflicht hatte sich gegen ihn gewandt.

Der arme Mann. Er muss einer der ersten Menschen gewesen sein, einer der Ersten in der neuen Welt, die versucht haben, Waffen gegen die Liebe einzusetzen. Liebe ist ein bitteres und mächtiges Ding, wenn man ihr in der Aufregung einer Schlacht begegnet.

Alle Untermenschen starben auf diese Art. Die meisten starben lächelnd, mit dem Wort »Liebe« oder dem Namen »Jeanne« auf den Lippen.

Der Bärenmann Orson blieb bis zuletzt übrig.

Er starb auf sehr ungewöhnliche Weise. Er starb lachend.

Der Soldat hob seinen Kugelwerfer und richtete ihn direkt auf Orsons Stirn. Die Kugeln besaßen einen Durchmesser von 22 Millimetern und eine Mündungsgeschwindigkeit von nur 125 Metern pro Sekunde. Man konnte damit widerspenstige Roboter oder ungehorsame Untermenschen erledigen, ohne das Risiko einzugehen, Gebäude zu beschädigen oder Wahre Menschen zu verletzen, die sich in diesen Gebäuden aufhielten.

Orson wirkt auf den Bändern, die die Roboter aufzeichneten, als wisse er ganz genau, um was für eine Waffe es sich handelte. (Wahrscheinlich traf das auch zu. Die Untermenschen waren gewohnt, vom Tag ihrer Geburt an bis zu ihrer Beseitigung mit der Gefahr eines gewaltsamen Todes im Nacken zu leben.) Er zeigt keine Furcht, wie die Aufnahmen verraten; und er beginnt zu lachen. Sein Lachen ist warm, großmütig, entspannt – wie das freundliche Lachen eines glücklichen Ziehvaters, der sein Kind mit schlechtem Gewissen und verängstigt vorgefunden hat und genau weiß, dass das Kind Strafe erwartet, aber keine Strafe bekommen wird.

»Schieß, Kerl. Du kannst mich nicht töten. Ich bin in dir. Ich liebe dich. Jeanne hat uns das gelehrt. Hör zu. Es gibt keinen Tod. Nicht für die Liebe. Ho, ho, ho, armer Kerl, fürchte dich nicht vor mir. Schieß! Du bist der Unglückliche. Du wirst weiterleben. Und dich erinnern. Und erinnern. Und erinnern. Ich habe aus dir einen Menschen gemacht, mein Freund.«

»Was hast du gesagt?«, krächzt der Soldat.

»Ich habe dich gerettet. Ich habe dich in ein wahres menschliches Wesen verwandelt. Mit Jeannes Macht. Mit der Macht der Liebe. Armer Tropf! Mach schon und erschieß mich, wenn dich das Warten unglücklich macht. Du wirst es ohnehin tun.«

Wir sehen nicht das Gesicht des Soldaten, aber die Verkrampfung seiner Rücken- und Halsmuskeln verrät seine innere Erregung.

Wir sehen, wie das große breite Bärengesicht in einem gewaltigen Flecken Rot aufglüht, als ihn die weichen langsamen Kugeln treffen.

Dann schwenkt die Kamera herum.

Ein kleiner Junge, vermutlich ein Fuchs, aber von fast perfekter menschlicher Gestalt, gerät ins Bild.

Er ist größer als ein Baby, aber nicht groß genug wie die älteren Unterkinder, um die Bedeutung von Jeannes Lehre zu verstehen.

Er ist der Einzige der Gruppe, der sich wie ein normaler Untermensch verhält. Er reißt sich los und rennt davon.

Er ist gewitzt. Er rennt zwischen den Zuschauern hindurch, so dass die Soldaten keine Kugeln oder Hitzesauger gegen ihn einsetzen können, ohne die wahren menschlichen Wesen zu verletzen.

Doch schließlich bringt ihn einer der Zuschauer – ein großer Mann mit einem silbernen Hut – zu Fall. Der Fuchsjunge stürzt auf das Pflaster, schürft sich die Handflächen und Knie auf. Gerade als er aufblickt, um zu sehen, wer sich auf ihn werfen würde, trifft ihn eine Kugel mitten in den Kopf. Er fällt langsam vornüber und ist tot.

Menschen sterben. Wir wissen, wie sie sterben. Wir haben sie scheu und still in die Sterbehäuser gehen sehen. Wir haben andere gesehen, die in die 400-Jahre-Räume gehen, die keine Türklinken besitzen und keine Kameras im Innern. Wir haben Aufzeichnungen von Naturkatastrophen gesehen, bei denen viele starben und die die Robotermannschaften für Archivzwecke und für spätere Untersuchungen gefilmt haben. Der Tod ist nichts Ungewöhnliches, und er ist sehr unangenehm.

Aber diesmal war der Tod etwas anderes. Alle Furcht vor dem Tod – mit Ausnahme des einen kleinen Fuchsjungen, der zu jung war, um zu verstehen, und zu alt, um in den Armen seiner Mutter auf den Tod zu warten – war von den Untermenschen abgefallen. Willig, mit Liebe und Gelassenheit nahmen sie ihn in Empfang, und diese Demut drückte sich in ihrer Haltung, ihren Stimmen, ihrer ganzen Art aus. Es spielte keine Rolle, ob sie lang genug leben würden, um zu erfahren, was mit Jeanne geschah – irgendwie hatten sie vollkommenes Vertrauen zu ihr.

Dies war tatsächlich die neue Waffe: Liebe und ein guter Tod.

Crawlie mit ihrem Stolz hatte das alles versäumt.

Die Untersuchungsbeamten entdeckten später Crawlies Leichnam in dem Korridor. Es gelang ihnen, zu rekonstruieren, wer sie gewesen und was ihr zugestoßen war. Der Computer, in dem die körperlose Kopie Lady Panc Ashashs noch einige Tage nach dem Prozess am Leben geblieben war, wurde ebenfalls gefunden und auseinandergenommen. Zu dieser Zeit dachte niemand daran, sie nach ihren Ansichten und ihren letzten Worten zu fragen. Schon viele Historiker haben deshalb mit den Zähnen geknirscht.

Alle Details sind deshalb weitgehend klar. Die Archive beinhalten sogar die ausgedehnten Fragen und Antworten, als man sich während des Prozesses mit Elaine beschäftigte und ihre Rolle klärte.

Aber wir wissen nicht, wer auf die Idee mit dem Feuer kam. Irgendwo, außerhalb des Aufnahmebereiches, muss das Wort unter den vier Lords der Instrumentalität gefallen sein, die den Prozess leiteten.

Und da ist auch der Protest des Chefs der Robotervögel und Polizeichefs von Kalma, ein Subleiter namens Fisi. Die Aufnahmen zeigen seinen Auftritt. Er kommt vom rechten Rand ins Bild, verbeugt sich respektvoll vor den vier Lords der Instrumentalität und erhebt seine rechte Hand zum traditionellen Zeichen »Bitte unterbrechen zu dürfen«, eine seltsame Verdrehung der erhobenen Hand, die zu kopieren den Schauspielern stets schwergefallen ist, wenn sie versuchten, die ganze umfassende Geschichte von Jeanne und Elaine in einem einzigen Stück darzustellen. (In Wirklichkeit hatte Fisi natürlich nicht die geringste Ahnung, dass man in zukünftigen Zeitaltern seinen unerwarteten Auftritt studieren würde, ebenso wenig wie alle anderen. Diese ganze Episode war, wenn man bedenkt, was wir heute wissen, von Hast und Flüchtigkeit geprägt gewesen.)

Lord Limaono sagte: »Unterbrechung verweigert. Wir treffen soeben eine Entscheidung.«

Trotzdem begann der Chef der Vögel zu sprechen. »Meine Worte dienen Ihrer Entscheidungsfindung, Mylords und Myladies.«

»Also reden Sie schon«, sagte Lady Goroke, »aber fassen Sie sich kurz.«

»Schalten Sie die Kameras ab. Eliminieren Sie dieses Tier. Unterziehen Sie die Zuschauer einer Gehirnwäsche. Nehmen Sie selbst Amnesia, um diese eine Stunde zu vergessen. Diese ganze Szene ist gefährlich. Ich bin nur der Aufseher über die Ornithopter, der alles perfekt in Ordnung hält, aber ich …«

»Wir haben genug gehört«, erklärte Lord Femtiosex. »Sie kümmern sich um Ihre Vögel und wir uns um die Welten. Wie können Sie es wagen, ›wie ein Lord‹ zu denken? Wir haben Aufgaben, die Sie sich nicht einmal vorstellen können. Verschwinden Sie!«

Wie die Aufnahmen zeigen, tritt Fisi mit mürrischem Gesicht zur Seite. Außerdem sieht man im Hintergrund, wie sich einige der Zuschauer entfernen. Es war Mittagszeit, und sie hatten Hunger bekommen; sie ahnten nicht, dass sie dabei waren, die größte Greueltat in der Geschichte zu verpassen, über die tausend berühmte Opern geschrieben werden würden.

Denn Femtiosex sagte: »Mehr Wissen, nicht weniger, ist die Antwort auf dieses Problem. Ich habe von etwas gehört, das nicht so schlimm ist wie der Planet Shayol, sich aber ebenso gut für ein Exempel in der zivilisierten Welt eignet. Sie da!« Er wandte sich wieder an Fisi, den Chef der Vögel. »Schaffen Sie Öl und einen Sprühapparat herbei. Unverzüglich.«

Jeanne blickte den Lord voll Mitgefühl und Sehnsucht an, aber sie sagte nichts. Sie ahnte, was er vorhatte. Als Mädchen, als Hund, empfand sie Abscheu davor; als Revolutionärin sehnte sie es als Vollendung ihrer Mission herbei.

Lord Femtiosex hob die rechte Hand. Er krümmte den Ringfinger und den kleinen Finger und legte den Daumen darüber. Die anderen beiden Finger blieben ausgestreckt. Damals bedeutete dieses Zeichen, mit dem sich die Lords untereinander verständigten: »Geheimkanäle, telepathisch, sofort.« Von diesem Zeitpunkt an übernahmen es die Untermenschen als ihr Symbol für politische Einigkeit.

Die vier Lords verfielen in einen tranceartigen Zustand und verständigten sich über das Urteil.

Jeanne begann zu singen, ein leises, protestierendes, hundeartiges Geheul, dessen Basis der disharmonische Choral war, den die Untermenschen kurz vor der Stunde der Entscheidung gesungen hatten, als sie aus dem Tunnelgang hinausgetreten waren. Ihre Worte bedeuteten nichts Besonderes, sie wiederholte nur immer wieder: »Menschen, liebe Menschen, ich liebe euch«, was sie auch seit ihrem Erscheinen auf der Oberfläche von Kalma erklärt hatte. Aber die Art, in der sie sang, ist in den Jahrhunderten danach niemals wiederholt worden. Es gibt Tausende Liedertexte und Melodien, die sich *Das Lied von Jeanne* nennen, aber keines davon erreicht das herzzerreißende Pathos der Originalaufnahme. Der Gesang war, wie ihre Persönlichkeit, einzigartig.

Die Wirkung war erheblich. Selbst die Wahren Menschen versuchten ihr zuzuhören, wandten ihre Augen ab von den vier unbeweglich dasitzenden Lords der Instrumentalität und blickten das braunäugige singende Mädchen an. Einige vermochten es nicht zu ertragen. Auf die typische Art der Wahren Menschen vergaßen sie, warum sie gekommen waren, und gingen nach Hause zum Mittagessen.

Plötzlich verstummte Jeanne.

Und mit einer Stimme, die klar und hell über die Menge hallte, rief sie: »Das Ende ist nah, liebe Menschen. Das Ende ist nah.«

Aller Augen richteten sich auf die beiden Lords und die beiden Ladies der Instrumentalität. Lady Arabella Underwood sah nach dem Ende der telepathischen Konferenz grimmig drein. Lady Goroke wirkte erschöpft von wortlosem Kummer.

Es war Lord Femtiosex, der das Wort ergriff: »Wir haben über dich Gericht gehalten, Tier. Dein Vergehen ist schwerwiegend. Du hast illegal gelebt. Die Strafe dafür ist der Tod. Du hast auf eine Art, die wir nicht verstehen, die Roboter gestört. Für dieses völlig neue Verbrechen muss mehr als der Tod als Strafe verhängt werden. Ich habe deshalb eine Bestrafung vorgeschlagen, die auf einem Planeten des Violetten Sterns üblich war. Außerdem hast du sehr viele ungesetzliche und ungerechte Dinge von dir gegeben, die das Wohlergehen und die Sicherheit der Menschheit gefährden. Dafür lautet die Strafe Umerziehung – aber da du bereits zweimal zum Tode verurteilt worden bist, spielt das keine Rolle mehr. Hast du irgendetwas zu sagen, bevor ich das Urteil verkünde?«

»Wenn du heute ein Feuer entzündest, Mylord, dann wird es in den Herzen der Menschen niemals wieder verlöschen. Ihr könnt mich vernichten. Ihr könnt meine Liebe zurückweisen. Aber ihr könnt nicht das Gute in euch selbst vernichten, wie sehr euch auch das Gute erzürnen mag …«

»Halt den Mund!«, brüllte Lord Femtiosex. »Ich habe dich um ein Schlusswort gebeten, nicht um eine Rede. Du wirst im Feuer sterben, hier und jetzt. Was hast du dazu zu sagen?«

»Ich liebe euch, ihr lieben Menschen.«

Femtiosex nickte den Männern des Chefs der Vögel zu, die ein Ölfass und ein Sprühgerät über die Straße geschleift und vor Jeanne aufgestellt hatten. »Bindet sie an diesen Pfahl«, befahl er. »Besprüht sie. Zündet sie an. Sind die Kameras eingestellt? Wir wollen, dass das aufgezeichnet wird, um als Mahnung zu dienen. Wenn die Untermenschen wieder auszubrechen versuchen, werden sie begreifen, dass die Menschheit die Welten beherrscht.« Er sah Jeanne an, und seine Augen schienen zu verschwimmen. Mit ungewohnter Stimme sagte er: »Ich bin kein schlechter Mensch, kleines Hundemädchen, aber du bist ein schlechtes Tier und wir müssen ein Exempel statuieren. Begreifst du das?«

»Femtiosex«, rief Jeanne, ließ den Titel fort, »du tust mir sehr leid. Denn ich liebe auch dich.«

Bei diesen Worten verdüsterte sich sein Gesicht wieder vor Zorn. Mit einer heftigen Bewegung seiner Hand schnitt er durch die Luft.

Fisi wiederholte die Geste und die Männer machten sich an dem Ölfass und dem Sprühgerät zu schaffen und richteten einen zischenden Ölstrahl auf Jeanne. Zwei Wächter hatten sie an einen Lampenmast gefesselt, mit einer improvisierten Kette aus Handschellen, um sicherzustellen, dass sie aufrecht stehen blieb und von jedem in der Menge gesehen werden konnte.

»Feuer«, befahl Femtiosex.

Elaine spürte, wie sich neben ihr der Körper des Jägers heftig verkrampfte. Er schien unter ungeheurer Anspannung zu stehen. Sie selbst fühlte sich wie damals, als man sie auftaute und aus der adiabatischen Kapsel holte, in der sie die Reise auf der Erde angetreten hatte – ihr war sterbensübel, Verwirrung trübte ihren Sinn, sie wurde von ihren Gefühlen hin und her gebeutelt.

»Ich habe versucht«, flüsterte der Jäger ihr zu, »Jeannes Geist zu erreichen, um ihr das Sterben zu erleichtern. Aber ein anderer war vor mir da. Ich … weiß nicht, wer es ist.«

Elaine riss die Augen auf.

Das Feuer wurde gebracht. Als es das Öl berührte, flammte Jeanne auf wie eine menschliche Fackel.

Die Verbrennung H'jeannes auf Fomalhaut III nahm sehr wenig Zeit in Anspruch, aber die künftigen Zeitalter sollten das Ereignis nie vergessen.

Femtiosex hatte den grausamsten Schritt von allen unternommen.

Mit einem telepathischen Überfall hatte er ihren menschlichen Verstand unterdrückt, so dass nur das primitive Hundewesen übrig blieb.

Jeanne stand nicht still wie eine gemarterte Königin. Sie wehrte sich gegen die Flammen, die um sie herum tanzten und an ihr hochzüngelten. Sie heulte und kreischte wie ein schmerzgepeinigter Hund, wie ein Tier, dessen Verstand – so gut er auch sein mochte – die Sinnlosigkeit menschlicher Grausamkeit nicht begreifen kann.

Das Ergebnis war jedoch das genaue Gegenteil dessen, was Lord Femtiosex hatte erreichen wollen.

Die Menschenmenge rückte langsam näher, nicht aus Sensationslust, sondern aus Mitleid. Sie machten einen Bogen um die Untermenschen, die da, wo sie getötet worden waren, auf der Straße lagen, manche in ihrem Blut, manche von Roboterhänden zermalmt, manche als Häufchen aus Eiskristallen. Sie stiegen über die Toten hinweg, um nach den Sterbenden zu sehen, aber ihre Neugier war nicht die hirnlose Langeweile von Menschen, die nie ein derartiges Spektakel beobachtet hatten, es war das Mitgefühl lebender Wesen, eine tiefe, instinktive Empfindung angesichts der Bedrohung und Vernichtung eines anderen lebenden Wesens.

Selbst der Wächter, der Elaine und den Jäger an den Armen festhielt, machte unwillkürlich einige Schritte nach vorn. Elaine bemerkte, dass sie in der ersten Zuschauerreihe stand, der scharfe, fremdartige Geruch brennenden Öls stach ihr in die Nase, das Geheul des sterbenden Hundemädchens bohrte sich durch die Trommelfelle in ihr Gehirn. Jeanne wand und krümmte sich in den Flammen, versuchte dem Feuer zu entgehen, das sie jetzt enger als ein Kleid umhüllte. Ein widerlicher, sonderbarer Geruch erreichte die Menge. Nur wenige kannten den Gestank brennenden Fleisches.

Jeanne keuchte.

Und in den folgenden Sekunden der Stille hörte Elaine etwas, das sie noch niemals gehört hatte – das Weinen eines erwachsenen menschlichen Wesens. Männer und Frauen standen schluchzend da und wussten nicht, warum sie es taten.

Femtiosex saß hoch über der Menge, fassungslos über den Fehlschlag seiner Demonstration. Er wusste nicht, dass der Jäger, der tausend Tötungen hinter sich hatte, sich des Verbrechens schuldig machte, die Gedanken eines Lords der Instrumentalität zu lesen.

»In einer Minute«, flüsterte der Jäger Elaine zu, »werde ich es versuchen. Sie hat etwas Besseres verdient als das ...«

Elaine fragte nicht, was. Auch sie weinte.

Die Menge hörte, dass ein Soldat etwas rief. Sie brauchten mehrere Sekunden, um die Augen von der brennenden, sterbenden Jeanne abzuwenden.

Es war ein gewöhnlicher Soldat. Vielleicht war es jener, der nicht in der Lage gewesen war, Jeanne mit Stricken zu fesseln, als die Lords vor wenigen Minuten entschieden hatten, sie zu verbrennen. Er schrie jetzt, rasend vor Zorn und Wut, und reckte drohend Lord Femtiosex seine Faust entgegen.

»Sie sind ein Lügner, Sie sind ein Feigling, Sie sind ein Narr, und ich werde Sie fordern ...«

Lord Femtiosex bemerkte den Mann und hörte sein Geschrei. Er erwachte aus seiner tiefen Konzentration und fragte mit milder Stimme, trotz des Durcheinanders: »Was meinen Sie damit?«

»Das ist ein irrwitziges Schauspiel. Es gibt kein Mädchen. Kein Feuer. Nichts. Aus irgendwelchen schrecklichen Gründen blenden Sie uns mit Trugbildern, und ich fordere Sie heraus, Sie Tier, Sie Narr, Sie Feigling!«

In normalen Zeiten musste selbst ein Lord eine Herausforderung annehmen oder die Angelegenheit durch ein offenes Gespräch klären.

Aber es herrschten keine normalen Zeiten.

»Das ist die Wirklichkeit«, erklärte Lord Femtiosex. »Ich täusche niemanden.«

»Wenn das hier wirklich ist, dann gehöre ich zu dir, Jeanne!«, kreischte der junge Soldat. Er sprang in den Ölstrahl, bevor die anderen Soldaten ihn zudrehen konnten, und dann sprang er neben Jeanne ins Feuer.

Ihr Haar war bereits verbrannt, aber ihre Gesichtszüge waren noch immer unversehrt. Sie hatte ihr hündisches, jaulendes Kreischen eingestellt; Femtiosex unterdrückte ihren menschlichen Verstand nicht mehr. Sie schenkte dem Soldaten, der sich aus freien Stücken zu ihr gesellt und zu brennen begonnen hatte, das freundlichste und fraulichste Lächeln. Dann runzelte sie die Stirn, als wenn es etwas gäbe, das zu tun sie sich erinnern musste, trotz der Schmerzen und der Schrecken, die sie umgaben.

»Jetzt!«, flüsterte der Jäger. Und er begann Lord Femtiosex zu jagen, so gnadenlos, wie er die fremden Kreaturen von Fomalhaut III gejagt hatte.

Die Menge ahnte nicht, was Lord Femtiosex zugestoßen war. War er zum Feigling geworden? Oder verrückt? (In Wirklichkeit hatte es der Jäger unter Aufbietung seiner letzten geistigen Reserven geschafft, Femtiosex dazu zu bringen, am Himmel von Fomalhaut III zu balzen; er und Femtiosex waren jetzt männliche vogelähnliche Ungeheuer, die mit wil-

506

den Rufen das wunderschöne Weibchen anzulocken versuchten, das sich weit, weit unter ihnen irgendwo in der Landschaft versteckt hatte.)

Jeanne war frei, und sie wusste, dass sie frei war.

Sie rief ihre Botschaft hinaus. Die Botschaft betäubte den Jäger und Femtiosex; sie überflutete Elaine; sie ließ sogar Fisi, den Chef der Vögel, ruhiger atmen. Und Jeanne rief so laut, dass binnen einer Stunde Anfragen von anderen Städten an Kalma gerichtet wurden, die wissen wollten, was geschehen war.

Jeanne dachte eine einzige Botschaft, benutzte keine Worte. Aber in Worte ausgedrückt besagte sie: »Geliebte Menschen, ihr tötet mich. Das ist mein Schicksal. Ich bringe die Liebe, und die Liebe muss sterben, um weiterzuleben. Liebe verlangt nichts, tut nichts. Liebe denkt nicht. Liebe bedeutet, sich selbst und alle anderen Menschen und Dinge zu kennen. Zu kennen – und sich daran zu erfreuen. Ich sterbe nun für euch alle, ihr geliebten Menschen ...«

Sie öffnete ihre Augen zum letzten Mal, öffnete ihren Mund, sog die reine Flamme ein und sackte nach vorn.

Der Soldat, der die Nerven behalten hatte, obwohl seine Kleidung und sein Körper brannten, sprang aus dem Feuer und rannte, selbst ein Feuer, auf seine Truppe zu. Ein Schuss traf ihn, und er stürzte wie gefällt zu Boden.

Das Weinen der Menschen war in allen umliegenden Straßen zu vernehmen. Untermenschen, gezähmt und mit Lizenz versehen, standen ohne Scham unter ihnen und weinten auch.

Lord Femtiosex drehte sich erschöpft zu seinen Mitstreitern um. Das Gesicht Lady Gorokes war eine gemeißelte, erfrorene Karikatur der Trauer, also wandte er sich an Lady Arabella Underwood: »Mir scheint, dass ich etwas falsch gemacht habe, Mylady. Bitte übernehmen Sie.«

Lady Arabella erhob sich. »Löschen Sie das Feuer«, rief sie Fisi zu. Sie blickte über die Menge. Ihre harten, ehrwürdigen norstilischen Gesichtszüge waren undurchdringlich.

Elaine, die sie beobachtete, schauderte bei dem Gedanken an einen Planeten voller Menschen, die so unerbittlich, so zäh und so gerissen waren wie diese Frau.

»Es ist vorbei«, erklärte Lady Arabella Underwood. »Ihr Menschen, verschwindet. Ihr Roboter, räumt auf. Ihr Untermenschen, zurück an die Arbeit.« Sie sah zu Elaine und dem Jäger hinüber. »Ich weiß, wer Sie sind, und ich ahne, was Sie getan haben. Soldaten, schafft sie fort.«

Jeannes Leichnam war rußgeschwärzt. Das Gesicht wirkte nicht mehr menschlich; der letzte Ausbruch des Feuers hatte ihre Nase und ihre Augen fortgesengt. Ihre jungen, mädchenhaften Brüste zeigten in ihrer herzergreifenden Schamlosigkeit, dass sie jung und weiblich gewesen war. Nun war sie tot, endgültig tot.

Die Soldaten hätten sie in eine Kiste geworfen, wenn sie ein Untermensch gewesen wäre. Stattdessen erwiesen sie ihr die militärischen Ehren, die sie ihren eigenen Kameraden oder einem wichtigen Zivilisten in Katastrophenzeiten zukommen ließen. Sie entrollten eine Trage, legten den kleinen geschwärzten Leichnam darauf und bedeckten ihn mit ihrer Flagge. Niemand hatte ihnen befohlen, dies zu tun.

Während der Soldat Elaine und den Jäger die Waterrock Road hinaufbegleitete, wo die Kasernen und Büros des Militärs lagen, sah Elaine, dass auch er geweint hatte. Sie wollte ihn deswegen ansprechen, aber der Jäger bedeutete ihr mit einem Kopfschütteln, es nicht zu tun. Später erklärte er ihr, dass der Soldat vielleicht bestraft worden wäre, wenn er mit ihnen gesprochen hätte.

Als sie in das Büro kamen, trafen sie dort auf Lady Goroke.

Lady Goroke ist schon da ... Dies wurde in den folgenden Wochen zu einem Alptraum. Sie hatte ihren Kummer überwunden und leitete die Untersuchung im Fall Elaines und H'jeannes.

Lady Goroke ist schon da ... Sie blieb wach, wenn sie schliefen. Ihr Abbild – oder vielleicht auch sie selbst – saß bei ihnen während all der endlosen Verhöre. Sie war besonders interessiert an einer Begegnung mit der toten Lady Panc Ashash, der falsch eingesetzten Hexe Elaine und des nichtangepassten Mannes, des Jägers.

Lady Goroke ist schon da … Sie fragte sie alles, aber sie sagte ihnen nichts.

Bis auf das eine Mal.

Einmal brach es aus ihr heraus, leidenschaftlich und während eines Gesprächs nach endlosen Stunden bürokratischer Arbeit. »Ihre Erinnerungen werden gesäubert werden, wenn wir hiermit fertig sind, so dass es keine Rolle spielt, wie viel Sie noch erfahren. Wissen Sie denn, wie mich das getroffen hat – mich! – und meinen tiefsten Glauben erschüttert?«

Sie schüttelten den Kopf.

»Ich werde ein Kind bekommen, und ich werde zur Menschenheimat zurückkehren, um es zu gebären. Und ich werde den genetischen Kode persönlich festlegen. Ich werde meinen Sohn Jestocost nennen. Der Name stammt aus einer der alten Sprachen, aus dem Paroski, und er bedeutet ›Grausamkeit‹, um ihn daran zu erinnern, woher er kommt und warum. Und er oder sein Sohn oder *dessen* Sohn werden der Welt die Gerechtigkeit wiedergeben und das Rätsel der Untermenschen lösen. Was halten Sie davon? Nun, wenn ich es mir genau überlege, denken Sie lieber nicht darüber nach. Es ist nicht Ihre Angelegenheit, und ich werde es ohnehin tun.«

Sie blickten sie voller Mitgefühl an, aber sie waren zu sehr mit den Problemen ihres eigenen Überlebens beschäftigt, um ihr sehr viel Sympathie entgegenzubringen oder einen Ratschlag zu erteilen.

Jeannes Leichnam war pulverisiert und in die Luft geblasen worden, denn Lady Goroke hatte befürchtet, dass die Untermenschen eine Pilgerstätte aus ihrem Grab machen würden; ihr selbst gefiel diese Vorstellung sehr, und sie wusste, wenn sie selbst schon dafür anfällig war, dann würden die Untermenschen es noch mehr sein.

Elaine erfuhr nie, was mit den Leichnamen all der anderen Untermenschen geschehen war, die sich unter Jeannes Führung von Tieren in Menschen verwandelt und den gefährlichen, närrischen Marsch aus dem Tunnel Engloks in die obere Stadt von Kalma mitgemacht hatten. Aber war er wirklich gefährlich gewesen? Und wirklich närrisch? Wenn sie in dem Tunnel geblieben wären, hätten sie vielleicht noch einige Tage oder Monate oder Jahre weiterleben können, doch früher oder später hätte man sie entdeckt und sie wie Ungeziefer ausgerottet, das sie ja auch waren. Vielleicht war der Tod, den sie gewählt hatten, etwas Besseres gewesen. Jeanne hatte gesagt: »Es ist die Aufgabe des Lebens, immer nach etwas Besserem Ausschau zu halten und dann zu versuchen, das Leben für etwas Sinnvolles einzutauschen.«

Schließlich rief Lady Goroke Elaine und den Jäger zu sich und sagte: »Leben Sie wohl. Es ist töricht, sich Lebwohl zu wünschen, wenn Sie sich in einer Stunde weder an mich noch an Jeanne erinnern werden. Ihre Arbeit hier ist beendet. Ich habe eine wunderbare Aufgabe für Sie gefunden. Wenn man Ihre Synapsen neu anordnet, wird Ihre Liebe füreinander erhalten bleiben.«

Beide knieten vor ihr nieder und küssten ihr die Hand, doch niemals sahen sie sie wieder. In späteren Jahren beobachteten sie mehrmals einen modischen Ornithopter, der langsam über ihrem Lager kreiste und von dem eine elegante Frau zu ihnen hinunterblickte; sie besaßen keine Erinnerungen mehr, die ihnen verraten hätten, dass diese Dame Lady Goroke war, geheilt von ihrem Wahnsinn, und dass sie über sie wachte.

Ihr neues Leben war ihr endgültiges Leben.

Von Jeanne und dem braunen und gelben Tunnelgang wusste ihre Erinnerung nichts mehr.

Beide waren sehr gut zu Tieren, aber vielleicht hätten sie sich auch so verhalten, wenn sie nie teilgenommen hätten an dem gefährlichen politischen Glücksspiel der lieben toten Lady Panc Ashash.

Eines Tages geschah etwas sehr Seltsames. Ein von Elefanten abstammender Untermann arbeitete in einem kleinen Tal an einem exquisiten Steingarten für einen wichtigen Beamten der Instrumentalität, der den Garten später vielleicht ein-, zweimal im Jahr zu Gesicht bekommen würde. Elaine beschäftigte sich mit dem Wetter, während der Jäger vergessen hatte, dass er jemals gejagt hatte, so dass keiner der beiden versuchte, in den Geist des Untermanns einzudringen. (Der war übrigens ein riesenhafter Kerl, fünfmal so groß wie ein ausgewachsener Mann, womit er exakt die erlaubte Maximalgröße erfüllte. Doch er hatte Elaine und den Jäger immer freundlich angelächelt.)

Eines Abends brachte er ihnen Früchte. Aber was für Früchte! Seltene Sorten von den Außenwelten, die gewöhnliche Menschen wie sie selbst nach einjähriger Antragsfrist nicht bekommen würden.

»Warte einen Moment«, rief Elaine. »Warum hast du uns das geschenkt? Warum uns?«

»Um Jeannes willen«, erwiderte der Elefantenmann.

»Wer ist Jeanne?«, fragte der Jäger.

Der Elefantenmann blickte sie voll Mitgefühl an. »Ach, nichts weiter. Ihr erinnert euch nicht an sie, ich aber schon.«

»Aber was hat Jeanne getan?«, wollte Elaine wissen.

»Sie hat euch geliebt. Sie hat uns alle geliebt«, sagte der Elefantenmann. Rasch wandte er sich ab, als wollte er nicht weiter darüber reden, und mit einer für einen so schweren Mann unglaublichen Behändigkeit kletterte er in die wilden, herrlichen Felsen über ihnen und verschwand.

»Ich wünschte, wir hätten sie gekannt«, sagte Elaine. »Sie war bestimmt sehr nett.«

In diesem Jahr wurde der Mann geboren, der einmal der erste Lord Jestocost werden sollte.

UNTER DER ALTEN ERDE

Ich brauche einen temporären Hund
Aus einem temporären Grund
An einem temporären Ort
Wie der Erde!

– Lied aus:
Der Kaufmann, der mit
Drohungen handelte

Da gab es die Douglas-Ouyang-Planeten, die ihre einzige Sonne in einer geschlossenen Gruppe umkreisten. Sie kreisten und kreisten immerzu auf derselben Umlaufbahn, ganz anders als alle anderen bekannten Planeten. Da waren die Gentlemen-Selbstmörder daheim auf der Erde, die ihr Leben – und schrecklicher noch, manchmal auch Dinge, die wertvoller als ihr Leben waren – gegen verschiedene Arten von Geophysik verwetteten, von denen die Wahren Menschen niemals auch nur geträumt hatten. Da gab es Mädchen, die sich in Männer verliebten, auch wenn deren persönliches Schicksal öde oder entsetzlich war. Da gab es die Instrumentalität mit ihrem ewigen Auftrag, die Menschen als Menschen überleben zu lassen. Und da gab es die Bürger, die vor der Wiederentdeckung des Menschen über die Boulevards flanierten. Die Bürger waren glücklich. Sie hatten glücklich zu sein. Waren sie traurig, dann wurden sie ruhiggestellt und unter Drogen gesetzt und angepasst, bis sie wieder glücklich waren.

Diese Geschichte handelt von drei dieser Menschen: Dem Spieler, der den Namen Sonnensohn annahm, der wagte, das *Gebiet* zu betreten, und der mit sich selbst konfrontiert wurde, bevor er starb; dem Mädchen Santuna, das auf tausend Arten Erfüllung fand, bis der Tod sie packte; und Sto Odin, dem Lord der Instrumentalität, einem Uralten, der über alles Bescheid wusste und nicht im Traum daran dachte, etwas davon zu verhindern.

Musik durchzieht diese Geschichte. Die milde, süße Musik der Erdregierung und der Instrumentalität, angenehm wie Honig und gegen Ende Übelkeit auslösend. Das wilde, illegale Pulsieren des *Gebiets*, das den meisten Menschen zu betreten verboten war. Und das Schlimmste, die verrückten Fugen und die unanständigen Melodien des *Bezirks,* der den Menschen siebenundfünfzig Jahrhunderte verschlossen war – und der durch einen Zufall geöffnet, entdeckt und widerrechtlich betreten wurde. Mit ihm beginnt unsere Geschichte.

II

Vor einigen Jahrhunderten hatte Lady Ru erklärt: »Man hat Wissensfragmente gefunden. Am Urbeginn der Menschheit, noch bevor es Luftfahrzeuge gab, verkündete der Weise Laodz: ›Wasser tut nichts, aber es durchdringt alles. Untätigkeit findet ihren Weg.‹ Später sagte ein historischer Herrscher: ›Es gibt eine Melodie, die alle Dinge erfüllt. Wir tanzen unser ganzes Leben lang nach ihrem Takt, auch wenn unsere wachen Ohren niemals die Musik hören, die uns lenkt und uns bewegt. Glück kann den Menschen so sanft töten wie Schatten, die man im Traum sieht.‹ Wir müssen zuerst Menschen und erst danach glücklich sein, wenn wir nicht vergeblich leben und sterben wollen.«

Lord Sto Odin war da offener. Einigen engen Freunden erklärte er die Wahrheit: »Unsere Bevölkerungszahl geht auf den meisten Welten zurück, auch auf der Erde. Die Menschen bekommen zwar Kinder, aber sie interessieren sich nicht sehr dafür. Ich für mein Teil bin ein Drei-Vater von zwölf Kindern, ein Zwei-Vater von vier und ein Ein-Vater, wie ich glaube, von sehr vielen anderen. Ich habe Freude an der Arbeit gehabt und sie mit Freude am Leben verwechselt. Und es ist nicht dasselbe. Die Menschen wollen glücklich sein. Bitte sehr, wir gaben ihnen Glück. Triste, sinnlose Jahrhunderte des Glücks, während derer die Unglücklichen von ihnen korrigiert oder angepasst oder getötet wurden. Unerträgliches, trostloses Glück ohne den Stachel des Kummers, den Rausch der Wut, die heißen Schwaden der Angst. Wie viele von uns haben jemals den ätzenden, eisigen Geschmack alten Grolls gekostet? Das ist es, wofür die Menschen wirklich lebten in den alten Zeiten, als sie vorgaben, glücklich zu sein, und in Wahrheit von Kummer, Zorn, Hass, Raserei, Bosheit und Hoffnung belebt wurden! Diese Menschen vermehrten sich wie wahnsinnig. Sie bevölkerten die Sterne, während sie davon träumten, insgeheim oder offen, einander zu töten. In ihrer Kunst ging es um Mord oder Verrat oder verbotene Liebe. Heute kennen wir keinen Mord. Wir können uns keine Art der Liebe vorstellen, die verboten ist. Und denkt einmal an die *Amerikaner* mit ihren Schnellstraßen. Wer kann heutzutage noch irgendwohin fliegen, ohne auf dieses gigantische Straßennetz zu stoßen? Die Straßen sind verfallen, aber sie existieren noch. Man kann diese scheußlichen Gebilde sogar vom Mond aus deutlich erkennen. Aber vergesst die Straßen. Denkt an die Millionen Fahrzeuge, die über diese Straßen rasten, an die Menschen, die voller Gier und Zorn und Hass mit ihren Kraftstoff verbrennenden Fahrzeugen aneinander vorbeirauschten. Man sagt, dass allein auf den Straßen in einem Jahr fünfzigtausend Menschen umkamen. Wir würden dies einen Krieg nennen. Was müssen das für Wesen gewesen sein, die Tag und Nacht herumrasten und Dinge bauten, die anderen Menschen helfen würden, noch mehr zu rasen! Sie waren anders als wir. Sie müssen wild, schmutzig, frei gewesen sein. Lebenshungrig auf eine Art, die für uns vielleicht nicht einmal mehr vorstellbar ist. Ohne Schwierigkeit können wir tausendfach höhere Geschwindigkeiten erreichen als sie, aber wen interessiert das heute noch? Warum so schnell reisen? Woanders ist es genauso wie hier, und das gilt bis auf einige Kämpfer und Techniker für alle.« Lord Sto Odin lächelte seine Freunde an und fügte hinzu: »Wobei die Lords der Instrumentalität, also wir, natürlich auch davon ausgenommen sind. Wir reisen aus Gründen, die die Instrumentalität betreffen, und nicht aus Gründen, die für gewöhnliche Leute gelten. Gewöhnliche Leute haben wenig Grund, irgendetwas zu tun. Sie machen die Arbeit, die wir uns für sie ausdenken, um sie glücklich bleiben zu lassen, während die Roboter und Untermenschen die wirkliche Arbeit tun. Sie flanieren. Sie schlafen miteinander. Aber sie sind niemals unglücklich. *Sie können nicht unglücklich sein!*«

Lady Mmona stimmte darin nicht mit ihm überein. »Das Leben kann nicht gar so übel sein, wie du sagst. Wir glauben nicht einfach, dass sie glücklich sind – wir *wissen* es. Telepathisch sehen wir direkt in ihre Köpfe. Wir überwachen ihre Gefühlsmuster mit Scannern. Es ist doch nicht so, dass wir keine Unterlagen hätten. Die Menschen werden immer wieder unglücklich, unablässig müssen wir sie korrigieren. Und dann und wann kommen schlimme Unfälle vor, die nicht einmal wir beheben können. Wenn die Menschen sehr unglücklich sind, dann schreien und weinen sie. Manchmal hören sie plötzlich zu sprechen auf und sterben, gleichgültig, was wir für sie tun. Du kannst nicht einfach behaupten, dass das nicht real ist!«

»Aber ich tue es trotzdem«, entgegnete Lord Sto Odin.

»Was tust du?«, rief Mmona.

»Ich behaupte, dass dieses Glück nicht real ist.«

»Wie kannst du das angesichts der Beweise? Beweise, die wir von der Instrumentalität für gültig erklärt haben. Können wir, kann sich die Instrumentalität denn geirrt haben?«

»Ja«, sagte Lord Sto Odin.

Das war der Moment, in dem die gesamte Runde in Schweigen verfiel.

Sto Odin sprach weiter: »Schaut euch *meine* Beweise an. Den Menschen ist es völlig gleich, ob sie nun Ein-Väter oder Ein-Mütter sind oder nicht. Sie wissen nicht, welche Kinder von ihnen sind. Niemand wagt es, Selbstmord zu begehen. Wir machen sie zu glücklich. Aber haben wir auch jemals nur den Versuch gemacht, die sprechenden Tiere, die Untermenschen, so glücklich wie die Menschen zu machen? Und begehen Untermenschen Selbstmord?«

»Sicher«, nickte Mmona. »Sie sind dazu bestimmt, Selbstmord zu begehen, wenn sie für eine schnelle Reparatur zu schwer verletzt sind oder wenn sie an der ihnen zugeteilten Aufgabe scheitern.«

»Das meine ich nicht. Begehen sie jemals Selbstmord aus *eigenem* Antrieb, nicht weil wir sie so programmiert haben?«

»Nein«, erwiderte Lord Nuru-or, ein weiser junger Lord der Instrumentalität. »Sie sind viel zu sehr damit beschäftigt, ihrer Arbeit nachzugehen und am Leben zu bleiben.«

»Wie lange lebt ein Untermensch?«, fragte Sto Odin mit vorgetäuschter Sanftmut.

»Was weiß ich«, sagte Nuru-or. »Ein halbes Jahr, hundert Jahre, vielleicht mehrere Jahrhunderte.«

»Und was geschieht, wenn sie ihre Arbeit nicht erledigen?«, wollte Sto Odin weiter wissen und schenkte ihnen ein freundliches, verschmitztes Lächeln.

»Wir oder unsere Roboterpolizisten töten sie«, antwortete Mmona.

»Und wissen das die Tiere?«

»Ob sie wissen, dass sie getötet werden, wenn sie nicht arbeiten?«, sagte Mmona. »Natürlich. Allen sagen wir dasselbe. Arbeite oder stirb. Aber was hat das Ganze mit den Menschen zu tun?«

Lord Nuru-or war still geworden, und ein weises, trauriges Lächeln tauchte auf seinem Gesicht auf. Er begann zu ahnen, auf welch schreckliches Fazit Lord Sto Odin hinauswollte.

Aber Mmona erkannte es nicht, sondern beharrte auf ihrer Ansicht. »Mylord«, sagte sie, »du behauptest ebenfalls, dass die Menschen glücklich sind. Du gibst zu, dass sie nicht unglücklich sein wollen. Du scheinst auf ein Problem aufmerksam machen zu wollen, für das es keine Lösung gibt. Warum sollte man sich über Glück beklagen? Ist das nicht das Beste, was die Instrumentalität für die Menschheit tun kann? Willst du damit andeuten, dass wir darin versagen?«

»Ja, wir versagen.« Sto Odin sah mit leerem Blick vor sich hin, als sei er allein in dem Raum.

Er war der Älteste und Weiseste, und deshalb warteten sie, dass er weitersprechen würde.

Er holte ein wenig Atem und lächelte ihnen dann wieder zu. »Ihr wisst, wann ich sterben werde?«

»Natürlich«, erklärte Mmona und dachte eine halbe Sekunde lang nach. »In genau siebenundsiebzig Tagen. Aber du hast den Zeitpunkt selbst festgesetzt. Und es ist nicht Brauch, Mylord, wie du weißt, private Angelegenheiten auf Versammlungen der Instrumentalität zu besprechen.«

»Entschuldigt«, sagte Sto Odin, »aber ich verletze kein Gesetz. Ich will auf etwas Bestimmtes hinaus. Wir sind vereidigt, die Würde des Menschen zu bewahren. Und dennoch töten wir die Menschheit mit einschmeichelndem hoffnungslosem Glück, das Nachrichten verbietet, Religion unterdrückt, aus der Geschichte ein Staatsgeheimnis macht. Ich will damit sagen, alles deutet darauf hin, dass wir versagt haben und dass die Menschheit, die zu fördern wir geschworen haben, ebenfalls versagt. Es fehlt ihr an Vitalität, Kraft, Zahl, Energie. Ich habe nur noch kurze Zeit zu leben. Ich werde versuchen, mir Gewissheit zu verschaffen.«

Lord Nuru-or fragte mit ahnungsvoller Sorge in der Stimme, als ob er die Antwort bereits kannte: »Und wohin willst du dich wenden, um es herauszufinden?«

»Ich werde«, erklärte Sto Odin, »hinunter in das *Gebiet* gehen.«

»Das *Gebiet* – o nein!«, riefen einige. Und eine Stimme fügte hinzu: »Du bist unantastbar.«

»Ich werde auf meine Unantastbarkeit verzichten, und ich werde hinuntergehen«, sagte Sto Odin. »Wer kann schon einem Menschen etwas antun, der fast tausend Jahre alt ist und entschieden hat, nur noch siebenundsiebzig Tage zu leben?«

»Aber das darfst du nicht!«, sagte Mmona. »Irgendein Krimineller könnte dich entführen und duplizieren, und dann befänden wir uns alle in großer Gefahr.«

»Wann hast du zum letzten Mal von einem Kriminellen unter den Menschen gehört?«, fragte Sto Odin.

»Auf verschiedenen Außenwelten gibt es eine Menge von ihnen.«

»Aber auf der alten Erde selbst?«

»Ich weiß es nicht«, stammelte Mmona. »Irgendwann muss es ja wohl einen Kriminellen gegeben haben.« Sie blickte sich um. »Weiß es von euch denn niemand?«

Aber niemand wusste es.

Lord Sto Odin sah sie nacheinander an. In seinen Augen war der Glanz und die Wildheit, die ganze Generationen von Lords dazu gebracht hatten, ihn zu bitten, noch ein paar weitere Jahre am Leben zu bleiben, damit er ihnen bei ihrer Arbeit helfen konnte. Er hatte stets nachgegeben, doch vor einem Vierteljahr hatte er sich über sie hinweggesetzt und seinen Todestag gewählt. Trotzdem hatte er dadurch nichts von seiner Macht eingebüßt – sie duckten sich unter seinem Blick und warteten respektvoll auf seine Entscheidung.

Sto Odin sah Lord Nuru-or an und sagte: »Ich glaube, du hast erraten, was ich in dem *Gebiet* vorhabe und warum ich dort hingehen muss.«

»Das *Gebiet* ist ein Reservat, in dem keine Gesetze gelten und keine Strafen drohen. Gewöhnliche Menschen können dort tun, was *sie* tun wollen und nicht das, was unserer Meinung nach gut für sie ist. Nach allem, was ich gehört habe, ist es reichlich scheußlich und sinnlos, was sie dort treiben. Aber vielleicht wirst du die innere Natur all dessen erspüren. Vielleicht wirst du dort ein Heilmittel für die der Glückseligkeit überdrüssigen Menschheit finden.«

»So ist es«, nickte Sto Odin. »Und deshalb werde ich hingehen, sobald ich die notwendigen amtlichen Vorbereitungen dafür hinter mir habe.«

III

Und das tat er dann auch. Er benutzte eines der sonderbarsten Transportmittel, das die Erde je gesehen hat, denn seine Beine waren zu schwach, um ihn weit zu tragen. Da er nur noch zwei Neuntel eines Jahres zu leben hatte, wollte er keine Zeit damit verschwenden, sich noch einmal neue Beine transplantieren zu lassen. Er saß in einer offenen Sänfte, die von zwei römischen Legionären getragen wurde.

Die Legionäre waren in Wirklichkeit Roboter, die weder einen Tropfen Blut noch eine einzige lebende Zelle in ihren Körpern hatten. Sie gehörten zu dem kompaktesten und am schwierigsten herzustellenden Typ, denn ihre Gehirne waren in ihrer Brust untergebracht – mehrere Millionen Schichten aus einem unglaublich dünnen Material, dem die ganze Lebenserfahrung einer wichtigen, nützlichen und seit langem verstorbenen Persönlichkeit aufgeprägt worden war. Sie waren wie Legionäre gekleidet, trugen Brustplatten, Schwerter, Röckchen, Sandalen, Beinschienen und Schilde, und dies nur, weil es eine Laune Lord Sto Odins war, sich seine Reisebegleiter nach geschichtlichen Epochen auszusuchen. Die Roboter, die ganz aus Metall bestanden, waren sehr stark. Sie konnten Mauern niederreißen, Schluchten überspringen, mit ihren bloßen Händen jeden Mann und jeden Untermenschen zerquetschen und ihre Schwerter mit der Genauigkeit von Lenkraketen werfen.

Der vordere Legionär, Flavius, war Leiter der Abteilung 14-B der Instrumentalität gewesen – einer Spionageeinheit, die so geheim war, dass selbst von den Lords nur wenige über ihren Standort oder ihre Funktion unterrichtet waren. Er war (oder war es bis zu dem Zeitpunkt gewesen, als er im Sterben lag und seinen Geistesinhalt einem Robotgehirn aufgeprägt hatte) Direktor für die historische Erforschung der gesamten menschlichen Rasse. Nun jedoch war er eine dumme, folgsame Maschine, die in jeder Hand das Ende einer Stange hielt, bis ihr Herr die Zeit für gekommen hielt, ihren brillanten Geist in klaren, wilden Aufruhr zu versetzen, indem er einen einfachen lateinischen Satz aussprach, den kein anderer lebender Mensch verstehen konnte: *Summa nulla est.*

Der hinter ihm gehende Legionär, Livius, war zunächst Psychiater gewesen und dann General geworden. Er hatte viele Schlachten gewonnen, bis er sich zum Sterben entschloss, ein wenig überhastet, weil er erkannt hatte, dass die Schlacht selbst nur ein Mittel zu seinem eigenen Vernichtungskampf war.

Zusammen – und darüber hinaus mit der ungeheuren Geisteskraft Lord Sto Odins versehen – stellten sie ein unschlagbares Team dar.

»Ins *Gebiet*«, befahl Sto Odin.

»Ins *Gebiet*«, wiederholten beide gewichtig und hoben die Sänfte an den Tragestangen empor.

»Und dann in den *Bezirk*«, fügte Sto Odin hinzu.

»In den *Bezirk*«, wiederholten sie mit tonloser Stimme.

Sto Odin spürte, dass sich sein Sessel nach hinten absenkte. Livius ließ seine beiden Stangenenden vorsichtig auf den Boden nieder, trat an Sto Odins Seite und salutierte mit offener Handfläche.

»Darf ich erwachen?«, fragte Livius mit gleichförmiger, mechanischer Stimme.

»*Summa nulla est*«, sagte Sto Odin.

Leben kehrte in Livius' Gesicht zurück. »Sie dürfen dort nicht hingehen, Mylord! Sie müssten Ihre Unantastbarkeit aufgeben und sich allen möglichen Gefahren aussetzen. Es gibt dort unten nichts. Jetzt noch nicht. Eines fernen Tages werden sie aus diesem unterirdischen Hades hervorquellen und Ihren Leuten einen richtigen Kampf liefern. Aber jetzt noch nicht. Es sind nur unglückliche Wesen, die in ihrem beklemmenden Elend vor sich hinschmoren. Die sich auf eine Art lieben, die Sie niemals für möglich halten würden …«

»Es spielt keine Rolle, ob du weißt, was ich für möglich halte oder nicht. Wie lauten deine objektiven Einwände?«

»Es ist sinnlos, Mylord! Sie haben nur noch Bruchteile eines Jahres zu leben. Tun Sie etwas Nobles und Großes für die Menschen, bevor Sie sterben. Sie werden uns vielleicht dann abstellen. Wir aber würden gerne bis dahin an Ihrer Arbeit teilnehmen, bevor Sie fortgehen.«

»Ist das alles?«

»Mylord«, erklärte Flavius, »Sie haben auch mich erweckt. Und ich sage, machen Sie weiter! Dort unten wird die Geschichte neu geschrieben. Es geschehen dort Dinge, von denen Ihr Großen von der Instrumentalität niemals auch nur etwas geahnt habt. Machen Sie weiter und sehen Sie nach, bevor Sie sterben. Vielleicht bewirken Sie nichts, aber ich stimme mit meinem Gefährten nicht überein. Möglicherweise ist es dort so gefährlich wie in Weltraum[3], falls wir jemals auf ihn stoßen sollten, aber es ist *interessant*. Denn in dieser Welt, in der alle Taten getan, alle Gedanken gedacht sind, ist es schwer, Dinge zu entdecken, die den menschlichen Geist mit brennender Neugierde erfüllen können. Ich bin tot, wie Sie wissen, aber selbst ich spüre mit meinem Maschinengehirn den Sog des Abenteuers, das Ziehen der Gefahr, den Magnetismus des Unbekannten. Nur eines ist sicher – dass sie dort unten Verbrechen begehen. Und ihr Lords überseht sie.«

»Wir übersehen sie absichtlich. Wir sind nicht dumm. Wir wollten sehen, was geschehen würde«, erklärte Lord Sto

Odin, »und wir mussten diesen Leuten Zeit geben, um herauszufinden, wie weit sie gehen würden, wenn sie jeglicher Kontrolle ledig sind.«

»Sie haben Babys!«, rief Flavius aufgeregt.

»Ich weiß.«

»Sie haben sich auf illegale Weise zwei Blitznachrichtenmaschinen besorgt.«

Sto Odin blieb gelassen. »Also deshalb weist das Verrechnungssystem der Erde ein Defizit in der Handelsbilanz auf.«

»Sie besitzen ein Stück Congohelium!«

»Congohelium!«, entfuhr es Sto Odin. »Unmöglich! Es ist absolut instabil. Sie könnten sich damit selbst umbringen. Sie könnten die Erde verwüsten. Was machen sie damit?«

»Sie machen Musik.«

»Sie machen *was*?«

»Musik. Lieder. Hübsche Töne, zu denen man tanzen kann.«

Sto Odin verlor die Fassung. »Bringt mich sofort zu ihnen. Ein Stück Congohelium dort unten zu haben, das ist so, als wollte man bewohnte Planeten leerfegen, um Schach zu spielen.«

»Mylord ...«, begann Livius.

»Ja?«

»Ich ziehe meine Einwände zurück.«

Trocken erwiderte Sto Odin: »Danke.«

»Dort unten gibt es auch noch etwas anderes. Da ich Sie davon abhalten wollte, diesen Weg zu gehen, habe ich es nicht erwähnt. Es hätte vielleicht Ihre Neugier geweckt. Diese Menschen besitzen einen Gott.«

»Wenn du beabsichtigst, mir eine Geschichtsstunde zu geben, dann verschiebe das auf später. Schlaf wieder ein und bring mich hinunter.«

»Ich meine, was ich sagte.«

»Einen Gott? Was nennst du einen Gott?«

»Eine Person oder eine Idee, die ganz neue kulturelle Entwicklungen in Gang setzt.«

Sto Odin beugte sich nach vorn. »Du *weißt* es?«

»Wir beide«, erwiderten Flavius und Livius wie aus einem Mund.

»Wir haben ihn gesehen«, fuhr Livius fort. »Vor einem Zehnteljahr erlaubten Sie uns dreißig Freistunden, und wir legten normale Roboterkörper an und gelangten durch Zufall in das *Gebiet*. Als wir die Wirkung des Congoheliums verspürten, blieb uns nichts anderes übrig, als hinunterzugehen und nachzuschauen, was damit angestellt wurde. Normalerweise benutzt man es, die Sterne in ihren Bahnen zu halten ...«

»Das brauchst du mir nicht zu erklären. Ich bin darüber informiert. War es ein Mensch?«

»Ein Mensch«, bestätigte Flavius, »der das Leben Echnatons nachlebt.«

»Und wer ist das?«, fragte Sto Odin, der die Geschichte kannte, aber herausfinden wollte, wie viel seine Roboter wussten.

»Ein König, hochgewachsen, langgesichtig, dicklippig, der lange, lange vor der Entdeckung der Atomkraft die menschliche Welt Ägypten regierte. Echnaton erfand die besten der frühen Götter. Dieser Mensch nun lebt Echnatons Leben Schritt für Schritt nach. Er hat aus der Sonne eine Religion gemacht. Er verachtet das Glück. Die Menschen hören auf ihn. Sie verspotten die Instrumentalität.«

»Und wir haben das Mädchen gesehen, das ihn liebt«, fügte Livius hinzu. »Sie ist jung und wunderschön. Und ich glaube, sie verfügt über Kräfte, die die Instrumentalität dazu zwingen werden, sie eines Tages zu fördern oder zu vernichten.«

»Beide machten Musik«, sagte Flavius, »und benutzten dazu dieses Stück Congohelium. Und dieser Mann oder Gott – dieser neuerstandene Echnaton, wie immer Sie ihn auch nennen wollen, Mylord – tanzte einen fremdartigen Tanz zu dieser Weise. Es sah aus, als hätte man einen Leichnam mit Schnüren versehen und ihn wie eine Marionette tanzen lassen. Die Wirkung auf die Leute, die ihm zuschauten, war so stark, als wäre er einer der besten Hypnotiseure der Welten. Ich bin jetzt ein Roboter, aber sogar ich ließ mich davon beeindrucken.«

»Hat der Tanz einen Namen?«, fragte Sto Odin.

»Ich kenne seinen Namen nicht«, antwortete Flavius, »aber ich erinnere mich an das Lied, weil ich über ein ausgezeichnetes Gedächtnis verfüge. Möchten Sie es hören?«

»Sicher«, nickte Lord Sto Odin.

Flavius stellte sich auf ein Bein, spreizte die Arme in unmöglichen Winkeln und begann sodann mit einer hohen, schrillen Tenorstimme laut zu singen, die gleichermaßen faszinierend wie abstoßend war:

Springt, ihr Leute, und ich heule für euch.
Springt und heult, und ich weine für euch.
Ich weine, weil ich ein Weinender bin.
Ein Weinender bin ich, denn ich weine für euch.
Ich weine, denn dieser Tag ist ertrunken.
Die Sonne gesunken.
Die Heimat verloren.
Die Zeit hat Vater getötet.
Ich die Zeit verlötet.
Die Welt ist ein Ball.
Der Tag ein Intervall.
Die Wolken sind zerflossen.
Die Sterne erloschen.
Die Berge in Brand.
Der Regen eine Wand.
Die Wand ist blau.
Ich bin grau.
So wie ihr.
Springt, ihr Leute, für den Heulenden.
Hüpft, ihr Leute, für den Weinenden.
Ein Weinender bin ich, denn ich weine für euch!

»Genug«, befahl Sto Odin.

Flavius salutierte. Sein Gesicht nahm wieder den Ausdruck liebenswürdigen Stumpfsinns an. Als er die vorderen Tragestangen ergriffen hatte, blickte er sich noch einmal um und machte eine letzte Bemerkung: »Das Versmaß ist skeltonisch.«

»Nun ist es genug mit den Geschichtslektionen. Bringt mich hinunter!«

Die Roboter gehorchten, und bald schaukelte die Sänfte die Rampen der alten Ruinenstadt hinunter, die sich unter dem Erdhafen ausbreitete, jenem geheimnisvollen Turm, der die Stratosphärenwolken im klaren, blauen Nichts über der Menschheit zu berühren schien.

Sto Odin begann in seinem absonderlichen Transportmittel einzuschlafen und bemerkte nicht, wie ihn die menschlichen Passanten anstarrten. Dann und wann wachte er an seltsamen Orten auf, während ihn die Legionäre immer weiter in die Tiefen unter der Stadt hinabtrugen, wo süßliche Düfte und warme, intensive Gerüche seine empfindliche Nase trafen.

»Anhalten!«, flüsterte Sto Odin nach einer Weile, und die Roboter erstarrten. »Wer bin ich?«

»Sie haben erklärt, Mylord«, erwiderte Flavius, »dass Sie in genau siebenundsiebzig Tagen sterben wollen, aber bis dahin lautet Ihr Name noch immer Lord Sto Odin.«

»Lebe ich?«

»Ja«, bestätigten die beiden Roboter.

»Seid ihr tot?«

»Wir sind nicht tot. Wir sind Maschinen, denen man das Bewusstsein von Menschen aufgeprägt hat, die einst gelebt haben. Möchten Sie umkehren, Mylord?«

»Nein, nein. Jetzt erinnere ich mich, dass ihr Roboter seid. Livius, der Psychiater und General. Flavius, der geheime Historiker. Ihr besitzt menschlichen Verstand und seid doch keine Menschen?«

»Das ist richtig, Mylord«, sagte Flavius.

»Wie kann dann ich lebendig sein – ich, Sto Odin?«

»Sie müssten es eigentlich selbst fühlen, Sir«, erklärte Livius, »obwohl die Gedanken von alten Menschen seltsam sind.«

»Wie kann ich lebendig sein?«, wiederholte Sto Odin, und seine Blicke glitten über die Stadt. »Wie kann ich lebendig sein, wenn die Menschen, die mich kannten, tot sind? Sie huschten wie Nebelgeister, wie Wolkenfetzen durch die Gänge. Sie waren hier und sie liebten mich und sie kannten mich, und nun sind sie tot. Nehmt meine Frau, Eileen. Sie war ein hübsches Ding, ein braunäugiges Kind, das ganz vollkommen und ganz jung aus dem Lernzimmer kam. Die Zeit umfing sie, und sie tanzte zu ihrer Kadenz. Ihr Körper wurde füllig, wurde alt. Wir reparierten ihn. Aber schließlich krümmte sie sich doch zum Tode zusammen und ging an einen Ort, an den auch ich gehen werde. Da ihr tot seid, müsst ihr mir doch sagen können, was der Tod ist, wo die Körper und Gedanken und Stimmen und Musik der Männer und Frauen durch diese riesigen Gänge streifen, über dieses unvergängliche Pflaster, und dann verschwunden sind. Wie konnten vergängliche Geister wie ich und meinesgleichen, jeder nur mit ein paar Dutzend oder ein paar Hundert Jahren ausgestattet, bevor die großen blinden Winde der Zeit uns fortwehen – wie konnten Phantome wie ich diese massive Stadt bauen, diese wunderbaren Maschinen, diese hellen Lampen, die niemals erlöschen? Wie haben wir das geschafft, wenn wir so schnell verblassen, jeder von uns, wir alle? Wisst ihr es?«

Die Roboter schwiegen. Mitleid war ihnen nicht einprogrammiert worden. Dennoch bedrängte sie Lord Sto Odin weiter.

»Ihr bringt mich zu einem wilden Ort, einem freien Ort, einem bösen Ort vielleicht. Dort sterben sie auch, wie alle Menschen sterben, wie ich so bald, so freudig, so einfach sterben werde. Ich hätte schon vor langer Zeit sterben sollen. Ich war die Menschen, die mich kannten, ich war die Brüder und Kameraden, die mir vertraut haben, ich war die

Frauen, die mich trösteten, ich war die Kinder, die ich so schmerzlich und so süß vor vielen langen Jahren geliebt habe. Nun sind sie fort. Die Zeit umfing sie, und sie waren nicht mehr. Ich kann jeden, den ich jemals gekannt habe, durch diese Gänge eilen sehen, und sie sind jung wie kleine Kinder, und sie sind stolz und weise und beschäftigt und erfahren, und schließlich sind sie alt und gekrümmt, wenn die Zeit nach ihnen greift und sie hastig mit sich nimmt. Warum haben sie das getan? Wie kann ich weiterleben? Wenn ich tot bin, werde ich dann wissen, dass ich einst gelebt habe? Ich weiß, dass einige meiner Freunde den Tod betrogen haben und in eisigem Schlaf ruhen, weil sie sich etwas erhofften, was sie selbst nicht kannten. Ich habe ein Leben gehabt, und ich weiß es. Was ist das Leben? Ein wenig Spiel, ein wenig Lernen, einige wohlgesetzte Worte, etwas Liebe, ein Schmerzeshauch, noch mehr Arbeit, Erinnerungen und dann Staub, der dem Sonnenlicht entgegenstrebt. Das ist alles, was wir daraus gemacht haben – wir, die wir die Sterne erobert haben! Wo sind meine Freunde? Wo ist mein *Ich*, dessen ich einst so sicher war, als die Menschen, die mich kannten, von der Zeit fortgeblasen wurden wie sturmgepeitschte Lumpen, die der Dunkelheit und dem Vergessen entgegentreiben? Sagt es mir. Ihr müsstet es doch wissen! Ihr seid Maschinen, und man hat euch die Gedanken von Menschen verliehen. Ihr müsstet es wissen, was wir wert sind, von außen betrachtet.«

»Wir wurden«, erwiderte Livius, »von Menschen gebaut, und wir besitzen, was die Menschen uns eingegeben haben, und weiter nichts. Wie können wir Fragen wie die Ihren beantworten? Sie widerstreben unserem Verstand, so gut unser Verstand auch sein mag. Wir empfinden keinen Kummer, keine Furcht, keinen Zorn. Wir kennen die Bezeichnungen für diese Gefühle, aber wir wissen nicht, worüber Sie sprechen. Versuchen Sie uns zu erklären, was es bedeutet, am Leben zu sein? Wenn es so ist, dann wissen wir es bereits. Nicht genau. Nicht viel. Vögel leben auch, ebenso wie Fische. Es sind nur die Menschen, die sprechen und das Leben mit Qualen und Rätseln verwirren können. Ihr bringt alles durcheinander. Niemals hat Geschrei die Wahrheit wahrer gemacht, zumindest nicht für uns.«

»Bringt mich hinunter«, befahl Sto Odin. »Bringt mich hinunter in das *Gebiet*, in das sich seit vielen Jahren kein anständiger Mensch mehr hineingewagt hat. Ich möchte mir ein Urteil über diesen Ort bilden, bevor ich sterbe.«

Die Roboter hoben die Sänfte an und setzten ihren gleichmäßigen Hundetrott fort, die gewaltigen Rampen hinunter in die warmen, dampfenden Geheimnisse der Erde. Die menschlichen Fußgänger wurden weniger, aber Untermenschen – hauptsächlich vom Typ Gorilla oder Affe – begegneten ihnen nun häufiger, mühsam nach oben kletternd und versteckte Schätze mit sich schleppend, die sie in den nirgendwo katalogisierten Warenhäusern aus der ältesten Vergangenheit der Menschen erbeutet hatten. Manchmal erklang das Rattern von Metallrädern auf Steinstraßen; nachdem die Untermenschen ihre Schätze an irgendeiner weit oben liegenden Zwischenstation abgeladen hatten, setzten sie sich auf ihre Karren und rollten wieder bergab, wie groteske Vergrößerungen frühmenschlicher Kinder, von denen erzählt wurde, dass sie einst auf diese Weise mit solchen Karren spielten.

Ein Kommando, lediglich ein Flüstern, ließ die beiden Legionäre erneut stehen bleiben. Flavius drehte sich um; tatsächlich hatte Sto Odin beide Roboter gemeint. Sie setzten die Sänfte ab und näherten sich ihm, jeder von einer anderen Seite.

»Ich werde vielleicht jetzt schon sterben«, flüsterte Sto Odin, »und das käme mir sehr ungelegen. Gebt mir meine Ichpuppe.«

»Mylord«, sagte Flavius, »es ist uns Robotern strengstens untersagt, die Ichpuppe eines Menschen zu berühren, und wenn wir sie berühren, dann müssen wir uns danach unverzüglich selbst zerstören. Möchten Sie, dass wir es trotzdem versuchen? Sie haben das Kommando, Mylord.«

IV

Sto Odin zögerte so lange, dass sich selbst die Roboter fragten, ob er nun hier in der stickigen, feuchten Luft und dem Gestank von Dampf und Öl sterben würde. Endlich richtete er sich auf und erklärte: »Ich brauche keine Hilfe. Legt mir nur die Tasche mit meiner Ichpuppe in den Schoß.«

»Diese hier?«, fragte Flavius und hob einen kleinen braunen Koffer hoch, den er dem Lord widerstrebend reichte.

Sto Odin nickte kaum merklich und flüsterte: »Öffne ihn vorsichtig. Aber berühre die Puppe nicht, wenn deine Befehle so lauten.«

Flavius drehte an dem Verschluss der Tasche. Es war schwierig für ihn. Roboter empfanden keine Furcht, aber sie waren intellektuell zum Vermeiden von Gefahr gezwungen – Flavius wurde von zahllosen Wahrscheinlichkeitsrechnungen überwältigt, während er versuchte, die Tasche zu öffnen. Sto Odin wollte ihm helfen, aber die uralte Hand war schwach und zittrig, und er konnte sie nicht einmal bis zu dem Koffer hochheben. Flavius mühte sich weiter ab, und er dachte dabei daran, dass das *Gebiet* und der *Bezirk* auch ihre Gefahren hatten, aber dass dieses Hantieren mit der Puppe für ihn das riskanteste Spiel in seiner Existenzform als Roboter war, obwohl er in seinem menschlichen Leben viele solcher Puppen und nicht nur seine eigene berührt hatte. Es waren »Puppen, elektro-enzephalografisch und endokrin«, die ein miniaturisiertes Abbild der gesamten diagnostischen Situation des Patienten lieferten, dessen Gestalt sie besaßen.

»Es hat keinen Zweck«, murmelte Sto Odin. »Hebt mich hoch. Wenn ich sterben sollte, dann tragt meinen Leichnam zurück und sagt den Leuten, dass ich mich im Zeitpunkt geirrt habe.«

Noch während er sprach, sprang der Koffer auf. In seinem Innern lag ein kleiner, nackter menschlicher Mann, eine genaue Kopie Sto Odins.

»Wir haben es geschafft, Mylord«, rief Livius von der anderen Seite. »Lassen Sie mich Ihre Hand führen, damit Sie erkennen, was zu tun ist.«

Obwohl es Robotern verboten war, Ichpuppen zu berühren, durften sie ein menschliches Wesen mit dessen Zustimmung anfassen. Livius' starke, kuproplastische Finger, die trotz ihrer menschlichen Form eine potenzielle Greifkraft von mehreren Tonnen besaßen, zogen die Hände des Lords so weit vor, bis sie auf der Ichpuppe lagen. Flink, sanft, agil hielt Flavius den Kopf des Lords auf dessen uraltem, müdem Hals aufrecht, so dass der greise Mann sehen konnte, was er mit den Händen tat.

»Ist irgendein Teil abgestorben?«, fragte Sto Odin die Puppe, und seine Stimme war für einen Moment wieder klar.

Die Puppe verfärbte sich, und zwei fette schwarze Flecke zeigten sich an der Außenseite des rechten Oberschenkels und der rechten Gesäßhälfte.

»Organische Reserve?«, fragte der Lord seine Ichpuppe, und wieder gehorchte sie seinem Befehl. Der Miniaturkörper nahm überall eine leuchtende Purpurfärbung an und verblasste dann wieder zu einem gleichmäßigen Rosa.

»Ich habe noch etwas Kraft in diesem Körper und auch in den Prothesen«, sagte Sto Odin dann zu den beiden Robotern. »Hochschalten, sage ich! Schaltet mich hoch.«

»Sind Sie sicher, Mylord«, erkundigte sich Livius, »dass wir etwas Derartiges hier tun sollen, da wir drei doch allein in diesem tiefen Tunnel sind? In weniger als einer halben Stunde könnten Sie in einem richtigen Krankenhaus sein, wo echte Ärzte Sie untersuchen können.«

»Ich sagte«, wiederholte Lord Sto Odin, »setzt mich auf. Ich werde währenddessen die Puppe im Auge behalten.«

»Ist Ihre Einstellungsvorrichtung an der üblichen Stelle, Mylord?«, fragte Livius.

»Wie hoch soll die Umdrehung sein?«, fragte Flavius.

»Natürlich befindet sie sich am Nacken. Die darüber liegende Haut ist künstlich und selbstdichtend. Eine Zwölftelumdrehung wird ausreichen. Habt ihr ein Messer dabei?«

Flavius nickte. Er zog ein kleines, scharfes Messer aus dem Gürtel, tastete damit vorsichtig am Nacken des Lords entlang und stach dann mit einer schnellen, sicheren Drehung zu.

»Das war's!«, sagte Lord Sto Odin mit einer Stimme, die so kräftig klang, dass die beiden Roboter einen Schritt zurückwichen. Flavius steckte das Messer in seinen Gürtel. Sto Odin, der noch vor einem Moment fast im Koma gelegen hatte, hielt nun die Puppe mit ruhiger Hand. »Meine Herren«, rief er. »Ihr mögt zwar Roboter sein, aber ihr könnt trotzdem die Wahrheit erkennen und darüber berichten.«

Beide starrten die Ichpuppe an, die Sto Odin mit Daumen und Zeigefinger unter den Achseln gepackt hatte und vor sich hielt. »Seht, was sie anzeigt«, forderte er sie mit klarer, wohlklingender Stimme auf. »Prothesen!«, rief er der Puppe zu.

Der winzige Körper begann seine Farbe zu wechseln, das Rosa wandelte sich. Die Beine nahmen ein tiefes, dunkles Blau an. Die Beine, der linke Arm, ein Auge, ein Ohr und die Schädeldecke blieben blau und verrieten damit, dass sie Prothesen waren.

»Empfundener Schmerz!«, rief Sto Odin. Die kleine Puppe verfärbte sich wieder rosa. Alle Einzelheiten waren perfekt ausgearbeitet, selbst die Geschlechtsorgane, Zehennägel und Augenwimpern. An keiner Stelle des kleinen Körpers war auch nur ein Hauch der schwarzen Farbe zu sehen, die Schmerz symbolisierte.

»Potenzieller Schmerz!«, befahl Sto Odin. Die Puppe schimmerte auf. Fast überall nahm sie die Farbe dunklen Nussbaumholzes an, während einige Stellen von einem intensiveren Braun waren als der Rest.

»Potenzieller Zusammenbruch – ein Tag!«, rief Sto Odin. Wieder wurde der kleine Körper rosa. Kleine Blitze zeigten sich am Gehirnansatz, aber nirgendwo sonst.

»Mit mir ist alles in Ordnung«, sagte Sto Odin. »Ich kann so weitermachen wie in den letzten hundert Jahren. Lasst mich auf diese hohe Lebensleistung eingestellt. Ich kann es einige Stunden lang ertragen, und wenn nicht, dann ist es auch nicht weiter schlimm.« Er legte die Puppe oben auf die Tasche, hängte diese an die äußere Türklinke der Sänfte und befahl den Legionären: »Vorwärts!«

Die Legionäre sahen an ihm vorbei, als sei er durchsichtig.

Sto Odin folgte ihrer Blickrichtung und bemerkte, dass sie wie gebannt die Ichpuppe anstarrten.

Sie war schwarz geworden.

»Sind Sie tot?«, fragte Livius und sprach so heiser, wie es ein Roboter vermochte.

»Nicht im Geringsten!«, rief Sto Odin. »Ich war für Bruchteile von Sekunden tot, aber im Augenblick lebe ich noch. Das war nur die Schmerzsumme meines lebenden Körpers, die sich in der Verfärbung der Ichpuppe zeigte. Das Lebensfeuer brennt noch immer in mir. Schaut her, wenn ich die Puppe fortschließe …« Die Puppe flammte zu einem pastelfarbenen Orange auf, als Sto Odin den Deckel schloss.

Die Roboter drehten sich zur Seite, als ob sie etwas Schreckliches oder das grelle Licht einer Explosion gesehen hätten.

»Abwärts, Männer, abwärts«, schrie Sto Odin und verwechselte ihre Namen, während die beiden wieder zwischen die Stangen traten, um ihn tiefer hinein in die Eingeweide der Erde zu tragen.

Sto Odin träumte braune Träume, während sie die endlosen Rampen hinuntertrotteten. Zwischendurch wachte er immer wieder kurz auf und sah die gelben Wände, an denen sie vorbeikamen. Er betrachtete seine vertrocknete alte Hand, und es schien ihm, dass er in dieser Atmosphäre mehr einem Reptil glich als einem Menschen.

»Ich bin gefangen in der trockenen, düsteren Verschild-krötung des Alters«, murmelte er, aber seine Stimme war schwach und die Roboter hörten ihn nicht. Sie gingen eine lange, ausgediente Betonrampe hinunter, die von einem ur-alten Ölfilm überzogen war, und sie mussten vorsichtig sein, wenn sie nicht stolpern und ihren kostbaren Herrn fallen-lassen wollten.

An einer tiefen, verborgenen Stelle gabelte sich die nach unten führende Rampe, mündete links in eine große Arena, auf deren Stufen Tausende von Zuschauern Platz gefunden hätten und Zeuge eines Ereignisses geworden wären, das nun nie kommen würde, und ging rechts in eine schmalere Rampe über, die aufwärts führte und dann samt ihren gel-ben Lampen hinter einer Biegung verschwand.

»Halt!«, rief Sto Odin. »Seht ihr sie? Hört ihr es?«

»Was sollen wir hören?«, fragte Flavius.

»Das Pulsieren und die Kadenz des Congoheliums, die aus dem *Gebiet* emporsteigen. Das Sirren und Schwirren un-glaublicher Musik, die durch die riesigen Massen dichten Gesteins zu uns durchdringt. Das Mädchen, das ich schon sehen kann und das vor einer Tür wartet, die nie hätte ge-öffnet werden dürfen. Der Klang der sterngeborenen Musik, die nicht für gewöhnliche menschliche Ohren geschaffen ist. Könnt ihr es denn nicht hören? Diese Kadenz. Das Congo-helium, das sich so schrecklich tief und gesetzwidrig hier unter der Erde befindet? Dah, dah. Dah, dah. Dah. Musik, die bisher noch von niemandem erfasst wurde.«

»Ich höre nichts«, erwiderte Flavius, »nur das Pulsieren der Luft in diesem Gang und Ihren eigenen Herzschlag, Mylord. Und noch etwas – es klingt ein wenig wie eine sehr weit entfernt arbeitende Maschine.«

»Ja, das ist es!«, rief Sto Odin. »Das, was für dich ›ein wenig wie eine Maschine‹ klingt, kommt es als Takt von fünf einzelnen, einzigartigen Tönen?«

»Nein. Nein, Sir. Es sind nicht fünf.«

»Und du, Livius, warst du in deiner Zeit als Mensch telepathisch sehr begabt? Ist etwas von deiner Persönlichkeit in dir als Roboter erhalten geblieben?«

»Nein, Mylord, nichts. Ich habe empfindsame Sinne, und ich bin auch an das unterirdische Funknetz der Instrumentalität angeschlossen. Mir ist nichts Ungewöhnliches aufgefallen.«

»Kein Fünfertakt? Jede Note für sich, ein wenig lang gezogen, die von der schrecklichen Musik des Congoheliums Sinn und Form verliehen bekommen hat und mit uns in diesem massiven Felsgestein gefangen ist? Du hörst wirklich nichts?«

Die beiden Roboter in der Gestalt römischer Legionäre schüttelten den Kopf.

»Aber ich kann sie sehen, selbst durch das Gestein. Sie hat Brüste, die aussehen wie reife Birnen, und dunkelbraune Augen wie die Kerne frisch aufgeschnittener Pfirsiche. Und ich kann verstehen, was sie singen, die unheimlichen, albernen Worte eines Pentapauls, das durch die furchtbare Musik des Congoheliums etwas Majestätisches gewinnt. Lauscht den Worten! Wenn ich sie wiederhole, dann klingen sie nur närrisch, denn die traumgleiche Musik fehlt. Ihr Name lautet Santuna, und sie sieht ihn an. Kein Wunder, dass sie ihn anschaut. Er ist größer als die meisten anderen Männer, und er verwandelt dieses Narrenlied in etwas Furchteinflößendes und Fremdes.

Sing. Jim.
Bring. Nimm.
Ring.

Und sein Name ist Yebayee, aber nun ist er der Sohn der Sonne. Er hat das lange Gesicht und die dicken Lippen des ersten Menschen, der von dem einen und einzigen Gott sprach. Echnaton.«

»Echnaton, der Pharao«, sagte Flavius. »Dieser Name war in meinem Amt bekannt, als ich noch ein Mensch war. Er war geheim. Einer der ersten und größten der mehr als alten Könige. Sie sehen ihn, Mylord?«

»Durch diesen Fels sehe ich ihn. Durch diesen Fels höre ich das Delirium, das von dem Congohelium erzeugt wird. Ich werde zu ihm gehen.« Sto Odin verließ die Sänfte und klopfte leicht und leise an die solide Steinwand des Gangs. Die gelben Lampen glühten.

Die Legionäre waren ratlos. Hier gab es etwas, das ihre scharfen Schwerter nicht durchdringen konnten. Ihre einst menschlichen Persönlichkeiten, die ihren mikro-miniaturisierten Gehirnen aufgeprägt waren, konnten keinen Sinn in der allzu menschlichen Situation eines alten, sehr alten Mannes erkennen, der wilde Träume in einem abgelegenen Tunnel träumte.

Sto Odin lehnte sich an die Wand, schwer atmend, und sagte mit keuchender, kratziger Stimme: »Das ist kein Flüstern, das man überhören könnte. Vernehmt ihr denn nicht den Fünfertakt des Congoheliums, das wieder seine verrückte Musik erzeugt? Achtet auf die Worte dieses Verses. Es ist ein weiteres Pentapaul. Närrische, dürre Worte, denen Fleisch und Blut und Eingeweide durch die Musik gegeben wurde, die sie mitträgt. Hier, hört:

Sei. Drei.
Schrei. Frei.
Hei.

Habt ihr das auch nicht gehört?«

»Soll ich meinen Funkkontakt nutzen und die Erdoberfläche um Rat fragen?«, erkundigte sich einer der Roboter.

»Rat! Rat! Was für einen Rat brauchen wir schon? Dies *ist* das *Gebiet,* und in einer weiteren Stunde schnellen Laufs sind wir im Herz des *Bezirks.*« Sto Odin stieg wieder in die Sänfte und befahl: »Lauft, Männer, lauft! Es kann nicht weiter sein als drei oder vier Kilometer tiefer in diesem Steingehege. Ich werde euch dirigieren. Sobald ich euch nicht mehr führen kann, bringt meinen Leichnam zurück an die Oberfläche, dass man mir ein herrliches Begräbnis bereiten und mich mit einem Raketensarg in den Weltraum schießen kann, auf eine Bahn ohne Wiederkehr. Ihr braucht euch über nichts Sorgen zu machen. Ihr seid Maschinen, weiter nichts, oder? Oder seid ihr es nicht?« Seine Stimme klang schrill bei den letzten Worten.

»Mehr nicht«, sagte Flavius.

»Mehr nicht«, sagte Livius. »Und trotzdem ...«

»Und trotzdem was?«, unterbrach ihn Lord Sto Odin.

»Und trotzdem«, fuhr Livius fort, »obwohl ich weiß, dass ich eine Maschine bin und Gefühle nur gekannt habe, als ich einst ein lebender Mensch war, frage ich mich doch manchmal, ob ihr Menschen nicht zu weit geht. Mit uns Robotern. Vielleicht sogar auch mit den Untermenschen. Einst waren die Dinge einfach, als alles, was redete, ein menschliches Wesen, und alles, was nicht redete, kein menschliches Wesen war. Vielleicht seid ihr am Ende eures Weges angelangt.«

»Wenn du das oben gesagt hättest«, bemerkte Lord Sto Odin grimmig, »wäre dein Kopf vermutlich von der automatischen Magnesiumflamme verbrannt worden. Du weißt, dass man euch in Hinblick auf illegale Gedanken überwacht.«

»Ich weiß das nur zu gut«, sagte Livius, »und ich weiß, dass ich einst als Mensch gestorben sein muss, um in diesem Roboterkörper existieren zu können. Das Sterben hat mir damals nicht wehgetan, und wahrscheinlich wird es mir beim nächsten Mal auch nicht wehtun. Aber nichts davon spielt wirklich eine Rolle, wenn wir hinuntergehen und so tief in die Erde vorstoßen. So weit unten verändert sich alles. Ich habe nie gedacht, dass das Innere der Welt so groß und so eklig sein könnte.«

»Es spielt keine Rolle, wie tief wir sind«, wies ihn Sto Odin unwirsch zurecht, »sondern *wo* wir sind. Das ist das *Gebiet*, wo alle Gesetze aufgehoben sind, und dort unten und ganz weit hinten liegt der *Bezirk*, wo es niemals Gesetze gegeben hat. Macht jetzt rasch! Ich möchte mir diesen seltsamen Musiker ansehen, der das Gesicht Echnatons hat, und ich möchte mich mit dem Mädchen unterhalten, das ihn verehrt, mit dieser Santuna. Seid jetzt vorsichtig. Ein wenig nach oben, ein wenig nach links. Falls ich einschlafe, kümmert euch nicht darum. Geht weiter. Ich werde von selbst erwachen, wenn wir in die Nähe der Musik des Congoheliums geraten. Wenn ich sie schon jetzt hören kann, obwohl wir noch so weit entfernt sind, dann könnt ihr euch vorstellen, wie sie erst sein wird, wenn ihr ihr näher kommt!«

Sto Odin lehnte sich in seinen Sessel zurück. Die Roboter hoben die Sänfte an den Tragestangen hoch und liefen in die Richtung, die er ihnen gewiesen hatte.

VI

Sie waren länger als eine Stunde gelaufen, hatten nur gelegentlich ihre Geschwindigkeit verlangsamt, wenn sie über beschädigtes Pflaster oder zerbrochene Rohre klettern mussten oder wenn das Licht so grell wurde, dass ihnen nichts anderes übrig blieb, als in die Taschen zu greifen und die Sonnenbrillen aufzusetzen, was in der Tat wirklich komisch aussah bei zwei behelmten und voll bewaffneten römischen Legionären. (Natürlich war es noch komischer, dass die Augen keine Augen waren; Roboteraugen ähnelten weißen Murmeln, die in kleinen Schälchen voll glitzernder Tinte schwammen, was ihnen einen grimmigen, milchigen Blick verlieh.) Sie sahen ihren Herrn an, denn er hatte sich bis jetzt nicht mehr gerührt, und nahmen einen Zipfel seines Gewandes, um ihn zu einer Binde zusammenzudrehen, damit seine Augen gegen das grelle Licht geschützt waren.

Das neue Licht ließ die gelben Lampen des Tunnelgangs in den Hintergrund treten. Das Licht war so hell wie der Glanz des Nordlichtes, hätte man es verdichtet und in den Kellergang eines aus alter Zeit erhaltenen Hotels projiziert. Keiner der Roboter wusste, wo der Ursprung des Lichtes lag, aber es pulsierte im Fünfertakt.

Sogar den beiden Roboter wurden die Musik und das Licht zu viel, während sie hinunter zum Zentrum der Welt eilten oder trotteten. Das Luftversorgungssystem musste sehr leistungsfähig sein, denn die innere Hitze der Erde war nicht im Geringsten spürbar, selbst nicht in diesen großen Tiefen. Flavius vermochte nicht einmal abzuschätzen, wie viele Kilometer unter der Oberfläche sie sich inzwischen befanden. Er wusste, dass es nach planetaren Maßstäben nicht viele sein konnten, aber es war dennoch sehr weit für einen einfachen Fußmarsch.

Plötzlich setzte sich Lord Sto Odin in der Sänfte auf, und als die beiden Roboter langsamer wurden, fuhr er sie schroff an: »Geht weiter. Geht weiter, ich habe mich nur aufgesetzt. Ihr braucht mir nicht zu helfen.«

Er holte die Ichpuppe hervor und musterte sie im Schein des kleinen Nordlichtes, das sich in dem Gang vervielfältigte. Die Puppe durchlief ihre diagnostischen Farbwechsel. Der Lord war zufrieden. Mit festem Griff setzte er sich die Messerspitze an den Nacken und stellte die Zufuhr an Lebensenergie noch ein wenig höher ein.

Die Roboter folgten unterdessen seinen Anweisungen.

Die Lichter waren verwirrend gewesen. Ja, manchmal hatten sie sogar das Gehen erschwert. Es fiel schwer sich vorzustellen, dass Dutzende oder Hunderte, vielleicht Tausende menschlicher Wesen ihren Weg durch dieses nirgends kartografierte Gängesystem gefunden hatten, um die innersten Bereiche des *Bezirkes* zu erreichen, wo alle Wesen willkommen waren. Doch es funktionierte. Sie selbst waren schon zuvor hier gewesen, konnten sich jedoch nur verschwommen daran erinnern, wie sie damals den Weg gefunden hatten.

Und die Musik! Sie dröhnte ihnen jetzt lauter entgegen als zu Beginn. Sie kam stets im Fünfertakt, jubilierte die Noten des Pentapauls heraus, jenen aus fünf Worten bestehenden Vers, den der verrückte Katzensänger K'paul vor einigen Hundert Jahren beim K'flötenspiel entdeckt hatte. Die Form selbst bestätigte und verstärkte die Hitzigkeit der Katzen und verband sie mit der herzzerbrechenden Intelligenz der menschlichen Wesen. Kein Wunder, dass die Menschen den Weg hierher gefunden hatten.

In der gesamten Menschheitsgeschichte gab es keinen Akt, der nicht durch eine der drei bittersten Antriebe des menschlichen Geistes hätte ausgelöst werden können – religiöser Glaube, rachsüchtige Prahlerei oder schieres Laster. Hier hatten die Menschen um des Lasters willen die unentdeckbare Tiefe erreicht und sie zu wilden, widerlichen Zwecken missbraucht. Die Musik trieb sie an.

Es war eine ganz besondere Musik, und sie erreichte Sto Odin und seine Legionäre inzwischen auf zwei völlig verschiedenen Wegen. Sie drang einmal durch den massiven Fels zu ihnen und dann wiederum als zigfaches Echo durch das Labyrinth der Gänge, getragen von der dunklen, dicken Luft. Die Lampen waren noch immer gelb, aber die elektromagnetische Illumination, die im Takt der Musik aufflackerte, überstrahlte die normale Beleuchtung. Die Musik beherrschte alles, bestimmte die Zeit, rief alles Leben zu sich. Es war ein Lied von einer Art, wie es die Roboter bei ihrem ersten Besuch in einer solchen Intensität noch nicht wahrgenommen hatten.

Selbst Lord Sto Odin, der so weit herumgekommen war und viele Erfahrungen gesammelt hatte, war etwas Ähnliches nie zuvor zu Ohren gekommen.

Es war all dies zusammen: Das Pulsieren und Pochen und Poltern von Klängen, die aus dem Congohelium drängten –

Metall, das nicht für Musik geschaffen war, Materie und Antimaterie, eingeschlossen in einem feinmaschigen magnetischen Gitter, um die äußersten, drohendsten Gefahren des Weltraums abzuwenden; nun befand sich ein Stück davon in den Tiefen der alten Erde und gab seltsame Kadenzen von sich. Das Schäumen und Heulen der wiederkehrenden Träume, mit dem sich die Musik im gewachsenen Fels aufbäumte, sich selbst begleitend im luftgetragenen Echo. Das Behagen und Zagen erotischer Klagen, das ächzte und krächzte im schweren Gestein.

Sto Odin erwachte und blickte scharf geradeaus, nichts erkennend, doch alles erlebend.

»Bald werden wir das Tor und das Mädchen sehen«, sagte er.

»Sie kennen sich hier aus? *Sie,* der Sie doch nie zuvor hier gewesen sind?«, fragte Livius ungläubig.

»Ich kenne mich aus«, erklärte Sto Odin, »weil ich mich auskenne.«

»Sie tragen die Federn der Unantastbarkeit.«

»Ich trage die Federn der Unantastbarkeit.«

»Bedeutet dies, dass wir, Ihre Roboter, hier unten in dem *Bezirk* ebenfalls frei sind?«

»So frei, wie ihr wollt«, bestätigte Sto Odin, »vorausgesetzt, ihr folgt meinen Anweisungen. Andernfalls werde ich euch töten.«

»Wenn wir weitergehen«, sagte Flavius, »sollen wir dann vielleicht das Lied der Untermenschen singen? Vielleicht vertreibt es diese schreckliche Musik aus unseren Köpfen. Die Musik ist voller Gefühle, und wir besitzen keine Empfindungen. Trotzdem irritiert sie uns. Ich weiß nicht, warum.«

»Mein Funkkontakt zur Erdoberfläche ist abgerissen«, erklärte Livius zusammenhanglos. »Ich muss ebenfalls singen.«

»Von mir aus«, nickte Sto Odin. »Aber geht weiter, oder ihr werdet sterben.«

Die Roboter stimmten das Lied an:

Ich ess meinen Zorn.
Ich verschling meinen Gram.
Es gibt kein Erbarmen
Vor dem Schmerz und dem Tod.
Unsere Zeit kommt.

Ich lebe mein Leben.
Ich atme meinen Atem.
Ich stelle mich dem Tod
Ohne ein Weib.
Unsere Zeit kommt.

Wir Untermenschen drängen
Uns in qualvoller Enge.
Es wird kommen ein Beben.
Donner sich erheben
Wenn unsere Zeit kommt.

Obwohl das Lied etwas von dem barbarischen, altertümlichen Schrillen von Dudelsäcken besaß, konnte die Melodie gegen den wilden Rhythmus des Congoheliums weder ankommen noch ihn übertönen, und jetzt drang er noch dazu aus allen Richtungen zugleich auf sie ein.

»Ein hübsches aufrührerisches Stück«, sagte Sto Odin trocken, »aber es ist immerhin noch Musik, im Gegensatz zu diesem Lärm, der uns aus den Tiefen der Welt entgegenschlägt. Geht weiter. Geht weiter. Ich muss dieses Geheimnis noch lösen, bevor ich sterbe.«

»Es fällt uns schwer, diese aus dem Fels kommende Musik zu ertragen«, sagte Livius.

»Sie scheint uns viel stärker zu sein als vor einigen Monaten, als wir schon einmal hier unten waren. Ob sie sich verändert hat?«, sagte Flavius.

»*Das* ist das Geheimnis. Wir haben ihnen das *Gebiet* überlassen, so dass es außerhalb unserer Gerichtsbarkeit liegt. Wir haben ihnen den *Bezirk* gegeben, damit sie tun konnten, was ihnen in den Sinn kam. Aber diese gewöhnlichen Menschen haben irgendeine außergewöhnliche Kraft geschaffen oder entdeckt. Sie haben der Erde neue Dinge geschenkt. Möglicherweise müssen wir alle drei sterben, bevor wir der Angelegenheit auf den Grund gegangen sind.«

»Aber wir können nicht auf Ihre Art sterben«, wandte Livius ein. »Wir sind bereits Roboter, und die Menschen, die man uns aufgeprägt hat, sind schon sehr lange tot. Meinen Sie vielleicht, dass Sie uns abschalten wollen?«

»Vielleicht ich, vielleicht irgendeine andere Macht. Würde dir das etwas bedeuten?«

»Bedeuten? Sie meinen, ob wir dadurch gefühlsmäßig belastet würden? Ich weiß es nicht«, erwiderte Flavius. »Ich habe immer gedacht, ich hätte jedes Mal ein reales, volles Erlebnis, wenn Sie den Satz *Summa nulla est* aussprechen und uns auf volle Kapazität bringen, aber diese Musik, die wir hören, hat die Wirkung von tausend Losungswörtern, die alle zur selben Zeit genannt werden. Ich beginne mir Gedanken über mein Leben zu machen, und ich glaube, ich bekomme das, was man mit Ihrem Ausdruck ›Furcht‹ bezeichnen würde.«

»Mir geht es genauso«, bestätigte Livius. »Das hier ist keine Macht, von deren Existenz wir auf der Erde gewusst haben. Als ich noch Stratege war, berichtete mir jemand von den wahrhaft unaussprechlichen Gefahren, die von den Douglas-Ouyang-Planeten drohten, und mir scheint, dass wir hier im Tunnel einer derartigen Gefahr gegenüberstehen. Etwas, das die Erde niemals hervorgebracht hat. Etwas, das von keinem Menschen jemals entwickelt wurde. Etwas, das kein Roboter mit seinen Computern berechnen kann. Etwas Wildes und sehr Fremdartiges, das durch den Gebrauch des Congoheliums Gestalt angenommen hat. Sehen Sie sich um.«

Das hätte er nicht zu sagen brauchen. Der Gang selbst hatte sich in einen lebenden, pulsierenden Regenbogen verwandelt.

Sie folgten der letzten Biegung und waren angekommen ...
Am alleräußersten Rand des Schmerzensreiches.
An der Quelle verderbter Musik.
An der Grenze des *Bezirks*.

Sie wussten es, weil die Musik sie blendete, die Lichter sie betäubten, ihre Sinne sich verwirrten und ineinander verliefen. Sie befanden sich in unmittelbarer Nähe des Congoheliums.

Dort war eine Tür, ungeheuer groß, mit kunstvollen gotischen Ornamenten verziert. Sie war viel zu groß, um für irgendein menschliches Wesen erdacht worden zu sein. In der Tür stand ganz allein ein Mädchen, deren Brüste abwechselnd in lebhaftes Hell und dann wieder Dunkel getaucht waren, denn das grelle Licht drang nur von einer, der rechten Seite der Tür.

Durch die geöffnete Tür sahen sie in eine gewaltige Halle, deren Boden mit Hunderten von zerlumpten Gestalten bedeckt war. Es waren Menschen, bewusstlose Menschen. Über und mitten unter ihnen tanzte die große Gestalt eines Mannes, der etwas Glitzerndes in der Hand hielt. Er kugelte und hüpfte und drehte und verrenkte sich im Takt der pulsierenden Musik, die er selbst erzeugte.

»*Summa nulla est*«, sagte Lord Sto Odin. »Ich möchte, meine Roboter, dass ihr beide auf maximale Leistung schaltet. Seid ihr nun in höchster Bereitschaft?«

»Wir sind es, Sir«, intonierten Livius und Flavius.

»Ihr habt eure Waffen?«

»Wir können sie nicht einsetzen«, erklärte Livius, »denn dies widerspricht unserer Programmierung, aber *Sie* können sie einsetzen, Sir.«

»Ich bin mir nicht sicher«, bemerkte Flavius. »Ich bin mir überhaupt nicht sicher. Wir sind mit Oberflächenwaffen ausgerüstet. Diese Musik, diese hypnotische Umgebung, diese Lichter – wer weiß, was sie mit uns und unseren Waffen angerichtet haben, die nicht für den Einsatz so tief in der Erde gedacht sind ...«

»Habt keine Furcht«, beruhigte sie Sto Odin. »Ich werde mich schon um alles kümmern.«

Er zog ein kleines Messer hervor.

Als das Messer in den tanzenden Lichtern aufblitzte, nahm das Mädchen im Türrahmen endlich Notiz von dem Lord und seinen seltsamen Begleitern.

Sie sprach ihn an, und ihre Stimme summte durch die dicke Luft, setzte Akzente von Klarheit und Tod.

VII

»Wer seid ihr«, fragte sie, »dass ihr Waffen in die letzten, äußersten Bereiche des *Bezirkes* mitbringt?«

»Es ist nur ein kleines Messer, Lady«, wehrte Lord Sto Odin ab, »und damit kann ich wirklich niemandem etwas zuleide tun. Ich bin ein alter Mann, und ich möchte nur meinen Vitalitätsknopf höher stellen.«

Sie beobachtete gleichmütig, wie er das Messer an seinem Nacken ansetzte und es entschlossen dreimal herumdrehte.

Dann sah sie ihn scharf an und sagte: »Sie sind ein seltsamer Mann. Vielleicht sind Sie für meine Freunde und mich gefährlich.«

»Ich bin für niemanden gefährlich.«

Die Roboter blickten ihn an, überrascht von der Stärke und Klarheit seiner Stimme. Er hatte seine Vitalität in der Tat sehr hochgeschaltet, so dass er bei dieser Einstellung vielleicht nicht mehr als eine oder zwei Stunden zum Leben hatte, aber im Augenblick waren die körperliche Kraft und die emotionale Stärke seiner besten Jahre in ihn zurückgekehrt. Dann sahen die Roboter das Mädchen an. Sie hatte Sto Odins Bemerkung ernst genommen, als habe es sich dabei um einen unbezweifelbaren Glaubensgrundsatz gehandelt.

»Ich trage«, fuhr Sto Odin fort, »diese Federn. Wissen Sie, was sie bedeuten?«

»Ich sehe«, erwiderte sie, »dass Sie ein Lord der Instrumentalität sind, aber der Sinn der Federn ist mir nicht geläufig …«

»Verzicht auf Unantastbarkeit. Jeder von Ihnen hat die Möglichkeit, mich ohne Furcht vor einer Strafe zu töten oder zu verletzten.« Sto Odin lächelte grimmig. »Natürlich habe ich das Recht, mich zu wehren, und ich verstehe zu kämpfen. Mein Name ist Lord Sto Odin. Warum bist du hier, Mädchen?«

»Ich liebe diesen Mann dort – wenn er noch ein Mann ist.« Sie verstummte und schürzte nachdenklich die Lippen. Es sah seltsam aus, wie sich diese mädchenhaften Lippen in einem momentanen Taumel der Seele zusammenpressten. Sie stand dort, nackter als ein neugeborenes Kind, und ihr Gesicht war mit provozierenden, auffallenden Farben geschminkt. Sie lebte für eine Mission der Liebe in den Tiefen des Nichts und Nirgendwo; trotzdem war sie ein Mädchen geblieben, eine Person, ein menschliches Wesen, das fähig war, wie sich zeigte, in eine unmittelbare Beziehung zu einem anderen menschlichen Wesen zu treten. »Er *war* ein Mann, Mylord, als er von der Oberfläche mit diesem Stück Congohelium zurückkehrte. Noch vor wenigen Wochen haben auch diese Leute dort getanzt. Nun liegen sie matt am Boden. Sie sterben nicht einmal. Ich habe das Congohelium auch in der Hand gehalten, und ich habe damit Musik gemacht. Jetzt frisst ihn die Macht der Musik auf, und er tanzt ohne Pause. Er wird nicht zu mir herauskommen, und ich wage es nicht, zu ihm hineinzugehen. Vielleicht würde auch ich dann als mattes Bündel auf dem Boden enden.«

Ein Crescendo der unerträglichen Musik machte das Weitersprechen für sie unmöglich. Sie wartete, bis es enden würde, während die angrenzende Halle ihnen ein pulsierendes Violett entgegenschleuderte.

Als die Musik des Congoheliums ein wenig nachgelassen hatte, sagte Sto Odin: »Wie lange tanzt er schon so, allein und durchströmt von dieser fremden Macht?«

»Ein Jahr. Zwei Jahre. Wer weiß das schon! Ich kam hier herunter und verlor sofort nach meiner Ankunft jedes Zeitgefühl. Ihr Lords lasst uns nicht einmal Uhren und Kalender, wenn wir uns oben aufhalten …«

»Wir haben dich vor einem Zehnteljahr hier tanzen gesehen«, unterbrach Livius.

Sie blickte ihn und Flavius gleichmütig an. »Seid ihr dieselben Roboter, die vor einiger Zeit schon hier waren? Ihr seht jetzt völlig anders aus. Ihr seht aus wie historische Soldaten. Ich kann mir nicht vorstellen, warum … In Ordnung, vielleicht war es eine Woche, vielleicht war es auch ein Jahr.«

»Was tust du hier unten?«, fragte Sto Odin freundlich.

»Was glauben Sie?«, gab sie die Frage zurück. »Warum kommen all die Menschen hierher? Ich floh vor der zeitlosen Zeit, dem leblosen Leben, der hoffnungslosen Hoffnung, die ihr Lords allen Menschen oben vorschreibt. Ihr lasst die Roboter und Untermenschen arbeiten, aber ihr fesselt die Wahren Menschen an ein Glück, das keine Hoffnung und keinen Ausweg besitzt.«

»Ich habe Recht!«, rief Sto Odin. »Ich habe Recht, auch wenn ich dafür sterben muss!«

»Ich verstehe Sie nicht«, erklärte das Mädchen. »Meinen Sie, dass auch Sie, Mylord, hierhergekommen sind, um der nutzlosen Hoffnung zu entfliehen, die uns andere alle einhüllt?«

»Nein, nein, nein«, wehrte er ab, während das Licht der Congohelium-Musik absonderliche Muster auf seine Gesichtszüge warf. »Ich meinte nur, dass ich den anderen Lords begreiflich zu machen versuchte, dass etwas mit euch gewöhnlichen Menschen oben auf der Erde vor sich geht. Nun sagst du mir genau das, was ich ihnen erklären wollte. Wer warst du früher?«

Das Mädchen blickte an ihrem Körper hinunter, als ob ihr jetzt zum ersten Mal ihre Nacktheit bewusst würde. Sto Odin sah, wie sich die Röte des Gesichts bis über ihren Hals und ihre Schultern ausbreitete. Sehr leise sagte sie: »Wissen Sie das nicht? Hier unten wird diese Frage nie beantwortet.«

»Ihr habt Gesetze?«, erkundigte er sich. »Ihr Menschen habt Gesetze, selbst hier im *Bezirk*?«

Ihr Gesicht erhellte sich, als sie erkannte, dass er mit seiner indiskreten Frage keine unanständigen Ziele verfolgt hatte. Beflissen erklärte sie: »Hier gibt es keine Regeln. Nur stillschweigende Übereinkünfte. Jemand teilte sie mir mit, als ich die gewöhnliche Welt verließ und die Grenze zum *Gebiet* überquerte. Ich glaube, Ihnen hat man sie nicht gesagt, weil Sie ein Lord sind, oder weil man sich vor Ihren seltsamen Kriegsrobotern versteckt hat.«

»Ich bin auf dem Weg nach unten niemandem begegnet.«

»Dann hat man sich vor Ihnen versteckt, Mylord.«

Sto Odin blickte sich nach seinen Legionären um, weil er eine Bestätigung seiner Worte erwartete, aber weder Flavius noch Livius sagten irgendetwas. Er wandte sich wieder an das Mädchen. »Ich wollte dich nicht aushorchen. Kannst du mir sagen, was für eine Art Mensch du gewesen bist? Mir geht es nicht um Einzelheiten.«

»Als ich noch lebte, war ich eine Einmalgeborene. Ich habe nicht lange genug gelebt, um erneuert zu werden. Die Roboter und ein Subbeamter der Instrumentalität begutachteten mich, um herauszufinden, ob ich für die Instrumentalität ausgebildet werden könnte. Mehr als genug Verstand, sagten sie, aber nicht den mindesten Charakter. Ich habe lange Zeit darüber nachgedacht. ›Nicht den mindesten Charakter.‹ Ich wusste, dass ich nicht Selbstmord begehen konnte, und ich wollte nicht leben, deshalb gab ich mich glücklich, wann immer ich glaubte, dass ein Monitor mich überprüfte, und fand eines Tages den Weg in das *Gebiet*. Es war nicht der Tod, und es war nicht das Leben, aber ich war in Sicherheit vor der endlosen Freude. Ich war noch nicht lange hier unten« – sie deutete auf das über ihnen liegende *Gebiet* – »da traf ich ihn. Wir verliebten uns sehr rasch ineinander, und er sagte, dass das *Gebiet* kein großer Unterschied zur Erdoberfläche sei. Er sagte, dass er bereits hier unten im *Bezirk* gewesen sei, um sich nach einem Freudentod umzusehen.«

»Einem was?«, fragte Sto Odin, als ob er nicht richtig verstanden hätte.

»Einem Freudentod. So lauteten seine Worte, und das war auch sein Ziel. Ich folgte ihm überallhin, und wir liebten uns. Ich wartete auf ihn, als er zur Erdoberfläche zurückkehrte, um das Congohelium zu holen. Ich glaubte, dass die Liebe, die er für mich empfand, seine Gedanken an den Tod vertreiben würde.«

»Sprichst du die volle Wahrheit?«, fragte Sto Odin. »Oder ist das nur deine Version?«

Protestierend begann sie etwas zu stammeln, aber er wiederholte die Frage nicht. Er schwieg und sah sie nur prüfend an.

Sie fuhr zusammen, biss sich auf die Lippe, und schließlich ertönte ihre Stimme sehr klar durch das Durcheinander der Musik und der Lichter: »Hören Sie auf damit. Sie tun mir weh.«

Sto Odin starrte sie an und sagte unschuldig: »Ich tue doch nichts.« Und starrte sie weiter an. Es gab viel zu sehen. Sie war ein honigfarbenes Mädchen. Selbst in den Lichtern und Schatten sah er, dass sie nicht den kleinsten Stofffetzen am Leib hatte. Außerdem hatte sie am ganzen Körper kein einziges Haar – keine Kopfhaare, keine Augenbrauen, vermutlich nicht einmal Wimpern, obwohl er das aus der Entfernung nicht genau beurteilen konnte. Sie hatte ihre Stirn hoch oben mit goldenen Augenbrauen bemalt, die ihr einen spöttisch-fragenden Ausdruck verliehen. Sie hatte ihren Mund golden geschminkt, so dass beim Sprechen die

Worte aus einer goldenen Quelle sprudelten. Und ihre Augenlider hatte sie zur Hälfte golden, zur anderen Hälfte kohlschwarz gefärbt. Der Gesamteindruck unterschied sich absolut von allen früheren Erfahrungen der Menschheit: Es war lasziver Kummer von tausendfach verstärkter Intensität, vertrocknete Lüsternheit, die ewig unerfüllt blieb, Weiblichkeit im Dienst abseitiger Zwecke, Menschlichkeit, die von fremden Planeten verzaubert war.

Sto Odin stand da und starrte sie an. Falls sie auch nur ein wenig menschlich war, würde sie das früher oder später dazu veranlassen, als Erste die Initiative zu ergreifen.

So war es auch. Sie begann wieder zu sprechen: »Wer sind Sie? Sie leben zu schnell, zu ungestüm. Warum gehen Sie nicht hinein und tanzen, so wie alle anderen auch?« Sie deutete auf die offene Tür, hinter der die zerlumpten, bewusstlosen Gestalten der Menschen auf dem Boden verstreut waren.

»Tanzen nennst du das?«, fragte Sto Odin. »Ich nicht. Da ist nur einer, der tanzt. Die anderen liegen am Boden. Ich möchte dir dieselbe Frage stellen. Warum tanzt du nicht auch?«

»Ich will *ihn*, nicht den Tanz. Ich bin Santuna, und er hat mich einst mit menschlicher, sterblicher, gewöhnlicher Liebe umgarnt. Aber er wird zum Sohn der Sonne, jeden Tag mehr, und er tanzt mit den Menschen, die nun dort liegen …«

»Tanzen nennst du das?«, schnappte Sto Odin erneut. Er schüttelte den Kopf und fügte grimmig hinzu: »Ich sehe keinen Tanz.«

»Sie sehen es nicht? Sie sehen es wirklich nicht?«, rief sie.

Eigensinnig, grimmig schüttelte er den Kopf.

Sie drehte sich so, dass sie in den hinter ihr liegenden Raum blicken konnte, und sie stimmte ihr hohes, klares durchdringendes Jammern an, das selbst das im Fünfertakt pulsierende Congohelium übertönte.

Sie rief: »Sonnensohn, Sonnensohn, höre mich!«

Das flinke Trippeln der Füße, die eine Acht auf dem Boden zeichneten, brach nicht ab, und auch die Finger, die gegen das schimmernde Zucken des Metalls klopften, das der Tänzer im Arm hielt, verlangsamten sich nicht.

»Mein Geliebter, mein Liebster, mein Mann!«, rief sie wieder, und ihre Stimme war noch schriller und fordernder als beim ersten Mal.

Die Kadenz der Musik und des Tanzes wurde unterbrochen. Der Tänzer glitt mit einer merklichen Verlangsamung seiner Kadenz auf sie zu. Die Lichter des inneren Raumes, der großen Tür und der äußeren Halle wurden ruhiger.

Sto Odin konnte das Mädchen nun deutlicher sehen; sie hatte wirklich nicht ein einziges Haar an ihrem Körper. Und auch den Tänzer sah er nun klarer; der junge Mann war hochgewachsen, und das Metall in seinen Händen schimmerte wie Wasser, das tausend Lichtstrahlen reflektiert.

Als der Tänzer sprach, klang seine Stimme gehetzt und zornig. »Du hast mich gerufen. Du hast mich schon tausendmal gerufen. Komm herein, wenn du möchtest. Aber rufe nicht nach mir.«

Während seiner Worte verstummte die Musik ganz, und die Bündel auf dem Boden begannen sich zu bewegen und zu stöhnen und aufzuwachen.

Santuna stotterte hastig: »Diesmal war ich es nicht. Es waren diese Leute hier. Einer von ihnen ist sehr stark. Er kann die Tänzer nicht sehen.«

Der Sonnensohn wandte sich an Lord Sto Odin. »Kommen Sie herein und tanzen Sie, wenn Sie möchten. Wenn Sie nun schon einmal hier sind, dann können Sie es ja auch versuchen. Ihre Maschinen da« – er nickte den Roboterlegionären zu – »können ohnehin nicht tanzen. Schalten Sie sie ab.«

»Ich werde nicht tanzen, aber ich möchte es gern sehen«, erklärte Sto Odin mit erzwungener Freundlichkeit. Ihm gefiel der junge Mann ganz und gar nicht – weder das Phosphoreszieren seiner Haut, noch das gefährliche Metall in seinen Armen oder die selbstmörderische Kühnheit seines stolzierenden Ganges. Jedenfalls gab es in dieser Tiefe zu viel Licht und zu wenige Erklärungen für die Dinge, die sich hier abspielten.

»Sie sind ja ein Spanner. Das ist aber wirklich ekelhaft! Ein alter Mann wie Sie. Oder wollen Sie einfach nur ein *Mensch* sein?«

Sto Odin merkte, dass sein Temperament mit ihm durchging. »Wer sind Sie, Kerl, dass Sie in einem solchen Ton das Wort *Mensch* in den Mund nehmen? Sind Sie eigentlich noch menschlich?«

»Wer weiß? Wen kümmert es? Ich habe die Musik des Universums angezapft. Ich habe jedes erdenkliche Glück in diese Halle geleitet. Ich bin großzügig. Ich teile alles mit meinen Freunden.« Der Sonnensohn deutete auf die Lumpenbündel in der Halle, die sich vor Schmerz über das Verstummen der Musik auf dem Boden wanden.

Da Sto Odin jetzt den Saal besser überblicken konnte, sah er, dass diese Bündel auf dem Boden junge Menschen, hauptsächlich junge Männer waren, obwohl es auch einige Mädchen gab. Alle wirkten sie krank und schwach und bleich. »Der Anblick gefällt mir absolut nicht. Ich hätte gute Lust, dich gefangen nehmen zu lassen und dir das Metall abzunehmen.«

Der Tänzer wirbelte auf seinem rechten Fuß herum, als wollte er mit einem wilden Satz davonspringen.

Sto Odin folgte dem Sohn der Sonne in die Halle.

Dieser drehte sich einmal um sich selbst, so dass er Sto Odin wieder ansehen konnte. Er stieß den Lord aus der Tür und schob ihn sanft, aber entschlossen noch drei Schritte weiter zurück.

»Flavius, pack dir das Metall. Livius, greif dir den Mann!«, stieß Sto Odin hervor.

Aber die Roboter bewegten sich nicht.

Sto Odin, dessen Sinne durch das mehrfache Höherschalten des Vitalitätknopfs aufs Äußerste angespannt waren, glitt nach vorn, um selbst nach dem Congohelium zu greifen. Aber er machte nur einen Schritt: zur Unbeweglichkeit verdammt, erstarrte er im Türrahmen.

Etwas Ähnliches hatte er nicht mehr erlebt, seit ihn die Ärzte zum letzten Mal in eine chirurgische Apparatur gelegt hatten, nachdem entdeckt worden war, dass ein Teil seines Schädels durch alte, uralte Weltraumstrahlung und den Abnutzungseffekt des Alters von Knochenkrebs befallen worden war. Man hatte ihm die halbe Schädeldecke durch eine Prothese ersetzt und ihn während der Operation mit Gurten und Drogen bewegungsunfähig gemacht. Diesmal gab es keine Gurte, keine Drogen, sondern nur die Kräfte, die der Sonnensohn angerufen hatte – und sie waren genauso stark.

Der Tänzer beschrieb eine riesige Acht zwischen den lumpenbekleideten Gestalten auf dem Boden. Und er sang das Lied dazu, das Flavius oben zitiert hatte, auf der Erdoberfläche – das Lied über den weinenden Mann.

Aber der Sonnensohn weinte nicht.

Sein asketisches, hageres Gesicht war von einem breiten spöttischen Grinsen verzerrt. Wenn er von Kummer sang, dann drückte er nicht wirklich Kummer aus, sondern Hohn, Spott, Verachtung für den gewöhnlichen menschlichen Kummer. Das Congohelium schimmerte, und die Nordlichter blendeten Sto Odin fast. In der Mitte des Raumes befanden sich zwei Trommeln, und die eine gab hohe, die andere noch höhere Töne von sich.

Das Congohelium dröhnte: *bum – bum – dum – dum – rum!*

Die große normale Trommel begann zu scheppern, als der Sonnensohn an ihr vorbeikam und die Finger ausstreckte: *ritiplin, ritiplin, rataplan, ritiplin.*

Die kleine ungewöhnliche Trommel gab nur zwei Töne von sich, die sich anhörten wie Krächzen: *kid-nork, kid-nork, kid-nork!*

Als der Sohn der Sonne ihm entgegentanzte, glaubte Lord Sto Odin die Stimme des Mädchens Santuna zu hören, die nach dem jungen Mann rief, aber er konnte den Kopf nicht drehen, um sich zu überzeugen, dass sie es wirklich war.

Der Sonnensohn stand nun vor Sto Odin, und seine Füße tänzelten noch immer hin und her, seine Daumen und Handflächen pressten hypnotische Dissonanzen aus dem glühenden Congohelium.

»Sie wollten mich austricksen, alter Mann. Aber Sie haben es nicht geschafft.«

Sto Odin versuchte zu sprechen, doch die Muskeln seines Mundes und seiner Kehle gehorchten ihm nicht. Er fragte sich, was das wohl für eine Kraft sein mochte, die alle willkürlichen Bewegungen verhinderte, aber sein Herz schlagen, seine Lungen atmen und sein Gehirn (den natürlichen und künstlichen Teil) denken ließ.

Der junge Mann tanzte weiter. Er tanzte einige Schritte von ihm weg, drehte sich und tanzte wieder auf ihn zu. »Sie tragen die Federn der Unantastbarkeit. Ich könnte Sie also ungestraft töten. Und wenn ich es täte, würden Lady Mmona und Lord Nuru-or und Ihre anderen Freunde niemals etwas davon erfahren.«

Hätte Sto Odin seine Augenlider auch nur ein wenig bewegen können, er hätte sie aufgerissen vor Erstaunen darüber, dass ein abergläubischer Tänzer, tief unter der Erde, die geheimen Abkommen der Instrumentalität kannte.

»Sie können nicht glauben, was Sie sehen, auch wenn Sie es deutlich erkennen«, fuhr der Sonnensohn fort. »Sie meinen, dass ein Verrückter einen Weg gefunden hat, Wunder mit einem Stück Congohelium zu vollbringen, das bis tief in die Erde geschafft wurde. Närrischer alter Mann! Kein gewöhnlicher Verrückter hätte dieses Metall hier heruntergeschaffen können, ohne dass er mit diesem Brocken in die Luft geflogen wäre. Niemand hätte tun können, was ich getan habe, kein Mensch … Nun fragen Sie sich, wenn der

Spieler, der den Namen Sohn der Sonne annahm, kein Mensch ist, was ist er dann? Was bringt die Macht und die Musik der Sonne so tief in den Bauch der Erde? Wer lässt die Elenden der Welt in einem verrückten, glücklichen Schlaf träumen, während ihr Leben sich in tausend Arten der Zeit, tausend Arten der Welten ergießt und verströmt? Wer kann das außer mir schon? Sie brauchen nicht zu fragen. Ich weiß sehr genau, was Sie denken. Ich werde die Antwort für Sie tanzen. Ich bin ein sehr freundlicher Mensch, auch wenn Sie mich nicht mögen.«

Die Füße des Tänzers hatten sich, während er sprach, auf der Stelle bewegt, und plötzlich wirbelte er davon, hüpfte und sprang über die elenden menschlichen Gestalten auf dem Boden.

Er kam an der großen Trommel vorbei und berührte sie: *ritiplin, rataplan!*

Mit der linken Hand schlug er die kleine Trommel: *kid-nork, kid-nork!*

Beide Hände zerrten an dem Congohelium, als wollten die kräftigen Handgelenke das Stück in zwei Teile reißen.

Die ganze Halle funkelte vor Musik, glühte vor Donner, als die menschlichen Sinne ineinanderliefen. Lord Sto Odin fühlte, wie die Luft wie kaltes, feuchtes Öl über seine Haut strich. Der Tänzer wurde durchsichtig, und durch ihn hindurch erblickte Sto Odin eine Landschaft, die es nicht auf der Erde gab und auch nie geben würde.

»Fulmineszierend, lumineszierend, phosphoreszierend, fluoreszierend«, sang der Tänzer. »Das sind die Welten der Douglas-Ouyang-Planeten, sieben Planeten in einer geschlossenen Gruppe, die alle zusammen eine einzige Sonne umkreisen. Welten voll von wildem Magnetismus und ewigem Staubfall, wo die Oberflächen der Planeten durch den sich ewig wandelnden Magnetismus ihrer erratischen Bahnen verändert werden. Fremde Welten, in denen der Tanz der Sterne wilder ist als jeder Tanz, der von Menschen je erdacht ward – Planeten, die ein gemeinsames Bewusstsein, vermutlich aber keine Intelligenz besitzen – Planeten, die über allen Raum und alle Zeit hinweg um Freundschaft baten, bis *ich*, ich, der Spieler, in diese Höhle hinabstieg und sie entdeckte. Dort, wo Sie sie zurückgelassen haben, Lord Sto Odin, als Sie zu einem Roboter sagten: ›Ich mag den Anblick dieser Planeten nicht‹, sagten Sie, Sto Odin, als Sie vor langer Zeit mit einem Roboter sprachen. ›Die Menschen werden krank und verrückt, wenn sie sie nur anschauen‹, sagten Sie, Sto Odin, vor langer, langer Zeit. ›Versteck die Informationen in irgendeinem unbeachteten Computer‹, befahlen Sie, Sto Odin, noch vor meiner Geburt. Aber es war dieser Computer, dieser, der jetzt hinter Ihnen in der Ecke steht, auch wenn Sie sich nicht umdrehen können, um ihn anzusehen. Ich kam hinunter in diese Halle, auf der Suche nach einem Freudenselbstmord, nach etwas wirklich Ungewöhnlichem, so dass die Tölpel außer Rand und Band geraten würden, wenn sie entdeckten, dass ich entkommen war. Ich tanzte hier in der Dunkelheit, fast so, wie ich jetzt tanze, und ich hatte ungefähr zwölf verschiedene Drogen genommen, so dass ich wild und frei und sehr empfänglich war. Dieser Computer sprach zu mir, Sto Odin. *Ihr* Computer, nicht meiner. Er sprach zu mir, und wissen Sie, was er sagte? Sie können es ebenso gut erfahren, Sto Odin, denn Sie liegen bereits im Sterben. Sie haben Ihre Vitalität sehr hoch geschaltet, um gegen mich zu kämpfen. Aber ich habe Ihnen Ihre Bewegungsfreiheit genommen. Hätte ich das tun können, wenn ich nur ein Mensch wäre? Geben Sie acht, was gleich mit mir geschieht.«

Mit einem regenbogenartigen Aufschrei von Akkorden und Tönen presste der Tänzer wieder das Congohelium, bis der innere und auch der äußere Raum in tausendfarbigen Lichtern aufblühten und die unterirdische Luft vor Musik nur so troff, eine Musik, die psychotisch wirkte, denn kein menschlicher Geist hatte sie ersonnen. Lord Sto Odin, in seinem eigenen Körper gefangen, mit seinen zwei erstarrten

Legionären einen halben Schritt hinter sich, fragte sich, ob er wirklich umsonst gestorben sein würde, und versuchte, sich vorzustellen, ob ihn dieser junge Mann noch vor seinem Tode blenden und betäuben würde. Das Congohelium drehte sich und leuchtete vor ihm auf.

Der Sonnensohn tanzte rückwärts über die auf dem Boden liegenden Gestalten, tanzte rückwärts mit seltsam ruckartigen Schritten, dass es aussah, als setzte er zu einem wilden Wettrennen an, und dann trugen ihn die Musik und seine eigenen Bewegungen zurück in den Mittelpunkt des inneren Raumes. Seine Gestalt verkrümmte sich, sein Kopf war so stark nach unten gebeugt, als würde er seine Schritte auf dem Boden studieren, während er das Congohelium hoch über dem Nacken hielt und die Beine so geknickt waren, dass die Knie hochragten.

Sto Odin glaubte wieder das Mädchen rufen zu hören, aber er verstand ihre Worte nicht.

Die Trommeln dröhnten wieder: *ritiplin, ritiplin, rataplan!* Und dann: *kid-nork, kid-nork, kid-nork!*

Der Tänzer sprach, als das Pandämonium verblasste. Er sprach mit hoher, seltsamer Stimme, so dass es klang, als würde eine schlechte Tonaufnahme auf einem beschädigten Wiedergabegerät abgespielt.

»Das Etwas spricht mit Ihnen. Sie können sprechen.«

Sto Odin bemerkte, dass er wieder seine Stimmbänder und Lippen bewegen konnte. Heimlich und vorsichtig wie ein alter Soldat überprüfte er seine Füße und Finger; sie bewegten sich nicht. Nur seine Stimme konnte er benutzen.

Er sagte das Naheliegende: »Wer sind Sie, *Etwas*?«

Der Sonnensohn sah Sto Odin an. Er stand aufrecht und gelassen da. Nur seine Füße bewegten sich, und sie tanzten einen wilden, bebenden kleinen Stepptanz, der den restlichen Körper nicht miteinbezog. Offenbar war irgendeine Art Tanz erforderlich, um die Verbindung zwischen dem unerforschten Bereich der Douglas-Ouyang-Planeten, dem

Stück Congohelium, dem Tänzer und den gequälten, glück-seligen Gestalten auf dem Boden aufrechtzuerhalten. Das Gesicht, das Gesicht selbst war vollkommen glatt und fast traurig.

»Man hat mir aufgetragen«, sagte der Sohn der Sonne, »Ihnen zu zeigen, wer ich bin.«

Er begann um die Trommeln zu tanzen, und es klang: *rataplan, rataplan! kid-nork-nork, kid-nork, kid-nork, kid-nork-nork!* Er hielt das Congohelium hoch und presste es so, dass ein lautes Stöhnen herauskam.

Sto Odin war überzeugt, dass ein so wildes und hoffnungs-loses Geräusch bis an die weit entfernte, über ihnen liegende Erdoberfläche dringen musste, aber seine Erfahrung und Ur-teilskraft sagten ihm gleichzeitig, dass dies eine Fantasie sein musste, denn jeder Laut, der stark genug war, um die Ober-fläche zu erreichen, wäre natürlich auch stark genug, das bröcklige, zerklüftete Gestein über ihren Köpfen einstürzen zu lassen.

Das Congohelium durchlief alle Farben des Spektrums, bis es ein dunkles, feuchtes Leberrot annahm, das fast schwarz wirkte.

Sto Odin wurde in diesem Moment fast absoluter Stille von der Entdeckung überwältigt, dass die ganze Ge-schichte bereits in seiner Erinnerung vorhanden war, ohne dass sie jemand in Worte gekleidet und ihm erzählt hatte. Die Geschichte dieser Halle hatte sich bei ihm durch ein Hintertürchen eingeschlichen. Hatte er gerade noch das Gefühl gehabt, sie sei ihm völlig unbekannt, so erschien es ihm im nächsten Moment schon so, als habe er die ganze Erzählung bereits seit seiner Geburt mit sich herumgetra-gen.

Gleichzeitig spürte er auch, dass er wieder frei war.

Er stolperte drei oder vier Schritte zurück.

Zu seiner großen Erleichterung drehten sich die Roboter um, ebenfalls befreit, und begleiteten ihn. Er ließ zu, dass sie ihn stützten.

Plötzlich wurde sein Gesicht mit Küssen bedeckt.

Seine Plastikwange spürte schwach und gedämpft den wahren und lebendigen Druck weiblicher Lippen. Es war das seltsame Mädchen – wunderschön, kahl, nackt und goldlippig –, das an der Tür gewartet und gerufen hatte.

Trotz seiner körperlichen Müdigkeit und des plötzlichen Schocks, mit dem ihn das aufgedrängte Wissen getroffen hatte, wusste Sto Odin, was er sagen musste.

»Mädchen, du hast mich gerufen?«

»Ja, Mylord.«

»Du hattest die Kraft, das Congohelium anzusehen und ihm nicht zu erliegen?«

Sie nickte, sagte aber nichts.

»Du bist willensstark genug gewesen, nicht in diesen Raum hineinzugehen?«

»Nicht willensstark, Mylord. Ich liebe ihn nur, meinen Mann dort drinnen.«

»Du wartest hier schon seit vielen Monaten, Mädchen?«

»Nicht ununterbrochen. Ich gehe den Tunnelgang hinauf, wenn ich essen oder trinken oder schlafen oder mich zurechtmachen muss. Ich habe sogar Spiegel und Kämme und Pinzetten und Schminke, um mich schön zu machen, auf die Art, wie mich der Sohn der Sonne haben will.«

Sto Odin warf einen Blick hinter sich. Die Musik klang nun leiser und klagend, trug Gefühle in sich, jedoch nicht das des Kummers. Der Tänzer vollführte einen langen, langsamen Tanz, voll kriechender und ausholender Bewegungen, während er das Congohelium von der einen zur anderen Hand kreisen ließ.

»Hören Sie mich, Tänzer?«, rief Sto Odin, der wieder die Instrumentalität in seinen Adern spürte.

Der Tänzer antwortete weder, noch änderte er seinen Tanz. Aber völlig unerwartet sprach die kleine Trommel: *kid-nork, kid-nork!*

»Er und das Gesicht hinter ihm – sie werden das Mädchen gehen lassen, wenn sie ihn und diesen Ort noch im Weggehen vergisst, nicht wahr?«, fragte Sto Odin den Tänzer.

Ritiplin, rataplan, sagte die große Trommel, die seit Sto Odins Befreiung nicht mehr gedröhnt hatte.

»Aber ich möchte nicht fortgehen«, erklärte das Mädchen.

»Ich weiß, dass du nicht fortgehen möchtest. Aber du wirst gehen, um mir einen Gefallen zu tun. Du kehrst zurück, sobald ich meine Arbeit abgeschlossen habe.« Sie schwieg, und deshalb fuhr er fort: »Einer meiner Roboter, Livius, der, dem man einen Psychiater-General aufgeprägt hat, wird dich begleiten, aber ich befehle ihm, diesen Ort und all diese Dinge, die mit ihm in Verbindung stehen, zu vergessen. *Summa nulla est.* Hast du mich verstanden, Livius? Du wirst dieses Mädchen begleiten, und du wirst vergessen. Du wirst mit ihr gehen und vergessen. Und auch du wirst gehen und vergessen, meine liebe Santuna, aber in zwei irdischen Nykthemeronen wirst du gerade genug Erinnerungen haben, um hierher zurückzukehren, falls du es möchtest, falls du musst. Andernfalls wirst du Lady Mmona aufsuchen und von ihr erfahren, was du mit dem Rest deines Lebens anfangen sollst.«

»Sie versprechen mir also, Mylord, dass ich in zwei Tagen und Nächten zurückkommen kann, wenn ich das Bedürfnis danach habe?«

»Ja. Und nun lauf, mein Mädchen, lauf. Lauf hinauf auf die Erde. Livius, trag sie, wenn es erforderlich wird. Aber lauft! Lauft! Lauft! Nicht nur ihr Schicksal hängt davon ab.«

Santuna sah ihn sehr ernst an. Ihre Nacktheit war Unschuld. Der goldene, obere Teil ihrer Augenlider entblößte den schwarzen unteren Teil, als sie blinzelte und dann feuchte Tränen fortwischte. »Küssen Sie mich«, sagte sie, »und ich werde mich beeilen.«

Er beugte sich vor und küsste sie.

Sie wandte sich ab, warf noch einen letzten Blick auf ihren tanzenden Geliebten und eilte langbeinig auf den Tunnelgang zu. Livius folgte ihr in schnellem Lauf, anmutig, niemals ermüdend. In zwanzig Minuten würden sie die obere Grenze des *Gebiets* erreicht haben.

»Sie wissen, was ich vorhabe?«, fragte Sto Odin den Tänzer dann.

Diesmal gaben ihm der Tänzer und die Macht hinter ihm keine Antwort.

»Wasser«, sagte Sto Odin. »In einem Krug in meiner Sänfte ist Wasser. Bring mich dorthin, Flavius.«

Der Roboterlegionär führte den alten, zitternden Sto Odin zu der Sänfte.

VIII

Und dann griff Lord Sto Odin zu dem Trick, der für viele Jahrhunderte die menschliche Geschichte veränderte und eine gewaltige Höhle im Innern der Erde zum Einsturz brachte.

Er benutzte eine der geheimsten Listen der Instrumentalität.

Er dachte dreifach.

Nur einigen wenigen, besonders begabten Personen war es gegeben, dreifach zu denken, aber auch nur dann, wenn sie jede mögliche Gelegenheit zum Üben nutzten. Zum Glück für die Menschheit gehörte Lord Sto Odin zu den Begabtesten.

Er setzte drei Denksysteme in Gang. Auf der höchsten Ebene gab er sich rational, während er die alte Halle erkundete; auf einer niedrigeren Ebene seines Bewusstseins plante er eine böse Überraschung für den Tänzer mit dem Congohelium; aber auf der dritten, niedrigsten Ebene entschied er, was er in kürzester Zeit tun musste, und vertraute darauf, dass sein autonomes Nervensystem den Rest erledigen würde.

Und das sind die Befehle, die er erteilte:

Flavius sollte sich in den höchsten Alarmzustand versetzen und zum Angriff bereithalten.

Der Computer sollte angewiesen werden, die ganze Episode aufzuzeichnen, alles, was Sto Odin erfahren hatte, und er sollte instruiert werden, welche Gegenmaßnahmen eingeleitet werden mussten, ohne dass sich Sto Odin weiter selbst um die Angelegenheit kümmern musste. Die Gestalt der Aktion – der allgemeine Rahmen der Vergeltung – zeichnete sich für eine Tausendstelsekunde klar in Sto Odins Bewusstsein ab und verblasste dann wieder.

Die Musik schwoll an.

Weißes Licht umhüllte Sto Odin.

»Sie wollten mir schaden!«, rief der Sonnensohn durch die gotische Tür.

»Ich wollte Ihnen schaden«, bestätigte Sto Odin, »aber es war nur ein flüchtiger Gedanke. Ich habe nichts getan. Sie haben es ja bemerkt.«

»Ich habe es bemerkt«, sagte der Tänzer grimmig. *Kidnork, kid-nork,* machte die kleine Trommel. »Bleiben Sie in meinem Blickfeld. Wenn Sie bereit sind, durch meine Tür zu kommen, dann rufen Sie mich oder denken Sie es einfach. Ich komme Ihnen entgegen und helfe Ihnen hinein.«

»Einverstanden«, nickte Sto Odin.

Flavius stützte ihn noch immer. Sto Odin konzentrierte sich auf die Melodie, die der Tänzer erzeugte, ein wildes neues Lied, wie es in der Weltgeschichte noch niemals zuvor ersonnen worden war. Er fragte sich, ob er den jungen Mann überrumpeln konnte, indem er ihm sein eigenes Lied zurückwarf. Im gleichen Augenblick führten seine Finger von selbst die dritte Folge der Handlungen aus, um die sich sein Bewusstsein nicht mehr zu kümmern brauchte. Sto Odins Hand öffnete eine Klappe an der Brust des Roboters, hinter der die laminierten Kontrollen des Gehirns angebracht waren.

Die Hand änderte gewisse Justierungen, und der Roboter erhielt den Befehl, eine Viertelstunde später alle in der Nähe befindlichen Lebensformen zu töten, mit Ausnahme des Befehlsübermittlers. Flavius wusste nicht, was mit ihm geschehen war, und Sto Odin bemerkte nicht einmal, was seine eigene Hand getan hatte.

»Bring mich hinüber zu dem alten Computer«, sagte Sto Odin dann zu Flavius. »Ich möchte herausfinden, ob die seltsame Geschichte, die ich soeben gehört habe, der Wahrheit entspricht.« Er war immer noch in Gedanken mit einer Melodie beschäftigt, die sogar den Benutzer des Congoheliums in Erstaunen setzen würde.

Er stand vor dem Computer.

Seine Hand folgte den Anweisungen des Dreifachdenkbefehls, schaltete den Computer ein und drückte den Knopf *Diese Szene aufzeichnen.* Die alten Relais des Computers ächzten, während sie zu arbeiten und den Befehl auszuführen begannen.

»Zeig mir die Karte«, forderte Sto Odin den Computer auf.

Weit hinter ihm begann der Tänzer einen schnellen Schütteltanz voll brennenden Misstrauens.

Die Karte erschien auf dem Computer.

»Ausgezeichnet«, murmelte Sto Odin.

Das gesamte Labyrinth war deutlich zu erkennen. Genau über ihnen befand sich einer der alten, versiegelten, antiseismischen Schächte – ein gerader, leerer, röhrenförmiger Schacht von zweihundert Metern Durchmesser und vielen Kilometern Höhe. Am oberen Ende hatte er einen Deckel, der den Schlamm und das Wasser des Meeresbodens abhielt. Das untere Ende war, da man sich nur um den Luftdruck kümmern musste, mit einer Kunststoffschicht bedeckt, die wie Gestein aussah, damit weder Menschen noch Roboter ihn als Einstieg entdeckten und auf die Idee kamen, in ihn hineinzuklettern.

»Beobachten Sie genau, was ich jetzt tue!«, rief Sto Odin dem Tänzer zu.

»Ich beobachte Sie«, erklärte der Sonnensohn, und in seiner gesungenen Antwort schwangen Groll und Verwirrung mit.

Sto Odin schüttelte den Computer, ließ die Finger seiner rechten Hand über die Abdeckung gleiten und kodierte einen sehr speziellen Befehl. Seine linke Hand – durch das Dreifachdenken präkonditioniert – kodierte dem Notaggregat an der Seite des Computers zwei einfache, klare technische Anweisungen ein.

Hinter ihm erklang das Gelächter des Sonnensohns. »Sie verlangen, dass Ihnen ein Stück Congohelium heruntergeschickt wird. Halt! Halt! Unterzeichnen Sie nicht mit Ihrem Namen und der Autorität eines Lords der Instrumentalität. Ihre unsignierte Anforderung wird keinen Schaden anrichten. Der Zentralcomputer wird denken, dass es sich wieder um einen der verrückten Kerle aus dem *Bezirk* handelt, der sinnlose Anweisungen gibt.« Die Stimme bekam einen drängenden Ton. »Warum hat Ihnen die Maschine jetzt ›Verstanden und erledigt‹ signalisiert?«

Sto Odin log schamlos: »Ich weiß es nicht. Vielleicht schickt man mir ein Stück Congohelium, das zu Ihrem Stück paßt.«

»Sie lügen«, rief der Tänzer. »Kommen Sie an die Tür.«

Flavius führte Sto Odin zu dem lächerlich-schönen gotischen Torbogen.

Der Tänzer hüpfte von einem Bein auf das andere. Das Congohelium glühte in dumpfem, alarmierendem Rot. Die Musik weinte, als ob aller Zorn und alles Misstrauen der Menschheit in einer neuen, unvergesslichen Fuge vereinigt wäre wie ein wahnverzücktes Gegenstück zu Johann Sebastian Bachs *Drittem Brandenburgischem Konzert*.

»Ich bin hier.« Sto Odins Stimme klang gelassen.

»Sie werden sterben.«

»Das tat ich schon, als wir uns das erste Mal sahen. Ich hatte meine Lebensleistung schon auf maximale Stärke eingestellt, als wir den *Bezirk* betraten.«

»Dann los, kommen Sie herein«, sagte der Sonnensohn, »und Sie werden niemals sterben.«

Sto Odin hielt sich am Türrahmen fest und ließ sich langsam auf den Steinboden hinunter. Erst als er bequem saß, sprach er weiter. »Ich sterbe tatsächlich. Ich will aber trotzdem nicht hineinkommen. Ich möchte Ihnen nur beim Tanzen zusehen, während ich sterbe.«

»Was tun Sie da? Was haben Sie getan?«, rief der Sonnensohn. Er unterbrach seinen Tanz und näherte sich der Tür.

»Untersuchen Sie mich, wenn Sie wollen«, sagte Sto Odin.

»Ich untersuche Sie gerade«, nickte der Tänzer, »aber ich erkenne nichts außer Ihrem Wunsch, selbst ein Stück von dem Congohelium zu bekommen und wilder als ich zu tanzen.«

In diesem Moment wurde Flavius zum Berserker. Er rannte zur Sänfte zurück, beugte sich darüber und rannte wieder zur Tür. In jeder Hand hielt er eine riesige Kugel aus massivem Stahl.

»Was treibt dieser Roboter?«, rief der Tänzer. »Ich kann Ihre Gedanken lesen, aber Sie befehlen ihm nichts! Er will mit diesen Stahlkugeln Hindernisse ausschalten ...«

Er keuchte, als der Angriff kam.

Schneller, als das Auge der Bewegung folgen konnte, wirbelte Flavius' mit sechzig Tonnen Schubkraft ausgerüsteter Arm durch die Luft und warf das erste Stahlgeschoss direkt nach dem Sonnensohn. Der Sonnensohn – oder die Macht, die hinter ihm stand – sprang schnell wie ein Insekt zur Seite. Die Kugel zerschmetterte zwei der auf dem Boden liegenden zerlumpt gekleideten menschlichen Gestalten. Der eine Körper machte *Wuff!*, als er starb, der andere gab nicht den geringsten Laut von sich – der Kopf war schon beim ersten Aufprall abgerissen worden.

Bevor der Tänzer etwas sagen konnte, warf Flavius die zweite Kugel.

Diesmal wurde die Tür getroffen – doch die Kräfte, die Sto Odin und die Roboter gelähmt hatten, waren wieder wirksam. Die Kugel sang, als sie auf die Tür prallte, bewegungslos in der Luft hängen blieb und dann von der Tür zurück auf Flavius geschleudert wurde.

Der zurückfliegende Ball verfehlte Flavius' Kopf, zerschmetterte ihm aber die gesamte Brustpartie. Dort befand sich auch sein Gehirn. Licht flackerte auf, als sich der Roboter ausschaltete, aber noch im Sterben fing Flavius die Kugel zum letzten Mal und warf sie nach dem Sonnensohn.

Der Roboter beendete sein Dasein, und die schwere, ziellos abgefeuerte Kugel traf Sto Odin an der rechten Schulter. Der Lord empfand Schmerzen, bis er nach seiner Ichpuppe griff und allen Schmerz abschaltete. Dann musterte er seine Schulter. Sie war fast vollkommen zertrümmert. Blut aus seinem organischen Körper und Hydraulikflüssigkeit aus seinen Prothesen sprudelten hervor, vermischten sich und liefen an seiner Seite herab.

Sto Odin fragte sich, wie weit das Mädchen inzwischen gekommen sein mochte.

Der Luftdruck änderte sich.

»Was geschieht mit der Luft?«, sagte der Sonnensohn. »Warum denken Sie an das Mädchen? Was geschieht hier?«

»Lesen Sie meine Gedanken«, verlangte Sto Odin.

»Ich werde zuerst tanzen und meine Kräfte sammeln.«

Für einige wenige Sekunden schien es, als ob der Tänzer mit dem Congohelium einen Felssturz auslösen würde.

Der sterbende Sto Odin schloss die Augen und stellte fest, dass es erholsam war, zu sterben. Das Gleißen und Lärmen der Welt blieben interessant, waren aber unwichtig geworden.

Das Congohelium mit seinen sich tausendfach verändernden Regenbogen und der Tänzer waren nahezu durchsichtig geworden, als der Sohn der Sonne zurückkehrte, um Sto Odins Gedanken zu lesen.

»Ich sehe nichts«, erklärte der Sonnensohn besorgt. »Ihr Vitalitätsknopf ist zu hoch eingestellt, und Sie werden bald sterben. Woher kommt diese ganze Luft? Mir scheint, ich höre ein fernes Grollen. Aber Sie haben nichts damit zu tun. Ihr Roboter hat durchgedreht. Und Sie schauen mich nur zufrieden an und sterben. Das ist sehr seltsam. Sie wollen auf Ihre Art sterben, obwohl Sie hier mit uns viele unglaubliche Leben leben können!«

»Das ist richtig«, sagte Sto Odin. »Ich sterbe auf meine Art. Aber tanzen Sie für mich, tanzen Sie für mich mit dem Congohelium, während ich Ihnen Ihre eigene Geschichte erzähle, so wie Sie sie mir erzählt haben. Ich wäre dankbar, wenn ich vor meinem Tod die Geschichte loswürde.«

Der Tänzer blickte zweifelnd drein, begann zu tanzen und wandte sich dann wieder an Sto Odin. »Sind Sie sicher, dass Sie jetzt sterben möchten? Mit der Kraft der von Ihnen als Douglas-Ouyang-Planeten bezeichneten Macht, die ich hier durch das Congohelium empfange, würde es Ihnen an nichts fehlen, während ich tanze, und Sie können immer noch sterben, wann es Ihnen gefällt. Vitalitätsknöpfe sind viel schwächer als die Kräfte, die ich beherrsche. Ich könnte sogar helfen, Sie über die Schwelle meiner Tür zu tragen ...«

»Nein«, wehrte Lord Sto Odin ab. »Tanzen Sie lieber für mich, während ich sterbe. Auf meine Art.«

IX

Und so änderte sich der Lauf der Welt.

Millionen Tonnen Wasser stürzten auf sie zu.

Binnen Minuten würden das *Gebiet* und der *Bezirk* überflutet sein, während die Luft pfeifend nach oben entwich.

Befriedigt stellte Sto Odin fest, dass sich an der Decke des Tanzsaales ein Luftschacht befand. Er kontrollierte sein Dreifachdenken, um sich nicht vorzustellen, was geschehen würde, wenn Materie und Antimaterie des Congoheliums von strömendem Salzwasser überspült wurden. Es würde sich in einer Größenordnung von vierzig Megatonnen abspielen, schätzte er, mit dem müden Gefühl eines Mannes, der ein Problem schon vor langer, langer Zeit durchdacht hatte und sich kurz daran erinnerte, wenn die Situation schon lange vorbei war.

Der Sonnensohn zelebrierte eine Religion, die aus den Epochen vor dem Zeitalter des Weltraums stammte. Er intonierte Hymnen, hob seine Augen und Hände und das Stück Congohelium der Sonne entgegen; er drehte die Rassel der wirbelnden Derwische, läutete die Tempelglocken des Mannes an den zwei Hölzern und die Tempelglocken des Heiligen, der der Zeit entflohen war, einfach indem er sie erkannt und sich ihr entzogen hatte – Buddha, war dies sein Name? Und er ging über zu den finstern Ruchlosigkeiten, denen die Menschheit nach dem Zusammenbruch der Alten Welt gefolgt war.

Die Musik blieb gleichförmig.

Und auch die Lichter.

Ganze Prozessionen geisterhafter Schatten folgten dem Sonnensohn, während er zeigte, wie die alte Menschheit die Götter, die Sonne und dann die anderen Götter gefunden hatte. Er stellte das größte Geheimnis der Menschheit in einer Pantomime dar – dass der Mensch vorgab, sich vor dem Tod zu fürchten, wo es doch das Leben war, das er niemals verstanden hatte.

Und während er tanzte, erzählte Lord Sto Odin dem Tänzer dessen eigene Geschichte.

»Sie sind von der Erdoberfläche geflohen, Sonnensohn, weil die Menschen stumpfsinnige Klötze waren, glücklich und blöde in ihrem elenden Geist. Sie sind geflohen, weil Sie es nicht ertragen konnten, ein Huhn in einer Hühnerfarm zu sein, antiseptisch ausgebrütet, sicher untergebracht, eingefroren nach dem Tod. Sie haben sich mit den anderen elenden, klugen, ruhelosen Menschen zusammengeschlossen, die ihre Freiheit in dem *Gebiet* zu erlangen hofften. Sie lernten ihre Drogen, ihre Liköre und ihren Rausch kennen, ebenso wie ihre Frauen, ihre Feste und ihre Spiele. Doch das reichte Ihnen nicht. Sie wurden ein Gentleman-Selbstmörder, ein Held auf der Suche nach einem Freudentod, der Ihnen Ihre Individualität aufprägen würde. Sie kamen in den *Bezirk* herunter, dem verlorensten und abscheulichsten aller Orte. Sie fanden nichts. Nur die alten Maschinen und die verlassenen Tunnelgänge. Hier und da einige Mumien oder Knochen. Nur die trüben Lampen und das leise Murmeln, mit dem die Luft durch die Gänge weht.«

»Ich höre jetzt Wasser«, sagte der Tänzer, der noch immer tanzte, »rauschendes Wasser. Hören Sie es nicht auch, mein sterbender Lord?«

»Wenn ich es hören würde, ginge es mich nichts mehr an. Aber lassen Sie mich mit Ihrer Geschichte fortfahren. Sie entdeckten diesen Raum. Die groteske Tür ließ ihn als guten Ort für einen Freudentod erscheinen, wie ihr arme Ausgestoßenen ihn sucht, nur war es nicht sehr angenehm, zu sterben, wenn nicht andere Leute wussten, dass Sie es mit Absicht tun und wie Sie es tun würden. Jedenfalls, es war eine anstrengende Kletterei hinauf ins *Gebiet*, wo sich Ihre Freunde befanden, und deshalb ruhten Sie sich neben diesem Computer aus und schliefen ein. In der Nacht, während Sie schliefen, während Sie träumten, begann der Computer zu singen:

Ich brauche einen temporären Hund
Aus einem temporären Grund
An einem temporären Ort
Wie der Erde!

Und als Sie erwachten, waren Sie überrascht, dass Sie eine völlig neue Art Musik geträumt hatten. Wirklich wilde Musik, die die Leute in ihrer köstlichen Verderbtheit schaudern ließ.

Und durch diese Musik sahen Sie sich vor eine Aufgabe gestellt: Sie mussten ein Stück Congohelium stehlen. Sie waren ein gerissener Kerl, junger Mann, bevor Sie sich auf den Weg hierher machten. Die Macht der Douglas-Ouyang-Planeten ergriff Sie und machte Sie noch tausendmal gerissener. Sie und Ihre Freunde – und so haben Sie mir es erzählt, oder jene, die hinter Ihnen stehen, haben es mir erzählt –, Sie und Ihre Freunde stahlen eine Subraum-Kommunikator-Konsole, richteten sie auf die Douglas-Ouyang-Planeten und wurden süchtig von dem Anblick, der sich Ihnen bot. Irisierend, lumineszierend. Nach oben strömende Wasserfälle. Dinge dieser Art. Und dann haben Sie das Congohelium bekommen. Congohelium besteht aus Materie und Antimaterie, die durch ein doppeltes Magnetgitter getrennt sind. Damit und mit der Macht der Douglas-Ouyang-Planeten wurden Sie von organischen Prozessen unabhängig. Sie benötigten keine Nahrung mehr, keinen Schlaf, nicht einmal Luft oder etwas zu trinken. Die Douglas-Ouyang-Planeten sind sehr alt. Sie benutzten Sie als Verbindungsstück zur Erde. Ich habe keine Vorstellung, was sie mit der Erde und der Menschheit vorhatten. Wenn diese Geschichte bekannt wird, werden zukünftige Generationen Sie den Händler der Drohungen nennen, denn Sie benutzten den normalen menschlichen Appetit auf Gefahr, um andere Menschen durch Hypnose und Musik in eine Falle zu locken.«

»Ich höre Wasser«, unterbrach der Sonnensohn. »Ich höre *wirklich* Wasser!«

»Das spielt keine Rolle«, sagte Sto Odin, »Ihre Geschichte ist wichtiger. Und was könnten Sie und ich auch dagegen tun? Ich sterbe, sitze in einer Lache von Blut und Ausfluss. Sie können diesen Raum mit dem Congohelium nicht verlassen. Lassen Sie mich fortfahren. Vielleicht hat dieses Douglas-Ouyang-Wesen, was immer es auch war ...«

»*Ist*«, schnappte der Sonnensohn.

»... was immer es auch ist, sich nur nach sinnlicher Gesellschaft gesehnt. Tanzen Sie weiter, Mann, tanzen Sie weiter.«

Der Sonnensohn tanzte, und die Trommeln sprachen mit ihm: *rataplan, rataplan! kid-nork, kid-nork, nork!,* während das Congohelium Musik durch das Felsgestein kreischen ließ.

Das andere Geräusch war trotzdem noch zu hören.

Der Sonnensohn erstarrte und blickte sich um.

»Es ist Wasser. Es *ist* Wasser.«

»Wer weiß!«, sagte Sto Odin.

»Sehen Sie«, rief der Sonnensohn und hielt das Congohelium hoch. »Sehen Sie doch!«

Sto Odin brauchte nicht hinzusehen. Er wusste sehr gut, dass die ersten Tonnen Wasser, lehmig und schwer, den Tunnel herab in ihre Räume schäumten.

»Aber was soll *ich* tun?«, kreischte die Stimme des Sonnensohns.

Sto Odin spürte, dass nicht der Sonnensohn, sondern die hinter ihm stehende Macht der Douglas-Ouyang-Planeten sprach. Eine Macht, die Freundschaft mit den Menschen gesucht, aber den falschen Menschen und die falsche Freundschaft gefunden hatte.

Der Sohn der Sonne gewann seine Beherrschung zurück. Seine Füße ließen Wasser aufspritzen, während er tanzte. Die Farben spiegelten sich im steigenden Wasser. *Ritiplin, tiplin!,* sagte die große Trommel. *Kid-nork, kid-nork!,* sagte die kleine Trommel. *Bum, bum, dum, dum, rum,* sagte das Congohelium.

Lord Sto Odin spürte, wie ihm schwarz vor Augen wurde, aber er sah in seiner Vorstellung noch immer das glühende Bild des wilden Tänzers.

Das ist eine gute Art zu sterben, dachte er, als er starb.

Hoch oben, auf der Oberfläche des Planeten, spürte Santuna, wie der ganze Kontinent unter ihren Füßen erbebte, und sie sah, wie sich der östliche Horizont verfinsterte, während ein Vulkan schlammigen Rauch in den stillen, blauen, sonnenüberfluteten Ozean blies.

»Das darf nicht, dies darf *auf keinen Fall* noch einmal geschehen«, sagte sie und dachte dabei an den Sonnensohn und an das Congohelium und an den Tod Lord Sto Odins. »Es muss etwas dagegen unternommen werden.«

Und so geschah es.

In späteren Jahrhunderten führte Santuna Krankheit, Gefahr und Unglück wieder ein, um das Glück der Menschen zu vermehren. Sie war eine der führenden Köpfe der Wiederentdeckung des Menschen, und auf der Höhe ihres Ruhms war sie bekannt als Lady Alice More.

DAS TRUNKENE SCHIFF

Vielleicht ist dies die traurigste, verrückteste, wildeste Begebenheit in der gesamten, langen Geschichte des Weltraumes. Es ist wahr, dass noch niemand zuvor etwas Derartiges getan und eine Reise über eine solche Entfernung unternommen hatte, vor allem mit einer solchen Geschwindigkeit und unter solchen Umständen. Der Held erweckte den Eindruck eines ganz gewöhnlichen Mannes – wenn man ihn zum ersten Mal sah. Beim zweiten Mal aber sah es schon ganz anders aus.

Und die Heldin. Schmal war sie und aschblond, intelligent, keck und verletzlich. Verletzlich – ja, das ist das richtige Wort. Sie sah aus, als ob sie Trost oder Hilfe benötigen würde, auch wenn mit ihr alles in Ordnung war. Männer empfanden ihre Männlichkeit stärker, wenn sie sich in der Nähe befand. Ihr Name war Elizabeth.

Wer hätte ahnen können, dass ihr Name einst laut und klar in dem wild gähnenden Nichts erklingen würde, aus dem der Weltraum[3] bestand?

Er benutzte eine alte, wirklich sehr alte Rakete, eines von den antiken Modellen. Mit ihr flog er, mit ihr tauchte er, mit ihr sprang er weiter hinaus als alle Maschinen, die es je gegeben hatte. Man hätte fast meinen können, er flog so schnell, dass er die großen Gewölbe des Himmels erschreckte, und der ehrwürdige Dichter sich allein auf ihn bezog, als er schrieb: »Alle Sterne warfen ihre Strahlenspitzen und überfluteten den Himmel mit ihren Tränenspritzern.«

Er flog so schnell, so weit, dass die Menschen es anfangs einfach nicht glauben wollten. Sie hielten es für einen Scherz unter Männern, einen Scherz, der von Mund zu Mund ging, eine spinnerte Geschichte, um die Langeweile eines Sommernachmittags zu vertreiben.

Jetzt kennen wir seinen Namen.

Und selbst unsere Kinder und Kindeskinder werden ihn nie vergessen.

Rambo. Artyr Rambo von Erde Vier.

Er folgte Elizabeth dorthin, wo es keinen Weltraum gab. Er ging dorthin, wohin Menschen nicht gehen konnten, niemals gewesen waren, sich nicht hinwagten, ja woran sie nicht einmal dachten.

Und er tat all dies aus freiem Willen.

Natürlich hielten es die Leute zuerst für ein Gerücht und begannen, alberne Lieder über die unmögliche Reise zu dichten.

»Grab mir ein Loch für dieses wühlende Gefühl ...«, sang der eine.

»Zeig mir den Dreh für diese Wundernummer ...«, sang ein anderer.

»Wo ist das Schiff dieses forschen Burschen ...«, sang der Dritte.

Dann fanden die Leute heraus, dass es stimmte. Einige standen wie erstarrt da und bekamen eine Gänsehaut. Andere wandten sich schnell wieder den Dingen des Alltags zu. Der Weltraum[3] war entdeckt und erreicht worden. Ihre Welt würde nie mehr dieselbe sein. Der unbewegliche Fels hatte sich in eine offene Tür verwandelt.

Der Weltraum selbst, so sauber, so leer, so rein, erschien nun wie ein Millionen und Abermillionen Lichtjahre großer Tapiokapudding – gummiartig, breiig, klebrig, zum Atmen ungeeignet, zum Schwimmen untauglich.

Wie konnte das geschehen?

Jeder nahm das Verdienst für sich in Anspruch – und jeder auf seine ihm eigene Weise.

I

»Er kam meinetwegen«, sagte Elizabeth. »Ich starb, und er kam meinetwegen, denn die Maschinen verpfuschten mein Leben, als sie versuchten, meinen furchtbaren, sinnlosen Tod zu kurieren.«

II

»Ich ging von allein«, sagte Rambo. »Sie betrogen mich und belogen mich und narrten mich, aber ich nahm das Schiff und wurde das Schiff, und ich gelangte dorthin. Niemand veranlasste mich dazu. Ich war wütend, aber ich ging. Und ich kam zurück, nicht wahr?«

Auch er hatte Recht, obwohl er sich auf dem grünen Gras der Erde krümmte und weinte, während sein Schiff in einem so schrecklich fernen und fremden Raum verschollen war, dass es sich in seiner Hand oder eine halbe Galaxis weiter hätte befinden können.

Wer kann das wissen bei einem Weltraum³?

Es war Rambo, der zurückkehrte und Elizabeth suchte. Er liebte sie. Deshalb war es seine Reise, und es war sein Verdienst.

III

Aber Lord Crudelta erzählte viele Jahre später, mit sanfter Stimme und im vertrauten Kreis seiner Freunde: »Es war mein Experiment. Ich entwarf es. Ich wählte Rambo aus. Ich trieb die Selektoren zum Wahnsinn, um einen Mann zu finden, der die nötigen Anforderungen erfüllte. Und ich besaß diese nach uralten Plänen konstruierte Rakete. Es war eine von der Art, wie sie die Menschen zu Beginn verwendeten, als sie ein Stück über die Atmosphäre hinaushüpften, so wie fliegende Fische von einer Welle zur nächsten springen und sich dabei bereits für Adler halten. Hätte ich eines von den normalen Planoformschiffen eingesetzt, wäre es mit einem rückwärts gerichteten Gurgeln verschwunden und hätte für kurze Zeit den Weltraum milchig getrübt, um sich dann in Schmutz und Trümmer aufzulösen. Aber das wollte ich nicht riskieren. Ich brachte die Rakete auf eine Abschussrampe. *Und diese Abschussrampe war selbst ein interstellares Schiff.* Da wir eine alte Rakete benutzten, überholten wir sie gründlich und versahen sie rundum mit den alten, überlieferten Inschriften, den mysteriösen Buchstaben. Wir hatten sie sogar klar und deutlich mit dem Namen unserer Organisation beschriftet – I und D und M, für ›Instrumentalität der Menschheit‹. Wie hätte ich auch wissen können, dass wir mehr erreichen würden, als wir eigentlich erreichen wollten, dass Rambo den Weltraum selbst aus den Angeln heben und das Schiff hinter sich lassen würde, nur weil er Elizabeth so über alle Maßen, so leidenschaftlich liebte?« Crudelta seufzte. »Ich weiß es, und ich weiß es nicht. Ich bin wie dieser Mann aus der fernen Vergangenheit, der mit einem Wasserschiff den Planeten Erde in der falschen Richtung umrunden wollte und stattdessen eine neue Welt entdeckte. Kolumbus hieß er. Und das Land, das war Australien oder Amerika oder so ähnlich. Und so ist es auch mir ergangen. Ich schickte Rambo hinaus in dieser alten Rakete, und er entdeckte einen Weg durch den Weltraum[3]. Nun kann niemand mehr sicher sein, dass nicht im nächsten Augenblick jemand den Fußboden durchstößt oder direkt vor ihm in der Luft Gestalt annimmt.« Fast versonnen fügte er hinzu: »Was nutzt es, die Geschichte zu erzählen? Schließlich ist sie überall bekannt. Mein Anteil daran ist nicht besonders rühmlich. Aber das Ende der Geschichte, das ist hübsch. Das Haus am Wasserfall und all die wunderschönen Kinder, die die Leute zu ihnen gebracht haben – man könnte ein Gedicht darüber schreiben. Doch kurz davor, als er hilflos und geisteskrank im Hospital auftauchte und Elizabeth suchte – das war traurig und unheimlich, das war erschreckend. Ich bin froh, dass alles ein glückliches Ende genommen hat, in dem Bungalow am Wasserfall, aber es hat verdammt lange gedauert, bis es so weit war. Und es sind Begebenheiten darunter, die wir nie verstehen werden, die nackte Haut im nackten Raum, die Augäpfel, die sich viel schneller bewegten, als selbst Licht es vermag. Wisst ihr, was Heidschnucken sind? Eine alte Schafsrasse, die es einst auf der Alten Erde gegeben hat, und hier sind wir nun, Jahrtausende später, und in unseren Ohren klingt noch immer ein Kinderreim über diese Schafe. Die Tiere sind verschwunden, aber der Reim ist geblieben. So wird es auch eines Tages mit Rambo sein. Jeder wird seinen Namen kennen und alles über sein trunkenes Schiff wissen, aber man wird den wissenschaftlichen Fortschritt vergessen, den er uns gebracht hat, während er mit einer uralten Rakete nach Elizabeth suchte, mit einer Rakete, die nicht einmal von hier nach da fliegen konnte. Und der Reim? Er lautet folgendermaßen:

Ziel mit dem Gewehr auf einen Ruderkahn.
(Rede nicht vom Bären oder vom Truthahn!)
Erschieße dann die sterbende Heidschnucke.
(Frag nicht, was dann werden soll, du Glucke!)

Fragt mich nicht, was Bären oder Truthähne sind. Vielleicht sind es längst ausgestorbene Tiere. Aber die Kinder singen immer noch diesen Reim. Eines Tages werden sie es mit Rambo und seinem trunkenen Schiff genauso machen. Vielleicht erzählen sie einander auch die Geschichte von Elizabeth. Aber sie werden nie den Teil der Geschichte erzählen, der von unserer Ankunft im Krankenhaus handelt. Dieser Teil ist zu schrecklich, zu wirklich, zu traurig und endet auf eine Weise, die zu wundervoll ist. Sie fanden ihn im Gras. Wohlgemerkt, nackt im Gras, und niemand wusste, woher er gekommen war ...«

IV

Sie fanden ihn nackt im Gras, und niemand wusste, woher er gekommen war. Sie wussten nicht einmal etwas von der alten Rakete mit den Buchstaben I, D und M, die Lord Crudelta über die Grenzen des Nirgendwo hinausgeschickt hatte. Sie wussten nicht, dass es Rambo war, der aus dem Weltraum[3] heimgekehrt war. Die Roboter entdeckten ihn und schafften ihn ins Krankenhaus und fotografierten alles, was sie taten. Sie waren programmiert, alles Ungewöhnliche aufzuzeichnen.

So fanden ihn die Krankenschwestern in einem Vorzimmer. Sie nahmen an, dass er lebte, denn er war nicht tot, aber andererseits konnten sie nicht beweisen, dass er noch lebte.

Das machte alles noch rätselhafter.

Ärzte wurden hinzugezogen. Richtige Ärzte, keine Maschinen. Es waren sehr wichtige Männer. Bürger Doktor Timofeyev, Bürger Doktor Grosbeck und der Direktor persönlich, Sir und Doktor Vomact. Sie übernahmen den Fall.

(Drüben im anderen Flügel des Krankenhauses lag Elizabeth und wusste nichts von alledem, und niemand ahnte etwas von einem Zusammenhang. Elizabeth, für die er durch den Weltraum gesprungen war und die Sterne durchdrungen hatte – aber dies war allen noch unbekannt!)

Der junge Mann konnte nicht sprechen. Als sie seine Retinamuster und Fingerabdrücke in die Bevölkerungsmaschine eingegeben hatten, fanden sie heraus, dass er auf der Erde selbst gezeugt, aber als tiefgefrorenes, ungeborenes Baby zur Erde Vier verschifft worden war. Unter ungeheuren Kosten übermittelte man der Erde Vier eine Sofortanfrage – nur um den Bescheid zu bekommen, dass der junge Mann, der hier im Krankenhaus lag, während einer intergalaktischen Reise mit einem Experimentalschiff verschwunden war. Verschwunden!

Kein Schiff und keine Spur von einem Schiff.

Und hier war er nun.

Sie befanden sich am Rande des Weltraums und wussten nicht, was sie vor sich hatten. Sie waren Ärzte, und es war ihre Aufgabe, Leute zu heilen oder wiederherzustellen, und nicht, sie in Schiffen herumreisen zu lassen. Wie sollten solche Männer etwas über den Weltraum[3] wissen, da ihnen sogar der Weltraum[2] bis auf die Tatsache unbekannt war, dass Menschen Planoformschiffe bestiegen und ihn durchflogen? Sie suchten nach Krankheiten, obwohl sie sich ungeheuren technischen Problemen gegenübersahen. Sie behandelten ihn, auch wenn ihm nichts fehlte.

Alles, was er brauchte, war Zeit, um über den Schock der schrecklichsten Reise hinwegzukommen, die je ein Mensch unternommen hatte. Aber die Ärzte wussten das nicht und versuchten, seine Genesung zu beschleunigen.

Als sie ihn ankleideten, erwachte er aus dem Koma, wurde von mechanisch wirkenden Anfällen geschüttelt und riss sich die Kleidung vom Leib. Sobald er wieder nackt war, ließ er sich schwer zu Boden fallen und weigerte sich zu essen oder zu sprechen.

Sie ernährten ihn künstlich, während die gesamte Energie des Weltraums in veränderter Form von seinem Körper abgestrahlt wurde, ohne dass sie auch nur das Geringste davon ahnten.

Sie verlegten ihn in einen verschlossenen Raum und beobachteten ihn durch das Guckloch in der Tür.

Er war ein gutaussehender junger Mann, auch wenn sein Bewusstsein erloschen und sein Körper starr und steif war. Seine Haare waren hellblond, seine Augen leuchtend blau, und sein Antlitz war ausdrucksvoll – ein kantiges Kinn, ein hübscher resoluter, eigensinniger Mund, tiefe Linien im Gesicht, als hätte er einst viele Tage oder Monate am Rande der Raserei gelebt.

Auch am dritten Tag seines Aufenthaltes im Krankenhaus hatte sich der Zustand ihres Patienten nicht im Mindesten verändert. Er hatte sich wieder seinen Schlafanzug vom Leib gerissen und lag nackt, mit dem Gesicht nach unten, auf dem Boden. Sein Körper war genauso starr und verspannt wie zuvor.

(Ein Jahr später wurde dieser Raum als Museum hergerichtet und mit einer Bronzetafel mit der Inschrift versehen: »Hier lag Rambo, nachdem er die Alte Rakete verlassen und den Weltraum[3] betreten hatte«, aber die Ärzte ahnten noch immer nicht, womit sie es zu tun hatten.)

Den Kopf hatte er so weit nach links gedreht, dass seine Nackenmuskeln hervortraten. Sein rechter Arm stand starr vom Körper ab. Der linke Arm bildete mit dem Körper einen exakten rechten Winkel, der linke Unterarm und die Hand deuteten stocksteif nach oben. Die Beine waren zu der grotesken Parodie eines Läufers verkrümmt.

Doktor Grosbeck sagte: »Auf mich macht er den Eindruck, als ob er schwimmen würde. Werfen wir ihn in ein Wasserbecken und schauen wir zu, ob er sich bewegt.« Manchmal neigte Grosbeck zu drastischen Lösungen.

Timofeyev nahm seinen Platz an dem Türspion ein. »Noch immer Krämpfe«, murmelte er. »Ich hoffe, der arme Kerl fühlt keinen Schmerz, wenn seine kortikalen Abwehrmechanismen zusammenbrechen. Wie kann ein Mensch Schmerz bekämpfen, wenn er nicht einmal weiß, was ihm widerfährt?«

»Und Sie, Sir und Doktor«, wandte sich Grosbeck an Vomact, »was meinen Sie?«

Vomact brauchte ihn sich nicht erst anzuschauen. Er war früh gekommen und hatte lange und ernst den Patienten betrachtet, bevor die anderen Ärzte eingetroffen waren. Vomact war ein weiser Mann mit tiefem Einsichtsvermögen und reicher Intuition. Er konnte in einer Stunde mehr feststellen, als eine Maschine in einem Jahr diagnostizieren konnte, und er begann bereits zu begreifen, dass dies eine Krankheit war, an der kein Mensch jemals zuvor gelitten hatte.

Aber ihnen standen noch einige Therapiemöglichkeiten zur Verfügung. Die drei Ärzte probierten sie aus.

Sie versuchten es mit Hypnose, Elektrotherapie, Massage, Subsonik, Atropin, Surgital, der gesamten Familie der Digitaline und einigen quasi-narkotischen Viren, die im Orbit gezüchtet worden waren, wo sie schnell mutierten. Die ersten Reaktionen zeigten sich, als sie es mit einer Kombination von Gas-Hypnose und elektronisch verstärkter Telepathie versuchten. Dies bewies, dass die Bewusstseinsfunktionen des Patienten noch nicht vollständig erloschen waren; andernfalls hätte sich das Gehirn als bloßes Fettgewebe dargeboten, ohne jede neurologische Aktivität. Die anderen Versuche verliefen weitgehend ergebnislos. Das Gas erzeugte einen Hauch von Furcht und Schmerzen. Der Telepath berichtete von fremden, nur andeutungsweise erkennbaren Sternbildern. (Die Ärzte schickten den Telepathen sofort zur Weltraumpolizei, um die Sternbilder identifizieren zu lassen, die er im Bewusstsein des Patienten gesehen hatte, aber ohne Erfolg. Der Telepath war zwar ein scharfsinniger Mann, doch er konnte sich nicht an genügend Details erinnern, die für einen Vergleich mit den Sternenkatalogen erforderlich gewesen wären.)

Die Ärzte griffen wieder auf ihre Drogen zurück und versuchten es mit alten, einfachen Medikamenten – Morphium und Koffein, die sich gegenseitig neutralisierten, und einer handfesten Massage, um ihn wieder träumen zu lassen und so dem Telepathen die Möglichkeit zu geben, erneut die Bilder aufzunehmen.

An diesem und auch am nächsten Tag kam es zu keinen weiteren Ergebnissen.

Währenddessen wurden die irdischen Behörden unruhig. Zu Recht waren sie davon überzeugt, dass die Ärzte gute Arbeit geleistet hatten, da von ihnen immerhin festgestellt worden war, dass der Patient erst wenige Sekunden vor seiner Entdeckung durch die Roboter die Erde betreten hatte. Doch wie war ihm das gelungen?

Von der Luftraumbehörde der Erde lagen keine Meldungen vor, dass ein Flugkörper in die Atmosphäre eingedrungen war und einen leuchtenden Schweif ionisierter Gase erzeugt hatte, und nichts deutete auf das Flüstern der gewaltigen Kräfte hin, die ein Planoformschiff durch den Weltraum[2] beförderten.

(Crudelta, der überlichtschnelle Schiffe benutzte, kroch doch langsam wie eine Schnecke der Erde entgegen, obwohl er sich, so gut es ging, beeilte, um festzustellen, ob Rambo vor ihm dort eingetroffen war.)

Am fünften Tag jedoch kündigte sich ein Durchbruch an.

V

Elizabeth war gestorben.

Dies wurde erst sehr viel später durch eine sorgfältige Überprüfung der Krankenhausunterlagen festgestellt.

Die Ärzte wussten nur so viel:

Patienten waren über den Korridor geschoben worden, zugedeckte Gestalten, die reglos auf Rollbetten lagen.

Plötzlich blieben die Betten stehen.

Eine Krankenschwester schrie auf.

Die massive Stahl-Plastik-Wand neigte sich nach innen. Eine stumme Kraft schob bedächtig die Wand in den Korridor.

Die Wand riss auseinander.

Eine menschliche Hand erschien.

Eine der Krankenschwestern rief geistesgegenwärtig: »*Schiebt die Betten weg! Schiebt sie aus dem Weg!*«

Die Krankenschwestern und die Roboter gehorchten.

Die Betten schwankten wie eine kleine Bootsflotte, die von einer Welle erfasst wurde, als sie die Stelle erreichten, wo der Boden sich unter dem Druck der verschobenen Wand aufgebäumt hatte. Das pfirsichfarbene Lampenlicht flackerte. Roboter erschienen.

Eine zweite menschliche Hand schob sich durch die Wand. Die beiden Hände zerrissen die Wand, als ob sie aus Papier wäre.

Der Kopf des Patienten, der im Gras liegend gefunden worden war, tauchte auf.

Unsicher und mit verschwommenem Blick betrachtete er den Korridor, und seine Haut glänzte von den Verbrennungen des offenen Weltraums in einem seltsamen rotbraunen Farbton.

»Nein«, sagte er. Nur dieses eine Wort.

Aber dieses »Nein« wurde gehört. Obwohl er nicht sehr laut gesprochen hatte, tönte seine Stimme durch das ganze Krankenhaus. Das interne Telekommunikationssystem hatte sie weitergeleitet.

Sämtliche technischen Einrichtungen des Gebäudes stellten ihre Funktion ein. Verzweifelt beeilten sich die Krankenschwestern und Roboter, unterstützt von den Ärzten, alle Geräte wieder einzuschalten – die Pumpen, die Ventilatoren, die künstlichen Nieren, die Gehirn-Stabilisatoren, sogar die einfachen Klimaanlagen, die die Luft sauber hielten.

Hoch über ihnen kreiste torkelnd ein Flugzeug. Sein dreifach gesicherter Funktionsschalter war plötzlich auf »Aus« gestellt worden. Glücklicherweise vermochte ihn der Roboterpilot wieder umzulegen, bevor es sich in die Erde bohren konnte.

Der Patient schien nicht zu wissen, dass sein Wort diese Wirkung besaß.

(Später erfuhr die Welt, dass dies ein Teil des »Trunkenheitseffektes« war. Der Mann selbst hatte die Fähigkeit entwickelt, sein neurophysiologisches System als Steuerungsinstrument einzusetzen.)

Im Korridor erschien der Maschinenroboter, der als Polizist fungierte. Er trug sterile, wattierte Samthandschuhe, die eine Zugkraft von sechzig metrischen Tonnen besaßen. Er näherte sich dem Patienten. Der Roboter war sorgfältig dafür ausgebildet, alle Gefahren zu erkennen, die von fantasierenden oder psychotischen Menschen ausgingen, und später berichtete er, dass seine Wahrnehmungssensoren »Höchste Gefahr« signalisiert hätten. Er hatte geplant, den Gefangenen mit unbarmherziger Gewalt zu packen und ihn zurück in sein Bett zu schaffen, aber angesichts dieser Reaktion hatte der Roboter von seinem Vorhaben abgelassen.

Das Handgelenk des Roboters bestand aus einer hypodermischen Pistole, die mit komprimiertem Argon betrieben wurde. Er deutete damit auf den nackten Mann, der in dem breiten Riss der Wand stand. Die Waffe zischte, und eine immense Dosis Condamin, das stärksten Narkotikum des bekannten Universums, drang in die Haut von Rambos Hals. Der Patient wurde ohnmächtig.

Der Roboter hob ihn sachte auf, trug ihn durch die aufgeplatzte Wand, stieß die Tür mit einem Tritt auf, der das Schloss zerbrach, und legte ihn auf sein Bett. Als der Roboter hörte, dass sich die Ärzte näherten, schob er mit seinen ungeheuren Händen die Stahlwand an ihren ursprünglichen Platz zurück. Arbeitsroboter oder Untermenschen konnten diese Arbeit später beenden, aber bis dahin sah es besser aus, wenn dieser Teil des Gebäudes sich wieder in seinem rechtwinkligen Zustand befand.

Doktor Vomact erschien, dicht gefolgt von Grosbeck.

»Was ist geschehen?«, rief dieser, aufgeschreckt aus seiner unwandelbaren Gemütsruhe.

Der Roboter wies auf die geborstene Wand. »Er riss sie auf. Ich schob sie zurück«, sagte er.

Die Ärzte wandten sich dem Patienten zu. Er war wieder aus dem Bett gekrochen und lag auf dem Fußboden, aber seine Atmung war leicht, regelmäßig und normal.

»Was hast du ihm gegeben?«, fuhr Vomact den Roboter an.

»Condamin«, erwiderte der Roboter, »gemäß der Verordnung 47-B. Die Droge darf außerhalb des Krankenhauses nicht erwähnt werden.«

»Das weiß ich«, brummte Vomact geistesabwesend und ein wenig verärgert. »Du kannst jetzt gehen. Vielen Dank.«

»Es ist nicht üblich, Robotern zu danken«, erwiderte der Roboter, »aber Sie können meinen Bericht mit einer Empfehlung versehen, wenn Sie wollen.«

»Scher dich zum Teufel!«, schrie Vomact den auf Förmlichkeiten bedachten Roboter an.

Der Roboter blinzelte. »Der Begriff Teufel ist mir unbekannt, aber ich nehme an, Sie möchten, dass ich mich entferne. Mit Ihrer Erlaubnis werde ich jetzt gehen.« Er sprang mit eigentümlicher Anmut an den beiden Ärzten vorbei, befingerte zerstreut das zerbrochene Türschloss, als ob er es reparieren wollte, doch als er bemerkte, dass Vomact ihn immer noch beobachtete, verließ er endlich den Raum.

Einen Moment später ertönte leises Hämmern. Beide Ärzte lauschten einen Augenblick und ignorierten es dann. Der Roboter war draußen im Gang und beulte behutsam den Stahlfußboden aus. Er war ein ordentlicher Roboter, der wahrscheinlich von einem Hühnergehirn gesteuert wurde, und seine Ordnungsliebe hatte ihn halsstarrig werden lassen.

»Zwei Fragen, Grosbeck«, sagte Sir und Doktor Vomact.

»Zu Ihren Diensten, Sir!«

»Wo stand der Patient, als er die Wand in den Korridor schob, und woher bezog er die dafür erforderliche Hebelkraft?«

Grosbeck verengte verwirrt seine Augen. »Jetzt, da Sie es erwähnen, muss ich gestehen, dass es mir vollkommen unbegreiflich ist. An sich hätte ihm das gar nicht gelingen dürfen. Aber es ist geschehen. Und die andere Frage?«

»Was halten Sie von Condamin?«

»Natürlich ist es gefährlich. Es kann eine Abhängigkeit ...«

»Kann es diese auch ohne kortikale Aktivität geben?«, unterbrach Vomact.

»Selbstverständlich«, nickte Grosbeck sofort. »Gewebeabhängigkeit.«

»Dann überprüfen Sie das«, befahl Vomact.

Grosbeck kniete neben dem Patienten nieder und betastete mit seinen Fingerspitzen die Muskelenden, strich über die Stelle am Schädelansatz, an der sie zusammenliefen, über die Schultern, die Knoten am Rücken. Als er wieder aufstand, lag ein erstaunter Ausdruck auf seinem Gesicht. »Ich habe noch nie einen derartigen menschlichen Körper untersucht. Ja, ich bin mir nicht einmal sicher, ob dies überhaupt noch ein Mensch *ist*.«

Vomact sagte nichts. Die beiden Ärzte sahen einander an. Grosbeck wurde nervös unter dem starren Blick des Älteren.

Schließlich stieß er hervor: »Sir und Doktor, ich weiß, was wir tun *könnten*.«

»Und das wäre?«, fragte Vomact, ohne einen Hauch von Ermutigung oder Ablehnung in seiner Stimme.

»Es wäre nicht das erste Mal, dass so etwas in einem Krankenhaus gemacht würde.«

»Was?«, fragte Vomact, und seine Augen – diese gefürchteten Augen! – zwangen Grosbeck, das zu sagen, was er nicht hatte sagen wollen.

Grosbeck errötete. Er beugte sich vor, so als wollte er flüstern, obwohl sich niemand in ihrer Nähe befand. Als er sprach, besaßen seine Worte die nervöse Unanständigkeit einer unschicklichen Liebeserklärung. »Töten Sie den Patienten, Sir und Doktor. Töten Sie ihn. Wir haben genügend Aufzeichnungen über ihn. Wir können einen Leichnam aus dem Keller holen und ihn in ein überzeugendes

Simulacrum verwandeln. Wer weiß, was wir auf die Menschheit loslassen, wenn wir erlauben, dass er wieder gesund wird.«

»Wer weiß.«, sagte Vomact mit ausdrucksloser, sachlicher Stimme. »Aber, Bürger und Doktor, wie lautet die zwölfte Pflicht eines Arztes?«

»Nicht das Gesetz in die eigene Hand zu nehmen, die Heilung dem Heiler zu überlassen und dem Staat oder der Instrumentalität das zu geben, was dem Staat oder der Instrumentalität zusteht.« Grosbeck seufzte, als er die Worte überdachte. »Sir und Doktor, ich ziehe meinen Vorschlag zurück. Mir ging es nicht um die medizinischen Aspekte. Ich hatte mich in die Politik und in die Angelegenheiten der Regierung eingemischt.«

»Und jetzt?«

»Heilen Sie ihn. Oder überlassen Sie ihn sich selbst, bis er von allein gesund wird.«

»Und was würden Sie tun?«

»Ich würde versuchen, ihn zu heilen.«

»Und wie?«

»Sir und Doktor«, rief Grosbeck verzweifelt, »machen Sie sich nicht über meine Hilflosigkeit lustig! Ich weiß, dass Sie mich mögen, weil ich ein kühner, selbstsicherer Mann bin. Aber verlangen Sie nicht von mir, diese Eigenschaften einzusetzen, wenn wir noch nicht einmal wissen, woher dieser Körper gekommen ist. Wenn ich so kühn wie sonst wäre, würde ich ihm Typhoid und Condamin verabreichen und ihm Telepathen an die Seite geben. Aber dies ist etwas Neues in der Geschichte der Menschheit. Wir sind Menschen – und er ist vielleicht kein Mensch mehr. Vielleicht repräsentiert er eine mit neuen Kräften ausgestattete Spezies. Wie ist es ihm gelungen, von der anderen Seite des Nirgendwo hierherzukommen? Wie viele Millionen Male ist er vergrößert oder verkleinert worden? Wir wissen nicht, was er ist oder was er durchgemacht hat. Wie können wir einen Menschen behandeln, wenn wir dafür die Kräfte des Weltraums, die

Hitze der Sonnen, den Frost der Entfernung behandeln müssen? Wir wissen, wie wir mit einem Körper umzugehen haben, aber dies hier ist kein richtiger Körper mehr. Überzeugen Sie sich selbst, Sir und Doktor! Sie werden etwas berühren, wie Sie es noch nie zuvor berührt haben.«

»Ich habe ihn bereits abgetastet«, erklärte Vomact. »Aber Sie haben Recht. Wir werden es einen halben Tag lang mit Typhoid und Condamin versuchen. In zwölf Stunden treffen wir uns hier wieder. Ich werde den Krankenschwestern und Robotern Anweisungen für die Zeit bis dahin geben.«

Beide warfen der rotbraunen, mit gespreizten Gliedern auf dem Fußboden liegenden Gestalt noch einen Blick zu. Grosbecks Antlitz verriet eine Mischung aus Abneigung und Furcht; Vomacts Gesicht war ausdruckslos, sah man von einem halben müden Lächeln des Mitleids einmal ab.

An der Tür erwartete sie die Oberschwester, und Grosbeck hörte überrascht den Anordnungen seines Vorgesetzten zu.

»Madam und Schwester, gibt es einen sicheren Keller in diesem Krankenhaus?«

»Ja, Sir«, bestätigte sie. »Wir haben früher darin unsere Aufzeichnungen aufbewahrt, bis wir alle Daten per Telemetrie im Orbitcomputer eingespeichert hatten. Jetzt ist er leer und ein wenig schmutzig.«

»Lassen Sie ihn saubermachen. Schließen Sie ihn an die Klimaanlage an. Wer ist Ihr militärischer Beschützer?«

»Mein was?«, rief sie erstaunt.

»Jedermann auf Erden genießt militärischen Schutz. Wo sind die Streitkräfte, die Soldaten, wer beschützt Ihr Krankenhaus?«

»Mein Sir und Doktor! Mein Sir und Doktor! Ich bin eine alte Frau und arbeite hier schon seit dreihundert Jahren. Aber noch nie bin ich auf eine solche Idee gekommen. Warum sollte ich Soldaten benötigen?«

»Stellen Sie fest, welche für Sie zuständig sind, und bitten Sie sie um Unterstützung. Auch sie sind Spezialisten, obwohl sie andere Künste ausüben als wir. Versichern Sie sich ihrer Hilfe. Sie werden vielleicht gebraucht, noch bevor dieser Tag zu Ende ist. Berufen Sie sich dem Lieutenant oder Sergeanten gegenüber auf meinen Namen ... Und jetzt zu den Medikamenten, die Sie diesem Patienten verabreichen wollen.«

Die Augen der Oberschwester wurden immer größer, als er weitersprach, aber sie war eine disziplinierte Person, und sie nickte, während sie ihm zuhörte. Ihre Augen wirkten sehr traurig und müde, als er fertig war, doch sie war selbst Expertin und versiert genug, um großen Respekt vor den Fähigkeiten und der Weisheit von Sir und Doktor Vomact zu haben. Außerdem war sie zunehmend von einem warmherzigen weiblichen Mitleid für die reglose, junge, männliche Gestalt erfüllt, die auf dem Boden lag und unermüdlich auf den harten Fliesen schwamm, zwischen Archipelen schwamm, von denen kein lebender Mensch jemals zuvor auch nur geträumt hatte.

_____ VI _____

Die Krise trat in der folgenden Nacht ein.

Der Patient hatte der Innenwand des Kellerraums Handabdrücke aufgeprägt, aber er war nicht entflohen.

Die Soldaten, die in dem hellerleuchteten Korridor seltsam präsent wirkten mit ihren funkelnden Waffen, waren so gelangweilt, wie es Soldaten immer sind, wenn sie Dienst haben und nichts geschieht.

Nur ihr Lieutenant war ruhelos. Der Draht in seiner Hand summte wie ein gefährliches Insekt. Sir und Doktor Vomact, der über Waffen besser Bescheid wusste, als die Soldaten ahnten, erkannte, dass der Draht auf MAXIMAL stand und dass seine Kapazität groß genug war, um sämtliche Menschen in den fünf Stockwerken über und unter ihnen und sogar bis in eine Entfernung von einem Kilometer zu lähmen. Doch Vomact sagte nichts. Er dankte lediglich dem Lieutenant und betrat, gefolgt von Grosbeck und Timofeyev, den Kellerraum.

Auch hier schwamm der Patient.

Er war jetzt zum Kraulstil übergegangen und trat mit den Beinen gegen den Boden. Es war, als hätte er sich in dem anderen Stockwerk nur bemüht, über Wasser zu bleiben, und nun schien er ein Ziel zu haben, dem er – wenn auch sehr langsam – entgegenschwamm. Seine Bewegungen waren bedächtig, konzentriert, unbeholfen und so gemächlich, dass der Eindruck entstand, er sei in der Zeit eingefroren. Der zerrissene Schlafanzug lag neben ihm auf dem Boden.

Vomact sah sich um und fragte sich, welche Kräfte dieser Mann benutzt haben konnte, um solche Handabdrücke in einer Stahlwand zu hinterlassen. Er erinnerte sich an Grosbecks Ansinnen, den Patienten eher sterben zu lassen, als das Risiko einzugehen, die gesamte Menschheit neuen und unbekannten Gefahren auszusetzen, und obwohl er dessen Befürchtungen teilte, konnte er Grosbeck diesen Vorschlag nicht verzeihen.

Fast gereizt fragte sich der große Arzt: Wohin hatte dieser Mann gewollt?

(Zu Elizabeth, lautete die Antwort, zu Elizabeth, die jetzt nur noch sechzig Meter entfernt lag. Es würde nicht mehr lange dauern, bis die Menschen begriffen, was Rambo versucht hatte – er wollte diese sechzig Meter überwinden, um zu Elizabeth zu gelangen, nachdem er bereits zahllose Lichtjahre weit gesprungen war, um sie zu finden. Um seinen einzigen Schatz, seine Liebste, seine Allerliebste zu finden, die ihn brauchte!)

Das Condamin erzeugte nicht die charakteristischen Nebenwirkungen wie tiefe Mattigkeit und glühende Haut; vielleicht war das Typhoid stark genug gewesen, um dies zu verhindern. Rambo wirkte lebendiger als in den vergangenen Tagen. Seinen Namen hatten sie über das reguläre Informationssystem ermittelt, aber noch hatte er keinerlei Bedeutung für Sir und Doktor Vomact. Doch das würde sich ändern. O ja, das würde sich ändern.

Währenddessen waren die beiden anderen Ärzte dem Zeitplan ein wenig voraus und mit den Apparaturen beschäftigt, die die Roboter und die Krankenschwestern installiert hatten.

Vomact murmelte ihnen zu: »Ich glaube, es geht ihm besser. Er ist entspannter. Ich versuche jetzt, mit lauter Stimme Kontakt mit ihm aufzunehmen.«

Sie waren so sehr beschäftigt, dass sie lediglich nickten.

Vomact schrie den Patienten an: »Wer sind Sie? Was sind Sie? Woher kommen Sie?«

Die traurigen blauen Augen des Mannes auf dem Boden warfen Vomact einen erstaunlich wachen Blick zu, aber sonst gab es keinen noch so kleinen Hinweis darauf, dass der Mann ihn verstanden hatte. Seine Gliedmaßen führten weiter ihre Schwimmbewegungen auf dem harten Betonboden des Kellers durch. Zwei der Verbände, die das Krankenhauspersonal ihm angelegt hatte, waren durchgescheuert. Das rechte Knie war zerkratzt und wund und verursachte eine sechzig Zentimeter lange Spur aus altem, schwarzem, geronnenem und aus frischem, neuem, flüssigem Blut auf dem Boden, während sich das Bein hin und her bewegte.

Vomact stand auf und wandte sich an Grosbeck und Timofeyev: »Jetzt wollen wir sehen, was geschieht, wenn wir ihm Schmerzen zufügen.«

Die beiden traten zurück, ohne dass er sie darum gebeten hätte.

Timofeyev winkte einem kleinen, weißemaillierten Pflegeroboter zu, der im Türrahmen stand.

Das Schmerznetz, ein zerbrechliches Drahtgebilde, senkte sich von der Decke.

Es war Vomacts Pflicht als Vorgesetzter, das größte Risiko selbst zu tragen. Der Patient war vollständig mit dem Geflecht bedeckt, als sich Vomact auf Hände und Knie niederließ, das Netz an einer Ecke anhob und seinen Kopf neben den des Patienten schob. Vomacts Kittel schabte über den sauberen Boden und berührte die schwarzen Blutflecken, die der Patient bei seinen Schwimmbewegungen während der Nacht hinterlassen hatte.

Jetzt war Vomacts Mund nur noch Zentimeter vom Ohr des Patienten entfernt.

»Oh«, sagte Vomact. Das Netz summte.

Der Patient hielt in seinen langsamen Bewegungen inne, krümmte den Rücken und starrte unverwandt den Arzt an.

Die Ärzte Grosbeck und Timofeyev sahen, dass Vomacts Gesicht unter dem Einfluss der Schmerzmaschine bleich wurde, aber es war ihm nichts anzumerken, als er beherrscht und laut den Patienten fragte: »*Wer – sind – Sie?*«

»Elizabeth«, murmelte der Patient. Die Antwort war närrisch, aber der Ton vernünftig.

Vomact zog seinen Kopf unter dem Netz hervor und schrie den Patienten an: »*Wer – sind – Sie?*«

Der nackte Mann erwiderte klar und deutlich:

»Dideldu, dideldu, paff, paff, paff,
ich bin wirklich äußerst schwach!«

Vomact runzelte die Stirn und befahl dem Roboter knurrend: »Mehr Schmerz. Schalte auf die höchste Schmerzstufe.«

Währenddessen wand sich der Körper unter dem Netz und versuchte, seine Schwimmbewegungen auf dem Beton wieder aufzunehmen.

Doch nun gab er einen lauten, wilden, dröhnenden Schrei von sich. Es klang wie eine gekreischte, verzerrte Version des Namens Elizabeth, der aus endloser Entfernung widerhallte. Es ergab keinen Sinn.

Vomact kreischte zurück: »*Wer – sind – Sie?*«

Mit unerwarteter Klarheit und Resonanz drang die Stimme des verkrümmten Körpers unter dem Schmerznetz hervor: »Ich bin der gegrillte Mann, der gestillte Mann, der bebrillte Mann, der gekillte Mann, der gerillte Mann, der verwilderte

Mann, der bebilderte Mann, der gemilderte Mann, der beschilderte Mann, der versilberte Mann – aah!« Er verstummte mit einem Schrei und schwamm trotz der intensiven Ausstrahlung des Schmerznetzes weiter auf dem Boden.

Der Arzt hob Einhalt gebietend die Hand. Das Summen des Schmerznetzes brach ab, und es glitt in die Höhe.

Vomact kontrollierte den Puls des Patienten; er hatte sich beschleunigt. Er hob ein Augenlid; die Reaktionen waren fast normal.

»Zurücktreten«, befahl er den anderen. »Schmerz für uns beide«, wies er den Roboter an.

Das Netz umhüllte beide Männer.

»*Wer sind Sie?*«, brüllte Vomact direkt in das Ohr des Patienten, während er den Mann halb vom Boden hob und nicht sicher war, ob dieser Körper, der Stahlwände zerreißen konnte, ihn nicht im nächsten Augenblick zerfetzen würde.

Der Mann fuhr fort zu plappern: »Ich bin der Mostmann, der Postmann, der Kostmann, der Rostmann, der Frostmann, der Rohrmann, der Bohrmann. Nein! Nein! Nein!« Er krümmte sich in Vomacts Armen. Grosbeck und Timofeyev traten vor, um ihrem Vorgesetzten beizustehen, als der Patient sehr ruhig und deutlich hinzufügte: »Ihre Behandlungsmethode ist richtig, Doktor, wer auch immer Sie sein mögen. Bitte mehr Fieber. Bitte mehr Schmerzen. Etwas von dieser Droge, um den Schmerz zu lindern. Sie holen mich zurück. Ich weiß, dass ich auf der Erde bin. Elizabeth ist in der Nähe. Bei der Liebe Gottes, bringt mir meine Elizabeth! Aber hetzt mich nicht. Ich benötige noch viele Tage, um gesund zu werden.«

Der ruhige Ton des Patienten verblüffte sie so sehr, dass Grosbeck, ohne den Befehl Vomacts abzuwarten, das Schmerznetz entfernen ließ.

Der Patient begann wieder zu plappern: »Ich bin der Raubmann, der Laubmann, der Raubmann ...« Seine Stimme erstarb, und er wurde ohnmächtig.

Vomact verließ den Kellerraum. Er taumelte ein wenig.

Seine Kollegen stützten ihn.

Er lächelte ihnen matt zu. »Ich hoffe, es war legitim ... Ich könnte jetzt selbst etwas von diesem Condamin gebrauchen. Kein Wunder, dass die Schmerznetze die Patienten wecken und sogar Tote zum Zittern bringen! Besorgen Sie mir ein Glas Likör. Mein Herz ist alt und schwach.«

Grosbeck war ihm beim Hinsetzen behilflich, während Timofeyev durch den Korridor eilte, um den medizinischen Likör zu holen.

»Wie können wir nur *seine* Elizabeth finden?«, murmelte Vomact. »Es muss Millionen Elizabeths geben. Und außerdem stammt er von der Erde Vier.«

»Sir und Doktor, Sie haben Wunder vollbracht«, erklärte Grosbeck. »Sie haben sich unter das Netz gewagt. Sie sind dieses Risiko eingegangen, um ihn zum Reden zu bringen. Ich werde nie wieder so etwas Beeindruckendes erleben. Es genügt, wenn man so etwas einmal im Leben gesehen hat.«

»Aber was sollen wir als Nächstes tun?«, fragte Vomact erschöpft, fast ein wenig verwirrt.

Doch genau diese Frage erforderte keine Antwort.

VII

Lord Crudelta hatte die Erde erreicht.

Der Pilot landete das Raumschiff und brach aus schierer Erschöpfung vor den Steuerungsinstrumenten zusammen.

Von den Begleitkatzen, die in ihren winzigen Kapseln neben dem Raumschiff hergeflogen waren, hatten drei den Tod gefunden, eine befand sich im Koma, und die fünfte fauchte und tobte.

Als die Hafenbehörden versuchten, Lord Crudelta aufzuhalten, um seine Identität festzustellen, gab er Großalarm, übernahm im Namen der Instrumentalität das Kommando über die Truppen, ließ bis auf den Truppenkommandeur jeden verhaften, der sich in der Nähe befand, und wies diesen an, ihn zum Krankenhaus zu begleiten. Die Hafencomputer hatten ihm mitgeteilt, dass ein gewisser Rambo unbekannter Herkunft unter geheimnisvollen Umständen auf der Grünfläche eines bestimmten Krankenhauses aufgetaucht war.

Vor dem Krankenhaus gab Crudelta erneut Großalarm, unterstellte alle bewaffneten Männer seinem Kommando, befahl einem Registriermonitor, all seine Handlungen aufzuzeichnen für den Fall, dass man ihn später vor ein Kriegsgericht stellen sollte, und ließ auch hier alle einsperren, die sich in der Nähe befanden.

Die Kolonne der schwer bewaffneten Männer, die Kampfformation angenommen hatten, überwältigten Timofeyev, als er gerade mit dem Likör zu Vomact unterwegs war. Die Männer marschierten in Zweierreihen; alle trugen Schutzhelme, und ihre Waffendrähte summten.

Krankenschwestern stürzten sich auf die Eindringlinge, um sie zu vertreiben, und wichen zurück, als die Lähmstrahler anfingen, schmerzhafte Bisse auszuteilen. Das ganze Krankenhaus war in Aufruhr.

Crudelta gab später selbst zu, dass er einen ernsthaften Fehler begangen hatte.

Denn nun brach der Zwei-Minuten-Krieg aus.

Man muss den Aufbau der Instrumentalität kennen, um zu verstehen, wieso etwas Derartiges geschehen konnte. Die Instrumentalität war eine Vereinigung von Menschen, die mit gewaltigen Machtmitteln und einem strengen Kodex ausgestattet waren. Jeder war ein Vollzugsorgan der unteren, mittleren und hohen Gerichtsbarkeit. Jeder konnte alles tun, was er für notwendig oder richtig erachtete, um den Bestand der Instrumentalität zu sichern und den Frieden zwischen den Welten zu bewahren. Aber wenn er einen Fehler machte oder einen Irrtum beging – tja, dann sah plötzlich alles anders aus.

Ein Lord konnte einen anderen Lord im Notfall zum Tode verurteilen, aber er war auch selbst dem Tod und der Schande ausgeliefert, wenn er diese Verantwortung übernahm. Der einzige Unterschied zwischen Zustimmung und Ablehnung bestand in der Tatsache, dass Lords, die in einem Notfall töteten und deren Entscheidung sich im Nachhinein als falsch erwies, auf der Liste der Unehrenhaften aufgeführt wurden, während jene, die andere Lords rechtmäßig getötet hatten (und dies durch eine spätere Untersuchung bestätigt wurde), ihren Platz auf der Liste der Ehrenhaften fanden – getötet aber wurden alle.

Waren es drei Lords, änderte sich die Lage. Drei Lords bildeten ein Sondergericht; wenn sie zusammenarbeiteten, in gutem Glauben handelten und den Computern der Instrumentalität Bericht erstatteten, entgingen sie einer Bestrafung, jedoch nicht der Schande und der Rückstufung zum Status eines einfachen Bürgers.

Sieben Lords oder alle Lords, die sich zu einem bestimmten Zeitpunkt auf einem bestimmten Planeten aufhielten, waren über jede Kritik erhaben, falls nicht eine nachträgliche Untersuchung ihre Entscheidung als falsch nachwies.

Dies waren die Aufgaben der Instrumentalität. Die Instrumentalität folgte ihren unumstößlichen Grundsätzen: »Beobachten, aber nicht regieren. Kriege beenden, aber keine führen. Beschützen, aber nicht kontrollieren. Und vor allem: überleben!«

Lord Crudelta hatte den Befehl über die Truppen übernommen – nicht über seine Truppen, sondern über die leichtbewaffneten regulären Truppen der Regierung der Menschenheimat –, aus Furcht, dass der Menschheit die größte Gefahr in ihrer Geschichte von einer Person drohte, die er selbst durch den Weltraum[3] geschickt hatte.

Er hätte nie erwartet, dass die Truppen sich seinem Kommando widersetzen würden – jener überwältigenden Macht, die verstärkt wurde durch Robotertelepathie und das unvergleichliche öffentliche und geheime Kommunikationsnetz.

Eine Macht, die ein Produkt jahrtausendelanger Erfahrung im Umgang mit Betrug, Verteidigung, Verschwiegenheit, Sieg und Lebenspraxis war, eine Macht, die die Instrumentalität seit ihrem Aufstieg nach dem Ende der Alten Kriege perfektioniert hatte.

Rückzug! Rückzug!

Das waren die Befehle, die die Instrumentalität vor dem Beginn der Zeitrechnung benutzt hatte. Manchmal schaltete sie ihre Gegner durch Gesetzeskraft aus, manchmal durch den geschickten und tödlichen Einsatz ihrer Waffen, meistens aber, indem sie sich der unbewussten und sozialen Kontrollmechanismen ihrer Gegner bediente und ihnen so ihren Willen aufzwang, nur um ihre Kontrolle so unvermittelt wieder aufzugeben, wie sie sie übernommen hatte.

Aber nicht bei Crudeltas eilig zusammengerufenen Truppen.

VIII

Der Krieg brach aus, weil die Soldaten ihre Marschrichtung änderten.

Zwei Bataillone näherten sich dem Flügel des Krankenhauses, in dem Elizabeth lag und auf eines der endlos wiederholten Gelee-Bäder wartete, die die Verletzungen ihres gequälten Leibes heilen sollten.

Da änderten die Bataillone ihre Marschrichtung.

Keiner von den Überlebenden wusste später, wie das hatte geschehen können.

Alle waren sich nur darin einig, von einer großen geistigen Verwirrung erfasst worden zu sein.

In jenem Augenblick jedoch waren sie überzeugt, den klaren, logischen Befehl bekommen zu haben, umzukehren und die Frauenabteilung durch einen Gegenangriff auf das Hauptbataillon zu verteidigen, das ihnen folgte.

Das Krankenhaus war ein sehr stabiles Gebäude. Andernfalls wäre es bis auf die Grundmauern geschmolzen oder in Flammen aufgegangen.

Die Soldaten an der Spitze machten plötzlich kehrt, suchten Deckung und eröffneten mit den Waffendrähten das Feuer auf ihre nachfolgenden Kameraden. Die Waffendrähte waren auf organische Stoffe eingestellt, so dass anorganisches Material von ihnen verschont blieb. Ihre Energie bezogen sie aus den Energierelais, die jeder Soldat auf dem Rücken trug.

In den ersten zehn Sekunden starben siebenundzwanzig Soldaten, zwei Krankenschwestern, drei Patienten und ein Pfleger. Einhundertneun andere Menschen wurden im Lauf des ersten Schusswechsels verwundet.

Der Truppenkommandeur hatte noch nie an einer Schlacht teilgenommen, aber er war hervorragend ausgebildet. Er verteilte sofort seine Reservetruppen auf die Ausgänge des Gebäudes und schickte seine Eliteeinheit, die von einem Sergeanten namens Lansdale kommandiert wurde, zu dem er volles Vertrauen hatte, hinunter in den Keller, um so unterirdisch in die Frauenabteilung vorzudringen und die Identität des Feindes festzustellen.

Noch wusste er nicht, dass es seine eigenen, vorgeschobenen Truppen waren, die kehrtgemacht hatten und ihre Kameraden angriffen.

Vor Gericht sagte er später aus, dass er persönlich nichts von einer unheimlichen, psychischen Störung bemerkt habe. Er habe lediglich gewusst, dass seine Männer unvermittelt auf bewaffneten Widerstand gestoßen seien und dass ihre Gegner – Identität unbekannt – die gleichen Waffen wie sie besessen hätten. Lord Crudelta hatte sie für den Fall einer Auseinandersetzung mit nicht näher bezeichneten Feinden angefordert, und er habe nicht daran gezweifelt, dass ein Lord der Instrumentalität wusste, was er tat. Wenn dies der Feind war – nun, dann war er es auch.

In weniger als einer Minute hatten sich die Kräfte beider Seiten ausgeglichen, und die Auseinandersetzungen verlagerten sich auf seine eigenen Streitkräfte. Die Männer an der Spitze, von denen einige bereits verwundet waren, drehten sich um und nahmen den Kampf mit den Soldaten auf, die unmittelbar hinter ihnen standen. Es war, als ob eine unsichtbare, bewegliche Trennlinie die Streitkräfte in zwei Gruppen gespaltet hatte.

Der ölige, schwarze Rauch der sich auflösenden Körper überforderte bald die Klimaanlage.

Patienten schrien, Ärzte fluchten, Roboter stapften umher, und Krankenschwestern versuchten, sich trotz des Lärms zu verständigen.

Der Krieg endete, als der Truppenkommandeur sah, wie Sergeant Lansdale einen Ausfall aus der Frauenabteilung machte – und direkt auf seinen eigenen Kommandeur zustürmte!

Der Offizier behielt einen klaren Kopf.

Er ließ sich auf den Boden fallen und rollte zur Seite, während es um ihn herum zu flackern begann und die Strahlen von Lansdales Waffendraht all die winzigen Bakterien in der Luft töteten. Dann stellte er die manuellen Schaltfunktionen seines Helmphons auf VOLLE KRAFT und NUR FÜR UNTEROFFIZIERE und rief in einer plötzlichen Anwandlung wunderbaren Mutterwitzes: »Gute Arbeit, Lansdale!«

Lansdales Stimme klang so leise, als hätte er den Planeten verlassen. »Wir werden sie auf jeden Fall zurückschlagen, Sir!«

Der Truppenkommandeur erwiderte sehr laut, aber gelassen und ohne auch nur im Geringsten zu verraten, dass er seinen Sergeanten für psychotisch hielt: »Alles in Ordnung. Halten Sie durch. Ich bin gleich bei Ihnen.« Er schaltete auf einen anderen Kanal und wies seine Männer an: »Stellt das Feuer ein. Bleibt in Deckung und wartet ab.«

Ein wilder Schrei drang aus seinem Empfänger.

Es war Lansdale. »Sir! Sir! Ich habe gegen *Sie* gekämpft, Sir. Jetzt begreife ich endlich. Oh, es geht schon wieder los. Seien Sie vorsichtig.«

Das Surren und Summen der Waffen brach plötzlich ab.

Ein Arzt mit hohen Rangabzeichen näherte sich dem Truppenkommandeur und sagte: »Sie können aufstehen und Ihre Soldaten mit nach draußen nehmen, junger Mann. Der Kampf war ein Irrtum.«

»Ich stehe nicht unter Ihrem Befehl«, schnappte der Offizier. »Ich unterstehe Lord Crudelta. Er hat diese Truppen von der Regierung der Menschenheimat angefordert. Wer sind Sie?«

»Sie können Haltung annehmen, Captain«, sagte der hochgewachsene Arzt. »Ich bin Colonel General Vomact von der Irdischen Medizinischen Reserve. Und es wäre besser, wenn Sie nicht auf Lord Crudelta warten würden.«

»Wo ist er?«

»In meinem Bett.«

»In Ihrem *Bett*?«, rief der junge Offizier in völliger Verwirrung.

»In meinem Bett. Er steckt bis zu den Haarspitzen voll mit Drogen. Ich habe mich um ihn gekümmert. Er war völlig außer sich. Schaffen Sie Ihre Männer hinaus. Wir werden die Verwundeten auf dem Rasen behandeln. Die Toten können Sie sich in ein paar Minuten unten in den Kühlräumen anschauen – bis auf diejenigen natürlich, die direkt getroffen wurden und sich in Rauch aufgelöst haben.«

»Aber der Kampf ...«

»Ein Irrtum, junger Mann, oder ...«

»Oder was?«, brüllte der junge Offizier, entsetzt von seinem völligen Versagen als Soldat.

»Oder eine Waffe war dafür verantwortlich, von der kein Mensch je zuvor etwas gehört hat. Ihre Truppen haben sich gegenseitig bekämpft. Ihre Befehle wurden blockiert.«

»Das habe ich gemerkt«, knurrte der Offizier, »als ich plötzlich Lansdale auf mich zustürmen sah.«

»Aber wissen Sie, was dafür verantwortlich war?«, fragte Vomact mild, während er den Offizier am Arm nahm und ihn aus dem Krankenhaus hinausführte. Der Captain folgte ihm widerspruchslos, ohne zu bemerken, wohin es ging, so interessiert lauschte er den Worten des anderen. »Ich glaube, ich weiß es«, fuhr Vomact fort. »Es waren die Träume eines Menschen. Träume, die gelernt haben, sich selbst in Elektrizität oder Plastik oder Stein zu verwandeln. Und auch in alles andere. Träume, die aus Weltraum³ zu uns kommen.«

Der junge Offizier nickte benommen. Das war zu viel für ihn. »Weltraum³?«, murmelte er. Es war, als ob man ihm gesagt hätte, dass die außerirdischen Invasoren, auf die die Menschheit seit vierzehntausend Jahren wartete, ohne ihnen je begegnet zu sein, jetzt dort draußen im Gras auf ihn lauerten. Bis jetzt war der Weltraum³ lediglich eine mathematische Abstraktion gewesen, ein Fantasiegebilde von Schriftstellern, aber keine Tatsache.

Ohne den jungen Offizier um sein Einverständnis zu bitten, strich Sir und Doktor Vomact dem jungen Mann sacht über den Nacken und gab ihm eine Beruhigungsspritze. Dann geleitete er ihn hinaus auf den Rasen vor dem Krankenhaus. Und dort stand nun der junge Captain und pfiff glücklich beim Anblick der Sterne am Himmel vor sich hin. Hinter ihm sortierten seine Sergeanten und Korporale die Überlebenden aus und kümmerten sich darum, dass die Verwundeten behandelt wurden.

Der Zwei-Minuten-Krieg war vorbei.

Rambo hörte auf zu träumen, dass Elizabeth sich in Gefahr befand. Trotz seines tiefen Erschöpfungsschlafes hatte er erkannt, dass die dröhnenden Schritte auf dem Korridor von bewaffneten Männern herrührten, und seine Seele hatte zum Schutz Elizabeths Abwehrmaßnahmen getroffen. Er hatte das Kommando über die Stoßtrupps übernommen und sie gezwungen, die Hauptstreitmacht aufzuhalten. Die Kräfte, mit denen der Weltraum³ ihn ausgestattet hatte, hatten ihm diese Fähigkeiten verliehen, auch wenn er selbst nichts davon ahnte.

»Wie viele Tote?«, fragte Vomact Grosbeck und Timofeyev.

»Über zweihundert.«

»Und wie viele sind unwiderruflich tot?«

»Diejenigen, die sich in Rauch aufgelöst haben. Ein Dutzend, vielleicht vierzehn. Die anderen Toten können wiederbelebt werden, aber die meisten von ihnen benötigen ein neues Persönlichkeitsprogramm.«

»Wissen Sie, was geschehen ist?«, fragte Vomact.

»Nein, Sir und Doktor«, antworteten beide im Chor.

»Aber ich weiß es. Ich glaube, ich weiß es. Nein, ich *weiß* es tatsächlich. Es ist die verrückteste Begebenheit in der Geschichte der Menschheit. Es war unser Patient – Rambo. Er übernahm die Truppen und setzte sie gegeneinander ein. Dieser Lord der Instrumentalität – Crudelta. Ich kenne ihn schon seit sehr, sehr langer Zeit. Er steckt hinter der ganzen Sache. Er glaubte, dass Truppen helfen würden, ohne zu ahnen, dass Truppen auch gegeneinander kämpfen können. Und da ist noch etwas anderes.«

»Und was?«, riefen beide gleichzeitig.

»Rambos Frau – diejenige, nach der er sucht. Sie muss hier sein.«

»Warum?«, wollte Timofeyev wissen.

»Weil *er* hier ist.«

»Sie glauben, dass er aus eigenem Antrieb hierhergekommen ist, Sir und Doktor?«

Vomact lächelte das kluge, listige Lächeln seiner Familie; es war fast ein Markenzeichen des Hauses Vomact. »Alles, was ich nicht beweisen kann, glaube ich. Erstens glaube ich, dass er hier nackt aus dem Weltraum selbst hinausfiel, getrieben von einer Kraft, die wir nicht einmal erahnen können. Zweitens glaube ich, dass er *hierher*kam, weil er etwas gesucht hat. Eine Frau namens Elizabeth, die bereits hier gewesen sein muss. Gleich werden wir all unsere Elizabeths überprüfen. Drittens glaube ich, dass Lord Crudelta mehr darüber weiß. Er hat Truppen in das Gebäude geführt. Er begann zu toben, als er mich sah. Ich kenne mich mit hysterischer Erschöpfung aus, genau wie Sie, meine Brüder, darum habe ich ihm für die Nacht Condamin gegeben. Viertens schlage ich vor, dass wir unseren Mann in Ruhe lassen. Es wird noch genug Vernehmungen und Prozesse geben – der Weltraum weiß, wann all diese Geschehnisse aufgeklärt sind.«

Vomact hatte Recht.

Wie gewöhnlich.

Die Prozesse folgten tatsächlich.

Es war ein Glück, dass auf der Alten Erde keine Zeitungen oder Fernsehnachrichten mehr erlaubt waren. Unter der Bevölkerung hätte es Aufruhr und Entsetzen ausgelöst, wäre jemals bekannt geworden, was sich im Alten Zentralkrankenhaus westlich von Meeya Meefla ereignet hatte.

Einundzwanzig Tage später wurden Vomact, Timofeyev und Grosbeck zum Prozess gegen Lord Crudelta geladen. Ein aus sieben Lords der Instrumentalität bestehendes Gremium hatte sich versammelt, um Lord Crudelta ausreichend Gelegenheit zur Rechtfertigung zu geben und ihn, falls erforderlich, auf der Stelle zu töten. Die Ärzte hatte man als behandelnde Ärzte von Elizabeth und Rambo und als Zeugen des Untersuchenden Lords hergebeten.

Elizabeth, eben von den Toten auferstanden, sah so frisch aus wie ein neugeborenes Baby, doch natürlich auf eine köstliche, erwachsene, weibliche Weise. Rambo konnte seine Augen nicht von ihr abwenden, aber jedes Mal, wenn sie ihm ein freundliches, gelassenes, leises Lächeln schenkte, glitt ein verwirrter Ausdruck über sein Gesicht. (Man hatte ihr gesagt, dass sie sein Mädchen sei, und sie wollte es gern glauben, obwohl sie sich weder an ihn noch an Dinge erinnerte, die mehr als sechzig Stunden zurücklagen, als man ihrem Bewusstsein die Sprache wiedergegeben hatte; und er für seinen Teil war noch immer nicht seiner Stimme mächtig und Belastungen ausgesetzt, die den Ärzten weiterhin rätselhaft waren.)

Der Untersuchende Lord war ein Mann namens Starmount.

Er forderte das Gremium auf, sich zu erheben.

Seiner Bitte wurde entsprochen.

Dann sah er mit großem Ernst Lord Crudelta an. »Man erwartet von Ihnen, Mylord Crudelta, dass Sie vor diesem Gericht alle Fragen schnell und klar beantworten.«

»Ja, Mylord«, erwiderte Crudelta.

»Wir besitzen die Autorität, Sie zu verurteilen.«

»Das erkenne ich an.«

»Sie werden die Wahrheit sprechen, oder Sie werden lügen.«

»Ich werde die Wahrheit sprechen, oder ich werde lügen.«

»Sie mögen lügen, falls Ihnen der Sinn danach steht, was Fakten und Meinungen angeht, aber unter keinen Umständen werden Sie bei den Punkten lügen, die menschliche Beziehungen betreffen. Wenn Sie dennoch lügen, werden Sie darum bitten, dass man Ihren Namen auf die Liste der Unehrenhaften setzt.«

»Ich akzeptiere das Gericht und die Rechte des Gerichts. Ich werde lügen, falls mir der Sinn danach steht, obwohl ich bezweifle, dass es nötig sein wird« – an dieser Stelle ließ Crudelta ein müdes, intelligentes Lächeln aufblitzen – »aber ich werde nicht bei den Punkten lügen, die menschliche Beziehungen betreffen. Falls doch, werde ich um Entehrung bitten.«

»Sie sind ausgebildet als Lord der Instrumentalität?«

»Ich bin ausgebildet worden, und ich liebe die Instrumentalität. Um es genau zu sagen, ich selbst bin die Instrumentalität, genau wie Sie und wie die Ehrenwerten Lords an Ihrer Seite. Ich werde mich gut betragen, gleichgültig, ob ich diesen Nachmittag überlebe oder nicht.«

»Vertrauen Sie ihm, meine Lords?«, fragte Starmount.

Die Mitglieder des Gerichtes neigten zustimmend die mit einer Mitra bedeckten Köpfe; für die Verhandlung hatten sie die zeremonielle Kleidung angelegt.

»Besteht zwischen Ihnen und Frau Elizabeth eine Beziehung?«

Die Mitglieder des Gerichtshofes hielten den Atem an, als sie sahen, wie Crudelta erbleichte. »Meine Lords!«, rief er, um dann zu verstummen.

»Es ist Brauch«, erklärte Starmount hart, »dass Sie sofort antworten oder gleich sterben müssen.«

Lord Crudelta gewann die Fassung wieder. »Ich antworte. Ich wusste nicht, wer sie war, abgesehen von der Tatsache, dass Rambo sie liebte. Ich schickte sie von der Erde Vier, wo ich mich damals aufhielt, zur Erde. Dann erzählte ich Rambo, dass sie schwer verletzt sei und sich verzweifelt nach seiner Hilfe sehne, um zu den grünen Gärten des Lebens zurückzukehren.«

»War das die Wahrheit?«, fragte Starmount.

»Mylord und Mylords, es war eine Lüge.«

»Warum haben Sie es dann behauptet?«

»Um Rambos Zorn zu wecken und ihm einen überzeugenden Grund dafür zu liefern, schneller die Erde zu erreichen, als es jemals vor ihm einem Menschen gelungen war.«

»A-a-ah! A-a-ah!« Rambo stieß zwei wilde Schreie aus, und sie klangen mehr wie die Rufe eines Tieres als die Laute eines Menschen.

Vomact sah seinen Patienten an und spürte, wie auch in ihm feuriger Zorn zu grollen begann. Rambos Kräfte, erzeugt in den Tiefen des Weltraums[3], waren wieder zum Vorschein gekommen. Vomact machte ein Zeichen. Der Roboter, der hinter Rambo stand, war darauf programmiert worden, Rambo ruhig zu halten. Obwohl man den Roboter emailliert hatte, um ihm das weißglänzende Aussehen eines Krankenpflegers zu verleihen, handelte es sich in Wirklichkeit um einen mit großer Macht ausgestatteten Polizeiroboter, dessen elektronischer Kortex auf dem gefrorenen Stammhirn eines alten Wolfes basierte. (Ein Wolf war ein seltenes, den Hunden verwandtes Tier.) Der Roboter berührte Rambo, der sofort einschlief. Doktor Vomact spürte, wie die Wut in seinem Innern erlosch. Einhalt gebietend hob er die Hand. Der Roboter erkannte das Zeichen und brach die Übertragung der narkoleptischen Strahlung ab. Rambo schlief normal. Elizabeth sah besorgt zu dem Mann hinüber, von dem man ihr gesagt hatte, dass er der ihre sei.

Die Lords wandten ihre Blicke von Rambo ab.

Eisig fragte Starmount: »Und warum haben Sie das getan?«

»Weil ich wollte, dass er durch Weltraum³ reiste.«

»Warum?«

»Um zu beweisen, dass das möglich ist.«

»Und behaupten Sie, Lord Crudelta, dass dieser Mann tatsächlich durch Weltraum³ gereist ist?«

»Das behaupte ich.«

»Lügen Sie?«

»Ich habe das Recht zu lügen, aber ich sehe keinen Grund dazu. Im Namen der Instrumentalität – ich versichere Ihnen, dass dies die Wahrheit ist.«

Die Mitglieder des Gerichts keuchten. Jetzt gab es keinen Ausweg mehr. Entweder sprach Lord Crudelta die Wahrheit, *was bedeutete, dass alle früheren Zeitalter nun endeten und für die Völker der Menschheit eine neue Ära begann,* oder aber er log angesichts des mächtigsten Eides, der ihnen bekannt war.

Selbst Starmounts Tonfall änderte sich; seine scharfe, ruhelose Stimme nahm nun einen freundlicheren Klang an. »Sie behaupten also, dass dieser Mann aus den Bereichen jenseits unserer Galaxis nur mit seiner eigenen natürlichen Haut bekleidet zurückgekehrt ist? Ohne Instrumente? Ohne Antrieb?«

»Das habe ich nicht gesagt«, widersprach Crudelta. »Andere Menschen haben behauptet, dass ich solche Worte benutzt hätte. Ich sage Ihnen, meine Lords, dass ich zwölf aufeinander folgende irdische Tage und Nächte planoformiert habe. Einige von Ihnen werden vielleicht wissen, wo sich der Außenposten Baiter Gator befindet. Nun, mir stand ein guter Go-Kapitän zur Verfügung, und er brachte mich mit vier langen Sprüngen dort hinaus, hinaus in den intergalaktischen Raum. Dort ließ ich diesen Mann zurück. Als ich die Erde schließlich erreichte, befand er sich bereits seit zwölf Tagen hier. Deshalb habe ich behauptet, dass seine Reise mehr oder weniger außerhalb der Zeit erfolgte. Ich befand mich auf dem Rückweg nach Baiter Gator, als der Arzt diesen Mann auf dem Rasen vor dem Krankenhaus entdeckte.«

Vomact hob die Hand; Lord Starmount erteilte ihm das Wort. »Meine Sirs und Lords, nicht wir haben diesen Mann auf dem Rasen gefunden. Es waren die Roboter, und sie nahmen alles auf. Aber selbst die Roboter haben seine Ankunft weder beobachtet noch fotografiert.«

»Das wissen wir«, entgegnete Starmount verärgert, »und wir wissen, dass in jener fraglichen Viertelstunde sich überhaupt nichts auf welche Weise auch immer der Erde genähert hat. Fahren Sie fort, Lord Crudelta. Welche Beziehung haben Sie zu Rambo?«

»Er ist mein Opfer.«

»Erklären Sie das!«

»Ich habe ihn ausgewählt. Ich fragte die Computer, wo ich am wahrscheinlichsten einen Mann finden würde, den maßloser Zorn erfüllen könnte, und mir wurde mitgeteilt, dass man die Zorngrenze auf der Erde Vier hoch belassen hat, da dieser Planet einen bemerkenswerten Bedarf an Forschern und Abenteurern besaß und für diese Menschen Zorn ein starker Überlebensfaktor sei. Als ich die Erde Vier erreichte, fragte ich die Behörden, in welchen Fällen die Grenzen des erlaubten Zorns überschritten worden seien. Man nannte mir vier Männer. Einer war zu groß. Zwei waren zu alt. Dieser Mann war der einzige Kandidat für mein Experiment. Und deshalb wählte ich ihn.«

»Was haben Sie ihm gesagt?«

»Ihm gesagt? Ich habe ihm gesagt, seine Liebste sei tot oder läge im Sterben.«

»Nein, nein«, winkte Starmount ab. »Nicht im Moment der Krise. Was haben Sie ihm gesagt, um ihn zunächst einmal zur Zusammenarbeit zu bewegen?«

»Ich habe ihm gesagt«, erwiderte Lord Crudelta ruhig, »dass ich ein Lord der Instrumentalität bin und dass ich ihn persönlich töten würde, wenn er nicht gehorche, und er gehorchte sofort.«

»Und aufgrund welchen Brauches oder Gesetzes haben Sie so gehandelt?«

»Das ist nicht-öffentliches Material. Hier befinden sich Telepathen, die nicht Teil der Instrumentalität sind. Ich bitte, die Beantwortung dieser Frage zu verschieben, bis wir uns an einem geschützten Ort aufhalten.«

Mehrere Mitglieder des Gerichtes nickten, und Starmount pflichtete ihnen bei. Er ging zur nächsten Frage über. »Demnach haben Sie den Mann zu Dingen gezwungen, die er nicht tun wollte?«

»Das ist richtig.«

»Warum haben Sie es nicht selbst getan, wenn es so gefährlich ist?«

»Mylords und Hochwürden, es lag in der Natur des Experimentes, dass der Experimentator sich nicht am ersten Versuch beteiligen durfte. Artyr Rambo hat tatsächlich Weltraum^3 durchreist. Ich werde seinem Beispiel folgen.« (Wie Lord Crudelta sein Versprechen einlöste, ist eine andere Geschichte, die bei anderer Gelegenheit erzählt werden wird.) »Wenn ich das Risiko auf mich genommen hätte und dabei verschollen wäre, hätte dies das Ende aller Experimente mit Weltraum^3 bedeutet. Zumindest zu unseren Lebzeiten.«

»Berichten Sie uns exakt über die Umstände, unter denen Sie Artyr Rambo zum letzten Mal sahen, bevor Sie ihn nach der Schlacht im Alten Zentralkrankenhaus wiedertrafen.«

»Wir setzten ihn in eine antike Rakete. Außerdem beschrifteten wir ihre Hülle genauso, wie es die Alten getan
haben, als sie zum ersten Mal in den Weltraum vorstießen.
Ach, was für ein perfektes Zusammenspiel von Technik und
Archäologie! Wir kopierten diese fünfzehntausend Jahre
alten Modelle vollständig, die die Russen und Amerikaner
bei ihrem Wettlauf ins All benutzt hatten. Die Rakete war
weiß und lag auf einem rot-weißen Startgerüst. Auf der Rakete standen die Buchstaben IDM, obwohl das keine große
Rolle spielt. Die Rakete ist im Nirgendwo verschwunden,
aber ihr Passagier sitzt hier neben uns. Sie erhob sich mit
einem Flammenschweif. Der Schweif wurde zu einer Säule.
Dann verschwand das Landefeld.«

»Und das Landefeld«, fragte Starmount leise, »um was hat
es sich dabei gehandelt?«

»Um ein modifiziertes Planoformschiff. Es hat Schiffe gegeben, die trüb wurden im Raum, weil sie Molekül für Molekül verschwanden. Andere lösten sich unvermittelt und
vollständig auf. Die Ingenieure hatten unser Schiff grundlegend umgebaut. Wir entfernten alle Geräte, die der Fernnavigation, dem Lebenserhaltungssystem oder dem Komfort
dienten. Das Landefeld sollte lediglich drei oder vier Sekunden standhalten und nicht länger. Stattdessen bauten
wir vierzehn Planoformgeneratoren ein, die wir alle zusammenschalteten, so dass das Schiff so reagieren musste wie
andere Schiffe auch, wenn sie planoformen – nämlich eine
der uns vertrauten Dimensionen aufgeben und dafür eine
neue Dimension nach uns unbekannten Kategorien des
Weltraums annehmen –, dieses Mal aber mit solcher Kraft,
dass es Weltraum^2 verlassen und in Weltraum^3 eintauchen
konnte.«

»Und Weltraum^3, wie hatten Sie ihn sich vorgestellt?«

»Ich hielt ihn im Vergleich zu unserem Universum für universell und zeitparallel. So dass alles von allem gleich weit entfernt war. So dass Rambo, der sein Mädchen wiedersehen wollte, in einer Tausendstelsekunde von der Leere jenseits des Außenpostens Baiter Gator zu dem Krankenhaus gelangen würde, in dem sie sich befand.«

»Lord Crudelta, was hatte Sie zu dieser Annahme veranlasst?«

»Eine Ahnung, Mylord, für die Sie mich töten dürfen.«

Starmount wandte sich an das Gericht. »Ich nehme an, meine Lords, dass Sie es vorziehen, ihn zu einem langen Leben, großer Verantwortung, gewaltigem Lohn und der Last zu verurteilen, die es bedeutet, sein eigenes schwieriges und kompliziertes Selbst zu sein.«

Die Mitren bewegten sich sacht – die Mitglieder des Gerichts erhoben sich.

»Sie, Lord Crudelta, werden schlafen, bis die Verhandlung abgeschlossen ist.«

Ein Roboter berührte Lord Crudelta, und er schlief ein.

»Der nächste Zeuge«, erklärte Lord Starmount, »wird in fünf Minuten vernommen.«

XI

Vomact versuchte Rambo davor zu bewahren, als Zeuge vernommen zu werden. Während der Verhandlungspause stritt er sich heftig mit Lord Starmount. »Ihr Lords habt mein Krankenhaus dem Erdboden gleichgemacht, zwei meiner Patienten entführt, und nun wollt ihr Rambo und Elizabeth auch noch quälen. Könnt ihr sie nicht in Ruhe lassen? Rambo ist nicht in der Verfassung, zusammenhängende Antworten zu geben, und Elizabeth wird vielleicht einen Schaden davontragen, wenn sie ihn leiden sieht.«

Lord Starmount erwiderte: »Sie haben Ihre Gesetze, Doktor, und wir haben unsere. Diese Verhandlung wird Stück für Stück und Sekunde für Sekunde aufgezeichnet. Nichts wird ihm geschehen, falls sich nicht herausstellt, dass er Planeten zerstörende Kräfte besitzt. Sollte dies der Fall sein, werden wir Sie selbstverständlich bitten, ihn zurück ins Krankenhaus zu bringen und ihn auf sehr angenehme Weise zu töten. Aber ich glaube nicht, dass das geschehen wird. Wir brauchen seine Geschichte, um unseren Kollegen Crudelta zu richten. Glauben Sie denn, die Instrumentalität hätte überlebt, wenn sie nicht über eine grausame innere Disziplin verfügte?«

Vomact nickte bekümmert. Dann ging er zu Grosbeck und Timofeyev und flüsterte ihnen bedrückt zu: »Rambo wird vernommen. Es gibt nichts, was wir dagegen tun könnten.«

Das Gericht fand sich wieder ein. Die Schöffen setzten ihre richterlichen Mitren auf. Die Lampen des Saales erloschen, und das unheimliche blaue Licht der Justiz flammte auf.

Der Roboterpfleger half Rambo in den Zeugenstand.

»Man erwartet von Ihnen«, sagte Starmount, »dass Sie vor diesem Gericht alle Fragen schnell und klar beantworten.«

»Sie sind nicht Elizabeth«, stellte Rambo fest.

»Ich bin Lord Starmount«, sagte der Untersuchende Lord, der kurz entschlossen den Formalitäten den Rücken gekehrt hatte. »Kennen Sie mich?«

»Nein.«

»Wissen Sie, wo Sie sind?«

»Erde.«

»Möchten Sie lügen oder die Wahrheit sprechen?«

»Eine Lüge«, murmelte Rambo, »ist die einzige Wahrheit, die Menschen miteinander teilen können, darum werde ich lügen, ganz so, wie wir es immer tun.«

»Können Sie uns von Ihrer Reise berichten?«

»Nein.«

»Warum nicht, Bürger Rambo?«

»Worte können sie nicht beschreiben.«

»Erinnern Sie sich an Ihre Reise?«

»Erinnern Sie sich an Ihren Pulsschlag von vor zwei Minuten?«

»Ich scherze nicht mit Ihnen. Wir glauben, dass Sie im Weltraum[3] gewesen sind, und wir möchten, dass Sie über Lord Crudelta aussagen.«

»Oh!«, stieß Rambo hervor. »Ich mag ihn nicht. Ich mochte ihn noch nie.«

»Werden Sie dennoch versuchen, uns zu erzählen, was mit Ihnen geschehen ist?«

»Soll ich, Elizabeth?«, fragte Rambo das Mädchen, das unter den Zuschauern saß.

Sie zögerte nicht. »Ja«, sagte sie mit einer klaren Stimme, die durch den großen Saal hallte. »Erzähl es ihnen, damit wir wieder zu unserem Leben zurückfinden können.«

Rambo nickte. »Ich werde sprechen.«

»Wann haben Sie zum letzten Mal Lord Crudelta gesehen?«

»Als ich angeschnallt und festgezurrt in der Rakete saß, vier Sprünge weit draußen, jenseits des Außenpostens Baiter Gator. Er blieb auf dem Boden und winkte mir zum Abschied zu.«

»Und was geschah dann?«

»Die Rakete erhob sich. Es war ein seltsames Gefühl, ganz anders als bei den Schiffen, die ich bisher geflogen hatte. Ich besaß das Mehrfache meines Körpergewichts.«

»Und dann?«

»Die Generatoren sprangen an. Ich wurde aus dem Weltraum geworfen.«

»Wie hat das auf Sie gewirkt?«

»Hinter mir ließ ich die Schiffe zurück, die Kleidung und die Nahrung, die durch das All reist. Ich glitt über Flüsse hinweg, die nicht existierten. Ich spürte Menschen in meiner Nähe, obwohl ich sie nicht sehen konnte, rote Menschen, die mit Pfeilen auf lebende Körper schossen.«

»*Wo* waren Sie?«, fragte ein Schöffe.

»In der Winterzeit, in der es keinen Sommer gibt. In einem Nichts, so leer wie das Bewusstsein eines Kindes. Auf Halbinseln, die sich vom Festland losgerissen hatten. Und ich *war* das Schiff.«

»Sie waren *was*?«, fragte derselbe Schöffe.

»Die Raketenspitze. Der Kegel. Das Schiff. Ich war trunken. Es war trunken. Ich selbst war das trunkene Schiff.«

»Und wohin sind Sie geflogen?«, fragte Starmount.

»Dorthin, wo verrückte Laternen mit den Augen von Idioten sehen. Wo die Wellen hin und her branden und den Tod aller Zeitalter mit sich führen. Wo die Sterne einen See bilden, und ich schwamm in ihm. Wo Blau sich in Likör verwandelt, der stärker ist als Alkohol, wilder als Musik, fermentiert mit dem *Rot Rot Rot* der Liebe. Ich sah all die Dinge, von denen die Menschen immer geglaubt haben, sie zu sehen, aber ich war der Einzige, der sie wirklich sah. Ich habe das Phosphoreszieren singen gehört und Wellen beobachtet, die sich wie wahnwitzige Widder ihren Weg aus dem Ozean bahnten und mit ihren Hufen über die Riffe hämmerten. Sie werden mir nicht glauben, aber ich sah Floridas, die wilder waren als das irdische Florida, wo die Blumen Menschenhaut tragen und Augen besitzen wie große Katzen.«

»Wovon reden Sie überhaupt?«, brummte Starmount.

»Von den Dingen, die ich in Weltraum[3] erlebt habe. Glauben Sie es, oder lassen Sie es bleiben. Daran erinnere ich mich jetzt. Vielleicht ist es ein Traum, aber das ist alles, was mir geblieben ist. Es dauerte Jahr um Jahr und war kürzer als ein Augenzwinkern. Ich träumte grüne Nächte. Ich fühlte Orte, deren gesamter Horizont sich in einen einzigen großen Wasserfall verwandelte. Das Schiff, das ich war, begegnete Kindern, und ich zeigte ihnen El Dorado, wo die Goldmenschen leben. Die Menschen, die im All ertrunken sind, wurden sacht an mir vorbeigespült. Ich war ein Schiff, in dem all die verschollenen Raumschiffe zerstört und unbeweglich ruhten. Seepferdchen, die nicht real waren, ritten neben mir her. Die Sommermonate kamen und schlugen auf die Sonne ein. Ich kam an Sternarchipelen vorbei, über denen sich die delirierenden Himmel für Wanderer öffneten. Ich weinte um mich. Ich weinte um den Menschen. Ich wollte, dass das trunkene Schiff unterging. Ich ging unter. Ich fiel. Mir schien das Gras ein See zu sein, auf dem ein trauriges Kind auf allen vieren ein Spielzeugboot schwimmen ließ, das so zerbrechlich war wie ein Schmetterling im Frühling. Ich kann den Stolz der entschwundenen Flaggen nicht vergessen, die Arroganz der Gefängnisse, das Schwimmen der Geschäftsleute. Dann lag ich im Gras.«

»Das mag vielleicht wissenschaftlichen Wert haben«, erklärte Lord Starmount, »aber juristisch gesehen ist es unerheblich. Haben Sie irgendeine Erklärung für das, was Sie während der Schlacht im Krankenhaus getan haben?«

Rambo antwortete schnell und machte dabei einen vernünftigen Eindruck: »Was ich getan habe, habe ich nicht getan. Was ich nicht getan habe, kann ich nicht erklären. Lassen Sie mich gehen, denn ich bin Ihrer und des Raumes müde, großer Männer und großer Ereignisse überdrüssig. Lassen Sie mich schlafen und gesund werden.«

Um Ruhe bittend, hob Starmount seine Hand.

Das Gericht sah ihn gespannt an.

Nur die wenigen anwesenden Telepathen wussten, dass alle Schöffen gesagt hatten: »*Aye. Lasst den Mann gehen. Lasst das Mädchen gehen. Lasst die Ärzte gehen.* Aber bringt später Lord Crudelta her. Jede Menge Ärger erwartet ihn, und wir möchten diesem noch einiges hinzufügen.«

XII

Unter der Instrumentalität, der Regierung der Menschenheimat und der Leitung des Alten Zentralkrankenhauses herrschte Übereinstimmung darüber, Rambo und Elizabeth alles Glück des Lebens zu wünschen.

Während sich Rambo erholte, kehrte ein Großteil seiner Erinnerung an die Erde Vier zurück. Die Reise schwand aus seinem Gedächtnis.

Als er Elizabeth erneut kennenlernte, verabscheute er sie. Das war nicht sein Mädchen – seine selbstbewusste, freche Elizabeth der Märkte und der Täler, der schneebedeckten Berge und der langen Bootsfahrten. Dies war jemand Sanftes, Süßes, Trauriges und schrecklich Verliebtes.

Vomact fand ein Mittel dagegen.

Er schickte Rambo in die Luststadt auf den Hesperiden, wo ihn freche und geschwätzige Frauen verführten, weil er reich und berühmt war.

Und binnen weniger Wochen – wirklich sehr weniger Wochen – wollte er nur noch *seine* Elizabeth, dieses fremde, scheue Mädchen, das dem Tod entrissen worden war, während er mit seinen eigenen schwachen Knochen den Weltraum durchmessen hatte.

»Sag die Wahrheit, Liebling«, bat er sie einmal würdevoll und ernst. »Hat Lord Crudelta den Unfall inszeniert, der dich verletzt hat?«

»Man sagt, dass er nicht da gewesen sei«, erwiderte Elizabeth. »Und man sagt, es sei ein richtiger Unfall gewesen. Ich weiß es nicht. Ich werde es niemals wissen.«

»Es spielt jetzt keine Rolle mehr«, sagte Rambo. »Crudelta ist draußen bei den Sternen, auf der Suche nach Abenteuern. Wir haben unseren Bungalow und unseren Wasserfall und einander.«

»Ja, mein Schatz«, nickte sie, »wir haben einander. Und brauchen keine fantastischen Floridas.«

Rambo blinzelte bei diesen Worten, die ihn an die Vergangenheit erinnerten, aber er sagte nichts. Ein Mann, der im Weltraum[3] gewesen ist, verlangt sehr wenig vom Leben – außer *niemals* wieder dorthin zurückkehren zu müssen. Manchmal träumte er, wieder die Rakete zu sein, die alte Rakete, die zu einer unglaublichen Reise aufbrach. Sollen andere meinem Beispiel folgen, dachte er. Sollen andere hinausziehen! Ich habe Elizabeth, und ich bin hier.

DIE KLAINEN KATSEN VON MUTTER HUDSON

Schlechte Kommunikation fordert Diebe heraus;
gute Kommunikation schreckt Diebe ab;
perfekte Kommunikation setzt Diebe matt.

– Van Braam

Der Mond drehte sich. Die Frau wachte. Einundzwanzig Facetten waren am Mondäquator poliert worden. Aufgabe der Frau war es, ihn zu bewaffnen. Sie war Mutter Hudson, die Waffenmeisterin von Altnordaustralien.

Sie war eine rotgesichtige, frohgelaunte Blondine unbestimmten Alters. Ihre Augen waren blau, ihr Busen schwer, ihre Arme stark. Sie sah aus wie eine Mutter, aber das einzige Kind, das sie zur Welt gebracht hatte, war schon vor vielen Generationen gestorben. Nun war sie die Mutter eines Planeten, nicht die eines Menschen; die Norstrilier schliefen tief und fest, denn sie wussten, dass Mutter Hudson wachte. Die Waffen schliefen ihren langen, sehnsuchtsvollen Schlaf.

Zum zweihundertsten Mal in dieser Nacht blickte Mutter Hudson zu der Warntafel hinüber. Die Tafel war ruhig. Keine der Gefahrenlampen leuchtete. Trotzdem spürte sie irgendwo dort draußen im Universum die Gegenwart eines Feindes – eines Feindes, der darauf wartete, sie und ihre Welt anzugreifen und nach dem unermesslichen Reichtum der Norstrilier zu greifen –, und sie schnaubte vor Ungeduld. *Komm schon, kleiner Mensch,* dachte sie. *Komm schon, kleiner Mensch, und stirb. Lass mich nicht warten.*

Sie lächelte, als ihr die Absurdität ihrer Gedanken bewusst wurde.

Sie wartete auf ihn.

Und er wusste es nicht.

Er, der Räuber, war ganz entspannt. Er hieß Benjacomin Bozart, und er war hervorragend geübt in der Kunst der Entspannung.

Niemand in Sunvale, hier auf Ttiollé, würde ahnen, dass er der Zunftmeister der Gilde der Diebe war, aufgewachsen unter dem Licht des hellvioletten Sterns. Niemand würde an ihm den Geruch von Viola Siderea wahrnehmen. »Viola Siderea«, hatte Lady Ru gesagt, »war einst die schönste aller Welten, und nun ist sie die verkommenste. Ihre Menschen waren einst Vorbilder für die Menschheit, und nun sind sie Diebe, Lügner und Mörder. Man kann ihre Seelen am helllichten Tage riechen.« Lady Ru war vor langer Zeit gestorben, und man brachte ihr großen Respekt entgegen, aber sie hatte sich geirrt: Die anderen Leute konnten den Räuber in ihm nicht im Geringsten riechen. Und er wusste das. Er verriet sich ebenso wenig wie ein Hai, der sich einem Kabeljauschwarm nähert. Die Natur des Lebens ist es, zu leben, und er lebte, wie er leben musste – vom Beutefang.

Wie sollte er sonst leben? Viola Siderea war schon vor langer Zeit Bankrott gegangen, als die Photonensegel aus dem Weltraum verschwunden waren und die Planoformschiffe begannen, ihren Weg zu den Sternen zu flüstern. Seine Vorfahren waren auf einem abgelegenen Planeten zum Sterben zurückgelassen worden. Sie hatten sich geweigert zu sterben. Ihre Ökologie wandelte sich, und sie wurden zu Raubtieren unter den Menschen, von der Zeit und durch genetische Veränderungen ihrer tödlichen Aufgabe angepasst. Und er, der Räuber, war der Beste seines Volkes – der Beste der Besten.

Er war Benjacomin Bozart.

Er hatte geschworen, Altnordaustralien zu berauben oder bei dem Versuch zu sterben, und er hatte noch nicht vor, sein Leben zu beenden.

Der Strand von Sunvale war warm und lieblich. Ttiollé war ein freier, offener Transitplanet. Bozarts Waffen und er selbst waren sein Glück; er plante, beides gut einzusetzen.

Die Norstrilier konnten töten.

Wie er auch.

In diesem Augenblick, an diesem Ort war er ein fröhlicher Tourist an einem lieblichen Strand. An anderen Orten, zu anderen Zeiten konnte er zum Frettchen unter den Kaninchen, zum Falken unter den Tauben werden.

Benjacomin Bozart, Dieb und Zunftmeister. Er wusste nicht, dass jemand auf ihn wartete. Jemand, der seinen Namen nicht kannte, war vorbereitet, den Tod speziell für ihn zu wecken. Er war noch gelassen.

Mutter Hudson war nicht gelassen. Sie spürte ihn schwach, konnte ihn aber noch nicht genau orten.

Eine ihrer Waffen schnarchte. Sie drehte sie um.

Tausend Sterne weiter lächelte Benjacomin Bozart, als er am Strand entlangging.

II

Benjacomin fühlte sich wie ein Tourist. Sein gebräuntes Gesicht war ruhig. Seine stolzen Augen blickten unter schweren Lidern gleichmütig hervor. Sein hübscher Mund behielt auch ohne sein charmantes Lächeln eine Spur Freundlichkeit in den Winkeln. Er wirkte attraktiv, aber ohne besonders aufzufallen. Er ging mit federnden, entspannten Schritten am Strand von Sunvale entlang.

Die Wellen rollten heran, mit gischtweißen Kronen, wie die Brecher auf der Mutter Erde. Die Einwohner Sunvales waren stolz darauf, wie sehr ihre Welt der Menschenheimat ähnelte. Nur wenige von ihnen hatten die Menschenheimat selbst kennengelernt, aber sie kannten sich ein wenig in der Geschichte aus, und die meisten von ihnen verspürten eine vorübergehende Nervosität, wenn sie an die alte Regierung dachten, die noch immer die Tiefen des Weltraums mit ihrer politischen Macht bestimmte. Sie liebten die alte Instrumentalität der Erde nicht, aber sie respektierten und fürchteten sie.

Die Wellen mochten vielleicht an die schöne Seite der Erde erinnern; an die weitaus weniger schöne Seite wollten sie lieber gar nicht denken.

Dieser Mann gehörte zur schönen Seite der Alten Erde; niemand konnte die Macht spüren, die in ihm verborgen lag. Die Einwohner Sunvales lächelten ihn flüchtig an, wenn sie ihm begegneten.

Die Atmosphäre war ruhig und alles um ihn herum heiter. Er wandte das Gesicht der Sonne zu. Er schloss die Augen. Er ließ das warme Sonnenlicht durch seine Lider tropfen, ließ sich mit seiner tröstenden und beruhigenden Berührung erleuchten.

Benjacomin träumte von dem größten Diebstahl, den je ein Mensch geplant hatte. Er träumte davon, einen großen Teil des Wohlstandes zu rauben, den die Menschen des reichsten aller Planeten angesammelt hatten. Er stellte sich vor, wie es sein würde, wenn er dann mit den Reichtümern nach Viola Siderea zurückkehren würde, dem Planeten, von dem er stammte.

Benjacomin wandte sein Gesicht von der Sonne ab und musterte nacheinander die am Strand befindlichen Menschen. Noch waren keine Norstrilier zu sehen. Sie waren leicht zu erkennen: große Menschen mit rötlicher Hautfarbe; hervorragende Athleten und trotzdem auf ihre eigene Art unschuldig, jung und sehr zäh. Für diesen Diebstahl hatte er zweihundert Jahre lang geübt, sein Leben war eigens zu diesem Zweck von der Gilde der Diebe auf Viola Siderea verlängert worden. Er selbst war der Traum seines eigenen Planeten, eines armen Planeten, der einst ein Zentrum des Handels gewesen und nun zu einem unbedeutenden Stützpunkt für Raub und Plünderung herabgesunken war.

Er sah eine norstrilische Frau aus einem Hotel herauskommen und zum Strand hinuntergehen. Er wartete und beobachtete und träumte. Er hatte eine Frage, doch kein erwachsener Australier würde sie ihm beantworten.

Das ist lustig, dachte er, selbst jetzt noch nenne ich sie ›Australier‹. So lautet auch ihre alte, alte irdische Bezeichnung – reiche, mutige, zähe Menschen. Kämpfende Kinder, die die halbe Welt beherrschten … Und nun sind sie die Tyrannen der ganzen Menschheit. Ihnen gehört aller Reichtum. Sie haben Santaclara, Leben und Tod anderer Menschen hängen von dem Handel ab, den sie mit den Norstriliern treiben. Aber ich nicht. Auch meine Leute nicht. Wir sind Menschen, die die Wölfe unter der Menschheit sind.

Benjacomin wartete geduldig. Gebräunt von den Strahlen vieler Sonnen sah er aus wie vierzig, obwohl er hundert war. Er war bequem gekleidet, nach Art der Urlauber. Er hätte ein interkultureller Handelsreisender, ein erfahrener Spieler, ein stellvertretender Raumhafendirektor sein können. Ja, er hätte sogar ein Wirtschaftsdetektiv sein können. Er war es nicht. Er war ein Dieb. Und er war ein so guter Dieb, dass sich die Menschen an ihn wandten und ihm ihr Eigentum anvertrauten, denn er war sympathisch, freundlich, grauäugig, blond.

Benjacomin wartete. Die Frau musterte ihn, und ihr Blick verriet offenes Misstrauen. Was sie sah, musste sie jedoch beruhigt haben. Sie ging weiter und kam an ihm vorbei. Sie rief über die Düne zurück: »Komm her, Johnny, hier können wir hinausschwimmen.« Ein kleiner Junge, der acht oder zehn Jahre alt zu sein schien, lief auf seine Mutter zu.

Benjacomin spannte sich wie eine Kobra. Seine Augen wurden scharf, sie verengten sich zu Schlitzen.

Dies war die Beute. Nicht zu jung und nicht zu alt. War das Opfer zu jung, kannte es die Antwort nicht; war das Opfer zu alt, hatte es keinen Zweck, sich mit ihm einzulassen. Norstrilier waren gefürchtete Kämpfer; Erwachsene waren geistig und körperlich so stark, dass ein Angriff keine Aussicht auf Erfolg hatte.

Benjacomin wusste, dass jeder Dieb, der den Planeten der Norstrilier besuchte – der einen Raubzug in die Traumwelt von Altnordaustralien unternommen hatte –, jegliche Verbindung zu seinem Volk verlor und starb. Von keinem hatte man jemals wieder etwas gehört.

Aber er wusste auch, dass Hunderte oder Tausende Norstrilier *das* Geheimnis kennen mussten. Dann und wann machten sie Witze darüber. Als junger Mann hatte er diese Witze gehört, und nun war er mehr als ein alter Mann, ohne der Antwort näher gekommen zu sein. Das Leben war teuer. Er befand sich weit in seiner dritten Lebensperiode, und die Lebensjahre waren von seinem Volk redlich erworben worden. Sie alle waren gute Diebe und hatten ihr mühsam zusammengestohlenes Geld ausgegeben, um die Medizin zu kaufen, die ihren größten Dieb am Leben erhielt. Benjacomin mochte keine Gewalt. Aber wenn Gewalt den Weg zu dem größten Diebstahl aller Zeiten ebnete, dann war er bereit, sie anzuwenden.

Die Frau sah wieder zu ihm hinüber. Die Maske des Bösen, die sein Gesicht verzerrt hatte, machte Wohlwollen Platz; er beruhigte sich. Ihr Blick traf ihn genau in diesem Moment. Er gefiel ihr.

Sie lächelte und fragte mit jenem schüchternen Zögern, das für die Norstrilier so charakteristisch war: »Könnten Sie vielleicht einen Moment auf meinen Jungen aufpassen, während ich im Wasser bin? Ich glaube, wir haben uns im Hotel schon einmal getroffen.«

»Aber selbstverständlich«, versicherte er. »Es würde mich freuen. Komm her, mein Kleiner.«

Johnny ging durch die sonnenüberfluteten Dünen seinem eigenen Tod entgegen. Er kam in die Nähe des Feindes seiner Mutter.

Aber seine Mutter hatte sich schon abgewandt.

Die geübte Hand von Benjacomin Bozart packte zu. Er griff den Jungen an der Schulter. Drehte ihn zu sich um und zwang ihn auf die Knie. Bevor das Kind aufschreien konnte, hatte Benjacomin ihm schon die Spritze mit der Wahrheitsdroge injiziert.

Johnny reagierte nur auf den Schmerz und dann auf den Hammerschlag in seinem Schädel, als die starke Droge zu wirken begann.

Benjacomin blickte zum Wasser hinüber. Die Mutter schwamm. Sie schien zu ihnen zurückzuschauen. Offensichtlich machte sie sich keine Sorgen. Für sie musste es aussehen, als ob der Fremde ihrem Kind auf freundliche, ruhige Weise etwas zeigte.

»Nun, Freundchen«, begann Benjacomin, »verrate mir einmal, wie die äußere Verteidigung aussieht.«

Der Junge antwortete nicht.

»Worin besteht die äußere Verteidigung, Kleiner? Was ist die äußere Verteidigung?«, wiederholte Benjacomin.

Der Junge antwortete immer noch nicht.

Etwas wie Entsetzen prickelte auf Benjacomin Bozarts Haut, als er erkannte, dass er seine Sicherheit auf diesem Planeten, ja sogar seine Pläne selbst aufs Spiel gesetzt hatte, nur um eine Chance zu bekommen, das Geheimnis der Norstrilier zu erfahren.

Er wurde von einfachen, lächerlichen Vorkehrungen daran gehindert. Das Kind war gegen einen Angriff konditioniert worden. Jeder Versuch, das Wissen aus ihm herauszupressen, löste den automatischen Reflex völliger Stummheit aus. Der Junge war buchstäblich unfähig zu sprechen.

Als sich die Mutter umdrehte, glitzerte Sonnenlicht auf ihrem nassen Haar, und sie rief ihnen zu: »Ist mit dir alles in Ordnung, Johnny?«

Benjacomin winkte an seiner Stelle. »Ich zeige ihm meine Bilder, Ma'am. Sie gefallen ihm. Lassen Sie sich ruhig Zeit.«

Die Mutter zögerte und kehrte dann wieder ins Wasser zurück.

Johnny, im Bann der Droge, saß schlaff wie ein Schwerkranker auf Benjacomins Schoß.

»Johnny«, sagte Benjacomin, »du wirst jetzt sterben, und es wird schrecklich wehtun, wenn du mir nicht sagst, was ich wissen will.« Der Junge kämpfte schwach gegen seinen Griff an. Benjacomin wiederholte: »Ich werde dir wehtun, wenn du mir nicht sagst, was ich wissen will. Was ist die äußere Verteidigung? Was ist die äußere Verteidigung?«

Das Kind wehrte sich, und Benjacomin begriff, dass sich der Junge befreien wollte, um dem Befehl zu gehorchen und nicht, um fortzulaufen. Er ließ das Kind durch seine Hände schlüpfen, und der Junge streckte einen Finger aus und begann in den nassen Sand zu schreiben. Die Buchstaben traten deutlich hervor.

Der Schatten eines Mannes fiel über sie.

Benjacomin, alarmiert, bereit herumzuwirbeln und zu töten oder zu rennen, kniete sich neben dem Kind auf den Boden und sagte: »Das ist ein hübsches Rätsel. Es ist wirklich gut. Mach doch weiter.« Er lächelte zu dem vorbeigehenden Erwachsenen hinauf. Der Mann war ein Fremder. Der Fremde schenkte ihm einen sehr neugierigen Blick, der gleich darauf freundlich wirkte, als er Benjacomins vertrauenerweckendes Gesicht sah.

Die Finger zeichneten noch immer Buchstaben in den Sand.

Dann war das Rätsel fertig: DIE KLAINEN KATSEN VON MUTTER HUDSON.

Die Frau kam aus dem Meer zurück, die Mutter, die Fragen stellen würde. Benjacomin fuhr mit der Hand unter seinen Ärmel und holte die zweite Spritze hervor, die mit einem flüchtigen Gift gefüllt war, für dessen Nachweis man Tage oder Wochen im Labor brauchen würde. Er stieß sie direkt in das Gehirn des Jungen, bohrte die Nadel schräg von oben in die Haut nahe dem Haaransatz. Das Haar verdeckte den winzigen Einstich. Die unglaublich scharfe Nadel drang unter dem Schädelrand ein. Das Kind war tot.

Der Mord war geschehen. Gelassen wischte Benjacomin über das Rätsel im Sand. Die Frau näherte sich. Er rief ihr zu, und seine Stimme war voller Besorgnis: »Ma'am, kommen Sie, ich glaube, Ihr Sohn hat einen Sonnenstich.«

Er reichte der Mutter den Leichnam ihres Sohnes. Ihr Gesichtsausdruck wechselte zu Bestürzung. Sie wirkte erschrocken und argwöhnisch.

Für einen schrecklichen Moment blickte sie in seine Augen.

Zweihundert Jahre Ausbildung taten nun ihre Wirkung ... Sie entdeckte nichts. Der Mörder verriet mit keinem Anzeichen, dass er einen Mord begangen hatte. Der Falke war unter der Taube verborgen. Das Herz wurde von dem trainierten Gesicht versteckt.

Benjacomin zeigte professionelle Selbstsicherheit. Er war darauf vorbereitet, auch sie zu töten, obwohl er sich nicht sicher war, ob er eine erwachsene, weibliche Norstilierin überhaupt töten konnte. Sehr hilfsbereit bot er sich an: »Bleiben Sie hier bei ihm. Ich werde zum Hotel laufen und Hilfe holen. Ich beeile mich.«

Er drehte sich um und rannte. Ein Strandwächter bemerkte ihn und lief auf ihn zu. »Das Kind ist krank«, rief er.

Er kam noch rechtzeitig zu der Mutter zurück, um den Ausdruck dumpfen, verständnislosen Entsetzens auf ihrem Gesicht zu sehen, und ihr Entsetzen war irgendwie mit einem anderen Gefühl vermischt: Zweifel.

»Er ist nicht krank«, sagte sie. »Er ist tot.«

»Das ist unmöglich.« Benjacomin wirkte besorgt. Er *war* besorgt. Er zwang sich, mit seiner Haltung, mit allen kleinen Muskeln seines Gesichtes Mitleid auszudrücken. »Er kann nicht tot sein. Noch vor einer Minute habe ich mit ihm gesprochen. Wir haben kleine Rätsel in den Sand geschrieben.«

Die Mutter sprach mit hohler, gebrochener Stimme, die klang, als würde sie niemals wieder die normale Tonlage der menschlichen Stimme zurückgewinnen, sondern für immer die verzerrte Flachheit unerwarteten Kummers ausdrücken.

»Er ist tot. Sie sahen ihn sterben, und ich glaube, auch ich sah ihn sterben. Ich weiß nicht, wie es geschehen ist. Das Kind war voller Santaclara. Es hatte tausend Jahre Leben vor sich, aber nun ist es tot. Wie heißen Sie?«

»Eldon«, erwiderte Benjacomin. »Eldon, der Handelsreisende, Ma'am. Ich bin sehr oft hier.«

III

Die klainen Katsen von Mutter Hudson. Die klainen Katsen von Mutter Hudson.

Der alberne Satz wirbelte in seinen Gedanken. Wer war Mutter Hudson? Wessen Mutter war sie? Was waren *Katsen*? War das ein Schreibfehler für »Katzen«? Kleine Katzen? Oder waren sie etwas anderes?

Hatte er einen Narren getötet, nur um die Antwort eines Narren zu bekommen?

Wie viele Tage musste er noch hier bei der misstrauischen, fassungslosen Mutter bleiben? Wie viele Tage musste er noch vorsichtig sein und warten? Er wollte nach Viola Siderea zurückkehren, um das Geheimnis, so verwirrend es auch war, zusammen mit seinem Volk zu lösen. Wer war Mutter Hudson?

Er zwang sich, das Zimmer zu verlassen und nach unten zu gehen. Die angenehme Eintönigkeit des großen Hotels sorgte dafür, dass die anderen Gäste ihn neugierig ansahen. Er war der Mann, der dabei gewesen war, als das Kind am Strand starb.

Einige Giftmischer, die ihr Leben offenbar in der Hotelhalle fristeten, hatten verbreitet, dass er das Kind getötet hatte. Andere wiederum hielten diese Version für unwahr und wiesen darauf hin, dass sie Eldon genau kannten. Er war Eldon der Handelsreisende – alles andere war einfach lächerlich.

Die Menschen hatten sich nicht sehr verändert, auch wenn die Schiffe, in deren Herzen die Go-Kapitäne saßen, zwischen den Sternen flüsterten, auch wenn die Menschen von Welt zu Welt reisten – falls sie genug Geld besaßen, um den Hin- und Rückflug zu bezahlen –, wie Blätter, die von einem leichten, spielerischen Windstoß aufgewirbelt wurden. Benjacomin befand sich in einem tragischen Dilemma. Er wusste sehr gut, dass er bei jedem Versuch, die Antwort zu entschlüsseln, direkt den von den Norstriliern aufgestellten Abwehrfallen in die Arme laufen würde.

Altnordaustralien war ungeheuer reich. Es war auf allen Welten bekannt, dass hier mit gedungenen Agenten gearbeitet wurde, mit Gegenspionage, V-Männern und Warnsystemen. Selbst die Menschenheimat – Mutter Erde, die nicht mit Geld zu kaufen war – war mit der Lebensdroge gefügig gemacht worden. Eine Unze der Santaclara-Droge, reduziert, kristallisiert und dann »Stroon« genannt, konnte das Leben um vierzig bis sechzig Jahre verlängern. Stroon gelangte unzen- und pfundweise in die übrigen Gebiete der Erde, doch auf Nordaustralien wurde sie tonnenweise gewonnen. Mit diesem Schatz besaßen die Norstrilier eine unvorstellbare Welt, deren Reichtum alle denkbaren Summen überstieg. Sie konnten alles kaufen. Sie konnten mit den Leben anderer Menschen bezahlen. Jahrhundertelang hatten sie sich mit Geheimfonds die Dienste von Außenweltlern bei der Errichtung ihres Sicherheitsnetzes erkauft.

Die klainen Katsen von Mutter Hudson. So stand Benjacomin in der Hotelhalle. Er hatte die Weisheit und den Reichtum von tausend Welten im Kopf, aber er wagte nicht, irgendwo nachzufragen, was der Satz bedeutete.

Plötzlich begann er zu lächeln.

Er machte den Eindruck eines Mannes, dem der Gedanke an ein schönes Spiel gekommen war, an eine willkommene Abwechslung, einen vergessenen Freund, ein neues Gericht, das er probieren wollte. Ihm war ein sehr glücklicher Einfall gekommen.

Es gab eine Informationsquelle, die nichts verraten würde. Die Bibliothek. Zumindest konnte er die offensichtlichen, einfachen Dinge überprüfen und herausfinden, wie viel von dem Geheimnis, das er dem Jungen abgepresst hatte, allgemein bekannt war.

Sein Wagnis war nicht umsonst gewesen, Johnnys Leben nicht unnütz beendet worden, wenn er entdecken würde, dass eines der vier Worte einen Schlüssel zu dem Geheimnis darstellte. *Mutter* oder *Hudson* oder *klaine*, in der speziellen Bedeutung, oder *Katsen*. Vielleicht würde er sich doch die Beute von Norstrilia holen können.

Triumphierend schwang er auf seinem rechten Fuß herum. Gelöst und heiter näherte er sich dem Billardraum, neben dem die Bibliothek lag. Er betrat sie.

Dies war ein sehr teures Hotel und sehr altmodisch. Es besaß sogar aus Papier hergestellte Bücher mit ihren ursprünglichen Einbänden. Benjacomin durchquerte den Raum. Er entdeckte die zweihundertbändige *Encyclopaedia Galactica* und nahm den Band »Hu-Hu«. Er blätterte ihn von hinten auf und suchte nach dem Stichwort »Hudson«, und dort war es auch: »Hudson, Benjamin – Pionier von Altnordaustralien. Gilt als Erfinder eines Teils des Abwehrsystems. Lebte von 10.719–17.213 A.D.« Das war alles.

Benjacomin griff nach einem anderen Buch. Das Wort »Katsen« schien in dieser Schreibweise nirgendwo aufzutauchen, weder in der Enzyklopädie noch in einem anderen Buch, das sich in der Bibliothek befand. Er ging hinaus und wieder nach oben, kehrte in sein Zimmer zurück. »Klain« hatte er auch nirgends entdeckt. Vermutlich war es nur ein Rechtschreibfehler des Jungen …

Er ging ein Risiko ein. Die Mutter, halb besinnungslos vor Schmerz und Trauer, saß in einem hochlehnigen Sessel auf der Veranda. Die anderen Frauen trösteten sie. Sie wussten, dass ihr Ehemann bald eintreffen würde. Benjacomin ging zu ihr und versicherte ihr sein Mitgefühl. Sie sah ihn nicht an.

»Ich muss nun fort, Ma'am. Ich muss einen anderen Planeten besuchen, aber in zwei oder drei subjektiven Wochen werde ich wieder zurück sein. Und wenn Sie mich aus irgendeinem Grund dringend brauchen – ich lasse meine Adresse bei der hiesigen Polizeibehörde.«

Benjacomin verließ die weinende Mutter.

Benjacomin verließ das stille Hotel. Er buchte eine Prioritätspassage.

Die schludrige Polizei von Sunvale erhob keine Einwände, als er so plötzlich um ein Ausreisevisum ersuchte. Schließlich konnte er sich ausweisen, besaß ein ausreichendes Vermögen, und es war in Sunvale nicht Brauch, Gästen zu widersprechen. Benjacomin ging an Bord des Schiffes, und als er die Kabine aufsuchte, um sich für einige Stunden auszuruhen, folgte ihm ein Mann. Ein jung wirkender Mann mit einem Mittelscheitel, von gedrungener Gestalt und grauen Augen.

Dieser Mann war der Agent der norstrilischen Geheimpolizei.

Benjacomin, obwohl ein ausgebildeter Dieb, durchschaute den Polizisten nicht. Es war ihm niemals in den Sinn gekommen, dass die Bibliothek auch überwacht wurde und dass das Wort »Katsen« in der besonderen norstrilischen Schreibweise ein Alarmsignal war. Als er diesen Begriff nachgeschlagen hatte, war ein kleiner Alarm ausgelöst worden. Er hatte den Stolperdraht berührt.

Der Fremde nickte ihm zu. Benjacomin nickte zurück. »Ich bin Handelsreisender und gerade dabei, die Zeit bis zum nächsten Abschluss zu überbrücken. Die Geschäfte gehen nicht gut. Und wie ist es bei Ihnen?«

»Über Geschäfte brauche ich mir keine Sorgen zu machen. Ich verdiene kein Geld, ich bin Techniker. Liverant ist mein Name.«

Benjacomin musterte ihn aufmerksam. Der Mann schien tatsächlich Techniker zu sein. Höflich schüttelten sie sich die Hände. Liverant sagte: »Treffen wir uns doch später in der Bar. Ich denke, ich werde vorher noch ein wenig schlafen.«

Sie legten sich beide hin und wechselten nur wenige Worte miteinander, während der kurze Blitz des Planoformens das Schiff durchzuckte. Der Blitz verging wieder. Aus Büchern und Unterrichtsstunden wussten sie, dass das Schiff durch zwei Dimensionen sprang, während die Wut des Weltraums auf die eine oder andere Weise den Computern eingegeben wurde, und dass diese wiederum der Go-Kapitän überwachte, der das Schiff steuerte.

Sie wussten diese Dinge, aber sie spürten nichts davon. Alles, was sie empfanden, war der Stich eines leichten Schmerzes. Das Sedativ war der Atemluft beigemischt, in das Luftversorgungssystem gespritzt worden. Beide erwarteten, ein wenig betrunken davon zu werden.

Der Dieb Benjacomin Bozart war darin geübt, Vergiftungen und Überraschungen zu neutralisieren. Schon das leiseste Anzeichen, dass ein Telepath versuchte, seine Gedanken zu lesen, hätte seinen wütenden animalischen Widerstand hervorgerufen, der seinem Unterbewusstsein während der ersten Ausbildungsjahre einprogrammiert worden war. Bozart war aber nicht auf die Täuschung durch einen Techniker vorbereitet; niemals wäre es der Diebesgilde von Viola Siderea in den Sinn gekommen, dass es einmal für ihre eigenen Leute notwendig werden könnte, mit Betrügern fertig zu werden. Liverant stand bereits mit Norstrilia in Verbindung – mit Norstrilia, das hunderttausend Welten wegen der bloßen Vermutung einer Übertretung in Alarmbereitschaft versetzt hatte.

Liverant begann zu plaudern. »Ich wünschte, ich könnte weiter reisen. Ich würde gerne Olympia besuchen. Auf Olympia kann man alles kaufen.«

»Ich habe davon gehört«, nickte Bozart. »Er ist einer der komischen Handelsplaneten, auf denen Geschäftsleute wenig Chancen haben, nicht wahr?«

Liverant lachte, und sein Lachen war fröhlich und echt. »Handel? Sie handeln nicht. Sie tauschen. Sie übernehmen das Diebesgut von tausend Welten und verkaufen es weiter, und sie verändern und bemalen und kennzeichnen es. Das ist ihre Art, Geschäfte zu machen. Die Leute sind blind. Es ist eine seltsame Welt, und alles, was man tun muss, ist sie zu betreten, und man kann alles bekommen, was man haben will. Mann, was könnte ich in einem Jahr an einem solchen Ort alles anstellen! Jeder außer mir wäre blind, wenn man von einem Haufen Touristen absieht. All die Dinge, von denen die Leute meinen, sie hätten sie irgendwo verlegt, die Hälfte aller verschollenen Schiffe, die aufgegebenen Kolonien – sie sind alle geplündert worden –, ruckzuck landet alles auf Olympia.«

Olympia war in Wirklichkeit gar nicht so eindrucksvoll, und Liverant wusste eigentlich nicht, warum es seine Aufgabe war, den Mörder dorthin zu führen. Alles, was er wusste, war, dass er eine Pflicht hatte – und diese Pflicht lautete, den Frevler dorthin zu lenken.

Viele Jahre, bevor einer der beiden Männer geboren worden war, war das Kodewort in Nachschlagewerken, in Büchern, auf Verpackungsmaterial und Rechnungen angebracht worden: *Katsen*, in der falschen Schreibweise. Dies war der Deckname für den äußeren Mond von Norstrilias Verteidigungssystem. Die Benutzung des Decknamens setzte ein Alarmsystem in Gang, dessen Nerven so heiß und schnell waren wie Wolframfäden.

Als sie sich auf den Weg zur Bar machten, um eine Erfrischung zu sich zu nehmen, hatte Benjacomin schon halb vergessen, dass es sein neuer Bekannter gewesen war, der ihm vorgeschlagen hatte, Olympia allen anderen Planeten vorzuziehen. Zuvor aber musste er Viola Siderea aufsuchen, um sich die Credits für den Flug zu verschaffen – und dann die Welt von Olympia zu erobern.

IV

Auf seinem Heimatplaneten angelangt, war Bozart der Mittelpunkt einer höflichen, aber sehr aufrichtigen Feier.

Die Ältesten der Gilde der Diebe hießen ihn willkommen. Sie gratulierten ihm. »Wer sonst hätte tun können, was Sie getan haben? Sie haben den Eröffnungszug einer neuen Schachpartie gemacht. Ein Gambit wie dieses hat es noch nie gegeben. Wir haben einen Namen, wir haben ein Tier. Wir werden es gleich hier überprüfen.«

Der Rat der Diebe schlug in seiner eigenen Enzyklopädie nach. Zuerst lasen sie unter »Hudson« und fanden dann das Stichwort »Katsen«. Keiner von ihnen wusste, dass jemand eine falsche Spur gelegt hatte – ein Agent, der in ihrer Welt lebte.

Der Agent seinerseits war vor vielen Jahren verführt, mitten in seiner Karriere vom rechten Weg abgebracht worden, und man hatte ihn zu vorübergehender Ehrlichkeit gezwungen, erpresst und nach Hause geschickt. Während all der Jahre, in denen er auf das gefürchtete Losungswort gewartet hatte – ein Losungswort, von dem er nicht wusste, dass es eine Erfindung des norstrilischen Geheimdienstes war –, hatte er sich nie träumen lassen, dass er seine Schuld gegenüber der äußeren Welt so einfach würde abtragen können. Alles, was man getan hatte, war, ihm eine Seite zu schicken, die er in die Enzyklopädie einfügen sollte. Und das tat er auch und ging dann schwach vor Erschöpfung nach Hause. Die Jahre der Furcht und des Wartens waren fast zu viel für den Dieb gewesen. Er hatte zu trinken begonnen, aus Furcht, sonst womöglich Selbstmord zu begehen. Seitdem waren die Seiten an ihrem Platz geblieben, einschließlich der neuen, die er vorsichtig gefälscht hatte. Die Enzyklopädie hatte die Veränderung wie jeden normalen Zusatz vermerkt, obwohl der Eintrag neu und manipuliert war:

Dieser Eintrag wurde im 24. Jahr der Zweiten Auflage mit einer Ergänzung versehen.

Die sogenannten »Katsen« von Norstrilia bedeuten nichts anderes als den Einsatz organischer Mittel zur Erregung einer Krankheit in erdmutierten Schafen, die ihrerseits einen Virus entstehen lässt, aus dem die Santaclara-Droge gewonnen wird. Die Bezeichnung »Katsen« war zeitweise der Name für diese Krankheit wie auch ihrer zerstörenden Wirkung im Fall eines Angriffs von außen. Man vermutet, dass dies in Zusammenhang mit der Laufbahn von Benjamin Hudson steht, der zu den ersten Siedlern von Norstrilia gehört.

Der Rat der Diebe las den Eintrag, und der Ratsvorsitzende erklärte: »Ich habe Ihre Papiere fertig gemacht. Sie können sie nun haben. Wohin werden Sie sich wenden? Nach Neuhamburg?«

»Nein«, sagte Benjacomin. »Ich hatte an Olympia gedacht.«

»Olympia ist in Ordnung«, stimmte der Vorsitzende zu. »Aber überstürzen Sie nichts. Die Chancen für einen Fehlschlag stehen zwar nur eins zu tausend, doch wenn Sie scheitern, werden wir vermutlich dafür bezahlen müssen.« Er lächelte gezwungen und überreichte Benjacomin einen Blankoscheck über die gesamte Arbeitskraft und das gesamte Vermögen von Viola Siderea. »Es wäre verdammt hart für uns, wenn Sie sich auf dem Handelsplaneten so viel leihen müssten, dass uns nichts anderes mehr übrigbleibt, als ehrlich zu werden – und Sie dann alles verlieren würden.«

»Keine Bange«, beruhigte ihn Benjacomin. »Ich werde es schaffen.«

Es gibt einige Welten, auf denen alle Träume sterben, aber das von viereckigen Wolken bedeckte Olympia gehört nicht dazu. Die Augen der Männer und Frauen Olympias sind hell, denn sie sehen nichts.

»Helligkeit war die Farbe des Schmerzes«, sagte Nachtigall, »als wir noch sehen konnten. Wenn dein Auge dich quält, dann reiß dich selbst heraus, denn der Fehler liegt nicht im Auge, sondern in der Seele.«

Derartige Weisheiten gehörten zum täglichen Leben auf Olympia, wo die Siedler schon vor langer Zeit erblindet waren und sich nun den Sehenden als überlegen dünkten. Radardrähte kitzeln ihre lebenden Gehirne; sie können Strahlung ebenso gut wahrnehmen wie Tiermenschen, vor deren Augen kleine Aquarien hängen. Ihre Bilder sind scharf, und sie verlangen Schärfe. Ihre Gebäude ragen in unmöglichen Winkeln empor. Ihre blinden Kinder singen Lieder, während das maßgeschneiderte Klima seinen festgelegten Fortgang nimmt, so geometrisch wie ein Kaleidoskop.

Dorthin ging Benjacomin Bozart. Unter den Blinden mehrten sich seine Träume, und er bezahlte mit Geld für Informationen, die vor ihm noch nie ein lebender Mensch erhalten hatte.

Mit scharfkantigen Wolken und wässrigen Himmeln schwamm Olympia an ihm vorbei wie die Träume eines anderen Menschen. Er hatte nicht vor, dort längere Zeit zu verweilen, denn er hatte ein Rendezvous mit dem Tod in dem stickigen, glänzenden Weltraum um Norstrilia.

Als Benjacomin Olympia erreicht hatte, machte er sich an die Vorbereitungen für seinen Angriff auf Altnordaustralien. An seinem zweiten Tag auf dem Planeten hatte er sehr großes Glück. Er begegnete einem Mann namens Lavender, und er war sicher, den Namen schon einmal gehört zu haben. Er war zwar kein Mitglied seiner eigenen Diebesgilde, aber dafür ein wagemutiger Schurke von schlechtem Ruf in den Sternenwelten.

Es war kein Zufall, dass er Lavender getroffen hatte. Sein Kopfkissen hatte ihm während der letzten Wochen im Schlaf Lavenders Geschichte fünfzehnmal erzählt. Und immer, wenn er träumte, träumte er Träume, die von der norstrilischen

Gegenspionage in sein Bewusstsein eingepflanzt worden waren. Sie hatten Olympia vor ihm erreicht, und sie waren darauf vorbereitet, ihm genau das zu geben, was er verdient hatte. Die norstrilische Polizei war nicht grausam, aber sie war entschlossen, ihre Welt zu beschützen. Und sie war entschlossen, den Mord an einem Kind zu sühnen.

Das letzte Gespräch, das Benjacomin mit Lavender führte, um von diesem die Zustimmung für den geplanten Handel einzuholen, verlief dramatisch.

Lavender weigerte sich, mitzumachen. »Ich werde nirgendwo aufspringen. Ich werde nirgendwo etwas rauben. Ich werde überhaupt nichts mehr stehlen. Ich war ein Gangster, ja, das war ich. Aber ich werde mich nicht umbringen lassen, und genau das verlangen Sie von mir.«

»Denken Sie daran, wie viel uns das einbringen wird. Diese Reichtümer! Ich sage Ihnen, da steckt mehr Geld drin, als irgendjemand je erbeutet hat.«

Lavender lachte. »Sie meinen wohl, ich hätte so etwas noch nie gehört, wie? Sie sind ein Gauner, und ich bin ein Gauner. Derartige Spekulationen liegen mir nicht. Ich bin ein Schläger, und Sie sind ein Dieb, und ich werde Sie nicht fragen, was Sie vorhaben … Aber zuerst will ich mein Geld haben.«

»Ich habe es noch nicht bekommen«, gab Benjacomin zu.

Lavender erhob sich. »Dann hätten Sie nicht mit mir reden sollen. Denn es wird Sie Geld kosten, mein Schweigen zu erkaufen, ob Sie mich nun engagieren oder nicht.«

Das Feilschen begann.

Lavender war in der Tat ein hässlicher Mann. Er war ein sanfter, normaler Mensch, der sich viel Mühe gegeben hatte, böse zu werden. Sünde bedeutet sehr viel Arbeit – allein die Anstrengung, die sie erfordert, verrät sich oft im menschlichen Gesicht.

Bozart starrte ihn an, leicht lächelnd und nicht einmal verächtlich. »Legen Sie auf mich an, denn ich muss etwas aus meiner Tasche holen.«

Lavender kam der Aufforderung nicht nach. Er zog keine Waffe. Sein linker Daumen strich langsam über die Handkante.

Benjacomin bemerkte das Zeichen, aber er reagierte nicht darauf. »Schauen Sie«, sagte er. »Ein planetarischer Kreditbrief.«

Lavender lachte. »Auch davon habe ich gehört.«

»Nehmen Sie ihn.«

Der Abenteurer nahm die lamellierte Karte an sich. Seine Augen wurden groß. »Sie ist echt«, keuchte er. »Sie ist echt.« Er blickte auf, ungleich freundlicher als zuvor. »Ich habe noch nie eines von diesen Dingern gesehen. Was sind Ihre Bedingungen?«

In der Zwischenzeit liefen helle, lebhafte Olympier vor und hinter ihnen vorbei. Sie alle trugen Kleider in dramatisch kontrastierendem Schwarz und Weiß; unglaubliche geometrische Muster glühten auf ihren Gewändern und Hüten. Die beiden Feilschenden ignorierten die Eingeborenen. Sie konzentrierten sich auf ihre Verhandlungen.

Benjacomin fühlte sich sehr sicher. Er verpfändete die Dienste des gesamten Planeten Viola Siderea für ein ganzes Jahr im Austausch gegen die volle und uneingeschränkte Unterstützung des Kapitäns Lavender, einst Mitglied der internen Weltraumpatrouille der Imperialen Flotte. Er überreichte den Schuldschein. Die einjährige Garantie war eingetragen. Selbst auf Olympia gab es Buchungsmaschinen, die den Vertragsabschluss zur Erde funkten und so den Schuldschein zu einer gültigen und bindenden Verpflichtung für den gesamten Planeten der Diebe machten.

Das, dachte Lavender, war der erste Schritt zur Rache. Wenn der Mörder erst einmal beseitigt war, würde sein Volk für ihn vertragsgemäß bezahlen müssen. Er musterte Benjacomin mit nüchterner Aufmerksamkeit.

Benjacomin missdeutete seinen Blick als Freundlichkeit und lächelte sein langsames, gewinnendes, ungezwungenes Lächeln. Von einem plötzlichen Glücksgefühl überwältigt, streckte er die rechte Hand aus, um mit einem feierlichen

Händedruck den Handel zu besiegeln. Die Männer schüttelten sich die Hände, und niemals erfuhr Bozart, wem er da die Hand gereicht hatte.

V

»Oh, grau liegt das Land. Graues Gras von Himmel zu Himmel. Und an Grenzen nicht zu denken. Auch kein Berg, ob hoch, ob flach – nur die Hügel und graues Grau. Und die Funkelsprenkel glitzern wie Grübchen im Sternengesicht.

Das ist Norstrilia.

Aller Schmutz ist fort – all die Arbeit und das Warten und der Schmerz.

Beige-braune Schafe liegen im blaugrauen Gras, während die Wolken schnell vorübereilen, ganz dicht, als würden eiserne Röhren die Welt begrenzen.

Pflück dein Stück vom kranken Schaf, Mann, es ist die Krankheit, die zählt. Schneuz mir einen Planeten, Mann, oder huste mir einen Tupfer Unsterblichkeit. Wenn es dort zu verdreht ist, wo Traumtänzer und Trolle wie du existieren, hier ist's zu vernünftig.

So sieht die Sache aus, Freund.

Wenn du Norstrilia nicht gesehen hast, dann hast du es nicht gesehen. Und wenn du es gesehen hättest, dann würdest du es nicht glauben.

Auf Karten wird dieser Ort als Altnordaustralien bezeichnet.«

Hier im Herzen der Welt lag die Farm, die die Welt bewachte. Dies war der Sitz der Hudsons.

Er war von Türmen umgeben, und Drähte zogen sich von Turm zu Turm, und manche dieser Drähte hingen auf verrückte Weise durch, und andere glänzten, wie niemals ein von Menschenhand auf der Erde gefertigtes Metall geglänzt hatte. Die Türme umgaben offenes Land, und im Zentrum des offenen Landes gab es zwölftausend Hektar aus Beton. Das eine Radar reichte millimetergenau bis auf die Oberfläche des Betons hinab, das andere warf Muster hin und her, die von molekularer Feinheit waren. Im Zentrum der Farm befand sich eine Anzahl Gebäude. In ihnen arbeitete Katharine Hudson an der Aufgabe, die ihre Familie zur Verteidigung der Welt übernommen hatte.

Keine Bakterie drang herein, keine Bakterie drang hinaus. Sämtliche Nahrungsmittel wurden über einen Raumtransmitter geliefert. In diesen Gebäuden lebten Tiere. Die Tiere gehörten allein ihr. Falls sie plötzlich sterben sollte, durch ein Unglück oder durch den Angriff eines dieser Tiere, besaßen die Behörden ihrer Welt naturgetreue Faksimiles von ihr, mit denen man unter Hypnose neue Tierwärter ausbilden konnte.

Dies war ein Ort, wo die grauen Winde von den Hügeln herabsprangen, wo sie über den grauen Beton stürmten und um die Radartürme pfiffen. Der polierte, facettierte, gefangene Mond hing stets direkt über der Farm. Die Winde trafen die Gebäude, die ebenfalls grau waren, mit der Wucht eines Schlages, bevor sie über die hinter ihnen liegende offene Betonfläche weiterrasten und den Hügeln entgegenheulten.

Das Tal, in dem sich die Gebäude befanden, hatte nicht viel Tarnung erfordert. Es sah aus wie das übrige Norstrilia. Der Beton selbst war leicht gefärbt, um den Eindruck von kargem, ausgedörrtem, natürlichem Erdboden zu erwecken. Das war die Farm, und das war die Frau. Zusammen stellten sie das äußere Verteidigungssystem der reichsten Welt dar, die die Menschheit jemals gesehen und aufgebaut hatte.

Katherine Hudson blickte aus dem Fenster und dachte: Zweiundvierzig Jahre noch, bis ich zum Markt gehe, und es wird ein schöner Tag werden, und ich werde dort sein und das Getriller der Musik hören.

Oh, wenn ich über den Marktplatz geh
Und mein vergnügtes, stolzes Volk dort seh!

Sie atmete tief ein. Sie liebte die grauen Hügel – obwohl sie in ihrer Jugend schon viele andere Welten gesehen hatte. Dann wandte sie sich wieder den Tieren und den Pflichten zu, die auf sie warteten.

Sie war die einzige Mutter Hudson, und dies waren ihre klainen Katsen.

Sie ging zwischen ihnen hin und her. Sie und ihr Vater hatten sie aus irdischen Nerzen gezüchtet, aus den wildesten, verrücktesten Nerzen, die jemals die Menschenheimat verlassen hatten. Aus diesen Nerzen hatten sie neue Lebewesen erschaffen, um die anderen Raubtiere abzuwehren, die die Schafe bedrohten, auf denen das Stroon wuchs.

Aber diese Nerze waren schon wahnsinnig zur Welt gekommen. Generationen waren so gezüchtet worden, dass sie schon von Geburt an psychotisch waren. Sie lebten nur, um zu sterben, und sie starben, um am Leben zu bleiben. Dies waren die Katsen von Norstrilia. Tiere, in denen Furcht, Wut, Hunger und Sex unlösbar miteinander verbunden waren; die sich selbst oder einander auffressen konnten; die ihre Jungen oder Menschen oder alles fressen konnten, was organisch war; Tiere, die vor Mordlust kreischten, wenn sie Liebe empfanden; Tiere, geboren, um sich selbst mit einem wahnwitzigen, rasenden Hass zu verabscheuen, die nur überlebten, weil sie ihre wachen Momente auf einer Couch verbrachten, fest angeschnallt, Klaue an Klaue, so dass sie nicht die anderen oder sich selbst verletzten. Mutter Hudson ließ sie nur für einige Augenblicke in ihrem Leben erwachen. Sie vermehrten sich und töteten. Sie weckte immer nur zwei zur selben Zeit auf.

Den ganzen Nachmittag ging sie von Käfig zu Käfig. Die Tiere schliefen fest. Die Nahrung wurde direkt in den Blutkreislauf injiziert; manchmal lebten sie jahrelang, ohne aufzuwachen. Sie ließ sie sich paaren, indem sie die Männchen nur teilweise aufweckte und die Weibchen nur insoweit, um veterinäre Behandlungen vorzunehmen. Sie selbst musste die Jungen von ihren Müttern trennen, nachdem die schlafenden Mütter geworfen hatten. Dann fütterte sie die Jungen einige wenige glückliche Wochen lang, bis sich die Natur erwachsener Tiere zeigte, ihre Augen rot vor Wahnsinn und Zorn wurden und sich ihre Gefühle in den schrillen, schrecklichen kleinen Schreien zeigten, die fürchterlich durch das Gebäude hallten; und ihre feinen, pelzigen Gesichter verzerrten sich, sie rollten mit ihren verrückten, glänzenden Augen und krümmten ihre scharfen, scharfen Klauen.

Diesmal weckte sie keines der Tiere. Stattdessen schnallte sie die Haltegurte fester. Sie entzog ihnen die Nahrung. Sie verabreichte ihnen stimulierende Medikamente mit verzögerter Wirkung, die sie, wenn sie geweckt wurden, unverzüglich hellwach machen und die anfängliche Benommenheit ausschalten würden.

Schließlich nahm sie selbst ein starkes Sedativ, lehnte sich in ihrem Sessel zurück und wartete auf den Ruf.

Wenn der Schock kam und der Ruf sie erreichte, würde sie tun müssen, was sie schon tausendmal zuvor getan hatte.

Sie würde einen unerträglich lauten Ton durch das ganze Laboratorium hallen lassen.

Hunderte mutierter Nerze würden dann erwachen. Und wach würden sie sich voll Hunger, Hass, Wut und Sex ins Leben stürzen, an ihren Gurten reißen und versuchen, einander, ihre Jungen, sich selbst, sie zu töten. Sie würden gegen alles und überall kämpfen und alles tun, was in ihrer Macht lag, um so weiterzuleben.

Mutter Hudson wusste das.

Mitten im Raum befand sich ein Verstärker. Der Verstärker war ein direktes, empathisches Relais, das in der Lage war, die einfacheren telepathischen Ausstrahlungen aufzufangen. In diesen Verstärker wurden die konzentrierten Emotionen der klainen Katsen von Mutter Hudson geleitet.

Der Zorn, der Hass, der Hunger, der Sex – all das wurde bis weit über das Maß des Erträglichen verstärkt und angereichert. Und dann wurde das Wellenband, auf dem diese telepathischen Emissionen ausgesandt wurden, gleich hinter dem Studio, auf den hohen Türmen, die den Bergrücken säumten, noch einmal verstärkt. Und der Mond der Mutter Hudson, der sich geometrisch drehte, strahlte die Wellen kugelförmig ab.

Von dem facettierten Mond aus erreichten sie die Satelliten – sechzehn an der Zahl, die ein Teil des Wetterkontrollsystems zu sein schienen. Diese deckten nicht nur den Raum, sondern auch den nahen Subraum ab. Die Norstrilier hatten an alles gedacht.

Die kurzen Stöße des Alarms drangen aus Mutter Hudsons Transmittertafel.

Der Ruf ertönte. Ihr Daumen wurde taub.

Das Geräusch kreischte. Die Nerze erwachten.

Unvermittelt war der Raum von Geschnatter, Gekratze, Gezische, Geknurre und Geheule erfüllt.

Inmitten des Lärms der Tierstimmen war noch ein anderes Geräusch zu hören: ein kratzender, schnappender Ton wie von Hagel, der auf einen zugefrorenen See fällt. Es waren die Klauen von Hunderten von Nerzen, die versuchten, sich durch Metallplatten zu bohren.

Mutter Hudson hörte ein Gurgeln. Einer der Nerze hatte es geschafft, die Pfote freizubekommen, und offensichtlich damit begonnen, seine eigene Kehle zu zerfleischen. Sie hörte, wie Fell zerriss, Adern aufgeschlitzt wurden. Sie horchte, ob diese eine Stimme abbrechen würde, aber sie war sich nicht sicher. Die anderen machten zu viel Lärm. Ein Nerz weniger.

Dort, wo sie saß, war sie teilweise von den telepathischen Wellen abgeschirmt, aber nicht von allen. Sie selbst, so alt sie auch war, fühlte, wie ekelerregende, wilde Träume sie überfielen. Sie zitterte vor Hass bei dem Gedanken an die Wesen, die irgendwo dort draußen litten – schrecklich litten, denn sie waren nicht durch die eingebauten Sicherungen des norstrilischen Kommunikationssystems abgeschirmt.

Sie fühlte das wilde Pochen längst vergangener Lust. Sie hungerte nach Dingen, von denen sie noch nicht einmal mehr wusste, dass sie sie einst gekannt hatte. Sie durchlief die Krämpfe der Furcht, die von den Hunderten von Tieren ausging.

Unbewusst stellte sich ihrem gesunden Verstand die Frage: Wie lange werde ich das noch ertragen können? Wie lange werde ich es noch ertragen müssen? Gott, sei gut zu deinem Volk hier auf dieser Welt! Sei gut zu mir armem altem Ding.

Das grüne Licht leuchtete auf.

Mutter Hudson drückte einen Knopf an der Seite ihres Sessels. Zischend begann Gas zu strömen. Während sie das Bewusstsein verlor, wusste sie, dass auch ihre Katsen augenblicklich betäubt wurden.

Sie würde vor ihnen erwachen und dann ihre Pflicht tun: Die Lebenden überprüfen, jenen herausnehmen, der sich selbst die Kehle zerfetzt hatte, die anderen, die an Herzanfällen gestorben waren, heraussuchen, die übrigen neu verteilen, ihre Wunden behandeln, sie lebend und schlafend versorgen – schlafend und glücklich, im Schlafe lebend und sich paarend –, bis der nächste Ruf kommen würde, um sie zur Verteidigung der Schätze zu wecken, die Segen und Fluch zugleich für ihre Heimatwelt waren.

VI

Alles war perfekt verlaufen. Lavender hatte ein illegales Planoform-Schiff aufgetrieben. Das war keine geringe Leistung, denn Planoform-Schiffe wurden sehr streng kontrolliert, und sich auf illegale Weise eines zu verschaffen, war eine Aufgabe, mit der ein ganzer Planet voller Gauner ein ganzes Menschenleben lang beschäftigt gewesen wäre.

Lavender war mit Geld überschüttet worden – mit Benjacomins Geld.

Der auf ehrbare Art angesammelte Reichtum des Diebesplaneten war für Fälschungen und hohe Schulden verpfändet worden, imaginäre Transaktionen, die den Computern für Schiffe und Ladungen und Passagiere eingegeben wurden, die fast unentwirrbar in den Handelsbeziehungen zwischen zehntausend Welten aufgehen würden.

»Soll er doch dafür bezahlen«, sagte Lavender zu einem seiner Kumpane, einem offensichtlichen Kriminellen, der ebenfalls ein norstrilischer Agent war. »Damit gibt er gutes Geld für schlechtes aus. Sie sollten am besten einen Großteil davon verschleudern.«

Kurz bevor Benjacomin abflog, übermittelte ihm Lavender noch eine Botschaft. Er schickte sie direkt an den Go-Kapitän, der gewöhnlich keine Meldungen übermittelte. Der Go-Kapitän war eigentlich Reservekommandeur der norstrilischen Flotte, aber man hatte ihn sorgfältig angewiesen, sich nicht als solcher zu erkennen zu geben.

Die Botschaft betraf die Planoform-Zulassung – weitere zwanzig Stroontabletten, die für Viola Siderea eine mehrhundertjährige Belastung bedeuten konnten. Der Kapitän sagte: »Das brauche ich gar nicht durchzugeben. Die Antwort ist ja.«

Benjacomin betrat den Kontrollraum. Das widersprach zwar den Vorschriften, aber er hatte das Schiff gechartert, um gegen Vorschriften zu verstoßen.

Der Kapitän sah ihn scharf an. »Sie sind ein Passagier. Verschwinden Sie.«

»Sie haben meine kleine Jacht an Bord«, erwiderte Benjacomin. »Ich bin, abgesehen von Ihren Leuten, der einzige Mensch an Bord.«

»Verschwinden Sie. Es ist eine Strafe fällig, wenn man Sie hier erwischt.«

»Das spielt keine Rolle«, winkte Benjacomin ab. »Ich werde sie bezahlen.«

»Ach, werden Sie das? Werden Sie das?«, fauchte der Kapitän. »Sie können nicht zwanzig Stroontabletten bezahlen. Das ist albern. Niemand könnte so viel Stroon herbeischaffen.«

Benjacomin lachte und dachte an die Tausende von Tabletten, die ihm bald gehören würden. Alles, was er zu tun hatte, war, das Planoform-Schiff zu verlassen, einmal zuzuschlagen, an den Katsen vorbeizukommen und dann zurückzukehren. Seine Macht und sein Reichtum gründeten auf der Tatsache, dass er wusste, er würde es schaffen. Die Belastung seines Planeten mit zwanzig Stroontabletten war ein niedriger Preis, wenn man bedachte, dass er tausendmal so viel erringen würde.

Der Kapitän sagte: »Es ist es nicht wert, es ist es wirklich nicht wert, dass Sie zwanzig Tabletten riskieren, nur um hierzubleiben. Aber ich könnte Ihnen verraten, wie man das norstrilische Kommunikationsnetz überlisten kann, wenn Ihnen das siebenundzwanzig Tabletten wert ist.«

Benjacomin erstarrte.

Einen Moment lang dachte er, er müsse sterben. Die ganze Arbeit, all die Ausbildung, der tote Junge am Strand, das Hasardspiel mit dem Credit – und jetzt dieser unerwartete Gegner! Er beschloss, sich zu vergewissern. »Was wissen Sie?«, fragte er.

»Nichts«, erklärte der Kapitän.

»Sie sagten ›Norstrilia‹.«

»So ist es.«

»Wenn Sie Norstrilia gesagt haben, dann müssen Sie etwas wissen. Wer hat es Ihnen gesagt?«

»Wohin sollte sich sonst ein Mensch wenden, wenn er auf unermessliche Reichtümer aus ist? Zwanzig Tabletten sind nichts für einen Mann wie Sie.«

»Es ist immerhin der Gegenwert von zweihundert Jahren Arbeit von dreihunderttausend Menschen«, bemerkte Benjacomin grimmig.

»Wenn Sie damit durchkommen, dann werden Sie mehr als zwanzig Tabletten haben, und damit auch Ihre Leute.«

Und Benjacomin dachte an die tausend und abertausend Tabletten. »Ja, das weiß ich.«

»Und wenn Sie nicht damit durchkommen, dann haben Sie immer noch die Karte.«

»Das stimmt. In Ordnung. Bringen Sie mich an dem Kommunikationsnetz vorbei. Ich werde die siebenundzwanzig Tabletten bezahlen.«

»Geben Sie mir die Karte.«

Benjacomin weigerte sich. Er war ein ausgebildeter Dieb und argwöhnte Diebstahl. Dann dachte er noch einmal nach. Dies war die Krise seines Lebens. Er musste es wagen, auf jemanden zu setzen. Er musste die Karte riskieren. »Ich werde den Vermerk eintragen und sie Ihnen dann zurückgeben.« So groß war seine Aufregung, dass Benjacomin nicht bemerkte, dass die Karte in einen Duplikator geschoben, dass die Transaktion aufgezeichnet und ans Olympische Zentrum geschickt wurde, mit der Anweisung, den Verlust und die Belastung des Planeten Viola Siderea gewissen Handelsagenturen auf der Erde für die kommenden dreihundert Jahre gutzuschreiben.

Benjacomin erhielt die Karte zurück. Er fühlte sich wie ein ehrbarer Dieb.

Wenn er sterben würde, ging auch die Karte verloren, und sein Volk brauchte nicht zu bezahlen. Wenn er Erfolg hatte, würde er diese lächerliche Summe aus eigener Tasche bezahlen können.

Benjacomin setzte sich. Der Go-Kapitän signalisierte seinen Lichtstechern. Das Schiff taumelte.

Sie bewegten sich eine halbe subjektive Stunde lang, und der Kapitän trug einen Raumhelm und suchte und tastete und fühlte sich vorwärts, Schritt für Schritt, bis zu seiner Heimat. Er musste vorsichtig sein, damit Benjacomin nicht argwöhnte, dass er sich in den Händen von Doppelagenten befand.

Aber der Kapitän war hervorragend ausgebildet. Fast so gut wie Benjacomin.

Sie, die Agenten und Diebe, reisten zusammen.

Sie planoformten innerhalb des Kommunikationsnetzes.

Benjacomin schüttelte der Mannschaft die Hände. »Sie können materialisieren, sobald ich Ihnen Bescheid gebe.«

»Viel Glück, Sir«, sagte der Kapitän.

»Ja, das habe ich auch nötig«, erwiderte Benjacomin.

Er kletterte in seine Raumjacht. Kaum war er eine knappe Sekunde im richtigen Weltraum, tauchte die graue Weite Norstrilias unter ihm auf. Das Schiff, das wie ein einfaches Lagerhaus aussah, verschwand im Planoform, und die Jacht war auf sich allein gestellt.

Die Jacht begann zu stürzen.

Und während sie stürzte, wurde Benjacomin für einen entsetzlichen Moment von Verwirrung und Schrecken heimgesucht.

Niemals erfuhr er etwas von der Frau, die sich unter ihm befand, aber sie spürte ihn deutlich, als ihn die vielfach verstärkte Raserei der Katsen traf. Sein Bewusstsein erbebte unter dem Schlag. In einer Verlängerung der subjektiven Erfahrung, die eine oder zwei Sekunden scheinbar in Monate aus schmerztrunkener Verwirrung verwandelte, wurde Benjacomin Bozart von der Flut seiner eigenen Persönlichkeit fortgespült. Das Mondrelais schleuderte ihm die Nerzgedanken entgegen. Die Synapsen seines Gehirns bildeten sich neu und gaukelten ihm Dinge vor, die nie Realität gewesen waren, schreckliche Dinge, wie sie nie einem Menschen zugestoßen waren. Dann zerbarst sein Bewusstsein unter der unerträglichen Belastung. Seine subkortikale Persönlichkeit lebte noch ein bisschen länger.

Sein Körper widersetzte sich minutenlang. Verrückt vor Lust und Hunger bäumte er sich in dem Pilotensitz auf, gruben sich die Zähne tief in seinen eigenen Arm. Von Lust getrieben, krallte sich die linke Hand in sein Gesicht und riss den linken Augapfel heraus. Er kreischte vor animalischer Ekstase, als er versuchte, sich selbst aufzufressen – nicht ganz ohne Erfolg.

Die überwältigende telepathische Botschaft der klainen Katsen von Mutter Hudson bohrte sich in sein Gehirn.

Die mutierten Nerze waren hellwach.

Die Relaissatelliten hatten den gesamten umliegenden Weltraum mit dem Wahnsinn vergiftet, für den die Nerze gezüchtet worden waren.

Bozarts Körper lebte nicht lange. Nach kurzer Zeit waren die Arterien bloßgelegt, der Kopf fiel nach vorn, und die Jacht stürzte führungslos auf die Lagerhäuser zu, die sie hätte angreifen sollen.

Die norstrilische Polizei barg sie. Die Polizisten waren selbst krank. Sie alle waren krank. Sie alle waren leichenblass. Einige hatten sich übergeben müssen. Sie waren durch die Randzone der Nerzverteidigung geflogen. Sie hatten das telepathische Band an seiner dünnsten und schwächsten Stelle passiert, und das hatte ausgereicht, um sie erkranken zu lassen.

Sie wollten es nicht wissen.

Sie wollten es vergessen.

Einer der jüngeren Polizisten betrachtete den Leichnam und bemerkte: »Was um alles in der Welt kann einem Menschen so etwas antun?«

»Er hatte sich die falsche Aufgabe ausgesucht«, erklärte der Polizeihauptmann.

»Und was ist die falsche Aufgabe?«, wollte der junge Polizist wissen.

»Die falsche Aufgabe ist, uns ausrauben zu wollen, mein Junge. Wir sind gut gesichert, und wir wollen gar nicht wissen, wie. Wie auch immer, er ist rasch gestorben, und er ist der Mann, der vor nicht langer Zeit den kleinen Johnny getötet hat.«

»Oh, er ist das? Und wir haben ihn so schnell erwischt?«

»Wir haben ihn dazu getrieben.« Der alte Polizeioffizier nickte. »Wir ließen ihn seinen Tod finden. Und deshalb können wir leben. Hart, nicht wahr?«

Die Ventilatoren wisperten leise, freundlich. Die Tiere schliefen wieder. Ein Luftstoß traf Mutter Hudson. Das telepathische Relais arbeitete noch. Sie fühlte sich selbst, die Gebäude, den facettierten Mond, die kleinen Satelliten. Von dem Räuber gab es keine Spur mehr.

Fern in der Menschenheimat verlangte der Handelskredit-kontroll-Computer schrill schreiend nach menschlicher Aufmerksamkeit. Ein junger Subleiter der Instrumentalität trat an die Maschine und hielt seine Hand auf.

Die Maschine warf geschickt eine Karte in seine Hand.

Er betrachtete die Karte.

»Lastschrift Viola Siderea – Gutschrift Erdreserven – Unterkonto Norstrilia – Vierhundert Millionen Menschen-Megajahre.«

Obwohl er allein war, pfiff der Subleiter in dem leeren Raum vor sich hin. »Wir werden, ob mit oder ohne Stroon, alle tot sein, bevor sie das abbezahlt haben!« Er ging fort, um seinen Freunden die absonderliche Neuigkeit mitzuteilen.

Die Maschine, die ihre Karte nicht zurückbekommen hatte, stellte eine neue her.

ALPHA RALPHA
BOULEVARD

In diesen frühen Jahren waren wir alle trunken vor Glück. Jeder war es, vor allem die jungen Leute. Es waren die ersten Jahre der Wiederentdeckung des Menschen, nachdem die Instrumentalität tief in den Schätzen der Vergangenheit gegraben und alte Kulturen, die alten Sprachen und sogar die alten Sorgen wieder in Umlauf gebracht hatte. Der Alptraum der Perfektion hatte unsere Vorfahren bis an den Rand des Selbstmordes getrieben. Nun aber, unter der Führung von Lord Jestocost und Lady Alice More, erhoben sich die alten Zivilisationen wie große Landmassen aus dem Meer der Vergangenheit.

Ich selbst war seit vierzehntausend Jahren der erste Mensch, der eine Briefmarke auf einen Brief klebte. Ich führte Virginia zum ersten Klavierabend aus. Wir beobachteten an der Augenmaschine, wie die Cholera wieder in Tasmanien eingeführt wurde, und wir sahen die Tasmanier auf den Straßen tanzen, weil sie von nun an nicht mehr beschützt wurden. Überall wurde das Leben wieder aufregend. Überall arbeiteten Männer und Frauen mit wilder Entschlossenheit, um eine weniger vollkommene Welt zu errichten.

Ich selbst begab mich in ein Krankenhaus und verließ es als Franzose. Natürlich erinnerte ich mich noch an mein früheres Leben; ich erinnerte mich daran, aber es spielte keine Rolle mehr. Virginia war ebenfalls Französin, und vor uns lagen die Jahre unserer Zukunft wie reife Früchte in einem Obstgarten ewigen Sommers. Wir wussten nicht, wann wir sterben würden. Früher hatte ich zu Bett gehen und mir sagen können: »Die Regierung hat mir vierhundert Jahre Leben gestattet. In dreihundertvierundsiebzig Jahren wird man mir keine Strooninjektionen mehr geben, und ich werde sterben.« Jetzt wusste ich, dass alles möglich war. Die Sicherheitsanlagen waren abgeschaltet worden. Krankheiten breiteten sich aus. Mit Glück und Hoffnung und Liebe würde ich vielleicht noch tausend Jahre leben können. Oder ich würde morgen sterben. Ich war frei.

Wir genossen jeden Augenblick des Tages.

Virginia und ich kauften die erste französische Zeitung, die seit dem Untergang der Ältesten Welt erschienen war. Wir fanden Vergnügen an den Nachrichten und sogar an den Anzeigen. Einige Teile der Kultur waren schwer zu rekonstruieren. Es war problematisch, über Speisen zu reden, von denen nur die Bezeichnungen überlebt hatten, aber Homunkuli und Roboter arbeiteten unermüdlich im Tiefunten-tiefunten, versorgten die Oberfläche der Welt mit genügend Neuigkeiten, um jedermanns Herz mit Hoffnung zu erfüllen. Wir wussten, dass alles nur nachgemacht war, und doch war es auch echt. Wir wussten, wenn die Krankheiten die statistisch festgesetzte Anzahl Menschen dahingerafft hatten, würden sie eingedämmt werden; wenn die Unfallrate zu hoch stieg, würde man sie verringern. Wir wussten, dass über uns alle die Instrumentalität wachte. Wir vertrauten darauf, dass Lord Jestocost und Lady Alice More mit uns wie mit Freunden spielen würden – und uns nicht als Spielfiguren betrachteten, die geopfert werden konnten.

Nehmen wir zum Beispiel Virginia. Man hatte sie Menerima genannt, ein Name, der aus den kodierten Lauten ihrer Geburtsnummer entstanden war. Sie war klein, fast pummelig; sie war kompakt; ihr Kopf war mit dichten braunen Locken bedeckt; ihre Augen waren von einem so tiefen Braun und so eindrucksvoll, dass sie in das Sonnenlicht blinzeln musste, um die Farbenprächtigkeit ihrer Iris aufleuchten zu lassen. Ich kannte sie schon lange. Oft hatte ich sie gesehen, aber niemals mit meinem Herzen, bis wir uns direkt vor dem Krankenhaus trafen, nachdem wir in Franzosen verwandelt worden waren.

Ich war erfreut, eine alte Bekannte wiederzutreffen, und ich wollte sie in der Alten Sprache anreden, aber die Worte blieben mir im Halse stecken, denn als ich zu sprechen versuchte, da war sie nicht mehr Menerima, sondern jemand von antiker Schönheit, erlesen und fremd – jemand, der aus den reichen Welten der Vergangenheit in diese späten Zeiten eingetreten war.

Ich konnte nur stammeln: »Wie nennst du dich jetzt?« Und ich sagte es in altem Französisch.

Sie antwortete in derselben Sprache. »Je m'appelle Virginie.«

Sie anzuschauen und mich in sie zu verlieben war ein und dasselbe. Es war etwas Starkes, etwas Wildes an ihr, eingehüllt und versteckt in der Sanftmut und der Jugend ihres mädchenhaften Körpers. Es war, als ob das Schicksal aus den ruhigen braunen Augen zu mir sprach, Augen, die mich offen und forschend ansahen, genauso wie wir beide die frische neue Welt aufmerksam betrachteten, die uns umgab.

»Darf ich?«, fragte ich und bot ihr meinen Arm, wie ich es in den Stunden der Hypnopädie gelernt hatte.

Sie nahm meinen Arm, hakte sich unter, und wir ließen das Krankenhaus hinter uns.

Ich summte eine Melodie, die mir in den Sinn gekommen war, zusammen mit dem altfranzösischen Text.

Sie zog sanft an meinem Arm und lächelte zu mir hoch. »Wie heißt das Lied?«, fragte sie, »oder weißt du es nicht?«

Die Worte drangen weich und unbewusst über meine Lippen, und ich sang sehr leise, meinen Mund in ihrem Lockenhaar vergraben, und ich sang halb, flüsterte halb den Schlager, der mir mit all den anderen Dingen, die mir die Wiederentdeckung des Menschen geschenkt hatte, in den Sinn gekommen war:

Sie war eine Frau, sie war mein Glück,
Und ihre Augen, ihre Augen, die glosten.
Sie sprach nicht das Französisch der Franzosen,
Sondern das Französisch von Martinique.

Sie war nicht reich, sie war nicht schick.
Und das war alles ...

Plötzlich verlor ich den Faden. »Ich glaube, ich habe den Rest vergessen. Es heißt ›Macouba‹, und es hat irgendetwas mit der wundervollen Insel zu tun, die die alten Franzosen Martinique nannten.«

»Ich weiß, wo sie liegt«, rief sie. Man hatte ihr dieselben Erinnerungen wie mir gegeben. »Man kann sie von Erdhafen aus erkennen.«

Dies war eine abrupte Rückkehr in die Welt, die wir gekannt hatten. Erdhafen stand auf einer einzigen Säule, zwölf Meilen hoch, an der Ostküste des kleinsten Kontinents. An seiner Spitze arbeiteten die Lords inmitten von Maschinen, die nun sinnlos geworden waren. Dort flüsterten die Schiffe herein, die von den Sternen kamen. Ich hatte Bilder von Erdhafen gesehen, war aber nie selbst dort gewesen. Um es genau zu sagen, ich habe auch niemanden gekannt, der einmal dort gewesen ist. Warum sollte man auch dorthin gehen? Vermutlich war man nicht einmal willkommen, und wir konnten es ohnehin jederzeit auf den Bildern der Augenmaschine anschauen. Dass Menerima – die vertraute, ungeschickte, liebe kleine Menerima – einmal dort gewesen sein sollte, erschien mir unheimlich. Es erinnerte mich an die alte perfekte Welt, wo die Dinge doch nicht so klar und durchschaubar gewesen waren, wie es geschienen hatte.

Virginia, die neue Menerima, versuchte in der Alten Sprache zu reden, aber sie gab dann auf und benutzte stattdessen Französisch.

»Meine Tante«, sagte sie und meinte damit eine Verwandte, da es seit Tausenden von Jahren keine Tanten mehr gab, »war eine Gläubige. Sie nahm mich mit zum Abba-Dingo. Um fromm und glücklich zu werden.«

Mein altes Ich war ein wenig schockiert; mein französisches Ich wurde von der Tatsache beunruhigt, dass das Mädchen etwas Ungewöhnliches getan hatte, bevor die ganze

Menschheit ungewöhnlich geworden war. Der Abba-Dingo war ein seit langem veralteter Computer, der sich auf halber Höhe auf der Säule von Erdhafen befand. Die Homunkuli verehrten ihn als Gott, und gelegentlich suchten ihn auch Menschen auf. Doch galt es als geschmacklos und vulgär.

Oder hatte es gegolten. Bis alles sich wieder geändert hatte.

Ich unterdrückte meinen Unmut und fragte sie: »Wie war es?«

Sie lachte leichthin, obwohl in ihrer Stimme ein Unterton lag, der mich schaudern ließ. Wenn die alte Menerima Ungewöhnliches getan hatte, was würde dann erst die neue Virginia tun? Fast hasste ich das Schicksal, das mich zu ihrem Geliebten auserkoren hatte und mich fühlen ließ, dass die Berührung ihrer Hand auf meinem Arm eine Verbindung war, die eine Ewigkeit dauern würde.

Statt meine Frage zu beantworten, lächelte sie.

Die Straße wurde ausgebessert; wir folgten einer Rampe nach unten, erreichten die erste Untergrundebene, wo es Wahren Menschen und Hominiden und Homunkuli gestattet war, sich aufzuhalten.

Mir gefiel es dort nicht; ich habe mich nie weiter als zwanzig Minuten von meinem Geburtsort entfernt. Diese Rampe wirkte jedoch vertrauenerweckend. In jenen Tagen traf man nur sehr wenige Hominiden, Menschen von den Sternen, die (obwohl von wahrer menschlicher Abstammung) umgewandelt worden waren, um den Lebensbedingungen von tausend Welten gerecht zu werden. Die Homunkuli waren moralisch abstoßend, obwohl viele von ihnen gut aussehenden Menschen ähnelten; aus tierischem Material gezüchtet und nun menschenähnlich, hatten sie die ermüdenden Arbeiten übernommen, die für die Wahren Menschen nicht mehr zumutbar waren. Es ging das Gerücht, dass sich einige von ihnen sogar mit Wahren Menschen gepaart hätten, und ich wollte Virginia nicht dem Anblick solcher Kreaturen aussetzen.

Sie hatte meinen Arm umklammert. Als wir die Rampe hinunter in die belebte Passage gingen, löste ich meinen Arm aus ihrem Griff und legte ihn um ihre Schultern, zog sie näher zu mir heran. Es war hell genug hier, sogar heller als im Sonnenlicht, das wir hinter uns gelassen hatten, aber es war auch fremdartig und voller Gefahren. In den alten Tagen hätte ich mich umgedreht und wäre lieber nach Hause zurückgekehrt, als mich der Gegenwart solch schrecklicher Wesen auszusetzen. Doch jetzt, in diesem Augenblick, konnte ich mich nicht von meiner neu gewonnenen Liebe trennen, und ich fürchtete, falls ich in mein Apartment im Turm zurückkehrte, würde sie auch ihr eigenes aufsuchen. Dass wir Franzosen waren, verlieh der Gefahr jedenfalls einen zusätzlichen Reiz.

Tatsächlich wirkten die Leute, denen wir begegneten, völlig normal. Es gab viele geschäftige Maschinen, von denen einige menschliche Gestalt hatten und andere wieder nicht. Ich sah nicht einen einzigen Hominiden. Andere Wesen, von denen ich wusste, dass sie Homunkuli waren, weil sie uns den Vortritt ließen, unterschieden sich in nichts von den Wahren Menschen oben auf der Erde. Ein überwältigend schönes Mädchen schenkte mir einen Blick, der mir missfiel – keck, intelligent und über alle normalen Grenzen des Flirtens hinaus aufreizend. Ich vermutete, dass sie von Hunden abstammte. Von allen Homunkuli neigen die H-menschen am meisten dazu, sich Freiheiten herauszunehmen. Sie haben sogar einen Hundemensch-Philosophen, der einst ein Band mit der Behauptung herausgegeben hat, dass die Hunde die ältesten Gefährten des Menschen und ihnen deshalb näher als alle anderen Lebensformen seien. Als ich mir das Band ansah, hielt ich es für amüsant, dass ein Hund die Gestalt von Sokrates verliehen bekommen hatte; hier, im obersten Untergrund, war ich mir dessen nicht mehr so sicher. Was sollte ich tun, wenn einer von ihnen frech wurde? Ihn töten? Das hätte einen Gesetzesbruch bedeutet und mir ein Verhör mit den Subbeamten der Instrumentalität eingebracht.

Virginia bemerkte von alledem nichts.

Sie hatte meine Frage nicht beantwortet, sondern stellte mir ihrerseits Fragen über den oberen Untergrund. Ich war bisher nur einmal da gewesen, als ich noch klein war, aber es schmeichelte mir, ihre fragende, heisere Stimme zu hören.

Dann geschah es.

Zuerst hielt ich ihn für einen Menschen, der nur durch irgendeinen Umstand der unterirdischen Beleuchtung so verkürzt erschien. Aber als er näher kam, erkannte ich, dass er kein Mensch war. Er musste an den Schultern gut anderthalb Meter breit sein. Hässliche rote Narben an der Stirn verrieten, wo man ihm die Hörner vom Schädel gelöst hatte. Er war ein Homunkulus, offensichtlich aus Rindern gezüchtet. Offen gesagt hatte ich nicht gewusst, dass man sie auch in so unvollkommener Gestalt leben ließ.

Und er war betrunken.

Während er sich näherte, fing ich das Gesumm seiner Gedanken auf … *Sie sind keine Menschen, sie sind keine Hominiden, und sie sind nicht wie wir – was treiben sie hier? Was sie denken, verwirrt mich …* Er hatte noch nie auf Französisch telepathiert.

Das war eine schlimme Sache. Wenn er gesprochen hätte, wäre das nichts Ungewöhnliches gewesen, aber nur wenige Homunkuli waren telepathisch begabt – so wie die, die Spezialarbeiten im Tiefunten-tiefunten erledigen mussten, wohin nur die Telepathie Instruktionen übermitteln konnte.

Virginia drückte sich an mich.

Ich dachte in klarer Alter Sprache: *Wir sind Wahre Menschen. Du musst uns vorbeilassen.*

Die einzige Antwort war ein Gebrüll. Ich weiß nicht, wo er sich betrunken hatte oder womit, aber er fing meine Botschaft nicht auf.

Ich bemerkte, wie sich seine Gedanken in Panik, Hilflosigkeit, Hass verwandelten. Dann stürmte er fast wie in einer Tanzfigur auf uns los, als wollte er unsere Körper zermalmen.

Meine Gedanken fokussierten sich, und ich warf ihm den *Halt*-Befehl entgegen.

Es funktionierte nicht.

Von Angst gepackt erkannte ich, dass ich gedanklich auf Französisch mit ihm gesprochen hatte.

Virginia kreischte.

Der Stiermann hatte uns erreicht … doch im letzten Moment wich er aus, stürmte blindlings an uns vorbei und stieß ein Gebrüll aus, das die riesige Passage erfüllte. Er lief weiter.

Was ich dann bemerkte, war ausgesprochen sonderbar.

Unsere Gestalten rannten den Korridor hinunter; mein schwarzpurpurner Mantel flatterte in der stillen Luft, während mein Ebenbild davonlief, und Virginias goldenes Kleid bauschte sich um sie, als sie mir folgte. Die Bilder wirkten perfekt – und der Stiermann verfolgte sie.

Verwirrt blickte ich mich um. Man hatte uns gesagt, dass uns die Sicherheitsanlagen nicht mehr beschützen würden.

Ein Mädchen stand bewegungslos an der gegenüberliegenden Wand. Ich hätte sie beinahe für eine Statue gehalten. Dann sprach sie.

»Kommen Sie nicht näher. Ich bin eine Katze. Es war kein Problem, ihn zum Narren zu halten. Sie sollten lieber nach oben zurückkehren.«

»Danke«, sagte ich, »vielen Dank! Wie lautet dein Name?«

»Spielt das eine Rolle?«, fragte das Mädchen. »Ich bin kein Mensch.«

Ein wenig gekränkt beharrte ich: »Ich wollte dir nur danken.« Als ich mit ihr sprach, sah ich, dass sie so schön und strahlend war wie eine Flamme. Ihre Haut war rein, cremefarben, und ihr Haar – feiner, als menschliches Haar überhaupt sein konnte – war von dem wilden goldenen Orange einer Angorakatze.

»Ich bin K'mell«, sagte das Mädchen, »und ich arbeite in Erdhafen.«

Virginia und ich wurden hellhörig. Katzenmenschen standen unter uns, und man sollte sie eigentlich meiden, aber Erdhafen war über uns und musste respektiert werden. Was war K'mell?

Sie lächelte, und ihr Lächeln war mehr für meine als für Virginias Augen bestimmt. Es drückte eine ganze Welt lustvoller Erfahrung aus. Ich wusste, dass sie nicht versuchte, mich zu umgarnen; ihre ganze Haltung zeigte das deutlich. Vielleicht war es das einzige Lächeln, das sie beherrschte.

»Machen Sie sich keine Sorgen«, erklärte sie, »wegen der Etikette. Sie sollten jetzt lieber diese Treppe hochgehen. Ich höre ihn zurückkommen.«

Ich wirbelte herum und hielt nach dem betrunkenen Stiermann Ausschau. Er war noch nicht zu sehen.

»Gehen Sie schon«, drängte K'mell. »Das ist eine Nottreppe, die bis ganz hoch führt. Ich kann ihn davon abhalten, Ihnen zu folgen. War das Französisch, was Sie gesprochen haben?«

»Ja«, nickte ich. »Woher ...«

»Gehen Sie«, unterbrach sie mich. »Und entschuldigen Sie meine Frage. Beeilen Sie sich jetzt.«

Ich trat durch die schmale Tür. Eine Wendeltreppe führte an die Erdoberfläche. Es war unter unserer Würde als Wahre Menschen, Treppen zu benutzen, aber da K'mell uns drängte, blieb uns nichts anderes übrig. Ich nickte K'mell Abschied nehmend zu und zog Virginia hinter mir die Treppe hinauf.

Oben angelangt, verschnauften wir.

»War das nicht schrecklich?«, keuchte Virginia.

»Wir sind jetzt in Sicherheit«, beruhigte ich sie.

»Mir geht es nicht um die Sicherheit«, sagte sie. »Es war so schmutzig. Stell dir vor, wir haben mit ihr gesprochen!« Virginia meinte, dass K'mell noch schlimmer als der betrunkene Stiermann sei. Sie spürte meine Zurückhaltung und fuhr fort: »Das Traurige ist, dass du sie wiedersehen wirst ...«

»Was? Woher willst du das wissen?«

»Ich weiß es nicht«, entgegnete Virginia. »Ich vermute es. Und meine Vermutungen treffen meist zu. Schließlich habe ich den Abba-Dingo besucht.«

»Ich habe dich bereits gefragt, Liebling, was dort geschehen ist.«

Sie schüttelte stumm den Kopf und begann die Straße hinunterzugehen. Mir blieb keine andere Wahl, als ihr zu folgen. Es ärgerte mich ein wenig, und so wiederholte ich meine Frage mit mehr Nachdruck: »Was ist dort geschehen?«

Mit mädchenhaftem Stolz erwiderte sie: »Nichts, nichts. Es war eine anstrengende Kletterei. Die alte Frau wollte, dass ich sie begleitete. Es stellte sich heraus, dass die Maschine an diesem Tage nicht sprach, und wir erhielten die Erlaubnis, einen Fallschacht zu benutzen und auf die Rollstraße zurückzukehren. Es war nur ein verlorener Tag.«

Sie hatte vor sich hin und nicht zu mir gesprochen, als ob ihr die Erinnerung ein klein wenig unangenehm wäre.

Dann wandte sie mir ihr Gesicht zu. Ihre braunen Augen blickten in meine, als ob sie nach meiner Seele forschte. (Seele ... Das ist ein Wort, das es im Französischen gibt, obwohl man etwas Vergleichbares in der Alten Sprache vergeblich sucht.) Sie lächelte und bat mich dann: »Lass uns den neuen Tag nicht mit trüben Gedanken beginnen. Lass uns unser neues Ich genießen, Paul. Wir unternehmen jetzt etwas richtig Französisches, da wir doch richtige Franzosen sind.«

»Ein Café«, rief ich. »Wir brauchen ein Café. Und ich weiß, wo sich eines befindet.«

»Wo?«

»Zwei Untergrundetagen tiefer. Dort, wo die Maschinen herauskommen und man den Homunkuli gestattet, durch die Fenster zu schauen.« Der Gedanke, dass uns Homunkuli anstarren würden, amüsierte mein neues Ich, obwohl meinem alten Ich diese Wesen ebenso gleichgültig waren wie

Fenster oder Tische. Meinem alten Ich waren nie welche begegnet, aber es wusste, dass sie keine richtigen Menschen, sondern Tierzüchtungen waren, auch wenn sie genau wie Menschen aussahen und sprechen konnten. Ein Franzose wie mein neues Ich war nötig, um zu erkennen, dass sie entweder hässlich oder schön oder auch pittoresk anzusehen waren, ja, mehr als pittoresk sogar: romantisch.

Offenbar war Virginia jetzt der gleichen Meinung, denn sie sagte: »Aber sie sind noch nett, fast herzig. Wie heißt denn dieses Café?«

»*Zur Fettigen Katze*«, antwortete ich.

Zur Fettigen Katze. Woher sollte ich wissen, dass dies zu einem Alptraum zwischen hohen Wassern und heulenden Winden führen würde? Wie hätte ich ahnen können, dass dieses Café etwas mit dem Alpha Ralpha Boulevard zu tun hatte?

Keine Macht der Welt hätte mich dorthin gebracht, wenn ich das alles gewusst hätte.

Andere Neu-Franzosen hatten schon vor uns das Café betreten.

Ein Kellner mit großem braunen Schnurrbart nahm unsere Bestellung entgegen. Ich musterte ihn genau, um herauszufinden, ob er vielleicht ein lizenzierter Homunkulus war, dem man erlaubt hatte, unter Menschen zu arbeiten, weil seine Dienste unumgänglich waren; aber es war keiner. Er war nur eine Maschine, deren Stimme alte Pariser Herzlichkeit verströmte und der die Konstrukteure sogar die nervöse Angewohnheit eingebaut hatten, mit der Hand über den großen Schnurrbart zu streichen, und darüber hinaus die Fähigkeit verliehen hatten, kleine Schweißtropfen hoch über seinen Brauen, dicht unter dem Haaransatz entstehen zu lassen.

»Mamselle? M'sieu? Bier? Kaffee? Rotwein gibt es nächsten Monat. Die Sonne wird nach jeder halben und nach jeder vollen Stunde eine Viertelstunde lang scheinen. Alle zwanzig Minuten nach jeder vollen Stunde wird es fünf Minuten

lang regnen, so dass Sie diese Regenschirme benutzen können. Ich bin gebürtiger Elsässer. Sie können mit mir Französisch oder Deutsch sprechen.«

»Mir ist es gleich«, sagte Virginia. »Bestell du für uns beide,
Paul.«

»Bier, bitte«, wählte ich. »Für uns bitte ein Helles.«

»Aber gewiss, M'sieu«, nickte der Kellner.

Er ging davon und schlug die Serviette gekonnt über seinen Arm.

Virginia blinzelte in die Sonne und sagte: »Ich wünschte,
es würde jetzt regnen. Ich habe noch nie richtigen Regen gesehen.«

»Sei geduldig, Schätzchen.«

Sie sah mich mit ernstem Gesicht an. »Was ist ›Deutsch‹,
Paul?«

»Eine andere Sprache, eine andere Kultur. Ich habe gelesen, dass man sie im nächsten Jahr wiederbeleben will. Aber
gefällt es dir denn nicht, Französin zu sein?«

»Doch, gut sogar«, versicherte sie. »Es ist viel besser, als
eine Nummer zu sein. Aber Paul ...« Sie verstummte bekümmert.

»Ja, mein Liebling?«

»Paul«, sagte sie wieder, und die Erwähnung meines Namens war ein Hoffnungsschrei aus einer Seelentiefe, die jenseits meines neuen Ichs, jenseits meines alten Ichs, sogar
jenseits der Machenschaften der Lords lag, die uns geformt
hatten.

Ich griff nach ihrer Hand. »Du kannst es mir ruhig sagen,
Liebling.«

»Paul«, sagte sie, dass es fast wie ein Schluchzen klang,
»Paul, warum geschieht alles immer so schnell? Dies ist unser
erster Tag, und wir fühlen beide, dass wir den Rest unseres Lebens zusammen verbringen werden. Man erzählt vom
Heiraten, was immer das auch sein mag, und wir müssten
dafür zu einem Priester gehen, und auch das verstehe ich
nicht. Paul, Paul, Paul, warum vergeht alles so schnell? Ich

möchte dich lieben. Ich liebe dich. Aber ich möchte nicht, dass man mich dazu *bringt*, dich zu lieben. Ich möchte mit meinem wirklichen Ich in dich verliebt sein.« Während sie sprach, sammelten sich Tränen in ihren Augen, obwohl ihre Stimme fest blieb.

Und dann sagte ich etwas Falsches. »Du brauchst dir keine Sorgen zu machen, Kleines. Ich bin sicher, dass die Lords der Instrumentalität alles richtig programmiert haben.«

Da brach sie richtig in Tränen aus, weinte laut und heftig. Ich hatte noch nie einen Erwachsenen weinen sehen. Es war seltsam und furchterregend.

Ein Mann, der am Nebentisch gesessen hatte, kam zu uns herüber und stellte sich neben mich, aber ich ignorierte ihn vollständig.

»Liebling«, sagte ich beruhigend, »Liebling, wir können es doch herausfinden ...«

»Paul, lass mich gehen, damit ich dir gehören kann. Lass mich für ein paar Tage oder ein paar Wochen oder ein paar Jahre fortgehen. Dann, wenn ... wenn ... wenn ich zurückkomme, wirst du wissen, dass ich es bin und nicht irgendein Programm, das von einer Maschine erstellt wurde. Um Gottes willen, Paul, um Gottes willen!« Mit veränderter Stimme fuhr sie fort: »Was ist Gott, Paul? Man lehrte uns die Wörter, aber ich weiß nicht, was sie bedeuten.«

Der Mann neben mir sagte unvermittelt: »Ich kann Sie zu Gott bringen.«

»Wer sind Sie?«, fragte ich. »Und wer hat Ihnen erlaubt, sich einzumischen?« Dies war ein ganz anderer, neuer Tonfall als der zur Zeit der Alten Sprache – als man uns eine neue Sprache verliehen hatte, war auch das Temperament nicht vergessen worden.

Der Fremde blieb höflich – er war wie wir Franzose, aber er vermochte sich zu beherrschen. »Mein Name ist Maximilien Macht, und ich war ein Glaubender.«

Virginias Augen leuchteten auf. Sie wischte sich geistesabwesend über das Gesicht, während sie den Fremden musterte. Er war groß, schlank, sonnenverbrannt. (Wie hatte er so schnell braun werden können?) Er hatte rötliches Haar und einen Schnurrbart, der fast so aussah wie der des Roboterkellners.

»Sie fragten nach Gott, Mamselle«, sagte der Fremde. »Gott ist dort, wo er immer gewesen ist – um uns, bei uns, in uns.«

Dies waren seltsame Worte für einen Mann, der sehr weltgewandt wirkte. Ich stand auf, um ihn zu verabschieden.

Virginia ahnte, was ich vorhatte, und sagte: »Das ist nett von dir, Paul, dass du ihm einen Stuhl anbietest.« Wärme lag in ihrer Stimme.

Der automatische Kellner kehrte mit zwei konischen Trinkgefäßen aus Glas zurück. In ihnen befand sich eine goldene Flüssigkeit, die von weißem Schaum gekrönt wurde. Ich hatte noch nie zuvor etwas von Bier gehört oder gesehen, aber ich wusste ganz genau, wie es schmecken würde. Ich legte imaginäres Geld auf das Tablett, erhielt imaginäres Wechselgeld und gab dem Kellner imaginäres Trinkgeld. Die Instrumentalität hatte sich noch nicht zu einer Entscheidung durchgerungen, ob jede neue Kultur auch eine eigene Währung bekommen sollte, und natürlich konnte man kein echtes Geld benutzen, um Nahrung und Getränke zu bezahlen. Nahrung und Getränke sind kostenlos.

Der Roboter fuhr sich über den Schnurrbart, benutzte seine Serviette (die rot und weiß kariert war), um sich den Schweiß von den Brauen zu tupfen, und blickte dann Monsieur Macht fragend an.

»M'sieu, möchten Sie hier sitzen?«

»In der Tat«, nickte Macht.

»Soll ich Ihnen hier etwas servieren?«

»Warum nicht?«, gab Macht zurück. »Wenn diese netten Menschen erlauben.«

»Ausgezeichnet«, sagte der Roboter und strich sich erneut über den Schnurrbart. Dann zog er sich zurück.

Die ganze Zeit hatte Virginia Macht unverwandt angesehen.

»Sie sind ein Glaubender?«, fragte sie. »Sie sind noch immer ein Glaubender, auch wenn Sie wie wir in einen Franzosen verwandelt wurden? Woher wissen Sie, dass Sie wirklich Sie selbst sind? Warum liebe ich Paul? Kontrollieren die Lords und ihre Computer alles, was in uns ist? Ich möchte endlich *Ich* sein. Wissen Sie, wie man *Ich* werden kann?«

»Nicht Sie, Mamselle«, erklärte Macht, »das wäre eine zu große Ehre. Aber ich lerne allmählich, ich selbst zu sein. Sehen Sie ...« Er wandte sich an mich. »Ich bin nun seit zwei Wochen Franzose und weiß, wie viel von mir ich selbst bin und wie viel durch dieses neue Verfahren zugefügt wurde, das uns wieder Sprache und Gefahr schenkte.«

Der Kellner erschien und brachte einen kleinen Becher. Der Becher besaß einen Stiel, so dass er wie eine böse kleine Miniatur von Erdhafen wirkte. Die Flüssigkeit in ihm war milchigweiß.

Macht prostete uns mit seinem Glas zu. »Auf Ihre Gesundheit!«

Virginia sah ihn an, als ob sie gleich wieder weinen würde. Als er und ich tranken, putzte sie sich die Nase und steckte dann das Taschentuch wieder weg. Es war das erste Mal in meinem Leben, dass ich jemanden die Nase putzen sah, aber es schien gut zu unserer neuen Kultur zu passen.

Macht lächelte uns beide an, als wollte er eine Rede halten. Die Sonne kam hervor, auf die Minute genau. Sie verlieh ihm einen Lichtkranz um den Kopf und ließ ihn wie einen Teufel oder einen Heiligen aussehen.

Aber es war Virginia, die zuerst etwas sagte: »Sie sind dort gewesen?«

Macht zog ein wenig die Augenbrauen hoch, runzelte die Stirn und antwortete sehr leise mit: »Ja.«

»Haben Sie eine Weissagung erhalten?«

»Ja.« Er sah mürrisch und ein wenig bekümmert drein.

»Was hat er zu Ihnen gesagt?«

Statt eine Antwort zu geben, schüttelte Macht den Kopf, als würde es sich um etwas handeln, über das man in der Öffentlichkeit nicht sprach.

Virginia fuhr fort, ohne mich zu Wort kommen zu lassen: »Aber hat er etwas gesagt?«

»Ja«, sagte Macht.

»War es wichtig?«

»Mamselle, ich möchte nicht darüber sprechen.«

»Aber wir müssen«, rief sie. »Es geht um Leben oder Tod.« Sie ballte so sehr die Fäuste, dass ihre Knöchel weiß hervortraten. Ihr Bier stand immer noch unberührt vor ihr und wurde warm im Sonnenlicht.

»Nun gut«, sagte Macht. »Sie können fragen … Aber ich kann Ihnen nicht versprechen, dass ich auch antworte.«

Ich beherrschte mich nun nicht mehr. »Worum geht es hier eigentlich?«

Virginia sah mich voller Verachtung an, doch selbst ihre Verachtung war die Verachtung einer Liebenden, nicht die kalte Distanz der Vergangenheit. »Bitte, Paul, du würdest es nicht verstehen. Warte noch ein wenig. M'sieu Macht, was hat er zu Ihnen gesagt?«

»Er hat gesagt, dass ich, Maximilien Macht, mit einem braunhaarigen Mädchen leben oder sterben würde, das bereits verlobt ist.« Er lächelte wehmütig. »Und ich weiß nicht einmal, was ›verlobt‹ überhaupt bedeutet.«

»Wir werden es herausfinden«, versprach Virginia. »Wann hat er das gesagt?«

»Wer ist ›er‹?«, schrie ich sie an. »Um Gottes willen, worüber redet ihr überhaupt?«

Macht blickte mich an und senkte seine Stimme, als er sprach. »Über den Abba-Dingo.« Zu Virginia sagte er: »Vorige Woche.«

Sie wurde bleich. »Paul, Liebling, zu mir hat er nichts gesagt. Aber zu meiner Tante. Etwas, das ich nicht vergessen kann!«

Ich drückte fest und zärtlich ihren Arm und versuchte ihr in die Augen zu blicken, aber sie sah zur Seite. »Was hat er gesagt?«, fragte ich.

»Paul und Virginia.«

»Paul und Virginia was?«

Ich erkannte sie kaum wieder. Ihre Lippen waren fest zusammengepresst. Sie war nicht wütend. Es war etwas anderes, etwas Schlimmes. Anspannung hatte sie gepackt. Etwas Ähnliches hatten wir seit Tausenden von Jahren nicht mehr erlebt. »Paul, halte dich an die einfache Tatsache, wenn dir das hilft. Die Maschine nannte dieser Frau unsere Namen – aber sie nannte sie vor zwölf Jahren.«

Macht stand so plötzlich auf, dass sein Stuhl umfiel und der Kellner herbeieilte. »Damit ist alles klar«, sagte er. »Wir werden zusammen dorthin zurückkehren.«

»Wohin zurückkehren?«, wollte ich wissen.

»Zum Abba-Dingo.«

»Aber wieso jetzt?«, fragte ich.

»Wird es denn funktionieren?«, fragte Virginia gleichzeitig.

»Es funktioniert immer«, erwiderte Macht, »falls man sich ihm von der Nordseite her nähert.«

»Und wie kommt man dorthin?«, erkundigte sich Virginia.

Macht runzelte traurig die Stirn. »Es gibt nur einen Weg. Über den Alpha Ralpha Boulevard.«

Virginia erhob sich. Und ich ebenfalls.

Und als ich aufstand, da fiel es mir wieder ein. Der Alpha Ralpha Boulevard. Er war eine verfallene Straße, die am Himmel hing, blass wie ein Nebelstreifen. Er war einst eine Prozessionsstraße gewesen, über die die Eroberer herabstiegen und die Tribute hinaufgeschafft wurden. Aber jetzt war der Boulevard verfallen, in den Wolken verschwunden, und seit hundert Jahrhunderten der Menschheit nicht mehr zugänglich.

»Ich kenne ihn«, sagte ich. »Er ist verfallen.«

Macht entgegnete nichts, sondern starrte mich an, als sei ich ein Fremder …

Virginia sagte mit stillem, blassem Gesicht: »Komm mit.«

»Aber warum?«, fragte ich. »Warum?«

»Du Narr«, fauchte sie. »Wenn wir schon keinen Gott haben, dann haben wir zumindest eine Maschine. Sie ist das einzige Ding auf oder außerhalb der Welt, das die Instrumentalität nicht versteht. Vielleicht kann sie die Zukunft voraussagen. Vielleicht ist sie eine Nicht-Maschine. Sicherlich stammt sie aus einer anderen Zeit. Kannst du das nicht begreifen, Liebling? Wenn sie sagt, dass wir wir sind, dann sind wir *wir*.«

»Und wenn sie das nicht tut?«

»Dann sind wir es eben nicht.« Ihr Gesicht war düster vor Gram.

»Was meinst du damit?«

»Wenn wir nicht wir sind, dann sind wir Spielzeuge, Puppen, Marionetten, die von der Instrumentalität gelenkt werden. Dann bist du nicht du und ich bin nicht ich. Aber wenn der Abba-Dingo, der die Namen Paul und Virginia kannte, bevor alles geschah – wenn der Abba-Dingo sagt, dass wir wir sind, dann spielt es keine Rolle, ob er eine Weissagemaschine oder ein Gott oder ein Teufel oder sonst etwas ist. Es ist mir gleich. Ich will nur die Wahrheit erfahren.«

Was hätte ich darauf schon antworten können? Macht ging voraus, sie folgte, und als Letzter kam ich. Wir ließen das Sonnenlicht der *Fettigen Katze* hinter uns; und als wir es hinter uns gelassen hatten, kam leichter Nieselregen auf. Der Kellner, der für einen Augenblick aussah wie der Roboter, der er war, blickte uns nach. Wir überquerten die Grenze zum Untergrund und begaben uns zur Düsenstraße hinunter.

Als wir wieder herauskamen, befanden wir uns in einer Villengegend. Alle Häuser waren verfallen. Die Bäume hatten sich in die Villen gebohrt. Blumen überwucherten den Rasen, waren durch offene Türen eingedrungen und wuchsen in Zimmern ohne Dach. Wer brauchte schon ein Haus auf dem Land, wenn die Bevölkerungszahl der Erde so stark gefallen war, dass die Städte wohnlich und leer waren?

Einmal glaubte ich eine Homunkuli-Familie mit Kindern zu sehen, die mich beobachteten, während wir die Schotterstraße hinunterschlenderten. Vielleicht existierten die Gesichter an der Hausecke aber auch nur in meiner Einbildung.

Macht sagte nichts.

Virginia und ich hielten uns an den Händen, während wir neben ihm hergingen. Ich hätte mich an diesem sonderbaren Ausflug erfreut, aber ihre Hand hielt meine krampfhaft umklammert, und von Zeit zu Zeit biss sie sich auf die Unterlippe. Ich wusste, was ihr das bedeutete – sie war auf einer Pilgerreise. (Eine Pilgerreise war in der Antike eine Wanderung zu einem heiligen Ort, der Leib und Seele guttat.) Mir machte es nichts aus, mitzugehen. Tatsächlich hätten sie mich überhaupt nicht davon abhalten können, sie zu begleiten, seit sie und Macht beschlossen hatten, das Café zu verlassen. Aber ich brauchte das doch wohl nicht zu ernst zu nehmen. Oder doch?

Was hatte Macht vor?

Wer war Macht? Welche Gedanken hatte sein Verstand in diesen zwei Wochen hervorgebracht? Wie weit war er uns in der neuen Welt voller Gefahren und Abenteuer voraus? Ich traute ihm nicht über den Weg. Zum ersten Mal in meinem Leben fühlte ich mich einsam. Immer, immer, bis vor kurzem, hatte ich nur an die Instrumentalität denken müssen, und irgendein Beschützer sprang schwer bewaffnet in meinen Geist. Telepathie schützte vor allen Gefahren, heilte alle Wunden, begleitete uns bis zum 146 097. Tag unseres Lebens. Nun war alles anders. Ich kannte diesen Mann nicht und verließ mich trotzdem auf ihn, und nicht mehr auf die Mächte, die uns bislang behütet und beschützt hatten.

Wir verließen die verfallene Straße und stießen auf einen riesigen Boulevard. Das Pflaster war so glatt und unversehrt, dass nichts auf ihm wuchs, bis auf die Stellen, wo Wind und Staub kleine Erdhäufchen zurückgelassen hatten.

Macht hielt an.

»Das ist er«, erklärte er. »Der Alpha Ralpha Boulevard.«

Wir verstummten und besahen die Prachtstraße längst vergangener Imperien.

Zu unserer Linken verschwand der Boulevard in einer sanften Kurve. Er führte weit in den Norden der Stadt, wo ich aufgewachsen war. Ich wusste, dass im Norden noch eine andere Stadt lag, aber ich hatte ihren Namen vergessen. Warum sollte ich mich auch daran erinnern? Sie sah gewiss genauso aus wie meine Heimatstadt.

Aber zu unserer Rechten …

Dort stieg der Boulevard steil in die Höhe, wie eine Rampe. Er verschwand in den Wolken. Dicht unterhalb der Wolkendecke schien sich eine Katastrophe abgespielt zu haben. Ich konnte es nicht genau erkennen, aber es wirkte auf mich, als ob der ganze Boulevard von einer unvorstellbaren Kraft glatt durchtrennt worden war. Und irgendwo über den Wolken befand sich der Abba-Dingo, der Ort, an dem alle Fragen eine Antwort fanden …

Zumindest glaubten das die beiden.

Virginia drückte sich eng an mich.

»Lass uns zurückkehren«, bat ich. »Wir sind Stadtmenschen. Wir wissen nichts über Ruinen.«

»Sie können umkehren, wenn Sie wollen«, sagte Macht. »Ich wollte Ihnen nur einen Gefallen tun.«

Wir sahen beide Virginia an.

Ihre braunen Augen richteten sich auf mich. In ihnen lag ein Flehen, das älter war als Frau oder Mann, älter als die Menschheit. Ich wusste, was sie sagen würde, bevor sie es sagte. Sie würde sagen, dass sie es einfach wissen *musste*.

Macht zertrat gelangweilt einige bröcklige Gesteinsstücke, die vor ihm auf dem Boden lagen.

Schließlich sagte Virginia: »Paul, ich suche nicht die Gefahr um der Gefahr willen. Aber ich meinte, was ich vorhin sagte. Ist es nicht möglich, dass uns *befohlen* wurde, uns zu lieben? Was wäre das für eine Art Leben, wenn unser Glück, unser eigenes Selbst von einer Maschine abhinge, die zu uns sprach, als wir noch schliefen und Französisch lernten? Vielleicht ist es lustig, in die alte Welt zurückzukehren. Ich nehme es an. Ich weiß, dass ich dir ein Glück zu verdanken habe, von dem ich vor diesem Tage niemals auch nur zu träumen gewagt habe. Wenn wir wirklich wir selbst sind, dann ist es etwas Wundervolles, und dann sollten wir es auch erfahren. Aber wenn es nicht so ist ...«

Ich wollte sagen: »Wenn es nicht so ist, dann wird es trotzdem so sein, als ob.« Aber das düstere Gesicht von Macht blickte mich über Virginias Schulter hinweg an, als ich sie an mich drückte. Es gab nichts zu sagen.

Ich hielt sie fest im Arm.

Unter Machts Fuß sickerte ein dünner Blutfaden hervor. Der Staub saugte ihn auf.

»Macht«, fragte ich, »sind Sie verletzt?«

Auch Virginia drehte sich um.

Macht hob die Augenbrauen und erwiderte unbesorgt: »Nein. Wieso?«

»Das Blut. An Ihrem Fuß.«

Er blickte nach unten. »Oh, das«, nickte er, »das ist nichts. Nur die Eier irgendeiner Nichtvogelart, die nicht einmal das Fliegen beherrscht.«

»Hören Sie auf damit!«, schrie ich telepathisch und benutzte die Alte Sprache. Ich versuchte nicht einmal, in unserem neu erlernten Französisch zu denken.

Vor Überraschung trat er einen Schritt zurück.

Aus dem Nichts erreichte mich eine Botschaft: *Dankdir, dankdir gutgroßer bittegehheim dankdir gutgroßer gehfort mannbös mannbös* ... Irgendein Tier, ein Vogel vielleicht, warnte mich vor Macht. Ich dachte geistesabwesend *Danke!* und konzentrierte mich wieder auf Macht.

Wir starrten einander an. War das die *Kultur*? Waren wir nun Menschen? Schloss Freiheit immer auch die Freiheit zu Misstrauen, Furcht und Hass ein?

Ich verabscheute ihn. Die Namen früherer Verbrechen kamen mir in den Sinn: Attentat, Mord, Entführung, Wahnsinn, Vergewaltigung, Raub ...

Wir hatten nichts davon gekannt – und trotzdem fühlte ich all das in mir.

Seine Stimme klang gelassen, als er zu mir sprach. Wir waren beide vorsichtig genug, unseren Geist vor der telepathischen Neugier des anderen abzuschirmen, so dass unsere einzigen Verständigungsmittel Empathie und Französisch waren. »Es war Ihre Idee«, sagte er, obwohl es nicht stimmte, »oder zumindest die Ihrer Freundin ...«

»Ist auch die Lüge schon wieder in die Welt zurückgekehrt«, gab ich zurück, »so dass wir jetzt völlig ohne jeden Grund zu den Wolken hinaufsteigen?«

»Es gibt einen Grund«, erklärte Macht.

Ich schob Virginia sanft zur Seite und schirmte mein Bewusstsein so stark ab, dass sich der Telepathieschutz als Kopfschmerz bemerkbar machte.

»Macht«, sagte ich und hörte selbst das tierische Knurren in meiner Stimme, »sagen Sie mir, warum Sie uns hierhingelockt haben, oder ich werde Sie töten.«

Er zeigte sich unbeeindruckt. Er sah mich an, war zum Kampf bereit. »Töten? Sie meinen, mich totmachen?«, fragte er, aber seine Worte klangen nicht überzeugend. Keiner von uns wusste, wie man kämpfte, doch er bereitete sich auf die Verteidigung, ich mich zum Angriff vor.

Die Botschaft eines Tieres durchbrach meinen Gedankenschirm: *Gutmann gutmann pack ihn am hals keinluft er-aaah keinluft wie zertretenes Ei ...*

Ich nahm den Rat an, ohne mir darüber Gedanken zu machen, von wem er kam. Es war einfach. Ich ging auf Macht zu, legte ihm die Hände um den Hals und drückte zu. Er versuchte, meine Hände wegzuziehen. Dann wollte er nach mir treten. Ich umklammerte weiter seine Kehle. Wenn er ein Lord oder ein Go-Kapitän gewesen wäre, dann hätte er zu kämpfen verstanden. So aber waren er und auch ich völlig unvertraut damit.

Es endete damit, dass unvermittelt ein Gewicht an meinen Händen zog.

Vor Überraschung ließ ich los.

Macht war bewusstlos geworden. War das der *Tod?*

Nein, das konnte nicht sein – denn Macht setzte sich auf.

Virginia stürzte auf ihn zu. Er massierte seinen Hals und sagte mit rauer Stimme: »Das hätten Sie nicht tun dürfen.«

Das machte mir Mut. »Sagen Sie mir«, fauchte ich ihn an, »sagen Sie mir jetzt, warum Sie uns unbedingt mitnehmen wollten, oder ich werde es wieder tun.«

Macht grinste matt. Er lehnte seinen Kopf gegen Virginias Arm. »Es ist Furcht«, erwiderte er. »Furcht.«

»Furcht?« Ich kannte dieses Wort – *peur* –, aber nicht seine Bedeutung. War es eine Art Unruhe oder tierisches Erschrecken?

Ich hatte nachgedacht, ohne mich weiter abzuschirmen; er dachte mir ein *Ja!* zu.

»Aber wieso gefällt Ihnen Furcht?«, fragte ich.

Sie ist köstlich, dachte er. *Sie macht mich krank und zittrig und lebendig. Sie ist wie starke Medizin, fast so gut wie Stroon. Ich war schon einmal dort. Hoch oben, und ich habe große Furcht gespürt. Es war wundervoll und schlecht und gut, alles auf einmal. Ich durchlebte tausend Jahre in einer einzigen Stunde. Mich verlangte nach mehr davon, aber ich dachte, es sei bestimmt sehr viel aufregender, wenn ich Gesellschaft dabei hätte.*

»Jetzt«, sagte ich auf Französisch, »werde ich Sie töten. Sie sind sehr … sehr …« Ich suchte nach der richtigen Bezeichnung. »Sie sind sehr böse.«

»Nein«, fuhr Virginia dazwischen, »lass ihn weiterreden.«

Macht telepathierte: *Das ist etwas, was uns die Lords der Instrumentalität nie gegönnt haben. Furcht. Wirklichkeit. Wir wurden in Gleichgültigkeit hineingeboren, und wir starben in einem Traum. Selbst die Untermenschen, die Tiere, hatten mehr Leben in sich als wir. Die Roboter verspürten keine Furcht. Und genau das waren wir. Roboter, die sich für Menschen hielten. Und jetzt sind wir frei.* Er sah rohe, rote Wut in mir aufsteigen und wechselte das Thema. *Ich belüge Sie nicht. Dies ist der Weg zum Abba-Dingo. Ich bin dort gewesen. Es funktioniert. Auf dieser Seite funktioniert es immer.*

»Es funktioniert«, rief Virginia. »Siehst du, er sagt es. Es funktioniert! Er sagt die Wahrheit. O Paul, lass uns weitergehen!«

»In Ordnung«, stimmte ich zu, »gehen wir weiter.«

Ich half Macht auf die Beine. Er wirkte verlegen, wie jemand, der etwas verraten hatte, für das er sich schämte.

Wir betraten den unzerstörbaren Boulevard.

Am Grunde meines Bewusstseins plapperte der kleine unsichtbare Vogel: *Gutmann gutmann mach ihn tot nimm wasser nimm wasser.*

Ich beachtete das Geschwätz nicht und ging mit ihr und ihm weiter, Virginia in unserer Mitte. Ich ignorierte das Geplapper.

Ich wünschte, ich hätte doch darauf gehört.

Wir wanderten lange Zeit weiter.

Es war für uns eine ganz neue Erfahrung. Der Gedanke, dass niemand uns beschützte, dass die Luft freie Luft war, die sich ohne Beaufsichtigung durch die Wettermaschinen bewegte, hatte etwas Anregendes. Wir sahen viele Vögel, und wenn ich mich auf sie konzentrierte, dann stellte ich fest, dass ihr Verstand verworren und dunkel war; es waren natürliche Vögel, und ich hatte noch nie zuvor welche beobachten können. Virginia fragte mich nach ihren Namen, und ich zählte alle Vogelgattungen auf, die ich auf Französisch kannte, ohne zu wissen, ob sie historisch richtig waren oder nicht.

Maximilien Macht schien wieder ganz gefasst zu sein und sang uns sogar ein Lied vor, auch wenn es ziemlich falsch klang und sein Inhalt davon handelte, dass er die obere und wir die untere Straße nehmen würden und er dennoch vor uns in Schottland eintreffen würde. Der Text ergab keinen Sinn, aber die Melodie war eingängig. Immer wenn er weit genug von Virginia und mir entfernt war, erfand ich Variationen von »Macouba« und sang ihr die Strophen leise ins hübsche Ohr:

> *Und ihre Augen, ihre Augen, die glosten.*
> *Sie sprach nicht das Französisch der Franzosen,*
> *Sondern das Französisch von Martinique.*

Wir fanden Vergnügen an unserem Abenteuer und unserer Freiheit – bis wir hungrig wurden. Damit begann der Ärger.

Virginia trat an einen Lampenmast, schlug leicht mit ihrer Faust dagegen und sagte: »Etwas zu essen.« Der Mast hätte uns entweder eine Mahlzeit servieren oder uns sagen müssen, wo im Umkreis von fünfhundert Metern Essen zu bekommen war. Er tat nichts von beidem. Er tat überhaupt nichts. Demnach musste er also beschädigt sein.

Von da an machten wir uns einen Spaß daraus, an jeden einzelnen Mast zu klopfen.

Der Alpha Ralpha Boulevard hatte sich fast einen halben Kilometer über das umliegende Land erhoben. Unter uns flatterten die wilden Vögel. Das Pflaster wies nun weniger Staub und nur noch vereinzelte Fleckchen Unkraut auf. Die gewaltige, von keinem Pfeiler gestützte Straße schwang sich wie ein loses Band in die Wolken hinauf.

Wir waren es leid, gegen die Masten zu schlagen und weder Essen noch Trinken zu bekommen.

Virginia wurde zornig. »Es wäre jetzt sinnlos, umzukehren. Und wenn wir weitergehen, dann dauert es auch lange, bis wir etwas zu essen bekommen. Ich wünschte, lieber Paul, du hättest etwas mitgenommen.«

Wie hätte ich auf den Gedanken kommen sollen, Essen mitzunehmen? Wer nahm jemals Essen mit? Warum sollte man es auch tun, wenn man überall etwas bekommen konnte? Mein Schatz benahm sich unvernünftig, aber sie war mein Schatz, und ich liebte sie wegen der süßen Unvollkommenheiten ihres Charakters umso mehr.

Macht fuhr fort, gegen die Masten zu klopfen, um nicht in unseren Streit miteinbezogen zu werden, und hatte unerwartet Erfolg.

Im einen Augenblick sah ich ihn sich nach vorn beugen, um dem Mast der nächsten Lampe den kräftigen, aber wohl berechneten Schlag zu versetzen – im nächsten Augenblick quiekte er wie ein Hund und glitt mit hoher Geschwindigkeit bergauf. Ich hörte ihn etwas schreien, aber ich verstand seine Worte nicht, und dann verschwand er in den über uns liegenden Wolken.

Virginia sah mich an. »Möchtest du jetzt umkehren? Macht ist fort. Wir können behaupten, dass ich müde geworden sei.«

»Meinst du das im Ernst?«

»Natürlich, Liebling.«

Ich lachte, und es klang ein wenig zornig. Sie hatte darauf bestanden, hierhin zu gehen, und nun war sie bereit, umzukehren und darauf zu verzichten, nur um mir einen Gefallen zu tun?

»Schon gut«, sagte ich. »Es kann jetzt nicht mehr weit sein. Gehen wir weiter.«

»Paul …« Sie stand ganz dicht bei mir. Ihre braunen Augen wirkten besorgt, als ob sie durch meine Augen bis auf den Grund meiner Seele blicken wollte. Ich telepathierte: *Möchtest du auf diese Art sprechen?*

»Nein«, erwiderte sie auf Französisch. »Ich möchte alles der Reihe nach sagen. Paul, ich möchte zu dem Abba-Dingo gehen, ich muss es. Es ist das größte Muss meines Lebens. Aber gleichzeitig möchte ich auch nicht dorthin gehen. Dort oben stimmt etwas nicht. Ich möchte dich lieber unter falschen Voraussetzungen lieben als überhaupt nicht. Es könnte etwas passieren.«

Gereizt fragte ich: »Hast du jetzt auch diese ›Furcht‹, von der Macht gesprochen hat?«

»O nein, Paul. Dieses Gefühl hat nichts mit Furcht zu tun. Es fühlt sich an, als ob in einer Maschine etwas zerbrochen sei …«

»Horch!«, unterbrach ich sie.

Von weit oben, aus den Wolken, drang ein Laut wie von einem jammernden Tier. Ich konnte Worte verstehen. Es musste Macht sein. Ich meinte »Vorsicht« verstehen zu können. Als ich mit meinen Gedanken nach ihm tastete, begann in der Ferne alles zu kreisen, und mir wurde schwindlig.

»Gehen wir zu ihm, Liebling«, sagte ich.

»Ja, Paul«, nickte sie, und in ihrer Stimme lag eine Mischung aus Glück, Resignation und Verzweiflung.

Bevor wir weitergingen, betrachtete ich sie nachdenklich. Sie war wirklich mein Mädchen. Der Himmel hatte sich gelb gefärbt, und die Lampen hatten sich noch immer nicht eingeschaltet. Gegen diesen sattgelben Himmel wirkten ihre braunen Locken wie mit Gold gesprenkelt, und ihre braunen Augen wurden schwarz in der Iris, und ihr junges und vom Schicksal gezeichnetes Gesicht schien mir bedeutungsvoller zu sein als jedes andere menschliche Gesicht, das ich einmal gesehen hatte.

»Du bist mein«, sagte ich.

»Ja, Paul«, erwiderte sie und lächelte dann strahlend. »Und *du* hast es gesagt! Das ist doppelt schön.«

Ein Vogel, der auf dem Geländer saß, musterte uns scharf und verschwand dann. Vielleicht hielt er nichts von menschlichem Unsinn und ließ sich deshalb in die dunkle Luft hinunterfallen. Ich sah, wie er sich weit unter uns wieder fing und auf seinen Schwingen träge durch die Lüfte tragen ließ.

»Wir sind nicht so frei wie die Vögel, Liebling«, sagte ich, »aber wir sind freier, als es die Menschen seit hundert Jahrhunderten gewesen sind.«

Statt einer Antwort nahm sie meinen Arm und lächelte mich an.

»Und nun«, fügte ich hinzu, »werden wir Macht folgen. Leg deine Arme um mich und halt dich gut fest. Ich werde jetzt gegen diesen Mast schlagen. Wenn wir schon kein Essen bekommen, dann werden wir zumindest hinauffahren.«

Ich spürte, wie sie sich fest an mich klammerte, und klopfte dann gegen den Mast.

Doch welcher Mast? Schon im nächsten Augenblick rasten die Masten an uns vorbei. Der Boden unter unseren Füßen schien unbewegt, aber wir rasten mit hoher Geschwindigkeit dahin; selbst im Transport-Untergrund hatte ich niemals eine so schnelle Rollstraße gesehen. Virginias Kleid flatterte so heftig, dass es knatternde Geräusche von sich gab, so wie beim Fingerschnipsen. Im Nu waren wir in den Wolken – und hatten sie auch schon wieder hinter uns gelassen.

Uns umgab eine neue Welt. Die Wolken befanden sich unter und über uns. Hier und dort schimmerte der blaue Himmel durch. Wir bewegten uns weiter. Die alten Ingenieure hatten diese Straße hervorragend konstruiert. Wir fuhren weiter hinauf, höher und höher, ohne dass uns schwindlig wurde.

Eine weitere Wolke.

Und dann geschah alles so schnell, dass es mehr Zeit erfordert, das Geschehen zu schildern, als es erlebt zu haben.

Etwas Dunkles kam von oben auf mich zugeschossen. Ein gewaltiger Schlag traf mich an der Brust. Erst viel später erkannte ich, dass es Machts Arm gewesen war, der mich festhalten wollte, bevor wir über den Rand stürzten. Dann durchstießen wir eine andere Wolke. Bevor ich noch etwas zu Virginia sagen konnte, traf mich ein zweiter Schlag. Der Schmerz war entsetzlich. In meinem ganzen Leben hatte ich nichts Ähnliches empfunden. Aus irgendwelchen Gründen war Virginia über mich hinweggeflogen und zerrte an meinen Händen.

Ich versuchte ihr zu sagen, dass sie aufhören solle, an mir zu zerren, denn es tat weh, aber ich bekam keine Luft. Statt mich zu wehren, versuchte ich das zu tun, was sie wollte. Ich zog nun ebenfalls. Erst da bemerkte ich, dass sich unter meinen Füßen nichts mehr befand – keine Brücke, keine Düsenstraße, nichts.

Ich hing am Rand des Boulevards, an der Bruchkante auf der oberen Seite. Unter mir befanden sich lediglich einige verdrehte Kabel und sehr weit unter diesen ein schmales Band, das entweder ein Fluss oder eine Straße war.

Wir waren blindlings über die klaffende Lücke gesprungen – und ich war gerade so weit geflogen, um mit meiner Brust gegen die obere Kante der Straße zu prallen.

Der Schmerz spielte jetzt keine Rolle mehr. In wenigen Sekunden würde der Arztroboter eintreffen, um mich zu reparieren.

Aber ein Blick in Virginias Gesicht erinnerte mich daran, dass es keinen Arztroboter, keine Welt, keine Instrumentalität mehr gab, dass nur noch der Wind und der Schmerz existierten. Sie weinte. Ich brauchte einen Moment, um zu verstehen, was sie sagte.

»Ich bin schuld, ich bin schuld ... Liebling, bist du tot?«

Keiner von uns wusste, was »Tod« eigentlich bedeutete, denn die Menschen verschwanden immer, wenn ihre Zeit gekommen war, aber wir wussten, dass damit das Ende des Lebens gemeint war. Ich versuchte ihr zu sagen, dass ich noch lebte, aber sie mühte sich weiter mit mir ab und fuhr energisch fort, mich vom Rande des Abgrunds fortzuziehen.

Ich stützte mich auf die Hände, um mich hochzuziehen. Sie kniete sich neben mich und bedeckte mein Gesicht mit Küssen.

Schließlich gelang es mir zu keuchen: »Wo ist Macht?«

Sie sah sich um. »Ich sehe ihn nirgends.« Ich versuchte ihren Blicken zu folgen. »Du bleibst sitzen«, wies sie mich an. »Ich werde nachschauen.« Mutig trat sie an den Rand des abgebrochenen Boulevards und blickte zu der niedrigeren Seite der Kluft hinüber, spähte durch die Wolken, die so schnell wie Rauch, der von einem Ventilator aufgewirbelt wird, an uns vorbeitrieben. Dann rief sie: »Ich sehe ihn. Er sieht so komisch aus. Wie ein Insekt in einem Museum. Er krabbelt auf den Kabeln herum.«

Auf allen vieren kriechend näherte ich mich Virginia und blickte hinunter. Dort war er, ein Punkt, der an einem Faden entlangglitt, während unter ihm die Vögel ihre Kreise zogen. Es sah sehr gefährlich aus. Vielleicht verspürte er nun die »Furcht«, die er brauchte, um glücklich zu sein. Ich hatte kein Interesse an dieser »Furcht«, was immer sie auch sein mochte. Ich wollte etwas zu essen, Wasser und einen Arztroboter.

Doch nichts davon gab es hier.

Ich erhob mich mühsam. Virginia versuchte mir zu helfen, aber ich stand schon, bevor sie mehr tun konnte, als meinen Ärmel zu berühren. »Wir gehen weiter«, sagte ich.

»Weiter?«

»Weiter zu dem Abba-Dingo. Vielleicht befinden sich dort oben freundliche Maschinen. Hier gibt es nichts als Kälte und Wind, und die Lampen sind immer noch nicht eingeschaltet.«

Sie runzelte die Stirn. »Aber was ist mit Macht?«

»Es wird Stunden dauern, bis er hier oben ist. Wir können ja wieder zurückkommen.«

Sie war einverstanden.

Wieder wanderten wir über die linke Seite des Boulevards.

Ich bat sie, mich um die Hüften zu fassen, während ich an die Masten klopfte und einen nach dem anderen ausprobierte. Mit Sicherheit gab es ein Reaktivierungsmittel für die Passagiere der Straße.

Beim vierten Mal funktionierte es.

Wieder bauschte der Wind unsere Kleider, während wir den Alpha Ralpha Boulevard hinaufschossen.

Wir wären beinahe gestürzt, als die Straße einen Knick nach links machte. Und ich hatte kaum mein Gleichgewicht wiedergefunden, da folgte eine scharfe Rechtskurve.

Und dann hielten wir.

Das also war der Abba-Dingo.

Ein weißer Gehweg, der mit weißen Objekten übersät war – mit Knäufen und Stangen und unvollkommen geformten Kugeln von der Größe meines Kopfes.

Virginia stand still neben mir.

Von der Größe meines Kopfes? Ich wendete eines der Objekte mit dem Fuß hin und her, und dann wusste ich auf einmal mit unumstößlicher Gewissheit, um was es sich dabei handelte. Es waren Menschen. Die inneren Teile. Noch nie in meinem Leben hatte ich solche merkwürdigen Dinge gesehen. Und dann das, direkt vor mir auf dem Boden, das war wahrscheinlich einmal eine Hand gewesen. Auf dem Weg entlang der Mauer lagen Hunderte solcher Dinge.

»Komm, Virginia«, sagte ich und bemühte mich, meine Stimme fest klingen zu lassen und meine Gedanken abzuschirmen.

Sie folgte mir ohne ein Wort. Sie schien die auf dem Boden liegenden Dinge interessant zu finden, aber nicht zu erkennen.

Ich für meinen Teil betrachtete die Wand.

Und schließlich fand ich sie – die kleinen Türen des Abba-Dingo.

Auf einer stand METEOROLOGISCH. Es war weder die Alte Sprache noch Französisch, aber es war so vertraut, dass ich wusste, es hatte etwas mit dem Zustand der Luft zu tun. Ich presste meine Hand gegen die Tafel an der Tür. Die Tafel wurde durchsichtig und gab alte Inschriften frei: Zahlen, die uns nichts bedeuteten, und Worte, die uns nichts bedeuteten, und dann: *Typhoon zieht auf.*

Mein Französisch enthielt nicht den Begriff »zieht auf«, aber »Typhoon« war offensichtlich mit *typhon* identisch, einer größeren Luftstörung. Ich dachte: *Damit sollen sich die Wettermaschinen befassen.* Es ging uns nichts an.

»Viel hilft das nicht«, bemerkte ich.

»Was bedeutet es?«, fragte Virginia.

»Die Luft wird Störungen ausgesetzt sein.«

»Oh. Damit haben wir nichts zu tun, oder?«

»Natürlich nicht.«

Ich probierte die nächste Tafel aus, auf der NAHRUNG stand.

Als meine Hand die kleine Tür berührte, drang aus dem Innern ein ächzendes Gekreische, als müsse sich der ganze Turm übergeben. Die Tür öffnete sich einen Spalt, und ein schrecklicher Gestank quoll heraus. Dann schloss sich die Tür wieder.

Auf der dritten Tür stand HILFE, doch als ich sie berührte, geschah nichts. Vielleicht handelte es sich lediglich um eine Art Steuereintreibmechanismus aus den alten Zeiten. Meine Berührung blieb auf jeden Fall ohne Reaktion.

Die vierte Tür war größer und unten bereits teilweise geöffnet. Auf ihrem oberen Teil stand VORAUSSAGUNGEN. Die Bezeichnung an der unteren Seite war ungleich geheimnisvoller: PAPIER HIER DURCHSCHIEBEN. Ich konnte mir nicht vorstellen, was das wohl bedeuten mochte.

Ich versuchte es mit Telepathie. Ohne Erfolg. Der Wind pfiff um uns herum. Einige der Kalziumkugeln und -stangen rollten über das Pflaster. Ich versuchte es erneut, versuchte mit aller Kraft, die Spuren längst verschollener Gedanken aufzuspüren. Ein Schrei drang in meinen Geist, ein dünner langer Schrei, der nichts Menschliches an sich hatte. Das war alles.

Vielleicht beunruhigte mich das wirklich. Ich empfand keine »Furcht«, aber ich machte mir Sorgen um Virginia.

Sie starrte auf den Boden. »Paul«, sagte sie, »liegt da nicht der Mantel eines Mannes zwischen all diesen komischen Dingern auf dem Boden?«

Ich hatte einmal ein altes Röntgenbild in einem Museum gesehen, deshalb wusste ich, dass der Mantel immer noch das Material einhüllte, das einst das Innengerüst eines Menschen gebildet hatte. Er besaß keine dieser Kugeln mehr, und deshalb war ich mir sehr sicher, dass er *tot* war. Aber wie hatte das in den alten Zeiten geschehen können? Warum hatte die Instrumentalität so etwas zugelassen? Allerdings hatte die Instrumentalität diese Seite des Turmes schon immer als verbotenes Gebiet bezeichnet. Vielleicht hatten diejenigen, die das Verbot missachtet hatten, ihre Strafe auf eine Weise erhalten, die ich mir nicht vorstellen konnte.

»Schau, Paul«, sagte Virginia. »Ich kann meine Hand hineinschieben.«

Und bevor ich sie davon abhalten konnte, schob sie ihre Hand durch den flachen Schlitz, über dem PAPIER HIER DURCHSCHIEBEN stand.

Sie schrie auf.

Ihre Hand war gefangen.

Ich versuchte an ihrem Arm zu ziehen, aber er bewegte sich nicht. Sie begann vor Schmerzen zu keuchen.

Plötzlich war ihre Hand wieder frei.

Deutlich lesbare Worte waren ihr in die Haut geritzt.

Ich zerriss meinen Umhang, um ihr die Hand zu verbinden.

Dann, während sie neben mir schluchzte, lockerte ich den Verband wieder. Und da sah auch sie die Worte auf ihrer Haut. Sie lauteten, in fehlerfreiem Französisch: *Du wirst Paul dein Leben lang lieben.*

Virginia ließ sich die Hand wieder mit dem Tuchfetzen verbinden und bot mir dann ihr Gesicht zum Kuss. »Es war es wert«, sagte sie, »es war alle Anstrengungen wert, Paul. Und jetzt müssen wir zusehen, dass wir wieder hinunterkommen. Jetzt weiß ich es.«

Ich küsste sie erneut und sagte beruhigend: »Du weißt es wirklich, nicht wahr?«

»Natürlich«, lächelte sie unter Tränen. »Das kann die Instrumentalität nicht geplant haben. Was für eine kluge alte Maschine! Ist sie ein Gott oder ein Teufel, Paul?«

Zu dieser Zeit hatte ich mich mit diesen Begriffen noch nicht auseinandergesetzt, deshalb streichelte ich sie nur, statt ihr zu antworten. Wir wandten uns zum Gehen.

Doch dann fiel mir ein, dass ich die VORAUSSAGUNGEN noch nicht ausprobiert hatte.

»Nur einen Augenblick noch, Liebling. Ich nehme schnell ein Stück von der Bandage.«

Sie wartete geduldig. Ich riss ein Stück von der Größe meiner Hand ab und hob dann einen Teil eines ehemaligen Menschen vom Boden auf. Es schien der Vorderteil eines Armes gewesen zu sein. Ich drehte mich um und schob das Tuch in den Schlitz, als mit einem Mal ein riesiger Vogel auf der Tür hockte.

Ich scheuchte den Vogel fort, doch er krächzte und schien mich mit seinem Gekreische und seinem scharfen Schnabel zu bedrohen. Ich konnte ihn nicht vertreiben.

Da griff ich zu Telepathie. *Ich bin ein Wahrer Mensch. Verschwinde!*

Der trübe Verstand des Vogels warf mir nur ein *Nein-nein-nein-nein-nein!* zurück.

Also traf ich ihn so hart mit meiner Faust, dass er zu Boden flatterte. Er richtete sich inmitten der weißen Trümmer auf dem Boden auf, öffnete dann seine Schwingen und ließ sich vom Wind davontragen.

Ich schob den Tuchfetzen in den Schlitz, zählte stumm bis zwanzig und zog das Tuch wieder heraus.

Die Worte waren klar zu lesen, aber sie bedeuteten nichts: *Du wirst Virginia noch einundzwanzig Minuten lang lieben.*

Ihre Stimme, die noch immer froh schien über die Weissagung und auch etwas von dem Schmerz verriet, der in ihrer beschriebenen Hand pochte, drang wie von sehr weit her an mein Ohr. »Was sagt er, Liebling?«

Wie aus Versehen ließ ich mir den Tuchfetzen vom Wind entreißen. Er flatterte wie ein Vogel davon.

Virginia sah ihm nach. »Oh«, rief sie enttäuscht. »Es ist weg! Was stand darauf?«

»Dasselbe wie bei dir.«

»Aber wie lauteten die Worte, Paul? Wie lauteten sie genau?«

Aus Liebe und Kummer und vielleicht auch ein klein wenig »Furcht« log ich sie an und flüsterte sanft: »Dort stand: ›Paul wird Virginia auf ewig lieben.‹«

Sie lächelte mich strahlend an. Ihr kräftiger, fülliger Körper stand glücklich und unverrückbar im Wind. Und wieder war sie ganz die pummelige, hübsche Menerima, die ich schon gekannt hatte, als wir noch Kinder waren und zusammen in einem Block lebten. Und sie war noch mehr. Sie war meine neu gewonnene Liebe in unserer neu gewonnenen Welt. Sie war meine Mademoiselle aus Martinique. Die Mitteilung war Unsinn; wir hatten an der zerstörten Tür ja schon gesehen, dass die Maschine kaputt war.

»Es gibt hier nichts zu essen oder zu trinken«, erinnerte ich sie. In Wirklichkeit befand sich neben dem Geländer eine Pfütze, aber es lagen menschliche Bauelemente darin, und ich hatte nicht den Mut, davon zu trinken.

Virginia war so glücklich, dass sie trotz ihrer verletzten Hand, ihres Durstes und Hungers munter und fröhlich vor sich hin ging.

Einundzwanzig Minuten, dachte ich. *An die sechs Stunden sind vergangen. Wenn wir hier bleiben, sehen wir uns ungeahnten Gefahren gegenüber.*

Rasch schritten wir aus, eilten den Alpha Ralpha Boulevard hinunter. Wir waren dem Abba-Dingo begegnet und waren immer noch »am Leben«. Ich hielt mich auf jeden Fall nicht für »tot«, auch wenn die Worte so lange Zeit bedeutungslos gewesen waren, dass es schwerfiel, sie zu denken.

Die Rampe führte so steil bergab, dass wir wie Pferde hinuntertrabten. Der Wind blies uns mit aller Kraft ins Gesicht. Das war es auch: Wind – doch das Wort *vent* schlug ich erst nach, als alles vorbei war.

Den ganzen Turm haben wir nie gesehen – nur die Wand, an der uns die alte Düsenstraße abgeladen hatte. Der Rest des Turms blieb in den Wolken verborgen, die wie Lumpen auseinandergerissen wurden, wenn sie auf das massive Material trafen.

Der Himmel war an einer Seite rot und an der anderen schmutzig gelb. Große Wassertropfen begannen auf uns niederzuprasseln.

»Die Wettermaschinen sind kaputt«, brüllte ich Virginia zu.

Sie versuchte etwas zurückzurufen, doch der Wind riss ihr die Worte vom Mund. Ich wiederholte, was ich über die Wettermaschinen gesagt hatte. Sie nickte glücklich und zufrieden, obwohl der Wind ihr Haar zerzauste und die Wassertropfen ihr flammengoldenes Gewand durchnässten. Es spielte keine Rolle. Sie klammerte sich an meinen Arm. Mit glücklichem Gesicht lächelte sie mich an, während wir hinunterstapften und uns dabei gegen die sich steil neigende Rampe stemmten. Ihre braunen Augen waren voll Vertrauen und Leben. Sie bemerkte, dass ich sie ansah, und sie küsste meinen Oberarm, ohne aus dem Tritt zu geraten. Sie war auf ewig mein Mädchen, und sie wusste es.

Das Wasser-von-oben, von dem ich später erfuhr, dass es sich dabei um »Regen« handelte, wurde immer mehr. Und plötzlich waren auch die Vögel wieder da. Ein großer Vogel kämpfte mit mächtigen Flügelschlägen gegen die heulende Winde an, und es gelang ihm, vor meinem Gesicht in der Luft hängen zu bleiben, obwohl die Windgeschwindigkeit viele Wegstunden betrug. Er krächzte mich an und wurde dann vom Wind fortgerissen. Kaum war er verschwunden, tauchte der nächste Vogel auf und prallte gegen mich. Ich sah hinunter, doch auch er war von dem tobenden Sturm ergriffen worden. Ich erhielt nur ein telepathisches Echo von seinem hellen, leeren Geist: *Nein-nein-nein-nein!*

Was nein?, dachte ich. Auf den Rat eines Vogels sollte man nicht zu viel geben.

Virginia ergriff meinen Arm und blieb stehen. Ich ebenfalls.

Direkt vor uns lag die Bruchkante des Alpha Ralpha Boulevards. Hässliche gelbe Wolken drifteten wie giftige Fische durch die Kluft, als ob sie von einer unerklärlichen Mission gehetzt wurden.

Virginia begann zu rufen.

Ich konnte sie nicht verstehen und beugte mich zu ihr hinab, bis ihr Mund fast mein Ohr berührte.

»Wo ist Macht?«, rief sie.

Vorsichtig zog ich sie auf die linke Straßenseite hinüber, wo uns das Geländer einen gewissen Schutz gegen die zerrenden, peitschenden Luftmassen geben würde. Und dort konnte uns auch das mit dem Wind vermischte Wasser nicht mehr so viel anhaben. Inzwischen war kaum noch etwas in der Ferne zu erkennen.

Ich brachte Virginia dazu, in die Hocke zu gehen, und kauerte mich dann neben sie. Das fallende Wasser trommelte uns auf den Rücken. Das Tageslicht hatte sich in ein dunkles, schmutziges Gelb verwandelt.

Wir konnten zwar sehen, doch wir sahen nicht mehr viel.

Ich wollte im Schutz des Geländers sitzen bleiben, aber sie stieß mich an. Sie wollte, dass wir etwas wegen Macht unternehmen sollten. Ich konnte mir jedoch beim besten Willen nicht vorstellen, was. Falls er Schutz gefunden hatte, war er in Sicherheit, wenn er aber noch immer an diesen Kabeln hing, würde ihn der wilde Luftstrom bald mit sich reißen, und dann würde es keinen Maximilien Macht mehr geben. Er würde »tot« sein und seine inneren Teile würden irgendwo dort unten vor sich hin bleichen.

Aber Virginia bestand darauf.

Wir krochen bis an den Rand vor.

Ein Vogel schoss heran, raste wie eine Kugel auf mein Gesicht zu. Ich zuckte zurück. Ein Flügel streifte mich, traf meine Wange, und die Verletzung brannte wie Feuer. Ich hatte nicht gewusst, dass Federn so hart waren. Die Vögel mussten alle beschädigte Denkmechanismen haben, dachte ich, wenn sie auf dem Alpha Ralpha Boulevard Menschen angriffen. Das war kein anständiges Benehmen Wahren Menschen gegenüber.

Schließlich erreichten wir doch die Kante, auf dem Bauch kriechend. Ich versuchte, die Fingernägel meiner rechten Hand in das steinartige Material des Geländers zu krallen, aber bis auf ornamentale Vertiefungen gab es nichts, an dem ich mich hätte festhalten können. Mein rechter Arm war um Virginia geschlungen. Es tat mir weh, auf diese Weise vorwärts zu kriechen – mein Körper hatte den Aufprall gegen die Bruchkante, wo unser Aufstieg fast ein Ende gefunden hätte, noch immer nicht verkraftet. Aber wenn ich zögerte, trieb mich Virginia vorwärts.

Wir sahen nichts mehr.

Die Dämmerung war hereingebrochen.

Wind und Wasser schlugen uns wie Fäuste.

Virginias Gewand zerrte an ihr wie ein wütender Hund an der Leine seines Herrn. Ich versuchte sie verzweifelt zur Rückkehr in den Schutz des Geländers zu bewegen, wo wir das Ende der Luftturbulenzen abwarten konnten.

Unvermittelt wurde es strahlend hell. Es war freie Elektrizität, die die Alten *Blitz* genannt hatten. Später fand ich heraus, dass diese Phänomene außerhalb des Wirkungsbereichs der Wettermaschinen relativ häufig auftraten.

Das gleißende, kurz aufflackernde Licht zeigte uns ein weißes Gesicht, das uns anstarrte. Macht hing unter uns an den Kabeln. Sein Mund war geöffnet, vermutlich weil er uns etwas zugerufen hatte. Ich werde niemals wissen, ob sein Gesichtsausdruck nun »Furcht« oder Glück verriet, auf jeden Fall drückte es große Erregung aus.

Das helle Licht erlosch, und ich glaubte das Echo eines Schreies zu hören. Ich griff telepathisch nach Machts Bewusstsein und stieß in ein Nichts. Nur die trüben, eigensinnigen Gedanken eines Vogels waren vernehmbar: *Nein-nein-nein-nein-nein!*

Virginia versteifte sich in meinen Armen. Wand sich. Ich schrie sie auf Französisch an. Sie verstand mich nicht.

Dann rief ich sie mit meinem Bewusstsein.

Doch da war noch jemand.

Virginias Gedanken explodierten voller Abscheu. *Das Katzenmädchen. Sie will mich berühren!*

Sie riss sich los. Mein rechter Arm war plötzlich leer. Ich sah den Schimmer eines goldenen Gewandes über dem Abgrund aufleuchten, es war trotz des Zwielichtes gut zu erkennen. Ich griff mit meinen Gedanken nach ihr, und ich empfing ihren Schrei: *Paul, Paul, ich liebe dich, Paul ... hilf mir!*

Die Gedanken verblassten, während ihr Körper hinabstürzte.

Der andere Jemand war K'mell gewesen, der wir kurz zuvor in diesem Gang begegnet waren.

Ich kam, um euch beide zu retten, telepathierte sie mir zu. *Aber das heißt nicht, dass den Vögeln auch etwas an ihr gelegen hätte.*

Was haben die Vögel damit zu tun?

Sie haben sie gerettet. Sie haben ihre Jungen gerettet, als der Rotschopf sie umbringen wollte. Wir alle haben uns Sorgen gemacht, was ihr Wahren Menschen mit uns anstellen werdet, sobald ihr erst einmal frei seid. Wir haben es erfahren. Einige von euch sind schlecht und töten andere Lebensformen. Andere wiederum sind gut und beschützen das Leben.

Das also bedeutet *gut* und *böse*, dachte ich.

Vielleicht hätte ich besser aufpassen sollen. Die Menschen brauchen vom Kämpfen nichts zu verstehen, aber die Homunkuli beherrschten es – sie wurden unter Kampfbedingungen gezüchtet und haben unter harten Bedingungen gedient.

K'mell, dieses Katzenmädchen, traf mich mit einem pistolenschnellen Faustschlag am Kinn. Sie besaß keine betäubenden Mittel, und die einzige Möglichkeit – ob Katze oder nicht – war, mich schlaff und bewusstlos in dem »Typhoon« über die Kabel nach unten zu schleppen.

Als ich wieder erwachte, lag ich in meinem Zimmer. Ich fühlte mich ausgezeichnet.

Vor mir stand der Arztroboter. »Sie haben einen Schock erlitten«, erklärte er. »Ich habe bereits mit dem Subkommissar der Instrumentalität gesprochen, und ich könnte Ihnen Ihre Erinnerungen an den ganzen letzten Tag nehmen, wenn Sie es wünschen.« Sein Gesichtsausdruck war freundlich.

Wo war der heulende Wind geblieben? Die Luft, die wie Felsbrocken auf uns niederstürzte? Das Wasser, das von keiner Wettermaschine kontrolliert wurde? Wo waren das goldene Gewand und das verzerrte, furchthungrige Gesicht von Maximilien Macht?

»Wo«, rief ich, »ist mein Mädchen, meine einzige Liebe?«

Roboter können nicht grinsen, aber dieser versuchte sich darin. »Das nackte Katzenmädchen mit dem feuerroten Haar? Sie ist fortgegangen, um sich etwas anzuziehen.«

Ich starrte ihn an.

Sein vertrocknetes kleines Robotergehirn brütete wohl allerlei abscheuliche kleine Gedanken aus. »Ich muss sagen, Sir, dass ihr ›freien Menschen‹ euch in der Tat verwirrend schnell ändert ...«

Wer würde sich schon mit einem Roboter, einer Maschine herumstreiten? Es war völlig überflüssig, ihm darauf eine Antwort zu geben.

Aber diese andere Maschine!

Einundzwanzig Minuten. Gab es dafür überhaupt eine plausible Erklärung? Wie hatte sie das im Voraus wissen können? Auch mit dieser anderen Maschine würde ich mich nicht auf ein Streitgespräch einlassen. Es musste sich bei ihr um eine sehr mächtige Maschine aus grauer Vorzeit gehandelt haben – vielleicht eine von denen, die man in den Alten Kriegen benutzt hatte. Aber ich hatte gar nicht das Bedürfnis, es genau zu wissen. Einige Menschen mochten die Maschine vielleicht einen Gott nennen. Mich interessiert das nicht im Geringsten. Ich habe keinen Bedarf für »Furcht« und ich beabsichtige nicht, jemals wieder zum Alpha Ralpha Boulevard zurückzukehren.

Aber hör, o mein Herz – wie kannst du jemals wieder das Café aufsuchen?

K'mell trat ein, und der Arztroboter zog sich zurück.

DIE BALLADE VON DER VERLORENEN K'MELL

Sie bekam das Was von dem Was-sie-tat,
Versteckte die Glocke unter einem Klecks; sodann
Verliebte sie sich in einen hominiden Mann.
Wo ist das Was von dem Was-sie-tat?

– Aus: Die Ballade von der verlorenen K'mell

Sie war ein Girlygirl, und sie waren Wahre Menschen, die Herren der Schöpfung, die Lords der Instrumentalität. Doch sie setzte ihre Gewitztheit gegen sie ein und gewann. So etwas war noch nie geschehen, und gewiss wird es sich nie wiederholen, aber sie hat gewonnen. Sie war nicht einmal von menschlicher Abstammung. Sie war ein Katzenabkömmling, was das K vor ihrem Namen erklärt, jedoch von menschlicher Gestalt. Der Name ihres Vaters lautete K'mackintosh, und ihr Name K'mell. Sie überlistete mit ihren Tricks alle legitimen Obersten der Instrumentalität.

Die ganze Geschichte ereignete sich in Erdhafen, dem größten aller Gebäude, der kleinsten aller Städte, fünfundzwanzig Kilometer hoch in den Himmel ragend, an der westlichen Küste der Kleinen See der Erde.

Jestocosts Büro lag vor der vierten Ebene.

Jestocost liebte das morgendliche Sonnenlicht, im Gegensatz zu den meisten anderen Lords der Instrumentalität, so dass er niemals Schwierigkeiten hatte, das Büro und die Apartments zu behalten, die er sich ausgesucht hatte. Sein Hauptbüro war neunzig Meter lang, zwanzig Meter hoch, zwanzig Meter breit. Dahinter erstreckte sich die fast tausend Hektar große »vierte Ebene«. Sie war spiralförmig angelegt, wie eine riesige Schnecke. Jestocosts Apartment, so groß es auch scheinen mochte, war lediglich eines der Taubenlöcher im Schalldämpfer am Rande von Erdhafen. Erdhafen ähnelte einem gewaltigen Weinglas und reichte vom tiefsten Magma bis in die höchsten Atmosphäreschichten.

Die Stadt war während der Blütezeit der irdischen Technologie erbaut worden. Obwohl die Menschen schon seit Beginn der fortschreitenden Geschichte über Nuklearraketen verfügten, waren für den Transport der interplanetarischen ionen- oder nukleargetriebenen Schiffe oder für die Montage der photonischen Segelschiffe chemisch angetriebene Raketen verwendet worden. Der Schwierigkeiten überdrüssig, die es bedeutete, jedes Stück einzeln in den Weltraum zu schaffen, hatte man eine Rakete mit einer Tragkraft von einer Milliarde Tonnen entwickelt, nur um festzustellen, dass sie jeden Landstrich ruinierte, auf dem sie landete. Die Daimoni – Menschen irdischer Abstammung, die von irgendwo hinter den Sternen zurückgekehrt waren – hatten der Menschheit geholfen, Erdhafen aus wasserfestem, rostfreiem, zeitfestem und extrem belastbarem Material zu erbauen. Sie waren, nachdem ihre Arbeit beendet war, wieder verschwunden und niemals zurückgekehrt.

Jestocost hatte sich oft sorgenvoll in seinem Apartment umgeblickt und sich die eher theoretische Frage gestellt, was wohl wäre, wenn weiß glühendes Gas, zu einem Flüstern gedämpft, in sein Zimmer und die dreiundsechzig anderen, identischen Zimmer dringen würde. Jetzt besaß er eine verschließbare Rückwand aus massivem Holz, und die Ebene selbst war ein großer Hohlraum, in dem einige wilde Tiere lebten. Die Zimmer waren nützlich, aber der übrige Raum überflüssig. Die Planoformschiffe flüsterten zwar immer noch von den Sternen herab und landeten aus Gründen gesetzlicher Vorschriften in Erdhafen, doch sie machten keinen Lärm und gewiss strömten sie auch keine heißen Gase aus.

Jestocost blickte zu den weit über ihm liegenden Wolken hoch und sprach mit sich selbst. »Schöner Tag. Gute Luft. Keine Schwierigkeiten. Sollte lieber etwas essen.«

Er sprach oft auf diese Weise mit sich selbst. Er war Individualist, ja, galt fast schon als Exzentriker. Als einer der wichtigsten Räte der Menschheit hatte er zwar Probleme, aber sie waren nicht persönlicher Natur. Über seinem Bett hing ein Rembrandt, der einzige Rembrandt, den es noch auf der Welt gab, ebenso wie er der einzige Mensch war, der einen Rembrandt zu würdigen wusste. An der Rückwand befanden sich die Gobelins eines längst vergangenen Reiches, und jeden Morgen veranstaltete die Sonne eine große Oper für ihn, dämpfte und erleuchtete und veränderte die Farben so dramatisch, dass er sich fast vorstellen konnte, die alten Zeiten mit ihren Kriegen, ihren Morden und ihren Tragödien seien wieder auf der Erde eingekehrt. Er besaß ein Exemplar Shakespeare, ein Exemplar Colegrove und zwei Seiten aus dem *Prediger Salomon*, die er in einer verschlossenen Kiste neben seinem Bett aufbewahrte. Nur zweiundvierzig Menschen im ganzen Universum konnten Altenglisch lesen, und er war einer von ihnen. Er trank Wein, den er durch seine eigenen Roboter in seinem eigenen Weinberg an der Sonnenuntergangsküste hatte keltern lassen. Kurz gesagt, er war ein Mann, der es verstanden hatte, sein privates Leben komfortabel und aufs Beste für sich einzurichten, und der deshalb im Berufsleben seine Talente rückhaltlos einsetzen konnte.

Als er an diesem Morgen erwachte, da wusste er noch nicht, dass ein wunderschönes Mädchen dabei war, sich hoffnungslos in ihn zu verlieben; dass er, nach mehr als hundertjähriger Regierungszeit, auf der Erde eine andere Regierung entdecken sollte, die ebenso mächtig und fast so alt war wie seine eigene; dass er sich willentlich an einer Verschwörung beteiligen und sich in Gefahr begeben würde, um einer Sache zum Erfolg zu verhelfen, die er nur zur Hälfte verstand. All diese Dinge lagen noch in der Zukunft verborgen, so dass ihn beim Aufstehen nur eine einzige Frage beschäftigte, und zwar die, ob er sich ein kleines Glas Weißwein zum Frühstück gönnen sollte oder nicht. An jedem 173. Tag eines jeden Jahres aß er Eier. Sie waren eine seltene Delikatesse, und er wollte sich nicht verwöhnen, indem er zu viele davon aß, aber er wollte sich auch nicht strafen und einer Versuchung widerstehen, ohne ihr auch nur einmal unterlegen zu sein. Er schlurfte durch das Zimmer und murmelte: »Weißwein? Weißwein?«

K'mell begann in sein Leben zu treten, aber er wusste noch nichts davon. Sie war vom Schicksal ausersehen, zu gewinnen; und das wusste sie nicht.

Seit die Menschheit mit der Wiederentdeckung des Menschen begonnen hatte und Regierungen, Geld, Zeitungen, Nationalsprachen, Krankheit und der gewöhnliche Tod wieder eingeführt worden waren, gab es Probleme mit den Untermenschen – Menschen, die nicht menschlich, sondern lediglich von menschlicher Gestalt und aus irdischen Tieren herangezüchtet waren. Sie konnten sprechen, singen, lesen, schreiben, arbeiten, lieben und sterben, aber sie wurden nicht durch das menschliche Gesetz beschützt, das sie einfach als »Homunkuli« bezeichnete und ihnen den rechtlichen Status von Tieren oder Robotern verlieh. Wahre Menschen von den Außenwelten nannte man gewöhnlich »Hominide«.

Die meisten Untermenschen erledigten ihre Arbeit und akzeptierten widerstandslos ihren Status als halbe Sklaven.

Einige wurden berühmt – K'mackintosh war das erste irdische Lebewesen gewesen, dem ein Fünfzig-Meter-Sprung unter normaler Schwerkrafteinwirkung gelungen war, sein Bild war auf tausend Welten zu sehen gewesen. Seine Tochter, K'mell, war ein Girlygirl und verdiente ihren Lebensunterhalt damit, menschliche Wesen und Hominide von den Außenwelten zu begrüßen und sich heimisch fühlen zu lassen, wenn sie die Erde besuchten. Sie besaß zwar das Privileg, in Erdhafen zu arbeiten, aber es war eine harte Arbeit für einen bescheidenen Lohn. Menschliche Wesen und Hominide hatten so lange in einer Überflussgesellschaft gelebt, dass sie nicht wussten, was es bedeutete, arm zu sein. Aber die Lords der Instrumentalität hatten angeordnet, dass Untermenschen – Abkömmlinge von Tieren – unter den wirtschaftlichen Bedingungen der Alten Welt zu leben hatten; sie mussten mit ihrer eigenen Währung für ihre Wohnung, ihre Nahrungsmittel, ihr Eigentum und die Ausbildung ihrer Kinder bezahlen. Wenn sie Bankrott gingen, wurden sie ins Armenhaus geschafft und schmerzlos durch Gas getötet.

Es war offensichtlich, dass die Menschheit, nachdem sie alle ihre eigenen Grundprobleme gelöst hatte, noch nicht bereit war, den irdischen Tieren, so sehr sie sich auch verändert haben mochten, die volle Gleichberechtigung zuzugestehen.

Lord Jestocost, der siebente dieses Namens, lehnte diese Politik ab. Er war ein Mann, der wenig Liebe und keine Furcht kannte, frei von Ambitionen war und an seinem Beruf hing. Aber manchmal ist die Leidenschaft für die Politik genauso tief und verzehrend wie für die Liebe. Schon seit zweihundert Jahren glaubte Jestocost sich mit seinen Erkenntnissen im Recht, und da er immer von den anderen Mitregierenden überstimmt worden war, hatte sich in ihm das unstillbare Verlangen festgesetzt, die Dinge endlich einmal nach seinen Vorstellungen zu gestalten.

Jestocost war einer der wenigen freien Menschen, die an die Rechte der Untermenschen glaubten. Er war nicht der Ansicht, dass es der Menschheit jemals gelingen würde, uraltes Unrecht wiedergutzumachen, solange die Untermenschen nicht selbst über irgendwelche Machtinstrumente verfügten: Waffen, Geld und (vor allem) Organisationen, um damit die Menschen herauszufordern. Er fürchtete sich nicht vor einer Revolte – er dürstete nach Gerechtigkeit mit einer Intensität, die alle anderen Überlegungen verdrängte.

Als die Lords der Instrumentalität darüber informiert wurden, dass unter den Untermenschen eine Verschwörung im Gang war, überließen sie es der Roboterpolizei, diese zu zerschlagen.

Jestocost tat nichts dergleichen.

Er baute sich seine eigene Polizei auf und verwandte dafür Untermenschen, denn er hoffte, damit Feinde zu rekrutieren, die erkennen würden, dass er ein freundlicher Feind war, und ihm so im Lauf der Zeit Kontakte zu den Führern der Untermenschen verschaffen würden.

Falls diese Führer existierten, dann mussten sie gerissen sein. Wodurch hatte ein Girlygirl wie K'mell je verraten, dass sie der Vorposten eines Agentenrings war, der in Erdhafen selbst agierte? Sie mussten, falls es sie gab, sehr, sehr vorsichtig sein. Die telepathischen Monitore, sowohl Roboter wie Menschen, überwachten stichprobenartig jedes Gedankenband. Selbst die Computer registrierten nichts Auffälligeres als ein überdurchschnittliches Glücksgefühl bei Wesen, die keinen objektiven Anlass zum Glücklichsein hatten.

Der Tod ihres Vaters, der berühmteste Katzenathlet, den die Untermenschen hervorgebracht hatten, lieferte Jestocost den ersten definitiven Hinweis.

Er ging zu dem Begräbnis. Man hatte den Leichnam in eine Tiefkühlrakete gelegt, um ihn in den Weltraum zu schießen. Unter den Trauergästen befanden sich auch viele Schaulustige. Sport ist international, interrassisch, interweltlich und in jeder Kunst vertreten. Hominide hatten sich eingefunden, Wahre Menschen, hundertprozentige Menschen, die einen unheimlichen und entsetzlichen Anblick boten, weil sie oder ihre Vorfahren sich körperlichen Modifikationen unterzogen hatten, um den Lebensbedingungen von tausend Welten begegnen zu können.

Untermenschen, die von Tieren abstammenden »Homunkuli«, waren ebenfalls da, und die meisten von ihnen trugen ihre Arbeitskleidung und wirkten menschlicher als die menschlichen Wesen von den Außenwelten. Keiner von ihnen durfte leben, wenn er nicht mindestens halb so groß oder nicht mehr als sechsmal so groß wie ein Durchschnittsmensch war. Alle mussten über ein menschliches Äußeres und eine akzeptable menschliche Stimme verfügen. Die Strafe für Versagen in ihren Grundschulen war der Tod.

Jestocost blickte über die Menge und sagte sich im Stillen: »Wir haben die Anforderungen für das Überleben so hochgeschraubt, dass es nur die Widerstandsfähigsten von ihnen schaffen, und wir geben ihnen den schrecklichsten Anreiz, das Leben selbst, als Bedingung des absoluten Fortschritts. Was sind wir doch für Narren, dass wir glauben, sie könnten uns nicht überflügeln!«

Die Wahren Menschen in der Menge schienen nicht wie er zu denken. Sie tippten die Untermenschen herrisch mit ihren Spazierstöcken an, obwohl dies doch eine Untermenschen-Beerdigung war, und die Bärenmenschen, die Stiermenschen, die Katzenmenschen und die anderen traten bereitwillig und mit entschuldigenden Phrasen zur Seite.

K'mell stand dicht neben dem Tiefkühlsarg ihres Vaters.

Jestocost sah sie nicht nur an, weil sie ein hübscher Anblick war. Er unternahm etwas, was bei einem normalen Bürger eine Ungehörigkeit, für einen Lord der Instrumentalität allerdings völlig legal war: Er las ihre Gedanken.

Und dort entdeckte er etwas, was er nicht erwartet hatte.

Als der Sarg hinauf in den Himmel schoss, da rief sie: »I-telly-kelly, hilf mir, hilf mir!«

Sie hatte phonetisch gedacht, nicht in Schriftzeichen, und für seine Nachforschungen blieb ihm lediglich der Klang.

Jestocost wäre ohne Wagemut nicht ein Lord der Instrumentalität geworden. Sein Verstand war flink, zu flink, um hochintelligent zu sein. Er dachte ganzheitlich, nicht logisch. Er beschloss, dem Mädchen seine Freundschaft aufzuzwingen.

Als sie von der Bestattung nach Hause ging, drängte er sich in den Kreis ihrer grimmig dreinblickenden Freunde, Untermenschen, die versuchten, sie von den Beileidsbezeugungen taktloser, aber wohlmeinender Sportenthusiasten abzuschirmen.

Sie erkannte ihn und erwies ihm den gebührenden Respekt. »Mylord, ich hatte Sie nicht hier erwartet. Sie kannten meinen Vater?«

Er nickte ernst und richtete mit sonorer Stimme Worte des Trostes und des Beileids an sie, Worte, die bei Menschen und Untermenschen zustimmendes Gemurmel hervorriefen. Aber mit seiner linken Hand, die locker an seiner Seite herabhing, machte er das Dauersignal für *Alarm! Alarm!*, das die Beschäftigten von Erdhafen benutzten – ein wiederholtes Zusammendrücken von Daumen und Mittelfinger –, wenn sie sich gegenseitig warnen wollten, ohne die Besucher von den Außenwelten in Unruhe zu versetzen.

Sie wurde davon so aus der Fassung gebracht, dass sie fast alles verpatzt hätte. Während er mit seinem geheuchelten Mitleid fortfuhr, rief sie mit lauter klarer Stimme: »Sie meinen *mich*?«

Und er fuhr mit seinen Kondolenzen fort: »... und ich meine *dich*, K'mell, wenn ich sage, dass du die würdigste Trägerin des Namens deines Vaters bist. *Du* bist diejenige, an die wir uns in einer Zeit gemeinsamer Trauer wenden. *Wen außer dir könnte ich sonst meinen,* wenn ich sage, dass K'mackintosh niemals halbe Sachen gemacht hat und so

jung starb, weil er stets seinem Gewissen gefolgt ist? Lebwohl, K'mell, ich werde jetzt in mein Büro zurückkehren.«

Sie traf vierzig Minuten nach ihm dort ein.

Er sah sie offen an, musterte ihr Gesicht. »Dies ist heute ein
wichtiger Tag in deinem Leben.«

»Ja, Mylord, ein trauriger Tag.«

»Ich meine nicht«, sagte er, »den Tod deines Vaters und
das Begräbnis. Ich spreche von der Zukunft, der wir uns alle
zuwenden müssen. Kurz und gut, ich spreche von dir und
mir.«

Ihre Augen weiteten sich. Sie hatte nicht im Mindesten
angenommen, dass er zu dieser Sorte Mann gehörte. Er
war ein Beamter, der sich frei in Erdhafen bewegen durfte,
oft wichtige Besucher von den Außenwelten begrüßte und
ein Auge auf das Zeremonialbüro hatte. Sie war Mitglied
des Empfangskomitees, wenn ein Girlygirl benötigt wurde,
um misslaunige Ankömmlinge zu besänftigen oder einen
Streit zu schlichten. Wie die Geishas im alten Japan übte
sie einen ehrbaren Beruf aus; sie war kein unmoralisches
Mädchen, sondern eine von Berufs wegen kokette Hostess.

Sie starrte Lord Jestocost an. Er sah überhaupt nicht so
aus, als ob er auf unanständige Weise persönlich werden
wollte. Aber, dachte sie, bei einem Mann kann man da nie
ganz sicher sein.

»Du kennst dich mit Menschen aus«, sagte er und über-
ließ ihr damit die Initiative.

»Ich glaube schon«, erwiderte sie. In ihrem Gesicht stand
ein sonderbarer Ausdruck. Sie wollte ihm gerade Lächeln
Nr. 3 schenken (extreme Anhänglichkeit), das sie auf der
Girlygirl-Schule gelernt hatte. Als sie merkte, dass es ihr
nicht gelang, versuchte sie, ihm auf normale Weise zuzulä-

cheln; doch wurde sie den Eindruck nicht los, dass es nicht mehr wurde als eine Grimasse.

»Schau mich an«, forderte er sie auf, »und überzeuge dich, ob du mir trauen kannst. Ich werde in Zukunft unser beider Leben in die Hand nehmen.«

Sie blickte ihn an. Welches unvorstellbare Ereignis hatte ihn, einen Lord der Instrumentalität, dazu veranlasst, sich mit ihr zu befassen, ihr, einem Untermädchen? Sie hatten nichts miteinander gemeinsam. Und würden auch niemals etwas gemeinsam haben.

Aber sie sah ihn an.

»Ich möchte den Untermenschen helfen.«

Sie fuhr zusammen. Das war eine sehr direkte Einleitung, der gewöhnlich ein besonders roher Schlag folgte. Aber sein Gesicht wirkte ernst. Sie wartete.

»Dein Volk besitzt nicht einmal genug politische Macht, um auch nur mit uns zu reden. Ich werde keinen Verrat an der Menschheit begehen, aber ich bin bereit, eurer Seite einen Vorteil zu verschaffen. Wenn ihr in Zukunft besser mit uns verhandelt, dann wird das auf lange Sicht mehr Sicherheit für alle Lebensformen bedeuten.«

K'mell blickte zu Boden. Ihr rotes Haar war weich wie das Fell einer Angorakatze, und ihr Kopf schien in Flammen zu stehen. Ihre Augen wirkten menschlich, sah man davon ab, dass sie die Fähigkeit besaßen, einfallendes Licht zu reflektieren; die Iris besaß das tiefe Grün der alten Katzen. Als sie ihn wieder ansah, vom Boden aufblickte, traf ihn ihr Blick wie ein Schlag. »Was verlangen Sie von mir?«

Er hielt ihrem Blick stand. »Schau mich an. Schau mir ins Gesicht. Bist du sicher, *sicher*, dass ich nichts von dir persönlich will?«

Sie machte einen verwirrten Eindruck. »Was außer etwas Persönlichem soll man denn sonst von mir wollen? Ich bin ein Girlygirl. Ich bin eine völlig unwichtige Person, und ich bin nicht sonderlich gebildet. Sie wissen mehr, Sir, als ich jemals wissen werde.«

»Wahrscheinlich«, nickte er, ohne sie dabei aus den Augen zu lassen.

Sie fühlte sich jetzt nicht mehr als Girlygirl, sondern als Bürgerin. Das führte dazu, dass ihr unbehaglich zumute wurde.

»Wer«, fragte Jestocost mit feierlicher Stimme, »ist dein Führer?«

»Kommissar Teadrinker, Sir. Er ist für alle außerweltlichen Besucher zuständig.« Sie beobachtete Jestocost genau; er sah noch immer nicht so aus, als ob er sie überlisten wollte.

»Den meine ich nicht. Er gehört zu meinen eigenen Leuten. Wer ist dein Führer bei den Untermenschen?«

»Es war mein Vater, aber er ist ja gestorben.«

»Vergib mir. Bitte, setz dich doch. Ich habe etwas anderes gemeint.«

Sie war so müde, dass sie sich mit einer unschuldigen Sinnlichkeit auf den Sessel setzte, die jedem normalen Mann den ganzen Tag durcheinandergebracht hätte. Sie trug ihre Girlygirl-Kleidung, die normaler Alltagskleidung glich, jedoch interessant und modisch wirkte, wenn sie sich darin bewegte. Ihrem Beruf entsprechend waren ihre Kleider so entworfen, dass sie unverhoffte und provozierende Einblicke gewährten, wenn sie sich setzte; allerdings waren die Einblicke nicht so gewagt, dass sie den Mann mit ihrer Dreistigkeit schockieren könnten, doch so geschlitzt, geteilt und geschnitten, dass er weit mehr visuelle Reize erhielt, als er erwartet hatte.

»Ich muss dich bitten, deine Kleider ein wenig zusammenzuziehen«, sagte Jestocost mit klinisch unbeteiligter Kühle. »Ich bin ein Mann, auch wenn ich ein Beamter bin, und dieses Gespräch ist für dich und mich wichtig.«

Sein Tonfall erschreckte sie ein wenig. Sie hatte ihn nicht aufreizen wollen, vor allem nicht heute, nach dem Begräbnis. Diese Kleider waren die einzigen, die sie besaß.

Er las das alles in ihrem Gesicht.

Unbeirrt kam er auf sein eigentliches Anliegen zurück.

»Junge Lady, ich fragte nach eurem Führer. Du hast zuerst deinen Vorgesetzten und dann deinen Vater genannt, aber mir geht es um euren Führer.«

»Ich verstehe nicht«, erwiderte sie und schluchzte fast, »ich verstehe nicht.«

Dann, dachte er, muss ich das Risiko eben eingehen. Er stach mit seinem mentalen Dolch zu, trieb ihr seine Worte fast wie Stahl mitten ins Gesicht. »Wer«, sagte er langsam und eisig, »ist ... der ... I ... telly ... kelly?«

Das Gesicht des Mädchens war blass vor Kummer gewesen. Nun wurde es kalkweiß. Sie fuhr vor ihm zurück. Ihre Augen glühten wie zwei Feuer.

Ihre Augen ... wie zwei Feuer.

(Kein Untermädchen, dachte Jestocost, während ihm schwindlig wurde, könnte mich hypnotisieren.)

Ihre Augen ... waren wie kalte Feuer.

Der Raum um ihn herum verschwand. Das Mädchen war fort. Ihre Augen wurden zu einem einzigen weißen, kalten Feuer.

Inmitten dieses Feuers befand sich die Gestalt eines Mannes. Seine Arme waren Flügel, aber an den Ellbogen seiner Schwingen besaß er menschliche Hände. Sein Gesicht war so klar und kalt wie der Marmor eines antiken Standbildes. Seine Augen waren von einem trüben Weiß. »Ich bin E-telekeli«, sagte er. »Sie werden an mich glauben. Sprechen Sie mit meiner Tochter K'mell.«

Das Bild verschwand.

Jestocost sah, wie das Mädchen ihn anstarrte, während sie in unbequemer Haltung auf dem Sessel saß. Er war nahe daran, einen Scherz über ihre hypnotische Aufnahmekapazität zu machen, als er erkannte, dass sie noch immer tief hypnotisiert war, obwohl er sich selbst schon längst daraus gelöst hatte. Sie hatte sich versteift, und wieder war ihr Kleid in planvolle Unordnung geraten. Die Wirkung war nicht aufreizend; sie war so rührend, dass Worte ungenügend wären, um es zu beschreiben – vielleicht als ob einem hübschen Kind ein Unfall zugestoßen wäre.

Er sprach zu ihr. Er sprach zu ihr und erwartete im Grunde keine Antwort. »Wer bist du?«, fragte er, um ihre Hypnose zu testen.

»Ich bin der, dessen Name niemals laut genannt wird«, sagte das Mädchen mit eindringlichem Flüstern. »Ich bin der, dessen Geheimnis Sie aufgedeckt haben. Ich habe mein Bild und meinen Namen Ihrem Geist eingeprägt.«

Jestocost pflegte mit derartigen Gespenstern nicht zu streiten. Er stieß eine Entschuldigung hervor. »Wenn ich meinen Geist öffne, werden Sie ihn dann durchsuchen, während ich Sie ansehe? Sind Sie dazu fähig?«

»Ich bin dazu fähig«, zischte die Stimme im Mund des Mädchens.

K'mell erhob sich und legte Jestocost die Hände auf die Schulter. Sie blickte ihm in die Augen. Er erwiderte den Blick. Er war selbst ein starker Telepath, aber auf die gewaltige Gedankenspannung, die von ihr ausging, war er nicht vorbereitet.

Überprüfen Sie meine Gedanken, befahl er. *Aber nur jene, die die Untermenschen betreffen.*

Ich sehe sie, telepathierte das Bewusstsein, das sich hinter K'mell verbarg.

Sehen Sie auch, was ich für die Untermenschen tun will?

Jestocost hörte das Mädchen schwer atmen, während ihr Geist dem seinen als Relais diente. Er versuchte ruhig zu bleiben, um zu erkennen, welcher Teil seines Gehirns erforscht wurde. So weit ist ja alles gut gegangen, dachte er. Eine Intelligenz wie diese hier bei uns auf der Erde – und wir Lords wussten nicht einmal etwas davon!

Das Mädchen stieß ein kurzes, trockenes Lachen aus.

Jestocost telepathierte: *Entschuldigung. Machen Sie weiter.*

Dieser Plan – dachte das fremde Bewusstsein –, *kann ich mehr von Ihrem Plan sehen?*

713

Mehr gibt es nicht.

Oh, erklärte das fremde Bewusstsein, *Sie wollen, dass ich für Sie denke. Können Sie mir die Schlüssel der Glocke und der Bank nennen, die für die Vernichtung der Untermenschen zuständig sind?*

Sie können die Informationsschlüssel bekommen, falls ich sie mir jemals beschaffen kann, erwiderte Jestocost, *aber nicht die Kontrollschlüssel und auch nicht den Hauptschalter der Glocke.*

Das ist fair, dachte das andere Bewusstsein. *Und was muss ich dafür bezahlen?*

Sie unterstützen mich in meiner Politik gegenüber der Instrumentalität. Und wenn es in Ihrer Macht steht, dann sorgen Sie dafür, dass die Untermenschen vernünftig bleiben, sobald die Zeit reif für Verhandlungen ist. Sie garantieren für die Ehrenhaftigkeit und den guten Glauben bei allen späteren Abkommen. Aber wie soll ich an die Schlüssel kommen? Selbst mich wird es ein Jahr kosten, sie zu besorgen.

Lassen Sie das Mädchen einmal hinsehen, schlug das fremde Bewusstsein vor, *und ich werde hinter ihr sein. Ist das fair?*

Fair, bestätigte Jestocost.

Ende?, fragte das Bewusstsein.

Wie treten wir wieder in Verbindung?, wollte Jestocost wissen.

So wie jetzt. Durch das Mädchen. Nennen Sie niemals meinen Namen. Denken Sie ihn nicht einmal, wenn es möglich ist. Ende?

Ende!, dachte Jestocost.

Das Mädchen, das die ganze Zeit seine Schultern festgehalten hatte, zog sein Gesicht herab und küsste ihn warm und fest. Noch nie hatte er einen Untermenschen berührt oder war ihm gar in den Sinn gekommen, einen von ihnen zu küssen. Es war angenehm, doch er löste ihre Arme von seinem Hals, drehte sie halb herum und ließ zu, dass sie sich an ihn lehnte.

»Daddy!«, seufzte sie glücklich. Plötzlich versteifte sie sich, blickte ihm ins Gesicht und eilte zur Tür. »Jestocost!«, rief sie. »Lord Jestocost! Was mache ich hier?«

»Du hast deine Pflicht getan, mein Kind. Du kannst jetzt gehen.«

Sie stolperte zurück ins Zimmer. »Mir wird übel«, stieß sie hervor. Dann erbrach sie sich auf den Fußboden.

Er drückte auf einen Knopf, um den Reinigungsroboter herbeizurufen, und klatschte auf die Schreibtischplatte, um Kaffee zu ordern.

Sie wurde wieder ruhig und sprach über seine Hoffnungen für die Untermenschen. Eine Stunde lang blieb sie bei ihm. Als sie ihn verließ, war ihr Plan fertig. Keiner von ihnen hatte E'telekeli erwähnt, keiner von ihnen hatte laut über ihre Absichten gesprochen. Falls die Monitore zugehört hatten, waren sie auf keinen einzigen Satz oder Absatz gestoßen, der verdächtig gewirkt hätte.

Als sie fort war, blickte Jestocost aus dem Fenster. Er betrachtete die weit über ihm dahintreibenden Wolken und wusste, dass die Welt unter ihm im Dämmerlicht lag. Er hatte geplant, den Untermenschen zu helfen, und war dabei auf Mächte gestoßen, von denen die organisierte Menschheit weder etwas wusste, noch gegen die sie etwas unternehmen konnte. Er hatte Recht gehabt, sogar in einem größeren Ausmaß, als er sich vorgestellt hatte. Und deshalb musste er weitermachen.

Aber seine Partnerin – K'mell selbst … Hatte es in der Geschichte der Welten jemals eine seltsamere Diplomatin gegeben?

In weniger als einer Woche hatten sie entschieden, was zu tun war. Es war der Rat der Lords der Instrumentalität, mit dem sie beginnen würden – das Gehirnzentrum selbst. Das Risiko war groß, aber die ganze Arbeit konnte in wenigen Minuten erledigt werden, falls sie an die Glocke herankamen.

Darum ging es Jestocost.

Er wusste nicht, dass K'mell ihn mit zwei verschiedenen Facetten ihres Geistes beobachtete. Die eine Seite von ihr war seine wachsame und rückhaltlose Mitverschwörerin, ganz erfüllt von der Hingabe an die revolutionären Ziele, denen sie sich verschrieben hatte. Die andere Seite – war weiblich.

Ihre Weiblichkeit war umfassender als die einer menschlichen Frau. Sie kannte den Wert ihres erlernten Lächelns, ihres sorgsam gepflegten roten Haares mit seiner unbeschreiblichen Zartheit, ihres geschmeidigen jungen Körpers mit den festen Brüsten und den lockenden Hüften. Sie kannte auf ein Tausendstel genau die Wirkung ihrer Beine auf hominide Männer. Wahre Menschen konnten nur wenig vor ihr verbergen; die Männer verrieten sich durch ihre unerfüllten Begierden, die Frauen durch ihre unbezähmbare Eifersucht. Aber vor allem kannte sie die Menschen deshalb so gut, weil sie selbst kein Mensch war. Sie musste durch Nachahmung lernen, und Nachahmung ist bewusstes Tun. Tausend Kleinigkeiten, die normale Frauen als selbstverständlich hinnahmen oder über die sie nur einmal in ihrem ganzen Leben nachdachten, dienten ihr als Gegenstand aufmerksamer, intelligenter Beobachtung. Sie war ein Mädchen von Beruf; sie war ein Mensch durch Assimilation; sie war eine neugierige Katze aufgrund ihrer genetischen Natur. Und jetzt war sie dabei, sich in Jestocost zu verlieben, und sie wusste es.

Aber selbst sie konnte nicht wissen, dass die Romanze eines Tages zum Gespräch, zur Legende, zu einer Liebesgeschichte verklärt werden würde. Sie ahnte nichts von der Ballade über sie, die mit folgenden, viel später berühmt gewordenen Zeilen begann:

> *Sie bekam das Was von dem Was-sie-tat,*
> *Versteckte die Glocke unter einem Klecks; sodann*
> *Verliebte sie sich in einen hominiden Mann.*
> *Wo ist das Was von dem Was-sie-tat?*

All dies lag noch in der Zukunft, und sie wusste es nicht.

Sie kannte nur ihre eigene Vergangenheit.

Sie erinnerte sich an den Prinzen von der Außenwelt, der seinen Kopf in ihren Schoß gelegt und gesagt hatte, während er zum Abschied ein Glas Mott trank: »Seltsam, K'mell, du bist nicht einmal ein Mensch und dennoch bist du das intelligenteste menschliche Wesen, dem ich auf dieser Welt begegnet bin. Wusstest du eigentlich, dass es meinen Planeten arm gemacht hat, mich hierhin zu schicken? Und was hat es uns gebracht? Nichts, nichts und tausendmal nichts. Aber du ... Wenn du die Regierung der Erde leiten würdest, hätte ich bekommen, was mein Volk braucht, und auch diese Welt hier wäre reicher. Menschenheimat nennen sie sie. Menschenheimat, bei meiner Seele! Die einzige vernünftige Person auf dem ganzen Planeten ist eine weibliche Katze.« Er zeichnete mit den Fingern ihre Fesseln nach. Sie ließ ihn gewähren. Es war ein Teil der Gastfreundschaft, und sie besaß ihre eigenen Mittel, um dafür zu sorgen, dass die Gastfreundschaft nicht zu weit ging.

Die irdische Polizei überwachte sie; für sie war sie eine Annehmlichkeit, die man den Außenweltlern zur Verfügung stellte, etwa wie einen weichen Sessel in den Empfangshallen von Erdhafen oder einen Trinkbrunnen mit säurehaltigem Wasser für Fremde, die das schale Wasser der Erde nicht vertragen konnten. Man erwartete jedoch nicht von ihr, dass sie

Gefühle entwickelte oder sich mit jemandem einließ. Hätte sie jemals einen Zwischenfall verursacht, hätte man sie genauso grausam bestraft, wie oft genug Tiere oder Untermenschen bestraft wurden, oder man hätte sie (nach einem kurzen formalen Prozess ohne Berufungsmöglichkeiten) vernichtet, wie es das Gesetz vorsah und der Brauch es forderte.

Sie hatte über tausend Männer, vielleicht sogar fünfzehnhundert, geküsst. Sie hatte in ihnen das Gefühl hervorgerufen, willkommen zu sein, und sie hatte ihnen ihre Beschwerden oder Geheimnisse entlockt, bevor sie wieder abreisten. Es war ein emotional ermüdendes, aber intellektuell sehr anregendes Leben. Manchmal musste sie lachen, wenn sie die menschlichen Frauen mit ihrer Hochnäsigkeit und ihrem stolzen Gehabe sah und daran dachte, dass sie mehr über die Männer wusste, die zu den menschlichen Frauen gehörten, als diese jemals wissen würden.

Einmal hatte eine Polizistin ihren Bericht über zwei Pioniere von Neu-Mars überprüfen müssen. K'mell hatte die Aufgabe bekommen, ständig in engem Kontakt mit ihnen zu bleiben. Als die Polizistin den Bericht durchgelesen hatte, sah sie K'mell an und ihr Gesicht war verzerrt vor Eifersucht und glühender Wut.

»Katze nennst du dich. Katze! Du bist eine Sau, du bist eine Hündin, du bist ein Tier. Du magst für die Erde arbeiten, aber bilde dir ja nicht ein, dass du ebenso viel wert bist wie ein Mensch. Ich halte es für ein Verbrechen, dass die Instrumentalität Ungeheuer wie dich die wahren menschlichen Wesen von den Außenwelten begrüßen lässt! Ich kann das leider nicht verhindern. Aber die Glocke möge dir beistehen, Mädchen, wenn du jemals einen wahren irdischen Mann anrührst! Wenn du jemals einem zu nahekommst! Wenn du jemals hier irgendwelche Tricks versuchst! Hast du mich verstanden?«

»Ja, Ma'am«, hatte K'mell geantwortet. Und im Stillen gedacht: Das arme Ding weiß nicht einmal, wie man sich anständig anzieht oder wie man eine nette Frisur hinbekommt.

Kein Wunder, dass sie jeden hasst, der es versteht, sich hübsch zu machen.

Vielleicht hatte die Polizistin gedacht, roher Hass würde K'mell erschrecken. Das war aber nicht der Fall. Untermenschen waren daran gewöhnt, dass man sie verachtete und hasste, und Hass war roher nicht schwerer zu ertragen, als wenn er mit Höflichkeit gekocht und als Geschenk serviert wurde.

Doch jetzt war alles anders geworden.

Sie hatte sich in Jestocost verliebt.

Liebte er sie auch?

Unmöglich. Nein, nicht unmöglich. Ungesetzlich, unwahrscheinlich, unanständig – ja, all dies, aber nicht unmöglich.

Gewiss hatte er gespürt, dass sie ihn liebte. Wenn es so war, ließ er sich jedoch nichts anmerken.

Schon oft zuvor hatten sich Menschen und Untermenschen ineinander verliebt. Gewöhnlich zerstörte man dann die Untermenschen und unterzog die Wahren Menschen einer Gehirnwäsche. Es gab Gesetze gegen derartige Geschmacklosigkeiten. Die Wissenschaftler der Menschen hatten die Untermenschen erschaffen, hatten ihnen Kräfte verliehen, über die die Wahren Menschen nicht verfügten (der Sprung über fünfzig Meter, der Telepath zwei Meilen unter der Erde, der Schildkrötenmensch, der tausend Jahre an einem Notausgang stand, der Stiermann, der unentgeltlich ein Tor bewachte), und die Wissenschaftler hatten vielen der Untermenschen eine menschliche Gestalt verliehen. Das war praktischer. Das menschliche Auge, die fünffingrige Hand, die menschliche Größe – das war aus technischen Gründen von Vorteil. Denn dadurch, dass den Untermenschen die gleiche Größe und Gestalt wie den Menschen gegeben worden war (mehr oder weniger), hatten die Wissenschaftler die Konstruktion von zwei oder drei oder einem Dutzend verschiedener Wohnungseinrichtungen überflüssig gemacht. Die menschliche Gestalt war für alle gut genug.

Doch sie hatten das menschliche Herz vergessen.

Und jetzt hatte sie, K'mell, sich in einen Mann verliebt, in einen Wahren Menschen, der alt genug war, um der Großvater ihres eigenen Vaters zu sein.

Aber sie empfand keineswegs töchterliche Gefühle für ihn. Sie erinnerte sich, dass sie mit ihrem eigenen Vater eine lockere Kameradschaft verbunden hatte, eine unschuldige und selbstverständliche Zuneigung, die den Umstand vergessen ließ, dass er wesentlich katzenähnlicher war als sie. Zwischen ihnen herrschte stets eine schmerzhafte Leere ewig ungesagter Worte – Dinge, die keiner von ihnen so richtig aussprechen konnte, vielleicht sogar Dinge, für die es keine Worte gab. Sie standen einander so nahe, dass sie sich nicht noch näherkommen konnten. Und diese Nähe hatte eine enorme Distanz geschaffen, die herzzerreißend war und nicht zu überbrücken. Ihr Vater war gestorben, und jetzt war da dieser Wahre Mensch mit all seiner Güte …

»Das ist es«, sagte sie zu sich selbst. »Mit all seiner Güte, die keiner dieser schnell wieder heimreisenden Männer gezeigt hat. Nicht dass sie nicht darüber verfügt hätten. Aber sie sind aus Dreck geboren, werden wie Dreck behandelt und wie Dreck fortgeworfen, wenn sie sterben. Wie könnte irgendeiner meiner Artgenossen wahre Güte empfinden? Für Güte ist eine besondere Art der Erhabenheit erforderlich. Sie ist das Beste am Menschen. Er besitzt ganze Ozeane davon. Es ist seltsam, wirklich seltsam, dass er niemals einer menschlichen Frau seine wahre Liebe geschenkt hat.« Sie verstummte, und ihr wurde kalt. Dann tröstete sie sich und flüsterte weiter: »Oder wenn er es doch getan hat, dann ist es so lange her, dass es keine Rolle mehr spielt. Und nun hat er *mich*. Ob er das wohl weiß?«

IV

Lord Jestocost wusste es nicht und wusste es gleichzeitig doch. Er war es gewohnt, dass die Menschen ihm Loyalität entgegenbrachten, weil er ihnen in seiner täglichen Arbeit Loyalität und Ehre erwies. Er war es sogar gewohnt, dass Loyalität aufdringlich wurde und sich in körperlicher Form ausdrückte, vor allem bei Frauen, Kindern und Untermenschen. Aber er hatte es immer rechtzeitig unterbunden. Er setzte auf die Tatsache, dass K'mell eine wundervolle, intelligente Person war und dass sie als Girlygirl, das für die irdische Polizei als Gästebetreuerin arbeitete, gelernt hatte, ihre persönlichen Gefühle zu beherrschen.

Wir sind zum falschen Zeitpunkt geboren, dachte er. Ich lerne die intelligenteste und wunderschönste Frau kennen, der ich jemals begegnet bin, und muss die Pflicht voranstellen. All diese Sachen zwischen Menschen und Untermenschen sind riskant. Sehr riskant. Wir sollten unsere persönlichen Gefühle da heraushalten.

So dachte er. Vielleicht hatte er Recht.

Falls der Namenlose, an den er sich nicht zu erinnern wagte, einen Angriff auf die Glocke befahl, dann war es den Einsatz ihrer beider Leben wert. Gefühle hatten da nichts zu suchen. Einzig die Glocke spielte eine Rolle; oder die Gerechtigkeit; oder die ewige Rückkehr des Menschen zum Fortschritt. Er selbst spielte keine Rolle, denn er hatte den Großteil seiner Arbeit bereits getan. K'mell interessierte ebenfalls nicht, denn wenn sie versagten, dann würde sie auf ewig auf bloße Untermenschen angewiesen sein. Die Glocke ganz allein war es, die zählte.

Der Preis für das, was Jestocost sich vorgenommen hatte, war hoch, aber die ganze Arbeit konnte in wenigen Minuten erledigt werden, wenn sie auf die Glocke trafen.

Natürlich war die Glocke in Wirklichkeit keine Glocke. Sie war ein dreidimensionaler Situationstisch von dreifacher

Mannsgröße. Sie befand sich ein Stockwerk unter dem Versammlungsraum und besaß die ungefähre Form einer antiken Glocke. Der Konferenztisch der Lords der Instrumentalität hatte in der Mitte ein Loch, so dass die Lords auf die Glocke hinunterblicken konnten, um in ihr jede Situation zu überprüfen, die einer von ihnen auf manuelle oder telepathische Weise angefordert hatte. Die darunterliegende, unter dem Fußboden versteckte Bank war der Datenspeicher für das gesamte System. Duplikate davon gab es an rund dreißig anderen Orten der Erde. Zwei Duplikate waren im interstellaren Weltraum verborgen, eines davon neben dem neunzig Millionen Meilen großen, goldfarbenen Schiff, das von dem Krieg gegen Raumsog übrig geblieben war, das andere war als Asteroid getarnt.

Die meisten Lords hielten sich derzeit im Auftrag der Instrumentalität auf den Außenwelten auf. Außer Jestocost waren nur drei anwesend – Lady Johanna Gnade, Lord Issan Olascoaga und Lord William Nicht-von-hier. (Die Nicht-von-hier waren eine geachtete norstrilische Familie, die vor vielen Generationen zur Erde zurückgekehrt war.)

E'telekeli informierte Jestocost über die Grundzüge seines Plans.

K'mell sollte aufgrund einer Vorladung in die Kammer gebracht werden.

Die Vorladung musste einen ernsten Zwischenfall zum Anlass haben.

Sie sollten vermeiden, dass durch ein automatisches Urteil ihr sofortiger Tod eingeleitet wurde, falls die Übertragung nicht richtig funktionierte.

K'mell würde in der Kammer in partielle Trance verfallen.

Dann sollte Jestocost die Dinge in die Glocke projizieren, die E'telekeli untersuchen wollte. Eine einzige Projektion würde genügen. E'telekeli würde die Verantwortung für die Untersuchung übernehmen und die anderen Lords ablenken.

Es schien einfach zu sein.

Bei der Durchführung traten jedoch Komplikationen auf.

Der Plan mochte ein wenig armselig klingen, aber unter den gegebenen Umständen blieb Jestocost keine andere Wahl. Er begann sich selbst dafür zu verfluchen, dass ihn seine Leidenschaft für die Politik zu dieser Intrige verleitet hatte. Es war zu spät, um noch ehrenvoll zurückzutreten; nebenbei bemerkt hatte er auch sein Wort gegeben; außerdem mochte er K'mell – als Wesen, nicht als Girlygirl –, und er würde es verabscheuen, mitansehen zu müssen, wie sie ihr Leben lang unter dieser Enttäuschung litt. Er wusste, wie sehr die Untermenschen ihre Identität und ihren Status hüteten.

Schweren Herzens, aber mit wachen Sinnen ging er in die Ratskammer. Ein Hundemädchen, eine der routinemäßigen Botinnen, die er schon seit vielen Monaten vor der Tür hatte stehen sehen, überreichte ihm die Tagesordnung.

Er fragte sich, wie K'mell oder E'telekeli ihn erreichen würden, wenn er sich erst einmal in der Kammer mit ihrem dichten Netz telepathischer Rezeptoren befand.

Müde setzte er sich an den Tisch …

… um im selben Moment aus seinem Sessel hochzufahren.

Die Verschwörer hatten die Tagesordnung gefälscht und als ersten Punkt »K'mell, Tochter von K'mackintosh, Abstammung Katze (reinrassig), Reihe 1138, Geständnis vorliegend. Anklage: Verschwörung zum Export homunkulären Materials. Referenz: Planet De Prinsensmacht« eingesetzt.

Lady Johanna Gnade hatte bereits die Knöpfe für den fraglichen Planeten gedrückt. Die dort lebende Bevölkerung stammte von der Erde und war ungeheuer stark, allerdings hatten sie sich größte Mühe gegeben, ihr ursprüngliches irdisches Äußeres zu bewahren. Einer ihrer Führer befand sich derzeit auf der Erde. Er trug den Titel Prins van de Schemering (Prinz des Zwielichts) und führte eine Mission diplomatischer und handelspolitischer Natur durch.

Da sich Jestocost ein wenig verspätet hatte, befand sich K'mell zu dem Zeitpunkt, als er die Tagesordnung durchsah, bereits im Raum.

Lord Nicht-von-hier fragte Jestocost, ob er den Vorsitz übernehmen würde.

»Ich bitte Sie, Sir und Gelehrter«, erwiderte Jestocost, »meinen Antrag zu unterstützen und diesmal Lord Issan den Vorsitz übernehmen zu lassen.«

Der Vorsitz war eine Formalität. Jestocost konnte Glocke und Bank besser im Auge behalten, wenn er nicht auch noch die Sitzung leiten musste.

K'mell trug Gefangenenkleidung. An ihr sah sie gut aus. Er hatte sie vorher nie etwas anderes als die Kleidung eines Girlygirls tragen sehen. Der blassblaue Gefängniskittel ließ sie sehr jung, sehr menschlich, sehr zart und sehr furchtsam aussehen. Ihre Katzenabstammung verriet sich nur in den feurigen Kaskaden ihres Haares und der geschmeidigen Kraft ihres Körpers, wenn sie so ernst wie jetzt aufrecht auf ihrem Stuhl saß.

Lord Issan forderte sie auf: »Du hast ein Geständnis abgelegt. Wiederhole es.«

»Dieser Mann«, K'mell deutete auf ein Bild des Prinzen, »wollte einen Ort aufsuchen, wo menschliche Kinder zur Unterhaltung gequält werden.«

»Was?«, riefen die drei Lords gleichzeitig.

»Wo war das?«, fragte Lady Johanna, die stets unnachsichtig für das Gute eintrat.

»Es wird von einem Mann geleitet, der so wie dieser Herr dort aussieht«, erklärte K'mell und wies auf Jestocost. Blitzschnell, so dass niemand sie daran hindern konnte, aber demütig, so dass niemand an ihr zweifelte, durchschritt sie den Raum und berührte Jestocosts Schulter. Er spürte den Schauer der Kontakt-Telepathie und vernahm Vogelgezwitscher in ihrem Bewusstsein. Da wusste er, dass E'telekeli mit ihr in Verbindung stand.

»Der Mann, dem dieses Etablissement gehört«, fuhr K'mell fort, »ist fünf Pfund leichter als dieser Herr, fünf Zentimeter kleiner und hat rotes Haar. Der Laden liegt im Viertel des Cold Sunset von Erdhafen, den Boulevard hinunter und dann unter den Boulevard. Untermenschen, einige von ihnen von schlechtem Ruf, leben in der Nachbarschaft.«

Die Glocke wurde milchig und zeigte Hunderte von verrufenen Untermenschen, die in diesem Teil der Stadt hausten. Jestocost bemerkte, dass er mit unerwarteter Konzentration in die milchige Trübe blickte.

Die Glocke wurde klar. Sie zeigte das verschwommene Bild eines Raumes, in dem Kinder Halloween-Schabernack trieben.

Lady Johanna lachte. »Das sind keine Menschen. Es sind Roboter. Es ist nur ein dummes altes Spiel.«

»Dann«, fuhr K'mell fort, »wollte er einen Dollar und einen Schilling, um sie mit nach Hause zu nehmen. Echte. Es gab da einen Roboter, der welche gefunden hatte.«

»Was sind das für Dinger?«, fragte Lord Issan.

»Antikes Geld – das echte Geld des alten Amerika und Australiens«, rief Lord William. »Ich besitze Kopien, aber es gibt keine Originale außerhalb der staatlichen Museen.« Er war ein passionierter Münzsammler.

»Der Roboter entdeckte sie in einem alten Versteck direkt unter Erdhafen.«

Da schrie Lord William beinahe die Glocke an: »Durchlaufe alle Verstecke und beschaffe mir dieses Geld.«

Die Glocke wurde wieder milchig. Bei der Suche nach den übelbeleumdeten Bewohnern des fraglichen Stadtviertels hatte sie jeden Polizeistützpunkt im nordwestlichen Sektor des Turms alarmiert. Nun überprüfte sie alle Polizeistützpunkte, die unter dem Turm lagen, und ließ rasend schnell Tausende von Kombinationen durchlaufen, bevor sie bei einem alten Werkzeugschuppen verharrte. Ein Roboter war dabei, runde Metallscheiben zu polieren.

Als Lord William das sah, geriet er außer Rand und Band. »Her damit«, brüllte er. »Ich will sie kaufen!«

»In Ordnung«, stimmte Lord Issan zu. »Es ist ein wenig illegal, aber von mir aus …«

Die Glocke aktivierte die Suchgeräte und führte den Roboter zur Rolltreppe.

»Hinter diesem Fall steckt nicht viel«, bemerkte Lord Issan.

K'mell jammerte leise. Sie war eine gute Schauspielerin. »Dann verlangte er von mir, ich solle ihm ein Homunkulus-Ei besorgen. Eines vom E-Typ, mit Vogelabstammung, und das wollte er ebenfalls mit nach Hause nehmen.«

Issan stellte das Suchgerät an.

»Vielleicht«, sagte K'mell, »hat es schon jemand für die Beseitigung gekennzeichnet.«

Die Glocke und die Bank überprüften mit hoher Geschwindigkeit alle Beseitigungsanlagen. Jestocost spürte, wie er am Rande eines Nervenzusammenbruchs stand. Kein menschliches Wesen hätte sich die vielen tausend Muster merken können, die zu schnell für das menschliche Auge über die Glocke blitzten, aber das Gehirn, das die Glocke durch seine Augen beobachtete, war nicht menschlich. Es war vielleicht sogar selbst an einen Computer angeschlossen. Es war, dachte Jestocost, unter der Würde eines Lords der Instrumentalität, als menschliches Fernglas benutzt zu werden.

Die Maschine schaltete sich ab.

»Du bist eine Lügnerin«, rief Lord Issan. »Es gibt keinen Beweis.«

»Vielleicht hat es der Außenweltler nur versucht«, sagte Lady Johanna.

»Beschattet ihn«, forderte Lord William. »Wenn er schon antike Münzen stiehlt, dann stiehlt er auch andere Dinge.«

Lady Johanna wandte sich an K'mell. »Du bist ein dummes Ding. Du hast unsere Zeit verschwendet und uns von ernsten Interwelt-Angelegenheiten abgehalten.«

»Es *ist* reine interweltliche Angelegenheit«, weinte K'mell. Sie löste ihre Hand von Jestocosts Schulter, wo sie sich die ganze Zeit über befunden hatte. Der Körper-zu-Körper-Kontakt brach ab und damit auch die telepathische Verbindung.

»Wir sollten ein Urteil fällen«, sagte Lord Issan.

»Du hättest dafür bestraft werden können, K'mell«, erklärte Lady Johanna.

Lord Jestocost hatte geschwiegen, aber ein Hauch Glück hatte ihn erfasst. Falls E'telekeli nur halb so gut war, wie es schien, dann besaßen die Untermenschen nun eine Aufstellung der Kontrollpunkte und Fluchtwege, die es ihnen erleichtern würde, sich der willkürlichen Verurteilung zu einem schmerzlosen Tod zu entziehen, der von den menschlichen Behörden verhängt wurde.

V

In dieser Nacht erfüllte Gesang die Korridore.

Ohne ersichtlichen Grund brachen die Untermenschen in Jubel aus.

K'mell tanzte einen wilden Katzentanz für den nächsten Kunden, der noch am selben Abend von einer außerweltlichen Station zu ihr gekommen war. Als sie dann zu Hause war und zu Bett ging, kniete sie vor dem Bild ihres Vaters K'mackintosh nieder und dankte E'telekeli für das, was Jestocost getan hatte.

Die Geschichte wurde erst einige Generationen später bekannt, als Lord Jestocost Verehrung durch die Untermenschen zuteil wurde und die Behörden, die noch immer nichts von E'telekeli wussten, die gewählten Vertreter der Untermenschen als Verhandlungspartner bei den Beratungen über bessere Lebensbedingungen anerkannten.

K'mell war da schon seit langer Zeit gestorben.

Doch hatte sie ein schönes, langes Leben gehabt.

Sie wurde Küchenchefin, als sie zu alt war, um noch als Girlygirl zu arbeiten. Ihre Gerichte waren berühmt. Einmal besuchte Jestocost sie. Am Ende des Essens fragte er sie: »Unter den Untermenschen geht ein alberner Vers um. Außer mir kennt ihn kein menschliches Wesen.«

»Ich kümmere mich nicht um Verse«, erwiderte sie.

»Er heißt ›Das Was-sie-tat‹.«

K'mell errötete bis zum Ausschnitt ihrer tief dekolletierten Bluse. Mit den Jahren war sie recht mollig geworden. Die Führung des Restaurants hatte dazu beigetragen. »Oh, dieser Vers«, sagte sie. »Er ist wirklich albern.«

»In ihm steht, dass du dich in einen Hominiden verliebt hast.«

»Nein«, sagte sie. »Das stimmt nicht.« Ihre grünen Augen, die so schön waren wie eh und je, blickten tief in seine. Jestocost fühlte sich unwohl. Die Sache nahm persönliche Züge an. Er mochte eher politische Beziehungen; persönliche Dinge verunsicherten ihn.

Das Licht in dem Raum wechselte, und K'mells Katzenaugen funkelten ihn an, und sie sah aus wie das zauberhafte, feuerhaarige Mädchen, das er einmal gekannt hatte. »Ich war nicht verliebt. So kann man das nicht nennen ...« Ihr Herz rief laut: *Du warst es, du warst es, du warst es.*

»Aber der Vers«, beharrte Jestocost, »spricht von einem Hominiden. Es war nicht der Prins van de Schemering?«

»Wer war denn das?«, fragte K'mell leise, während ihre Gefühle riefen: *Oh, mein Liebster, wirst du es denn nie, nie erfahren?*

»Der starke Mann.«

»Oh, der. Den hatte ich völlig vergessen.«

Jestocost erhob sich vom Tisch. »Du hast ein gutes Leben gehabt, K'mell. Du bist Bürgerin, Komiteemitglied, eine führende Persönlichkeit. Und weißt du überhaupt, wie viele Kinder du bekommen hast?«

»Dreiundsiebzig«, fauchte sie ihn an. »Dass es so viele sind, heißt noch lange nicht, dass ich sie nicht kenne.«

Alles Scherzhafte fiel von ihm ab. Sein Gesicht war ernst, seine Stimme gütig, als er sagte: »Ich wollte dir nicht wehtun, K'mell.«

Er erfuhr niemals, dass nach seinem Fortgang K'mell wieder zurück in die Küche gegangen war und dort eine Weile geweint hatte. Denn es war Jestocost gewesen, den sie unglücklich geliebt hatte, seit sie vor vielen Jahren einmal Kameraden gewesen waren.

Selbst nachdem sie gestorben war, im Alter von fünf mal zwanzig und drei Jahren, sah er sie immer noch in den Gängen und Schächten von Erdhafen. Viele ihrer Urenkelinnen sahen genauso aus wie sie, und viele von ihnen übten den Girlygirl-Beruf mit großem Erfolg aus.

Sie waren keine Halbsklaven mehr. Sie waren Bürger (niedrigen Grades), und sie besaßen Bildausweise, die ihr Eigentum, ihre Identität und ihre Rechte schützten. Jestocost war ihr aller Pate; oft wurde er verlegen, wenn die wollüstigsten Wesen des Universums ihm spielerisch Kusshände zuwarfen. Alles, was er verlangte, war die Erfüllung seiner politischen Leidenschaft und nicht die seiner persönlichen Wünsche. Er war immer verliebt gewesen, bis zum Wahnsinn verliebt …

In die Gerechtigkeit selbst.

Dann schlug schließlich seine eigene Stunde, und er wusste, dass er im Sterben lag. Doch er war nicht traurig darüber. Er hatte eine Frau gehabt, vor Hunderten von Jahren, und er hatte sie sehr geliebt, und ihre Kinder waren in den späteren Generationen der Menschheit aufgegangen.

Als das Ende kam, wollte er noch etwas wissen, und er rief den Namenlosen (oder seinen Nachfolger), der sich tief in der Erde befand. Er rief ihn mit seinem Geist, bis es ein Schrei war.

Ich habe Ihrem Volk geholfen.

»Ja«, ertönte ein fernes, feines Flüstern in seinem Kopf.

Ich sterbe. Ich muss es wissen: Hat sie mich geliebt?

»Sie lebte ohne Sie weiter, so sehr liebte sie Sie. Sie ließ Sie gehen, um Ihretwillen, nicht weil sie es so wollte. Sie hat Sie wirklich geliebt. Mehr als den Tod. Mehr als das Leben. Mehr als die Zeit. Ihr werdet niemals getrennt sein.«

Niemals getrennt?

»Nein, nicht in der Erinnerung der Menschheit«, sagte die Stimme, und dann trat Stille ein.

Jestocost legte sich auf das Kissen zurück und wartete darauf, dass der Tag zu Ende ging.

EIN PLANET
NAMENS SHAYOL

Es war ein ungeheurer Unterschied zwischen der Behandlung, die Mercer auf dem Passagierschiff erfuhr, und der auf der Fähre.

Auf dem Passagierschiff rissen die Wächter Witze über ihn, wenn sie ihm das Essen brachten. »Schreien Sie nur recht schön und laut«, riet ein rattengesichtiger Steward, »damit wir auch wissen, dass Sie es sind, wenn am Geburtstag des Imperators die Klagen der Sträflinge übertragen werden.« Ein anderer, dicker Steward fuhr sich mit seiner feuchten Zungenspitze über seine dicken, purpurfarbenen Lippen und sagte: »Klarer Fall, Mann. Wenn Sie ständig Schmerzen hätten, dann wäre von Ihnen und der ganzen anderen Bande bald nicht mehr viel übrig. Irgendetwas wirklich Bedeutendes muss passieren, außer dem ... *wasweißich*. Vielleicht verwandeln Sie sich in eine Frau. Oder in zwei Menschen. Hören Sie zu, Freundchen, wenn es wirklich etwas Verrücktes ist, dann lassen Sie es mich wissen ...« Mercer sagte nichts. Mercer hatte genug eigene Sorgen, um sich auch noch über die Tagträume irgendwelcher widerlicher Menschen Gedanken zu machen.

Auf der Fähre war alles ganz anders. Der biopharmazeutische Stab war flink, unpersönlich, und ehe Mercer wusste, wie ihm geschah, hatte man ihm die Fesseln abgenommen. Sie nahmen ihm auch seine Sträflingskleidung weg und ließen sie auf dem Passagierschiff. Als er auf die Fähre übersetzte, nackt wie er war, musterten sie ihn wie eine seltene Pflanze oder wie einen Körper auf dem Operationstisch. Fast lag etwas wie distanzierte Freundlichkeit in der klinischen Flinkheit ihrer Berührungen. Sie behandelten ihn nicht als Kriminellen, sondern als Objekt. Die Männer und Frauen in ihren Arztkitteln sahen ihn an, als ob er bereits tot wäre.

Er wollte etwas sagen. Einer der Männer, älter und mit mehr Autorität ausgestattet als die anderen, sagte fest und entschieden: »Lassen Sie das mit dem Sprechen sein. Ich werde in kurzer Zeit mit Ihnen reden. Was wir jetzt tun, sind die Präliminarien, um Ihren physischen Zustand zu bestimmen. Bitte, drehen Sie sich um.«

Mercer drehte sich um. Ein Pfleger rieb seinen Rücken mit einem sehr starken antiseptischen Mittel ein.

»Das wird brennen«, erklärte einer der Techniker, »aber es ist nichts Gravierendes oder Schmerzhaftes. Wir untersuchen nur die Festigkeit Ihrer verschiedenen Hautschichten.«

Mercer, verärgert über die unpersönliche Behandlung, sagte, als es über dem sechsten Lendenwirbel zu brennen begann: »Wissen Sie nicht, wer ich bin?«

»Natürlich wissen wir, wer Sie sind«, erklang die Stimme einer Frau. »Wir haben alles in der Akte drüben in der Ecke. Der Chefarzt wird später mit Ihnen über Ihre Verbrechen sprechen, falls Sie darüber sprechen wollen. Seien Sie jetzt still. Wir führen einen Hauttest durch, und Sie werden sich sehr viel besser dabei fühlen, wenn Sie die Untersuchung nicht auch noch verzögern.« Der Ehrlichkeit halber fügte sie noch hinzu: »Und wir werden dann auch bessere Ergebnisse bekommen.«

Ohne Zeit zu verlieren, machten sie sich an die Arbeit.

Er betrachtete sie von der Seite. Nichts an ihnen verriet, dass sie menschliche Teufel im Vorzimmer der Hölle waren. Nichts deutete darauf hin, dass dies der Satellit von Shayol war, des letzten und endgültigen Ortes der Züchtigung und der Schande. Sie wirkten wie die Ärzte aus der Zeit, bevor er das Namenlose Verbrechen begangen hatte.

Sie führten eine Routineuntersuchung nach der anderen durch. Schließlich deutete eine Frau mit einer chirurgischen Gesichtsmaske auf einen weißen Tisch. »Legen Sie sich bitte darauf.«

Niemand hatte mehr »Bitte« zu Mercer gesagt, seit ihn die Wächter vor dem Palast gefangengenommen hatten. Er wollte der Aufforderung schon nachkommen, da entdeckte er, dass am Kopfende des Tisches gepolsterte Handschellen angebracht waren. Er zögerte.

»Bitte«, sagte die Frau. Einige der anderen Ärzte drehten sich um und sahen sie beide an.

Das zweite »Bitte« erschütterte Mercer. Er musste sprechen. Das hier waren Menschen, und er war wieder eine Person. Er spürte, wie sich seine Stimme hob, sich beinahe überschlug, als er sie fragte: »Bitte, Ma'am, beginnt jetzt die Bestrafung?«

»Hier gibt es keine Bestrafung«, erwiderte die Frau. »Das hier ist der Satellit. Legen Sie sich auf den Tisch. Wir werden Ihnen jetzt Ihre erste Hautfestigung verabreichen, und dann können Sie sich mit dem Chefarzt unterhalten. Und ihm alles über Ihr Verbrechen erzählen ...«

»Sie wissen von meinem Verbrechen?«, fragte er, fast erfreut, als hätte sie einen guten Nachbarn erwähnt.

»Natürlich nicht«, sagte sie, »aber alle Menschen, die hier durchkommen, müssen ein Verbrechen begangen haben. Man hält sie auf jeden Fall für Kriminelle, sonst wären sie nicht hier. Die meisten wollen über ihre persönlichen Verbrechen reden. Aber halten Sie mich nicht auf. Ich bin Hauttechnikerin, und unten auf Shayol werden Sie die beste Behandlung benötigen, die wir Ihnen zukommen lassen können. Jetzt legen Sie sich auf den Tisch. Und wenn Sie dann bereit sind, mit dem Chef zu sprechen, werden Sie außer über Ihr Verbrechen auch noch über andere Dinge reden können.«

Er gab nach.

Eine andere Person mit Gesichtsmaske, vermutlich ein Mädchen, ergriff mit kühlen, sanften Fingern seine Hände und befestigte sie in den gepolsterten Handschellen auf eine Art, die er noch nie erlebt hatte. Bis jetzt hatte er immer geglaubt, jede Verhörmaschine im ganzen Imperium zu kennen, aber dies hier war etwas völlig anderes.

Die Pflegerin trat zurück. »Alles bereit, Madam und Doktor.«

»Was ziehen Sie vor?«, fragte die Hauttechnikern. »Sehr starke Schmerzen oder einige Stunden Bewusstlosigkeit?«

»Warum sollte es mich nach Schmerzen verlangen?«

»Einige Objekte bitten darum, wenn sie hier eintreffen. Ich glaube, es liegt daran, was die Menschen mit ihnen gemacht haben, bevor sie zu uns kamen. Ich nehme an, Sie haben noch keine dieser Traumstrafen erhalten?«

»Nein, die habe ich wohl bislang versäumt.« Mercer dachte: Ich wusste gar nicht, dass ich überhaupt irgendetwas versäumt habe.

Er erinnerte sich an die letzte Gerichtsverhandlung, während der er durch Drähte und Stecker mit dem Zeugenstand verbunden war. Der Gerichtssaal war hoch und dunkel gewesen. Helles blaues Licht fiel auf die Richter, deren Kopfbedeckungen fantastische Parodien auf die Bischofsmützen längst vergangener Zeiten darstellten. Die Richter unterhielten sich, aber er konnte sie nicht hören. Dann verschwand die Schutzdämmung, und er vernahm eine Stimme, die sagte: »Sehen Sie sich dieses weiße, teuflische Gesicht an. Ein solcher Mensch ist aller Verbrechen schuldig. Ich bin für die Schmerzstation.« – »Nicht den Planeten Shayol?«, fragte eine zweite Stimme. – »Die Dromozoen-Welt«, ertönte eine dritte Stimme. – »Das wäre das Richtige für ihn«, stimmte die erste Stimme zu. Einer der Gerichtstechniker musste bemerkt haben, dass der Gefangene unerlaubterweise zuhörte. Die Verbindung wurde getrennt.

Mercer glaubte zu dieser Zeit noch, er habe schon alles erlebt, was sich die Grausamkeit und die Intelligenz der Menschheit ausdenken konnte. Aber diese Frau meinte, er habe die Traumstrafen noch nicht erlebt. Konnte es denn im Universum Menschen geben, die noch schlechter waren als er selbst? Unten auf Shayol mussten sich eine Menge Leute befinden.

Und er war dabei, einer von ihnen zu werden. Würden sie vor ihm prahlen, was sie getan hatten, bevor man sie an diesen Ort gebracht hatte?

»Es ist nur ein gewöhnliches Narkosemittel«, sagte die Technikerin. »Geraten Sie nicht in Panik, wenn Sie erwachen. Ihre Haut wird auf chemische und biologische Weise verdickt und verstärkt werden.«

»Wird es wehtun?«

»Natürlich«, nickte sie. »Aber schlagen Sie sich nur gleich aus dem Kopf, wir würden Sie damit bestrafen. Der Schmerz wird lediglich ein gewöhnlicher medizinischer Schmerz sein. Jeder empfindet ihn, der sich einer chirurgischen Operation unterzieht. Die Bestrafung, wenn Sie es so nennen wollen, findet erst unten auf Shayol statt. Unsere einzige Aufgabe ist es, dafür zu sorgen, dass Sie nach der Landung überlebensfähig sind. Auf gewisse Art retten wir Ihnen vorbeugend das Leben. Sie können dafür dankbar sein, wenn Sie möchten. Währenddessen können Sie sich viel Ärger ersparen, wenn Sie sich klarmachen, dass Ihre Nervenenden auf die Veränderung Ihrer Haut reagieren werden. Sie sollten sich lieber darauf einstellen, dass es Ihnen sehr schlecht gehen wird, wenn Sie aus der Bewusstlosigkeit erwachen. Aber dem können wir auch abhelfen.« Sie legte einen Hebel um, und Mercer wurde bewusstlos.

Als er wieder zu sich kam, lag er in einem normalen Krankenzimmer, merkte aber nichts von seiner Umgebung. Er schien in Feuer gebadet zu sein. Er hob die Hand, um nachzusehen, ob sie in Flammen stand. Sie sah so aus wie immer, war nur ein wenig gerötet und geschwollen. Er versuchte sich in dem Bett umzudrehen. Aus dem Feuer wurde sengende Glut, und er hielt in der Bewegung inne. Unkontrolliert begann er zu stöhnen.

Eine Stimme ertönte. »Sie werden jetzt eine Dosis Schmerzstiller bekommen.« Es war eine Krankenschwester. »Halten Sie Ihren Kopf ruhig, und ich gebe Ihnen ein halbes Ampere Glückseligkeit.«

Sie zog ihm eine weiche Kappe über den Kopf. Sie wirkte wie Metall, fühlte sich aber wie Seide an.

Er musste seine Fingernägel in die Handballen graben, um zu verhindern, dass er sich im Bett krümmte.

»Schreien Sie nur, wenn Sie möchten«, sagte die Krankenschwester. »Viele tun es. Es wird nur noch eine oder zwei Minuten dauern, bis die Kappe den richtigen Lappen in Ihrem Gehirn findet.«

Sie ging in eine Ecke und tat dort etwas, das er nicht sehen konnte.

Das Klicken eines Schalters war zu hören.

Das Feuer wich nicht von seiner Haut; er spürte es noch immer. Aber plötzlich spielte es keine Rolle mehr. Sein Bewusstsein war von einem köstlichen Glücksempfinden erfüllt, das aus seinem Kopf strömte und bis tief in seine Nervenenden pulsierte. Er hatte schon Lustschlösser besucht, aber noch nie hatte er so etwas wie das jetzt empfunden.

Er wollte dem Mädchen danken und drehte sich in dem Bett herum, um sie anzusehen. Er spürte, wie bei der Bewegung Schmerz seinen ganzen Körper durchflutete, aber der Schmerz war sehr weit entfernt. Und das pulsierende Glücksgefühl, das aus seinem Kopf strömte, das Rückenmark hinunter und dann in seine Nerven, war so intensiv, dass er den Schmerz nur als fernes, unwichtiges Signal wahrnahm.

Sie stand noch immer reglos in der Ecke.

»Danke, Schwester«, sagte er.

Sie schwieg.

Er sah genauer hin, während das gewaltige Gefühl von Glückseligkeit durch seinen Körper pulsierte wie eine Symphonie, die der Nervenmassage diente. Er konzentrierte sich auf sie und erkannte, dass sie ebenfalls eine der weichen metallischen Kappen trug.

Er deutete darauf.

Die Krankenschwester errötete bis zum Hals. Träumerisch sagte sie: »Sie wirkten auf mich wie ein netter Mensch. Ich dachte, Sie würden mich vielleicht nicht verraten ...«

Er schenkte ihr ein, wie er glaubte, freundliches Lächeln, aber mit dem Schmerz auf seiner Haut und dem Glücksgefühl, das aus seinem Kopf schwappte, war es zweifelhaft, ob er sein Gesicht noch ausreichend unter Kontrolle hatte. »Es verstößt gegen das Gesetz«, sagte er. »Es ist ein schreckliches Verbrechen. Aber es ist schön.«

»Was meinen Sie denn, wie *wir* das hier aushalten?«, fragte die Krankenschwester. »Ihr Objekte kommt herein und redet wie normale Menschen, und dann geht ihr hinunter nach Shayol. Dann schickt die Oberflächenstation Teile von euch hier herauf, immer und immer wieder. Vielleicht werde ich Ihren Kopf noch zehnmal sehen, tiefgefroren und fertig zum Aufschneiden, bevor meine zwei Jahre um sind. Ihr Gefangenen solltet wissen, wie sehr wir leiden. Ihr solltet lieber sterben, wenn ihr dort unten angekommen seid, und uns nicht mit euren Qualen erschrecken. Wissen Sie, wir können eure Schreie hören. Ihr schreit noch immer wie Menschen, selbst wenn Shayol seine Wirkung auf euch auszuüben beginnt. Warum tun Sie das, Sie Versuchsobjekt?« Sie kicherte. »Ihr verletzt unsere Gefühle so tief. Kein Wunder, dass ein Mädchen wie ich dann und wann ein wenig Abwechslung braucht. Es ist wirklich und wahrhaftig traumhaft, und es macht mir nichts aus, Sie für Ihre Reise nach Shayol fertig zu machen.« Sie stolperte auf sein Bett zu. »Ziehen Sie mir die Kappe herunter, ja? Ich habe nicht mehr genug Willenskraft, um meine Hände hochzuheben.«

Mercer bemerkte, dass seine Hände zitterten, als er nach der Kappe griff. Seine Finger spürten durch die Kappe das weiche Haar des Mädchens. Als er versuchte, den Daumen unter den Rand der Kappe zu schieben, um sie ihr abzustreifen, erkannte er, dass sie das lieblichste Mädchen war, das er jemals berührt hatte. Er fühlte, dass er sie immer geliebt hatte und auch immer lieben würde.

Ihre Kappe löste sich. Sie richtete sich auf und taumelte ein wenig, bevor sie sich an einer Stuhllehne festhalten konnte. Sie schloss die Augen und atmete tief ein. »Nur eine Minute«, sagte sie mit normaler Stimme. »In einer Minute bin ich wieder in Ordnung. Wissen Sie, die einzige Gelegenheit für mich, mich an das Gerät anzuschließen, ist, wenn einer von euch Besuchern eine Dosis erhält, um die Schmerzen auf der Haut erträglich zu machen.« Sie stellte sich vor den Zimmerspiegel, um ihr Haar zu ordnen. Während sie ihm den Rücken zukehrte, sagte sie: »Ich hoffe, ich habe nichts über die Dinge dort unten verraten.«

Mercer trug noch immer die Kappe. Er liebte dieses wunderschöne Mädchen, von dem er sie bekommen hatte, und hätte weinen können bei dem Gedanken, dass sie das gleiche Glücksgefühl verspürt hatte, das er noch immer genoss. Nicht um alles in der Welt hätte er etwas gesagt, was ihre Gefühle verletzen könnte. Er war sicher, sie wollte hören, dass sie nichts über die Dinge »dort unten« gesagt hatte – vermutlich der gebräuchlichste Ausdruck für die Oberfläche von Shayol –, deshalb beruhigte er sie sanft: »Sie haben nichts verraten. Nicht das Geringste.«

Sie trat an sein Bett, beugte sich über ihn und küsste ihn auf die Lippen. Der Kuss war genauso fern wie der Schmerz; er fühlte nichts. Der Niagarafall pulsierender Glückseligkeit, der durch seinen Kopf strömte, ließ keinen Platz für andere Empfindungen. Aber ihm gefiel die freundliche Geste. Ein finsterer, vernünftig gebliebener Winkel seines Bewusstseins flüsterte ihm zwar zu, dass dies vermutlich das letzte Mal gewesen war, dass er eine Frau geküsst hatte, doch es kam ihm nicht mehr wichtig vor.

Mit geschickten Fingern rückte sie die Kappe auf seinem Kopf zurecht. »So, schon besser. Sie sind ein süßer Kerl. Ich werde jetzt so tun, als hätte ich die Kappe vergessen, so dass Sie sie bis zur Ankunft des Arztes tragen können.« Mit einem strahlenden Lächeln drückte sie seine Schulter.

Dann eilte sie aus dem Zimmer. Das Weiß ihres Rockes blitzte auf, als sie zur Tür hinausging. Mercer sah, dass sie wirklich wohlgeformte Beine hatte.

Sie war nett, aber die Kappe ... ah, nur die Kappe zählte! Er schloss die Augen und ließ die Kappe weiter die Glückszentren seines Gehirns stimulieren. Der Schmerz auf seiner Haut war noch immer vorhanden, aber er war jetzt nicht weiter wichtig, war ebenso unbedeutend wie der Stuhl, der in der Zimmerecke stand. Der Schmerz war nur etwas, das sich zufällig ebenfalls in dem Zimmer befand.

Ein fester Druck auf seinen Arm ließ ihn die Augen öffnen.

Ein alter, Autorität ausstrahlender Mann stand neben seinem Bett und blickte mit einem spöttischen Lächeln auf ihn herab.

»Sie hat es wieder getan«, sagte der Mann.

Mercer schüttelte den Kopf, um dem Mann mitzuteilen, dass die junge Schwester nichts Unrechtes getan hatte.

»Ich bin Doktor Vomact«, stellte sich der Mann vor, »und ich werde Ihnen jetzt diese Kappe abnehmen. Sie werden dann den Schmerz wieder empfinden, aber ich denke, er wird nicht mehr so stark sein. Bevor Sie uns verlassen, können Sie die Kappe noch oft benutzen.«

Mit einer flinken, entschlossenen Bewegung riss Doktor Vomact Mercer die Kappe vom Kopf.

Sofort krümmte sich Mercer unter dem feurigen Schmerz auf seiner Haut. Er wollte schreien und sah dann, dass ihn Doktor Vomact gelassen betrachtete.

»Es ist ... jetzt leichter zu ertragen«, keuchte Mercer.

»Ja«, nickte der Arzt. »Ich musste Ihnen die Kappe abnehmen, um mit Ihnen zu reden. Sie haben jetzt einige Entscheidungen zu treffen.«

»Ja, Doktor«, stöhnte Mercer.

»Sie haben ein schweres Verbrechen begangen, und Sie werden hinunter nach Shayol gebracht werden.«

»Ja.«

»Wollen Sie mir Ihr Verbrechen verraten?«

Mercer dachte an die weißen Palastmauern im ewigen Sonnenlicht und an das leise Wimmern der kleinen Wesen, als er vor ihnen gestanden war. Er spannte Arme, Beine, Rücken und Kiefer an. »Ich möchte nicht darüber reden. Es ist das Namenlose Verbrechen. Gegen die imperiale Familie.«

»Schön«, sagte der Arzt, »das ist eine vernünftige Entscheidung. Das Verbrechen ist Vergangenheit. Ihre Zukunft liegt vor Ihnen. Nun, ich kann Ihren Verstand zerstören, bevor Sie nach unten gehen – falls Sie es möchten.«

»Das ist gegen das Gesetz.«

Doktor Vomact lächelte warm und aufmunternd. »Natürlich ist es das. Ein Haufen Dinge sind gegen das menschliche Gesetz. Aber es gibt auch Gesetze der Wissenschaft. Ihr Körper wird dort unten auf Shayol der Wissenschaft einen Dienst erweisen. Und es spielt für mich keine Rolle, ob der Körper nun Mercers Bewusstsein besitzt oder den Verstand eines einfachen Schellfisches. Ich muss Ihnen nur so viel Verstand lassen, dass der Körper weiter funktioniert, aber ich kann Ihr historisches Ich auslöschen und so Ihrem Körper eine bessere Chance geben, glücklich zu sein. Sie haben die Wahl, Mercer. Möchten Sie Sie selbst sein oder nicht?«

Mercer schüttelte den Kopf. »Ich weiß es nicht.«

»Ich gehe ein ziemliches Risiko ein«, sagte Doktor Vomact, »indem ich Ihnen so viel Entscheidungsfreiheit lasse. Wenn ich an Ihrer Stelle wäre, würde ich es tun. Es ist dort unten wirklich äußerst abscheulich.«

Mercer blickte in das volle, breite Gesicht des Arztes. Er traute dem sympathischen Lächeln nicht. Vielleicht war es nur ein Trick, um die Strafe zu verschärfen. Die Grausamkeit des Imperators war sprichwörtlich. Man brauchte sich nur daran zu erinnern, was er mit der Witwe seines Vorgängers, Lady Da, getan hatte. Sie war jünger als der Imperator gewesen, und er hatte sie an einen Ort verbannt, der schlimmer war als der Tod. Wenn man Mercer zur Einkerkerung auf Shayol verurteilt hatte, warum versuchte dann dieser Arzt, den Vorschriften zuwiderzuhandeln? Vielleicht war der Arzt selbst konditioniert worden und wusste überhaupt nicht, was er ihm anbot.

Doktor Vomact las in Mercers Gesicht. »In Ordnung. Sie wollen also nicht. Sie wollen Ihren Verstand mit nach unten nehmen. Nun, ich fürchte, Sie werden das nächste Angebot auch ablehnen. Wollen Sie, dass ich Ihre Augen entferne, bevor Sie nach unten gehen? Es wird sehr viel angenehmer ohne sie sein – ich weiß es, von den Stimmen, die wir für die Abschreckungssendungen aufnehmen. Ich kann die Sehnerven so versengen, dass Sie niemals wieder Ihre Sehfähigkeit zurückerlangen.«

Mercer wand sich auf dem Bett. Der feurige Schmerz war in ein allgegenwärtiges Jucken übergegangen, und die Qual seiner Seele war größer als die Pein, die ihm seine Haut zufügte.

»Sie lehnen das ebenfalls ab?«, fragte der Arzt.

»Ich glaube schon«, nickte Mercer.

»Dann bleibt mir nur noch, alles vorzubereiten. Wenn Sie möchten, dann können Sie noch eine Weile die Kappe tragen.«

»Bevor ich die Kappe aufsetze«, sagte Mercer, »möchte ich wissen, was dort unten geschieht.«

»Ich kann Ihnen nur einige Hinweise geben. Es gibt dort einen Wächter. Er ist ein Mann, aber kein menschliches Wesen. Er ist ein Homunkulus und stammt von Stieren ab. Er ist intelligent und sehr gewissenhaft. Ihr Objekte werdet auf Shayol freigelassen. Die Dromozoen dort sind eine besondere Lebensform. Wenn sie sich in den Körper eingenistet haben, schneidet S'dikkat – das ist der Wärter – sie unter Narkose heraus, schickt sie zu uns herauf, und wir frieren die Gewebekulturen ein. Sie sind mit fast allen sauerstoffatmenden Lebewesen kompatibel. Die Hälfte aller chirurgischen Transplantationen im ganzen Universum wird mit Teilen durchgeführt, die wir von hier aus verschicken. Shayol ist ein sehr gesunder Ort, soweit es das reine Überleben betrifft. Sie werden nicht sterben.«

»Sie meinen, dass ich ewiger Bestrafung unterzogen werde.«

»Das habe ich nicht gesagt. Oder wenn ich es doch gesagt habe, dann stimmt es so nicht. Sie werden nicht schnell sterben. Ich weiß aber auch nicht, wie lange Sie dort unten leben werden. Denken Sie daran, gleichgültig, wie ungemütlich es für Sie wird, die Teile, die uns S'dikkat heraufschickt, werden Tausenden von Menschen auf allen bewohnten Welten helfen. Nun setzen Sie die Kappe wieder auf.«

»Ich möchte mich lieber noch unterhalten«, erklärte Mercer. »Vielleicht ist das meine letzte Gelegenheit.«

Der Arzt sah ihn seltsam an. »Wenn Sie die Schmerzen aushalten können, dann sprechen Sie ruhig weiter.«

»Kann ich dort unten Selbstmord begehen?«

»Ich weiß es nicht. Es ist noch nie geschehen. Aber wenn man von den Stimmen ausgeht, dann könnte man annehmen, dass sie es gerne täten.«

»Ist jemals ein Mensch von Shayol zurückgekehrt?«

»Nicht seit es vor rund vierhundert Jahren zur Sperrzone erklärt wurde.«

»Kann ich dort unten mit anderen Menschen sprechen?«
»Ja.«

»Wer bestraft mich dort unten?«

»Niemand, Sie Narr«, rief Doktor Vomact. »Es ist keine Strafe. Den Menschen gefällt es nicht auf Shayol, und es ist besser, glaube ich, Sträflinge und keine Freiwilligen hinunterzuschicken. Aber niemand dort unten ist *gegen* Sie.«

»Keine Gefängniswärter?«, fragte Mercer, und er schluchzte dabei fast.

»Keine Gefängniswärter, keine Vorschriften, keine Verbote. Nur Shayol. Und S'dikkat, der auf Sie achtgibt. Möchten Sie noch immer Ihren Verstand und Ihre Sehkraft behalten?«

»Ich behalte sie. Ich habe es bis hierhergeschafft und werde es den Rest des Weges auch noch schaffen.«

»Dann lassen Sie mich Ihnen noch einmal die Kappe aufsetzen.«

Der Arzt setzte Mercer mit einer ebenso leichten und geübten Bewegung die Kappe auf den Kopf, wie es die Schwester getan hatte; nur war er ein wenig schneller. Nichts deutete darauf hin, dass er sich ebenfalls eine Kappe aufsetzen würde.

Der Ausbruch der Glücksgefühle überkam Mercer wie ein wilder Rausch. Seine brennende Haut trat in weite Ferne zurück. Der Arzt war räumlich nahe, aber selbst er spielte jetzt keine Rolle mehr.

Mercer fürchtete sich nicht vor Shayol. Das Pulsieren der Glückseligkeit war zu groß, um Platz zu lassen für Angst oder für Schmerz.

Doktor Vomact reichte ihm die Hand.

Mercer fragte sich, warum, und dann erkannte er, dass der wundervolle, freundliche, kappenspendende Mann ihm die Hand geben wollte. Er hob seinen Arm. Er war schwer, denn auch sein Arm war glücklich.

Sie schüttelten sich die Hände. Es war merkwürdig, dachte Mercer, den Händedruck über der Doppelschicht aus zerebralem Glücklichsein und Schmerz zu spüren.

»Leben Sie wohl, Mr. Mercer«, sagte der Arzt. »Leben Sie wohl und gute Nacht.«

Der Fährensatellit war ein Krankenhaus. Die Hunderte von Stunden, die folgten, waren wie ein langer, gespenstischer Traum.

Zweimal noch schlich sich die junge Krankenschwester in sein Zimmer, wenn er unter der Kappe lag, und nahm sich ebenfalls eine. Es gab Bäder, die seinen Körper schwielig verhärteten. Unter starker lokaler Narkose zog man ihm alle Zähne und pflanzte ihm stattdessen solche aus rostfreiem Stahl ein. Er bekam Bestrahlungen unter gleißenden Lampen, die den Schmerz auf seiner Haut stillten. Es gab Sonderbehandlungen für seine Finger- und Zehennägel. Langsam verwandelten sie sich in furchtbare Klauen; eines Nachts ertappte er sich dabei, wie er sie an seinem Aluminiumbett schärfte, und er sah, dass sie tiefe Kerben hinterließen.

Sein Bewusstsein wurde die ganze Zeit über niemals klar.

Manchmal glaubte er, zu Hause bei seiner Mutter zu sein, als kleiner Junge, und Schmerzen zu haben. Dann wieder, unter der Kappe, lachte er in seinem Bett darüber, dass man Menschen zur Strafe auf diesen Planeten schickte, wo doch alles so schrecklich schön war. Es gab keinen Prozess, keine Verhöre, keine Richter. Das Essen war gut, aber er dachte nicht viel darüber nach; die Kappe war besser. Selbst wenn er wach war, fühlte er sich immer noch ein wenig benommen.

Zum Schluss wurde er mit der Kappe auf dem Kopf in eine adiabatische Kapsel gelegt – eine Einmann-Rakete, die ihn von der Fähre zu dem Planeten hinunterbringen würde. Er war rundherum eingeschlossen, nur sein Gesicht war noch frei.

Doktor Vomact schien ins Zimmer zu schwimmen. »Sie sind stark, Mercer«, rief der Arzt. »Sie sind sehr stark! Können Sie mich hören?«

Mercer nickte.

»Wir wünschen Ihnen alles Gute, Mercer. Gleichgültig, was geschieht, denken Sie immer daran, dass Sie den anderen Menschen hier oben helfen.«

»Kann ich die Kappe mitnehmen?«, fragte Mercer.

Statt einer Antwort nahm ihm Doktor Vomact die Kappe eigenhändig ab. Zwei Männer schlossen die Kapselluke und ließen Mercer in völliger Finsternis allein. Sein Bewusstsein begann sich zu klären, und er kämpfte panikerfüllt gegen seine Gurte an.

Donnernder Lärm und der Geschmack von Blut folgten.

Das Nächste, was Mercer wusste, war, dass er in einem kühlen, sehr kühlen Raum lag, der viel eisiger war als die Krankenzimmer und Operationsräume des Satelliten. Jemand hob ihn sanft auf einen Tisch.

Er öffnete die Augen.

Ein riesiges Gesicht, viermal so groß wie das eines Menschen, sah auf Mercer hinunter. Große braune Augen, in ihrer freundlichen Harmlosigkeit an eine Kuh erinnernd, rollten hin und her, während das breite Gesicht Mercers Verpackung musterte. Das Gesicht war das eines gutaussehenden Mannes mittleren Alters, glattrasiert, kastanienbraunes Haar, mit sinnlichen, vollen Lippen und gigantischen, aber gesunden gelben Zähnen, die von einem leichten Lächeln entblößt wurden. Das Gesicht bemerkte, dass Mercer die Augen geöffnet hatte, und begann mit einer tiefen, freundlichen, dröhnenden Stimme zu sprechen.

»Ich bin dein bester Freund. Mein Name ist S'dikkat, aber hier brauchst du mich nicht so zu nennen. Sag ruhig Freund zu mir.«

»Ich habe Schmerzen«, murmelte Mercer.

»Natürlich hast du welche. Überall. Es ist ja auch ein tiefer Sturz«, erwiderte S'dikkat.

»Kann ich bitte eine Kappe haben«, sagte Mercer. Es war keine Frage, es war ein Befehl; Mercer fühlte, dass seine ganze innere Ewigkeit davon abhing.

S'dikkat lachte. »Ich habe hier unten keine Kappen. Ich könnte sie ja sonst selbst benutzen. Das meint man da oben zumindest. Ich habe andere, viel bessere Dinge. Keine Angst, mein Freund, ich werde mich deiner schon annehmen.«

Mercer blickte zweifelnd drein. Wenn die Kappe ihm auf der Fähre Glück verschafft hatte, dann war zumindest eine elektronische Reizung seines Gehirns erforderlich, um ihn unempfindlich für die Qualen zu machen, die Shayol anzubieten hatte.

S'dikkats Lachen erfüllte den Raum wie ein zerplatzendes Kissen. »Hast du jemals von Kondamin gehört?«

»Nein.«

»Es ist ein so starkes Narkotikum, dass es nicht einmal in den Arzneilexika erwähnt werden darf.«

»Du hast etwas davon?«

»Etwas Besseres. Ich habe Super-Kondamin. Es ist nach einer Stadt auf Neu-Frankreich benannt, wo es entwickelt wurde. Die Chemiker haben noch ein Wasserstoffmolekül hinzugefügt – das hat erst für den richtigen Knalleffekt gesorgt. Wenn du es in deiner derzeitigen Verfassung nehmen würdest, dann wärst du in drei Minuten tot, aber diese drei Minuten würden dir wie zehntausend Jahre des Glücks vorkommen.« S'dikkat rollte bedeutungsvoll mit seinen braunen Augen und schnalzte mit einer ungeheuer langen Zunge, die zwischen den dunkelroten Lippen hervorzüngelte.

»Was hat das Zeug denn dann für einen Sinn?«

»*Du* kannst es nehmen. Du kannst es nehmen, nachdem du außerhalb dieses Hauses den Dromozoen ausgesetzt worden bist. Du wirst nur seine guten Wirkungen und nicht seine schlechten empfinden. Soll ich dir etwas zeigen?«

Welche Antwort außer *Ja* bleibt mir schon?, dachte Mercer grimmig. Glaubt er denn, dass ich dringend zu einem Kaffeeklatsch muss, oder was denkt er sich?

»Schau aus dem Fenster«, forderte S'dikkat ihn auf, »und dann sag mir, was du siehst.«

Die Luft war klar. Der Boden ähnelte einer Wüste, rötlich gelb mit grünen Streifen, wo Flechten und niedriges Buschwerk wuchsen, die offensichtlich von den heftigen, trockenen Winden im Wachstum behindert und verkrüppelt wurden. Die Landschaft wirkte eintönig. In zwei- bis dreihundert Metern Entfernung befand sich eine Herde von hellrosa Objekten, die zu leben schienen, aber Mercer konnte sie nicht deutlich genug erkennen, um sie beschreiben zu können. Weiter weg, am äußersten rechten Rand seines Blickfeldes, befand sich die Statue eines riesigen menschlichen Fußes, der so groß war wie ein sechsstöckiges Gebäude. Mercer konnte nicht sehen, wie sich dieser Fuß nach oben hin fortsetzte. »Ich sehe einen riesigen Fuß«, sagte er. »Aber ...«

»Aber was?«, fragte S'dikkat, und er wirkte wie ein großes Kind, das mit diebischem Vergnügen ein ungeheuer lustiges Geheimnis hütete. So groß er auch war, neben einer der Zehen dieses gigantischen Fußes hätte er nur wie ein Zwerg gewirkt.

»Aber es kann kein richtiger Fuß sein«, fuhr Mercer fort.

»Es ist aber einer«, erklärte S'dikkat. »Das ist Go-Kapitän Alvarez, der Mann, der diesen Planeten entdeckt hat. Selbst nach sechshundert Jahren ist er noch gut in Form. Natürlich ist er jetzt fast völlig dromozootisch, aber ich glaube, er besitzt noch einen Rest menschlichen Bewusstseins. Weißt du, was ich mit ihm mache?«

»Was denn?«

»Ich gebe ihm sechs Kubikzentimeter Super-Kondamin, und er schnaubt für mich. Richtige glückliche kleine Geräusche macht er dann. Ein Fremder könnte ihn für einen Vulkan halten. Das vollbringt das Super-Kondamin. Und du wirst eine Menge davon bekommen. Du bist ein wirklich glücklicher Mann, Mercer. Du hast mich zum Freund, und du kannst dich auf meine Spritze verlassen. Ich habe die ganze Arbeit – und du hast den ganzen Spaß. Ist das nicht eine hübsche Überraschung?«

Du lügst, dachte Mercer. Du lügst! Lügst! Woher kommen dann die Schreie, die wir alle im Radio als Mahnung vor dem Tag der Strafe gehört haben? Warum hat mir der Arzt angeboten, mein Gehirn zu zerstören oder meine Augen herauszunehmen?

Der Stiermann sah ihn mit traurigem Gesichtsausdruck an. »Du glaubst mir nicht«, sagte er sehr bekümmert.

»Das trifft es nicht ganz«, erwiderte Mercer mit einem Anflug von Herzlichkeit. »Aber ich glaube, du lässt etwas aus.«

»Nicht viel. Du beginnst natürlich zu springen, wenn die Dromozoen in dich eindringen. Du wirst verwirrt sein, wenn neue Teile an dir zu wachsen beginnen – Köpfe, Nieren, Hände. Ich hatte hier einmal einen Freund, dem da draußen in einer Sitzung achtunddreißig neue Hände wuchsen. Ich habe sie ihm alle abgenommen, eingefroren und nach oben geschickt. Ich sorge für jeden. Aber denk daran, du brauchst mich nur Freund zu nennen, und ich gebe dir die hübscheste kleine Spritze im ganzen Universum. Möchtest du jetzt ein paar Spiegeleier essen? Ich selbst esse keine Eier, aber die meisten Wahren Menschen mögen sie.«

»Eier?«, sagte Mercer. »Was haben denn Eier damit zu tun?«

»Ach, sie sind nur eine kleine Vergünstigung für euch Menschen. Damit ihr etwas im Magen habt, bevor ihr hinausgeht. Du wirst dann den ersten Tag besser überstehen.«

Ungläubig sah Mercer zu, wie der große Mann zwei kostbare Eier aus einer Kühltruhe nahm, sie fachgerecht in eine kleine Pfanne schlug und die Pfanne auf das Hitzefeld in der Mitte des Tisches stellte, auf dem Mercer erwacht war.

»Freund, eh?« S'dikkat grinste. »Du siehst, ich bin wirklich ein guter Freund. Wenn du nach draußen gehst, dann denke daran.«

Eine Stunde später ging Mercer nach draußen.

Sonderbar zufrieden mit sich selbst, blieb er an der Tür stehen.

S'dikkat versetzte ihm einen nachdrücklich-freundschaftlichen Stoß, der gerade noch sanft genug war, um als Ermunterung aufgefasst zu werden. »Zwing mich nicht, meinen Bleianzug anzuziehen, Freundchen.« Mercer hatte einen Anzug von der Größe einer normalen Raumschiffkabine gesehen, der im angrenzenden Raum an der Wand hing. »Wenn ich diese Tür schließe, wird sich die äußere öffnen. Geh dann einfach hinaus.«

»Aber was wird dann geschehen?«, fragte Mercer, und die Furcht drehte ihm den Magen um und griff von innen her nach seiner Kehle.

»Fang nicht schon wieder davon an«, brummte S'dikkat. Eine Stunde lang war er Mercers Fragen über das Draußen ausgewichen. Eine Karte? S'dikkat hatte über diesen Gedanken nur gelacht. Nahrung? Er sagte, dass sich Mercer keine Sorgen zu machen brauche. Andere Menschen? Sie würden da sein. Waffen? Wofür?, hatte S'dikkat erwidert. Wieder und wieder hatte er dann beteuert, Mercers Freund zu sein. Was würde Mercer zustoßen? Dasselbe wie den anderen.

Mercer trat hinaus.

Nichts geschah. Der Tag war kühl. Der Wind strich freundlich über seine verhärtete Haut.

Mercer blickte sich besorgt um.

Der berggleiche Körper des Kapitän Alvarez verdeckte einen Großteil der zur Rechten liegenden Landschaft. Mercer verspürte kein Verlangen, mit ihm etwas zu tun zu bekommen. Er blickte zum Haus zurück. S'dikkat sah nicht aus dem Fenster.

Mercer ging langsam geradeaus weiter.

Am Boden blitzte etwas auf, nicht heller als das Glitzern einer Glasscherbe im Sonnenlicht, und Mercer spürte einen Stich im Oberschenkel, als ob ihn ein spitzes Instrument leicht berührt hätte. Er rieb sich die Stelle.

Es war, als ob der Himmel über ihm zusammenbrechen würde.

Ein Schmerz – es war mehr als ein Schmerz, es war ein lebendiges Pulsieren – lief auf der rechten Seite von der Hüfte bis hinunter zum Fuß. Dann stieg es hoch zu seiner Brust, raubte ihm den Atem. Er fiel, und der Aufprall auf dem Boden tat weh. Er lag unter freiem Himmel, versuchte nicht zu atmen, aber er atmete trotzdem. Bei jedem Atemzug bewegte sich das Pulsieren mit dem Heben und Senken seines Brustkastens. Er lag auf dem Rücken, mit dem Gesicht zur Sonne. Schließlich bemerkte er, dass die Sonne weißviolett war.

Es hatte keinen Sinn, an Schreien auch nur zu denken. Er besaß keine Stimme mehr. Schmerz und Not rankten sich zuckend durch sein Inneres. Da er nicht aufhören konnte, zu atmen, konzentrierte er sich darauf, so Luft zu holen, dass es ihn nicht so sehr schmerzte. Tief einzuatmen bedeutete eine zu große Anstrengung, winzige Schlückchen Luft taten ihm am wenigsten weh.

Die Wüste, die ihn umgab, war leer. Er konnte den Kopf nicht drehen, um das Haus anzusehen. Ist es das?, dachte er. Ist eine Ewigkeit hiervon die Strafe von Shayol?

Stimmen klangen in seiner Nähe auf.

Zwei Gesichter von groteskem Rosa blickten auf ihn herab. Es hätten menschliche Gesichter sein können. Der Mann wirkte normal genug, sah man einmal davon ab, dass er zwei Nasen nebeneinander besaß. Die Frau war eine unglaubliche Karikatur eines Menschen. Auf jeder Wange war ihr eine Brust gewachsen und ein ganzes Büschel nackter Babyfinger hing schlaff von ihrer Stirn herab.

»Er ist hübsch«, sagte die Frau. »Ein Neuer.«

»Komm, hilf mir«, sagte der Mann.

Sie zogen ihn hoch, stellten ihn auf die Beine. Er besaß nicht genügend Kraft, um sich zu wehren. Als er etwas zu ihnen sagen wollte, drang ein rauer krächzender Laut, fast wie der Schrei eines hässlichen Vogels, aus seinem Mund.

Mit vereinten Kräften stützten sie ihn. Er bemerkte, dass sie ihn zu der Herde der rosa Lebewesen hinüberschafften. Als sie dort ankamen, erkannte er, dass es Menschen waren. Oder besser: einst Menschen gewesen waren. Ein Mann mit dem Schnabel eines Flamingos pickte an seinem eigenen Körper herum. Auf dem Boden lag eine Frau; sie besaß nur einen Kopf, aber außer dem Körper, der offenbar ihr eigener war, wuchs ihr noch ein nackter Knabenkörper seitlich aus dem Hals. Der Knabenkörper, sauber, neu, gelähmt, gab außer einem schwachen Atmen kein Lebenszeichen von sich.

Mercer blickte sich um. Der Einzige in der ganzen Gruppe, der Kleider trug, war ein Mann, der seitlich von ihm in einen Mantel gehüllt dastand. Mercer sah ihn an, bis er bemerkte, dass dem Mann zwei – oder waren es drei? – Mägen aus dem Unterleib wuchsen. Der Mantel stützte sie. Das durchsichtige Bauchfell wirkte sehr dünn.

»Ein Neuer«, sagte die Frau, die ihn gefunden hatte. Zusammen mit dem doppelnasigen Mann legte sie ihn hin.

Die Menschen lagen verstreut auf dem Boden.

»Ich befürchte«, sagte die Stimme eines alten Mannes, »dass wir gleich wieder gefüttert werden.«

Protest wurde laut: »O nein!« – »Es ist noch zu früh!« – »Nicht schon wieder!«

Die Stimme des alten Mannes fuhr fort: »Seht doch, am großen Zeh des Berges!«

Das verzweifelte Geflüster der Leute bestätigte seine Feststellung.

Mercer wollte fragen, um was es ging, aber er brachte nur ein Krächzen zustande.

Eine Frau – war es eine Frau? – kroch auf Händen und Knien zu ihm hin. Neben ihren normalen Händen besaß sie noch am ganzen Rumpf und an den Oberschenkeln weitere Hände. Einige wirkten alt und verrunzelt, andere waren neu und rosa wie die Babyfinger auf dem Gesicht jener Frau, die ihn gefunden hatte.

Die Frau schrie ihn an, obwohl keine Notwendigkeit zum Schreien bestand. »Die Dromozoen kommen. Diesmal tut es weh. Wenn du dich erst einmal eingewöhnt hast, dann kannst du dich eingraben ...« Sie deutete auf eine kleine Hügelgruppe, die die Herde der Menschen umringte. »Sie haben sich eingegraben.«

Mercer krächzte wieder.

»Mach dir keine Sorgen«, riet ihm die von Händen bedeckte Frau, und sie keuchte, als ein Blitzlicht sie traf.

Die Lichter erreichten auch Mercer. Der Schmerz war wie beim ersten Mal, aber diesmal tastender. Mercer spürte, wie sich seine Augen weiteten, als absonderliche Gefühle in seinem Körper ihn zu einer unausweichlichen Schlussfolgerung kommen ließen: Diese Lichter, diese Wesen, diese rätselhaften Dinge fütterten und kräftigten ihn.

Ihre Intelligenz, falls sie eine besaßen, war nichtmenschlich, aber ihre Motive waren klar. Zwischen den Schmerzwellen fühlte er, wie sie seinen Magen füllten, Wasser in sein Blut mischten, Wasser aus Nieren und Blase abzapften, sein Herz massierten, seine Lungen für ihn bewegten.

Alles, was sie taten, war von der Absicht her wohlmeinend und mildtätig.

Und alles schmerzte.

Dann, ganz abrupt, wie eine auffliegende Insektenwolke, waren sie verschwunden. Mercer hörte ein Geräusch – eine hirnlose, heulende Kaskade hässlichen Lärms. Er sah sich um. Und der Lärm brach ab.

Er selbst hatte geschrien, hatte das grässliche Kreischen eines Psychopathen von sich gegeben, eines verängstigten Betrunkenen, eines um Sinn und Verstand gebrachten Tieres.

Als er mit Schreien aufhörte, erkannte er, dass er seine Stimme zurückerhalten hatte.

Ein Mann näherte sich ihm, nackt wie alle anderen. Ein großer Splitter war ihm durch den Kopf gedrungen. Die Haut um die beiden Spitzen war wieder verheilt. »Hallo, Freund«, begrüßte ihn der Mann mit dem Splitter.

»Hallo«, sagte Mercer. Es klang närrisch und hohl an einem Ort wie diesem.

»Man kann nicht Selbstmord begehen«, sagte der Mann mit dem Splitter im Kopf.

»Doch, man kann«, widersprach die Frau, die mit Händen bedeckt war.

Mercer stellte fest, dass der erste Schmerz verflogen war. »Was wird mit mir geschehen?«

»Du hast einen Körperteil bekommen«, erklärte der Mann mit dem Splitter. »Sie lassen ständig neue Teile aus uns wachsen. Nach einer Weile kommt S'dikkat und schneidet sie ab, ausgenommen jene, die noch ein wenig weiterwachsen müssen. Wie bei ihr.« Er deutete auf die Frau, die auf dem Boden lag, während der Knabenkörper aus ihrem Hals herauswuchs.

»Und das ist alles?«, fragte Mercer. »Die Stiche für die neuen Körperteile und der anhaltende Schmerz für das Füttern?«

»Nein«, sagte der Mann. »Manchmal glauben sie, dass wir zu kalt sind, und sie füllen unser Inneres mit Feuer. Oder sie glauben, dass wir zu heiß sind, und dann frieren sie uns ein, Nerv für Nerv.«

Die Frau mit dem Knabenkörper rief: »Und manchmal glauben sie, dass wir unglücklich sind, und dann versuchen sie uns zum Glücklichsein zu zwingen. *Ich* halte das für das Schlimmste.«

Mercer stammelte: »Seid ihr … ich meine … seid ihr die einzige Herde?«

Der Mann mit dem Splitter hustete, um nicht lachen zu müssen. »Herde! Das ist lustig. Das Land ist voller Menschen. Die meisten haben sich eingegraben. Wir sind die Einzigen, die noch sprechen können. Wir bleiben zusammen, um Gesellschaft zu haben. Auf diese Weise kümmert sich S'dikkat öfter um uns.«

Mercer wollte eine weitere Frage stellen, aber seine Kräfte reichten dazu nicht mehr aus. Der Tag war zu anstrengend für ihn gewesen.

Der Boden tanzte wie ein Schiff auf dem Wasser. Der Himmel wurde schwarz. Er fühlte, wie ihn jemand auffing, als er stürzte, und ihn auf den Boden legte. Und dann, gnädig und wie durch ein Wunder, übermannte ihn der Schlaf.

III

Nach einer Woche kannte er jedes Mitglied der Gruppe. Sie waren ein Haufen zerstreuter Wesen. Nicht einer von ihnen wusste, wann das nächste Mal ein Dromozoon aufblitzen und ein weiteres Körperteil hinzufügen würde.

Mercer wurde nicht wieder gestochen, aber die Stelle um den Einstich herum, den er gleich zu Beginn seines Aufenthaltes gespürt hatte, verhärtete sich.

Der Splitterkopf sah zu, als Mercer verlegen seinen Gürtel öffnete und die Hose ein Stück herunterstreifte, so dass die Stelle offen vor ihm lag. »Du hast einen Kopf bekommen«, sagte er. »Einen ganzen Babykopf. Man wird sich da oben freuen, wenn S'dikkat ihn abgeschnitten und hinaufgeschickt hat.«

Die Gruppe versuchte sogar, ihn in ihr soziales Gefüge aufzunehmen. Sie machten ihn mit dem Mädchen der Herde bekannt. Sie hatte einen Körper nach dem anderen produziert, ihr Becken hatte sich in Schultern verwandelt, ebenso das neu entstandene Becken darunter, bis sie so groß wie fünf Menschen war. Ihr Gesicht war unversehrt. Sie gab sich Mühe, freundlich zu Mercer zu sein.

Er war jedoch so schockiert von ihrem Anblick, dass er sich in die weiche, trockene, bröcklige Erde eingrub und dort, wie ihm schien, hundert Jahre blieb. Später erfuhr er, dass es weniger als ein ganzer Tag gewesen war. Als er wieder zum Vorschein kam, wartete das große, vielleibige Mädchen bereits auf ihn. »Du hättest meinetwegen nicht herauszukommen brauchen«, sagte sie.

Mercer schüttelte den Schmutz ab. Er blickte sich um. Die violette Sonne ging unter, und der Himmel wurde von blauen, dunkelblauen und orangefarbenen Streifen durchzogen. Er sah sie an. »Ich bin nicht deinetwegen herausgekommen. Es ist sinnlos, hier zu liegen und auf das nächste Mal zu warten.«

»Ich möchte dir etwas zeigen.« Sie deutete auf einen niedrigen Hügel. »Grab ihn auf.«

Mercer musterte sie. Sie schien nichts Übles im Schilde zu führen. Er zuckte mit den Achseln und begann mit seinen kräftigen Klauen die Erde fortzuschaufeln. Er stellte fest, dass es ihm mit der dicken Haut und den starken Nägeln an den Enden der Finger leichtfiel, wie ein Hund zu graben. Die Erde spritzte unter seinen geschäftigen Händen weg. Etwas Rosafarbenes tauchte am Grund des Loches auf, das er gegraben hatte. Er machte nun etwas vorsichtiger weiter.

Er ahnte, was es sein würde.

Und das war es auch. Es war ein schlafender Mann. Zusätzliche Arme wuchsen ihm in regelmäßigen Abständen an einer Seite des Körpers. Die andere Seite wirkte normal.

Mercer wandte sich dem vielleibigen Mädchen zu, das näher gekrochen war. »Das ist doch das, wofür ich es halte, ja?«

»Ja«, bestätigte sie. »Doktor Vomact hat ihm das Gehirn ausgebrannt. Und auch seine Augen entfernt.«

Mercer setzte sich auf den Boden. »Du hast gesagt, ich sollte ihn ausgraben. Nun will ich wissen, warum.«

»Damit du es siehst. Damit du darüber nachdenkst.«

»Das ist alles?«

Mit erschreckender Plötzlichkeit begann sich das Mädchen zusammenzukrümmen. Bei all ihren Körpern hob und senkte sich krampfhaft der Brustkorb. Mercer fragte sich, wie die Luft in all diese Lungen hineingelangte. Sie tat ihm nicht leid; niemand tat ihm leid, nur er sich selbst.

Als die Krämpfe nachließen, lächelte ihn das Mädchen entschuldigend an. »Sie haben mir nur einen neuen Körperteil eingepflanzt.«

Mercer nickte grimmig. »Was ist es diesmal, vielleicht eine Hand? Mir scheint, dass du schon genug davon hast.«

»Ach die.« Sie blickte an ihren vielen Rümpfen hinunter. »Ich habe S'dikkat versprochen, dass ich sie wachsen lasse. Er ist *gut*. Aber dieser Mann, Fremder – sieh dir einmal den Mann an, den du ausgegraben hast. Wer ist besser dran, er oder wir?«

Mercer starrte sie an. »Hast du mich ihn deshalb ausgraben lassen?«

»Ja.«

»Erwartest du eine Antwort von mir?«

»Nein. Jetzt noch nicht.«

»Wer bist du?«

»Niemand fragt hier danach. Es spielt keine Rolle mehr. Aber da du neu bist, werde ich es dir verraten. Ich war einst Lady Da – die Stiefmutter des Imperators.«

»Du!«, stieß er hervor.

Wehmütig lächelte sie. »Du bist noch so neu hier, dass du glaubst, es wäre wichtig! Aber ich habe dir wichtigere Dinge zu sagen.« Sie verstummte und biss sich auf die Lippe.

»Was?«, drängte er. »Sag es mir bitte, bevor ich einen weiteren Stich erhalte. Ich werde dann nicht mehr in der Lage sein, zu denken oder zu sprechen, lange Zeit nicht mehr. Sag es mir jetzt.«

Sie brachte ihr Gesicht dicht an seines heran. Es war noch immer ein liebliches Gesicht, selbst in dem verblassenden orangen Licht des Sonnenuntergangs. »Die Menschen leben nicht ewig.«

»Ja«, sagte Mercer. »Das wusste ich.«

»*Glaube* es«, befahl Lady Da. Lichter blitzten über der dunklen Ebene auf, waren aber noch weit entfernt. »Grab dich ein«, sagte sie. »Grab dich für die Nacht ein. Vielleicht übersehen sie dich.«

Mercer begann zu graben. Er blickte zu dem Mann hinüber, den er freigelegt hatte. Der hirnlose Körper, dessen Bewegungen so langsam waren wie die eines Seesterns unter Wasser, wühlte sich wieder in die Erde zurück.

Fünf bis sieben Tage später ging ein Rufen durch die Herde.

Mercer hatte einen Halbmenschen kennengelernt, dessen Unterleib verschwunden war und dessen Eingeweide durch etwas gehalten wurden, das einer Kunststoffbandage ähnelte. Der Halbmensch hatte ihm gezeigt, dass man stillliegen musste, wenn die Dromozoen mit ihrer unermüdlichen Sehnsucht, Gutes zu tun, sie überfielen.

»Man kann nicht gegen sie ankämpfen«, sagte der Halbmensch. »Sie haben Alvarez so groß wie einen Berg gemacht, so dass er sich niemals mehr bewegen kann. Jetzt werden sie versuchen, uns glücklich zu machen. Sie füttern und säubern und erfrischen uns. Lieg still. Mach dir keine Gedanken wegen deines Schreiens. Das tun wir alle.«

»Und wann bekommen wir die Droge?«, fragte Mercer.

»Wenn S'dikkat kommt.«

S'dikkat kam an diesem Tag. Er zog eine Art Radschlitten hinter sich her. Die Kufen trugen ihn über die Hügel, während in der Ebene die Reifen die Fortbewegung übernahmen.

Kurz bevor er eintraf, verfiel die Herde in fieberhafte Betriebsamkeit. Überall gruben die Menschen die Schläfer aus. Als S'dikkat dann ihren Warteplatz erreichte, hatte die Herde bereits das Doppelte ihrer eigenen Zahl an schlafenden, rosa Körpern ausgegraben: Männer und Frauen, Junge und Alte. Die Schläfer sahen nicht besser oder schlechter aus als die Wachen.

»Beeilt euch!«, drängte Lady Da. »Er gibt keinem von uns einen Schuss, bevor nicht alle bereit sind.«

S'dikkat trug seinen schweren Bleianzug. Er hob den Arm zu einem freundlichen Gruß, wie ein Vater, der mit Geschenken zu seinen Kindern nach Hause zurückkehrt. Die Herde wimmelte um ihn herum, ohne ihm jedoch zu sehr auf den Leib zu rücken. Er griff in den Schlitten. Dort befand sich eine Flasche, die er sich mit einem Lederriemen um die Schulter hängte. Von der Flasche hing ein Schlauch herab. In der Mitte des Schlauches war eine kleine Hochdruckpumpe eingebaut. Am Ende des Schlauches glitzerte eine Injektionsnadel.

Als er fertig war, winkte S'dikkat ihnen zu, näherzutreten. Sie folgten glücklich lächelnd seiner Aufforderung, und der Stiermann schritt ihre Reihen ab, bis er bei dem Mädchen angelangt war, aus deren Hals der Knabe wuchs. Seine mechanische Stimme dröhnte aus dem Lautsprecher, der an seinem Hals angebracht war. »Gutes Mädchen! Gutes, gutes Mädchen! Du bekommst ein großes, großes Geschenk.« Er verabreichte ihr eine so lange Injektion, dass Mercer sehen konnte, wie eine Luftblase von der Pumpe zur Flasche aufstieg.

Dann ging S'dikkat zu den anderen zurück, ließ hier und da dröhnend ein gut gelauntes Wort fallen, bewegte sich mit unvermuteter Grazie und Behändigkeit unter den Leuten. Die Nadel blitzte auf, als er ihnen nacheinander die Hochdruck-Injektionen verabreichte. Die Leute ließen sich anschließend zu Boden fallen, setzten sich oder legten sich wie im Halbschlaf hin.

S'dikkat erkannte Mercer wieder. »Hallo, Freund. Jetzt kannst du deinen Spaß haben. Im Haus hätte es dich umgebracht. Hast du etwas für mich?«

Mercer stammelte, dass er nicht wisse, was S'dikkat meine, doch der doppelnasige Mann antwortete an seiner statt: »Ich glaube, er hat einen hübschen Babykopf, aber der ist noch nicht groß genug, um ihn jetzt schon abzunehmen.«

Mercer merkte nichts von der Spritze.

S'dikkat hatte sich bereits dem nächsten Grüppchen zugewandt, als das Super-Kondamin in Mercer zu wirken begann. Er wollte hinter S'dikkat herlaufen, den Bleianzug umarmen, S'dikkat sagen, dass er ihn liebe. Er stolperte und fiel, aber es schmerzte nicht.

Das vielleibige Mädchen lag neben ihm. Mercer sprach mit ihr. »Ist es nicht wundervoll? Du bist wunderschön, wunderschön, wunderschön. Ich bin so glücklich, dass ich hier bin.«

Die Frau, die von den wachsenden Händen bedeckt war, kam heran und setzte sich zu ihnen. Sie strahlte Wärme und Kameradschaft aus. Mercer fand, dass sie sehr vornehm und liebreizend aussah. Er legte seine Kleidung ab; es war närrisch und hochnäsig, Kleider zu tragen, wenn all diese netten Menschen nackt waren.

Die beiden Frauen schwatzten und turtelten mit ihm.

In einem Winkel seines Bewusstseins wusste er, dass sie eigentlich nichts sagten, sondern nur die Euphorie einer Droge ausdrückten, die so stark war, dass sie im gesamten bekannten Universum verboten war. Der Großteil seines Ichs war glücklich. Er fragte sich, wieso er nur das Glück gehabt hatte, einen so hübschen Planeten wie diesen besuchen zu dürfen. Er wollte es Lady Da sagen, aber die Worte formten sich nicht deutlich genug.

Ein schmerzhafter Stich traf ihn im Unterleib. Die Droge warf sich auf den Schmerz und erstickte ihn. Es war wie unter der Kappe im Krankenhaus, nur tausendmal besser. Der Schmerz war verschwunden, obwohl er zu Beginn fast unerträglich gewesen war.

Mercer zwang sich zum Nachdenken. Mühevoll sammelte er seine Gedanken und sagte zu den beiden Frauen, die rosig nackt neben ihm im Staub lagen: »Das war herrlich. Was für ein Stich! Vielleicht wächst mir ein dritter Kopf. Das würde S'dikkat wirklich glücklich machen.«

Lady Da richtete sich mühsam auf. »Ich bin auch stark«, sagte sie. »Ich kann sprechen. Denk daran, Mann, denk daran. Die Menschen leben nicht ewig. Auch wir können sterben, wir können sterben wie normale Menschen. Ich glaube fest an den Tod!«

Mercer lächelte sie glückselig an. »Natürlich können wir sterben. Aber ist es so nicht schön ...« Während er sprach, fühlte er, wie seine Lippen anschwollen und sein Bewusstsein sich trübte. Er war hellwach, aber er war nicht in der Lage, irgendetwas zu unternehmen. An diesem herrlichen Ort, unter all diesen umgänglichen und wundervollen Menschen saß er da und lächelte.

S'dikkat sterilisierte seine Messer.

Mercer fragte sich, wie lange das Super-Kondamin bei ihm gewirkt hatte. Er ertrug die Dienste der Dromozoen ohne schreien oder fliehen zu wollen. Die Höllenqualen seiner Nerven und das Jucken auf der Haut waren Phänomene, die sich irgendwo in der Nähe abspielten und ihn nicht betrafen. Er betrachtete seinen eigenen Körper mit flüchtigem, höflichem Interesse.

Lady Da und die mit Händen bedeckte Frau blieben bei ihm. Nach langer Zeit kroch der Halbmensch mit seinen kräftigen Armen zu ihnen herüber. Als er bei ihnen war, blinzelte er sie schläfrig und freundschaftlich an und fiel in die erholsame Apathie zurück, aus der er sich kurz befreit hatte. Einmal nahm Mercer zufällig wahr, dass die Sonne aufging, schloss rasch die Augen, und als er sie wieder öffnete, glitzerten Sterne am Himmel. Die Zeit hatte keine Bedeutung mehr. Die Dromozoen fütterten ihn auf ihre geheimnisvolle Weise; die Droge unterdrückte sein Bedürfnis nach den Zyklen des Körpers.

Schließlich spürte er, wie der Schmerz in sein Inneres zurückkehrte. Die Schmerzen selbst hatten sich nicht verändert – aber er.

Er wusste jetzt um alles, was ihm auf Shayol widerfahren konnte. Er erinnerte sich daran aus seiner glücklichen Periode. Vorher hatte er es nur bemerkt – jetzt fühlte er es.

Er wollte Lady Da fragen, wie lange die Droge gewirkt hatte und wie lange sie noch warten mussten, bevor sie wieder eine bekamen. Offenbar hatten ihre vielen Körper, die ausgestreckt auf dem Boden lagen, eine größere Speicherkapazität für die Droge als sein eigener Organismus; sie meinte es sicher gut mit ihm, aber sie war nicht in der Lage, artikuliert zu sprechen.

Der Halbmensch lag auf der Erde, und seine Arterien pulsierten hübsch hinter dem halbtransparenten Film, der seine Bauchhöhle schützte.

Mercer drückte die Schulter des Mannes.

Der Halbmensch erwachte, erkannte Mercer und schenkte ihm ein wohliges, schläfriges Lächeln. »Einen schönen guten Morgen, mein Junge! Das ist aus einem Theaterstück. Hast du jemals ein Theater besucht?«

»Du meinst ein Spielhaus?«

»Nein«, erwiderte der Halbmensch, »das ist eine Art Augenmaschine, wo echte Menschen die Figuren darstellen.«

»So etwas kenne ich nicht, aber ich …«

»Aber du möchtest mich fragen, wann S'dikkat mit der Spritze zurückkommen wird.«

»Ja«, bestätigte Mercer, und er schämte sich ein wenig für seine offensichtliche Ungeduld.

»Bald«, sagte der Halbmensch. »Deshalb denke ich ans Theater. Wir alle wissen, was geschehen wird. Wir alle wissen, wann es geschehen wird. Wir alle wissen, was die Puppen tun werden« – er deutete auf die Hügel, in denen sich die gehirnlosen Menschen eingegraben hatten – »und wir alle wissen, was die Neuen fragen werden. Aber wir wissen niemals, wie lange eine Szene dauern wird.«

»Was ist eine ›Szene‹?«, fragte Mercer. »Ist das die Bezeichnung für die Spritze?«

Der Halbmensch lachte, und sein Lachen kam richtigem Humor sehr nahe. »Nein, nein, nein. Was du im Körper gehabt hast, das war reines Glück. Eine Szene ist nur ein Teil eines Stückes. Ich meine, wir kennen die Reihenfolge, in der sich die Dinge ereignen, aber wir besitzen keine Uhren und niemand macht sich die Mühe, die Tage zu zählen oder einen Kalender anzulegen, und hier gibt es keine Jahreszeiten, deshalb weiß keiner von uns, wie lange etwas dauert. Ich neige zu der Auffassung, dass alles ungefähr zwei Erdwochen in Anspruch nimmt.«

Mercer wusste nicht, was eine »Erdwoche« war, denn vor seiner Verurteilung war er kein sehr gebildeter Mann gewesen, aber im Augenblick war aus dem Halbmenschen nicht mehr herauszubekommen. Der Halbmensch erhielt eine dromozootische Einpflanzung, sein Gesicht färbte sich rot, und sinnlos brüllte er Mercer an: »Hol es heraus, du Narr! Hol es aus mir raus!«

Während Mercer ihn nur hilflos anstarrte, drehte sich der Halbmensch auf die Seite, wandte Mercer seinen staubigen rosa Rücken zu und weinte bitter und still vor sich hin.

Mercer wusste selbst nicht, wie lange es gedauert hatte, bis S'dikkat zurückkehrte. Es konnten mehrere Tage gewesen sein, aber auch mehrere Monate.

Wieder einmal bewegte sich S'dikkat unter ihnen wie ein Vater; wieder einmal umringten sie ihn wie Kinder. Diesmal lächelte S'dikkat dankbar, als er den kleinen Kopf sah, der aus Mercers Hüfte herausgewachsen war – der Kopf eines schlafenden Kindes mit einem dünnen Haarschopf und zierlichen Brauen über den ruhenden Augen. Mercer erhielt die freudenspendende Spritze.

Als S'dikkat dann den Kopf von Mercers Hüfte abschnitt, spürte dieser, wie sich das Messer knirschend in das Knorpelgewebe grub, das den Kopf mit seinem eigenen Körper verband. Er sah, wie sich das kindliche Gesicht verzerrte, als der Kopf abgetrennt wurde; er fühlte den fernen, kühlen Blitz eines unwichtigen Schmerzes, als S'dikkat die Wunde mit einer ätzenden antiseptischen Flüssigkeit abtupfte, die sofort die Blutung stoppte.

Beim nächsten Mal wuchsen zwei Beine aus seiner Brust.

Dann formte sich ein zweiter Kopf neben seinem eigenen.

Oder war das erst nach dem Unterleib des kleinen Mädchens gewesen, das ihm aus der Seite gewachsen war?

Er hatte die Reihenfolge vergessen.

Er berechnete die Zeit nicht mehr.

Lady Da lächelte ihn oft an, aber es gab keine Liebe an diesem Ort.

Sie hatte ihre zusätzlichen Rümpfe verloren. Zwischen den einzelnen Missbildungen war sie eine hübsche und wohlgeformte Frau, aber das Schönste an ihrer Beziehung waren ihre tausendmal wiederholten, mit Lächeln und Hoffnung geflüsterten Worte: »Die Menschen leben nicht ewig.«

Sie schien das ungeheuer tröstlich zu finden, obwohl Mercer keinen rechten Sinn darin erblickte.

So reihte sich ein Ereignis an das andere, und das Aussehen der Opfer wandelte sich, und neue trafen ein. Manchmal brachte S'dikkat die Neuen, die im ewigen Schlaf ihrer ausgebrannten Gehirne dahindämmerten, in einem Geländewagen zu anderen Herden hinaus. Die Körper auf dem Wagen schlugen um sich und wimmerten ohne menschliche Sprache, wenn die Dromozoen sie bissen.

Schließlich gelang es Mercer, S'dikkat zu der Tür des Stützpunktes zu folgen. Er musste dabei gegen das Glücksgefühl des Super-Kondamins ankämpfen. Nur die Erinnerung an frühere Schmerzen, Verwirrung und Bestürzung verliehen ihm die Überzeugung, dass, wenn er S'dikkat nicht fragte, während er, Mercer, glücklich war, die Antwort nicht mehr zu bekommen sein würde, wenn er sie brauchte. Er kämpfte gegen das Glück an und bat S'dikkat, in den Aufzeichnungen nachzusehen und ihm zu sagen, wie lange er sich hier schon befand.

Widerwillig sagte S'dikkat zu, doch er kam nicht mehr aus der Tür heraus. Er sprach durch den Kasten für öffentliche Bekanntmachungen, der außen an dem Haus angebracht war, und seine mächtige Stimme dröhnte über die leere Ebene, so dass die rosa Herde schwatzender Menschen kurz ihre Glückseligkeit vergaß und sich fragte, was ihnen ihr Freund S'dikkat wohl mitzuteilen hatte. Was er dann sagte, erschien ihnen ungemein tiefsinnig, obwohl es keiner von ihnen verstand, denn es war nichts weiter als die Zeit, die Mercer schon auf Shayol verbracht hatte: »Standardjahre – vierundachtzig Jahre, sieben Monate, drei Tage, zwei Stunden, elfeinhalb Minuten. Viel Glück, Freund!«

Mercer wandte sich ab. Der geheime kleine Winkel seines Bewusstseins, der während des Glücks und der Schmerzen immer wach blieb, ließ ihn sich fragen, was wohl mit S'dikkat los war. Was veranlasste den Stiermann, auf Shayol zu bleiben? Warum war er ohne Super-Kondamin so glücklich? War S'dikkat ein verrückter Sklave seines eigenen Pflichtgefühls, oder war er ein Mann, der die Hoffnung hegte, eines Tages zu seinem Heimatplaneten zurückzukehren, um dort im Kreise seiner Familie aus kleinen Stiermenschen sein Leben zu beschließen? Mercer weinte trotz seines Glücks ein wenig über S'dikkats seltsames Schicksal. Sein eigenes Schicksal bedeutete ihm nichts mehr.

Er dachte daran, wie er zum letzten Mal etwas gegessen hatte – richtige Eier aus einer richtigen Pfanne. Die Dromozoen erhielten ihn am Leben, aber er wusste nicht, wie sie es anstellten.

Dann stolperte er zurück zu seiner Gruppe. Lady Da, die nackt auf dem staubigen Boden lag, winkte ihm einladend zu und gab ihm zu verstehen, dass neben ihr noch ein Platz für ihn frei war. Quadratmeilen unbesetzten Raumes umgaben sie, aber er wusste die Freundlichkeit ihrer Geste dennoch zu schätzen.

IV

Die Jahre, falls es Jahre waren, vergingen. Das Land auf Shayol veränderte sich nie.

Manchmal klang das Blubbern der Geysire leise über die Ebene zu der Menschenherde herüber; diejenigen, die sprechen konnten, hielten es für das Atmen von Kapitän Alvarez.

Es gab Tag und Nacht, aber kein Reifen der Ernte, keinen Wechsel der Jahreszeiten, keine menschlichen Generationen. Die Zeit stand still für diese Menschen, und die Last ihrer Lust war so mit den Stichen und Schmerzen der Dromozoen vermischt, dass den Worten Lady Das nur sehr entfernt eine Bedeutung zukam.

»Die Menschen leben nicht ewig.«

Ihre Feststellung war eine Hoffnung, keine Wahrheit, an die sie glauben konnten.

Sie waren nicht geschickt genug, um die Bahnen der Sterne zu verfolgen, miteinander Namen auszutauschen, die Erfahrung eines jeden Einzelnen für die Weisheit aller zu nutzen. Für diese Menschen gab es nicht einmal den Traum von einer Flucht. Obwohl sie die altmodischen chemischen Raketen von dem Landefeld hinter S'dikkats Behausung aufsteigen sahen, hegten sie keine Pläne, sich inmitten der tiefgefrorenen Ernte transmutierten Fleisches zu verbergen.

Vor langer Zeit hatten einige andere Gefangene versucht, einen Brief zu schreiben. Sie hatten ihre Worte mühsam in einen Fels geritzt. Mercer las sie sorgfältig, ebenso wie einige andere, aber sie wussten nicht, wer sie geschrieben hatte. Es kümmerte sie auch nicht besonders.

Der in den Stein gekratzte Brief war eine Botschaft nach Hause gewesen. Man konnte nur noch den Anfang erkennen: »Einst war ich wie ihr, trat am Ende des Tages aus dem Fenster und ließ mich sachte vom Wind an den Ort treiben, wo ich wohnte. Einst besaß ich wie ihr einen Kopf, zwei Hände, zehn Finger an den Händen. Die Vorderseite meines Kopfes wurde Gesicht genannt, und ich konnte damit reden. Nun kann ich nur noch schreiben, und nur dann, wenn ich keine Schmerzen empfinde. Einst aß ich wie ihr feste Nahrung, trank Flüssigkeiten und hatte einen Namen. Ich kann mich jetzt nicht mehr an meinen Namen erinnern. Ihr könnt aufrecht stehen, ihr, die ihr diesen Brief bekommt. Ich kann nicht einmal mehr aufstehen. Ich warte nur darauf, dass die Lichter mir Molekül für Molekül Nahrung einimpfen und sie mir wieder fortnehmen. Denkt nicht, dass ich noch immer bestraft werde. Dieser Ort ist kein Ort der Strafe, er ist etwas anderes.«

Keiner aus der rosa Herde erfuhr jemals, was mit diesem »etwas anderes« gemeint war. Die Neugier in ihnen war schon vor langer Zeit gestorben.

Dann kam der Tag der kleinen Menschen.

Es war zu der Zeit – nicht eine Stunde, nicht ein Jahr, eine Spanne irgendwo in der Mitte zwischen beiden –, als Lady Da und Mercer wortlos vor Glück und erfüllt von der Lust des Super-Kondamins dasaßen. Sie hatten einander nichts zu sagen; die Droge sagte alle Dinge für sie.

Ein verärgertes Brüllen aus S'dikkats Behausung ließ sie leicht zusammenfahren.

Die beiden – und noch zwei, drei andere – blickten hinüber zu dem Lautsprecher des Kastens für öffentliche Bekanntmachungen.

Lady Da zwang sich, etwas zu sagen, obwohl die Angelegenheit für Worte viel zu uninteressant war. »Ich glaube«, sagte sie, »wir haben das früher Kriegsalarm genannt.«

Sie dämmerten zurück in ihre Glückseligkeit.

Ein Mann, neben dessen eigenem Schädel zwei rudimentäre Köpfe wuchsen, kroch zu ihnen hinüber. Alle drei Köpfe wirkten sehr glücklich, und Mercer dachte, wie nett es doch von ihm war, sie mit seinem Anblick zu vergnügen. Unter dem pulsierenden Glühen des Super-Kondamins bedauerte Mercer, dass er nicht die Zeiten, während derer sein Verstand klar gewesen war, dazu benutzt hatte, ihn zu fragen, wer er einst gewesen war.

Der Mann beantwortete die ungestellte Frage. Er zwang sich durch reine Willenskraft, die Lider zu öffnen, und salutierte vor Lady Da und Mercer mit einem trägen, gespenstisch militärischen Gruß und sagte: »Suzdal, Ma'am und Sir, ehemaliger Kreuzerkommandant. Es wird Alarm gegeben. Melde gehorsamst, dass ich ... dass ich ... dass ich nicht ganz bereit zum Gefecht bin.«

Er fiel in Schlaf.

Die sanfte Bestimmtheit von Lady Da ließ ihn erneut seine Augen öffnen. »Kommandant, warum wird denn hier Alarm gegeben? Warum sind Sie zu uns gekommen?«

»Sie, Ma'am, und der Herr mit den Ohren scheinen am besten denken zu können. Ich dachte, Sie hätten vielleicht irgendwelche Befehle für mich.«

Mercer blickte sich suchend nach dem Herrn mit den Ohren um. Doch er selbst war damit gemeint – zu dieser Zeit war sein Gesicht fast vollständig mit einem Büschel neuer kleiner Ohren bedeckt, aber er ignorierte sie, denn S'dikkat würde sie zu gegebener Zeit abschneiden und die Dromozoen würden ihm etwas anderes einpflanzen.

Der Lärm aus dem Gebäude nahm eine ohrenbetäubende Intensität an. Immer mehr Menschen der Herde begannen darauf aufmerksam zu werden. Einige öffneten die Augen, blickten sich um, murmelten: »Es ist ein Geräusch« und kehrten in die glückliche Dämmerung des Super-Kondamins zurück.

S'dikkat kam herausgelaufen – *ohne seinen Anzug*. Sie hatten ihn niemals draußen ohne seinen schützenden Metallanzug gesehen. Er eilte auf sie zu, blickte wie wild um sich, erkannte Lady Da und Mercer, zog sie hoch, klemmte sie sich unter die Arme und rannte mit ihnen zum Haus zurück. Er warf sie durch die Doppeltür. Mit einem knochensplitternden Krachen landeten sie auf dem Boden, und sie fanden es auch noch amüsant, so hart aufzuschlagen. Der Boden kippte sie in den Raum.

Kurze Zeit später folgte S'dikkat. »Ihr seid Menschen«, brüllte er sie an, »oder ihr wart es zumindest einmal. Ihr versteht die Menschen, ich gehorche ihnen nur. Aber diesmal werde ich nicht gehorchen. Schaut euch das an!«

Vier hübsche menschliche Kinder lagen auf dem Boden. Die beiden kleinsten schienen Zwillinge zu sein und waren etwa zwei Jahre alt. Außerdem gab es noch ein fünfjähriges Mädchen und einen etwa siebenjährigen Jungen. Alle hatten schlaffe Augenlider, bei allen zogen sich dünne rote Linien um Stirn und Schläfen, und ihr abrasiertes Haar verriet, dass ihnen das Gehirn entfernt worden war.

Ungeachtet der durch die Dromozoen drohenden Gefahr stand S'dikkat neben Lady Da und Mercer und brüllte: »Ihr seid Wahre Menschen. Ich bin nur ein Tier. Ich erfülle meine Pflicht. Aber meine Pflicht schließt so etwas nicht ein. Das sind *Kinder*.«

Der Rest von Mercers Verstand registrierte Erschütterung und Unglauben. Es war schwer, das Gefühl aufrechtzuerhalten, denn das Super-Kondamin überspülte sein Bewusstsein wie eine große Welle und ließ alles schön erscheinen. Der vorderste, völlig von der Droge erfüllte Teil seines Geistes sagte: »Wäre es nicht hübsch, ein paar Kinder bei uns zu haben?« Aber das unzerstörte Innere seines Geistes, in dem sich das Ehrgefühl aus der Zeit vor seiner Ankunft auf Shayol erhalten hatte, flüsterte: »Dies ist ein schlimmeres Verbrechen als alle, die wir begangen haben! *Und der Imperator hat es getan!*«

»Was hast du getan?«, fragte Lady Da den Stiermann. »Was können wir tun?«

»Ich habe versucht, Verbindung mit dem Satelliten aufzunehmen. Doch als sie wussten, worüber ich sprechen wollte, schalteten sie ab. Schließlich bin ich kein Mensch. Der Chefarzt sagte, ich solle meine Arbeit tun.«

»War es Doktor Vomact?«, fragte Mercer.

»Vomact?«, wiederholte S'dikkat. »Er starb vor hundert Jahren an Altersschwäche. Nein, ein neuer Arzt hat abgeschaltet. Ich habe keine menschlichen Gefühle, aber ich bin auf der Erde geboren, von irdischem Blut. Ich habe ebenfalls Gefühle. Stiergefühle. *Das* kann ich nicht zulassen.«

»Was hast du getan?«

S'dikkat richtete die Augen auf das Fenster. Sein Gesicht wurde von einer Entschlossenheit erleuchtet, die ihn für die beiden Menschen, trotz ihrer von der Droge erzeugten Liebe, wie den Vater dieser Welt erscheinen ließ – verantwortungsbewusst, ehrenhaft, selbstlos. Er lächelte. »Man wird mich dafür töten, glaube ich. Aber ich habe den Galaktischen Alarm ausgelöst: *Alle Schiffe hierher*.«

Lady Da setzte sich auf den Boden und erklärte: »Aber er gilt doch nur für den Angriff neuer Invasoren! Es ist ein falscher Alarm.« Sie stand wieder auf. »Kannst du mir gleich jetzt diese Dinge abschneiden, wenn Menschen kommen? Ich brauche außerdem etwas zum Anziehen. Und hast du etwas, das die Wirkung des Super-Kondamins aufhebt?«

»Genau das wollte ich!«, rief S'dikkat. »Ich will diese Kinder nicht. Überlassen Sie alles Weitere mir.«

Mit diesen Worten schnitt er Lady Da auf die normalen Proportionen der Menschheit zurück.

Das ätzende Antiseptikum stieg wie Rauch in die Luft des Raumes. Mercer fand das alles sehr dramatisch und unterhaltend, und mehrmals fiel er in einen leichten Halbschlaf. Dann fühlte er, wie S'dikkat ihn ebenfalls zurechtstutzte. Der Stiermann zog eine lange, lange Schublade auf und legte die Organteile hinein; ging man von der Kälte aus, die sich von dort aus in dem Raum verbreitete, musste es sich dabei um eine Kühltruhe handeln.

Dann setzte S'dikkat sie beide mit dem Rücken zur Wand hin.

»Ich habe nachgedacht«, erklärte er. »Es gibt kein Gegenmittel für das Super-Kondamin. Wer hätte daran schon Interesse? Aber ich kann euch die Spritzen aus meinem Rettungsboot geben. Sie sind dafür gedacht, jede Person wieder ins Bewusstsein zurückzuholen, ganz gleich, was ihr draußen im Weltraum zugestoßen ist.«

Über dem Dach des Hauses ertönte ein Heulen. S'dikkat schlug mit der Faust ein Fenster ein, steckte den Kopf hinaus und blickte nach oben.

»Kommt herein«, rief er.

Das Geräusch eines rasch aufsetzenden Raumschiffes folgte. Türen summten. Mercer fragte sich leichthin, wieso die Menschen es wagten, auf Shayol zu landen. Doch als sie hereinkamen, sah er, dass es keine Menschen waren; es handelte sich bei den Ankömmlingen um Zollroboter, die in der Lage waren, Beschleunigungswerte auszuhalten, die kein

Mensch ertragen konnte. Einer von ihnen trug die Insignien eines Inspektors.

»Wo sind die Invasoren?«, fragte er.

»Es gibt keine ...«, begann S'dikkat.

Lady Da, majestätisch in ihrer Haltung, obwohl sie vollkommen nackt war, sagte mit prononciert klarer Stimme: »Ich bin eine ehemalige Herrscherin. Lady Da. Kennst du mich?«

»Nein, Ma'am«, erwiderte der Roboterinspektor. Er wirkte so verlegen, wie es einem Roboter überhaupt möglich war. Die Droge ließ Mercer denken, dass es nett wäre, einige Roboter zur Gesellschaft zu haben, draußen auf Shayol.

Lady Da sah den Roboter mit finsterer Miene an. »Ich rufe den Höchsten Notstand in den alten Worten aus. Verstehst du mich? Verbinde mich mit der Instrumentalität.«

»Wir können nicht ...«, sagte der Inspektor.

»Du kannst fragen«, unterbrach ihn Lady Da.

Der Inspektor gehorchte.

Lady Da wandte sich an S'dikkat. »Gib jetzt Mercer und mir diese Spritzen. Dann schaff uns vor die Tür, damit die Dromozoen diese Narben richten können. Sobald die Verbindung steht, holst du uns wieder herein. Wickle uns in Tücher ein, wenn du keine Kleidung hier hast. Mercer wird den Schmerz aushalten.«

»Ja«, sagte S'dikkat und vermied es, die vier zarten Kinder mit ihren zerstörten Augen anzusehen.

Die Injektion brannte, wie kein Feuer jemals gebrannt hatte. Es musste wirklich gegen das Super-Kondamin wirken, denn S'dikkat schob sie durch das offene Fenster, damit sie die Tür nicht benutzen mussten und dadurch Zeit verloren. Die Dromozoen spürten, dass sie ihre Hilfe brauchten, und schossen auf sie zu. Diesmal kämpfte noch etwas anderes gegen das Super-Kondamin an.

Mercer schrie nicht, aber er lag draußen an der Hausmauer und weinte zehntausend Jahre lang; in objektiver Zeit mussten es mehrere Stunden gewesen sein.

Die Zollroboter machten Fotos. Die Dromozoen umblitzten auch sie, manchmal in ganzen Schwärmen, aber es geschah ihnen nichts.

Im Innern des Hauses hörte Mercer die Stimme des Kommunikators laut nach S'dikkat rufen. »Chirurgie-Satellit ruft Shayol. S'dikkat, melde dich!«

Offenbar erhielt er keine Antwort.

Aus dem anderen Kommunikator, den die Zollbeamten mit in das Haus genommen hatten, ertönten leise Schreie. Mercer war sicher, dass die Augenmaschine eingeschaltet war und dass Menschen von anderen Welten zum ersten Mal einen Blick auf Shayol werfen konnten.

S'dikkat kam zu ihnen. Er hatte Navigationskarten aus dem Rettungsboot geholt. Damit bekleidete er die beiden.

Mercer bemerkte, dass Lady Da ihre provisorische Bekleidung an einigen Stellen verändert hatte und plötzlich wie eine sehr wichtige Persönlichkeit wirkte.

Sie betraten wieder das Haus.

S'dikkat flüsterte fast ehrfürchtig: »Die Instrumentalität ist erreicht worden, und ein Lord der Instrumentalität wird mit euch reden.«

Mercer konnte im Augenblick nichts tun, deshalb setzte er sich in eine Ecke des Raums und beobachtete, was geschah. Lady Da, deren Haut verheilt war, stand blass und nervös in der Mitte des Raumes.

Das Zimmer füllte sich mit geruchlosem, substanzlosem Rauch. Der Rauch verdichtete sich. Der Kommunikator war eingeschaltet.

Eine menschliche Gestalt erschien.

Eine Frau, die eine Uniform von geradezu radikal konservativem Zuschnitt trug, stand Lady Da gegenüber.

»Dies ist Shayol. Sie sind Lady Da. Sie haben mich gerufen.«

Lady Da deutete auf die auf dem Boden liegenden Kinder. »Das darf nicht geschehen«, sagte sie. »Dies ist ein

Ort der Strafe, gemäß einer Übereinkunft zwischen der Instrumentalität und dem Imperium. Niemals war von Kindern die Rede.«

Die Frau auf dem Bildschirm sah auf die Kinder hinunter. »Das ist das Werk eines Verrückten!«, rief sie entsetzt. Anklagend sah sie Lady Da an. »Sind Sie von imperialem Geblüt?«

»Ich war eine Herrscherin, Madam«, erwiderte Lady Da.

»Und so etwas lassen Sie zu!«

»Zulassen?«, rief Lady Da. »Ich hatte doch gar nichts damit zu tun.« Ihre Augen weiteten sich. »Ich bin hier selbst eine Gefangene. Verstehen Sie mich denn nicht?«

»Nein«, schnappte das Abbild der Frau.

»Ich«, erklärte Lady Da, »bin ebenfalls ein Objekt. Schauen Sie sich die Herde dort draußen an. Vor wenigen Stunden war ich noch bei ihr.«

»Justiere mich«, befahl das Abbild der Frau S'dikkat. »Ich will diese Herde sehen.«

Ihr aufrecht stehender Körper schwebte in einem gleißenden Bogen durch die Wand und wurde mitten im Zentrum der Herde abgesetzt.

Lady Da und Mercer beobachteten sie. Sahen, wie das Abbild seine Steifheit und Würde verlor. Schließlich winkte das Abbild mit der Hand, um zu zeigen, dass man sie zurück ins Haus schaffen sollte. S'dikkat kam der Anweisung nach.

»Ich muss mich bei Ihnen entschuldigen«, sagte das Abbild. »Ich bin Lady Johanna Gnade, eine der Obersten der Instrumentalität.«

Mercer verbeugte sich, verlor das Gleichgewicht und musste sich erst wieder hochkämpfen. Lady Da nahm die Vorstellung mit einem hoheitsvollen Nicken zur Kenntnis.

Die beiden Frauen musterten einander.

»Sie werden alles untersuchen«, sagte Lady Da, »und wenn die Untersuchung beendet ist, dann bitte ich Sie, uns alle zu töten. Sie wissen von der Droge?«

»Man darf nicht davon sprechen«, rief S'dikkat. »Man darf nicht einmal vor einem Kommunikator den Namen erwähnen. Es ist ein Geheimnis der Instrumentalität!«

»Ich *bin* die Instrumentalität«, erklärte Lady Johanna. »Niemand hat damit gerechnet, dass auch nur einer von euch noch existiert. Ich hatte wohl von Körperbänken auf eurem unzugänglichen Planeten gehört, aber immer angenommen, Roboter würden dort menschliche Körperteile züchten und sie dann mit Raketen nach oben schicken. Sind unter Ihnen hier irgendwelche Menschen? Wer hat die Verantwortung? Wer hat das diesen Kindern angetan?«

S'dikkat trat vor das Bild. Er verbeugte sich nicht. »Ich habe die Verantwortung.«

»Du bist ein Untermensch!«, rief Lady Johanna. »Du bist eine Kuh!«

»Ein Stier, Ma'am. Meine Familie wurde auf der Erde eingefroren, und mit tausend Jahren Dienst erringe ich ihre und auch meine Freiheit. Was Ihre andere Frage betrifft, Ma'am, so erledige ich die ganze Arbeit. Die Dromozoen können mir nicht viel anhaben, obwohl ich dann und wann auch von mir einen Teil abschneiden muss. Ich werfe ihn dann fort, er gelangt nicht in die Bank. Kennen Sie das Geheimnis dieses Ortes?«

Lady Johanna sprach mit jemandem, der hinter ihr in einer anderen Welt unsichtbar blieb. Dann sah sie S'dikkat wieder an und sagte: »Erwähne nur den Namen der Droge nicht und sprich nicht zu viel davon. Berichte mir alles andere.«

»Wir haben hier«, erwiderte S'dikkat sehr förmlich, »dreizehnhundertundeinundzwanzig Menschen, von denen man immer noch annehmen kann, dass sie Körperteile liefern, wenn die Dromozoen sie ihnen einpflanzen. Es gibt weitere siebenhundert, darunter auch Go-Kapitän Alvarez, die von dem Planeten bereits so vollständig absorbiert worden sind, dass es keinen Sinn hat, sie weiter zu pflegen. Das Imperium hat diesen Planeten zu einem Ort der allerhöchsten Strafe erklärt. Aber die Instrumentalität erließ den Geheimbefehl, den Gefangenen *Medizin* zu verabreichen« – er betonte das Wort vielsagend und meinte damit das Super-Kondamin – »um die Strafe abzumildern. Das Imperium liefert die Häftlinge. Die Instrumentalität verteilt das chirurgische Material.«

Lady Johanna hob ihre Rechte und bat energisch um Ruhe und Aufmerksamkeit. Sie blickte sich langsam, wie suchend in dem Raum um. Dann kehrten ihre Augen wieder zu Lady Da zurück. Vielleicht ahnte sie, welche Anstrengung es Lady Da kostete, aufrecht stehenzubleiben, während die beiden Drogen, das Super-Kondamin und das Mittel aus dem Rettungsboot, in ihren Adern miteinander kämpften.

»Ihr Menschen könnt euch ausruhen«, sagte Lady Johanna schließlich. »Ich sage euch nun, dass alles nur Denkbare für euch getan werden wird. Das Imperium besteht nicht mehr. Der Grundvertrag, mit dem die Instrumentalität vor tausend Jahren auf das Imperium verzichtet hat, wurde außer Kraft gesetzt. Wir wussten nicht, dass es hier noch Menschen gibt. Wir hätten es vermutlich irgendwann herausgefunden, aber es tut mir leid, dass es nicht schon früher geschehen ist. Gibt es etwas, das wir jetzt sofort für euch tun können?«

»Zeit ist alles, was wir haben«, erwiderte Lady Da. »Vielleicht werden wir Shayol niemals verlassen können, wegen der Dromozoen und der *Medizin*. Die Ersteren könnten gefährlich werden, von dem Zweiten darf nie jemand etwas erfahren.«

Wieder blickte sich Lady Johanna um. Als ihr Blick auf S'dikkat traf, fiel er auf die Knie und erhob seine riesigen Hände zu einer flehentlichen Geste.

»Was willst du?«, fragte Lady Johanna.

»Diese dort«, sagte S'dikkat und deutete auf die verstümmelten Kinder. »Geben Sie Befehl, dass man keine Kinder mehr herunterschickt. Geben Sie jetzt den Befehl!« Sein letzter Satz war selbst ein Befehl gewesen, und Lady Johanna akzeptierte ihn. »Und noch etwas, Lady ...« Er verstummte wie aus Schüchternheit.

»Ja? Fahr fort.«

»Ich bin nicht in der Lage, jemanden zu töten. Es ist gegen meine Natur. Arbeiten, helfen, das ja, aber nicht töten. Was soll ich nur mit ihnen machen?« Er deutete auf die vier reglos am Boden liegenden Kinder.

»Behalte sie. Behalte sie einfach.«

»Das kann ich nicht. Es gibt keine Möglichkeit, diesen Planeten lebendig zu verlassen, und ich habe in meinem Haus nichts zu essen für sie. Sie werden in wenigen Stunden sterben. Und Regierungen benötigen für ihre Entscheidungen lange, lange Zeit.«

»Kannst du ihnen nicht die *Medizin* geben?«

»Nein, es würde sie töten, wenn ich ihnen dieses Zeug gäbe, bevor die Dromozoen ihre Körperfunktionen gefestigt haben.«

Lady Johanna erfüllte den Raum mit einem scheppernden Lachen, das einem Weinen sehr nahe kam. »Narren, arme Narren, und ich selbst bin die größte Närrin! Wenn Super-Kondamin nur *nach* den Dromozoen wirkt, wozu dann die Geheimniskrämerei?«

S'dikkat stand gekränkt auf. Er runzelte die Stirn, aber er fand nicht die richtigen Worte, um sich zu rechtfertigen.

Lady Da, Exherrscherin eines untergegangenen Imperiums, sagte mit Nachdruck und Würde zu der anderen Lady: »Man sollte sie nach draußen tragen, damit sie gestochen werden. Es wird wehtun. Sagen Sie S'dikkat, er soll ihnen die Droge geben, sobald er es für vertretbar hält. Ich bitte, mich zu entschuldigen, Mylady ...«

Mercer fing sie auf, bevor sie fiel.

»Sie haben alle schon genug durchgemacht«, sagte Lady Johanna dann. »Ein Sturmschiff mit schwerbewaffneten Truppen ist auf dem Weg zum Fährensatelliten. Sie werden das medizinische Personal festnehmen und herausfinden, wer das Verbrechen gegen diese Kinder begangen hat.«

Mercer wagte zu fragen: »Werden Sie den schuldigen Arzt bestrafen?«

»*Sie* sprechen von Bestrafung«, rief Lady Johanna. »Ausgerechnet Sie!«

»Es wäre nur gerecht. Ich wurde bestraft, weil ich Unrecht getan hatte. Warum nicht auch er?«

»Strafen, strafen!«, fuhr sie ihn an. »Wir werden diesen Arzt heilen. Und wir werden auch Sie heilen, wenn es möglich ist.«

Mercer begann zu weinen. Er dachte an die Ozeane aus Glückseligkeit, die ihm das Super-Kondamin geschenkt hatte, damit er darüber die schrecklichen Schmerzen und Missbildungen vergessen konnte, die Shayol ihm zufügte. Würde es keine nächste Spritze mehr geben? Er konnte sich nicht vorstellen, wie das Leben sein würde, wenn er sich nicht mehr auf Shayol befand. Würde nie mehr wieder ein gütiger, väterlicher S'dikkat mit seinen Messern kommen?

Er hob sein tränenüberströmtes Gesicht zu Lady Johanna Gnade empor und stammelte: »Lady, wir alle hier sind wahnsinnig. Ich glaube nicht, dass einer von uns fortgehen will.«

Lady Johanna wandte ihr Gesicht ab, überwältigt von ungeheurem Mitleid. Ihre nächsten Worte waren an S'dikkat gerichtet: »Du bist weise und gut, auch wenn du kein menschliches Wesen bist. Gib ihnen so viel von der Droge, wie sie vertragen können. Die Instrumentalität wird entscheiden, was mit ihnen geschehen soll. Ich werde euren Planeten mit Robotersoldaten erforschen. Werden die Roboter sicher sein, Stiermann?«

S'dikkat missfiel die taktlose Anrede, aber er verbarg seinen Ärger. »Den Robotern wird nichts zustoßen, Ma'am, aber die Dromozoen werden sich aufregen, wenn sie sie nicht füttern und heilen können. Schicken Sie so wenig Roboter wie möglich. Wir wissen nicht, wie die Dromozoen leben oder sterben.«

»So wenig wie möglich«, murmelte Lady Johanna. Dann hob sie die Hand als Zeichen für irgendeinen Techniker in unvorstellbarer Ferne. Der geruchlose Rauch umhüllte sie, und das Bild verschwand.

Eine schrille, freudige Stimme ertönte. »Ich habe Ihr Fenster repariert«, sagte einer der Zollroboter. S'dikkat dankte ihm geistesabwesend. Dann half er Mercer und Lady Da zur Tür.

Als sie draußen waren, wurden sie augenblicklich von den Dromozoen gestochen. Aber es spielte keine Rolle mehr.

Nach einer Weile erschien S'dikkat mit den vier Kindern in seinen beiden riesigen, sanften Händen. Er legte die schlaffen Körper neben dem Haus auf den Boden und sah zu, wie sie sich beim Angriff der Dromozoen unter Krämpfen wanden. Mercer und Lady Da erkannten, dass seine braunen Stieraugen rotgerändert und seine riesigen Wangen tränenfeucht waren.

Stunden oder Jahrhunderte.

Wer konnte das schon sagen?

Die Herde kehrte zu ihrem gewohnten Leben zurück, nur dass die Abstände zwischen den Injektionen jetzt kürzer waren. Der ehemalige Kommandant, Suzdal, lehnte die Spritze ab, als er die Neuigkeiten erfuhr. Wann immer es ihm möglich war, folgte er den Zollrobotern, während sie fotografierten, Bodenproben entnahmen und die Gefangenen zählten. Sie waren vor allem an dem Berg des Go-Kapitäns Alvarez interessiert; sie waren sich nicht sicher, ob es sich bei ihm noch um organisches Leben handelte oder nicht. Der Berg zeigte eine erkennbare Reaktion auf das Super-Kondamin, aber sie fanden kein Blut, keinen Herzschlag. Eine Flüssigkeit, die von den Dromozoen in Gang gehalten wurde, schien die ehemals menschlichen Körperfunktionen übernommen zu haben.

V

Und dann, eines frühen Morgens, öffnete sich der Himmel.

Ein Schiff nach dem anderen landete. Menschen kamen heraus, und sie trugen Kleidung.

Die Dromozoen ignorierten die Neuankömmlinge. Mercer, der sich in seinem Glückszustand befand, versuchte dies voller Verwirrung zu durchdenken, und schließlich erkannte er, dass die Schiffe bis zum letzten Deck mit Kommunikationsmaschinen angefüllt waren; die »Menschen« waren entweder Roboter oder Abbilder von Personen, die sich an anderen Orten aufhielten.

Rasch trieben die Roboter die Herde zusammen, und mit Schubkarren schafften sie die vielen Hundert hirnlosen Menschen zum Landeplatz.

Mercer hörte eine vertraute Stimme. Es war Lady Johanna Gnade. »Macht mich größer«, befahl sie.

Ihre Gestalt wuchs, bis sie ein Viertel von Alvarez' Größe erreicht hatte. Ihre Stimme wurde lauter. »Weckt sie alle auf«, befahl sie.

Roboter setzten sich in Bewegung und versprühten ein Gas, das zugleich übelkeitserregend und süß war. Mercer spürte, wie sich sein Verstand klärte. Das Super-Kondamin wirkte noch in seinen Nerven und Venen, aber seine kortikalen Reaktionen waren nun davon befreit. Er dachte jetzt klarer.

»Ich verkünde euch«, rief die mitleidige weibliche Stimme der riesigen Lady Johanna, »den Beschluss der Instrumentalität über den Planeten Shayol. Punkt eins: Die chirurgischen Lieferungen werden aufrechterhalten und die Dromozoen nicht behelligt. Teile menschlicher Körper werden hier zurückgelassen, um zu wachsen, und die Organe werden dann von Robotern eingesammelt. Weder Menschen noch Homunkuli werden jemals wieder hier leben. Punkt zwei: Der Untermensch S'dikkat, Stier-Herkunft, wird mit der sofortigen Rückkehr zur Erde belohnt. Er wird das Doppelte des erwarteten Lohnes für tausend Jahre Dienst erhalten.«

S'dikkats Stimme war auch ohne Verstärkung so laut wie ihre. »Lady, Lady!«, rief er protestierend.

Sie blickte auf ihn hinunter – sein riesiger Körper reichte ihr bis an den Saum ihres rauschenden Gewandes – und fragte mit ruhiger Stimme: »Was wünschst du?«

»Lassen Sie mich zuerst meine Arbeit beenden«, rief S'dikkat, so dass alle ihn verstehen konnten. »Lassen Sie mich diese Menschen bis zu ihrem Ende pflegen.«

Die Objekte, die noch bei Verstand waren, hörten aufmerksam zu. Die Gehirnlosen versuchten, sich wieder in die weiche Erde von Shayol einzugraben, und benutzten zu diesem Zweck ihre kräftigen Klauen. Immer, wenn einer zu verschwinden drohte, ergriff ihn ein Roboter an den Gliedmaßen und zerrte ihn wieder heraus.

»Punkt drei: Kephalektomien werden an allen Personen mit irreparablen Gehirnschäden vorgenommen. Ihre Körper werden hier zurückgelassen. Ihre Köpfe werden fortgebracht und so sanft wie möglich getötet, am besten durch eine Überdosis Super-Kondamin.«

»Der letzte große Schuss«, murmelte Kommandant Suzdal, der neben Mercer stand. »Das ist nur gerecht.«

»Punkt vier: Man hat entdeckt, dass es sich bei den Kindern um die letzten Erben des Imperiums handelt. Ein übereifriger Beamter hatte sie hierhergeschickt, um zu verhüten, dass sie Verrat begingen, wenn sie erst einmal erwachsen wären. Der Arzt führte die Befehle aus, ohne sie wegen ihrer Grausamkeit in Frage zu stellen. Beide, der Beamte und der Arzt, wurden geheilt, und man hat ihnen ihre Erinnerungen an dieses Ereignis genommen, so dass sie weder Kummer noch Scham über das zu empfinden brauchen, was sie getan haben.«

»Das ist ungerecht«, rief der Halbmensch. »Sie sollten so wie wir bestraft werden!«

Lady Johanna Gnade blickte auf ihn hinunter. »Es gibt keine Strafen mehr. Wir werden euch alles geben, was ihr haben möchtet, aber nicht den Schmerz eines anderen. Ich fahre fort. Punkt fünf: Da keiner von euch das Leben fortführen möchte, das ihr vorher gelebt habt, bringen wir euch zu einem anderen, in der Nähe gelegenen Planeten. Es ist dort ähnlich wie auf Shayol, aber sehr viel schöner. Und dort gibt es keine Dromozoen.«

An dieser Stelle ging ein Aufschrei durch die Herde. Sie riefen, weinten, fluchten, bettelten. Alle wollte die Spritze, und wenn sie auf Shayol bleiben mussten, um sie zu bekommen, dann wollten sie eben bleiben.

»Punkt sechs«, sagte das gigantische Abbild der Lady und übertönte das Geschnatter mit lauter und heller weiblicher Stimme. »Ihr werdet auf dem neuen Planeten kein Super-Kondamin bekommen, weil es euch ohne die Dromozoen töten würde. Aber dort wird es Kappen geben. *Erinnert euch an die Kappen!* Wir werden versuchen, euch zu heilen und wieder Menschen aus euch zu machen. Aber wenn ihr aufgeben wollt, dann werden wir euch nicht dazu zwingen. Die Kappen sind sehr wirksam, mit medizinischer Hilfe könnt ihr viele Jahre mit ihnen leben.«

Die Menge verfiel in Schweigen. Jeder versuchte auf seine Weise, die elektrischen Kappen, die ihre Glückszentren stimuliert hatten, mit der Droge zu vergleichen, mit der sie tausendmal in die Glückseligkeit eingetaucht waren. Ihr Gemurmel klang wie Zustimmung.

»Habt ihr irgendwelche Fragen?«, erkundigte sich Lady Johanna.

»Wann bekommen wir die Kappen?«, fragten mehrere. Sie waren noch menschlich genug, um über ihre eigene Ungeduld zu lachen.

»Bald«, sagte Lady Johanna beruhigend, »sehr bald.«

»Sehr bald«, wiederholte S'dikkat, um seine Schützlinge ebenfalls zu beruhigen, auch wenn er nicht mehr verantwortlich für sie war.

»Eine Frage«, rief Lady Da.

»Mylady?«, sagte Lady Johanna und erwies der Exherrscherin damit den gebührenden Respekt.

»Wird es uns erlaubt sein, zu heiraten?«

Lady Johanna wirkte verblüfft. »Ich weiß es nicht.« Sie lächelte. »Aber ich sehe auch keinen Grund, warum es nicht erlaubt werden sollte.«

»Ich beanspruche diesen Mann Mercer«, sagte Lady Da. »Als die Drogen am tiefsten und der Schmerz am größten war, war er derjenige, der immer noch versucht hat, zu denken. Darf ich ihn haben?«

Mercer hielt das Verfahren für etwas willkürlich, aber er war so glücklich, dass er nichts sagte.

Lady Johanna sah ihn prüfend an und nickte. Dann hob sie die Arme zu einer segnenden Geste des Abschieds.

Die Roboter begannen die rosa Herde in zwei Gruppen aufzuteilen. Die eine Gruppe sollte mit einem Schiff in eine neue Welt davonflüstern, neuen Problemen und einem neuen Leben entgegen. Die andere Gruppe wurde, gleichgültig, wie sehr sich ihre Mitglieder auch einzugraben versuchten, auf die letzte Ehre vorbereitet, die die Menschheit ihnen zur Wiederherstellung ihrer Würde erweisen konnte.

S'dikkat ließ alle stehen und trabte mit seiner Flasche über die Ebene, um dem Berg-Mann Alvarez eine besonders große Dosis Glückseligkeit zu verabreichen.

PLANET
DER EDELSTEINE

Erinnert euch an das Pferd. Es kletterte durch die Gletscher-spalten die Diamantklippen hinauf; die Kraft, die es trieb, war die Liebe der Menschen.

Erinnert euch an Mizzer, den Planeten der Zuflucht, den Colonel Wedder, der Diktator, so brutal reformierte, dass alles, was schludrig gewesen war, nun scheußlich wurde.

Erinnert euch an Geneviève, die so reich war, dass sie zur Gefangenen ihres Reichtums wurde, so schön, dass sie ein Opfer ihrer eigenen Schönheit wurde, die so klug war, dass sie auch wusste, dass nichts, wirklich nichts ihr Schicksal ändern konnte.

Erinnert euch an Casher O'Neill, den Wanderer zwischen den Planeten, nach Gerechtigkeit dürstend und trotzdem in seinem Innersten hoffend, dass »Gerechtigkeit« nicht nur ein anderes Wort für Rache war.

Erinnert euch an Pontoppidan, diesen reinen Edelstein eines Planeten, auf dem die Menschen zu reich und zu be-schäftigt waren, um an gutes Essen, frische Luft und Freude zu denken. Alles, was sie besaßen, waren Diamanten, Ru-bine, Turmaline und Smaragde.

Nehmt all dies zusammen – und ihr habt eine der selt-samsten Geschichten, die jemals von Welt zu Welt erzählt wurde.

Als Casher O'Neill auf Pontoppidan eintraf, entdeckte er, dass die Hauptstadt passenderweise Andersen genannt wurde.

Dies war das zweite Jahrhundert der Wiederentdeckung des Menschen. Überall hatten die Menschen alte Namen, alte Sprachen, altes Brauchtum angenommen, so schnell wie die Roboter und die Untermenschen die Daten aus dem Schutt der in Vergessenheit geratenen Sternrouten oder den unterirdischen Ruinen der Menschenheimat selbst bergen konnten.

Casher wusste das – aufgrund bitterer Erfahrung. Die Rekultivierung hatte ihm eine Revolution und das Exil eingetragen. Er stammte von dem trockenen, schönen Planeten Mizzer. Er war der Neffe des vertriebenen Exherrschers Kuraf, dessen Sammlung anrüchiger Bücher einst in der besiedelten Galaxis unübertroffen gewesen war; er hatte danebengestanden, halb zustimmend, als die Colonels Gibna und Wedder den Planeten im Namen der Reform übernahmen; er hatte die Instrumentalität vergeblich um Hilfe angefleht, als Wedder zu einem Tyrannen wurde; und nun reiste er von Stern zu Stern, hielt Ausschau nach Menschen oder Waffen, die Wedder vernichten und aus Kaheer wieder die luxuriöse, glückliche Stadt machen konnten, die sie einst gewesen war.

Er fühlte, dass sein Anliegen hoffnungslos war, als er auf Pontoppidan landete. Die Menschen hier waren warmherzig, freundlich, intelligent, aber sie hatten keinen Grund zu kämpfen, keine Waffen, mit denen, und keine Feinde, gegen die sie kämpfen konnten. Sie besaßen nur wenig von dem Zusammengehörigkeitsgefühl, wie es Casher von seinem Heimatplaneten Mizzer her kannte. Sie befassten sich nur mit sehr kleinen Problemen.

In der Tat befanden sich die Pontoppidaner zum Zeitpunkt seiner Ankunft in großer Aufregung wegen eines Pferdes.

Ein Pferd! Wer machte sich schon Sorgen um ein Pferd?

Casher sagte es auch laut. »Warum kümmern Sie sich um ein Pferd? Auf Mizzer gibt es genug davon. Es sind vierhändige Wesen mit dem achtfachen Gewicht eines Menschen und nur einem Finger an jeder der vier Hände. Der Fingernagel ist sehr stark ausgeprägt und erlaubt es ihnen, schnell zu laufen. Deshalb züchtet mein Volk diese Pferde. Zum Laufen.«

»Warum laufen?«, fragte der Erbdiktator von Pontoppidan. »Warum laufen, wenn man fliegen kann? Haben Sie keine Ornithopter?«

»Wir reiten nicht auf ihnen«, erklärte Casher indigniert. »Wir lassen sie gegeneinander laufen, und dann erhält das, was am schnellsten gelaufen ist, Preise von uns.«

»Aber dann«, wandte Philip Vincent, der Erbdiktator, ein, »befinden Sie sich in einer sehr unlogischen Situation. Wenn Sie diese vierhändigen Wesen hergestellt haben, dann wissen Sie, wie schnell sich jedes einzelne bewegen kann. Was dann? Warum sich damit befassen?«

Seine Nichte unterbrach ihn. Sie war ein zerbrechliches kleines Ding, kleiner, als es Casher an einer Frau schätzte. Sie hatte klare graue Augen, feingeschwungene Brauen, eine äußerst kunstvolle Frisur aus silberblonden Haaren und den ausdrucksvollsten kleinen Mund, den er je gesehen hatte. Sie hatte sich der lokalen Mode unterworfen und eine Art Puder oder Gesichtscreme aufgetragen, die von rosiger, fleischiger Farbe war, mit einem Hauch von Violett. Jede andere zweiundzwanzigjährige Frau hätte eine solche Farbkombination in ein altes Weib verwandelt, aber bei Geneviève wirkte sie angenehm, wenn nicht sogar aufsehenerregend. Das Ganze verlieh ihr das Aussehen eines glücklichen Kindes, das eine Erwachsene spielte und diese Aufgabe fröhlich und gut erfüllte. Casher wusste, dass es schwer war, das Alter eines Menschen auf diesem abgelegenen Planeten zu schätzen. Geneviève mochte vielleicht eine große Dame in ihrer dritten oder vierten Verjüngungsphase sein.

Nach dem zweiten Blick bezweifelte er es jedoch. Was sie sagte, klang empfindsam, jung und keck: »Aber Onkel, es sind *Tiere*!«

»Das weiß ich«, brummte er.

»Aber Onkel, begreifst du denn nicht?«

»Hör auf, ›aber Onkel‹ zu sagen. Verrate mir lieber, was du meinst«, grollte der Diktator zärtlich.

»Deshalb wird daraus ein Wettkampf«, erklärte Geneviève. »Man kann niemals sicher sein, dass eines von ihnen die gleiche Handlung wiederholt. Stell dir die Aufregung vor – die schönen, großen Wesen von der Erde laufen auf ihren vier Mittelfingern, und die großen Fingernägel brechen Edelsteine aus dem Boden.«

»Ich bin mir nicht so sicher, dass alles so ist, wie du es sagst. Nebenbei, Mizzer ist vielleicht mit etwas Wertvollem bedeckt, mit etwas wie Erde oder Sand und nicht mit Edelsteinen wie hier auf Pontoppidan. Du erinnerst dich an deine Blumentöpfe mit ihrer reichen, warmen, feuchten, weichen Erde?«

»Natürlich, Onkel. Und ich weiß, was du dafür bezahlt hast. Du warst sehr großzügig. Und bist es immer noch«, fügte sie diplomatisch hinzu und warf einen raschen Blick auf Casher, um die Wirkung ihres respektvollen Benehmens auf den Besucher zu überprüfen.

»Wir auf Mizzer sind nicht reich. Mizzer besteht zum größten Teil aus Wüste, nur entlang der Zwölf Nile, unserer großen Flüsse, erstreckt sich Ackerland.«

»Ich habe Bilder von Flüssen gesehen«, sagte Geneviève. »Stell dir vor, auf einem ganzen Planeten voller Blumentopferde zu leben!«

»Du weichst vom Thema ab, Liebling. Wir fragten uns, warum jemand ein Pferd, ein einzelnes Pferd, nach Pontoppidan gebracht hat. Ich glaube, man kann ein Pferd gegen sich selbst ins Rennen schicken, wenn man eine Stoppuhr besitzt. Aber wäre das vergnüglich? Würden Sie das tun, junger Mann?«

Casher versuchte ernst zu bleiben. »In meiner Heimat waren wir an eine große Anzahl Pferde gewöhnt. Ich habe meinen Onkel einmal beobachtet, wie er ihre Zeiten stoppte.«

»Ihr Onkel?«, fragte der Diktator interessiert. »Wer war Ihr Onkel, dass er all diese vierhändigen ›Pferde‹ herumlaufen lassen konnte? Es sind irdische Tiere, und sie sind sehr teuer.«

Casher spürte das unaufhaltsame Herannahen des Schlages in die Magengrube, den er schon so oft zu spüren bekommen hatte. »Mein Onkel«, stammelte er, »mein Onkel – ich dachte, Sie wüssten es – war der alte Diktator von Mizzer, Kuraf.«

Philip Vincent sprang auf, bewegte sich sehr behände für einen so wohlbeleibten Mann. Geneviève griff sich an die Kehle.

»Kuraf!«, rief der alte Diktator. »Kuraf! Wir kennen ihn, selbst hier. Aber man hält Sie für einen Patrioten von Mizzer, nicht für einen von Kurafs Leuten.«

»Er hatte keine Kinder …«

»Das hielt ich auch nicht für wahrscheinlich, nicht mit dessen Gewohnheiten!«

»… deshalb bin ich als sein Neffe auch sein Erbe. Aber ich will nicht versuchen, die Diktatur zu erneuern, selbst wenn ich eines Tages Diktator wäre. Ich will nur Colonel Wedder loswerden. Er hat mein Volk ruiniert, und ich bin auf der Suche nach Geld und Waffen und Hilfe, um meine Heimatwelt zu befreien.« Genau dies war der Augenblick, dachte Casher, an dem die Menschen entweder begannen, ihm zu glauben, oder ihn für einen Lügner zu halten. Wenn man ihm nicht glaubte, dann gab es nichts, was er dagegen unternehmen konnte. Wenn man ihm glaubte, war er sicher, dass man ihm Sympathie entgegenbrachte. Nicht mehr. Keine Hilfe. Nur Sympathie.

Aber obwohl die Instrumentalität es abgelehnt hatte, etwas gegen Colonel Wedder zu unternehmen, hatte sie dem jungen Casher O'Neill einen Reisepass ausgestellt, der für alle Welten Gültigkeit besaß – etwas, das selbst nach einem Dienst von hundert Lebensaltern für keinen normalen Menschen erhältlich gewesen wäre. (Sein obszöner alter Onkel war nach Sunvale auf Ttiollé geflohen, dem Ferienplaneten, wo er seine letzten Jahre zwischen Kasino und Strand verbrachte.) Casher hielt das Gewissen von Mizzer in seiner Hand. Nur er als einziger von allen Sternenreisenden war bereit, für die Freiheit der Zwölf Nile zu kämpfen. Hier nun, in diesem Raum, war er an einem Wendepunkt angekommen.

»Von mir werden Sie nichts bekommen«, erklärte der Erbdiktator, aber er sagte es mit freundlicher Stimme.

Seine Nichte zupfte ihn am Ärmel.

»Hör auf damit, Mädchen«, wies er sie zurecht und fuhr fort: »Ich würde Ihnen nichts geben, wenn Sie zu Kurafs verdorbenem Haufen gehörten, wenn Sie nicht …«

»Alles, Sir, alles, wenn ich nur Hilfe oder Waffen erhalte, um zu den Zwölf Nilen zurückkehren zu können!«

»Also in Ordnung. Nicht wenn Sie sich weigern, Ihr Bewusstsein für mich zu öffnen. Ich bin ein guter Telepath.«

»Mein Bewusstsein öffnen? Aber wozu?« Die dreiste Unsittlichkeit des Ansinnens schockierte Casher. Männer und Frauen und Regierungen hatten ihn um eine Menge seltsamer Dinge gebeten, aber noch niemand hatte bisher die Unverfrorenheit besessen, in sein Bewusstsein dringen zu wollen. »Und warum wollen Sie das?«, fuhr er fort. »Was wollen Sie herausfinden?«

»Um mich zu überzeugen«, erklärte der Erbdiktator, »dass Sie nicht zu ehrenhaft und zu hart in Ihren Überzeugungen sind. Wenn Sie sicher sind, dass Sie wissen, was Sie tun, dann sind Sie vielleicht ein neuer Colonel Wedder, bürden Ihrem Volk ein Dutzend Qualen auf, um ein Utopia zu fordern, das ganz sicher niemals Wirklichkeit werden wird. Wenn Sie sich keine Gedanken machen, sind Sie vielleicht wie Ihr Onkel. Er hat keinen großen Schaden angerichtet, sondern nur seinen Planeten ausgeplündert. Außerdem besaß er einige absonderliche Gewohnheiten, die ihn zum Gespräch zwischen den Sternen werden ließen. Er hat nie in seinem Leben einen Menschen getötet, nicht wahr?«

»Nein, Sir«, bestätigte Casher, »niemals.« Er war erleichtert, dass er wenigstens etwas Gutes über seinen Onkel sagen konnte; es gab sonst sehr, sehr wenig, das zu Kurafs Gunsten angeführt werden konnte.

»Ich mag alte geifernde Wüstlinge wie Ihren Onkel nicht«, sagte Philip Vincent, »aber ich hasse sie auch nicht. Sie schaden anderen Menschen nicht viel. Tatsächlich schaden sie nur sich selbst. Obwohl sie Geld verschwenden. Wie für diese Pferde, die man sich auf Mizzer hält. Wir haben nie lebende Wesen nach Pontoppidan gebracht, nur um mit ihnen Wettkämpfe zu veranstalten. Und Sie wissen, wir sind nicht arm. Wir sind zwar nicht Altnordaustralien, aber wir haben ein gutes Einkommen.«

Das, dachte Casher, ist die Untertreibung des Jahres, aber er war ein vorsichtiger junger Mann und spielte um einen hohen Einsatz, also schwieg er.

Der Diktator blickte ihn schlau an, versuchte die Bedeutung von Cashers taktvollem Schweigen abzuschätzen. Geneviève zupfte an seinem Ärmel, aber er runzelte die Stirn, und sie ließ von ihm ab.

»Falls«, sagte der Erbdiktator. »*Falls*«, wiederholte er, »Sie zwei Prüfungen bestehen, werde ich Ihnen einen grünen Rubin schenken, der so groß ist wie mein Kopf. Das heißt, falls der Rat es mir erlaubt. Aber ich glaube, ich kann ihn überreden. Die eine Prüfung ist, dass Sie mich Ihre Gedanken überprüfen lassen, damit ich mich davon überzeugen kann, dass ich nicht mit einem weiteren ehrenhaften Narren verhandle. Wenn Sie zu ehrenhaft sind, sind Sie ein Narr und eine Gefahr für die Menschheit. Ich werde Ihnen in diesem Fall ein Abendessen servieren und Sie dann so schnell wie möglich von diesem Planeten ausschiffen lassen. Und die andere Prüfung ist – lösen Sie das Rätsel dieses Pferdes. Des einzigen Pferdes auf ganz Pontoppidan. Warum ist das

Tier hier? Was sollen wir mit ihm anfangen? Wenn sein Fleisch schmackhaft ist, wie können wir es zubereiten? Oder können wir das Pferd an einen anderen Planeten wie Mizzer verkaufen, der anscheinend Wert auf Pferde legt?«

»Ich danke Ihnen, Sir ...«, sagte Casher.

»Aber Onkel ...«, begann Geneviève.

»Sei still, Liebling, und lass den jungen Mann sprechen«, befahl der Diktator.

»... alles, was ich fragen wollte, ist«, fuhr Casher fort, »wozu ist ein grüner Rubin nutze? Ich wusste nicht einmal, dass sie auch grün sind.«

»Das, junger Mann, ist eine Spezialität von Pontoppidan. Wir besitzen eine Geologie, die auf einer Hochdruckchemie beruht. Dieser Planet war einst Teil eines Riesenplaneten, der implodierte. Der Nutzen ist einfach. Mit einem grünen Rubin können Sie einen Laserstrahl erzeugen, der Ihre Stadt Kaheer mit einem einzigen Schuss verkochen kann. Wir besitzen hier keine Waffen, und wir glauben nicht an sie, deshalb können Sie keine von mir bekommen. Sie werden weiterreisen müssen, um ein Schiff und die Apparate zu bekommen, in die Sie Ihren grünen Rubin einbauen können. *Falls* ich ihn Ihnen gebe. Aber Sie werden in Ihrem Kampf gegen Colonel Wedder einen Schritt weiterkommen.«

»Ich danke Ihnen, danke, ehrenwerter Sir«, rief Casher.

»Aber Onkel«, sagte Geneviève, »du hättest diese beiden Dinge nicht zu verlangen brauchen, weil ich die Antwort kenne.«

»Du weißt alles über ihn?«, fragte der Erbdiktator. »Durch die Analyse deiner selbst?«

Geneviève errötete unter ihrer violett überhauchten Gesichtscreme. »Ich weiß genug, um sicher zu sein.«

»Doch woher, mein Liebling?«

»Ich weiß es einfach.«

Ihr Onkel sagte nichts, aber er lächelte breit und nachsichtig, als wäre ihm diese Erklärung nicht ganz unbekannt.

Sie stampfte mit dem Fuß auf. »Und ich weiß auch alles über das Pferd. *Alles.*«

»Hast du es gesehen?«

»Nein.«

»Hast du mit ihm gesprochen?«

»Pferde können nicht sprechen, Onkel.«

»Aber die meisten Untermenschen können es.«

»Es ist kein Untermensch, Onkel. Es ist ein reines, unmodifiziertes altes Erdentier. Es hat niemals gesprochen.«

»Woher weißt du es dann, mein Kleines?« Der Onkel wirkte liebevoll, aber in seiner Stimme schwang ein ungeduldiger Unterton mit.

»Ich habe es auf Band aufgenommen. Alles. Die Geschichte des Pferdes von Pontoppidan. Und ich habe das Band fertig. Ich wollte es dir heute morgen vorführen, aber dein Stab hatte diesen jungen Mann bereits zu dir geschickt.«

Casher O'Neill sah Geneviève entschuldigend an.

Sie beachtete ihn nicht. Ihre Augen waren auf ihren Onkel gerichtet.

»Da du dir so viel Mühe gemacht hast, können wir es uns ebenso gut jetzt anschauen.« Der Erbdiktator wandte sich an die Diener. »Bringt Sessel. Und Getränke. Ihr wisst, was ich nehme. Die junge Lady nimmt Tee mit Zitrone. Richtigen Tee. Mögen Sie Kaffee, junger Mann?«

»Sie haben Kaffee?«, rief Casher. Kaum hatte er die Worte ausgesprochen, kam er sich wie ein Narr vor. Pontoppidan war ein *reicher* Planet. Auf den Märkten der meisten Welten wurde Kaffee in einer Menge von einem Kilo im Laufe zweier Menschenjahre gehandelt. Hier brachen sich Panzerfahrzeuge durch Edelsteine ihren Weg, wenn sie zum Ab- und Aufladen der regelmäßig eintreffenden Warencontainer fuhren.

Die Sessel befanden sich an ihrem Platz. Die Getränke kamen. Der Erbdiktator war vorübergehend in Gedanken versunken, als würde er sich über das Versprechen wundern, das er Casher gegeben hatte. Er hatte sogar dem jungen Mann zugemurmelt: »Unsere Übereinkunft steht? Dann spielt es keine Rolle, was meine Nichte sagt.« Casher hatte heftig genickt. Der alte Mann fuhr fort, die Diener mit tadelnden Blicken zu traktieren, und entspannte sich erst, als ein Tiger-mann in den Raum sprang und mit akrobatischer Präzision ein Tablett balancierte.

Der Onkel rückte den Sessel für seine Nichte zurecht als Zeichen, Platz zu nehmen. Er komplimentierte Casher O'Neill mit einem Nicken seines Kopfes zu einem weiteren Sessel, der neben dem seinen stand.

»Dimmt das Licht«, befahl er.

Dämmerung legte sich über den Raum.

Ohne Aufforderung nahmen die übrigen Anwesenden hinter den drei Sesseln Platz, und die Untermenschen legten oder setzten sich hinter sie auf Bänke oder Tische. Es wurde nur wenig gesprochen. Casher spürte, dass Pontop-pidan ein sehr wohlhabender, sorgloser Planet war. Er fragte sich, wie viel wirkliche Arbeit auf den Erbdiktator wartete, wenn er sich so sehr um ein einziges Pferd küm-mern konnte. Vielleicht bestand seine einzige Aufgabe darin, seine Nichte herumzukommandieren und den Robo-tern zuzusehen, wie sie Wagenladungen von Edelsteinen in Listen eintrugen und Rechnungen an die Kunden aus-stellten.

Es gab keinen Bildschirm; es war ein besonderes Gerät.

Der Planet Pontoppidan kam in Sicht, sein atmosphäre-armer Glanz gab deutliche Hinweise auf reiche Mineralien-lager, die ihrer Entdeckung harrten.

Dann und wann erschien eine der riesigen Kuppeln, jener ähnlich, in dem sich dieser Palast befand.

Genevièves Stimme, mädchenhaft, impulsiv und trotzdem präzise, erzählte die Geschichte ihres Planeten. Es war, als habe sie den Film nicht nur für ihren Onkel, sondern auch für außerweltliche Besucher gedreht.

Bei Johanna, das ist es!, dachte Casher O'Neill. *Wenn sie hier außerhalb der Hydroponiktanks nicht viel Nahrung anbauen und wenn dieser Planet nur wenig Stellen aufweist, wo Menschen leben können, müssen sie Handel treiben. Das bedeutet Besucher, viele Besucher.*

Die Geschichte war interessant, aber das Mädchen selbst war interessanter. Ihr Gesicht glühte in der flackernden Helligkeit, die die Bilder – einen Meter, vielleicht ein wenig mehr, über dem Boden – in den Raum warfen. Casher war sicher, noch nie zuvor ein Mädchen gesehen zu haben, das auf so einzigartige Weise Intelligenz mit Charme verband. Sie war Mädchen, durch und durch Mädchen; aber gleichzeitig war sie sehr gescheit und zufrieden darüber, dass sie gescheit war. Dies bedeutete ein glückliches Leben. Er bemerkte, dass er sie unverhohlen anstarrte. Einmal trafen sich ihre Blicke. Die Dunkelheit ermöglichte es ihnen, dies als bloßen Zufall abzutun.

Ihr Film hatte nun die Geschichte der *Dipsys* erreicht, gewaltigen Cañons, die sich wie tiefe Einschnitte durch die Oberfläche des Planeten zogen. Einige der Farbaufnahmen waren so eindrucksvoll, dass man nur noch staunen konnte. Casher, als der »Auserwählte« von Mizzer, hatte genug Zeit gehabt, sich die nicht-wollüstigen Teile der Sammlungen seines Onkels anzusehen, und er war dabei auf Bilder der ungewöhnlichsten Welten gestoßen.

Doch so etwas wie hier hatte er noch nie gesehen. Ein Bild zeigte einen Sonnenuntergang über einer sechs Kilometer hohen Klippe, die aus einem Material bestand, das wie ein einziger massiver Smaragd wirkte. Das klare, sonderbar helle Licht von Pontoppidans kleiner, durchdringender, violett gefärbter Sonne lief wie fließendes Wasser über die Hänge aus Edelstein. Selbst die verkleinerte Wiedergabe von einem Meter mal einem Meter, reichte aus, um ihm den Atem zu rauben.

Aus dem Boden des Dipsys stieg Dampf in der Form seltsamer zylindrischer Säulen empor, die sich zu verflüchtigen schienen, wenn sie die zwei- oder dreifache Größe eines Menschen erreicht hatten. Genevièves Stimme erklärte, dass Pontoppidans dünne Atmosphäre für weitere 2520 Jahre nicht atembar sein würde, da die Siedler ihre Ressourcen nicht für einen Luxus wie eine Sauerstoffatmosphäre verschleudern wollten, weil der ganze Planet nur 60.000 Einwohner besaß; sie würden eher weiter ihre Masken tragen und ihren Reichtum für andere Dinge verwenden. Schließlich hatten sie ihre überkuppelten Städte, einige davon maßen viele Kilometer im Durchmesser. Außerdem hatten sie 7,2 Hektar Ackererde von 5,5 Zentimetern Tiefe zusammen mit genügend Wasser importiert, um die Hydroponikgärten reich und fruchtbar zu halten. Hinzu kamen noch Würmer, die sie zu einem Preis von einem achtkarätigen Diamanten pro lebendem Wurm erworben hatten, damit sie die Gartenerde locker und lebendig erhielten.

Aus Genevièves Stimme war Stolz herauszuhören, als sie die Leistungen ihres Volkes erwähnte, aber ein Hauch von Traurigkeit trat an seine Stelle, als sie zu den Dipsys zurückkehrte. »… und obwohl wir in ihnen leben und ihre Atmosphäre verändern wollten, wagten wir es nicht. Dort tritt zu viel Radioaktivität aus. Die Geysire können von einer zur anderen Stunde verseucht sein. So schauen wir sie uns nur an. Nicht einer von ihnen wurde jemals besiedelt, bis auf den Hippy Dipsy, aus dem das Pferd kam. Beachten Sie das nächste Bild.«

Die Kamera glitt höher, höher, höher, fort von der Planetenoberfläche. So wie sie zwischen Bergen aus Diamanten und Tälern aus Turmalinen gewandert war, schwenkte sie nun zurück auf den blauen Hintergrund des nahen, inneren Weltraums. Einer der Cañons zeigte (aus großer Höhe) die Form einer Hüfte und der Beine einer Frau, obwohl das, was der Oberkörper gewesen sein mochte, nur noch ein Durcheinander zerstörter Hügel war, die in eine glänzende, fast irisierende Ebene im Norden übergingen.

»Das«, sagte die wirkliche Geneviève und übertönte ihre eigene Stimme, die die Aufnahme kommentierte, »ist der Hippy Dipsy. Dort, sehen Sie das Blaue? Das ist der einzige See auf Pontoppidan. Und jetzt nähern wir uns dem Haus des Einsiedlers.«

Casher O'Neill wurde beinahe von Schwindel erfasst, als die Kamera von der Umlaufbahn hinab in die Tiefen dieses gewaltigen Cañons stürzte. Die Ränder des Cañons schienen sich während des Sturzes wie Lippen zu bewegen, öffneten sich und stülpten sich nach innen, um ihn zu verschlucken.

Plötzlich befanden sie sich neben einem wunderschönen kleinen See.

Eine kleine Hütte stand an seinem Ufer.

Im Türrahmen saß ein Mann. Er war tot.

Sein Körper befand sich schon lange Zeit dort; er war fast mumifiziert.

Genevièves Stimme erklärte: »… nach norstrilischem Gesetz und Brauch sagten sie ihm, dass seine Zeit gekommen sei. Sie sagten ihm, er müsse ins Sterbehaus, da er nicht mehr zum Leben fähig sei. Auf Altnordaustralien ist man so reich, dass jeder so lange leben darf, wie er will, sofern ein alter Mensch eine Verjüngung verträgt oder er sich nicht zu einer rechten Plage für seine Mitmenschen entwickelt. Wenn Letzteres der Fall ist, wird er aufgefordert, in das Sterbehaus zu gehen, wo er in wahnsinniger Freude Wochen oder Monate kreischt und schreit, bis er schließlich von schierer Glückseligkeit überwältigt wird und vor Aufregung stirbt …« Sie zögerte. »Wir haben niemals erfahren, warum sich dieser Mann weigerte. Er verließ den Planeten und sagte, er habe Bilder des Hippy Dipsy gesehen. Er sagte, es sei der schönste Fleck aller Welten und er wolle dort eine Blockhütte bauen, um allein mit seinem nichtmenschlichen Freund zu leben. Wir dachten, es sei ein kleines Haustier. Als wir ihm sagten, dass der Hippy Dipsy sehr gefährlich sei, erklärte er, das würde ihn nicht im Geringsten stören, da er alt sei und auf jeden Fall sterben müsse. Dann bot er uns das Zwölffache unseres planetaren Einkommens an, wenn wir ihm dort zwölf Hektar Land unter der Bedingung absoluter Abgeschiedenheit vermieten würden. Keine Bilder, keine Beobachtungsgeräte, keine Hilfe, keine Besucher. Nur Einsamkeit und Landschaft. Sein Name war Perinö. Mein Urgroßvater verlangte als Einziges die Auszahlung seiner Credits. Als das geschehen war, bat Perinö darum, ihn allein zu lassen, wenn er gestorben sei. Er wollte nicht einmal eine Tresorrakete, um entweder für ewig Pontoppidan im Orbit zu umkreisen oder eine sehr lange Reise ins Nirgendwo anzutreten, wie es so vielen Menschen gefällt. So ist dies unser erstes Bild von ihm. Wir nahmen es auf, als im Menschenraum ein Licht erlosch und einer der Tigermänner uns davon unterrichtete, dass ein menschliches Bewusstsein im Hippy Dipsy zu existieren aufgehört hatte. Doch an das Haustier dachte keiner mehr von uns. Schließlich hatten wir noch nie ein Bild von ihm gesehen.«

Die Aufnahme zeigte jetzt einen Kontrollraum und einen Roboter, der hastig in der Alten Sprache redete. »Menschen, Menschen! Entscheidung erforderlich! Bewegliches Objekt nähert sich aus dem Hippy Dipsy. Objekt besitzt unzulässige Form. Kein korrektes Objekt. Es dürfte nicht existieren. Aber irgendwie existiert es doch. Menschen, sagt mir, Menschen, sagt mir! Zerstören oder nicht zerstören? Dies ist ein unzulässiges Objekt. Es sollte verschwinden, nicht erscheinen. Nähert sich aus dem Hippy Dipsy.«

Ein harter Klicklaut ließ das Geschnatter des Roboters verstummen. Eine anmutige Frau übernahm. Aus der Art ihrer Bewegungen und den kleinen, geschmeidigen Schritten, mit denen sie sich bewegte, schloss Casher O'Neill, dass sie von Katzen abstammte, aber nichts an ihrer Kleidung oder in ihrem Verhalten verriet, dass sie ein Untermensch war.

Die Frau in dem Film schaltete einen Monitor ein.

Sie bewegte vor sich die Hände in der Luft, wie eine Blinde, die sich ihren Weg durch den lichten Tag ertastete.

Das Bild auf dem inneren Monitor nahm Formen an.

Ein Gesicht zeigte sich.

Was für ein Gesicht!, dachte Casher, und er hörte die anderen Menschen in seiner Nähe aufgeregt murmeln.

Das Pferd!

Wie das Gesicht einer neugeborenen Katze!, dachte Casher. Mizzer war voller Katzen. Aber dieses Gesicht hatte einen großen Mund, große, gelbe Zähne – und eine Nase, unfassbar lang. Und freundlich blickende Augen. Auf dem Monitor rollten sie aufmerksam hin und her, aber selbst jetzt – da sie sich nicht beobachtet fühlte – war keine Feindseligkeit in ihren Augen zu erkennen. Es waren sanfte, liebevolle Augen. Sie hatte ihre beiden lächerlichen Ohren gespitzt, zwischen denen ein Büschel goldener Haare wuchs.

Die gefilmte Szene wirkte in gewisser Beziehung komisch. Die Katzenfrau war so verblüfft wie die Beobachter. Zum Glück hatte sie aus Versehen den Notfallschalter umgelegt, so dass – während sie den Monitor auf das Pferd einstellte – eine Kamera sie und ihre eigenen Handlungen aufnahm.

»Später fanden wir heraus«, flüsterte Geneviève Casher hinter dem Rücken des Erbdiktators zu, »dass es sich dabei um ein Palomino-Pony handelt. Das ist eine besondere Pferderasse. Und Perinö hat es unsterblich gemacht oder fast unsterblich.«

»Pscht!«, zischte ihr Onkel.

Der Bildschirm-im-Bildschirm zeigte die Katzenfrau, wie sie erneut ihre Hände in der Luft bewegte. Das Bild wurde größer.

Das Pferd besaß vier Arme und keine Beine – oder vier Beine und keine Arme, als was man sie auch immer bezeichnen mochte.

Das Pferd kämpfte sich durch eine schmale Schlucht aus Rubinen, die aus dem Hippy Dipsy hinausführte. Es keuchte schwer. Die Sauerstoffflaschen an seinen Seiten wackelten heftig, während es kletterte. Es musste etwas gesehen haben, vielleicht das Bild der Katzenfrau, denn es schrie nun.

Whey-yey-yey-whey-yey!

Die Katzenfrau sagte deutlich: »Gib Namen, Alter, Spezies und Erlaubnis für die Anwesenheit auf diesem Planeten an.« Sie sprach klar und mit der größtmöglichen Autorität.

Offensichtlich hörte das Pferd sie. Seine Ohren stellten sich auf. Aber die Antwort war die gleiche wie zuvor.

Whey-yey-yey!

Casher erkannte, dass er der Wirkung der Bilder erlegen war und das Pferd zuerst mit den Augen der Leute von Pontoppidan gesehen hatte. Auf den zweiten Blick unterschied sich das Pferd – nach dem Standard der Zwölf Nile oder des Kleinen Pferdemarktes in Kaheer – nicht viel von anderen. Es war ein alter Ponyhengst, taugte nicht zur Zucht und wahrscheinlich auch nicht zum Reiten. Das Haar war unter dem einstigen Gold ergraut; die Zähne waren schlecht. Das Tier wies eine Anzahl Verletzungen und Verbrennungen auf. Sein einziger Nutzen mochte darin bestehen, getötet, zerlegt und an die Rennhunde verfüttert zu werden. Aber er sagte nichts davon zu den anderen. Sie waren noch immer von dem Film verzaubert.

»Dein Name ist nicht Wheyeyey«, sagte die Katzenfrau. »Ich brauche präzise Angaben. Zuerst deinen Namen.«

Das Pferd antwortete ihr mit dem gleichen Wort in einer höheren Tonlage.

Offensichtlich hatte die Katzenfrau vergessen, dass sie gefilmt wurde, und auch den Notfallmonitor, denn sie drohte: »Ich werde Wahre Menschen rufen, wenn du nicht antwortest. Sie werden über diese Störung verärgert sein.«

Das Pferd rollte die Augen und sagte wiederum nichts.

Die Katzenfrau wandte sich zur Seite und drückte den Notknopf. Man konnte den anderen Kommunikationsmonitor nicht sehen, aber ihr Beitrag an dem Gespräch war klar und verständlich.

»Ich benötige einen Ornithopter. Einen großen. Notfall!«

Gemurmel vom Seitenbildschirm.

»Richtung Hippy Dipsy. Dort befindet sich ein Untermensch, und er ist in solch großen Schwierigkeiten, dass er nicht einmal sprechen kann.« Auf dem Monitor neben ihr schien das Pferd, wenn nicht die Worte, so doch den Sinn dieser Mitteilung verstanden zu haben, denn es wiederholte seinen Schrei.

Whey-yey-whey-yey-yey!

»Sehen Sie«, sagte die Katzenfrau zu der Person auf dem anderen Bildschirm, »das ist der Laut, den es ausstößt. Es ist zweifellos ein Notfall.«

Die Stimme vom anderen Bildschirm klang durch die doppelte Übertragung dünn und entfernt, war aber zu verstehen. »Du bist eine Närrin, Katzenfrau. Sag deinem dummen Freund, dass er sich auf den Grund des Dipsys zurückbegeben soll. Dort werden wir ihn mit einer Weltraumrakete abholen.«

Whey-yey-yey!, machte das Pferd ungeduldig.

»Er ist nicht mein *Freund*«, versetzte die Katzenfrau empört. »Ich habe ihn nur gerade eben gefunden. Er bittet um Hilfe. Jeder Idiot kann das sehen, auch wenn er seine Sprache nicht versteht.«

Das Bild erlosch.

Die nächste Szene zeigte kleine menschliche Gestalten, die mit Suchscheinwerfern auf dem Kamm einer gewaltig hohen Klippe arbeiteten. Hier und da traf der Strahl eines Suchscheinwerfers den Boden; die transparente Facettenstruktur der Klippe glich endlosen gespenstischen Fensterreihen, hinter denen Licht aufflammte und wieder erlosch, wenn die Suchscheinwerfer darüberglitten.

Tief unten glomm rote Glut. Feuer drang aus dem Inneren des Berges.

Selbst mit den Teleskoplinsen konnte der Kameramann die Glut nicht heranzoomen. Auf der einen Seite war die Gestalt des Pferdes zu sehen, die vier Arme in einem unmöglichen Winkel gespreizt, als es sich an der Klippenspalte festklammerte; auf der anderen Seite des Feuers befanden sich die kleineren Gestalten der Männer, die an einer Art Tragriemen für den Transport des Pferdes arbeiteten.

Aus Gründen, die etwas mit der Aufnahmetechnik zu tun hatten, waren die Stimmen klar zu verstehen, selbst das schwere, müde Atmen des Pferdes war zu hören. Dann und wann stieß es eines seiner speziellen Pferdeworte aus, die sein ganzer Wortschatz zu sein schienen. Es schien die Männer zu beobachten und felsenfest von ihrer Freundlichkeit überzeugt zu sein. Seine großen, sanften, gelben Augen rollten wild im Licht der Scheinwerfer, und jedes Mal, wenn das Pferd nach unten blickte, schien es zu schaudern.

Casher O'Neill fand das durchaus verständlich. Der Grund des Hippy Dipsy war nicht zu erkennen; dem Pferd war es gelungen, nur mit den großen Nägeln seiner Mittelfinger vier von den sechs Kilometern der Klippenhöhe zu überwinden.

Die Stimme eines Tigermannes übertönte die Laute der Menschen, Untermenschen und Roboter, die sich auf dem Grat der Klippe abmühten. »Es ist ein Wagnis, aber kein großes Wagnis. Ich wiege sechshundert Kilogramm und bin davon überzeugt, dass ich seit meiner Jugendzeit nie wieder alle meine Kräfte eingesetzt habe. Ich *weiß*, dass ich über das Feuer springen kann, um diesem Ding zu helfen. Ich kann ihm auch ein Seil umlegen, damit es nicht ausrutscht und hinunterstürzt nach all der Mühe, die wir uns gemacht haben. Und nicht zu vergessen seine Mühe ... *Vielleicht* kann ich es in meine Arme nehmen und zurückspringen. Es besteht kein Risiko, wenn jeder von uns von einem festen Seil gesichert wird. Jedenfalls, ich habe niemals in meinem Leben eine Kreatur gesehen, die weniger zum Klettern geeignet war als dieses Pferd. Man kann seine Finger nicht ›Finger‹ nennen. Sie wirken wie kleine Knochenschachteln, auf denen man herumlaufen kann und die sonst zu nichts nutze sind.«

Das Gemurmel anderer Stimmen ertönte, gefolgt von dem Befehl des Einsatzleiters: »Dann spring.«

Niemand war darauf vorbereitet, was als Nächstes geschah.

Der Kameramann filmte den Tigermenschen in Großaufnahme, zeigte, wie ein Seil um seine breite Brust geschlungen wurde. Der Tigermann war ein modifizierter Typ, bei dem die Verantwortlichen keine Mühe darauf verwandt hatten, ihm ein menschliches Aussehen zu geben. Er besaß noch immer die Ohren oben auf dem Schädel und gelbes und schwarzes Fell im Gesicht; enorme Reißzähne reichten bis weit über seine unteren Fänge, und die riesigen antennenähnlichen Haare eines Katzenschnurrbartes zitterten, wenn er sprach. Innerlich musste er allerdings vollständig modifiziert sein, denn sein Charakter war ruhig, freundlich und sogar ein wenig humorvoll; sein Maul hatte man sorgfältig verändert, denn die Laute der menschlichen Sprache klangen klar und verständlich.

Er sprang – ein herrlicher Sprung, geradezu über das Feuer hinweg.

Das Pferd sah ihn.

Das Pferd sprang ebenfalls, sprang fast im selben Augenblick über die Flammenzungen zur anderen Seite.

Das Pferd hatte den Tigermann mehr gefürchtet als die Klippe.

Das Pferd landete inmitten der Arbeitergruppe. Es versuchte, sie nicht mit seinen zuckenden Gliedmaßen zu verletzen, aber es traf einen Mann – einen Wahren Menschen – und warf ihn von der Klippe. Der Schrei des Mannes verhallte, während er hinunter in die undurchdringliche Dunkelheit stürzte.

Die Roboter waren schnell. Da sie bis auf *An*, *Aus* und *Hoch* keine »Gefühle« besaßen, waren sie auch nicht überrascht. Sie legten dem Pferd ein Seil um, und bevor die Wahren Menschen und Untermenschen sich wieder gesammelt hatten, hatten sie dem Kranführer oben auf der Klippe bereits ein Zeichen gegeben. Das Pferd schwebte jetzt in die Höhe, seine vier Arme pendelten hilflos hin und her.

Der Tigermann kehrte mit einem Sprung durch die Flammen zum nahen Grat zurück. Das Bild erlosch.

Im Filmraum erhob sich der Erbdiktator. Er reckte sich und blickte sich um.

Geneviève sah Casher erwartungsvoll an.

»Das ist die Geschichte«, erklärte der Diktator milde. »Nun müssen Sie das Rätsel lösen.«

»Wo ist das Pferd jetzt?«, fragte Casher.

»Im Krankenhaus natürlich. Meine Nichte kann Sie zu ihm führen.«

III

Nach einer kurzen, schmerzhaften und vollständigen Durchleuchtung seines Bewusstseins durch den Erbdiktator brachen Casher O'Neill und Geneviève zu dem Krankenhaus auf, in das das Pferd eingeliefert worden war. Da die Leute von Pontoppidan nicht gewusst hatten, was sie unternehmen sollten, hatten sie es unter starke Beruhigungsmittel gesetzt und versuchten nun, es mit einer Zuckerlösung zu füttern, die es auf intravenösem Weg erhielt. Geneviève erzählte Casher, dass das Pferd immer schwächer werde.

Der Weg zum Krankenhaus war mit Amethysten übersät.

Statt seines Raumanzugs trug Casher einen Helm, der die Atemluft mit Sauerstoff anreicherte. Seine Gastgeber hatten seine Befürchtungen über einen unkontrollierbaren Juckreiz, hervorgerufen durch den extrem niedrigen atmosphärischen Druck, ignoriert. Er sprach nicht weiter darüber, weil er noch immer hoffte, den grünen Rubin als Waffe in seinem privaten Befreiungskrieg gegen Colonel Wedders Herrschaft über die Zwölf Nile zu erhalten. Wann immer ihn der Juckreiz nicht so sehr quälte, erfreute er sich an dem Spaziergang und der Gesellschaft des schlanken, schönen Mädchens, das ihn über die Juwelenfelder zum Hospital führte. (In späteren Jahren fragte er sich manchmal, was alles hätte geschehen können. War der Juckreiz ein Teil seines Schicksals, das ihn errettet hatte, um die Freiheit der Stadt Kaheer und des Planeten Mizzer zu erkämpfen? Hätte ihn die unschuldige strahlende Lieblichkeit des Mädchens andernfalls dazu verführt, seiner Pflicht abzuschwören und für immer auf Pontoppidan zu bleiben?)

Das Mädchen trug für den Aufenthalt außerhalb der überkuppelten Stadt ein neues Make-up – ein freundliches pfirsichfarbenes Puder, welches das natürliche Rosa ihrer Wangen durchschimmern ließ. Ihre Augen, bemerkte er, waren von einem lebendigen, tiefen Grau; ihre Wimpern lang, ihr Lächeln unschuldig und so reizvoll, wie er es nicht für möglich gehalten hätte. Es war ein Wunder, dass der Erbdiktator nicht Duellen und Morden unter den jungen Männern Einhalt gebieten musste, die um ihre Gunst buhlten.

Schließlich erreichten sie das Krankenhaus, gerade als Casher glaubte, es nicht mehr ertragen zu können, und Geneviève um Hilfe oder um einen Wagen bitten wollte, um wieder in die überdachte Stadt zurückzukehren und so dem schrecklichen Jucken zu entgehen.

Das Gebäude lag unter der Erde.

Der Eingang war prunkvoll. Diamanten und Rubine, so groß wie die Ziegelsteine von Mizzer, schmückten den Türrahmen, der offensichtlich aus emailliertem Stahl bestand. Kuraf hatte selbst in seiner generösesten Stimmung nie Geld für etwas wie diesen Türschmuck verschwendet.

Geneviève bemerkte Cashers Blick. »Es hat uns einen Haufen Credits gekostet«, sagte sie. »Wir mussten einen blinden Künstler von Olymp heranschaffen, der diese Emaillierarbeit für uns geschaffen hat. Der arme Mann. Er verbrachte den Großteil seiner Zeit damit, Edelsteine zu stehlen, obwohl er doch wissen musste, dass wir gerecht bezahlen und niemals jemanden mit Diebesgut entkommen lassen würden.«

»Was haben Sie mit ihm gemacht?«, fragte Casher.

»Wir bringen Diebe an den äußersten Rand des Weltraums und lassen sie dort von Lasern niedergestreckt zurück. Wir haben mehr bemannte Boote im Orbit kreisen als jeder andere mir bekannte Planet. Vielleicht verfügt Altnordaustralien über mehr Schiffe, aber niemand kommt nahe genug an Altnordaustralien heran, um lebend zurückzukehren und davon zu berichten.«

Mit diesen Worten betraten sie das Hospital.

Ein respektvoller Chefarzt bestand darauf, sie in seinem Büro festzuhalten und sie mit Tee und Konfekt zu bewirten, als sie um Erlaubnis für einen Besuch bei dem Pferd baten; die Höflichkeit verwehrte es ihnen, sich über die Einladung hinwegzusetzen. Schließlich hatten sie die Zeremonie hinter sich gebracht und gelangten in das Zimmer, in dem das Pferd lag.

Als sie direkt vor ihm standen, konnten sie sehen, wie sehr es gelitten hatte. Schnitte und Abschürfungen bedeckten den Großteil seines Körpers. Einer seiner *Hufe* war gesplittert – der Arzt erklärte ihnen, dass für die großen Mittelfingernägel, auf denen es ging, Huf die richtige Bezeichnung sei –, und der Arzt hatte eine Silber-Kadmium-Stange implantiert. Das Pferd hob den Kopf, als sie eintraten, aber als es sah, dass es nur noch mehr Menschen und keine Pferdemenschen waren, legte es resigniert den Kopf wieder hin.

»Wie sind die Aussichten, Doktor?«, fragte Casher und wandte sich von dem Tier an den Arzt.

»Kann ich Ihnen, Sir, zuerst eine dumme Frage stellen?«

Überrascht, konnte Casher nur zustimmend nicken.

»Sie sind ein O'Neill. Ihr Onkel ist Kuraf. Wie kommt es, dass man Sie Casher nennt?«

»Das lässt sich leicht erklären«, sagte Casher lachend. »Das ist mein Jungmann-Name. Auf Mizzer bekommt jeder einen Baby-Namen, den niemand benutzt. Dann bekommt man einen Spitznamen und dann einen Jungmann-Namen, der auf charakteristische Eigenschaften oder einen freundlichen Scherz hin vergeben wird und den man trägt, bis man seine Karriere beginnt. Wenn man seinen Beruf aufnimmt, legt man sich einen eigenen Karriere-Namen zu. Wenn ich Mizzer befreie und Colonel Wedder überwältige, muss ich mir einen passenden Karriere-Namen ausdenken.«

»Aber warum ›Casher‹, Sir?«

»Als ich ein kleiner Junge war und man mich fragte, was ich wollte, bat ich immer um *Cash*. Ich glaube, das unterschied sich so von der Verschwendungssucht meines Onkels, dass man mich aufgrund dessen Casher nannte.«

»Aber was ist Cash? Eine Ihrer Feldfrüchte?«

Nun war es an Casher, verblüfft dreinzuschauen. »*Cash* ist ein altes Erdenwort für Geld. Papier-Credits. Man gibt sie her oder bekommt sie heraus, wenn man etwas kauft.«

»Hier auf Pontoppidan gehört alles Geld mir – alles«, erklärte Geneviève. »Mein Onkel ist mein Treuhänder. Aber mir wurde noch nie gestattet, es zu berühren oder auszugeben. Es steckt alles im planetaren Geschäft.«

Der Arzt blinzelte höflich. »Nun, dieses Pferd, Sir, wenn Sie meine Frage wegen Ihres Namens entschuldigen, ist ein sehr merkwürdiger Fall. Physiologisch gesehen ist es ein unverfälschter Erdentyp. Es ist auf vegetarische Ernährung angelegt, ähnelt aber andererseits sehr stark dem Menschen und besitzt einen einzigen Magen und ein konusförmiges großes Herz. Dort liegt auch das Problem. Das Herz befindet sich in schlechtem Zustand. Es stirbt.«

»Stirbt?«, rief Geneviève.

»Das ist der traurige, schreckliche Teil«, nickte der Arzt. »Es stirbt, aber es kann nicht sterben. Es kann noch viele Jahre lang so weitergehen. Perinö hat genug Stroon an dieses Tier verschwendet, um einen ganzen Planeten unsterblich zu machen. Nun ist das Tier verbraucht, aber es kann nicht sterben.«

Da stieß Casher einen langen, tragenden, heulenden Laut aus. Alle fuhren hoch. Doch er ignorierte sie. Es war ein Laut, den er einst im Land der Zwölf Nile in der Nähe der Ställe benutzt hatte, wenn er ein Pferd rufen wollte.

Das Pferd kannte den Ruf. Der große Kopf hob sich. Die Augen rollten so flehentlich, dass er erwartete, Tränen aus ihnen quellen zu sehen, obwohl er sicher war, dass Pferde nicht weinen konnten.

Casher kniete sich vor den Kopf des Pferdes auf den Boden und legte ihm die Hand auf die Mähne. »Schnell«, flüsterte er dem Arzt zu. »Besorgen Sie mir ein Stück Zucker und einen Untermensch-Telepathen. Der Untermensch-Telepath darf kein Fleischfresser sein.«

Der Arzt wirkte verblüfft. »Zucker!«, fauchte er einen Assistenten an, aber er kniete neben Casher nieder und sagte: »Sie müssen das über den Untermenschen wiederholen. Dies hier ist kein Untermenschen-Krankenhaus. Es gibt nur ein paar von ihnen hier. Perinös Pferd wurde auf Befehl Seiner Exzellenz Philip Vincent bei uns eingeliefert, der anordnete, dass es die bestmögliche Behandlung erhalten sollte. Er sagte mir sogar«, erklärte der Arzt, »dass ich die nächsten achtzig Jahre Patrouillendienst übernehmen müsste, falls dem Pferd etwas zustieße. Deshalb tue ich, was ich kann. Halten Sie mich für zu geschwätzig? Einige Leute sind dieser Ansicht. Was für eine Art von Untermenschen benötigen Sie?«

»Einen telepathisch begabten Untermenschen«, erklärte Casher sanft, »um herauszufinden, was dieses Pferd will und um dem Pferd zu sagen, dass ich hier bin, um ihm zu helfen. Pferde sind Vegetarier, und sie mögen Fleischfresser nicht. Haben Sie hier im Hospital einen pflanzenfressenden Untermenschen?«

»Wir haben normalerweise einige Eichhörnchenmenschen«, sagte der Chefarzt, »aber als wir das Luftversorgungssystem auswechselten, gingen die Eichhörnchen mit der alten Einrichtung fort. Ich glaube, sie leben nun in einem Bergwerk.

Wir haben Tigermenschen, Katzenmenschen, und mein Sekretär ist ein Wolf.«

»O nein«, wehrte Casher ab. »Können Sie sich vorstellen, dass ein krankes Pferd einem Wolf vertraut?«

»Warum nicht? Das ist es doch, was auch Sie tun«, sagte der Chefarzt sehr leise, blickte auf, um zu sehen, ob sich Geneviève in Hörweite befand, und entschied offenbar, dass er fortfahren konnte. »Der Erbdiktator schneidet manchmal verdächtige Besucher in Stücke, bevor sie diesen Planeten verlassen können. Wenn es sich nicht um privilegierte Gäste handelt, gehört es sogar zu den normalen Gepflogenheiten. Sie gehören nicht zu den Privilegierten. Sie sind vielleicht ein Spion, der plant, uns zu berauben. Woher sollte ich das wissen? Ich würde keinen Diamantensplitter auf Ihre Chancen setzen, die nächste Woche noch zu erleben. Was wollen Sie mit dem Pferd anstellen? Vielleicht stimmt es den Diktator dankbar – und Sie werden vielleicht weiterleben dürfen.«

Casher war so verblüfft über die Mitteilung und das Vertrauen des Arztes, dass er in der Hocke blieb und über sich selbst statt über das Pferd nachsann. Das Pferd leckte seine Hand, schien zu spüren, dass er Trost brauchte.

Der Arzt hatte eine Idee. »Pferde und Hunde sind doch aneinander gewöhnt, nicht wahr? Zumindest seit den alten Zeiten in der Menschenheimat, als alle Menschen noch auf dem Planeten Erde lebten?«

»Natürlich«, bestätigte Casher. »Während der Jagden auf Mizzer sind sie noch immer zusammen, aber durch die neuen Gesetze der Instrumentalität sind uns die Untermenschen-Verbrecher für die Jagd ausgegangen.«

»Ich besitze eine gute Hündin. Sie spricht ausgezeichnet, aber sie liebt die Patienten so sehr, dass sie sie mit ihrer Liebe völlig verstört. Ich beschäftige sie jetzt unten im zweiten Untergeschoss, wo sie die Maschine zur Sterilisation des Geschirrs bedient.«

»Schaffen Sie sie her«, bat Casher flüsternd. Dann erinnerte er sich, dass er nicht zu flüstern brauchte. Worauf er aufstand und zu Geneviève sagte: »Sie haben einen guten Hunde-Telepathen gefunden, der vielleicht das Bewusstsein des Pferdes erreichen kann. Möglicherweise wird uns das weiterhelfen.«

Freundlich legte Geneviève Casher die Hand auf den Unterarm, mit der noblen Geste einer Prinzessin. Ihre Finger drückten seinen Arm. Wünschte sie ihm Glück, um dem gewohnheitsmäßigen Verrat ihres Onkels zu entkommen, oder war es lediglich der Impuls eines netten jungen Mädchens, das nicht wusste, wie es in der Welt zuging?

IV

Das Interview verlief ausgezeichnet.

Die Hundefrau war fast vollkommen menschlich. Sie wirkte wie eine müde, freundliche, erschöpfte alte Frau, die nicht wertvoll genug war, um die lebensverlängernde Santaclara-Droge zu erhalten, die man *Stroon* nannte. Ihr Leben bestand aus Arbeit, und sie hatte reichlich davon gehabt.

Casher O'Neill fühlte einen neidvollen Stich, als er erkannte, dass Glück auf den unbedeutenden Dingen des Lebens beruhte und nicht auf einem großen Schicksal. Diese Hundefrau mit ihrem verhärmten Gesicht und ihrem strähnigen grauen Haar hatte mehr Liebe, Glück und Sympathie erlebt als Kuraf mit seinen Ausschweifungen, Colonel Wedder mit seiner Macht oder er mit seinem Kreuzzug. Warum war das Leben so? Gab es denn keine Gerechtigkeit? Wie sollte eine erschöpfte, wertlose alte Hundefrau glücklich sein, wenn er es nicht war?

»Sorgen Sie sich nicht deswegen«, riet sie. »Sie werden darüber hinwegkommen und dann glücklich sein.«

»Über was?«, fragte Casher. »Ich habe nichts gesagt.«

»Aber ich habe es gehört«, erwiderte sie und meinte damit, dass sie eine Telepathin war. »Sie sind Ihr eigener Gefangener. Eines Tages werden Sie in Bedeutungslosigkeit und Glück versinken. Sie sind ein guter Mensch. Sie versuchen, sich selbst zu helfen, aber Sie *mögen* dieses Pferd wirklich sehr.«

»Natürlich«, bestätigte Casher. »Es ist ein mutiges altes Pferd, das es geschafft hat, aus einer solchen Hölle herauszuklettern und zu den Menschen zurückzukehren.«

Als er das Wort *Hölle* aussprach, weiteten sich ihre Augen, aber sie sagte nichts. In seinem Inneren sah er das Zeichen eines Fisches in eine dunkle Mauer geritzt vor sich und spürte, wie sie ihm telepathisch übermittelte: *So haben auch Sie ein wenig Kenntnis von dem »Dunklen Wundervollen Wissen«, das sich bis jetzt noch nicht der ganzen Menschheit offenbart hat!*

Er gab ihr in Gedanken ein *Kreuz* zurück und wandte sich dann wieder ausschließlich dem Pferd zu, aus Furcht, dass ihre telepathische Unterredung abgehört werden könnte und sie mit schrecklichen Strafen rechnen mussten.

»Sollen wir beginnen?«, fragte sie laut.

»Beginnen wir«, sagte er und nickte.

Geneviève trat heran. Ihr feingeschnittenes, schönes, ausdrucksvolles Gesicht leuchtete vor Aufregung. »Kann ich … kann ich daran teilnehmen?«

»Warum nicht?«, sagte die Hundefrau und blickte Casher an. Er nickte. Die drei ergriffen einander an den Händen, und dann legte die Hundefrau ihre linke Hand auf die Stirn des alten Pferdes.

Sand spritzte unter ihren Hufen auf, als sie nach Kaheer galoppierten. Auf ihrem Rücken spürten sie den köstlichen Druck eines menschlichen Körpers. Der rote Himmel Mizzers glühte über ihnen. Ein Schrei ertönte: »Ich bin ein Pferd, ich bin ein Pferd, ich bin ein Pferd!«

»Du kommst von Mizzer«, dachte Casher O'Neill. »Von Kaheer!«

»Ich kenne keine Namen«, dachte das Pferd, »aber du bist aus meinem Land. Dem Land, dem guten Land.«

»Was tust du hier?«

»Sterben«, dachte das Pferd. »Hunderte und Tausende Sonnenuntergänge lang sterben. Der Alte kaufte mich. Kein Ritt, kein Wettrennen, keine Menschen. Nur der Alte und der kleine Platz. Ich sterbe, seit ich hier bin.«

Casher erhielt ein kurzes Bild von Perinö, der dasaß und das Pferd beobachtete, ohne etwas von der Grausamkeit und Einsamkeit zu ahnen, die er seinem großen Haustier zugefügt hatte, indem er es unsterblich machte und ihm nichts zu tun gab.

»Weißt du, was Sterben bedeutet?«

»Sicher«, dachte das Pferd sofort. »Kein-Pferd.«

»Weißt du, was Leben ist?«

»Ja. Ein Pferd zu sein.«

»Ich bin kein Pferd«, dachte Casher, »aber ich lebe.«

»Mache die Dinge nicht noch komplizierter«, dachte das Pferd zurück – aber dann erkannte Casher, dass sein eigener Verstand und nicht der des Pferdes die Mahnung ausgesprochen hatte.

»Möchtest du sterben?«

»Kein-Pferd-sein? Ja, wenn dieser Raum, auf alle Zeiten, das Ende der Dinge ist.«

»Was möchtest du lieber tun?«, dachte Geneviève, und ihre Gedanken waren wie Kaskaden frischgeprägter Silbermünzen, die in ihrer aller Bewusstsein stürzten: brillant, klar, glänzend, unschuldig.

Die Antwort kam schnell: »Erde unter meinen Hufen und wieder feuchte Luft und einen Menschen auf meinem Rücken.«

»Liebes Pferd«, unterbrach die Hundefrau, »kennst du mich?«

»Du bist ein Hund«, dachte das Pferd. »Guuu-uu-uu-uuter Hund!«

»Richtig. Und ich kann diesen Leuten sagen, wie sie dir helfen können. Schlaf jetzt, und wenn du erwachst, wirst du dich auf dem Weg zum Glück befinden.«

Die Hundefrau hatte dem alten Pferd so heftig den Befehl *Schlaf* entgegengeschleudert, dass Casher O'Neill und Geneviève bewusstlos zu Boden geglitten und von den Angestellten des Krankenhauses aufgefangen werden mussten.

Als sie wieder zu sich kamen, beendete die Hundefrau gerade ihre Anweisungen an den Arzt: »... und reichern Sie die Atmosphäre auf über vierzig Prozent Sauerstoff an. Es möchte, dass ein Wahrer Mensch auf ihm reitet – und einige von Ihren Wächtern in der Umlaufbahn wären doch gewiss dazu bereit, statt sich zu langweilen. Sie können das Herz nicht erneuern. Versuchen Sie es nicht. Hypnose wird für den Wüstensand von Mizzer sorgen. Beschicken Sie nur sein Bewusstsein mit einem oder zwei dieser Drama-Würfel voller Wüstenabenteuer. Nun, machen Sie sich meinetwegen keine Gedanken. Ich werde Ihnen nicht irgendwelche Vorschriften machen, Sie Menschenmann.« Sie lachte. »Sie können uns Hunden alles vergeben, nur nicht, Recht zu haben. Es erzeugt in Ihnen immerhin für kurze Zeit ein Gefühl der Minderwertigkeit. Denken Sie nicht mehr daran. Ich werde die Treppe hinunter zu meinem Geschirr gehen. Ich liebe es, ich liebe es so sehr. Auf Wiedersehen, Sie hübsches Ding«, sagte sie zu Geneviève. »Und leben Sie wohl, Wanderer. Viel Glück«, rief sie Casher zu. »Sie werden sich unglücklich fühlen, solange Sie die Gerechtigkeit suchen, aber wenn Sie es aufgeben, wird die Gerechtigkeit zu Ihnen kommen, und Sie werden glücklich sein. Machen Sie sich keine Sorgen. Sie sind jung, und es wird Ihnen nicht schaden, noch ein paar Jahre zu leiden. Jugend ist eine leicht kurierbare Krankheit, nicht wahr?« Sie machte einen Knicks, wie eine Lady der Instrumentalität, die einer anderen Lebewohl wünschte. Ihr faltiges altes Gesicht wurde von einem Lächeln erhellt, in dem Glück mit einem winzigen Hauch leichten Spotts gepaart war. »Sie gestatten, Chef«, sagte sie zu dem Arzt. »Geschirr – da bin ich!« Sie huschte aus dem Zimmer.

»Sehen Sie, was ich meine?«, fragte der Arzt. »Sie ist so schrecklich *glücklich*! Wie kann jemand ein Krankenhaus führen, in dem sich eine Geschirrspülerin herumtreibt, die alle Menschen glücklich machen will? Wir würden unsere Arbeit verlieren. Trotzdem waren ihre Vorschläge vernünftig.«

Sie waren es. Und sie wirkten.

Eine Ratsdebatte folgte. Casher O'Neill ging hin, um sich die Sitzung anzuhören.

Einer der Ratsherren, Bashnack, war besonders laut in seinem Widerstand gegen alles, was das Pferd betraf. »Sire«, rief er, »Sire! Wir kennen nicht einmal den Namen des Tieres! Ich muss gegen diese Pläne protestieren, wenn wir nicht einmal wissen …«

»Wir kennen ihn nicht«, pflichtete ihm Philip Vincent bei, »aber was hat ein Name damit zu tun?«

»Das Pferd besitzt keine Identität, nicht einmal die Identität eines Tieres. Es ist nur ein Haufen aus Fleisch und Knochen, der von Perinös Aufenthalt übrig geblieben ist. Wir sollten das Pferd töten und das Fleisch verzehren. Oder, falls wir das Fleisch nicht essen wollen, dann sollten wir es an die Außenwelten verkaufen. Es gibt hier in der Nähe sehr viele Menschen, die eine hübsche Summe für original irdisches Fleisch bezahlen würden. Beachten Sie mich nicht, Sire! Sie sind der Erbdiktator, und ich bin ein Nichts. Ich besitze keine Macht, keinen Reichtum, nichts. Ich bin auf Ihre Gnade angewiesen. Alles, was ich sagen kann, ist, dass Sie Ihren eigenen besten Interessen folgen sollen. Ich habe nur eine Stimme. Sie können mich nicht tadeln, weil ich meine Stimme benutze, wenn ich versuche, Ihnen zu helfen, Sire, nicht wahr? Das ist alles, was ich tue – versuchen, Ihnen zu helfen. Wenn Sie auch nur einen Credit an dieses Pferd verschwenden, dann machen Sie einen Fehler. Wir sind kein reicher Planet. Wir müssen teure Verteidigungsanlagen finanzieren, um am Leben zu bleiben. Wir können uns nicht einmal genug Luft leisten, damit unsere Kinder hinausgehen und spielen können. Und Sie wollen Geld an ein Pferd verschwenden, das nicht einmal sprechen kann! Ich sage Ihnen, Sire, dieser Rat ist dabei, gegen Sie zu stimmen, um Ihre Interessen zu schützen und die Interessen der Ehrenwerten Geneviève, der wahrscheinlich zukünftigen Herrscherin aller Pontoppidaner. Sie werden damit nicht durchkommen, Sire. Wir sind hilflos Ihrer Macht ausgesetzt, aber wir werden darauf bestehen, Ihnen zu befehlen ...«

»Hört! Hört!«, schrien verschiedene Ratsherren, die sich nicht im Geringsten vor dem leichten Stirnrunzeln des Erbdiktators zu fürchten schienen.

»Ich werde jetzt sprechen«, erklärte Philip Vincent. Mehrere Räte hatten ihre Hände erhoben, baten um das Wort. Ein besonders hartnäckiger Mann hielt seine Hand sogar noch hoch, als der Diktator bereits seine Absicht mitgeteilt hatte, das Wort zu ergreifen. Philip Vincent ging auch auf ihn ein. »Wenn ich fertig bin, können Sie reden, wenn Sie wollen.« Er blickte sich ruhig im Saal um, lächelte unmerklich seiner Nichte zu, gönnte Casher O'Neill ein kurzes Nicken und erklärte dann: »Meine Herren, es geht in dieser Verhandlung nicht um das Pferd. Es geht um Pontoppidan. Wir sind es, über die verhandelt wird. Und vor welcher Autorität wird über uns verhandelt, meine Herren? Jeder von uns steht vor diesem furchtbarsten aller Gerichte, seinem eigenen Gewissen. Wenn wir dieses Pferd töten, meine Herren, fügen wir dem Pferd keinen sehr großen Schaden zu. Es ist ein altes Tier, und ich glaube nicht, dass es sich sehr große Sorgen um das Sterben macht, zumal dann die Qual der Einsamkeit ein Ende fände, die es mehr fürchtet als den Tod. Schließlich hat es bereits seinen größten Triumph erlebt – es ist ihm gelungen, die Klippen aus Edelsteinen hinaufzuklettern und über den Vulkankrater zu springen. Und schließlich wurde es von den Menschen gerettet, bei denen es sein wollte. Das Pferd hat so viel erreicht, dass es bereits über uns steht. Wir können ihm ein wenig Freude schenken, oder wir können ihm ein wenig Schaden zufügen – die Größe seiner Leistungen lässt uns nicht viele Möglichkeiten übrig.

Nein, meine Herren, wir richten nicht über den Fall des Pferdes. Wir richten über den Weltraum. Was ist mit dem Menschen geschehen, als er hinaufstieg in das Große Nichts? Haben wir die Alte Erde hinter uns gelassen? Warum ist die Zivilisation zerbrochen? Wird sie wieder zerbrechen? Ist Zivilisation ein Gewehr oder ein Blaster oder ein Laser oder eine Rakete? Ist sie ein Planoform-Schiff oder ein Lichtstecher bei der Arbeit? Sie wissen so gut wie ich, meine Herren, dass Zivilisation nicht etwas ist, das wir tun können. Wenn es so gewesen wäre, hätte es nicht den Untergang der Alten Menschen gegeben. Selbst in den Dunklen Zeitaltern besaßen sie eine Reihe von Fusionsbomben, konnten sie einige kleine ferngesteuerte Raketen bauen, und sie verfügten sogar über Waffen wie den Kaskaskis-Effekt, den wir bisher noch nicht wieder neu entwickeln konnten. Die Dunklen Zeitalter waren nicht dunkel, weil die Menschen Technik oder Wissenschaft vergessen hatten. Sie waren dunkel, weil *die Menschen den Menschen* vergaßen. Es bedeutet harte Arbeit, menschlich zu sein, und es ist eine Arbeit, die fortgeführt werden muss, oder sie war ganz umsonst. Meine Herren, das Pferd richtet uns. Betrachten Sie einmal dieses Wort, meine Herren. ›Zivilisation‹ ist ein Frauenwort. Es gab weibliche Schriftsteller in einem Land, das man Frankreich nannte, und sie machten dieses Wort in dem dritten Jahrhundert vor der Weltraumfahrt populär. ›Zivilisiert‹ zu sein, bedeutete für die Menschen, sanft, freundlich, zahm zu sein. Wenn wir dieses Pferd töten, sind wir wild. Wenn wir das Pferd freundlich behandeln, sind wir sanft. Meine Herren, ich habe nur eine einzige Stimme dafür, und diese wird nur ein einziges Wort aussprechen. Dann sollten Sie abstimmen, frei abstimmen.«

Nach diesen Worten ging ein Raunen durch die Anwesenden. Philip Vincent fand offensichtlich Vergnügen an der Aufregung, die er verursacht hatte. Er ließ sie eine oder zwei Minuten lang flüstern, bevor er sanft auf den Tisch klopfte und sagte: »Meine Herren, sind Sie bereit?«

Zustimmendes Gemurmel ertönte. »Es ist noch immer eine Frage der öffentlichen Gelder!«, versuchte Bashnack einzuwenden, aber seine Nachbarn brachten ihn zum Schweigen. Es wurde still am Tisch. Alle Gesichter waren dem Erbdiktator zugewandt.

»Meine Herren, die Erklärung. Geneviève, ist es so, wie du mir zu sagen auftrugst? Ist Zivilisation an erster Stelle die Wahl der Frau und erst später die des Mannes?«

»Ja«, sagte Geneviève frohgemut und lächelte heiter.

Die Versammlung endete mit Gelächter und Applaus.

V

Einen Monat später saß Casher O'Neill in einer Kabine eines mittelgroßen Planoformschiffes. Pontoppidan lag weit hinter ihnen. Der Erbdiktator hatte seinen Entschluss nicht rückgängig gemacht und ihn mit grünen Strahlen niedergestreckt.

Casher besaß seltsame Erinnerungen, keine schlechten für einen jungen Mann. Er erinnerte sich an Geneviève, daran, wie sie im Garten weinte.

»Ich bin romantisch«, rief sie und trocknete ihre Augen an dem Ärmel seines Umhangs. »Rechtlich bin ich die Besitzerin dieses Planeten, reich, mächtig, frei. Aber ich kann nicht fort von hier. Ich bin zu wichtig. Mein Onkel kann nicht das tun, was *er* tun möchte – er ist der Erbdiktator, und er muss immer das tun, was der Rat nach wochenlangem Geschnatter beschließt. Ich kann Sie nicht lieben. Sie sind ein Prinz und ein Wanderer, und Reisen und Schlachten und Gerechtigkeit und seltsame Dinge erwarten Sie. Ich kann nicht gehen. Ich bin zu wichtig. Ich bin zu süß! Ich bin zu schön. Ich hasse, ja ich hasse mich manchmal. Bitte, Casher, können Sie nicht einen Flieger stehlen und mit mir in den Raum fliehen?«

»Die Laser Ihres Onkels würden uns in Stücke schneiden, bevor wir außer Reichweite wären.« Casher hielt sie an der Hand und sah ihr freundlich ins Gesicht. In diesem Moment spürte er nicht die grimmige, aggressive, glückliche Glut, die ein tüchtiger junger Mann in der Gegenwart einer schönen und sanften jungen Frau fühlt. Er empfand etwas Seltsameres, Weicheres, Stilleres – ein Gefühl, das sehr süß für die Gedanken und erholsam für die Nerven war. Es war die einfache, klare Freundschaft eines Menschen zu einem anderen. Er ergriff eine Chance um ihretwillen, denn das »dunkle Wissen« war herrlich, aber sehr gefährlich, wenn es in die falschen Hände geriet.

Er nahm ihre beiden schönen, kleinen Hände in seine, so dass sie zu ihm aufblickte und in seinen Augen erkennen musste, dass er sie nicht küssen wollte. Etwas an seiner Haltung ließ sie entdecken, dass ihr ein viel wertvolleres Geschenk angeboten wurde als ein romantischer Kuss unter freiem Himmel in einem Garten. Nebenbei bemerkt, hätte es auch nur das Berühren zweier Helme bedeutet.

Mit ruhiger, freundlicher Stimme sagte er: »Sie erinnern sich an die Hundefrau, die sich um das Geschirr in dem Krankenhaus kümmerte?«

»Natürlich. Sie war gut und leuchtete von innen heraus und war glücklich, und sie half uns allen.«

»Arbeiten Sie mit ihr hin und wieder zusammen. Fragen Sie nichts – sagen Sie nichts. Arbeiten Sie nur mit ihr gemeinsam an ihren Maschinen. Sagen Sie ihr, ich hätte es so gewollt. Glücklichsein ist ansteckend. Vielleicht stecken Sie sich an. Mir ist es auch gelungen, zumindest ein wenig.«

»Ich glaube, ich weiß, was Sie meinen«, sagte Geneviève leise. »Casher, leben Sie wohl, und viel, viel Glück. Mein Onkel erwartet uns.«

Gemeinsam kehrten sie in den Palast zurück.

Eine andere Erinnerung wäre das Lebewohl Philip Vincents, des Erbdiktators von Pontoppidan. Das ruhige, glattrasierte, frische, fleischige Gesicht blickte Casher O'Neill mit wohlwollender Aufmerksamkeit an. Dieser empfand mehr Respekt vor ihm, seit er erkannt hatte, dass Unbarmherzigkeit oft der Preis für Frieden und Schlaflosigkeit der Preis für Reichtum ist.

»Sie sind ein kluger junger Mann. Ein sehr kluger junger Mann. Sie werden die Macht Ihres Onkels Kuraf zurückgewinnen.«

»Ich will *diese* Macht nicht!«, rief Casher.

»Ich habe Anweisungen für Sie«, erklärte der Erbdiktator, »und es sind gute Anweisungen, andernfalls stünde ich nicht hier, um Sie Ihnen zu geben. Ich habe die Kunst der Politik gut erlernt, sonst würde ich nicht mehr leben. Lehnen Sie Macht nicht ab. Ergreifen Sie sie und nutzen Sie sie weise. Verstecken Sie sich nicht vor dem Namen Ihres Onkels. Löschen Sie ihn aus. Übernehmen Sie selbst diesen Namen und herrschen Sie so gut, dass sich in wenigen Dekaden niemand mehr an Ihren Onkel erinnern wird. Nur an Sie. Sie sind ein junger Mann. Sie können siegen. Und es liegt in Ihrem Schicksal, zu wachsen und zu siegen. Ich weiß es. Ich kenne mich in diesen Dingen aus. Ich habe Ihnen Ihre Waffe gegeben. Ich habe mein Wort gehalten. Sie ist sicher verpackt, und Sie können sie mitnehmen.«

Casher atmete flach. Er vertraute dem stämmigen, mächtigen Diktator und versuchte Worte zu finden, mit denen er ihm danken konnte, als dieser mit einem kleinen Lachen in der Stimme hinzufügte: »Ich danke Ihnen auch, weil Sie mir Geld erspart haben. Sie haben damit Ihren Namen überlebt.«

»Ihnen Geld erspart?«

»Das Alfalfa. Das Pferd wollte Alfalfa.«

»Ach, das meinen Sie.« Casher nickte. »Es war offensichtlich. Mir gebührt kein Dank dafür.«

»*Ich* bin nicht auf die Idee gekommen«, erklärte der Erbdiktator, »und auch mein Stab nicht. Wir sind nicht dumm. Das beweist, dass Sie sehr gescheit sind. Sie hatten erkannt, dass Perinö einen Nahrungskonverter besessen haben musste, um das Pferd im Hippy Dipsy am Leben zu erhalten. Alles, was wir daraufhin getan haben, war, den Konverter auf Alfalfa einzustellen, und das erspart uns zweimal im Jahr die Kosten für eine Schiffsladung Pferdefutter. Wir sind froh, die Credits dafür gespart zu haben. Uns geht es hier gut, aber wir mögen keine Verschwendung. Sie dürfen sich nun vor mir verbeugen und gehen.«

Casher war dieser Aufforderung nachgekommen, mit einem letzten Blick auf die liebliche Geneviève, die zerbrechlich und schön neben dem Sessel ihres Onkels stand.

Seine letzte Erinnerung war sehr frisch.

Er hatte zweihunderttausend Credits dafür bezahlt, hier auf diesem Schiff. Er hatte den Stop-Kapitän getroffen, der sich jetzt, da das Schiff unterwegs war und der Go-Kapitän übernommen hatte, langweilte.

»Können Sie mir einen telepathischen Blick auf ein Pferd verschaffen?«

»Was ist ein Pferd?«, fragte der Go-Kapitän. »Wo ist es? Wollen Sie dafür bezahlen?«

»Ein Pferd«, sagte Casher geduldig, »ist ein unmodifiziertes Erdentier. Kein Untermensch. Ein großes, sehr intelligentes Tier. Dieses eine befindet sich im Orbit um Pontoppidan. Und ich will den normalen Preis dafür bezahlen.«

»Eine Million Erden-Credits«, verlangte der Stop-Kapitän.

»Unmöglich!«, rief Casher.

Sie einigten sich auf zweihunderttausend Credits für einen langen Blick und auf zehntausend für den Gebrauch der Schiffseinrichtungen, selbst wenn der Kontakt nicht zustande kam. Aber es gelang. Der Techniker war ein Schlangenmann; er war geschickt, kühl und leistete hervorragende Arbeit. Nach nur wenigen Minuten reichte er den Helm an Casher weiter und erklärte: »Das ist es, glaube ich.«

Und so war es. Er griff direkt in das Bewusstsein des Pferdes hinein.

Die endlosen Dünen von Mizzer breiteten sich vor Casher aus. In der Ferne liefen die langen Linien der Zwölf Nile zusammen. Er galoppierte gleichmäßig und kraftvoll. In der Nähe befanden sich andere Pferde, andere Reiter, andere Dinge, aber er selbst war sich nur des festen Hufschlages auf dem harten, feuchten Sand bewusst, des Drucks eines dankbaren Reiters auf seinem Rücken. Verschwommen, wie in einer Halluzination, konnte Casher auch das kleine Orbitschiff sehen, in dem das alte Pferd, einen vergnügten Kadetten auf dem Rücken, schwebte und galoppierte.

Dort oben, in der Schwerelosigkeit, würde das alte, abgenutzte Herz des Pferdes noch viele, viele Jahre lang seinen Dienst tun.

Dann sah er wieder das Paradies des Pferdes. Das Donnern der anderen Hufe versuchte ihn zu überholen, aber es gelang ihm, alles hinter sich zu lassen. Und am Ende der Strecke erwarteten ihn ein Stall, ein Junge, der ihn abrieb, zerkleinertes, saftiges Grünfutter und im Morgengrauen der Blick einer Stute.

Das Pferd von Pontoppidan fühlte sich weise. Es hatte *Menschen* vertraut – Menschen, die Quelle aller Freundlichkeit, aller Grausamkeit, aller Macht zwischen den Sternen. Und die Menschen waren gut zu ihm gewesen. Das Pferd fühlte sich wieder sehr wie ein Pferd. Casher O'Neill spürte, wie der alte Körper am Flussufer entlanglief, wie ein Traum der Macht, wie die Vollendung des Dienstes, wie die endgültige Erfüllung der Freundschaft.

PLANET
DER STÜRME

»Morgen früh um zwei Uhr fünfundsiebzig«, sagte der Administrator zu Casher O'Neill, »werden Sie dieses Mädchen mit einem Messer töten. Um zwei Uhr siebenundsiebzig wird Sie ein schneller Bodengleiter aufnehmen und hierher zurückbringen. Dann wird der Schnellkreuzer Ihnen gehören. Ist das ein Angebot?«

Er streckte seine Hand aus, als ob er wollte, dass Casher sie schütteln sollte, vermutlich als eine Art Schwur oder Vertrag.

Casher wollte den Mann nicht beleidigen, griff nach seinem Glas und sagte: »Lassen Sie uns zuerst auf das Geschäft anstoßen!«

Die schnellen, ruhelosen, hin und her schießenden Augen des Administrators musterten Casher misstrauisch von oben bis unten. Warme, feuchte Seeluft wehte durch den Raum. Der Administrator schien kriegerisch, argwöhnisch, wachsam zu sein, aber unter der dünnen Maske aus Feindseligkeit verbarg sich ein anderes Gefühl, von dem Casher nur einen Hauch wahrnehmen konnte. Müdigkeit, wurzelnd in abgrundtiefer Verzweiflung; Verzweiflung, deren Ursprung allumfassende Müdigkeit war.

Dieses andere Gefühl, das Casher wie ein Schemen erschien, war tatsächlich sehr ungewöhnlich. Auf all seinen Reisen von einer besiedelten Welt zur anderen war Casher vielen merkwürdigen Männern und Frauen begegnet. Aber noch nie war er auf jemanden wie diesen Administrator gestoßen – brillant, verschroben, überheblich. Seine Anrede lautete »Commissioner«, und er war ein Exlord der Instrumentalität, der auf dem Planeten Henriada lebte, dessen Bevölkerung von sechshundert Millionen Menschen auf vierzigtausend gesunken war. Die lokale Regierung existierte nicht mehr, und dieser seltsame Mann mit dem Titel eines »Administrators« war die einzige Autorität, die dieser Planet kannte.

Er würde jedenfalls Casher O'Neill einen seiner Großkreuzer zur Verfügung stellen, und dieser war fest entschlossen, mit dessen Hilfe nach Hause zu seinem Heimatplaneten zu segeln und Colonel Wedder, den Usurpator von Mizzer, abzusetzen.

Der Administrator blickte Casher scharf und wachsam an, dann hob er ebenfalls sein Glas. Das grüne Zwielicht färbte den Likör und ließ ihn wie ein fremdartiges Gift erscheinen. Es war nur irdischer Byegarr, und trotzdem ein wenig stark.

Nach einem Schlückchen, einem einzigen Schlückchen, entspannte sich der ältere von beiden ein wenig. »Sie wollen mich vielleicht betrügen, junger Mann. Sie denken vielleicht, ich sei ein alter Narr, der auf einem fast verlassenen Planeten herumläuft. Vielleicht glauben Sie sogar, dass der Tod dieses Mädchens eine Art Verbrechen ist. Aber es ist keineswegs ein Verbrechen. Ich bin der Administrator von Henriada, und ich habe in jedem der letzten achtzig Jahre befohlen, das Mädchen zu töten. Sie ist ja noch nicht einmal ein richtiges Mädchen, kein Wahrer Mensch. Nur ein Untermensch. Ein Tierabkömmling, der in einen Diener umgewandelt wurde. Ich kann Sie auch zu einem Hilfspolizisten ernennen, wenn Ihnen das Ihren Auftrag leichter macht. Oder zum Chef der Polizei. Vielleicht ist das sogar noch besser. Ich habe seit über hundert Jahren keinen Polizeichef mehr gehabt. Sie sind mein Polizeichef. Sie werden morgen mit Ihrer Arbeit beginnen. Das Haus ist leicht zu finden. Es ist das größte und schönste aller auf diesem Planeten noch verbliebenen Häuser. Gehen Sie morgen früh dorthin. Fragen Sie nach ihrem Herrn und achten Sie darauf, dass Sie die korrekte Anrede ›Herr und Meister Murray Madigan‹ benutzen. Die Roboter werden Ihnen sagen, dass Sie draußen warten sollen. Wenn Sie hartnäckig bleiben, wird sie zur Tür kommen. Dann werden Sie ihr Herz durchbohren, genau auf der Türschwelle. Mein Bodengleiter wird eine Minute später zur Stelle sein. Sie springen hinein und kehren zu mir zurück. Wir haben das doch schon vorhin besprochen. Warum sind Sie denn nicht einverstanden? Wissen Sie denn nicht, wer ich bin?«

Casher lächelte. »Ich weiß genau, wer Sie sind, Commissioner und Administrator. Sie sind der Ehrenwerte Rankin Meiklejohn und lebten einst auf Erde Zwei. Nun, die Instrumentalität selbst gab mir die Erlaubnis, auf diesem Planeten zu landen. Sie wissen auch, wer *ich* bin und was ich will. An dieser ganzen Sache erscheint mir einiges seltsam. Warum sollten Sie mir den Großsegler geben – das beste Schiff Ihrer ganzen Flotte, wie Sie selbst sagten –, nur damit ich ein modifiziertes Tier töte, das wie ein Mädchen aussieht und spricht? Warum ich? Warum der Besucher? Warum der Mann von der Außenwelt? Wie können Sie sicher sein, dass dieses Mädchen tot ist? Wenn Sie den Befehl für ihre Ermordung schon achtzigmal in achtzig Jahren gegeben haben, warum ist er nicht schon lange ausgeführt worden? Doch ich sage natürlich nicht Nein. Ich will diesen Kreuzer. Ich will ihn sogar sehr. Aber was ist der Sinn all dessen? Wo ist der Haken? Wollen Sie vielleicht dieses Haus haben?«

»Beauregard? Nein, ich will Beauregard nicht. Der alte Madigan kann von mir aus darin verfaulen. Es liegt zwischen Ambiloxi und Mottile, am Golf von Esperanza. Sie können es nicht verfehlen. Die Straße ist in gutem Zustand. Sie können dort selbst fahren.«

»Was ist es dann?« Cashers Stimme enthielt einen Hauch von Beharrlichkeit.

Die Antwort des Administrators war in der Tat sonderbar. Er füllte sein großes Glas mit dem starken Byegarr. Er blickte Casher über das volle Glas hinweg an, als sei er ein Feind.

Dann leerte er das Glas. Casher wusste, dass zu viel und zu schnell getrunkener Likör dieser Art ein normales menschliches Wesen töten konnte.

Aber der Administrator brach nicht tot zusammen.

Er war nicht einmal sichtlich betrunken.

Sein Gesicht färbte sich rot, und seine Augen traten fast hervor, als der scharfe 160-Promille-Likör wirkte, aber er sagte noch immer nichts. Er starrte Casher nur an. Casher, der während seines Exils gelernt hatte, sich auf die unterschiedlichsten Spielchen einzulassen, starrte zurück.

Der Administrator gab zuerst auf.

Er beugte sich vor und brach in ein vogelähnliches kreischendes Gelächter aus. Das Gelächter dauerte an und wollte nicht mehr aufhören, bis es schien, als habe der Mann alle Heiterkeit der Galaxis an sich gerissen. Casher lachte leise und kurz, aber mehr aus Nervosität als aus Vergnügen, und wartete darauf, dass der Administrator sein Gelächter beendete.

Schließlich gewann der Administrator die Selbstbeherrschung zurück. Er schenkte Casher ein breites Lächeln und ein Blinzeln, goss vier Fingerbreit Byegarr in sein Glas, leerte es, als sei es ein Schluck Wasser, und dann – nur leicht schwankend – stand er auf, trat zu Casher und klopfte ihm auf die Schulter. »Sie sind ein kluger Kopf, mein Junge. Ich habe Sie belogen. Es ist mir egal, ob ich einen Schnellkreuzer habe oder nicht. Ich gebe Ihnen etwas, das überhaupt keinen Wert für mich besitzt. Zu diesem Planeten wird keiner mehr kommen und um einen solchen Kreuzer bitten. Er ist ruiniert. Er ist aufgegeben worden. So wie ich. Gehen Sie. Sie können den Kreuzer haben. Für nichts. Nehmen Sie ihn nur. Umsonst.«

Diesmal war es Casher, der aufsprang und dem fiebrigen, zügellosen kleinen Mann ins Gesicht blickte. »Ich danke Ihnen, Administrator«, rief er und versuchte, die Hand des Administrators zu ergreifen, um den Handel perfekt zu machen.

Rankin Meiklejohn wirkte furchtbar nüchtern für einen Mann, der solche Mengen von Likör zu sich genommen hatte. Er verbarg seine rechte Hand hinter dem Rücken und wollte nicht einschlagen.

»Sie können den Kreuzer haben. Ohne Bedingungen. Ohne Frist. Ohne Vertrag. Er gehört Ihnen. *Aber töten Sie zuerst dieses Mädchen!* Nur um mir einen Gefallen zu tun. Ich bitte Sie. Töten Sie das Mädchen. Um zwei Uhr fünfundsiebzig morgen früh. Morgen.«

»Warum?«, fragte Casher; seine Stimme war laut und kalt, und er versuchte einen Sinn aus dem Gestammel des Mannes herauszuhören.

»Nur ... nur ... nur weil ich es sage ...«, sagte der Administrator stockend.

»Warum?«, fragte Casher, der nicht locker ließ, kalt und laut.

Plötzlich überwältigte der Likör den Administrator. Er griff nach der Sessellehne, setzte sich unvermittelt und blickte dann zu Casher auf. Er war tatsächlich sehr betrunken. Der seltsame Ausdruck, die flüchtige, verzweifelte Müdigkeit, war aus seinem Gesicht verschwunden. Er sprach geradeaus. Nur seine überdeutlichen Artikulationsbemühungen hätten einem Unbeteiligten verraten, dass er betrunken war.

»Weil«, sagte Meiklejohn, »diese Leute, Sie Narr, mehr als achtzig in achtzig Jahren, die ich mit dem Befehl nach Beauregard geschickt habe, dieses Mädchen zu töten ... Diese Leute ...« Er verstummte, presste die Lippen zusammen.

»Nun, was ist ihnen zugestoßen?«, fragte Casher ruhig und überredend.

Der Administrator lächelte wieder und schien am Rande eines seiner wilden Gelächter zu stehen.

»So reden Sie doch!«, rief Casher jetzt.

»Ich weiß es nicht«, gestand der Administrator. »Bei meinem Leben, ich weiß es nicht. Keiner von ihnen ist jemals zurückgekehrt.«

»Was ist ihnen denn zugestoßen? Hat sie sie getötet?«

»Woher soll ich das wissen?«, fragte der betrunkene Mann, der offenbar immer schläfriger wurde.

»Warum haben Sie das nicht gemeldet?«

Das schien den Administrator zu ernüchtern. »Melden, dass ein kleines Mädchen mich besiegt hat, mich, den planetaren Administrator? Ein kleines Mädchen, das nicht einmal ein menschliches Wesen ist! Man hätte mir Unterstützung geschickt und mich ausgelacht. Bei der Glocke, junger Mann, ich bin genug ausgelacht worden! Ich benötige keine Hilfe von außen. Sie werden morgen früh dorthin gehen. Um zwei Uhr fünfundsiebzig, mit einem Messer. Ein Bodengleiter wird Sie erwarten.« Er starrte Casher an und schlief dann plötzlich in seinem Sessel ein.

Casher rief nach den Robotern, um sich sein Zimmer zeigen zu lassen; sie nahmen sich auch des Administrators an.

II

Am nächsten Morgen, genau um zwei Uhr fünfundsiebzig, geschah nichts. Casher schritt durch den Barockkorridor, blickte in wunderschöne, unbewohnte Zimmer. Alle Türen waren geöffnet.

Durch eine der Türen vernahm er ein krankes, tiefes, blubberndes Schnarchen.

Es war natürlich der Administrator. Er lag zusammengekrümmt auf seinem Bett. Ein weißlackierter Roboterpfleger befand sich bei ihm, und der Roboter hielt um Ruhe bittend seine mechanische Hand in die Höhe. Irgendwie gelang es ihm, die Geste leicht, weich und schön erscheinen zu lassen, auch wenn er eine Maschine war.

Casher ging leise in sein Zimmer zurück, wo er Pfannkuchen, Speck und Kaffee bestellte. Durch das Panzerglas seines Fensters beobachtete er einen Tornado, während die Roboter seine Mahlzeit zubereiteten.

Die biegsamen Bäume klammerten sich mit einer solchen Kraft an den Boden, dass sie selbst der Gewalt des Sturms widerstanden. Die Säule des Tornados griff wie der Rüssel eines verrückten Elefanten hinunter in die Gärten, aber die Pflanzen nahmen den Kampf mit ihr auf. Einige Tiere flogen durch die Luft und verschwanden wieder. Dann toste der Wirbelsturm über das Haus, aber er beschädigte es nicht, sondern machte nur einen gewaltigen Lärm.

»Pro Tag gibt es davon zwei- oder dreihundert«, erklärte ein Roboterbutler. »Das liegt daran, weil wir hier keine Wettermaschinen besitzen. Es würde mehr kosten, sagen die Menschen, diesen Planeten bewohnbar zu machen, als der Planet jemals einbringen kann. Radio und Zeitungen befinden sich in der Bibliothek, Sir. Ich glaube nicht, dass der Ehrenwerte Rankin Meiklejohn vor Abend erwacht, nicht vor sieben oder acht Uhr.«

»Kann ich hinausgehen?«

»Warum nicht, Sir? Sie sind ein Wahrer Mensch. Sie können tun, was Ihnen beliebt.«

»Ich meine, ist es ungefährlich hinauszugehen?«

»O nein, Sir! Der Sturm würde Sie in Stücke reißen oder zu Tode schleudern.«

»Gehen die Menschen denn jemals hinaus?«

»Ja, Sir. Mit Bodengleitern oder mit automatischen Körperpanzern. Man hat mir gesagt, dass ein Gewicht von mehr als fünfzig Tonnen die Person im Innern eines Panzers ausreichend schützt. Ich weiß es nicht genau, Sir. Wie Sie sehen, bin ich ein Roboter. Ich bin hier gebaut worden, obwohl mein Gehirn von Erde Zwei stammt, und ich habe noch nie das Haus verlassen.«

Casher blickte den Roboter an. Er schien ungewöhnlich gesprächig zu sein. Er nutzte die Gelegenheit, um noch mehr Dinge in Erfahrung zu bringen. »Hast du jemals von Beauregard gehört?«

»Ja, Sir. Es ist das beste Haus auf diesem Planeten. Ich habe Menschen sagen hören, dass es das massivste Gebäude auf Henriada ist. Es gehört dem Herrn und Gebieter Murray Madigan. Er ist ein Altnordaustralier, ein Verzichtender, der seine Heimatwelt verließ und hier eintraf, als Henriada noch ein sehr lebendiger Planet war. Er brachte seinen ganzen Reichtum mit. Die Untermenschen und Roboter sagen, dass das Innere des Hauses ein wundervoller Ort ist.«

»Hast du es gesehen?«

»O nein, Sir. Ich habe doch nie dieses Gebäude hier verlassen.«

»Ist der Mann Madigan jemals hier gewesen?«

Es sah als, als ob der Roboter versuchen würde zu lachen, aber es gelang ihm nicht. »O nein, Sir«, antwortete er. »Er geht niemals irgendwohin.«

»Kannst du mir etwas über die Frau sagen, die bei ihm lebt?«

»Nein, Sir.«

»Weißt du irgendetwas über sie?«

»Sir, darum geht es nicht. Ich weiß sehr viel über sie.«

»Warum kannst du dann nicht darüber sprechen?«

»Man hat mir befohlen zu schweigen, Sir.«

»Ich bin«, erklärte Casher O'Neill, »ein wahres menschliches Wesen. Hiermit lösche ich diesen Befehl. Erzähle mir von ihr.«

Die Stimme des Roboters wurde abweisend und kalt. »Der Befehl kann nicht gelöscht werden, Sir.«

»Warum nicht? Hat der Administrator ihn erteilt?«

»Nein, Sir.«

»Wer dann?«

»Sie war es«, sagte der Roboter leise und verließ das Zimmer.

Casher O'Neill verbrachte den Rest des Tages mit dem Versuch, noch mehr Informationen zu sammeln; doch er hatte nur sehr wenig Erfolg.

Der Deputy Administrator war ein junger Mann, der seinen Vorgesetzten hasste.

Als Casher mit ihm zu Abend aß – zu zweit verzehrten sie ihre karge Mahlzeit auf Staatskosten in einem Speisesaal, der fünfhundert Menschen aufnehmen konnte –, versuchte er, direkt zur Sache zu kommen, indem er unverblümt fragte: »Was wissen Sie über Murray Madigan?«

Er erhielt eine Antwort, die so kurz und bündig war, dass sie fast grob wirkte: »Nichts.«

»Sie haben nie von ihm gehört?«, rief Casher.

»Lassen Sie mich mit Ihren Angelegenheiten zufrieden, Herr Besucher«, sagte der Deputy Administrator. »Ich lebe schon zu lange hier. Sie können fortgehen. Sie hätten nicht herkommen sollen.«

»Ich verfüge über einen Multiweltenpass der Instrumentalität«, erklärte Casher.

»Nun ja«, nickte der junge Mann, »das beweist, dass Sie wichtiger sind als ich. Reden wir nicht weiter darüber. Schmeckt Ihnen Ihr Essen?«

In seiner Kindheit, als zukünftiger Nachfolger des Diktators von Mizzer, hatte Casher gelernt, diplomatisch zu sein. Als Kuraf, sein schrecklicher Onkel, seine Herrschaft abgeben musste, hatte Casher den Staatsstreich durch die Colonels Wedder und Gibna gutgeheißen; aber nun war Wedder selbst der Herrscher und hatte eine Zeit des Terrors und der Gewalt eingeleitet. Deshalb kannte Casher diplomatische Umgehensweisen und Zeremonien, Verhandlungen und Smalltalk, und in diesem Fall griff er zu Smalltalk.

Der junge Deputy Administrator hatte nur den einen Wunsch, den Planeten Henriada zu verlassen und niemals wieder etwas von Rankin Meiklejohn zu hören oder zu sehen. Casher konnte diesen Wunsch verstehen.

Während des Essens ereignete sich ein merkwürdiger Zwischenfall.

Gegen Ende stellte Casher ganz beiläufig die Frage: »Können Untermenschen Robotern Befehle erteilen?«

»Natürlich«, erklärte der junge Mann. »Das ist einer der Gründe, warum wir Untermenschen verwenden. Sie entfalten mehr Initiative. Sie verändern bei vielen Anlässen unsere Befehle an die Roboter.«

Casher lächelte. »Ich meine es an sich anders. Könnte ein Untermensch einem Roboter Befehle erteilen, die ein wahres menschliches Wesen nicht löschen kann?«

Der junge Mann wollte antworten, obwohl sein Mund noch voll war. Er war kein sehr feiner junger Mann. Plötzlich hielt er im Kauen inne, und seine Augen weiteten sich, als er verstanden hatte. Mit halbvollem Mund sagte er schließlich: »Ich glaube, Sie versuchen über diesen Planeten zu sprechen. Sie können ihm nicht helfen. Sie sind auf Reisen. Bleiben Sie weiter auf Reisen. Vielleicht werden Sie es lebend überstehen. Ich weigere mich, dabei mitzuspielen. Ich will nichts von Ihnen, von ihm und seinen hasserfüllten Plänen hören. Ich will nur eines: fortgehen, wenn meine Zeit kommt.«

Der junge Mann begann wieder zu kauen, die Augen starr auf den Teller gerichtet.

Bevor Casher etwas sagen konnte, trat der Roboterbutler an seine Seite und beugte sich zu ihm hinunter. »Ehrenwerter Sir, ich habe Ihre Frage gehört. Soll ich sie beantworten?«

»Natürlich«, sagte Casher leise.

»Die Antwort«, sagte der Roboterbutler leise, aber deutlich, »auf Ihre Frage, Sir, ist *nein, nein, niemals*. Das ist das allgemein gültige Gesetz auf allen zivilisierten Welten. Aber auf unserem Planeten Henriada lautet die Antwort *ja*.«

»Warum?«, fragte Casher.

»Es ist meine Pflicht«, erklärte der Roboterbutler, »Ihnen den Gang mit frischen Artischocken zu empfehlen. Ich bin nicht befugt, mich um andere Dinge zu kümmern.«

»Danke«, sagte Casher und straffte sich ein wenig, um Gelassenheit vorzutäuschen.

In dieser Nacht geschah nicht viel, nur dass Meiklejohn lange genug aufgewesen war, um wieder betrunken zu sein. Obwohl er Casher eingeladen hatte, zu ihm zu kommen und mit ihm zu trinken, sprach er mit ihm nicht mehr über das Mädchen; nur einmal kam es zu einem kurzen Ausbruch.

»Erledigen Sie es bis morgen. Fair und gerecht. Offen und ehrlich. Frank und frei. Das bin ich. Ich werde Sie selbst nach Beauregard bringen. Sie werden sehen, es ist einfach. Ein Messer, ja? Ein weit gereister junger Mann wie Sie müsste wissen, wie mit einem Messer umzugehen ist. Und nur ein kleines Mädchen. Nicht sehr groß. Leichte Arbeit. Verschwenden Sie keinen Gedanken daran. Möchten Sie etwas Apfelsaft in Ihren Byegarr?«

Casher hatte drei antitoxische Pillen genommen, bevor er sich auf den Weg gemacht hatte, um mit dem Exlord zu trinken, aber selbst mit ihrer Hilfe konnte er nicht mit Meiklejohn mithalten. Er akzeptierte verlegen, dankbar und höflich die Verdünnung durch den Apfelsaft.

Kleine Wirbelstürme stampften um das Haus. Meiklejohn, der nun in eine trunkene Geschichte über vergangene Ungerechtigkeiten vertieft war, die man ihm auf anderen Welten angetan hatte, schenkte ihnen keine Aufmerksamkeit.

Gegen Mitternacht, nach neun Uhr fünfzig, erwachte Casher allein in seinem Sessel, sehr steif und verkrampft. Die Roboter mussten den Administrator bereits ins Bett gebracht haben. Casher wankte erschöpft in sein Zimmer und schlief weiter.

IV

Der nächste Tag unterschied sich sehr von den vorangegangenen.

Der Administrator war so nüchtern, munter und charmant, als hätte er nie in seinem Leben etwas getrunken.

Er ließ Casher durch die Roboter bitten, ihm beim Frühstück Gesellschaft zu leisten, und sagte zur Begrüßung: »Ich wette, Sie hielten mich letzte Nacht für betrunken.«

»Nun …«, begann Casher.

»Planetenfieber. Das war es. Planetenfieber. Ein wenig Alkohol verhindert, dass es sich zu stark entwickelt. Warten Sie. Es ist jetzt drei Uhr sechzig. Könnten Sie um vier Uhr zum Aufbruch fertig sein?«

Casher betrachtete stirnrunzelnd seine Uhr, die ganz konventionell mit vierundzwanzig Stunden rechnete.

Der Administrator bemerkte den Blick und entschuldigte sich. »Es tut mir leid. Mein Fehler, zum tausendsten Mal. Ich werde Ihnen sofort eine metrische Uhr bringen lassen. Ein Tag zehn Stunden, eine Stunde hundert Minuten. Wir hier auf Henriada sind sehr fortschrittlich.« Er klatschte in die Hände und befahl, in Cashers Zimmer eine Uhr zu schaffen und durch einen Roboter auf Cashers Körperrhythmus einzustellen. »Dann, um vier«, schloss er und erhob sich munter vom Tisch. »Kleidung für eine Reise mit einem Bodengleiter. Die Diener werden sich darum kümmern.«

In Cashers Zimmer erwartete ihn bereits ein Mann. Er wirkte wie ein rundlicher, weiser Hindu, wie man sie in archäologischen Büchern abgebildet findet. Er verbeugte sich höflich und sagte: »Mein Name ist Gosigo. Ich bin ein Vergessener und wurde diesem Planeten zugewiesen. Für heute bin ich Ihr Führer und Fahrer, der Sie von diesem Ort zum Palais von Beauregard bringen wird.«

Vergessene standen in der Rangordnung nur ein wenig über den Untermenschen. Sie waren Personen, die wegen verschiedener Schwerverbrechen verurteilt worden waren und denen die Gerichte der Welten oder der Instrumentalität statt des Todes oder einer Strafe, die schlimmer war als der Tod – wie der Planet Shayol –, eine Totalamnesie gewährt hatten.

Casher sah ihn neugierig an. Der Mann war nicht von der Aura der Verwirrung umgeben, die Casher bei vielen Vergessenen beobachtet hatte.

Gosigo bemerkte den Blick und verstand ihn. »Mit mir ist alles in Ordnung, Sir. Ich bin stark genug, um Ihnen das Genick zu brechen, wenn man mir einen entsprechenden Befehl erteilt.«

»Sie meinen, mein Rückgrat zu verletzen? Was für ein feindseliger, unfreundlicher Einfall!«, rief Casher. »Nun, ich glaube allerdings, ich würde Sie zuerst töten, wenn Sie es versuchten. Wie kommen Sie nur auf eine derartige Idee?«

»Weil der Administrator ständig den Menschen droht, mir den Befehl dazu zu geben.«

»Haben Sie denn schon einmal jemandem das Genick gebrochen?« Casher sah Gosigo aufmerksam und abschätzend an. Der Mann, obwohl kleiner als Casher, war außerordentlich muskulös; wie viele schwerfällige Männer wirkte er gemütlich, aber einem Feind gegenüber mochte er sehr grausam sein können.

Gosigo lächelte knapp, fast glücklich. »Nun, nein, nicht direkt.«

»Warum nicht? Widerruft denn der Administrator dann jedes Mal seine Befehle? Ich stelle mir vor, dass er irgendwann zu betrunken sein wird, um sich daran zu erinnern.«

»Das ist es nicht …«

»Warum haben Sie es denn dann bisher nicht getan?«

»Ich hatte noch andere Befehle«, erklärte Gosigo fast zögernd. »Wie die Befehle, die ich heute bekommen habe. Einen vom Administrator, einen vom Stellvertretenden Administrator und einen von einer Außenstehenden.«

»Und wer ist diese Außenstehende?«

»Sie hat mir befohlen, es jetzt noch nicht zu verraten.«

Casher stand regungslos da. »Meinen Sie jene, von der ich glaube, dass Sie sie meinen?«

Gosigo nickte sehr langsam und deutete auf den Ventilator, als ob dort ein Mikrofon versteckt sein könnte.

»Können Sie mir sagen, wie Ihre Befehle lauten?«

»Oh, gewiss. Der Administrator hat mir gesagt, ich solle ihn und Sie nach Beauregard fahren, Sie vor der Tür aussteigen lassen, zusehen, wie Sie das Mädchen erstechen, und dann den zweiten Bodengleiter zu Ihrer Rettung rufen. Der Deputy Administrator hat mir aufgetragen, Sie nach Beauregard zu bringen und Sie dort tun zu lassen, was Ihnen gefällt, und Sie über Ambiloxi zurückzubringen, falls es Ihnen gelingt, lebend aus dem Haus des Meisters Murray Madigan zu entkommen.«

»Und der andere Befehl?«

»Die Tür hinter Ihnen zu schließen, wenn Sie eingetreten sind, und in meinem Leben nie mehr an Sie zu denken, weil Sie sehr glücklich sein werden.«

»Sind Sie verrückt?«, rief Casher.

»Ich bin ein Vergessener«, sagte Gosigo würdevoll, »aber ich bin nicht krank.«

»Welche Befehle werden Sie denn nun ausführen?«

Gosigo lächelte ein warmes menschliches Lächeln. »Hängt das nicht von Ihnen und nicht von mir ab, Sir? Sehe ich so aus, als wollte ich Sie töten?«

»Nein, das nicht.«

»Wissen Sie, wie Sie in meinen Augen aussehen?«, fuhr Gosigo brummend fort. »Glauben Sie wirklich, ich würde Ihnen helfen, wenn ich der Meinung wäre, dass Sie ein kleines Mädchen töten würden?«

»Sie wissen es!«, rief Casher und spürte, wie er weiß im Gesicht wurde.

»Wer nicht?«, fragte Gosigo. »Über was sollen wir hier auf Henriada sonst reden? Lassen Sie mich Ihnen in diese Kleider helfen, damit Sie zumindest die Fahrt überleben.« Mit dieser Bemerkung händigte er Casher ein Schulterpolster und einen gepolsterten Helm aus, und Casher begann ungeschickt, sie anzulegen.

Gosigo half ihm.

Als Casher schließlich fertig angekleidet war, kam ihm flüchtig der Gedanke, dass er sich nicht einmal für den Weltraum so sorgfältig präpariert hatte. Die Welt von Henriada musste ein stürmischer Ort sein, wenn die Menschen diese Art Kleidung benötigten, um eine kurze Reise zu machen.

Gosigo trug die gleiche Ausrüstung.

Er blickte Casher freundlich an, mit einem schelmischen Lächeln, das Humor sehr nahe kam. »Schauen Sie mich an, ehrenwerter Besucher. Erinnere ich Sie an jemanden?«

Casher musterte ihn freimütig und gewissenhaft und erklärte dann: »Nein, an niemanden.«

Gosigos Gesicht erschlaffte. »Es ist ein Spiel«, sagte er. »Ich kann nicht mit dem Versuch aufhören zu erfahren, wer ich wirklich bin. Bin ich ein Lord der Instrumentalität, der das in ihn gesetzte Vertrauen missbraucht hat? Bin ich ein Wissenschaftler, der Wissen für unvorstellbar schlechte Zwecke benutzt hat? Bin ich ein Diktator, so abscheulich, dass sogar die Instrumentalität, die sonst den Dingen ihren Lauf lässt, eingreifen musste und mich beiseiteschaffte? Hier bin ich, gesund, klug, wachsam. Ich trage auf diesem Planeten den Namen Gosigo. Vielleicht bin ich auch hier geboren und habe mein Verbrechen hier begangen. Ich bin konditioniert. Wenn jemand mir jemals meinen wahren Namen nennt, wird diese Konditionierung dafür sorgen, dass ich laut schreie, bewusstlos werde und alles vergesse, was bei dieser Gelegenheit gesagt wurde. Man hat mir gesagt, dass ich das dem Tod vorgezogen habe. Vielleicht. Manchmal wirkt der Tod verführerisch auf einen Vergessenen.«

»Haben Sie jemals geschrien und sind dann bewusstlos geworden?«

»Nicht einmal *das* weiß ich«, erwiderte Gosigo.

Casher berührten die Geheimnisse des Mannes so, dass er sich nicht zu hemmungsloser Neugier verleiten lassen wollte. Da ihn jedoch der Zustand des Vergessens an sich interessierte, fragte er: »Schmerzt es ... schmerzt es, ein Vergessener zu sein?«

»Nein«, sagte Gosigo, »es schmerzt nicht. Nicht mehr, als man zulässt.« Dann starrte er Casher plötzlich an. Seine Stimme änderte den Tonfall und wurde schließlich eine Oktave höher. Er schlug die Hände vors Gesicht und keuchte durch die Finger, wie um sich das Sprechen zu verbieten. »Aber ... oh! Die Furcht ... die gespenstische, düstere Furcht, *ich selbst* zu sein!« Er starrte Casher noch immer an. Schließlich beruhigte er sich wieder, nahm die Hände vom Gesicht, wie durch eine fremde Gewalt dazu gezwungen, und sagte mit fast normaler Stimme: »Sollen wir uns auf den Weg machen?«

Gosigo führte Casher durch den leeren dunklen Korridor. Ein spürbarer Wind fuhr über sie hinweg, obwohl es keinen Hinweis auf offene Fenster oder Türen gab. Sie stiegen eine majestätische Treppe hinunter, deren Stufen so breit waren, dass Casher auf dem ganzen Weg bis zum Eingang des Gebäudes hinunter Zwischenschritte machen musste. Einstmals schien dies hier eine normale Empfangshalle gewesen zu sein. Nun standen überall Fahrzeuge herum.

Seltsame Fahrzeuge.

Von einer Art, die Casher noch nie zuvor gesehen hatte. Sie ähnelten ein wenig den altertümlichen »Kampfpanzern«, die er auf Bildern gesehen hatte. Sie erinnerten aber auch ein wenig an klein geratene Unterseeboote und waren von einem wahrhaft hässlichen Aussehen. Sie besaßen große, dornenbesetzte Räder, aber ihr außergewöhnlichstes Merkmal waren riesige Spiralen, vier an jeder Seite, die mit dem Fahrzeug durch komplizierte und trotzdem bewegliche Vorrichtungen verbunden waren. Seit Casher mit einem Planoformschiff genau im Palast gelandet war, hatte er noch keinen Anlass gehabt, sich nach draußen, in die Wirbelstürme von Henriada, zu begeben.

Der Administrator erwartete sie bereits; er trug einen Overall, der mit den Insignien seiner hohen Stellung versehen war.

Casher verbeugte sich höflich vor ihm und warf gleichzeitig einen Blick auf die hübsche metrische Armbanduhr an seinem Handgelenk, die unter seinem Overall hervorsah. Es war 3:95 Uhr. »Ich bin bereit, Sir, wenn Sie es auch sind.«

»Beobachten Sie ihn!«, flüsterte einen halben Schritt hinter ihm Gosigo.

»Ich bin bereit«, erklärte der Administrator. Seine Stimme zitterte.

Casher stand höflich, wachsam, unbeweglich da. Bedeutete das Gefahr? Erwartete ihn ein närrischer Ausbruch? War der Administrator wieder betrunken?

Casher musterte den Administrator sorgfältig, aber eher verstohlen, wartete darauf, dass er ihn auffordern würde, in den nächsten Bodengleiter zu steigen, dessen Tür offenstand.

Nichts dergleichen geschah. Doch der Administrator erbleichte.

Sechs oder acht Menschen hielten sich in der Halle auf. Sie mussten früher schon etwas Ähnliches erlebt haben, denn sie zeigten weder Neugier noch Erstaunen. Der Administrator begann zu zittern; Casher konnte es trotz der Polsterung des Schutzanzugs erkennen. Die Hände des Mannes bebten.

»Ihr Messer«, sagte der Administrator mit hoher nervöser Stimme. »Sie haben es bei sich?«

Casher nickte.

»Lassen Sie es mich sehen.«

Casher griff in seinen Stiefel und holte das schöne, hervorragend ausbalancierte Messer hervor. Noch ehe er sich wieder aufrichten konnte, fühlte er den Druck von Gosigos kräftigen Fingern auf seiner Schulter.

»Gebieter«, sagte Gosigo zu Meiklejohn, »sagen Sie Ihrem Besucher, dass er seine Waffe fortwerfen soll. Es ist keinem von uns gestattet, in Ihrer Gegenwart eine Waffe zu tragen.«

Casher versuchte sich aus dem festen Griff zu lösen, ohne sein Gleichgewicht oder seine Würde zu verlieren. Der Vergessene gab nicht nach, und die beiden Männer lieferten sich einen eisernen, unsichtbaren Ringkampf, die Stärke von Cashers Schulter widersetzte sich dem festem Griff von Gosigos kraftvoller Hand.

Der Administrator gab als Erster nach. »Fort mit Ihrem Messer ...«, befahl er mit seiner hohen, sonderbaren Stimme.

Die Uhr stand fast auf vier, aber immer noch hatte keiner von ihnen den Gleiter betreten.

Gosigo sprach wieder, und als er es tat, brach der Deputy Administrator, der in normaler Hauskleidung neben ihnen stand, in ein geringschätziges Lachen aus. »Gebieter, wird es nicht Zeit, aufzubrechen?«

»Natürlich, natürlich«, schnatterte der Administrator. Er begann fast wieder normal zu atmen. »Nehmen Sie auch einen Tropfen«, forderte er Casher auf, »das ist hier so Sitte.«

Casher hatte sein Messer in den Stiefelschaft zurückgeschoben. Als es nicht mehr zu sehen war, ließ Gosigo seine Schulter los; dann stand er dem Administrator gegenüber und massierte seine gequetschte Schulter. Er sagte nichts, sondern schüttelte freundlich den Kopf und zeigte so, dass er nichts zu trinken haben wollte.

Einer der Roboter brachte dem Administrator ein Glas, in dem sich mindestens anderthalb Liter Flüssigkeit befanden. Höflich erkundigte sich der Administrator: »Sind Sie sicher, dass Sie nichts wollen?«

Aus der Nähe konnte Casher das Aroma riechen. Es war purer Byegarr. Er schüttelte erneut den Kopf, höflich, aber bestimmt.

Der Administrator setzte das Glas an die Lippen.

Casher beobachtete, wie die Halsmuskeln des Mannes arbeiteten, als er den Likör hinunterstürzte. Er hörte, wie der Mann zwischen den einzelnen Schlucken schwer atmete. Das riesige Glas leerte sich mehr und mehr.

Schließlich war der Likör ausgetrunken.

Der Administrator drehte den Kopf zur Seite und sagte zu Casher mit einer papageiartigen Stimme: »Gut, aah-uuh!«

»Wie meinen Sie, Sir?«, fragte Casher.

Das Gesicht des Administrators glühte vor Zufriedenheit; Casher war überrascht, dass der Mann nach dieser gewaltigen Menge Byegarr nicht tot zusammenbrach. »Ich meinte nur … Ich … fühle … mich … nicht … wohl.« Mit diesen Worten kippte er vornüber, so steif wie ein Felsenturm. Einer der Diener, vielleicht ein weiterer Vergessener, fing ihn auf, bevor er auf dem Boden aufschlagen konnte.

»Macht er das immer so?«, fragte Casher den verdrossen aussehenden Stellvertretenden Administrator.

»O nein«, erklärte der Mann. »Nur bei Anlässen wie diesem.«

»Was meinen Sie damit: ›wie diesem‹?«

»Wenn er wieder einmal einen bewaffneten Mann zu dem Mädchen auf Beauregard schickt. Denn niemand kehrt von dort zurück. Auch Sie werden nicht zurückkehren. Sie hätten gestern abfliegen können, aber jetzt ist es zu spät. Gehen Sie und versuchen Sie, das Mädchen zu töten. Wenn Sie überleben, werde ich Sie hier um 5:25 Uhr erwarten. Um es zu präzisieren – sollten Sie tatsächlich zurückkehren, werde ich versuchen, *ihn* aufzuwecken. Aber Sie werden es nicht schaffen. Viel Glück! Ich glaube, das ist es, was Sie brauchen. Viel Glück!«

Casher schüttelte dem Mann die Hand, ohne seinen Handschuh auszuziehen. Gosigo war bereits auf den Fahrersitz der Maschine geklettert und testete die elektrischen Systeme. Die großen Spiralen begannen sich zu senken, aber bevor sie den Boden berührten, hielt Gosigo sie an und ließ sie ihre alte Position wieder einnehmen.

Die Menschen in der Halle begaben sich schnell in Deckung, als Casher einstieg, obwohl nichts auf eine unmittelbare Gefahr hindeutete. Zwei der menschlichen Diener zerrten den Administrator die Treppe hinauf, eilends gefolgt von dessen Stellvertreter.

»Sitzgurt«, sagte Gosigo.

Casher fand ihn und ließ ihn einrasten.

»Kopfgurt«, sagte Gosigo.

Casher starrte ihn an. Er hatte noch nie etwas von einem Kopfgurt gehört.

»Ziehen Sie ihn von der Decke zu sich hinunter, Sir. Legen Sie das Netz unter Ihr Kinn.«

Casher blickte auf. Ein Netz schmiegte sich genau über seinem Kopf eng gegen die Decke des Fahrzeugs. Er wollte es nach unten ziehen, aber es rührte sich nicht. Zornig zog er fester, und es begann sich langsam zu bewegen. *Bei der Glocke und der Bank, man will mich daran aufhängen!*, dachte er, als er das Netz weiter nach unten zog. An jedem Ende des fünfzehn oder zwanzig Zentimeter breiten Netzes befand sich ein stabiler Gurt. Er reckte sich, bis er völlig verkrampft dasaß, hielt den Kopfgurt mit beiden Händen, ließ ihn schließlich zur Decke hochschnappen und wusste nicht, was er damit anfangen sollte.

Gosigo beugte sich ungeduldig zu ihm hinüber und half ihm, das Netz unter seinem Kinn zu befestigen. Es drückte einen Moment lang, und Casher hatte das Gefühl, als ob ein schweres Gewicht an seinem Kopf zerrte.

»Kämpfen Sie nicht dagegen an«, riet Gosigo. »Entspannen Sie sich.«

Casher folgte dem Rat. Sein Kopf wurde mehrere Zentimeter nach oben in eine gepolsterte Vertiefung in der Rücklehne seines Sitzes geführt, die ihm bislang gar nicht aufgefallen war. Nach ein oder zwei Sekunden stellte er fest, dass seine Haltung zwar närrisch aussehen mochte, aber bequem war.

Gosigo hatte nun auch seinen eigenen Kopfgurt angelegt und die Scheinwerfer des Fahrzeugs eingeschaltet. Sie strahlten so hell, dass Casher sie beinahe für Laser gehalten hätte, stark genug, um die Tore der großen Halle zu Asche werden zu lassen.

Die Scheinwerfer mussten einen Kontakt in dem Tor ausgelöst haben.

V

Zwei Torflügel öffneten sich, und der wilde Aufschrei des Windes trieb entwurzelte Pflanzen herein. Er war rau und sturmähnlich, aber lange nicht so gewaltig wie ein Hurrikan.

Schwerfällig rollte die Maschine an und hatte dann rasch das Gebäude verlassen und die Straße erreicht.

Der Himmel war braun, ein klares, leuchtendes Braun, das von gelben Schlieren durchzogen wurde. Auf keiner der anderen Welten, die Casher besucht hatte, war er einem Himmel von solcher Farbgebung begegnet, obwohl er während seines langen Exils viele Planeten besucht hatte.

Gosigo blickte starr geradeaus und war vollauf damit beschäftigt, das Fahrzeug in der Mitte der schwarzen, glatten, geteerten Straße zu halten.

»Passen Sie auf«, sagte eine Stimme direkt in Cashers Kopf. Es war Gosigo, der die im Helm eingebaute Verständigungsanlage benutzte.

Casher blickte hinaus, obwohl dort bis auf das Wüten des verrückten Windes nichts zu sehen war. Plötzlich umhüllte Finsternis den Bodengleiter, er bockte und wurde heftig durchgeschüttelt. Ein öliger, beißender Gestank erfüllte mit einem Mal das ganze Fahrzeug.

Gosigo zog eine Schalttafel mit Knöpfen zu sich heran. Unerträglich hell brannten Licht und Feuer durch die Windschutzscheibe und die Sichtluken an den Seiten.

847

Die Schlacht war vorbei, bevor sie begonnen hatte.

Der Bodengleiter befand sich nun in einer Art Sumpf. Die Straße lag in einer Entfernung von dreißig oder fünfunddreißig Metern vor ihnen.

Im Innern der Maschine war ein mahlendes Geräusch zu vernehmen, und der Bodengleiter richtete sich auf. Ein einzelner saugender Laut folgte, dann verstummte der mahlende Ton. Casher sah, wie sich die großen Spiralen auf einer Seite des Fahrzeugs durch den Boden fraßen.

Dann prasselten plötzlich Zweige, Blätter und etwas, das Tang zu sein schien, auf sie herab.

Ein kleiner Wirbelsturm raste über sie hinweg.

Gosigo nahm sich die Zeit, seinen Kopf zur Seite zu drehen und mit Casher zu reden. »Ein Luftwal hatte uns verschluckt, und ich musste uns den Weg hinausbrennen.«

»Ein was?«, rief Casher.

»Ein Luftwal«, wiederholte Gosigo geduldig über die Sprechanlage. »Auf diesem Planeten gibt es keine einheimischen Lebensformen, aber die importierten irdischen Tiergattungen haben sich extrem verändert, seit wir sie hergebracht haben. Die Wirbelstürme haben die Wale so häufig ergriffen, dass sich einige von ihnen an das Fliegen anpassen konnten. Sie sind Fleischfresser und finden Gefallen daran, die Bodengleiter aufzubeißen und das Innere als besondere Leckerbissen zu verschlingen. Wenn wir die Straße erreicht haben, sind wir vor ihnen sicher. Es gibt eine Anzahl wilder Menschen, die hier draußen in den Stürmen leben, aber sie werden uns nur gefährlich, wenn wir wirklich hilflos sind. Bald werde ich uns aus dem Boden herausgeschraubt haben und versuche dann, auf die Straße zu gelangen. Von hier ist es nicht mehr weit bis Ambiloxi.«

Obwohl die Straße nicht weit entfernt war und sie sie die ganze Zeit sehen konnten, dauerte es sehr lange, bis ihre zahlreichen Versuche sie zu ihr geführt hatten.

Beim ersten Mal ruckte der Bodengleiter vorwärts. Rote Lichter flackerten auf der Schalttafel, und Summer ertönten. Die dornenbesetzten Räder drehten sich schwerfällig, als sie sich durch das Moor fraßen.

»Halten Sie sich fest!«, rief Gosigo. »Wir werden uns rückwärts hinauskatapultieren müssen.«

Casher wusste nicht, wie er sich noch fester festhalten konnte, angegurtet, behelmt und festgeschnallt, wie er war, aber er umklammerte die Lehnen seines Sitzes.

Die Welt versank in rotem Feuer, als die Vorderfront des Fahrzeugs Flammen in raketenhafter Größenordnung ausspuckte. Der Sumpf vor ihnen verkochte zu Dampf, so dass sie nichts mehr sehen konnten. Gosigo schaltete die Windschutzscheibe von visueller Sicht auf Radar, aber selbst mit dem Radar war nicht viel zu erkennen – nur ein grauer Wirbel aus formlosen Schemen, während die Maschine hin und her torkelte, als sie sich ihren Weg auf festen Boden erkämpfte. Die Konsole wies mit einem Mal wieder grüne Anzeigen auf, und Gosigo schaltete die Kontrollknöpfe ab. Sie waren wieder dort, wo sie vorher gewesen waren; um sie herum, verstreut zwischen den Korallenbäumen, lagen die widerwärtigen verbrannten Eingeweide des Luftwales.

»Versuchen wir es noch einmal«, erklärte Gosigo, als ob Casher ihm dabei hätte helfen können. Er hantierte mit den Knöpfen, und der Bodengleiter erhob sich mehrere Fuß in die Luft. Die Dornen an den Rädern wurden hydraulisch ausgefahren, bis jeder von ihnen zum Schluss einhundertfünfzig Zentimeter lang war. Casher erschien das Fahrzeug wie ein großes ummanteltes Fahrrad, das auf seinen riesigen Rädern schaukelte. Der Wind war stark und launisch, aber es war kein Wirbelsturm in Sicht.

»Also los«, rief Gosigo überflüssigerweise. Der Bodengleiter schoss mit einem verrückten Satz nach vorn, rumpelte über den pflanzenüberwucherten Boden und näherte sich der Straße.

Ein markerschütterndes Geräusch verriet ihnen, dass sie es nicht geschafft hatten. Für einen Moment war Casher zu benommen, um zu sehen, wo sie sich befanden.

Er war froh über den Helm und dankbar für den Netzgurt, der seinen Hals hielt. Der Zusammenstoß hätte ihn ohne diesen Schutz getötet.

Gosigo schien die Fahrt normal zu finden. Sein klassisches Hindugesicht entspannte sich zu einem weisen Lächeln, als er sagte: »Trafen einen Felsbrocken. Fielen auf die Seite. Versuchen es wieder.«

»Ist die Maschine unzerstörbar?«, gelang es Casher zu keuchen.

Ein Lachen klang in Gosigos Stimme auf, als er antwortete. »Fast. Wir sind ihre verwundbarsten Teile.«

Wieder spuckte Feuer über den Boden, diesmal von der Seite des Bodengleiters her. Gosigo wandte sich dem Radarschirm zu, um etwas durch den Dampf zu erkennen, den sie mit ihren Düsen erzeugt hatten.

Vor ihnen, deutlicher und näher, lag die Straße.

»Noch ein Versuch!«, rief Gosigo, als die Maschine vorwärts ruckte und dann ein wahrhaftes Ballett auf der Oberfläche des Sumpfes aufführte. Sie beschleunigte, stoppte ab, drehte sich auf einem Hügel, versetzte sich einen Stoß mit den Düsen und holperte weiter.

Casher entdeckte in einer Entfernung von ungefähr einem halben Kilometer einen Wirbelsturm, der sich ihnen rasch näherte.

Gosigo ahnte seine unausgesprochenen Gedanken, denn er bemerkte: »Problem: Wer erreicht die Straße zuerst – er oder wir?«

Die Maschine bockte, ruckte, drehte sich, kreiste.

Casher konnte durch die Windschutzscheibe überhaupt nichts mehr erkennen, aber Gosigo schien zu wissen, was er tat. Ein neues Geräusch wurde hörbar – ein Knirschen wie von schabenden Messern.

Gosigo, unbesorgt, nahm seinen Kopf aus dem Netz und sah Casher mit einem Lächeln an. »Der Tornado wird uns wahrscheinlich in ein oder zwei Minuten treffen, aber das spielt jetzt keine Rolle mehr. Wir haben die Straße erreicht und uns in der Fahrbahndecke festgeschraubt.«

»Festgeschraubt?«, keuchte Casher.

»Sie haben doch diese großen Spiralen auf der Außenseite des Gleiters gesehen. Sie sind dafür konstruiert, sich in die Straße zu bohren. Alle Straßen hier bestehen aus Neoasphalt und reparieren sich selbst. Es wird sie noch geben, wenn der letzte bekannte Mensch auf dem letzten bekannten Planeten tot ist. Es sind *gute* Straßen.« Ein plötzlicher Ruck ließ Gosigo verstummen. »Der Sturm geht über uns hinweg ...«

Das Rucken wiederholte sich, bevor er den Satz vollenden konnte. Wilde, wütende Böen rüttelten an der Maschine, die so fest saß, als ob sie in Granit gefasst sei.

Gosigo drückte zwei Knöpfe und stellte dann einen Zeiger auf einer Skala ein. Er schielte auf die Instrumente und drückte dann einen weiteren Knopf, der neben seinem Sitz angebracht war. Eine scharfe Explosion ertönte, wie die einer chemischen Sprengladung, die einen Felsen bersten lässt.

Casher wollte etwas sagen, aber Gosigo hob abwehrend die Hand. Rasch kontrollierte er seine Instrumente. Die Windschutzscheibe verwandelte sich in einen Radarschirm, und eine Landkarte erschien – eine hellrote, von goldenen Linien zerschnittene Fläche. Außerdem befanden sich auf der Karte über ein Dutzend heller Punkte. Gosigo betrachtete sie konzentriert.

Die Karte flackerte, verschwand, löste sich in rotes Chaos auf.

Gosigo drückte einen anderen Knopf, und sie konnten wieder durch die Windschutzscheibe sehen.

»Was war das denn?«, fragte Casher.

»Eine miniaturisierte Radarrakete. Ich habe sie in zwölf Kilometer Höhe geschickt, um mich zu orientieren. Sie hat das Bild dessen, was sie gesehen hat, übertragen, und ich habe es eben auf unseren Radarschirm gelegt. Die Wirbelstürme sind heftiger als gewöhnlich, aber ich glaube, wir schaffen es. Haben Sie auf den oberen rechten Teil der Karte geachtet?«

»Den oberen rechten Teil?«

»Ja, den oberen rechten Teil. Haben Sie gesehen, was sich dort befand?«

»Wieso? Nichts. Dort befand sich nichts.«

»Sie haben vollkommen Recht«, nickte Gosigo. »Was bedeutet das für uns?«

»Ich verstehe Sie nicht«, erklärte Casher. »Ich glaube, es bedeutet, dass sich dort nichts befindet.«

»Wieder richtig. Aber lassen Sie mich Ihnen etwas sagen. Dort befindet sich niemals etwas.«

»Niemals etwas?«

»Genau. An dieser Stelle befindet sich niemals etwas auf der Karte. Das ist der östliche Teil von Ambiloxi. Das ist Beauregard. Es erscheint nie auf der Karte. Dort geschieht nichts.«

»Kein schlechtes Wetter – nie?«

»Niemals.«

»Warum nicht?«

»*Sie* erlaubt es nicht«, sagte Gosigo ernst, als ob seine Worte einen Sinn ergäben.

»Sie meinen, ihre Wettermaschinen arbeiten?«, erkundigte sich Casher, griff nach der einzig möglichen rationalen Erklärung.

»Ja«, nickte Gosigo.

»Warum?«

»Sie bezahlt dafür.«

»Wie kann sie das? Der ganze Planet Henriada ist bankrott.«

»Ihr Teil nicht.«

»Hören Sie auf, mich zu verwirren. Sagen Sie mir, wer sie ist und was das alles bedeutet.«

»Legen Sie Ihren Kopf in das Netz. Ich spreche nicht in Rätseln, weil es mir gefällt. Man hat mir befohlen, nicht darüber zu reden.«

»Weil Sie ein Vergessener sind?«

»Was hat das damit zu tun! Sprechen Sie nicht auf diese Art mit mir. Denken Sie daran, ich bin kein Tier oder ein Untermensch. Ich mag für einige Stunden Ihr Diener sein, aber ich bin ein *Mensch*. Sie werden es noch früh genug herausfinden. *Festhalten!*«

Der Bodengleiter wurde abrupt abgebremst, die Dornenzähne fraßen sich in den federnden festen Neoasphalt der Straße. In dem Moment, als sie zum Stehen kamen, begannen die Spiralen sich ihren Weg in den Boden zu fräsen. Die Plötzlichkeit des Abbremsmanövers ließ Cashers Augen hervorquellen; dann klammerte er sich an die Armlehnen des Sitzes, als der Wirbelsturm direkt nach ihrem Fahrzeug griff, immer und immer wieder daran zerrte. Die gewaltigen Spiralen hielten, und er fühlte, wie das Fahrzeug dem gigantischen Sog der Luft widerstand.

»Machen Sie sich keine Sorgen«, rief Gosigo über den Lärm des Sturmes hinweg. »Die Düsen auf dem Dach pressen uns nach unten. Diese Fahrzeuge kommen nicht oft von der Straße ab.«

Casher versuchte sich zu entspannen.

Der Trichter des Wirbelsturmes, der fast wie ein lebendes Wesen wirkte, zerrte noch ein- oder zweimal an ihnen und glitt dann weiter.

Diesmal hatte es keinen Hinweis auf die Luftwale gegeben, die auf den Stürmen ritten. Casher hatte nur Regen und Wind und Zerstörung gesehen.

Der Wirbelsturm war binnen eines Augenblicks verschwunden. Geisterähnliche Gestalten folgten ihm mit gewaltigen, stampfenden Sprüngen.

»Windmenschen«, erklärte Gosigo und blickte ihnen gelangweilt nach. »Wilde Menschen, die gelernt haben, auf Henriada zu leben. Sie sind nicht mehr als Tiere. Wir sind dem Gebiet der Lady sehr nahe. Sie wagen es nicht, uns hier anzugreifen.«

Casher war zu betäubt, um Fragen zu stellen oder Einwände zu erheben.

Und wieder richtete sich das Fahrzeug auf und kroch über die glatte, schmale, gewundene Neoasphaltstraße, und es schien, als sei die Maschine selbst froh darüber, zu funktionieren und gut zu funktionieren.

VI

Casher konnte sich nie genau entsinnen, wann sie die heulende Wildnis Henriadas verlassen hatten und in die Ruhe und Schönheit der Gebiete von Murray Madigan eingekehrt waren. Er konnte sich an das Gefühl erinnern, nicht aber an die Ereignisse.

Die Stadt Ambiloxi entzog sich ihm vollständig. Es war eine so normale Stadt, eine so gewöhnliche Stadt, dass er sich kaum ihr Bild vor Augen führen konnte. Alte Menschen saßen auf den hölzernen Bürgersteigen und richteten ihren Nachmittagsblick auf die Fremden, die an ihnen vorbeikamen. In einer geraden, langen Hauptstraße standen Pferde zwischen den parkenden Fahrzeugen. Es wirkte wie ein friedliches Bild aus alten Tagen.

Es gab weder einen Hinweis auf die Wirbelstürme noch auf die Beschädigungen und Verwüstungen, wie sie in der Umgebung des Hauses von Rankin Meiklejohn zu sehen waren. Hier und da tauchten einige Untermenschen und Roboter auf, aber sie waren so geschickt entworfen, dass sie fast genau wie Wahre Menschen aussahen. Selbst die Gebäude besaßen keine Befestigungen gegen die furchtbaren Stürme, die den blühenden Planeten Henriada in einen Zustand der Verwahrlosung und Verwüstung versetzt hatten.

Gosigo, der ein bemerkenswertes Geschick besaß, das Offensichtliche festzustellen, sagte tonlos: »Hier arbeiten die Wettermaschinen. Es gibt keinen Grund für besondere Vorsichtsmaßnahmen.«

Aber er hielt nicht in der Stadt, um eine Ruhepause einzulegen oder sie mit Erfrischungen, Gesprächen oder Treibstoff zu versorgen. Ernst und schnell fuhr er hindurch, der riesige bewaffnete Bodengleiter auf der Suche nach Lücken zwischen den friedlichen und schutzlosen Fahrzeugen. Er fuhr, als habe er dieselbe Route schon oft zuvor benutzt und kenne die Strecke sehr gut.

Hinter Ambiloxi erhöhte er die Geschwindigkeit, aber verglichen mit der rasenden Flucht vor den Stürmen im ersten Teil der Reise bewegten sie sich langsam und behäbig. Die Landschaft war erdähnlich – feucht – und der Großteil des Bodens war mit Pflanzen bedeckt.

Alte Radartürme, die der Raketenabwehr dienten, säumten die Straße. Casher konnte sich ihren möglichen Nutzen nicht vorstellen, zumal ihn ihr Anblick überzeugte, dass sie schon lange außer Betrieb waren.

»Wofür benötigen Sie Antiraketenradar?«, fragte er. Jetzt, da sich sein Kinn nicht mehr in dem Kopfnetz befand, konnte er bequem sprechen.

Gosigo drehte sich um und schenkte ihm einen schmerzlichen Blick, in den sich Qual und Verwirrung mischten. »Antiraketenradar? Antiraketenradar? Ich kenne dieses Wort nicht, obwohl mir scheint, dass ich es kennen müsste …«

»Radar ist das, was wir vorhin während des Sturmes benutzt haben, als die Sicht blockiert war.«

Gosigo wandte sich wieder dem Steuer zu, und sie glitten scharf an einem Baum vorbei. »Das? Das sind nur künstliche Bilder. Warum verwenden Sie das Wort ›Antiraketenradar‹? Solche Geräte gibt es hier nur in dieser Maschine, obwohl die Herrin uns vielleicht beobachtet, falls sie ihre Anlage eingeschaltet hat.«

»Diese Türme. Sie sehen aus wie Antiraketentürme aus den alten Zeiten.«

»Türme? Hier gibt es keine Türme.«

»Sehen Sie«, rief Casher. »Dort stehen zwei von ihnen.«

»Kein Mensch hat sie erbaut. Es sind keine Gebäude. Es sind nur Luftkorallen. Einige von den Korallen, die die Menschen von der Erde mitbrachten, sind mutiert und können in der Luft leben. Die Menschen hatten sie als Windschutz angepflanzt, bevor sie dann doch beschlossen, Henriada aufzugeben und auszuwandern. Sie haben jetzt nicht mehr viel Nutzen, aber sie sind hübsch anzuschauen.«

Sie fuhren einige Minuten lang schweigend weiter. Floridamoos hatte die großen Bäume überzogen. Sie befanden sich in Meeresnähe. Kleine Sümpfe tauchten rechts und links der Straße auf; hier, wo es die endlosen Wirbelstürme nicht gab, erinnerte alles an einen Park. Das Gebiet von Beauregard unterschied sich von allen anderen Landstrichen auf Henriada – ein Gebiet friedlicher Wildnis in einer Welt, die überall sonst in Verwüstung und Zerfall dahindämmerte. Selbst Gosigo schien entspannter, fröhlicher, während er den Bodengleiter über die sanft ansteigende Straße steuerte.

Gosigo seufzte, beugte sich nach vorn, betätigte die Schalthebel und brachte das Fahrzeug zum Stehen. Dann wandte er sich Casher zu und blickte ihn offen an. »Sie haben Ihr Messer?«

Automatisch griff Casher danach. Es war noch dort, ruhte sicher in seinem Stiefelschaft. Er nickte nur.

»Sie haben Ihre Befehle?«

»Sie meinen, das Mädchen zu töten?«

»Ja«, bestätigte Gosigo, »das Mädchen zu töten.«

»Ich kann mich sehr gut daran erinnern. Sie hätten das Fahrzeug nicht anzuhalten brauchen, nur um es mir noch einmal zu sagen.«

»Ich sage Ihnen nun«, erklärte Gosigo, und sein weises Hindugesicht zeigte weder Humor noch Abscheu, »tun Sie es.«

»Sie meinen, sie zu töten? Sofort?«

»Tun Sie es. Sie haben Ihre Befehle.«

»Das müssen Sie mich schon selbst entscheiden lassen. Es handelt sich immerhin um mein Gewissen. Kontrollieren Sie mich im Auftrag des Administrators?«

»Diesem betrunkenen Narren? Ich habe nichts mit ihm zu schaffen, außer dass ich ein Vergessener bin und ihm gehöre. Nun befinden wir uns auf *ihrem* Territorium. Sie gehen und tun, was immer sie will. Sie haben den Befehl, sie zu töten. In Ordnung. Töten Sie sie.«

»Sie meinen – sie will ermordet werden?«

»Natürlich nicht!«, entfuhr es Gosigo mit dem Unwillen eines Erwachsenen, der einem wissbegierigen Kind zu viele Dinge erzählen muss.

»Wie kann ich sie dann töten, ohne zu erfahren, um was es eigentlich geht?«

»Sie weiß es. Sie kennt sich. Sie kennt ihren Gebieter. Sie kennt diesen Planeten. Sie kennt mich, und sie weiß einiges über Sie. Gehen Sie und töten Sie sie, denn das sind Ihre Befehle. Wenn sie sterben will, dann liegt es nicht an mir oder an Ihnen, darüber zu entscheiden. Es ist ihre Angelegenheit. Wenn sie nicht sterben möchte, werden Sie keinen Erfolg haben.«

»Ich würde gern die Person sehen, die mich bei einem schnellen Angriff mit dem Messer aufhalten kann. Haben *Sie* ihr gesagt, dass ich komme?«

»Ich habe ihr nichts gesagt, aber sie weiß, dass wir kommen, und warum man Sie zu ihr schickt. Denken Sie nicht darüber nach. Tun Sie nur, was man Ihnen gesagt hat. Springen Sie mit Ihrem Messer auf sie zu. Sie wird sich darum kümmern.«

»Aber ...«

»Stellen Sie jetzt keine Fragen mehr. Folgen Sie einfach Ihren Befehlen und denken Sie daran, dass sie sich um Sie kümmern wird. Sogar um Sie.« Gosigo setzte den Bodengleiter wieder in Bewegung.

Nach weniger als einem Kilometer hatten sie eine niedrige Hügelkette überquert, dann lag Beauregard vor ihnen – ein Gebäude an der Meeresküste, mit weiß leuchtenden Säulen, mit Laubengängen, die in der klaren Luft schimmerten, mit gepflegten Gärten, in denen Zwergpalmen blühten.

Casher O'Neill war ein mutiger Mann, aber er spürte, wie seine Handflächen feucht wurden, als ihm klarwurde, dass er in einer oder zwei Minuten einen Mord begehen würde.

VII

Der Bodengleiter verlor an Geschwindigkeit und blieb stehen. Ohne ein Wort öffnete Gosigo die Luke. Die Luft war mild, feucht, salzig und trotzdem frisch.

Casher sprang hinaus und lief auf die Tür zu. Er war überrascht, als er spürte, dass seine Beine zitterten, während er lief. Er hatte schon zuvor getötet, Wahre Menschen in richtigen Kämpfen. Warum sollte ihm dann ein simples Tier Sorgen machen?

Die Tür bremste seinen Lauf.

Ohne nachzudenken versuchte er, den Türknauf zu drehen. Er ließ sich nicht bewegen, und es existierte kein Hinweis auf einen automatischen Öffnungsmechanismus. Dies war in der Tat ein sehr antiquiertes Haus. Er schlug mit seinen Händen gegen die Tür. Die Schläge dröhnten. Er konnte nicht sagen, ob sie auch im Innern des Hauses zu vernehmen waren. Kein Geräusch und kein Echo drangen durch die Tür.

Er begann die Formel zu rezitieren: »Ich möchte den Herrn und Meister Madigan sprechen ...«

Die Tür öffnete sich.

Vor ihm stand ein kleines Mädchen.

Er kannte sie. Er hatte sie immer gekannt. Sie war ihm das Liebste aus seiner Kindheit. Sie war die Schwester, die er nie gehabt hatte. Sie war seine Mutter, als sie noch jung gewesen war. Sie war in diesem wunderbaren Alter, zwischen zehn und dreizehn, in dem das Kind – wie die Redewendung lautete – »ein altes Kind und noch kein unreifer Erwachsener ist«. Sie war freundlich, sanft, intelligent, erwartungsvoll, still, einladend, furchtlos. Sie wirkte wie jemand, der nie aus seinem Leben entschwunden war, und dabei wusste er ganz genau, dass er sie noch nie zuvor gesehen hatte.

Casher hörte seine Stimme sich nach dem Herrn und Meister Madigan erkundigen, während er sich im Hintergrund seines Bewusstseins fragte, wer das Mädchen wohl sein mochte. Madigans Tochter? Weder Rankin Meiklejohn noch sein Vertreter hatten irgendetwas von einer menschlichen Familie gesagt.

Das Kind sah ihn gleichmütig an.

Er musste aufgehört haben, ihr seine Frage zu stellen.

»Meister Madigan«, sagte das Kind, »empfängt heute niemanden, aber ich stehe zur Verfügung.« Sie blickte ihn gelassen und sanft an. In ihrem Ausdruck lag eine Spur von Humor und Furchtlosigkeit.

»Wer bist du?«, stieß Casher hervor.

»Ich bin die Verwalterin dieses Hauses.«

»Du?«, rief er, und wilder Alarm stieg in ihm hoch.

»Mein Name«, sagte sie, »ist S'ruth.«

Sein Messer lag in seiner Hand, bevor er wusste, dass er danach gegriffen hatte. Er erinnerte sich an die Anweisungen des Administrators: *Stoßen, stoßen, stechen, stechen, laufen!*

Sie sah das Messer, aber ihre Augen lösten sich nicht von seinem Gesicht.

Unsicher starrte er sie an. Falls sie ein Untermensch war, war sie der eindrucksvollste, den er je gesehen hatte. Aber selbst Gosigo hatte ihm geraten, seine Pflicht zu erfüllen, zu stechen, das Mädchen namens S'ruth zu töten. Hier war sie. Doch er konnte es nicht tun.

Er warf das Messer in die Luft, fing es an der Klinge auf und hielt es ihr hin, mit dem Griff nach vorn.

»Man hat mich geschickt, dich zu töten«, sagte er, »aber ich merke, dass ich es nicht tun kann. Jetzt habe ich ein Kreuzschiff verloren.«

»Töten Sie mich, wenn Sie wollen«, forderte sie ihn auf, »denn ich habe vor Ihnen keine Furcht.«

Ihre sanften Worte entsprachen so wenig seinen Erwartungen, dass er das Messer in die linke Hand nahm und den Arm hob, als wollte er sie durchbohren.

Er senkte den Arm.

»Ich kann es nicht«, murmelte er. »Was hast du mit mir gemacht?«

»Ich habe nichts mit Ihnen gemacht. Sie wollen kein Kind töten, und ich sehe für Sie wie ein Kind aus. Nebenbei, ich glaube, Sie lieben mich. Wenn das so ist, muss es noch unangenehmer für Sie sein.«

Casher hörte, wie sein Messer über den Boden rutschte, als er es fallen ließ. Er hatte es noch nie fallen gelassen. »Wer bist du«, keuchte er, »dass du mir das antun kannst?«

»Ich bin ich«, sagte sie, mit einer Stimme so ruhig und glücklich wie die eines jeden Mädchens, vorausgesetzt, dass man das Mädchen in einem Moment großer Glückseligkeit und Ausgeglichenheit antraf. »Ich bin die Verwalterin dieses Hauses.« Sie lächelte verschmitzt und fügte hinzu: »Und es sieht so aus, als ob ich auch die Herrscherin dieses Planeten bin.« Ihre Stimme klang ernst. »Sehen Sie es denn nicht, Mensch? Ich bin ein Tier, eine Schildkröte. Ich bin unfähig, den Worten eines Menschen nicht zu gehorchen. Als ich klein war, wurde ich ausgebildet und erhielt Befehle. Ich sollte diese Befehle ausführen, solange ich lebe. Als ich Sie erblickte, fühlte ich etwas Seltsames. Sie sehen aus, als würden Sie mich bereits lieben, aber Sie wissen nicht, wie Sie sich verhalten sollen. Warten Sie einen Moment. Ich muss Gosigo sagen, dass er gehen kann.« Sie sah die blitzende Klinge des Messers auf dem Boden vor der Türschwelle und schritt darüber hinweg.

Gosigo hatte den Bodengleiter verlassen und verbeugte sich höflich und tief vor ihr.

»Sag mir«, rief sie, »was hast du jetzt eben gesehen?« Ihre Stimme klang freundlich, und es war ihr die Gewohnheit eines alten Spiels anzumerken.

»Ich sah Casher O'Neill die Stufen hinaufgehen. Du öffnetest die Tür. Er bohrte seinen Dolch in deine Kehle, und das Blut schoss in einer dicken Fontäne heraus, reich und dunkel und rot. Du starbst auf der Türschwelle. Aus irgendwelchen Gründen ging Casher O'Neill in das Haus, ohne etwas zu mir zu sagen. Ich bekam Angst und floh.« Gosigo wirkte nicht im Geringsten verängstigt.

»Wenn ich tot bin«, rief sie, »wie kann ich dann mit dir sprechen?«

»Frag mich nicht«, erwiderte Gosigo. »Ich bin nur ein Vergessener. Ich kehre jedes Mal zu dem Ehrenwerten Rankin Meiklejohn zurück, jedes Mal, wenn du ermordet wurdest, und erzähle ihm die Wahrheit über das, was ich gesehen habe. Dann gibt er mir die Medizin, und ich erzähle ihm etwas anderes. Zu diesem Zeitpunkt betrinkt er sich und wird schwermütig, so wie immer.«

»Es ist eine Schande«, sagte das Kind. »Ich wünschte, ich könnte ihm helfen, aber ich kann es nicht. Er kommt nie nach Beauregard.«

»Er?« Gosigo lachte. »O nein, er nicht! Niemals! Er schickt nur andere Menschen, um dich zu töten.«

»Und er ist niemals zufrieden«, sagte das Kind traurig. »Gleichgültig, wie oft er mich töten lässt.«

»Niemals«, bestätigte Gosigo fröhlich und kletterte zurück in den Bodengleiter. »Leb wohl.«

»Warte einen Moment«, rief sie. »Möchtest du etwas zu trinken oder zu essen haben, bevor du zurückfährst? Auf der Straße toben im Moment heftige Stürme.«

»Nein«, schüttelte Gosigo den Kopf. »Vielleicht bestraft er mich dann und macht aus mir wieder einen Vergessenen. Nun, vielleicht ist das alles schon einmal geschehen. Vielleicht bin ich ein Vergessener, der das alles mehrmals durchlaufen muss, nicht nur einmal.« Hoffnung keimte in ihm auf. »S'ruth! S'ruth! Kannst *du* es mir sagen?«

»Angenommen, ich würde es dir sagen«, erklärte sie, »was würde dann geschehen?«

Gosigos Gesicht wurde traurig. »Ich bekäme Krämpfe und würde alles vergessen, was ich zu dir gesagt habe. Nun, jedenfalls Lebewohl. Ich werde dem Sturm trotzen. Wenn du jemals wieder Casher O'Neill siehst« – er blickte durch Casher O'Neill hindurch – »dann sag ihm, dass ich ihn mag, aber dass wir uns nie wiedersehen werden.«

»Ich werde es ihm ausrichten«, versprach das Mädchen freundlich. Sie sah zu, wie der schwere Mann behände in das Fahrzeug kletterte. Die Luke schloss sich lautlos. Die Räder drehten sich, und kurz darauf war der Bodengleiter hinter den Zwergpalmen die Straße hinunter verschwunden.

Während sie mit Gosigo gesprochen hatte, mit ihrer warmen, klaren, mädchenhaften Stimme, hatte Casher sie beobachtet. Er sah die schmalen Konturen ihrer Schultern unter der dünnen blauen Bluse, die sie trug. Unter dem Rock schimmerte ihre Unterwäsche hervor, so fein war das Material. Ihre Hüften hatten sich noch nicht gerundet. Als er sie von der Seite betrachtete, konnte er sehen, dass ihre Wangen weich, ihr Haar frisch frisiert war und dass ihre kleinen Brüste gerade zu knospen begannen. Wer war dieses Kind, das sich wie eine Herrscherin benahm?

Sie drehte sich um und schenkte ihm ein warmes, entschuldigendes Lächeln. »Gosigo und ich erzählen uns immer diese Geschichte. Dann kehrt er zurück, und Meiklejohn glaubt ihm nicht und verbringt unglückliche Monate damit, meine Ermordung wieder von Neuem zu planen. Ich glaube, da ich nur ein Tier bin, sollte ich es nicht ›Mord‹ nennen, wenn jemand versucht, mich zu töten, aber ich leiste natürlich Widerstand. Ich mache mir über mich keine Sorgen, aber ich habe Befehle, bindende Befehle, meinen Meister und sein Haus vor Schaden zu bewahren.«

»Wie alt bist du?«, fragte Casher. Und fügte dann hinzu: »Falls du mir die Wahrheit sagen darfst.«

»Ich kann nichts als die Wahrheit sagen. Ich bin konditioniert. Ich bin neunhundertsechs Erdenjahre alt.«

»Neunhundert …«, rief er. »Aber du siehst wie ein Kind aus …«

»Ich bin ein Kind«, erklärte das Mädchen, »und doch kein Kind. Ich bin eine irdische Schildkröte, der man zur Bequemlichkeit der Menschen humanoide Gestalt verliehen hat. Meine Lebenserwartung wurde dreihundertfach erhöht, als man mich modifizierte. Man sagte mir, dass meine normale Lebensspanne dreihundert Jahre betragen hat. Nun beträgt sie neunzigtausend Jahre, und manchmal fürchte ich mich davor. Sie werden nach einem erfüllten Leben in einem hohen Alter sterben, Casher, während ich noch immer die Vorhänge in diesem Hause zur Seite ziehe, um das Sonnenlicht hereinzulassen. Aber wir sollten nicht an der Tür stehen bleiben und reden. Kommen Sie herein und nehmen Sie ein paar Erfrischungen zu sich. Sie wissen, dass Sie nirgendwo sonst hingehen können.«

Casher folgte ihr ins Haus, aber er kleidete seine Befürchtungen in eine Frage: »Du meinst, ich bin dein Gefangener?«

»Nicht mein Gefangener, Casher. Ihr eigener. Wie könnten Sie die Strecke alleine überwinden, die Sie in dem Bodengleiter zurückgelegt haben? Sie können bis zur Grenze meines Besitzes gelangen, aber dann werden Sie die Stürme ergreifen und Sie mit sich reißen in einen Tod, für den es keinen einzigen Zeugen geben wird.«

Sie betraten einen großen, alten Raum, dem Holzmöbel in hellen, frischen Farben eine freundliche Atmosphäre verliehen.

Casher war unbehaglich zumute. Er hatte sein Messer wieder in den Stiefel zurückgesteckt, als sie die Empfangshalle verlassen hatten. Nun, da er zusammen mit seinem Opfer auf einer Veranda saß, war ihm sehr seltsam zumute.

S'ruth schien sich keine Gedanken zu machen. Sie läutete eine Messingglocke, die auf einem altmodischen runden Tisch stand. Weibliche Schritte waren aus der Halle zu hören. Eine Dienerin betrat den Raum; sie trug ein schwarzes Kleid mit einer weißen Schürze. Casher hatte Dienstboten wie sie in den alten Dramawürfeln gesehen, aber er hätte nie im Leben damit gerechnet, einem von ihnen einmal leibhaftig zu begegnen.

»Es wird Zeit für den Fünfuhrtee«, erklärte S'ruth. »Was bevorzugen Sie, Tee oder Kaffee, Casher? Wir haben auch Bier und Wein. Sogar zwei Flaschen Whisky, die von der Erde eingeführt wurden.«

»Kaffee würde mir zusagen.«

»Und Sie wissen ja, was ich möchte, Eunice«, sagte S'ruth zu der Dienerin.

»Ja, Ma'am«, erwiderte das Mädchen, nickte und verschwand.

Casher beugte sich vor zu S'ruth. »Diese Dienerin – ist sie ein menschliches Wesen?«

»Aber ja.«

»Warum arbeitet sie dann für einen Untermenschen wie dich? Ich meine … ich möchte nicht unfreundlich sein … aber ich meine … das widerspricht allen Gesetzen.«

»Nicht hier, nicht auf Henriada.«

»Und warum nicht?«

»Weil ich das Gesetz auf Henriada bin.«

»Aber die Regierung …«

»Ist fort.«

»Die Instrumentalität?«

S'ruth runzelte die Stirn; sie wirkte wie ein weises, rätselhaftes Kind. »Vielleicht kennen Sie sich in diesen Dingen besser aus als ich. Sie hat hier einen Administrator eingesetzt, möglicherweise, weil sie sonst keinen Ort für ihn gefunden hat, und weil er eine Aufgabe braucht, um am Leben zu bleiben. Trotzdem hat sie ihm nicht genug wirkliche Macht gegeben, um meinen Meister gefangen zu setzen oder mich zu töten. Die Instrumenalität ignoriert mich. Mir scheint, wenn ich sie nicht herausfordere, lässt sie mich in Frieden.«

»Aber ihre Gesetze ...«

»Sie setzt sie hier nicht durch, weder hier auf Beauregard noch in der Stadt Ambiloxi. Sie hat es mir überlassen, diesen Ort zu erhalten, und ich tue mein Bestes.«

»Dann diese Dienerin. Hat die Instrumentalität sie dir vermietet?«

»O nein! Sie kam vor zwanzig Jahren, um mich zu töten, aber sie war eine Vergessene, und sie kannte keinen anderen Ort, wohin sie gehen konnte, deshalb lernte ich sie als Hausmädchen an. Sie hat mit meinem Meister einen Vertrag geschlossen, und ihr Lohn wird einmal im Monat an den Satelliten über dem Planeten überwiesen. Sie kann jederzeit fortgehen. Aber ich glaube nicht, dass sie das möchte.«

Casher seufzte. »Das ist alles schwer zu glauben. Du bist ein Kind, aber du bist fast tausend Jahre alt. Du bist ein Untermensch, aber du regierst einen ganzen Planeten ...«

»Nur wenn es nötig ist!«, unterbrach sie ihn.

»Du bist weiser als der Großteil der Menschen, die ich kenne, und trotzdem siehst du jung aus. Wie alt fühlst du dich?«

»Ich fühle mich wie ein Kind. Ein Kind von eintausend Jahren. Und man hat mir die Ausbildung und die Erinnerungen und die Erfahrungen einer weisen Lady übertragen.«

»Wer war die Lady?«

»Die Meisterin und Bürgerin Agatha Madigan. Die Frau meines Meisters. Als sie starb, übertrug sie ihr Bewusstsein auf meines. Deshalb spreche ich so gut und weiß so viele Dinge.«

»Aber das ist ungesetzlich!«, rief Casher.

»Ich vermute, dass das stimmt«, pflichtete ihm S'ruth bei, »aber mein Meister hat es trotzdem getan.«

Casher beugte sich auf seinem Stuhl vor. Ernst blickte er sie an. Ein Teil von ihm liebte sie noch immer als das wunderschöne kleine Mädchen, für das er sie gehalten hatte, aber der andere Teil verspürte Ehrfurcht, weil sie mächtiger war als alle, denen er in seinem Leben begegnet war. Sie erwiderte seinen Blick mit diesem ruhigen halben Lächeln, das durch und durch weiblich und vollständig beherrscht ist; sie sah ihn sanft an, als sich in ihren Gesichtern das gelbe Morgenlicht Henriadas spiegelte.

»Ich beginne zu verstehen«, sagte er, »dass du bist, was du sein musst. Es ist sehr seltsam hier auf dieser vergessenen Welt.«

»Henriada ist seltsam«, bestätigte sie, »und ich glaube, dass ich Ihnen seltsam erscheinen muss. Sie haben dennoch Recht, was jeden von uns betrifft – dass man ist, was man sein muss. Ist das nicht die Freiheit? Wenn jeder von uns etwas sein *muss,* bedeutet Freiheit dann nicht, herauszufinden, was es ist und dann so zu handeln – diese eine Aufgabe, diese äußerste Mission, die mit unserer Natur übereinstimmt? Wie schrecklich wäre es, etwas zu sein und niemals herausgefunden zu haben, was es ist!«

»Wie wer?«

»Wie Gosigo vielleicht. Er war ein großer König, und er war ein guter König, auf einer fernen Welt, wo man noch immer Könige braucht. Aber er beging einen unverzeihlichen Fehler, und die Instrumentalität machte einen Vergessenen aus ihm und schickte ihn hierher.«

»Das also ist das Geheimnis!«, stieß Casher hervor. »Und was bin ich?«

S'ruth blickte ihn ruhig und lange an, bevor sie antwortete. »Sie sind ebenfalls ein Mörder. Auf viele Arten muss das Ihr Leben sehr beschwerlich machen. Sie bestehen darauf, sich selbst zu richten.«

Das kam der Wahrheit so nahe – so nahe Cashers Sorge, ob Gerechtigkeit nicht ein anderes Wort für »Rache« war –, dass er nach Luft schnappen musste und schwieg.

»Ich habe eine Aufgabe für Sie«, fügte das erstaunliche Kind hinzu.

»Eine Aufgabe? Hier?«

»Ja. Etwas Schlimmeres als Mord. Und Sie müssen es tun, Casher, wenn Sie von hier fortkommen wollen, bevor ich sterbe, und das wird erst in neunundachtzigtausend Jahren sein.« Sie blickte sich um. »Schnell!«, flüsterte sie. »Eunice kommt, und ich will sie nicht erschrecken, indem ich sie die furchtbaren Dinge erfahren lasse, die Sie tun müssen.«

»Hier?«, flüsterte er. »Genau hier, in diesem Haus?«

»Genau hier, in diesem Haus«, bestätigte S'ruth im normalen Tonfall, als Eunice den Raum betrat und ein großes Tablett trug, auf dem sich Teller mit Essen und zwei Krügen mit Getränken befanden.

Casher starrte die menschliche Frau an, die so fröhlich für ein Tier arbeitete; aber weder Eunice, die geschäftig den Tisch deckte, noch S'ruth, die – Schildkröte und Frau, die sie war – sich nicht davon abhalten ließ, das Besteck mit freundlicher Entschiedenheit zu korrigieren, gönnten ihm die geringste Aufmerksamkeit.

Die Worte hallten in seinem Kopf: »In diesem Haus … Etwas Schlimmeres als Mord.« Das ergab keinen Sinn. Genauso wenig, wie einen Fünfuhrtee vor fünf Uhr metrischer Zeit zu genießen.

Er seufzte, und beide blickten ihn an – Eunice mit amüsierter Neugierde, S'ruth mit zärtlicher Anteilnahme.

»Er erträgt es besser als die meisten anderen, Ma'am«, bemerkte Eunice. »Die meisten, die hierhinkommen, um Sie zu töten, sind sehr durcheinander, wenn sie herausfinden, dass sie es nicht fertigbringen.«

»Er ist ein Mörder, Eunice, ein richtiger Mörder, deshalb glaube ich nicht, dass er sehr aufgeregt war.«

Eunice drehte sich sehr liebenswürdig zu ihm herum und sagte: »Ein Mörder, Sir? Es ist ein Glück, dass wir Sie hier haben. Die meisten von ihnen sind schreckliche Amateure, und dann muss die Lady sie trösten und pflegen, bevor wir etwas für sie finden können, für das sie nützlich sind.«

Casher konnte eine kurze Frage nicht unterdrücken: »Sind all die anderen Möchtegern-Mörder noch immer hier?«

»Die meisten, Sir. Die, die zu nichts zu gebrauchen sind. Wie ich. Wo sollen wir denn auch hingehen? Zurück zu Rankin Meiklejohn, dem Administrator?« Eunice sagte Letzteres voll Verachtung, knickste vor ihm, verbeugte sich tief vor dem Frauenmädchen S'ruth und verließ den Raum.

S'ruth blickte Casher O'Neill freundlich an. »Das Essen wird Ihnen nicht gut bekommen, wenn Sie hier nur ruhig sitzen bleiben und auf schlechte Nachrichten warten. Als ich Ihnen sagte, dass ich etwas Schlimmeres als Mord von Ihnen verlange, sagte ich das vermutlich vom Standpunkt einer Frau aus. Wir haben in diesem Haus einen geisteskranken Mörder. Er ist ein Hausgast, und er wird durch altnordaustralisches Recht geschützt. Das bedeutet, dass wir ihn nicht töten oder hinauswerfen können, da er fast so unsterblich ist wie ich. Ich hoffe, dass Sie und ich ihn davon abhalten können, meinen Meister zu belästigen. Er ist zu verrückt, als dass ich ihn über seine Gefühle erreichen könnte. Absolute, vollkommene, schreckliche Furcht vermag es vielleicht, und für diese Aufgabe wird ein Mann benötigt. Wenn Sie das übernehmen, werde ich Sie reich belohnen.«

»Und wenn ich mich weigere?«, fragte Casher.

Wieder blickte sie ihn an, als ob sie durch seine Augen bis auf den Grund seiner Seele blicken wollte; wieder empfand er für sie Mitleid, das noch immer leicht von dem männlichen Verlangen verdrängt wurde, das er gespürt hatte, als er sie zum ersten Mal auf der Türschwelle von Beauregard gesehen hatte.

Ihre Blicke lösten sich voneinander.

S'ruth sah zu Boden. »Ich kann nicht lügen«, sagte sie, als ob dies ein Makel sei. »Wenn Sie mir nicht helfen, dann muss ich mich auf das beschränken, was in meiner Macht steht. Sie hier leben lassen, Sie in diesem Haus schlafen und essen zu lassen, bis Sie sich langweilen und mich um eine einfache Arbeit auf dem Gut bitten. Ich könnte Sie zum Arbeiten bringen« – sie blickte zu ihm auf und errötete bis zur Spitze ihres Mieders – »indem ich Sie sich in mich verlieben lasse, aber das wäre nicht nett. Ich will es nicht auf diese Art erreichen. Entweder Sie gehen auf den Handel ein oder nicht. Es liegt an Ihnen. Jedenfalls – wir sollten zunächst essen. Ich bin seit dem Morgengrauen auf den Beinen, in Erwartung eines weiteren Mörders. Ich habe mich sogar gefragt, ob Sie derjenige sind, dem es gelingt. Es wäre schrecklich für mich, meinen Meister ganz allein zu lassen!«

»Aber du – wolltest du denn nicht getötet werden?«

»Ich? Wenn ich bereits tausend Jahre gelebt und weitere neunundachtzigtausend vor mir habe? Trinken wir Kaffee.«

Und sie goss den Kaffee in seine Tasse.

VIII

Zwei- oder dreimal versuchte Casher das Gespräch wieder auf die bevorstehende Aufgabe zu bringen, aber S'ruth lenkte ihn mit Nichtigkeiten ab. Sie führte ihn sogar zu dem riesigen Fenster, von wo aus sie in der Ferne die Sümpfe und die Bucht sehen konnten. Der Himmel war dunkel und voller Würmer; Wirbelstürme, die außer Reichweite der Wettermaschinen über Henriada tobten, und erst an der Grenze zu Ambiloxi und Beauregard gestoppt wurden. Sie machte ihn auf die unheimlichen Korallenburgen aufmerksam, die sich vom Grund der Bucht Hunderte von Metern in die Luft erhoben. Sie versuchte ihm eine Familie von wilden Windmenschen zu zeigen, die heimlich und leise Äpfel aus ihrem Obstgarten stahlen, aber entweder waren seine Augen nicht an die Landschaft gewöhnt und konnten nichts unterscheiden, oder S'ruth konnte besser sehen als er.

Die Welt um sie herum war wasserreich. Hätte sie sich nicht in der Nähe einer Reihe von gefährlichen Raumfalten befunden, hätte man das Wasser exportieren können. Die Menschheit hatte ihr Bestes getan, Seetang gezüchtet, um Eisen und Phosphor, die so oft in der Nahrung der Außenwelten fehlten, zu gewinnen und zu exportieren, hatte das Wetter trotz großer Kosten unter Kontrolle bekommen. Schließlich hatte die Instrumentalität trotzdem vorgeschlagen, diese Welt aufzugeben. Die Exporte von Henriada erreichten nie den Umfang seiner Importe. Die Subventionen lagen weit über den normalen Zahlen. Die irdischen Tiere hatten sich mit einer Vitalität angepasst, die zu gefährlich war. Vertraute Gattungen fanden rasch neue Formen, verändert durch die Stürme, den Regen, die neue Chemie und die seltsame Umlaufbahn Henriadas. Killerwale wurden zu Luftlebewesen, Korallen eroberten den Himmel, menschliche Babys, die in Stürmen verloren gingen, überlebten manchmal und wurden submenschlich und wild, Quallen wurden zu Himmelsseglern. Die einstigen Bewohner von Henriada hatten einen Planeten zu einem vernünftigen Preis erworben – nicht billig, aber vernünftig –, von einem Besitzer, der ihn zuvor einer Post-Sowjet-Siedlungs-Kooperative abgekauft hatte. Sie hatten den neuen Planeten gepachtet, eine Ökologie ausgearbeitet, waren emigriert, und es ging ihnen nun gut.

Henriada behielt das raue Wetter, die Hoffnungslosigkeit und die Ruinen.

Doch die größte dieser Ruinen war Murray Madigan.

Einst ein bedeutender Gutsbesitzer und Gastgeber, ein Herr unter Herren, der reichste Mann dieses Planeten, war Madigan nun alt, senil, krank. Vor ihm lag der Tod oder die Katalepsie. Der Tod seiner Frau ließ ihn seinen eigenen Tod fürchten und die Katalepsie wählen. Die meiste Zeit verbrachte er eingefroren, in Trance, der Herzschlag war kaum wahrnehmbar, der Stoffwechsel extrem verlangsamt. Dann, für einige Stunden oder Tage, war er normal. Manchmal schlief er Wochen, manchmal Jahre. Die Ärzte der Instrumentalität hatten ihn sich angesehen – mehr aus wissenschaftlicher Neugier als aufgrund einer gesetzlichen Verpflichtung – und entschieden, dass dies zwar eine seltsame Lebensart, aber eine legale war. Sie gingen wieder fort und ließen ihn allein. Er hatte die ganze Persönlichkeit seiner verstorbenen Frau Agatha Madigan auf das Schildkrötenmädchen übertragen, obwohl es verboten war; der Arzt war ganz einfach bestochen worden.

All dies berichtete S'ruth Casher, während sie sich durch ihre üppige Mahlzeit aßen und tranken.

Ein archaisches Holzfeuer knisterte in einem richtigen Kamin.

Während sie sich unterhielten, beobachtete Casher die sanften Bewegungen ihrer Schulterblätter, wenn sie sich vorbeugte, und das leichte Rascheln ihres dünnen Kleides, das kindliche Gesicht, das so zart, so reizend und trotzdem so weise war.

Da er so wenig über den Planeten Henriada wusste, versuchte Casher verzweifelt, seine Gedanken zusammenzuhalten und aus der misslichen Lage, in der er sich befand, das Beste zu machen. Selbst wenn das Mädchen anziehend war, verriet ihm das nichts über die wahren Vorgänge, die sich in diesem Haus abspielten. Nicht mehr war das Bemühen, sich einen Schnellkreuzer zu beschaffen, seine Hauptaufgabe auf Henriada; nichts deutete darauf hin, dass der betrunkene, verwirrte Administrator Rankin Meiklejohn ihm überhaupt etwas geben würde, wenn er, Casher, dieses Mädchen nicht tötete.

Doch diese Aufgabe war vergessen. Trotz der Tatsache, dass er nach Beauregard gekommen war, um sie zu töten, befand er sich mittlerweile auf einer Reise ohne Ziel. Jahre trauriger Erfahrungen hatten ihn gelehrt: Wenn ein Projekt in Stücke zerfiel, besaß er noch immer die Aufgabe, persönlich zu überleben, falls sein Leben irgendetwas für seinen Heimatplaneten Mizzer bedeutete und falls seine Rückkehr, auf irgendeine Weise, den Zwölf Nilen die Freiheit zurückbringen konnte.

Er blickte jetzt das Mädchen mit etwas mehr Gelassenheit an. Wie konnte sie ihm bei seinen Plänen helfen? Oder ihn daran hindern? Die Versprechungen, die sie ihm machte, waren zu vage, um von wirklichem Nutzen in der traurigen, komplizierten Welt der Politik zu sein.

Er versuchte nur, sich an ihrer Gesellschaft und an dem seltsamen Ort, an dem er sich aufhielt, zu erfreuen.

·Der Golf von Esperanza lag genau in seinem Blickfeld. Am fernen Horizont konnte er die glücklosen Tornados erkennen, die versuchten, sich ihren Weg durch die Wettermaschinen zu wirbeln, die noch immer auf Kosten von Beauregard funktionierten und entlang der Küste von Ambiloxi bis nach Mottile standen. Er konnte die Küstenlinie sehen, bedeckt von Tang, der einst Geld gebracht hatte und nun eine Plage war. Verfallene Gebäude in der Ferne waren vermutlich die Überreste der Verarbeitungsfabriken; die künstlich wirkenden Korallenburgen versperrten ihm den Blick auf sie.

Und dieses Haus – welche Rolle spielte eigentlich dieses Haus?

Ein Untermädchen, gespenstisch weise, das selbst zugab, das Ergebnis einer ungesetzlichen Persönlichkeitsübertragung zu sein; ein Meister, der ein lebender Leichnam war; eine Drohung, von der nicht einmal im Haus offen gesprochen werden durfte; ein Haushalt, der die Planetenregierung verdrängt zu haben schien; eine Planetenregierung, die die Instrumentalität aus unerforschlichen Gründen hatte untergehen lassen. Warum? Warum? Und nochmals warum?

Das Schildkrötenmädchen sah ihn an. Wenn er ein Kunststudent gewesen wäre, hätte er behauptet, dass sie ihm das zärtliche, weibliche und allumfassende Lächeln einer Madonna schenkte, aber er kannte die Darstellungen auf alten Gemälden nicht; er wusste nur, dass dieses Lächeln für S'ruth charakteristisch war.

»Sie fragen sich …«, sagte sie.

Er nickte, fühlte plötzlich verdrossen, dass nur Worte sie verbanden.

»Sie fragen sich, warum die Instrumentalität Sie hierhin hat kommen lassen?«

Er nickte wieder.

»Ich weiß es auch nicht«, gestand sie und griff nach seiner Hand. Seine rechte Hand wirkte wie die haarige Pranke eines Riesen, als sie sie in ihren feinen, zarten Kleinmädchenhänden hielt; aber die Kraft ihrer Augen und die Festigkeit ihrer Stimme zeigten, dass sie es war, die beruhigte, nicht er.

Das Kind half *ihm*!

Die Vorstellung war abscheulich, unmöglich, wahr.

Sie reichte aus, ihn zu alarmieren, ihn ihre Hand drücken zu lassen. Sie umklammerte ihn mit weicher Zartheit, schwacher Stärke, und er konnte ihr nicht widerstehen. Wieder war da dieses Gefühl, das ihn so überwältigt hatte, als er sie zum ersten Mal gesehen hatte, an der Tür von Beauregard, und es ihm nicht gelungen war, sie zu töten; das Gefühl, als ob er sie bereits gekannt und schon immer geliebt hätte. (Gab es nicht einige Planeten, auf denen exzentrische Menschen einem schrecklichen Kult huldigten und glaubten, dass menschliche Wesen endlos wiedergeboren wurden und fragmentarische Erinnerungen an ihre eigenen früheren Menschenleben besaßen? Es war fast etwas Ähnliches. Hier. Jetzt. Er kannte das Mädchen nicht, aber er hatte sie immer gekannt. Er liebte das Mädchen nicht, und trotzdem hatte er sie von Anbeginn der Zeit an geliebt.)

So zart, dass es fast ein Flüstern war, sagte sie: »Warten Sie. Warten Sie. Ihr Tod mag schon bald durch diese Tür kommen, und ich will Ihnen verraten, wie ihm zu begegnen ist. Aber zuvor muss ich Ihnen das schönste Ding der Welt zeigen.«

Trotz ihrer kleinen Hand, die zart und fest in seiner lag, erklärte Casher irritiert: »Ich bin es müde, hier auf Henriada in Rätseln zu sprechen. Der Administrator hatte mir den Auftrag gegeben, dich zu töten, und ich habe versagt. Dann hast du mir einen Kampf versprochen und mir stattdessen eine gute Mahlzeit vorgesetzt. Nun sprichst du über den Kampf und beginnst mit etwas anderem, was nichts damit zu tun hat. Du bist dabei, mich zu erzürnen, wenn du so weitermachst und … und … und …« – er stammelte jetzt – »und ich bin zu nichts zu gebrauchen, wenn ich zornig bin. Wenn du willst, dass ich für dich kämpfe, dann lass es mich wissen und jetzt erledigen. Ich bin bereit.«

Ihr leises, freundliches, halbes Lächeln hatte sich nicht geändert. »Casher«, sagte sie, »was ich Ihnen zeigen möchte, ist Ihre wichtigste Waffe in diesem Kampf.« Mit ihrer linken Hand zog sie an einer dünnen goldenen Halskette. Eine Art Schmuckstück wurde unter ihrem Kleid sichtbar, wo sie es verborgen hatte. Es zeigte ein Bild – zwei gekreuzte Hölzer, an die ein Mann genagelt war.

Casher starrte es an und brach dann in hysterisches Gelächter aus. »Nun hast du es getan«, rief er. »Ich bin weder für dich noch für jemand anderen noch zu irgendetwas nutze. Ich weiß, was das ist, und ich hatte es auch fast erwartet. Es ist das, worüber Roboter, Ratte und Klopte sich einig waren, als sie in den Weltraum[3] aufbrachen. Es ist die Alte Starke Religion. Du hast sie in mein Bewusstsein einkehren lassen, und der nächste Mensch, der mir begegnet, wird es erkennen und löschen und vermutlich auch gleichzeitig mich löschen. Das ist keine Waffe. Das ist eine Niederlage. Ich kenne das Zeichen des Fisches schon lange, aber ich hatte die Möglichkeit, diesem unwichtigen Ding zu entkommen.«

»Casher!«, rief sie. »Casher! Kommen Sie zu sich. Sie werden nichts mehr davon wissen, wenn Sie Beauregard verlassen. Sie werden es vergessen. Sie werden in Sicherheit sein.«

Er stand da, wusste nicht, ob er fortlaufen, laut lachen oder sich hinsetzen und über das dumme traurige Unglück weinen sollte, das ihn getroffen hatte. Zu denken, dass man ihm das Gehirn ausbrennen könnte wie einem Fanatiker – für ewig ausgeschlossen zu sein von den Reisen zwischen den Sternen –, nur weil ein Untermädchen ihm ein merkwürdiges Schmuckstück gezeigt hatte!

»Es ist nicht so schlimm, wie Sie glauben«, sagte das Mädchen und erhob sich ebenfalls. Ihr Gesicht war ihm liebevoll zugewandt. »Glauben Sie, Casher, dass ich mich fürchte?«

»Nein.«

»Sie werden sich nicht mehr daran erinnern, Casher. Nicht wenn Sie fortgehen. Ich bin nicht nur das Schildkrötenmädchen S'ruth. Ich bin ebenfalls die Bürgerin Agatha. Haben Sie jemals von ihr gehört?«

»Agatha Madigan?« Er schüttelte langsam den Kopf. »Nein. Ich weiß nicht, wie … Nein, ich bin ganz sicher, dass ich nie von ihr gehört habe.«

»Haben Sie jemals die Geschichte der Hechizera von Gonfalon gehört?«

Casher wirkte überrascht. »Aber ja. Es ist ein Schauspiel. Ein Drama. Man sagt, dass es auf einer Legende aus vergangenen Zeiten basiert. Man nannte sie die ›Weltraum-Hexe‹, und sie besiegte ganze Flotten nur durch die Kraft der Hypnose. Es ist eine alte Geschichte.«

»Elfhundert Jahre sind nicht so lang«, sagte das Mädchen. »Elfhundert Jahre, vierzehn lokale Monate.«

»Du hast vor elfhundert Jahren doch noch gar nicht gelebt.« Casher erhob sich und trat ans Fenster. Dieses schreckliche Stück eines religiösen Juwels bereitete ihm Missbehagen. Er wusste, dass es gegen alle Gesetze war, Religion von einer Welt zur anderen zu verbreiten. Was konnte er tun, was konnte er jetzt noch tun, da er bereits ein Bild des genagelten Gottes am Kreuz gesehen hatte? Das war genau die Art Schmuggelware, nach der die Polizei und die Sittenroboter von allen Welten suchten.

Die Instrumentalität sah über die meisten Dinge hinweg, aber die Verbreitung von Religion war eine ihrer größten Besessenheiten. Jedenfalls sprang Religion trotzdem von Welt zu Welt. Man sagte, dass manchmal sogar Untermenschen und Roboter Teile von Religion durch den Weltraum trugen, obwohl das unwahrscheinlich klang. Die Instrumentalität ließ die Religion in Frieden, wenn sie auf einem einzelnen Planeten alteingesessen war, aber die Lords der Instrumentalität verabscheuten das fromme Leben anderer Leute und verwandten viel Mühe darauf, um zu verhindern, dass Fanatismus noch einmal zwischen den Sternen aufflackerte, dass noch einmal wilde Hoffnung und der große Tod die ganze Menschheit überkam.

Und jetzt, dachte Casher, *war die Instrumentalität auf ihre große unpersönliche, gemeinschaftliche Art gut zu mir, aber was wird sie unternehmen, wenn mein Gehirn durch dieses verbotene Wissen in Flammen steht?*

Die Stimme des Mädchens rief ihn in die Gegenwart zurück. »Ich habe die Antwort auf Ihr Problem, Casher«, sagte sie, »wenn Sie mir nur zuhören würden. Ich *bin* die Hechizera von Gonfalon, zumindest in dem Maße, wie eine Person einer anderen aufgeprägt werden kann.«

Voll Erstaunen wandte er sich ihr zu. »Du meinst, dass du, Kind, wirklich die Persönlichkeit dieser Frau Agatha Madigan aufgeprägt bekommen hast? Wirklich aufgeprägt?«

»Ich besitze all ihre Fähigkeiten, Casher, und einige dazu, die ich selbst erworben habe.«

»Aber ich dachte, es sei nur eine Geschichte … Nun, wenn du diese schreckliche Frau von Gonfalon wirklich bist, dann brauchst du mich nicht. Ich gehe. Sofort.« Casher näherte sich der Tür. Angeekelt, am Ende, fertig. Sie mochte zwar nur ein Kind sein, aber wenn sie aus dieser schrecklichen alten Geschichte stammte, brauchte sie ihn wirklich nicht.

»O nein, das werden Sie nicht«, sagte sie.

IX

Plötzlich schob sich S'ruth zwischen Casher und die Tür und versperrte ihm den Weg.

In ihrer Hand lag das Bild des Mannes an dem Holzkreuz.

Normalerweise hätte Casher keine Lady zur Seite gestoßen. Aber seine Eile war so groß, dass er es jetzt tat. Als er sie berührte, fühlte sie sich an wie tief im Boden verankerter Stahl; weder ihr Kleid noch ihr Körper bewegten sich auch nur um einen Tausendstel Millimeter unter dem Druck seiner starken Hand.

»Und was jetzt?«, fragte sie freundlich.

Er blickte sich um und sah die wirkliche S'ruth, die lächelnde Mädchenfrau, die noch immer zart und sehr wirklich am Fenster stand.

Tief in seinem Innern begann er aufzugeben; er hatte von Hypnotiseuren gehört, die projizieren konnten, aber er hatte noch nie einen getroffen, der so stark war wie sie.

Sie tat es. Wie machte sie es? Es konnte auf unbewussten Abläufen beruhen. Es gab vielleicht einige Künste, die sie aus ihrer Tiervergangenheit gerettet hatte und die selbst ihr neuer gebildeter Verstand nicht erklären konnte. Handlungen, die zu subtil waren, zu fundamental, um analysiert zu werden. Oder Fähigkeiten, die sie benutzte, ohne sie zu verstehen.

»Ich projiziere«, sagte sie.

»Das sehe ich«, sagte er finster und leise.

»Ich psychokinetisiere«, sagte sie.

Sein Messer glitt aus seinem Stiefelschaft und schwebte vor ihm in der Luft.

Instinktiv griff er danach. Es wand sich ein wenig in seinem Griff, aber die Kraft, die auf das Messer einwirkte, war nicht stärker als die eines großen Magneten.

»Ich blende«, sagte sie.

Mit einem Mal war der Raum für ihn in vollständige Finsternis getaucht.

»Ich verstehe.« Er schlich leise auf sie zu wie ein wildes Tier, folgte seiner Erinnerung an den Raum und dem sehr leisen Geräusch ihrer Atemzüge. Er hatte festgestellt, dass ihr Simulacrum, das die Tür versperrte, keinen Laut von sich gab, nicht einmal atmete.

Er wusste, dass er in ihrer Nähe war. Seine Fingerspitzen tasteten nach ihrer Schulter oder ihrer Kehle. Er wollte sie nicht verletzen, wollte ihr lediglich zeigen, dass zwei bei diesen Tricks mitspielen konnten.

»Ich manipuliere«, sagte sie, und ihre Stimme drang aus allen Richtungen. Sie hallte von der Decke, kam von allen fünf Wänden des altertümlichen seltsamen Raumes, von den offenen Fenstern, von beiden Türen.

Casher hatte das Gefühl, als wenn man ihn in den Weltraum gestoßen hätte und er sich langsam in der Schwerelosigkeit drehte. Er versuchte die Kontrolle über sich zurückzugewinnen, den einen wahren Ton unter den vielen falschen Stimmen herauszuhören, das Mädchen auf irgendeine Weise zu überrumpeln.

»Ich lasse Sie sich erinnern«, sagten ihre zahllosen hallenden Stimmen.

Für einen Augenblick konnte er sich nicht vorstellen, wie dies eine Waffe sein konnte, selbst wenn das Schildkrötenmädchen all die boshaften Ränke der Hechizera von Gonfalon erlernt hatte.

Aber dann wusste er es.

Er sah wieder seinen Onkel Kuraf. Er sah sein altes Zimmer. Dort war Kuraf. Der alte Mann war bemitleidenswert, hasserfüllt, betrunken, schrecklich; das Mädchen auf Kurafs Schoß lachte ihn an, ihn, Casher O'Neill, und sie lachte auch Kuraf an. Casher hatte einst als Jugendlicher leidenschaftliches Interesse an Sex gehabt und zur gleichen Zeit die schreckliche Furcht eines Jugendlichen vor all den unbekannten, undurchsichtigen Bedeutungen der Mann-Frau-Beziehung. Der derzeitige Casher erinnerte sich an den damaligen Casher, und als er sich in dem Netz von S'ruths hypnotischen Kräften befand, sah er sich den hässlichsten Erinnerungen ausgesetzt, die er besaß.

Die Morde im Palast von Mizzer.

Die Colonels hatten Kaheer übernommen und Kuraf zu dem angenehmen Planeten Ttiollé entkommen lassen.

Aber Kurafs Ratgeber, die die alte Republik der Zwölf Nile moralisch verdorben hatten, diese Menschen! Sie waren geblieben. Die Soldaten, brennend vor Raserei, hatten sie mit ihren Messern abgestochen. Casher dachte an das Blut, Blut dick auf dem Boden, Blut, das sich purpurn über die Teppiche ergoss, Blut, hellrot und sprudelnd wie eine Quelle, wenn eine weiße Kehle den letzten Seufzer von sich gab, Blut, das braun wurde, wo blutige Hände ihre Abdrücke auf Marmortischen hinterlassen hatten. Der sommerliche Palast, vor langer Zeit, war von dem süßlichen Gestank des Blutes erfüllt. Der junge Casher hatte nicht gewusst, dass Menschen so viel Blut besaßen oder dass so viel herausquellen konnte, auf die parfümierten Betttücher, die Tische, auf denen noch immer Speisen und Getränke standen, oder dass Blut über den Boden fließen und zu Seen anwachsen konnte, wenn die Körper der Toten ihre letzten wenigen scheußlichen Laute krächzten und sich in letzten Muskelzuckungen zusammenkrampften.

Als dieser Schlachttag geendet hatte, waren eintausenddreihundertelf menschliche Körper im Alter von zwei Monaten bis neunundachtzig Jahren aus dem Palast hinausgeschleppt worden, der einst Kuraf gehörte. Kuraf, unter Beruhigungsmittel gesetzt, wartete auf das Sternenschiff, das ihn ins ewige Exil bringen sollte, und Casher – Casher O'Neill! – hatte jenem Colonel Wedder die Hand geschüttelt, dessen Befehle all das Blutvergießen ausgelöst hatten. Die Hand war gewaschen und die Nägel waren geschnitten und gesäubert worden, aber die Manschette des Ärmels war noch immer mit dem getrockneten Blut anderer menschlicher Wesen besudelt. Colonel Wedder hatte auf seine Manschette nicht geachtet, aber vielleicht hätte es ihn auch nicht interessiert.

»Berühren und sich fügen«, sagte die Mädchenstimme aus dem Nichts.

Casher fand sich auf allen vieren auf dem Boden wieder, sein Blickfeld war plötzlich ungetrübt, der Raum unverändert, S'ruth lächelte.

»Ich habe gegen Sie gekämpft«, sagte sie.

Er nickte. Er wagte nicht zu sprechen.

Er griff nach einem Wasserglas und betrachtete es genau, ob auch kein Blut daran klebte.

Natürlich nicht. Nicht hier. Nicht zu dieser Zeit, an diesem Ort.

Er stand auf.

Das Mädchen hatte genug Einfühlungsvermögen, um ihm zu helfen.

Sie stand da in ihrem dünnen, bescheidenen Kleid, wirkte wie ein weises weibliches Kind, während er sich erhob und durstig trank. Er füllte das Glas erneut und trank wieder. Dann, erst dann, wandte er sich an sie und fragte: »Hast du das alles bewirkt?«

Sie nickte.

»Allein? Ohne Drogen oder Maschinen?«

Sie nickte wieder.

»Kind«, brach es aus ihm hervor, »du bist keine Person! Du bist ein ganzes Waffensystem. Was bist du wirklich? *Wer* bist du wirklich?«

»Ich bin das Schildkrötenkind S'ruth, und ich bin das loyale Eigentum und die liebevolle Dienerin meines guten Meisters, des Herrn und Meisters Murray Madigan.«

»S'ruth, du bist fast tausend Jahre alt. Ich stehe dir zu Diensten. Ich hoffe, dass du mich später freilässt. Und vor allem, dass du dieses religiöse Bild aus meinem Bewusstsein tilgst.«

Während Casher redete, nahm S'ruth ein Medaillon vom Tisch. Er hatte es nicht bemerkt. Es war eine altertümliche Uhr oder ein kleines rundes Döschen, das an einer dünnen Goldkette pendelte.

»Schauen Sie es sich an, wenn Sie mir vertrauen«, bat das Kind, »und wiederholen Sie dann, was ich sage.«

(Nichts geschah. Nichts – nirgendwo.)

»Du machst mich schläfrig«, beschwerte sich Casher, »wenn du mit diesem Anhänger hin und her pendelst. Hattest du ihn nicht eben getragen?«

»Nein, Casher, das ist er nicht.«

»Worüber haben wir gesprochen?«

»Über einiges. Erinnern Sie sich nicht?«

»Nein«, sagte Casher barsch. »Entschuldige, aber ich bin wieder hungrig.« Er schlang ein süßes, mit Zuckerguss überzogenes und mit Früchten garniertes Gebäck hinunter. »Was nun?«, fragte er sie dann.

Sie hatte ihn nachsichtig beobachtet. »Es hat keine Eile, Casher. Minuten oder Stunden, es spielt keine Rolle.«

»Wolltest du nicht, dass ich gegen jemanden kämpfe, nachdem mich Gosigo hier zurückgelassen hatte?«

»Das stimmt«, bestätigte sie mit schrecklicher Ruhe.

»Mir scheint, dass ich in diesem Zimmer bereits einen Kampf bestanden habe.« Dumpf blickte er sich um.

Sie blickte sich ebenfalls um. »Es sieht nicht so aus, als ob hier jemand gekämpft hätte, meinen Sie nicht auch?«

»Hier ist kein Blut, überhaupt kein Blut. Alles ist sauber«, sagte er nickend.

»Das ist meist so.«

»Aber warum glaube ich dann, dass ich hier gekämpft habe?«

»Dieses wilde Wetter auf Henriada verwirrt oft Außenweltler, bis sie sich daran gewöhnt haben.«

»Wenn ich in der Vergangenheit nicht gekämpft habe, wartet dann in der Zukunft ein Kampf auf mich?«

Der Raum mit den goldenen Eichenmöbeln verschwamm. Die äußere Welt mit ihren sonnenbeschienenen Sümpfen und den fernen und ewig donnernden Stürmen, die von der weiten Bucht hinten am Horizont zurückgeworfen wurden, wo sich die Wettermaschinen befanden, war ihm fremd. Casher schauderte und zuckte mit den Achseln. Dann betrachtete er nachdenklich das Mädchen. Sie stand hoch aufgerichtet da und sah ihn mit dem hoheitsvollen Blick einer Herrscherin an. Ihre jungen, knospenden Brüste schimmerten deutlich durch ihr dünnes Kleid; sie trug goldene Schuhe mit flachen Absätzen. Um ihren Hals lag eine dünne Goldkette, aber der Anhänger befand sich unter ihrem Kleid. Es erregte ihn ein wenig, an ihre kleinen Brüste zu denken, die allmählich zu voller Weiblichkeit reiften. Er war nie ein Mann gewesen, der eine anstößige Vorliebe für Kinder gehabt hatte, aber einiges an dieser Person war keinesfalls kindlich.

»Du bist ein Mädchen und doch kein Mädchen ...«, sagte er verwirrt.

Sie nickte ernst.

»Du bist die Frau aus der Geschichte, die Hechizera von Gonfalon. Du bist wiedergeboren.«

Sie schüttelte genauso ernst den Kopf. »Nein, ich bin ein Schildkrötenkind, eine Unterperson mit einem langen Leben, und man hat mir die Persönlichkeit der Bürgerin Agatha aufgeprägt. Das ist alles.«

»Du manipulierst«, sagte er, »aber du weißt nicht, wie du es machst.«

»Ich manipuliere«, bestätigte sie leise, und am Rande seines Bewusstseins flackerten heiße kleine Erinnerungsbruchstücke auf.

»Nun entsinne ich mich«, rief er, »ich bin hier, um jemanden zu töten. Du schickst mich in einen Kampf.«

»Sie gehen in einen Kampf, Casher. Ich wünschte, ich könnte jemand anderen schicken, aber Sie sind hier die einzige Person, die stark genug ist, diese Aufgabe zu bewältigen.«

Impulsiv ergriff er ihre Hand. In dem Moment, in dem er sie berührte, hörte sie auf, ein Kind oder ein Untermensch zu sein. Sie fühlte sich weich und aufregend an, wie die begehrenswerteste und wichtigste Person, der er jemals begegnet war. Seine Schwester? Aber er besaß keine Schwester. Er fühlte, dass er selbst schrecklich, unvorstellbar wichtig für sie war. Er wollte ihre Hand nicht loslassen, aber sie entzog sich seiner Berührung mit einer Autorität, der kein ehrbarer Mann widerstehen konnte.

»Sie müssen jetzt bis zum Tode kämpfen, Casher«, sagte sie und blickte ihn so gleichmütig an wie ein Truppenkommandeur einen Spezialsoldaten gemustert hätte, der für ein gefährliches Unternehmen ausgewählt worden war.

Er nickte. Er war der Verwirrung seiner Gedanken müde. Er wusste, etwas war mit ihm geschehen, seit ihn der Vergessene, Gosigo, an der Vordertür zurückgelassen hatte, aber er war sich nicht sicher, was es gewesen war. Sie schienen zusammen in diesem Raum eine Mahlzeit zu sich genommen zu haben. Er fühlte sich verliebt in das Kind. Er wusste, dass sie nicht einmal ein menschliches Wesen war. Er erinnerte sich an etwas, das mit ihrer neunzigtausendjährigen Lebenserwartung zu tun hatte, und daran, dass sie den Namen und die Fähigkeiten der größten Kriegshypnotiseurin der Geschichte erhalten hatte, der Hechizera von Gonfalon. Etwas Seltsames, etwas Furchterregendes hatte es mit dieser Kette um ihren Hals auf sich, aber das waren alles Dinge, von denen er hoffte, sie niemals genauer kennenzulernen.

Er versuchte den Gedanken festzuhalten, doch er zerplatzte wie eine Seifenblase. »Ich bin ein Kämpfer«, erklärte er. »Gib mir meinen Kampf und Informationen darüber.«

»Er kann Sie töten. Ich hoffe, es gelingt ihm nicht. Sie müssen ihn nicht töten. Er ist unsterblich und krank. Aber nach dem Recht Altnordaustraliens, das mein Herr und Meister, Murray Madigan, erlassen hat, dürfen wir einen Hausgast weder verletzen noch in einer Zeit großer Armut verjagen.«

»Was soll ich also *tun*?«

»Gegen ihn kämpfen. Ihn in Furcht versetzen. Sie sollen seinem armen verrückten Geist so viel Angst einjagen, dass er Sie nie wiedersehen will.«

»Ich glaube, es könnte mir gelingen.«

»Sie können es«, sagte sie sehr ernst. »Ich habe Sie bereits getestet. Deshalb haben Sie einen Teil von dem vergessen, was in diesem Raum geschehen ist.«

»Aber *warum*? Warum solche Umstände? Warum ergreifen ihn nicht einige von deinen menschlichen Dienern und fesseln ihn oder schließen ihn in einem gepolsterten Raum ein?«

»Sie können mit ihm nicht fertig werden. Er ist zu stark, zu groß, zu raffiniert, auch wenn er krank ist. Und außerdem wagen sie noch nicht einmal, ihm zu folgen.«

»Wohin denn?«

»In den Kontrollraum«, erklärte S'ruth, als ob dies der traurigste Satz wäre, der jemals gesagt worden war.

»Was ist so schwierig daran? Selbst ein Ort, der so groß ist wie Beauregard, kann keinen allzu imposanten Kontrollraum besitzen. Verriegelt den Kontrollraum.«

»Es ist nicht diese Art von Kontrollraum.«

Fast wütend rief er: »Was ist es dann?«

»Der Kontrollraum«, erwiderte sie, »ist der eines Planoformschiffes. Das Haus hier. All das Land von Mottile auf der einen und Ambiloxi auf der anderen Seite. Das Meer selbst, bis hinaus in den Golf von Esperanza. All dies ist ein Schiff.«

Cashers berufsmäßiges Interesse dominierte. »Wenn es ausgeschaltet ist, kann er keinen Schaden anrichten.«

»Es ist nicht ausgeschaltet. Mein Meister ließ es teilweise aktiviert. Auf diese Art arbeiten die Wettermaschinen weiter und machen aus diesem Teil Henriadas einen sehr angenehmen Ort.«

»Du meinst, du riskierst, dass ein Geisteskranker all dieses Land in den Weltraum fliegen läßt?«

»Er fliegt es nicht einmal«, erklärte S'ruth düster.

»Was *tut* er dann?«, rief Casher.

»Wenn er sich in den Kontrollraum begibt, lässt er es nur schweben.«

»Er lässt es schweben? Bei der Glocke, Mädchen, versuch nicht, mich zum Narren zu halten. Wenn du einen Ort schweben lässt, der so groß ist wie dieser, dann kannst du zu jeder Zeit diesen Planeten auslöschen. Es gab nur zwei oder drei Piloten in der Geschichte des Weltraums, die in der Lage waren, eine Maschine wie diese schweben zu lassen.«

»Er kann es trotzdem.«

»Wie dem auch sei, wer ist er?«

»Ich dachte, Sie wüssten es. Oder hätten es irgendwo gehört. Sein Name ist John Joy Tree.«

»Tree, der Go-Kapitän?« Casher fröstelte, obwohl es warm in dem Raum war. »Er starb vor langer Zeit, nachdem ihm dieser Rekordflug geglückt war.«

»Er ist nicht gestorben. Er kaufte sich Unsterblichkeit und wurde verrückt. Er kam hierher und lebt seitdem unter dem Schutz meines Meisters.«

»Oh«, sagte Casher. Es gab nichts, was er sonst hätte sagen können. John Joy Tree, der berühmte Norstrilier, der den ersten Weiten Sprung hinaus aus der Galaxis gewagt hatte; er war wie der berühmte Magno Taliano aus der Vorzeit, der allein durch die Kraft seiner Gedanken den Weltraum bezwingen konnte.

Aber gegen ihn kämpfen? Wie sollte er gegen ihn kämpfen?

Piloten waren zum Fliegen da; Mörder zum Morden; Frauen zum Lieben oder zum Vergessen. Wenn man die Bestimmung veränderte, wurde alles falsch.

Unvermittelt setzte sich Casher. »Ist noch etwas Kaffee da?«

»Sie brauchen keinen Kaffee«, sagte S'ruth.

Fragend sah er auf.

»Sie sind ein Kämpfer. Sie brauchen einen Krieg. Hier finden Sie ihn«, sagte sie und deutete mit ihrer mädchenhaften Hand auf eine kleine Tür, die wie der Eingang zu einem Wandschrank wirkte. »Gehen Sie einfach hinein. Er befindet sich jetzt dort drin. Pfuscht wieder an den Maschinen herum. Lässt mich auf meinen Meister warten, während ich in jeder Minute in Stücke gerissen werden kann! Und ich habe es schon über hundert Jahre lang ertragen.«

»Geh selbst«, forderte er sie auf.

»Sie waren schon einmal in einem Schiffskontrollraum«, stellte sie fest.

»Ja«, nickte er.

»Sie wissen, wie nackt und ängstlich die Menschen im Innern sind. Sie wissen, wie viel Training notwendig ist, um einen Go-Kapitän auszubilden. Was, glauben Sie, wird mit mir geschehen?« Jetzt, zum ersten Mal wieder nach langer Zeit, war ihre Stimme schrill, zornig, aufgeregt, kindlich.

»Was geschehen wird?«, wiederholte Casher ausdruckslos und nur wenig besorgt; er fühlte Müdigkeit in jedem Knochen. Sinnlose Schlachten, ein Mord, den er nicht ausführen wollte, tote Menschen stritten sich, nachdem ihre Kriege schon lange außer Mode gekommen waren. Warum erledigte die Hechizera von Gonfalon nicht ihre Arbeit selbst?

Sie fing den Gedanken auf und rief: »Weil ich es nicht *kann!*«

»In Ordnung. Warum nicht?«

»*Weil ich in mich hineinkrieche.*«

»Du tust was?«

»Ich bin ein Schildkrötenkind. Meine Gestalt ist menschlich. Mein Gehirn ist groß. Aber ich bin eine *Schildkröte*. Gleichgültig, wie sehr mich mein Meister braucht, ich bin nur eine Schildkröte.«

»Was hat das damit zu tun?«

»Was machen Schildkröten, wenn sie sich in Gefahr befinden? Keine Untermenschen-Schildkröten, sondern richtige Schildkröten, kleine Tiere. Irgendwann müssen Sie von ihnen gehört haben.«

»Ich habe sie sogar gesehen«, sagte Casher, »auf verschiedenen Welten. Sie ziehen sich in ihre Panzer zurück.«

»Genau das tue ich auch« – sie weinte jetzt – »wenn ich meinen Meister verteidigen sollte. Ich kann den meisten Dingen widerstehen. Ich bin kein Feigling. Aber in einem Kontrollraum, da vergesse ich, vergesse, vergesse!«

»Dann schick einen Roboter.«

Sie schrie ihn fast an: »Einen Roboter gegen John Joy Tree? Sind Sie auch verrückt?«

Mit einem Murmeln stimmte Casher zu, dass es nicht sehr sinnvoll war, einen Roboter gegen den berühmtesten aller Go-Kapitäne einzusetzen. Lahm sagte er: »Ich werde gehen, wenn du es möchtest.«

»Dann gehen Sie«, rief sie, »gehen Sie hinein!« Sie ergriff seinen Arm; halb zerrte sie ihn, halb führte sie ihn zu der kleinen, hellen Tür, die so harmlos aussah.

»Aber …«

»Gehen Sie weiter«, bat sie. »Das ist alles, was wir von Ihnen verlangen. Töten Sie ihn nicht, aber versetzen Sie ihn in Furcht, kämpfen Sie gegen ihn, verwunden Sie ihn, wenn es sein muss. Sie können es. Ich kann es nicht.«

Bevor er wusste, wie ihm geschah, hatte sie die Tür geöffnet. Das Licht in dem Raum war klar und hell und blauschimmernd, von der Art des Himmels der Menschenheimat, der Mutter Erde.

Er ließ sich von ihr hineinstoßen.

Er hörte, wie hinter ihm die Tür ins Schloss fiel.

Bevor er sich die Einzelheiten des Raumes einprägen konnte oder den Mann in dem Sessel des Go-Kapitäns bemerkte, traf ihn der Geruch und die Bedeutung des Raumes wie ein Schlag in die Magengrube.

Dieser Raum, dachte er, *ist die Hölle.*

Er war nicht sicher, wo er das Wort »Hölle« gelernt hatte. Es bedeutete, dass alles Gute sich in etwas Böses verwandelte, alle Hoffnung in Furcht, alle Wünsche in Flüche.

Irgendwie traf dies auf diesen Raum zu.

Und dann …

X

Und dann drehte sich der Bewohner dieser Hölle zu ihm um und blickte ihn ernst an.

Falls dies John Joy Tree war, wirkte er nicht krank.

Er war ein stattlicher, dicker Mann mit rötlichem Teint, klaren blauen Augen und einem Mund, der so lebhaft war wie der Mund einer Verführerin.

»Guten Tag«, sagte John Joy Tree.

»Guten Tag«, sagte Casher hohl.

»Ich kenne Ihren Namen nicht«, erklärte der rötliche, lebhafte Mann, und seine Stimme klang nicht im Geringsten krank.

»Ich bin Casher O'Neill aus der Stadt Kaheer, Planet Mizzer.«

»Mizzer?« John Joy Tree lachte. »Ich habe dort eine Nacht verbracht, vor langer, langer Zeit. Die Unterhaltung war sehr ungewöhnlich. Aber wir haben andere Dinge zu bereden. Sie sind hierhergekommen, um das Untermädchen S'ruth zu töten. Sie haben Ihre Befehle von dem Ehrenwerten Rankin Meiklejohn erhalten, möge er in einem Glas ersaufen! Das Kind hat Sie gefangen, und nun verlangt sie von Ihnen, mich zu töten, aber sie wagt nicht, dieses Wort zu benutzen.«

Während John Joy Tree sprach, schaltete er die Steuerungsinstrumente auf Stand-by und erhob sich langsam von seinem Kapitänssitz.

»Sie sagte nichts darüber, Sie zu töten«, protestierte Casher. »Sie sagte, dass Sie vielleicht mich töten würden.«

»Vielleicht.« Der unsterbliche Pilot stand nun aufrecht vor ihm. Er war einen ganzen Kopf kleiner als Casher, aber er war ein kräftiger und furchterregender Mann. In dem blauen Licht des Raumes konnte Casher ihn klar, scharf, deutlich erkennen.

Die Spannung, die auf ihrer Begegnung lag, ließ Cashers Nerven vor Furcht vibrieren. Plötzlich hatte er das dringende

Bedürfnis, eine Toilette aufzusuchen, aber er fühlte – mit absoluter Gewißheit –, wenn er diesem Mann an diesem Ort den Rücken zukehrte, würde er gefällt wie ein Ochse im Schlachthof.

Er *musste* John Joy Tree im Auge behalten.

»Kommen Sie«, forderte ihn der Pilot auf. »Kämpfen Sie gegen mich.«

»Ich sagte nicht, dass ich gegen Sie kämpfen will«, erklärte Casher. »Man erwartet von mir, dass ich Sie in Furcht versetze, und ich weiß nicht, wie ich das anstellen soll.«

»Das bringt uns nicht weiter«, klagte John Joy Tree. »Sollen wir nach draußen gehen und uns von der armen kleinen S'ruth einen Drink servieren lassen? Sie können ihr einfach sagen, dass es Ihnen nicht gelungen ist.«

»Ich glaube«, sagte Casher, »ich fürchte mich mehr vor ihr als vor Ihnen.«

John Joy Tree flegelte sich in einen bequemen Passagiersitz. »In Ordnung. Unternehmen Sie etwas. Wollen Sie boxen? Mit Handschuhen? Mit bloßen Fäusten? Oder ziehen Sie Schwerter vor? Oder jeder von uns nimmt sich ein Beiboot, und wir tragen ein Schiffsduell im Weltraum aus.«

»Das würde nicht viel Sinn ergeben«, sagte Casher, »mit einem Schiff gegen den größten aller Go-Kapitäne zu kämpfen ...«

John Joy Tree nahm dies mit einem hässlichen leisen Lachen zur Kenntnis, einem kaum hörbaren Laut, der Casher fühlen ließ, dass diese ganze Situation lächerlich war.

»Aber ich habe einen Vorteil. Ich weiß, wer Sie sind, und Sie wissen nicht, wer ich bin.«

»Wie sollte ich das auch wissen, wenn die Menschen überall fortfahren, geboren zu werden?« John Joy Tree schenkte Casher ein spöttisches, sorgloses Lächeln. Charme lag in seiner ganzen Haltung. Er hielt starr seine Augen auf Casher gerichtet, tastete nach einer Karaffe und goss sich etwas zu trinken ein.

Dann brachte er auf Casher einen ironischen Trinkspruch aus, und Casher nahm ihn entgegen, stand furchterfüllt und einsam da. Einsamer als je zuvor in seinem Leben.

Plötzlich sprang John Joy Tree behende auf die Beine und starrte mit einem völlig veränderten Ausdruck auf etwas, das sich hinter Casher befinden musste. Casher wagte nicht, sich umzublicken. Das war eine alte Finte.

John Joy Tree spuckte die Worte aus. »Sie *haben* es also gewagt. Diesmal werden Sie alle Gesetze brechen und mich töten. Dieser Tölpel ist nichts anderes als eine neue List.«

»Davon weiß ich nichts«, sagte sanft eine Stimme hinter Casher. Es war die Stimme eines Mannes, alt, schleppend und müde.

Casher hatte niemanden hereinkommen hören.

Sein jahrelanges Training kam ihm nun zugute. Mit vier, fünf Schritten glitt er zur Seite, ohne seine Augen von John Joy Tree abzuwenden, bis der andere Mann in sein Blickfeld gerückt war.

Der Mann, der dort stand, war groß, dünn, gelbhäutig und blond. Seine Augen waren von einem alten, kranken Blau. Er blickte Casher an und erklärte: »Ich bin Madigan.«

War dies der Meister?, fragte sich Casher. *War dies das Wesen, das zu verehren das liebliche Kind programmiert worden war?*

»Ich bin wach«, flüsterte Madigan, sprach keinen von ihnen direkt an. »Ich bin gesund. Seien Sie auf der Hut.«

Madigan wollte auf das Pilotenpult zustürzen, aber sein großer, dünner alter Körper konnte sich nicht sehr schnell bewegen.

John Joy Tree näherte sich ebenfalls der Schalttafel.

Casher stellte ihm ein Bein.

John Joy Tree fiel, rollte sich ab und kam halb wieder hoch. Er kniete auf einem Bein – in seiner Hand funkelte ein Messer, das dem Cashers sehr ähnlich war.

Casher fühlte ein Brennen in seinem Körper, als ihn eine unbekannte Kraft gegen die Wand schmetterte. Er blickte sich wild vor Furcht um.

Madigan war in den Pilotensitz gestiegen und hantierte an den Schaltern, als ob er Henriada in jeder Sekunde in den Raum blasen wollte. John Joy Tree starrte seinen alten Gastgeber an und richtete dann seine Aufmerksamkeit auf den Mann, der vor ihm stand.

Denn es gab noch einen weiteren Mann in dem Kontrollraum.

Casher kannte ihn.

Er war ihm vertraut.

Er war es selbst, sich hochreckend und immer wieder vorschnellend wie eine Schlange. In der Linken hielt er das Messer, um es John Joy Tree in den Hals zu bohren.

Der künstliche Casher prallte mit einem Krachen, das durch den Raum hallte, mit John Joy Tree zusammen.

Dessen klare blaue Augen funkelten nun vor Wahnsinn. Sein Messer zuckte auf den Bauch der Casher-Vision zu, durchbohrte ihn kraftvoll und tief und ließ den jungen Mann, der versuchte, die blutigen Eingeweide in seinen Bauch zurückzudrängen, ächzend zu Boden sinken. Das Blut tropfte von der Casher-Vision auf die Teppiche.

Plötzlich wusste Casher, was er zu tun hatte und wie er es tun konnte – und alles, ohne dass es ihm jemand gesagt hätte.

Er erschuf einen dritten Casher auf der gegenüberliegenden Seite des Raumes und verlieh ihm eiserne Handschuhe. Da war er selbst, unbeachtet an der Wand; da war der sterbende Casher auf dem Boden; da war der dritte, der auf John Joy Tree zutrat.

»Der Tod ist hier!«, schrie der dritte Casher mit einer Stimme, die Casher als eine grimmige, verrückte Version seiner eigenen erkannte.

John Joy Tree wirbelte herum. »Du bist nicht wirklich«, sagte er.

Die Casher-Vision schritt um die Konsole und traf John Joy Tree mit einem Eisenhandschuh. Der Pilot taumelte zur Seite, seine Hand fuhr zu seinem blutigen Gesicht hoch. Dann schrie er Madigan an, der mit den Kontrollknöpfen spielte, ohne den Lichtstecher-Helm aufzusetzen: »Sie haben sie hier hereingelassen! Sie haben sie mit diesem Mann hier hereingelassen! Schaffen Sie sie hinaus!«

»Wen?«, fragte Madigan sanft und geistesabwesend.

»S'ruth. Ihre Hexe. Ich verlange Gastrecht nach den alten Gesetzen. *Schaffen Sie sie hinaus.*«

Der wirkliche Casher, der an der Wand stand, wusste nicht, wie er die Casher-Vision mit den Eisenhandschuhen beeinflussen und lenken sollte, aber es gelang ihm. Er verlieh ihm eine Stimme, die so wütend war wie die Trees: »John Joy Tree, ich bringe Ihnen nicht den Tod. Ich bringe Ihnen Blut. Meine Eisenhandschuhe werden Ihre Augen zerquetschen. Blinde Höhlen werden in Ihrem Gesicht zurückbleiben. Meine Eisenhandschuhe werden Ihre Zähne zermalmen und Ihr Kinn in tausend Teile zersplittern, so dass kein Arzt, keine Maschine es jemals wieder zusammensetzen kann. Meine Eisenhandschuhe werden Ihre Arme brechen, Ihre Hände in lebenden Schutt verwandeln. Meine Eisenhandschuhe werden Ihre Beine zerbröseln. Schauen Sie sich das Blut an, John Joy Tree ... Es wird noch sehr viel mehr Blut fließen. Sie haben mich einmal getötet. Schauen Sie sich diesen jungen Mann auf dem Boden an.«

Beide starrten die erste Casher-Vision an, die inzwischen gestorben war. Der Körper lag in einem See aus Blut.

John Joy Tree wandte sich an die Casher-Vision und sagte: »Du bist die Hechizera von Gonfalon. Du kannst mich nicht erschrecken. Du bist ein Schildkrötenmädchen und kannst mich überhaupt nicht verletzen.«

»Sehen Sie mich an«, sagte der wirkliche Casher.

John Joy Tree blickte ihn an und dann wieder das Duplikat.

Furcht zeigte sich auf seinem Gesicht.

Beide Cashers riefen nun mit verrückten Stimmen, die aus den Tiefen von Cashers Bewusstsein nach außen drängten: »Blut erwartet Sie. Blut und Verderben. Aber wir werden Sie nicht töten. Sie werden zerstört, blind, entmannt, armlos, beinlos leben. Sie werden durch Schläuche ernährt werden. Sie können nicht sterben und werden um den Tod flehen, aber niemand wird Sie hören.«

»Warum?«, kreischte John Joy Tree. »Was habe ich Ihnen getan?«

»Sie erinnern mich an meine Heimat«, heulte Casher. »Sie erinnern mich an das Blut, das von Colonel Wedder vergossen wurde, als die armen nutzlos gewordenen Opfer der Lust meines Onkels mit ihrem Blut für seine Rache bezahlten. Sie erinnern mich an mich selbst, John Joy Tree, und ich werde Sie bestrafen, so wie ich bestraft werden müsste.«

Selbst verloren im Dunst des Wahnsinns war John Joy Tree immer noch ein mutiger Mann. Er warf sein Messer unvermittelt auf den wirklichen Casher.

Die Casher-Vision sprang mit einem gewaltigen Satz durch den Raum und fing das Messer mit dem eisernen Handschuh auf. Es klapperte gegen den Handschuh und fiel leise auf den Teppich.

Casher sah, was er sehen musste.

Er sah Kaheer, überzogen mit dem Tod, mit der vertrauten bösen Torheit plötzlichen Sterbens – die toten Menschen hielten ihre Habseligkeiten in den Händen, die sie hatten retten wollen; er sah die Mädchen mit durchgeschnittener Kehle, die in ihrem eigenen Blut lagen, aber Lippenstift schmückte noch immer ihre Münder, und die Striche der Augenbrauen betonten noch immer fein ihre erloschenen schönen Gesichter. Er sah ein totes Kind, aufgeschlitzt von der Leiste bis zur Brust, das eine zerbrochene Puppe im Arm hielt, während das tote Kind jetzt selbst wie eine zerbrochene Puppe wirkte. Er sah all dies, und er sorgte dafür, dass John Joy Tree sie ebenfalls sah.

»Sie sind ein schlechter Mensch«, sagte John Joy Tree.

»Ich bin sehr schlecht«, sagte Casher.

»Werden Sie mich gehen lassen, wenn ich nie wieder diesen Raum betrete?«

Beide Casher-Visionen verschwanden, der Körper auf dem Boden und der Kämpfer mit den Eisenhandschuhen. Casher wusste nicht, wie S'ruth ihn die alte Kunst der Kämpfer-Kopien gelehrt hatte, aber er musste überzeugend gewesen sein.

»Die Lady sagte mir, dass Sie gehen können.«

»Aber bei wem«, fragte John Joy Tree sanft, traurig und vernünftig, »setzen Sie Ihre Träume aus Blut ein, wenn ich nicht mehr hier bin?«

»Ich weiß es nicht«, gestand Casher. »Ich folge meinem Schicksal. Gehen Sie jetzt, wenn Sie nicht wollen, dass meine Eisenhandschuhe Sie zerstören.«

Besiegt verließ John Joy Tree den Raum.

Erst dann hielt sich Casher erschöpft an einem Vorhang fest, um sich auf den Beinen zu halten, und blickte sich aufmerksam um.

Das Böse hatte den Raum verlassen.

Madigan, obwohl ein alter Mann, hatte alle Funktionen auf Stand-by gestellt.

Er trat auf Casher zu und sagte: »Danke. Sie hat Sie also doch nicht erfunden. Sie ist Ihnen begegnet und hat Sie in meine Dienste gestellt.«

»Das Mädchen«, hustete Casher. »Ja.«

»Mein Mädchen«, korrigierte Madigan.

»Ihr Mädchen«, sagte Casher und erinnerte sich an das Bild ihres zarten weiblichen Körpers, an die jungen, knospenden Brüste, die ausdrucksvollen Lippen, die sanften Augen.

»Sie konnte Sie sich auch nicht ausgedacht haben. Sie ist ganz und gar meine tote Frau. Die Bürgerin Agatha hätte es vielleicht getan. Aber nicht S'ruth.«

Casher musterte den Mann, während er sprach. Sein Gastgeber trug die Hosen eines sehr billigen gelben Pyjamas und einen verwaschenen Bademantel, der einmal purpurn, lavendelfarben und weiß gestreift gewesen sein musste. Nun waren die Farben verblasst, wie Madigan selbst. Casher sah ebenfalls die weißen, sauberen, chirurgischen Kontakte aus Plastik am Arm des Mannes, an die die Maschinen und Schläuche angeschlossen wurden, die ihn am Leben erhielten.

»Ich schlafe sehr viel«, flüsterte Madigan, »aber ich bin noch immer Herr und Meister von Beauregard. Ich bin Ihnen sehr dankbar.« Seine Hand war zerbrechlich, verwelkt, trocken, ohne jede Kraft. »Sagen Sie ihr, dass sie Sie belohnen soll. Sie können alles von meinem Besitz haben. Oder Sie können alles von Henriada haben. Sie kümmert sich um all meine Belange.« Dann öffneten sich die alten blauen Augen weit und klar, und Murray Madigan war mit einem Mal, nur kurz, wieder der Mann, der er vor Hunderten von Jahren gewesen war – ein norstrilischer Händler, gerissen, gewitzt, weise und nicht unfreundlich. Deutlich fügte er hinzu: »Erfreuen Sie sich an ihrer Gesellschaft. Sie ist ein gutes Kind. Aber nehmen Sie sie nicht mit. Versuchen Sie nicht, sie mitzunehmen.«

»Warum nicht?«, fragte Casher, überrascht von seiner eigenen Frage.

»Wenn Sie es tun, wird sie sterben. Sie ist *mein*. Auf mich programmiert. Ich habe sie erschaffen, und sie gehört mir. Ohne mich würde sie in wenigen Tagen sterben. Nehmen Sie sie nicht mit.«

Casher sah zu, wie der alte Mann den Raum durch eine Geheimtür verließ. Dann ging auch er hinaus, nahm den Weg, den er gekommen war. Zwei Tage lang sah er Madigan nicht mehr, denn der alte Mann war wieder in seinen kataleptischen Schlaf gefallen.

Nach diesen zwei Tagen nahm S'ruth Casher mit, um den schlafenden Madigan zu besuchen.

»Sie können dort nicht hineingehen«, sagte Eunice mit entsetzter Stimme. »*Niemand* geht dort hinein. Das ist das Zimmer des Meisters.«

»Ich nehme ihn mit«, erklärte S'ruth gelassen. Sie hatte einen goldfarbenen Vorhang zur Seite gezogen und öffnete das Kombinationsschloss einer massiven Stahltür, die aus dem Werkstoff der Daimoni bestand.

Das Hausmädchen fuhr fort zu protestieren. »Aber selbst Sie, kleine Ma'am, können ihn nicht mit hineinnehmen!«

»Wer sagt, dass ich das nicht kann?«, fragte S'ruth sanft und herausfordernd zugleich.

Das Furchtbare dieser Situation wurde Eunice mit einem Mal bewusst. »Wenn Sie ihn mit hineinnehmen wollen«, sagte sie mit leiser Stimme, »dann nehmen Sie ihn mit hinein. Aber so etwas ist noch nie geschehen.«

»Natürlich nicht, Eunice, nicht zu Ihrer Zeit. Aber Casher O'Neill ist dem Herrn und Meister bereits begegnet. Glauben Sie, dass ich einen Streuner oder einen zufälligen Gast mitnehmen würde, damit er sich den Meister ansehen kann?«

»O nein, keinesfalls, nein«, stotterte Eunice.

»Dann gehen Sie zur Seite«, verlangte das Ladykind. »Sie wollen doch sicher nicht dabei sein, wenn diese Tür sich öffnet, oder doch?«

»O nein«, kreischte Eunice und floh, presste die Hände auf die Ohren, als ob sie dadurch den Anblick der Tür von sich abhalten wollte.

Als das Hausmädchen verschwunden war, stemmte sich S'ruth mit ihrem ganzen Gewicht gegen die schwere Tür. Casher erwartete die Modrigkeit einer Gruft oder die klinische Kühle eines Krankenhauses; er war verblüfft, als ihm frische Luft und warmes Licht entgegenschlugen. Die Öffnung war schmal und niedrig, so dass er sich seitwärts drehen und bücken musste, als er S'ruth in den Raum folgte.

Das Zimmer des Meisters war von gewaltigen Ausmaßen. Durch die Fenster flutete immerwährend Sonnenlicht herein. Die Landschaft draußen musste von der Art sein, wie Henriada zu Beginn gewesen war, als Mottile der Treffpunkt für die sorglosen Millionen Urlauber und Ambiloxi ein Hafen war, der die Hälfte der Welten in der Galaxis versorgte. Es gab keinen einzigen Hinweis auf hässliche, hinterlistige Stürme, die in späteren Zeiten Henriada plagten und unsicher machten. Alles war kultivierte Landschaft, ordentlich, gepflegt, der Triumph des Menschen, als ob Poussin sie gemalt hätte.

Der Raum selbst war wie die anderen Wohnräume des Guts von Beauregard von verschwenderischem Neobarock, das dem Architekten, einem Halbverrückten, viele Gelegenheiten gegeben hatte, seine wilden Fantasien in Stahl, Plastik, Gips, Holz und Stein Wirklichkeit werden zu lassen. Die Decke war nicht gerade, sondern gewölbt. Die vier Ecken des Raumes waren tief in die Seiten eingeschnittene Nischen, so dass der Raum in Wirklichkeit ein Achteck war. Der Reichtum und die Schönheit dieses Ortes wurden ein wenig beeinträchtigt durch zu viele Möbel, Sofas, gepolsterte Lehnstühle, Marmortische und Schnickschnack, die alle in einem unbeschreiblichen Durcheinander auf der linken Seite standen, während der rechte Teil des Raumes – der dem Meister den Blick auf das Fenster mit der illusorischen Landschaft gestattete – eingerichtet war wie ein Operationssaal, mit einem Operationstisch, einer hydraulischen Winde, Chromgestellen mit Flaschen voll klarer und bunter Flüssigkeiten und zwei großen Apparaten, die (wie Casher später erfuhr) eine Herz-Lungen-Maschine und eine künstliche Niere waren. Was die Nischen betraf, so waren sie noch außergewöhnlicher. Eine von ihnen glich einem altertümlichen Aufbahrungsraum mit einem riesigen Sarg, eingehüllt in schwarzen Samt, der auf einem schweren Teakholzgestell ruhte.

Die nächste war der Kontrollraum eines Sternenschiffes aus vergangenen Zeiten, mit gut sichtbar angebrachten Instrumenten und Schaltern und Knöpfen und dem Pilotensessel mit der üblichen Auswahl an Helmen und den Gurten und Schwerkraftabsorbern. Die dritte Nische war ein einfaches Schlafzimmer, mit altmodischem Geschmack eingerichtet, die Tapeten blau, mit breiten weinroten Streifen, dazu Bettdecken und Kopfkissen, die einen scharfen, aber tolerierbaren Kontrast bildeten. Die vierte Nische war die Kopie einer Festung, war vielleicht sogar eine Festung; die Tür war massiv, und die Wände wirkten, als ob sie aus Daimoni-Material bestanden, das durch keine vorstellbare Methode zerstört werden konnte. Kisten mit Notvorräten an Nahrung und Wasser stapelten sich an den Wänden. Gewehre, die gepflegt und von bester Qualität zu sein schienen, befanden sich in ihren Halterungen. Es gab drei verschiedene Kaliber, und jedes Gewehr war mit einem neuwertigen Ladegerät versehen.

In den Nischen hielten sich keine Menschen auf.

Das Wohnzimmer war leer.

Der Herr und Meister selbst, Murray Madigan, lag nackt auf dem Operationstisch. Drei Leitungen führten zu den Kontakten an seinem Körper. Casher meinte eine leichte Bewegung der Brust zu sehen, als der kataleptische Mann in einem auf ein Zehntel verringerten Rhythmus atmete.

Die Mädchenlady, S'ruth, war nicht im Geringsten verlegen. »Ich überprüfe ihn vier- oder fünfmal am Tag. Niemals kommen andere Menschen hier herein. Aber Sie sind etwas Besonderes, Casher. Er hat mit Ihnen gesprochen und an Ihrer Seite gekämpft, und er weiß, dass er Ihnen sein Leben verdankt. Sie sind die erste menschliche Person, die diesen Raum betritt.«

»Ich wette«, sagte Casher, »dass der Administrator von Henriada, der Ehrenwerte Rankin Meiklejohn, es sich einiges von seiner Ehre kosten lassen würde, hier hereingelassen zu werden und sich umzuschauen. Er fragt sich, was Madigan macht, wenn Madigan nichts macht ...«

»Er macht etwas«, widersprach S'ruth scharf. »Er schläft. Nicht jeder kann vierzig- oder fünfzigtausend Jahre schlafen und ein paarmal im Monat aufwachen, um zu sehen, wie sich die Dinge entwickelt haben.«

Casher begann zu pfeifen und verstummte dann, als ob er fürchtete, den bewusstlosen nackten alten Mann auf dem Tisch zu wecken. »Deshalb hat er dich angestellt.«

S'ruth korrigierte ihn, während sie ihre Hände sorgfältig in dem Waschbecken wusch. »Deshalb hat er mich *erschaffen*. Schildkrötenzucht. Dreihundert Jahre Lebenserwartung. Multiplizieren Sie das mit dreihundert intensiven Stroon-Injektionen. Neunzigtausend Jahre. Dann hat er mich programmiert, ihn zu lieben und zu verehren. Er ist nicht mein Meister, wissen Sie. Er ist mein Gott.«

»Dein was?«

»Sie haben mich verstanden. Lassen Sie sich nicht verwirren. Ich werde Ihnen keine illegalen Erinnerungen aufbürden. Ich verehre ihn. Darauf bin ich programmiert, seit ich meine kleinen Schildkrötenaugen aufgemacht habe und man mich zurück in den Tank brachte, um mein Gehirn zu vergrößern und aus mir eine Frau zu machen. Deshalb hat man mir jede Erinnerung der Bürgerin Agatha Madigan einprogrammiert. Ich bin, was er wollte. Nur was er wollte. Ich bin das am meisten gewollte Wesen auf allen Planeten. Keine Frau, keine Herzallerliebste, keine Mutter ist jemals so sehr gewollt worden, wie er mich will, wenn er erwacht und weiß, dass ich noch immer hier bin. Sie sind ein kluger Mann. Würden Sie einer Maschine trauen – irgendeiner Maschine – für einen Zeitraum von neunzigtausend Jahren?«

»Es wäre schwierig«, sagte Casher, »ganze Batterien von Monitoren aufzustellen, die einander kontrollieren und reparieren, all die vielen Jahre lang. Aber das bedeutet, dass dir neunzigtausend Jahre bevorstehen. Viermal, fünfmal am Tag. Ich kann nicht einmal die Zahlen multiplizieren. Wirst du dessen denn niemals müde?«

»Er ist meine Liebe, er ist meine Freude, er ist mein lieber kleiner Junge«, sang S'ruth, während sie Madigans Augenlid hob und in jedes Auge eine farbige Flüssigkeit tropfen ließ. Gedankenverloren erklärte sie: »Bei diesem langsamen Stoffwechsel besteht immer die Gefahr, dass seine Augenlider an den Pupillen festkleben. Dies ist ein Teil der Kontrolle.«

Sie drehte den Kopf des schlafenden Mannes auf beide Seiten, blickte ihm sorgfältig in die Augen. Dann trat sie einige Schritte zur Seite und brachte ihr Gesicht dicht an die Anzeige einer freundlich summenden Maschine. Ein Schuss ertönte. Casher war versucht, nach seinem Gewehr zu greifen, das er gar nicht bei sich hatte.

Das Kind wandte sich wieder ihm zu und schenkte ihm ein offenes, schelmisches Lächeln. »Es tut mir leid. Ich hätte Sie warnen sollen. Das ist mein Geräuschmacher. Ich habe einen Blick auf den Enzephalografen geworfen, um sicherzugehen, dass sein Gehirn noch Hörsignale aufnimmt, aber er schläft nur, schläft sehr tief und treibt nicht in den Tod hinein.«

Wieder am Tisch, drückte sie Madigans Kinn nach oben, so dass sein Kopf im Nacken lag. Sie hielt die Stirn fest und nahm einen Retraktor, öffnete mit ihren Fingern seinen Mund, drückte die Zunge nach unten und blickte tief in seine Kehle. »Keine Speichelansammlung«, murmelte sie zu sich selbst.

Sie legte seinen Kopf in eine bequeme Haltung zurück und schien am Rande einer weiteren Untersuchungsserie zu stehen, als ihr offenbar eine Idee kam. »Waschen Sie sorgfältig Ihre Hände dort am Becken. Dann drücken Sie die Zeituhr nach unten und sorgen Sie dafür, dass Sie Ihre Hände unter dem Sterilisator behalten, bis die Zeituhr sich abschaltet. Sie können mir helfen, ihn umzudrehen. Ich habe hier keine Hilfe. Sie sind der erste Besucher.«

Casher gehorchte, und während er seine Hände wusch, sah er, wie das Mädchen ihre Hände mit einer nach Blumen riechenden Salbe einrieb. Sie begann den bewusstlosen

Körper mit professioneller Souveränität zu massieren. Als Casher seine Hände unter den Sterilisator hielt, wunderte er sich über die Kraft dieser mädchenhaften Arme und dieser kleinen Hände. Unermüdlich knetete, rieb, schlug und massierte sie den alten Körper. Der schlafende Mann schien es überhaupt nicht wahrzunehmen, aber Casher hatte den Eindruck, dass die Haut inzwischen eine gesündere Farbe angenommen und die Muskeln sich entspannt hatten.

Er trat zurück an den Tisch und stellte sich S'ruth gegenüber.

Ein großer Pfau spazierte über den imaginären Rasen vor dem Fenster, sein Schweif funkelte in einem plötzlichen Farbenrausch.

S'ruth bemerkte Cashers Blick. »Oh, das habe ich auch programmiert. Es gefällt ihm, wenn er erwacht. Glauben Sie nicht auch, es war klug von ihm, dass er, bevor er in die Katalepsie ging, mich erschaffen und dazu gebracht hat, ihn zu lieben und auf ihn achtzugeben? Es hilft, dass ich ein Mädchen bin. Ich kann niemanden außer ihn lieben, und es ist leicht für mich, zu glauben, dass er der Mann ist, den ich liebe. Und es ist sicherer für ihn. Jeder Mann könnte dieser Verantwortung überdrüssig werden, ich als Frau nicht.«

»Trotzdem ...«

»Pst, warten Sie einen Moment. Das hier erfordert Sorgfalt.« S'ruths starke kleine Finger drückten sich nun tief in die Magengrube des nackten alten Mannes. Sie schloss ihre Augen, so dass sie all ihre Gedanken auf den Tastsinn konzentrieren konnte. Sie löste ihre Hände und richtete sich auf. »Alles in Ordnung. Ich musste herausfinden, was sich in seinem Innern abspielt. Aber ich wage es nicht, Röntgenstrahlen zu benutzen. Denken Sie an die Strahlenbelastung, die sich in hundert Jahren daraus ergeben würde. Zweimal im Monat, während er schläft, hat er Stuhlgang. Ich muss darauf vorbereitet sein. Außerdem muss ich ungefähr einmal die Woche seine Blase entleeren. Andernfalls würde er sich mit seinen eigenen Körperausscheidungen vergiften. Jetzt können Sie mir helfen, ihn umzudrehen. Aber achten Sie auf die Zuleitungen. Das sind die Monitorkontrollvorrichtungen. Sie überwachen seine physiologischen Prozesse und geben mir Bescheid, wenn etwas nicht stimmt. Außerdem verstärken sie die neurophysiologischen Impulse, wenn ein Teil des vegetativen Nervensystems schwächer zu werden droht oder ganz versagt.«

»Ist das schon einmal geschehen?«

»Noch nie, bis jetzt. Aber ich bin darauf vorbereitet. Achten Sie auf diese Verbindung. Sie drehen ihn zu schnell. So, so ist es richtig. Sie können sich zurückziehen, solange ich ihm den Rücken massiere.«

S'ruth nahm ihre Massagearbeit wieder auf, begann mit den Muskeln, die den Schädel mit dem Hals verbanden, arbeitete sich am Körper hinunter, rieb ihre Hände von Zeit zu Zeit mit der Salbe ein. Als sie seine Beine erreichte, schien sie besonders hart zu arbeiten. Sie hob die Füße, beugte die Knie, bearbeitete die Waden.

Dann steckte sie ihre Hand in ein anderes Glas – eines, das sich automatisch bei der Annäherung ihrer Hand öffnete – und zog sie eingefettet mit einer Masse wieder heraus, die schnell zu einem dünnen Handschuh trocknete. Sie drückte ihre Finger in seinen Mastdarm, prüfend, bohrend, tastend, mit zerfurchtem Gesicht.

Ihr Ausdruck entspannte sich, als sie den Handschuh in einen Abfalleimer warf und den schlafenden Mann mit einem weichen Leinentuch abrieb, das ebenfalls in den Abfalleimer wanderte. »Mit ihm ist alles in Ordnung. Für die nächsten zwei Stunden brauche ich mich nicht um ihn zu kümmern. Dann muss ich ihm ein wenig Zucker verabreichen. Alles, was er jetzt bekommt, ist normale Salzlösung.«

Sie stand ihm gegenüber. Auf ihren Wangen lag ein schwaches Glühen von der anstrengenden Arbeit, die sie hinter sich hatte, aber noch immer wirkte sie wie ein Kind und eine Lady – das Kind unwiderruflich fern, versteckt hinter ihrer

Weisheit und der verwirrenden Welt der Erwachsenen, und die Lady, Herrin in ihrem eigenen Haus, auf ihrem eigenen Besitz, ihrem eigenen Planeten, diente ihrem Meister mit fast unsterblicher Liebe und nie nachlassendem Eifer.

»Ich wollte dich vorhin fragen ...«, begann Casher und verstummte.

»Was wollten Sie mich fragen?«

»Ich ... wollte dich fragen ... was geschieht mit dir, wenn er stirbt? Entweder zur rechten Zeit oder vielleicht vor seiner Zeit. Was geschieht dann mit *dir*?«

»Das interessiert mich nicht«, sang ihre Stimme. Er konnte an dem offenen, ehrlichen Lächeln auf ihrem Gesicht sehen, dass sie es auch so meinte. »Ich bin *sein*. Ich gehöre *ihm*. *Dafür* lebe ich. Man hat mich vielleicht für den Fall seines Todes programmiert. Oder man hat es vielleicht auch vergessen. Was wichtig ist, das ist sein Leben, nicht meines. Er wird jede mögliche Stunde des Lebens bekommen, die ich ihm geben kann. Glauben Sie nicht auch, dass das eine gute Aufgabe ist?«

»Eine gute Aufgabe, ja«, bestätigte Casher. »Und auch eine seltsame.«

»Wir können jetzt gehen«, erklärte sie.

»Wozu dienen diese Nischen?«

»Oh, die – sie sind seine Glaubensmacher. Er benutzt sie, um zu schlafen – in seinem Sarg, seiner Festung, seinem Schiff oder seinem Schlafzimmer. Es spielt keine Rolle, wo. Ich ziehe ihn immer mit der Winde hoch und lege ihn zurück auf den Tisch, wo die Maschinen ihn in sicherer Obhut haben. Er hat wenig Lust, auf dem Tisch zu erwachen. Er hat es gewöhnlich vergessen, welchen Raum er zum Einschlafen gewählt hat. Wir können jetzt gehen.«

Sie näherten sich der Tür.

Plötzlich verharrte S'ruth. »Ich habe etwas vergessen. Ich vergesse sonst niemals etwas, aber dies ist das erste Mal, dass ich jemanden mit hineingenommen habe. Sie sind ihm solch ein guter Freund gewesen. Er wird von Ihnen noch in

Tausenden von Jahren sprechen. Lange, lange, nachdem Sie gestorben sind.«

Casher blickte sie scharf an, um zu sehen, ob sie ihn verspottete oder tadelte. Aber er fand nichts außer dem Kleinmädchenernst, der fraulichen Hingabe an eine häusliche Routine.

»Drehen Sie sich um«, sagte sie dann.

»Warum?«, fragte er. »Warum – wenn du mir bei all den anderen Geheimnissen vertraut hast?«

»Er würde nicht wollen, dass Sie es sehen.«

»Was sehen?«

»Was ich jetzt tue. Als ich die Bürgerin Agatha war – oder als ich sie zu sein schien –, fand ich heraus, dass Männer wegen einiger Dinge furchtbar viel Aufhebens machen. Dies gehört dazu.«

Casher gehorchte und wandte sich mit dem Gesicht zur Tür.

Ein anderer Duft erfüllte den Raum – ein strenger, wilder Geruch, wie von Geraniensalbe. Er konnte S'ruths schweren Atem hören, als sie neben dem schlafenden Mann arbeitete.

»Sie können sich nun umdrehen«, rief sie ihm zu.

Sie legte eine Salbentube auf ihren Platz im Regal zurück.

Casher warf Madigans Körper einen raschen Blick zu. Er schlief noch immer, atmete noch immer sehr flach und sehr langsam. »Was, um alles in der Welt, hast du *getan*?«

»Sie sind neugierig.«

Casher begann zu stottern.

»Sie kommen dagegen nicht an«, sagte sie. »Menschen sind nun einmal wissbegierig.«

»Das glaube ich auch«, sagte er und errötete unter der Anschuldigung.

»Ich gab ihm etwas Freude. Er erinnert sich nie daran, wenn er aufwacht, aber der Kardiograph zeigt manchmal gesteigerte Aktivität an. Diesmal geschah nichts. Das war meine eigene Idee. Ich habe Bücher dazu gelesen und entschieden, dass es gut für seinen körperlichen Zustand ist. Manchmal schläft er ein ganzes Erdenjahr lang, aber gewöhnlich wacht er mehrmals im Monat auf.«

Sie ging an Casher vorbei und winkte ihn durch die Tür. Er bückte sich und trat hindurch.

»Drehen Sie sich wieder um«, sagte sie. »Ich verstelle zwar nur das Kombinationsschloß, aber es ist so entworfen, dass es jedem Beobachter starke Kopfschmerzen bereitet, damit er die Kombination vergisst. Selbst Robotern ergeht es so. Ich bin die einzige Person, die auf diese Tür abgestimmt ist.«

Er hörte, wie sich das Rad drehte, aber er blickte sich nicht um.

Sie murmelte kaum hörbar: »Ich bin die Einzige. Die Einzige.«

»Die Einzige was?«, fragte Casher.

»Die meinen Meister liebt, für ihn sorgt, seinen Planeten unterhält, das Wetter beaufsichtigt. Aber ist er nicht wunderschön? Ist er nicht weise? Hat sein Lächeln nicht Ihr Herz gewonnen?«

Casher dachte an das alte Wrack von einem Mann mit der gelben Pyjamahose. Taktvoll sagte er nichts.

S'ruth schnatterte fröhlich weiter: »Er ist mein Vater, mein Gemahl, mein Baby, mein Meister, mein Besitzer. Denken Sie mal, Casher, er besitzt mich! Ist er nicht glücklich – mich zu besitzen? Und bin ich nicht glücklich – ihm zu gehören?«

»Aber wofür?«, fragte Casher ein wenig gereizt, da er daran dachte, dass er sich in dieses bemerkenswerte Mädchen verliebte und sich wieder von ihr löste und sich wieder verliebte ...

»Für das Leben!«, rief sie laut. »In jeder Form. Ich bin für neunzigtausend Jahre Leben geschaffen, und er wird schlafen und erwachen und wieder schlafen und mich einen großen Teil meines Lebens begleiten.«

»Aber was ist der Sinn?«

»Der Sinn, der Sinn? Was ist der Sinn eines kleinen Schildkröteneis, das man genommen und modifiziert hat, in allen Bereichen, bis hinein in die molekularen Prozesse? Was ist der Sinn, mich in ein Untermädchen zu verwandeln, so dass selbst Sie sich in mich verlieben müssen? Was ist der Sinn von mir kleinem Wesen, das dem Meister zum ersten Mal begegnete, als ich fertiggestellt war, ihn zu lieben? Ich kann Ihnen sagen, was der Sinn ist, Mensch. Liebe.«

»Was sagst du da?«

»Ich sagte, der Sinn ist Liebe. Liebe ist das einzige Ende aller Dinge. Liebe auf der einen Seite und der Tod auf der anderen. Wenn Sie stark genug sind, eine richtige Waffe zu benutzen, dann kann ich Ihnen eine Waffe geben, die alle auf Mizzer von Ihrer Gnade abhängig macht. Ihr Kreuzer und Ihr Laser wären nur Spielzeuge gegen die Waffe der Liebe. Sie können Liebe nicht bekämpfen. Sie können nicht gegen mich kämpfen.«

Sie waren einem Korridor gefolgt, an dessen Wänden Gemälde aus vergangenen Zeiten hingen, vergangener Luxus, unberührt von Jahrhunderten der Nichtbeachtung.

Das klare gelbe Licht Henriadas drang durch eine offene Tür.

Aus dem Raum ertönten die Fetzen eines von einem Mann gesungenen Liedes, der ein Saiteninstrument dazu spielte. Später erkannte Casher, dass es eine Strophe des Henriada-Liedes gewesen war, die folgendermaßen lautete:

Führe dein Schiff nicht in die Donnerlagune.
Schau nach Norden zur tosenden Flut.
Henriada verkocht,
Aber Ambiloxi ist ein rettendes Grab.

Sie betraten den Raum.

Ein Mann erhob sich, um sie zu begrüßen.

Es war der Go-Kapitän John Joy Tree. Sein gerötetes Gesicht lächelte, seine klaren blauen Augen leuchteten ein wenig herablassend, als er seine kleine Gastgeberin begrüßte. Doch dann traf sein Blick Casher O'Neill.

Die Reaktion erfolgte sofort und war negativ.

John Joy Tree wandte von ihnen beiden den Blick ab. Die Grußfloskel, zu der er angesetzt hatte, erstarb ihm in der Kehle. In einem anderen Tonfall, abwesend und besorgt, sagte er: »Blut liegt über diesem Ort. Ein Mann voller Blut ist hier. Entschuldigen Sie mich. Mir wird übel.«

Er schlurfte an ihnen vorbei zu der Tür hinaus, durch die sie den Raum betreten hatten.

S'ruth sah Casher an. »Sie haben eine Prüfung bestanden. Ihr Einsatz für meinen Meister hat das Problem des Kapitäns und Ehrenwerten John Joy Tree gelöst. Er wird sich nicht mehr dem Kontrollraum nähern, solange er glaubt, dass Sie dort sind.«

»Hast du noch weitere Prüfungen für mich?«, fragte Casher. »Mittlerweile müsstest du mich gut genug kennen, um keine weiteren Prüfungen mehr zu benötigen.«

»Ich bin keine Person«, sagte S'ruth, »sondern nur die nachgebaute Kopie einer Person. Ich bin bereit, Ihnen Ihre Waffe zu geben. Dies hier ist sowohl ein Kommunikations- als auch ein Musikzimmer. Möchten Sie etwas zu trinken oder zu essen?«

»Nur Wasser.«

Neben Casher auf dem Tisch stand eine Karaffe aus Bergkristall, die er wenige Augenblicke zuvor noch nicht bemerkt hatte. Oder hatte sie sie in den Raum transportiert, durch die Künste der Hechizera, der furchtbaren Agatha selbst? Es spielte keine Rolle. Er trank.

XII

S'ruth hatte die polierte Holztür einer Vitrine geöffnet. Der Kommunikator war von der Art, wie sie auf Planoform-Schiffen rechts neben dem Piloten angebracht waren. Die Kosten für ihre Benutzung waren hoch genug, um jede planetare Regierung ihr jährliches Budget überdenken zu lassen.

»Das gehört *dir*?«, rief Casher.

»Warum nicht?«, fragte S'ruth zurück. »Ich habe davon vier oder fünf Exemplare.«

»Aber dann bist du ja *reich*!«

»Nicht ich. Mein Meister. Denn ich gehöre meinem Meister.«

»Aber solche Dinge. Er kann sie doch gar nicht selbst herstellen. Wie schafft er es?«

»Sie meinen das Geld?« Der mädchenhafte Teil ihres Ichs machte sich bemerkbar. Sie wirkte dankbar, glücklich und spöttisch. »Ich verwalte alles für ihn. Er war der reichste Mann auf Henriada, als ich hier eintraf. Er besaß viele Stroon-Anteile. Nun ist er über vierzigmal so reich.«

»Er ist ein Rod McBan!«, rief Casher.

»O nein. McBan hatte sehr viel mehr Geld als wir. Aber er ist reich. Wohin, glauben Sie, gingen alle Bewohner Henriadas?«

»Ich weiß es nicht.«

»Auf vier neue Planeten. Sie gehören meinem Meister, und er berechnet den neuen Siedlern nur eine sehr niedrige Pacht.«

»Du hast sie gekauft?«

»Für ihn.« S'ruth lächelte. »Haben Sie noch nie von Planetenmaklern gehört?«

»Aber das ist ein Spekulationsgeschäft!«

»Ich habe spekuliert«, nickte sie, »und gewonnen. Nun seien Sie still und schauen Sie zu.« Sie drückte einen Knopf. »Dringende Botschaft.«

»Dringende Botschaft«, wiederholte die Maschine. »Welche Priorität?«

»Kriegsnachrichten. Doppel-A-Eins. Subraum.«

»Bestätigt«, sagte die Maschine.

»Der Planet Mizzer. Jetzt. Kriegs- und Friedensinformation. Werden die Kämpfe bald enden?«

Die Maschine klickte.

Casher, der die Preise einer derartigen Verbindung kannte, meinte fast den Geldstrom zu sehen, der aus Henriadas Budget floss, während die Maschine durch die Galaxis griff, Mizzer fand und mit der Antwort zurückkehrte: »Kleinere Konflikte. Siebter Nil. Endet in drei lokalen Tagen.«

»Übertragung aus«, befahl S'ruth.

Die Maschine schaltete sich ab.

S'ruth drehte sich zu ihm um. »Sie werden bald heimkehren können, Casher, nachdem Sie einige kleine Prüfungen bestanden haben.«

Er starrte sie an. »Ich brauche meine Waffen«, platzte es aus ihm heraus, »meinen Kreuzer und meinen Laser.«

»Sie werden Waffen bekommen. Bessere als diese. Und jetzt möchte ich, dass Sie zur Eingangstür gehen. Wenn Sie die Tür geöffnet haben, werden Sie niemanden hereinlassen. Schließen Sie dann die Tür. Dann kommen Sie bitte zu mir zurück, lieber Casher, und wenn Sie dann noch immer leben, werde ich einige weitere Aufgaben für Sie haben.«

Verwirrt wandte sich Casher ab. Es kam ihm nicht in den Sinn, ihr zu widersprechen. Er konnte als Vergessener enden wie das Hausmädchen Eunice oder Gosigo, der düstere Mann des Administrators.

Er ging den Korridor hinunter. Er traf nur einige wenige scheue Reinigungsroboter, die ihre Köpfe höflich neigten, als er an ihnen vorbeikam.

Er fand die Vordertür. Sie wirkte auf ihrer Außenseite wie Holz, aber es war in Wirklichkeit eine Daimoni-Tür, erschaffen aus einem fast unzerstörbaren Material. Es gab keinen

Hinweis auf einen Schlüssel oder auf Anzeigen oder Kontrollvorrichtungen. Fest presste er seine rechte Hand gegen die linke Türhälfte.

Die Tür öffnete sich.

Dort stand Rankin Meiklejohn. Gosigo hielt den Administrator aufrecht. Es musste eine raue Fahrt gewesen sein. Das Gesicht des Administrators war aufgeschlagen, und Blut rann aus einem Mundwinkel. Seine Augen richteten sich auf Casher. »Sie leben? Sie hat auch Sie gefangen genommen?«

Steif fragte Casher: »Was wollen Sie in diesem Haus?«

»Ich bin gekommen«, erklärte der Administrator, »um sie zu sehen.«

»Wen zu sehen?«

Der Administrator hing schlaff in Gosigos Armen. Für seine Verhältnisse und auf seine Art war er in der Tat ein mutiger Mann. Seine Augen wirkten klar, obwohl sein Körper fast zusammenbrach. »S'ruth. Falls sie mich sehen will.«

»Sie kann Sie jetzt nicht sehen«, erklärte Casher. »Gosigo!«

Der Vergessene sah Casher an und verbeugte sich.

»Sie werden mich vergessen. Sie haben mich nie gesehen.«

»Ich habe Sie nie gesehen, Mylord. Richten Sie der Lady meine Grüße aus. Noch etwas?«

»Ja. Bringen Sie Ihren Herrn so sicher und so schnell wie möglich nach Hause.«

»Mylord!«, rief Gosigo, obwohl dies für Casher ein unzulässiger Titel war. »Mylord, sagen Sie ihr, dass sie die Reichweite der Wettermaschinen nur um einige Kilometer vergrößern soll, dann wird er in zehn Minuten sicher zu Hause sein. Nach einer Fahrt mit Höchstgeschwindigkeit.«

»Ich werde es ihr sagen«, nickte Casher, »aber ich kann nicht versprechen, dass sie es tun wird.«

»Natürlich nicht«, sagte Gosigo. Er packte den Administrator und versuchte mit viel Mühe, ihn in dem Bodengleiter unterzubringen. Einmal schrie Rankin Meiklejohn wie ein Mensch, der Schmerzen litt. Es klang wie die undeutliche Version des Namens *Murray Madigan*. Niemand außer Casher und Gosigo hörte es; Gosigo schloß rasch die Einstiegsluke des Bodengleiters, Casher drückte die schwere Haustür zu.

Die Tür klickte.

Dann herrschte Stille.

An das Öffnen der Tür erinnerte nur noch der warme, süße, salzige Hauch des Seewindes, der das gewohnte Geruchsmuster des muffigen alten Hauses gestört hatte.

Casher eilte zurück und übermittelte die Nachricht über die Wettermaschinen.

S'ruth erfüllte die Bitte. Ohne die Kontrollanlage anzusehen, griff sie danach und verstellte sie mit ihrer ausgestreckten Rechten, wandte nicht für einen Augenblick ihre Augen von Casher. »Ich danke Ihnen, Casher. Nun sind die Instrumentalität und der Vergessene fort.«

Sie blickte ihn an, fast traurig und fragend, und er wollte sie umarmen, sie an seine Brust drücken, ihr Gesicht mit Küssen bedecken. Aber er stand nur unbeholfen und steif da. Er konnte sich nicht bewegen. Das war nicht nur das ewig liebende Schildkrötenmädchen; das war die wirkliche Lady von Henriada. Es war die Hechizera von Gonfalon, von der er früher geglaubt hatte, sie sei ein Wesen aus einer wilden, melodienreichen großen Oper.

»Ich glaube, Sie haben mich erkannt, Casher. Es ist schwer, Menschen zu erkennen, selbst wenn man sie jeden Tag sieht. Ich glaube, ich kann auch Sie erkennen, Casher. Es ist fast Zeit für uns, die Dinge zu tun, die wir tun müssen.«

»Die *wir* tun müssen?«, flüsterte er und hoffte, dass sie noch mehr sagen würde.

»Für mich, für meine Arbeit hier auf Henriada. Für Sie, für Ihr Schicksal auf Ihrem Heimatplaneten Mizzer. Das ist das Leben, nicht wahr? Vor allem das zu tun, was man tun muss. Wir sind glückliche Menschen, es herausgefunden zu haben.

Sie sind bereit, Casher. Ich werde Ihnen eine Waffe geben, die Bomben und Kreuzer und Laser und Minen wie ein Nichts erscheinen lassen wird.«

»Bei der Glocke, Mädchen! Kannst du mir nicht einfach sagen, was das für eine Waffe ist?«

S'ruth stand still da in ihrem unschuldigen enthüllenden Kleid, und das gelbe Licht aus dem alten Musikzimmer umgab sie wie ein Heiligenschein. »Ja«, erklärte sie, »ich kann es Ihnen jetzt sagen. Ich bin die Waffe.«

»Du?«

Casher spürte eine wilde Welle erotischer Begierde für das unschuldige, sinnliche Kind. Er erinnerte sich an seinen ersten verrückten Impuls, sie mit Küssen zu bedecken, sie in die Arme zu nehmen, sie mit all den Freuden, die seine Männlichkeit ihnen beiden bringen konnte, zur Erschöpfung zu bringen.

Er blickte sie an.

Sie stand da, ganz ruhig.

Diese Art von Gedanken schienen nicht den richtigen Klang zu haben.

Er war dabei, sie zu bekommen, aber er war auch dabei, etwas zu bekommen, das weit von Freude oder Vergnügen entfernt war – etwas, vermutlich, das ihm nicht gefallen würde.

Als er schließlich sprach, geschah es aus tiefer Verwirrung. »Was meintest du, was du mir geben kannst? Es klang nicht sehr romantisch, auch nicht der Ton, in dem du es sagtest.«

Das Kind trat an ihn heran, streckte die Hand aus und berührte seine Stirn. »Sie werden mich nicht für ein Liebesabenteuer bekommen, und wenn doch, dann würde es Ihnen leidtun. Ich bin das Eigentum meines Meisters und keines anderen Mannes. Aber ich kann Ihnen etwas geben, was ich sonst noch nie jemandem gegeben habe. Ich kann meine Persönlichkeit auf Sie übertragen. Die Techniker sind bereits hier. Sie werden das Schildkrötenkind sein. Sie werden die Bürgerin Agatha Madigan, die Hechizera von Gonfalon sein. Sie werden viele andere Menschen sein. Und Sie selbst. Sie werden siegen. Unfälle können Sie töten, Casher, aber niemand wird in der Lage sein, Sie vorsätzlich umzubringen. Nicht wenn ich Sie bin. Armer Mann! Wissen Sie, was Sie aufgeben?«

»Was?«, krächzte er, und gewaltige Furcht wollte in ihm aufsteigen. Er hatte schon früher Gefahren gegenübergestanden, aber noch nie war die Gefahr aus ihm selbst gekommen.

»Sie werden nie mehr wieder den Tod fürchten, Casher. Sie werden Ihr Leben Minute für Minute, Sekunde für Sekunde leben müssen, und Sie werden keine Ausrede haben, irgendwann einmal zu sterben. Sie werden erfahren, dass das nichts Besonderes ist.«

Er nickte, wiederholte sich ihre Worte und zermarterte sich den Kopf über ihren Sinn.

»Ich bin ein Mädchen, Casher ...«

Er blickte sie an, und seine Augen weiteten sich. Sie war ein Mädchen – ein wunderschönes, wundervolles Mädchen. Aber sie war noch mehr. Sie war die Herrin von Henriada. Sie war die erste der Untermenschen, die wirklich und wahrhaftig Menschlichkeit übertraf. Der Gedanke, dass er ihren armen kleinen Körper hatte umarmen wollen. Ihr Körper ... ach, er war so lieblich! – aber die Macht, die sich in ihm verbarg, war von der Art, aus der Imperien und Religionen gemacht sind.

»... und wenn ich auf Sie übertragen werde, Casher, werden Sie nie wieder bei einer Frau liegen, ohne zu erkennen, dass Sie mehr über sie wissen als sie selbst. Sie werden ein Sehender unter den Blinden sein, ein Hörender in einer Welt der Tauben. Ich weiß nicht, wie viel Freude Ihnen dann noch romantische Liebe bereiten wird.«

Düster sagte er: »Wenn ich meinen Heimatplaneten Mizzer befreien kann, wird es das wert sein. Was immer es auch ist.«

»Sie werden sich nicht in eine Frau verwandeln!« Sie lachte. »Nichts so Einfaches. Aber Sie werden Weisheit erlangen. Und ich werde Ihnen die Geschichte vom Zeichen des Fisches erzählen, bevor Sie fortgehen.«

»Das nicht, bitte«, flehte er. »Das ist eine Religion, und die Instrumentalität würde mich nie wieder reisen lassen.«

»Ich werde alles gut verschlüsseln, Casher, so dass für ein bis zwei Jahre niemand Ihre Gedanken lesen kann. Sie sind dann blockiert. Und die Instrumentalität schickt Sie nicht zurück. *Ich* tue es. Durch Weltraum[3].«

»Es wird dich ein feines, großes Schiff kosten.«

»Mein Meister wird einverstanden sein, wenn ich es ihm sage. Nun geben Sie mir den Kuss, den Sie mir geben wollten. Vielleicht werden Sie sich daran erinnern, wenn die Blockierung hinter Ihnen liegt.«

Sie stand da. Er tat nichts.

»Küssen Sie mich!«, befahl sie.

Er legte seine Arme um sie. Sie fühlte sich an wie ein großes kleines Mädchen. Sie hob ihr Gesicht. Sie bot ihm ihre Lippen dar. Sie stand auf Zehenspitzen.

Er küsste sie so, wie ein Mann vielleicht ein Bild oder ein religiöses Objekt küsst. Die Hitze und Heftigkeit war aus seinen Hoffnungen gewichen. Er hatte nicht ein Mädchen geküsst, sondern Macht – unbeschreibliche Macht und Weisheit in einer zerbrechlichen Hülle.

»Ist dies die Art, wie dein Meister dich küßt?«

Sie schenkte ihm ein kleines Lächeln. »Wie klug von Ihnen! Ja, manchmal. Kommen Sie nun. Wir werden einige Kinder schießen, bis die Techniker fertig sind. Es wird Ihnen eine gute letzte Möglichkeit geben zu sehen, was Sie tun können, wenn Sie das geworden sind, was ich bin. Kommen Sie, die Gewehre sind in der Halle.«

XIII

Sie gelangten über eine riesige Eichentreppe in eine Halle, die Casher noch nicht kannte. Vor langer Zeit musste sich hier das Unterhaltungs- und Vergnügungszentrum von Beauregard befunden haben, als sein Besitzer Murray Madigan noch jung gewesen war.

Die Roboter machten ihre Arbeit gut, hielten Staub und Schimmel ab. Casher bemerkte unauffällige kleine Lufttrockner an strategischen Stellen, die dafür sorgten, dass die kostbar gearbeitete Lederverkleidung der Wände nicht verdarb, die samtenen Barhocker nicht schmierig von Schimmel wurden, die Billardtische sich nicht verzogen und die Golfschläger durch Alter und Feuchtigkeit nicht ihre Form verloren. *Bei der Glocke,* dachte er, *dieser Mann konnte tausend Menschen gleichzeitig an einem Ort von dieser Größe unterhalten.*

Die Gewehrvitrine war vor allem zweckmäßig. Das Glas blitzte. Die Stahl- und Nussbaumholzteile der Gewehre glänzten samten ölig. Es waren seltene Erdenmodelle. Nur die allerreichsten Kenner besaßen alte Erdenwaffen oder konnten zumindest mit ihnen umgehen.

S'ruth berührte den Wachroboter und aktivierte ihn. Der Roboter salutierte, sah sie prüfend an und öffnete ohne weitere Fragen den Schrank.

»Kennen Sie sich mit Gewehren aus?«, fragte S'ruth Casher.

»Nur mit Strahlern«, sagte er. »In meinem ganzen Leben habe ich noch kein Gewehr in der Hand gehabt.«

»Möchten Sie dann lieber einen Übungshelm benutzen? Ich könnte es Ihnen mit den Mitteln der Hechizera auf hypnotischem Wege beibringen, aber es könnte Ihnen Kopfschmerzen bereiten und Ihre Gefühle verwirren. Der Helm arbeitet auf neuroelektrischer Basis und besitzt Filter.«

Casher nickte und betrachtete sein Spiegelbild in der Glastür des Gewehrschrankes. Es überraschte ihn, wie hilflos und tief traurig er aussah.

Aber es stimmte. Noch nie zuvor in seinem Leben hatte er das Gefühl gehabt, dass ihn eine Situation überforderte, ihn wie eine große Welle mit sich riss, ihm keine Wahl und keine Verantwortung ließ. Die Entscheidungen traf jetzt sie, nicht er, und trotzdem spürte er, dass ihre Macht gutartig, selbstbestimmt, gemildert war durch Kräfte, denen er vertrauen würde. Er war einer Waffe, eines Schiffes wegen gekommen, die er von Rankin Meiklejohn, dem Administrator, zu erhalten gehofft hatte. Sie bot ihm etwas völlig anderes an – psychologische Waffen, die er weder erwartet noch für möglich gehalten hatte.

Sie sah ihn einen langen Moment aufmerksam an und wandte sich dann an den Roboter, der die Gewehre bewachte. »Du bist der kleine Harry Hadrian, nicht wahr? Der Gewehrwächter.«

»Ja, Ma'am«, sagte der silberne Roboter deutlich, »und ich besitze außerdem das Gehirn einer Eule. Das macht mich sehr klug.«

»Schau her«, sagte sie, breitete ihre Arme aus und ließ sie dann nach einem sonderbaren Flattern ihrer Hände wieder sinken. »Weißt du, was das bedeutet?«

»Ja, Ma'am«, erwiderte der kleine Roboter rasch, mit ausdrucksloser Stimme, die seine Gefühle nur durch die Geschwindigkeit verriet, mit der er sprach, nicht durch den Klang. »Es-bedeutet-dass-Sie-übernommen-haben-und-ich-außer-Dienst-bin! Kann-ich-mich-in-den-Garten-setzen-und-mir-die-lebenden-Dinge-anschauen?«

»Jetzt noch nicht, kleiner Harry Hadrian. Im Augenblick befinden sich einige Windmenschen draußen, und vielleicht beschädigen sie dich. Ich habe zunächst einen Auftrag für dich. Weißt du, wo sich die Schulungshelme befinden?«

»Silberhüte in der dritten Etage in einem offenen Wandschrank mit einer Schnur, die zu jedem Hut führt. Ja.«

»Bring einen davon so schnell du kannst zu mir. Löse ihn sehr vorsichtig von seiner elektrischen Verbindung.«

Der kleine Roboter verschwand mit einem plötzlichen, schnellen, leisen Klappern die Treppen hinauf.

S'ruth wandte sich wieder an Casher. »Ich habe entschieden, was mit Ihnen geschehen soll. Ich helfe Ihnen. Sie brauchen deswegen nicht so traurig dreinzuschauen.«

»Ich bin nicht traurig. Der Administrator schickte mich mit dem verrückten Auftrag her, einen fremden Untermenschen zu töten. Ich fand heraus, dass dieser in Wirklichkeit ein kleines Mädchen ist. Dann fand ich heraus, dass sie keine Unterperson, sondern eine schreckliche tote alte Frau ist, die noch immer lebend herumläuft. Mein ganzes Leben wurde umgekrempelt. All meine Pläne sind verpufft. Du gabst mir die Hoffnung, meine Lebensaufgabe auf Mizzer zu erfüllen. Ich habe so viele Jahre dafür gekämpft! Nun scheint es mit deiner Unterstützung tatsächlich möglich zu sein, auch wenn ich mich dazu durch Weltraum^3 quälen und illegale Religionen und hypnotische Tricks anwenden muss, ohne zu wissen, ob ich sie auch beherrsche. Nun sagst du mir, ich soll mitkommen – um mit Gewehren auf Kinder zu schießen. Ich habe in meinem ganzen Leben noch nie etwas Derartiges getan, und trotzdem folge ich dir. Ich bin müde, Mädchen, müde. Wenn du Macht auf mich ausübst, dann merke ich zumindest nichts davon. Und ich will es auch gar nicht.«

»Sie sind hier, Casher, in der verfallenen feuchten Welt Henriada. In weniger als einer Woche werden Sie wieder bei den Opfern von Colonel Wedders Armee sein. Sie werden unter Mizzers klarem Himmel stehen, und der Siebte Nil wird neben ihnen dahinströmen, und endlich werden Sie bereit sein, das zu tun, was Sie tun müssen. Sie werden bruchstückhafte Erinnerungen an mich haben – nicht genug, um zu mir zurückzufinden oder den Menschen alle Geheimnisse Beauregards zu verraten, aber genug, um sich zu erinnern, dass Sie geliebt haben. Sie werden vielleicht sogar« – S'ruth lächelte sehr sanft, mit einem zarten, schmerzlichen Ausdruck im Gesicht – »ein Mizzermädchen heiraten, weil

ihr Körper oder ihr Gesicht oder ihre Art Sie an mich erinnern.«

»In einer Woche?«, keuchte er.

»In weniger als einer Woche.«

»Wer bist du«, rief er, »dass du, ein Untermensch, Wahren Menschen Befehle erteilen und ihr Leben lenken
kannst?«

»Ich habe mich nie um Macht bemüht, Casher. Macht
funktioniert gewöhnlich nicht, wenn man danach strebt. Ich
habe neunundachtzigtausend Jahre Leben vor mir, Casher,
und solange mein Meister lebt, werde ich ihn lieben und für
ihn sorgen. Ist er nicht stattlich? Ist er nicht weise? Ist er
nicht der vollkommenste Meister, dem Sie jemals begegnet
sind?«

Casher dachte an den alten, verfallenen Körper, an dem
Plastikschläuche befestigt waren; er dachte an die gestreifte
Pyjamahose. Er sagte nichts.

»Sie brauchen nicht zuzustimmen«, sagte S'ruth. »Ich weiß,
dass ich ihn auf eine besondere Weise sehe. Aber man hat
sich meines Schildkrötengehirns angenommen und meinen
Intelligenzquotienten weit über normale menschliche Grenzen hinaus erhöht. Als ich dann ein glückliches Mädchen
war, verzaubert von der Stimme und dem Anblick und
der Berührung meines Meisters, wurde ich zu einer Wahren
Menschenfrau gebracht, die im Sterben lag, und wir wurden
beide in Maschinen gesteckt. Als alles vorüber war, wurde
ich wieder herausgeholt. Ich trug ein rosa Kleid und pastell-
blaue Strümpfe und rosa Schuhe. Man schaffte mich in eine
Decke gewickelt hinaus in den Korridor. Sie hatten ihre Arbeit abgeschlossen. Ich war fertig. Sie wussten ganz genau,
dass ich nicht so leicht sterben würde. Ich war ja gesund.
Können Sie es nicht vor sich sehen, Casher? Ich weinte mich
in den Schlaf, vor neunhundert Jahren.«

Casher konnte nicht antworten. Er nickte verständnisvoll.

»Ich war ein Mädchen, Casher. Vielleicht war ich einmal
eine Schildkröte, aber ich erinnere mich nicht daran, ge-

nauso wenig wie Sie sich an den Bauch Ihrer Mutter erinnern oder an die Laborflasche, in der Sie herangereift sind. Nach dieser einen Stunde war ich kein Mädchen mehr, würde niemals wieder eines sein. Ich musste nicht zur Schule gehen. Ich besaß *ihre* Ausbildung, und die war ausgezeichnet. Sie sprach zwanzig oder mehr Sprachen. Sie war Psychologin und Hypnotiseurin und Strategin. Sie war ebenfalls die tyrannische Herrin ihres Hauses. Ich weinte, weil meine Kindheit beendet war, weil ich wusste, was ich tun musste. Ich weinte, weil ich wusste, dass ich es konnte. Ich *liebte* meinen Meister so sehr, aber ich war nicht mehr die liebe kleine Dienerin, die ihm seine Tabletten oder seine Süßigkeiten oder sein Bier brachte. Nun erkannte ich die Wahrheit – als sie starb, wurde ich Henriada. Der Planet gehörte mir, damit ich für ihn sorgte, ihn lenkte – und meinen Meister schützte. Wenn ich auch Ihnen helfe, ist das dann zu viel für eine Frau, die erst erwachsen sein wird, wenn Ihre Urenkel schon alle in hohem Alter gestorben sind?«

»Nein, nein«, stammelte Casher. »Aber dein eigenes Leben? Eine Familie vielleicht?«

Zorn huschte über ihr schönes Gesicht. Ihre Züge waren die des reizenden Mädchenkindes S'ruth, doch ihr Ausdruck war wahrscheinlich der der Bürgerin Agatha Madigan, einer weltlichen Frau, wiedergeboren zur endlosen Weltlichkeit ihrer eigenen Weisheit. »Soll ich mir vielleicht einen Mann bei der Schildkrötenbank bestellen? Soll ich ein Stück von dem Besitz meines Meisters veräußern, um jemanden zu bezahlen, weil ich ein Untermensch bin? Ich bin *ich.* Ich mag vielleicht ein Tier sein, aber ich bin zivilisierter als all die Windmenschen auf diesem Planeten. Arme Dinger! Was für Menschen sind sie, die nur glücklich sind, wenn sie eine dicke mutierte Ente fangen und sie in Stücke reißen und roh hinunterschlingen? Ich verliere nicht, Casher. Ich siege. Mein Meister wird länger leben als jeder andere Mensch zuvor. Er beauftragte mich mit dieser Mission, als er stark und weise war und noch am Anfang seines Lebens stand. Ich tue, wofür ich geschaffen wurde, Casher, und Sie werden auf Ihren Planeten zurückkehren und ihn befreien, ob Sie es nun mögen oder nicht!«

Beide hörten ein aufgeregtes Trippeln auf der Treppe. Der kleine silberne Roboter, der kleine Harry Hadrian, schoss heran; er trug einen Schulungshelm.

»Kehre an deinen Platz zurück. Du bist ein guter Junge, kleiner Harry, und du darfst nachher gern eine Zeit lang im Garten sitzen, wenn es wieder sicher draußen ist.«

»Darf ich auch auf einem Baum sitzen?«, fragte der kleine Roboter.

»Ja, wenn keine Gefahr besteht.«

Der kleine Harry Hadrian kehrte an seinen Platz vor dem Gewehrschrank zurück. Er hielt den Schlüssel in der Hand. Es war ein sehr seltsamer Schlüssel, scharf an einem Ende und so lang wie eine Ahle. Casher vermutete, dass es einer der zuverlässigen Magnetschlüssel war, den man durch eine Anzahl magnetischer Muster auf das Schloss abgestimmt hatte.

»Setzen Sie sich einen Augenblick auf den Boden«, bat S'ruth. »Sie sind zu groß für mich.«

Sie setzte ihm den Helm auf, justierte die Halterungen an beiden Seiten, so dass der Helm fest und richtig auf seinem Kopf saß. Mit einer intimen Geste, bei der sie ihm ein mitfühlendes, entschuldigendes Lächeln schenkte, befeuchtete sie die beiden Elektroden mit ihrem Speichel, indem sie mit ihren Fingern ihre Zunge und dann die Elektroden berührte, die sie danach an seinen Schläfen befestigte. Sie justierte die Feineinstellung des Helms und verband das zweite Kabel mit ihrer Stirn.

Casher hörte das Klicken eines Schalters.

»Das war's«, hörte er S'ruths Stimme dann aus weiter Ferne sagen.

Er war zu sehr damit beschäftigt gewesen, den Gewehrschrank anzusehen. Er kannte die Waffen alle und schätzte einige von ihnen. Er kannte den Druck ihrer Kolben an seiner Schulter, das Funkeln ihrer Läufe vor seinen Augen, den Tanz der Zielscheibe, das willkommene schwere Gewicht des Gewehres auf seinem Stützarm, den Rückstoß des Kolbens, wenn er schoss. Er wusste dies alles und wusste doch nicht, woher er das wusste.

»Agatha, die Hechizera, war eine sehr erfolgreiche Sportlerin«, flüsterte ihm S'ruth zu. »Ich dachte, ihr Wissen könnte eine zweite Übertragung überstehen. Nehmen wir jeder ein Gewehr.«

Mit einer Geste wies sie den kleinen Harry Hadrian an, den Schrank zu öffnen und zwei riesige Gewehre herauszunehmen, die wie die langen Musketen aussahen, welche die Menschheit auf der Erde benutzt hatte, bevor das Weltraumzeitalter begonnen hatte.

»Wenn du Kinder erschießen willst«, sagte Casher mit neu gewonnenem Sachverstand, »dann sind diese nicht dafür geeignet. Sie werden die Körper vollständig in Stücke reißen.«

S'ruth griff in die kleine Tasche, die an ihrem Gürtel hing. Sie nahm drei Schrotpatronen heraus. »Ich habe noch drei weitere«, sagte sie. »Wir brauchen sechs Kinder.«

Casher betrachtete die Schrotkugeln, die genau zu dem Magazin passten. Sie ähnelten keiner der Patronen, die er bisher gesehen hatte. Ihre Fertigung war unglaublich fein und präzise.

»Was sind das für welche? Ich habe so etwas noch nie gesehen.«

»Annäherungslähmer«, erklärte sie. »Man braucht nur zehn Zentimeter über den Kopf eines jeden lebenden Wesens zu schießen, und der Lähmer betäubt es.«

»Du willst die Kinder lebend?«

»Natürlich lebend. Und bewusstlos. Sie sind ein Teil unserer letzten Prüfung.«

Zwei Stunden später, nach einer aufregenden Wanderung bis an den Rand des Wetterkontrollgebietes, lagen sechs Kinder auf dem Boden der großen Halle ausgestreckt. Es waren vier Jungen und zwei Mädchen; sie waren zartknochig und weichhaarig, sehr dünn, aber sie unterschieden sich nicht sehr von normalen irdischen Menschen.

S'ruth rief einen Untermenschenarzt, der zu ihren Dienern gehörte. Knapp sechzig Untermenschen und Roboter umringten sie. Hinten an der Treppe stand John Joy Tree, halb im Schatten verborgen. Casher vermutete, dass er so neugierig war wie die anderen, sich jedoch vor ihm, Casher, fürchtete, vor dem »Mann des Blutes«.

S'ruth sprach ruhig, aber bestimmt mit dem Arzt: »Können Sie ihnen eine starke Glücksdroge geben, bevor sie erwachen? Ich möchte sie nicht aus den Vorhängen des Hauses pflücken, falls sie wild werden.«

»Nichts leichter als das«, nickte der Untermenschenarzt. Er schien von Hunden abzustammen, aber Casher vermochte es nicht genau zu sagen.

Er nahm ein Glasröhrchen und berührte damit das Genick eines jeden Kindes. Ihre Hälse starrten vor Schmutz. Diese Kinder hatten sich in ihrem Leben noch nie gewaschen und waren vermutlich nur dann und wann durch Regen gesäubert geworden.

»Wecken Sie sie«, befahl S'ruth.

Der Arzt trat zurück an einen Rolltisch. Instrumente flackerten auf. Er musste alles schon vorbereitet haben, denn er drückte nur einen Knopf, und das Leben kehrte in die Kinder zurück.

Ihre erste Reaktion war Panik. Sie machten Anstalten davonzulaufen. Der größte der Jungen, der nach irdischen Maßstäben über zehn Jahre alt sein musste, machte drei Schritte, bevor er stehen blieb und zu lachen begann.

S'ruth benutzte die Alte Sprache, als sie auf sie einredete und sehr langsam und mit langen Pausen zwischen den einzelnen Worten sprach. »Windkinder ... wisst ... ihr ... auch ... wo ... ihr ... euch ... befindet?«

Das größte Mädchen zwitscherte die Antwort so schnell, dass Casher nichts verstehen konnte.

S'ruth wandte sich an Casher und erklärte: »Das Mädchen sagt, sie sei an dem Toten Ort, wo sich die Luft niemals bewegt und die Alten Toten wandeln. Sie meint uns.« Dann sprach sie wieder auf das Windkind ein. »Was ... möchtest ... du ... am ... liebsten?«

Das größte Mädchen ging von Kind zu Kind. Sie nickten heftig ihre Zustimmung. Sie bildeten einen Kreis und stimmten ein kleines Lied an. Erst bei der zweiten Wiederholung konnte Casher es verstehen:

Ene – mene – menke,
wenk wenk wenk!
Das, an was ich denke,
ist eine famose Ente.
Ene – mene – menke,
wenk wenk wenk!

Nach der vierten oder fünften Wiederholung verstummten sie und blickten S'ruth an, die so unverkennbar die Herrin dieses Hauses war.

»Sie glauben«, sagte S'ruth zu Casher, »dass sie ein Festbankett aus roher Ente wollen. Was sie bekommen, ist eine Impfung gegen die schlimmen Krankheiten dieses Planeten, mehrere Entenmahlzeiten und wieder ihre Freiheit. Aber sie brauchen noch etwas anderes. *Sie wissen, was es ist, Casher. Werden Sie es herausfinden?*«

Die Anwesenden richteten ihre Augen auf Casher – die warmen Augen der Menschen und Untermenschen, die verschwimmenden Linsen der Roboter.

Casher stand bestürzt da. »Ist das eine Prüfung?«, fragte er leise.

»Sie können es so bezeichnen«, erwiderte S'ruth und sah an ihm vorbei.

Casher dachte angestrengt nach. Es wäre nicht sinnvoll, sie in Vergessene zu verwandeln. Das Haus besaß genug davon. S'ruth hatte erklärt, sie wieder freizulassen. Und ihr

Meister Murray Madigan musste sie irgendwann angewiesen haben, etwas mit den Windmenschen anzustellen. Und das wollte sie jetzt. Die Menge beobachtete ihn. Was mochte S'ruth erwarten?

Die Antwort traf ihn wie ein Blitz.

Wenn sie *ihn* fragte, dann musste es etwas mit ihm zu tun haben, etwas, das er – als Einziger unter diesen Menschen, Untermenschen und Robotern – zum sturmbelagerten Gut von Beauregard mitgebracht hatte.

Plötzlich wusste er es.

»Benutze mich, Mylady Ruth«, sagte er und verlieh ihr absichtlich den falschen Titel, »um ihnen kein intellektuelles Wissen, sondern meine Gefühle zu übertragen. Es würde ihnen nichts helfen, etwas über Mizzer zu erfahren, wo sich die Zwölf Nile durch die Wüsten ihren Weg graben. Oder über Pontoppidan, den Edelsteinplaneten. Oder über Olympia, wo die blinden Makler unter nummerierten Wolken spazieren gehen. Dinge zu wissen, würde diesen Kindern nicht helfen. Aber etwas *wollen* …«

Er war einzigartig. Er hatte nach Mizzer zurückkehren wollen. Er hatte neben all seinen Träumen von Blut und Rache vor allem dorthin zurückkehren wollen. Und er hatte immer alle Dinge so verbissen und unbeirrbar haben wollen, dass er auch noch, wenn er sie nicht bekommen hätte, die Galaxis auf der Suche nach ihnen durchstreift hätte.

S'ruth sprach wieder zu ihm, drängend und sanft, aber nicht mit so leiser Stimme, dass die anderen Anwesenden sie nicht hätten verstehen können. »Und was, Casher O'Neill, soll ich ihnen von Ihnen geben?«

»Meine Gefühle. Meine Bestimmung. Meine Wünsche. Nichts anderes. Gib ihnen das und wirf sie zurück in die Winde. Wenn sie etwas hartnäckig genug wollen, werden sie vielleicht aufwachsen in dem Wunsch, herauszufinden, was es ist.«

Leises zustimmendes Gemurmel war zu hören.

S'ruth zögerte einen Moment und nickte dann. »Sie haben geantwortet, Casher. Sie haben schnell und klug geantwortet. Bringen Sie sieben Helme, Eunice. Bleiben Sie hier, Doktor.«

Eunice, die Vergessene, ging mit zwei Robotern hinaus.

»Einen Stuhl«, verlangte S'ruth. »Für ihn.«

Ein großer, kräftiger, männlicher Untermensch drängte sich durch die Menge und schleppte einen Stuhl herbei.

S'ruth bedeutete Casher, Platz zu nehmen.

Sie stand vor ihm. *Seltsam,* dachte Casher, *dass sie eine große Lady und trotzdem ein kleines Mädchen ist.* Wie war es nur möglich, dass er ein Mädchen wie sie gefunden hatte? Er fürchtete sich nicht mehr vor dem Mysterium des Fisches oder vor dem Bild des Mannes an den beiden Holzbalken. Er fürchtete sich nicht mehr vor Weltraum[3], den so viele Reisende betreten und so wenige wieder verlassen hatten. Er fühlte sich sicher und wohl in der Nähe ihrer Weisheit und Autorität. Er fühlte auch, dass er nie wieder etwas Ähnliches erleben würde – ein Kind, das einen Planeten regierte und Erfolg damit hatte; ein halbtoter Mann, der durch die immerwährende Hingabe seines Hausmädchens am Leben erhalten wurde; eine schreckliche Hypnotiseurin, die weiterlebte mit all den Ängsten und dem Zorn längst vergangener Menschlichkeit, aber mit den Fähigkeiten und der Hartnäckigkeit von Schildkrötengenen.

»Ich kann mir vorstellen, was Sie denken«, sagte S'ruth, »aber wir haben bereits alle Dinge gesagt, die gesagt werden mussten. Ich habe ein Dutzend Mal Ihren Geist durchleuchtet, und ich weiß, Sie wollen nach Mizzer so schrecklich gern zurückkehren, dass Weltraum[3] Sie genau an dem verfallenen Fort ausspucken wird, wo die lange Schleife des Siebten Nils beginnt. Auf meine Art liebe ich Sie, Casher, aber ich kann Sie nicht hierbehalten, ohne Sie in einen Vergessenen zu verwandeln und aus Ihnen einen Diener für meinen Meister zu machen. Sie wissen, was bei mir immer an erster Stelle steht.«

»Madigan.«

»Madigan«, bestätigte sie, und aus ihrem Mund klang der Name wie ein Gebet.

Eunice kam mit den Helmen zurück.

»Wenn wir damit fertig sind, Casher«, sagte S'ruth, »wird man Sie in den Konditionierungsraum bringen. Leben Sie wohl, mein Es-hätte-sein-Können!«

Vor aller Augen küsste sie ihn voll auf seine Lippen.

Er saß in dem Stuhl, erfüllt von Geduld und Zufriedenheit. Selbst als sich sein Blickfeld verdunkelte, konnte er die dünne, leichte Kette an dem mädchenhaften Hals sehen, konnte er sich an das zarte Lachen erinnern, das in ihrem Lächeln verborgen lag.

Im letzten Augenblick seines noch wachen Bewusstseins sah er, dass eine andere Gestalt sich zu der Menge gesellt hatte – der große alte Mann mit dem abgetragenen Bademantel, den welken blauen Augen, dem dünnen blonden Haar. Murray Madigan hatte sich aus seinem privaten Leben-im-Tod erhoben und war gekommen, um Casher O'Neill noch einmal zu sehen. Er wirkte weder schwach noch närrisch. Er wirkte wie ein großer Mann, weise und seltsam auf eine Art, die Cashers Begriffsvermögen überstieg.

Dann berührte S'ruths kleine Hand seinen Arm, und alles versank in samtener Dunkelheit.

XIV

Als er erwachte, lag er nackt und von der Sonne verbrannt unter dem heißen Himmel Mizzers. Zwei Soldaten mit Armbinden, die sie als Sanitäter auswiesen, rollten ihn auf eine Segeltuchtrage.

Mizzer!, rief er in Gedanken. Seine Kehle war zu trocken, um einen Laut hervorbringen zu können. *Ich bin zu Hause!*

Plötzlich kehrten die Erinnerungen zurück, und er griff nach ihnen, aber sie entzogen sich ihm, noch bevor er nach Papier verlangen und sie niederschreiben konnte.

Erinnerung: Da war die Empfangshalle, und er machte sich bereit, auf dem Stuhl zu schlafen, während der alte Riese Murray Madigan am Rande der Menge stand und S'ruth ihn leicht berührte. S'ruth – sein Mädchen, sein Mädchen, das nun zahllose Lichtjahre weit entfernt war.

Erinnerung: Da war ein anderer Raum mit fleckigen Glasbildern und Weihrauch, und die beklagenswerten Szenen eines großen Lebens waren als Fresken auf den Wänden zu sehen. Da waren die beiden Holzbalken, und da war ein Mann voller Schmerz und Pein, der an sie genagelt war. Aber Casher wusste, dass sich zerstreut und kodiert überall in seinem Bewusstsein die endgültige und unbesiegbare Weisheit des Zeichens des Fisches befand. Er wusste, dass er nie wieder Furcht haben musste.

Erinnerung: Da war ein Spieltisch in einem hellen Raum, der Reichtum von tausend Welten, der auf ihn zugeschoben wurde. Er war eine Frau, stark, großbrüstig, mit Juwelen geschmückt und stolz. Er war Agatha Madigan, die alle Spiele gewann. *(Das kommt daher,* dachte er, *dass mir S'ruth aufgeprägt wurde.)* Und in dem Bewusstsein der Hechizera, das nun sein eigenes Bewusstsein war, lag das klare und sichere Wissen, wie er Menschen und Frauen für sich gewinnen konnte, Offiziere und Soldaten, selbst Untermenschen und Roboter, um seinen Wünschen zu dienen – ohne einen Tropfen Blut zu vergießen oder ein Wort des Zorns zu verlieren.

Der Mann, der ihn auf die Trage hob, löste rote Wellen von Hitze und Schmerz in ihm aus.

Er hörte einen anderen sagen: »Üble Verbrennungen. Frage mich, warum er seine Kleidung verloren hat.«

Die Worte waren Tatsachen; der Kommentar war nichts Besonderes; aber die Betonung, die besondere Betonung, war die wahre Sprache von Mizzer.

Als sie ihn forttrugen, erinnerte er sich an das Gesicht von Rankin Meiklejohn, riesige Augen, die voll Verzweiflung über die Ränder eines großen Glases blickten. Das war der Administrator. Auf Henriada. Das war der Mann, der mich an Ambiloxi vorbei nach Beauregard schickte, um zwei Uhr fünfundsiebzig morgens früh. Die Trage schaukelte ein wenig.

Er dachte an die feuchten Sümpfe Henriadas und wusste, dass er sich bald nie wieder an sie erinnern können würde. Die Würmer der Wirbelstürme krochen an den Grenzen des Landsitzes entlang. Das verrückte weise Gesicht John Joy Trees.

Weltraum^3? Weltraum^3? Noch immer, selbst jetzt, konnte er sich nicht erinnern, wie er es in den Weltraum^3 geschafft hatte.

Und Weltraum^3 selbst ...

Alle Alpträume, die die Menschheit jemals gehabt hatte, überfluteten Cashers Bewusstsein. Einmal krümmte er sich in Todesqual, gerade als die Trage an einem sanitären Militärgleiter ankam. Er sah das Gesicht eines Mädchens – wie war doch gleich ihr Name? –, und dann schlief er ein.

XV

Vierzehn Mizzer-Tage später erfolgte die erste Untersuchung.

Ein Arztcolonel und ein Geheimdienstcolonel, beide in der Alltagsuniform von Colonel Wedders Spezialtruppe, standen an seinem Bett.

»Ihr Name ist Casher O'Neill, und wir wissen nicht, wie Ihr Körper unter die Kämpfenden geriet«, sagte der Arzt barsch und gefühllos. Casher drehte den Kopf und sah den Mann an. »Sprechen Sie weiter«, flüsterte er.

»Sie sind ein politischer Störenfried«, erklärte der Arzt, »und wir wissen nicht, wie Sie in die Nähe unserer Truppen gelangen konnten. Wir wissen nicht einmal, wie Sie zurück zu den Menschen dieses Planeten gekommen sind. Wir fanden Sie am Siebten Nil.«

Der Geheimdienstcolonel stand neben ihm und nickte zustimmend.

»Glauben Sie das auch, Colonel?«, flüsterte Casher dem Geheimdienstcolonel zu.

»Ich stelle Fragen. Ich beantworte sie nicht«, erklärte der Mann barsch.

Casher spürte, wie er nach ihren Gedanken wie mit einer Fingerspitze griff, von der er nicht gewusst hatte, dass er sie besaß. Es war schwer, es einfach zu beschreiben; es war, als ob jemand zu ihm, Casher, sagen würde: »Dieser hier ist im linken vorderen Bereich seines Bewusstseins verwundbar, aber der andere ist gut abgeschirmt und muss über das Mittelhirn erreicht werden.« Casher musste keine Furcht davor haben, etwas durch den Ausdruck seines Gesichtes zu verraten. Er war zu schwer verbrannt und litt zu große Qualen, um durch sein Mienenspiel etwas preiszugeben. (Irgendwo hatte er die wilde Geschichte der Hechizera von Gonfalon gehört! Irgendwo brausten Stürme ohne Unterlass vor einem wolkenverhangenen gelblichen Himmel über unfruchtbar gewordenem Marschland! Aber wo, wann, was war das? Er konnte keine Zeit an Erinnerungen verschwenden. Er musste um sein Leben kämpfen.)

»Friede sei mit Ihnen«, flüsterte er den beiden zu.

»Und Friede sei mit Ihnen«, erwiderten sie gleichzeitig, mit leichter Überraschung.

»Beugen Sie sich über mich, bitte«, sagte Casher, »damit ich nicht schreien muss.«

Sie standen stocksteif da.

Irgendwo in den Tiefen seiner Erinnerung und seines Verstandes fand Casher den richtigen Ton, der seine Stimme wie eine Trägerwelle benutzen konnte und sie handeln lassen würde, wie er es wollte.

»Das ist Mizzer«, flüsterte er.

»Natürlich ist das Mizzer«, schnappte der Geheimdienst-colonel. »Und Sie sind Casher O'Neill. Was machen Sie hier?«

»Beugen Sie sich über mich, meine Herren«, bat er leise und senkte seine Stimme so, dass sie ihn kaum verstehen konnten.

Diesmal beugten sie sich über ihn.

Cashers verbrannte Hände griffen nach ihren Händen. Die Offiziere bemerkten es, aber da er krank und unbewaffnet war, ließen sie es zu.

Plötzlich fühlte er ihre Gedanken in seinem eigenen Bewusstsein strahlen, so hell, als hätte er ihre glühenden, denkenden Gehirne mit einem einzigen Bissen verspeist.

Er sprach nicht mehr.

Er *dachte* – überwältigende, unwiderstehliche Gedanken.

Ich bin nicht Casher O'Neill. Sie werden seinen Leichnam in einem anderen Raum finden, vier Türen weiter. Ich bin der Zivilist Bindaoud.

Die beiden Colonels starrten ihn an, atmeten schwer.

Niemand sagte ein Wort.

Casher fuhr fort: »Unsere Fingerabdrücke und Aufnahmen wurden vertauscht. Geben Sie mir die Fingerabdrücke und Papiere des toten Casher O'Neill. Begraben Sie ihn dann, still, aber mit allen Ehren. Einst liebte er Ihren Führer, und es gibt keinen Grund, wilde Gerüchte über seine Rückkehr aus dem Weltraum zu verbreiten. Ich bin Bindaoud. Sie werden meine Unterlagen in Ihrem Frontbüro finden. Ich bin kein Soldat. Ich bin ein ziviler Techniker, der den Salzpegel in der Biochemie der Soldaten unter Frontbedingungen studiert. Sie haben mich gehört, meine Herren. Sie hören mich jetzt. Sie werden mich immer hören. Aber Sie werden sich nicht daran erinnern, meine Herren, wenn Sie erwachen. Ich bin krank. Sie können mir Wasser und ein Beruhigungsmittel geben.«

Sie standen noch immer da, verzaubert von der Berührung seiner kräftigen verbrannten Hände.

Casher befahl: »Aufwachen!«

Er ließ ihre Hände los.

Der Sanitätscolonel blinzelte und sagte freundlich: »Ihnen wird es bald besser gehen, Sir und Doktor Bindaoud. Ich werde die Ordonnanz veranlassen, dass sie Ihnen Wasser und ein Beruhigungsmittel bringt.« Zu dem anderen Offizier sagte er: »Ich habe da einen interessanten Leichnam vier Türen weiter. Ich glaube, Sie sollten ihn sich einmal ansehen.«

Casher O'Neill versuchte an die jüngste Vergangenheit zu denken, aber um ihn war das blaue Licht Mizzers, war der Sandgeruch, waren die Geräusche von galoppierenden Pferden. Für einen Moment überkam ihn die Erinnerung an das blaue Kleid eines großen Kindes, und er wusste nicht, warum er beinahe weinte.

PLANET
DES SANDES

Dies ist die Geschichte des Sandplaneten Mizzer, der alle Hoffnung aufgegeben hatte, als der Tyrann Wedder die Herrschaft des Terrors und der Gewalt einführte. Und von seinem Befreier, Casher O'Neill, über den seltsame Dinge berichtet werden – von dem Tag des Blutes, an dem er aus seiner Heimatstadt Kaheer floh, bis er zurückkehrte, um das Blutvergießen bis an das Ende seiner Tage zu unterbinden.

Überall, wo Casher hinkam, beherrschte ihn nur ein Gedanke: die Befreiung seines Planeten von den Tyrannen, die er selbst an die Macht hatte kommen lassen, als sie sich zusammen gegen seinen Onkel, den unsäglichen Kuraf, verschworen hatten. Er vergaß niemals Kaheer am Ersten Nil, weder bei Tag noch bei Nacht, wo die Pferde auf der Rennbahn um die Wette liefen, und die Wüste. Er vergaß niemals die blauen Himmel seiner Heimat und die großen Dünen der Wüste zwischen den Nilen. Er erinnerte sich an die Freiheit eines Planeten, der für die Freiheit geschaffen und ihr geweiht war. Er vergaß niemals, dass Blut der Preis für Blut, dass der Preis der Freiheit der Kampf, dass das Risiko des Kampfes der Tod ist. Doch er war kein Narr. Er war zwar bereit, sein eigenes Leben zu riskieren, aber er wollte bessere Voraussetzungen für den Kampf, damit ihn die Polizei des Diktators Wedder in seiner Heimat nicht in einer Falle fing, die er nie wieder verlassen könnte.

Und dann hatte er plötzlich die Lösung seines Kreuzzuges vor sich, ohne sie gleich erkannt zu haben. Er hatte erst das Ende aller Dinge, aller Probleme, aller Sorgen erreichen müssen. Er hatte ebenfalls das Ende aller gewöhnlichen Hoffnungen erreichen müssen. Bis er S'ruth traf. Und seitdem gehörten ihm ihre fremdartigen Kräfte, die er einsetzen konnte, wie es ihm gefiel.

Es gefiel ihm, nach Mizzer zurückzukehren, Kaheer zu betreten und sich Wedder entgegenzustellen.

Warum sollte er es nicht tun? Es war seine Heimat, und es dürstete ihn nach Rache. Mehr als nach Rache dürstete ihn aber nach Gerechtigkeit. Viele Jahre hatte er nur für diese Stunde gelebt, und jetzt war diese Stunde gekommen.

Er betrat Kaheer durch das nördliche Tor.

———————————————————————————

Casher trug auf Mizzer die Uniform eines Sanitätstechnikers von Wedders Armee. Er hatte die Erscheinung und den Namen eines toten Mannes angenommen, Bindaoud. Casher besaß keine Waffen außer seinen Händen, und die Hände pendelten frei an den Enden seiner Arme. Nur die Standfestigkeit seiner Füße, die kräftige Anmut, mit der er jeden Schritt machte, verrieten seine Absicht. Die Menge in den Straßen sah ihn vorbeigehen, ohne ihn zu sehen. Sie erblickte einen Mann und erkannte nicht, dass sie ihre eigene Vergangenheit Schritt für Schritt durch die Straßen gehen sah. Casher O'Neill hatte Kaheer betreten; er wusste, dass er verfolgt wurde. Er konnte es fühlen.

Er blickte sich um.

In den vielen Jahren des Kämpfens und Ringens hatte er auf seltsamen Planeten zahllose Regeln früherer Gefahren gelernt. Wachsam wie er war, wusste er, was ihn verfolgte. Es war ein Spürhund. Der Spürhund hatte die Gestalt eines kleinen, ungefähr acht Jahre alten Jungen angenommen, aus dessen Nasenlöchern zwei Rinnsale schmutzigen Rotzes liefen, der einen ewig offenstehenden Mund besaß, aus dem das grelle Gekläff des Idioten drang, Augen, die ständig hin und her wanderten. Casher wusste, dass dies ein Junge und doch kein Junge war. Es war ein Jagd- und Suchgerät, wie es oft von Obristen benutzt wurde, die vorhatten, zu Königen oder Tyrannen zu werden, ein Gerät, das von Gestalt zu Gestalt wanderte, von einem Kind in einen Schmetterling oder einen Vogel, die sich mit dem Spürhund bewegten und das Opfer nicht aus den Augen ließen; beobachten, schweigen, folgen. Er hasste den Spürhund und war versucht, alle Macht seines noch ungewohnten Geistes gegen ihn einzusetzen, so dass der Junge sterben und die in ihm versteckte Maschine zerspringen würde. Aber er wusste genau, dass eine Feuersäule und ein Schwall von Blut das Resultat wären. Er hatte vor langer Zeit schon viel Blut in Kaheer fließen sehen und hegte nicht den Wunsch, dass es sich noch einmal in dieser Stadt wiederholte.

Stattdessen verlangsamte er seine Schritte. Freundlich und gelassen drehte er sich zu dem Jungen um und sagte zu dem Jungen und der in dem Jungen versteckten Maschine: »Komm, begleite mich. Ich gehe geradewegs zum Palast, und es wird dir gefallen, ihn dir anzusehen.«

Der Maschine, ertappt, blieb keine andere Möglichkeit.

Der Idiot legte seine Hand in Cashers Hand, und irgendwie gelang es Casher, den rollenden, bedächtigen Schritt wieder aufzunehmen, der so viele seiner Jahre geprägt hatte, während er die Hand des verrückten Jungen festhielt, der neben ihm herhüpfte. Er fühlte noch immer die Maschine, die ihn mit den Augen des Jungen beobachtete. Er machte sich keine Sorgen; er fürchtete sich nicht vor Waffen, er konnte sie aufhalten. Er fürchtete sich nicht vor Gift; er konnte ihm widerstehen. Er fürchtete sich nicht vor Hypnose; er konnte sie sammeln und zurückwerfen. Er fürchtete sich nicht vor der Furcht; er war auf Henriada gewesen. Er war durch den unglaublichen Weltraum[3] heimgekehrt.

Er ging geradewegs zum Palast. Der Mittag glühte in der hellen, gelben Sonne, die über den Himmel von Kaheer wanderte. Die weißgekalkten Mauern im arabischen Stil standen sicher und fest wie seit Tausenden von Jahren. Erst am Tor wurde er angerufen, aber der Posten zögerte, als Casher sagte: »Ich bin Bindaoud, treuer Diener von Colonel Wedder, und dies ist ein Straßenkind, das ich heilen werde, um unserem guten Colonel meine Kräfte vorzuführen.«

Der Wächter sagte etwas in einen kleinen Kasten, der in der Mauer eingelassen war.

Casher durfte passieren. Der Spürhund trottete neben ihm her. Als er durch die mit kostbaren Teppichen ausgelegten Korridore schritt, in denen sie Militärs und Zivilisten begegneten, fühlte er sich glücklich. Dies war nicht Wedders Palast, obwohl Wedder in ihm lebte. Dies war sein eigener Palast. Er, Casher, war in ihm geboren. Er kannte ihn. Er kannte jeden einzelnen Gang.

Die Jahre hatten nur sehr wenig verändert. Casher wandte sich nach links in einen offenen Hof. Die Gerüche von Salzwasser und Sand und von den hier untergebrachten Pferden mischten sich hier. Er seufzte leise bei so viel Vertrautem, bei einem solch guten und freundlichen Willkommen. Er wandte sich wieder nach rechts und stand vor einer großen, hohen Treppe. Auf jeder der Stufen hatte der sie bedeckende Teppich ein anderes Muster.

Sein Onkel Kuraf hatte stets am oberen Ende dieser langen Treppe gestanden, während Männer und Frauen, Jungen und Mädchen zu ihm gebracht wurden, um Spielzeuge seiner abnormen Gelüste zu werden. Kuraf war zu fett gewesen, um diese Treppe hinunterzusteigen und sie in Empfang zu nehmen. Er ließ die Gefangenen in seine Lasterhöhle hinaufkommen. Casher war am Treppenende angekommen und wandte sich nach links.

Es war nun keine Höhle der Laster mehr.

Es war das Büro von Colonel Wedder. Und er, Casher, stand jetzt davor.

Wie seltsam es war, dieses Büro zu betreten, das Ziel all seiner Hoffnungen, den einen Punkt im ganzen Universum, nach dem seine fiebrige Rache verlangt hatte, bis er sich

938

selbst für verrückt hielt. Wie oft hatte er sich überlegt, dieses Büro aus der Umlaufbahn zu bombardieren oder es mit der dünnen Klinge eines Laserstrahls zu zerschneiden oder es mit Chemikalien zu vergiften oder es mit Truppen zu besetzen. Er hatte sich ebenfalls überlegt, Feuer über das Gebäude zu gießen oder es in Wasser zu ertränken. Er hatte davon geträumt, Mizzer zu befreien – selbst um den Preis der lieblichen Stadt Kaheer –, indem er einen kleinen Asteroiden darauf werfen und in einer interplanetarischen Tragödie die Stadt selbst vernichten würde. Und die Stadt, unter dem Brüllen des Aufpralls, wäre in thermonuklearer Weißglut vergangen und zu einem vergifteten See am Ende der Zwölf Nile geworden. Er hatte über tausend Möglichkeiten nachgedacht, die Stadt zu betreten oder sie zu zerstören, nur um Wedder zu zerstören. Nun war er hier. Und Wedder ebenfalls.

Wedder wusste nicht, dass er, Casher O'Neill, zurückgekehrt war.

Auch wusste er nicht, zu wem Casher O'Neill geworden war – einem Meister des Weltraums, einem Reisenden, der ohne Schiffe reiste, dem Übermittler von Plänen, die seltsamer waren, als es sich jemand auf Mizzer vorstellen konnte.

Sehr ruhig, sehr entspannt, sehr still, sehr sicher betrat das Schicksal in der Person Casher O'Neills das Vorzimmer Wedders. Sehr bescheiden fragte er nach dem Colonel.

Zum Glück war der Diktator abkömmlich.

Er hatte sich nur wenig verändert, seit Casher ihn das letzte Mal gesehen hatte, war ein wenig älter, ein wenig dicker, ein wenig weiser geworden – vermutlich. Casher war sich nicht sicher. Jede Zelle und jede Faser seines Körpers war angespannt. Er war bereit, die Aufgabe zu erfüllen, die Lichtjahre hatten schmerzen lassen, für die Welten sich gedreht hatten, und von der er wusste, dass sie in nur einem Augenblick getan war. Er trat Wedder entgegen und schenkte ihm ein bescheidenes, zuversichtliches Lächeln.

»Ihr Diener, der Techniker Bindaoud, Sir und Colonel«, sagte Casher.

Wedder blickte ihn seltsam an. Er reichte ihm die Hand, und kurz bevor sich ihre Hände berührten, äußerte Wedder die letzten Worte, die er aus eigenem Antrieb sagen sollte. Während des Händeschüttelns sprach Wedder, und auch seine Stimme klang seltsam: »Wer sind Sie?«

Casher hatte geträumt, dass er sagen würde: »Ich bin Casher O'Neill, zurückgekehrt aus unvorstellbaren Weiten, um Sie zu stürzen.« Oder dass er sagen würde: »Ich bin Casher O'Neill, und ich habe Jahr um Jahr die Sternstraßen bereist, um Ihre Vernichtung einzuleiten.« Und er hatte sogar sagen wollen: »Ergeben Sie sich oder sterben Sie, Wedder, Ihre Stunde ist gekommen.« Manchmal hatte er davon geträumt, ihm ein »Hier, Wedder!« entgegenzuschleudern und ihm dann das Messer zu zeigen, mit dem er sein Leben beenden würde.

Und jetzt war der Augenblick da, und nichts davon geschah.

Der verrückte Junge mit der Maschine in seinem Innern stand ungezwungen neben ihm.

Casher hatte Wedders Hand ergriffen und sagte einfach: »Ihr Freund.«

Während er das sagte, sondierte er Wedder. Er benutzte die inneren Augen seines Opfers, Augen, die sich nicht in den Höhlen seines Gesichts bewegten, Augen, die er nicht kontrollieren und mit denen er nicht sehen konnte. Die Augen des Bewusstseins. Rasch berichtigte er Wedders Anatomie, arbeitete psychokinetisch, drückte dort eine Arterie zusammen, kniff dort eine Drüse ab und verstärkte hier das Gewebe, durch das das Sekret einer Drüse ausgeschieden wurde. In kürzerer Zeit, als ein normaler Arzt die Prozedur hätte protokollieren können, hatte er Wedder verändert.

Cashers Arbeit war in ihrem Umfang geringer als die eines Piloten während einer Routinelandung; aber die Veränderungen, die er vorgenommen hatte, waren auf Wedders biochemisches System ausgerichtet gewesen. Die Veränderungen waren irreversibel.

Der neue Wedder war der alte Wedder. Derselbe Verstand, derselbe Wille, dieselbe Persönlichkeit. Doch gab es gewisse Korrekturen. Er war jetzt gütiger. Toleranter. Sanfter, menschlicher. Er lächelte und erklärte: »Ich erinnere mich an Sie, Bindaoud. Können Sie diesem Jungen helfen?«

Der vorgebliche Bindaoud ließ seine Hände über den Jungen gleiten. Der Junge weinte vor Schmerz und zitterte einen Moment lang. Er wischte sich seine schmutzige Nase und den Mund am Ärmel ab. Seine Augen blickten normal. Sein Mund schloss sich. Sein Verstand flammte auf, als die alten kranken Verbindungen gesundeten und menschlich wurden. Die Spürhund-Maschine wusste, dass sie fehl am Platz war und suchte sich einen anderen Zufluchtsort. Der Junge, der ein Gehirn, aber noch keine Sprache, kein Wissen besaß, stand da und schluchzte vor Glück. Wedder sagte sehr freundlich: »Das ist bemerkenswert. Ist das alles, was Sie mir zeigen wollten?«

»Alles«, erwiderte Casher.

Er drehte Wedder den Rücken zu und war sich völlig sicher.

Er wusste, Wedder würde nie wieder einen anderen Menschen töten.

Casher verharrte vor der Tür und blickte sich noch einmal um. Wedders Haltung verriet, dass das, was hatte getan werden müssen, getan worden war: Die Veränderungen in dem Mann waren größer als der Mann selbst. Der Planet war frei, und Cashers Aufgabe war damit erfüllt. Das plötzlich ängstlich werdende Kind, das den Spürhund verloren hatte, folgte ihm aus blindem Instinkt.

Die Colonels und Stabsoffiziere wussten nicht, ob sie salutieren oder nicken sollten, als sie ihren Chef im Türrahmen stehen sahen und er Casher O'Neill mit unerwarteter Freundlichkeit zuwinkte, während dieser die breiten, durch Teppiche gedämpften Stufen hinunterstieg. Das Kind stolperte hinter ihm her. Auf der untersten Stufe blickte Casher ein letztes Mal zu seinem Feind hinauf, der fast ein Teil von ihm selbst geworden war. Da stand Wedder, der Mann des Blutes. Und er, Casher O'Neill, hatte nun das Blut getilgt, die Vergangenheit zurückgeholt und die Zukunft neu gestaltet. Ganz Mizzer war in die Offenheit und Freiheit zurückgekehrt, die in der Zeit der alten Republik der Zwölf Nile geherrscht hatten. Er ging weiter, wechselte von einem Gang in den nächsten und überquerte dann und wann einen der Innenhöfe, bis er das Ausgangstor des Palastes erreicht hatte. Der Posten präsentierte das Gewehr.

»Rühren«, befahl Casher. Der Mann senkte das Gewehr.

Casher stand vor dem Palast, der seinem Onkel gehört hatte, der sein und sogar ein Stück seiner selbst gewesen war. Er atmete Mizzers klare Luft. Er blickte hinauf zu dem hellen blauen Himmel, den er immer geliebt hatte. Er betrachtete die Welt, der er versprochen hatte, mit Gerechtigkeit, mit Rache, mit Donner, mit Macht zurückzukehren. Dank der seltsamen und ungewöhnlichen Fähigkeiten, die er von dem Schildkrötenmädchen S'ruth in der sturmgepeitschten Atmosphäre Henriadas erlernt hatte, war ihm ein blutiger Kampf erspart geblieben.

Casher wandte sich an den Jungen und erklärte: »Ich bin ein Schwert, das in die Scheide zurückgesteckt wurde. Ich bin eine Pistole, deren Patronen herausgefallen sind. Ich bin ein Strahler ohne Batterie. Ich bin ein Mann, aber ich fühle mich ausgehöhlt.«

Der Junge machte würgende, verrückte Geräusche, als ob er zu denken, er selbst zu werden versuchte, um all die verlorene Zeit aufzuholen, die er in Unverstand zugebracht hatte.

Casher handelte aus einem Impuls heraus. Neugierig, wie er darauf reagieren würde, verlieh er dem Jungen seine eigene Heimatsprache von Kaheer. Er fühlte, wie sich Muskeln, Schultern, Nacken, Fingerspitzen verhärteten, als er sich auf die Fähigkeiten konzentrierte, die er im Palast von Beauregard erlernt hatte, wo das Mädchen S'ruth noch für eine Ewigkeit im Namen ihres Sirs und Meisters Murray Madigan regierte. Er packte den Jungen energisch an den Schultern. Er blickte in furchtsam weinende Augen, und dann, in einem einzigen Gedankenblitz, schenkte er dem Jungen Sprache, Worte, Erinnerungen, Ehrgeiz, Fähigkeiten. Der Junge stand benommen da.

Schließlich sprach der Junge und fragte: »Wer bin ich?«

Casher konnte ihm keine Antwort auf diese Frage geben. Er klopfte dem Jungen auf die Schulter. »Geh zurück in die Stadt«, forderte er ihn auf, »und finde es selbst heraus. Ich habe andere Aufgaben. Ich muss erfahren, wer ich bin. Lebe wohl, und Friede mit dir.«

II

Casher fiel ein, dass seine Mutter noch immer hier lebte. Er hatte selten an sie gedacht. Es war leichter für ihn, wenn er sie vergaß. Ihr Name war Triheap, und sie war Kurafs Schwester. War Kuraf verdorben, dann war sie tugendhaft. War Kuraf verschwenderisch, dann war sie besonnen und sparsam. Brachte Kuraf in all seiner Schlechtigkeit Menschen und Dingen und Ideen Toleranz entgegen, blieb sie bei den Gedankenmustern, die ihre Eltern sie vor langer Zeit gelehrt hatten.

Casher tat etwas, von dem er gedacht hatte, er würde es nie tun. Er war noch nicht einmal auf den Gedanken gekommen, es zu tun. Es war zu einfach. Er ging heim.

Am Tor des Hauses erkannte ihn die alte Dienerin seiner Mutter trotz der Veränderungen in seinem Gesicht, und sie sagte mit erschreckender Ehrfurcht in ihrer Stimme: »Mir scheint, dass ich Casher O'Neill gegenüberstehe.«

»Ich trage den Namen Bindaoud«, sagte Casher, »aber ich bin Casher O'Neill. Lass mich ein und sag meiner Mutter, dass ich da bin.«

Er betrat das Privatzimmer seiner Mutter. Die alten Möbel waren noch immer da. Die auf Hochglanz gebrachten Nippsachen aus hundert Zeitaltern, die alten Gemälde und die alten Spiegel und die toten Menschen, die er nie gekannt hatte, nur durch ihre Bilder und Andenken. Er fühlte sich so krank wie damals, als er noch ein kleiner Junge gewesen war und diesen Raum betreten hatte, bevor sein Onkel kam, um ihn mit in den Palast zu nehmen.

Seine Mutter kam. Sie hatte sich nicht verändert.

Halb erwartete er, dass sie ihm ihre Arme entgegenstrecken und affektiert rufen würde: »Mein Baby! Mein Liebling! Bleibe für immer bei mir!«

Sie tat es nicht.

Sie blickte ihn kühl an, als sei er ein völlig Fremder.

»Du siehst nicht aus wie mein Sohn«, erklärte sie, »aber ich glaube, du bist es. Du hast zu deiner Zeit genug Ärger gemacht. Machst du jetzt auch wieder Schwierigkeiten?«

»Nicht aus bösem Willen, Mutter, das habe ich auch vorher nie getan«, erwiderte Casher, »gleichgültig, was du von mir denken magst. Ich habe getan, was ich tun musste. Das, was richtig war.«

»Deinen Onkel zu verraten, war richtig? Deine Familie im Stich zu lassen, war richtig? Uns zu entehren, war richtig? Du musst ein Narr sein, dass du so sprichst. Ich hörte, du warst ein Wanderer und hast große Abenteuer bestanden und viele Welten gesehen. In meinen Augen hast du dich nicht verändert. Du bist ein alter Mann. Du scheinst fast so alt zu sein wie ich. Ich hatte einst ein Baby, aber wie kannst du das gewesen sein? Du bist ein Feind des Hauses Kuraf O'Neill. Du bist einer der Menschen, die es blutig einstürzen ließen. Aber sie kamen von draußen mit ihren Prinzipien und ihren Gedanken und ihren Träumen von der Macht. Und du stahlst von innen wie ein Lump. Du hast die Tür geöffnet und den Verfall hereingelassen. Wer bist du, dass ich dir vergeben sollte?«

»Ich bitte dich nicht um Vergebung, Mutter«, sagte Casher. »Ich bitte dich nicht einmal um Verständnis. Möge Frieden mit dir sein.«

Sie starrte ihn an, sagte aber nichts.

Er fuhr fort: »Mizzer wird ein freundlicherer Ort zum Leben sein, seit ich heute Morgen mit Wedder gesprochen habe.«

»Du hast mit Wedder gesprochen? Und er hat dich nicht getötet?«

»Er hat mich überhaupt nicht erkannt.«

»Wedder hat dich nicht erkannt?«

»Ich versichere dir, Mutter, er hat mich nicht erkannt.«

»Dann musst du ein sehr mächtiger Mann sein, mein Sohn. Vielleicht kannst du das Glück des Hauses Kuraf O'Neill wiederherstellen, nach all dem Schaden, den du angerichtet hast, und nach all dem Kummer, den du meinem Bruder zugefügt hast. Ich vermute, du weißt, dass deine Frau tot ist?«

»Ich habe davon gehört«, nickte Casher. »Ich hoffe, sie starb schnell durch einen Unfall und ohne Schmerzen.«

»Natürlich war es ein Unfall. Auf welch andere Weise sollten die Menschen in diesen Tagen sonst sterben? Sie und ihr Mann wagten sich mit einem dieser neuen Schiffe hinaus, das sich überschlug.«

»Es tut mir leid, dass ich nicht hier war.«

»Ich weiß. Ich weiß das sehr gut, mein Sohn. Du warst dort draußen, und ich blickte voll Furcht hinauf zu den Sternen. Ich sah hinauf zum Himmel und hielt Ausschau nach dem Mann, der mein Sohn war und dort mit Tod und Verderben auf seine Stunde wartete. Von Rache erfüllt, uns allen gegenüber, nur weil er dachte, er wisse, was richtig sei. Ich habe mich lange Zeit vor dir gefürchtet, und ich dachte, falls ich dich jemals wiedersehen sollte, würde ich dich aus ganzem Herzen fürchten. Du scheinst nicht das zu sein, was ich erwartet habe, Casher. Vielleicht kann ich dich mögen. Vielleicht kann ich dich sogar lieben, wie es eine Mutter tun sollte. Nicht dass es eine Rolle spielen würde. Du und ich, wir sind inzwischen zu alt dafür.«

»Ich übe nicht mehr auf diese Art Vergeltung, Mutter. Ich war jetzt lange genug in diesem alten Zimmer und wünsche dir alles Gute. Aber ich wünsche auch vielen anderen Menschen alles Gute. Ich habe getan, was ich tun musste. Ich werde zurückkommen und dich wiedersehen. Wenn beide von uns etwas mehr von dem verstehen, was wir getan haben.«

»Möchtest du denn nicht deine Tochter sehen?«

»Tochter? Habe ich eine Tochter?«

»O du armer Narr. Hast du nicht einmal das herausgefunden, nachdem du fortgegangen warst? Sie hat dir ein Kind geboren. Sie hat sogar die altmodische Prozedur einer natürlichen Geburt auf sich genommen. Das Kind sieht dir sogar ein wenig ähnlich. Tatsächlich ist sie so arrogant wie du. Du kannst zu ihr gehen, wenn du möchtest. Sie lebt in einem Haus direkt neben einem Platz in Golden Laut, dem Viertel der Lederhandwerker. Der Name ihres Mannes ist Ali Ali. Besuche sie, wenn du magst.«

Sie reichte ihm ihre Hand. Casher ergriff sie ehrfürchtig, als sei sie die Hand einer Königin. Als er ihr ins Gesicht blickte, wandte er auch hier seine Fähigkeiten von Henriada an. Er durchschaute und fühlte ihre Persönlichkeit, als wäre er ein Chirurg der Seele, aber in ihrem Fall war er machtlos. Sie war keine starke Persönlichkeit, die kämpfte und sich wehrte und sich den Kräften des Lebens und der Hoffnung und der Enttäuschung widersetzte. Sie war etwas anderes, eine Person, so unbeweglich, starr, festgelegt, dass selbst ein Mann mit Heilkünsten, die eine ganze Flotte mit ihren Gedanken zerstören oder einen Idioten durch einen bloßen Befehl intelligent werden lassen konnten, bei ihr versagte. Er erkannte, dass dies ein Fall war, der seine Kräfte überstieg.

Er drückte ihr zärtlich die Hand, und sie lächelte ihn freundlich an, ohne zu wissen, wie ihr geschah. »Wenn jemand fragt«, sagte Casher, »der Name, den ich angenommen habe, ist der des Doktors Bindaoud. Bindaoud, der Techniker. Kannst du das behalten, Mutter?«

»Bindaoud, der Techniker«, wiederholte sie, als sie ihn zur Tür begleitete.

Zwanzig Minuten später klopfte er an die Tür seiner Tochter.

III

Die Tochter öffnete ihm selbst die Tür. Sie sah den fremden Mann an, musterte ihn von Kopf bis Fuß. Sie bemerkte die medizinischen Insignien an seiner Uniform. Sie nahm seine Rangabzeichen zur Kenntnis. Sie schätzte ihn klug und schnell ein und wusste sofort, dass er mit dem Viertel der Lederhandwerker nichts zu tun hatte.

»Wer sind Sie?«, fragte sie schnell und ohne Umschweife.

»In diesen Stunden und zu dieser Zeit reise ich unter dem Namen Bindaoud, einem Techniker und Mann der Medizin aus der Spezialtruppe von Colonel Wedder. Ich bin nur auf Urlaub hier, wie du siehst, aber irgendwann später hättest du vielleicht selbst herausgefunden, wer ich wirklich bin, und ich dachte, es ist besser, du erfährst es direkt von mir. Ich bin dein Vater.«

Sie rührte sich nicht. Tatsächlich rührte sie sich überhaupt nicht. Casher betrachtete sie und konnte seine Gesichtsform in der ihren wiedererkennen und auch seine langen schmalen Hände. Er konnte erkennen, dass der Sturm der Pflicht, der ihn von Kummer zu Kummer geblasen, der Wind des Gewissens, der seine Träume von Rache am Leben erhalten hatte, sich in ihr auf völlig andere Weise ausdrückte. Es war zwar auch eine Kraft in ihr, aber keine, die er verstand.

»Ich habe jetzt Kinder, und ich möchte nicht, dass du sie siehst. Tatsächlich hast du mir nie etwas Gutes getan, hast mich nur gezeugt. Du hast mir nie etwas Schlechtes getan, hast nur mein Leben von den Sternen aus bedroht. Ich bin deiner müde, und ich bin aller Dinge müde, die du warst

947

oder vielleicht sein wirst. Vergessen wir es. Kannst du nicht deines Weges ziehen und mich in Ruhe lassen? Ich mag deine Tochter sein, aber ich kann nichts gegen meine Gefühle tun.«

»Wenn du es wünschst. Ich habe viele Abenteuer bestanden, doch ich beabsichtige nicht, dich damit zu belästigen. Ich kann sehen, dass du so etwas wie ein gutes Leben zu führen scheinst, und ich hoffe, dass das, was ich heute Morgen im Palast getan habe, dafür sorgen wird, dass es noch besser wird. Du wirst es bald herausfinden. Lebe wohl.«

Die Tür ging zu, und Casher wandte sich ab und überquerte den sonnenüberfluteten Marktplatz der Lederhandwerker. Goldene Vliese gab es dort. Tierfelle, kunstvoll mit sehr feinen Fäden aus Blattgold durchzogen, funkelten im Sonnenlicht. Casher blickte auf und sich um.

Wohin gehe ich jetzt?, dachte er. *Wohin gehe ich, wenn ich alles getan habe, was zu tun war? Wenn ich jeden geliebt habe, den ich lieben wollte, wenn ich alles war, was ich sein wollte? Was unternimmt ein Mann mit einer Mission, wenn die Mission erfüllt ist? Wer kann leerer sein als ein Sieger? Wenn ich verloren hätte, könnte ich noch immer auf Rache sinnen. Aber ich habe nicht verloren. Ich habe gewonnen. Und ich habe nichts gewonnen. Ich habe von dieser wundervollen Stadt nichts für mich verlangt. Ich verlange nichts von dieser wundervollen Welt. Wohin gehe ich, wenn ich nirgendwo hingehen kann? Was wird aus mir, wenn ich für den Tod noch nicht bereit bin und keinen Grund mehr zum Leben habe?*

Da überkam ihn die Erinnerung an den Planeten Henriada, mit den schlangengleich tanzenden Wirbelstürmen. Er konnte das schmale, bleiche, ruhige Gesicht des Mädchens S'ruth sehen, und er erinnerte sich schließlich an das, was sie in ihrer Hand gehalten hatte. Es war Magie. Es war das geheime Zeichen der Alten Starken Religion. Der Mann, der ewig starb, genagelt an die beiden hölzernen Balken. Es war das Geheimnis hinter der Zivilisation all dieser Sterne. Es war die Sensation des Ersten Verbotenen, des Zweiten Verbotenen, des Dritten Verbotenen. Es war das Geheimnis, mit dem Roboter, Ratte und Klopte verbunden waren, als sie von Weltraum[3] zurückkehrten. Er wusste, was er zu tun hatte.

Er konnte nicht zu sich selbst finden, weil es kein Selbst gab, das zu finden war. Er war ein Werkzeug. Ein Gefäß, benutzt und weggeworfen. Er war eine Scherbe, die auf den Abfall der Zeit geworfen worden war, und trotzdem war er ein Mann mit Augen und einem denkenden Gehirn voll ungewöhnlicher Kräfte.

Er griff mit seinen Gedanken hinauf in den Himmel, rief nach einer Flugmaschine. »Komm und hole mich«, verlangte er, und die große geflügelte, vogelähnliche Maschine glitt über die Dächer und ließ sich langsam auf den Platz herunter.

»Sie haben gerufen, Sir?«

Casher griff in seine Tasche und holte den imaginären Pass heraus, von Wedder unterzeichnet, der ihm gestattete, alle Fahrzeuge der Republik im geheimen Auftrag des Regimes von Colonel Wedder zu benutzen. Der Sergeant erkannte den Pass, und vor lauter Hochachtung traten ihm beinahe die Augen aus dem Kopf.

»Können Sie den Neunten Nil mit dieser Maschine erreichen?«

»Leicht«, sagte der Sergeant und nickte. »Aber Sie sollten sich zuerst Schuhe anziehen. Eisenschuhe, weil der Boden dort hauptsächlich aus Obsidian, vulkanischer Glaslava, besteht.«

»Warten Sie hier auf mich«, sagte Casher. »Wo kann ich solche Schuhe bekommen?«

»Zwei Straßen weiter, und nehmen Sie lieber auch gleich zwei Flaschen für Wasser mit.«

IV

In kürzester Zeit war er wieder zurück. Der Sergeant sah zu, wie er die Flaschen am Brunnen füllte. Er nahm seine medizinischen Insignien ohne ein Wort zur Kenntnis und zeigte ihm, wie er auf dem engen, schmalen Notsitz des großen Maschinenvogels sitzen konnte. Sie legten die Sicherheitsgurte an, und der Sergeant fragte: »Fertig?« Dann spreizte der Ornithopter die Schwingen und erhob sich in die Lüfte.

Die großen Schwingen waren wie Ruder, die in ein großes Meer tauchten. Sie stiegen rasch, und bald lag Kaheer unter ihnen, die zierlichen Minarette und der weiße Sand mit dem Rennrasen entlang des Flusses und die grünen Felder und auch die Pyramiden, die Kopien von der Alten Erde waren.

Der Pilot schaltete, und die Maschine flog schneller. Die Schwingen, obwohl weit schwächer als jedes Düsentriebwerk, schlugen gleichmäßig und trugen sie mit respektabler Geschwindigkeit über die weite, kahle Wüste. Casher besaß noch immer seine Dezimaluhr von Henriada und stellte fest, dass bereits zwei volle Dezimalstunden vergangen waren, als sich der Sergeant zu ihm umdrehte und ihn freundlich aus dem Schlummer riss, in den er gefallen war, ihm etwas zurief und nach unten deutete. Ein Streifen Silber, eingerahmt von zwei Streifen Grün, schlängelte sich durch eine Wildnis aus Schwärze, glühender, glitzernder Schwärze, umgeben von dem hellen Sand der ewigen Wüste.

»Der Neunte Nil?«, rief Casher. Der Sergeant lächelte das Lächeln eines Mannes, der nichts gehört hatte, aber der liebenswürdig sein wollte, und der Ornithopter sank mit einer torkelnden Plötzlichkeit zu einer Flussschleife hinunter. Einige Gebäude wurden sichtbar. Sie waren bescheiden und klein. Vielleicht Bungalows für Besucher. Nicht mehr.

Es war nicht die Aufgabe des Sergeanten, jemandem zu misstrauen, der im geheimen Auftrag von Colonel Wedder unterwegs war. Er zeigte dem durch das lange Sitzen verkrampften Casher, wie er am besten aus dem Ornithopter herauskam, dann salutierte er und sagte: »Noch etwas, Sir?«

»Nein«, winkte Casher ab. »Ich gehe meinen eigenen Weg. Wenn man Sie nach mir fragt, dann sagen Sie, ich sei Doktor Bindaoud und Sie haben mich auf meinen Befehl hin allein zurückgelassen.«

»Jawohl, Sir«, sagte der Sergeant, und die große Maschine spreizte ihre leuchtenden Schwingen, flatterte, kreiste, stieg nach oben, wurde zu einem Punkt und verschwand.

Casher stand einsam da. Völlig allein. Viele Jahre lang hatte ihn der Gedanke an ein Ziel, der Drang, etwas zu tun, gestützt, und nun lagen der Drang und das Ziel hinter ihm, und sein Leben lag hinter ihm, und die Zukunft war ohne Sinn, und er besaß nichts. Alles, was er besaß, waren Gesundheit und große Kräfte. Aber es war nicht das, was er wollte. Er hatte die Befreiung ganz Mizzers gewollt. Aber das hatte er schon erreicht. Was also dann? Er stolperte fast über eines der Gebäude.

Eine Stimme ertönte. Die Stimme einer Frau. Die freundliche Stimme einer alten Frau.

Unerwartet sagte sie: »Ich habe auf Sie gewartet, Casher; treten Sie ein.«

V

Er starrte sie an. »Ich kenne dich«, sagte er. »Ich kenne dich irgendwoher. Ich kenne dich gut. Du hast mein Schicksal beeinflusst. Du hast etwas in mir bewirkt, und trotzdem weiß ich nicht, wer du bist. Wie konntest du mich hier erwarten, wenn nicht einmal ich wusste, dass ich an diesen Ort kommen würde?«

»Alles zu seiner Zeit«, erwiderte die Frau. »Was Sie brauchen, ist Ruhe. Ich bin H'alma, die Hundefrau von Pontoppidan. Die Geschirrwäscherin.«

»Du!«, rief er.

»Ich«, sagte sie und nickte.

»Aber du ... aber du ... Wie bist du hergekommen?«

»Ich bin hier. Ist das nicht offensichtlich?«

»Wer hat dich geschickt?«

»Sie befinden sich auf dem Weg zur Wahrheit. Sie können genauso gut ein wenig mehr davon hören. Ich wurde von einem Lord hierhergeschickt, dessen Namen ich niemals nennen werde. Einem Lord der Untermenschen. Der von der Erde aus handelt. Er entsandte eine andere Hundefrau, um meinen Platz einzunehmen. Und er hat mich hierher als einfaches Gepäck verschifft. Ich habe in dem Krankenhaus gearbeitet, in dem Sie sich erholt haben, und Ihre Gedanken gelesen, als es Ihnen wieder gutging. Ich wusste, was Sie mit Wedder vorhatten, und ich war sicher, dass Sie an diesen Ort kommen würden, zum Neunten Nil, weil dies die Straße ist, die alle Suchenden benutzen müssen.«

»Bedeutet das, dass du die Straße zum ...« Casher zögerte. »... zu dem Heiligen der Ruchlosen kennst, dem Dreizehnten Nil?«

»Ich glaube nicht, dass das irgendetwas bedeutet, Casher. Nur sollten Sie lieber diese Eisenschuhe ausziehen – Sie brauchen Sie jetzt nicht. Kommen Sie herein. Kommen Sie.«

Casher schob den Perlenvorhang zur Seite und betrat den Bungalow. Es war ein einfaches Haus. Hier und dort standen Klappbetten, im Hintergrund befand sich ein Raum, der ihr zu gehören schien; rechts ein Esszimmer, auf dessen Tisch Papiere, eine Lesemaschine, Karten und Spiele verstreut waren. Der Raum selbst war erstaunlich kühl.

»Casher«, sagte H'alma. »Sie sollten sich ausruhen. Und das ist das Schwerste von allem. Auszuruhen, wenn man eine Mission viele, viele Jahre lang verfolgt hat.«

»Ich weiß«, nickte er. »Ich weiß. Aber es zu wissen und es zu tun, ist nicht dasselbe.«

»Nun können Sie es.«

»Was?«

»Ausruhen, wir haben davon gesprochen. Alles, was Sie hier zu tun haben, ist gut zu essen, ein wenig zu schlafen, im Fluss zu schwimmen, wenn Sie mögen. Ich habe alle anderen fortgeschickt, und Ihnen und mir gehört dieses Haus jetzt allein. Ich bin eine alte Frau und nicht einmal ein menschliches Wesen. Sie sind ein Mensch, ein Wahrer Mensch, der tausend Welten erobert und zum Schluss sogar über Wedder triumphiert hat. Ich glaube, wir schaffen es. Und wenn Sie bereit für die Reise sind, werde ich Sie mitnehmen.«

Die Tage vergingen, bevor sie sagte, dass es Zeit wurde. Mit beharrlicher, fester Freundlichkeit brachte sie ihn dazu, mit ihr Spiele zu spielen: einfache, kindliche Spiele mit Würfeln und Karten. Ein- oder zweimal versuchte er, sie zu hypnotisieren. Die Würfel zu seinen Gunsten zu werfen. Die Karten in ihrer Hand zu verändern. Er bemerkte, dass sie nur über sehr wenig offensive telepathische Kräfte verfügte, aber dass ihre Verteidigung hervorragend war. Sie lächelte ihn an, wann immer sie ihn bei seinen Tricks ertappte. Und seine Tricks versagten.

In dieser Art von Atmosphäre begann er sich wirklich auszuruhen. Sie war die Frau, die ihm auf Pontoppidan Glück prophezeit hatte, als er nicht wusste, was Glück war. Als er die liebliche Geneviève verließ, um seine Irrfahrt zur Rache fortzusetzen.

»Lebt das alte Pferd noch immer?«, fragte er sie einmal.

»Natürlich«, erwiderte sie. »Wahrscheinlich wird dieses Pferd Sie und mich überleben. Es glaubt, es befindet sich auf Mizzer und galoppiert in einer Patrouillenkapsel. Kommen Sie, Sie sind an der Reihe.«

Er legte die Karten fort, und langsam stahl sich Frieden in ihn hinein und Schlichtheit, die beruhigende, sanfte Süße der Ruhe, und er begann, die Art ihrer Therapie zu durchschauen. Nichts zu tun, ihn nur zu beruhigen. Er war dabei, zu sich selbst zu finden.

Es mochte der zehnte Tag, vielleicht auch der vierzehnte sein, als er sie fragte: »Wann brechen wir auf?«

»Ich habe auf diese Frage gewartet«, erklärte sie, »und wir sind nun bereit. Wir gehen.«

»Wann?«

»Sofort. Ziehen Sie Ihre Schuhe an. Es ist zwar nicht unbedingt erforderlich, aber Sie benötigen sie vielleicht dort, wo wir hinkommen. Ich werde Sie ein Stück mitnehmen.«

Ein paar Minuten später gingen sie hinaus in den Garten. Der Fluss, in dem er geschwommen hatte, lag vor ihnen. Ein Schuppen, der ihm bisher noch nicht aufgefallen war, lag am anderen Ende des Hofes. Sie machte sich an der Tür zu schaffen, drehte einen Schlüssel, und die Tür schwang auf. Dann holte sie einen unverkleideten Ornithopter heraus, Schwingen, einen Schwanz. Der Rumpf bestand lediglich aus einem Metallträger. Die Antriebsquelle war wie gewöhnlich eine ultraminiaturisierte Atomkraftbatterie. Anstelle von Sitzen gab es zwei kleine Sättel, wie die Sättel der Fahrräder der alten, uralten Erde, die er im Museum gesehen hatte.

»Damit kann man fliegen?«, fragte er.

»Natürlich kann man damit fliegen. Es ist besser, als zweihundert Meilen über Glaslava zu laufen. Wir verlassen jetzt die Zivilisation. Wir verlassen alles, was auf Landkarten eingezeichnet ist. Wir fliegen direkt zum Dreizehnten Nil.«

»Ich habe nicht damit gerechnet, so schnell dort zu sein. Hat er irgendetwas mit dem Zeichen des Fisches zu tun, von dem du gesprochen hast?«

»Alles, Casher, alles. Aber alles zu seiner Zeit. Klettern Sie hinter mir hinauf.«

Er bestieg den Ornithopter, der mit seinen langen, anmutigen mechanischen Beinen über den Hof rannte, bevor die Flügelschläge ihn in die Luft hoben. Sie war ein besserer Pilot als der Sergeant; sie glitt mehr und schlug weniger heftig mit den Schwingen. Sie flogen über ein Land, das er, ein auf Mizzer Geborener, noch nicht einmal in seinen Träumen gesehen hatte.

Sie kamen bei einer grellfarbenen Stadt an. Er konnte große Feuer erkennen, die entlang des Flusses brannten, und hellbemalte Menschen, die ihre Hände zum Gebet erhoben hatten. Er sah Tempel und in ihnen seltsame Götter. Er sah Märkte mit Waren, die er nie auf Märkten vermutet hätte.

»Wo sind wir?«, fragte er.

»Dies ist die Stadt der Hoffnungslosen Hoffnung«, erklärte H'alma. Sie ließ den Ornithopter sinken, und als sie von den Sätteln stiegen, erhob er sich von allein in die Luft und flog zurück in die Richtung, aus der sie gekommen waren.

»Du bleibst bei mir?«, fragte Casher.

»Natürlich. Ich wurde geschickt, um bei Ihnen zu bleiben.«

»Warum?«

»Sie sind wichtig für alle Welten, Casher, nicht nur für Mizzer. Man hat mich hergeschickt, um Ihnen zu helfen.«

»Aber was bekommst du dafür?«

»Ich bekomme nichts, Casher. Ich finde vielleicht meinen eigenen Untergang, aber das bin ich bereit zu akzeptieren. Selbst den Verlust meiner eigenen Hoffnung, wenn es Sie nur weiter auf Ihrer Reise voranbringt. Kommen Sie, lassen Sie uns die Stadt der Hoffnungslosen Hoffnung betreten.«

VI

Sie durchwanderten die fremden Straßen. Fast alles, was sie dort sahen, schien im Dienst der Religion zu stehen. Der Gestank der brennenden Toten war allgegenwärtig. Talismane, Glücksbringer und Bestattungsbedarf waren in gewaltigem Überfluss vorhanden.

»Ich habe gar nicht gewusst«, flüsterte Casher H'alma zu, »dass so etwas wie dieses hier auf irgendeinem zivilisierten Planeten existiert.«

»Offensichtlich«, entgegnete sie, »gibt es sehr viele Menschen, die sich um den Tod sorgen. Es gibt viele, die diesen

Ort kennen. Andernfalls gäbe es nicht diesen Andrang. Das sind Menschen, die den falschen Vorstellungen folgen und nirgendwo hin gelangen, die unter dieser Erde und unter diesen Sternen ihre letzte Erfüllung finden. Es sind diejenigen, die so sicher sind, dass sie im Recht damit sind, dass sie niemals Recht haben werden. Wir müssen sie rasch hinter uns lassen, Casher, damit wir nicht ebenfalls zu glauben beginnen.«

Niemand behinderte ihr Durchkommen, obwohl viele Menschen stehen blieben, um ihnen nachzusehen, weil ein Soldat in Uniform, wenngleich ein Sanitätssoldat, die Kühnheit besessen hatte, hierherzukommen.

Es überraschte sie vielleicht noch mehr, eine alte Krankenhausgehilfin, die ein außerweltlicher Hund zu sein schien, an seiner Seite zu finden.

»Wir überqueren nun die Brücke, Casher, und diese Brücke ist das Schrecklichste, was ich jemals gesehen habe, denn wir kommen nun zu den Jwindz, und die Jwindz widersetzen sich Ihnen und mir und allem, für das Sie stehen.«

»Wer sind die Jwindz?«, fragte Casher.

»Die Jwindz sind die Perfekten. Sie sind perfekt in dieser Welt. Sie werden es noch früh genug erleben.«

VII

Als sie die Brücke überquerten, trat ein großer, unbeschwert aussehender Polizeibeamter, bekleidet mit einer sauberen schwarzen Uniform, auf sie zu und sagte: »Gehen Sie zurück. Leute aus Ihrer Stadt sind hier nicht willkommen.«

»Wir kommen nicht aus dieser Stadt«, erklärte H'alma. »Wir sind Reisende.«

»Wohin sind Sie unterwegs?«, fragte der Polizeibeamte.

»Wir sind unterwegs zur Quelle des Dreizehnten Nils.«

»Niemand geht dorthin.«

»Aber wir gehen dorthin.«

»Kraft welcher Bewilligung?«

Casher griff in seine Tasche und holte einen echten Ausweis hervor. Er hatte ihn anhand seiner Erinnerungen erschaffen. Es war ein Multiwelten-Pass, ausgestellt von der Instrumentalität.

Der Polizeibeamte sah ihn an, und seine Augen weiteten sich. »Herr und Gebieter, ich dachte, Sie seien lediglich einer von Wedders Leuten. Sie müssen jemand sehr Wichtiges sein. Ich werde die Gelehrten in der Halle des Lernens im Zentrum der Stadt unterrichten. Man wird Sie sprechen wollen. Warten Sie hier. Ein Fahrzeug wird Sie abholen.«

H'alma und Casher brauchten nicht lange zu warten. Sie sagte nichts während dieser ganzen Zeit. Ihr kecker Humor verflog zusehends. Sie war verzweifelt über die Sauberkeit und Perfektion, die sie umgab, über die Stille, die Würde der Menschen.

Das Fahrzeug kam, und es besaß einen Fahrer, der so korrekt und hübsch und höflich war wie der Wächter auf der Brücke. Er öffnete die Tür und bat sie mit einer Geste, einzusteigen. Sie stiegen ein und glitten lautlos durch die sorgfältig gepflegten Straßen: Häuser von tadellosem Geschmack; Bäume, die so gepflanzt waren, wie Bäume gepflanzt sein sollten.

Auf dem Hauptplatz der Stadt hielten sie an. Der Fahrer stieg aus, ging um das Fahrzeug herum, öffnete ihnen die Tür.

Er deutete auf das Eingangstor des großen Gebäudes und sagte: »Man erwartet Sie.«

Casher und H'alma gingen widerstrebend die Treppe hinauf. Ihr widerstrebte es, weil sie spürte, was diesen Ort ausmachte, dieses Haus des sicheren Verderbens und der überheblichen Endgültigkeit. Ihm widerstrebte es, weil er in jeder Faser ihres Körpers abgrundtiefe Abneigung für diesen Ort entdeckte. Und er selbst verabscheute ihn auch.

Man führte sie durch einen Bogengang und über einen Innenhof in einen großen, eleganten Konferenzraum.

In dem Raum stand ein kreisförmiger Tisch, der für ein Mahl gedeckt war.

Zehn stattliche Männer erhoben sich, um sie zu begrüßen.

Der erste sagte: »Sie sind Casher O'Neill. Sie sind der Wanderer. Sie sind der Mann, der diesem Planeten geweiht ist, und wir wissen es zu würdigen, was Sie für uns getan haben, auch wenn die Macht Colonel Wedders uns hier nie erreicht hat.«

»Ich danke Ihnen«, erklärte Casher. »Ich bin überrascht zu hören, dass Sie mich kennen.«

»Das ist nichts«, winkte der Mann ab. »Wir kennen jeden. Und du, Frau«, sagte er zu H'alma, »du weißt sehr gut, dass wir niemals Frauen zu uns einladen. Und du bist der einzige Untermensch in dieser Stadt. Ein Hund, um genau zu sein. Aber unserem Gast zu Ehren sollten wir es durchgehen lassen. Setz dich, wenn du möchtest. Casher O'Neill, wir wollen mit Ihnen reden.«

Das Essen wurde serviert. Kleine Stücke eines ihnen unbekannten Fleisches, frisches Obst, Melonenscheiben, abgerundet mit dazu passenden Getränken, die die Gedanken klärten und stimulierten, ohne sie zu vergiften oder zu betäuben.

Die Sprache ihrer Unterhaltung war klar und erhaben. Alle Fragen wurden schnell, ruhig und mit positiver Klarheit beantwortet.

Schließlich fühlte sich Casher zu der Frage getrieben: »Ich glaube, ich habe bisher von Ihnen, den Jwindz, noch nichts gehört. Was sind Sie?«

»Wir sind die Perfekten«, erklärte der älteste Jwindz. »Wir kennen alle Antworten; für uns gibt es nichts mehr zu erforschen.«

»Wie sind Sie hierhergekommen?«, fragte Casher.

»Wir sind die Auserwählten vieler Welten.«

»Wo sind Ihre Familien?«

»Wir bringen sie nicht mit.«

»Warum halten Sie Fremde fern?«

»Wenn sie gut sind, können sie bleiben. Wenn sie nicht gut sind, vernichten wir sie.«

Casher – noch immer verwirrt von der Erkenntnis, dass er seine Lebensaufgabe durch die Begegnung mit Wedder erfüllt hatte – fragte ruhig, obwohl vielleicht sein Leben auf dem Spiel stand: »Haben Sie schon entschieden, ob ich perfekt genug bin, hier bleiben zu können? Oder bin ich nicht perfekt genug und werde vernichtet?«

Der dickste Jwindz, ein großer, korpulenter Mann mit einem großen, buschigen, schwarzen Haarschopf, antwortete mit gesetzter Stimme: »Sir, Sie fordern unsere Antwort heraus, aber ich glaube, dass Sie vielleicht ein wenig zu außergewöhnlich sind. Wir können Sie nicht akzeptieren. Zu viel Macht steckt in Ihnen. Sie mögen perfekt sein, aber dann sind Sie mehr als perfekt. Wir sind Menschen, Sir, und ich glaube nicht, dass Sie noch immer nur ein Mensch sind. Sie sind fast eine Maschine. Sie sind ein toter Mann. Sie sind der Zauberer alter Schlachten, der gekommen ist, zwischen uns zu fahren. Wir alle fürchten uns ein wenig vor Ihnen, und dennoch wissen wir nicht, was wir mit Ihnen machen sollen. Wenn Sie hier eine Weile bleiben werden, wenn Sie sich beruhigen, können wir Ihnen vielleicht Hoffnung machen. Wir wissen genau, wie Ihre Hundefrau unsere Stadt bezeichnet. Sie nennt sie die Stadt der Hoffnungslosen Hoffnung. Wir nennen sie Jwindz Jo, in Erinnerung an das alte Gesetz von Jwindz, das einst irgendwo auf der Alten Erde herrschte. Und deshalb glauben wir, dass wir Sie weder töten noch anerkennen werden. Wir glauben – nicht wahr, meine Herren? –, dass wir Sie fortjagen werden, wie wir noch keinen anderen Reisenden fortgejagt haben. Und wir werden Sie an einen Ort schicken, den nur wenige Menschen wieder verlassen. Aber Sie haben genügend Kraft – die sie auch benötigen werden, wenn Sie zu der Quelle des Dreizehnten Nils gehen.«

»Ich werde Kraft dazu brauchen?«, fragte Casher.

Der erste Jwindz, der sie an der Tür begrüßt hatte, nickte. »In der Tat werden Sie sie benötigen, wenn Sie nach Mortoval gehen. Wir mögen gefährlich für die Zurückgewiesenen sein. Aber Mortoval ist mehr als nur gefährlich. Es ist eine Falle, viel schlimmer als der Tod. Aber gehen Sie dorthin, wenn Sie nicht anders können.«

VIII

Casher und H'alma erreichten Mortoval auf einem einrädrigen Karren, der auf einer hohen Schiene über malerische Bergschluchten rollte, vorbei an zwei gezackten Bergkämmen und wieder hinunter zu einem anderen Arm desselben Flusses, dem verbotenen und in Vergessenheit geratenen Dreizehnten Nil.

Als das Fahrzeug hielt, stiegen sie aus. Niemand hatte sie begleitet. Das Fahrzeug, im Gleichgewicht gehalten durch Gyroskope, hatte gemerkt, dass es leichter geworden war, und rollte davon.

Diesmal gab es keine Stadt, sondern nur einen großen Bogengang. H'alma drückte sich eng an Casher. Sie ergriff sogar seinen Arm und legte ihn sich über die Schulter, als ob sie Schutz benötigte. Sie wimmerte leise, als sie einen niedrigen Hügel bestiegen und schließlich den Bogengang erreichten.

Sie betraten ihn, und eine körperlose Stimme rief ihnen entgegen: »Ich bin die Jugend, und ich bin alles, was ihr jemals wart oder jemals sein werdet. Wisset dies nun, bevor ich mich euch ganz entdecke.«

Casher war mutig, und diesmal erfüllte ihn stille Hoffnungslosigkeit. »Ich weiß, wer ich bin. Wer bist du?«

»Ich bin die Kraft des Gunung Banga. Ich bin die Macht dieses Planeten, die jeden auf diesem Planeten beherrscht und die die Befehle durchsetzt, die zwischen den Sternen gelten und dafür sorgen, dass der Tod nicht unter die Menschen fährt. Und ich diene dem Schicksal und der Hoffnung der Zukunft. Tretet ein, wenn ihr glaubt, dass ihr es könnt.«

Casher durchsuchte seinen Geist und fand, was er benötigte. Er fand die Erinnerung an ein junges Mädchen, S'ruth, die seit fast tausend Jahren auf dem Planeten Henriada lebte. Ein Kind, zart und freundlich in seinem Äußeren, aber weise und furchtbar und schreckerregend durch die Kräfte, die es beherrschte, die ihm eingegeben worden waren.

Als er durch den Bogengang wanderte, erzeugte er hier und dort Bilder von Menschen aus der Wirklichkeit. Deshalb war er nicht nur eine Person, sondern viele. Die Maschine und das Wesen, das sich hinter der Maschine verbarg, der Gunung Banga, konnten ihn und H'alma offensichtlich sehen, als sie durch sie hindurchgingen, aber die Maschine war nicht dafür angelegt, eine große, sich drängende Menschenmenge zu erkennen.

»Wer sind die Tausende, die dich begleiten? Wer sind die Massen, da ihr doch nur zwei Menschen seid? Ich spüre euch alle. Die Kämpfer und die Schiffe und die Männer des Blutes, die Suchenden und die Vergessenen, sogar ein altnordaustralischer Verzichtender ist dabei. Und der große Go-Kapitän Tree, und da ist sogar eine große Zahl Menschen von der Alten Erde. Ihr geht alle durch mich hindurch. Wie kann ich mich mit euch messen?«

»Halte mich auf«, sagte Casher fest.

»Aufhalten«, grollte die Maschine. »Aufhalten. Wie kann ich dich aufhalten, wenn ich nicht weiß, wer du bist, wenn du wie ein Geist einhergehst und meine Computer verwirrst? Es sind zu viele, sage ich. Es sind zu viele von dir. Es ist bestimmt, dass du passieren kannst.«

H'alma straffte sich vor Stolz. »Wenn es so bestimmt ist, dann lass uns passieren.«

Sie gingen weiter.

»Sie haben uns hindurchgebracht«, sagte H'alma nach einer Weile. Sie hatten tatsächlich den Bogengang passiert, und vor ihnen, hinter dem Bogengang, lag ein freundlicher Fluss, an dessen Ufer kleine Ein-Mann-Boote festgemacht waren.

»Das scheint der nächste Schritt zu sein«, vermutete Casher O'Neill.

H'alma nickte. »Ich bin Ihr Hund, Herr. Wir gehen, wohin Sie wollen.«

Sie stiegen in eines der Boote. Lärm drang aus dem Bogengang.

»Lebt wohl«, riefen Stimmen ihnen nach. »Wären es Menschen gewesen, wir hätten sie aufgehalten. Aber sie war ein Hund und eine Dienerin, die viele Jahre in der Glückseligkeit des Zeichens des Fisches gelebt hat. Und er war ein kampfbereiter Mann, der in sich selbst die Erinnerungen von Feinden und Freunden trug, zu verwirrend für jeden Beobachter, um ihn abzuschätzen, zu komplex für jeden Computer, um ihn zu verstehen.« Die Stimmen hallten über den Fluss.

Auf der anderen Seite befand sich ein Kai. Casher steuerte das Boot über den Fluss und half der Hundefrau an Land. Dann wandten sie sich den Gebäuden zu, die sie zwischen den Bäumen erkennen konnten.

 IX

»Ich habe schon Bilder von diesem Ort gesehen«, sagte H'alma. »Er heißt Kermesse Dorgüeil, und hier kommen wir vielleicht vom Weg ab, weil dies der Ort ist, wo alle glücklichen Dinge der Welt zusammentreffen, aber wo der Mann und die beiden gekreuzten Holzbalken niemals Zutritt haben werden. Wir werden keinen Unglücklichen, keinen Kranken, keinen Unausgeglichenen sehen; jeder wird sich an den guten Dingen des Lebens erfreuen. Vielleicht werde auch ich mich daran erfreuen. Möge das Zeichen des Fisches mir helfen, dass ich nicht zu früh perfekt werde.«

»Das wirst du nicht«, versprach Casher.

Am Stadttor stand kein Wächter. Sie gingen weiter und begegneten einigen Menschen, die in der Umgebung der Stadt spazieren zu gehen schienen. In der Stadt stießen sie auf ein Gebäude, das ein Hotel oder ein Restaurant oder ein Krankenhaus zu sein schien. Auf jeden Fall war dies ein Ort, wo viele Menschen Mahlzeiten einnahmen.

Ein Mann kam heraus und sagte: »Nun, dies ist ein seltsamer Anblick. Ich habe nicht gewusst, dass Colonel Wedder seinen Offizieren gestattet, sich so weit von der Heimat zu entfernen, und was dich betrifft, Frau, so bist du nicht einmal ein menschliches Wesen. Ihr seid ein merkwürdiges Paar und nicht in Liebe miteinander verbunden. Können wir etwas für euch tun?«

Casher griff in seine Tasche und warf dem Mann einige Credits zu. »Können Sie damit etwas anfangen?«

Der Mann fing sie auf und sagte: »Oh, wir können Geld gebrauchen! Wir benötigen es für gewöhnlich, um Waren zu importieren. Uns geht es hier gut, und wir führen ein angenehmes Leben, nicht so wie in diesen beiden anderen Orten hinter dem Fluss, die weit entfernt vom wahren Leben sind. Alle Menschen, die sich für perfekt halten, sind nichts weiter als Schwätzer – Jwindz nennen sie sich, die Perfekten –, nun, wir sind nicht perfekt. Wir haben Familien und gutes Essen und gute Kleider, und wir bekommen die neuesten Nachrichten von allen Welten.«

»Nachrichten?«, erwiderte Casher. »Ich dachte, die seien verboten.«

»Wir bekommen alles. Sie wären überrascht, was wir hier alles haben. Es ist eine sehr zivilisierte Stadt. Kommen Sie; das ist das Hotel der Singenden Schwäne, und Sie können hier leben, so lange Sie wollen. Wenn ich das sage, meine ich es auch so. Ich sehe, dass Sie ungewöhnliche Menschen sind. Sie sind kein Sanitätstechniker, trotz Ihrer Uniform, und Ihre Begleiterin ist nicht nur ein Hunde-Untermensch, oder Sie wären nicht so weit gekommen.«

Sie betraten ein Gebäude, das zwei Stockwerke hoch war; kleine Geschäfte befanden sich auf jeder Seite seiner Promenade, in denen die Schätze aller Welten ausgestellt waren. Der Geruch guten Essens drang aus einem kühlen Speisesaal.

»Kommen Sie auf ein Glas mit in mein Büro«, sagte der Mann. »Mein Name ist Howard.«

»Das ist ein alter Erdenname«, bemerkte Casher.

»Warum auch nicht? Ich bin von der Alten Erde in diese Stadt gelangt. Ich habe nach dem besten aller Orte gesucht, und es hat mich viel Zeit gekostet, ihn zu finden. Doch hier ist er – Kermesse Dorgüeil. Wir haben hier nur einfache und saubere Freuden, wir haben nur solche Laster, die helfen und stützen. Wir vollbringen das Mögliche, wir lehnen das Unmögliche ab. Wir lieben das Leben, nicht den Tod. Unsere Gespräche handeln von Dingen und nicht von Ideen. Wir empfinden nichts als Verachtung für die Stadt, die hinter Ihnen liegt, die Stadt der Perfekten. Und wir empfinden nur Mitleid für diejenigen, die heiliger sind als die Heiligsten der Vergangenheit, die einen Anspruch auf Hoffnungslose Hoffnung erheben, und nichts als schlechte Religion praktizieren. Ich habe diese Orte ebenfalls durchwandert, obwohl ich die Stadt der Perfekten umgehen musste. Ich weiß, was sie bedeuten, und habe den ganzen Weg von der Erde zurückgelegt, und weil ich den ganzen Weg von der alten, alten Erde zurückgelegt habe, weiß ich auch, wovon ich spreche. Das können Sie mir glauben.«

»Ich bin selbst auf der Erde gewesen. Es ist nicht so ungewöhnlich.«

Howard hielt überrascht inne.

»Mein Name ist Casher O'Neill.«

Howard verbeugte sich tief. »Wenn Sie Casher O'Neill sind, dann haben Sie diese Welt verändert. Sie sind zurückgekehrt, Mylord. Willkommen! Wir sind nicht mehr Ihre Gastgeber. Dies ist Ihre Stadt. Was verlangen Sie von uns?«

»Ich will mich nur ein wenig umschauen, mich ein wenig ausruhen, erfahren, wohin meine Reise geht.«

»Warum sollte jemand von hier fortgehen? Menschen kommen hierher, die sich tausendfach danach erkundigt haben, wie man nach Kermesse Dorgüeil gelangen kann.«

»Lassen wir das Thema. Zeigen Sie uns erst unsere Zimmer, damit wir uns erfrischen können. Zwei getrennte Zimmer.«

Howard stieg die Treppen hinauf. Mit einer komplizierten Drehung seiner Hand öffnete er die Türen. »Zu Ihren Diensten«, sagte er. »Rufen Sie mich, ich kann Sie überall im Haus hören.«

Einmal rief Casher nach Bettzeug, Zahnbürsten, einem Rasierapparat. Er bestand darauf, dass man die Haarwäscherin, eine Frau von offenkundiger Erdenherkunft, zu H'alma schickte; doch H'alma klopfte an seine Tür und bat ihn, ihr nicht diese Aufmerksamkeiten zu erweisen.

»Du mit deiner großen Güte hast mir so sehr geholfen«, sagte er. »Und ich kann es dir doch nur so wenig vergelten.«

Gemeinsam verzehrten sie eine leichte Mahlzeit im Garten, gerade unter ihren beiden Zimmern, und dann gingen sie in ihre Räume und legten sich schlafen.

Erst am Morgen des zweiten Tages gingen sie mit Howard in die Stadt. Fröhlichkeit erfüllte die Straßen. Die Einwohnerzahl konnte nicht sehr groß sein, zwanzig- oder dreißigtausend Menschen höchstens.

An einer Stelle verharrte Casher; er konnte den Geruch von Ozon in der Luft wahrnehmen. Er wusste, dass die Atmosphäre gebrannt haben musste und dass dies nur einen Grund haben konnte: Weltraumschiffe, die landeten oder starteten.

»Wo befindet sich der Raumhafen?«, fragte er.

Howard sah ihn scharf an. »Wenn Sie nicht Lord Casher O'Neill wären, würde ich es Ihnen nicht sagen. Wir verfügen über einen kleinen Raumhafen. Auf diese Weise vermeiden wir, dass wir mit Mizzer allzu viel Kontakt haben. Benötigen Sie ihn, Sir?«

»Jetzt nicht«, winkte Casher ab. »Ich wollte nur wissen, wo er ist.«

Sie kamen zu einer Frau, die tanzte, während sie zur Begleitung von zwei wilden, altertümlichen Gitarren sang. Ihre Schritte besaßen nicht die Ausgelassenheit eines gewöhnlichen Tanzes, sondern sie verrieten ein Bewusstsein, eine tiefere Bedeutung. Howard beobachtete sie anerkennend, fuhr sich mit der Zungenspitze über die Oberlippe.

»Sie ist ein sehr ungewöhnliches Geschöpf«, bemerkte Howard. »Eine abgedankte Exlady der Instrumentalität.«

»Das finde ich in der Tat ungewöhnlich. Wie lautet denn ihr Name?«

»Celalta. Celalta, die Andere. Sie war auf vielen Welten, vielleicht auf so vielen wie Sie, Sir. Sie hat großen Gefahren gegenübergestanden wie Sie auch. Und oh, Mylord, vergeben Sie mir, dass ich es sage, aber wenn ich ihrem Tanz zusehe und mir anschaue, wie Sie ihr zusehen, kann ich ein klein wenig in die Zukunft blicken; und ich kann Sie beide erkennen, wie Sie tot nebeneinander liegen und der Wind langsam das Fleisch von Ihren Knochen löst. Und Ihre Knochen sind fremd und weiß und liegen zwei Täler von dieser Stadt entfernt.«

»Das ist eine sehr seltsame Prophezeiung. Vor allem von jemandem, der kein Dichter zu sein scheint. Wo ist es?«

»Mir scheint, ich sehe Sie in dem Tiefen Trockenen See der Verfluchten Irene«, sagte Howard. »Eine Straße führt von hier nach dorthin, und einige Menschen, nicht viele, benutzen sie, und wenn sie das tun, sterben sie. Ich weiß nicht, warum, fragen Sie mich nicht.«

»Das ist die Straße zum Schrein der Schreine«, flüsterte H'alma. »Das ist der Weg zur Quelle. Finden Sie heraus, wo sie beginnt.«

»Wo beginnt diese Straße?«, fragte Casher.

»Oh, Sie werden es herausfinden. Es gibt nichts, was Sie nicht herausfinden. Es tut mir leid, Mylord. Die Straße beginnt direkt hinter diesem hellen orangefarbenen Dach.« Howard deutete auf ein Dach und drehte sich wieder zu ihm um. Ohne noch etwas zu sagen, klatschte er in die Hände, und die Tänzerin warf ihm einen spöttischen Blick zu.

»Was wollen Sie jetzt schon wieder, Howard?«

Er verbeugte sich tief vor ihr. »Meine ehemalige Lady, meine Herrin, hier ist der Lord und Herr dieses Planeten, Casher O'Neill.«

»Ich bin eigentlich nicht sein Lord und Herr«, wehrte Casher ab. »Ich wäre es nur geworden, wenn Wedder meinem Onkel nicht die Herrschaft geraubt hätte.«

»Sollte ich mir Gedanken darüber machen?«

Casher lächelte. »Ich sehe keinen Grund dafür.«

»Gibt es etwas, das Sie mir sagen wollen?«

»Ja«, nickte Casher. Er schüttelte ihre Hand. Ihr Händedruck war fast so stark wie seiner. »Sie haben Ihren letzten Tanz getanzt, Madame, zumindest für einige Zeit. Sie und ich gehen an einen Ort, den dieser Mann kennt, und er sagt, dass wir dort sterben und dass der Wind durch unsere Knochen pfeifen wird.«

»Sie geben mir Befehle«, rief sie.

»Ich gebe Ihnen Befehle.«

»Wer gibt Ihnen das Recht dazu?«, fragte sie verachtungsvoll.

»Ich.«

Sie blickte ihn an, er blickte sie an, hielt dabei noch immer ihre Hand.

»Ich besitze große Macht«, erklärte sie. »Zwingen Sie mich nicht, sie einzusetzen.«

»Ich besitze ebenfalls solche Macht«, sagte er. »Niemand kann mich dazu zwingen, sie zu benutzen.«

»Ich fürchte mich nicht vor Ihnen, gehen Sie.«

Feuer schoss ihm entgegen, als Casher den Angriff ihres Geistes spürte, ihres Überfalls, ihrer Flucht in die Freiheit, aber er hielt weiter ihre Hand und sagte nichts.

Und während sich ihre Gedanken berührten, enthüllte er die vielen Welten, die er besucht hatte: die Alte Erde, den Edelsteinplaneten, Olympia, die Welt der blinden Makler, den Sturmplaneten Henriada und tausend andere Orte, die die meisten Menschen nur aus Geschichten und Träumen kannten. Und dann, nur ein klein wenig, zeigte er ihr, wer er war, ein Bewohner Mizzers, der ein Bürger des Universums geworden war. Ein Kämpfer, der sich in einen tatkräftigen Mann verwandelt hatte. Er ließ sie wissen, dass er in seinem Bewusstsein die Kräfte von S'ruth, dem Schildkrötenmädchen, trug, und hinter S'ruth sich die Persönlichkeit der Hechizera von Gonfalon befand. Er zeigte ihr die Schiffe, die am Himmel kurvten und kreisten, als sie gegen nichts kämpften, weil sein Verstand oder ein anderer Verstand, der seiner geworden war, es ihnen befohlen hatte.

Dann, schockartig, projizierte er in ihr die beiden Holzbalken, das Bild eines Mannes, der Qualen litt, als Vision. Und freundlich und mit der einfachen Rhetorik starken Glaubens rief er: »Dies ist der Ruf des Ersten Verbotenen und des Zweiten Verbotenen und des Dritten Verbotenen. Dies ist das Symbol für das Zeichen des Fisches. Dafür wirst du diese Stadt verlassen und mit mir gehen, und vielleicht werden du und ich einander lieben.«

Da erklang hinter ihm eine Stimme. »Und ich«, sagte H'alma, »werde hierbleiben.«

Casher drehte sich zu ihr herum. »H'alma, du bist so weit gekommen, du kannst bestimmt noch weiter gehen.«

»Das kann ich nicht, Mylord, ich kenne meine Pflicht. Wenn die Autorität, die mich geschickt hat, stark genug nach mir verlangt, wird sie mich zurück zu meiner Geschirrspülmaschine auf Pontoppidan bringen oder mich auch hierbleiben lassen. Ich bin im Augenblick schön, und ich bin reich, und ich bin glücklich, und ich weiß nicht, was mit mir passieren wird, aber ich weiß, ich habe Sie begleitet, soweit ich konnte. Möge das Zeichen des Fisches mit Ihnen sein.«

Howard stand lediglich da und machte keine Anstalten, sie auf irgendeine Weise zu beeinflussen.

Celalta stand neben Casher und sah aus wie ein wildes Tier, das noch nie gefangen gewesen war.

Casher ließ ihre Hand nicht los. »Benötigen wir Vorräte für unsere Reise?«, fragte er Howard.

»Niemand weiß, was Sie brauchen.«

»Sollten wir Vorräte mitnehmen?«

»Ich wüsste nicht, warum. Sie haben Wasser. Sie können immer hierher zurückkehren, wenn es eine Enttäuschung für Sie sein sollte. Es ist wirklich nicht sehr weit.«

»Werden Sie mich retten?«

»Wenn Sie es verlangen«, nickte Howard. »Ich vermute, irgendwann werden Leute zu Ihnen hinauskommen und Sie zurückbringen, aber ich glaube nicht, dass Sie darauf Wert legen – weil dies der Tiefe Trockene See der Verfluchten Irene ist, und die Menschen, die dorthin gehen, wollen nicht zurück und wollen nicht essen, und sie wollen nicht weitergehen. Wir haben niemals jemanden die andere Seite erreichen sehen, aber vielleicht gelingt es Ihnen.«

»Ich suche«, erklärte Casher, »nach etwas, das mehr ist als Macht zwischen den Sternen. Ich suche nach einer Sphinx, die größer ist als die Sphinx der Alten Erde. Nach Waffen, die schärfer schneiden als Laser, nach Kräften, die sich schneller bewegen als Kugeln. Ich suche nach etwas, das die Macht von mir nimmt und mir die einfache Menschlichkeit zurückgibt. Ich suche nach etwas, das das Nichts ist, aber ein Nichts, dem ich diene und an das ich glauben kann.«

»Sie klingen wie die richtige Art Mensch«, sagte Howard, »für die richtige Art Reise. Gehen Sie in Frieden, Sie beide.«

»Ich weiß nicht genau, wer du bist, Mylord, mein Gebieter«, sagte Celalta, »aber ich habe meinen letzten Tanz getanzt. Ich verstehe, was du meinst. Dies ist die Straße, die vom Glück fortführt. Dies ist der Weg, der kostbare Kleider und freundliche Läden hinter sich lässt. Dort, wo wir hingehen, gibt es keine Restaurants, keine Hotels, keinen Fluss. Dort gibt es weder Gläubige noch Ungläubige. Aber dort gibt es etwas, das aus der Seele kommt und die Menschen sterben lässt. Aber wenn du glaubst, Casher O'Neill, dass du darüber triumphieren kannst, werde ich mit dir gehen. Und wenn du es nicht glaubst, werde ich mit dir sterben.«

»Wir gehen, Celalta, ich weiß nicht, warum wir beide gehen müssen, aber wir gehen, und wir gehen jetzt.«

X

Sie mussten tatsächlich weniger als zwei Kilometer zurücklegen, um die Hügelkette zu überqueren, fort von den Bäumen, fort von der feuchtigkeitsgeschwängerten Luft am Fluss, um schließlich in ein trockenes, stilles Tal zu gelangen, in dem eine solch klare beglückende Ruhe herrschte, wie sie Casher noch nie erlebt hatte.

Celalta war fast vergnügt. »Das hier, das ist der Tiefe Trockene See der Verfluchten Irene?«

»Ich glaube schon«, nickte Casher, »aber lass uns weitergehen. Er ist nicht sehr groß.«

Während sie weitergingen, wurden ihre Körper immer schwerer, sie trugen nicht nur ihr eigenes Gewicht, sondern auch das Gewicht eines jeden einzelnen Monats ihres Lebens. Es schien ein guter Einfall zu sein, sich in dem Tal hinzulegen und zwischen den Skeletten auszuruhen, so wie sich andere ausgeruht hatten. Celalta wirkte verwirrt. Sie stolperte, und ihre Augen sahen nur noch unscharf.

Nicht umsonst hatte Casher O'Neill all die Künste der Kriege von tausend Welten gelernt. Nicht umsonst hatte er Weltraum[3] überwunden. Dieses Tal hätte ihn vielleicht verführt, wenn er nicht bereits den Kosmos selbst mit seiner Seele bezwungen hätte.

Doch das hatte er. Er kannte den Weg hinaus. Sie mussten nur hindurchgehen. In Celalta schien das Leben zurückzukehren, als sie den Kamm der Hügelgruppe erreicht hatten. Innerhalb von zehn Schritten hatte sich die ganze Welt plötzlich verändert. Weit hinter ihnen, mehrere Kilometer entfernt, waren noch immer die letzten Dächer von Kermesse Dorgüeil zu erkennen, und gerade hinter ihnen lagen die ausgebleichten Skelette, und vor ihnen …

Vor ihnen lagen die letzte Quelle und das Geheimnis, der Ursprung des Dreizehnten Nils.

XI

Es gab kein Anzeichen eines Hauses, aber es wuchsen Obst und Melonen und Getreide hier, und nahe einer Höhle standen niedrige Bäume. Hier und dort gab es sogar Hinweise auf Menschen, die vor langer Zeit hier gewesen waren. Aber nichts deutete darauf hin, dass sich jetzt jemand dort aufhielt.

»Mylord«, sagte die ehemalige Lady Celalta. »Mylord, ich glaube, das ist es.«

»Aber das ist nichts«, protestierte Casher.

»Genau. Das Nichts ist Sieg, das Nichts ist Ankunft, nirgendwo ist dort. Weißt du nun, warum sie uns allein ließ?«

»Sie?«

»Ja, deine ergebene Begleiterin, die Hundefrau H'alma.«

»Ich … ich weiß es nicht. Warum hat sie uns hierhergeführt?«

Celalta lachte. »Auf eine gewisse Art sind wir Adam und Eva. Es ist uns nicht gegeben, einen Gott zu bekommen oder einen Glauben. Es ist uns gegeben, die Macht zu finden, und dies ist der stillste und letzte aller denkbaren Orte. Die anderen waren nur Schatten, Gefahren auf unserem Weg. Die beste Art, Freiheit zu finden, ist nicht, danach zu suchen, so wie du deine Rache an Wedder genommen hast, indem du ihm etwas Gutes zufügtest. Merkst du es nicht, Casher? Du hast zum Schluss den überwältigenden Sieg errungen, der alle Schlachten nichtig werden ließ. Hier gibt es genügend Nahrung, und wir können auch nach Kermesse Dorgüeil zurückkehren, wenn wir Kleidung oder Gesellschaft benötigen oder Neuigkeiten hören wollen. Aber vor allem – dies ist der Ort, an dem ich die Gegenwart des Ersten Verbotenen, des Zweiten Verbotenen und des Dritten Verbotenen spüre. Wir benötigen keine Kirche, obwohl ich glaube, dass es auf einigen Planeten noch immer Kirchen gibt. Was wir brauchen, ist ein Ort, um zu uns selbst zu finden und um wir selbst zu sein, und ich bin mir nicht sicher, dass diese Möglichkeit noch an vielen anderen Orten gegeben ist.«

»Du meinst, dass überall nirgends ist?«

»Nicht direkt. Wir haben einige Arbeit vor uns, um diesen Ort zu gestalten, um uns zu ernähren. Weißt du, wie man kocht? Nun, ich kann sicher besser kochen. Wir können einige Früchte sammeln, wir können uns in diese Höhle einschließen, und dann …« Und dann lächelte Celalta, und ihr Gesicht übertraf in seiner Lieblichkeit all seine Vorstellungen. »… haben wir ja einander.«

Casher stand kampfbereit da, sah sich der schönsten Tänzerin gegenüber, der er je begegnet war. Er erkannte, dass sie einst Teil der Instrumentalität gewesen war, eine Herrscherin der Welten, eine Beraterin der Menschheit. Er wusste nicht, welche seltsamen Gründe sie dazu bewogen hatten, diese Macht aufzugeben und zu diesem schwer zu findenden Fluss zu kommen, der auf keiner Karte verzeichnet war. Er wusste nicht einmal, warum der Mann Howard sie so rasch zusammengebracht hatte; vielleicht gab es ja noch eine andere Kraft. Eine Kraft hinter der Hundefrau, die ihn zu seiner letzten Bestimmung geschickt hatte.

Er blickte auf Celalta hinunter, und dann blickte er hinauf zum Himmel und sagte: »Der Tag neigt sich dem Ende zu. Ich werde einige von diesen Vögeln fangen, wenn du weißt, wie man sie zubereitet. Wir scheinen eine Art Adam und Eva zu sein, und ich weiß nicht, ob dies nun das Paradies oder die Hölle ist. Aber ich weiß, dass du bei mir bist und dass ich dir vertrauen kann, weil du nicht zu viel von mir verlangst.«

»Das ist wahr, Mylord, ich verlange nichts von dir. Ich sehe uns beide, sehe nicht mich allein. Ich kann für dich Opfer bringen, aber ich weiß, dass wir die Erfüllung in diesem Tal durch das finden, was wir gemeinsam tun.«

Er nickte in ernstem Einverständnis.

»Schau«, sagte sie, »das ist die Quelle, dort tritt der Dreizehnte Nil aus den Felsen, und da unten gibt es Wälder. Mir scheint, ich habe von ihnen gehört. Nun, wir werden genug Zeit haben. Ich werde Feuer machen, und du fängst zwei von diesen Hühnchen. Ich glaube nicht, dass es wilde Vögel sind. Ich glaube, sie stammen von Hühnern ab, die von Menschen gezüchtet wurden und wild aufwuchsen, seit ihre Besitzer fort sind …«

»Oder starben.«

»Oder starben. Ist das nicht ein Wagnis, das jeder eingehen muss? Lass uns leben, Mylord, du und ich, und lass uns dem Geheimnis auf die Spur kommen, der Befreiung, die ein seltsames Schicksal dir und mir zugedacht hat. Du hast Mizzer befreit, ist das nicht genug? Indem du Wedder berührtest, hast du erreicht, was sonst nur um den Preis einer Schlacht und großer Leiden hätte errungen werden können.«

»Ich danke dir.«

»Ich war einst die Instrumentalität, Mylord, und ich weiß, dass die Instrumentalität es liebt, Dinge plötzlich und erfolgreich zu tun. In der Zeit, in der ich noch eine der ihren war, akzeptierten wir niemals eine Niederlage. Die kürzeste Strecke zwischen zwei Punkten kann wie ein großer Umweg anmuten, doch es ist nicht so. Es ist lediglich der bequemste menschliche Weg, dorthin zu gelangen. Ist dir jemals in den Sinn gekommen, dass die Instrumentalität dich für das belohnen könnte, was du für diesen Planeten getan hast?«

»Nein, der Gedanke ist mir völlig fremd.«

Celalta lächelte. »Nein?«

»Nun …«, sagte Casher verlegen und nach Worten suchend.

»Ich bin eine ganz besondere Art von Frau«, erklärte Celalta. »Du wirst es in den nächsten Wochen schon noch herausfinden. Warum sonst, meinst du, wurde ich dir an die Seite gegeben?«

Casher machte sich nicht auf die Jagd nach den Hühnern, jedenfalls nicht sofort. Er nahm Celalta in die Arme und fühlte auf einmal mehr Vertrauen und weniger Furcht in seinem Herzen, als er so lange Zeit in seinem Leben empfunden hatte, und küsste sie auf den Mund. Diesmal gab es keine heimlichen Vorbehalte, kein Versprechen, dass er danach wieder nach Mizzer aufbrechen würde. Er hatte gewonnen, sein Sieg lag hinter ihm, und vor ihm lag nichts als dieser wunderschöne und mächtige Ort und … Celalta.

WANDERER
DURCH DEN RAUM

»Streck deinen linken Arm aus, Samm«, bat Folly.

Samm streckte seinen Arm aus.

»Ich kann ihn sehen!«, rief Folly. »Nun bewege deine Finger!«

Samm bewegte sie.

Finsternis sagte nichts dazu. Doch während er kühl und vernünftig an ihrer Seite blieb, empfingen beide seine Gedanken, die aus seinem Geist strömten. Und diese mündeten in einem einzigen Kommentar: »Unsinn!«

»Es ist kein Unsinn, Finsternis«, rief Folly. »Hier sind wir drei, stürzen durch den leeren Weltraum im Nirgendwo. Wir waren einst Menschen, Menschen von der Alten Erde. Ist es unsinnig, sich daran zu erinnern, wer wir waren? Ich war einst eine Frau. Eine schöne Frau. Nun bin ich dieses – dieses Ding, unterwegs in einer Mission des Mordens und der Zerstörung. Ich war es gewohnt, Hände zu haben, richtige Hände. Ist es falsch von mir, mich daran zu erinnern, mich zu freuen, Samms Hand dann und wann zu sehen? An die Vergangenheit zu denken, die wir drei hinter uns gelassen haben?«

Finsternis antwortete nicht. Nur der Weltraum umgab sie, nicht einmal viel Sternenstaub – und der bläuliche Fleck von Linschoten XV genau vor ihnen. Von dem dritten Planeten dieses Sternes konnten sie gelegentlich das Geschnatter und Gegacker der Menschenesser hören.

Noch einmal schrie Folly Finsternis zu: »Ist es so falsch, dass ich mich darüber freue, eine Hand anzusehen? Samm hat wohlgeformte Hände. Ich war einst ein Mensch, so wie du. Sagte ich dir jemals, dass ich einst eine schöne Frau war?«

Sie war einst eine schöne Frau gewesen, und nun war sie der Steuermechanismus eines kleinen Raumschiffes, das mit zwei grotesken Begleitern durch die Leere stürzte.

Sie war ein Schiff von elf Metern Länge und hatte die Form eines alten Luftschiffes. Finsternis dagegen war ein perfekter Würfel von fünfzig Metern Seitenlänge, mit Maschinen an Bord, die eine Sonne auslöschen und ihre Planeten blockieren konnten, bis sie eines eisigen, ewigen Todes starben. Samm war ein Mann, aber er war ein Mann aus flexiblem Stahl, zweihundert Meter hoch. Er war konstruiert, um auf jedem Planetentyp, mit jeder Art Bevölkerung, mit jeder Art Chemie und jeder Art Gravitation zu überleben. Er war konstruiert, um den Feinden, wer immer sie auch waren, die Botschaft von der Macht der Menschen zu bringen. Die Macht der Menschen ... gefolgt von Terror, notfalls von Tod. Wenn Samm versagte, besaß Finsternis die Möglichkeit, die Sonne Linschoten XV verlöschen zu lassen. Wenn einer oder beide versagten, hatte Folly die Aufgabe, sie zu reparieren, damit sie siegen konnten. Wenn ein Sieg nicht möglich war, dann hatte sie die Pflicht, Finsternis und Samm und dann sich selbst zu zerstören.

Ihre Instruktionen waren klar: »Ihr werdet nicht, ihr werdet auf keinen Fall zurückkehren. Ihr werdet unter keinen Umständen zur Erde zurückkehren. Ihr seid zu gefährlich, um jemals wieder der Erde zu nahe zu kommen. Ihr mögt leben, wenn ihr wollt. Wenn ihr könnt. Aber ihr dürft nicht – Wiederholung: *nicht* – zurückkehren. Ihr habt euren Auftrag. Ihr habt darum gebeten. Nun habt ihr ihn erhalten. Geht nicht zurück. Eure Gestalten bedeuten eure Aufgaben. Ihr werdet eure Pflicht erfüllen.«

Folly war ein kleines Schiff geworden, vollgestopft mit miniaturisierter Ausrüstung.

Finsternis war ein Würfel geworden, schwärzer als die Dunkelheit selbst.

Samm war ein Mann, aber ein Mann, der sich von jedem anderen Mann unterschied, der jemals auf der Erde gesehen worden war. Er besaß einen Metallkörper, der der menschlichen Gestalt bis ins kleinste Detail nachempfunden war. Auf diese Art würden die Feinde, wer immer sie auch waren, einen schreckenerregenden Eindruck von der menschlichen Gestalt, der menschlichen Stimme erhalten. Zweihundert Meter groß war er, stark und solide genug, um nur mit Düsen an seinem Gürtel durch den Weltraum zu fliegen.

Die Instrumentalität hatte alle drei entworfen. Sie gut entworfen.

Sie entworfen, um der verrückten Drohung von den Sternen zu begegnen, einer Drohung, die keinen Anhaltspunkt auf ihre Technologie oder ihre Herkunft bot, aber die auf das Signal »Mensch« mit dem Gegensignal »Schnattergacker! Esst! Esst! Mensch, Mensch! Schmeckt gut! Schnattergacker! Esst! Esst!« antwortete.

Das genügte.

Die Instrumentalität leitete Maßnahmen ein. Und diese drei – das Schiff, der Würfel und der Metallriese – rasten durch die Sternenwelten, um zu erobern, zu terrorisieren oder die Bedrohung zu zerstören, die auf dem dritten Planeten von Linschoten XV existierte.

Folly, die ein Schiff geworden war, war die Lebhafteste von ihnen.

Einst war sie eine schöne Frau gewesen.

II

»Du bist einst eine schöne Frau gewesen«, hatte Samm vor einigen Jahren gesagt. »Wie ist aus dir ein Schiff geworden?«

»Ich habe mich umgebracht«, sagte Folly. »Deshalb wählte ich diesen Namen – Folly, die Törichte. Ich hatte ein langes Leben vor mir, aber ich tötete mich, und wurde in letzter Minute zurückgeholt. Als ich herausfand, dass ich noch immer lebte, bat ich um Abenteuer, Gefahr. Man gab mir das hier. Nun, ich habe schließlich darum gebeten, nicht wahr?«

»Ja, du hast darum gebeten«, sagte Samm ernst.

Draußen im Zentrum des Nichts, umgeben von einer fürchterlichen Menge Nirgendwo, war Freundlichkeit das Schmiermittel menschlicher Beziehungen. Beide waren freundlich zueinander. Manchmal machte sich auch ein Anflug von Humor bemerkbar.

Finsternis nahm nicht an ihrem Gespräch oder ihrer Gemeinschaft teil. Er fasste seine Antworten nicht einmal in Worte. Er ließ sie lediglich sein »Gefühl für die Situation« wissen, und diesmal, wie bei allen anderen Gelegenheiten, war seine Antwort: »Negativ. Keine Handlung notwendig. Kommunikation unzweckmäßig. Hier nicht nötig. Stille, bitte. Ich töte Sonnen. Das ist alles, was ich tue. Mein Part ist meine Sache. Ganz allein meine.« Dies wurde mit einem einzigen schrecklichen Gedanken übermittelt, so dass Folly und Samm ihren Versuch aufgaben, Finsternis in die Gespräche mit einzubeziehen, die sie in jedem subjektiven Jahrhundert aufnahmen und manchmal über Jahre hinaus fortsetzten.

Finsternis begleitete sie, mehrere Meilen von ihnen entfernt, aber noch in Sichtweite. Aber soweit es ihre Beziehungen betraf, hätte Finsternis auch gar nicht anwesend sein können.

Samm fuhr mit der Unterhaltung fort, *der* Unterhaltung, die sie schon so viele Hundert Mal geführt hatten, seit das Planoform-Schiff sie »nahe« Linschoten XV ausgeschleust und es ihnen überlassen hatte, den Rest der Strecke allein zurückzulegen. (Falls die Bedrohung wirklich eine Bedrohung und falls sie intelligent war, hatte die Instrumentalität keinen Anlass gesehen, ein richtiges Planoform-Schiff mit all seiner Macht in die Hände einer fremden Lebensform fallen zu lassen, die in ihrer Kampfkapazität ebenso gut auch über hypnotische Fähigkeiten verfügen konnte. Deshalb waren das Schiff, der Würfel und der Riese bei hoher Geschwindigkeit in den normalen Raum ausgeschleust worden, ausgerüstet mit Raketendüsen, um ihren Kurs zu korrigieren, und dazu bestimmt, sich auf eigenen Wegen der Gefahr zu nähern.)

Samm sagte, was er immer sagte: »Du warst eine schöne Frau, Folly, aber du wolltest sterben. Warum?«

»Warum wollen Menschen sterben, Samm? Es ist so viel Kraft in uns, Lebenskraft, die uns so viel verlangen lässt. Das Leben zittert immer am Rande der Unzufriedenheit entlang. Wenn wir nicht lebenslustig und gierig und wollüstig und sehnsüchtig wären, wenn wir nicht große Gedanken hätten und es uns nach noch größeren verlangte, wären wir Tiere geblieben, wie all die anderen Wesen auf der Erde. Es ist starkes Leben, das uns so nahe an den Tod bringt. Wir können nicht seiner Schönheit widerstehen, der Nähe der Dinge, die wir wollen, der Ferne der Dinge, die wir haben könnten. Du und ich und Finsternis, wir sind jetzt Ungeheuer, treiben inmitten der Sterne. Und trotzdem sind wir glücklicher als damals, als wir unter Menschen waren. Ich war eine schöne Frau, aber es gab da bestimmte Dinge, die ich besitzen wollte. Ich wollte die Menschen haben. Ich allein. Für mich. Nur für mich. Als ich sie nicht bekommen konnte, wollte ich sterben. Wenn ich dümmer oder glücklicher gewesen wäre, hätte ich vielleicht weiterleben wollen. Aber ich tat es nicht. Ich war ich – vollkommen ich. Und deshalb bin ich hier. Ich weiß nicht einmal, ob ich einen Körper habe oder nicht, hier in diesem Schiff. Man hat mich an die Sensoren und Beobachter und Computer angeschlossen. Manchmal denke ich, dass ich noch immer eine liebliche Frau bin, mit einem richtigen Körper, der irgendwo hier im Schiff versteckt ist und darauf wartet, hinauszugehen und wieder ein Mensch zu sein. Und du, Samm, möchtest du mir nicht von dir erzählen? Samm. SAMM. Das ist kein Name für eine richtige Person – Super-Automatik-Mess-Modul. Wer warst du, bevor man dir diesen riesigen Körper verlieh? Zumindest siehst du noch immer wie eine Person aus. Du bist kein Schiff wie ich.«

»Mein Name spielt keine Rolle, Folly, und wenn ich ihn dir sage, würdest du ihn nicht kennen. Du hast ihn auch früher nicht gekannt.«

»Warum sollte ich ihn nicht gekannt haben? Ich habe dir meinen Namen auch nicht genannt, vielleicht haben wir einander gekannt, als wir noch auf der Alten Erde lebten.«

»Du warst eine Lady, vielleicht eine Hochgeborene. Du warst sicher wirklich schön. Du warst vielleicht wichtig. Und ich – ich war ein Techniker. Ein guter. Ich habe gearbeitet und meine Familie und meine Frau geliebt, und ich war glücklich über jedes Kind, das uns die Lords der Instrumentalität zur Adoption gaben. Aber meine Frau starb. Und nach einer Weile … meine Kinder, mein wunderbarer Junge und meine zwei schönen, intelligenten Mädchen – meine eigenen Kinder –, konnten mich nicht mehr ertragen. Sie mochten mich nicht. Vielleicht, weil ich zu viel redete. Vielleicht, weil ich ihnen zu viele Anweisungen gab. Vielleicht, weil ich sie an ihre tote Mutter erinnerte. Ich weiß es nicht. Ich werde es nie erfahren. Sie wollten mich nicht sehen. Weil es Brauch war, schickten sie mir Karten zu meinem Geburtstag. Aus reiner Höflichkeit riefen sie mich manchmal an. Dann und wann wollte einer von ihnen etwas von mir. Dann besuchte er mich, aber nur, um etwas zu bekommen. Es kostete mich viel Zeit, den Grund herauszufinden, aber es gab keinen. Es lag nicht daran, dass ich etwas getan oder nicht getan hatte. Sie mochten mich einfach nicht mehr. Du kennst die Lieder und die Opern und die Geschichten, Folly, du kennst sie alle.«

»Nicht alle«, dachte Folly freundlich, »nicht alle. Nur ein paar Tausend.«

»Hast du jemals ein …«, rief Samm, und seine Gedanken klangen ungestüm in ihrem Bewusstsein. »Hast du jemals ein einziges über einen verstoßenen Vater gesehen oder gehört oder gelesen? Sie handeln alle von Männern und Frauen, Liebe und Sex, aber ich kann dir sagen, dass Verstoßensein schmerzt, selbst wenn du nicht mehr von deinen Geliebten willst als ihre Gesellschaft und ihr Glück und ihr einfaches, unverwechselbares Lächeln. Als ich erfuhr, dass meine Kinder keine Verwendung mehr für mich hatten, hatte auch ich für mich keine Verwendung mehr. Die Instrumentalität meldete sich mit dieser Mahnung bei mir, und ich sagte zu.«

»Aber dir geht es nun gut, Samm«, sagte Folly. »Ich bin ein Schiff, und du bist ein Metallriese, aber wir haben eine Aufgabe übernommen, die für die gesamte Menschheit wichtig ist. Wir erleben zusammen Abenteuer. Selbst der Schwarze und Mürrische«, fügte sie hinzu und meinte Finsternis, »kann uns nicht von dem Vergnügen der Freundschaft abhalten oder der Hoffnung auf Gefahr. Wir tun etwas Wundervolles und Wichtiges und Aufregendes. Weißt du, was ich machen würde, wenn ich mein Leben zurückerhielte, mein normales Leben mit Haut und Fußnägeln und Haaren und ähnlichen Dingen?«

»Was?«, fragte Samm, kannte aber die Antwort ganz genau, denn schon bei Hunderten von Gelegenheiten zuvor hatten sie diesen Punkt berührt.

»Ich würde baden. Ich würde hundertmal und wieder hundertmal baden, immer wieder. Duschen und mich nassspritzen mit kaltem Wasser und dann in heißes Badewasser springen und wieder duschen. Und ich würde mein Haar frisieren, immer und immer wieder, auf tausenderlei Arten. Und ich würde Lippenstift auftragen, in den ausgefallensten Farben, selbst wenn mich niemand sehen würde, nur ich mich selbst, wenn ich in den Spiegel schaue. Jetzt kann ich mich nur schwer daran erinnern, wie es ist, trocken oder nass zu sein. Ich bin in diesem Schiff, und ich sehe das Schiff, und ich weiß nicht mehr genau, ob ich noch eine Person bin oder nicht.«

Samm schwieg, weil er wusste, was sie als Nächstes sagen würde.

»Samm, was würdest du tun?«, fragte Folly.

»Schwimmen«, erwiderte er.

»Dann schwimm, Samm, schwimm! Schwimm für mich im Weltraum zwischen den Sternen. Du hast noch immer einen Körper und ich nicht, aber ich kann dir zuschauen, und ich kann fühlen, wie du hier im Nichts schwimmst.«

Samm begann zu schwimmen, in einem kräftigen australischen Kraulstil, und berührte mit dem Gesicht die Wasseroberfläche – wenn es hier Wasser gegeben hätte. Die Schwimmstöße beeinflussten seine wirklichen Bewegungen nicht, da sie alle eine schnelle Flugbahn verfolgten, festgelegt in dem Augenblick, in dem sie das Schiff der Instrumentalität verlassen und sich im normalen Weltraum dem Stern genähert hatten, der als Linschoten XV bezeichnet wurde.

Diesmal ereignete sich etwas sehr Unvorhergesehenes, und es ereignete sich auf seltsame Weise.

Aus der dunklen, düsteren Stille des Würfels, Finsternis, drang ein deutlicher Schrei, quoll hervor in klarer menschlicher Sprache.

Aufhören! Hör auf, dich zu bewegen! Ich greife an!

Samm und Folly besaßen eingebaute Instrumente, so dass sie das All um sich herum beobachten konnten. Die Instrumente, rasch eingeschaltet, zeigten nichts an. Trotzdem hatte Folly ein seltsames Gefühl, als habe sich in ihrem Schiff etwas verändert, dem Schiff, das früher so metallen, so zuverlässig, so unveränderlich gewesen war.

Sie warf Samm einen fragenden Gedanken zu und erhielt stattdessen einen weiteren Befehl von Finsternis.

Hört auf zu denken.

Samm trieb wie ein toter Mann in seinem gewaltigen Körper.

Folly trieb wie eine Frucht neben seiner Hand.

Da plötzlich hörten sie Finsternis sprechen: »Ihr könnt jetzt wieder denken, wenn ihr wollt. Ihr könnt wieder miteinander schnattern. Ich habe es geschafft.«

Samm wandte sich an ihn, und sein Gedankenmuster wirkte verärgert und verwirrt. »Was ist geschehen? Ich habe mich gefühlt, als ob sich der Raum zusammengefaltet hätte. Ich habe gespürt, dass du etwas gemacht hast, und dann herrschte wieder Stille um uns.«

»Sprechen«, erklärte Finsternis, »ist nicht nützlich und nicht erforderlich. Aber da nur drei von uns hier sind, so kann ich euch genauso gut sagen, was geschehen ist. Kannst du mich hören, Folly?«

»Ja«, antwortete sie matt.

»Sind wir auf Kurs«, fragte Finsternis, »zum dritten Planeten von Linschoten XV?«

Folly schwieg, während sie ihre Instrumente überprüfte, die komplizierter und empfindlicher waren als die der beiden anderen, da sie die Wartungseinheit war. »Ja«, erklärte sie schließlich. »Wir sind auf Kurs. Ich weiß nicht, was geschehen ist, wenn etwas geschehen ist.«

»Es ist wirklich etwas geschehen«, sagte Finsternis mit der selbstzufriedenen Grausamkeit eines Menschen, dessen ungeduldige und grausame Natur nur durch die Konfrontation und das Überwinden von Feindseligkeit im Leben entschädigt wurde.

»War dies einer der Raumdrachen, denen man vor undenklichen Zeiten mit den alten, uralten Schiffen begegnete?«

»Nein, nichts Derartiges«, entgegnete Finsternis, mit einem Mal gesprächig, da er über etwas Nützliches sprechen konnte. »Es scheint nicht einmal aus diesem Raum gekommen zu sein. Etwas wuchs zwischen uns, wie ein Vulkan, der aus einem festen Raum austritt. Etwas Gewalttätiges und Wildes und Lebendiges. Habt ihr beide noch immer Augen?«

»Sehgeräte für die normalen Lichtfrequenzen?«, fragte Samm.

»Natürlich!«, bestätigte Finsternis. »Ich werde versuchen, es zu fixieren, damit ihr einen sichtbaren Eindruck bekommt.«

Finsternis schwieg jäh.

Dann vernahmen sie seine Stimme wieder; sie verriet Anspannung.

»*Unternehmt nichts. Versucht nicht, mir zu helfen. Beobachtet nur. Wenn es gewinnt, zerstört mich unverzüglich. Es versucht vielleicht, uns zu fangen und zur Erde zu gelangen.*«

Folly war versucht, Finsternis zu erklären, dass das unmöglich sei, da die erste Bewegung zur Rückkehr die Zerstörungsschaltung auslösen würde, die in jedem von ihnen dreien eingebaut worden war, außer Reichweite, nicht zu entdecken, nicht zu bemerken. Wenn die Instrumentalität sagte: »Kommt *nicht* zurück«, dann meinte es die Instrumentalität auch so.

Sie sagte jedoch nichts.

Stattdessen beobachtete sie Finsternis.

Etwas ging da vor sich. Etwas sehr Seltsames.

Der Raum selbst schien zu zerreißen und sich zu öffnen.

Im sichtbaren Spektrum wirkte der Eindringling wie eine Wassersäule, die auf und ab sprudelte.

Aber der Eindringling bestand nicht aus Wasser.

Auf der sichtbaren Lichtfrequenz glühte er wie wildes Feuer, das sich aus einer schimmernden Säule aus blauem Eis erhob. Hier im Weltraum gab es nichts, das brennen, nichts, das leuchten konnte: Sie wusste, dass Finsternis unverständliche Phänomene in Licht übersetzte.

Sie spürte, dass Samm eine seiner riesigen Fäuste ballte, in einer hilflosen, kindlichen Geste des Protestes.

Sie selbst unternahm nichts, beobachtete nur, so wachsam und tatenlos, wie sie konnte.

Trotzdem fühlte sie einen Ruck. Dies war kein stoffliches Phänomen. Es war wildes, ungeformtes Leben, das aus einer anderen Dimension des Alls eindrang, auf der Suche nach Material, dem es seine Vitalität, seinen Wahnsinn, seine Identität aufprägen konnte. Sie sah Finsternis als einen festen schwarzen Würfel, dunkler als reine Dunkelheit, der genau auf die Säule zutrieb.

Auf dem ersten Teil ihrer Reise, seit sie die Menschen und das Planoform-Schiff verlassen hatten und sich Linschten XV näherten, hatte Finsternis' Außenhaut wie stumpfes Metall gewirkt, leicht poliert, so dass Folly ihn mit dem Radar abtasten musste, um ein klares Bild von ihm zu erhalten.

Jetzt hatte sie sich verändert.

Sie war so weich und üppig wie Samt.

Der fremde Vulkan-Springbrunnen schien keine sehr empfindlichen Sinnesorgane zu besitzen. Er schenkte Samm und ihr keine Beachtung. Nur der dunkle Würfel zog ihn an, wie ein Sonnenstrahl ein Kind fasziniert oder das Rascheln von Papier die Aufmerksamkeit eines Kätzchens auf sich lenkt.

Mit einer leichten Veränderung ihrer Bewegungen und Richtung stürzte die Säule aus brennender, lebendiger Helligkeit auf Finsternis, stürzte und brannte aus, glitt in ihn hinein und war verschwunden.

Finsternis' Stimme rief ihnen beiden klar und freudig zu: »Es ist jetzt fort.«

»Was ist mit diesem Ding geschehen?«, fragte Samm.

»Ich habe es gegessen«, erklärte Finsternis.

»Du hast was?«, rief Folly.

»Ich habe es gegessen«, wiederholte Finsternis. Er war mit einem Mal viel gesprächiger als sonst. »Zumindest ist das die einzige Art und Weise, um es zu beschreiben. Die Maschine, die man mir gab oder in die man mich verwandelte, oder was auch immer, ist wirklich ausgezeichnet. Sie ist mächtig. Ich kann fühlen, dass sie Dinge absorbiert, sie aufnimmt, auseinanderreißt und fortschafft. Es erinnert an das Essen, an das ich in meiner Zeit als Mensch gewohnt war.

Dieses wilde Ding griff mich an, umhüllte und verschlang mich. Alles, was ich tat, war, es aufzunehmen, und nun ist es fort. Ich fühle mich irgendwie gesättigt. Ich glaube, meine Maschinen haben Teile davon aussortiert und mit kleinen Raketen zu einem Rendezvous-Punkt geschickt. Ich weiß, dass ich sechzehn kleine Raketen in meinem Innern besitze, und ich fühle, dass zwei davon fort sind. Keiner von euch kann tun, was ich getan habe. Ich wurde erschaffen, um ganze Sonnen zu absorbieren, wenn es nötig ist, sie zusammenbrechen zu lassen, sie zu erfrieren, ihre Molekularstruktur zu verändern und ihre Energie in einem gewaltigen nutzlosen Blitz in das Radiospektrum abzugeben. Du kannst nichts dieser Art, Samm, obwohl du Arme und Beine und eine Stimme und einen Kopf besitzt – falls wir jemals in eine Atmosphäre eindringen, wo du sie benutzen kannst. Du wirst niemals tun können, was ich getan habe, Folly.«

»Du bist *gut*«, sagte Folly nachdrücklich. Aber sie fügte hinzu: »Ich kann *dich* reparieren.«

Offensichtlich beleidigt, fiel Finsternis in sein Schweigen zurück.

»Wie weit ist es noch bis zum Ziel?«, fragte Samm Folly.

»Neunundsiebzig Erdenjahre, vier Monate und drei Tage, sechs Stunden und zwei Minuten, aber du weißt, wie wenig das hier draußen bedeutet. Es kann wie ein einziger Nachmittag sein oder wie tausend Lebensalter. Die Zeit arbeitet nicht sehr genau für uns.«

»Wie ist man überhaupt auf diesen Ort aufmerksam geworden?«

»Ich weiß nur, dass es zwei sehr starke Telepathen waren, die auf dem Planeten Mizzer zusammengearbeitet haben. Ein Exdiktator namens Casher O'Neill und eine Exlady namens Celalta. Sie interessierten sich für psionische Astronomie und empfingen plötzlich sehr stark und sehr klar dieses Signal. Du weißt, dass Telepathen Richtungen sehr genau feststellen können. Selbst über gewaltige Entfernungen hinweg. Und sie können auch Gefühle wahrnehmen. Aber mit dem Empfang richtiger Bilder oder Dinge haben sie Schwierigkeiten. Jemand anders hat sich darum gekümmert.«

»Hm«, machte Samm. Er hatte all dies schon oft gehört. Aus reiner Langeweile begann er wieder kräftig zu schwimmen. Der Körper mochte ihm vielleicht nicht richtig gehören, aber er fühlte sich wohl, wenn er ihn benutzte.

Außerdem wusste er, dass Folly ihm mit Vergnügen dabei zusah – mit großem Vergnügen und einem kleinen bisschen Neid.

Casher O'Neill und Lady Celalta hatten sich geliebt.

Sie hatten mit müden Gliedern und klaren, entspannten Gedanken dagelegen, sich auf einer Decke oberhalb der großen sprudelnden Quelle ausgestreckt, dem Ursprung des Neunten Nils. Da sie beide Telepathen waren, hörten sie ein Vogelpaar in einem Baum streiten; das Vogelmännchen befahl dem Vogelweibchen, auszufliegen und zu arbeiten, und das Vogelweibchen antwortete ihm, indem sie tiefer und tiefer in einen gereizten und unzufriedenen Schlummer fiel.

Lady Celalta hatte ihrem Geliebten und Gebieter Casher O'Neill einen Gedanken zugeflüstert.

»Zu den Sternen?«

»Die Sterne?«, dachte er murrend.

Sie waren beide starke Telepathen. Auf geheimnisvolle Weise hatte man ihm die größte telepathische Hypnotiseurin aller Zeiten aufgeprägt, die Ehrenwerte Agatha Madigan. In Lady Celalta besaß er eine Gefährtin, die ihm ebenbürtig war, eine natürliche Telepathin, die nicht nur ganz Mizzer, sondern auch einige der nächsten Sterne erreichen konnte. Wenn sie zusammenarbeiteten, wie sie es nun vorschlug, konnten sie in die staubigen Unendlichkeiten der Tiefe tauchen und Gefühle oder Bilder aufnehmen, auf die noch kein Go-Kapitän jemals mit seinem Schiff gestoßen war.

Er setzte sich mit einem zustimmenden Brummen auf. Sie blickte ihn zärtlich und besitzergreifend an, ihre dunklen Augen leuchteten vor Wachsamkeit, Glück und Abenteuer.

»Kann ich aufsteigen?«, fragte sie fast ängstlich.

Wenn zwei Telepathen zusammenarbeiteten, bereitete einer von ihnen so weit wie möglich den Sprung der Gedanken vor, und der andere sprang in einer gewaltigen Anstrengung so weit und so schnell er konnte dem Ziel entgegen. Sie hatten auf diese Weise merkwürdige Dinge gesehen, manchmal schöne, manchmal dramatische.

Casher trank bereits gewaltige Schlucke Luft, füllte seine Lungen, hielt den Atem an, stieß ihn mit einem Keuchen aus und inhalierte dann wieder tief und langsam. Auf diese Art reicherte er sein Gehirn mit Sauerstoff an, um die große Anstrengung eines telepathischen Sprunges in die entfernten Tiefen des Raumes zu bestehen. Weder sprach er, noch telepathierte er ein Wort zu ihr; er bewahrte seine Kraft für einen guten Sprung. Er nickte ihr lediglich zu.

Nun begann auch Lady Celalta tief einzuatmen, aber sie schien es nicht so nötig wie Casher zu haben.

Beide saßen aufrecht da, Seite an Seite, und atmeten tief ein. Die kühle nächtliche Wüste Mizzers umgab sie, das harmlose Gurgeln des Neunten Nils erklang neben ihnen, der helle sternbedeckte Himmel Mizzers war über ihnen.

Ihre Hand ergriff die seine. Sie drückte seine Hand. Er sah sie an und nickte wieder.

In seinem Bewusstsein schienen Mizzer und das gesamte Sonnensystem in Flammen zu explodieren. Celaltas Gedanken schossen plötzlich in verschiedene Richtungen, aber dort, fast über Mizzers Pol, spürte er etwas Wildes und Fremdes, eine Art Wesen, das er nie zuvor gefühlt hatte. Celaltas Bewusstsein als Basis nutzend, ließ er seinen Geist dorthin stürzen.

Die Größe des Sprunges machte sie beide benommen. Es schien ihnen, als ob der Geist des Menschen noch nie so weit hinausgegriffen habe.

Die Realität des Phänomens war unbezweifelbar.

Tiere umgaben sie, normale Gattungen: Renner, Jäger, Springer, Kletterer, Schwimmer, Verstecker und Greifer. Es waren vor *allem einige der Greifer, die über starke telepathische Kräfte verfügten.*

Das Bild des Menschen bewirkte eine unverzügliche, mörderische Antwort: »Schnattergacker, Schnattergacker, Mensch, Mensch, Mensch, esst sie, esst sie!«

Casher und Celalta waren beide so überrascht, dass sie den Kontakt abbrachen, nachdem sie sich überzeugt hatten, dass sie eine ganze Welt voller Lebewesen entdeckt hatten, von denen einige telepathisch begabt und vermutlich zivilisiert waren.

Wieso hatten diese Wesen sie als »Menschen« erkannt? Warum war ihre Antwort so unverzüglich erfolgt? Warum kannibalisch und mörderisch?

Sie nahmen sich Zeit, bevor sie ihre Trance aufgaben, einen sorgfältigen, genauen Bericht anzufertigen und die Position zu ermitteln, von der die Gefahr-Gehirne ihre Warnung geschrien hatten.

Den Bericht übermittelten sie der Instrumentalität, kurz nach dem Zwischenfall.

Und auf diese Weise, ohne dass Folly, Samm und Finsternis es mitbekommen hätten, hatten die Bewohner des dritten Planeten von Linschoten XV die Aufmerksamkeit der Menschheit erregt.

Tatsächlich spürten die drei Wanderer später einen entfernten, schwachen telepathischen Kontakt, den sie als warmherzig und menschlich empfanden, und deshalb versuchten sie nicht, ihm mit ihren Gedanken oder Waffen nachzuspüren. Es waren O'Neill und Celalta, nach Mizzer-Zeit viele Jahre später, die hinausgriffen und nachschauten, was die Instrumentalität wegen Linschoten XV unternommen hatte.

Folly, Samm und Finsternis wussten nicht, dass die beiden stärksten Telepathen der Menschheit sie gestreift, erforscht, durchleuchtet und Dinge gesehen hatten, die die drei über sich oder die anderen beiden noch nicht einmal ahnten.

Casher O'Neill sagte zu Lady Celalta: »Du hast es auch bemerkt?«

»Eine schöne Frau, eingeschlossen in einem kleinen Schiff?«

Casher nickte. »Ein Rotschopf mit einer Haut, so zart und durchscheinend wie richtiges Elfenbein? Eine Frau, die schön war und wieder schön sein wird?«

»Das ist genau das, was ich auch gesehen habe«, bestätigte Lady Celalta. »Und der müde alte Mann, seiner Kinder überdrüssig und seines eigenen Lebens überdrüssig, weil seine Kinder seiner überdrüssig waren.«

»Nicht so alt«, berichtigte Casher. »Und ist das nicht eine außergewöhnliche Maschine, in die man ihn verpflanzt hat? Ein metallener Riese. Er schien über einen Viertelkilometer groß zu sein. Säureresistent. Kälteresistent. Wird er nicht sehr überrascht sein, wenn er herausfindet, dass die Instrumentalität in diesem Monster seinen Körper verjüngt hat?«

»Gewiss«, sagte Lady Celalta glücklich, als sie sich die angenehme Überraschung vorstellte, die den Mann erwartete – den sie freilich niemals kennenlernen und niemals mit ihren eigenen richtigen Augen sehen würde.

Beide versanken in Schweigen.

Dann sagte Lady Celalta: »Aber die dritte Person ...« Ein Schaudern lag in ihrer Stimme, als ob sie es nicht wagen würde, weiterzusprechen. »Die dritte Person, die in dem Würfel.« Sie verstummte, als ob sie weder etwas fragen noch etwas sagen könnte.

»Es war kein Roboter und auch kein Persönlichkeitswürfel«, sagte Casher. »Es war wirklich ein menschliches Wesen. Aber es ist verrückt. Konntest du herausfinden, Celalta, ob es männlich oder weiblich war?«

»Nein, das konnte ich nicht. Die anderen beiden schienen es für männlich zu halten.«

»Aber hattest *du* auch diesen Eindruck?«

»Bei diesem Wesen bin ich mir in nichts sicher. Es war menschlich, aber es fühlte sich fremdartiger an als irgendein Hominide, den wir jemals auf irgendeinem der längst vergangenen Sterne entdeckt haben. Weißt du, Casher, ob es jung oder alt war?«

»Nein. Das habe ich nicht herausfinden können – nur einen verzweifelten menschlichen Geist mit all seinen Blockaden habe ich erspürt, der nur für die schrecklichen Kräfte des schwarzen Würfels lebt, des Sonnentöters, in dem er reist. Ich bin noch nie jemanden wie ihm begegnet, einer Person ohne besondere Merkmale. Es ist furchtbar.«

»Die Instrumentalität ist manchmal grausam.«

»Manchmal muss sie es sein.«

»Aber ich hätte nie gedacht, dass sie so etwas tun würde.«

»Was tun würde?«

Ihre dunklen Augen sahen ihn an. Es war eine andere Nacht und ein anderer Nil, aber die Augen waren nur ein klein wenig älter, und sie liebte ihn mehr denn je. Lady Celalta zitterte, als ob sie befürchtete, dass die allmächtige Instrumentalität ein Mikrofon in der nahen Wüste versteckt hätte. »Du hast es selbst gesagt«, flüsterte sie ihrem Geliebten zu, »gerade eben.«

»Was gesagt?« Er sprach sanft, aber furchtlos, seine Stimme hallte über die kühle nächtliche Wüste.

Lady Celalta flüsterte weiter, was bei ihr sehr ungewöhnlich war. »Du hast gesagt, dass die dritte Person verrückt sei. Siehst du nun, dass du vielleicht ins Schwarze getroffen hast?«

Ihr Flüstern flog ihm wie eine Schlange entgegen.

»Was hast du gefühlt?«, flüsterte er schließlich zurück. »Was hast du entdeckt?«

»Sie haben einen Verrückten zu den Sternen geschickt. Oder eine Verrückte. Einen richtigen Psychopathen.«

»Viele Piloten«, sagte Casher nun mit normaler Stimme, »sind gegen die Einsamkeit des Raums durch richtige, aber künstlich hervorgerufene Psychosen geschützt. Sie lassen sie die wirklichen oder eingebildeten Schrecken der Leiden des Alls überwinden.«

»Das meine ich nicht«, erklärte Celalta, und sie flüsterte noch immer drängend und geheimnisvoll. »Ich meine einen richtigen Psychopathen.«

»Aber es gibt keine. Nicht in Freiheit«, sagte Casher und kam vor Überraschung ins Stocken. »Entweder werden sie geheilt oder in gedankenblockierende Satelliten eingesperrt.«

Celalta hob ihre Stimme ein wenig, nur ein wenig, so dass sie nicht länger flüsterte, sondern fordernd sprach.

»Aber verstehst du denn nicht – genau das ist es, was sie getan haben *müssen*. Die Instrumentalität hat einen Sternentöter erschaffen, der zu stark ist für jeden normalen Verstand, um ihn steuern zu können. Deshalb nahmen die Lords irgendwoher einen Psychopathen und schickten einen Verrückten hinaus zu den Sternen. Andernfalls hätten wir sein Geschlecht oder sein Alter feststellen können.«

Casher nickte in stillem Einverständnis. Es war zwar nicht kühler geworden, aber ihn überlief eine Gänsehaut, während er neben seiner geliebten Celalta umgeben vom Sand der vertrauten Wüste lagerte. »Du hast Recht. Du musst Recht haben. Es lässt mich fast die Feinde dort draußen auf Linschoten XV bedauern. Hast du diesmal etwas von ihnen bemerkt? Ich konnte sie nicht empfangen.«

»Nur kurz«, sagte Lady Celalta. »Ihre Telepathen haben die fremdartigen Wesen bemerkt, die sich ihnen mit hoher Geschwindigkeit nähern. Die Telepathen sind wild vor Aufregung, aber die anderen schnattern und gackern, schnattern und gackern miteinander, erfüllt von Wut, Hunger und Gedanken an Menschen.«

»So viel hast du empfangen?«

»Mylord und mein Geliebter, ich griff diesmal hinaus. Ist es so merkwürdig, dass ich mehr als du erfahren habe? Deine Kraft stieß mich vorwärts.«

»Hast du gehört, wie die Waffen sich gegenseitig bezeichneten?«

»Es hörte sich ziemlich seltsam an.« Casher konnte in dem klaren Sternenlicht, das die Wüste erhellte, fast so, wie es der Alte Urmond mit den Nächten der Menschenheimat einst gemacht hatte, erkennen, wie sie ihre Brauen hochzog. »Es war ›Folly‹ und ›Samm‹ und etwas wie ›Finsternis‹, ein Wort, das aus der Alten Doychen Sprache stammt.«

»Das habe ich ebenfalls empfangen«, nickte Casher. »Es schien mir ein eigenartiges Gespann zu sein.«

»Aber ein mächtiges, ein außerordentlich mächtiges«, erklärte Lady Celalta. »Du und ich, mein Herr und Geliebter, haben schon seltsame Dinge und Gefahren zwischen den Sternen gesehen, noch bevor wir einander begegneten, aber so etwas wie dies noch nie, oder?«

»Nein.«

»Nun«, sagte Lady Celalta, »lass uns jetzt schlafen und die Angelegenheit so gut wie möglich vergessen. Die Instrumentalität achtet gewiss auf Linschoten XV, und wir beide brauchen uns deswegen keine Sorgen zu machen.«

Alles, was Samm, Folly und Finsternis wussten, war, dass eine leichte Berührung, unerklärlich, aber freundlich, sie aus den fernen Sternengebieten nahe der Heimat gestreift hatte. Sie dachten, wenn sie überhaupt etwas darüber dachten: »Die Instrumentalität, die uns gebaut und ausgeschickt hat, wird uns ein weiteres Mal überprüft haben.«

V

Einige Jahre später sprachen Samm und Folly wieder miteinander, während Finsternis – abgeschirmt, undurchdringlich, schweigend, erkennbar nur durch das ungebändigte Glühen menschlichen Lebens, das telepathisch aus dem riesigen Würfel sickerte – neben ihnen durch den Raum raste und nichts sagte.

Plötzlich rief Folly Samm laut zu: »Ich kann sie *riechen*.«

»Wen kannst du riechen?«, fragte Samm sanft. »Hier im Nichts des Alls gibt es keinen Geruch.«

»Du Dummer«, dachte Folly zurück. »Ich meine keinen wirklichen Geruch. Ich meine, dass ich *ihren* Eigenduft telepathisch empfangen kann.«

»Wessen?«, fragte Samm schwerfällig.

»Den unserer Feinde natürlich«, rief Folly. »Die an Menschen erinnern und keine Menschen sind. Die Schnattergacker-Kreaturen. Die Wesen, die die Menschen kennen und sie hassen. Sie riechen stark und warm und lebendig füreinander. Ihre ganze Welt ist voller Gerüche. Ihre Telepathen toben jetzt. Sie haben uns drei bemerkt und versuchen, unsere Gerüche herauszufinden.«

»Und wir besitzen keinen Geruch. Nicht, wenn wir nicht einmal wissen, ob wir nun im Innern dieser Maschinen menschliche Körper haben oder nicht. Stell dir vor, dass mein Metallkörper riecht. Wenn er einen Geruch besitzt«, sagte Samm, »dann vermutlich den von arbeitendem Stahl und ein klein wenig von Schmiermitteln. Nicht zu vergessen all die Düfte, die meine Düsen in einer Atmosphäre verströmen mögen. Wie ich die Instrumentalität kenne, hat sie meine Düsen so konstruiert, dass sie für jede Art von Lebewesen schrecklich riechen. Die meisten Lebensformen denken zuerst durch ihre Nasen und ermitteln erst später den Rest des Erlebten. Wie auch immer – ich wurde geschaffen, um einzuschüchtern, in Angst zu versetzen, zu zerstören. Die Instrumentalität hat diesen Körper nicht erschaffen, damit er freundlich auf jemanden wirkt. Du und ich, wir können Freunde sein, Folly, weil du ein kleines Schiff bist, das ich wie eine Zigarre zwischen meinen Fingern halten kann, und weil das Schiff die Erinnerung an eine sehr liebliche Frau ist. Ich kann fühlen, was du einst warst. Was du vielleicht sein wirst, falls dein richtiger Körper sich noch immer in diesem Schiff befindet.«

»Oh, Samm! Glaubst du, dass ich jemals leben werde, richtig leben, mit einem wirklichen Ich in einem wirklichen Ich und einer Chance, irgendwo wieder ich selbst zu sein, hier draußen zwischen den Sternen?«

»Ich kann es nicht deutlich erkennen. Ich habe so weit ich konnte mit meinen Sensoren in dein Schiff gegriffen, aber ich kann dir nicht sagen, ob sich nun dort eine ganze Frau befindet oder nicht. Es mag vielleicht nur eine Erinnerung von dir sein, seziert und ausgewalzt zwischen einem Haufen Plastikteilen. Ich kann es dir wirklich nicht sagen, aber manchmal habe ich die seltsame Ahnung, dass du noch immer lebendig bist, auf alte, ursprüngliche, herkömmliche Art, und dass auch ich lebendig bin.«

»Wäre das nicht wundervoll?« Sie schrie es ihm fast zu. »Samm, angenommen, wir werden wieder wir selbst sein, wenn wir unsere Mission erfüllen und diesen Planeten erobern und am Leben bleiben. Angenommen, wir würden uns dort niederlassen! Ich würde dir begegnen und …«

Beide verfielen in Schweigen angesichts der Verwicklungen, die damit verbunden sein könnten, wieder normal zu leben. Sie wussten, dass sie einander liebten. Hier draußen, in der gewaltigen Schwärze des Weltalls, konnten sie nichts tun, als in ihrer Flugbahn dahinzustürzen und sich ein wenig telepathisch zu unterhalten.

»Samm«, begann Folly, und der Klang ihrer Gedanken zeigte, dass sie auf etwas anderes zu sprechen kam. »Glaubst du, dass wir weiter hinausgelangt sind, als es Menschen jemals getan haben? Du warst ein Techniker. Du müsstest es wissen. Weißt du es?«

»Natürlich weiß ich es«, dachte Samm sofort. »Nein. Wir befinden uns noch immer tief in unserer eigenen Galaxis.«

»Ich weiß so etwas nicht«, verriet Folly zerknirscht.

»Mit all diesen Instrumenten weißt du nicht, wo du dich befindest?«

»Natürlich weiß ich, wo ich bin, Samm. In der Nähe des dritten Planeten von Linschoten XV. Ich habe sogar eine gewisse Vorstellung von der ungefähren Richtung, in der sich die Alte Erde befinden muss, und wie viel tausend Jahre es uns kosten wird heimzukehren, den normalen Raum durchfliegend, wenn wir versuchen, die Erde wieder zu erreichen.« Sie dachte für sich selbst, ohne diesen Gedanken Samm zu übermitteln: *Aber wir können es nicht.* Dann wandte sie sich wieder an ihn. »Ich habe nie Astronomie oder Navigation studiert, so dass ich nicht sagen kann, ob wir uns am Rand der Galaxis befinden oder nicht.«

»Nicht am Rand«, sagte Samm. »Wir sind nicht John Joy Tree, und wir sind nicht bei den zweiköpfigen Elefanten, die für alle Ewigkeit im intergalaktischen Weltraum weinen.«

»John Joy Tree?«, sang Folly; Freude und Erinnerungen erfüllten ihre Gedanken, als sie seinen Namen nannte. »Er war mein Idol, als ich noch ein Mädchen war. Mein Vater war ein Subleiter der Instrumentalität und hatte mir versprochen, John Joy Tree in unser Haus einzuladen. Wir besaßen einen Landsitz, und das war ungewöhnlich und sehr schön in diesen Tagen und Jahren. Aber Sir und Go-Kapitän Tree kam nie, um uns zu besuchen, und so habe ich einfach immer weiter gewartet, ein großes Mädchen, dessen Zimmer voller Bildwürfel von ihm war. Ich mochte ihn, weil er so viel älter war als ich und so entschlossen und doch sanft zugleich wirkte. Ich hatte alle Arten romantischer Tagträume über ihn, aber er kam nie vorbei, und einige Jahre später heiratete ich den falschen Mann, und meine Kinder wurden den falschen Leuten gegeben. Das war's dann. Aber was hat es mit den zweiköpfigen Elefanten auf sich?«

»Ist das die Möglichkeit!«, rief Samm. »Ich verstehe nicht, wie du von John Joy Tree gehört haben kannst und nicht weißt, was er getan hat.«

»Ich weiß von dem weiten Flug, weit hinaus, aber sonst weiß ich nicht viel über ihn. Schließlich war ich nur ein unwissendes Mädchen, als ich mich in sein Bild verliebte. Was hat er *getan*? Ich glaube, jetzt ist er tot, also dürfte es keine Rolle mehr spielen.«

Finsternis mischte sich ein, grimmig und unerwartet. »John Joy Tree ist nicht tot. Er kriecht um einen monströsen Ort auf einem aufgegebenen Planeten herum, und er ist unsterblich und krank.«

»Woher weißt du das?«, rief Samm, drehte seinen riesigen metallenen Kopf, um den dunklen, polierten Würfel anzusehen, der seit so vielen Jahren nichts mehr gesagt hatte.

Finsternis dachte keinen weiteren Gedanken, nicht einen Schemen, nicht das Echo eines Wortes.

Folly stichelte: »Es ist nicht nötig, dieses Ding zum Reden zu bringen, wenn es nicht will. Wir beide haben es tausendfach versucht. Erzähle mir von den zweiköpfigen Elefanten. Das sind große Tiere mit großen, flatternden Ohren, und die Nasen können Dinge aufheben, nicht wahr? Und man macht sehr weise, zuverlässige Untermenschen aus ihnen?«

»Ich weiß nichts von dem, was diese Untermenschen betrifft, aber es sind genau diese Tiere; sie sind tatsächlich sehr groß. Als John Joy Tree weit hinaus aus unserem Kosmos in den Weltraum[3] gelangte, traf er auf eine gewaltige Anzahl Schiffe, die in Konvois durch das Nichts flogen. Die Schiffe bestanden aus einem uns völlig unbekannten Material. Wir wissen noch immer nicht, woher sie kamen oder wer sie erbaut hat. Jedes Schiff verfügte über ein Tier, das wie ein Elefant mit vier Beinen und einem Kopf an jedem Ende aussah, und als Tree diese unglaublichen Schiffe erreichte, heulten diese Tiere ihn an. Heulten Kummer, heulten Trauer. Unsere plausibelste Vermutung über die Schiffe ist, dass sie Gräber eines großen Volkes sind, und die heulenden Elefanten, die unsterblichen, halblebenden Trauernden, sie bewachen müssen.«

»Aber wie fand John Joy Tree zurück?«

»Ach, das war herrlich. Wenn man in den Weltraum[3] überwechselt, nimmt man nur seinen Körper mit. Und deshalb hatte die Menschheit sich etwas ausgedacht und in feinste Technik umgesetzt. Man entwarf und baute ein ganzes Planoform-Schiff aus John Joy Trees Haut, Fingernägeln und Haaren. Man hatte seine Körperchemie ein wenig verändern müssen, um genug Metall zu erzeugen, damit die Spulen und elektrischen Schaltungen transportiert werden konnten, aber es funktionierte. Er kehrte zurück – ein Mann, der durch den Weltraum springen konnte wie ein Junge, der über Steine hüpft, die er kennt wie seine Westentasche. Er war der einzige Pilot, der sich selbst von außerhalb der Galaxis nach Hause steuern konnte. Ich weiß nicht, ob es nun die Zeit oder die Kosten wert waren, Weltraum[3] für intergalaktische Reisen zu nutzen. Schließlich sind bereits einige begabte Menschen bei Unfällen umgekommen, Folly. Du und Finsternis und ich, wir sind Menschen, die in Maschinen verwandelt wurden. Wir sind nun selbst Maschinen. Aber mit Tree verfuhr man anders. Aus seinem *Körper* formte man eine Maschine. Und sie funktionierte. Mit diesem einen Flug überbrückte er milliardenfach größere Weiten, als wir es jemals schaffen würden.«

»Du glaubst wirklich, dass du es weißt«, sagte Finsternis plötzlich. »So bist du immer. Du glaubst, dass du es weißt!«

Folly und Samm versuchten Finsternis dazu zu bringen, weiterzureden, aber ohne Erfolg. Nach einigen weiteren Pausen und Gesprächen waren sie bereit zur Landung auf dem dritten Planeten von Linschoten XV.

Sie landeten.

Sie kämpften.

Blut floss in Strömen. Feuer versengte die Täler und verkochte die Seen. Der telepathische Äther war voller Schnattergacker der Furcht. Hass verwandelte sich in Selbstmord, Wut in Aufgabe, in tiefe Verzweiflung, in Hoffnungslosigkeit und schließlich in eine seltsame Art von Ruhe und Liebe.

Lasst uns über diese Geschichte schweigen.

Sie kann zu einer anderen Zeit niedergeschrieben, von einer anderen Stimme erzählt werden.

Die Lebewesen dort starben jedenfalls zu Tausenden und Zehntausenden, während Finsternis auf einer Bergspitze saß und nichts tat. Folly schuf Tod und Zerstörung, entzifferte Sprachen, zeichnete Karten, zeigte Samm die Knotenpunkte und Waffen, die er zerstören musste. Teile der Technologie waren sehr weit entwickelt, andere Teile primitiv. Die dominierende Rasse bestand aus den Wesen, die sich zu Greifern und Denkern entwickelt hatten; sie waren die Telepathen.

Aller Hass verschwand, als die Hassenden starben. Nur die sich Unterwerfenden überlebten.

Samm vernichtete ganze Städte mit seinen bloßen Metallhänden, zerschmetterte schwere Waffen, während sie auf ihn feuerten, ergriff die Schützen, als seien sie Federn, durchschwamm Ozeane, wenn es sein musste, während Folly um ihn herumkreuzte oder über ihm schwebte.

Die endgültige Kapitulation wurde von ihrem stärksten Telepathen überbracht, einem sehr weisen, alten männlichen Einwohner des Planeten, der sich im Innern eines Berges verborgen gehalten hatte.

»Ihr seid gekommen, Menschen. Wir geben auf. Einige von uns haben immer die Wahrheit gewusst. Wir stammen ebenfalls von der Erde. Ein Frachter mit Hühnern traf vor unvorstellbaren Zeiten hier ein. Ein Zeitsprung schleuderte uns aus dem Konvoi und brachte uns hierher. Deshalb dachten wir an Essen-und-Gegessenwerden, als wir euch weit draußen im All bemerkten. Nur hatten sich unsere Mutigen geirrt. Ihr esst uns, wir essen nicht euch. Ihr seid nun die Herren. Wir werden euch ewig dienen. Wollt ihr unseren Tod?«

»Nein, nein«, wehrte Folly ab. »Wir kamen nur, um die Gefahr abzuwenden, und das ist nun geschehen. Lebt weiter und immerfort, aber plant keinen Krieg und baut keine Waffen. Überlasst das der Instrumentalität.«

»Gesegnet sei die Instrumentalität, wer immer das auch sein mag. Wir akzeptieren eure Bedingungen. Wir gehören euch.«

Als dies gesagt war, war der Krieg beendet.

Dann geschahen seltsame Dinge.

Wilde Stimmen aus dem Innern von Samm und Folly, Stimmen, die nicht ihre eigenen waren: *Mission beendet. Arbeit erledigt. Geht zum Würfel auf dem Hügel. Geht und seid fröhlich!*

Samm und Folly zögerten. Sie hatten Finsternis dort zurückgelassen, wo sie gelandet waren, auf der anderen Seite des Planeten.

Die singenden Stimmen wurden immer drängender: *Geht, geht, geht jetzt. Geht zurück zum Würfel. Sagt den Hühnermenschen, dass sie einen Rasen und einen Wald anlegen sollen. Geht, geht, geht jetzt zum gerechten Lohn!*

Sie erklärten den Telepathen, was ihnen gesagt worden war, stiegen erschöpft auf und aus der Atmosphäre hinaus und ließen sich schließlich zur Landung an dem Punkt nieder, wo der erste Kontakt stattgefunden hatte. Es war ein langgezogener, sanfter Hügel, der mit grünem Rasen und frisch gesetzten Bäumen bedeckt war, angelegt in den wenigen Stunden, in denen sie von der Welt aufgestiegen und wieder zu ihr zurückgekehrt waren. Den Vogeltelepathen mussten starke und schnelle Befehle erteilt worden sein.

Der Gesang wurde reine Musik, als sie landeten, Choräle des Lobes und der Freude, mit einem Hauch von kriegerischen Märschen und eingewobenen Siegesfugen.

Alan, erhebe dich!, sagten die Stimmen zu Samm.

Samm stand auf der Hügelkette. Er ragte wie ein Koloss vor dem rot gefärbten Himmel auf. Eine freundliche, stille Hühnermenschenmenge sah von der Ebene zu ihm hoch.

Alan, lege deine Hand auf deine rechte Stirn, sangen die Stimmen.

Samm gehorchte. Er wusste nicht, warum ihn die Stimmen »Alan« nannten.

Ellen, lande!, sangen die freudevollen Stimmen zu Folly hinauf.

Folly, das kleine Schiff, landete zu Samms Füßen. Sie spürte glückliche Verwirrung und sehr viel Schmerz, der nicht viel zu bedeuten schien.

Alan, tritt hervor, sangen die Stimmen. Samm fühlte einen scharfen Schmerz, als seine Stirn – seine große metallene Stirn, zweihundert Meter über dem Boden – auseinanderklaffte und sich wieder schloss. Etwas Rosiges und Hilfloses lag in seiner Hand.

Die Stimmen befahlen: *Alan, lege deine Hand sacht auf den Boden.*

Samm gehorchte und legte seine Hand auf den Boden. Das kleine rosige Spielzeug fiel auf den frischen Rasen. Es war der Körper eines Mannes.

Ellen, tritt hervor, sangen die Stimmen wieder. Das Schiff namens Folly öffnete eine Tür, und eine nackte junge Frau fiel heraus.

Alma, erwache. Der Würfel namens Finsternis wurde dunkler als Holzkohle. Aus der schwarzen Fläche heraus stolperte ein schwarzhaariges Mädchen. Sie lief über die Hügelböschung auf die Gestalt namens Ellen zu. Der Mann-Körper namens Alan kam auf die Beine.

Die drei stellten sich nebeneinander.

Die Stimmen sagten: *Das ist unsere letzte Botschaft. Ihr habt eure Aufgabe erfüllt. Es ist gut. Das Schiff namens Folly enthält Werkzeuge, Medizin und andere Ausrüstungsgegenstände für eine menschliche Kolonie. Der Riese namens Samm wird für ewig als ein Denkmal des menschlichen Sieges dort stehen. Der Würfel namens Finsternis wird sich nun auflösen. Alan! Ellen! Behandelt Alma liebevoll und gut. Sie ist nun eine Vergessene.*

Die drei nackten Menschen standen verwirrt im Morgenlicht.

»Lebt wohl und großen, unendlichen Dank von der Instrumentalität. Dies ist eine vorkodierte Botschaft, nur wirksam, wenn ihr gewonnen habt. Ihr habt gewonnen. Seid glücklich. Lebt weiterhin!«

Ellen nahm Alma – die Finsternis gewesen war – fest in die Arme. Der große Würfel löste sich in einen formlosen Schlackehaufen auf. Alan, der Samm gewesen war, blickte zu seinem ehemaligen Körper hinauf, der alle Blicke in seinen Bann zog.

Aus Gründen, die sie erst verstanden, nachdem viele Jahre vergangen waren, brachen die Vogelmenschen in ihrer Nähe in laute Hymnen des Friedens, des Willkommens und der Freude aus.

»Mein Haus«, sagte Ellen und deutete auf das kleine Schiff, das vor einer Minute ihren Körper ausgespuckt hatte, »ist nun ein Heim für uns alle.«

Sie kletterten in das erfolgreiche kleine Schiff, das Folly genannt worden war. Sie wussten irgendwie, dass sie Kleidung und Nahrung dort finden würden. Und auch Weisheit. Und so war es auch.

VI

Zehn Jahre später spielte die Bestätigung ihres Glücks in dem Garten vor ihrem Haus – einem soliden Gebäude, erbaut aus Steinen und Ziegeln, das ein paar der Einwohner unter Alans Anweisungen errichtet hatten. (Sie hatten ihre gesamte Technologie verändert, während sie mit ihm bauten und von ihm lernten, und dank der Wirksamkeit und Macht der telepathischen Priesterkaste wurde alles neue Wissen, das an einer Stelle des Planeten erworben wurde, rasch an jede andere seiner Völkergruppen weitergeleitet.) Die Bestätigung ihres Glücks bestand aus fünfunddreißig menschlichen Kindern, die im Garten spielten. Ellen hatte neun empfangen, viermal Zwillinge und einmal eines. Alma hatte zwölf empfangen, zweimal Fünflinge und einmal Zwillinge. Die anderen vierzehn waren in Reagenzgläsern herangereift, entwickelt aus Eiern und Sperma, die sie im Schiff gefunden hatten, die gefrorenen Gaben von völlig Fremden, die ihren Teil zur Besiedlung der Außenwelten durch die menschliche Rasse beigetragen hatten. Dank der sorgfältigen genetischen Kodierung der Leibes- und der Reagenzglas-Kinder gab es eine Vielzahl von Typen, so dass die Siedlung viele Generationen lang überlebensfähig sein würde.

Alan trat vor die Tür. Er las die Zeit an der Stelle ab, auf die der große Schatten fiel. Es war schwer zu verstehen, dass die riesige, unzerstörbare Statue, die sie alle überragte, einst er selbst gewesen war. Ein kleiner Gletscher hatte sich um Samms Füße herum angefangen zu bilden; die Nächte waren kalt.

»Ich bringe die Kinder schon hinein«, sagte Ch-tiktik, eine der lokalen Pflegerinnen, die sie eingestellt hatten, um ihnen bei der großen Anzahl der menschlichen Babys zu helfen. Als Gegenleistung erhielt sie das Privileg, ihre Eier auf dem warmen Regal hinter dem elektrischen Ofen ausbrüten zu lassen; sie wendete sie jede Stunde, ungeduldig den Augenblick erwartend, an dem scharfe kleine Schnäbel die Schale zerbrechen und menschenähnliche kleine Hände eine Öffnung schaffen würden, um ein menschenähnliches Baby herauszulassen, seltsam-schön-hässlich wie ein Gnom, das merkwürdigerweise vom Augenblick der Geburt an aufrecht stehen konnte.

Ein kleiner Junge stritt sich mit Ch-tiktik. Er trug einen warmen Umhang aus Pflanzenfasern, der an ein Federkleid erinnerte. Er erklärte, dass er mit solch einem Umhang einen Blizzard überleben könne und dass er deshalb nicht ins Haus zu gehen brauche, um warm zu bleiben. *War das Rupert?*, überlegte Alan.

Er wollte gerade das Kind rufen, als seine beiden Frauen vor die Tür traten, Arm in Arm, gerötet von der Hitze der Küche, wo sie zusammen die beiden Mahlzeiten gekocht hatten – eine Mahlzeit für die Menschen, die nun achtunddreißig Köpfe zählten, und eine andere für die Vogelmenschen, die schrecklich dankbar für gekochte Nahrung waren, aber seltsame Zutaten zu den Rezepten verlangten, solche wie: »Ein Viertel fein gemahlenen Granitkies zu jeder Gallone Haferflocken, gezuckert und serviert mit Sojabohnenmilch.«

Alan stand hinter seinen Frauen und legte jeder eine Hand auf die Schulter.

»Es fällt schwer zu glauben«, sagte er, »dass wir vor ein wenig mehr als zehn Jahren nicht einmal wussten, dass wir noch immer Menschen waren. Nun schaut uns an, wir sind eine Familie und eine prächtige noch dazu.«

Alma wandte ihm ihr Gesicht zu, um geküsst zu werden, und Ellen, die weniger sentimental war, tat es ihr nach, um ebenfalls geküsst zu werden, damit es für ihre Mit-Frau nicht zu peinlich war, allein geherzt zu werden. Die beiden mochten einander sehr. Alma war als Vergessene aus dem Würfel Finsternis gekommen, konditioniert, sich an nichts aus ihrem langen, traurigen psychotischen Leben zu erinnern, bevor die Instrumentalität sie auf eine wilde Mission zu den Sternen geschickt hatte. Als sie Alan und Ellen begegnete, beherrschte sie die Alte Sprache, aber sonst sehr wenig.

Ellen hatte viel Zeit gehabt, sie zu lieben, zu unterrichten und zu bemuttern, bevor eines der Kinder geboren wurde.

Die drei Eltern traten zur Seite, als die Vogelfrauen, die ihre bequemen schönen Federkleider trugen, die Kinder ins Haus scheuchten. Die Kleinsten waren bereits hineingeschafft worden und hatten ihre Flaschen von den Vogelmädchen bekommen, die niemals müde wurden, die reizenden und hilf-losen Menschenjungen zu betrachten.

»Es fällt schwer, überhaupt an diese Zeit zu denken«, er-klärte Ellen, die »Folly« gewesen war. »Ich wollte Schönheit, Ruhm und die Sicherheit einer Ehe, doch niemand hatte mir gesagt, dass diese drei nicht zusammenpassten. Ich musste bis ans Ende der Sterne gelangen, bevor ich bekam, was ich wollte, bevor ich sein konnte, was ich sein wollte.«

»Und ich«, sagte Alma, die »Finsternis« gewesen war, »ich hatte ein schreckliches Problem. Ich war verrückt. Ich fürch-tete mich vor dem Leben. Ich wusste nicht einmal, wie es ist, eine Frau, eine Geliebte, ein Weib, eine Mutter zu sein. Woher sollte ich auch wissen, dass ich eine Schwester und Frau brauchte, so wie du es mir geworden bist, um mein Leben vollständig werden zu lassen? Ohne dich, die du mir alles gezeigt hast, Ellen, hätte ich nie heiraten oder einen Mann haben können. Ich dachte, ich würde das Morden zu den Sternen tragen, aber ich trug ebenfalls meine eigene Lö-sung in mir. Wo sonst hätte ich mich ändern können, um ich zu sein?«

»Und ich«, sagte Alan, der »Samm« gewesen war, »wurde ein metallener Riese zwischen den Sternen, als meine erste Frau starb und meine eigenen Kinder mich vergaßen und mieden. Niemand kann jetzt jedoch behaupten, dass ich kein Vater bin. Ich bin mehr Vater als jeder andere Mann der menschlichen Rasse es jemals gewesen ist!«

Der Schatten veränderte sich, als sich die riesige rechte Hand schwerfällig gen Himmel hob, als Präludium für einen lauten Roboterschrei, der verkündete, dass die Nacht, gemes-sen mit astronomischer Präzision, an jenen Ort gekommen sei, an dem er stand.

Der Arm war nun senkrecht nach oben gerichtet.

»Das habe *ich* sonst immer gemacht«, sagte Alan

Der Schrei ertönte und erinnerte ein wenig an den kur-zen Knall einer Pistole, von allen zu hören, aber ohne Echo, ohne Nachhall.

Alan blickte sich um. »Alle Kinder sind im Haus. Selbst Rupert. Kommt herein, meine Lieben, und lasst uns zusammen essen.« Alma und Ellen gingen ihm voran, und er schloss die schweren Türen hinter sich.

Das war Frieden und Glück, war letztendlich ein gütiges Geschick. Sie hatten keine anderen Verpflichtungen, als zu leben und glücklich zu sein. Die Gefahr und das Versprechen eines Sieges lagen weit, weit hinter ihnen.

HINAB ZU EINER SONNENLOSEN SEE

Sie klingeln hoch, oh, hoch oben am Himmel, oh! Hell, wie hell ist das Licht dieser Zwillingsmonde von Xanadu, Xanadu, der Verlorenen, Xanadu, der Lieblichen, Xanadu, dem Hort der Lust. Lust der Sinne, des Körpers, des Verstandes, der Seele. Der Seele? Wer sagte da etwas von der Seele?

Wo sie standen, da flüsterte leise der Wind. Hin und wieder zupfte Madu mit einer ewig weiblichen Geste an ihrem knappen silbernen Rock oder ordnete ihre nicht minder knappe ärmellose Weste. Nicht dass ihr kalt war. Ihre luftige Kleidung war dem milden Klima Xanadus angemessen.

Sie dachte: Ich frage mich, wie er wohl aussehen mag, dieser Lord der Instrumentalität. Ist er alt oder jung, blond oder schwarz, weise oder närrisch? Sie dachte nicht: hübsch oder hässlich. Xanadu war bekannt für die körperliche Vollkommenheit seiner Bewohner, und Madu war zu jung und unerfahren, um etwas anderes zu erwarten.

Lari, der mit ihr zusammen wartete, dachte nicht an den Raumlord. In Gedanken betrachtete er noch einmal die Videobänder und den Tanz, die komplizierten Schritte und die wunderbare Raserei der Bewegungen der Gruppe aus den uralten Zeiten der Menschenheimat, der Gruppe namens »Bawlshoy«. Eines Tages, dachte er, ach, eines Tages werde auch ich so tanzen können ...

Kuat dachte: Glauben die wirklich, sie könnten mich zum Narren halten? In all den Jahren meiner Regierungszeit auf Xanadu ist dies das erste Mal, dass sich ein Lord hier einfindet. Es ist in der Tat der Kriegsheld der Schlacht um Styron IV! Nun, das ist schon eine ganze Reihe von Monaten her ... Er hatte genug Zeit, sich zu erholen, wenn es wirklich stimmt, dass er verwundet worden ist. Nein, da steckt noch mehr dahinter ... sie wissen oder vermuten etwas ... Ach was, wir werden ihn schon beschäftigen. Das konnte nicht schwer sein mit all den Vergnügungen, die Xanadu zu bieten hat ... und dann gibt es da noch Madu. Nein, er würde sich wirklich nicht beklagen können, oder er musste seine Tarnung aufgeben ...

Und in der ganzen Zeit, während sich der Ornithopter näherte, da näherte sich ihnen auch ihr Schicksal. Er wusste nicht, dass er ihr Schicksal werden würde; er beabsichtigte nicht, ihr Schicksal zu sein, ihr Schicksal war noch nicht bestimmt.

Der Passagier in dem landenden Ornithopter tastete sich mit seinen Gedanken vor und versuchte, sich zu orientieren, sich einzufühlen. Es war schwer, schrecklich schwer ... eine dichte, wolkengleiche Wand – Nebel – schien sich zwischen seinen Gedanken und den Gedanken derjenigen zu befinden, die er zu durchschauen versuchte. Lag es an ihm selbst, lag es an seiner Hirnverletzung aus dem Krieg? Oder war etwas anderes dafür verantwortlich, die Atmosphäre des Planeten – etwas, das Telepathie einschränkte oder abblockte?

Lord bin Permaiswari schüttelte den Kopf. Er war so voller Selbstzweifel, so verwirrt. Seit der Schlacht ... die gedankentötenden Sonden der Angstmaschinen ... wie viel bleibenden Schaden hatten sie angerichtet? Vielleicht konnte er sich hier auf Xanadu erholen und Vergessen finden.

Als Lord bin Permaiswari aus dem Ornithopter stieg, nahm seine Verwirrung noch zu. Er hatte gewusst, dass Xanadu keine Sonne besaß, aber er war nicht auf das weiche, schattenlose Licht vorbereitet gewesen, das ihn empfing. Die Zwillingsmonde hingen allem Anschein nach nebeneinander am Himmel, während ihr Licht von Abermillionen Spiegeln reflektiert wurde. In der Umgebung erstreckten sich zahllose

Li weißer Sandstrände, während sich in der Ferne Kalkklippen erhoben, an deren Fuß die kochend schwarze See ihre Gischt versprühte. Schwarz, Weiß, Silber – das waren die Farben von Xanadu.

Ohne Zögern trat Kuat auf ihn zu. Kuats Besorgnis hatte nach dem ersten Blick auf den Raumlord merklich nachgelassen. Der Besucher sah tatsächlich krank und verwirrt aus; und so wandte sich Kuat ihm voll Freundlichkeit zu, ohne dass er sich dazu zwingen musste.

»Xanadu heißt Sie willkommen, o Lord bin Permaiswari. Xanadu und alles, was sich auf Xanadu befindet, gehört Ihnen.« Der traditionelle Gruß klang seltsam rau aus seinem Mund. Der Raumlord sah vor sich einen kräftigen Mann, der groß und entsprechend schwer war, dessen Muskeln hervortraten und dessen langes rötliches Kopf- und Barthaar im Licht der Monde und Spiegel glänzte.

»Bereits meine Anwesenheit auf Xanadu bereitet mir Freude, Gouverneur Kuat, und ich gebe den Planeten und seine Besitztümer an Sie zurück«, entgegnete Lord bin Permaiswari.

Kuat drehte sich um und deutete auf seine beiden Begleiter. »Das ist Madu, eine entfernte Verwandte und mein Mündel. Und das ist Lari, mein Bruder, der Sohn der vierten Frau meines Vaters – der Frau, die sich in der sonnenlosen See ertränkt hat.«

Der Raumlord blinzelte erstaunt beim Klang von Kuats Gelächter, aber die jungen Leute schienen nichts Besonderes daran zu finden.

Die liebliche Madu verbarg ihre Enttäuschung und begrüßte den Lord mit der gebührenden Zurückhaltung. Sie hatte einen strahlenden Recken erwartet (oder ersehnt?), in einer glitzernden Rüstung oder zumindest mit einer Aura, die besagte: Ich bin ein Held. Stattdessen stand ein intellektuell wirkender, müder Mann vor ihr, der irgendwie älter wirkte, als er mit seinen dreißig Jahren war. Sie fragte sich, was dieser Mann wohl vollbracht hatte, dass er in den Verlautbarungen der Instrumentalität als der Retter der menschlichen Kultur in der Schlacht um Styron IV bezeichnet wurde.

Lari kannte sich besser in den Details dieser Schlacht aus als Madu, denn er war ein Mann, und er begrüßte Lord bin Permaiswari mit feierlichem Respekt. In seiner Traumwelt bewunderte Lari nach den leichtfüßigen, eleganten Tänzern und Läufern vor allem Intelligenz. Dies war der Mann, der es gewagt hatte, sich mit seinem lebendigen Geist, seinem Intellekt den schrecklichen Angstmaschinen entgegenzustellen und der gesiegt hatte! Der Preis dafür hatte in seinem Gesicht tiefe Spuren hinterlassen, aber er hatte GESIEGT. Lari presste seine Handflächen gegeneinander und legte sie zu einem Ausdruck der Huldigung an die Stirn.

Der Lord reagierte darauf mit einer Geste, die Laris Herz auf ewig für ihn einnahm. Er berührte Laris Hände und sagte: »Meine Freunde nennen mich Kemal.« Dann wandte er sich den anderen zu, um auch Madu und, als hätte er es fast vergessen, Kuat in seine Worte einzuschließen.

Kuat bemerkte den kleinen Affront nicht. Denn er hatte sich umgedreht und war auf etwas zugegangen, das ein riesiger Klumpen aus gelb und schwarz gestreiftem Fell zu sein schien. Kuat gab einen eigenartig zischenden Laut von sich, und unvermittelt wurden aus dem Klumpen vier gewaltige Katzen. Jede Katze trug einen Sattel, und jeder Sattel war mit einem Haltering ausgestattet, aber es schien keine Zügel zu geben, mit denen man die Katzen lenken konnte.

Kuat sagte, als käme er einer Frage Kemals zuvor: »Nein, natürlich gibt es keine Möglichkeit, sie zu lenken. Es sind reine Katzen, wissen Sie, und bis auf ihre Größe nicht modifiziert. Hier gibt es keine Untermenschen! Ich glaube, wir sind der einzige Planet der ganzen Instrumentalität, auf dem keine Untermenschen leben – abgesehen natürlich von Norstrilia. Aber Norstrilias und Xanadus Gründe dafür sind vollkommen entgegengesetzter Natur. Wir genießen unsere Sinne ... und halten nichts von dem Unsinn, dass harte Arbeit den Charakter formt, wie es die Norstrilier glauben. Wir glauben nicht an Wohlstand und an all diesen Unsinn. Unsere nicht modifizierten Tiere bereiten uns ganz einfach mehr Sinnenfreude. Für die Schmutzarbeit setzen wir Roboter ein.«

Kemal nickte. Schließlich – war er nicht deshalb hier? Um seinen Sinnen Gelegenheit zu geben, sein krankes Bewusstsein zu heilen?

Dennoch wusste er, der sich den Angstmaschinen ohne das kleinste Zittern entgegengestellt hatte, nicht, wie er sich einer Katze nähern sollte.

Madu bemerkte sein Zögern. »Griselda ist ganz zahm«, sagte sie. »Warten Sie einen Moment, damit ich ihr die Ohren kraulen kann; dann wird sie sich hinlegen, und Sie können aufsitzen.«

Kemal blickte auf und erkannte in Kuats Augen einen Hauch von Abneigung. Für seine Bemühungen, wieder zu sich selbst zu finden, war das nicht sehr hilfreich.

Madu hatte, zu Kuats offensichtlichem Missvergnügen, die große Katze zum Hinknien gebracht und lächelte Kemal an.

Kemal empfand etwas wie Schmerz bei diesem Lächeln. Sie war so schön und so unschuldig; ihre Verwundbarkeit brach ihm schier das Herz. Er erinnerte sich an eine alte Weisheit, die Lady Ru einst ausgesprochen hatte: »Unschuld ist eine Rüstung ohne Panzer«, und ein Spinnennetz aus Furcht legte sich um seine Gedanken. Er zerriss es und bestieg die Katze.

Als er fast drei Jahrhunderte später im Sterben lag, dachte er noch einmal an diesen Ritt zurück. Er war so aufwühlend gewesen wie sein erster Raumsprung. Der Sprung ins Nichts und dann die plötzliche Erkenntnis, dass er reiste, reiste, reiste, ohne es zu wollen, ohne Einfluss auf die Richtung zu haben, die sein Körper einschlug.

Bevor die Furcht Gelegenheit fand, sich zu festigen, verwandelte sie sich in eine körperliche, fast orgastische Erregung, in eine Woge der Lust, die so überwältigend war, dass er sie kaum ertragen konnte.

Mit dem glatten schwarzen Haar, das ihm ungebärdig ins Gesicht fiel, hätten die Lords und Ladys der Instrumentalität, die sich in Krisenzeiten um die Glocke der alten Erde versammelten, Lord bin Permaiswari wohl kaum erkannt. Sie wären verwirrt gewesen von dem jungenhaften Glanz eines Gesichtes, das sie als würdevoll und beherrscht in Erinnerung hatten. Er lachte lauthals in den Wind hinein und bohrte seine Knie in Griseldas Flanken, klammerte sich mit einer Hand an dem Haltering fest, während er sich im Sattel umdrehte und den anderen zuwinkte, die ein Stück zurückgefallen waren.

Griselda schien sein Vergnügen an ihren weiten, kraftvollen Sätzen zu spüren. Plötzlich gewann der Ritt neue Dimensionen. Der Ornithopter, der den Raumlord nach Xanadu gebracht hatte und sich nun auf den Rückweg zum Raumhafen machte, glitt über sie hinweg. Mit einem Mal vergaß Griselda allen Stolz und sprang vergeblich dem aufsteigenden Ornithopter nach. Als sie nach ihm schlug, musste sich Kemal mit beiden Händen an den Haltering klammern, um sich vor einem schmachvollen Sturz zu bewahren. Die Katze setzte dem Ornithopter weiter nach, noch immer wirkungslose Tatzenhiebe austeilend, bis er schließlich verschwunden war. Dann legte sie sich hin, um sich und – unerwarteterweise – auch ihren Reiter abzulecken.

Lord Kemal fand ihre Sandpapierzunge nicht unangenehm, aber er blinzelte irritiert, als ihre Fänge über sein Bein schabten. Nicht weit entfernt saß Kuat auf seiner Katze und lachte. Madus Gesicht verriet selbst aus der Entfernung Besorgnis, die erst wich, als der Lord ihr zuwinkte. Lari, voller Vertrauen in die Macht des Helden von Styron IV, betrachtete verträumt die ferne Stadt.

Nun schloss Griselda sich langsam wieder den anderen an, wenn auch voller Scham, denn ihr war klargeworden, wie sehr sie mit ihrer törichten Jagd auf den Ornithopter das

Vertrauen enttäuscht hatte, das man in sie gesetzt hatte, als man ihr den berühmten Besucher anvertraut hatte.

In der Ferne glitzerten die Kuppeln und Türme der Stadt perlmuttfarben in dem milden, schattenlosen Licht der Monde und Spiegel.

Lord Kemals Gefühl des Irrealen verstärkte sich. Die Stadt wirkte so bezaubernd und unwirklich, dass er überzeugt war, sie würde verschwinden, sobald sie sich ihr näherten. Er würde noch lernen, dass die Stadt und alles, was sie darstellte, nur allzu real waren.

Während die Stadtmauern vor ihnen immer größer wurden, erkannte Kemal, dass der makellose weiße Glanz der Stadt auf einer Illusion beruhte. Die schimmernden weißen Mauern der Gebäude waren mit komplizierten Mosaiken aus Edelsteinen, Blumen, Blättern und geometrischen Mustern geschmückt, die die Schönheit der Architektur noch vermehrten. Auf keiner von all den Welten, die Lord Kemal besucht hatte, war er auf Dinge gestoßen, die sich mit dieser Stadt vergleichen ließen; Philips Palast auf dem Edelsteinplaneten war eine Hütte im Vergleich zu diesen Bauwerken.

Gepflegte Gärten mit Springbrunnen und künstlichen Seen trennten die Gebäude voneinander. Büsche, deren kunstvolle Anordnung den Eindruck natürlichen Ursprungs erweckte, wuchsen an zahlreichen Stellen. Plötzlich wurde dem Raumlord eine weitere seltsame Eigentümlichkeit dieses Planeten bewusst: Nirgendwo gab es Bäume.

Hunde kläfften sie aus sicherer Entfernung an, als sie die Stadt betraten, aber dieses Mal widerstand Griselda der Versuchung. Jetzt, da sie sich in der Stadt befand, ging von ihr eine gewisse Würde aus; es schien, als ob sie ihre Pflichtvergessenheit wiedergutmachen wollte. Ohne sich ablenken zu lassen, trottete sie auf die Palasttreppe zu.

Lord Kemal fühlte, wie sich Griseldas Hinterteil spannte, als sie Anstalten machte, mit einem Satz die Stufen hinauf und durch den offenen Eingang zu springen. Für sie beide war die Türöffnung zu eng. Zum Glück war Kuat als Erster an der Treppe angekommen und zischte ihr einen Befehl zu. Kemal spürte ihren Widerwillen. Viel lieber wäre sie die Stufen hinaufgesprungen, aber sie gehorchte. Sie legte sich hin, knickte in den Hinterläufen ein und streckte die Vorderläufe aus; Lord Kemal stieg mühelos, aber widerstrebend ab, denn er war fast so enttäuscht wie Griselda, dass der Ritt beendet war. Er streckte die Hand aus und kraulte die Katze hinter den Ohren.

Madu lächelte zustimmend. »So ist es richtig. Wenn Sie Freundschaft mit Ihrer Katze schließen, wird Sie Ihnen auch bereitwilliger gehorchen.«

Kuat grunzte. »Ich habe meine eigene Methode, sie zum Gehorsam zu zwingen, wenn sie ihre Flausen haben.«

Erst jetzt entdeckte der Raumlord eine kurze, mit Widerhaken versehene Peitsche an Kuats Gürtel, auf die Kuat jetzt deutete.

»Kuat, das darfst du nicht«, protestierte Madu. »Du hast noch nie …«

»Du hast mich nur noch nicht dabei gesehen«, unterbrach er sie. Als ihr Gesicht sich verfinsterte, fügte er beruhigend hinzu: »Bis jetzt ist es auch noch nicht erforderlich gewesen. Aber sei versichert, dass ich es tun werde.«

Madu schien, wie Kemal bemerkte, Kuats beruhigenden Worten nicht ganz zu vertrauen. Ein zweifelnder oder fragender Ausdruck verdunkelte ihren offenen Blick. Wieder empfand er Furcht um sie, und wieder verdrängte er dieses Gefühl.

Es war ihre Unschuld, um die er fürchtete. Er erkannte, dass ihre Augen ihn an R'irena aus den lang vergangenen Tagen seiner wahren Jugend erinnerten – bevor man ihn nach Art der Menschen weise gemacht hatte, bevor ihm beigebracht worden war, dass sich Untermenschen und Wahre Menschen nicht wie gleichwertige Lebewesen vermischen konnten. R'irena mit der scheuen Anmut, dem weichen, lieblichen Mund, den unschuldigen Augen der Rehe, die ihre Vorfahren gewesen waren. Was war aus ihr geworden, nachdem er sie verlassen hatte? Besaßen ihre Augen noch immer jene süße Naivität, die sich auch in Madus Augen widerspiegelte? Oder hatte sie einen groben Hirsch geheiratet und einen Teil seiner Grobheit angenommen?

Er erinnerte sich an ihre Arglosigkeit und hoffte, dass sie mit einem hübschen Bock vermählt worden war, der ihr Kitze geschenkt hatte, die so sanft und anmutig waren, wie sie es in seiner Erinnerung war. Er schüttelte den Kopf. Die Angstmaschinen hatten alle Arten seltsamer Erinnerungen und Gefühle in ihm aufgewirbelt. Gedankenverloren streichelte er die Katze.

Diener eilten herbei, um die Katzen abzusatteln. Mit Erstaunen stellte der Raumlord fest, dass es sich bei den Dienern um Wahre Menschen handelte, nicht um Untermenschen, und er erinnerte sich an Kuats Bemerkung, wie angenehm es sein sollte, sich an der Sinnlichkeit der reinen Tiere zu erfreuen. Da war noch etwas anderes, etwas, das im Hintergrund seines Bewusstseins herumgeisterte, ohne an die Oberfläche seiner Gedanken aufsteigen zu können … es war, als ob er nach dem Schwanz eines flinken Tieres zu greifen versuchte, das ihm im letzten Augenblick immer wieder entkam.

Von Kuat geführt und von Madu und Lari begleitet, durchschritt Lord Kemal ein Labyrinth aus Räumen und Korridoren. Jeder neue Raum wirkte noch überwältigender als der letzte. Etwas Vergleichbares hatte der Raumlord bislang nur auf Videobändern gesehen – eine Nachbildung der alten Menschenheimat, wie sie vor der III. Verstrahlung gewesen war. Die Wände waren mit Tapeten und Gemälden geschmückt, die auf Reproduktionen irdischer Kunstwerke beruhten; Couches, Statuen und farbenprächtige, flauschige Teppiche, die der Entdecker Xanadus, der erste Khan, hergebracht hatte. Ja, Xanadu war eine Rückkehr zu Sinneslust, Luxus und Schönheit, zu allen überflüssigen Dingen.

Kemal entspannte sich allmählich in dieser verzaubernden Atmosphäre, doch der Zauber wurde gebrochen, als sie den Hauptsalon erreichten und Kuat sich stillos auf die nächste Couch warf. Er streckte sich aus und winkte seinen Begleitern geistesabwesend zu.

»Nehmt Platz, nehmt Platz«, murmelte er. Kerzen flackerten und spendeten tanzendes Licht. Tische und Couches standen einladend da.

Zum ersten Mal seit der Ankunft des Raumlords meldete sich Lari zu Wort. »Wir heißen Sie in unserem Haus willkommen«, erklärte er, »und wir hoffen, dass es uns gelingen wird, Ihren Besuch so angenehm wie möglich zu gestalten.«

Kemal stellte fest, dass er dem jungen Mann bisher nur wenig Aufmerksamkeit geschenkt hatte, so überwältigt war er von den neuen Eindrücken gewesen, und zudem hatte ihn (wie er sich eingestehen musste) das Mädchen Madu sehr fasziniert. Auf seine eigene Art war Lari körperlich so vollkommen wie Madu. Er war groß, schlank, muskulös, ein hübscher Junge. Und wie bei Madu ging von ihm eine Aura der Offenheit, der Verletzbarkeit aus. Lord Kemal erschien es seltsam, dass diese beiden so unschuldig wirkenden Menschen unter der Obhut eines Mannes herangewachsen sein sollten, der so ungeschliffen und rüpelhaft war wie Kuat.

Kuat riss ihn aus seinen Gedanken. »Kommen Sie! Kosten wir das Dju-di!«

Sofort trat Madu an einen Tisch, auf dem sich ein kupferfarbenes Tablett mit silbernen Mustern befand. Auf dem Tablett standen ein mit zwei Öffnungen versehener Krug aus demselben Material und acht dazu passende Kelche. Auf dem Krug saß ein Deckel. Als Madu nach dem Krug griff, gab Kuat einen jener grunzenden Laute von sich, die der Raumlord unerhört geschmacklos fand.

»Achte darauf, dass du mit deinem Daumen ja das richtige Loch zuhältst.«

Sie antwortete mit einer Stimme, die nachsichtig, aber gleichzeitig auch so verächtlich klang, dass sie vermutlich auch etwas über ihre Einstellung verriet. »Ich mache das seit meiner Kindheit. Glaubst du wirklich, dass ich es jetzt vergessen habe?«

In späteren Jahren erschien Kemal bin Permaiswari diese Nacht als einer der wichtigsten Wendepunkte seines an Veränderungen reichen Lebens. Er schien sich von den Ereignissen zu entfernen, schien ein Zuschauer zu sein, der die Geschehnisse beobachtete und nicht nur die Handlungen der anderen, sondern auch seine eigenen verfolgte, ohne sie beeinflussen zu können, ganz so, als träumte er …

Madu kniete anmutig nieder und bedeckte mit ihrem Daumen eine der beiden Öffnungen im Deckel des Krugs. Kerzenlicht glitzerte auf der zarten silbernen Puderschicht, die ihre bloße Haut überzog. Während sie vier der Kelche mit der rötlichen Flüssigkeit füllte, bemerkte Kemal, dass selbst die Fingernägel ihrer schmalen Hände silbern lackiert waren.

Kuat hob seinen Kelch. Der erste Trinkspruch stand nach den Regeln der Höflichkeit dem Ehrengast oder zumindest der Instrumentalität zu, aber Kuat setzte sich darüber hinweg.

»Auf die Glückseligkeit«, sagte er und leerte den Kelch in einem Zug.

Während die drei anderen langsam an ihren Gläsern nippten, erhob sich Kuat, um seinen Kelch erneut zu füllen. Er hatte sein zweites Glas hinuntergestürzt, bevor die anderen mit ihrem ersten fertig waren.

Lord Kemal kostete den Geschmack des Dju-di. Er unterschied sich von allem, was er je zuvor genossen hatte, war weder süß noch sauer. Er erinnerte ein wenig an den Geschmack von Granatapfelsaft, und dennoch war er einzigartig.

Als er langsam trank, fühlte er, wie ein lustvolles Prickeln seinen Körper durchflutete. Nachdem er den Kelch geleert hatte, entschied er, dass Dju-di das Köstlichste war, das er jemals gekostet hatte. Statt wie Alkohol seine Sinne zu betäuben oder wie Elektroden nichts als sensuelle Glücksgefühle zu erzeugen, schien Dju-di all seine Wahrnehmungen, seine Gefühle zu schärfen. Alle Farben waren strahlender, die Hintergrundmusik, die er bisher kaum wahrgenommen hatte, war von plötzlichem eindringlichem Liebreiz, das Muster der Brokatcouch erfüllte ihn mit ungestümer Freude, und Blumendüfte von nie gekannter Intensität überwältigten ihn. Sein geschundener Geist verdrängte Styron IV und die Dinge, die ihm dort zugestoßen waren. Er empfand einen Moment lang sogar für Kuat warmherzige Freundschaft, doch plötzlich hatte er das Gefühl, gegen eine Wand aus Daimoni-Stahl zu prallen.

Dann verstand er. Seine Unfähigkeit, die Gedanken der Bewohner dieses Planeten zu lesen oder zu spüren, beruhte nicht auf einer Schädigung seines Geistes durch die Angstmaschinen, sondern auf Manipulationen Kuats, auf einer illegalen Barriere, die Kuat errichtet hatte. Allerdings war die Barriere nicht undurchdringlich. Kuat war nicht in der Lage gewesen, nur seine Gedanken vor telepathischen Lauschern abzuschirmen – er hatte eine allgemein wirkende Barriere aufbauen müssen. Die Tatsache, dass Kuat offensichtlich das Bewusstsein des Raumlords verborgen blieb, deutete darauf hin.

Und was, fragte sich Kemal, ist es, das du vor mir versteckst? Was verstößt so sehr gegen die Gesetze der Instrumentalität, dass du eine universelle Gedankenbarriere errichten musstest?

Kuat lächelte entspannt und freundlich.

Zum ersten Mal seit Styron IV hatte Lord Kemal bin Permaiswari das Gefühl, dass er wieder vollständig genesen würde. Zum ersten Mal wieder empfand er wirkliches Interesse an seiner Umgebung.

Madu holte ihn wieder in die Gegenwart zurück.

»Unser Dju-di gefällt Ihnen?« Es war mehr eine Feststellung als eine Frage.

Kemal nickte glückselig, noch immer vertieft in das Rätsel, auf das er gestoßen war.

»Sie können noch ein Glas haben«, fuhr sie fort, »aber mehr würde Ihnen nicht bekommen. Danach verliert man das Bewusstsein, und *das* ist schließlich *nicht* angenehm, nicht wahr?«

Sie goss Kemal, Lari und sich selbst ein zweites Glas ein.

Kuat griff nach dem Krug, und sie schlug ihm spielerisch auf die Hand. »Noch eins, und du schüttest dir aus Versehen Pisang ein.«

Er lachte. »Ich bin größer als die meisten Männer, und ich vertrage mehr als sie.«

»Dann lass mich wenigsten eingießen«, bat sie. Sie wandte sich dem Raumlord wieder mit leichter Heiterkeit zu, die ein wenig aufgesetzt wirkte. »Man kann ihm nichts abschlagen – aber es ist wirklich gefährlich, zu viel zu sich zu nehmen. Sie sehen, wie der Krug konstruiert ist?« Sie hob den Deckel, um ihm zu zeigen, dass der Krug in zwei Hälften geteilt war. »In einer Hälfte befindet sich Dju-di, in der anderen Pisang, das zwar im Geschmack dem Dju-di entspricht, aber tödlich wirkt. Ein Glas davon tötet auf der Stelle.«

Kemal schauderte unwillkürlich. »Und es gibt kein Gegenmittel?«

»Nein.«

Lari hatte die ganze Zeit über schweigend dagesessen und erklärte nun: »Es ist der gleiche Saft. Dju-di ist destillierter Pisang. Beide werden aus einer Frucht hergestellt, die nur hier auf Xanadu wächst. Die Galaxis allein weiß, wie viele Menschen gestorben sind, weil sie die Frucht gegessen oder das fermentierte, aber undestillierte Pisang getrunken haben, bevor das Geheimnis des Dju-di gelöst wurde.«

»Es ist jeden einzelnen Toten wert«, lachte Kuat. Alle freundlichen Gefühle, die das Dju-di erzeugt und die der Raumlord dem Gouverneur von Xanadu entgegengebracht hatte, waren mit einem Mal verschwunden. Seine Neugier war stärker. Warum war der Krug in zwei Hälften geteilt?

»Aber wenn Sie wissen, dass Pisang giftig ist, warum bewahren Sie es dann in demselben Behälter wie das Dju-di auf? Und überhaupt – warum belassen Sie es in diesem undestillierten Zustand?«

Madu nickte zustimmend. »Ich habe diese Frage auch oft gestellt, doch die Antwort, die ich darauf bekommen habe, ergab nie einen Sinn.«

»Aus Lust an der Gefahr«, sagte Lari. »Schmeckt das Dju-di denn nicht viel besser, wenn man weiß, dass man sich möglicherweise Pisang eingegossen hat?«

»Wie ich schon sagte«, nickte Madu, »die Antwort ergibt keinen Sinn.«

An dieser Stelle meldete sich Kuat zu Wort. Er sprach ein wenig undeutlich, aber was er sagte, klang vernünftig: »Zuvorderst ist es eine Frage der Tradition. In den alten Tagen, unter dem ersten Khan und bevor Xanadu der Rechtsprechung der Lords der Instrumentalität unterworfen wurde, herrschte Gesetzlosigkeit auf Xanadu. Es gab Machtkämpfe, und Menschen von anderen Planeten versuchten, unsere Reichtümer zu plündern. Es musste eine einfache Möglichkeit gefunden werden, sie zu eliminieren, bevor sie merkten, dass sie eliminiert wurden. Der Doppelkrug ist, wie es heißt, die Nachbildung eines chinesischen Gefäßes, das von dem ersten Khan nach Xanadu mitgebracht worden ist. Mehr weiß ich nicht darüber, aber so hat sich diese Sitte eingebürgert. Auf ganz Xanadu gibt es keinen Krug, der nicht in zwei Hälften für das Dju-di und das Pisang geteilt ist.« Er nickte weise, als hätte er damit alles erklärt, aber der Raumlord war noch nicht zufrieden mit der Antwort.

»In Ordnung«, sagte er. »Sie stellen die Krüge in der traditionellen Form her, aber, bei den Wolken der Venus, warum füllen Sie sie auch weiterhin mit Pisang?«

Kuats Antwort klang noch undeutlicher als zuvor. Die Wirkung des Dju-di ließ ihn lallen, und der Raumlord entschied sich, Madus Ratschlag zu beherzigen und nie mehr als zwei Gläser dieses Getränks zu sich zu nehmen. Kuat lächelte verzerrt und drohte Lord Kemal mahnend mit dem Finger. »Fremde sollten nicht zu viele Fragen stellen … Es könnten ja Feinde in der Nähe sein, und auf die sind wir gut vorbereitet. Wie dem auch sei, so richten wir hier auf Xanadu jedenfalls unsere Verbrecher hin.« Er lachte hemmungslos. »Sie wissen nicht, was sie trinken. Es ist wie bei einer Lotterie. Manchmal ärgere ich sie ein wenig. Ich gebe ihnen zuerst Dju-di, und dann glauben sie schon, gerettet zu sein. Danach schenke ich ihnen noch einmal ein, und sie sind völlig arglos. Glücklich trinken sie, da beim ersten Glas nichts geschehen ist. Und wenn die Lähmung dann eintritt – ha! Dann sollten Sie mal ihre Gesichter sehen!«

Für einen Moment wurde der Raumlord von der Abneigung geradezu überwältigt, die er Kuat entgegenbrachte. Aber der Mann ist berauscht, dachte er. Und dann: Oder spricht aus ihm sein wahrer Charakter? »Nein, nein, Kuat, so denkst du doch gar nicht!«

Kuat schien wieder zur Besinnung gekommen zu sein. Er klopfte seinem Bruder beruhigend auf das Knie. »Nein, nein, natürlich nicht. Ich glaube, ich gehe lieber zu Bett. Du kümmerst dich um unseren Gast, ja?«

Er torkelte leicht, als er sich erhob, aber es gelang ihm, den Raum zu verlassen, ohne zu schwanken.

Plötzlich war die Barriere verschwunden. Er konnte zwar nicht Kuats Gedanken lesen, aber der Raumlord spürte irgendwo auf dem Planeten etwas Böses, Fremdes, Ungesetzliches. Kälte schien die Wärme des Dju-di in seinen Adern zu ersetzen.

Jenseits der weißen Dünen kam Wind auf. Weit entfernt von der Stadt, geschützt durch das alte Kraterbecken der sonnenlosen See, lag das Laboratorium in vorgetäuschter Ruhe da. Im Innern bewegten sich die illegalen Untoten in ihren ambiotischen Flüssigkeiten, und noch waren sie nicht ganz erwacht; draußen jedoch schienen sich die Bäume, die ihre tödlichen Früchte trugen, bereits in furchtsamer Erwartung zu schütteln.

Madu seufzte. »Ich wusste, dass er das letzte Glas nicht hätte trinken dürfen, aber er wollte es ja unbedingt.« Sie wandte sich an Lari, ohne den Raumlord zu beachten, und sagte entschuldigend: »Natürlich ist das Unsinn, was er von den Verbrechern erzählt hat. Er war so gut zu uns in all den Jahren ... niemand kann so freundlich zu uns sein und gleichzeitig so grausam zu anderen, oder doch?«

Erneut musterte der Raumlord Lari. Das hübsche junge Gesicht, das so lebendig und so jung, so schrecklich jung war, hatte einen unbehaglichen Ausdruck angenommen. »Nein, das glaube ich nicht, obwohl ich Geschichten gehört habe ...« Er verstummte, als er sich der Gegenwart des Raumlords bewusst wurde. »Natürlich ist alles Unsinn«, schloss er, aber Lord Kemal hatte den Eindruck, dass er nicht nur den schlechten Eindruck wegwischen wollte, den sein Bruder hervorgerufen hatte, sondern auch versuchte, sich selbst zu beruhigen.

»Wir werden jetzt essen«, rief Madu fröhlich, und sie stand auf, um in das Esszimmer überzuwechseln. Wieder bemerkte der Raumlord, dass sie das Thema wechselte.

In späteren Jahren fiel dem Raumlord alles wieder ein. Gedanken wirbelten in ihm auf. *Oh, Xanadu, es gibt nichts in all den vielen Galaxien, das sich mit dir vergleichen ließe. Die schattenlosen Tage und Nächte, die baumlosen Ebenen, die plötzlichen regenlosen Gewitter aus Donner und Blitz, die auf geheimnisvolle Weise deinen Reiz erhöhen. Griselda. Das einzige nicht modifizierte Tier, das ich je gekannt habe. Das laute, dröhnende Schnurren, die weiche rosa Nase mit dem schwarzen Fleck auf einer Seite, die Augen, die die Maske meines Gesichtes zu durchdringen und in die Tiefen meines Ichs zu blicken schienen. Oh, Griselda, ich hoffe, dass du noch immer läufst und springst ...*

Aber jetzt, in den ersten Tagen auf Xanadu, die so schnell vergangen waren, wurde Lord Kemal bin Permaiswari mit den zahllosen Freuden vertraut gemacht, die Xanadu bot.

Am Tag nach Kemals Ankunft fand ein Rennen statt, an dem Lari teilnahm. Das Element des Wettkampfes, das auf Xanadu Eingang gefunden hatte, war Teil einer bewussten Rückkehr zu den einfachen Vergnügungen, die die Menschheit in ihrer automatisierten Umwelt vergessen hatte.

Die Menge im Stadion war heiter und ausgelassen. Die meisten der jungen Mädchen trugen ihr Haar offen, und sowohl die alten als auch die jungen Frauen waren mit den typischen Gewändern Xanadus bekleidet: knappe, kurze Röcke und ärmellose Westen. Auf den meisten Welten hätten die älteren Frauen grotesk oder zumindest lächerlich in dieser Kostümierung ausgesehen und die jüngeren wären unkeusch erschienen. Aber auf Xanadu war das Körperliche unschuldig und normal, und fast ohne Ausnahme hatten sich die Frauen von Xanadu, unabhängig von ihrem Alter, ihre liebliche, biegsame Figur bewahrt, und keine falsche Sittsamkeit entzog ihre unbedeckte Haut fremden Blicken.

Die meisten jungen Leute, ob nun männlich oder weiblich, trugen den glitzernden Körperpuder, den der Raumlord zuerst an Madu entdeckt hatte; einige hatten den Puder auf ihrer Kleidung aufgetragen, andere auf ihrem Haar oder ihren Augen, einige wenige benutzten farblosen, lumineszierenden Staub. Von ihnen allen erschien dem Raumlord Madu am lieblichsten. Sie versprühte Erregung von einer Stärke, die sich auf Lord Kemal übertrug.

Kuat schien von alledem unberührt zu sein.

»Wie kannst du nur so ruhig dasitzen?«, fragte Madu.

»Du weißt doch, dass der Junge gewinnen wird. Jedes Pferderennen ist aufregender.«

»Vielleicht für dich. Aber nicht für mich.«

Lord Kemal sah sich interessiert um. »Ein derartiges Rennen habe ich noch nie gesehen«, sagte er. »Worum geht es dabei? Lässt man die Pferde gegeneinander laufen, um festzustellen, welches das schnellste ist?«

Madu nickte zustimmend. »Auf ein Zeichen hin starten sie gleichzeitig und laufen eine vorgegebene Strecke. Dasjenige, das das Ziel als Erstes erreicht, ist Sieger. Er …« Sie nickte Kuat lächelnd zu. »… wettet gerne, und das heißt, dass man voraussagt, welches Pferd gewinnen wird. Deshalb gefallen ihm Pferderennen mehr als Menschenrennen.«

»Und bei Menschenrennen wettet man nicht?«

»O nein. Für menschliche Wesen wäre es beleidigend, auf ihre Fähigkeiten oder ihre Leistungen zu wetten!«

An diesem Tag fanden drei Rennen statt, und bei jedem verringerte sich das Feld der Teilnehmer. Schon beim ersten Lauf wurde deutlich, dass es keinen wirklichen Wettkampf gab. Lari war den anderen so weit voraus, dass es fast verblüffend war. Wäre er nicht so offensichtlich ein hervorragender Läufer gewesen, hätte man leicht annehmen können, dass sich die anderen zurückhielten, um dem Bruder des Gouverneurs von Xanadu den Sieg zu überlassen.

Kuat suchte das Zentrum des Stadions auf, um an der Nachahmung eines antiken Rituals von der alten Menschenheimat teilzunehmen, bei dem eine Krone aus goldenen Blättern auf Laris Haar gesetzt wurde.

Während seiner Abwesenheit vernahm Lord Kemal in seinem Rücken zahllose Flüsterstimmen und fing Satzfetzen auf wie: »… tanzt mit den Aroi …« und »… der alte Gouverneur wird sich freuen …« und »… zu schlimm, dass seine Mutter …« Madu schien sie nicht zu hören.

Nach den Feierlichkeiten und der Rückkehr des Gouverneurs und seiner Begleitung in den Palast erinnerte sich Lord Kemal an die merkwürdigen Worte. Insbesondere verwirrte ihn das Tempus von »… der alte Gouverneur *wird sich freuen* …« und nicht *hätte sich gefreut*. Er ging ihm nicht aus dem Sinn und quälte ihn wie ein Splitter in einem entzündeten Finger. Seine Seele erholte sich noch von den Wunden der Angstmaschinen, und er durfte keine weitere Infektion riskieren.

Während Kuat an seinem zweiten Glas Dju-di nippte, fragte Lord Kemal so gelassen wie möglich: »Wie lange sind Sie schon Gouverneur von Xanadu, Kuat?«

Kuat blickte auf und registrierte die Spannung, die sich hinter der Gelassenheit der plötzlichen Frage verbarg.

»Ich war noch ein Baby ...«, begann Lari.

Kuat brachte ihn mit einer Handbewegung zum Schweigen. »Seit vielen Jahren«, erklärte er. »Spielt die Zahl eine Rolle?«

»Nein, ich war nur neugierig«, entgegnete der Raumlord und entschied sich, teilweise aufrichtig zu sein. »Ich dachte, das Amt des Gouverneurs von Xanadu sei erblich, aber heute habe ich etwas gehört, was mich glauben ließ, dass der alte Gouverneur, ihr Vater, noch immer leben würde.«

Bevor Kuat ihn zum Schweigen bringen konnte, platzte Lari hervor: »Aber er lebt. Er ist bei den Aroi ... deshalb ist meine Mutter ...«

Kuats finsterer Blick ließ ihn verstummen. »Diese Dinge gehen die Instrumentalität nichts an. Sie sind allein eine Angelegenheit Xanadus, und unsere lokalen Bräuche werden geschützt durch Artikel 376984, Absatz A, Paragraph 34 c des Vertrages, durch dessen Unterschrift sich Xanadu unter den Schutz der Instrumentalität begeben hat. Ich kann dem Lord versichern, dass ausschließlich lokale Angelegenheiten von gänzlich inländischem Ursprung davon betroffen sind.«

Lord Kemal nickte scheinbar zustimmend. Er spürte, dass er einen weiteren kleinen Zipfel des Geheimnisses gelüftet hatte, das ihn mehr als alles andere seit Styron IV beschäftigte.

III

Am vierten Tag seiner Anwesenheit auf Xanadu unternahm Lord Kemal zusammen mit Madu und Lari seinen ersten Ausflug außerhalb der Stadtmauern. Inzwischen hatte ihn Zuneigung zu der Katze Griselda erfasst. Es bereitete ihm außerordentliche Freude, wenn sie ein lautes, wohliges Schnurren von sich gab und sich hinlegte, ohne seinen Befehl dazu abzuwarten, damit er aufsteigen konnte,

Er sah Tiere plötzlich in einem ganz neuen Licht. Ihm war klargeworden, dass Untermenschen – modifizierte Tiere in der Gestalt von Menschen – weder das eine noch das andere waren. Oh, es gab Untermenschen von großer Macht und hoher Intelligenz, aber … Er verfolgte den Gedanken nicht weiter.

Beide gleichermaßen von Glück erfüllt, eilten sie über die Ebene. Windumtost und baumlos, besaß der kleine Planet eine einzigartige, wilde Schönheit. Die schwarze See brandete gegen die Kalkklippen. Und beim Anblick des breiten Sandstrandes wurde Kemal wieder einmal die Fremdartigkeit dieser Landschaft bewusst. In der Ferne sah er einen großen Vogel, der sich in den Himmel emporschwang, zu taumeln begann und abstürzte.

Später, viel später, als er den Computer mit den Daten jener Zeit und jenes Ortes fütterte, verfasste dieser ein Gedicht, das in allen Galaxien bekannt wurde:

Auf einem Berg, so dunkel,
Einsam unter Sterngefunkel,
Machte der Adler Rast.
Und der Wind pfiff und grollte,
Der Donner rollte.

Und des Sterngefunkels Fluch
Bildete des Adlers Leichentuch,

Während er zu Boden sank,
Mit Schwingen, zerfetzt und krank.

Und die Brandung
Am Fuß
Der Klippe
War sacht
In dieser Nacht
Von der Schwingen
Pracht
Nach dem Sturz
Des Vogels.

Ich hörte
Den Schrei.

Vielleicht war es ein Beweis für die Tiefe seiner Gefühle, dass Lord Kemal diese Daten dem Computer auf eine Weise eingab, die etwas von seinem Schmerz ausdrückte.

Madu und Lari hatten ebenfalls den Sturz des Vogels mit den Augen verfolgt, und ihre Ausgelassenheit wurde verdrängt von einem Gefühl, das sie nicht ganz verstehen konnten.

»Aber warum?«, flüsterte Madu. »Er flog so frei dahin wie wir auf unserem Ritt, wir sprangen so frei und glücklich, wie er aufstieg bei seinem Flug. Und jetzt …«

»… und jetzt müssen wir ihn vergessen«, schloss der Raumlord mit einer Weisheit, die einer unendlichen Geduld und Vorsicht entsprang, die er fast unerträglich fand. Aber er konnte ihn dennoch nicht vergessen. Deshalb der Computer.

Auf einem Berg, so dunkel …

Langsamer nun, entsetzt vom Tod der Schönheit, des Lebens, setzten sie ihren Weg fort, und jeder hing seinen eigenen Gedanken nach.

Welche Verschwendung!, dachte der Raumlord. Welche Verschwendung von Schönheit. Der Vogel ist so frei wie ein Traum aufgestiegen. Und dann? Eine unerwartete Luftströmung? Oder etwas Tödlicheres?

Was hat meine Mutter gefühlt?, fragte sich Lari. Welche Gefühle und Gedanken haben sie beherrscht, als sie in die warme, tiefe, dunkle See ging – und wusste, dass sie niemals zurückkehren würde?

Madu war verwirrt und einsam. Es war das erste Mal, dass sie so unmittelbar mit dem Tod in irgendeiner Form konfrontiert wurde. Ihre Eltern erschienen ihr unwirklich; sie hatte sie nie gekannt.

Aber dieser Vogel – sie hatte ihn lebendig und frei gesehen, wie er flog und anmutig an Höhe gewann und oben am Himmel dahinglitt. Und dann, von einem Moment zum anderen, war er tot. Es war ihr unmöglich, diese beiden Gedanken miteinander zu vereinen.

Lord Kemal gewann – aufgrund seines Alters und seiner Erfahrung – als Erster sein seelisches Gleichgewicht zurück. »Sie haben mir noch nicht verraten«, sagte er, »welches Ziel wir haben.«

Madus Lächeln war nur ein mattes Echo ihrer gewohnten Vergnügtheit, sie musste sich dazu zwingen. »Wir reiten dort hinten hin und dann bis ganz oben zum Rand des Kraters hinauf. Von dort hat man eine wundervolle Aussicht, und wenn man dort steht, meint man fast, den ganzen Planeten überblicken zu können.«

Lari nickte und schaltete sich trotz der dunklen Gedanken, die seine Seele umwölkten, in die Unterhaltung ein. »Das stimmt«, versicherte er. »Man kann von dort aus sogar den Hain der Buahbäume erkennen. Aus der Frucht des Buahbaums gewinnen wir Pisang und Dju-di.«

»Das interessiert mich schon die ganze Zeit«, gestand der Raumlord. »Seit meiner Landung auf diesem Planeten habe ich noch keinen einzigen Baum zu Gesicht bekommen.«

»Nein«, sagten Madu und Lari gleichzeitig. Seine Bemerkung bot ihnen ein wenig Ablenkung, beide mussten darüber lachen und gewannen einen Teil ihrer Fröhlichkeit zurück, die sie seit dem Tod des Vogels verloren hatten. Unbewusst übertrugen sie sie auf die Katzen, die nun wieder mit großen, schnellen Sätzen vorwärtssprangen.

Die Erleichterung des Raumlords über den Stimmungsumschwung seiner jungen Begleiter wurde von dem Kummer gedämpft, dass sie ihre Unterhaltung, die ihn zu interessieren begonnen hatte, nicht fortsetzen konnten, solange ihre Katzenrösser ihre halsbrecherische Geschwindigkeit beibehielten.

Als es bergauf ging, wurden die Katzen allerdings nach und nach langsamer.

Zunächst war die Veränderung kaum spürbar, doch mit der Dauer des Aufstiegs wuchs auch die Erschöpfung Griseldas. Lord Kemal hatte schon geglaubt, dass sie niemals müde würde, aber der Aufstieg zum Rand des Kraters nahm wesentlich mehr Zeit in Anspruch, als es zunächst den Anschein gehabt hatte.

Dass auch die anderen Katzen unter der Anstrengung litten, war an ihren langsameren Bewegungen erkennbar.

Der Raumlord knüpfte an das unterbrochene Gespräch an. »Sie wollten mir von den Bäumen erzählen«, erinnerte er sie.

Lari antwortete ihm. »Es ist schon richtig, dass Sie bisher noch keine Bäume gesehen haben«, sagte er. »Die einzigen Bäume außer den Buahbäumen, die auf Xanadu wachsen, sind die Kelapabäume, und *diese* findet man nur unten in den Kratern der kleineren Vulkane. Sie können einige von ihnen sehen, wenn wir am Kraterrand angekommen sind. Aber die Buahbäume trifft man nur in Gruppen an – zur Befruchtung sind männliche und weibliche Bäume erforderlich, und den Früchten kann man sich nur zu bestimmten Zeiten nähern. Andernfalls bedeutet allein das Einatmen ihres Duftes den sofortigen Tod.«

Madu pflichtete ihm ernst bei. »Wir müssen uns immer in ausreichender Entfernung von dem Buahwald halten, bis Kuat mit den Aroi gesprochen hat, und wenn er uns sagt, dass die Zeit gekommen ist, beteiligen sich alle Bewohner Xanadus an der Ernte. Die Aroi tanzen, und dies ist dann die beste Zeit …«

Mißbilligend schüttelte Lari den Kopf. »Madu, es gibt Dinge, über die wir mit Außenstehenden nicht reden dürfen.«

Ihr Antlitz verdüsterte sich, und Tränen traten ihr in die Augen, und sie stotterte: »Aber ein Lord der Instrumentalität …«

Beide Männer spürten ihre Verzweiflung, und jeder bemühte sich auf seine Weise, sie zu lindern. Der Raumlord sagte: »Es ist mir ein Leichtes, Dinge zu vergessen, die mich nichts angehen.«

Lari lächelte ihr zu und legte ihr die Hand auf die Schulter. »Es ist alles in Ordnung. Er versteht uns, und du hattest nichts Böses im Sinn. Wir werden Kuat nichts davon erzählen.«

Als er nach dem Abendessen in seinem Zimmer lag, versuchte der Raumlord, diesen Nachmittag zu rekonstruieren. Sie hatten den Rand des Kraters erreicht, und alles war so, wie Madu es vorhergesagt hatte – der Ausblick war grandios gewesen.

Der Raumlord war überwältigt gewesen von dem Gefühl der Unendlichkeit, die eine Bedeutung zu besitzen schien, die er in dieser Stärke auf all seinen Reisen durch Raum oder Zeit noch nie zuvor empfunden hatte. Und dennoch hatte ihn im Hintergrund seines Bewusstseins der Gedanke gequält, dass etwas nicht stimmte.

Teilweise hatte dies etwas mit dem Wald der Buahbäume zu tun gehabt. Er war überzeugt gewesen, einen Blick auf ein Gebäude erhascht zu haben, während der unbeständige, manchmal böige, manchmal sanfte Wind in den Buahästen raschelte. Von seiner Entdeckung hatte er den beiden jungen

Leuten nichts verraten. Möglicherweise hatte es sich auch dabei um eine autochthone Angelegenheit gehandelt, über die zu sprechen verboten war, denn sonst hätte es wohl einer von ihnen erwähnt.

Er kramte in seiner Erinnerung (ja, er spürte tatsächlich, dass sich seine Seele erholte) und fragte sich, ob einer der Palastdiener wohl bereit sein mochte, mit einem Lord der Instrumentalität zu reden. Plötzlich kam ihm etwas in den Sinn, das er bisher nur unbewusst wahrgenommen hatte. Einer der Männer im Katzenstall. Wie war das noch gewesen? Er hatte einen Fisch in den Katzensand gezeichnet und, mit einem Blick in das Gesicht des Raumlords, das Bild beiläufig wieder verwischt. Später hatte er am Hals des Mannes Metall aufblitzen gesehen.

Konnte es sich dabei um das Kreuzzeichen des genagelten Gottes gehandelt haben? Gab es hier auf Xanadu einen Anhänger der alten starken Religion? Wenn ja, dann hatte er in ihm einen Gesprächspartner gefunden.

Oder war es umgekehrt? Der Mann hatte vielleicht versucht, sich mit ihm in Verbindung zu setzen. Jetzt, da er darüber nachdachte, war er sich dessen fast sicher. Nun, zumindest besaß er nun einen potenziellen Partner. Blieb nur noch, sich an den Namen des Mannes zu erinnern.

Er ließ seine Gedanken frei assoziieren; das Gesicht tauchte vor seinem inneren Auge auf; die Hand des Mannes, wie sie an seinen Hals griff … Ja, es war ein Kreuz, jetzt konnte er es deutlich sehen … Warum hatte er es nicht sofort bemerkt? Und da war er, er hatte ihn nicht vergessen … Ja, der Name des Mannes: Mr. Stokely-von-Boston. Die unangenehme Vermutung, dass es doch einen Untermenschen auf Xanadu gab, plagte ihn. Mr. Stokely-von-Boston machte nicht den Eindruck, als ob er von Tieren abstammte, aber der Name besaß einen absonderlichen Klang.

Lord Kemal bin Permaiswari spürte, dass er nicht bis zum Morgen warten konnte, um seine Bekanntschaft mit Mr. Stokely-von-Boston zu vertiefen. Welchen Vorwand konnte er benutzen, um zu dieser Stunde hinunter in die Katzen-ställe zu gehen? Noch acht weitere Stunden blieben die Tore von Xanadu verschlossen. Dann erkannte er, dass er wie ein gewöhnlicher Mensch gedacht hatte. Er war ein Lord der Instrumentalität. Wieso sollte er sich überhaupt für irgend-etwas, das er beabsichtigte, einen Vorwand zurechtlegen? Kuat mochte der Gouverneur von Xanadu sein, aber in der Hierarchie der Instrumentalität war er nur ein winziges Räd-chen.

Dennoch schien es dem Raumlord geboten, seine Pläne mit äußerster Umsicht durchzuführen. Kuat hatte bewiesen, wie rücksichtslos er sein konnte, und einige dieser »autoch-thonen« Angelegenheiten wirkten sehr sonderbar. Ein Raum-lord, der aufgrund seines zerrütteten Geisteszustandes »irr-tümlich« Pisang trank, mochte ohne weitere Nachforschungen abgeschrieben werden. Und außerdem musste er das Wohl-ergehen von Mr. Stokely-von-Boston im Auge behalten.

Griselda. Das war die Lösung. Er hatte am Nachmittag be-merkt, dass sie verschnupft war … er hatte es sogar gegen-über Madu und Lari erwähnt … und sie hatten es dem Staub oder den Pollen zugeschrieben. Aber dies konnte ihm als Vorwand dienen. Allen war klar, dass er Zuneigung zu Gri-selda gefasst hatte, jedenfalls genug, um sich um ihre Ge-sundheit Sorgen zu machen. Gewiss würde niemand seine Besorgnis als ungewöhnlich empfinden.

Die Korridore wirkten merkwürdig verlassen, als er sich auf den Weg zum Katzenstall machte. Ihm kam zu Bewusst-sein, dass er in all den Tagen seit seiner Ankunft auf Xanadu nach dem Abendessen nie seinen Wohnbereich verlassen hatte. Offenbar ruhten alle, sowohl die Herren als auch die Diener, nach dieser Mahlzeit. Er fragte sich, ob die Ställe ebenso verlassen sein würden.

Er hatte unbeschreibliches Glück, dass er Mr. Stokely-von-Boston allein antraf. Zumindest hielt er zu dieser Zeit das Treffen noch für zufällig. Später erkundigte er sich bei die-sem danach. Mr. Stokely-von-Boston war, wie der Raum-

lord vermutet hatte, tatsächlich ein Untermensch, ein Vogelmann.

Mr. Stokely-von-Bostons Lächeln war weise und freundlich. »Sehen Sie, Gouverneur Kuat hegt nicht den geringsten Verdacht, dass ich ein Untermensch bin. Und selbstverständlich hat die universelle Gedankenbarriere keinen
Einfluss auf mich. Es war ein wenig schwierig, aber es ist
mir dann doch gelungen, zu Ihnen vorzudringen. Ich war
etwas bekümmert, als meine tastenden Gedanken die Narben bemerkten, die von Styron IV zurückgeblieben sind,
aber ich habe die modernsten Methoden benutzt, um Ihre
Seele zu heilen, und ich bin überzeugt, dass wir Erfolg haben
werden.«

Vorübergehend verspürte der Raumlord einen merkwürdigen Widerwillen bei der Vorstellung, dass ein Tierabkömmling derart intimen Kontakt mit seinem Bewusstsein gehabt
hatte, aber der Zorn hielt nicht lange an, denn bald sah er
die Parallelen zwischen seinem mentalen Gespräch mit dem
Vogelmann und der stillen, einfühlenden Zuneigung, die ihn
mit Griselda verband.

Mr. Stokely-von-Bostons Lächeln wurde ein wenig tiefer.
»Ich habe mich in Ihnen nicht getäuscht, Lord bin Permaiswari. Sie sind der Verbündete, den wir hier auf Xanadu
benötigen. Sie sind überrascht?«

Lord bin Permaiswari nickte. »Der Gouverneur war so
davon überzeugt, dass es hier auf Xanadu keine Untermenschen gibt …«

»Hierher zu gelangen war auch nicht einfach«, gestand
Mr. Stokely-von-Boston, »aber ich bin nicht allein. Und natürlich unterstützen uns auch andere menschliche Familien,
aber bis jetzt hatten wir keinen Verbündeten, der so mächtig
gewesen wäre wie ein Raumlord.«

Lord Kemal stellte fest, dass es ihm nicht missfiel, als Ver-
bündeter bezeichnet zu werden. Wieder las der Vogelmann
seine Gedanken und lächelte ihn an. Er besaß ein ungewöhnlich gewinnendes, keckes, aber freundliches Lächeln.

Er wirkte vertrauenswürdig, und Lord Kemal war bereit, alles zu akzeptieren, was der Vogelmann sagen würde.

Ihre Gedanken trafen sich. »Ich möchte mich Ihnen zunächst einmal vorstellen«, begann der Vogelmann. »Mein richtiger Name lautet A'dolar, und mein Vorfahr war der große E-telekeli, von dem Sie vielleicht schon gehört haben.«

Lord Kemal fand die falsche Bescheidenheit dieser Bemerkung eher rührend. Respektvoll neigte er kurz den Kopf; der legendäre Vogelmann, E-telekeli, war in der ganzen Instrumentalität als unumstrittener Führer und spiritueller Ratgeber der Untermenschen bekannt. Dieser aus einem Ei entsprungene Untermensch konnte der Instrumentalität bei der Erfüllung ihrer Aufgaben von ungeheurem Nutzen oder ein Gegner von fürchterlicher Macht sein. Die Lords und Ladys, die die Instrumentalität regierten, ängstigten sich eher vor seiner Mitarbeit.

Von vielen Untermenschen war bekannt, dass sie ungewöhnliche medizinische oder psychische Fähigkeiten besaßen, und es beruhigte den Raumlord, dass der Tierabkömmling, der seinen Geist manipuliert hatte, ein Nachkomme von E-telekeli war. Er entdeckte, dass er seine Gedanken *aussprakk*, denn A'dolar konnte ihn offensichtlich verstehen. Es würde dem Raumlord gewiss leichter fallen, Xanadus Rätsel zu lösen, wenn sie zusammenarbeiteten, aber zunächst musste er feststellen, ob ihre ungewöhnliche Allianz gegen die Gesetze der Instrumentalität verstieß.

»Nein«, erklärte A'dolar. »Tatsächlich werden wir eine Entwicklung korrigieren, die im direkten Gegensatz zu den Gesetzen der Instrumentalität steht.«

»Handelt es sich dabei um etwas ›Autochthones‹?«, fragte der Raumlord hellsinnig.

»Die hiesige Kultur spielt dabei eine Rolle«, stimmte A'dolar zu, »aber sie wird nur als Bühne für etwas benutzt, das weitaus böser ist, und ich verwende das Wort ›böse‹ nicht allein in diesem Sinne« – er hielt Kemal das Kreuzzeichen des genagelten Gottes entgegen – »sondern im Sinn eines grundlegenden Verstoßes gegen das Recht auf Leben. Ich meine das Recht eines Lebewesens, zu existieren, nach eigenen Vorstellungen zu existieren, vorausgesetzt, es beeinträchtigt nicht die Rechte anderer, das Recht, auf eigene Art mit dem Leben zurechtzukommen und sein Dasein selbst zu bestimmen.«

Zum zweiten Mal nickte Lord Kemal bin Permaiswari voll Respekt und Zustimmung. »Das sind unveräußerliche Rechte.«

A'dolar schüttelte den Kopf. »Das *sollten* sie sein«, sprakk er, »aber auf Xanadu hat Kuat eine Möglichkeit gefunden, diese Unveräußerlichkeit zu umgehen. Gewiss sind Sie vertraut mit den Untoten?«

»Natürlich. ›Und niemals ein eigenes Leben …‹«, zitierte er aus einem alten Lied. »Aber was hat das mit dem Recht auf Leben zu tun? Die Untoten wachsen aus gefrorenen Körperstückchen legendärer Helden, die schon lange tot sind. Es stimmt schon, dass wir hin und wieder außergewöhnliche Erfolge mit den Untoten in ihrem zweiten Leben zu verzeichnen haben, wenn wir die physische Person des Toten regenerieren, aber nicht immer – ihre Heldentaten schienen eine Folge der Umstände und der Gene gewesen zu sein, und nicht etwa nur ausschließlich ihrer Gene …«

Wieder schüttelte A'dolar den Kopf. »Ich sprekke nicht von den legalen, wissenschaftlich kontrollierten Untoten, obwohl ich manchmal großes Mitleid für sie empfinde. Aber was würden Sie von Untoten halten, die aus Lebenden erstehen?«

Verwunderung und Entsetzen malten sich auf dem Gesicht des Raumlords, als A'dolar fortfuhr. »Untote, die wie Marionetten von Kuat gelenkt werden, Untote, die an die Stelle ihrer Originale treten, so dass weder die Untoten noch ihre Originale ein eigenes Leben führen können …«

Unvermittelt wusste der Raumlord, was sich in jenem Gebäude befand, das er zwischen den Buahbäumen entdeckt hatte. »Das ist das Laboratorium, nicht wahr?«

A'dolar nickte. »Ein perfektes Versteck. Kuat hat das Gerücht verbreitet, dass der Duft der Buahbäume tödlich sei, solange er nicht, nach Rücksprache mit den Aroi, die Erlaubnis zur Ernte der Früchte gibt. So wagt sich niemand bis dorthin vor. Alles Unsinn. Nur kurze Zeit, unmittelbar vor der Ernte, ist der Duft der Buahfrüchte tödlich … mit anderen Worten, in dem Gerücht steckt gerade genug Wahrheit, um alles glaubwürdig erscheinen zu lassen. Sie haben heute Morgen erlebt, wie unser Kundschafter getötet wurde …«

Lord Kemal sah ihn verständnislos an. »Den nicht modifizierten Adler, den Sie heute Morgen bei Ihrem Ritt vom Himmel fallen gesehen haben. Er hat das Laboratorium für uns ausgekundschaftet. Man hat ihn mit einem Pisang-Pfeil abgeschossen. Derartige Dinge bestärken die Menschen darin, sich von dem Wald fernzuhalten.«

»Sie standen mit ihm in Verbindung?«

Zum ersten Mal machte das Lächeln des Vogelmannes auf den Raumlord einen müden Eindruck. »Natürlich.« Dann verdunkelte sich sein Gesicht, und seine Augen wurden alt und traurig. »Er war mein Bruder. Wir wurden im selben Nest ausgebrütet, aber ich wurde genetisch kodiert und in einen Untermenschen verwandelt und er nicht. Unsere Gefühle unterscheiden sich von denen der Wahren Menschen, aber wir können Liebe und Treue empfinden, und auch Trauer …«

Vor seinem inneren Auge sah Lord Kemal wieder den Vogel, wie er elegant hinauf in den Morgenhimmel stieg, und er spürte A'dolars Trauer. Ja, er glaubte, dass auch Untermenschen Gefühle besaßen.

A'dolar berührte mit seinem Greiffinger Kemals Hand. »Ich habe erkannt, dass Sie Mitleid für ihn verspürten, auch wenn Ihnen die Umstände unklar waren. Das war einer der Gründe, warum ich wollte, dass Sie heute Nacht zu mir kamen.« Seine Stimmung schlug um. »Wir müssen uns zuerst um die Aroi kümmern.«

»Ich kenne dieses Wort, aber nicht seine Bedeutung.«

»Das überrascht mich nicht. Die Aroi führen ein Leben, das dem Vergnügen geweiht ist – sie singen, sie tanzen, sie feiern und dienen als eine Art Priesterschaft. Die Aroi bestehen aus Männern und Frauen, und sie werden respektiert und verehrt. Aber um ein Aroi zu werden, muss man eine grausige Bedingung erfüllen.«

Der Raumlord sah ihn fragend an.

»Alle lebenden Nachkommen des derzeitigen Gatten jener Person, die sich den Aroi anschließt, müssen geopfert werden. Oder der Gatte muss sterben, und falls aus dieser Ehe mehr als ein Kind hervorgegangen ist, müssen entsprechend viele Freiwillige sterben.«

Lord Kemal nickte. »Das ist also der Grund, warum sich Laris Mutter in der sonnenlosen See ertränkt hat – um ihren unmündigen Sohn zu retten. Aber warum hat sich der alte Gouverneur den Aroi angeschlossen?«

»Verstehen Sie nicht? Mit Kuat als Gouverneur und dem alten Gouverneur bei den Aroi besitzt dieses Verschwörerpaar eine Macht über diesen Planeten, die so absolut ist …«

»Also war es von Anfang an eine Verschwörung?«

»Natürlich. Kuat war der Sohn seiner ersten Frau, als der alte Gouverneur sich in seiner ersten Jugend befand. Im Alter wollte er die Macht behalten, aber mit Hilfe eines Vizekönigs, wie es auch geschah.«

»Und die Untoten im Laboratorium?«

»Hier müssen wir eine sofortige Lösung finden, denn die Angelegenheit ist dringend. Sie sind ausgewachsen und haben beinahe schon ein eigenes Bewusstsein entwickelt. Sie müssen vernichtet werden, bevor sie die Plätze ihrer Originale einnehmen und die Originale töten.«

»Ich nehme an, es gibt keine andere Möglichkeit, aber es erscheint mir fast wie Mord.«

A'dolar wehrte ab. »Die Übernahme der Originale bedeutet physischen und psychischen Mord. Diese Untoten aber sind wie Roboter ohne Seele …« Er bemerkte das milde Lächeln des Raumlords. »Ich weiß, dass Sie nicht an die Alte

Starke Religion glauben, aber ich glaube, Sie wissen, was ich meine.«

»Ja. Es handelt sich bei ihnen nicht um lebende Wesen im eigentlichen Sinn. Sie besitzen keinen eigenen Willen.«

»Die Aroi leben zwei Städte weiter in rund hundert Li Entfernung. Wenn sie in diesen beiden Städten mit ihren Zeremonien fertig sind, werden sie hierherkommen. Das ist das Signal für die Ernte der Buahfrüchte und die Übernahme der lebenden Originale durch die Untoten. Danach gibt es auf diesem Planeten keinen Widerstand mehr gegen Kuat, und er braucht seine Grausamkeit nicht mehr zurückzuhalten … und kann dann Pläne für die Eroberung anderer Welten schmieden. Sein Bruder Lari gehört zu seinen ausgewählten Opfern, denn er fürchtet die Popularität, die der Junge bei den Massen genießt.«

Zweifel überkamen den Raumlord. »Aber die beiden Menschen, auf die er wirklich stolz zu sein scheint, sind Lari und das Mädchen Madu.«

»Dennoch ist einer der Untoten in dem Laboratorium eine Kopie des Jungen Lari.«

»Würde das denn nicht der alte Gouverneur, der Vater, verbieten?«

»Möglich, obwohl bereits die Tatsache, dass er sich den Aroi angeschlossen hat – und wusste, wie hoch der Preis an Menschenleben war –, dagegen spricht.«

»Und Madu?«

»Er wird sie behalten und versuchen, sie nach seinem Willen umzuformen. Er besitzt so wenig Respekt vor den Menschen, dass er, falls sein Versuch fehlschlägt, etwas von ihrem Leib an sich bringen und vermutlich auch sie durch eine Untote ersetzen lassen wird. Womöglich ist er mit einer körperlichen Kopie zufrieden, auch wenn die *Persönlichkeit* fehlt.«

Der Raumlord war zu müde, um jetzt noch weitere Enthüllungen ertragen zu können. A'dolar schien das gespürt zu haben.

»Ich habe Sie zu lange aufgehalten. Sie müssen sich ausruhen. Wir werden in Verbindung bleiben. Und machen Sie sich keine Sorgen – Kuats Gedankenbarriere beeinflusst auch ihn. Nur Untermenschen und Tiere bleiben davon verschont, und wir arbeiten alle zusammen.«

Auf dem Rückweg zu seinen Wohnräumen wurde sich Lord bin Permaiswari wieder der Stille bewusst, der Abwesenheit jeglicher menschlicher Aktivität im Palast. Er fragte sich, wie viel Zeit vergangen sein mochte, seit er sein Zimmer verlassen hatte, um Mr. Stokely-von-Boston in den Katzenställen aufzusuchen. Er wünschte, A'dolar gefragt zu haben, wie er an diesen ungewöhnlichen Namen gekommen war. Plötzlich vernahm er A'dolars Stimme, wie sie in seinem Bewusstsein sprakk: »Er wurde mir für einige geringe Dienste verliehen, mit denen ich der Instrumentalität in der alten Menschenheimat geholfen habe.« Überrascht fuhr der Raumlord zusammen. Er hatte vergessen, dass Entfernungen das Sprekken nicht behinderten, wenn er sein Bewusstsein geöffnet hatte. Er sprakk: »Danke.« Dann schottete er seine Gedanken ab.

IV

Als er aus einem Schlaf voll qualvoller Träume erwachte, empfand der Raumlord eine Erschöpfung, die A'dolar, wie er wusste, als Müdigkeit der Seele bezeichnet hätte. Es gab keine Möglichkeit, Kontakt mit der Instrumentalität aufzunehmen. Das nächste planmäßige Raumschiff, das den Raumhafen über Xanadu anfliegen würde, wurde erst in so ferner Zukunft erwartet, dass es ihm keinen Nutzen in der Auseinandersetzung mit den illegalen Untoten bringen konnte. A'dolar hatte Recht. Die Übernahme musste verhindert werden, noch bevor sie begonnen hatte. Aber wie? Es war auf eine Art beschämend für einen Raumlord, von einem

Untermenschen abhängig zu sein; der einzige positive Aspekt war, dass es sich bei diesem Untermenschen um einen Nachfahren des großen E-telekeli handelte.

Beim Frühstück wirkte Madu bedrückt. Lari war nicht anwesend. Lord Kemal erkundigte sich mit gezwungener Ruhe bei Kuat nach dem Jungen.

»Er ist nach Raraku gereist, um mit den Aroi zu tanzen«, erklärte Kuat. Dann wurde ihm offenbar klar, dass dem Raumlord das Wort »Aroi« unbekannt sein musste. »Es handelt sich dabei um eine Gruppe von Tänzern und Künstlern, die hier auf Xanadu leben«, fügte er freundlich hinzu. Kemal wurde es kalt ums Herz.

Er konnte es kaum erwarten, Verbindung mit A'dolar aufzunehmen. »Lari ist fort«, sprakk er, sobald er überzeugt war, dass Kuat nichts davon merkte.

»Nach den Berichten unserer Kundschafter befinden sich alle Untoten noch an ihren Plätzen«, entgegnete A'dolar. »Wir werden versuchen, ihn aufzuspüren, und Sie darüber informieren.«

Aber die Zeit verstrich. Alles, was die Untermenschen Lord Kemal mitteilen konnten, war, dass sich Lari nicht bei den Aroi in Raraku befand und dass seine untote Kopie das Laboratorium noch nicht verlassen hatte. Er schien spurlos von dem Planeten verschwunden zu sein.

Madu hatte Kuats Erklärung offenbar Glauben geschenkt; sie war noch stiller geworden und zweifelte nicht daran, dass Lari mit den Aroi zusammen tanzte. Der Raumlord wollte der Sache jedoch auf den Grund gehen.

»Ich habe gehört, dass es sich bei den Aroi um eine verschworene Gemeinschaft handelt, in die man aufgenommen sein muss, um bei ihnen mitmachen zu können.«

»O ja«, nickte Madu, »aber wenn die Erntezeit naht, dürfen die besten Tänzer mit den Aroi tanzen, ob sie nun zu ihnen gehören oder nicht. Es wird nicht mehr lange dauern. Die Aroi verlassen Raraku in Kürze und suchen Poike auf. Danach kommen sie hierher. Ich freue mich sehr darauf, Lari wiederzusehen. Ich vermisse ihn immer, wenn er fort ist, um zu laufen oder zu tanzen.«

»Er ist früher schon zum Tanzen fortgegangen?«, fragte der Raumlord.

»O nein. Nicht, um zu tanzen. Um zu laufen. Er ist sehr gut. Bis jetzt war er nur noch nicht alt genug dazu.«

»Und gibt es während der Ernte außer dem Tanz noch andere Veranstaltungen?«, erkundigte sich der Raumlord, der noch immer nach Hinweisen suchte, wo sich der verschwundene Lari aufhalten mochte.

Ihr Lächeln erinnerte ein wenig an ihre alte strahlende Fröhlichkeit. »O ja. Das Pferderennen, von dem ich Ihnen erzählt habe. Es ist Kuats Lieblingssport. Nur fürchte ich, dass dieses Mal sein Pferd nur geringe Siegeschancen hat. Gogle hat wirklich schon zu oft und zu lange an diesen Rennen teilgenommen, seine Hinterläufe sind abgenutzt. Der Veterinär hat davon gesprochen, ihm ein Muskeltransplantat einzusetzen, aber ich glaube nicht, dass man bislang einen passenden Spender gefunden hat.«

Die Aussicht, Lari bald wiederzutreffen, schien sie glücklich zu machen. Sie unternahmen einen Ritt mit den Katzen, und Lord Kemal wurde erneut von Begeisterung und Vergnügen erfasst, als er und die Katze Griselda zu einem einzigen Wesen verschmolzen. Sie waren einander gefühlsmäßig so nah, dass er nicht einmal seinen Schenkeldruck verstärken oder zischen musste, damit sie seinen Wünschen nachkam. Zum ersten Mal seit vielen Tagen gelang es Lord bin Permaiswari, A'dolar und die Untoten, seine Sorge um Lari und seine Bedenken darüber zu vergessen, ob die Instrumentalität seiner Zusammenarbeit mit dem Vogelmann zustimmen würde.

Gleichfalls zum ersten Mal fragte er sich, welche Beziehung zwischen Madu und Lari bestand. Jetzt, da er mit Madu allein war, empfand er umso stärker die Anziehungskraft, die sie auf ihn ausübte. Noch nie zuvor, auf keiner Welt, die er betreten hatte, hatte er einer Frau derartige Gefühle entgegengebracht. Und er spürte immer drängender – solch ein ehrenwerter Mann war er –, dass er zuerst Lari wiedergefunden haben musste, bevor er ihr seine Empfindungen offenbaren konnte. Er sprakk mit A'dolar.

»Nichts«, erwiderte der Vogelmann. »Wir haben keine Spur von ihm entdeckt. Das letzte Mal haben ihn unsere Leute in den Außenbezirken des Palastes gesehen. Er war zu den Ställen unterwegs. Das ist alles.«

Am Tag des Festes vor der Ernte begab sich der Raumlord unter dem Vorwand, Griselda besuchen zu wollen, in die Katzenställe.

A'dolar alias Mr. Stokely-von-Boston war in seine Arbeit vertieft. Ernst sah er den Raumlord an, aber seine Gedanken waren abgeschottet. Er sprakk nicht. Lord bin Permaiswari war verärgert. Er öffnete seinen Geist und sprakk: »Tiere, alle miteinander!«

A'dolar blinzelte kurz, aber er sprakk noch immer nicht.

Zerknirscht sprakk der Raumlord: »Es tut mir leid. Ich meinte das nicht so.«

Dieses Mal antwortete ihm A'dolar: »Doch, genauso haben Sie es gemeint. Und das sind wir auch – aber warum so verächtlich? Wir sind alle, was wir sind.«

»Ich habe mich geärgert, weil Sie Ihre Gedanken vor mir, einem Raumlord, verborgen haben. Sie haben natürlich das Recht, vor jedermann Ihr Bewusstsein abzuschotten. Ich entschuldige mich.«

A'dolar nahm würdevoll die Entschuldigung an. »Ich hatte meine Gründe, meine Gedanken zu verbergen. Ich wollte mir darüber klarwerden, wie ich es Ihnen sagen soll. Und ich musste genau wissen, welche Gefühle Sie dem Mädchen Madu und dem Jungen Lari entgegenbringen, bevor ich offen sprekken konnte.«

Lord bin Permaiswari war beschämt. Er hatte sich wie ein Kind benommen und nicht wie ein Raumlord. Er versuchte, mit absoluter Ehrlichkeit zu sprekken: »Ich bin sehr besorgt um den Jungen Lari. Und was Madu betrifft, müssen Sie wissen, dass sie starke Anziehungskraft auf mich ausübt, aber zuerst muss ich herausfinden, was mit dem Jungen geschehen ist und wie sie zu ihm steht.«

A'dolar nickte. »Ich hatte gehofft, dass Sie so sprekken würden. Wir haben Lari gefunden. Er ist für den Rest seines Lebens verkrüppelt.«

Lord Kemal holte so tief Luft, dass seine Kehle schmerzte. »Was meinen Sie damit?«

»Kuat hat durch seinen Veterinär dem Jungen die Wadenmuskeln entfernen lassen und sie seinem Lieblingspferd Gogle einsetzen lassen. So kann das Pferd ein weiteres Rennen mit voller Geschwindigkeit durchstehen und all jene narren, die gegen Kuat gewettet haben. Es ist unwahrscheinlich, dass eine Operation den Jungen wieder in die Lage versetzen wird zu gehen, vom Laufen und Tanzen ganz zu schweigen.«

Der Raumlord war wie betäubt. Nur verschwommen nahm er wahr, dass A'dolar noch immer sprakk.

»Wir werden den Jungen morgen im Rollstuhl zum Pferderennen bringen. Sie werden Madus Hilfe benötigen. Dann können Sie entscheiden, wie es weitergehen soll.«

Bis zum Rennen am nächsten Tag bewegte sich Lord Kemal wie in Trance, gleichgültig sah er sich dabei selbst zu. Nur einmal sprakk A'dolar zu ihm. »Wir müssen die Untoten mit einem Schlag auslöschen«, sagte er. »Morgen, nach dem Rennen, wenn alle feiern, bietet sich die günstigste Gelegenheit. Kümmern Sie sich um Kuat, und ich werde alles andere veranlassen.«

Ängstlich, unglücklich und so erschöpft wie schon lange nicht mehr seit Styron IV, begleitete Lord Kemal bin Permaiswari Madu und Gouverneur Kuat zum Pferderennen. In ihrer Loge saß Lari mit bleichem Gesicht, abgemagert und sichtlich gealtert in einem Rollstuhl. »Aber warum nur?«, sprakkschrie der Raumlord.

A'dolars Stimme klang ruhig. »Kuat hielt sich wirklich für einen guten Menschen. Jetzt, da der verkrüppelte Junge neben ihm sitzt, kann er nicht mehr der Rennheros sein, für den ihn das Volk von Xanadu gehalten hat. Kuat glaubte, dass er auf diese Weise Lari vor der Übernahme durch einen Untoten bewahren würde. Er hat nicht erkannt, dass er dem Jungen den Lebenssinn genommen hat – ebenso gut hätte der Untote an seine Stelle treten können.«

Madu schluchzte; Kuat strich ihr mit einer rauen Geste über das Haar, die er für Freundlichkeit hielt. »Wir werden uns um ihn kümmern. Und bei Venus, wir werden die Wettenden heute zum Besten halten! Sie glauben, Gogle könne nicht mehr rennen. Die werden sich wundern! Natürlich nur dieses eine Mal, dieses eine Rennen, aber das ist es wert!«

Das ist es wert, dachte der Raumlord. Laris restliches Leben, das er als Krüppel verbringen muss, ohne jemals wieder tun zu können, was er am meisten liebt.

Das ist es wert, dachte Madu. Nie wieder wird er tanzen, nie wieder laufen, niemals mehr den Wind in seinen Haaren spüren, während ihm die Menge zujubelt.

Das ist es wert, dachte Lari. Was spielt denn jetzt überhaupt noch eine Rolle?

Gogle gewann mit einer halben Runde Vorsprung.

Aufgeregt verabschiedete sich Kuat von ihnen. »Wir sehen uns im großen Salon des Palastes. Ich muss jetzt meinen Gewinn abholen.«

Madus Gesicht wirkte wie aus weißem Marmor, als sie Lari zu einem Spezialwagen schob, der von zwei Katzen gezogen wurde und vor dem Stadion wartete. Wortlos bestieg Lord Kemal Griselda. Er sehnte sich danach, allein zu sein.

Mit großen Sätzen ließen sie die Mauern der Stadt hinter sich, als Lord Kemal lautes Rufen vom Stadttor hörte, aber er reagierte nicht darauf. Er war innerlich ganz mit Lari beschäftigt. Nun lautes Schreien. Dann ein leichter Galopp. Plötzlich taumelte Griselda, schwankte und stürzte. Sofort war der Raumlord von ihrem Rücken herunter und beugte sich über sie. Ihre Augen flackerten. Dann entdeckte er den Pfeil, der ihr in den Hals gedrungen war. Pisang. Sie versuchte, seine Hand zu lecken, und er streichelte sie, während ihm Tränen in die Augen traten. Sie seufzte laut und gequält, sah ihn an, ein Zittern ging durch ihren Leib, dann starb sie. Und ein Teil von ihm starb mit ihr.

Als er wieder beim Stadttor angelangt war, stellte er den Wächter zur Rede. Es sei niemandem gestattet, zwischen dem Pferderennen und der Ernte der Buahfrüchte die Stadt zu verlassen, erfuhr er. Griselda war das Opfer einer Nachlässigkeit der Verwaltung geworden. Niemand hatte daran gedacht, den Raumlord über das Ausgehverbot zu informieren.

Stumm schritt Lord Kemal durch die Straßen der Stadt. Wie schön war sie ihm noch vor kurzer Zeit erschienen. Wie verlassen und traurig wirkte sie jetzt auf ihn.

Er betrat den großen Salon, kurz nachdem Madu mit Lari in seinem Rollstuhl eingetroffen waren.

Es war seltsam, wie das heiße Begehren, das er für Madu empfunden hatte, erfroren war, wie eine Blüte im ersten Frost.

Lachend kam Kuat herein.

Länger als zwei Jahrhunderte sollte sich Lord Kemal immer mit derselben Frage herumquälen: Wann heiligte der Zweck die Mittel, und wann besaß das Gesetz Vorrang? Er sah vor seinem geistigen Auge Griselda, die kraftvoll über Dünen und Ebenen setzte … Sah Madu, so unschuldig wie das Morgengrauen … Sah Lari unter einem sonnenlosen Mond tanzen.

»Dju-di!«, befahl Kuat.

Anmutig näherte sich Madu dem Tisch und griff nach dem Krug mit den zwei Öffnungen. Durch A'dolars Sprakke sah Lord Kemal, wie eine Flut von Pisang in die ambiotische Nährflüssigkeit der Untoten schwappte. Bald würden sie wahrhaft tot sein.

Kuat lachte. »Ich habe heute alle Wetten gewonnen.« Er wandte den Blick von Madu ab und richtete ihn auf Lord Kemal.

Unmerklich wanderte Madus Daumen zwischen den beiden Löchern hin und her.

Tatenlos verbrachte Lord Kemal die endlose Nacht.

Nachweise

Nein, nein, nicht Rogow! (No, No, Not Rogov!): Erstveröffentlichung in IF – WORLDS OF SCIENCE FICTION, Februar 1959. Deutsch von Thomas Ziegler.

Krieg Nr. 81-Q (War No. 81-Q): Erstveröffentlichung [Originalversion] in THE ADJUANT Vol. IX, No. 1, Juni 1928; Erstveröffentlichung [überarbeitete Version] in *The Rediscovery of Man*, 1993. Deutsch von Ulrich Thiele.

Modell Elf (Mark Elf): Erstveröffentlichung in SATURN, Mai 1957. Deutsch von Thomas Ziegler.

Die Königin des Nachmittags (The Queen of the Afternoon): Erstveröffentlichung in GALAXY, April 1978. Deutsch von Thomas Ziegler.

Scanner leben vergebens (Scanners Live in Vain): Erstveröffentlichung in FANTASY BOOK, Januar 1950. Deutsch von Thomas Ziegler.

Die Lady, die mit der Seele segelte (The Lady Who Sailed *The Soul*): Erstveröffentlichung in GALAXY, April 1960. Deutsch von Thomas Ziegler.

Als die Menschen fielen (When the People Fell): Erstveröffentlichung in GALAXY, April 1959. Deutsch von Thomas Ziegler.

Denk blau, zähl bis zwei (Think Blue, Count Two): Erstveröffentlichung in GALAXY, Februar 1963. Deutsch von Thomas Ziegler.

Der Colonel kehrte aus dem Nimmernichts zurück (The Colonel Came Back from the Nothing-at-All): Erstveröffentlichung in *The Instrumentality of Mankind*, 1979. Deutsch von Thomas Ziegler.

Das Spiel Ratte und Drache (The Game of Rat and Dragon): Erstveröffentlichung in GALAXY, Oktober 1956. Deutsch von Thomas Ziegler.

Das brennende Gehirn (The Burning of the Brain): Erstveröffentlichung in IF – WORLDS OF SCIENCE FICTION, Oktober 1958. Deutsch von Thomas Ziegler.

Gustibles Planet (From Gustible's Planet): Erstveröffentlichung in IF – WORLDS OF SCIENCE FICTION, Juli 1962. Deutsch von Thomas Ziegler.

Allein im Anachron (Himself in Anachron): Erstveröffentlichung in *The Rediscovery of Man*, 1993. Deutsch von Ulrich Thiele.

Verbrechen und Ruhm des Kommandanten Suzdal (The Crime and the Glory of Commander Suzdal): Erstveröffentlichung in AMAZING SCIENCE FICTION, Mai 1964. Deutsch von Thomas Ziegler.

Golden war das Schiff – oh, so golden! (Golden the Ship Was – Oh! Oh! Oh!): Erstveröffentlichung in AMAZING SCIENCE FICTION, April 1959. Deutsch von Thomas Ziegler.

Die tote Lady von Clowntown (The Dead Lady of Clown Town): Erstveröffentlichung in GALAXY, August 1964. Deutsch von Thomas Ziegler.

Unter der alten Erde (Under Old Earth): Erstveröffentlichung in GALAXY, Februar 1966. Deutsch von Thomas Ziegler.

Das trunkene Schiff (Drunkboat): Erstveröffentlichung in AMAZING SCIENCE FICTION, Oktober 1963. Deutsch von Thomas Ziegler.

Die klainen Katsen von Mutter Hudson (Mother Hitton's Littul Kittons): Erstveröffentlichung in GALAXY, Juni 1961. Deutsch von Thomas Ziegler.

Alpha Ralpha Boulevard (Alpha Ralpha Boulevard): Erstveröffentlichung in THE MAGAZINE OF FANTASY & SCIENCE FICTION, Juni 1961. Deutsch von Thomas Ziegler.

Die Ballade von der verlorenen K'mell (The Ballad of Lost C'mell): Erstveröffentlichung in GALAXY, Oktober 1962. Deutsch von Thomas Ziegler.

Ein Planet namens Shayol (A Planet Named Shayol): Erstveröffentlichung in GALAXY, Oktober 1961. Deutsch von Thomas Ziegler.

Planet der Edelsteine (On the Gem Planet): Erstveröffentlichung in GALAXY, Oktober 1963. Deutsch von Thomas Ziegler.

Planet der Stürme (On the Storm Planet): Erstveröffentlichung in GALAXY, Februar 1965. Deutsch von Thomas Ziegler.

Planet des Sandes (On the Sand Planet): Erstveröffentlichung in AMAZING STORIES, Dezember 1965. Deutsch von Thomas Ziegler.

Wanderer durch den Raum (Three to a Given Star): Erstveröffentlichung in GALAXY, Oktober 1965. Deutsch von Thomas Ziegler.

Hinab zu einer sonnenlosen See (Down to a Sunless Sea): Erstveröffentlichung in THE MAGAZINE OF FANTASY & SCIENCE FICTION, Oktober 1975. Deutsch von Thomas Ziegler.

MEISTERWERKE DER

SCIENCE FICTION

Herausgegeben von Sascha Mamczak

Leserinnen und Leser haben in einer weltweiten
Umfrage über die besten Science-Fiction-Romane
abgestimmt, die je geschrieben wurden. Der Heyne-
Verlag präsentiert eine Auswahl dieser Meisterwerke
in einmaligen Sonderausgaben – kommentiert
von den renommiertesten SF-Autoren unserer Zeit.

Arthur C. Clarke
2001 – Odyssee im Weltraum

William Gibson
Die Neuromancer-Trilogie

Philip K. Dick
Das Orakel vom Berge

Ray Bradbury
Fahrenheit 451

Anthony Burgess
Clockwork Orange

Joe Haldeman
Der ewige Krieg

Ursula K. Le Guin
Die linke Hand der Dunkelheit

David Brin
Sternenflut

Isaac Asimov
Die Foundation-Trilogie